## 대망 31 나는 듯이 2
### 차례

호전 …… 11
방울벌레 …… 60
비바람 …… 99
재니 …… 128
군과 여 …… 142
조정 …… 168
가을서리 …… 222
격돌 …… 257
분열 …… 282
우대신 …… 292
적과 동지 …… 312

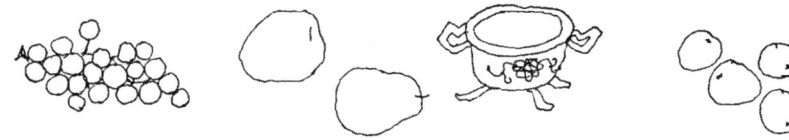

퇴거 …… 324
육군경(陸軍卿) …… 373
대경시(大警視) …… 396
들끓는 해 …… 420
봄서리 …… 453
혼돈 …… 469
남천 …… 478
반란의 불길 …… 524
사학교(私學校) …… 543
그 사람들 …… 574
정대론(征臺論) …… 621

# 호전(好轉)

아침저녁이 선선해졌다.
'사이고의 견한대사의 건은?'
이 소문이 소식통들 사이에 시끄러워지더니, 이윽고
"무사히 끝났다. 사이고가 바라는 대로 된 모양이다."
이처럼 거의 결정된 것처럼 떠들고 있다.
"산조(三條卿) 경이 승낙했다."
 참의의 얼굴들을 보면 거의가 사이고를 지지하고 있었다. 적극적인 지지자는 아니지만 사가의 오키 다카토(大木喬任)는 잠자코 있었고, 같은 사가의 오쿠마는 태도가 뚜렷하지 않았으며, 분명히 찬성하지 않는 냄새를 풍기고 있는 오쿠보와 기도도 귀국 후 휴가를 얻어 조정 회의에 나오지 않고 있었다. 이와쿠라 도모미(岩倉具視)는 아직 일본에 돌아오지 않았으므로, 결국 내각 수반인 태정대신 산조 사네토미(三條實美)가 좋다고 하면 단번에 해결이 될 것처럼 보였다.
 아깝게도 날짜가 확실치 않지만 이 무렵 각의에서 사이고가 산조 사네토미에게 차근차근 설명을 했다는 내각기록이 남아 있다. 이 자료가 참인지 거짓인지는 알 수 없다.

　기록상 사이고의 말에는 사쓰마 사투리가 섞여 있다.

　"태정대신, 잘 들어 주시오."

　여기에서부터 시작된다.

　"지금의 태정대신은 옛날의 태정대신이 아니고, 왕정이 복고된 메이지 유신의 태정대신입니다."

　그리고 열강이 위세를 떨치고 있는 아시아의 형세를 설명하고, 차라리 열강보다 앞서서 아시아에 발을 내딛어야 한다고 말한 시미즈 나리아키라 이후의 아시아 정책을 말한 뒤 러시아가 남하에 올 것이므로, 그때는 반드시 러시아와 맞붙을 수밖에 없다. 그것을 각오하고 나서 정략을 세워야 한다는 것을 말하고 있다.

　"지금 내가 하는 말을 듣지 않으면 뒷날 이보다 배나 힘이 들 겁니다. 그리고 아무리 힘이 들더라도 내가 지금 말한 것을 실행하지 않으면 안 됩니다. 뭐니 뭐니 해도 일본이 해야만 할 하느님의 뜻이며 본분입니다. 결국 조선을 바깥 울타리로 하고 뒤에 조선을 책원지로 해서 러시아와 맞붙게 됩니다."

　"한 번은 전쟁을 해야지, 그렇지 않으면 상대편 사정도 제대로 알 수가 없는 것이니까."

　조선에 대해서는 그런 각오를 하라고 말했다.

　"(전쟁을 하는 일 없이) 설사 사이좋게 지낸다 해도, 그것은 겉껍데기만의 동맹이지 진심에서의 동맹이 될 수 없으므로 조그만 이해관계로 무너지고 맙니다."

　그리고 마지막으로 이렇게 씌어 있다.

　"당신은 나보다 나이가 아래라서 나보다 더 오래 살아남을 테니 방금 내가 한 말을 잘 기억해 주시오."

　그러나 이것이 사이고가 한 말 그대로를 적은 것이라면, 말씨가 괜찮은 사이고로서는 너무 거만한 편이고, 또 '메이지 유신'이니 '책원지'니 하는 말을 과연 당시의 사이고가 사용했을지 어떨지. 또 "이 다카모리가 판단한 것은 아니지만" 이렇게 말했는데, 사이고는 자신을 기치노스케(吉之助)라고 말하는 일은 있어도 다카모리란 말은 좀체로 하지 않는다는 것을 아울러 생각하면, 이 문서는 쉽게 믿기 어렵다.

어찌됐든 사이고는 고지마치(麴町) 우치사이와이쵸(內幸町)에 있는 산조 사네토미의 저택에 자주 드나들었다.

"소름이 끼칠 정도로 무서운 사람!"

메이지 초기, 시나가와의 기쿄옥(桔梗屋)에 머물고 있는 사이고를 본 한 소녀——기쿄야의 딸 오마루——의 인상담이 남아 있는데, 사이고의 용모와 몸집은 때로 그런 무서운 인상을 사람에게 준 모양이다.

사이고를 좋아한 메이지 천황마저 사이고에 대해 그런 의미의 농담을 했다. 천황이 처음 나라시노(習志野)에서 육군 연습을 구경했을 때 언덕 위에서 야영을 했다. 그 처소라는 것이 서양식 천막으로 땅바닥에 판자를 깔고 그 위에 이부자리를 편 그대로였다. 야영하던 그날 밤 천둥소리를 동반한 큰 비가 내렸다. 천황은 잠을 못 이루고 이불 위에 앉아 있었는데, 그때 천막 틈에서 커다란 눈알이 번쩍였다. 사이고였다. 그는 천황이 걱정된 나머지 들여다본 것이었지만 뒷날 이날 밤의 이야기가 나왔을 때, 천황은 웃었다.

"그 소낙비는 무서웠다. 그러나 그보다 더 무서운 것은 그런 한밤중 깜깜한 침소에 번쩍하고 나타난 두 개의 큰 눈알이었어."

그 자리에 사이고가 있었다. 천황은 사이고를 놀려 주려고 그렇게 말했던 것이다.

사이고는 어쩔 줄을 모르고 큰 몸을 오그려 붙이듯이 하며 몇 번이나 머리를 조아렸다. 그 모습이 어딘지 모르게 우스꽝스러웠기 때문에 천황도 웃음을 터뜨리고 함께 있던 사람들도 크게 웃었다.

그러나 이 무렵 산조 사네토미에게 대들고 있었던 사이고는, 귀족 출신의 산조에게는 시나가와 기쿄옥의 소녀가 느낀 것 같은 것 같은 그런 사이고였을 것이다. 사이고로서는 결사적이었다. 그는 일본의 운명은 오직 이 견한대사(遣漢大使) 파견 문제 달려 있다고 믿고 있었고, 그는 이 큰 일을 이룩하기 위해 목숨을 버릴 작정으로 있었던 것이다.

사이고의 심경은 그의 생애 가운데 어느 시기보다도 절박한 것이었다. 결심해버린 생각에 앞뒤를 분간하지 못하는 모습은 마치 소년과도 같아서, 체면 따위는 상관하지 않겠다는 처절한 무엇이 있었다. 그는 남달리 크고 뛰어난 용모와 체격을 가진 사람이었던 만큼, 평소에 그 같은 모습으로 사람을 위압하는 일이 없도록 몸을 웅크리고 있는 버릇이 있었는데, 이때만은 그렇지 않았다. 산조 사네토미는 무서웠을 것이다.
 그러나 산조는 잘 견디었다. 언제나 확답을 주지 않았다.
 "산조 공의 우유부단이야말로."
 누군가가 태정대신의 대기실에서 개탄하고 있을 때, 옆에서 못마땅한 얼굴을 하고 앉아 있던 사이고가 갑자기 웃음을 터뜨리며 사쓰마 사투리로 투덜거렸다.
 "산조 공에게 결단력을 바라는 것은 비구니에게 불알이 있기를 바라는 거나 마찬가지입니다."
 그런데 산조 사네토미도 견디다 못해 초가을 중순 회의에서 마침내 말하고 말았다.
 "한국에 사신을 보내는 일은 사이고 대장이 말씀한 대로 그렇게 결정하겠습니다. 그 일을 폐하께 말씀드리겠습니다."
 이로 인해 조정의 의론이 결정되었다 해도 좋았다.

 이 해, 메이지 천황은 만 21세였다. 더위를 피해 황후와 함께 하코네(箱根) 미야노시타 온천(宮ノ下)에 있었다.
 산조 사네토미는 하코네로 가서, 짙은 푸름이 넘칠 듯한 행궁의 마루에 앉았다. 천황이 방으로 나왔으므로 그대로 배알하는 모양이 되었다.
 "사이고 다카모리에 대한 일이옵니다만……."
 그렇게 말하자 천황은 놀라 물었다.
 "사이고가 어떻게 됐다는 건가?"
 사이고를 좋아하는 이 천황이 순간 불안한 빛을 띤 것은, 단순히 사이고의 건강상태에 대한 염려였거나, 아니면 정치상의 어떤, 즉 이 젊은 임금도 사이고의 정체를 알 수 없는 시국에 대한 불만을 어렴풋이 눈치 채고 있었으므로, 일종의 정치적 불안이나 혹은 긴장 같은 것을 사이고와 결부시켜 느끼고 있었던 것으로도 생각된다.
 산조는 견한대사가 발의된 이래의 경위를 말하고, 우선 각의에서 그를 한국으로 보내기로 잠정조치로서 결정했다고 아뢰었다.
 "그래."
 천황은 고개를 끄덕였다. 천황으로서는 사이고의 이같은 희망은 처음 듣는 일이 아니었다.

이 해 첫여름, 사이고가 아카사카의 별궁 정원에서 천황을 모신 일이 있었다. 그때 천황은 조선 문제에 대해 사이고에게 물었다. 사이고가 대답하는 가운데 천황은 "조선과의 수호문제에 대해서는 그대에게 맡기겠다"는 내용의 말을 했다.

사이고의 맹우인 사가의 소에지마 다네오미(副島種臣)가 나중에 이 말을 듣고 "그때 사이고는 우악한 내락을 받았다"고 두고두고 사람들에게 말했는데, 물론 태정관의 각의를 거치지 않은 내락이란 헌법이 없는 그 당시에도 법적인 것은 아니었다.

그러나 천황은 사이고의 마음을 알고 있었다. 산조로부터 이런 보고를 받았을 때 단번에 허가했다.

"좋겠지."

그러나 이로 인해 정한론이라는 국가의 운명을 좌우하는 정책이 결정된 것은 아니었다.

산조 사네토미는 뜻밖에도 교묘하게 치밀했다. 이 보고에 의해 사이고의 마음을 달래 놓고, 다시 부수 사항을 덧붙였던 것이다.

"그러하오나 아직 결정된 일은 아니옵니다. 머지않아 이와쿠라 우대신이 귀국하게 되옵니다. 우대신과 깊이 상의한 다음 다시 보고 드릴까 하옵니다."

그 재가도 얻었다. 산조라는 고지식하고 세상 물정에 어두운 공경 출신의 정치가가 자기 스스로 이런 지혜를 짜내지는 않았을 것이다.

그에게 이런 지혜를 귀띔해 준 것은 막부 말기 이후로 그의 정치고문 같은 일을 해온 도사 번 출신인 히지카타 히사모토(土方久元)였는지도 모른다. 히지카타는 같은 번 출신으로 외유에서 막 돌아온 사사키 다카유키(佐佐木高行)라는 친한 친구로부터 정한론이 잘못이란 말을 들었음에 틀림없다.

"산조의 지혜주머니는 히지카타다."

이것은 모두들 알고 있었다.

히지카타 히사모토는 일찍이 구스자에몬(楠左衛門)이라 불렸는데, 도사의 번사라고는 하지만 향사 출신이었다. 막부 말기에 일찍부터 벤에서 나와 산조 사네토미의 호위자가 되었고, 산조가 교토에서 쫓겨나 조슈와 지쿠젠의 다자이후(太宰府)로 떠돌아다닐 때도 신변을 떠나지 않고 호위했으므로, 산조의 정치적 문제는 히지카타에게 맡겨져 있는 시기가 길었다. 그런 점에서 보더라도 산조에게 이 세상에 누구보다 안심하고 세상일을 상의할 수 있는 상대는 히지카타였다.

히지카타는 막부가 항복한 후로 에도 포도청이 해산된 뒤를 이어받아 전쟁 기간 동안의 에도시의 행정을 담당하여, 혁명가로는 생각되지 않을 정도로 온건한 행정을 해서, 옛 막부 사람들로부터 고맙게 여겨져 오기도 했다. 이때 그는 정치의 다른 중요한 일에 종사하고 있었지만, 실질면에서는 산조 사네토미의 개인 상담역 같은 일을 했을 것이다.

사이고가 만일에 이면공작을 좋아하는 정치가여서, 이 귀족을 잘 조종하는 히지카타를 손아귀에 넣었더라면 좋았을지도 모른다. 사실 사이고는 막부를 넘어뜨리는 비밀공작을 하고 있을 때는 그런 음모도 아울러 있었다. 그러나 유신 이후의 사이고는 사마온 공의 예를 들어 말했다.

"내게는 남에게 말할 수 없는 일이 많다."

그러면서도 일체 가슴 속에 비밀이 없는 것을 정치가로서의 이상으로 삼고 있었다. 막부라는 정체를 알 수 없는 정부와 정체를 넘어뜨릴 때는 이면공작도 필요했을지 모른다. 그러나 넘어뜨려 그의 이상이었을 터인 태정관 정권이 성립했을 때, 국가 운영에 관한 정론은 남이 보는 앞에서 떳떳이 행해지고, 일체의 이면공작은 쓰지 않는다는 태도를 고집하게끔 되었다. 그를 보고 말하라고 한다면 아마 이렇게 말할 것이 틀림없다.

"바른 이론이면 반드시 통과되는 정부와 정체를 만들기 위해 막부를 넘어뜨린 것이 아닌가. 태정관 정부에서는 이면공작은 필요치 않다."

그러므로 그는 산조 사네토미에게 언제나 의논만으로 일관했고, 그 점에서는 비상할 정도로 외곬이었다.

그러나 당사자인 산조 사네토미 쪽은 그럴 수는 없었다. 산조에게는 사이고에 대해 공공연하게 찬성할 만한 정략이나 능력도 없었고, 공공연하게 반대할 만한 능력도 없었다. 어떻게 해야 좋을지를 몰라 대개는 이 히지카타 히사모토에게 상의하고 있었던 것이다.

앞에 도사 사람 사사키 다카유키의 이름이 나왔다.

사사키는 막부 말기에 도사 번의 고관으로서 나가사키로 나가, 같은 번의 사카모토 료마가 하고 있던 해원대의 회계감독을 했다. 그것을 인연으로 새 정부의 고관이 되어 사법계통에 몸담고 있었다.

이윽고 외유하는 일원으로 가담했다가 이 해 봄에 귀국했는데 사표를 냈다.

"도무지 남아 있는 내각이 마음에 들지 않는다."

4월에 관직에서 물러나 도쿄에서 빈둥빈둥 놀고 있었다.

"병을 핑계로 물러나 이와쿠라 대사의 귀국을 기다렸다."

사사키 자신이 구술 기록을 남기고 있는데, 그 동안 산조와 히지카타에게 밀착해 있었던 것으로 보면, 산조를 조종하고 있었던 것은 뒷날 함께 궁중으로 들어간 이들 두 사람이었는지도 모른다.

사이고의 안타까움은, 산조 사네토미라는 고지식하기만 한, 무릇 거짓말을 할 수 없는 공경 정치가의 이 정도의 술책에 어린애처럼 속고 만 일이었다.

"사이고쯤 되는 사람이."

이런 비판은 이때, 사이고에게는 통용되지 않았을지도 모른다. 그는 일찍이 막부 말기에 조슈의 기도(木戶)가 너무나 미워했을 정도로 정략적인 이면공작가로서의 능력을 충분히 갖추고 있었고, 남에게 속아 넘어갈 그런 호인은 아니었다. 그러나 그런 그가 유신 후 새 정부를 정의로운 정권이라고 믿었기 때문에, 때로는 이면공작을 해야만 했던 과거를 버리고, 일찍이 그가 원하고 바래왔듯이 사마온 공과 같은 자신이 되고자 했다. 그러나 새 정부의 내부 실정은 그가 생각하는 것 같은 그런 정의의 정권일 수는 없었다. 이로 인해 그는 조바심했고 가끔 절망도 했다. 그러나 그 자신은 그가 말하는 "사마온 공의 뱃속에는 남에게 숨겨야 할 일은 하나도 없었다"고 하는 일본 역사상 일찍이 나타난 적이 없는 정치가 상을 자기 속에 길러내고 말았던 것이다.

이 막부 말기의 대 기략가가, 메이지 시대로 들어와 그 기략성을 버리고, 원래 그의 성격의 바탕이었던 정직함만으로 살아간다는 것은, 같은 한 사람의 현상으로서는 기적인 것처럼 생각된다.

산조 사네토미는 도쿄로 돌아오자 즉시 고지마치 우치사이와이초의 자기 집으로 사이고를 불렀다. 부르게 된 것은 용건이 천황의 명령에 관한 일이었기 때문이다. 사이고는 예복을 갖추고 나왔다.

"칙허가 있었습니다."

산조가 말하자, 사이고의 뚱뚱한 몸이 꿈틀하더니, 두 눈에 눈물이 고이며 크게 감격하고 말았다. 그는 그가 좋아하는 성의라는 것이 열매를 맺은 것으로 생각했다.

"다만 이와쿠라 우대신이 귀국한 뒤 다시 잘 의논하라는 분부였습니다."

산조가 말했으나 사이고는 이를 가볍게 받아들이고 고개를 크게 끄덕였다.

"지당하신 말씀입니다."

설마 이것이 산조의 마지못한 술책이었다고는 생각지 않았다. 사이고는 막부 말기 이후의 산조의 고지식함을 알고 있었고, 그것이 산조의 유일한 결점이며 유일한 장점이라고 생각하고 있었을 정도였다.

기쁜 나머지 나는듯이 집으로 돌아오자 맹우인 이타가키 참의 앞으로 "내 생애에 가장 기쁜 날입니다." 하고 급편을 보내, 이타가키가 견한대사의 일에 대해 애써준 것에 감사하고 "간단하나마 우선 편지로 알려드립니다"라는 내용을 쓰고 있다.

"이제는 훼방꾼에 대한 염려도 없을 것이고,."

글 속에 이렇게 씌어 있는 것은 오쿠마 등의 방해는 이제 없을 것이라는 뜻이었다.

이 사이고가 기뻐하는 모습의 천진스러움과 격렬함을 가지고, 그가 그런 정도의 기량을 가진 사람이라고 하는 것은 잘못 본 것이다. 그 점은 이미 언급했다.

"일본은 옛날부터 웅대한 것이 없는 나라다. 사이고는 지나치게 웅대했다."

이런 내용의 말을 우치무라 간조(內村鑑三)가 《대표적 일본인》 속에 쓰고 있는데, 차라리 이 경우의 사이고는 기량가로 평가하기보다는 너무 웅대한 인물로 평가하는 쪽이 오차가 훨씬 적을지도 모른다.

일본의 정치는 도요토미 정권과 도쿠가와 정권이 대체로 그러했듯이 중요한 일은 언제나 이면공작에 의해 움직여왔다.

"일세의 지용을 밀어 넘어뜨리고, 만고의 심흉을 연다."

그러나 사이고는 언제나 이런 터무니없는 교훈을 스스로를 경계하는 가장 중요한 말로 삼아 왔다.

이 말을 가슴속에 늘 등불로 밝혀 왔기 때문에 그 덕택으로 그는 막부 말기에 비참한 귀양살이도 견뎌낼 수 있었고, 또 에토 성을 무혈 입성한다고 하는 도쿠가와 막부의 장군 대리인인 가쓰 가이슈의 간청을 단숨에 받아들였을 때도, 이 교훈의 말이 그의 가슴속을 오갔을 것이다.

이 말은 지혜와 용기에 대한 스스로의 경계다. 그 내용은 사나이로서의 마음가짐을 말하고 있다. 뜻을 품은 이상, 한 시대를 덮어 누를 정도의 지혜나 용기 따위는 떨쳐버리고, 그보다 만세의 모든 사람들의 가슴을 열어주는 편이 중요하다는 것이리라.

사이고는 이 말을 20대 끝 무렵에 알았다. 그는 일찍이 친구인 가바야마 산엔(樺山三圓)에게 이끌려 처음 미토의 후지다 도코(藤田東湖)를 에도 고이시가와(小石川)에 있는 미도 번 저택을 찾아갔을 때, 현관 가림판에 이 글이 씌어 있었던 것이다.

'(推倒一世之智勇 開拓万古之心胸)퇴도일세지지용, 개척만고지심흉'이라고 한 것을 보고, 사이고는 도코에게 누구의 말이냐고 물었다.

"진용천(陣龍川)의 문집에 있습니다."

그 출처를 도쿄가 말해 주므로 사이고는 고향에 돌아왔을 때 조사관(造士館)에서 '진용천 문집'을 찾아 그 대목을 읽었다.

진용천은 송나라 때 학자다.

사이고와는 공통점이 많다. 사이고는 일종의 독학을 한 사람으로 그의 학문에는 스승에게서 이어 받은 것이 없었다. 진용천도 자기 스스로 생각하여 독특한 학파를 일으켰다. 진용천은 옛사람이 한 일과 공을 평가하는 데 중점을 두고 문과 아울러 무를 좋아했다. 그때 중국 북방에 이민족이 세운 금나라의 세력이 강성해서, 한민족의 왕조인 송나라가 이에 대해 굴욕적인 화평을 맺었다. 진용천은 이에 반대했으나 받아들여지지 않자 고향인 절강성 영강현으로 물러나와 저술에 전념했다.

일세의 지용이란 것은 일본으로 말하면 히데요시나 이에야스 같은 사람인데, 이런 사람은 작다는 것이다. 만고의 심흉을 개척한다는 것은 한 가지 일과 공으로 인해 만세 뒤의 사람의 마음을 계속 길러주게 되는 것인데, 사이고는 이 말을 진심으로 받아들이고 있었다. 그의 '일세의 지용'은 막부 말기로서 끝났다. 이 다음은 아시아를 위해 자신을 희생함으로써 만고의 심흉을 개척하려 했던 것이다. 산조의 말을 자질구레하게 파고 따지려 들지 않은 것

호전 19

은 당연한 것인지도 모른다.

　사람의 상극은 이해에서도 온다.
　그러나 마음에서도 온다. 인간의 불행은 사람에 따라 평가 기준의 척도가 서로 다른 것이다.
　이 평범한 사실이 인간과 인간과의 관계에 오해를 낳고 알력을 빚게 하여 무수한 비극과 희극을 역사 속에 넣고, 때로는 역사를 변동시켜 왔다. 일상생활에서는 더욱이 그렇다. 사람은 사람과 사람의 관계에서만 살아갈 수 있는 동물인 이상, 이 과제는 사람이 함께 다같이 짊어져야 한다는 점에서는 움직일 수 없는 것임에 틀림없다.
　인간의 척도의 경우는 도량형보다 훨씬 복잡하다. 아니 그보다도 말이란 것은 한 사람으로부터 나와 다른 사람에게 전해질 경우, 말하는 사람 속에 있는 정경도 논리와는 상당히 다른 것으로서 듣는 사람에게 받아들여지는 것이 오히려 보통이다.
　특히 사이고처럼 도량형의 눈금이 아무래도 다른 사람과는 상당히 다른 경우, 그가 하는 말이나 행하는 일이나, 같은 시대 사람에게나 후세 사람에게나 전혀 다른 눈금으로 계산되는 것이 보통이다. 사이고가 기본적으로 비극적인 존재였다는 것은 그런 점에 있었다.
　사이고의 척도에 대해 말해 둔다.
　그는 이 당시 정한론의 대표적 인물로 지적되고 있었지만, 그 자신은 '정한'이라든가 '정한론'이라고 하는 그 시대의 유행어를 한 번도 쓰지 않았다.
　'견한(遣韓).'
　그는 이렇게 말했다. 자기를 견한대사로 임명해 달라고 산조 사네토미와 태정관 참의들을 설득하며 돌아다녔다. 파견을 위한 군함도 필요 없고 호위부대도 필요 없다고 했다. 그는 페리가 일본에 한 것처럼 이른바 포함외교라는 위압·공갈외교를 하려고는 하지 않았다.
　그가 한 말이 남아 있다.
　"세상에서는 나를 싸움을 좋아한다고 한다. 누가 싸움을 좋아하겠는가. 싸움은 사람을 죽이고 돈을 쓰는 것으로 섣불리 싸움을 해서는 안 된다."
　이 말에 대해 다만 한 가지 자로만 잰다면, 그는 단순한 평화 애호자가 될지도 모른다. 또한

"서양은 문명국이라고 한다. 그러나 나는 야만국으로 생각하고 있다. 그들은 약소국을 괴롭히고 침략하고 있다. 참다운 문명이란, 미개한 나라에 대해서는 사랑을 바탕으로 하여, 정성껏 타일러 밝은 길로 인도해야 한다."

그 말을 들은 사람은 사이고에게 직접 배운 전 쇼나이(庄內) 번사였던 스가 사네히데(菅實秀)로, 그가 뒷날 아카자와 겐야(赤澤源也)란 사람에게 부탁해서 엮은 《좌담록》 속에 있다.

"정성껏 타일러 일깨워 밝은 길로 인도해야 한다."

이것은 사이고의 정한론이었던 것 같다. 그러나 같은 시대의 사이고의 측근자들까지도, 일본을 멸시하는 외교를 버리지 않는 조선을 무력으로 치려 하는 것으로 믿고 있었다. 실제로 세상에서 일반이 논하고 있는 정한론이란 그런 것이었고, 사이고는 그 우두머리라고 생각되고 있었다. 사이고와 가까이 지내는 사람들까지 그렇게 믿었다.

"싸움이란 글자를 잊지 마라."

사이고는 자주 말했다. '싸움이란 글자'라고 한 것은 막부 말기의 도사 출신의 지사였던, 나카오카 신타로(中岡愼太郎)가 도막전(倒幕戰)의 필요성을 주장한 논문 속에서 쓴 말로, 나카오카의 이 논문을 당시 사이고는 물론 읽었다.

이런 의미에서는 사이고는 호전가인 것 같다.

그런데 이 메이지 초기의 정부 구성원들은 거의가 전쟁을 좋아하지 않았다. 그 이유의 대부분은 자기 나라를 약하게 보는 데에 있었다. 사이고가 말하는 '싸움이란 글자'란 일찍이 나카오카가 말한 혁명전이 아니고 외국과의 싸움을 말하는 것이다.

"나라가 능욕을 당하는 마당에서는, 비록 나라와 국민이 넘어진다 하더라도, 바른 길을 걷고 의를 다하는 것이 정부의 본분이다. 그런데 정부의 고관들은 평소 금곡(金穀)과 이재(理財)를 논할 때는 영웅호걸처럼 보이는데, 일단 피를 흘리는 일에 다다르면 머리를 한 곳에 모으고 그저 눈앞의 평안만을 꾀할 뿐이다. 싸움이란 글자를 무서워하여 정부의 본분을 저버린다면 그것은 상법지배소(商法支配所)이지 정부가 아니다."

"정부는 바른 길을 밟으며, 나라와 국민이 함께 넘어질 만한 정신이 없으면 외국과의 교류는 제대로 되지 않는다. 외국으로부터 멸시를 당하게 되어 도리어 화친이 깨진다."

사이고는 철학을 가지고 있다는 점에서 일본 역사에 나타난 최초의 정치가였고, 또한 유일한 정치가였다고까지 말할 수 있을지도 모르며, 동시에 그 점이 그가 일본에 태어난 불행이기도 하다.

그는 정밀한 철학서를 쓴 것은 아니었지만, 그의 일상의 기거동작에서 정책론과 역사관에 이르기까지 일체가 논리적 유기성과 정밀함을 가지고 있다. 그 장소만의 언동은 없고, 그리고 행동적인 그 문체는 감정의 풍부함에서 오는 넓은 윤택함을 지니고 있다.

그 가운데 얼른 보아 거대한 모순이 있다.

"누가 싸움을 좋아한단 말인가."

이런 비전론이 한편에 존재하는가 하면, 한편에서는

"도의를 지키기 위해서는 비록 한 나라가 망하더라도 싸워라. 나라의 정부는 싸움이라는 글자를 무서워해서는 안 된다."

말하자면 호전적으로 보이기 쉬운 사상도 있었다.

그 사상적 모순은 그의 인격에서 훌륭하게 통일되어 있었다.

그는 막부 말년인 겐지 원년(1864), 조슈 번이 말하자면 당시의 조슈 나름의 광적인 신앙에 쫓겨 군대를 동원하여 교토로 쳐들어갔을 때, 사쓰마 번을 통틀어 막부와 협력하여 이를 격퇴시켰다. 그 뒤 조슈에 대한 처분이 막부의 회의에 올랐을 때, 그는 막부 측에 건의했다.

"조슈 번을 없애고 번주인 모리 가문에 5만 석쯤 주어서 오슈로라도 옮겨야 합니다."

그 너무도 가혹한 처분안에 막부 관리들도 가슴이 서늘해졌다. 그러나 그것이 사이고가 말하는 '싸움이란 한 자(一字)'였다. 사실상 사이고는 조슈로부터 부탁받은 일도 없는데, 조슈 번이 본 영지를 그대로 지킬 수 있도록 뛰어다녔고 성취시켰다.

막부가 망할 임시에는 이런 내용을 외치며 관군을 이끌고 간토 지방으로 쇄도했다.

"에도를 쑥밭으로 만들고 쇼군의 목을 베어 만세의 기초를 쌓아야 할 것이다."

하는 내용을 외치며 관군을 이끌고 간토 지방으로 쇄도했다. 쇼군의 목을 베지 않고는 혁명이 이뤄지지 않는다는 것이 사이고의 주장이었다. 그러나 실제 행동은 그것과 모순 되어 있었다. 막바지에 가서 갑자기 군대를 멈추고 구 막부측으로 하여금 에도 성의 무혈 인도를 말하게 만들어 이를 허락한 다음, 쇼군 요시노부를 미토로 물러가 있게 하는 것으로 결말을 짓고 말았다.

그 관대함도 임시 속임수나 방편은 아니었다. 그 증거를 그는 이 정한론 소동이 있은 다음 도쿄를 물러날 임시에 같은 번 출신의 정부측 사람인 구로다 기요타카(黑田淸隆)에게 부탁한 것으로도 알 수 있다.

"내가 떠나면 정부 안에는 도쿠가와 가문에 해를 끼치려는 사람이 나올지도 모른다. 자네가 잘 생각해서 보호하게."

이 구로다가 하코다테(函館) 전쟁이 끝나고 나서 적(敵)인 에노모토 다케아키 이하를 살려주려 했다. 그러나 조슈 사람들이 반대할지도 모른다싶어 그는 미리 사이고와 의논했다. 사이고는 그 자리에서

"가고시마의 사관 이하 모두 죽더라도 에노모토를 살리겠다고 주장하게."

하고 가르쳤다. 사이고에게 '싸움'의 모순은 그의 인격으로 통일되어 있었다. 사이고의 '정한론'이란 대충 이런 것이었다.

사이고는 기뻤다.

이 견한대사 건이 결말을 본 데 대해 그는 진심으로 기뻐하며 그에게는 심각한 정적인 이와쿠라 도모미의 귀국을 어린애처럼 애타게 기다렸다.

'빨리 이와쿠라 경이 돌아오지 않는 건가.'

이 점은 사이고란 사람의 단순함을 보여주는 것은 아니다. 이 지난날의 기략가가, 그 기략적인 재능에서 계산해 낸 정치적 숫자를 아무리 검산해 보아도, 분명히 견한대사 파견이라는 그의 희망은 이 시기에 이룩되어 있었던 것이다.

태정대신 산조 사네토미라는, 오직 성실하기만 한 그가 거짓말을 할 리가 없다는 것은, 기하학에서 말하는 정리와 같은 것이었다. 이것은 예로서는 다소 적당하지 못할지 모르지만, 산조가 일찍이 다자이후에 귀양가 있을 때, 그 무료함을 달래기 위해 예쁜 첩을 권하는 사람이 있었다. 산조는 그것을 단호히 물리쳤다. '나는 천황으로부터 죄를 입은 사람'이라고 하며 마치 승려처럼 신변을 깨끗이 하며 지냈다. 그런 점에서 공경으로서는 보기 드문 예라고도 할 수 있는 사람이었다.

지금 사이고의 계산에는 기하학에서 말하는 공리라고 할 수 있는 요소가 하나 있었다.

칙허가 내렸다는 사실이다.

"그건 썩 잘 됐다."

하코네 온천에서 천황이 산조에게 말했다.

"그러나 이와쿠라가 귀국한 다음 잘 상의하도록."

이런 단서가 붙어 있기는 했지만, 그 단서는 대사를 한국에 보내기 위한 방법에 대한 것을 가리키는 것이다. 그리고 사이고를 대사로 한국에 보낸다는 기본에 대한 칙허는 움직일 수 없다고 사이고는 보고 있었으며, 그렇게 받아들이는 것이 상식으로서 당연한 것이었다.

천황을 이 나라의 원수로 하고, 칙명을 절대적인 것으로 하기 위해 도모(掏摸)유신이 행해진 것이다. 산조도 이와쿠라도, 혹은 오쿠보와 같은 당시의 대신들은 그 일을 위해 몸과 목숨을 돌아보지 않고 일해 온 사람들이므로, 이것은 공리라고 보아도 좋았다.

'이젠 문제없다.'

사이고의 안심은 그런 두 정리와 공리 위에 성립되어 있었으므로, 만일 이것이 부정되면 당장 무너지게 된다.

그러나 사이고가 그의 평생을 통해 꼭 한 번 사태를 쉽게 본 것은 바로 이때였다. 그 정리도 공리도 일본에서는 표면적인 것이었으며, 그 증거로 막부 말기에는 일부 공경들의 공작으로——산조도 가담해 있었다——고메이(孝明) 천황이 알지 못하는 칙명이 몇 번인가 나와서 정치 정세를 혼란하게 만든 것을 사이고는 너무 잘 알고 있었을 터였다. 그런데도 여전히 사이고가 이 시기에 그것을 믿으려 했던 것은, 그의 눈을 어둡게 할 정도로 그의 희망이 컸고, 그 희망이 앞서서 검산을 그르쳤기 때문이다.

산조 사네토미의 실제 경력에서는 이렇다 할 포부도 기량도 능력도 찾아볼 수 없다. 오직 성실뿐이었다. 이런 성실함이란 부자집 데릴사위로는 적당하지만 일국의 태정대신으로서는 비극적일 만큼 무능했다.

정치 속에서 '성실'을 지키기 위해서는 그것을 지킬 만한 세력이 필요하고, 계속 지켜가기 위한 정치 기술도 필요했으나, 산조에게는 두 가지가 다 없었다. 사이고는 그 점을 잘못 보았다. 산조는 가엾게도 한편으로는 사이고를 기쁘게 하면서 다른 한편으로는 조슈 세력의 두목인 기도 다카요시에 대해

"사이고를 파견하는 것은 내정에 불과한 것으로 아직 확정된 것은 아니

다."

내시(內示)를 미묘한 문장 표현으로 편지에 써 보냈다. 세력을 갖지 못한 무력자로서는 하는 수 없는 배신이었다.

편지에 말했다.

"아무튼 그 일은 대사──이와쿠라 도모미──가 귀국하기를 기다려 다시 상의할 예정이므로, 그때 가서 비로소 사이고를 견한대사로 파견하는 것이 좋은지 여부를 토론하여 결정한다는 것입니다."

'어디까지나 토론.'

산조는 이렇게 명백하게 쓰고 있다. 결국 문제는 조금도 결정되어 있지 않았고, 아직 백지 상태라는 것이다. 사이고가 만일 이 편지를 본다면 절망한 나머지 말라 죽을지도 모르는 그런 내용이었다.

한편 사이고는 딱할 정도로 천진난만했다.

"신고(愼吾 : 西鄕從道<sup>아우인</sup>), 신세가 많았다."

사이고는 이 일이 결정되자 스쿠미치(從道)에게 재빨리 인사를 했다. 사이고는 한국에 갈 준비를 서둘러야 한다고 마음이 조급했다. 이로 인해 니혼바시 고아미초(小綱町)로 돌아가려고, 시부야 긴노초(金王町)에 있는 아우의 집을 내일이라도 떠날 작정이었다.

"이건 또 갑작스런 일이군요."

스쿠미치는 천연덕스럽게 웃었지만, 마음속으로는 형의 견한대사에 관한 일이나 근위장교들의 기세당당한 정한론에는 반대였다. 그것은 나라를 위태롭게 하는 것이라고 생각하고 있었다.

이 아우의 마음속은 사이고도 잘 알고 있었다.

"의심과 망설임이 많은 신고."

사이고는 이 시기에 다른 사람에게 보낸 편지에도 이렇게 쓰고 있다. 스쿠미치는 특별히 의심이 많은 성격은 아니었다, 형의 정론과 전혀 대립되는 정론을 가지고 있는 것뿐이었으며 어떻게든 정치 공작에 의해 형의 견한대사 건을 무산시키려 하고 있었다. '의심이 많은 신고'란 그것을 가리킨다.

이 때문에 사이고는 망설이고 이 스쿠미치에게는 이런 말을 밝히지 않았던 것이다.

"실은 윤허가 계셨다. 드디어 한국에 건너간다."

다음은 이 두 형제의 통렬할 만큼 얄궂은 관계인데, 사이고 스쿠미치는 이

호전 25

때 육군 차관이라고 할 수 있는 육군 대보(大輔)였다. 형인 다카모리가 통수면에서의 육군 대장인 데 비해, 그는 군정면에서의 실권을 쥐고 있었다.

사이고에게는 아우와 누이가 6명 있었다.
그가 26세 때 이미 부모가 돌아가셨기 때문에, 집안 살림과 동생들의 양육은 모두 그가 책임을 져야 했다.
그러나 사이고 집안은 원래가 가난한 데다 막부 시대에 사이고가 두 번이나 섬으로 귀양살이를 가기도 하고, 정치에 분주하기도 해서 사실은 집안을 돌볼 수가 없었다.
다음 동생은 기치지로(吉次郞)라고 한다. 온후한 성격이어서 맏형을 대신해서 살림을 해나갔다.
"너를 형으로 생각하고 싶다."
이렇게까지 말하며 사이고가 기치지로를 가장처럼 떠받든 것은 그런 사정이 한 가지 이유였다. 그처럼 집을 지키던 기치지로가 보신전쟁이 일어나자 전쟁에 나가야만 했고, 게다가 불행하게도 호쿠에쓰(北越) 입구에서 전사하고 말았다. 사이고는 그 소식을 듣자 밥이 목구멍에 넘어가지 않을 정도로 슬퍼했다.
사이고 집안은 천재나 특이한 인물이 나온 집안은 아니었다. 이 집안의 먼 조상은 히고(肥後)에서 왔다고 하는데, 사쓰마로 들어온 지 9대째인 사이고의 아버지 기치베(吉兵衛)에 이르기까지 번의 작은 관원에 안성맞춤인 착실한 성격의 사람들만 태어났다. 사이고의 막내아우인 고헤(小兵衛)도 어디까지나 사이고 집안다운 독실한 성격으로 이웃의 자제들에게 글을 가르치고 있었다.
사이고 자신도 그의 소년기를 보면 이 집안의 돌연변이는 아니었다. 그는 기동도 신동도 아니었고, 성장기의 일화를 전혀 가지지 못한 점에서도 평범한 소년에 지나지 않았다.
"형은 세상 사람들이 말하는 것처럼 정말 훌륭한 사람일까?"
이런 것이 그의 자라난 과정을 알고 있는 셋째 동생 스쿠미치가 지닌 평생의 의문이었다.
스쿠미치는 만년에
"형 기치노스케가 전 막부 시절 교토에서 크게 활약을 했는데, 그것은 그의 측근에 야스케(彌助 : 大山嶽)와 나 같은 사람이 있었기 때문이다."

사람들에게 이렇게 말한 일이 있다. 스쿠미치는 대체로 자신을 치켜 올리는 사람은 아니었으므로, 이것은 자기 자랑은 아니었다. 구 막부 시대의 사이고의 화려한 활동은, 그의 신변 사람들이 정보 수집을 위해 뛰어다니기도 하고, 그것의 분석과 종합에 크게 도움을 주기도 했기 때문일 것이다. 그 당시 기리노 도시아키(桐野利秋 : 中村半次郎)는 사이고의 신변보호 정도의 일을 한 데 불과했다. 메이지 이후 당시의 사이고의 막료들은 모두 다른 벼슬길에 오르기도 하고 외국에 유학을 떠나기도 하여 뿔뿔이 헤어진 다음, 기리노와 같은 무인에 불과한 사람이 지난날의 스쿠미치들의 위치에 있었다. 스쿠미치는 기리노를 좋아하지 않아서, 그 인물을 평가하지 않는 정도가 아니라, 기리노들이 사이고를 독차지한 것이 메이지 이후의 사이고의 운명을 만들고 말았다고 평생 믿고 있었다. 그 말을 하고 싶었기 때문에 얼른 보기에 자기 자랑 같은 말을 했던 것이다.

사실 스쿠미치는 이 시기에 난처한 처지에 있었다.

여담을 해야겠다.

사이고는 소년기에는 평범한 아이로서, 뛰어난 학문의 재주를 보이거나 신기한 언동이 전혀 없었다는 점에 대해서이다.

그가 뒷날의 사이고가 되기에 이른 것은, 타고난 바탕을 자신이 갈고 닦아, 모두 자기 교육에 의해 자신을 만들어냈기 때문이다. 그런 점에서는 전례가 드문 신비함을 지니고 있다.

"스스로를 사랑하지 말라."

이것은 사이고가 청년 시절에 깨달은 자기 교육의 기본이었던 것 같다.

사이고가 몸에 지니고 있는 직업적인 기능이라면 무사에게는 보기 드문 주판을 놓을 줄 아는 것뿐이었다. 그는 생계를 위해 일찍부터 번의 일자리를 얻으려 했다. 10대 끝 무렵에 군 서기가 되었다. 그러기 위해 사람들이 싫어하는 주판을 배운 모양이다. 이 작은 벼슬자리는 그가 나리아키라에게 발견되기까지 10년 가량 계속된다. 그 시기의 어느 무렵인가, 자기를 사랑하는 일이 없으면 사물이 잘 보이게 된다는 것을 알아챘다.

자기를 사랑하지 않는다는 것도 역시 자기가 기준이 되어 있는 것이지만, 그 사랑하지 않는다는 자기까지도 버렸을 때 자기를 잊을 수가 있었다. 자기를 잊을 수 있으면 천심에 가깝게 되고, 가슴속이 천진난만해져서 모든 사물이 제대로 보이게 되었다.

"그러한 것이 바로 형이다."

구 막부 시대에 그다지 빛나는 존재도 아니었던 동생 사이고 스쿠미치와 종제인 오야마 이와오는 그렇게 생각했다. 이 두 사람은 어릴 때부터 사이고를 알고 있었던 만큼, 형의 감화를 그대로 받아들였다. 그리고 바탕이 원래 순진했기 때문에 사이고와 닮은 인물이 되었다.

"오야마 이와오란 사람은 월등하게 뛰어난 큰 인물이었다."

이런 이야기가 나왔다. 러일 전쟁에서의 파견군 총사령관이었던 이 인물을 잘 알고 있는 사람이, 사쓰마 사람들이 모인 자리에서 한 말이다. 그러나 그 자리에 오야마의 사촌 형제인 스쿠미치를 잘 알고 있는 사람이 있다가 말하고 여러 가지 실례를 들었다.

"아니 스쿠미치에 비하면 오야마 씨는 상당히 작다."

그런데 그 자리에 다카모리를 잘 아는 사람이 있다가 말했다.

"그 형에 비하면 스쿠미치 같은 사람은."

아무튼 사이고가 죽고 훨씬 뒷날이므로, 모인 사람들은 오야마나 사이고 스쿠미치까지는 어떻게 자기 재량과 경험으로 상상하기도 하고 인식도 할 수 있지만, 사이고가 얼마나 컸나 하는 것은 상상이 가지 않아 서로 얼굴을 마주보며 멍해 있었다고 한다.

사이고는 사욕도 자기주장도 오기도 버릴 수가 있었는데, 그런 것을 더욱 쉽게 할 수 있었던 것은 그가 생각해낸 "하늘을 공경하고 사람을 사랑한다"는 것의 발견이었는데, 그의 신변에서는 사이고 스쿠미치와 오야마 이와오만이 사이고의 이런 일을 흉내 낼 수가 있었다.

전쟁이란 것은 예부터 이해관계로 싸운다. 그러나 다소의 불순물이 섞이기는 하지만, 거의 순수하게 정책론을 가지고 싸운 시기는, 일본사에서는 이 시기 정도의 것이었는지도 모른다.

적어도 사이고 스쿠미치는 형 다카모리에 대해 그러했다.

스쿠미치는 일찍이 외유했다. 메이지 2년 여름이었다. 그해 여름 유럽으로 건너가 먼저 프랑스를 구경했다. 다시 영국, 러시아, 프로이센 등을 돌며 주로 각국의 군사 제도를 견학했다. 이 체험이 그에게 지금까지의 그를 아주 달라지게 할 정도의 충격을 주었다.

　유럽의 문명이 얼마나 거대하고, 그 육·해군이 얼마나 강대한가에 놀란 것만은 아니었다.

　"세계의 추세는 공화정치로 향하고 있다"는 것을 보고 만 것이다.

　스쿠미치가 파리에 도착했을 때는 바로 보불전쟁이 시작되려 하고 있었다. 그 어수선한 정세 속에 열강의 군비를 구경했던 것인데, 구 막부 이래로 막부와 각 번이 군제의 모범으로 삼아 온 프랑스에서는 나폴레옹 3세의 제정은 신임을 잃은 절정에 있어서, 파리의 노동자들은 노동자에 의한 정권 수립을 원하고 있었다. 스쿠미치들은 이듬해인 메이지 3년(1870) 초여름에 유럽을 떠났는데, 떠난 뒤에 보불 전쟁이 프랑스군의 패배로 끝나 나폴레옹 3세가 포로가 되었다. 나폴레옹 3세가 포로가 된 이튿날 파리에서는 민중의 요구로 공화정치가 선언되었다. 이른바 파리 코뮌의 성립이다.

　이 스쿠미치의 외유는 조슈 출신의 야마가타 아리토모(山縣有朋)와 함께였다.

　이때의 외유는 정부의 비용으로 간 것이 아니었다. 그들이 출발한 메이지 2년 6월로 말하면, 5월에 하코다테(函館) 전쟁이 막 끝났을 뿐으로 당연히 아직 번의 제도가 살아 있었다. 야마가타는 조슈 번에서 파견했고 사이고 스쿠미치는 사쓰마 번에서 파견했다.

　"드디어 번주의 허가를 받았을 때 지사들이 크게 반대했다."

　이런 내용을 야마가타는 편지로 기도에게 써서 보냈다. 야마가타는 조슈 기병대 총독이었다. 기병대는 양이(攘夷)를 목적으로 지원병을 모집한 군대로, 그 의도는 어디까지나 양이에 있었는데, 도막전이 끝난 다음 총독인 야마가타가 직접 국외로 나가 유럽으로 간다는 것은 지사들에게는 분명히 사상적인 배신으로 보였다.

　그런데 일본에서는 아직 양이 사상이 시대의 주류를 이루고 있었고 게다가 이제 겨우 왕정복고가 된 판인데, 파리에서는 벌써 제정을 넘어뜨리고, 다시 상류 계급을 넘어뜨린 다음 노동자에 의한 공화정권을 세우려는 생각이 넘치고 있었던 것이다. 두더지가 땅 위로 나와 햇빛을 보듯 눈이 부셨다.

　"양이는커녕 왕정 자체가 위험하다."

　야마가타 아리토모는 유럽에 있는 동안 몇 번이나 미친 듯한 눈매로 걱정하고 분개했다.

당연히 사이고 스쿠미치도 야마가타와 같은 생각을 하고 있었다.

사이고 스쿠미치로 말하면, 노동자의 일제 봉기를 예상케 하는 파리 코뮌 직전의 프랑스의 공기를 알고 있었다.

형인 다카모리는 해외 정세에 어둡지는 않았지만, 귀동냥에 불과해서 지금도 여전히 나폴레옹 1세를 존경하며, 그가 국외에 프랑스식 자유를 보급하고 있다고 믿고——물론 그런 면도 있지만——프랑스에 국민이란 것을 성립시켰다고 생각하고 있었다. 나아가서는 동양 이외의 인물로서는 누구보다도 미국 초대 대통령인 조지 워싱턴을 존경하여 그의 이름을 부를 때는 '님'이라는 존칭을 붙였다.

사이고가 워싱턴에게 무한한 존경을 품고 있는 이유는, 그가 1775년 미국군 총사령관에 선임되자, 규율도 무장도 제대로 갖추지 못한 민병을 잘 훈련시켜 영국군과 싸워서, 마침내 미국을 영국 신민지로부터 벗어날 수 있게 했다는 것이다. 막부 말기 이후로 불평등 조약을 짊어지고, 나라의 힘이 약해늘 다른 나라의 식민지가 될 위험성을 지니고 있는 일본의 입장에서 보면 워싱턴의 기상과 신념이야말로 사이고에게는 이상에 가까운 것이었다.

"일본은 머지않아 조선까지 포함해서 러시아의 남하 정책에 먹히고 말 것이며, 미국이 일찍이 영국을 본국으로 했듯이 러시아를 일본의 본국으로 하게 될지도 모른다."

이것이 사이고의 거시적 위기감이었다. 사이고는 러시아의 역사적인 남하 본능과 그 운동의 현황에 대한 지식에 밝았다. 이로 인해 "조선의 미망을 깨우쳐주어야 한다"는 것이 사이고가 견한대사로 가려고 하는 이유였다. 조선이 러시아 영토가 돼버리면 지리적으로 가까운 일본은 적어도 그 속국의 위치로 떨어질 염려가 있으며, 그때 가서 아무리 일본에 워싱턴이 나온다 해도 때는 이미 늦다는 것이었다. 사이고가 산조에게

"지금 내가 하는 말을 듣지 않으면 뒷날 두 배나 고통을 겪게 될 것이오. 당신은 나보다 나이가 젊으니까 나보다 더 오래 살아 있을 테니, 지금 한 말을 잘 기억해 주시오."

이렇게 말한 날짜가 기입되지 않은 내각 기록은 사이고의 그러한 거시적인 위기의식에서 나온 것이다.

'일찍이 의심이 많은 신고.'

이렇게 사이고가 말한 동생 스쿠미치는 프로이센을 제외한 유럽 전체에 제정을 부인하는 기운이 팽배해 있는 것을 현지에서 보고 만 것이다.
'일본 천황.'
이것을 의기양양하게 성립시킨 지사의 한 사람인 사이고 스쿠미치로서는 이런 세계적 추세에 당황하지 않을 수 없었다.
'도대체 천황을 받들고 있으면서 저래도 괜찮은 것일까?'
스쿠미치는 유럽에 1년 있는 동안에 심각한 생각을 하는 날도 있었다. 그러나 천황을 떠받들지 않으면 도막도 유신도 성립될 수 없다.
그 사정을 스쿠미치가 일찍이 교토에서 그를 위한 비밀공작에 종사한 경험에서 너무도 잘 알고 있었다.

스쿠미치의 유럽 체재중의 마음은 파리의 호텔에서도 런던의 호텔에서도 이것 때문에 밝지가 못했다.
하기야 스쿠미치 같은 사람은 천성이 태평스러운 데가 있어서, 같이 간 야마가타 아리토모처럼 잠시일지라도 식욕까지 잃지는 않았다.
야마가타는 어느 나라 어떤 혁명의 경우에도 나오는 간지파(奸智派)라고 할 수 있는 사람이었다. 혁명은 원래 그러한 재능도 필요로 한다.
예를 들면 프랑스 혁명에서 탈레랑이 그랬다. 그는 절름발이였기 때문에 수도원에 들어가 있었는데, 이 세상에서 조슈의 군졸 출신인 야마가타가 그러했듯이, 정치적인 사무 능력을 발휘하여 파리의 성직자 협회의 사무장이 됨으로써 그 솜씨를 세상이 인정하게 했다. 프랑스 혁명이 일어나자 야마가타와 마찬가지로 원래가 보수적인 성격이면서도 국민의회에 참가하여, 성직자이면서 교회 재산의 국유화를 제의해서 혁명가들의 박수를 받았다.
그러나 동시에 탈레랑이 빈틈이 없었던 것은, 교회 재산을 불하할 때 투기를 해서 막대한 재산을 들어낸 것이었다.
야마가타도 비슷하다. 그는 뒤에 사법경 에토 신페이로부터 탄핵을 받아 사건이 세상에 밝혀졌듯이, 옛 기병대 출신의 정상배인 야마시로야 와스케(山城屋和助)를 병부성(뒷날 육군성) 납품업자로 하여 편리를 봐주고 계속적으로 뇌물을 받았다. 이 사건은 야마시로야 와스케가 병부성 안에 있는 한 방에서 배를 가르고, 야마가타가 한때 육군 차관직을 물러나는 것으로 낙착되었다.

탈레랑의 경력은 더욱 복잡해서, 그 뒤 영국으로 갔다가 미국으로 망명하여 단두대로 가게 되는 위험을 피했다. 로베스피에르의 공포 정권이 넘어진 다음, 탈레랑은 몸이 안전한 것을 확인하고 귀국해서 이윽고 나폴레옹의 외상이 되었고, 나폴레옹을 위해 무서울 정도로 솜씨를 발휘했다. 그 동안에 큰 부자가 되었다. 그런데 나폴레옹 제정의 앞길이 위태로워졌을 무렵, 지난날의 프랑스 이 혁명투사는 왕정의 부활을 위해 암약했고, 러시아 황제와 내통하여 부르봉 집안의 복권을 공작하여 마침내 나폴레옹이 넘어진 다음 왕정이 부활했을 때 그 외상이 되었다.

야마가타에 있어서, 막부 말기의 조슈 번이 혼란에 빠진 것은 그의 출세의 좋은 조건이었던 느낌이 든다. 그는 아무런 혁명 이론도 가지지 못했고, 선구적인 활동도 하지 않았다. 묵묵히 기병대의 실무를 보면서, 그 실무 능력이 뛰어난 것으로 다카스기 신사쿠(高杉晋作) 등 혁명가들로부터 인정을 받고, 이윽고 메이지 정부의 군제 창설자인 오무라 마스지로(大村益次郎)가 메이지 2년에 암살되자 그 뒤를 이어 실무를 담당했다. 혁명기에 최후까지 살아남은 것은 이런 종류의 실무적 출세주의자였는지도 모른다.

그런 야마가타와 같은 인물이 유럽에서의 제정과 왕정이 기울어져 가는 것을 보고 그에 반응을 느낀 것은 마찬가지였다.

이 메이지 2년 여름, 유럽 여러 나라를 돌아다닌 두 일본인을 생각지 않고는 메이지 20년을 전후해서 성립된 그 답답한 메이지 국가란 것을 이해할 수 없다.

두 사람이라고 하지만 사쓰마의 사이고 스쿠미치보다, 오히려 조슈의 야마가타 아리토모 쪽이 이 경우 훨씬 중요했다.

특히 중요한 것은 야마가타를 계속 덮치고 있는 충격이었다. 유럽 사람들은 왕을 사랑하지 않고 있다. 오히려 국가나 의회를 사랑하려 하고 있다는 것이다.

'이 사상은 머잖아 일본으로 온다. 모처럼 성립된 일본의 천황 제도는 자칫 무너질 위험에 놓여 있다.'

이런 공포였다. 야마가타는 보불 전쟁 전야에 있는 프랑스 군인들을 보았다. 저조한 사기와 그 애국적 정열의 결여를 보았다.

"나폴레옹 3세는 보신책으로 전쟁이라는 큰 도박을 하려 한다. 그런 사람을 위해 싸움터에서 목숨을 버릴 수는 없다."

이 생각이 군인들 사이에 퍼져 있는 것도 보았다. 프랑스 군민이 예사로 황제를 비판하고, 황제보다 국가를 사랑하고 있다는 경탄할 사실도 보았다. 프랑스 사람에게 황제는 버릴 수 있는 존재였다. 그들에게는 애국하는 감정은 보편적으로 존재하고 있었지만, 일본처럼 임금에게 충성하는 도덕이나 감정은 반드시 보편적이 아니란 것도 알았다. 이 애국적인 국민은 차라리 나라를 위해 필요가 있으면 황제를 내던지고 국민이 국가를 지키려는 마음을 가지고 있었고, 나아가서는 종래의 자본 계급의 국가 기구를 무너뜨리고 노동자에 의한 시민정권을 생각하는 계급까지 생겨 있었다.

'이런 패들은 일본에도 나온다.'

야마가타는 생각했다. 이런 패들이란 혁명적 자치주의를 가진 국민을 말하는 것이다.

야마가타가 뒷날 일본에 나타나는 자유민권 운동이란 것을 파리 코뮌과 함께 인식하며, 그것과 같은 것이거나 혹은 비슷한 것으로 보았다는 우스운 일은, 우스운 것으로 보아 넘길 수만은 없다.

왜냐하면 그는 메이지 10년대 후반부터 메이지 국가의 중추권력을 장악하는 것과 동시에 자유민권 운동을 반국가 운동으로 보고 철저한 탄압에 나선 것이다.

그는 메이지 20년 보안조례를 공포하고, 오자키 가쿠도(尾崎咢堂 : 行雄), 나카에 조민(中江兆民), 가타오카 겐키치(片岡健吉) 등 570명이나 되는 많은 운동가에게 "황성 30리 밖으로 추방"이라는, 에도 막부가 노름꾼들에게 행한 '에도 추방령'을 부활시키고, 게다가 그에 항의할 수 있는 권리를 일체 주지 않았다. 모두가 경찰관의 현장 인정으로 행해지고 즉결되었다.

"국가를 지켜야 한다."

야마가타는 계속 말했는데, 사실은 사쓰마·조슈 파벌을 지키기 위해서였다. 그것을 위해 천황에 대한 절대적인 충성심을 국민들에게 요구했다. 이것은 모두 그가 메이지 2년 유럽 여행 때 무서워 떨었던 충격에서 나왔다.

야마가타 아리토모에 대해 언급해 두는 것은 이 이야기의 주제에 절실하다.

왜냐하면 그가 역사에서 중요한 점의 한 가지는 모방자였기 때문이다.

모방자에게는 원형이 있다. 원형이 어떤 성질의 것이었는지를 상상하는 데는, 그 모방자로부터 거꾸로 따지는——원형이 다소 불쾌할지라도——관점도 있을 수 있다.

야마가타는 창조적 재능은 없었고, 따라서 구상하는 사람은 아니었다. 원형이 창조해 준 것을 그는 묵묵히 실행하여 마침내 마무리를 짓는 것이다.

그의 최초의 원형은 같은 번 출신인 오무라 마스지로(大村益次郎)였다. 오무라의 이상은 존왕보다 오히려 국민에 의한 국가를 성립시키는 것이었던 모양으로, 이를 성립시키기 위해 국민개병과 폐번치현을 구상했었다. 그러나 일이 시작되었을 단계에서 암살당하고, 야마가타가 지닌 개화된 빛을 지운 형태의 것이었다.

야마가타에게 그 다음의 원형은 사쓰마의 오쿠보 도시미치였다.

오쿠보는 프로이센 식의 정치를 받아들여 내무성을 새로 만들고, 내무성이 지닌 행정경찰력을 중심으로 관의 절대적인 권위를 확립하려 했다. 그러나 일에 손을 댄 지 몇달 만에 암살당해 죽는다.

오쿠보가 죽고 몇 해 뒤에 야마가타가 내무경——뒤의 내무대신——이 되어 오쿠보의 절대주의를 마무리 짓는 동시에 오쿠보도 생각지 않았던 귀족제도를 만든다. 메이지 17(1884)년의 일이다. 화족이라는 이름을 만들었다. 메이지 유신을 가져오게 한 시대적 정신이 '일군만민(一君万民)'이라는 평등사상에 대한 바람이었다면 메이지 17년의 화족령 공포로 눈에 띄게 후퇴하게 된다. 천황은 민중의 것에서 멀어져 화족의 것이 되고, 화족을 '황실의 울타리'라 했다. 이때 조슈의 낮은 군대 출신인 야마가타는 백작이 되었다.

"민당——자유민권당——이 주먹을 휘두르고 오면 죽이는 것도 사양치 않겠다."

그는 이렇게까지 말하게 되어, 메이지 20년 당시 내무대신이었던 그는 모든 반정부적 언론과 집회를 마음대로 금지할 수 있는 권한을 가졌다.

원형인 오쿠보는 철저한 국권주의자였으나, 그 국권주의는 장래 민권주의를 길러 간다는 암시가 들어 있었던 행적도 있었다. 그러나 모방자인 야마가타에게는 그런 냄새는 풍기지 않았다.

야마가타는 군대와 경찰을 좋아했는데, 경찰의 창시자이며 야마가타에게는 원형의 한 사람인 가와지 도시나가(川路利良)의 경찰 사상을 좋아하지 않았다. 시민에 대한 봉사라고 하는 프랑스식을 고려, 메이지 18년 독일에서 고문을 청해 와서, 국가의 권위를 집행하는 기관으로서의 독일식 경찰로 바꾸었다.

야마가타에 대해 계속 얘기한다.
이 수도원의 음모가처럼 음울하고 말이 없으며, 권력과 돈을 지나치게 좋아하고, 게다가 국권의 철저한 확립만이 호국의 길이라고 믿고 있던 국가적 규모의 대 미신가의 존재에 언급해 두지 않으면, 사이고 스쿠미치가 메이지 6년부터 10년까지 그의 형을 배반한 행동에 대해 알 수 없을 것이다.
이런 이야기가 있다.
야마가타처럼 천황의 권위적인 장식에 열중한 사람은 없었다. 일본 역사상 천황의 궁전이 메이지 20(1887)년부터 전에 없이 더 중후해져 간 것은 야마가타 한 사람의 독창적인 생각에서 온 점이 많다. 야마가타는 정치가로서는 항상 원형을 필요로 하는 모방자였지만, 천황에게 권위적인 장식을 한 점만은 창조적이었는지도 모른다.
교토에 있었던 1,000년 동안의 일본 천황은 원시 신도(神道)의 청정함을 주제로 한 간소한 궁전에, 궁중의 신성 행사를 주재하는 존재였다. 외출도 하지 못했다. 사람의 눈에 띄지 않는 것이 일본식의 신성한 장식법으로 "어떤 일이 계시는지는 모르지만"하는 분위기가 전통적인 형태였을 것이다.
사이고의 생애가 끝나는 메이지 10(1877)년까지는, 도쿄에서의 천황은 교토에 있을 때의 연장과 같은 모습으로 지냈다.
천황의 권위적인 장식이 일변하는 것은 메이지 29년(1806) 5월, 후작인 야마가타 아리토모가 러시아 황제 니콜라이 2세의 대관식에 일본 대표로 참석한 뒤부터다.
'옳거니, 황제의 자리란 이처럼 장엄한 것인가.'
야마가타는 일찍이 파리 코뮌에서 놀랐던 것과는 반대의 충격을 받았다. 금빛 찬란한 그리스 정교의 종교적인 장엄미와, 수많은 귀족에 둘러싸인 그 정점에 위치하며, 나아가서는 중후한 무기와 금몰로 장식된 근위군을 거느린 러시아 황제는, 광대한 러시아 국토를 정복한 정복자의 자손으로, 국내에 있는 백 종류 정도나 되는 인종을 종교와 법률로 지배하고, 나아가서는 수백억의 부를 낳는 제실의 영지를 가지고 있으면서, 그 영지의 농민을 농노로

부리고 있는 오직 한 사람이었다. 정치적으로는 전제권을 가지고 있고, 내각이 있어도 이름뿐으로 측근이라는 정도에 지나지 않았다.

이 러시아 황제의 신성을 장엄하게 하는 모든 미술적 연극적인 구성에서 바라보면 일본의 천황은 너무 허술했다.

야마가타는 귀국한 뒤 천황을 러시아 황제처럼 장엄하게 만들 획기적인 개조를 시도했다.

역사에서 보면 어리석은 사람이었다는 생각밖에 들지 않는다. 니콜라이 2세는 러시아 혁명으로 죽게 되는 황제였고, 이 황제의 대관식 때는 러시아 황실은 러시아적 현실에서 붕떠버린 시기였던 것이다.

이야기는 옆길로 들지만 그 이야기를 계속한다.

일본 천황이 임금이란 위치에서 메이지 헌법에 의한 천황이 된 것은 이 헌법이 공포된 메이지 22(1889)년부터다.

헌법 수석 기초자는 이토 히로부미였다. 야마가타보다 개화적 경향이 강한 이토는 '일본국 황제'가 본받아야 할 모델을 러시아 황제에게서 찾지 않고 독일 황제에게서 찾았으며, 게다가 황제로부터 전제성을 제거해 버린 것으로 구상했다.

이 새로운 '일본국 황제'에 대해 야마가타가 메이지 29년에 러시아에서 돌아와 러시아 황제의 분식을 도입했다. 일찍이 에도 시대가 끝날 때까지 어전으로서 일본적인 그늘진 세계에서 신성시되고 있던 천황은 이 무렵부터 그 영광의 전통을 바꾸게 된다. 독일식 권위의 상징에 러시아풍의 중후함을 더하게 되었다.

말하자면 천황은 말 위의 사람이 되었다.

이토가 기초한 메이지 헌법은 의회주의를 채택하여, 입법·행정·사법의 삼권 분립이 명시되어 있는 점에서는 세계의 진보된 기운에 별로 뒤쳐진 것은 아니다.

실지로 러일 전쟁이 시작되기 직전, 미국 대통령이었던 테오도어 루스벨트는 전 세계의 상식과는 다른 관측을 가지고 일본이 이긴다고 보았다. 그 이유로서 이런 것을 들고 있다.

"일본은 의회주의를 채택하고 있고, 러시아는 황제가 전제하는 정치체재이다. 근대에 들어와서 전제가 이긴 예가 없다."

일본은 군주를 받들고는 있지만 이 루즈벨트가 지적했듯이 안팎으로 다같이 의회주의 정체를 가진 나라로 인정받고 있었다.

그러나 야마가타는 일본의 이 삼권분립의 정체를 이윽고 파괴하게 되는 '군인칙유'를 헌법 공포에 앞서 메이지 15(1881)년에 실현시켰다.

'병마의 대권은 짐이 거느리는 바이다.'

이렇게 하여 군대를 천황의 사병인 듯한 인상을 주었다. 야마가타가 이 칙유를 실현시킨 것은 육군 대장 사이고 다카모리의 난이 다시금 일어나지 않도록 하려는, 오히려 군인에 대한 도덕적 설득을 목적으로 한 것이었는데 쇼와기에 들어와 이 칙유가 정치화한 군인을 군벌로 만들어, 3권 외에 '통수권'이 있다고 주장하게 하고 이윽고 통수권은 내각과 의회를 초월하는 것이다, 하며 국가 자체를 파괴시키는 원인을 만들었다.

일본에 귀족을 만들어 유신을 역행시키고, 천황을 황제처럼 장엄하게 만들며, 군대를 천황의 사병과 같은 존재로 만들어, 메이지 헌법을 사실상 파괴하기에 이르게 한 것은 야마가타였다. 야마가타로 하여금 그처럼 무거운 국가를 만들게 한 것은, 메이지 3년 그가 파리에서 실지로 본 코뮌의 전율적인 움직임이었다고 할 수 있을 것이다.

이 메이지 2년의 유럽 시찰에서, 사쓰마에서 보낸 사이고 스쿠미치의 나이는 만으로 26세에 지나지 않았다.

조슈에서 파견된 야마가타는 5살 위였다. 야마가타 쪽이 자연히 형뻘처럼 되었다. 아니 '자연히'는 아니었을지도 모른다. 사이고 스쿠미치에게는 그런 버릇이 있어서, 다른 사람들 가운데 자기보다 나은 사람이 있으면, 그 사람을 앞에 내세우고 자기는 뒤로 물러섰다. 사이고 스쿠미치의 한 평생의 정치적 습성이라고도 할 수 있다.

"나는 과히 영리하지 못하다."

스쿠미치로서는 거의 종교적이라고 할 수 있는 이상야릇한 신념을 가지고 있었다. 종교적이라고 하면 큰 지혜의 경지일지도 모르지만 그에게는 종교적인 성격은 없었다. 다만 자신을 어리석은 사람으로 낮게 평가하면서 강렬한 사명감을 가질 때 영리한 사람을 움직일 수 있는 것 같다. 사이고 스쿠미치란 사람은 일을 잘 할 수 있는 사람을 좋아했다. 그로 인해 누구에게 그런 재주가 있는지 꿰뚫어보는 능력은 아주 뛰어났다. 그의 사명감은——후세 사람들에게 익살스러운 느낌이 들지 모르지만——새 국가의 건설이라는 것이었다.

여담이지만 청일·러일 전쟁을 일본이 견뎌낼 수 있었던 것은 당시 한꺼번에 세계 수준으로까지 정비된 일본의 해군력에 의한 것이었다.

그 해군을 만든 것은 해군 대신이었던 사이고 스쿠미치다. 하기는 이 일을 만일 스쿠미치 자신에게 물을 수 있다면 이렇게 대답할 것이 틀림없다.

"나는 하지 않았소. 그것은 야마모토 곤노효에(山本權兵衞)가 한 것입니다."

분명히 모든 근대사에도 야마모토가 한 것이라고 씌어 있고, 스쿠미치가 한 것으로는 씌어 있지 않다. 스쿠미치는 분명히 존재했지만 얼른 보아 존재하지 않는 것 같은 기미가 있었는데, 이 점은 그의 형 다카모리가 다소 좋아했다는 노장사상의 분위기가 그에게도 있었기 때문이다.

청일 전쟁은 메이지 27(1894)년에 일어났다. 그 전해에도 일본 해군은 싸울 수 있는 실체가 없었다. 함선이 갖춰져 있지 않았을 뿐 아니라, 해군부 내부는 도깨비 소굴 같은 것이었다. 막부 말기부터 유신에 걸쳐 사쓰마·조슈·도사·사가의 지사 출신들이, 아무런 기술도 없이 장관과 영관의 신분을 가지고 어수선한 모임을 구성하고 있었던 것이다.

스쿠미치는 야마모토에게서 능력을 발견했다. 야마모토는 한꺼번에 96명의 장관과 영관들을 해임시키고, 해군의 정규 교육을 받은 사람들을 각각 필요한 위치에 앉혔다.

전쟁이 끝난 뒤, 러시아의 압박이 더해 왔을 때, 러시아와의 싸움을 견딜 수 있는 해군을 설계하여, 겨우 10년 사이에 건설한 것은 야마모토였다. 그러나 거기에 따르는 정치적인 장애는 스쿠미치가 모조리 제거해 주었다고 해도 무방하다.

사이고 스쿠미치에게는 일화가 많다. 메이지 30년대에 어느 내각이 짜여졌을 때, 거의 이름도 없는 많은 사람이 대신이 된 적이 있다. 어느 사람이

"그들은 관록이 없어서 안 됩니다."

은근히 그 조각을 놓고 비난하자, 익살꾼인 스쿠미치는 말했다.

"관록 같은 건 금방 붙게 됩니다. 그들을 쌍두마차에 태워 도쿄를 한 바퀴 돌게 하면 자타가 함께 그런 기분이 들게 되는 겁니다."

이 일화보다 훨씬 이전의 일인데, 어떤 일로 어전회의가 열렸다. 회의는 많은 사람의 찬성 가운데 진행되고 있었는데, 한 대신만이 뻔한 일을 가지고 트집을 잡고 나왔다. 어전회의이기도 해서 모두 당황하고 말았다.

그 대신이 일어나 자기주장을 계속 늘어놓았는데, 이윽고 의자에 앉으려고 하자 옆에 있던 스쿠미치가 슬쩍 의자를 뒤로 빼버렸다.

그 대신은 쿵 하고 바닥에 엉덩방아를 찧고 말았다. 그 꼴이 하도 우스워 메이지 천황이 크게 소리를 내어 웃고, 다른 사람들도 웃음을 터뜨리고 말았기 때문에 의사당의 공기가 일변했다. 그 대신도 다시 점잔을 빼며 자기주장을 고집하는 것도 우스꽝스럽게 여겨져서 그만 주저앉을 수밖에 없었다. 스쿠미치에게는 그런 묘한 유머의 재능 같은 것이 있었는데, 그 점이 형인 다카모리와 비슷했다고 한다. 정치적 긴장을 그런 기지로 풀어버리는 재능을 가지고 있는 정치가는 메이지 이후 사이고 스쿠미치뿐이었을지도 모른다.

메이지 2년, 스쿠미치가 야마가타 아리토모와 함께 외유한 것이, 과장해서 말하면 메이지 국가의 운명을 바꿔놓는 계기가 되었다고 말할 수 있을 것이다.

스쿠미치는 유럽 각국을 돌아다니며 야마가타를 보고 생각했다.

'이 사람은 꽤 훌륭하다!'

야마가타의 성격은 음성적이었고 스쿠미치는 양성적이었다. 그러나 그 생애에는 분명한 공통점이 있었다. 둘이 모두 군사 계통에 몸을 담았고 마침내 두 사람 모두 원수로 승진된 점도 같지만, 다같이 들에 나가 싸우는 군인은 아니었고, 주로 군정면을 걸어간 점도 서로 비슷하다. 보다 더 사이고 스쿠미치는 야마가타를 따라갈 수 없었지만, 야마가타는 군을 장악한 다음 내무성의 관료조직을 손아귀에 넣어 마침내 메이지 국가의 국권을 확립하고 말았다.

"프랑스의 민권주의는, 모처럼 나라를 탄생시킨 일본에 해가 된다"는 내용의 말을 야마가타는 유럽 체재 중에 계속 말했을 것이 틀림없다. 민권보다는 국권이다. 그러기 위해서는 국권주의의 프로이센을 본받아야 한다. 국권주의로 민권주의의 대두를 꺾어 눌러야만 한다고 하고, 그러기 위해서는 3백이나 되는 여러 번에 병권이 분산되어 있는 것은 좋지 않으니 귀국 후에 번을 폐지하고 현을 둘 것을 진언하여 도쿄에 반란을 진압하는 군대를 창설해야 한다고 논했다. 스쿠미치는 이렇게 말하는 야마가타를 존경했을 것이 틀림없다. 야마가타에게 군대라는 것은 외국을 치는 데 쓰이는 것은 아니었다. 반란을 진압하기 위해 쓰이는 것이었다.

이야기는 메이지 2년 무렵으로 되돌아가지만 굳이 언급해 두려한다.
그러나 굳이 말한다.
왜냐하면 조슈 사람인 야마가타 아리토모와 사쓰마 사람인 사이고 스쿠미치가, 스쿠미치의 형인 다카모리에게 어떤 인물이었고, 그의 운명에 어떻게 영향을 미쳤는가를 여기서 알아야만 한다. 다카모리는 스쿠미치의 집에 얹혀살고 있었다. 결코 사이가 나쁜 것은 아니었지만 서로 정치 이야기는 거의 하지 않았다. 이상한 일이었다. 두 사람은 형제간이라고는 하지만 막부 말기에 함께 지사로 활동할 때는 동지였고, 지금은 함께 육군에 봉직하고 있었다.

"의심이 많은 사람."
이미 언급했지만 사이고는 아우인 스쿠미치를 이렇게 말했다. 스쿠미치는 어디까지나 사쓰마 기질의 쾌활한 사람으로 '의심이 많다'는 표현과는 거리가 멀다.

그러나 스쿠미치는 유럽을 다녀온 뒤로 야마가타와 손잡고 말았다. 야마가타의 국권 절대주의에서 보면 사이고는 공화주의자는 아니었지만 국민을 중심으로 하는 그의 입장에서 볼 때 그것까지도 허용하고 싶은 심정이었다. 적어도 뒷날 도사의 이타가키 다이스케(板垣退助)가 자유 민권주의라는 것이 있다는 것을 알고 그 창도자가 되었을 때, 사이고가 이타가키에게 말하여 명쾌한 허용성을 보였다.

"나도 그것을 생각하고 있었소."
사이고는 야마가타와 그 뒤에 유럽으로 외유한 일행들 가운데 프로이센식의 국권주의를 가져온 오쿠보 도시미치와는 질이 다른 사상을 가진 존재였다. 국권주의는 야마가타가 마음껏 휘둘러 그것을 울창한 큰 나무로까지 만들고 말았지만, 이 국권주의라는 것은 국민을 국가라는 강철테로 계속 조여 붙여 근대 군가를 벼락치기로 만들어내려는 사상으로, 결국은 이것이 일본 국가를 만들고, 태평양 전쟁의 패배로 인해 적국의 힘으로 두들겨 부서질 때까지 계속된다. 그런데 사이고의 마음은 그것과는 상당히 달랐던 것으로 보이고 있었다.

'형은 난신적자가 되는 것이 아닐까?'

이런 의심이 사이고 스쿠미치에게는 있었다. 인간이란 것은 한 번 국권주의의 입장에 서면 때로는 인격이 변질되어 무서운 우국지사가 되는 경우가 있다. 나무가 바람에 흔들리는 것을 보고도 그것이 국가가 멸망한 전조라는 것을 예감하기도 하고, 혹은 민중의 나약한 기풍에 분통을 터뜨리기도 하며, 사상가들을 의심하고 그것에 악을 느끼게 되며, 삼라만상의 움직임이 모조리 "국가의 앞날에 해를 가져다주는 것이 아닐까" 하는 이상한 충동을 느끼게 된다. 사이고 스쿠미치는 야마가타의 감화에 의해 그런 종류의 '의심'을 가졌다.


"의심이 많다."

이렇게 되풀이 말하지만 동생인 스쿠미치가 형인 다카모리에 대해서만 보이는 태도였다. 스쿠미치는 형을 의심하고 있었다. 그러나 사이고 다카모리를 의심하고 있는 것은 스쿠미치만이 아니었다. 사쓰마 인이 아닌 사람——스쿠미치는 물론 사쓰마 사람이지만——의 거의가 짙고 엷은 차이는 있지만 그렇게 보고 있었다.

"사이고는 제2의 막부를 만들 야심을 숨기고 있는 것이 아닐까?"

그러나 훗날 사이고가 비명의 최후를 마치고 죽자 아무 상관이 없게 되었기 때문에, 사이고를 죽인 정부측 사람들마저 사이고의 좋은 점만 높이 기리게 되어 메이지 유신의 상징적인 인물이 되었다.

"그러나 사쓰마 사람들 가운데 지금도 사이고를 싫어하는 사람이 있습니다."

이런 내용의 편지를, 사이고 연구가인 사카모토 모리아키(坂本盛秋)씨가 필자에게 보내주었다. 사카모토씨는 영문학자이다. 도쿄에 살고 있지만 성으로 보아 선대는 사쓰마 출신이었을 것이다. 사이고가 죽은 뒤 100년이 지났다. '지금도'라는 말까지 나로서는 알 수 없다. 벌써 정치 상황이 사라지고 은혜와 원수가 지속될 턱이 없는 오늘날까지 그런 미움이 계속될 수 있을까?

그러나 내게도 약간의 경험이 있다.

시마즈 히사미쓰계통의 두 집안이 공작이 되었다. 큰아들 다다요시(忠義)가 큰집의 대를 이어 메이지 17(1884)년 화족령 제정과 동시에 공작이 되었고, 따로 그의 생부인 히사미쓰가 번주는 아니지만 사실상의 번주였기 때문에 역시 공작이 되었다. 같은 영주 집안에서 두 집이나 공작이 생겼다.

이 두 집 모두 사이고가 그 사람을 생각하면 눈물을 금치 못했던 개화 군주 시마즈 나리아키라의 적손이 아닌 것이 심각함의 한 원인이다. '오유라 소동'의 오유라(於由良:나리오키의 측실)가 낳은 서자 히사미쓰의 혈통이며, 나리아키라의 혈통은 그가 죽기 전후해서 끊어졌다. 그 점은 이미 언급했듯이 나리아키라의 아들은 오유라 당파에게 모조리 저주받아 죽거나 독살되었다는 것을 사이고는 당시에 말하는 '세이추조(精忠組)'의 다른 많은 사람들과 마찬가지로 믿고 있었다.

사이고는 글로는 남기지 않았지만 그의 언동으로 보아 믿고 있었던 것이 틀림없었다. 사람이 죽은 원인을 후세에 판단한다는 것은 지극히 어려운 일이며 공연한 짓이지만, 나리아키라의 죽음은 상황으로 판단하면 독살된 것처럼 보인다.

그러나 나리아키라가 죽은 뒤에 대를 이은 번주 다다요시와 그의 생부인 히사미쓰 부자가 세운 나라는 거짓 나라는 아니었다. 나리아키라가 임종하는 자리에 히사미쓰를 머리맡으로 불러 여러 중신들이 배석한 가운데 유언했기 때문이다.

"너의 아들 다다요시에게 대를 잇게 하고 네가 뒤를 보살펴라."

나리아키라는 일찍이 세자였을 무렵 자기를 세자 자리에서 내쫓고 오유라의 아들인 히사미쓰를 세자로 옹립하려는 이른바 오유라파 사람들에 대해, 그가 번주가 된 뒤에도 보복 인사를 하지 않았을 정도로 거의 기적에 가까운 관용을 보였다. 유언으로 히사미쓰의 아들로 대를 잇게 한 것도 집안 소동을 이로 인해 종식시키려고 생각했기 때문이다.

사쓰마 인 일부에 사이고를 싫어하는 기색이 짙게 남아 있다. 필자는 이 이야기를 취재하는데 시마즈 공작 집안과 관계가 깊었던 몇 사람을 만나보았다. 이야기가 사이고에 미치면 다같이 말이 흐려지는 듯한 느낌이 있었다.

"시마즈 집안에서는 사이고에 대한 이야기는 그다지 나오지 않았던 모양입니다."

그중에 어느 사람은 이렇게 말했는데 히사미쓰의 사이고에 대한 저주가 전쟁 전까지는 아직 살아 있었던 것처럼 생각되었다.

히사미쓰가 사이고를 얼마나 미워했는지, 막부 말기의 어느 시기에 사이고의 귀양을 풀지 않을 수 없는 상황이 되었을 때, 마침 물고 있던 담뱃대를 깨물어 은으로 된 그 부분에 이빨 자국이 생겼다고 전해질 정도다.

히사미쓰는 사이고에게 모든 부도덕한 욕설을 퍼부어야 할 존재였다. 사이고는 "나를 속여 번 군사를 사병처럼 부리며, 막부를 보존하려는 내 생각을 어기고 막부를 넘어뜨리고만 불충자"였다.

"절대로 번을 폐지하고 현을 두지 마라. 영주도 영토도 남겨라."

또 히사미쓰가 그토록 말했는데도 그것을 배반했다. 번을 없애고 현을 둔다는 것은 히사미쓰에게 "주인 집안을 팔아먹은 역적의 짓"이며, 그런 견해를 그는 평생 바꾸지 않았었다.

반면에 사이고가 보았을 때는 다소 사실 관계와 달랐다. 그러나

"오유라의 아들인 히사미쓰야말로 시마즈 집안의 찬탈자이며, 죽은 주인 나리아키라를 독살한 패의 한 사람이었다."

감정으로서는 그것을 진실이라 하여 그렇게 믿고 있었거나, 적어도 그렇게 믿음으로 해서 나리아키라의 죽은 영혼을 위로하고 싶은 감정이 있었다. 사이고에게 히사미쓰는 죽은 주인의 원수였다. 그 미움이 히사미쓰에게도 전해지게 되어, 히사미쓰의 사이고에 대한 증오는 유신 후에 더욱 강해지고 있었다.

"사이고는 안녹산 같은 사람이니 주의해라."

가고시마와 도쿄에 있는 히사미쓰 계통의 사쓰마 사람들은 그렇게 수군거리고 있었다.

사쓰마 그룹 속의 히사미쓰 당이라면 예를 들어 메이지 9(1876)년에 궁중에 들어가 악관이 되고 남작이 된 다카사키 마사카제(高崎正風)가 있다. 또 이른바 류큐(琉球)를 처분함에 있어, 뒤에 오키나와 현 지사가 된 남작 나리하라 시게루(奈良原繁)와, 혹은 시마즈 집안의 차시중(茶侍臣) 출신으로, 뒤에 사법관 겸 법무성 차관이던 오무라 마스지로(大村益次郎) 암살의 배후가 되고, 이윽고 자작이 된 가이에다 노부요시(海江田信義)라는 사람이 있다.

"사이고에게는 제2의 막부를 만들 야망이 있다."

조슈의 기도 다카요시가 품었던 의심은, 이러한 히사미쓰 당의 누군가가 기도의 귀에 그런 말을 들려주었을지도 모른다.

동생인 스쿠미치가 사이고를 의심한 것만은 아니다.
'사이고가 반란을 일으키는 것은 아닐까?'
이런 의심이 유신 정부 성립 초기부터 있었다.
그렇다면 사이고는 대체 어떤 사람일까. 성격이라든가 남의 도발이라든가 여러 가지 사정으로 반란을 일으키는 것이 아니고, 벌써 하나의 존재로써 그러했다는 것이 되는데, 그렇게 생각할 때 놀라운 생각을 하지 않을 수 없다.
막부 말기에 혜성처럼 나타난 군사적 천재가 있었다. 조슈의 농민 출신으로 시골에서 의원 노릇을 하고, 이어 난서를 번역한 경력을 가진 무라다 조로쿠(村田藏六：大村益次郎)이다. 기도 다카요시가 에도에서 발견하여 그를 번사로 발탁하게끔 운동해서 중인 정도의 신분이 되었다.
시대는 천재를 필요로 하고 있었다. 말도 탈 줄 모르는 둔재이면서 이상한 재능을 지닌 이 사람이 만일 기도 다카요시에게 발견되지 않았더라면 막부 말기의 정세 변동은 상당히 그 양상을 달리했을 것이 틀림없다. 막부·조슈 전쟁도 그의 작전 지도에 의해 삶은 토란 껍질 벗기듯 쉽게 진행되었다. 무진전쟁은 사쓰마·조슈 등 네 번을 주력으로 해서 행해진 것이지만, 그는 에도 성에 들어가 일체를 입안하고 이를 수행했다. 창의대 토벌도 "에도를 불태우지 않고 한다"는 지극히 어려운 조건 밑에서 교묘히 창의대 무리들이 스스로 우에노(上野)산에 들어가도록 만들어 하루 만에 끝내버렸다.
"보신 전쟁이 겨우 1년으로 끝난 것은 유감이다."
사이고는 그의 사상인 "초토에서 새 국가가 태어난다"고 한 기대를, 오무라는 결과적으로 깨고 말았다.
오무라는 농민 출신인 만큼, 조슈 무사들의 냄새도 풍기지 않았다. 무사 자체의 버릇도 갖고 있지 않았다. 그는 보신 전쟁 때 사이고 위에 서 있었다. 벌써 사이고는 당대를 뒤덮는 명망이 있었지만 "유능한 사람 밑에 붙는다"는 사이고의 생각에서 오무라의 명령에는 충실히 따랐다. 그런 사이고의 태도를 보고 사쓰마 사람 일부는 못마땅하게 여겼고, 가이에다 노부요시 같은 사람은 오무라와 충돌했다.
"무사의 시대는 끝났습니다."
그 오무라의 이런 태도는, 보신 전쟁이 끝나자 곧 국민개병 준비하기 시작한 것이다. 결국은 가이에다가 선동한 지사들에 의해 오무라는 암살당했다.

그 오무라가 보신 전쟁이 끝나는 동시에 오사카에 육군 기지를 두었다. 이유는 "언젠가 규수에서 아시카가 다카우지(足利尊氏) 같은 사람이 일어난다. 그 대비를 위해서다"라는 것이었다.

오무라는 사이고를 선천적인 모반인으로 보고 있었다.

"아시카가 다카우지 같은 사람."

오무라가 사이고를 이런 식으로 명쾌하게 규정하고, 죽을 즈음해서는 유언까지 하며 "4파운드 산포(山砲)를 많이 만들어 오사카에 설치해두라"고 했다. 사이고의 메이지 10(1877)년의 반란을 예상한 것은 놀라운 일이지만 이것이 메이지 2(1869)년의 일이다. 아시카가 다카우지란 것은 설명할 것까지도 없이 겐무 중흥의 공로자로 중흥이 성립되고 얼마 안 되어 불평을 품은 무사들에 추대되어 반정부 쪽으로 돌아 그 두목이 되었다. 그는 규슈로 도망쳐 큰 세력을 만들어, 이윽고 교토로 밀고 올라와 겐무 정권을 타도하고 무로마치 막부를 만들었다. 기도 사관은 겐무 중흥정권을 옳다고 보고 다카우지를 역적으로 보는 입장을 취하고 있었는데, 그러한 사관(史觀)이 막부 말기에는 상식화되어 있었을 뿐 아니라, 혁명의 활력소가 되어 있었다.

"사이고는 다카우지다."

이렇게 내다본 오무라의 직관은, 사이고의 한 측면을 통렬할 정도로 말해주고 있다.

다카우지란 사람은 영웅적인 명망이 있었다. 인품이 매력적이고 남에게 관대할 뿐 아니라, 뛰어나게 배짱이 좋았다. 실제 싸움은 서툴렀지만, 정권을 잡는 것은 싸움을 잘하고 못하는 것이 문제가 아니고, 패하고 또 패해도 사람이 모여드는 존재여야만 했다. 다카우지는 그러했다.

겐무 중흥이란 것은 고다이고(後醍歸) 천황이 주창하여, 가마쿠라(鎌倉)의 호조 집권정부를 넘어뜨림으로써 성립된 것이었는데, 실지로 그것을 가능하게 한 것은 다카우지가 고다이고 천황 쪽에 붙었기 때문이었다. 이로 인해 천하의 각 고을에 불평 많은 무사들은 앞을 다투어 다카우지에게 붙어서 그 부하가 되어 해일이 밀어닥치듯 짧은 기간에 호조 집권 정부를 넘어뜨리고 말았다.

다카우지는 교토에 성립된 겐무 중흥정권의 1등 공신이 되었고, 고다이고 천황은 다카우지의 공을 기뻐하여 자기 이름의 한 글자인 다카(尊)란 글자를 내릴 정도로 그에게 신경을 썼다.

그러나 겐무 중흥정권이란 것은 귀족 중심의 율령체제의 옛날로 되돌아가는 비현실적인 이상을 내세운 정권이었기 때문에 성립과 동시에 거기에 가담했던 무사들은 실망했다. 무사들은 다카우지를 떠받들었다. 다카우지는 무사들의 불평에 응하기 위해 새 정권과 대립하여, 마침내 그것을 넘어뜨리고 막부를 열었다.

"사이고는 그런 사람이다."

오무라가 기도와 제자인 야마다 아키요시(山田顯義) 등에게 가만히 귀띔해 주고, 특히 야마다에게는 사이고의 반란에 대처하는 전비를 일러 주었다. 이 오무라의 예언은 불행할 정도로 용케 적중했다. 오무라가 오사카에 총포 따위를 쌓아 두었던 것이 정부군에 큰 도움이 되었다.

"사이고는 제2의 막부를 만들 생각이다."

메이지 초기의 기도의 표현에서는 이러했지만 견해는 오무라와 다를 것이 없다. 그렇게 보여도 어쩔 수 없는 것이, 사이고라는 거대한 모습이 시대의 빛을 받아 던지는 그림자 속에 들어 있었던 모양이다.


기도는 질투심이 강했다.

의심이 많기도 했다.

하기야 부인들의 그것과 다른 것은, 기도의 질투와 시기에는 일관해서 그 나름의 논리가 서 있었다. 기도식의 도덕이 그것을 뒷받침해 왔다는 것이다.

기도는 사이고의 인망이 좋은 것을 얄미워했다.

"일국의 정치를 행할 경우, 팔방미인식으로 일단 대중의 인기를 얻는 것은 오히려 쉽다. 나아가 바른 길을 걸으며 온 세상의 미움을 받을 정도의 용기를 가져야 할 것이다."

하기야 기도는 다분히 비평가적이어서, 기도에게 부족한 것은 그가 말하는 용기였다. 그는 몸소 불티를 뒤집어쓰거나 정치의 책임을 정면으로 지게 될 위험한 경우는 항상 회피해 왔다. 미움을 받게 되는 용기는 기도보다 오히려, 오쿠마가 "저 사람은 무식하다"고 평한 오쿠보 쪽이 많이 가지고 있었다.

"사이고 형님은 남의 인망을 좋아한다."

이렇게 말한 것은 사이고의 종제로 막부 말기에 사이고의 영향을 가장 깊이 받은 오야마 이와오의 말이다. 오야마는 평생 사이고를 존경하고 사랑했는데, 사이고가 인망이 좋은 것이 막부 말기에는 그를 성공하게 만들었고, 메이지 시대에 들어와서는 그를 그르치게 했다고 생각하고 있었다.
　이런 정경이 있다.
　게이오 2년 봄이었다. 사이고가 교토 니혼마쓰(二本松)의 번저에 있을 무렵, 사쓰마의 시바야마 류고로(柴山龍五郎)가 고향에서 올라온 동생 스에조(陶藏)를 데리고 찾아왔다.
　"신고, 이건 내 동생인데 뭔가 할 일이 없을까?"
　그는 사이고 스쿠미치에게 알선을 부탁했다. 스쿠미치는 형인 사이고에게 데리고 갔다. 사이고는 "그럼 오사코 기자에몬(大迫喜左衞門)의 장자대(壯者隊)에 들어가 있는 것이 좋겠군" 하고, 커다란 돈주머니를 꺼냈다. 그 속에서 돈을 꺼내 주며 말했다.
　"손을 내밀어라, 너 같은 나이에는 돈이 필요한 거야."
　스에조가 황급히 두 손으로 받아들자, 사이고는 또 꺼내어 자아 더 가지고 가라면서 그 두 손바닥에 놓았다. 돈이 우수수 다다미에 떨어졌다. 스에조는 사이고의 그러한 친절이 공연히 무섭기도 하고, 동시에 감격스럽기도 하여, 어떻게 할 줄을 모르고 머리를 굽실굽실하며 뒷걸음질치다가 그만 도망치고 말았다. 그 정도의 젊은이에게 유흥비를 주려고 하는 사이고의 심정이 친절인지, 인망 때문인지, 혹은 머지않아 일으키려는 교토 쿠데타를 위해 사람의 마음을 사두려 해서인지, 짐작할 수 없는 점이 있지만, 기도와 같은 감각에서 보면 얄미운 것이었다. 뿐만 아니라 장래의 야망——기도가 말하는 제2의 막부 수립——에 대한 포석으로 볼 수 없는 것도 아니었다.

　사이고는 견한대사 건이 내정된 것을 기뻐하며, 아우 스쿠미치의 저택에서 니혼바시 고아미초에 있는 자기 하숙으로 옮기려 하고 있었다. 사태는 분명 사이고에게 호전되고 있었다.
　그러나 스쿠미치는 마음속으로 생각했다.
　'한국을 치는 정책은 나라를 위태롭게 한다.'
　그에게 이제 정치적인 동지는 형이 아니었다. 같이 외유한 조슈의 야마가타 아리토모였다.
　그 뿐 아니라, 스쿠미치에게는 불안이 있었다.

'형은 난신적자가 될지도 모른다…….'

동생인 스쿠미치마저 불안해하는 사이고란 인물, 혹은 그 존재의 위험성에 대해 언급해야만 하기 때문에, 이야기가 얼른 보기에 옆길로 빗나가고 있다. 그러나 되풀이해 말하는 것 같지만 여기서는 그대로 빗나가게 해둔다.

이야기가 앞으로 되돌아가는데, 막부를 쓰러뜨린 후에 재빨리 새 국가를 구상한 것은 조슈 집단이었다. 사쓰마 집단이 아니었다. 사쓰마 집단은 막부를 쓰러뜨린 다음, 군대는 가고시마로 돌려보내고 얼른 보기에 멍하니 세상 되어가는 꼴을 바라보고 있을 뿐이었다.

"사쓰마는 뭘 하고 있는 건가?"

조슈의 대표인 기도는 의혹과 초조에 쫓기었다. 원래 조슈는 막부 말기에 있어서 그 번 자체가 위기에 놓여있을 만큼 혁명 경험이 강했기 때문에 혁명 의식이 강했고, "메이지 유신의 목적은 근대 국가의 건설에 있다"고 생각하는 사람이 많았다. 사쓰마 사람은 몇 사람을 빼고는 그렇지가 않았다. 단순히 "막부를 쓰러뜨렸다"는 승리감만이 팽배해 있었다. 도쿠가와 가문은 그 영토를 몽땅 조정에 바쳤다. 그런데 다른 번은 태연히 봉건제도 위에 또아리를 틀고 있었다.

"모든 번은 그 영토와 백성을 나라에 바쳐야 한다."

이런 것을 증오한 인물로서 맨 처음 입 밖에 낸 사람은 기도 다카요시였다. 기도는 사쓰마의 오쿠보를 설득하여 그의 찬동을 얻었다.

결국 메이지 2(1869)년 정월, 새 정부의 주력인 사쓰마·조슈·도사·히젠 네 번의 번주가 부르짖는 형식으로 같은 해 6월 판적봉환이 시행되었다. 그러나 이것은 아주 형식적인 것으로 사실 번은 남게 된다. 번주는 번지사라고 이름이 바뀐 것뿐으로 여전히 영주였다.

기도는 물론 판적봉환(版籍奉還)을 과도적인 것으로 보고 있었다. 그는 다시 '폐번치현'을 하고 싶었다. 그러나 폐번치현은 실질상의 혁명으로 영주도 영토도 소멸된다.

이 폐번치현이라는, 말하자면 경천동지(驚天動地)라고 할 수 있는 변혁이 이룩되는 것은 메이지 4(1871)년 7월이다.

이것도 조슈 사람들이 처음 외쳤다.

사쓰마의 오쿠보는 이 안에 일찍부터 찬성하는 태도를 보이고 있었다. 그러나 '폐번치현' 이라는 말은 분명히 밝히지 않았다. 사이고는 외치지 않았다. 왜냐하면 조슈의 경우는 번주인 모리씨가 전부터 번의 유력자에게 일체를 맡기고 있었으므로 기도에게 정치 이론의 자유가 있었다. 그러나 사쓰마의 경우, 시마즈 히사미쓰가 "나는 폐번치현에 절대 응하지 않겠다"며 봉건제도를 고집해 마지않았기 때문이다.

'폐번치현'

메이지 4(1871)년에 실시한 대변혁을 가장 일찍 외친 것은 기도 다카요시로서 벌써 메이지 1(1868)년 2월, 도바·후시미(鳥羽伏見) 싸움이 채 끝나기도 전에, 그는 산조 사네토미와 이와쿠라 도모미에게 건의서를 냈다.

"300 영주들로 하여금 모조리 땅과 백성을 나라에 다시 바치도록 해야 한다."

이런 기도의 글은 그가 분명히 혁명가였음을 증명해 주고 있다. 이 시기에 관군에 가담한 각 번의 번사로서 기도처럼 명쾌한 새 국가상을 가지고 있는 사람은 거의 없었으며, 압도적인 시대적 인식은 이러했다.

"쇼군의 위치에 천황이 앉는다."

사이고는 기도처럼 명쾌한 생각을 글로는 쓰지 않았다.

기도는 계속해서 글을 썼다. 이를 쉬운 말로 번역하면 이런 것이었다.

'지금의 정세를 보건대, 각 번은 서로가 자기 번과 다른 번의 병력이 강하고 약한 것만을 비교하고 있을 뿐으로, 전국 시대와 다를 것이 없다. 조정은 조정대로 사쓰마·조슈에만 의지하고 있다. 사쓰마·조슈는 사쓰마·죠수대로 자기 군대에만 의존하고 있다. 이 같은 상태로 온 백성을 편안케 할 수가 있겠는가?'

이를 읽은 조정 대신 이와쿠라는 크게 놀랐다. 만일 이 건의가 밖으로 새게 되면 천하에 큰 소동이 벌어지게 될 것이며, 모처럼 조정을 편들고 있는 각 번도 떨어져 나갈지 모른다고 생각했다. 이로 인해 이와쿠라는 이 기도의 건의안을 비밀로 했다.

하기는 이와쿠라는 사쓰마의 오쿠보에게만 이 기도의 건의 내용을 말했다. 오쿠보는 서둘러 이와 비슷한 건의서를 써서, 젊은 번주의 이름으로 냈는데, 이와쿠라 도모미는 이 건의서도 비밀로 했다.

메이지 4(1871)년 초여름에 접어들자 3명의 조슈 사람이 폐번치현의 비밀 모의를 했다.

한 사람은 야마가타 아리토모다. 야마가타의 생에에서 그가 가장 개화적이었던 것은 이 시기이다.

　이 무렵 그는 고지마치 후지미초(富士見町)에 살고 있었는데, 그곳에 도리오 고야타(鳥尾小彌太)와 노무라 야스시(野村靖)가 찾아와 모의했다.

　"번을 없애지 않고는 도저히 유럽을 뒤따를 수 없다."

　야마가타는 메이지 3(1870)년 8월에 유럽에서 막 돌아왔던 만큼, 이 점에서는 절대 물러서지 않을 생각을 가지고 있었다. 하기는 세 사람에게 공통점이 있는 것은, 그들이 번의 졸개 출신으로, 번주와의 관계에 있어서 주종으로서의 정의가 없었으며, 폐번치현이라는 말하자면 번주를 배반하는 변혁안을 예사로 논할 수가 있었다. 한편으로 야마가타와 도리오는 기병대라는 서민군의 출신으로, 그 체험에서 번이라는 것이 존재할 이유가 없다는 것은 알고 있었다. 노무라 야스시는 요시다 쇼인의 살아남은 제자로서 혁명 사상은 다른 사람보다 깊었다.

　이 자리에서 도리오는 과격한 말을 하였다.

　"이에 따르지 않는 번이 있으면 토벌한다. 만일 조슈의 선배로서 이에 반대하는 사람이 있으면 스미다 강(隅田川)의 뱃놀이로 유인해 내어 물 속에 처넣어 빠져 죽게 만들자."

　그들은 기도가 일찍부터 이 안을 외치고 있는 것을 몰랐다. 그러나 그들이 가장 염려한 것은 사쓰마의 사이고의 의향이었다.

　"사이고는 내가 설득하겠다."

　야마가타가 자청하고 나섰다.

　야마가타는 자신이 있었다.

　'사이고는 나를 좋아하고 있다.'

　조슈 사람 야마가타 교스케(狂介 : 아리토모)라는 이름은 막부 말기에는 세상에 알려지지 않은 이름이었다. 사쓰마·조슈가 연합한 뒤에 교토로 올라와 몇 사람과 함께 사이고를 만난 일은 있다.

　야마가타는 시마즈 히사미쓰도 배알했다. 그 무렵 야마가타는 기병대 총독이었지만 번사로서의 신분이 낮았기 때문에 "아무래도 서생의 신분이므로" 하고 배알을 사양했다. 그러나 사쓰마 쪽에서 괜찮다고 하므로 히사미쓰 앞으로 나아갔다. 히사미쓰는 기분이 매우 좋아서 야마가타에게 말을 걸었을 뿐 아니라 손수 6연발 권총을 주었다.

　파격적인 일이었다. 조슈의 졸개에 불과했던 그가, 막부 시대의 각 번의 신분적 차별을 뛰어넘어 사쓰마의 사실상의 번주인 시마즈 히사미쓰를 배알했다는 것은 평화로울 때의 막번 체제의 상식으로서는 생각할 수 없는 일이었다. 이 이유는 분명했다.

사쓰마는 그와 동맹 관계에 있는 죠수에서 어떤 인물이 실력을 가지고 있는가를 알고 있었다. 야마가타가 졸개 출신이면서 기병대라는 군대를 장악하고 있었고 '번은 그 군대에 달려 있다'고 기도가 정치 정세를 표현했듯이 사쓰마 쪽으로서는 '군대를 장악하고 있는 졸개'를 문벌 좋은 가로(家老)들보다 훨씬 그 번의 중요 인물로 평가하고 있었다.

야마가타의 출세는 그런 식으로 실현되어 간다. 그는 혁명 의식이 있어서 기병대에 들어간 것은 아니었다.

기병대라고 하는 비사족군이 창설된 뒤에 들어갔다. 그러나 그는 다시없는 실무가였기 때문에 실무능력이 부족한 자들 속에서 눈깜짝할 사이에 대간부가 되었다. 그는 이론을 좋아하는 스타일이 아니었다. 이론보다는 항상 실무적인 의견을 가지고 있었다. 기병대를 창설해서 그 초대 총독이 된 상급 무사 출신의 다카스기 신사쿠는 천재라고밖에 말할 수 없는 사람이었는데, 그 다카스기마저 야마가타의 침착한 표정을 보고, 그의 실제상의 의견을 듣고 나서야 일을 결정짓곤 했다. 기병대는 야마가타가 없으면 유지될 수 없을 정도가 되었고 이윽고 야마가타의 기병대가 되어 갔으며, 번 자체가 야마가타를 무시하고는 움직일 수 없기에 이르렀다.

야마가타는 군사에는 약했다. 보신 전쟁 때 조슈 군의 전선 사령관으로서 각지로 전전했는데, 호쿠에쓰(北越) 전쟁에서는 나가오카 번의 전술적인 함정에 자주 걸려들어 거의 도망만 다니지 않았나 싶을 정도의 싸움을 했다.

유신 후, 그는 그 군대 경력을 발판으로 병부청의 간부가 되었다. 메이지 2년 병부차관인 오무라 마스지로가 암살된 뒤로는 군사면에서 조슈의 대표자가 되었다. 별로 두드러진 공적도 없이 다만 실무를 쌓아 여기까지 왔다는 것은, 단순히 성실한 사람도 현실주의자도 아니며, 꽤 마음가짐이 복잡한 사나이라고도 말할 수 있다. 야마가타는 다이쇼(大正) 12년 (1922)에 만 84세로 죽게 되는데, 그 긴 생애 동안 계속 자신의 손에서 군대를 놓지 않았다. 그것을 바탕으로 일본의 관료조직 위에 군림했다. 야마가타라는 사람이 권력 사회에서 세상을 살아가는 비결은, 그가 세상에 나온 맨 처음에 터득한 것이었다.

이 메이지 4(1871)년 여름, 사이고는 그 뒤에 살았던 고아미초(小綱町)의 숙소와 바로 가까운 가키가라초(蠣殼町)에 있는 사쓰마의 예비 저택에서 살고 있었다.

'폐번치현'

전에 없던 이런 큰 사업이, 야마가타를 비롯해 도리오 고야타와 노무라 야스시 같은 막부 말기에는 하찮은 사람들의 활동으로 이루어졌다는 것은 흥미로운 일이다. 막부 말기는 사상가로부터 출발했다. 미토의 후지타 도코, 에도의 가쓰 가이슈, 교토의 가스가 센안, 구마모토의 요코이 쇼난(橫井小楠) 등이 그러했는데, 사이고는 반쯤 그 사상가의 부류에도 들 수 있는 성격을 가지고 있다. 그러나 가장 놀라운 활동가이기도 했다. 그런 활동가로서는 사이고와 오쿠보 외에 조슈의 기도 다카요시, 도사의 사카모토 료마 등이 있어서 막부를 넘어뜨렸다. 쓰러뜨린 다음 그들의 움직임이 갑자기 둔해지면서 대신 움직임이 활발해진 것은 그들의 후배들로 그 가운데 두각을 나타낸 것은 모두 이론은 서투르지만 실무능력이 뛰어난 사람들이었다. 특히 조슈 사람이 많았다. 이토 히로부미와 야마가타 아리토모가 그 쌍벽일 것이다.

야마가타는 정략의 눈이 날카로운 사람이지만, 입이 무거웠고, 이론을 제대로 전개할 수도 없었다.

"사이고는 폐번치현을 반대하겠지."

도리오와 노무라는 예언했다. 사쓰마 번은 막부 말기에는 벌써 특수하다고 할 수 있을 정도로 강한 주종의 유대로 맺어져 있던 번으로 번에 대한 의식도 대단히 강했다. 게다가 시마즈 가문은 가마꾸라 이래 7백 년 계속된 영주 가문으로, 도쿠가와 가문보다 훨씬 오랜 집안이다.

'사이고에 대해 효과를 내는 것은 성의다.'

야마가타는 육감으로 알고 있었다. 이런 육감이 그를 죽을 때까지 권력사회에서 떠나지 않게 했고, 마침내 그것을 지배하는 절대적 존재로 만든 것이리라. 또 야마가타는 이렇게 결심하고 있었다.

'사이고가 안된다고 하면 사생결단을 낼 뿐이다.'

야마가타는 권모술수만으로 그 '야마가타 아리토모'를 성립시킨 것이 아니고, 필요하다면 목숨도 내던질 수 있는 사람이었다.

사이고가 살고 있는 가키가라초의 집은 사쓰마 번이 장사꾼에게서 사들인

가겟집으로 몹시 황폐해져 있었다. 헌집이었다고 야마가타는 뒷날 말하고 있다.

방으로 안내되자 무뚝뚝한 젊은이가 담배 함을 가지고 왔다. 이어 과자가 나왔다. 과자는 캐러멜이었다.

이윽고 사이고가 나왔다.

야마가타는 재주껏 웅변을 토하며, 폐번치현의 필요성을 얘기했다. 이야기를 꺼내자 그칠줄을 몰랐다. 사이고는 그것을 끝까지 가만히 듣고 있었다. 야마가타는 이윽고 물었다.

"귀하의 뜻은 어떻습니까?"

사이고는 기도 씨의 의견은 어떠냐고 반문했다. 야마가타는 실은 아직 기도 씨에게는 밝히지 않았다고 말했다. 사이고는 고개를 끄덕이며 정중히 대답했다.

"나는 좋습니다."

거기에는 야마가타도 어이없는 생각이 들었다. 야마가타가 도리어 겁이 나서 다짐을 두자 사이고는 다시 한번 고개를 끄덕이며 똑같은 대답을 했다. 폐번치현이라는 공전의 변혁은 사이고의 한 마디로 끝나고 말았다.

야마가타 같은 사람이 사이고에 대해 평생 존경하는 마음을 버리지 않았던 것은 이런 일이 있었기 때문이다.

이 메이지 4년의 '폐번치현'에 있어서, 그것은 단행하기 위해 사쓰마·조슈·도사 세 번의 군대 만여 명을 도쿄로 불러 모았다고 설명하는 사람도 있는데, 실제 사정은 다르다.

다음에 다소 연표식으로 설명한다.

1. 메이지 3(1870)년 8월, 야마가타 아리토모, 사이고 스쿠미치 유럽에서 돌아오다. 야마가타 병부 차관보가 되고 스쿠미치는 그 아래의 병부 권대승이 되다.

2. 메이지 4(1871)년 2월, 사쓰마, 조슈, 도사 3번의 군대를 '근위병'으로서 도쿄에 모으는 것이 결정되다.

3. 같은 해 3월, 사이고 다카모리는 위 취지에 따라 4개 대대를 거느리고 가고시마에서 도쿄로 올라오다. 군사들은 이치가야(市谷)의 비슈(尾州) 번

호전 53

저를 병사로 하여 주둔하다.

4. 같은 해 6월부터 7월에 걸쳐, 야마가타 등이 폐번치현을 주장하며 뛰어다니다.

5. 같은 해 7월 14일, 폐번치현이 단행되다.

야마가타가 유럽에서 귀국한 메이지 3(1870)년 8월에는 도쿄에는 군대라는 것이 전혀 없었다.

'이런 어리석은 정부가 어느 세상에 있는가?'

야마가타는 새로 귀국한 만큼 어이없는 생각이 들었다. 유럽에서는 정부가 군대를 가지고 있다. 메이지 3년의 일본에서는, 도쿄 정부에 군대가 없었다. 지난날의 관군은 해산되어 각각 자기 번으로 돌아가고, 도쿄에는 겨우 조슈 군대가 주둔해 있을 뿐이었다. 일본에는 군대가 있었지만 그것은 300개나 되는 각 번이 쥐고 있었다.

야마가타가 유럽에 체재해 있는 동안 병부성을 장악하고 있던 병부차관 오무라 마스지로가 교토 여관에서 폭도의 습격을 받아 중상을 입었기 때문에, 그가 있던 자리에 같은 조슈의 마에바라 잇세이(前原一誠)가 있었다. 마에바라는 일찍이 혁명가였지만, 유신 후에는 스스로 통제할 수 없을 정도의 불평객이 되어 있었다. 그는 곧 사직하고, 이로 인해 병부성의 실권은 차관보인 야마가타가 쥐게 되었다.

당시 병부성을 다이묘고지(大名小路)의 전 인슈(因州) 번저에 두고 다다미를 깐 그대로 쓰고 있었다.

"이것을 입식으로 고치자."

야마가타는 각 방을 유럽식으로 고치고, 그 다음 생각한 것은 '정부군'의 설치였다. 친위병이라든가 근위병으로 불리었다. 우선 사쓰마·조슈·도사 세 번에서 군대를 바치게 해야만 하는데 '그러기 위해서는 사쓰마의 사이고의 위엄과 인망이 필요하다'고 야마가타는 생각했다.

그는 사이고의 동생인 스쿠미치와 의논한 다음 야마가타는 사이고를 만나기 위해 가고시마로 내려갔다. 물론 대규모로 편성하여 시마즈 히사미쓰를 설득하기 위해 이와쿠라 도모미가 칙사가 되고, 야마가타와 사이고 스쿠미치가 수행하는 형식을 취했다.

야마가타는 사이고에 대해서는 먼저 스쿠미치에게 설득을 맡겼다. 사이고는 이에 찬성하고 직접 야마가타의 숙소로 찾아와 회담했다. 이 무렵의 야마가타는 재치 있는 표현력이 뛰어나 있었다.

"친위병을 도쿄에 두는 이상 모리씨가 모반하면 모리씨를 치고, 시마즈씨가 모반하면 시마즈씨를 치는 그런 것이어야 합니다."

사이고는 승낙하고 이미 몇 번인가 말했듯이 메이지 4(1871)년 3월에 4개 대대의 군대를 이끌고 바닷길로 도쿄로 들어간 것이다. 이때 천하의 불평 사족들은 기뻐하며 기대하고 있었다.

'사이고가 뭔가 일을 일으키는 것이 아닐까?'

여기서 말하려는 것은 그런 것이다.

"친위병 헌납."

즉 메이지 4년 3월에 사이고가 이런 명목으로 사쓰마의 4개 대대를 거느리고 대포 몇 문을 끌고 도쿄로 들어온다는 소식이 사방에 전해지자 각지에 퍼졌다.

"사이고가 대군을 이끌고 도쿄로 들어왔다. 세상을 다시 바로잡을 생각이다."

사이고라는 존재는 유신 초기에 이미 세상을 바로잡는 상징으로 기대되고 있었던 것이다. 각지에는 고루한 양이파(攘夷派) 사람들이 많이 있어서, 새 정부가 외국과 태연히 외교를 시작하고 있는 것을 보고, 막부 말기의 반막 운동의 표어였던 '존왕양이'의 배신으로 알고 분개하고 있었다. 막부 말년에 도막 세력의 작은 한패를 이루고 있었던 히라다(平田) 국학 계통의 신도적 국수주의자들도, 유신 정부의 성립으로 배반을 당했다. 그들 도쿄 정부가 취한 개화주의는 거룩한 일본 땅을 더럽히는 것으로 보았다.

또 사쓰마·조슈 이외의 각 번에는 시세로부터 소외당한 느낌이 강하게 작용한 불만이 꽉 차 있었고, 또 한편에서는 이미 죽은 병부 차관 오무라 마스지로가 착수하고 있었던 징병령의 준비도 각 번의 사족들을 동요시키고 있었다.

이 시기에 사이고가 군대를 이끌고 도쿄로 올라간 것이다.

"사쓰마가 대군을 거느리고 서울로 향한다."

이것이, 천하의 희망과 기대를 집중시킨 일이 두 번 있었다. 하나는 안세이 말년에 시마즈 나리아키라가 막정을 바로잡기 위해 군대 3천을 이끌고 도쿄로 올라가려 했던 일이고, 뒤이어 시마즈 히사미쓰가 분큐 연간에 그것을 실현한 것이다.

'사쓰마 공의 대거 상경.'

이런 관용구마저 막부 말기에 생겼고, 히사미쓰 때에는 마키 이즈미(眞木和泉) 등 규슈 근처의 낭인들이 거기에 가담하려고 속속 모여들어, 이로 인해 한때 정세가 불온한 적이 있었다. 메이지 시대로 들어오자 사쓰마 공이 사이고로 바뀌었다. 사쓰마 번의 병권은 사실상 사이고가 쥐고 있었기 때문이다.

"사이고가 군대를 거느리고 대거 동쪽으로 향한다."

이것만으로 세상에 갖가지 반응과 충격을 준 것은 얼른 보기에 이상한 것 같지만, 위에 말한 그런 역사적 사실 때문에 세상의 반응이 이내 생겨나고 말았던 것이다. 이 소문을 들은 일본 안의 반정부 사족들이 흥분하여, 모두 사이고라는 존재에 각자의 사상 실현이나 불안의 해결을 기대했다. 사이고의 명망이 실체 이상으로 거대해지고, 사이고라는 이름의 세속적인 존재가 그 실물의 본심과는 별도로 존재 자체로서 벌써 반정부적 투쟁의 냄새를 풍기기 시작한 것은 이 시기부터다.

실상은 아무 것도 아니었다. 결국 사쓰마·조슈·도사 3번이 헌납하는 친위병(근위병) 중에서 사이고가 사쓰마 부대를 이끌고 간 것뿐이었던 것이다.

그러나 세상도 그렇게 생각하지 않았고, 사쓰마 부대의 장교들도 그렇게 생각하지 않았던 점에, 사이고가 차츰 시세의 기류에 떠밀려 가는 기미가 있었다.

"불 뿜는 화산 위에서 낮잠을 자고 있는 것과 같은 것이다."

사이고가 친구에게 감상을 말한 것도 그런 기미를 말한 것이었다.

요컨대 사이고 다카모리라는, 이메이지 초기의 모든 반정부 운동을 상징하는 인물의 기구한 운명은 이 메이지 4년 3월의 '친위병헌납'이 결정되어, 거기서부터 요란한 소리를 내며 출발했다고 할 수 있다.

"사이고는 도쿄에서 병을 이끌고 제2막부를 일으키려는 것이 아닐까?"

기도가 의심을 키운것도 이 시기부터였다. 기도는 사이고와 전후하여 죽는 인물이었지만. 2만년의 어느 시기까지 사이고에 대한 해석은 비뚤어진 한 각도에서만 보려고 했다.

기도는 사이고의 사상은 보수적이고 봉건제에 대한 동경을 품고 있으며, 그 성격은 야망가라고 보았다. 기도에게 있어서 같은 번의 친구였던 오무라 마스지로가 단정한 아시카가 다카우지설이다. 이 견해는 너무 강렬하기는 해도 어느 정도 진실을 꿰뚫고 있다. 사이고는 천성적인 반혁명가였다. 사이고가 만약 가마쿠라 말기에 나와 아시카가 같은 문벌에 태어났더라면, 다카우지와 비슷한 일을 했으리라.

다카우지에게는 타고난 인간적인 매력이 있었다. 관용과 그 어린애다움과 강한 반성심, 그리고 남에게 떠받들렸을 때의 의젓한 처신은 모두 사이고와 흡사했다. 다만 시대가 달랐다. 다카우지의 인간이 타고난 바탕에 가까웠던 데 비해, 사이고는 에도 300년의 교양시대를 거쳐 나타난 인물인만큼 인간으로서 추악함──이를테면 야망──이 시대공통의 교양에 의해 잘 증류되어 버렸고, 사이고 자신도 자신의 인격과 그 독특한 도덕을 스스로 만들어 가는데 있어서, 자기의 거친부분을 거의 걸러버려, 그 실태는 다분히 자연 그대로의 인간이라기보다 하나의 사상적 존재가 되어버린 면이 있었다.

그러나 기도는 사이고의 그와 같은 걸러낸 일면을 살펴보려 하지 않았다.

'사쓰마.'

기도는 한 각도에서 사이고를 보고 있었다. 막부 말기에는 사쓰마 번의 현실적 정략 때문에 조슈 번은 몇 차례나 엎어치기를 당했다. 그 현장에 항상 기도가 있었다. 기도의 사쓰마에 대한 심각한 증오와 의혹은, 기도 자신이 되어 보지 않으면 모른다.

그런데 사쓰마는 사이고가 대표하는 것으로만 기도는 생각하고 있었던 것인데, 그 내부 실정은 사이고의 발목을 잡고 놓지 않는 사람이 있었다. 그것을 기도는 관찰의 요소로서 평가하려 하지 않았다.

시마즈 히사미쓰의 존재이다.

사쓰마라는 이 혁명 번의 실질적인 번주가 사실은 병적인 보수주의자로, 봉건제의 절대적 지지자였으며, 가능하면 '시마즈 막부'라도 만들었으면 하고 생각하고 있는 그런 인물인 것을, 모든 개화파 사쓰마인들은 한결같이 숨기고 있었다. 기도는 어렴풋이 짐작은 하고 있었다. 그러나 히사미쓰의 사상과 야망은 그것이 그대로 사이고의 사상과 의도인 것으로 생각하고, 이 두 인격을 똑같은 결로 보고 있었던 것이다.

'사이고의 제2막부에 대한 야망.'

이런 생각을 하는 기도의 관찰에 대해 계속하겠다. 그 본체가 뜻밖에 시마즈 히사미쓰라는 것은 이미 언급했다.

"메이지 4년의 폐번치현은 사이고의 한 번 승낙으로 결정되었다."

그 정치공작을 위해 직접 뛰어다닌 조슈의 야마가타, 아리토모는 평생 이것을 정치연극의 한 막으로 늘 회상했는데, 당사자인 사이고로서는 유쾌한 것은 아니었다.

그는 이 메이지 4년 3월, 헌납할 '친위병'을 거느리고 도쿄로 올라올 때, 히사미쓰가 "폐번치현을 해서는 안 된다"고 단단히 못을 박았는데, 그 7월에는 폐번치현을 하고 말았던 것이다.

"나로서는 좋다."

기도는 야마가타에게 한 마디 승낙하고, 다른 말은 일체 하지 않았지만, 사이고는 이 순간 히사미쓰를 배신하고 말았다. 이 일로 사이고는 히사미쓰에게 평생 욕을 먹게 되는데, 사이고는 그 각오를 했을 것이다. 사이고는 히사미쓰의 존재를 고통스러워했지만, 이때 아마 사이고는 절망적인 용기를 짜내어 야마가타에게 승낙을 한 것인지도 모른다.

기도는 나중에 이 사쓰마 번의 내막을 알고 동정했다고 한다.

"사이고가 고통스러웠을거야."

폐번치현을 단행하는 데 있어서, 그 최고회의가 메이지 4년 7월 9일, 기도 다카요시의 집에서 열렸다. 조슈에서는 기도와 이노우에 가오루(井上聲)가 나왔다. 야마가타는 사양하고 나오지 않았다. 사쓰마에서는 사이고와 오쿠보 외에, 군사 담당자인 사이고 스쿠미치와 오야마 이와오가 나왔다.

이 날은 비바람이 몹시 불었다. 비밀회의는 저녁때부터 시작되어 밤 12시에 끝났다. 기도 다카요시의 일기에는 이렇게 되어있다.

'폐번론의 순서를 논함.'

순서와 절차가 중요했다. 먼저 번지사──번주를 말함──를 일제히 도쿄에 모아 놓고, 이 대호령(大滬令)을 공포하여 300명 가까운 영주들을 파면시켜야 한다. 눈치를 채고 도쿄로 나오지 않는 번주가 있으면 반역자로서 당장 토벌한다.

"이 모임에는 야마가타들은 나오지 않고 주방에서 대기하고 있었다. 나(大山)는 나갔으나 말은 하지 않고 그저 술만 마시고 있었다."

뒷날 오야마가 이렇게 말한 걸 보면, 오야마는 사양하며 사이고, 기도, 오쿠보, 이노우에 4명의 거두들이 이야기하는 것을 듣기만 했던 모양이다. 이 당시의 지사 출신들의 격차와 자기들끼리의 질서가 절로 나와 있다.

기도에게는 조슈의 모리 공이 참으로 편한 인물이었다. 이 해 4월에 번주인 모리 다카치카(毛利敬親)는 병으로 죽고 세자 모토노리(元德)가 뒤를 이었으나, 그는 평범한 인물이면서 개화파였으므로 폐번에 반대하지 않았다.

시마즈 히사미쓰는 달랐다. 폐번치현의 소식이 가고시마에 들어왔을 때, 그는 격노하여 해안 멀리 앞바다에 석탄배를 띄우고, 거기서 밤새도록 불꽃을 올리게 하여 사이고에 대한 분노를 폭발시켰다. 사이고의 비참함은, 히사미쓰라는 괴물 같은 사나이가 늘 따라다닌데 있었을 것이다.

# 방울벌레

 간밤부터 내리던 비가 그쳤다.
 그때까지 아우 스쿠미치의 집에 같이 살던 사이고는, 이날 아침, 아침밥을 마치자 곧 현관으로 나갔다. 니혼바시 고아미초의 숙소로 돌아와 한국으로 건너갈 준비를 해야 했다.
 스쿠미치 집에 있는 서생과 하녀들은 그를 몹시 흠모했다. 에도 태생인 하녀는 사이고의 사쓰마 사투리가 알아듣기 힘들어 그 점이 고통스러웠지만, 사이고가 뭘 부탁하면 언제나 몸을 오그리듯 하며 반드시 반가운 표정을 짓는다.
 "분부대로 하겠습니다."
 심부름을 하면 반드시 수고비를 주었다. 서생들은 상당히 받았다. 사이고는 막부 말기부터 그러했지만 '사람을 공짜로 부릴 수는 없다'는 자신의 법률을 가진 사람으로, 몸에 돈을 지니지 않았을 때는 담뱃대나 담배쌈지를 주기도 했다.
 그런 점에서는 돈에 무관심한 사람은 아니었다. 이러한 사이고의 태도로 기도 다카요시 같은 사람은 '사이고는 늘 인심을 모으고 있다'고 보았을지도 모른다.

말이 나온 김에 사이고의 금전관에 대해 말하면, 그는 젊었을 때 고을의 말단 관원인 서기로 있었던 만큼, 주판이 능했고 암산도 빨랐다. 교토에서 바쁘게 돌아다닐 때도 번의 비용을 썼을 경우는 반드시 주판을 놓아 잔금을 분명히 해두었다.

그러나 자기 봉급의 경우는 전부 나눠주고 마는 면이 있었고, 계산도 하지 않았다. 그뿐 아니라 마루에 내던져둔 채 며칠씩 그대로 놓아두는 일도 있었다. 스쿠미치가 가끔 주워 기생놀이에 써버리곤 한 것도, 이 시부야 긴노초에 같이 있었을 때였다. 사이고는 태정관의 고관으로서는 품속에 넣고 야나기바시로 가서 기생들을 몽땅 모아 놓고 며칠 계속 놀아 보았자 별로 줄지 않았을 것이 틀림없었다.

어느 사쓰마 사람이 누구의 소개장을 가지고 고향에서 올라와, 이 시부야 긴노초의 사이고를 찾은 일이 있다. 목적은 정부에 벼슬자리를 알선해 달라는 것이었다.

사이고가 보기에는 별다른 뜻도 재주도 없이 그저 사쓰마의 참외넝쿨에 매달려 달콤한 물이나 빨아먹겠다는 그런 사람인 것 같았다.

"봉급은 얼마나 바라는가?"

사이고가 물었다. 그 사람이 대답했다.

"30금이면 좋겠습니다."

상당한 급료라 할 수 있었다.

사이고는 그 자리에서 품속에서 돈 30엔을 꺼내 그 사람에게 주었다. 그 사람은 무슨 뜻인지 알고 두 번 다시 찾아오지 않았는데, 사이고에게는 이런 방문객이 많았다. 사이고는 그때마다 돈을 주어 보냈다.

다만 이 경우 다소 이상하게 느껴지는 것은, 동생인 쓰구미치도 그 가족도 사이고를 배웅하러 나오지 않은 점이다. 현관까지 나와 사이고를 보낸 것은 쓰구미치의 서생과 하녀들뿐이었다.

그러나 사이고는 매우 기분이 좋았다.

"또 올 테니까."

그는 대문을 향해 걷기 시작했다. 사이고는 짚신을 신고 있었다. 의사 호프만이 지시한 대로 건강을 위해 가능하면 걷기로 하고 있었다. 사이고는 걸어서 고아미초(小網町)까지 돌아갈 작정이었다. 그는 사냥에 나가는 옷차림을 하고 있었다. 무명 홑옷의 통소매로 하카마는 입지 않았다. 띠는 스쿠미치의 하인에게서 얻은 일꾼들이 쓰는 석자띠였다. 헤코오비(兵兒帶)를 두르지 않은 것은 별다른 이유가 없었을지도 모른다. 그러나 어쩌면 자객에 대한 조심에서일지도 모른다. 헤코오비라는 사쓰마 특유의 띠는 도쿄에서도 시골에서 올라온 서생들 사이에 상당히 유행하고 있었는데, 그것을 매고 있으면 한 번 보고 사쓰마 사람이라고 생각될지도 모른다.

모두 현관에서 대문 앞까지 나와 사이고를 배웅했다. 그들은 사이고와 그의 서생인 고마키 신지로(小牧新次郎)가 맞은쪽 큰길에서 보이지 않을 때까지 대문 앞에서 바라보고 있었다.

그 가운데 스쿠미치가 없는 것은, 다카모리와 정견을 달리 하기 때문은 아니었다. 언제나처럼 이른 새벽에 집을 나가 육군성으로 출근한 것이다. 스쿠미치의 가족은 어제부터 집에 없었다. 그들은 요코하마로 하룻밤 묵어 오기로 하고 떠났다. 양식 먹는 법을 가르쳐 주기 위해서였는데, 스쿠미치의 집에 서양 사람을 초대했을 경우의 순서 같은 것도 알아두어야만 한다. 일찍이 존왕양이의 지사 나부랑이었던 스쿠미치가 갑자기 서양물이 든 것도 아니었다. 스쿠미치는 아주 낙천적인 사람으로, 그처럼 저항감 없이 양복을 입고 구두를 신은 사람도 없다.

"이게 편리해."

그는 이치에 맞는 것이면 뭣이든 받아들이는 편이었다. 병부성 창설자인 조슈의 오무라 마스지로(大材益次郎)가 군대에 구두를 신기려고 했는데, 그것을 이유로——그것만은 아니지만——양이주의(攘夷主義) 자객의 칼을 맞은 일이 있다. 아직 그런 패들이 옛 성밑 거리에 우글거리던 시대였다. 하기는 오무라에게는 한 가지 이상한 데가 있었다. 양학자인 그는 서양의 군사 문명으로 일본을 무장시키려 했지만 오무라 자신은 구두도 신지 않고 양복도 입지 않았다. 자기만은 그것을 몸에 붙이지 않겠다는 사상이 있었다. 거기에 비하면 사이고 스쿠미치는 아무렇지도 않았다.

사이고는 고아미초로 돌아갔다.

"한국에는 일본옷 차림으로 건너가리라."

그는 우선 옷집을 부르게 했다. 문복(紋服)에 센다이(仙臺) 비단옷을 입고 가려 했다. 그러나 그것은 예복이 아니다. 저쪽에서 조선 왕을 배알하게 될 텐데. 그때는 무사의 예복이나 귀족의 평상복, 또는 무관이나 귀족의 예복 차림을 해야만 하겠지만, 사이고는 그런 것을 입을 생각은 없었다. 또 태정관령으로 바로 지난 해 그런 예복 차림은 폐지되었다. 사이고는 육군 대장의 정장으로 배알할 작정이었다. 그러나 고루함에 굳어버린 듯한 조선 조정은, 일본 사신이 오랑캐 차림을 하고 나타났다는 것만으로 그를 죽이는 구실로 삼을지도 모른다.

사이고는 실제 그 자신의 표현에 따르자면, '평생의 기쁨'이란 기분 속에 있었다.
"그 사람의 멍청한 점은 바로 그 점이다."
오쿠마 시게노부가 그가 자랑하는 재치 있는 견해로 두고두고 말했는데, 확실히 오쿠마가 말한 대로 사이고는 산조 사네토미때문에 임시모면을 위한 속임수에 걸려들고 말았다. 사이고를 들뜨게 만들어 놓고 시간을 번 것이다.
어찌 됐거나 사이고는 니혼바시에 있는 일본옷집에 문복을 주문하고, 요코하마의 양복집에는 육군의 대례복과 그 장식품을 만들게 했다.
"대례복은 조선 왕을 배알할 때만 입고 다른 경우는 일본옷 차림으로 한다. 조선에는 군함으로 가지 않는다. 기선으로 간다. 군대도 이끌고 가지 않는다. 동행하는 사람은 외무성의 서기 몇 사람이나 서생(書生) 몇 사람이면 된다."
그러나 가면 결국은 죽게 된다. 동행은 적은 편이 좋다고 생각했다.
도사파인 참의 이타가키 다이스케는 이 문제에 대해 사이고와 한 치의 어김도 없이 기맥을 통하고 있는 만큼 사이고의 동정은 잘 알고 있었다.
"산조 경이 그렇게 말씀했다면 틀림없어."
이타가키도 사이고와 마찬가지로 그렇게 생각하고 있었다. 그토록 산조의 고아한 성품과 기략을 쓰지 않는 비정치가적인 신뢰감에는 정평이 나 있었다. 기막힐 정도로 무능하지만, 성실한 것만은 산조에게서 취할 점이었다.
사이고와 이타가키의 관계는 오랜 것은 아니었다. 막부 말기에 있는 도사파의 활동은 전부라 해도 좋을 정도로 향사와 촌장 계급의 사람들로, 그들이 탈번해서 사쓰마·조슈의 세력을 이용했던 것인데, 막부를 돕는 경향이 강한 자기들의 본번으로부터는 거의 원조라는 것을 받지 않았다.
이타가키는 고토 쇼지로(後藤象二郞) 등과 마찬가지로 본번의 관료 출신이다. 그러나 막부 말기의 막판에 가서 상급무사로서는 보기 드물게 혁명 의식을 가지고 사이고와 알게 되었다. 막부 말기의 막판에는 이타가키는 고치(高知)에 있었다. 젊은 나이로 번군의 총지휘관이었다. 그는 벌써 사이고와 밀통하여, 사이고의 교토 쿠데타——도바 후시에 싸움——계획을 알고 있었다. 도사 번의 교토 번저에는 얼마 안 되는 군대가 있었는데, 이타가키는 일찍부터 그들 몇몇 사람에게 귀띔을 해두었다.

"사쓰마가 군대를 일으켰을 때는 무조건 총부리를 같이하고 싸우라."

이타가키는 고치에서 도바 후시미 싸움의 첫 소식을 듣자 당장 번군을 이끌고 교토로 올라가 사쓰마 군과 합세했다.

그 뒤 이타가키는 도산도 진무군의 총지휘관이 되어, 뒤에 아이즈(會津) 와카마쓰 성(落松城) 공략을 지휘했다. 그의 군대는 규율이 엄정하고 진퇴가 엄격하여, 그 지위는 막부 말기부터 보신 전쟁에 걸쳐 야전 사령관으로서는 유일한 명장이었다고 할 수 있을지도 모른다.

이타가키는 바탕부터 야전 지휘자였을지도 모른다. 그의 자질은 정치나 외교에는 적합하지 못했다. 그런 그가 태정관의 제일 윗자리라고 할 수 있는 참의가 된 것은 도사파의 대표라는 이유뿐이다.

이타가키 다이스케의 생애는 일종의 익살스러움마저 느껴진다.

그는 사쓰마·조슈 세력으로부터 '도사의 이타가키 선생'이라고 추켜올려져서 참의에까지 올라앉고 말았다. 그러나 이타가키가 문관의 일을 해낼 턱이 없었다. 그의 너무도 날카로운 논리성과 판단력, 대하는 사람에게 느껴지는 따스함 같은 것은, 군인들로 하여금 기꺼이 죽음의 땅으로 뛰어들게 하는 야전공성의 장수가 지니는 그런 것이었다. 그는 군인——그것도 후방의 작전이 아니고 파견군의 장수로서——이외의 어떤 일에도 적합하지 않았으며, 실제로 보신 전쟁에서는 명장이라 할 수 있는 능력과 업적을 올렸는데도, 싸움이 끝나자 육군에도 해군에도 들어가지 못했다.

"이타가키 선생에게는 참의가 적당하다."

는 등, 말하자면 너무 과분한 대우를 받고 말았다. 한편으로 도사 번에는 새정부에 대한 대표로서 이타가키 이외에 인재가 없었기 때문이기도 했다. 도사 번의 인재는 막부 말기로써 끝났다. 다케치 한페이타, 사카모토 료마, 그리고 나카오카 신타로와 같은 향사 출신 사람들의 경력과 자질은 넉넉히 사이고, 오쿠보, 기도 등에 대항할 수 있거나 혹은 그 이상의 인재였는데, 그들은 모두 번에서 처형당하거나 막부 관리에 의해 암살당했다. 이타가키 같은 자의 영달은 그들의 죽음 위에 올라앉은 것이었다. 이타가키는 상급무사 출신으로 사카모토 료마와는 면식조차 별로 없는 관계였다. 그러나 역시 그 기미만은 알고 있었던 사람으로

"나의 오늘이 있는 것은 사카모토 선생 덕분이다."

겨우 두 살 위요, 옛날 번의 신분으로 훨씬 아래인 사카모토에 대해 그같이 말하고 있었다.

결국 이타가키는 군인에는 낄 수가 없었다. 육군 군정은 조슈가 잡고 있었고, 해군 군정은 사쓰마가 잡고 있었기 때문으로, 이타가키를 육해군으로 불러들일 경우 대장 자리를 줄 수밖에 없었으므로 결국 공경하되 가까이하지는 않은 셈이었다.

그러면서도 이타가키라는 사람의 이상한 점은, 자신이 군인으로밖에 쓸모가 없는 사람이라고 생각지도 않았고, 혹은 보신 전쟁에서 그만한 군공을 세웠는데도 병부성(육군·해군성의 전신)이 그를 들어오지 못하게 문을 닫은 것도 모르고 그에게 가장 힘겨웠을 정치 세계로 들어가고 말았는데, 그러면서도 그 불운을 불운으로 생각하지 않은 점에 있다.

사이고는 문관 옷차림을 한 이타가키가, 실은 일본의 어느 누구보다 군대 통솔에 적임자라는 것을 너무나 잘 알고 있었다.

어느 날 군복을 입은 후배가 찾아와서 이런 내용의 질문을 했다.

"만일 해외에서 뜻하지 않은 일이 있어 군대를 보내야 한다면 그 총수로 누가 적당할까요?"

"그야 이타가키지."

사이고는 말이 떨어지기가 무섭게 대답했다. 그 손님이 거듭 질문했다.

"이타가키에게 사정이 있어 나갈 수 없다면 누가 좋겠습니까?"

이 말에도 사이고는 즉각 대답했다.

"기리노 도시아키(桐野利秋)지."

사이고의 눈에는 그 같은 기능이 있었다.

이때 니혼바시의 사이고 집에는 찾아오는 손님이 많았다.

도사 사람 기타무라 조베(北村長兵衛)란 사람이 근위병 육군 중령의 군복

을 입고 찾아왔다.
"오늘은 더우니 옷을 벗게나."
 사이고가 권하자, 기타무라는 태연히 셔츠 차림이 되었다. 상관이나 어른의 집에 와서, 아무리 권한다 해도 옷을 벗는 것과 같은 예의범절에 벗어나는 일은 당시의 일본으로서는 있을 수 없었다. 기타무라도 일본옷이라면 아무리 권하더라도 사이고 앞에서 하오리를 벗거나 하까마를 벗지는 않았을 것이다. 그러나 양복의 경우, 이것은 임시 차림으로 결국은 오랑캐의 옷이요 싸울 때 입는 옷이라는 관념에서 탈피하지 못하고, 서양에는 서양의 옷에 따른 예법이 있으므로 군복을 입었을 때는 그에 따르는 것이 당연하다는 관념이 아직 근위병 장교들에게 없었다.
"그럼 융복(戎服 : 군복 혹은 야만인의 옷이란 뜻)을 벗겠습니다."
 그리고 기타무라는 홀렁 셔츠 차림이 되었던 것이다.
 기타무라는 도사 번에서도 200석을 받는 신분이 좋은 무사 출신으로, 보신 전생에서는 이타가키 다이스케의 지휘 아래 들어가 포대장으로 근무했고, 관군의 하급간부 가운데서는 가장 용감하고 유능했던 인물이다. 이타가키는 이 기타무라를 총애했고, 기타무라도 이타가키를 따르고 있었다. 그는 젊은 나이에 병으로 죽고 만 사람이지만, 모험정신이 강해서 일찍이 사이고가 조선·만주의 사정을 알기 위해 비밀시찰 요원을 두 사람씩 두 조를 뽑았을 때, 이 기타무라도 이타가키의 추천으로 끼어 있었다. 비밀시찰 요원은 사쓰마와 도사 사람으로 구성되어 있었다. 기타무라는 사쓰마의 기리노 도시아키의 종제인 벳푸 신스케(別部晋介 : 근위 육군 소령)와 함께 변장하고 조선에 잠입했다가 귀국해서 모든 것을 사이고와 이타가키에게 보고했다.
 이 기타무라는 거듭 부탁했다.
"선생님께서 조선에 건너가실 때는 저도 꼭 데리고 가 주십시오."
 기타무라는 귀가 빠른 사람으로, 벳푸 신스케로부터
"큰 양반(사이고)이 조선 건너가는 일은 칙허가 내렸다."
 이런 말을 듣고, 재빨리 찾아와 먼저 부탁했음을 다짐한 것이다.
 사이고는 아직 신중했다.
"아직 발표되지 않았어."
 아직 공식적으로 발표된 것이 아니므로 확약은 할 수 없다고 했다. 그러나 조선에 몰래 들어간 경험을 가진 기타무라를 데리고, 나만 모든 일에 편리할지도 모른다는 생각을 하기도 했다.
"신스케는 데리고 가겠어."
"저는 안 된다는 말씀이십니까?"
기타무라는 은연중 이런 뜻을 담아 말했다.
"내가 도사 사람이라서 데리고 가지 않겠다는 건가?"
사이고는 난처해하는 얼굴로 말했다.
"신스케를 데리고 가는 것은 나와 같은 지방 사람이니까 죽게 만들어도 괜찮다는 것뿐이네."
사이고에게는 늘 그런 생각이 있었다.
"반드시 죽게 된다."
사이고가 말하자, 기타무라는 코를 벌름거리며 쓴웃음을 지었다. 사이고는 그 쓴웃음의 뜻을 알고 말했다.
"자네를 데리고 가도록 하겠네, 사실 이보다 다행한 일은 없지. 도사 사람도 한 사람 죽는다. 그러면 도사 사람들도 떨치고 일어날 테니까."

찾아오는 손님이 연일 뒤를 이었다.
기리노 도시아키와 벳푸 신스케와 같은 사쓰마 계통의 근위장교가 교대로 대기해 있으면서 그들을 응접하며, 단순히 토론을 좋아하는 사람이거나 엽관 운동을 목적으로 온 사람으로 보이면, 적당히 따돌려 내쫓았다.
하기는 기리노가 만나기 전에 서생들 단계에서 내쫓기는 손님도 있었다.
서생이 기리노에게 보고한다.
"안 계셔."
기리노가 손을 옆으로 흔든다. 기리노마저 만날 수 없는 방문객이 대부분이었다.
"사이고 대감의 청한(淸閑)만은 지켜드려야지."
이것이 기리노들의 목적으로, 물론 성의에서 나온 것임에는 틀림이 없지만, 사이고 측근의 이런 멋대로의 생각은 당사자인 사이고에게 반드시 좋은 결과만 가져다주지는 않았다. 결국 사이고는 기리노들의 입술 놀림만으로 모든 일을 알게 되는 처지에 놓이고 말았다. 마침내 기리노들을 통한 세상밖에 모르게 되고, 설사 기리노가 사후에 보고를 하는 일이 있어도, 그 보고에 의해 사이고가 얻는 것도 기리노라는 체가 걸러낸 것들이었다.

"아무래도 사이고가 이상해."

나중에 맹우인 이타가키까지 고개를 갸우뚱하는 일이 생기게 되었는데, 이 시기를 전후한 뒷날의 사이고의 정치감각이 때로는 몹시 둔해지는 기미는, 이 같은 것에 주된 원인이 있었는지도 모른다.

어느 날 솜옷에 꾸깃꾸깃한 검은 하까마를 입은 변두리 도장 주인 같은 느낌을 주는 사람이 대문 앞에 섰다.

"유에몬이라고 합니다."

그는 인사를 했다. 문앞에서 상대한 사람은 에도 태생인 서생 고마다 유지로(兒玉勇次郞)였다.

이름을 대는 말투가 사쓰마 사투리였으므로 고향은 분명했지만, 유에몬이란 이름만으로는 전달을 할 수가 없다.

"성은 뭐라고 합니까?"

"무라타(村田)라고 합니다."

그는 못마땅한 듯이 대답했다.

"무라타 유에몬(勇右衛門) 나리시군요."

"쓰네요시라고도 합니다."

무라타 쓰네요시(村田經芳)를 말한 것이다.

그는 사쓰마의 전 번사로서 보신 전쟁 때는 작은 부대의 지휘관으로서 여러 곳에서 싸웠고, 그 뒤 육군성 간부 양성소라고 할 수 있는 병학료에 근무하며 소총에 대한 연구를 하고 있었다. 이 사람이 뒷날 무라타 식(村田式) 연발총을 개발하여 소총 연구가로서는 세계적인 존재가 되었지만, 발명가가 대개 그렇듯이 대인감각이 둔한 데가 있어서, 서생에게 이름만 말하면 사이고가 만나줄 것으로 생각하고 있었다.

"나는 육군 대위 무라타 쓰네요시요."

벼슬이름을 말했으면 서생의 이해를 크게 도울 수 있었을 텐데 관명 따위는 대지도 않았다.

"선생님은 계시지 않습니다."

그러자 그는 몹시 실망하며 돌아갔다.

"그럼 내일이라도 또 오겠습니다."

무라타는 사이고와는 거의 한 번 본 정도의 면식밖에 없었다.

이날 저녁 근위장교가 10명가량 어디선가 술을 마시고 사이고 집으로 몰려왔기 때문에 보통 때보다 시끌벅적했다.
 소령인 벳푸 신스케도 젊지만 모두 그보다 젊었고, 중위나 대위가 많았다.
 "아, 덥다!"
 숨을 몰아쉬며 깃 언저리가 땀에 흠뻑 젖어 있는 사람도 있었다. 늦더위 철이라고는 해도 아침저녁으로 선선한 바람이 불어 한숨을 내쉴 정도까지는 아니었는데, 그들이 입은 군복이 겨울에 입는 두꺼운 천으로 안까지 대어져 있었다. 서양 사람이 보면 이상했을지도 모르지만 이 당시의 육군에는 여름옷이 없었다. 경시청도 마찬가지였다. 가와지(川路) 같은 사람도 매일 밤 시내를 순찰하는 데 겨울옷을 땀으로 흠뻑 적셔가면서 돌아다녔다. 태정관 정부는 군대와 경찰을 졸속하나마 서양식으로 만들었다. 아무튼 서양식 군대가 된 이상 군인은 양복을 입는 것이 선결 문제로 여름, 겨울을 따지고 있을 수는 없었다.
 사이고 댁 현관 끝의 한 방이 이들이 묵는 곳이었다.
 말하자면 사이고의 신변경비를 겸하고 있었다. 겉으로 보기에는 그랬지만 실은 여기서 술을 마시며 사이고가 잡아온 꿩이나 산새들을 먹는다. 하기는 사이고 자신은 좀체로 얼굴을 내놓지 않았고, 안에서 책을 보거나 글씨를 썼다. 글씨는 사이고의 몇 가지 안 되는 도락 중의 하나였다.
 "이런 사람이 찾아왔는데요."
 서생인 고마다 유지로가 문 앞에서 돌려보낸 낡은 옷 입은 사람에 대해 벳푸 신스케에게 보고했다.
 "아아!"
 벳푸는 이렇게 말할 뿐이었다.
 에도 태생인 고다마는 아무래도 사쓰마 사람들의 그런 말투에 익숙지 못했기 때문에 다시 한번 되풀이했다.
 "유에몬, 성은 무라타라고 했습니다. 원 이름은 쓰네오시라고 했습니다."
 "아아."
 벳푸는 고개만 끄덕일 뿐이다. 그는 짐작은 하고 있었다.
 '육군 대위 무라타 쓰네오시였군.'
 "사이고 선생님을 뵙고 싶다면서."
 "아아."

벳푸는 귀찮았다. 무라타 같은 외고집장이가 무슨 생각을 했건, 대단한 볼일은 아니라고 속으로 생각하고 있었다.
'나이 먹은 음울한 사람.'
이런 인상이 벳푸에게는 있었다. 벳푸는 아직 20대로 벌써 소령이 되었는데, 무라타는 서른 예닐곱인데도 아직 대위였다. 한편으로는 같은 사쓰마 출신의 장교라고는 해도, 벳푸는 사이고나 기리노와 친분이 있었기 때문에 쉽게 승진을 했지만, 무라타는 인맥의 분류로 말하면 시마즈 히사미쓰파라고 할 수 있는 계열에 속해 있었다. 그 때문에 육군에서는 돋보이지 않는 점도 있었다. 그러나 무라타 자신은 그런 파벌에는 별로 관심이 없었고, 그런 파벌이 존재하는 것도 모르고 있었다.
여기 모여 있는 사람들 가운데 '익살꾼'으로 불리고 있는 젊은 중위가 누구에게랄 것도 없이 중얼거리듯 말했다.
"무라타 쓰네요시 씨는 첩자가 아닐까?"
고향에 있는 시마즈 히사미쓰가 사이고의 동정을 살피기 위해 일부러 찾아가게 했을 거라는 얘기였다. 물론 히사미쓰 자신이 그렇게 지시하지 않았다 하더라도, 히사미쓰 측근인 가고시마 현령인 오야마 쓰나요시(大山綱良)가 무라타 쓰네요시를 움직이고 있는 것이 아닐까 하고 생각할 수도 있다.
"가고시마 현은 폐번된 뒤로 완연히 독립국 같다."
조슈의 기도 다카요시를 이렇게 탄식하게 만든 그 수구주의의 대두목은 고향에 있는 시마즈 히사미쓰로, 그의 뜻에 심부름꾼처럼 예에, 하고 따르고 있는 것은 가고시마 현령인 오야마 쓰나요시다.
확실히 기도가 말했듯이 독립된 나라로서, 태정관이 잇달아 내보내는 전령은 모조리 오야마 쓰나요시 손에서 묵살되어버리고, 쓰나요시는 현령 회의에도 나오지 않아, 한 현은 여전히 지난날의 사쓰마 번 그대로였다. 기도는 그러한 가고시마 현의 횡포를 "그건 사이고가 시키고 있는 것이다"라고 완전히 믿고 있었지만 물론 사이고는 아니었다.
히사미쓰와 그 일파에 있어서는 사이고는 태정관임에 틀림이 없었고, 번을 폐지시킨 상전댁의 반역자이며, 일본의 아름다운 풍속을 버리고 서양 오랑캐의 못된 풍속을 배우려는 악당이기도 했다.
"새정부를 쓰러뜨려야 한다."
이런 주장이 히사미쓰의 신변에서 매일 소용돌이치고 있었다. 쓰러뜨리고 옛날처럼 문 닫은 나라로 돌아가, 양복을 벗고 일본 옷으로 되돌아가고, 깎은 머리를 길러 옛날처럼 상투를 틀며, 300여 번에 땅과 백성을 돌려주고 봉건제도를 부활시켜야 한다는, 문명과 개화가 마침내 진행 중에 있는 도쿄에서는 도무지 믿을 수 없는 논의가 불을 뿜는 기세로 벌어지고 있었다.

"사이고와 오쿠보도 반역자지만 근위장교들도 죄는 마찬가지다."

히사미쓰는 이렇게 말하고 있었다. 히사미쓰는 가고시마에서는 폐번치현 뒤에도 여전히 국부로 불리고 있었다. 그 위엄과 권세는 사실상의 번주라고 할 수 있을지도 모른다.

히사미쓰와 그 일파로서는 새정부를 넘어뜨리고는 싶었지만, 지난날과 같은 무력이 없었다. 정병은 사이고가 모두 도쿄로 데리고 가서 근위부와 경시청에 넣었기 때문이다. 이 점에서 보더라도 사이고는 히사미쓰에 대해 여러 겹으로 배신을 거듭하고 있었다.

그러나 히사미쓰와 그 일파의 헛된 소망은, 이런 것이었다.

'만일에 사이고가 새정부에 대해 반란을 일으킨다면.'

사이고가 사쓰마 출신의 근위병을 거느리고 쿠데타를 일으켜 새정부를 넘어뜨린다. 히사미쓰는 이를 응원하여 완전 승리를 거둔 다음 새로 수립되는 정부의 우두머리 자리에 자신이 앉는다. 그리하여 모든 정령을 에도 시대로 되돌린다는 것이었다.

사실에 있어서 사쓰마란 곳은 다른 지방 사람들에게는 정체를 알 수 없는 곳이었다.

정치정세의 복잡함은 이상과 같은 것이어서 같은 시대 사람들마저 상상조차 못하는 것이 있었다.

이야기는 훨씬 뒷날이 되는데, 사이고가 가고시마에서 반란을 일으켰을 때, 구마모토의 불평 사족들도 많이 사이고의 산하로 와서 과감히 싸웠다. 그 가운데 미야자키 하치로(宮崎八郎)가 있었다.

다른 구마모토 사람들이 놀라 미야자키에게 물었다.

"자네는 민권주의자가 아닌가. 어째서 사이고 같은 사람의 편을 드는가?"

미야자키는 구마모토 현 다마나 군(玉名郡) 아라오 마을(荒尾村)의 향사의 집안에서 태어났다. 그는 메이지 10(1877)년에 만 28세로 메이지 시대의 좌익운동이라고 할 수 있는 자유민권 운동의 선창자였다. 미야자키는 구마

방울벌레 71

모토의 민권당 청년들을 불러내어 협동대라는 것을 조직하고, 용감히 싸우다가 죽었다. 이 일은 이 이야기 다음에 나올지도 모른다. 어찌 됐거나 그 미야자키보다도 이때 미야자키에게 그런 질문을 한 사람의 말이 더 중요할 것이다. 이 당시 이웃 현인 구마모토까지 사이고를 봉건제의 부활론자로 보고 있었던 것이다. 기도나 오쿠마가 사이고를 그렇게 본 것은 당연한 일일 수도 있었다.

사이고와 같은, 말하자면 존재 자체가 벌써 사회적 위력인 사람은, 그 실체가 어떤 것이냐 하는 것을 알기 어렵고, 어쩌면 도끼를 들고 쪼개 보아도 아무것도 나오지 않을지도 모른다.

사이고보다는 시마즈 히사미쓰 쪽이 사상으로는 선명하고 강렬했다.

"모든 것을 도쿠가와 시대로 되돌려라."

이처럼 강렬한 현실정부이며, 명쾌한 반혁명주의도 없었다. 게다가 히사미쓰는 그의 생활에서도 완전히 서양 냄새를 거절하고 있었다. 이야기가 훗날로 비약하지만, 이 히사미쓰가 사이고의 반란을 누구보다도 기뻐하며 그의 가신들을 통틀어 응원했다. 세상의 인상으로는 사이고나 히사미쓰나 같은 사람으로 받아들이는 것이 당연했을 것이다.

너무 여러 말 하는 것 같지만, 이 시대에 히사미쓰의 관점에서 보면 민권운동자는 물론 극좌였지만, 정부를 구성하고 있는 국권주의자도 좌익이었다. 이런 히사미쓰와 같은 관점을 가진 지식 계급은 전체 일본에서 그 수가 가장 많았다. 이들이 볼 때는, 오쿠보 도시미치도, 기도 다카요시도, 혹은 오쿠마 시게노부도 매국적일 뿐인 급진주의자로 보이고 있었다.

그렇다면 사이고는 그 가운데서 어떤 위치에 있었던 것일까.

"사이고는 잘 모른다."

이 미야자키 하치로도 대답하고 있다.

"사이고가 어떤 사람이 됐든 그는 도쿄 정부를 넘어뜨릴 것이다. 나는 그를 돕고 이윽고 그를 넘어뜨림으로써 민권시대를 열 작정이다."

미야자키의 말이다. 사이고를 위해 죽은 미야자키도 사이고를 모르고 있었다.

이튿날 낮이 지나서 무라타 쓰네요시가 왔다. 이날도 군복 차림이 아니고, 때 묻은 홑옷에 무명 하까마로, 하오리는 입지 않았다. 대문에 쪽문이 열려 있었다. 쪽문으로 들어서며 현관을 향해 외쳤다.
"좀 봅시다."
보통말로 안내를 청하는 말이다.
"말씀 좀 묻겠습니다."
"누구요?"
사람이 나왔다. 나온 사람은 벳푸 신스케 소령이었다.
벳푸는 현관 옆의 작은 방으로 무라타를 안내했다. 그 방에서 말하자면 심문을 할 작정이었다. 무라타가 시마즈 히사미쓰의 밀정인지 아닌지에 대해서이다.
"사이고 나리를 뵙고 싶습니다."
무라타는 무뚝뚝한 투로 말했다. 벳푸가 소령인 데 대해 무라타는 대위밖에 되지 않았지만, 나이로는 무라타가 훨씬 위인 것이다. 이 시기의 사쓰마계 근위 장교는 아직 군대계급에 익숙지 못해, 그런 새 정부의 임시 계급보다도 옛날 번에서의 신분과 나이 쪽이 더 중요한 기준이 되어 있었다.
"용건은?"
벳푸가 떠보듯이 물었다.
"내 일신상의 일로."
무라타는 뭔가 숨기듯이 말했다.
그러나 그 본의는 이런 생각이 있었기 때문이다.
'벳푸 따위에게 말해도 별 수 없다.'
무라타에 젊었을 때부터 '일신상의 일'이라고 하면 단 하나밖에 없다. 소총의 개량에 관한 일이다. 그가 이 일에 열중해 있는 것은 막부 무렵에 벌써 히사미쓰의 귀에 들어가 있었고, 지금은 자기 번 출신인 이 벳푸 신스케들보다 조슈계의 야마가타 아리토모 중장과 도리오 고야타 소장 쪽이 더 잘 알고 있었다.
무라타는 거의 외고집쟁이처럼 병기 기술에만 열중해 있었다.
그 열중하는 노력은 오래다.
그는 어릴 때 아버지의 명령으로 검술을 배웠다. 그때의 스승이 지금 가고시마 현령으로 임명되어 있는 오야마 쓰나요시로, 이 사제 관계로 인해 그를 히사미쓰의 사람이라고 보고 있었다.
뒤에 포술에 열중하여, 번의 하기노 류(荻野流) 사범에게 배웠다. 물론

방울벌레 73

화승총이다.

그 뒤 서양총 연구에 몰두했다. 교토에선 신센 조(新選組)가 무서운 기세를 떨치고 있을 무렵, 무라타는 가고시마 성 밑거리에 있는 자기 집에서 그 일에만 전념하여, 마침내 그는 당시 수입한 소총에서 암시를 받아 한 자루의 후장총을 발명했다.

그러나 이런 것들을 자기 비용으로 해야 했기 때문에 살림이 극도로 궁핍했다. 참다못해 그는 히사미쓰의 측근에게 부탁해서, 번의 비용으로 연구하게 해줄 수 없겠느냐고 진정했다. 히사미쓰가 이를 받아들여 그의 희망대로 해주었다. 무라타가 더 뛰어난 후장총을 개발한 것은 겐지(元治) 원년(1864)의 일이다. 이때 히사미쓰로부터 포상의 돈과 옷을 받았다. 무라타가 히사미쓰와 그 일파의 사람들을 가까이해야만 했던 것은 이 기술 개발을 위해서였다.

무라타 쓰네요시의 노력은, 막부 시대부터 종종 헛일이 되고 말았다.
"번의 총은 종류가 너무 많으므로 이것을 한 가지로 통일해야 한다. 그렇지 않으면 부품과 탄약의 보충이 어렵게 된다. 그것도 수입품이 아니고 국산으로 해야 한다."
그는 벌써 분큐(文久) 연간(186~63)부터 외치고 있었다. 이 점은 서양에서 말하고 있는 정해진 원칙과 우연히 일치했다.
"병기의 통일과 생산의 국산화가 근대국가 성립 조건의 하나다."
그는 가고시마 성 밑거리 한쪽 구석에서 누구로부터 암시를 받은 일도 없이 그런 생각을 하고, 그것을 평생의 주된 과제로 삼았다.
"대목 같은 녀석."
그를 비웃는 사람도 있었다. '대목'이란 목수를 말하는 것이다.
그는 몇 종류인가의 시험용 총을 만들었다. 그런데 그것을 생산으로 옮기려는 단계에서 보신 전쟁이 벌어졌다. 번에서는 그가 연구해낸 총을 만들 겨를이 없어 다량의 수입총을 구입해 급한 대로 썼다. 연구자인 그 자신도 제작소 일을 일시 중지하고, 작은 부대의 지휘자로서 호쿠에쓰와 아이즈의 산과 들을 이리저리 뛰어다니며 싸웠다. 이 사람은 얼른 보기에는 음울하고 꼼꼼한 풍모를 가지고 있었지만, 일단 전선에 나가면 용감하고 유능한 지휘자였다. 만일 그렇지 못했다면 원래 학자풍의 사람을 존중하지 않는 사쓰마에서 옛날에 벌써 버림을 당했을지도 모른다.

메이지 4년, 사쓰마에서 헌상한 근위 부대가 가고시마에서 편성되어, 사이고가 이를 이끌고 도쿄에 주둔했을 때 그도 그 속에 뽑혀 있었다.

그는 부대의 소속장교로서 주로 군사들에게 사격술을 가르치고 있었는데, 지난날의 연구생활로 되돌아갈 생각으로 팔방으로 돌아다니며 부탁했다.

"병학료 소속으로 해 달라."

기리노 도시아키 소장에게도 부탁했다. 기리노는 껄껄 웃으며 말했다.

"좋다."

그러나 아무것도 시켜주지 않았다. 기리노로 말하면 구미 각국이 소총 개량을 위해 서로 경쟁하고 있는 것을 잘 알고 있었다. 확실히 소총의 기술 역사에서 보더라도 이 시기를 전후해서 크게 발달했다. 유럽에서는 어제의 제식총이 오늘은 이웃 나라가 개발한 총의 성능에 뒤떨어져 고물처럼 되고 마는 식으로 그 방면이 들끓던 시대였다.

그런 시대에, 사쓰마의 시골 무사 출신으로 호기심 많은 사람이 일본제국의 제식총을 개인의 힘으로 개발하려 한다는 것은 터무니 없다고 할까 공연한 것이라고 그는 생각하고 있었다.

'일본 목수가 느닷없이 돌로 양옥을 세우려는 거나 마찬가지다.'

기리노는 이렇게 생각하고, 적당히 무라타를 얼버무려 두었던 것이다.

무라타는 결국은 조슈계의 장관의 호의로 병학료 소속이 되었다. 여가가 생겼으므로 그 연구에 몰두했으나, 아무래도 그러기 위해서는 유럽의 병기공장을 한 바퀴 돌아볼 필요가 있었다. 그는 유학을 하고 싶었다. 그것을 사이고에게 부탁하러 온 것이다.

거기에 육군 소장 기리노 도시아키가 들어왔다.

그는 병영에서 돌아오는 듯 금몰이 번쩍이는 프랑스식 군복 차림으로 찾아왔다. 이 멋쟁이 군복만은 뻣뻣한 겨울 기지가 아닌 부드러운 여름 기지로, 검은 모직물이 반짝거리는 것만 같았다.

"내게 학문이 있으면 천하를 차지하겠다."

일찍이 큰소리친 이 인물은 비록 학문은 없었지만 일종의 천품을 가지고 있어서, 절대로 허풍만 치는 사람은 아니었다.

"기리노는 사이고에게 아부하는 걸로 출세한 녀석이다."

이런 말로 일찍이 높은 녹을 받은 사람이 많은 히사미쓰와 사람들이 욕하고 있었지만, 반드시 꼭 그런 것만은 아니었다. 그는 일찍이 가고시마 성 밖의 요시노(吉野)란 고을의 한 향사에 지나지 않았고, 사람들도 그의 이름을 알지 못했으며, 도바 후시미 싸움 때는 소대장도 못 되었다. 지금 대위의 신분인 무라타 쓰네요시는 그때 벌써 소대장으로 노즈 시치사에몬(野津七左衞門), 이치키 간베(市來勘兵衞)와 함께 각각 소대를 이끌고 도바 가도로 진출하여 맨먼저 싸웠다. 기리노는 그 단계에서 그의 신분으로는 전례없이 발탁되어 겨우 소대 안의 분대장 견습이 되어 있었다.

그는 별로 사이고에게 아부한 일은 없었다. 이 사람은 막부 말기에 교토로 올라와 사쓰마 번저에서 묵으며 보졸로 있었다. 그때부터 사이고에게 토론을 걸어오고 반대 이론을 외치기도 하며 조금도 굽히려 하지 않았고, 오히려 독립하려는 기개마저 보이고 있어, 다른 변사들로부터 위험시되고 있었다. 그런 점에서는 사쓰마 번으로서는 전례가 없다고 할 수 있는 사람이다. 사쓰마에서는 어릴 때부터 '향중'이라는 사족의 소년단에서 철저한 교육을 받는데, 그 윤리 강령 가운데 이런 것이 있었다.

'선사에 따른다.'

선사란 '향중' 안의 선배라는 뜻으로, 그 명령에는 절대로 복종하게 되어 있었으며, 사쓰마의 통제주의란 것은 그러한 지반 위에 성립되어 있었다. 막부 말기에 교토에 있어서는 사이고 자신이 젊은 패들의 '선사'였다. 당시 나카무라 한지로(中村半次郎)라고 불린 기리노는 그 선사에 대해 태연스럽게 대들었던 것이다.

그러나 차츰 사이고에게 인정을 받는 동시에, 다른 사람에게는 사나운 개였지만 사이고에게는 충실한 존재가 되었다.

그는 보신 전쟁이 벌어진 겨우 한 해 동안에 남다른 출세를 이룩하여, 사이고의 알선으로 향사 신분에서 성의 하급무사 신분이 되고, 친위병이 생긴 뒤로는 육군 소장이 되었다.

일찍이 도바 후시미 싸움이 벌어졌을 당시까지는 기리노보다 중요한 직책을 맡고 신분도 높았던 무라타가 아직 대위밖에 못 된 것을 생각하면, 기리노의 출세는 흡사 겐키(元龜) 덴쇼(天正) 시대의 도요토미 히데요시를 연상케 하는 화려함이 있었다.

"무라타씨인가?"

기리노는 방으로 들어오자 한 순간이나마 뜻밖인 빛을 보였다. 무라타가 사이고를 찾아오는 것은 좀 어울리지 않은 인상이었을 것이다.
"무슨 볼일인가?"
이 말은, 역시 기리노는 우두머리가 될 만한 사람인 만큼 하지 않았다.
"소주라도 한잔 하지 않겠나?"
그러면서 웃음을 띠었다. 그러나 무라타는 쌀쌀맞게 고개를 저었다. 무라타는 술을 마실 줄 몰랐다.

"여보게."
기리노는 뜰 앞에 있는 서생 이치(市)를 불러 말했다.
"차라도 마셔야지. 차에 곁들일 것도 있겠지?"
차와 함께 내는 먹을 것을 말하는 것으로 다과가 있겠지 하는 뜻이었다. 이치는 당황한 빛을 보였다.
기리노는 끄덕이며 말했다.
"밥찌끼 있겠지."
밥찌끼란 솥바닥에 붙은 누룽지를 말한다. 기리노는 무엇보다 그것을 좋아했다. 그는 요시노라는 밭만 있는 고장, 즉 논이 흔치 않은 땅에서 자랐기 때문에 고구마만 먹으며 어른이 되었다. 그러므로 쌀밥이 아직도 주식처럼 느껴지지 않았고, 간식으로써 그 누룽지를 먹는 것을 즐기고 있었다.
"무라타씨."
기리노는 무라타 쓰네요시를 성으로 불렀다. 남을 대하는 예의라면 그럴 수도 있다. 그러나 무라타가 일찍이 성의 하급무사였던 만큼 일부러 떠받들고 있는 것이다. 서로가 보신 전쟁의 전우였다.
"겨우 몇 해 전의 일이지만 꿈만 같군."
기리노는 보신 전쟁 당시의 이야기를 했다.
보신 전쟁에서는 무라타는 그야말로 빈틈없는 활약을 했다. 무라타는 그의 소대 군사들에게 소총사격 방법을 정성들여 가르쳤기 때문에 그의 부대는 저격능력이 가장 뛰어났고, 그 진퇴도 극히 교묘해서 항상 전방에서 활약했다.
그 첫 싸움인 도바 후시미 싸움은 사쓰마·조슈 군에 있어서는 기적이라고밖에 할 수 없는 승리였다. 막부군의 수가 압도적으로 많았고, 그 선봉은 아이즈(會津), 구와나(桑名), 신센 조, 막부의 보병으로, 백중지세가 계속되었고, 특히 사쓰마·조슈 군은 보충이 없었기 때문에 싸움이 오래 끌면 그로 인해 패전할 위험성을 다분히 가지고 있었다.

이 시기에 오쿠보는 조정에 있었다. 조정 대신들을 진정시키기 위해서였다. 조정의 공경들은 우왕좌왕하며 법석을 떨었다.

"이와쿠라의 부추김을 받아 사쓰마 조슈를 편든 것은 잘못이었다. 역시 막부야. 막부를 편들었어야만 했어."

오쿠보도 이 싸움은 질지도 모른다고 각오하면서, 설사 지더라도 천황을 업고 게이슈 로(藝州路)에라도 달아나자고 생각하며 대신들을 위협하고 있었다.

사이고는 전투를 담당하고 있었다. 본영을 쇼코쿠 사(相國寺)에 두고 있었는데, 전선에서 잇달아 고전한다는 소식이 전해져왔다.

전선에서 얼굴빛이 파랗게 질려 "구원병을 청한다"는 전령이 온 적이 있었다.

사이고는 전략과 전술에는 능하지 못했다. 그러나 지금이 싸움의 고비라는 것은 알고 있었다.

"모두 죽기로 싸워라."

사이고는 전령에게 호통을 치고 전선으로 쫓아 보냈다. 이 한마디로 전선에서는 결사적으로 싸웠다고 한다.

도바 후시미에서의 격전 중, 기리노는 한낱 소대의 분대장에 불과했다. 그러나 간부가 부상하고 대의 조직이 무너졌다.

"나카무라(中村 : 기리노)씨에게 가 붙자."

그러자 누구나 이런 기분이 들게 되어, 그 주위의 군사들이 한낱 향사에 불과한 기리노 밑으로 모여들었다. 기리노는 용감하고 지휘는 정확했다. 싸움터에서는 군사들이 본능적으로 유능한 지휘관을 원한다.

'나카무라씨가 달리면 함께 달리고 멈추면 함께 멈춘다. 그가 하는 대로 하면 틀림없다.'

이런 생각이 들게 되어 있었다. 소대장인 이치키 간베도 전사했다. 자연히 기리노는 제일선의 총지휘관처럼 되었다. 이 점에서 볼 때 기리노 도시아키란 사람은 방 안에서 출세한 것이 아니고, 포연탄우(砲煙彈雨) 속에서 태어난 사람이었다.

적인 구와나 부대는 옷차림은 일본식이었지만 서양식 전투에 익숙했다. 그들은 길 위 여기저기에 쌀가마로 흙부대를 쌓아 놓고 야전 진지를 만드는 방법도 알고 있었다. 그것을 쌀가마 진지라고 불렀다. 구와나 군사는 얼른 보기에 똑같은 전투복을 입고 있어서, 그 차림이 늠름하고 또 용감했.

이 구와나 부대의 쌀자루 진지 공격을 담당한 것은 무라타 쓰네요시의 소대와 이치키 간베의 소대였다. 이치키는 전사했다. 사상자가 속출하고 참담한 싸움이 되었다. 그런데 사쓰마·조슈의 전체 전선에서 볼 때, 무라타와 이치키의 소대가 여기에 못 박혀 있기 때문에 다른 방면에 적의 압력이 한층 더했다. 기리노는 다른 방면에 있었다.

"뭣하고 있는 거야?"

기리노는 화가 치밀어 적에게서 빼앗은 말을 몰아 무라타 쓰네요시의 산병선으로 찾아왔다. 신분이 낮은 기리노가 독전을 한다는 것은 평시라면 진기한 일이었지만, 기리노는 그것을 당연한 것으로 알고 있었고, 사람들도 그의 독전에 복종하고 있었다.

"무라타씨, 이따위 진지를 왜 빼앗지 못하는 거요?"

기리노가 소리치자, 무라타는 아주 냉정한 얼굴로 기리노를 달랬다.

"이제 조금만 기다려. 상황이 이러니 이제 30분만 있으면 빼앗을 수 있다."

기리노는 말에서 내려왔다. 그때 전투복을 입은 구와나 병사 하나가 천천히 쌀가마 진지위로 올라가 대담하게도 무릎쏘기의 자세를 취했다. 기리노를 저격한 것이다.

그 소총탄이 기리노의 머리 위를 스치듯이 날아갔다. 대담한 기리노도 땅바닥에 코를 박고 엎드렸다. 무라타는 싸움의 호흡을 알고 있었다. 그 저격자는 솜씨에 자신이 있었으므로, 지금 것은 실수한 걸로 알고 반드시 또 한 번 나타날 것이라고 생각했다. 그는 기리노를 보고 말했다.

"내가 원수를 갚아주지."

기리노도 화가 나 있었기 때문에 부탁한다고 했다.

무라타가 예상한 대로였다. 저격자는 다시 한 번 쌀가마 진지 위로 나타났다. 무라타의 사격법은 신속했다. 총을 겨누는 것과 방아쇠를 당기는 것이 동시였다. 저격자는 진지 위에서 껑충 뛰어 오르듯이 하며 넘어갔다.

"총솜씨가 대단하군."

기리노는 기가 막히는지 이렇게 말했다.

"실은 오쿠보씨로부터 이런 총을 얻었는데 쏘는 법을 몰라. 가르쳐주구려."

그것은 무라타가 이야기로만 듣고 있던 영국제의 W. 리처드라는 신식 후장총이었다. 무라타는 그것을 받아들고 열심히 들여다보며 정신없이 만지작거리고 있었다. 그러나 기리노가 재촉하는 소리에 번쩍 정신을 차렸다.

이 W. 리처드란 영국계 신식총은 기리노에게는 돼지목의 진주 목걸이나 마찬가지였다.

기리노는 무인으로서는 더할 나위 없는 사람이었지만, 이때 벌써 일본에는 기계 지식이 상당히 보급되어 있었는데 그것에 대해서는 전혀 모르고 있었다.

"탄약은 가지고 있는가?"

무라타가 묻자, 기리노는 띠에 매달아 둔 탄약통을 내밀었다. 총알이 하나하나 종이에 싸여 있었다. 기리노는 그것을 종이째 넣으려 했기 때문에 잘 안 되었던 것이다. 무라타가 그 종이를 벗기자 기리노는 놀라서 감탄하며 말했다.

"종이를 벗기는 건가?"

기리노는 쏘는 법도 몰랐다. 화승총도 그 점은 같은 원리였는데, 그는 화승총의 조작마저 모르고 검술 외곬으로 도바 후시미의 격전장으로 뛰어든 것이다.

"여기에 가늠자가 있다."

무라타는 그 부분을 보여 주고, 다시 총구 부근에 가늠쇠가 있는 것을 가리키고, 기리노에게 총을 겨누게 했다.

"이 가늠자와 가늠쇠를 들여보고 그 직선 위에 적의 모습을 놓은 다음 방아쇠를 당긴다."

이렇게 설명하자 기리노는 금방 알아들었다.

"이건 기막힌 거로군."

그는 엎드려 쏘기로 쏘았다. 맞지는 않았다. 다음에는 대담하게도 총알이 비 오듯 하는 속에 일어서서 서서쏘기를 시험했다. 꽝 하고 불을 뿜었을 때 적의 그림자가 넘어졌다.

현관 옆 작은 방에서 기리노는 그때의 일을 이야기하며 기리노는 천연스럽게 웃었다.

"나는 그때부터 긴 칼을 버렸지. 무라타씨 덕택이었다."

그러나 무라타는 별로 유쾌하지 않았다. 겨우 7, 8년 전까지는 소총의 가늠자와 가늠쇠도 몰랐던 사람이 지금은 메이지의 육군을 쥐고 흔드는 거물이 되어 있었던 것이다. 기리노는 그 뒤에도 군사지식을 공부한 흔적은 없었다. 더구나 대포를 쏘는 법이나, 대포의 사정거리나 또 포병의 사용법도 모르리라.

'기리노도 더 공부를 해야한다.'

그렇게 생각했다. 군사를 배워도 그 군사를 통해서 세계를 알 수가 있고, 세계 속에서 일본이 걸어가야 할 방향을 알 수가 있다.

'기리노는 소총을 연구한 오다 노부나가(織田信長)보다 더 오랜 시대의 사람이 아닌가.'

무라타는 생각했다. 노부나가는 병기와 망원경과 큰 바다를 항행하는 선박들을 좋아했다. 네덜란드 사람들을 붙들고 그런 병기에 대한 지식을 얻고, 그것이 하나하나 길잡이가 되어 이윽고 노부나가의 머릿속에 대충 세계의 모습을 만들어 내게 했다.

기리노는 어쩌면 사이고가 칭찬한 것 같은 천재성을 가진 사람이었을지도 모른다. 그러나 세계의 현실을 모르는 정치사상이란 것은, 천재이면 천재일수록 기괴한 망상이 되기 쉽다. 무라타는 정치에는 관심이 없었다. 총기에 집착해 있었다. 대체로 기리노와는 대조적인 사람이었다.

'사이고씨는 이런 사람의 참모라고 한다면, 그의 대외정책은 뻔한 것이 아닐까.'

문득 생각했다. 사실 무라타는 사이고라는 육군 대장을 경멸하지는 않았지만 존경할 수 있는 점은 발견하지 못했었다.

"오늘은 어떤 일로?"

기리노는 그제야 무라타의 용건을 물었다.

기리노가 아무리 남의 마음을 읽는 천품이 있더라도 이 무라타 쓰네요시가 사이고에게 부탁할 내용만은 상상할 수가 없었다. 돈이라도 빌리러 온 것일까 하는 생각도 해보았다.

그의 대답은 기리노에게는 뜻밖이었다. 유럽으로 유학을 시켜 주었으면 하고 왔다는 것이다.
"유럽?"
기리노는 어이가 없어 무라타를 바라보았다. 다시 물었다.
"총을 알아보기 위해서."
이렇게 말했다. 기리노는 크게 웃으면서 생각했다.
'총에 미친 건가?'
기리노의 생각으로는, 총을 알아보고 싶으면 요코하마에라도 가서 외국 상관을 한 바퀴 비잉 돌면 그것으로 끝나는 것이다.
"소총과 화포를 자기 나라에서 만들지 않으면 나라의 독립은 이룩되기 어렵다. 병기의 독립은 국가가 독립하는 기초가 된다."
무라타는 내용의 설명을 했다. 기리노는 금방 깨달았다.
"그도 그렇겠군."
그러나 이 무라타 같은 시골뜨기가 그런 엄청난 일을 할 수 있을 리 없다고 생각했다. 에도 후기부터 뛰어난 서양학자들이 병기를 연구하고 독자적인 발명을 한 일도 있다. 막부 말기에는 사쿠마 소산(佐久間象山)도 그랬다는 것을 기리노도 알고 있었다. 그들은 모두 대단한 학자들로 네덜란드 책도 읽을 수 있었다. 무라타는 단순히 총을 좋아할뿐 네덜란드 글자 하나 읽지 못하지 않는가.
'네가 유럽으로 갈 수는 없다.'
이렇게 생각했다. 일본에는 그러한 일에 적당한 구 막부 이래의 서양학자가 말할 수 없을 정도로 많으며 그것 말고도 20세 전후의 젊은 사람이야말로 그런 연구에 적당할 것이므로, 이미 초로기에 접어든 무라타에게 많은 국비를 들여 유럽으로 보낼 수는 없었다.
그러나 기리노는 무라타 쓰네요시의 사격능력만은 높이 평가했다.
이 점은 기리노만이 아니고 근위장교는 대개 알고 있었으며, 그보다도 요코하마에 있는 서양 사람들 사이에서 유명했다. 그는 친위병으로 도쿄에 올라온 이듬해, 요코하마의 혼모쿠(本牧)에서 외국인 사격 경연대회가 있었을 때 구경을 간 적이 있었다. 영국 장교 한 사람이
"귀관도 한 번 해 보시오."
하고 권했다. 그런데 2백 수십 명의 참가자 가운데서 무라타는 월등한 점수

차로 1등을 했다. 그는 나중에 유럽으로 가게 되는데, 각국 육군의 사격 명수들과 겨루어 한 번도 진 적이 없었으니, 어쩌면 그 당시로서는 세계에서 첫째가는 명수였는지도 모른다.

'병기의 연구나 개량 따위는 다른 번 사람들에게 맡기면 된다.'

기리노는 생각하고 있었다. 기리노가 보았을 때 유신의 주도 세력이 될 사쓰마는 일국의 안위를 짊어질 운명에 있었다. 지금 사이고가 조선에 가는 일이 이뤄지느냐 않느냐 하는 중대한 정치적 긴장기에 같은 사쓰마 출신의 근위장교가 총을 연구하기 위해 유럽을 구경하며 돌아다니고 싶다는 것은 어떤 속셈일까.

'도움이 안되는 녀석이다.'

기리노는 생각했다. 기리노로서는 사이고의 조선행이 이뤄지지 않고, 이로 인해 사이고가 성이 나서, 그의 명령이 한 번 떨어지기만 하면 기리노는 근위병을 이끌고 큰 반란을 일으켜, 태정관을 점령한 다음 사이고를 수반으로 하는 제2차 유신을 일으킬 작정으로 있었다. 그런 기분에서 볼 때, 무라타 같은 사람이 변변찮게 생각되어 견딜 수가 없었다.


'왜 사이고를 만나게 해주지 않는 건가.'

무라타 쓰네요시는 기리노에게 화가 치밀어 올랐다. 무라타는 기리노와는 달라서 그의 관심은 기술에만 있고 정치에는 없었다. 사이고를 만나지 않으면 일이 추진되지 않는다.

그런 구조로 되어 있었다.

조슈 사람의 경우, 유학하고 싶으면 조슈의 우두머리인 기도 다카요시에게 부탁하거나 하는데, 다만 기도의 성격은 원래가 선배 티를 내는 사람이기는 해도 우두머리 티를 내는 일은 없었다. 설사 우두머리인 척하더라도 젊은 조슈 사람들이 웃고 고개를 돌린다. 그러므로 일단 기도의 체면을 세워주기 위해 형식적으로 부탁을 한다. 기도의 대답은 정해져 있다.

"야마가타나 이토에게 부탁하는 것이 좋겠군."

결국은 힘써주지 않는다. 그러면서도 기도에게 말만이라도 해두지 않으면 이 질투심 강한 사람은 기분 나빠하는 것이다.

그러나 사쓰마계의 관리나 군인의 경우는 다르다. 역시 사이고에게 부탁하는 길밖에 없다.

오쿠보에게 부탁을 해도, 오쿠보에게는 물론 그만한 결정권은 있지만, 그는 모든 일에 신중해서 절대로 직접 결정을 내리지 않는다. 그 점에서 사이고는 잡동사니 자루 같은 인상을 사쓰마 사람들에게 주고 있었다. 무엇을 부탁하든, 부탁하는 사람이 좋지 않은 야심이나 허영심만 가지고 있지 않으면 좋다고 승낙하고, 그 자리에서 소관 책임자에게 소개장을 써주는 것이다. 외부에서 보면 사이고는 소개장을 남발하는 사람이었다. 기도가 사이고의 그런 면을 '야심을 담은 인기전술'이라고 보는 것도 무리가 아니었다.

극단적으로 말하면 사이고는 사람에게 지위를 주는 연금술사였다. 다만 그 연금술을 자기 자신을 위해 쓰지 않는 것뿐이다.

어찌 됐거나 무라타는 다행하게도 혹은 불행하게도 사쓰마 사람으로 태어났다. 사쓰마 사람인 이상 '선사'는 사이고 단 한 사람이다. 기리노는 아니었다. 기리노는 사쓰마 조직에서 말하면 사이고라는 하나의 커다란 우상의 사제나 문지기에 불과했다. 기리노는 조슈 조직에서 말하면 야마가타 아리토모, 이토 히로부미의 지위에 해당한다. 야마가타나 이토는 기도에 대해 충분히 독립성을 가지고 있어서, 묘안이라고 생각하면 그들 자신이 결정할 수 있었고, 기도를 약간 고려하는 정도면 충분했다.

이런 의미에서는 무라타 같은 사람은 말하자면 비통한 처지였다. 그는 기계기술이라는, 대체로 사이고의 세계와 거리가 먼 정열을 사이고에게 부탁하지 않으면 안 되는 것이다. 게다가 사이고의 문지기가 기리노 같은 사람이었다.

"좋다."

기리노가 이렇게 허락하면 제신이 있는 방으로 들어갈 수 있다. 그 기리노가 딴 이야기만 하고 무라타의 정열을 정면으로 받아들이지 않았다.

'오야마나 도고(東鄕)는 혜택 받은 사람.'

오야마 이와오는 포병 연구를 위해 프랑스에 가 있고, 도고 헤이하치로(東鄕平八郎)는 해군을 공부하기 위해 영국에 있었다. 오야마는 사이고의 종제이고, 도고는 사이고의 향중 집 아들이다.

무라타 쓰네요시가 거의 실망하기 시작했을 때, 시노하라 도이치로(篠原冬一郎)가 들어왔다. 그의 원이름은 구니모토(國幹)로 기리노와 같은 육군 소장이다.

'아아, 오늘은 운이 좋은 날이다.'

무라타는 시노하라를 쳐다보며 구원을 얻은 듯한 생각이 들었다. 이 도이치로라면 자신의 이 이상한——기리노가 보았을 때——소망을 이해해주고 시원스럽게 사이고에게 말해줄 것으로 생각했던 것이다.

무라타를 포함해서 이 세 사람은 비슷한 나이였다. 그러나 무라타만이 대위(곧 소령이 되지만) 밖에 안 되었다. 보신 전쟁에서는 소부대 전투의 모범이라고 볼 수 있는 것을 연속해서 행한 것은 오히려 무라타였다. 군공만을 놓고 따지면 무라타야말로 별을 달아도 좋았다. 그가 지휘하는 부대는 언제나 잘 싸웠을 뿐 아니라, 실수를 한 번도 하지 않았다. 그런데도 사이고는 육군 계급제가 성립되었을 당시 무라타를 위관에 머물게 하고 영관으로도 해주지 않았다.

'무라타는 국가라는 것을 모른다.'

사이고가 보았을 때 이것이 이유였을 것이다. 그것이 사이고가 지사 출신의 육군 대장인 것의 중요한 결함이었다. 사이고는 군인을 평가할 때, 그가 군사상의 기술자인 것보다 얼마나 우국지사인가 하는 것으로 따졌다. 이런 점에서 보면 근대국가란 것을 전혀 이해하지 못한 인물이라 할 수 있었다.

사이고는 중국적인 교양이 깊었다. 중국의 뛰어난 문관들은 언제나 나라를 걱정한 사람으로 이를테면 우국지사였다. 뿐만 아니라 나라가 위태로울 때는 문관이 천자로부터 절도를 받아 군사를 이끌고 오랑캐를 천리 밖에 무찌르는 것을 이상으로 삼고 있었다. 결국 정치와 군이 불가분으로 되어 있었다. 사이고로서는 거꾸로 군인이 문관처럼 정치를 논하고 국가의 운명을 짊어져도 좋으며, 오히려 그러는 것이 당연하다고 생각했다. 그것이 얼마나 폐단이 많은 것인가 하는 데 대해선 전혀 몰랐다.

이 점에서는 조슈의 기도 다카요시가 사이고보다 국정의 본질을 훨씬 잘 알고 있었다.

기도는 구 막부 시대부터 문관이 우월하다는 사상을 가지고, 군사는 정치에 예속되는 것으로 보았다. 기도만이 아니고 막부 말기의 조슈 번은 그런 체제를 취하여 '군대'라는 것은 낮은 신분으로 쳤다. 그러나 이윽고 전란이 계속됨에 따라 '군대' 그것이 정치에 중대한 발언권을 갖게 되었다. 기도는 이것을 나라를 망칠 위태로운 기틀이라고 느끼는 감각을 가지고 있었다. 예를 들어 사이고가 군인 신분으로 참의가 되는 것에도 반대했고, 뒷날 야마가타 아리토모가 마찬가지의 겸직을 했을 때도 반대했다.
 어찌 됐거나 기리노(桐野)와 시노하라(篠原)를 사이고가 끌어올린 것은 그들이 근대적 군사 기술자라기보다는 '국사'였다는 점에서였을 것이다.

 그러나 시노하라에게는 기리노식의 부산스러운 점이 없었다. 대체로 그것과는 반대의 사람으로 그의 말없고 무거운 면은 어쩌면 사이고를 닮아 있었다.
 오쿠보와도 비슷한 데가 있었다. 기략성(機略性)도 오쿠보 정도는 아니라 하더라도 역시 가지고 있었으며, 첫째 용모를 닮아서 가끔 잘못 알 정도로 비슷했다.
 하기는 오쿠보보다 훌륭한 점도 있다. 시노하라에게는 타고난 장자의 기풍이 있었고, 그의 온후함은 동료들이나 후배들에게서 흠모를 받았다. 남의 이야기를 잘 듣고 자기 의견을 별로 말하지 않았지만, 말만 하면 꼭 맞는 말을 해서 사람들을 탄복하게 했다.
 "사이고는 아깝지 않지만 시노하라는 아깝다."
 뒷날 세이난 전쟁(西南戰爭)이 일어났을 때, 조슈계의 군인인가 누군가가 이렇게 말하며 시노하라를 아꼈다고 한다. 그보다도 전에 이렇게 생각하고 있었다.
 '시노하라만은 사이고에게 가담하지 않을 것이다.'
 시노하라의 냉정한 점은 그런 식의 평가를 받고 있었다. 하기는 '시노하라만은 사이고에 가담하지 않을 것이다'라는 것은, 시노하라의 냉정함을 평가한 말이라기보다, 시노하라가 사표를 내던지고 가고시마로 돌아가면 젊은 패들이 일제히 흩어져 사이고파에 붙기를 꺼리게 될 것이므로, 자연 그렇게 관측하고 싶은 일종의 희망적인 관측으로 보는 편이 옳을지도 모른다.
 사이고는 기리노의 천품과 어디까지나 사쓰마사람다운 기질을 사랑했다. 그러나 실제로 비밀이야기를 털어 놓고 상의하는 것은 언제나 시노하라였다. 사이고는 고향 후배로서는 시노하라 하나만을 자기와 같은 생각을 가진 사람으로 보고 있었고, 나아가서는 시노하라가 "그건 좀" 사이고의 의견에 고개를 갸웃할 때는, 사이고는 다시 한 번 생각하는 의논 상대이기도 했다.
 그러나 시노하라의 인품을 나타내는 가장 두드러진 점은 그렇게까지 사이고의 신임을 받고 있으면서도 사이고를 떠받들거나 사이고의 위세를 이용하여 자신의 권위를 살리려고 한 일이 조금도 없었던 점이다.
 무라타는 시노하라에게 그 이야기를 했다. 무라타는 약간 말을 더듬는 버릇이 있었다. 그런 더듬거림으로 상대방의 태도 같은 것은 살필 겨를도 없이 총기에 대한 이야기를 하고, 병기의 국산화와 국력통일만이 국가독립의 요긴한 핵심인 것을 말했다.
 놀랍게도 전 사쓰마 번 때부터의 소총 연구 실력에 대해 시노하라는 잘 알고 있었다.
 "히사미쓰 나리로부터 당신의 연구를 위해 많은 돈을 내렸다는 것도 들었네. 옛날 번 시대 때 오쿠보씨도 당신을 위해 많이 애썼다더군."
 무라타는 눈물을 뚝뚝 흘렸다. 시노하라가 뜻밖에도 자기를 알아준 데 감격했던 것이다. 무라타는 손등으로 눈물을 닦고 부끄러운 듯이 얼굴을 들고 말했다.
 "잘 부탁합니다."

 결국 시노하라가 주선해서 사이고를 만나게 해주었다.
 무라타는 사이고 앞으로 나아갔다.
 사쓰마 풍속은 선배 앞에 나갔을 때는 묻는 말에 대답만 한다. 묻지도 않은 말을 길게 늘어놓으면 '논객'이라고 해서 미움을 받는다. 논객이란 공연한 이론을 떠벌린다는 뜻이다. 무라타는 물론 논객은 아니었다. 과묵한 점에서는 순수한 사쓰마 사람이었다.
 사이고가 하나하나 캐물었다. 무라타는 거기에 대해 "예" 라든가 "그렇지는 않습니다." 이렇게만 말할 뿐이었다.
 무라타 이상으로 과묵한 시노하라가 일일이 무라타를 위해 말을 거들어야 했다.
 사이고는 무라타의 정열과 그 가능성에 대해 기리노와 똑같은 의문을 가지고 있었다.
 "자네가 총에 대해 알아보려는 것은 훌륭한 일이지만."
 그러나 다소의 의문이 있다고 사이고는 말했다.
 "과연 자네는 구번 시대에 열심히 연구를 하고 시험용 총도 만들었을지 모른다. 그러나 구미의 그 방면의 추세를 살피건대 과연 일진월보해서, 일본으로서는 전국을 통틀어 여기에 매달리지 않으면 도저히 이룩될 것 같지 않다. 과제가 너무 커. 자네 혼자 아무리 이를 악물고 거기에 열중해도 될지 안 될지는 매우 의문일세. 만일 안 될 경우 자네만의 불명예가 아니고 우리 사쓰마 사람 전부의 불명예가 되네."

사이고는 결국 반대였다.

무라타는 이렇게 된 이상 가만히 있을 수 없었다.

그러나 사쓰마에는 웅변의 습관도 전통도 없다. 이 점이 조슈 사람들이나 도사 사람에 비해 부자유스러웠다.

"안되면 배를 가르겠습니다."

결국 무라타가 말한 웅변이란 이런 것이었다.

막부 말기에 무라타는 이 연구를 위해 살림이 궁해졌고, 그 이상 연구를 계속할 수 없었기 때문에, 번의 돈을 얻으려고 연줄을 찾아 히사미쓰의 귀에 들어가도록 하려고 애타는 진정을 했다. 그때 히사미쓰의 측근 한 사람이 지금 사이고가 말한 의문과 비슷한 말을 했다. 이때 무라타는 이런 내용의 말을 했다.

"만일 목적을 달하지 못하면 배를 가르겠습니다."

그러자 그 측근은 크게 이해를 하고 번의 연구비라는 형식으로 해주었다. 이런 기백은 과연 사쓰마의 전통이라고 해도 좋다.

무라타는 히사미쓰의 이름을 꺼냈다. 옆에 있던 기리노가 눈살을 찌푸렸다. 사이고 앞에서 히사미쓰의 이름을 꺼내는 무라타의 정치적 무신경이 못 마땅했던 것이다. 그러나 무라타는 그런 것은 잘 몰랐다. 그런데 사이고도 또 "배를 가르겠다"는 말을 듣자 크게 고개를 끄덕이고 만 것이다. 결국 말하고 말았다.

"무라타군, 유럽으로 가게."


'사쓰마 사람들은 큰일을 저지른다'

이런 예감이 가와지 도시나가(川路利良)의 가슴속을 몹시 설레이게 했다.

'사이고가 있기 때문인가.'

가와지는 자문해 보았다.

'사이고 따위야 별것 아니다.'

그는 요즘 어찌된 까닭인지 그런 생각이 들기 시작했다. 가와지의 사이고에 대한 관점에 변화가 일어난 것은 아니고 문제는 다른 데 있다고 생각하기 시작한 것이다.

무라타 쓰네요시에 대한 이야기도 들었다. 총에 미친 무라타가 사이고에게 간청한 일이다.

"꼭 서양의 병기공장을 보고 싶습니다. 그래 주시면 반드시 하나의 군총을 발명해서 일본 군총을 통일해 보겠습니다."

무라타가 사이고 댁을 찾은 이튿날에 가와지는 그 이야기를 전해 들었다. 경찰의 총대장인 사람은 소식이 빨라야 한다는 것을 가와지는 프랑스 유학 때 알았다.

사쓰마 출신의 쓸만한 관리와 군인이 자꾸자꾸 유럽으로 건너갔다. 일본에 남은 사람은 예를 들어 기리노처럼 여전히 시골 냄새나는 무사에 지나지 않았다.

'갈수록 더하군.'

더욱 고루한 생각을 굳혀 가고 있다고 가와지는 보고 있었다. 유럽을 둘러본 사쓰마 사람의 그룹은 문명의 거대함에 전율을 느끼고 돌아와서 일본을 그 문명을 향해 재빨리 비약시켜야 한다는 절박함을 느끼고, 일종의 여우에 홀린 듯한 이상한 마음을 가진 사람이 되고 말았다. 그러나 일본에 남아 있는 패들은 그것을 보고 반감을 느끼고, 막부 말기부터 계속되고 있는 양이(攘夷) 기분이 그 반감을 부채질하여 한층 더 무사로 있으려는 비통한 생각을 하게 되는 것이다.

'결국은 큰일이 벌어진다.'

가와지는 그렇게 생각하고 있었다.

매일같이 해도 안 나오고 비도 내리지 않는 무더운 늦더위가 계속되고 있었다.

어느 날 가와지는 털옷의 후덥지근함을 견디면서 관청에서 일을 보고 있다가, 갑자기 빈혈을 일으켜 책상 위에 엎어지고 말았다.

별일은 없었다. 이윽고 어둡고 작은 방에서 나와 바깥의 빛을 대하듯 의식이 되돌아왔다. 그러나 그 꿈속 비슷한 겨우 몇 초 사이에 '사쓰마의 난'이라는 말이 떠오르며, 규슈의 산과 들에 포연이 오르는 광경을 환등처럼 보았다.

그러나, 그렇다고 해서 사이고가 그런 어리석은 반란을 일으키리라는 생각을 가와지는 할 수 없었다. 그에 대한 확고한 심증도 가와지는 가지고 있었다. 사이고는 외유 경험자는 아니지만, 예민한 문명감각을 가지고 있는 것에 가와지는 놀란 적이 있다.

이 이야기에는 많은 사쓰마 인이 등장한다. 그들 모두가 메이지 10년의 세이난 전쟁을 향해, 그 비극의 소용돌이에 말려들든, 혹은 날뛰든, 혹은 회피하든, 요란한 소리를 내며 그들 집단의 운명이 굴러 떨어지는 듯한 느낌이 들었다.

사쓰마 번은 도쿠가와 시대에는 번의 국경을 단속하여 다른 번 사람이 들어오지 못하게 했고, 막부가 보낸 밀정도 들키기만 하면 반드시 참살되었다. 번의 무사나 백성들도 공무가 아니면 번경에서 밖으로 나가는 것이 허락되지 않았다. 도쿠가와 시대는 일본 전체가 쇄국체제 아래 있었지만, 그 쇄국 가운데 사쓰마 번은 다시 이중으로 쇄국정책을 펴고 있었다.

간세이(寬政) 연간에 여행가 다카야마 히코쿠로(高山彦九郞)가 히고(肥後)에서 변경을 넘어 사쓰마로 들어가려 했을 때, 관문 관리가 이를 거부했다.

히코쿠로는 큰 소리를 지르며 노래를 읊었다.

'사쓰마 사람은 어찌된 영문이냐. 솔새로도 관문을 닫지 않는 세상인 줄 모르는가.'

그 사쓰마 인이 유신에 의해 무력으로 천하를 제압하자, 일본열도의 서남방 외진 구석에서 뛰어나와 새 정부의 윗자리를 차지했을 뿐만 아니라, 많은 사람이 해외로 나가 갑자기 국제 체험을 했다. 이 집단의 내부 혼란이란 것이 심상치 않은 것이었음은, 그들의 지난날의 기구하고 기이했던 조건만 보아도 짐작할 수 있을 것이다.

"나폴레옹은 코르시카 섬 태생이었다."

이 말은 가와지가 자주 그들 사쓰마 인들에게 한 말이다. 가와지는 코르시카 섬의 복잡한 역사같은 것은 모르지만 남부 프랑스의 프로방스에서 바다 위로 175킬로나 떨어져 있는 섬으로, 하나의 폐쇄사회였다는 것만 알고 있었다. 여기서 나폴레옹이 나와 프랑스 정권을 손에 넣었다. 그로 인해 많은 코르시카 사람들이 폐쇄사회를 나와 파리 정계의 주요한 위치를 차지한 현상은 없었는데, 유신의 경우는 사쓰마 인이 대량으로 도쿄로 나와 새정부의 주력의 위치를 차지하는 현상을 보였다. 폐쇄사회에서 나와 갑자기 일국의 정권을 차지하는 자리에 앉았다는 점에서, 말하자면 수많은 작은 나폴레옹이 나타났다 해도 좋지만, '사쓰마 인의 혼란은 바로 거기에 있다'고, 프랑스에서 돌아온 가와지는 말했다.
"그럼 가와지씨도 작은 나폴레옹입니까?"
부하가 물었을 때 가와지는 픽 웃으며 말했다.
"아니야. 그 부하다."
진짜 나폴레옹의 부하라는 것이다.
"진짜 나폴레옹은 누구입니까?"
다시 부하가 캐묻자 가와지는 대답하지 않았다. 사이고나 아니면 오쿠보가 되겠는데 지금 그것을 말하는 것은 위험한 일이었으며, 가와지의 가슴속에서도 실은 아직 해답이 없었다.
여기에 사쓰마인 다카사키 마사카제(高崎正風)가 등장한다.
"다카사키를 만나 두자."
가와지가 어느 날 갑자기 그 이름을 생각해낸 것은, 다카사키라는 사람이면 혹 뭔가의 암시를 자기에게 줄지도 모른다는 생각이 들었기 때문이다.
"사타로(左太郎)란 작자."
같은 사쓰마 인도 그를 좋지 못한 사람인 것처럼 말하는 사람도 있다. 사타로는 다카사키를 보통 부르는 이름이다. 자기 몸을 잘 지키는 일종의 약삭빠른 사람이라는 것이다. 그것이 조건이라면 옳게 보았다고 말할 수 있다.
또 다카사키는 일본 글에 능했고, 와카(和歌 : 일본 고유의 시)에 있어서는 무인들뿐인 사쓰마인 가운데서는 아주 뛰어났으며, 때로는 그것이 '사쓰마 무사답지 않다'고 싫어하는 사람도 있었다.
더욱 치명적인 것은, 다카사키의 이상야릇한 점은 시마즈 히사미쓰파라고 불리는 점이었다. 그것도 옛 번에 있을 때 히사미쓰의 측근인가 뭐로 있었던 관계로 히사미쓰파라고 한다면 어쩌는 수 없지만, 다카사키가 걸어온 자취는 그런 것이 아니었다. 소름이 끼칠 만한 내력을 가지고 있었다.
그의 생부인 다카사키 고로에몬(高崎五郎右衞門)은 가에이(嘉永) 2년, 히사미쓰의 생모인 오유라를 둘러싼 이른바 '오유라파(派)'에 의해 처형되었다. 형은 할복 자결했는데, 당시 오유라파로 다져져 있던 번의 정권은 그 이듬해 고로에몬의 무덤을 파헤치고 죽은 시체를 꺼내어 다시 못박아 죽이는 그런 참혹한 형벌에 처했다.

막부 말기에 이 변에서 혁명화 해가는 간 사람은, 이 '다카사키 패거리'로 불린 이른바 이 탄압 사건에 속으로 저항한 사람들이 많았다. 그 점은 앞에서 이미 언급했다. 당시 '이치조(一藏)'라고 불린 오쿠보 도시미치도 그랬다. 오쿠보의 아버지는 이 사건으로 사형 받지 않았지만 귀양을 갔다. 그런 것들은 이미 언급했다. 어찌됐거나 사이고는 이 사건에서, 다카사키 고로에몬과 함께 사형을 당한 아카야마 유키에(赤山靭負)의 피 묻은 속옷을 보고 감동하여, 그때까지는 '얼른 보기에 멍청이 같았다'는 평을 받았던 청년기의 사이고가 갑자기 정치에 눈을 뜨게 되었다.

사이고는 평생 감정적으로 히사미쓰를 용서하지 못했는데, 이상하게도 다카사키 마사카제는 그렇지 않았던 것이다.

다카사키야말로 히사미쓰를 미워할 이유가 얼마든지 있었을 터였다.

다카사키의 집은 봉록도 저택도 몰수되고 사적까지 박탈당했다. 아버지가 배를 가를 때 다카사키의 나이는 15세였다. 배를 가르고 나자 다카사키는 담당 사졸에 의해 마루에서 발에 채여 굴러떨어졌다. 사형죄인의 맏아들은 벌의 규칙에 의해 그렇게 하는 것이다. 그러나 사실은 담당 사졸이 딱하게 여기고 발로 차는 척하고 가만히 다카사키를 안아 마루에서 내려놓았다고 한다.

그 길로 다카사키는 소년의 몸인데도 아마미 섬(奄美大島)으로 귀양을 갔다가, 시마즈 나리아키라가 무사히 번주의 지위에 올랐을 때 대사면령으로 가고시마로 돌아오게 되었다. 그러나 봉록은 없었다. 정치범의 아들의 비참함을 다카사키처럼 맛본 사람은 없다.


가와지가 자신에게 바라고 있는 것은 강철 같은 몸과 마음을 가진 인간이 되는 것이었다.

그는 매일 관청에서의 집무가 끝나면 한낱 경찰로서 도쿄의 밤거리를 순찰했다는 것은 앞에서 말했다. 놀라운 정력이라고 할 수 있는데, 원래 그 기력만큼 육체는 튼튼치 못했다.

그러한 과로가 쌓인 탓인지, 매주 한 번은 꼭 열이 났다. 그런 날은 출근을 하지 않고 마루에서 종일 누워 있었다. 누워 있으면서 종이를 펴고 그림을 그렸다.

　서양화를 배운 일은 없지만, 파리에서 사생을 하고 있는 학생을 보아 대충 짐작은 하고 있었다. 연필로 물건 모양을 정직하게 그리면 된다는 이치로 대상물을 그렸다.

　대상물은 정해져 있었다. 마루 맞은편에 5평 가량의 헛간이 있었는데, 그 지붕의 기와를 한 장 한 장 정성들여 그대로 그리는 것이었다. 나무도 배치하지 않았다. 헛간에는 낡은 판자쪽이 두 장 구릿빛으로 그을려 있었는데, 그것도 그리지 않았다. 오직 지붕만 그렸다. 지붕이라기보다 지붕의 기왓장이 겹쳐져 있는 모양을 싫증도 내지 않고 그렸다. 언제나 그랬다.

"또 기왓장입니까?"

　아내가 그때마다 같은 말을 묻는다. 가와지는 언제나 대답을 하지 않는다. 대답을 할 수도 없었던 것은 특별히 기와가 좋아서 그리고 있는 것이 아니었기 때문이다. 왜 그리고 있는 건지 그 이유를 자신도 모르고 있었다.

　그러던 어느 날 아내가 황급히 연락을 했다.

"다카사키 사타로 나리가."

왔다고 한다. 가와지는 놀랐다. 다카사키를 만났으면 하고 최근 며칠 동안 생각하고 있었기 때문이다.

　가와지는 이상하게 어쩔 줄 몰라하며 옷을 입었다. 지금의 도쿄 정부에서의 신분은 다카사키가 세법과 근무로 가와지 쪽이 위였지만, 사쓰마 사람으로서의 신분으로 말하면 가와지가 향사에 지나지 않는데 비해 다카사키는 당당한 성하사로, 돌아가신 아버지는 구 막부시절에 형을 받아 죽었다고는 하지만 신분은 선박 감찰관 대리였다. 가와지는 옷차림을 단정히 하지 않으면 안 되었다.

'그러나 다카사키가 왜?'

　이런 의문이 생겼다. 양쪽이 근무처가 달랐다. 그리고 다카사키가 가와지를 방문할 만큼 두터운 교우관계도 아니었다.

　다만 파리에서 함께 있었던 시기가 있었다. 다카사키는 막연한 목적이었지만, 메이지 5(1872)년부터 1년 동안 유럽 각국을 순시하고 최근에 돌아왔다.

　다카사키가 들어왔다.

　둥근 얼굴에 어디까지나 고집스런 풍채를 지닌 사람으로, 이 사람이 그처럼 유창한 시를 짓는다고는 좀처럼 생각할 수 없었다. 선물로 포도주를 가지고 왔다.

"잠시 근처까지 왔던 길이라서."

다카사키는 윗자리에 앉으며 말했다.

"특별한 용건은 없어. 파리에서 헤어진 뒤로 만나지 못해서 얼굴만이라도 볼까 해서 왔지."

천천히 도쿄 말로 했다.

아마 가와지에게서 뭔가 정세를 알아보려고 온 것이 틀림없었다.

가와지는 말수가 적었는데 그 점은 다소 교활한 느낌을 주었다. 그는 누구에게나 말이 적었다.

'상대를 말하게 만들라.'

이런 것이 가와지가 절로 익힌 대인접촉법으로, 이 점에서 능변가인 오쿠마 시게노부는 가와지를 몹시 싫어하고 있었다. 가와지는 이런 점에서 타고난 경찰 행정가였는지도 모른다.

그런데 방문객인 다카사키 마사카제에게도 그런 기미가 있었다. 이 때문에 두 사람 사이에는 가끔 장벽 같은 침묵이 자리를 차지하고 있었다. 그러나 두 사람 모두 태연히 침묵을 견디는 사람들이었다.

'다카사키는 색이 짙은 히사미쓰파다.'

가와지는 그렇게 보고 있다. 사쓰마 집단의 내부적 정치 정세가 복잡한 오늘 날, 사쓰마에 관한 이야기를 섣불리 화제에 올리면 뒷날 어떤 보복이 돌아올지 알 수 없었다.

"영국인을 두들겨 패주었다더군."

아무 상관없는 화제를 가와지가 꺼냈다.

가와지의 유럽 여행에도 실수와 진기한 이야기가 많았지만 이 다카사키도 그러했다.

그는 메이지 5(1872)년 1월 26일, 요코하마 거리를 눈이 하얗게 덮고 있던 날 프랑스 기선을 타고 유럽으로 향했다. 도중 싱가포르 근처에서부터 손님들이 붐비기 시작, 불쾌한 일들이 많았다.

다카사키와 일행의 방은 1등 선실이었다. 다카사키는 이에 대해 특히 일기에 쓸 정도로 만족하고 있었다.

'방은 아주 아름다웠고 대우도 좋았다.'

그러나 배 사무장은 손님이 붐비기 시작하자 일방적으로 손님의 등급을 내리기 시작했다. 다카사키와 일행은 2등 선실로 쫓겨났다. 2등 선실에 있던 사람은 3등으로 내려가는 형편이어서 다카사키는 참을 수가 없었다. 그러나 그와 동행한 일본인들 중 프랑스 어를 하는 사람이 없었기 때문에 항의하지도 못하고 노염을 억누르고 있었다.

그러한 판에 다카사키는 저녁을 마치고 나서 실내복으로 갈아입은 다음 상갑판으로 올라가 바람을 쏘였다. 그는 더위와 지루함 때문에 옷소매를 조금 걷어 올리고 팔다리 운동을 했다. 그 등 뒤로 영국인 손님이 다가와서 다카사키의 볼기짝을 쳤다. 다카사키는 몹시 화가 났다.

"누굴 모욕하느냐."

확실히 모욕이었을 것이다. 사쓰마 인 특히 히사미쓰 당은 막부 말기에 나마무기(生麥)에서 영국인 하나를 죽이고 두 사람에게 상처를 입힌 일이 있었다. 서양 사람을 미워한다기보다도 사쓰마 인의 무사 기풍으로 모욕을 당하면 칼을 뽑아 상대를 죽이고 자신도 죽는 전통이 있었다. 다카사키가 만일 칼을 차고 있었으면 그 영국인은 두 도막이 났을 게 틀림없었다.

다카사키는 주먹으로 그 영국인을 때려 넘어뜨렸다. 영국인이 일어나 싸우려 했을 때 옆에 있던 이탈리아 인, 포르투갈 인, 몇몇 선원과 사람들이 달려와 영국인을 말리고 저쪽으로 데리고 갔다. 그 이튿날 다카사키 방으로 낯모르는 독일인 세 사람이 찾아와 다카사키에게 악수를 청했다.

"영국인은 각지에서 미움을 받고 있다. 그들은 자기 나라의 부강을 믿고 참으로 오만무례하다. 당신이 그 버릇을 고쳐 주었다고 해서 배안에서 칭찬이 대단하다."

가와지는 그 이야기를 화제로 삼았다.

"그런 일도 있었지."

다카사키는 별로 내키지 않는 태도였다. 아무래도 다카사키의 가슴속에 무슨 응어리가 들어앉아 있는 모양이었다.

'아마 사이고의 문제가 틀림없겠지.'

가와지는 짐작하고 있었다. 그러나 이쪽에서 그 이야기를 꺼내면 다카사키에게 속을 들여다보이게 되므로 상대방이 먼저 꺼내기를 기다리고 있었다.

'시인이라지만 만만치 않은 녀석이기도 하다.'

가와지는 생각했다.

다카사키는 확실히 이상한 사나이였다. 훗날의 이야기지만 다카사키란 사람은, 마치 중세의 귀족처럼 시를 가지고 궁중에 근무하게 되며 궁내성 관리로서 일생을 마치게 된다. 그러면서 그의 평생에 꼭 한 번 역사에 남을 만한 정치적 비밀공작을 해냈다.

분큐 3년, 사쓰마 번은 같은 반막세력인 조슈 번을 배신하고 교토에서 내쫓았다. 그때 막부를 돕는 대표적 세력이던 아이즈(會津) 번과 손을 잡았다. 사쓰마 번이 아이즈 번과 비밀리에 맹약을 맺는다는 것은 그 당시의 형편으로는 아무도 생각할 수 없는 일이었다. 다카사키는 아직 20대의 나이로서 히사미쓰의 명령에 의해 이 마술 같은 정략을 혼자서 해냈다. 그리고 이 사나이의 멋있는 점은 그 뒤로 이런 '마술'에 일체 손을 대려고 하지 않았다는 사실이다.

'정치의 무서움을 잘 알고 있기 때문이라고 가와지는 보고 있었다. 아무튼 죽은 아버지 고로에몬이 번 내부의 당쟁으로 할복을 하게 되고, 그 뒤에도 무덤이 파헤쳐지고 썩은 시체에 그대로 못이 박히기까지 했다. 다카사키 본인은 소년의 몸으로 섬으로 귀양 가게 되었다. 보신 전쟁에는 군인으로 참가했고, 지금은 새 정부의 조세관계 관리가 되어 있기는 하지만, 그가 좋아하는 시에 몸담고 살고 있는 듯한 데가 있다.

파리에서의 이야기가 나왔다.

"파리 경찰은 참으로 훌륭하더군."

다카사키가 말했다. 가와지가 프랑스식 경찰제도에 열중해 있다는 것을 알고서 하는 소리다. 이 점 다카사키가 얼마나 영리한가를 알 수 있다.

파리에서 다카사키는 블록이라는 재정학 교사에게 개인교수를 받고 있었다. 호텔에서 블록의 집으로 갈 때는 언제나 시내를 다니는 마차를 이용했다.

5월 15일, 그는 그 마차 안에 손가방을 놓아둔 채 잊고 내렸다. 그 뒤 8일이 지나서 경찰에서 '그 가방을 맡아놓고 있으니 가지러 오라'는 연락이 왔다. 가 보았더니 물건 하나 잃은 것이 없었다. 다카사키도 감복해서 경찰에 5프랑의 팁을 주었다. 경찰은 그 팁을 받고 영수증을 써서 다카사키에게 주었다.

"정령(政令)이 철저히 보급되어 있음을 느낄 수 있었다고 일기에도 써 두었지만, 경찰이란 문명의 핵심일지도 몰라."
다카사키는 가와지의 환심을 살 수 있는 말을 했다.
'과연.'
가와지는 일본에서의 경찰행정의 확립에 열중해 있는 만큼, 다카사키의 그런 정도의 듣기 좋은 말에 걸려들어 몹시 감격하고 말았다. 경찰이야말로 문명의 핵심이라고 다카사키는 말했다. 가와지는 생각하기를 다카사키 같은 시인이나 되니까 비로소 파악할 수 있는 진리라고 생각했다.
"당신 같은 사람도 그렇게 생각하는가?"
가와지는 금방 수다스러워졌다.
"널리 유럽을 둘러보건대. 프랑스 같은 경찰국가는 없어. 경찰관 수가 많은 거라든가, 제도의 탄탄함이라든가, 그들의 국민에 대한 봉사성이 좋은 거라든가, 영국을 훨씬 능가하는 점이 있어."
가와지의 말은 이어졌다.
"유럽에서는 프랑스와 스페인과 이탈리아를 라틴 민족이라고 하지. 그들은 자율성이 강하다는 게르만 민족에 비해 가끔 열정에 쫓겨 이성을 잃고 마침내 사회를 파괴하거나 국가를 해치고, 또는 가정의 안정을 잃을 위험성이 많아. 이 민족에게 고도의 문명 생활이 가능하도록 하기 위해 경찰이라는 강인한 틀이 있게 된 것이네."
가와지는 자신의 독특한 프랑스관을 늘어놓았다.
"과연. 듣고 보니 그렇군."
프랑스에 대한 관찰이 세밀한 다카사키는 그 밖의 예를 들어가면서 가와지의 주장에 동의했다.
"그럼, 경찰은 문명과 국가와 국민을 지키는 것인가?"
다카사키가 물었다.
가와지는 거의 경찰을 신앙처럼 섬기는 사람의 심정이었기 때문에 "그야 물론이지" 하고 맞장구를 치는 기분으로 머리를 끄덕였다.
"그럼 국가를 파괴하려는 사람에 대해, 당신은 상대가 누구이든 수하 경찰을 거느리고 싸울 것인가?"
다카사키가 그렇게 물었을 때, 가와지는 다카사키의 속셈을 눈치 챘다. 그러나 이제는 어쩔 도리가 없었다.

"암 싸워야지. 왜냐하면 경찰은 문명과 국가의 옹호자이기 때문이네.……생각해 보게."

가와지가 예로 든 것은 나폴레옹 1세와 죠제프 푸셰의 관계였다. 오늘의 프랑스 경찰은 나폴레옹 1세 때 경찰대신이었던 죠제프 푸셰가 만든 것이라고 가와지는 자랑스런 말투로 말했다. 그런데 나폴레옹은 만년에 무력을 함부로 휘둘러 자주 쓸데없이 외국을 침략했기 때문에 몰락했다. 그러나 죠제프 푸셰와 그의 경찰은 그대로 남아 있었다. 나폴레옹을 위해 따라 죽지 않았다.

"왜냐하면 경찰은 나폴레옹의 사물이 아니고 문명의 공기이기 때문이네."

가와지로서는 만일 장차 사이고가 반란을 일으키는 일이 있더라도 자기도 경찰도 단호히 그에 동조하지 않는다는 것을 선언해 보인 것이었으며, 사실 이때의 심정으로는 나폴레옹을 은연중 사이고에 비유한 것이기도 했다. 동시에 다카사키가 찾아온 목적도 그것으로 이루어지게 되었다.

## 비바람

오쿠보는 아직 돌아다니는 여행을 하고 있었다.

"지금 도쿄로 돌아가면 사이고와 그 무리들——근위장교단——의 불 속으로 뛰어드는 것과 같은 것이다."

그는 이런 생각이었다.

일본 역사상 보기 드물다고 할 수 있는 이 정치적 천재는, 정치현상이란 것은 시간이라는 촉매에 의해 화학변화를 일으키는 것임을 잘 알고 있었다.

"기다려야 한다."

그는 자신에게 타이르고 있었다. 기다리고 있으면 머잖아 자신만만한 기리노 도시아키 등 정한파들이 제 힘으로 나가떨어질 게 틀림없었다. 설사 그렇게는 되지 않더라도, 지금 사이고의 위세와 인망 앞에 숨을 죽이고 있는 내치론자들이 견디다 못해 운동을 일으키고 결속해서, 정한파와 대항할 만한 세력을 만들기 시작할 것이 틀림없다.

물론 그 운동에 오쿠보 자신이 손을 더럽혀 가며 참가할 생각은 없었다. 만일 그렇게 되면 맹우인 사이고와 정면으로 충돌하게 된다. 중재 세력은 없었다.

양쪽이 격돌해서 피투성이가 되어, 어느 한 쪽이 넘어질 때까지 쉬는 일이 없는 처참한 싸움이 되리라는 것을 오쿠보는 잘 알고 있었다.

교토 근처의 명승지를 구경한다는 핑계로 돌아다니고 있는 오쿠보는 사카이 현(堺縣)에도 들렀다.

사카이 현의 지사는 사쓰마 인이다. 사이쇼 아쓰시(稅所篤)로 오쿠보보다 두 살 위였는데, 막부 말기의 시끄러울 당시부터 사이고와 오쿠보를 떠받들며 양쪽을 형님으로 섬기고 있었다. 말이 적고 성격은 강직했다. 행정적 수완은 없었으나 글씨를 잘 썼고, 사쓰마 인으로서는 보기 드물게 서화와 골동품에 대한 안목이 높았다.

"나가쿠라(長藏)씨."

오쿠보는 세상에서 부르는 이름으로 사이쇼를 불렀다. 사카이의 다카시(高師) 해안은 문자 그대로 흰 모래 푸른 소나무로, 그 소나무 벌판이 참으로 아름답다는 얘기를 오쿠보는 듣고 있었다. 거기를 구경시켜 주지 않겠나 하고 사이쇼에게 부탁했다.

사이쇼는 기꺼이 안내했다. 그런데 바닷가에 도착해 보니 백 명 가량의 벌채 인부가 나무를 자꾸 베어 넘어뜨리고 있었다.

"이건 사족의 수산(授産)을 위한 것입니다."

사이쇼가 설명했다. 유신으로 무사계급이 몰락하자, 그들을 구제하기 위한 사업이 '수산'이라는 명칭으로 각지에서 행해지고 있었다. 일본에 산업이 아직 일어나지 않았기 때문에 '수산'을 한다고 해 보아야 별 방법이 없었다. 이 사카이 현의 경우, 다카시 해변의 소나무 들판을 사족들에게 불하하는 것이 '수산'이었던 것이다. 그 사족들은 인부를 사서 나무를 베어 땔감으로 만들어 팔려는 것이었다. 전에는 이 소나무 들판에 2639그루의 소나무가 무성했다. 그러나 오쿠보가 이곳을 찾아왔을 때는 벌채가 진행되고 있어서 벌써 848그루가 남아 있을 뿐이었고, 지금도 자꾸 도끼가 들어가고 있었다.

"메이지 유신이 천 년의 명승지를 없애기만 할 뿐이란 말인가?"

오쿠보는 침울한 표정으로 사이쇼를 돌아보았다. 사이쇼는 그것이 잘못된 것임을 깨닫고 이 '수산'을 중지하기로 했다.

사카이 현 지사 사이쇼 아쓰시의 뒷날 이야기에는 이때의 정경이 극적으로 그려져 있다.

오쿠보는 해변의 소나무를 벤 등걸에 앉아 남벌로 황폐된 좌우의 소나무

숲을 바라보며 잠시 말이 없더니, 이윽고 종이를 꺼내 시를 한 수 적어 안내역인 사이쇼에게 주었다.

'소문에 듣는 다카시 해변의 소나무도 세파의 거친 물결 피할 수 없도다.'

세파의 거친 물결이란 유신의 변동을 말한 것이리라. 이 소나무 명승지마저 세상의 변동에서 벗어날 수가 없었다는 탄식의 노래로, 오쿠보의 이 노래는 과연 계원파다운 전아(典雅)한 가락으로, 새 정부의 동료들로부터 "오쿠보는 무식하다"는 평을 듣고 있던 그로서는 뜻밖의 일이었다.

원래 오쿠보의 죽은 아버지 지에몬(次右衛門)도 기골이 늠름한 인물이었으나 학문은 별로 하지 않았다. 사쓰마 번의 기풍이 그러했다.

"무사에게는 깊은 학문이 필요 없다."

그러면서 소용에 닿지 않는 교양주의를 배척하는 기풍이 있었기 때문이기도 했을 것이다. 지에몬은 호를 시로(子老)라 했다.

"시로는 무학(無學)의 성인."

그가 살아 있는 동안 평을 들었다. 시로는 학문을 하기보다는 선을 좋아했다. 그 선을 통해서 친해진 친구가 사이쇼 아쓰시의 아버지 사이쇼 혼넨(稅所本然)이었다. 혼넨은 이윽고 국학에 열중하게 되어 와카(和歌)를 즐겨 지었다.

"국학 선생."

이라는 별명을 가고시마 일대에서 들었다. 그 국학 선생의 영향이 시로와 그 아들인 이치조(一藏 : 大久保利通), 또 '국학 선생'의 아들인 사이쇼 아쓰시에게까지 미쳤는지도 모른다.

이 소나무 들판에서 사이쇼 아쓰시는 즉시 화답하는 시를 지었다.

먼 뒷날 메이지 32년, 오사카 부(大阪府)에서 육군 대연습이 행해졌는데, 그때 메이지 천황이 행궁에서 칙사를 이 해변에 보냈다.

"다카시 해변의 소나무 들판은 어찌 되어 있느냐?"

칙사가 해변에 와서 보니, 메이지 31(1898)년에 오쿠보의 시비가 세워져 있었고, 그 비 뒷면에 사이쇼 아쓰시의 글이 새겨져 있었다. 오쿠보가 이 소나무 벌을 보전하는 데 힘을 썼다는 내용의 글이었는데, 칙사는 그 노래를 적어 행중으로 돌아가 메이지 천황에게 보였다.

"오쿠보가 노래를 읊은 적이 있었던가?"

노래를 좋아했던 천황은 놀라며, 메이지 11(1878)년에 암살당한 오쿠보를 몹시 그리워하는 것 같았다.

그때 옆에 있던 사람이 그 당시 궁중의 어가소장으로 있던 다카사키 마사카제였다. 다카사키는 메이지 천황의 노래 짓는 상담역이었다. 그는 막부 말기의 사쓰마 사단의 대표였던 핫타 도모노리(八田知紀)의 뛰어난 제자였고, 또 핫타 오쿠보 도시미치도 사이쇼 아쓰시도 도모노리 가풍의 영향을 받고 있었다.

"이 노래는 그다지 잘된 노래는 아닙니다."

다카사키 마사카제는 고치는 취미를 살려 오쿠보의 시 중에서 '다카시 해변의 해변 소나무'라는 식으로 '해변'이라는 말이 중복된 것을 지적하고 이 점은 고치는 것이 좋을 것 같다고 말했다.

그러나 메이지 천황은 말했다.

"호걸의 노래란 그런 데가 있는 것이 좋아. 글자가 거듭된다고 하지만 가집에도 그런 예가 몇 개인가 있지. 또 가락으로 보더라도 해변 소나무라는 것이 더 힘차지 않은가."

오쿠보가 여행을 마치고 도쿄로 돌아온 뒤 가와지는 그의 마음을 떠보려고 자주 그를 찾았다.

그러나 찾아온 가와지도 말이 적고 주인인 오쿠보도 거의 말다운 말을 하지 않는다. 그래서 가와지는 오쿠보가 무슨 생각을 하고 있는지 알 수가 없었다.

"나는 몸이 좋지 않네."

오쿠보는 건강에 대한 말만 몇 번 했다. 오쿠보는 소년 시절에는 위장이 약해 늘 창백한 얼굴로 있었고, 이로 인해 사쓰마 인으로서는 보기 드물게 무술 연습도 거의 하지 않았다.

서른이 넘은 뒤부터는 튼튼하다고는 할 수 없어도 자주 앓는 일은 없었다.

'보기에 아무렇지도 않은 것 같은데.'

가와지는 늘 그렇게 생각했다.

'어쩌면 마음의 병일지도 모르지.'

이렇게 생각한 것은, 숨어서 조용히 살고 싶다는 말을 줄곧 하기 때문이었다.

그러나 고향인 사쓰마로 돌아가고 싶다는 말은 하지 않았다. 고향에는 이미 그를 용납할 땅이 없었던 것이다.

사쓰마 인의 다른 두 두목——시마즈 히사미쓰와 사이고 다카모리——의 경우는 고향 사람들이 옛 주인으로 보나, 그들이 말하는 선사로서도 이들을 존경하고 사랑하며, 그들이 고향 땅에서 사는 것을 기뻐하고 있었지만 오쿠보만은 그렇지 않았다.

"오쿠보는 정부당이다."

이렇게 말하는 사람도 있었는데, 말하자면 사쓰마를 버리고 사쓰마 인을 사랑하지 않으며, 도쿄에서 다른 번 출신의 인재들을 사랑하여 이끌어 주고 있었다. 말하자면 정부 사람이 돼버린 것을 미워하는 사람이 많았다.

"오쿠보는 옛 막부 시대로 말하면 번주를 버리고 혼자 에도에서 막부의 각로직에 올라가, 나중에는 집정관이라도 되어 보겠다는 야심을 가진 사람이다."

이런 식의 이상한 관찰을 하는 사람마저 있어서, 이 사람이 고향에 돌아온다고 기뻐할 사람은 아무도 없는 상황이었으므로, 만일 오쿠보가 돌아온다면 히사미쓰의 측근에 의해 암살당할 것이 틀림없었다.

그 점을 오쿠보도 알고 있었으므로 가와지에게 그런 지방 이름을 말했다.

"교토나 나라(奈良)에서라도 조용히 살았으면 싶어."

오쿠보가 도쿄의 정치 정세를 지켜보기 위해 오랫동안 교토 근처의 각 지방을 여행했던 것도 한편으로는 조용히 숨어 살 곳을 찾고 있었는지도 모른다.

어느 날 오쿠보는 무심코 말했다.

"종2품(히사미쓰) 나리도 딱한 분이야."

가와지는 그 뜻을 잘 알고 있었다. 히사미쓰는 이 해 4월에 가고시마에서 바다를 거쳐 도쿄에 나왔는데, 도쿄 거리를 누비고 지나가는 그 행렬이 에도 시대의 영주들 차림새 그대로였기 때문에 보는 사람들을 놀라게 했다. 히사미쓰로서는 이것이 하나의 시위운동으로 정부에 대한 통렬한 비판을 가할 생각이었다.

그 뒤 히사미쓰가 보이게 안 보이게 오쿠보들의 개화주의에 대해, 위협을 가하거나 싫은 행동을 하며 오쿠보의 신경을 계속 곤두서게 하고 있었다.

정보 수집자인 가와지 도시나가는 이 시기에 중대한 인물을 미처 모르고 있었다.

그 사람이 지금 격화되어 가고 있는 정한파와 그 반대파의 대립 속에서 반대파를 지지하고 있으면서, 연극에서 말하면 밑에서 무대를 돌리는 숨은 일을 하고 있을 줄이야.

"이 때문에 사이고를 몰락시키는 것도 어쩔 수 없다."

그 사람은 오쿠마 시게노부와 가만히 상의하여 대책을 짜고, 이와쿠라, 기도, 오쿠보와 같은 요인들 사이를 오가면서 그들의 힘을 하나로 합쳐 정한파에 대항하려 하고 있었다.

조슈 인 이토 히로부미였다.

"그 애송이가."

오쿠보 같은 사람은 이번 외유 때, 당초 그렇게 생각하고 이 31세의(1871년 당시) 그를 상대도 하지 않았다. 그러나 여행을 거듭함에 따라 그가 만만찮은 수완가란 것을 알고, 두 해 동안의 여정을 끝낼 당시에는 오히려 오쿠보 쪽에서 적극적으로 부탁하게 되었다.

"이 일을 이토씨는 어떻게 생각하나?"

이토도 오쿠보를 가깝게 대하게 되자 '조슈에는 이런 인물이 없었다. 오쿠보야말로 새 나라의 수령이 될 인물이다'라고 생각하고, 중간부터는 오쿠보에게 반해서, 호텔에서도 차안에서도 늘 붙어 있는 모습을 보였고, 그것이 수령인 기도 다카요시로 하여금 몹시 질투를 일으키게 하여 마침내 기도가 이토에게 말도 하지 않는 이상한 정신상태로까지 몰아넣었다. 이 점은 이미 앞에서 언급했다.

이 여행 동안, 기도는 이토에 대해 다른 사람들에게 그 이름을 천하게 여겨 말했다.

"저 사람은 옛날 리스케(利助)라고도 하고 슌스케(俊輔)라고도 했는데."

이토는 농민 신분의 출신이었는데, 기도들이 그의 재주를 아깝게 여겨 무사 신분인 구리하라 료조(來原良藏)의 직속무사로 칼을 차는 자격을 주었다. "나는 17세 때부터 나라 일로 쫓아다녔다"고 이토가 만년에 가서도 그렇게 말한 것은 그 무렵의 일이다.

기도가 하는 말에 따르면, 막부 말기에 그가 에도 번저에 있을 무렵, 조슈를 좋아하는 낭사들이 번저를 찾아올 때 이토에게 접대하게 했다.

접대에는 술이 나온다. 안주로 두부 한 모가 따라 나올 뿐이었지만, 오는 손님이 많기 때문에 한달 두부 값이 1냥 3푼이나 들었다.

"그 두부 값이 너무 많은 데 그 녀석은 놀라 투덜거리기도 했지. 그런데 지금은 어떤가, 그 녀석은 한 곽에 8냥이나 하는 고급 엽권련을 겨우 닷새 동안에 다 피우지 않는가. 더욱이 그 녀석이 머리에 쓰고 있는 모자를 보게나. 그건 15냥이란 큰돈을 주고 산 특별한 거야."

기도는 이토의 우쭐대는 꼴을, 옛날 리스케 시절을 잘 알고 있는 만큼 그런 투로 못마땅하게 혹평을 했다.

이런 점에서 다분히 철학성을 띠고 막부 말기까지 살아남은 공신 기도는 동양적인 호걸과는 거리가 먼 것 같았다. 하기야 기도의 이런 감정은 이토에 대한 미움이라기보다, 오쿠보에 대한 설명하기 어려운 반발심에 근거한다고 해도 좋다.

이토 히로부미란 사람은, 이와쿠라 도모미를 대사로 한 유럽 문명 견학단 가운데 가장 풍채가 없는 사람이었다.

키가 작고, 얼굴은 전형적인 몽고형으로, 일본 기준에서 말하면 아무리 보아야 농사꾼 아들로 밖에 보이지 않았고, 그리고 공부대보라는 대단한 벼슬치고는 나이가 너무 젊었다.

"이토란 사람은 자신의 그러한 결점을 잘 알고 있었던 모양이다."

마키노 노부아키(牧野伸顯)는 말했다.

마키노 노부아키는 오쿠보 도시미쓰의 둘째아들이다. 그는 메이지 4(1871)년의 요코하마 출항 때는 만 10살로, 오쿠보의 뜻에 의해 미국에 유학하려고 이 정부요인들 일행과 동행했다. 말이 나온 김에 이야기지만, 마키노는 메이지 39년에 문부대신이 된 이래로 정계와 관계에 세력을 떨쳤고, 특히 쇼와 초기에는 10년에 걸쳐 내대신을 지내며 궁중 세력의 중심이 되어, 군부로부터 친영미파로 인정되어 2·26 때는 무사히 난을 면했지만 폭력단의 표적이 되기도 했다.

이 요코하마 출항 당시, 마키노는 이토 히로부미라는 사람을 처음 보았는데 소년의 눈에도 '어쩌면 저다지도 궁상일까' 이렇게 비쳤다.

유학생은 마키노 노부아키만이 아니었다. 많은 사람들이 있었다. 그들은 가끔 배 안에서 떠들기도 하고 행실이 좋지 못한 일을 많이 했다. 보다 못한 이토가 어느 날 이들을 뒤쪽 갑판에 모아놓고 설교를 시작했다.

"남자는 위엄을 가져야 한다."

처음부터 그런 식이었는데 그의 말은 똑똑하고 설득력이 있었으며, 눈빛이 날카롭고 얼굴에 위엄이 있어서 갑자기 다른 사람을 대하는 느낌이 들었다고 한다.

청년기의 마키노는 외국 흉내를 내며 들먹거리는 데가 있었고, 중년기의 그는 자기 지혜를 너무 믿고 남의 어리석음을 노골적으로 비웃는 데가 있었으며, 그가 사람을 보는 눈은 언제나 순수하지 못했다. 마키노는 만년에 이 때 일을 회상하고 말하기도 했는데, 어쩌면 그렇지 않았는지도 모른다.

"이토씨는 자기의 못났음을 알고 있기 때문에 그 같은 연기를 해 보인 것이겠지."

이토는 17살에 벌써 혁명지사였다. 그는 칼날 밑을 지나기도 했고 포화 속을 뚫고 왔다. 나이 젊은 고관이기는 했지만, 막상 사람과 마주 대하면 만만찮은 무서운 맛이 절로 풍겼다.

그 이토가 메이지 6(1873)년 9월 13일에 귀국했을 때 정한론이 조야에 한창 불붙고 있는 것을 보고 당황해하며 말했다.

"이래서는 일본은 망한다."

그의 생애에서 몇 번인가 행한 정치활동 중에서 가장 무서운 활동을 귀국 즉시 시작했던 것이다.

이토는 사이고 다카모리에 대해서는 그다지 관심을 갖고 있지 않았다. 그는 뒷날 오이소(大磯)에 있는 저택에 사현(四賢)당이란 것을 짓고, 자기가 훌륭하다고 생각하는 4명의 초상을 그려놓고 그들을 계속 존경했다. 사현이란 기도 다카요시, 오쿠보 도시미쓰, 산조 사네토미, 이와쿠라 도모미로이며 사이고 다카모리는 들어 있지 않았다.


쓰키치(築地)의 혼간사(本願寺) 옆에 30호 가량의 옛날 막부의 직속무관의 집이 한 곳에 모여 있다.

그 가운데 도가와 야스이에(戶川安宅)라는 일찍이 3천 석 녹을 받은 직속무관의 집이 있다. 행랑채 지붕이 무너질것 같았지만 터가 2천 평이나 되고 축대 담이 높다랗게 서 있었다. 도가와는 도쿠가와 가문이 시즈오카로 옮길 때 따라갔고, 그때 이 저택을 "입이 큰 서생에게 팔았다"고 도가와 집안에서는 그 뒤에도 말이 전해져왔다. 그 서생이란 것이 도쿄로 올라온 직후의 오쿠마 시게노부였다. 구 막부의 고관이 보았을 때는 새 정부의 젊은 관리들은 서생으로밖에 보이지 않았던 모양이다. 그 뒤 오쿠마는 겨우 4년 사이에 보기 드문 출세를 해서, 지금은 재무부 차관이 되어 있었다.

"자네도 우리집 가까이로 오지 않겠나?"

오쿠마는, 도쿄에서 빈집을 물색하고 있던 조슈의 이토 히로부미와 이노우에 가오루(井上馨)에게 권했다. 그래서 두 사람도 근처에 살게 되었다. 오쿠마는 사가(佐賀) 사람이면서도 사가 파벌을 만들지 않고, 동향사람을 별로 가까이하지 않았으며, 오히려 사쓰마나 조슈의 지모(智謀) 있는 사람들과 두터운 교제를 하고 있었다. 오쿠마가 뒷날 정계의 거물이 되어 가는 비밀의 하나는 이 점에도 있었다.

오쿠마와 이토 및 이노우에는 가까운 이웃인 만큼 매일 밤 모여 술을 마시며 내외의 정세를 논했고, 그것이 되풀이되는 동안 서로가 한통속이 되어갔다.

"쓰키치의 양산박과 같은 것이었지."

오쿠마가 뒷날 말했는데, 이토나 이노우에도 그렇게 그렇게 생각하고 있었던 모양이다. 이 세 사람이 한통속이 되어 천하를 논하는 수상한 분위기는 바로 수호전의 호걸과 야심가들의 소굴과 같은 느낌이 있었으며, 사실 이들이 모여 앉은 속에서 메이지 시기의 정계 수호전이 생겨났다고 할 수 있었다.

"정한론을 깨부수자."

이런 맹약은 이런 분위기 속에서 태어났다.

본디 그들은 사이고들이 말하는 정한론을 '그건 사쓰마의 형편에 의한 것이다'로 보고 조슈나 사가 사람이 참견할 일이 아닌 것처럼 생각하고 있었다.

그러나 도쿄 정부에서 가장 예민한 정치감각을 가진 이 세 사람은, 조야(朝野)에 세력을 차지하기 시작한 정한론을 무시할 수가 없었다. 만일 정한론이 정책으로 채택되면 일본은 망할지도 모른다는 위기감마저 느끼게 되었다.

한편 사이고는 이들 세 서생 같은 고관을 안중에도 두지 않았고, 사이고 당의 기리노 도시아키 같은 군인들도 이들 셋을 주목하는 일은 없었다. 더구나 이 셋이 정한론을 파괴할 공작을 하리라고는 꿈에도 생각지 못했다.

세 사람에게는 다같이 세력이 없었다.

세력은 사쓰마·조슈의 공신들에게 있었다.

사이고와 오쿠보, 그리고 기도였다. 그런 의미에서는 이들 셋은 서생에 불과했다. 그들이 정치를 움직이려면 공신들을 설득하고 돌아다니며, 속된 말로 공신들을 부추기는 도리밖에 없었다.

이들 세 사람의 공통된 점은 세상에 드물다고 말할 수 있는 재기와 행동력일 것이다. 서로 비슷한 이들 세 사람이 '양산박(梁山泊)'을 만들어 매일 밤 만나 의견을 통일하고 대책을 서로 짠것은, 근대국가의 성립 도상에서 진기한 일이라고 할 수도 있다.

특히 이토 히로부미가 크게 활약했다. 그의 계획은 이런 것이었다.

"우선 기도를 설득한다. 다음에 오쿠보를 설득하고 다시 이와무라와 산조를 움직인다. 이 네 사람을 뭉치게 만들면 아무리 정한파 참의의 수가 많고, 또 사이고가 세상을 뒤덮을 명망을 가지고 있다 하더라도 어떻게 버티고 넘어갈 수 있지 않을까."

하기는 참의인 기도 다카요시의 감정은 비틀어져 있었다. 유럽을 순시하는 동안 오쿠보를 몹시 미워하게 되었고, 그 감정은 귀국 후에도 풀리지 않고 있었다.

"기도씨가 사쓰마를 싫어하는 것은 고질병인 것 같다."

이토는 오쿠마와도 서로 그렇게 이야기하고 있었다. 기도는 사쓰마 집단에 대해서 정체를 알 수 없다고 보고, 그들 사쓰마 사람들이 메이지 유신에 온 번이 일제히 참가해 온 것은 정의에 의한 것이 아니고, 그 저의에는 권력에 대한 욕망을 숨기고 있는 것으로 보았다. 기도에 의하면 시마즈 히사미쓰도 그렇고, 사이고나 오쿠보도 예외는 아니라고 생각하고 있었으며 오쿠마 시게노부가 뒷날 말한 것에도 그런 마음이 드러난다.

"기도에게는 사심이 없었다. 그분이 병이 많은 원인은 항상 고민 때문이었고, 그 고민의 원인은 사쓰마에 있었다. 그가 사쓰마의 움직임에 고민한 것은, 사쓰마 인이 혹시 야심을 품고 국가를 파괴하여 새 정부를 그들 손아귀에 넣으려고 하는 것이 아닐까 하는 의혹을 품고 있었기 때문이다."

기도는 원래 어떤 기초적인 감정 위에 오쿠보에 대한 증오를 더해가고 있었다.

"자네까지 미워하고 있다지 않는가."

오쿠마가 이토에게 말하자, 이토는 쉽게 대답했다.

"어떻게 설득할 수 있겠지."

이토는 기도의 좋은 점을 알고 있었다. 국가를 위해서라는 입장에서 말하면 설사 상대가 기도에게 있어서 아비를 죽인 원수일지라도 손을 잡아야 한다는 소년 같은 순진함을 기도는 가지고 있었다.

"국가를 위해서 오쿠보와 손을 잡았으면 싶다고 말한다면."

이토는 생각했다. 하기는 기도와 오쿠보는 정견에 차이가 있었다. 기도는 지금의 참의들 가운데서는 가장 진보적인 국가사상을 가지고, 유럽에서 돌아온 뒤 헌정 정치를 주창하며 벌써 그 건의서를 내놓고 있었다. 일본의 헌정 사상은 사카모토 료마에부터 그 흐름이 나왔지만, 메이지 초년에는 전혀 돌아보지도 않았고, 뒤에 자유민권운동을 일으킨 이타가키 다이스케마저 이 시기에는 그 점에 대해 아는 것이 없었다. 헌정이 실시된 것은 메이지 22년의 헌법 공포 이후인 것을 생각하면 기도의 정치 사상이 참신했음을 알 수 있을 것이다.

오쿠보는 그것을 시기상조라고 보고, 내무성 관료의 권력에 의한 국가의 근대화를 계획하고 있었다. 그러나 이 경우도 사이고 다카모리에게는 기도나 오쿠보처럼 명쾌한 국가 설계의 청사진이 없었다. 사이고는 국가란 위정자와 국민의 거대한 양심에 의해 다스려지는 것이라는 막연한 생각을 가지고 있는 모양이었으므로, 이토나 오쿠마로서는 사이고 같은 생각만으로 '근대국가'라는, 서양에서 성립했고 아시아에서는 일찍이 없었던 개념과 실체를 만들어 낼 수는 없다고 보고 있었다.

이토는 유럽에서의 오랜 여행 동안, 자기가 기도의 신경을 완전히 날카롭게 만들고 만 것을 알고 있었다. 동시에 이것에 대해서는 기도 쪽이 잘못이라 하여 후회는 하지 않았다.

"기도씨의 성격이니까 도리가 없지. 첫째 그분은 나를 언제까지고 서생으로 알고 있어."

이토는 귀국 후 오쿠마에게도 불평을 했다. 그렇다고 해서 이토는 기도를 버리지는 않았다.

이토 히로부미라는 장년의 사람에게는 기도 다카요시만큼 정신적인 높은 격조는 없었지만, 정치가라는 점에서는 기도보다 훨씬 솜씨가 위였다. 이토는 기도보다 훨씬 늦게 귀국해서, 9월 13일 배가 요코하마에 닿자마자 그 이튿날인 14일에는 재빨리 기도의 마음을 사로잡고 말았다. 9월 14일의 기도의 일기에는

'이토 히로부미 찾아옴. 유럽에서 헤어진 뒤의 사정을 듣고, 또 본국의 최근 사정을 이야기함.'

이라고 씌어 있다. 그럭저럭 마음이 좋아진 것이 글 속에도 나타나 있다.

'듣고'라고 기도가 쓴 것은, 여행 중의 감정의 거리가 있었던 사정에 대해 이토의 변명을 듣고 그것을 이해했다는 말로, 기도는 이유가 분명하면 금방 마음이 풀어지는 좋은 성격을 가지고 있었다. '단 본국의 최근 사정을 말했다'는 것은, 기도가 참의인 사이고 다카모리가 목숨을 내걸고 있는 정한론과 그를 둘러싼 국내 정세를 이토에게 들려준 것을 말한다. 위에 말한 글에 의해 기도의 이토에 대한 신뢰가 거의 회복된 것을 알 수 있다. 그 증거로 이튿날인 15일에 기도는 이토에게 긴 편지를 써 보냈다. 기도에 있어서도 이토는 중요했고, 주위를 둘러보아야 이토만한 이야기 상대가 없었다.

"역시 이토는 됐어."

14일 이토가 돌아간 다음 기도는 숨을 크게 들이마시며 생각했다.

기도가 보았을 때 이토는 야비한 데는 있었지만, 어떤 경우에도 뭘 숨기거나 하는 일이 없고, 게다가 사리사욕을 꾀하는 이상한 그림자가 없었다. 이로 인해 이토가 사태를 설명하거나 자기 의견을 말할 때 기도는 그 말의 이면을 생각해 보지 않아도 되었다.

날짜를 따지면, 14일에 이토가 찾아오고, 15일에 기도가 이토에게 편지를 쓰고, 16일에 기도는 아침 7시에 집을 나와 후쿠자와 유키치를 찾은 다음 그 길로 오후에 이토의 집까지 방문했던 것이다. 그러나 이토는 집에 없었다.

이 두 조슈 인의 정분이 두터운 것은 보통이 아니었는데, 한편으로는 두 사람에게 공통된 목표가 있기 때문이기도 했다.

정한론을 깨부수기 위해서였다.

사이고파는 설마 조슈 인이 자기들의 발을 낚아채리라고는 꿈에도 생각지 못했을 것이다.

'조슈 인들은 가만히 보고만 있다.'

사이고파는 그렇게 보고 있었다. 뒷날 세이난 전쟁의 포연 속에서도 사이고파는 자기들을 이 꼴로 만든 원흉은 오쿠보라고 믿고 있었다. 조슈 인 이토 히로부미의 존재 따위는 아무도 알지 못하고 있었다.

그런데 기도가 병이 났다.

이토를 찾아갔다가 만나지 못한 9월 16일 저녁녘의 일이다. 틀림없는 고민에서 나온 것이었다.

'사이고가 나라를 망칠지도 모른다.'

막부 말기부터 기도가 계속 품어왔던 이런 염려는, 메이지 원년, 그의 맹우였던 오무라 마스지로에 의해 예언되었고, 지금 메이지 6년 9월 이토 히로부미의 설명과 전망에 의해 그런 두려움이 현실로 나타났다.

기도는 원래 사이고를 믿지 않았다. 기도의 눈으로 보면, 사이고는 사쓰마 번 안에 영웅적인 세력을 심어놓은 다음, 그것으로 천하에 등장하여 마음대로 혁명을 일으키고, 멋대로 새 정부에 대해 반혁명을 일으키려는 존재이며, 사이고의 안중에는 번도 국가도 없고 한낱 야망만으로 진퇴하는 인물이었다.

기도는 게이오 2년 사쓰마·조슈 동맹 이후로, 사이고와의 접촉이 빈번했지만, 기도의 성격으로 보았을 때 이 거대한 육체를 가진 인물에게 매력이라고는 조금도 느끼지 못했다.

사이고란 인물은, 그의 사상이든 인격이든, 그에게서 남다른 매력을 느끼고 대하는 사람외에는, 거창하기만 하고 조금도 이해할 수 없는 이상한 존재였다. 기도는 사이고와 처음 대면한 뒤로, 사이고를 악의와 경계의 눈으로밖에 볼 수 없었다. 기도의 그런 눈으로 보면, 사이고는 시마즈 히사미쓰가 말하는 안록산이나, 오무라 마스지로가 말한 아시카가 다카우지(足利尊氏) 같은 무서운 존재밖에 되지 않았다.

기도가 이 시기에 시국에 대해 얼마나 고민하고 있었는가는, 이 9월 16일 하루의 행동만 두고 보아도 짐작할 수 있다.

그는 이날 인력거로 돌아다녔다. 아침 7시에 집을 나와 미타(三田)에 있는 후쿠자와 유키치를 찾은 일은 앞에서 말했다.

"일본을 어떻게 하면 좋은가?"

이런 것을 이 시대에 둘도 없는 개화사상가인 후쿠자와에게 물으려 한 것이다. 기도는 후쿠자와에게 기대하는 바가 컸고, 참의 중에서는 누구보다 이

재야(在野)의 학자 말을 믿었다.

　지금 한 사람, 이 시대의 지도적 논객이 있다. 옛 막부 가신으로 새 정부에도 벼슬한 가쓰 가이슈였다. 그런데 기도는 가쓰를 허풍장이로 보고 좋아하지 않았고, 나아가서는 조슈 인 거의가 가쓰를 대단찮게 보았다.

　가쓰의 의견을 중시한 것은 사쓰마파였다. 사이고는 가쓰를 지혜의 도매상처럼 생각하고 있었고, 오쿠보도 가쓰를 믿었으며, 또 히사미쓰 계통의 사람들마저 그를 치켜올렸다. 결국 기도가 개화 성격이 강한 후쿠자와를 믿고 사이고와 오쿠보가 그보다 개화성이 약한 가쓰를 믿었다는 것은 갖가지 각도에서 보아 시사하는 점이 많다.

　이날 기도는 후쿠자와의 집에서 오래 머무르며, 낮이 지나 오후 2시에 점심대접을 받을 만큼 이야기에 정신을 쏟고 있었다.

　그 뒤 쓰키지의 이토 집으로 가서 집에 없는 것을 알고는 마침 그 집에 있던 한 고향의 야마오 요조(山尾庸三)와 시국을 논하고, 돌아오는 길에 사쓰마 인 가운데 월등하게 개화된 미국서 돌아온 모리 아리노리(森有禮)를 찾아가 2시간 가량 이야기했다. 그런 다음 이토와 함께 13일 귀국한 이와무라를 찾았고, 돌아오는 길에 다시 두 조슈 인의 집에 들러 밤 12시에 집에 돌아왔던 것이다.

　무엇에 홀린 것 같은 움직임으로밖에 생각할 수 없다.

　기도가 심한 두통을 느낀 것은, 이 16일 저녁 이와쿠라의 집을 물러난 뒤부터다.

　인력거 바퀴가 자갈에 닿기만 해도 골이 울릴 정도로 아팠다.

　분명히 고민에 의한 것으로, 기도는 최근 사흘 동안 사이고의 일로 번민하고 근위장교단의 불온한 공기를 생각하며, 벌써 국가의 앞날은 파멸하는 길밖에 없는 것 같은 생각이 들어 잠을 이룰 수가 없었다.

　다음날인 17일도 기도는 두 사람을 찾아갔고, 밤에는 찾아온 4명의 손님을 맞았다.

　이튿날인 18일에 겨우 의사 나가요 센사이(長與專齋)의 왕진을 받았다. 그러나 찾아오는 손님이 뒤를 이었고, 밤에는 사쓰마 인 모리 아리노리가 찾아왔다. 기도는 아픔을 견디며 모리와 몇 시간 이야기했다. 기도는 이 개화인으로부터 세계 정세를 듣기를 좋아했다.

　모리 아리노리는 사쓰마 출신으로서는 사이고의 인품을 접촉할 기회가 적었던 남다른 과거를 가지고 있다.

  그는 막부 시대에는 일본에 없었기 때문이다. 사쓰마 번은 게이오 원년, 막부 모르게 영국으로 유학생을 보냈는데 그 속에 모리 아리노리가 들어 있었던 것이다. 모리는 런던 대학에서 배우고, 이어서 미국으로 건너가 고학하며 공부를 했다. 유신이 성립된 다음 귀국하여, 외무관계를 담당했는데, 메이지 2년 4월, "칼을 차는 것은 폐지해야 되지 않겠는가" 이런 의견을 말했기 때문에 사쓰마 인들로부터 공격을 받아 마침내 파면 되었다. 하기는 이듬해 다시 기용되어 미국 주재를 명령받았지만, 그것은 당시 외교관으로 일할 만한 인재가 적었기 때문이다.

  임기를 끝내고 그 해 7월에 귀국했다. 귀국 후 그는 후쿠자와 유키치와 가토 히로유키(加藤弘之) 등 막부 때부터의 양학자와 함께 '메이로쿠 잡지(明六雜誌)'란 것을 시작해서, 관리이면서 문명개화사상의 전투적인 주창자가 되었다. 그는 설사 보수파의 반발을 받더라도 그 이론을 조금도 굽히지 않았으며, 계속 생명의 위협을 받고 있었는데, 메이지 22년에 끝내 자객의 칼에 죽고 말았다.

  모리는 이토와는 사이가 좋았다. 이토가 모리를 찾아가 기도와 자주 접촉하도록 사정했다.

  "기도씨가 자네를 필요로 하고 있네."

기도에게 지금 필요한 것은 세계성을 지닌 정치감각을 자기 안에 확립하는 것이었고, 그 신념을 가지고 정한파와 대결하려 하고 있었다. 이토는 그것을 혼자 짐작하고 모리에게 이렇게 말한 것이다. 모리도 자기 번 출신인 사이고나 오쿠보보다 기도 쪽이 이야기하기가 쉬웠던 것은, 기도가 이들 두 사람보다 지적인 융통성을 가지고 있다고 보았기 때문이었다. 모리가 적극적으로 기도와 접촉하고, 기도가 두통을 견뎌 가며 모리의 이야기를 들은 것은 그런 사정에서였다.

  "밤 3시경부터 두통이 일어나, 잠은 겨우 3시간."

  이것은 그날 밤의 일이다. 이튿날인 19일도 20일도 똑같은 증세가 일어났는데, 기도는 억지로 견디면서 사람을 찾아가고 오는 손님을 맞이했다.

  그러나 마침내 병세는 호프만 교수의 왕진을 받아야 할 정도까지 갔다. 기도는 그 뒤의 증세로 보아 이른바 노이로제였을 것이다. 불면증만이 아니고 왼쪽 다리가 당겨 걸음걸이마저 어렵게 되었다.

비바람 113

공경 출신인 이와쿠라 도모미는 이 해 만 48세였다.

"그러니까 시골 무사는 곤란한 거야."

이와쿠라는 뒷날 가나자와(金澤)의 겐로쿠엔(兼六園)에 있는 마에다(前田) 후작의 집 다실에서 대접을 받았을 때, 동행한 오쿠마 시게노부가 정원의 맑은 물에 큰 입을 대고 소리내어 양치질하는 것을 보고 크게 꾸짖었다.

유신으로 출세한 큰 번의 번사 출신은 참의나 대신이 되어도 다도와 가곡과 같은 고전적인 교양에 어두웠다. 이와쿠라는 공경들 사이에서는 낮은 출신이었고, 어렸을 때는 가정 부업으로 간신히 생계를 이어 가던 하급 공경 출신이었지만, 그래도 다회에 초청되어 가면 창피를 당하지 않을 정도의 소양은 있었다.

그러나 원래가 공경다운 인물은 아니었다. 젊었을 무렵부터 일본의 고전이나 시가집 같은 것에 아무 관심도 갖지 않았고, 한문 소양도 무식을 면했을 뿐으로, 아마도 많이 읽고 기억하는 일에는 처음부터 걸맞지 않은 사람인 것 같았다. 문장 재주는 있었다. 그러나 그가 속해 있던 시대의 명문 규격에 맞는 것은 아니었고, 흡사 구미의 문장처럼 뜻이 뚜렷하고 너무 쉬운 것이었다. 때문에 그 정도의 문장가도 자기 자신에게 글재주가 있는 것으로는 평생 생각한 적이 없었을 것이다.

막부 말기에 그는 친막파로서 막부 정계에 두각을 나타냈고, 산조 사네토미와 같은 조슈의 존왕양이파가 대두한 뒤로 한때 몰락했다. 막부 말기 막바지에 도사의 사카모토 료마와 나카오카 신타로가 이와쿠라를 발견하고, 그를 사쓰마 번으로 끌어들인 뒤부터 사쓰마 계의 공경이 되었다.

"나의 오늘이 있는 것은 사카모토와 나카오카씨들 덕분이다."

유신 후, 도쿄 자택에서 그들 죽은 이들의 제사를 지내고, 옛 친구들을 불러 옛날을 추모하는 모임을 가진 일도 있다. 이와쿠라라는 공경답지 않은 매서운 수완가가 겨우 인정미를 보인 것은 이때뿐이었는지도 모른다.

"이와쿠라에게는 사랑도 정도 없다."

그를 싫어하는 사람들로부터 평을 들을 정도로, 얼른 보기에 정감이 부족한 사람으로 보였다.

이 시기의 메이지 초기 정부는 조슈 계의 산조 사네토미를 태정대신으로 하고, 사쓰마 계의 이와쿠라 도모미를 우대신으로 하여, 이 두 사람을 무대에 올려놓음으로써 성립되었다. 산조가 우두머리 자리를 차지한 것은 그가 귀족 가문으로서는 두 번째인 세이카(清華 : 태정대신이 될 수 있는 봉건 시대 일본의 가문) 가문에 속해 있어서 이와쿠라의 가문과는 비교도 되지 않을 만큼 높았다는 이유뿐으로, 정치가로서는 이와쿠라 쪽이 훨씬 뛰어났다.

이와쿠라는 메이지 4(1871)년 특명전권대사로서 오쿠보와 기도들과 함께 유럽을 구경하며 돌아다녔던 것인데, 그만은 유럽 문명에 접해도 아무런 충격도 받지 않았다.

기도는 유럽에서 높은 시민 의식에 감동하여, 자기가 한 메이지 유신의 목적을 다시 생각해 보는 순진함이 있었다. 오쿠보는 반대로 유럽에서는 국가의 국민 관리능력이 강한 것에 감탄하여 그의 국권주의를 더욱 강화하고 돌아왔다.

그러나 공경인 이와쿠라는 민중이란 것을 잘 모르는 듯, 그의 염두에 민중의 존재란 것이 일체 들어가지 않은 채 돌아왔다.

이와쿠라는 영국 프랑스 이외의 각국을 구경했다. 덴마크, 스웨덴, 노르웨이와 같은 북유럽 각국도 보았고, 이탈리아도 오스트리아도 보았다.

그들이 유럽으로 간 목적의 하나는 유럽의 강국을 실제로 보고 그것을 일본의 국가 건설에 참고하려는 데 있었다. 그러나 어느 나라를 보아도 이와쿠라라는 이 권모가는 감상다운 감상을 갖지 못했다. 북유럽의 작은 나라를 보고 일본이 나아갈 방향에 대한 참고자료로 해도 좋았을 터인데, 별로 아무런 생각도 하지 못했다. 이와쿠라에게는 사물을 생각하는 데 필요한 기초가 없었다. 그는 일본에 대한 명쾌한 국가관도 갖고 있지 않았고, 세계사 지식도 갖지 못했다.

이와쿠라가 겨우 가지고 있는 사상은 이것뿐이었다.

"일본 황실을 확고부동한 것으로 만든다."

극단적으로 말하면 이와쿠라에게는 국가란 것도 국민이란 것도 실감으로 파악하기 어려운 것이 되어 있었다. 대부분의 공경 출신이 다 그랬을 것이다. 그들 대부분은 천 수백년을 내려오며 교토의 대궐 안팎에서 살았고, 특히 가마꾸라 막부가 성립된 뒤로 정치의 실권을 잃었기 때문에, 국가와 국민의 안위를 한 몸에 짊어지는 체험에서 멀어져버렸다. 이 점, 번의 정치를 실제로 담당한 각 번의 번사 출신 쪽이, 번에서의 체험이라는 연약한 발판이나마 그 발판 위에 서서 어찌 됐든 세계를 보는 눈을 가지고 있었다.

이와쿠라는, 진위야 어찌 됐든 전 천황을 독살했다는 의심을 받고 있는 사람이었지만, 공경의 습성으로서 존왕자임에는 변함이 없었으며, 유럽 각국을 돌아다니면서도 황제나 왕의 지위의 성쇠에 대해 생각하고, 오히려 그것이 더 중대한 관심사였던 것 같다. 이와쿠라 등이 메이지 4년에 일본을 출발하기 전에 프랑스는 나폴레옹 3세에 의한 제2제정이 무너지고 제3공화국이 성립했고, 다시 파리 코뮌의 소동이 벌어져 짧은 기간이나마 세계 최초의 노동자 정권이 성립되었다.

"유럽 문명은 화려하다. 그러나 화려한 것에만 현혹되어서는 안 될 것이다."

이와쿠라는 그렇게 생각했을 것이 틀림없다. 특히 프랑스에 있는 동안 의회에서의 왕당파의 동향에 크게 관심을 가졌다. 이와쿠라쯤 되는 인물이 유럽에서 얻은 것이 가장 적었던 것처럼 보이는 것은, 한편으로는 그런 점에 사로잡혔기 때문으로 생각된다.

아울러 이야기지만 이와쿠라는 메이지 16(1883)년에 암으로 죽는다. 이때 이토 히로부미는 베를린에 있었다. 이와쿠라는 그 이토에게 남길 말이 있다면서 주치의인 벨츠 박사에게 앞으로 몇 주일 동안만 몸을 지탱하게 해 달라고 부탁했다. 그러나 이윽고 더 지탱할 수 없게 되자 이토 대신 이노우에 가오루가 듣기로 했다. 이노우에는 귀를 이와쿠라의 입에 대고 모기소리 같은 작은 목소리를 들을 수 있었다. 그 내용은 아무도 알 수 없었지만 아마 이토가 생각을 짜내고 있는 헌법안에 있어서 황실의 지위에 관한 것이었음이 틀림없을 것이다.

이와쿠라는 요코하마에서 배를 내리자 곧 상경해서 즉시 입궐하여 무사히 귀국했음을 아뢰었다.

그날 밤부터 이와쿠라의 집은 귀국을 축하하는 손님으로 차 있었다.

"귀를 잠깐."

그 동안에 이토가 가끔 찾아와서 이와쿠라에게 사람을 물리치게 한 다음, 그가 없었던 동안의 사태——정한론 문제——가 심상치 않은 국면에 이르렀음을 보고했다.

"그래."

이와쿠라는 그 정도로 맞장구를 칠 뿐, 어지간하면 듣고 흘리려 하여, 긴장된 이토의 감각과는 대체로 잘 맞지 않았다. 이와쿠라는 여행의 피로가 심해서 멍한 기분이었던 모양이다.
　이토는 이와쿠라보다 훨씬 예민한 정치감각을 가진 사람이었다. 그는 이와쿠라와 같은 배로 돌아와 같은 날 도쿄로 들어와서 같이 입궐했다. 그런 다음 이토는 수레바퀴처럼 움직이며 국내 정세를 파악했고, 그의 느낌으로서는 나라가 망하는 위기에 놓여 있음을 알았다. 나아가 그는 이 위기를 퇴치하려면 어떻게 해야 하느냐 하는 방책까지 세웠던 것이다.
　어느 날 이토는 이와쿠라를 몽롱한 상태에서 깨어나도록 목소리도 거칠게
"우대신 나리, 일본은 망하게 됩니다."
라고 말했다.
　겸해서 이야기지만, 이와쿠라가 귀국했을 때, 오쿠보 도시미치는 긴키 지방을 유람하며 아직 도쿄에 돌아와 있지 않았다. 곧 도쿄로 부르도록 손을 썼지만, 이와쿠라로서는 이렇게 생각했다.
　'같은 사쓰마 사람끼리니까, 오쿠보가 사이고를 잘 타이르면 무사히 끝나겠지.'
　이 문제가 뒷날 새로 생긴 나라를 둘로 딱 갈라놓은 내란의 포화 속으로 몰아넣게 될 만큼 비타협적이고 처참한 내용을 알고 있으리라 생각지 못했었다.
"그토록 절박한가?"
　이와쿠라는 비로소 노름꾼 우두머리 같은 그 사나운 눈알을 굴리면서 이토에게 반문했다. 이토는 사태를 되풀이해 설명했다.
　사이고를 조선으로 보내는 이른바 견한대사에 관한 건은 각의에서 대세를 차지하여 산조 태정대신은 하는 수 없이 이를 승낙했고, 이미 칙허까지 얻었다는 것을 사이고는 기뻐하며 한국에 건너갈 준비를 하고 있다는 것, 나아가서는 사이고가 공언한 바에 따르면 이러하다.
"이와쿠라 대사가 귀국하면 곧 각의를 다시 연다. 거기서 얻게 되는 것은 사후 승낙뿐이다. 나는 이와쿠라 대사가 귀국하고 1주일 뒤면 현해탄을 건널 생각이다."
라는 것으로, 벌써 정한책이란 것은 이미 결정된 국책처럼 되고 말았으니, 이를 뒤엎으려면 비상한 결의와 대책이 필요하다고 이토는 말했다.

"비상한 대책?"

비바람　117

이와쿠라 도모미는 무척 튼튼해 보이는 턱을 쳐들고 가만히 이토를 바라보더니 이윽고 중얼거렸다.

"어떤 대책이 있다는 건가?"

"대책은 아직 서 있지 않습니다. 지금 불이 타올라 눈썹을 태울 정도로 급박한 상황입니다. 뭣보다 중요한 것은 시간을 끄는 일입니다."

"시간?"

이와쿠라가 반문했다.

"시계의 시간 말입니다. 즉 날짜를 끄는 일입니다. 연극에서 말하면 막을 열어서는 안 됩니다."

"막이라."

이와쿠라는 이토의 말을 하나하나 소처럼 되씹을 뿐이었다.

"막을 열지 말라지만 산조 경은 벌써 사이고와 약속했다지 않는가. 이와쿠라가 귀국하는 대로 각의를 열어 결정한다고 말이야. 사이고는 그것마저 불만이었다는 거야. 내가 돌아오기 전에 한국으로 건너가겠다고 노상 주장하는 것을 산조가 간신히 내가 귀국하기를 기다린 뒤에 하기로 타일렀다지 않는가."

"대감께서 휴가를 올리시면 되는 일입니다."

"그래, 알았네."

이와쿠라는 눈꺼풀을 활짝 열었다. 큰 눈알이 보기 흉할 정도로 툭 튀어나왔다. 이와쿠라는 갑자기 깨달았다. 이토가 하는 말의 뜻을.

이와쿠라는 양자였다.

그의 생가는 호리카와(堀河)라는 이와쿠라 집안과 거의 비슷한 정도의 하급 공경으로, 이와쿠라는 소년 때 벌써 지온인(知恩院 : 일본 황족이 일으킨 절)의 황족 주지 밑으로 가 동승으로 일하기로 약속이 되어 있었는데, 당시의 이와쿠라 가문의 주인 도모요시(具慶)가 특별히 사정해서 양자로 삼았다.

그의 양부인 이와쿠라 도모요시가, 이와쿠라가 유럽에 있는 동안 병으로 죽었다. 양부가 죽은 소식이 전해진 것은 지금부터 반 년 전으로, 그가 파리에 있을 때였다.

상을 치르는 관습이었다.

유족들은 상을 입어야 한다. 에도 시대에 그 제도는 도쿠가와 막부에 의해 제도화되어 있었다. 공경·영주·직속무사·각 번의 무사들은 이를 따르는 것이 풍속으로 되어 있었다. 거상이라고 부른다.

거상 동안은 집 대문을 닫고 밖에 나가지 않으며, 고기와 술을 멀리하고, 수염과 앞머리를 깎아서는 안 된다. 부모가 죽었을 경우는 그 기간이 50일이고 양부모의 경우는 30일이었다.

"나는 50일동안 거상을 하겠다."

이와쿠라는 그 뜻을 서면으로 태정대신 산조 사네토미에게 냈다. 50일 동안, 일본의 부수상이라고 말할 수 있는 우대신이 관청을 쉬고 정무를 보지 않는다는 것으로, 국정은 그 동안 정지된다고 해도 무방하다. 그러나 이와쿠라가 시간을 벌기 위해 이보다 적당한 이유는 없었다. 상을 입는 것은 중국 사상에서는 죽은 부모에 대한 효도였다. 그러나 일본사상에서는 죽은 사람의 더러움을 남에게 전염시켜서는 안 된다고 하는 것이 그 중심 사상이었다.

산조 사네토미가 이와쿠라의 휴가원을 받은 것은 9월 18일 오후였다. 자택으로 보내왔는데 이와쿠라의 자필이었다.

"50일의 휴가를 달라."

산조 사네토미는 눈앞이 캄캄해지는 것 같았다. 이 귀족은 막부 말기에는 과격파 공경의 총두목으로 불리었다. 도쿄를 떠나기도 하고 귀양살이를 하기도 하며, 아무튼 격동기에 많은 고통을 겪었다. 그러면서도 정치면의 권모술수란 것이 끝내 몸에 배지 않고, 소녀 같은 성의만이 세상을 바르게 하는 유일한 길이라고 믿고 있었다. 믿고 있었다기보다 그렇게 해서 살아가는 것 외의 자신을 생각한 일조차 없는 인물이었다.

"그러니까 산조 경은 태정대신을 지내는 거다."

하고 사람들이 말했다.

이 시대의 태정대신이라는 위치에는 이런 종류의 사람이 앉아야 한다는 말없는 양해 같은 것이 세상에는 있었던 모양이다.

예를 들면 사가 출신의 외무대신 소에지마 다네오미(副島種臣)도 이 범주에 들어가는 모양으로, 사이고 스쿠미치 같은 사람도 이렇게 말한 모양이다.

"소에지마씨는 언제든지 태정대신을 지낼 수 있다."

소에지마도 성실과 강직함을 지닌 사람으로 기품이 있었다. 다만 같은 성실이라도 산조의 경우는 히라가나(일본글자)로 쓴 여자 글씨의 인상을 지닌 성격이었는데, 소에지마의 경우는 그가 이 당시 중국에서도 보기 드물 정도의 한

문학 교양이 보여주듯이 한문적인 운율을 가지고 있었다.
 그건 아무래도 상관없다.
 아무튼 산조 사네토미는 몹시 당황하고 말았다.
 '사이고가 얼마나 화를 낼까.'
 이런 불안이 산조의 당황을 공포로 바꾸었다. 어쩌면 이것을 계기로 근위장교단이 칼을 들고 조정으로 쳐들어올지도 모른다고 생각했다.
 '이와쿠라는 간사한 사람이다.'
 막부 말기에 산조는 그렇게 믿고 있었다. 그러나 보신 전쟁 때 손을 잡은 뒤로는 오히려 믿을 만한 동료라고 생각하고 있었다.
 '이와쿠라는 무슨 짓을 할지 모른다.'
 그에게서 불안을 느끼기는 했지만, 이 경우는 그렇게 생각지 않았다. 이와쿠라가 양부의 상을 입는다는 것을 순수하게 받아들이고, 오히려 이와쿠라의 예의 바르고 성실한 것과, 효도와 같은 것을 생각하게 되었다. 그로 인해 산조는 오히려 옆에서 보기가 딱할 정도로 당황하고 말았던 것이다.
 그러나 산조는 이를 허가할 수는 없었다.
 그는 이와쿠라에게 휴가를 단념시킬 생각으로, 마치 산조쪽에서 이와쿠라에게 엎드려 사정하는 편지를 냈다. "부자의 정의로는 그래야 당연할 줄로 생각하오"라고 하면서도 "그러나 그것은 부디 다시 고려해 주었으면 하오"
 산조는 이렇게 간절히 부탁했다.
 이와쿠라는 편지로 10일 가량의 휴가를 달라고 사람을 보내 부탁했다.
 산조는 타협을 거듭한 끝에 '그럼 1주일 동안만' 이렇게 정식으로 허가서를 보냈다.
 이리하여 이와쿠라는 7일이라는 정치적 휴무를 얻어낼 수 있었다. 이와쿠라가 얻어낸 7일 동안이 근대 일본의 중대한 운명을 결정했다고 할 수 있을 것이다.


 영국 공사관에서도, 일본 정계를 과열시키고 있는 정한론에 큰 관심을 가지고 있었다.
 "사이고가 좀 이상해진 것이 아닐까?"
 공사인 H 퍼크스는 처음으로 이 정치정세의 커다란 움직임을 알았을 때, 보기 드물게 모든 관원들에게 의견을 묻고, 진상과 전망에 대해 알려고 했다.

　퍼크스는 부모를 일찍 여의고, 소년 때 중국으로 흘러 들어와 마카오의 영국 영사관에서 사환과 비슷한 신분에서부터 다져올라온 외교관으로, 아시아에서 영국 외교사상에 남을 만한 큰 업적을 올린 인물이다.

　그는 막부 말기의 어느 시기에 전임자인 올코크와 교대하여 일본으로 오게 되었다.

　"그 무렵에 벌써 그는 극동에 있는 전 유럽인들로부터 최대의 존경을 받고 있던 명외교관이었다."

　퍼크스가 일본에 있었을 때 부하였던——퍼크스로부터 사랑을 별로 받지 못한——주일 영국공사관의 통역관 어네스트 사토마저 이 회상기에서 이렇게 칭찬했다.

　퍼크스는 교양이란 거의 없었다. 그러나 동란이 계속되는 중국에서 단련한 배짱과 타고난 육감, 그리고 때로는 용맹하다고밖에 할 수 없는 행동력을 그 직무상의 무기로 삼고 있었다. 통쾌하기로 말하면 이처럼 통쾌한 사람은 이 당시 동부 아시아에서도 흔치 않았을 것이다.

　그는 아시아 인과의 교섭법을 중국에서 배웠다.

　"호통을 치고 위협을 하는 것밖에 없다."

　이런 말을 믿고 있었고, 중국에서는 이 방법이 잘 통했다. 중국의 고관들을 상대로 신사적으로 교섭하면 상대는 유교적인 거만함으로 부풀어 올라, 대화를 전혀 할 수 없게 된다. 그러나 그보다도 상대를 위협하면 그 거만이 금방 수그러들어 비로소 대화가 가능하게 된다는 지혜였다. 보통 교양이 있는 유럽의 외교관은 남을 야단치거나 하는 흉내는 낼 수 없었다. 그러나 퍼크스는 그것을 할 수 있었고, 말하자면 그것이 그의 재주였다.

　"일본에서는 그것이 통용하기 어려울 것으로 생각합니다."

　요코하마에서 퍼크스를 맞이한 그의 새로운 부하들은 그런 뜻을 완곡히 말했다. 이윽고 총명한 퍼크스는, 중국인과 일본인이 인종적으로는 비슷하지만 자연환경과 오랜 역사와 체재의 차이로 전혀 다른 민족인 것을 알았다. 그러나 퍼크스는 솔직한 것을 좋아하고 애매한 것을 싫어하는 태도로 밀고 나갔으며, 때로는 상대의 태도에 따라 큰소리를 쳤는데, 막부시대에 막부 고관들에게 예상 밖으로 이 방법이 효과를 거두곤 했다.

　'1868년의 혁명.'

이 말을 어네스트 사토는 회상기에서 쓰고 있다. 메이지 유신을 말한다.

사토는 이 혁명 때, 영국공사 퍼크스가 막부 쪽에 가담했다면 그 뒤의 양상은 달라졌을 것이라고 했다. 프랑스 공사를 비롯하여 다른 각국 공사는 모두 막부편이었다. 그러나 영국공사만은 사쓰마·조슈에 편들었고, 그 정권이 수립되자 퍼크스는 다른 각국 공사를 유도하면서 이 정권을 국제적으로 정당한 위치에 올려놓는 데 성공했다.

영국공사로서의 퍼크스의 입장은 분명했다.
"영국이 가지고 있는 가장 헌신적인 공복."
이처럼 사토가 그를 칭찬했듯이, 자기 취미를 만족시키기 위해 일본에 와 있는 외교관이 아니라, 철두철미 영국의 이익을 지키고 해(害)를 제거하는 것만 생각하며 행동하는 불굴의 행동인이었다.
일본에 대한 그의 기본정책은 그가 게이오 원년(1865) 윤5월에 나가사키에 상륙했을 때부터 조금도 변하지 않았다.
"일본에서의 영국 무역의 이익을 증진시킨다."
막부시대부터 일본에 와 있는 어느 나라 외교관이건 간에 이것을 주된 임무로 알고 있었다. 그러나 사람에 따라서는 그 방법이 잘못되기도 했다.
이 시기에 주재하던 미국공사와 네덜란드공사는 마침 대단한 수단가는 아니었다.
프랑스공사인 로쉬만은 퍼크스와 맞먹을 만한 수단가였는데, 로쉬의 경우 퍼크스와 방침이 약간 다른 것은, 노골적으로 말하면 내란으로 돈벌이를 독점하고 싶은 생각이 있었다. 퍼크스가 부임해 왔을 때 로쉬는 사실상 막부를 독점하고 있는 형편이었다. 흡사 막부의 고문처럼 되어, 막부에 근대 육군의 총포를 사게 하고, 다시 요코스카에 해군시설을 만들게 하여, 그 시설까지 팔아넘기는 멋진 재주를 부리고 있었다. 로쉬는 막부에 중앙집권제로의 개혁을 건의했다. 그러기 위해서는 각 큰 번을 무너뜨려야 하는데, 거기에는 무력으로 토벌하는 것도 피할 수 없었다. 거기에 필요한 군수품은 프랑스가 대어 주겠다고까지 한 계획을 막부 말기에 내놓고 있었다.
그러나 퍼크스는 프랑스의 대일본 무역의 독립을 경계했다.
퍼크스는 미국공사와 네덜란드공사를 설득하였다.
"구미의 입장과 이해는 일본에 있어서는 똑같다. 일본을 국제 경제사회로 유도할 것이며, 이익을 얻는 자격에 있어서는 평등해야만 한다. 한 나라가 혼자 이 나라 정권과 밀착하는 것은 일본의 평화를 위해 좋지 않다."

이윽고 각국이 결속함으로써 프랑스공사를 견제하여 마침내 막부와 밀착하는 정도를 늦추게 하고 말았다. 물론 로쉬가 막부 말년 끝판에 있어서 전처럼 막부에 대해 정열을 보이지 않게 된 것은 꼭 그것만이 이유는 아니었다. 그의 황제인 나폴레옹 3세가 본국에서 지위가 크게 약화되어, 프랑스로서는 극동의 작은 나라의 내정까지 간섭할 여유가 없었기 때문이기도 했다.

어찌됐거나 영국으로서는 아편 전쟁을 아시아에서 두 번이나 치를 생각은 없었다. 전쟁이나 내란에 일방적으로 가담하는 방식보다 차라리 아시아 각국의 정치적 안정에 의해 무역을 증진시키는 쪽이 훨씬 이익이 있다는 것을 알고 있었고, 그것이 외무대신 러셀의 굳센 방침이기도 했다.

아무튼 퍼크스는 내란을 싫어하는 사람이었다.
그는 부임하자 막부가 계획하고 있던 조슈 정벌에도 반대했다. 부임하던 해 6월 10일에 각로인 미즈노 다다키요(水野忠精)를 만나 충고했다.
"내란은 피해야 하오. 대화를 통해 피할 수 있지 않소."
그러나 미즈노는 퍼크스의 충고를 강경한 태도로 물리쳤다.
이윽고 막부가 국내를 통제할 힘을 잃게 되었을 때, 퍼크스는 일본에 안정된 통일정권이 생기기를 바랐다. 그런 정권을 수립하기 위한 가능성이 사쓰마·조슈에 있다는 것을 알자, 이들을 알게 모르게 도왔다. 영국무역의 이익을 대표하는 퍼크스가 원한 것은 안정된 정권이었고 사쓰마·조슈가 좋았던 것은 아니다.

도바 후시미 싸움에서는 사쓰마·조슈가 이겼다.
그 뒤로 퍼크스는 국제적 관습에 따라 일본의 이 내란에 대해서는 비교적 엄정한 중립을 지켰다. 무기원조 같은 것은 하지 않았다. 나가사키를 근거지로 하는 영국 상인 그래버가 조슈 번에 총기를 팔았지만, 사쓰마 번의 최신식 총기는 요코하마에 있는 스위스 인이 경영하는 상관에서 산 것이 대부분을 차지하고 있었다.

관군은 자꾸자꾸 동쪽으로 진출해서, 이윽고 에도를 공격하게 되었다.
이 시기, 구 정권을 대표하는 도쿠가와 요시노부는 벌써 은퇴를 선언하고 한결같이 공순한 태도를 취하고 있었는데, 관군의 총사령관이라고 할 수 있는 위치에 있는 사이고는 어디까지나 공격을 고집했다. 요시노부를 할복하게 만들기 전에는 군대를 거두지 않는다는 태도를 굳게 지키고 있었다. 혁명가로서는 당연한 일이었다. 메이지 유신은 많은 반대세력과의 애매한 타협 위에 성립되어 있었는데, 천하가 완전히 새로워졌다는 기분을 번갯불 치듯 세상에 알리기 위해서는 요시노부의 피가 필요했다.

그런데, 퍼크스는 끝까지 에도를 공격하려는 관군의 강경한 태도가 이 나라를 수습하기 어려운 내란상태로 몰고 갈 것으로 생각했다. 그의 관심은 정치정세의 안정에 의해 얻어낼 수 있는 무역의 이익에만 있었다. 그러므로 사쓰마·조슈가 요시노부의 목을 베는 것에도, 또 에도를 공격하여 크게 시가전을 벌이는 것에도 반대였다.

이 시기의 요시노부의 대리인은 막부 신하였던 가쓰 가이슈였다. 가쓰란 사람의 날카로움은 영국공사의 뱃속까지 알고 있었던 것이다.

가쓰는 요시노부를 구하기 위해 영국공사를 이용하려 했다. 그는 퍼크스의 통역관인 어네스트 사토와 몇 차례 접촉하며, 영국이 무서워하는 내란의 가능성을 강조하고 이에 맞서 말했다.

"우리는 군함 12척을 가지고 있다. 이것으로 바다 위를 봉쇄하고, 구 막부군을 동원하면 어디나 불바다로 변하게 될 것이다. 만일 관군이 요시노부를 용서한다면 우리는 에도를 곱게 넘겨 주겠다."

사토로부터 이 말을 들은 퍼크스는 깜짝 놀랐다. 마침 사이고의 부하인 기나시 세이이치로(木梨精一郞)가 그에게 군사(軍使)로서 병원을 빌리러 온 것을 요행으로 생각하고 말했다.

"자리에서 물러나 근신하고 있는 옛 주권자를 그대로 용서하지 않고 죽이는 처사는 세계적인 상식에 벗어나는 일이다."

그리고 다시 협박조로 말했다.

"만일에 에도를 공격한다면 영국과 프랑스는 요코하마 방위를 위해 군대를 동원하겠다."

이상이 에도 성을 피를 흘리는 일 없이 곱게 넘겨주게 된 숨은 내막으로, 결국 그때 사이고가 갑자기 도쿠가와 요시노부를 사형에 처한다는 기본방침을 버리고, 요시노부의 대리인인 가쓰 가이슈와 미타에 있는 사쓰마 저택에서 대면한 다음, 금방 에도 성의 무혈 인도를 결정한 것은 퍼크스의 공갈이 계기가 되었다.

그렇지만 사이고가 외국의 간섭에 굴복한 것은 아니었다.

우선 영국만은 어쩔 도리가 없는 금전상의 거래관계가 있었다. 사쓰마·조슈, 도사가 다같이 영국상인 그래버로부터 많든 적든 무기를 샀고, 그 대금 중 외상으로 되어 있는 것도 있었으며, 게다가 앞으로 전쟁이 오래 끌게 되면 더욱 외상거래를 해야 한다.

또 영국공사를 비롯한 각국공사가 똑같이 내전 확대를 반대하고 있고, 구체적으로는 에도를 공략하는 것과 요시노부를 처형하는 것에 반대하고 있었다. 게다가 각국은 요코하마를 경비한다는 구실로 영국이 2개 대대, 프랑스가 1개 대대를 동원하여 경계선에 배치하고, 요코하마 지역에 관군을 들어오지 못하게 한다는 강경방침을 취하고 있었다.

사이고는 이것을 말없는 의사표시로 보았다. 만일 이것을 무시하고 에도 공격을 감행하여, 그것이 원인으로 동부일본 일대에 승패를 결정짓기 어려운 큰 내란이 일어난다면, 새 정부의 입장은 매우 위험하게 된다. 국제적인 동정을 잃고, 거꾸로 막부가 그것을 얻게 될 우려가 충분히 있었다.

"서양인은 내가 누르고 있다."

가쓰는 이 시기에 이렇게 큰소리친 모양이다. 그 뜻은 위에 말한 그런 내막에서다. 가쓰의 요술쟁이 같은 뛰어난 솜씨는 성공했다.

사이고는 요시노부의 죄를 추궁하겠다던 방침을 완전히 던져버렸다.

"어리석은 짓이다."

이때 교토에 있던 기도 다카요시는 언제나처럼 다분히 비평가다운 버릇을 드러내며, 사이고를 중심으로한 사쓰마 세력이 결정한 이 방침 변경을 나무랐다. 사이고들이 외국의 간섭에 굴복했다고 기도는 말했다.

위에 말한 기도의 분개는 메이지 원년(1868) 3월 20일 이토 히로부미에게 보낸 편지로도 알 수 있다. 뜻을 풀이하면 이러하다.

"어제 사이고가 교토로 돌아왔다. 머지않아 에도 성을 바치게 되고, 요시노부에 대해서도 사형을 면해 주기로 했다. 요즘 세상은 안중(眼中)에 도쿠가와씨만 있는 사람과, 안중에 유럽만 있는 사람들뿐이다. 이래서는 올바른 공론이 서기 힘들다."

기도는 이 일로 해서 사이고를 더욱 싫어했다.

하기는 사이고가 외국세력을 무서워한 것도 아니고, 또 사이고를 싫어하는 기도가 소박한 양이론자도 아니었다는 증거로, 기도는 이 편지 끝에 따로 덧붙이고 있다.

"일본에는 해외에서 통용되는 보편적인 도리가 없기 때문에 위에 말한 것과 같은 여러 가지 혼란을 가져오는 것이다. 하기야 일본에는 무사도같은 도리는 있었다. 그러나 이것은 무사들만의 것으로 어리석은 백성들은 아무것도 갖고 있지 않다. 만국 공통의 도리를 세우지 않으면 앞으로 곤란할 것이니, 자네는 이 점을 생각해 주기 바라네."

위에 말한 것들은 메이지 원년의 일이지만, 영국공사 퍼크스로서는 "아시아에서의 전쟁과 내란은 영국의 이익이 되지 않는다"는 생각에 아무런 변화도 없었다.

그가 정한론(征漢論) 소동을 알았을 때 어네스트 사토에게 면밀한 조사를 하게 했다. 사토는 일본어가 아주 능숙한 사람으로 편지투로 읽고 쓰고 할 수 있었고, 회화는 에도의 장사꾼이 하는 말부터 영주와 직속무사들이 하는 말까지 할 수 있었으며, 게다가 아이즈(會津) 사투리까지 조금 아는 보기 드문 어학 능력을 가지고 있었다.

통역으로서는 우선 이 이상의 사람을 찾으려 해도 없지만, 그 위에 사토는 정치와 경제현상에 대한 분석능력이 뛰어날 정도로 정확했다. 막부 말기 이후로 일본정세에 정통하다는 점에서는, 일본인으로서도 사토만한 사람은 고작 사카모토 료마, 사이고 다카모리, 오쿠보 도시미치, 기도 다카요시, 가쓰 가이슈 정도를 헤아릴 뿐이었다. 퍼크스의 일본에서의 공적은 이 어네스트 사토라는 겨우 청년기를 벗어난 30세의 인물에 힘입은 바가 많았다.

사토는 잘 돌아다니고, 잘 이야기하며, 일본의 요인들은 모조리 만나 그들의 경력과 성격, 능력과 사상 등에 대해 놀랄 만큼 잘 알고 있었다.

그 가운데 사토가 막부 말기부터 가장 매력을 느껴 온 것은 사이고 다카모리였다.

사토는 게이오 원년 겨울, 영국군함을 타고 효고(兵庫) 항구로 들어와 그곳에 정박해 있는 동안 사쓰마 번의 기선과 서로 친했다. 사쓰마 사람들도 사토의 군함으로 놀러오고 사토도 사쓰마 번의 기선으로 놀러갔다. 그때 우연히 선실에서 자고 있는 사이고를 보았다. 안내하는 사람이

"저건 시마즈 사나카(島津左仲)라는 사람이다."

이렇게 말했지만 사토의 육감은 속일 수가 없었다. 사토는 사이고를 보기 전부터 사이고에 이상한 관심을 보였다. 평판을 수집함에 따라 그 풍모까지 짐작할 수 있게 되었으며, 또 사이고의 매력적인 인격을 은근히 존경하고 사랑했다. 선실을 지나갈 때 흘깃 본 인물은, 아무리 숨기려 해도 사토에게는 사이고로 보였고, 이러한 인물이 달리 있으리라고도 생각되지 않았다.

그 뒤 사토는 사이고에게 정식으로 소개되는 기회를 얻어, 자주 오가며 서로 내외의 정세에 대한 의견을 교환 했던 것이다.

유신 뒤로는 오히려 내왕이 드물어지게 되었다. 한편으로는 사토가 메이지 2(1869)년에 1년간의 휴가를 얻어 영국으로 돌아간 사정도 있지만, 사이고도 사토에게 볼일이 적어지게 되었다.

막부 말기에 사이고는 국제정세를 잘 알고 혁명을 수행했지만, 메이지 정부에 있어서는 그런 직무에는 다른 사람들이 앉았고, 사이고는 평시에는 쓸모없는 거나 마찬가지인 육군대장으로 떠받들렸기 때문에 외국인과 교제할 필요가 없었던 것이다.

# 재니

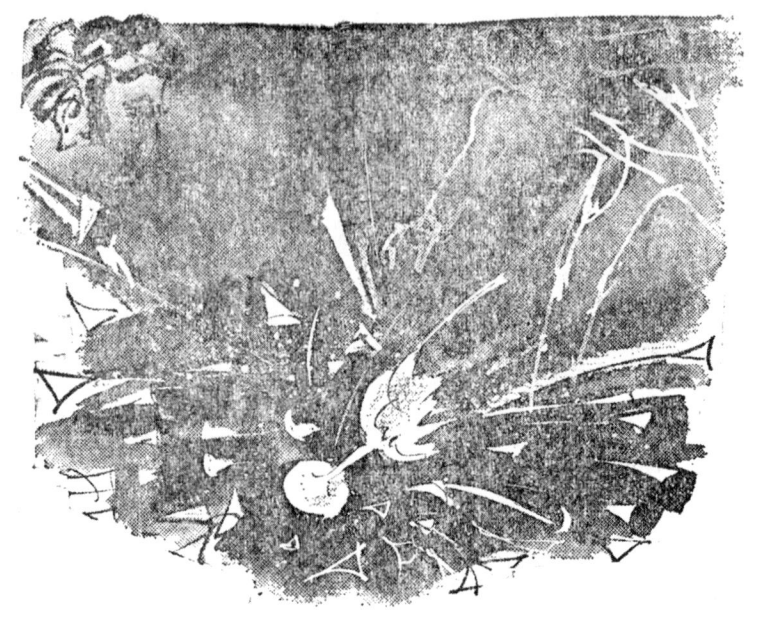

'재니.'

이토 히로부미는 그의 개인의 정신사에서 이렇게 불렸던 옛날의 굴욕을 평생 잊지 않았다.

영국인과 미국인이 일본인을 멸시하는 속어로서 잽(JAP)이란 말을 사용하고 있다는 것은 널리 알려져 있다. 재니란 것은 그 이전의 멸시하는 말일 것이다. 안세이(安政) 통상조약에 의한 요코하마 개항 초기, 상해 등지에서 오는 영국과 미국의 하급선원들의 속어로 생긴 별칭인 듯 막부 말기에 유행했는데, 메이지로 접어들자 그것이 잽이란 말로 바뀌었다.

분큐 3년 5월 12일, 이토는 이노우에 가오루 등과 함께 조슈 번의 비밀 유학생으로서 요코하마를 출항했다. 당시 조슈 번은 양이(攘夷)라는 커다란 표어를 높이 쳐들고 국내의 막부 반대 사상을 대표하는 세력이었던 것을 생각하면, 이 비밀 유학생의 파견이란 것은 이상한 풍경일 수 있다.

양이라는 말은 국제성을 거절한다는 뜻이다. 당시 가쓰라 고고로(桂小五郎)라고 불렸던 기도 다카요시와 다카스기 신사쿠 등은, 양이라는 것을 가지고 막부의 주춧돌을 뒤흔드는 지렛대로 삼겠다고 할 정도로 정략적인 것이 되어 있었지만, 그러나 지도층 이외의 조슈 인은 그 99퍼센트까지 그렇지 않았다. 그들은 본격적인 양이 정신을 가지고 국제사회에의 참가를 반대하는 것이 이 나라를 지키는 유일한 길이라고 믿고 있었다.

그런 믿음이 이번에 강렬한 열기를 낳고, 그것이 일본 역사상 일찍이 없었던 사상적인 결속상태를 만들어내고 있었다. 어찌 됐거나 분큐 연간의 조슈 번은, 번이라기보다 다분히 사상적인 단체였고 때로는 종교단체라고도 할 수 있는 그런 분위기였다.

그런 분위기 속에서 이토 등 몇 사람의 젊은 번비 유학생들은 번의 대중들에게도 막부에도 비밀로 하고 영국에 건너갔던 것이다.

상해까지는 영국 배편으로 갔다.

상해에서 이토와 이노우에만 '페가수스'라는 영국 배를 탔다. 런던까지 4달이 걸렸다.

이 4달 동안 그들은 배에서 노예와 똑같은 취급을 받았다. 물론 뱃삯은 제대로 치렀고, 그들은 엄연한 승객이었다. 또 요코하마와 상해에 있는 영국 상관의 소개도 있었으므로, 선장에게는 수상한 승객이 아니었다. 그런데 선장은 그들의 목적을 '선원 견습을 위한 것'이라고 생각하고, 하급선원들 속에 집어넣은 것이다. 두 사람은 항의하려고 했으나 말이 통하지 않는 바람에 하는 수 없이 시키는 대로 했다. 선원들은 채찍으로 때릴듯이 하며 일을 시키고, 부를 때는 이렇게 불렀다.

"재니."

두 사람은 일본에 있으면 막부 관리들을 떨게 하는 양이 지사였지만, 국제사회로 한발 나가면 재니에 지나지 않았다.

런던에서는 대우가 확 달라졌다. 저딘 메디슨 상사 사장인 휴 메디슨의 손님으로 대우받았다. 영어를 배우는 데서부터 시작하여 이토와 이노우에의 굴욕감은 영국에 대한 존경으로 변했다.

이 런던행은 이토의 생애를 결정지었다.

이토도 이노우에도, 실은 일본에서, 그것도 조슈 번에서, 더욱이 양이지사의 첨단적 존재이면서도 "……아무래도 양이론은 무척 우스운 것으로 세계에 통용되지 않는 것 같다"는 점을 깨달을 만한 총명함을 가지고 있었다. 확실히 양이론은 일본 안에서만 통용되고, 안에서만 정치적 열광을 불러일으키는 히스테리 현상일지 모를 일이었다.

심지어 이노우에는 배가 상해에 들어갔을 때, 무수한 증기선과 군함이 각국의 깃발을 달고 드나드는 것을 보고 이런 말을 해서 이토를 쓴웃음 짓게 하고, 그건 너무 성급하지 않은가 라고 말하게 했다.
"이 항구 하나에 떠 있는 배가 일본으로 쳐들어오는 것만으로도 일본은 망하겠다. 양이론은 그만 두겠다."
그들의 총명함은, 착오로 인해 그들이 영국배의 하급선원들에게 맡겨져 노예 같은 노동을 강요당했을 때도 "이 배에 있는 녀석들은 잘 모르고 있다"며 그들을 원망하지 않고 그 노동을 견디면서도, 그 굴욕으로 인해 백인들을 미워하는 새로운 양이주의와 같은 세계관을 만들어내지는 않았다는 점이다. 이것은 일시적인 착각으로 인한 현상이라고 여기고 있었다.
런던에서 얻은 이토의 세계감각은 그의 시야를 비약적으로 넓히고, 그것이 평생 그대로 지속됐다.
겨우 반년 동안의 체재였지만 친구도 생겼다.
뒤에 주일 영국공사관의 서기관으로 부임해 온 프리먼 미트포드다. 미트포드는 이 당시 아직 옥스퍼드의 학생이었다. 그가 일본에 부임한 것은 게이오 2년으로, 메이지 3년까지 있게 된다.
그는 자신의 회상록에서, 런던에서의 이토 히로부미에 대해 이렇게 쓰고 있다.
'그는 날쌔고 용감하며 야취(野趣)가 풍부한 점이 마치 매와도 같은 젊은이였다. 게다가 모험을 좋아하고 더없이 명랑했으며, 그러면서도 막상 일에 임하면 놀라울 만큼 정확성과 기민성을 발휘했다. 참으로 천품이 뛰어난 사람이었다.'
이토는 이 조슈의 무사일행 중에서는 가장 신분이 낮았다. 같은 패들을 위해 돌아다니는 심부름은 그가 해야 했다. 기민하다고 한 것은 돌아다니며 심부름하는 것의 재빠름을 말한 것인지도 모르며, 야취란 것은 농민 출신의 비천한 면이었는지도 모른다. 미트포드는 이토라는 이 키가 작고 전형적인 몽고형 얼굴을 가진 사나이가 뒤에 세계적으로 알려진 정치가가 된 뒤에 회상록을 썼기 때문에 표현을 다소 과장했을지도 모른다. 그러나 이토의 기민함은, 말이 잘 통하지 않는데다 예비지식이 거의 없었는데도 겨우 6개월 동안의 영국 체재로 세계를 파악한데 있는 것은 확실했다.

필자는 이토가 말기에 영국에 있었을 때의 그의 옛날이야기를 하고 있는 것은 아니다. 메이지 6(1873)년 무렵에 이토라는 젊은 고관이 영국공사관에서 얼마나 얼굴이 통했는가 하는 점을 언급해 두고 싶다.

나아가 그것이 정한론을 깨부수는 데 어느 정도 효과가 있었느냐 하는 점을 언급하고 싶어 위와 같은 일들을 이야기했다.

다음에 약간 계속해 언급하고자 한다.

그는 자기 고향인 조슈 번이 시모노세키 연안에 포대를 쌓고, 해협을 지나가는 외국함선을 포격하기 시작했다는 것을 '타임스'를 통해 알았다.

이토 일행은 런던 숙소에서 놀랐다. 이토 자신의 회고담은 이러하다.

"우리는 유럽에 와서 그 부강을 알고, 양이가 무모한 것임을 알았다. 도저히 일본인 따위가 적대할 수 있는 것이 아니었다. 조슈가 서양을 배척하는 전쟁을 계속하면 결국은 지게 된다. 그 결과는 막대한 배상금을 물든가, 넓은 땅을 떼어 주든가, 잘못되면 멸망할지도 모른다."

결국 이토와 이노우에는 조슈 번을 달래기 위해 유학을 중단하고 곧 배에 올랐다. 3개월이 걸려 6월 10일 요코하마에 들어왔다. 마침 영국·미국·프랑스·네덜란드 4개국의 연합함대가 조슈를 혼내주기 위해 떠날 준비를 하는 참이었다. 이토와 이노우에는 영국공사관으로 가서 부탁했다.

"우리가 조슈로 돌아가 있는 힘을 다해 번의 방침을 바꾸겠다. 그때까지 함대의 파견을 보류해 주기 바란다."

고 부탁했다. 이 때 통역을 했던 어네스트 사토는 회고록에서 이 전경을 담담하게 말하고 있다.

"그들은 그 전해에, 외국사정을 살펴보기 위해 몰래 영국으로 건너간 5명의 젊은 무사 중의 두 사람으로, 이토 리스케(히로부미)와 이노우에 분타(가오루)라는 사람이었다."

이토와 이노우에는 공사관에서 교섭하는 동안 잘 곳이 필요했다. 만일 일본 여관에 묵게 되면, 막부 관리들은 모든 조슈 인들을 정치범으로 다루고 있기 때문에 체포될지도 몰랐다. 막부 말기에 이 이토와 이노우에처럼 뼈아픈 정치 체험을 한 사람은 드물었을지도 모른다. 그들은 국외로 나가면 '재니'라고 천대를 받았고, 일본에 돌아오면 정부의 적이었다. 또 번에 돌아가면 개국론자라 해서 살해될지도 몰랐다. 일찍이 양이지사였던 그들이 몸을 둘 곳이라고는 영국공사관뿐이었다고 해도 무방할 것이다.

영국공사관에서는 이토 일행의 안전을 도모하기 위해 요코하마 호텔에 묵게 했다. 국적은 포르투갈 인으로 하기로 했다. 유럽 사람들 가운데 포르투갈 인이 비교적 일본인과 얼굴이 비슷했기 때문이다. 이토는 '데보나'라는 이름을 썼다.

호텔 보이는 '재니'였다. 질이 좋지 못했고, 팁을 요구했다. 이토와 이노우에는 팁을 가지고 있지 않았으므로 보이들은 이토 앞에서 욕설을 늘어놓았다.

"이놈들은 인색한 놈들이다. 이런 가난뱅이 양코배기의 시중은 들 수 없다."

이토는 일본말을 모르는 척해야 했다.

막부시대에 요코하마에 와 있던 외국인들은, 일본 사람은 분명히 두 종류가 있는 것으로 알았고, 그들은 인종이 전혀 틀리는 줄로 대부분 알고 있던 모양이다.

즉 무사와 무사 아닌 사람들을 두고 하는 말이다. 특히 각 지방에서 요코하마로 흘러들어오는 서민들의 질이 좋지 못한 점과 서양인에 대한 비굴함은, 아시아의 다른 지방에서도 보기 드물 정도였다.

'재니.'

이 명칭은 그런 인상에서 생긴 것이다. 그들은 외국상관 앞골목에 파리 떼처럼 모여들어 하찮은 이득을 얻으려 하고 있었고, 길옆에 모여 웅크리고 앉아 작은 투기를 하고 있었다. 에도 시대의 일본에서는 자존심은 무사계급만 가지고 있는 정신과 같은 것이어서, 서민들은 가질 수조차 없었다. 자연 다른 인종인가 하고 생각할 정도로 차이가 생기고 말았고, 서양인의 눈으로 보면 요코하마 길가에 웅크리고 있는, 자존심이라고는 손톱만큼도 찾아볼 수 없는 그들이 퍽 아시아답게 보였다. 아시아 어디서나 이런 사람들은 있었다.

이토와 이노우에가 접촉한 요코하마의 호텔 보이들은, 전형적인 이런 종류의 사람이었는지도 모른다. 보이들은 이토와 이노우에를 손가락질하며 '이놈들'이라고 불렀다.

"이놈들은 양놈 치고는 일본인 못지않게 영리해 보이는 얼굴을 하고 있잖아?"

이토와 이노우에는 일본말을 모르는 척하지 않으면 안 되었다. 그들에게 있어 심각한 것은 일본인이 오히려 적이었다는 점이다. 만일 포르투갈 인이 아니고 조슈 인이란 것이 드러나면 보이들은 막부관리들에게 밀고할 것이고, 다음은 비참한 결과가 될 것이다.

여름이라서 모기가 많았다. 호텔 방에도 마구 들어왔다. 그들은 모기장이 있었으면 싶었다.

"모기장을 쳐주지 않겠나?"

이렇게 손짓으로 말하자, 보이들은 또 팁을 바랬다. 그들은 돈을 가지고 있지 않았다. 보이들은 돈을 얻을 수 없게 되자 노골적으로 떠들어댔다.

"이 양놈들은 돈도 없는 주제에 사치스런 소리를 떠벌이고 자빠졌네. 구멍 뚫린 모기장이라도 쳐주어라."

그러면서 큰 구멍이 뚫린 헌 모기장을 쳐주었다. 이토와 이노우에는 자기들과 같은 재니들의 모욕에도 견뎌야 했다.

하기는 이토의 회고담에서 미루어 볼 때, 그는 그것을 별로 굴욕으로 생각지 않은 모양이다. 이토는 서민 출신인 만큼 무사계급이 가지고 있는 자존심이 비교적 약해서 버럭 화를 내거나 하지 않았던 것 같다.

여담이지만 사이고는 일본의 서민계급 속에 있는 천민적인 요소에 난감해하고 있었다. 그의 사족 옹호론은 차라리 무사계급의 자존심을 남기려 하는 정신론적인 것으로, 그것이 그의 정책으로까지 발전해서, 외국을 정벌하는 것에 의해 일본인 전체를 사족으로 만들려는 생각이 있었던 것 같다. 기도도 그 점에서는 사족 옹호론자였다. 그러나 젊은 이토의 경우 그러한 의식도 이상도 전혀 없었고, 오히려 일본의 운명을 세계성 속에서 생각하는 입장만을 취했다.

영국 공사 해리 퍼크스라는, 사환에서부터 다져올라온 이 외교관은, 19세기 외교관의 자격 가운데 몇 할은 차지하고 있었을 기품같은 것은 약에 쓸 만큼도 가지고 있지 않았다.

그는 후진국에 적합했다.

그것도 평화로운 후진국에는 맞지 않았다. 내란 상태에 있거나, 그런 위험성을 가진 후진국에서, 기품 대신에 날카로움을 살리고, 교양 대신에 아무리 복잡한 정치 현상이라도 금방 그 본질을 꿰뚫어볼만한 육감을 가지고, 나아가서는 싸움터라도 맨손으로 뛰어들 만한 용기를 가지고 있었다.

그는 막부 말기 만성적인 내란기에 있던 일본에 부임하여 막부의 본질을 꿰뚫어보고 이를 단정 지었다. 사쓰마·조슈를 주력으로 하는 천황 정권이 생기리라는 것을, 그 가능성이 상식적으로 희박했던 무렵에 예측했을 뿐만 아니라, 내기까지 했다. 그 예상을 기초로 사쓰마·조슈를 응원했던 것이다. 내기는 성공했다.

그래서 그는 이런 생각을 버리지 않았다.

"……일본은 내가 가르친 제자다."

하기야 메이지 정부는 영국만 스승으로 하지는 않았다. 법제는 프랑스와 독일에서 배웠고, 육군은 프랑스, 이윽고 독일식을 받아들였으며, 의학도 독일식을 받아들였다. 겨우 해군만 영국을 선생으로 여겼다. 그래도 퍼크스로서는 메이지 정부가 자기가 가르친 제자라는 자부심에 상처를 입은 적은 없었다.

그는 일본에 오래 있었다. 막부 말기에 와서 도중에 귀국한 일이 있었지만 메이지 16년까지 있었다.

앞에서 해군만은 영국식이었다고 했는데, 그 밖에도 사소한 국가 기능 가운데 영국 방식을 다소 참고한 것도 있었다.

예를 들면 주폐국이었다. 이것은 오사카에 설치되었다. 부지는 구 막부의 영선소 자리가 선택되었는데, 오사카 성을 바라보며 요도 강을 앞에 두고 있었다.

기계 일체는 영국제였다. 영국이 홍콩에 설비한 조폐국이 폐쇄 상태에 있는 것을 영국상인 그래버가 알선해서 6만 냥에 사들인 것이다. 공사는 영국 기사가 담당했다.

메이지 정부는 화폐의 계산법만은 영국식을 따르지 않고 십진법을 택했다. 그 창업식이 행해진 것은 메이지 4년(1871) 2월 15일이다. 산조 사네토미 이하 정부의 고관을 비롯해 외국공사들도 참석했다.

식이 끝나고 청량국에서 축하연이 열렸다. 산조가 아주 점잖은 태도로 축사를 마친 다음, 각국 공사가 축사를 했다. 그 축사에서 퍼크스는 일본에 충고한다고 말하고, 금화의 분량을 절대로 어지럽혀서는 안 되며, 그것이 만일 어지러워지면, 이로 인해 나라가 파괴될 것이라고 말했다.

"이와 마찬가지로."

그러더니 이 말을 하면서 들고 있던 샴페인 잔을 쳐들더니 바닥에 내리쳐

산산조각을 냈다. 퍼크스가 스스로 자신을 일본의 교사라고 생각하고 있었던 그 기분이 잘 나타나 있다.

퍼크스는 뒷날 중국에 부임해서, 메이지 18(1885)년 북경에서 객사를 하게 된다. 이토는 젊었을 적부터 관계가 깊었던 이 인물이 잊혀지지 않았다. 그는 도쿄와 오이소(大磯) 사이의 기차 안에서 퍼크스의 전기를 계속해 읽은 시기가 있었다.

메이지 42(1909)년, 영국대사관에서 만찬회가 있었을 때, 이토도 참석했다. 돌아오는 길에 레이난사카(靈南坂)의 관사까지 오는 동안 마차 안에서 같이 탄 사람들을 보고 퍼크스를 생각하며했다.

"나는 요직에 오래 있었기 때문에 각국 사신들과 교제할 기회가 많았는데, 아직 퍼크스처럼 용기와 결단력이 있고 그 직무에 열심이며 충실한 사람을 본 일이 없다."

그리고 다음과 같은 일을 얘기했다.

이야기는 메이지 3(1870)년의 일이다.

그 해 8월, 조슈의 야마가타 아리토모와 사쓰마의 사이고 스쿠미치, 두 군정관이 구미 시찰에서 돌아왔다. 야마가타와 사이고가 천황을 배알하고 구미 시찰에서 보고 들은 일을 보고한 다음 각국 공사관에 인사하러 돌아다녔다.

영국공사관에 들르자 퍼크스가 기다리고 있었다. 통역관은 어네스트 사토가 휴가로 귀국했기 때문에 유명한 시볼트 박사의 아들인 알렉산더 시볼트가 통역했다.

퍼크스는 몸이 깡마른 사람이다.

머리는 일찍부터 숱이 적었고, 코밑수염도 턱수염도 기르지 않았다. 다만 구레나룻만을 하얗고 더부룩하게 길러 작고 빨간 얼굴과 머리를 장식하고 있었다. 두 눈이 날카롭고, 그의 동작에는 거만함이 없었다. 그는 사람과 상대할 때는 반드시 몸을 내밀고 말을 했다.

"구미를 돌면 세상을 알 수 있을 것이니 앞으로 당신들은 일본에만 통용되는 사고방식에서 해방될 것이오. 일본을 위해 기쁜 일입니다."

설교투는 퍼크스의 버릇이다. 그는 자기가 내기를 해서 성공한 메이지 정부의 관리들에 대해서는 자기의 수하 관리인 것처럼 대했다. 그러나 그것이 거만한 인상을 주지 않고 오히려 호감을 주고 있었다. 일종의 인덕이라고 해도 좋다.

"당신들에게 이토 히로부미와 오쿠마 시게노부는 동료요. 그러나 이들 둘의 말을 잘 들어야 하오. 이 두 사람만이 지구 속의 일본이란 것을 알고 있소."

메이지 3년 당시의 이토는 민부성과 재무성 일을 겸하고 있는 소장 관료로서, 세상의 주목을 받지 않는 존재였다. 그러나 퍼크스는 이 두 사람과 자주 만나는 사이에, 그들의 생각이 자칫하면 감정적인 양이주의로 빠지는 일본들의 공통된 버릇에서 벗어나 있다는 것을 알았다. 퍼크스의 의견은 언제나 극단적이었다.

"이토와 오쿠마의 말을 듣지 않으면 일본은 망할 것이오."

특히 이 말은 사이고 스쿠미치의 귀에 강하게 울렸다. 스쿠미치가 정한론 소동에서 형에게 기울지 않고 이토를 동지로 한 것은 그 자신의 사상이 바닥에 있었다고는 하지만 이 점을 지나쳐 볼 수는 없다.

일본 정치사상, 정책을 가지고 정부가 둘로 갈라져 싸운 예는 이때밖에 없었다.

이토는 뛰어다녔다.

그에게는 성산(成算)이 없었다.

객관적으로 말하면 정한파가 압도적으로 강세였다. 참의들은 거의가 사이고를 지지하고 있는 데다 칙허까지 내려져 있었다. 더욱 이토가 무서워한 것은 사이고의 무력이었다. 사이고는 일본의 정규군을 손에 쥐고 있었다. 만일 사이고가 근위군에게 정부를 점령하라고 명령하면, 한 시간에 정권을 잡을 수 있는 것이다.

최근 이토는 사이고의 아우인 스쿠미치를 만나 그 같은 염려를 은근히 말했다.

"형은 충실한 사람이라 그런 짓은 하지 않아."

평소에는 종잡을 수 없던 그가 이때만은 당장에 그렇게 대답했다.

이토는 외국을 살피고 돌아온 뒤에는 태정관에서 물러나, 귀국 후에도 조정 밖에 있으면서 야당인 것처럼 하고 있는 오쿠보와 기도를 손잡게 만들고, 이와무라와 함께 단결해서 태정관에 돌아오게 만들려고 했다. 그러기 위해서는 우선 외국에서 돌아 온 뒤 사이가 좋지 않은 오쿠보와 기도를 화해시키는 일부터 시작해야 했다.

아무튼 이토가, 오쿠마라는 짝이 있다고는 하지만, 거의 혼자서 뛰어다니며 벌써 기정사실로 되어가고 있는 사태를 단번에 뒤집어엎으려고 한 활동은 일본 정치사에서 압권이라고 할 수 있다. 그러나 본인인 이토는 훨씬 뒷날에 와서도 이 일만은 별로 말하고 싶어 하지 않았다. 메이지 24(1891)년 전후, 그 일의 시효가 지난 뒤에야 조금씩 말하게 되었다.

"사이고의 정한론은 이토의 숨은 활동에 의해 부서졌다."

만일 이런 진상이 일반에게 알려지거나 하는 일이 있으면, 이토는 금방 인기를 잃고 그 뒤의 정치생명이 없었을지도 모른다. 혹은 이토가 하얼빈에서 안중근에게 저격당하기 훨씬 전에, 오쿠보 대신 살해되었을지도 모른다. 그 정도로 이 당시의 사이고에 대한 명망이 높았다. 사이고 한 사람의 존재는 대중적인 인기란 점에서는 메이지 정부보다 훨씬 끓고 있었다.

이토는 세속적인 존재로서의 사이고의 위대함을 잘 알고 있었다. 나아가서는 그 사이고의 위대함을 이용하여 사쓰마·조슈 번벌 정부를 파괴하려고 하는 세력이 수없이 있다는 것도 알고 있었다. 재야 여론도 그러했지만 정부 안에도 사가파의 에토 신페이(江藤新平)와 도사파의 이타가키 다이스케, 고토 쇼지로(後藤象二郎)가 그러했다.

"사이고의 정한론을 부수거나 부수지 않거나 내란이 일어난다. 똑같이 일어날 바에야 부수고 나서 일어나는 편이 좋다."

이토는 막연히 그렇게 생각하고 있었다. 그러나 이 사람은 어떤 경우에도 체질적으로 낙천주의자여서, 자신이 이렇게 뛰어다니는 것이 승리로 끝날 것을 확신하고 있었다.

'19일, 비.'

기도 다카요시의 일기에 이렇게 적혀 있다. 기도가 심한 불면증에 걸려 있던 9월 19일의 일로서, 그 전날은 밤 3시부터 심한 두통이 일어나, 3시간 정도 돌았을 뿐이었다.

이러는 동안에도 이토가 끊임없이 뛰어다니고 있다는 것을 기도는 잘 알고 있었다. 기도의 이 신경성 증상의 최대의 원인은 물론 사이고의 정한론에 있었다. 기도가 보기에는 사이고의 커다란 힘이 모처럼 대들보를 올려놓았을 뿐인 일본이라는 날림공사를 무너뜨리려 하고 있다고 생각했다. 그것이 강박관념이 되어 그의 육체에 나쁜 영향을 주기 시작한 것이 틀림없었다. 어찌된 셈인지 두통과 불면증만이 아니고 왼쪽 다리조차 마음대로 움직일 수가 없었다.

그런데 이 9월 19일 오후 3시가 지나서, 기도에게 뜻밖의 손님이 찾아왔다.

'영국 공사 퍼크스와 서기 사토가 와서 이야기함.'

일기에 이렇게 적혀 있다.

어네스트 사토는 정확한 무사의 말로 기도와 이야기했다. 사토는 막부 말기에 꼭 한 번 기도를 만난 적이 있었다. 기도는 첫대면 하는 사람에게는 자기 의견을 말하지 않는 버릇이 있었으므로 사토에게 특별한 인상을 남기지 않았다. 원래 사토는 조슈 인과는 인연이 적었다. 막부 말기에 그가 자주 접촉한 조슈 인은 이토 정도였기 때문에, 조슈 인 일반에 대해 악의는 갖고 있지 않았지만 적극적으로 호의라든가 인간적인 감동을 갖지 못한 편이었다.

오히려 사토는 사이고를 좋아했다. 사이고만이 아니고 사쓰마 인 일반을 좋아했다. 그 이유는 사쓰마 인만이 다른 일본인과는 아주 다른 인상이어서 명랑하고 붙임성이 있었으며, 공연한 비밀주의를 가지고 있지 않아 한 번 말하면 꼭 실행한다는 기분이 넘치고 있는 느낌이 들었다. 그점이 사토가 생각하고 있는 유럽 인과 약간 비슷했다. 그보다도 유럽 인이 보아서 가장 이해하기 쉬운 일본인처럼 생각되었기 때문이다. 사토는 막부 말기의 사쓰마 번에 대한 인상을 이렇게 말하고 있다.

"사쓰마 사람은 문명의 기술에서 급속한 진보를 이룩해 가고 있는 모양이었고, 게다가 그들은 꽤 용기가 있고 정직한 성격이다."

퍼크스와 사토는, 기도처럼 총명하기는 하나 뱃속이 복잡해서 생각하고 있는 것을 열 중에 하나밖에 말하지 않는 사람은 상대하기가 매우 어려웠다.

그런 상대하기 어려운 기도의 집으로 영국을 대표하는 사람인 퍼크스가 직접 일부러 찾아온 데는 까닭이 있었다. 그 까닭은 이미 말했다. 이토가 공작한 것이었다.

"국제정치라는 넓은 입장에서 내 의견을 말해 보겠소. 그 입장에서 볼 때 정한론보다 일본에 불리한 것은 없소. 만일 이것을 나라의 정책으로 하게 되면 일본은 망하게 될 거요."

라는 말을 기도에게 함으로써 기도의 각오를 굳히게 해달라고 이토가 부탁했던 것이다.

　비가 손 씻는 물통 옆에 있는 세 그루의 단풍나무를 적시고 있었다. 세 그루의 단풍나무는 각각 갈대만한 높이밖에 되지 않았는데, 아무래도 배처럼 생긴 커다란 물통 옆에 있는 바윗돌을 장식하기 위해 심어져 있는 것 같았다. 그 저쪽에 석가산이 있었다.
　이 정원이 바라보이는 방에 탁자와 의자가 놓여 있었다. 기도는 다리미질이 잘 된 하카마를 입고 있었다.
　퍼크스는 사토의 무사풍의 말을 통해 국제문제란 것이 얼마나 이해관계가 얽혀 있는 것인가를 설명했다. 물론 조선은 무방비의 나라다. 일본의 2개 대대만 가면 그 서울을 쉽게 점령할 수 있을지 모른다. 거기까지는 가능하다. 그 다음은 각국의 간섭이 있어서 걷잡을 수 없게 된다.
　"그러나."
　기도는 사이고를 위해 변명했다. 실은 기도 자신이 유신 초기에는 정한론자였다. 기도는 조선이란 나라는 스스로 잘났다 하여 일본의 개화를 업신여기며, 일본의 국사나 이에 버금가는 사신들에 대해 갖은 거만하고 모진 짓을 다해 왔다고 말했다.
　"결국, 구 막부시대인 가에이(嘉永) 6년(1853)까지 막부가 취했던 태도와 같은 거지요."
　사토는 비꼬아 말했다. 사토가 다시 말하고 싶었던 것은, "구 막부 때 조슈 번과 같지 않습니까?" 이런 것이었다.
　막부는 페리의 무력에 굴복하여 통상조약을 맺었다. 이어 양이의 본산인 조슈 번은 시모노세키에서의 양이전쟁(4개국 함대와의 싸움)을 하다가 호된 꼴을 당하고, 양이의 헛된 꿈에서 깨어났다. 그것을 사토는 말하고 싶었다. 그러나 그런 기억을 되살려야 할 정도로 기도란 사람이 우둔하지 않다는 것도 그는 잘 알고 있었다.
　"조선으로부터 모욕을 당한 경험을 가진 나라는 일본만이 아닙니다. 그렇다고 해서 무력으로 토벌할 생각을 한 나라는 없었다는 것도 생각해 보시오."
　그리고 사토가 말했다. 사토는 잘 알고 있었다.

"들리는 바로는 사이고 대장은 조선에 밀정을 보냈다고 합니다. 목적은 조선의 무장상태를 보러 가기 위한 것으로 생각합니다. 무력은 없더라면서요."

조선은 무방비란 것은 없는 거나 마찬가지였다. 그것이 조선의 기본 방침이다. 무장을 하면 중국으로부터 경계를 당해서 도리어 중국이 변경의 위험을 제거하기 위해 조선에 침략해 올 염려가 있었다. 조선의 경우 그 무방비와 문치주의는 어디까지나 중국에 대한 전통적 배려에서였다. 만일 조선이 침략을 당하면 종주국인 중국에서 원군을 보내주도록——도요토미 히데요시의 군대가 침입했을 경우에 그랬듯이——되어 있었다.

"기도 씨, 조선이 무방비라는 이유만으로 프랑스도 어느 나라도 쳐들어간 일이 없습니다."

"결국 프랑스와 영국은 군자의 나라란 말인가요?"

기도는 약간 위엄 있는 미소를 띠었다.

이미 말했듯이 기도는 유신 직후에 정한책을 생각한 적이 있다. '정한'이라고는 하지만 후세에서 말하는 침략전쟁을 하려는 것은 아니고, 조선이 쓰시마 번(메이지 초기에 조선에 대한 외교를 담당한 번)에 온갖 모욕을 가했기 때문에 '한 번 싸워 그 어리석음을 깨우쳐 주어야 한다'는 것이 기도가 일찍이 생각했던 것이다. 결국 조선도 개국을 하는 취지에 있어서는 혁명의 수출이라고도 할 수 있는 것이었다.

그 뒤 기도는 그 생각을 버렸다.

그리고 그는 외유 후에 대외정책에 관한 감각이 복잡해졌다. 그는 구미 열강의 외교란 것이 얼마나 복잡한 이해관계 위에 아슬아슬하게 성립되어 있는지를 알았다.

'조선에는 방비가 되어 있지 않다. 빼앗아버려라.'

이런 사상이 설사 사이고에게는 없었다 하더라도, 그를 지지하는 젊은 군인들 가운데는 엄연히 있었다. 사이고의 멋진 면은 조선의 서울에서 죽을 작정을 하고 대사로 가는 것이었다. 일국의 대사가 조선의 서울에서 죽게 되면 조선을 쳐야 한다는 여론이 해일처럼 들끓게 된다. 정부도 체면상 버려둘 수는 없다. 결국은 출병을 하게 된다. 일본은 조선을 점령할 것이다. 그 결과는 어떻게 되겠는가.

"큰일이 벌어지게 됩니다."

사토가 말했다.

기도도 상상이 갔다.

청나라가 가만히 있지 않는다. 청나라의 정치정세를 보아 출병할 여유가 없더라도 영국과 프랑스에 구원을 부탁할 것이 틀림없다.

"프랑스는 반드시 출병합니다."

퍼크스가 말하고 사토가 통역했다.

아무리 제국주의라고 단순히 조선에 군비가 없다는 것만으로 치고들어갈 수는 없는 것이다. 구실이 필요했다. 프랑스는 그 구실을 얻게 된다. 일본이 도의에 어긋나게 조선을 점령하게 되면, 프랑스는 청나라 혹은 조선으로부터 구원을 청해왔다는 명분으로 대군을 보내 일본군을 내쫓고, 그 대가로서 조선 연안의 좋은 항구를 빌리든가, 광산개발권이나 철도부설권 같은 것을 얻게 되는 것이다.

"영국은?"

기도는 물었다.

"솔직히 말씀드리지만."

퍼크스는 대답했다. 영국은 아시아에서 전란이 일어나는 것을 바라지 않는다는 것이었다.

영국의 이권은 중국에 있다. 영국은 중국으로부터 무역상의 막대한 이익을 얻고 있었는데, 그 이익은 어디까지나 중국의 정국이 안정되어 있고, 극동의 다른 지역에도 정치정세의 불안이 없는 위에 성립되어 있었다. 일본이 조선에서 일을 일으키면 중국이 잠자코 있지 않는다. 외무대신 소에지마가 북경에서 중국측으로부터 보증을 얻어냈다.

"……중국은 조선의 외교상의 잘못에 대한 책임은 지지 않는다."

하지만, 조선이 일본에 점령당하는 사태가 벌어지면 문제는 달라진다.

"아마 사태는 일본이 예측하기 어려울 정도로 악화될 것입니다. 영국 프랑스 또는 청국까지 세 나라와 싸울 각오가 일본에 있습니까? 잘못되면 일본 본토까지 점령당하고 그 전비를 배상하기 위해 땅을 떼어주어야만 할지도 모릅니다."

결국 퍼크스의 충고는 사이고의 독주를 견제하라, 견제하지 못하면 일본은 망국의 변을 면할 수 없을 것이라는 뜻이었다.

# 군과 여

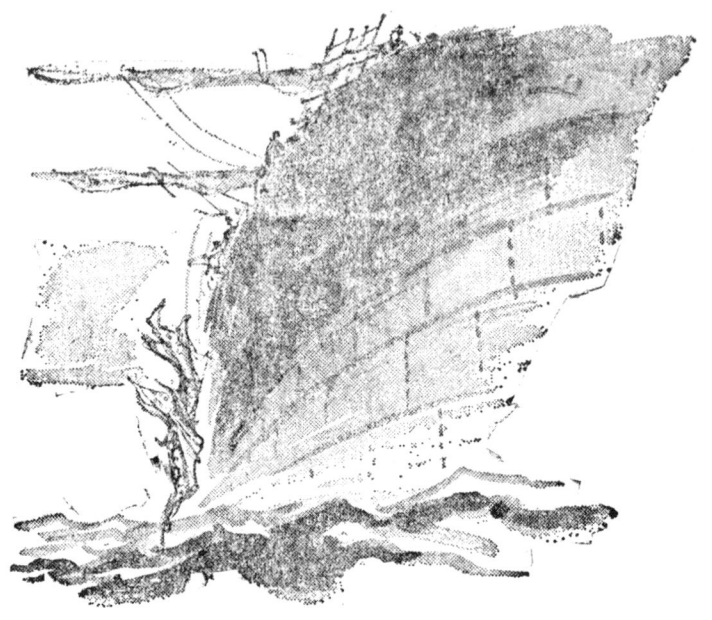

　에도의 직속무사의 집은 열 집에 두 집은 덧문이 닫혀 있었고, 더운데다 비가 새고 물받이에 낙엽이 쌓여서 급속히 썩어가고 있었다.
　이치가야(市谷)에는 그런 집이 많았다.
　'애꾸눈 저택.'
　유신 전에 이렇게 불리고 있던 저택이 후지미바바(富士見馬場) 근처에 있었다. 아시나 유키에(蘆名靭負)라는 1000석 녹봉을 받던 직속무사의 집에 몇 대인가 전에 태어날 때부터 오른쪽 눈이 찌부러든 주인이 있어서 그렇게 불리게 된 것인지, 아니면 대문간 행랑채 창문이 어찌된 일인지 하나밖에 없기 때문에 마을 사람들에게 그렇게 불리게 된 것인지 이유는 알 수 없었다. 대문간 지붕이 과거의 직속무사의 집치고는 무척 보기 드물게 초가지붕이었다. 에도는 막부 270년 동안 화재로 계속 골치를 앓아 왔다. 초가지붕은 화재를 막기가 어려워서 일찍부터 에도의 영주나 직속무사의 집은 모두 기와 지붕으로 지었던 것인데, 아시나(芦名) 집안의 문간만이 띠(茅)로 해 이은 데 대해서는 전설이 있는 모양이다.
　이에야스가 간토로 들어왔을 때, 오슈(奧州)에서 와서 벼슬한 이 집 조상이 이 근처에 땅을 얻어 서둘러 집을 세웠다. 집은 다른 여러 무사에 앞서 맨 먼저 세워졌지만, 터도 제대로 다지지 않고 급히 만들었다. 대문 기둥 같은 것도 구부러진 통나무를 그대로 썼고, 지붕은 그 근처에 있는 띠로 덮었다. 이에야스가 지나가다가 그 빠른 솜씨를 칭찬했다.

그 뒤 감찰관들이 화재가 났을 경우를 생각해서 자주 기와로 바꾸도록 권했으나, 그때마다 그 당시의 주인이 '장군님께서 직접 보시고 칭찬한 것'이라며 말을 듣지 않았다.

그건 아무래도 좋다.

어쨌든 메이지 6(1873)년 초에, 집 근처에 빨간 근위병 모자를 쓰고 사쓰마 사투리를 하는 사관이 몇 사람 와서 근처 사람들에게 물었다.

"이 집 주인은 어디에 있는가?"

그러나 행방을 모른다는 것을 알자, 그대로 들어가 멋대로 합숙소처럼 만들고 말았던 것이다.

그런 주인을 모르는 집들이 많았다.

도쿠가와 가문의 처분은 메이지 원년 5월에 결정되었다. 도쿠가와 가문은 영주의 신분으로 떨어져, 슨푸(駿府 : 靜岡) 70만 석이 되었으므로, 흔히 직속무사 8만 기로 불리던 가신들을 먹여 살릴 수 없게 되어 그들을 각각 자유롭게 살아가게 했던 것이다.

말하자면 도쿠가와 가문으로부터 인연이 끊어진 셈이다. 그래도 받는 녹은 없을망정 슨푸로 동행을 하겠다는 사람도 있고, 전의 영지로 돌아가 농사를 짓는 사람도 있었으며, 도쿄에 남아 옛날 집에 그대로 사는 사람도 있었다. 최근에는 보신전쟁이 계속되고 이런저런 일에 휘말려 가족들이 뿔뿔이 흩어져 집이 도깨비집처럼 되어 버린 것이 많았다.

'애꾸눈 저택.'

이 집의 주인도 가족들도 그런 슬픈 운명 속에 사라지고 만 것이었다.

이 메이지 6년 여름은 가뭄이 계속되고 있었다.

"민심이 불온하다."

이런 보고가 가와지 앞으로 모이게 된 것은 한편으로 가뭄 때문인 것 같았다.

간토 지방의 각 고을과 마을에서는 기우제를 지내기 위해 농민들이 종이

군과 여 143

깃발을 들고 네거리로 모여들었고 또 각지에서는 물싸움도 자주 일어났다. 죽창을 들고 나오는 소동 때문에 정부계통과 신문에서는 그것을 민중봉기로 잘못 알기도 했다.

유신 후 각종 물가가 폭등했고, 그것 말고도 세금이 높아졌다.

"천황의 세상이 되고 나서 모든 것이 다 나빠졌다. 득을 보고 세상에 큰소리치고 있는 것은 사쓰마·조슈 조정 대신들뿐이다."

이렇게 사람들은 말했다.

특히 사족과 농민들의 불만이 높았다. 사족들은 세습되어 온 녹봉을 빼앗긴 뒤 길거리를 방황했고, 농민은 막부시대와 같거나 그 이상의 곡식을 바치는 위에 막부체제에서는 물리지 않았던 물품세를 관(官)이라고 불리는 태정관 정부에 바쳐야만 했다.

역사적으로 보면 메이지 정부처럼 고통스런 정권은 없었다. 어느 나라 어느 시대의 혁명정권도 전 시대보다 조세를 싸게 하는 데서 정책을 출발하는 것이 보통이다. 그런데 막부보다 훨씬 많은 비중의 재정을 부담해야 했다. 그 가장 큰 이유는 메이지 혁명의 주된 목적이 근대국가를 만들기 위한 것이었기 때문이다. 실제로 해 보니 근대국가란 것은 터무니없이 돈이 많이 드는 일이었다. 근대적인 육해군을 가져야 했고, 교통 전신 설비를 가져야 했고, 대학서부터 중학교와 초등학교를 갖춰야만 했다. 새 재원은 거의 없었다. 재원이 막부시대와 거의 같아서, 농민에게 농사를 짓게 하고 그 수확의 몇 할인가를 정부가 징수하는 구조였는데, 그 구조 위에서 유럽식 근대국가를 만드는 것은 원래가 무리였다. 정부의 재정에서 보면 일본은 식민지가 되는 편이 좋았을지도 모른다.

그러한 무리는 농민들의 주름살만 늘게 만들었다. 이 때문에 각지에서 농민폭동이 자주 일어났다. 군사비를 부담시키는 것만이 아니고, 막부도 하지 않았던 징병의무를 농민들에게 지운 것이다.

'국가를 백성들이 지켜라'가 메이지 국가의 방침이었다. 이렇게 해서 프랑스와 같은 국민적 국가를 성립시키는 것이 목표였다.

이로 인해 '민심 불온'이란 것이 예삿일처럼 되었다. 물싸움마저 반정부 폭동인가 하고 신경을 날카롭게 곤두세울 수밖에 없었다.

9월로 접어들자 비 오는 날이 많아졌다. 각지의 민심은 일단 수습되었다. 그 무렵 이치가야 후지미바바의 '애꾸눈 저택'에 나그네 차림의 젊은 부인이

들어왔다.

애꾸눈 저택은 건평이 200평은 될 것이다.
대지 가운데 가장 큰 부분을 차지하고 있는 것이, 일찍이 부하와 하인들이 살던 문간 행랑채였다. 다음으로 무기와 집기와 역대의 안주인이 시집올 때 가지고 온 도구를 넣어 둔 세개의 광이 큰 장소를 차지하고 있었다.
"이상한 여자가 들어왔군."
이날 저녁 문간 행랑채를 점령하고 있던 사쓰마게 근위사관 하나가 말했다. 그들은 한 냄비에 쇠고기를 담아 놓고 밥을 먹고 있었다. 하얀 서양식 속옷에 바지를 입은 사람이 있는가 하면 일본 옷차림을 한 사람도 있었다.
"큰채로 들어가던가?"
"응, 부엌에서 보았어."
누군가가 말했다.
근위사관들은 문간 행랑채만 쓰고, 큰채는 부엌 이외에는 쓰지 않았다. 방은 줄곧 덧문이 닫힌 채로 있었고, 설사 쓴다 해도 다다미가 썩어서 도저히 사람이 살 수 있는 상태가 아니었다.
"내쫓아."
한 사람이 문간에서 짚을 두들기고 있는 늙은 하인에게 명령했다. 하인은 나무메를 천천히 들더니 대답을 않고 무표정인 채 쾅하고 내리쳤다.
"주조(十藏)."
누군가가 소리쳤다.
"안 들리나?"
주조는 일찍이 이 집에 드나들고 있던 정원사로 지금은 그 일을 하지 않는다. 에도에서 영주들과 직속무사들이 사라진 뒤로 가장 어려움을 겪고 있는 직업이 정원사였는지도 모른다. 주조도 직업을 잃었다. 지금은 이 사관들의 공동하인으로 고용되어 있었다.
주조는 목에 두른 수건을 풀더니 그것을 얌전히 접어 품속에 넣었다. 이윽고 마루 귀틀까지 가서 허리를 구부리더니 오른손을 가만히 뻗어 마루 귀틀에 얹었다.
"이제 이곳을 그만 떠나고 싶습니다."
주조가 그렇게 말하자 사관들은 깜짝 놀랐다.

군과 여 145

모두 주조가 달라진 것을 이해할 수 없어 잠자코 있었다. 입을 다문 채 밥만 먹고 있었다. 이윽고 한 사람이 정답게 웃는 얼굴로
"뭔가 우리가 듣기 싫은 말을 했는지도 모르겠군. 용서하게."
그런 의미를 말을 사쓰마 사투리로 말했는데 주조는 알아듣지 못하는 모양이었다. '그만 두겠다'는 말만 되풀이했다.
"그 아가씨를 자네는 알고 있는 모양이군?"
주조도 아까 그 여자를 보았다. 주조가 부엌으로 들어가려 하자, 여자가 혼자서 아궁이에 장작을 넣고 있었다. 주조는 너무 놀란 나머지 말이 나오지 않아 가만히 발소리를 죽이고 이 행랑채로 돌아왔는데, 그 처녀가 이 저택의 원 주인이던 아시나 유키에의 딸이라는 것을 주조는 알아챘다.
그러나 믿기 어려운 일이기도 했다.
'그분은 필시 이 저택의 아가씨가 틀림없다.'
주조는 자기 기억과 의논하면서, 자기 스스로 확인하려 했다.
이름은 지에(千繪)였다.
주조의 기억으로는, 유신으로 막부가 무너진 것은 지에가 13살인가 14세 때였다. 도쿠가와씨는 도카이 지방의 한 영주가 되고, 그의 직속무사들은 신분도 특권도 없어졌다.
이 당시는 새로운 정권과 지난날의 도쿠가와 막부를 똑같은 지위로 생각했다. 말하자면 도쿠가와 왕조와 메이지 왕조가 교대된 것과 다름없었다. 메이지 정권은 도쿠가와 가문의 직할영지를 상속함으로써 최초의 재정적 기초를 얻었다. 전 막부 신하들에 대해서는,
"슨푸로 가서 도쿠가와 가문의 가신이 되어도 좋고, 머물러 조정의 신하가 되어도 좋으며 혹은 농사꾼이나 장사꾼이 되어도 좋다."
이런 자유선택의 처분이 내려졌다. 그런데 지에의 이 아시나 집안의 경우는 조정의 신하가 되려고 했다.
조정의 신하라면 명분은 좋지만 전 왕조인 도쿠가와 가문의 입장에서 보면 배신자였다. 이로 인해 전 막부 신하들로부터 미움을 사는 일이 많아 실제로 조정의 신하가 된 집은 별로 없었다.
"1000명에 하나 정도의 비율이었을까요. 그리고 천 석 이상의 고관들에게 많았던 것은 사실입니다."
전 막부신하 출신의 소설가 쓰카하라 주시엔(塚原澁園)이 이런 대화 속기

를 남기고 있다.

지에의 집안은 막부가 무너지는 어수선한 속에 아버지 유키에가 죽고, 어머니는 그 전에 세상을 떠났다. 하나 있는 오빠 신타로(新太郎)가 창의대에 가담해 있었는데, 창의대가 우에노 산에서 궤멸된 뒤로 생사를 알 수 없었다. 삼촌이 신타로의 후견인으로서 상속계를 내기도 하고 조정의 신하가 되겠다는 청원을 내기도 했으나, 원체가 어수선한 판국이라 그 청원서가 어디서 어떻게 되었는지도 모르는 가운데 삼촌마저 죽었다.

어쨌든 지에는 혼조(本所)에 있는 친척들 집에 몸을 의탁했다. 그때 그 친척이 '나는 조정의 신하는 되지 않겠다. 녹이 없어도 좋으니 슨푸로 함께 따라가겠다'고 했으므로 지에도 시나가와에서 떠나는 기선을 탔다. 배는 미국 자본으로 만든 여객선이었는데, 막부의 옛 가신들을 싼 뱃삯으로 슨푸의 시미즈 항(淸水港)까지 태워다 주기로 한 것은 선장의 의협심에서 나온 것 같았다.

이 수송의 비참한 모습만큼 막부의 말로를 상징한 것은 없으리라. 작은 배에 2500명이나 실려, 옛날에는 나리니 아씨니 하고 불리던 사람들이 흑인 선원들에게 노예처럼 호통을 들었고, 선창의 공기가 너무 나빠 병에 걸린 사람도 많았다.

변소는 아랫갑판에 줄지어 있는 너말들이 술통이었다.

지에는 참다못해 뒤를 보려 했으나 부끄러워서 그러지 못하고, 술통 옆에 창백한 얼굴로 서 있었다. 덩치 큰 흑인 남자가 웃으며 지에를 번쩍 안아 올리더니 느닷없이 앞을 걷어 올렸다. 용변을 시켜 주려고 한 모양이었으나 지에는 이 굴욕 때문에 죽으려고까지 했다.

이 막부의 옛 가신들의 수송은 정말 비참했다. 그들은 사람 대우를 받지 못했다. 똥오줌을 누는 생물로밖에 취급되지 않았다. 뱃멀미와 굴욕과 녹도 수입도 없는 앞날에 대한 불안 때문에, 비록 한 순간이나마 자살하려는 생각을 하지 않은 사람은 없었으리라.

지에도 처음부터 자살을 각오하고 배를 탄 것은 아니었다. 그러나 배를 탄 뒤, 도저히 살아갈 수 없다고 중얼대는 자신을 가끔 발견했다. 누구나 자신의 생리적인 고통을 참는 것이 고작이었기 때문에 지에의 중얼거림을 알아듣는 사람도 없었고, 설사 알아들었다 해도 위로하고 격려하는 말을 해줄 사람도 없었을 것이다.

지에가 이 이동에서 임시 몸을 의탁했던 친척에게는 가족이 많았다. 노인 내외가 다 살아 있었고, 주인 내외에게는 아직 어린 아이가 셋이나 있었다. 그들은 스루가(駿河)에 살 집도 없었고, 어떻게 그날그날을 먹고 살아갈 것인가 하는 목표도 없었다. 그런 때 지에의 존재는 분명 귀찮은 것이었고, 그 친척은 그런 감정을 노골적으로 드러냈다. 이를테면

"오빠(신타로)를 찾아보면 어떻겠느냐?"

이렇게 자주 말하는 것이다. 찾는다 해도 어디에 가 있는지 혹은 싸움터에서 죽었는지 실마리조차 없는데 어떻게 찾으란 것일까. 또 찾으란 말은 따라오지 말라는 뜻으로도 받아들여졌고, 또 아직 첫 월경이 있었을 뿐인 소녀에게 그렇게 권하는 것은 죽으라고 하는 거나 마찬가지였다. 찾으라는 말은 각국을 돌아다니라는 것인데, 이 난세에 소녀 혼자 돈 한 푼 없이 그것이 가능하다는 것일까?

밤중에 배의 속도가 갑자기 줄었다.

시모다 항구에 들어가기 위해서였는데, 지에는 그런 것도 모르고 선창을 나가려고 했다. 소변을 보기 위해서였다. 누워 있는 사람의 머리와 발을 밟지 않고 지나가는 것은 아주 어려운 일이어서, 윗갑판으로 올라가는 계단 밑에 가 닿는 시간만도 30분이 걸렸다. 그 근처에 그 너말들이 술통이 놓여 있었는데 거기서 소변을 볼 생각은 나지 않았다.

윗갑판으로 나가니 그곳에도 사람이 비좁게 누워 있었다. 뒷갑판으로 나왔다.

지에는 난간을 잡았다. 그러나 어떤 자세를 취하면 소변을 볼 수 있을지를 몰라 쩔쩔 매고 있는 사이에 아랫배의 긴장이 사라지면서 따뜻한 액체가 넓적다리에서 무릎으로 흘렀다. 지에는 슬픔인지 굴욕인지 울분인지 알 수 없는 생각이 치밀어 오르며 의식이 몽롱해졌다. 지에는 배에서 바다로 떨어졌다. 뛰어든 기억은 없었다.


"……그만두겠습니다."

주조는 이 말을 계속했으나 사쓰마의 근위사관은 "잘못했다"고만 말할 뿐 받아들이지 않았다.

주조로서 마음에 걸리는 것은, 그 소녀가 이 집 딸인 지에냐 아니냐 하는

것이었다.

주조는 마루 앞에서 떠났다.

문간 행랑채를 나오니 현관까지의 사이에 그와 정들었던 나무들이 보였다. 현관 앞에서 오른쪽으로 들어가 부엌에 이르는 근처에 백일홍이 심어져 있었다. 그 나무는 그가 젊었을 때 심은 것이었다. 가에이 6년(1853)의 흑선 소동 이전의 일인데, 에도의 거리거리는 여전히 화창한 분위기 속에 있었다.

주인인 아시나 유키에는 현직에서 물러난 무사로 무척 품위 있는 나리였다. 백일홍을 좋아해서 주조에게 주문하여 처음에는 현관 가까이에 심게 했었다. 그런데 이 나무의 원주인이 니혼바시의 옷감 도매점 주인이었다는 말을 듣고 "그렇다면 현관은 적당치 않다"면서 부엌 옆에 다시 심게 했다.

'백일홍에도 신분의 차이가 있는 건가.'

당시 주조는 화가 났다. 그러나 한편으로 이곳 나리의 그러한 까다로운 격식이 마음에 들기도 했다. 에도의 기술자들은 신분이 높은 사람이 이상하게 웃음을 띠며 친절한 태도로 나오면 오히려 기분 나쁘게 여기는 버릇이 있었다.

그 백일홍 옆을 지나 부엌으로 들어가자, 이미 사람 그림자는 보이지 않았다.

'어디로 간 것일까?'

부뚜막을 만지니 아직도 따뜻한 기운이 남아 있었다. 아까 본 부엌과 소녀의 광경은 분명 착각이 아니었던 것 같았다.

방 쪽에 등불이 보이고 인기척이 있었다.

'방에서 음식을 들고 있는 건가?'

이렇게 생각했을 때, 주조는 등골이 오싹해지는 걸 느꼈다. 썩어빠진 방 안에서 혼자 등불을 켜놓고 밥상을 대하고 있는 지난날의 직속무사의 딸을 생각하니, 흡사 도깨비 이야기에 나오는 광경 같아서 무서운 생각이 들었던 것이다.

그러나 가엾기도 했다.

주조는 주름진 목을 내밀었다.

"여보십시오."

안을 향해 크게 소리쳤다.

"옛날에 드나들던 정원사 주조올시다."

아가씨가 아닌가요? 하고 묻고 싶었으나 혹시 실수라도 하면 거북한 일이다. 정원사이지만 나이 먹은 값으로 그 정도의 분별은 있었다.

갑자기 안의 등불이 흔들렸다.

지에는 사방등을 왼손에 들고 오른손으로는 왼쪽 가슴을 누른 채——가슴띠에 단도를 꽂고 있는 것이리라——가만히 복도에 발을 내놓더니, 이윽고 가벼운 발걸음 소리가 나기 시작했다.

그 지에가 부엌 마루 위에 섰을 때 주조는 그 아름다움에 숨을 삼켰다.

지에는 아름답게 머리를 틀어 올리고, 옷도 언제 갈아입었는지 지난날의 무사 집 딸 모습으로 있었다.

지에는 사방등을 앞에 놓고 두세 걸음 물러섰다. 아마 몸에 배어 있는 행실이리라.

이로 인해 주조의 눈에서 지에의 모습은 어두워지고, 지에 쪽에서는 주조의 모습이 잘 보였다.

"주조로군."

지에는 알고 있다고 소리를 작게 했다. 주조는 마루 귀틀에서 손을 떼고 바닥에 손을 짚었다. 땅바닥에 조아린 모양이 되었다.

막부 때라도 주조의 이런 태도는 지나친 예법 같았다.

"……반갑습니다."

그러나 이렇게 소리를 치려해도 말이 나오지 않아, 그런 감격을 이런 형태로 표현하고 만 모양이었다.

그러나 지에는 일어나라는 말도 하지 않고 그것을 당연한 것처럼 보며 서 있었다.

"뭔가 할 이야기가 있는가?"

지에가 한 말은, 6년만에 만난 사람으로서는 너무 차가운 것 같았다. 그러나 지에 쪽의 심리적 사정은 주조보다도 훨씬 더 절박했다. 그녀는 사쓰마의 근위사관이 불법 점거해버린 이 저택에 혼자 들어온 것이다. 집 안에서 마주치는 사람은 모두 적으로 생각하지 않을 수 없었다.

주조는 말하려는 자세를 취했다. 다시 마루 귀틀로 다가가 무릎을 꿇고 오른손을 마루 위에 놓았다. 주조의 오른손 저쪽에 지에의 발이 있었다.

주조는 이치가야에서 가장 넓고 큰 대지를 차지하고 있던 오와리(尾張)의 도쿠가와 가문의 별저가 근위군 창설 이후로 근위군의 병사가 되어, 사쓰마, 조슈, 도사 세 번의 친위병이 들어와 있는 것을 이야기했다.

그 근위군의 하급사관 몇 사람이 한 조가 되어 이 저택이 병사에 가까운 것과, 집주인 행방을 모른 채 빈집으로 있는 것을 핑계로 '집주인이 나타날 때까지 지키는 사람 대신이라는' 구실로 들어앉고 말았다는 내용을 이야기했다.

나아가서 자신이 그들의 하인처럼 고용되어 있다는 점과, 그러나 아가씨께서 돌아오신 이상 만일 받아들여 주신다면 아가씨를 모시고 싶다는 말을 했다.

지에는 잠자코 있었다.

자연, 주조는 말이 많아질 수밖에 없었다.

"겉으로 보기에는 못마땅하지만 마음씨는 착한 사람들입니다."

"사쓰마의 사관들 말인가?"

"그렇습니다."

주조는 고개를 끄덕였다.

"얼마나 원한이 크시겠습니까."

주조가 말했으나 지에는 잠자코 있었다.

"원한……."

지에가 중얼거렸다.

원망이라면 누구를 원망해야 좋을 것인가. 갓 처녀가 되었을 시기부터 최근 6년 동안, 생각하기도 싫은 굴욕과 굶주림, 그리고 평생 입 밖에 낼 수 없는 무수한 비밀을 가지고 말았다.

원한과 복수의 대상이 정해질 수 있다면 그러는 편이 마음이 편할 터인데, 지에의 머리는 그처럼 단순하지는 않았다.

그녀는 막부 가신들의 돼먹지 않은 꼴을 낱낱이 보고 말았다. 직속무사 8만 명이라면 어디까지나 무사로서 강해야 한다고 생각했었는데, 상대인 사쓰마·조슈에 의해 넘겨졌다기보다 스스로 시세의 흐름 속에 곤두박질치고 넘어졌다. 말하자면 모든 치욕과 비참함의 씨앗을 스스로 뿌렸다. 무너지자 곧 미국 배로 스루가로 이주하기까지의 소용돌이 속에서, 지에는 막부 가신들이 무사로서의 지조가 없는 것을 모두 보았다.

"원망하다니, 연약한 짓이지."

지에가 말했다.

"연약한 짓이라니요?"

"미워는 하지만 원한은 품고 있지 않아."

지에가 이렇게 말했을 때, 주조는 속으로 꽤 마음이 강한 아가씨다, 하고 흥이 식어지는 생각이 들었다.

"그렇게 무너진 뒤에 시나가와에서 여러분이 함께 미국 배에 타셨더군요."

"6년 전의 일말인가?"

지에가 말했다. 주조의 눈이 착각을 일으켰는지, 지에의 그림자가 흔들리기 시작한 것처럼 보였다.

"탔었지."

"그래서 슨푸로?"

"슨푸에는 가지 않았어."

"그럼?"

주조가 놀라자 지에는 남의 일을 말하듯

"시모다 바다에 빠졌어."

"바닷물 속에……?"

주조는 너무도 뜻밖의 소리에 갈피를 잡지 못하고, 실례인 줄 알면서도 몇 가지 질문을 했다. 지에의 그림자가 더욱 흔들리며 주조의 물음에는 거의 대답하지 않았다.

"그래서 물에 빠지신 뒤에는 어찌 되었습니까?"

"에도로 돌아왔어."

"언제?"

"지금."

주조는 무서운 생각이 들었다. 시모다에서 바닷물에 뛰어들었거나 부주의로 바다에 떨어진 것은 메이지 원년의 일이다. 그 뒤 6년이 지났다. 이 처녀는 6년 동안 바다 속에 있었다는 말인가.

"맞아, 바다 속에 있었어."

말하고 나서 지에는 주저앉고 말았다. 주조는 잠자코 있었다. 말을 할래야 할 수 없는 체험을 그 6년 사이에 했을 것이 틀림없다고 주조는 생각했다.

그런데 주조가 당장 지에의 의향을 확인해 두고 싶은 것은, 이 저택에 사는 근위사관들을 내쫓을 생각인가 하는 것이었다.

"……그 사람들을 나가도록 해야지."
이런 말을 기대하고 있던 주조에게 뜻밖의 대답이 돌아왔다.
"행랑채는 원래 가신들이 사는 곳이니까, 우리집 가신이 될 생각이라면 그대로 살게 해주지."
그러나 생활비는 댈 수 없다고 덧붙였다.
어찌됐거나 지금 천황의 직속 사관을 가신으로 삼겠다느니 하는 소리는 맑은 정신을 가진 사람의 입에서는 나올 수 있는 말이 아니었다.
'바다 속에서 나왔다고 하는데, 어쩌면 그것이 사실일지도 모르겠군.'
주조가 고개를 갸우뚱한 것은, 지에가 아직도 옛날 막부 때 생각을 그대로 하고 있지 않은가 하는 점이었다. 그렇더라도 6년이란 세월을 어디서 보낸 것일까?
"아닙니다. 근위사관이란 것은 천황폐하의 직속무관이니까요."
주조는 미친 여자라도 달래듯 약간 어린아이에게 하는 투로 이렇게 말했다.
"그건 거짓말이겠지."
지에는 아주 단정적인 태도로 말했다. 천황폐하의 직속무관일 리가 없다는 것이다. 그들은 사쓰마, 조슈, 도사 세 번에서 공출되어 천황 직속의 군인이 되었다. 천황이 직속군대를 가진 일은 중세 이후로 한 번도 없었다.
"조슈 출신 사관은 태정관에게 충성을 다할 테지. 또 도사 출신 사관도 그 태반이 그럴 것이고. 그러나 사쓰마 출신 사관은 거의가 천황의 직속무관이라고는 볼 수 없어. 사이고 님의 사병이 아닌가?"
"예에."
주조로서는 잘 모르는 일이었다.
지에가 최근 6년 동안 어디서 어떻게 지내왔는지 주조로서는 알 수 없었지만, 시세의 핵심에 대해 너무 선명할 정도의 관찰력을 가지고 있었다.
"사쓰마가 싫으신가요?"
"싫지는 않아. 유신 전에는 무척 싫었어. 하지만 지금으로서는 정부를 넘어뜨릴 수 있는 것은 사이고 님과 그분을 대들보처럼 우러러보는 사쓰마인밖에 없어."

군과 여 153

"아가씨는 정부를?"

"그래. 넘어뜨릴 수만 있다면."

지에는 그렇게 말한 뒤, 사관들은 지금까지처럼 이 집에 살게 해두는 것이 좋다면서, 그들에게 그렇게 전하라고 내던지듯이 말하고는 안으로 들어가고 말았다.

문간채에 사는 사람 가운데 육군대위 마에다 요시조(前田善藏)가 있었다.

그만은 사쓰마 인이 아니었다. 귀화한 사쓰마 인이라고 할 수 있는 존재로, 원래는 야마토(大和)의 도쓰가와(十津川) 향사의 아들이다.

"도쓰가와 마을 사람들은 구즈(國樔) 인이라고 불리던 옛날부터 천황을 위해 일해 왔다."

이런 고사에 대한 지식을 특히 사쓰마·조슈의 국학 교양을 가진 사람들은 충분히 알고 있었기 때문에, 이 마을 사람들에게 무사의 차림을 하게 하여 같은 패에 들어오게 한 것이다.

하기는 유신 후, 새 정부는 막부 말기의 도쓰가와 마을 사람들의 공로를 인정하고, 온 마을을 사족으로 해주는 보기 드문 상을 내렸다.

마에다 요시조 대위는 막부 말기 끝판에 교토로 나왔다가 다시 에도로 옮겼다. 에도의 사쓰마 번저에 살면서 프랑스어와 프랑스식 군사학을 배웠다. 게이오 3년 12월, 막부가 사쓰마의 미타 번저(三田藩邸)를 태워버렸을 때, 마에다는 다른 사쓰마 번사들과 함께 도망쳐 시나가와에 들어와 있던 사쓰마 군함에 올라타고 교토 지방으로 옮겼다.

유신 후 사쓰마 인들의 추천에 의해 육군대위가 되었다.

그가 이 문간채에 살고 있는 것은 다른 사쓰마계 사관들에게 프랑스어를 가르치기 위해서였다.

마에다는 사쓰마 기질의 심취자로서 항상 말하고 있었다.

"사쓰마의 무사기질이야말로 일본의 자랑이다. 일본 전체가 사쓰마 인처럼 되면 구미인들은 일본인을 크게 존경하고 두려워할 것이 틀림없다."

마에다가 볼 때, 구미인에 비해 일본인은 사쓰마 사람을 제외하면 모두 사내다운 점이 모자라는 것처럼 생각되었던 것이다.

사쓰마 인들은 그 처녀, 즉 지에에 대한 것을 대충 알게 되었다.

"……결국 집주인이구먼."

전원의 견해가 일치했다. 처녀의 정체에 대해서는 아무런 의심도 가질 수 없었다. 이 사쓰마 인들의 대범한 성격은 그녀의 이름도 알려고 하지 않았다.

며칠이 지나 사쓰마 인들은 그녀가 도깨비가 나오게 생긴 안채에서 살고 있는 것을 걱정하며, 자기들끼리 의논했다.

"저래서는 예쁜 처녀가 병들고 만다."

천장과 기둥의 그을음을 털고, 썩은 덧문과 다다미를 갈고, 방바닥 널빤지와 귀틀을 고쳐주자는 의논이었다.

"마에다 대위, 자네가 처녀를 상대해주게나."

마에다 요시조를 지에와의 교섭담당으로 정하고, 비가 갠 어느날 아침 모두 이 일에 착수했다.

군복은 아무도 입지 않았다.

그을음을 털고 그 근처를 물로 닦는 사관들은 훈도시 하나만 찬 모습이었다. 방바닥 널빤지를 고치는 사관은 홑옷을 엉덩이 끝에 접어 찌르고, 작은 칼을 허리에 차고, 마루에서 널빤지를 밟으면서 톱질을 했다. 사쓰마의 사족들은 대개 이 정도의 일은 할 수 있었다.

일을 시작하기 전에 마에다 대위가 지에를 만났다.

"뜰에 나가 계시지 않겠습니까?"

그는 정원 소나무 밑에 사기로 만든 걸상을 놓았다. 지에는 아무 것도 묻지 않고 그곳으로 가서 잠자코 앉아 있었다.

무슨 일인가 했는데 금방 이해할 수 있었다. 온통 법석들이었다.

이 사람들은 모두 사쓰마의 하급무사 출신이었지만 날 때부터 기술자인 것처럼 힘차게 일을 했다.

'영주의 부하들이라서 이런 기술을 익혀 가지고 있는 건가?'

처음에는 얕보는 생각이 들었다. 그러나 이윽고 힘찬 사나이들의 믿음직스러운 몸놀림을 반한 듯이 바라보았다.

사쓰마의 사족들은 대개가 가난하다. 집을 고치거나 밭일을 하는 데 남에게 부탁하는 일이 별로 없었다.

이들이 도바 후시미에서 막부군을 무찌르고, 보신 전쟁에서 간토, 도호쿠, 호쿠에쓰, 에조 지방으로 전전하며 각지에서 막부파 군대를 무찔러 온 것이다.

 그러나 마에다를 제외한 그 누구도 지에에게 말을 거는 사람이 없었다. 마치 지에의 존재를 무시하는 것 같았다. 그 이유는 이윽고 지에에게도 짐작이 갔다. 사쓰마 인들은 독특한 여성관을 가지고 있어서 함부로 여자들과 말을 하지 않았다. 그래서 타고장 사람인 마에다 대위에게 그런 일을 맡기고 있는 것이다.
 저녁때에 일이 끝났다.
 방 한 칸 뿐이었지만 몰라볼 정도로 깨끗해졌다. 사쓰마 인들은 우물터에서 몸을 씻자 재빨리 그들이 사는 문간채로 돌아갔다.

 그 뒤에도 마에다 대위만이 지에와의 교섭역을 맡고 있었다.
 그 마에다도 해가 진 뒤에는 안채에는 발도 들여놓지 않았다.
 마에다는 결코 마루로 올라가는 일이 없었다. 볼일이 있으면 현관에 서서 안에 대고 소리를 친다.
 "드릴 말씀이 있습니다."
 지에가 나오면 마에다는 한 번 고개를 숙인 뒤 선 채 용건을 이야기한다. 그것도 큰 소리로 말한다. 그러면 누가 듣든 보든 상관이 없다. 이런 일이 거듭되자 지에는 이상하게 느껴졌다.
 "사쓰마는 다 이런가요?"
 이 이상한 방문 형식에 대해 물어 보았다.
 마에다는 말끝을 흐렸다. 그는 사쓰마에서는 부인에게 볼일이 있을 경우는 이렇게 한다고 듣고는 있었지만, 그 자신이 사쓰마 인은 아니기 때문에 확답을 하지 않았던 것이다. 지에는 날카롭게 알아챘다.
 "당신은 사쓰마 분이 아니시군요."
 이 말이 마에다는 듣기 거북했다.
 그는 태어나기는 야마토의 도쓰가와였지만 막부 말기에는 사쓰마 번에 고용된 무사였고, 사쓰마의 번비로 프랑스어를 공부하고, 사쓰마 파의 덕택으로 육군대위가 되었다. 지금 상종하고 있는 사람도 거의가 사쓰마 인들로, 마에다 자신도 가능한 한 사쓰마 인의 풍습에 익숙해지려 하고 있다.
 "얼굴을 보면 알 수 있어요."
 지에가 넘겨짚었다.

사실은 얼굴을 가지고는 사쓰마 인을 잘 모른다. 사쓰마 인의 얼굴 생김새는 다른 지방에 비해 여러 가지다. 마에다처럼 어린애같이 얼굴이 희고 볼이 통통한 인형 같은 얼굴도 사쓰마에는 많다. 그러나 사쓰마 인에게는 사소한 표정이나 몸가짐에 사쓰마의 냄새가 풍긴다. 마에다에게는 그런 것이 전혀 없었다.
"나는 사쓰마 사람이 아닙니다."
마에다는 말할 수밖에 없었다.
"알고 있어요."
지에는 거만하게도 볼 수 있는 태도로 말했다.
"말로 압니까?"
"아녜요, 태도예요."
지에가 이렇게 말한 뜻은, 마에다의 무뚝뚝하고 무표정한 느낌이 다른 사쓰마 인에게는 없다는 것이었다. 사쓰마 인들은 지에에게는 상관도 않고 말도 하지 않으며, 또 똑같이 벽창호 같은 느낌이 들지만, 앞서 지에를 위해 다다미를 갈아 주었을 때의 그들의 태도와 몸가짐과 표정에는 독특한 애교라든가 귀엽고 우스꽝스런 것이 있어서, 이상할 정도로 따뜻한 느낌이 드는 것이 있다. 마에다에게는 그런 것이 없었다.
그로부터 며칠이 지난 저녁, 지에가 모르는 사이에 처음 보는 장한(壯漢)이 들어와서 마루에 앉아 황폐한 작은 뜰을 바라보고 있었다.
사쓰마 천에 흰 띠를 아무렇게나 두른 모습이었다. 지에는 변소에서 나왔을 때, 마루 저쪽에 이 장한이 있는 것을 알았다.

육군소장 기리노 도시아키였다.
그러나 지에는 그런 줄은 몰랐다. 알았다 해도 지에에게 이 장한은 단순한 침입자에 불과하다.
"누구신가요?"
지에는 뒷손질로 변소 문을 닫으면서 말했다.
기리노는 머리를 기르지 않고 마치 에도 말기의 탁발승처럼 짧게 깎고 있었다. 어깨가 불쑥 솟아오르고 두 팔이 길었다. 검은 바지를 입고 있는 모습은 얼른 보기에 서생 같았다. 그러나 번쩍거리는 검은 군화를 신고 있는 것이 색다르다면 색달랐다.

기리노는 요즘 부대근무가 아니다.

육군재판소라는, 군인으로서는 시시한 관청의 장관직을 맡고 있었고, 근무는 한가로웠다.

"정원이 좋군요."

기리노는 이름을 말하지 않고, 지에 쪽을 흘깃 보고 미소를 짓더니, 이윽고 시선을 천천히 정원으로 돌리면서 농부가 눈앞에 있는 밭의 곡식을 칭찬하듯 천연스런 태도로 말했다.

그다지 좋은 정원은 아니었다.

지에가 쓰고 있는 방 남쪽에 붙어 있는 작은 정원이었는데, 풀이 멋대로 자라나 있는 것을 지에가 돌아온 뒤부터 주조가 손질해준 것이었다.

"주조가 꼭 구경을 해두라고 해서 왔는데 시기가 너무 이르군요."

아마 정원 귀퉁이의 벚나무를 칭찬하고 있는 모양이었다.

백 년이나 되는 키가 나직한 산벚나무였다. 아직 2월이니까 꽃이 피기에는 너무 이르다. 그나 저토록 나무줄기가 고목답게 잘 생긴 벚나무는 도쿄 안에는 없다고 주조가 기리노에게 자랑을 했기 때문에 찾아온 것뿐이다.

지에는 잠자코 서 있었다.

"나가라."

이런 태도를 기리노는 느껴도 좋았을 텐데 그저 두툼한 등만 보이며 멍하니 벚나무 줄기를 바라보고 있었다.

지에는 마침내 무릎을 꿇고 앉았다. 이 새로운 자세는 기리노를 손님으로 맞이하는 시늉이 되었다.

"이 벚나무는 3대 전의 어른께서 오슈(奧州)의 시라가와(白河)에서 가져온 거라고 합니다. 저의 집 먼 할아버지가 오슈에 계셨기 때문에."

지에는 이 집에 들어온 뒤로 사쓰마 인들과는 필요없는 말은 일체 하지 않으려 했던 모양인데 그런 습관을 자신이 깨뜨렸다.

지에는 말이 많아졌다.

어느 사이엔지 기리노에게 질문을 계속하고 있는 자신을 깨닫고, 그러한 분위기를 만드는 이 남자에게 이상한 느낌을 가졌다. 질문이라고 해야 하찮은 것들이었다.

"당신은 주조의 친구인가요, 아닌가요? 아아, 군인이시군요. 그럼 말을 보살피는 군인인가요?"

따위로, 마부같은 것으로 생각했다. 그러나 차츰 그렇지도 않은 것 같다고 느끼기 시작했을 때, 가랑비가 내리기 시작했다.

기리노는 미소를 남기고 등을 적시면서 돌아갔다.

이튿날 아침 주조가 정원에 손질을 하러 왔다. 지에는 어제 저녁에 온 사람이 육군소장 기리노 도시아키라는 것을 주조에게서 들었다.

"기분이 참 좋은 분이셨지요?"

주조는 이렇게 표현했다. 기리노가 찾아오자 문간채에 생기가 돌고 시원스럽게 푸른 하늘에 바람이 불고 지나가는 듯한 느낌이 드는 모양이었다.

"오늘도 오실 겁니다."

뭔가 이야기가 있는 모양이었다. 주조의 말을 빌리면, 옛날이야기에 나오는 전국시대의 무장은 기리노 소장 같은 인물이었을 거라는 것이다. 주조도 나이만 젊었으면 기리노의 창잡이가 되어 조선으로 건너가고 싶다는 것이었다.

"조선으로?"

지에가 되물었다. 정한론 소동에 대해서 지에는 조금은 알고 있었고 관심도 있었다.

"기리노씨가 조선에 건너가게 되시는 건가?"

이런 말을 했을 때 기리노가 들어왔다. 기리노는 어제와 같은 차림이었는데 발만은 맨발이었다.

"큰 발이다"

지에는 숨을 삼켰다. 12문이나 되는 엄청나게 큰 발이 진흙투성이가 되어 있었다.

주조는 황급히 자기 짚신을 벗어 기리노 앞에 가지런히 놓았다. 기리노는 허리를 숙여 그 짚신을 집어 들고, 주조의 발 앞으로 던져 주며 말했다.

"괜찮네."

내던진 짚신이 우스울 정도로 얌전히 놓였다.

주조가 그것을 신고 나가려 하자 기리노가 불러 세웠다. 가지 말고 있으라고 했다. 이유는 예쁜 아가씨와 단둘이 있으면 자기는 간이 탄다는 것이다.

기리노는 뭔가 용건을 가지고 있는지도 모른다. 그러나 이 때도 홋카이도(北海道) 이야기 따위를 재미있게 들려주고는 가버렸다.

"주조."

지에가 말했다.

"자넨 뭔가 알고 있지?"

지에는 기리노가 어째서 두 번이나 왔느냐 하는 것에 대해 주조가 뭔가 알고 있을 것으로 생각했던 것이다.

주조는 하는 수 없이 기리노로부터 들은 이야기를 했다. 기리노의 기억으로는, 아마 우에노 총공격 며칠 전, 기리노가 간다바시(神田橋) 부근을 지나가고 있을 때 10명가량의 창의대 무사와 마주쳤다. 저쪽에서 먼저 치고 들어왔다.

기리노는 고노 시로(河野四郞)라는 같은 번 무사와 단둘이었는데, 힘써 싸워 하나를 무찌르고, 한 사람은 넓적다리를 찔러 넘어뜨렸다. 마침 관병이 달려와서 다른 녀석들은 달아나버리고 부상당한 사내는 그 자리에서 배를 가르려 했다. 그러나 힘이 미치지 못해 땅에 엎드려 울기 시작했다. 기리노는 가까운 인슈(因州) 저택에 내던져 두었는데, 이튿날 찾아가 상태를 물었더니 피를 많이 토하고 죽었다고 했다. 그 이름이 아시나 신타로(芦名新太郞)였다. 지금 다시 생각해 보니 이 집 후계자였던 모양이라고 기리노가 주조에게 말했던 것이다.

주조는 지에에게 대충 이야기를 다 하고 나자 역시 얼굴이 굳어졌다.

"공연한 이야기를 알려 주었구나."

막부 말기는 정말 난세여서, 그런 경우의 난투는 싸움터에서 서로 죽고 죽이는 것과 다를 바가 없었다. 사사로운 원한이 있는 것은 아니므로 칼을 맞은 쪽도 원수를 갚을 필요가 없었던 것이다. 그러나 이렇게 명백하게,

"……그 사람은 내가 죽였다."

그러나 명백하게 이런 말을 듣게 되면 지에도 그냥 지나갈 수는 없었다.

장소는 간다바시 부근이라고 한다. 창의대 무사 아시나 신타로 등 10명이 치고 들어왔다. 기리노 등 두 사람은 어디까지나 습격을 당한 쪽이다. 그리고 신타로를 벤 것은 기리노인지 그와 동행하던 사람인지 잘 모른다.

"기리노란 사람은 대단치 않은 사람이군."

지에는 말했다.

기리노쯤 되는 사람이 무슨 생각에서였을까. 그런 것을 제삼자에게 말한다는 것은 사려가 부족한 것으로 여겨졌다. 무인의 사회에서 원수라고 하는

것은 예부터 제삼자가 알게 됨으로써 비로소 성립된다고 할 수 있다. 죽은 쪽의 친척은 '일이 세상에 알려졌다'는 걸로 원수를 갚지 않을 수 없게 되는 것이다. 기리노가 잠자코 있기만 하면 그것으로 끝나고 말 일을, 어째서 기리노는 입 밖에 내는 것일까. 또 입 밖에 냈다면 지에에게만 밝히면 되는 것인데 어째서 주조에게 말한 것일까.

"주조, 이 일은 입 밖에 내면 안돼."

지에는 굳게 입을 다물게 했다.

한편 기리노도, 지에가 주조에게 말한 정도의 도리는 잘 알고 있었다. 그리고 그는 막부 말기에 사람 죽이는 한지로(半次郞)라는 별명이 붙을 정도로 많은 사람을 죽인 사나이였다. 그리고 그것이 어디까지나 정의의 행동이었다는 가치관은 아직 기리노의 가슴에서 무너지지 않았다. 그런 만큼 기리노에게는 자기가 과거에 저지른 일에 대한 감상이나 후회는 없을 터였다.

그러나 기리노도 이 점에 대해, 반드시 태연하게 지나갈 수 없을 것 같은 그런 생각이 최근 들지 않는 것도 아니었다.

"기리노, 자네 어젯밤 몹시 가위에 눌리는 것 같던데 어떻게 된 건가?"

요즘 가끔 사람들로부터 그런 말을 듣는다. 기리노에게는 별로 기억이 없었고, 또 자책감이 조금이라도 있으면 그것을 물어죽이고 마는 사람이었다. 그러나 사람들은 기리노의 그러한 내면까지 파고들려고는 하지 않고 감상을 말하는 경우가 많다.

"기리노도 상당히 많은 사람을 죽였으니까 말야."

눈을 감지 못하는 죽은 영혼이 기리노를 따라다니며 떨어지지 않는다는 것이다.

'내가 직속무사의 좋은 집안에 태어났으면 그렇게 자기 용맹을 자랑해 보일 필요가 없었을 것이다.'

그러나 최근 기리노는 문득 이런 생각을 하기도 하고, 나아가서는 교토의 뒷골목에서 활동했을 때, 세상일도 잘 몰랐고, 옳고 그른 판단도 너무 단순해서, 죽이지 않아야 할 사람도 몇번은 죽였으리라는 생각이, 어떤 기회에 떠오르곤 했다.

기리노는 이러한 자신의 마음을, 비웃고 있었다.

'나답지 않다.'

고 자신을 비웃고는 있었다. 나아가 처녀 혼자 살고 있는 곳으로 일부러 찾아간다는 것도, 지금까지의 기리노로서는 생각할 수 없는 일이었다.

"……마음이 울적하면 기리노를 찾아가게."

사쓰마 사람들이 그렇게 말하고 있을 정도로 기리노는 발밑에서 늘 시원한 바람이 일고 있는 것 같은 사람이었다. 이야기도 재미있었다. 아무것도 아닌 이야기도 기리노의 인격을 통해 얘기되면, 배를 잡고 웃기도 하고, 눈을 닦고 볼 정도로 기분 좋은 풍경이 벌어지곤 했다.

그런 사람이 고작 길거리에서 우연히 죽은 창의대 무사가 이토록 마음에 걸린다는 것은 일찍이 없었던 기현상이라 할 수 있었다.

"그 집의 딸인 듯한 처녀가 돌아와 있다."

이런 말을 엊그제 문간채 사람들로부터 들었을 때는 그다지 대단하게 생각하지 않았다. 그 집이 원래 직속무사였던 아시나의 집이었다는 말을 듣고, 그럼 아시나 신타로와 관계가 있는 건가 싶어 조사해 보자, 신타로가 그 집 후계자였다는 것을 알게 되었다.

'정말 재미없는 인연이다.'

신타로의 유해가 그 뒤 어찌되었나 하는 것까지 마음에 걸려, 인슈 출신 사람들에게 알아보게 했으나, 당시는 우에노 전쟁 직전의 어수선한 때여서 확실한 것을 알 수 없었다.

그 뒤 기리노는 스스로 바보짓을 했다. 지에를 만나려고 그의 안채 정원까지 가서 벚나무를 바라보았던 것이다. 그러면서도 정말 중요한 이야기는 못하고 말았다.

"말하지 말라."

그는 자신에게 명령했다. 그러나 그래서는 비겁한 것만 같은 생각이 들어 또 다시 한 번 방문하는 어리석음을 되풀이했던 것이다. 기리노는 어쩌면 머리가 멍해져 있었는지 모른다. 다시 기리노가 어리석었던 것은, 두 번째도 말을 못했을 뿐만 아니라 그 내용을 주조에게 말하고 부탁한 일이었다.

"……지에 아가씨에게 말해 다오."

공연한 것을 제삼자에게 밝히고 만 것이다. 지에의 입장에서 말하면, 설령 원수를 갚고 싶지 않다 하더라도 세상에 알려져버리면 갚지 않을 수 없을지도 모르는 일이었다.

그러나 기리노로서 자신의 이 어리석은 행동의 연속에 대해 다소 변명을 한다면 "한 지붕 밑에서 얼굴을 마주치는 일도 있는데, 입을 싹 닦고 모른 체 할 수 없다"는 것이었다.

그러나 그 모든 것이 다 부질없는 짓이었다. 크게 보면, 기리노는 이 무렵 아직 30대 중반이었지만, 인생의 마지막 큰 고비를 맞이하려고 자기도 모르게 목숨 따위는 아랑곳하지 않는 감정에 사로잡혀 있었는지도 모른다.

기리노는 만일 사이고가 조선에 간 후에는 바다를 건널 해군의 지휘를 맡을 생각이었다. 조선과의 싸움터에서 죽을 곳을 찾으려는 마음이 있었다. 너무 지나쳤을지도 모르는 지난날의 행동을 깨끗이 씻고, 나아가서는 이왕 죽을 거라면 죽을 준비를 깨끗이 하고 싶다는 생각에서 말하지 않아도 될 말을 하게 했는지도 모른다.


오빠의 죽음은 확실해졌다.
"……아시나 신타로는 우에노 전쟁에서 죽었다."
이런 말을 지에는 들었다. 하지만 어딘가에 살아 있을지도 모른다는 막연한 희망을 품고 있었는데, 뜻밖에도 신타로는 우에노 전쟁에서 죽은 것이 아니라 그 전에 길에서 죽었다. 그리고 그 죽은 사실이 확정되었다.

주조로부터 이 이야기를 들은 날 저녁 지에는 저녁밥도 짓지 않고 새벽까지 울며 밤을 샜다.
'……왜 우는가?'
지에는 문득 울음을 멈춰 본 순간도 있었다.

오빠를 위해 슬퍼하고 있는 것이 아니라 자신을 위해서, 자신이 어김없는 천애고아가 되었기 때문에 슬퍼하고 있는 것임을 깨달았다. 눈물이란 것은 때로는 꿀과 같은 것이라고, 지에는 13세 때 시모다에서 바다에 뛰어든 뒤로 가끔 느껴 왔다. 불행이란 꿀을 핥으며 감미로운 슬픔에 젖어 있는 것이 아닌가 하고 생각하며, 고독 속에 강하게 살아가려고 몇 번이나 결심을 새로 했는지 모른다.

그러나 기리노란 사나이의 존재가 갑자기 생생하게 느껴지게 된 것은 그 전의 감정과는 달랐다. 기리노가 설사 직접 오빠를 죽이지 않았다 하더라도, 기리노의 그 불쑥 솟아오른 어깨에 붙은 두 팔이 무거운 칼을 들고 오빠를 향해 내닫으며, 그 갈비뼈를 찌르든가 가슴살을 베든가 했을, 그 소름을 끼치는 느낌이 없이 기리노란 사나이를 생각할 수는 없었다.

그렇다고는 하나, 증오라는 직접적인 감정은 덜 느꼈다. 복수를 하고 싶지도 않았다. 만일 그와 비슷한 감정이 있다고 한다면 쏟을 곳 없는 울분이었다.

"오빠만이 아니다. 막부도 막부 가신들도 너무 약했다."

이런 원통함은 시나가와 앞바다에서 막부 가신들과 그 가족들이 미국 배에 실려 용변을 볼 때마다 흑인 선원에서 호통을 당하고 치욕을 당했을 때부터, 지에의 몸속에서 고름처럼 계속 나오고 있었다. 미카와 이래의 무용이 어쩌고 하는 막부 가신들의 자랑은 새빨간 거짓말이었다. 에도의 귀인이라고 할 수 있는 직속무사들과 그 가족들도, 그 배 안에서는 목숨 하나만 건질 수 있으면 어떤 굴욕이라도 참고 견디는 가련한 존재에 지나지 않았다.

그들에 비하면 창의대로 뛰어든——그것도 사람들에게 강제로 끌려 마지못해 가담했다는 말을 지에는 들었다——오빠가 조금은 낫다. 그런데 간다바시 부근에서 10명이 패를 짜 싸움을 걸었다는데, 겨우 두 사람뿐인 사쓰마 인에게 당했다니 어찌 된 일까?

그 뒤 10일 쯤 뒤에 낮이 지나자 기리노 도시아키가 육군소장 제복을 입고 찾아왔다.

지에는 마루 끝에 나가 앉아, 기리노를 뜰에 세워두고 말을 주고받았다. 앉으라는 말도 하지 않았다.

지에는 마루에 단정히 앉아 기리노를 쳐다보고 있었다.

기리노는 에도 말로 이야기를 한다고는 했지만 사투리가 심해서 지에는 반도 알아듣지 못했다. 그러나 기리노란 사람의 마음만은 알고도 남았다.

지에는 말했다.

"오빠 신타로에 대한 일은, 서로가 사사로운 원한에서 시작된 일이 아니므로 원한을 품을 생각은 없어요."

이렇게 말했을 때의 기리노의 반응이 나중에 생각해도 그만 웃음이 나올 정도로 재미있었다.

"그야 그렇지."

그렇게 말하는 듯이 천연스럽게 고개를 끄덕이는 것이었다. 당사자가 아닌 것처럼 보였으나 그것이 조금도 밉지 않고 오히려 상쾌할 정도였다.

기리노로서는 할 말은 했다. 목숨도 아직은 살아 있다. 다음에야 지에가 아까와 같은 말을 하든, 반대로 기어코 복수를 하겠다고 하든, 그런 것은 아무래도 상관이 없었다. 기리노의 그 같은 초탈한 심정이 지에에게도 잘 전해 왔다.

정한론이 한창 들끓던 이 시기의 기리노는 아마 그의 생애에서 정체를 알 수 없는 불만과, 죽음에 물든 장렬하고 화려한 꿈이 뒤섞인 나날이었을지도 모른다.

기리노에 대해서는 이 세상에서 사이고만이 그를 크게 평가하고 있었다고 말할 수 있을지 모른다.

어느 사람이 사이고에게 물은 적이 있었다.

"만일 대군을 해외에 파견해야 한다면 그 총사령관으로 누가 가장 적임이 겠습니까?"

"그야 이타가키군이지."

사이고는 말이 떨어지기가 바쁘게 대답했다. 도사의 이타가키 다이스케는 유신 후 사쓰마·조슈가 육해군의 요직을 쥐고 있었기 때문에 문관이 되어 있었지만, 그는 무진전쟁 때 제일선 사령관으로서 야전 사졸들의 마음을 잘 거머쥐고 훌륭하게 통솔했다. 사이고는 그 일을 잘 알고 있었던 것이다.

"만일 이타가키에게 일이 있어 그 자리에 앉을 수 없게 되었을 경우는 누가 좋겠습니까."

질문한 사람이 다시 물었다.

"그야 기리노지."

하고 대답했다.

기리노는 아마 백만 군을 통솔할 수 있을 것으로 사이고는 보고 있었고, 나아가서 기리노는 그 이외에 이 세상에 존재할 가치가 없는 사람이라고까지 사이고는 생각하고 있었는지 모른다.

기리노는 천성적으로 육감이 날카롭고 사물을 잘 이해할 수 있었다. 그러나 애석하게도 초등교육도 받지 못했기 때문에 군정에 참여할 수가 없었다. 조슈의 야마가타나 사이고의 아우 쓰구미치가 군정면에서 일을 하고 있는데, 사쓰마계 사관의 꼭대기에 서 있는 기리노가 고작 육군재판소장이란 한 직밖에 앉을 수 없었던 것은 초등교육을 받지 못했기 때문이었다. 그는 옛날에 태어났더라면 한 지방의 영주가 되었을 것이다.

"나에게 학문이 있다면 천하를 차지하고 말겠다."

사실 기리노 자신도 이렇게 말했지만, ……어찌 됐거나 기리노는 정한론이 뜻을 이루지 못하면 설 땅이 없는 사나이였다고 할 수 있을 것이다.

"공연한 말을 해버렸던 거요."

기리노는 지에가 알아듣기 쉬운 에도말로 천천히 말했다. 앞에 말한 그 일이다. 막부 말기부터 보신년에 걸친 전란으로 서로가 죽이고 죽고 한 것은 일체 인정 밖의 일로 치고 있었다. 메이지에 들어와 그 일을 왈가왈부하는 일은 없었다. 그런데도 기리노는 그것을 밝히고 말았다. 그것도 여자에게. 밝혀 보았자 이 시국에 여자의 몸으로 원수를 갚을 수 있을 리도 없었다. 더구나 상대는 육군소장이다.

"다만 오빠의 마지막을 밝혀 두고 싶었던 겁니다. 유해도 알아보았지요. 전의 인슈 번 사람에게 들어 보았어요. 인슈 사람들이 화장을 하고, 무슨 인연에서인지 아오야마(青山) 미도리마치(綠町)에 있는 묘조 사(妙藏寺)란 절에서 공양까지 해주었답니다. 정말인가 아닌가 하고 내가 절에 찾아가 알아보았더니, 절의 중은 틀림없이 공양료가 들어와 있다고 말했어요. 그러나 무덤은 없었소."

"유골도?"

"머리카락마저도. 나도 복 받을 일을 할까 했지만 아무것도 없었어요. 남자는 그래야만 한다고 생각하오. 불만입니까?"

"아니에요."

지에는 그렇게 말하고 말았다.

"복수를 당해도 상관없지만."

기리노는 태연하게 말했다.

물론 복수는 이 해(메이지 6년) 2월 7일 날짜로 정부 포고로 금지되었다. 기리노도 물론 알고 있었다. 그러나 그의 안중에 새 정부의 구구한 법령 따위는 없었다.

"그러나 부탁하고 싶은 것은 앞으로 3, 4년만 보류해 주었으면 좋겠소."

기리노에게는 바다를 건너가는 군사령관이란 것이 그가 늘 말하는 죽을 곳이었다. 전쟁이 시작되면 일은 조선만으로 끝나지 않을 것이다. 대청제국이 나오든가 러시아가 나오든가, 아무튼 압록강을 건너 만주땅에 진지를 치게 된다는 것이 기리노의 구상이었다. 그 싸움터에서 죽는 것이 기리노가 말하는 그가 죽을 곳이다. 그곳에서 죽지 못하면 기리노의 인생은 나갈 구멍을 잃은 쥐처럼 당황하게 된다.

이 사나이는 천수를 다하거나 하는 따위는 전혀 생각지 않고 있다. 막부 말기에 꽤 많은 사람을 죽인 대신 자신도 죽을 것을 각오하고 있었다. 그런데 뜻하지 않게 살아서 메이지 시대를 맞아 분에 넘치는 영광된 벼슬을 얻었다. 그는 이러한 자신에 대해, 다른 사람들은 짐작도 할 수 없는 어떤 혐오와 불신을 품고 있었다. 기리노가 늘 말하는 것은 이상한 말이었다.

"나는 죽어야 할 때와 장소에서 죽을 수 없는 놈이다."

"사이고 영감만이 내게 죽을 곳을 마련해 줄 수 있다."

그는 말을 계속했다. 기리노는 아마도 보통 자로는 잴 수 없는 엉뚱한 사나이였던 듯, 방바닥 위에서 죽는다는 것은 생각한 적도 없었다. 한편으로 나도 비명에 죽는다고 한 말은 많은 사람을 죽음으로 몰아간 이 지사 출신의 사나이가, 죽은 사람에 대한 끊임없는 인사말이었는지도 모른다.

# 조정

　오쿠보가 긴키(近畿) 방면의 유람을 마치고 도쿄에 돌아와 있다는 것을 기리노와 동료들은 잘 알고 있었다.
　그러나 오쿠보가 돌아온 것을 그들은 중시하지 않았다. 중시는커녕 안중에도 두지 않았다고 해도 좋았다.
　"오쿠보가 이제 뭘 할 수 있겠는가?"
　벌써 사이고의 정한책이 산조 사네토미의 승낙을 얻게 된 것에 마음 든든해하며, 이제 남은 것은 사이고로 하여금 현해탄을 건너가게 하는 일뿐이라고만 생각하고 있었다.
　"벌써 일본의 기본 방침은 정해졌다."
　기리노는 장사들에게 말했다. 기리노의 구상은 웅대했다. 단순히 조선 이씨왕조의 일본에 대한 극단적인 모욕을 응징한다는 것은 오히려 구실과 같은 것으로, 만주와 연해주로 진출해서 그곳을 발판으로 중국에 몰려와 있는 열강들과 대항하는 것이었다. 이 구상은 시마즈 나리아키라가 처음 생각해 냈고, 사이고가 그 뒤를 이어받은 것은 이미 말했다.
　참고로 나리아키라의 발상은 엄밀한 의미에서의 제국주의라고는 할 수 없는 것이었다. 그렇게 말하면 우스꽝스러울 정도다.

그 당시의 일본 즉 나리아키라의 에도 말기에서 기리노가 지금 살고 있는 메이지 초기에 이르기까지, 지구의 다른 영역으로 진출할 수 있는 산업자본은 존재하지 않았다. 고작 무장한 사람이 나가 그곳에서 둔전병(屯田兵)이 되어 자급자족하는 정도의 것으로, 19세기 말에 구미 각국이 도달한 산업자본의 팽창이나 독점자본의 시장 획득과 같은 것은 일본에도 존재하지 않았다.

나리아키라가 만일 살아 있어서 그에게 이 같은 것을 설명하게 한다면 이렇게 했을 것이 틀림없다.

"만주나 연해주의 주민들에게 실어 보낼 상품은 일본에 없다. 그러니까 물건을 실어 보내는 것이 목적이 아니다. 일본을 방어하기 위해 해외에 땅을 얻고, 그들 민족의 자각을 일깨워 서로 손잡고 열강이 뻗어 오는 것을 막는데 더 큰 목적이 있다."

고 했을 것이 틀림없다. 결국 자본에 재촉 받는 일이 전혀 없는 순수한 방위론이었다. 그런 만큼 세계사적인 동향으로 보아서, 이 국가 비대정책은 실체감이 희박하고 약간 우스꽝스러운 느낌이 따른다고 말할 수 있을지도 모른다.

서양은 옛날 로마시대부터 지중해를 동맥으로 하는 무역으로 문명을 일으켰다. 15, 16세기 이후로 교역자의 세계가 아시아까지 확대되었다. 이 동안 일본은 소규모의 왜구 무역을 체험했을 뿐 세계사와는 전혀 인연이 없었다. 18세기에서 19세기에 걸친 산업혁명은 상품의 판로를 해외에서 찾기에 이르렀고 그들은 맹렬한 기세로 아시아에 찾아들었다. 일본은 페리의 요구에 굴복하여 끌려가는 입장에서 세계사에 참여했다. 그러나 당시 일본의 뜻있는 사람들은 끌려가는 것을 싫어했다. 개국론자인 시마즈 나리아키라마저 그런 개국론은 원치 않고, 대륙으로 나아가 이를 일본 세력 밑에 넣을 것을 제창했다. 구미 각국은 경제사회의 요구에 쫓기어 포함에 의한 시장개척을 했던 것인데, 나리아키라의 경우는 그 형태만 본받아 보려고 했다. 이런 점은 이 시기에 제정러시아의 신장책과 약간 비슷하다 할 것이다.

나리아키라에서 사이고와 기리노에 이르는 일본의 비대책은, 유럽의 영토확장의 동기나 그 역사에서 보면 순진한 것이었을 것이다.

조정 169

그러나 그 순진함은 변호되지 않으면 안 된다. 왜냐하면 일본은 곤란한 지리적 환경에 위치해 있기 때문이다.

'일본을 열강의 멸시로부터 지킨다.'

이것이 메이지 유신의 기본 주제였고, 이 방위상의 위기감을 활력소로 하여 막부와 번을 부정하는 혁명이 이룩되었다.

에도 말기 러시아의 세력은 캄차카 반도까지 뻗고 말았다. 일본 근해에 러시아 함선이 출몰하여 일본인의 우국감정을 자극했다. 한편 영국을 대표적인 세력으로 하는 유럽 각국은 중국에 기지를 얻어 동양함대를 편성했다. 나아가 태평양을 사이에 두고 인접한 미국 세력이 페리의 동양함대 형태로 진출해 옴으로써, 일본 국내의 긴장은 거의 병적인 상태에 달했다. 그러나 이때 일본의 뜻있는 사람들은 일본의 곤란한 지리적 위치를 알게 되었다. 위에 말한 상대세력이 폭포수 같은 기세로 이 극동으로 쏟아져 들어오는 그 경쟁 위치에 놓여 있음을 알았던 것이다.

게다가 일본은 열도로서 해안선이 길고, 방위상 내륙전이 가능할 만큼 깊이를 가진 땅이 없다. 이런 악조건에서 멀리 바다 저쪽에 거점을 얻음으로써 방위를 위한 바깥둘레를 만들지 않을 수 없다는 사상이 성립하는 것은, 순수 방위론의 입장에서 말하면 이상할 것이 없는 오히려 상식적인 것이었을지도 모른다.

그러나 방위론을 국책의 중심에 두고 다른 조건──국제정치와 자국의 경제상태──을 돌아보지 않거나, 혹은 그것을 굳이 무시하려는 사상은, 실제로는 성립되기가 어려우며, 세계사적으로도 성공한 예가 거의 없다. 말하자면 허공에 뜬 거나 다를 바가 없는 다분히 환상적인 것이었다. 사상은 약간의 환상미를 가지는 편이 매력적이다. 메이지 이후로 민중을 매혹한 재야의 정론은 거의가 이런 것이었는데, 그 최초의 가장 큰 현상이 정한론이었다고 할 수 있다.

그 환상에 놀아나지 않은 사람도 있었으나 그들은 겁쟁이로 취급되었다.

"도시미치는 겁쟁이다."

맨 먼저 그렇게 말한 사람은 사이고였는데, 사이고가 어떤 생각에서 그런 말을 했는지는 알 수 없다. 그러나 기리노들은 그 말을 곧이곧대로 받아들였다.

"도시미치씨는 꼼짝도 할 수 없다."

기리노는 오쿠보 도시미치를 정한론의 홍수에 떠내려가고 만 작은 짐승 정도로밖에 보고 있지 않았다.

기리노는 이 시기에 오쿠보의 동향과 그 신변의 움직임을 정탐했어야 마땅하다. 그러나 얕보고 있었기 때문에 이를 게을리 했다.

사이고도 오쿠보를 무시했다.

"여기까지 온 이상 이제 방해는 하지 못할 것이다."

사이고는 이타가키(板垣)에게 편지를 보냈듯이, 메이지 6(1873)년 9월의 정국에 완전히 마음을 놓고 있었다. 막부 말기에 그렇게도 면밀했던 것에 비하면 딴 사람과도 같았다.

여기서 오쿠보 도시미치라는 사람의 사고방식에 대해 생각해 볼까 한다.

"오쿠보는 사쓰마 사람이 아니다."

이것이 그를 싫어하는 사쓰마 인들이 일반적으로 하는 평가였다. 그는 사쓰마 인들이 다 가지고 있는 것으로 알려진 장점과 결점에서 독립해 있는 사람이었다.

그가 사쓰마 이외의 다른 일본인들에게는 일반적으로 인기가 없었던 것은 일본 민족의 감정과는 거리가 먼 인상을 주었기 때문이었는지도 모른다. 그의 강퍅함은 겉으로 보기에는 냉혹한 모습을 하고 있어서, 서양사회에서는 가끔 볼 수 있는 유행이었지만 일본에서는 거의 색다른 인종처럼 취급받는 경향이 있었다.

오쿠보에게는 인간미로서의 재미있는 면은 전혀 없었다. 일본인들이 다른 사람을 존경하고 사랑할 경우, 그 인물이 지닌 약점을 오히려 인간미가 있다 하여 끌리거나 하는데, 오쿠보에게는 그런 것이 전혀 없었다. 이를테면 술이든 여자든 실수하는 일이 없었고, 취미라면 바둑을 둘 정도였다. 그 바둑도 옛날 시마즈 히사미쓰의 환심을 사기 위해 열심히 배웠던 것이다. 그 당시에 그로서는 권력자의 환심을 사서 그 권력을 빌려 일을 도모하는 수밖에 없다는 것이 하나의 이론이었는데, 그 이론의 실천 방법의 하나가 바둑이었던 것이다. 실제로 이 바둑은 효과를 올렸다. 막부 말기에 사쓰마 번이 혁명세력으로 등장하게 된 것은 오쿠보가 히사미쓰의 환심을 산 뒤 그를 적당히 부추겨가면서 그 권력을 혁명을 향해 썼기 때문이다.

여자에 대해서도 오쿠보에게는 이야기거리가 없다. 겨우 막부 말기에 교토에서 한때 시중을 든 여자가 있었을 뿐이다.

그 무렵 사이고가 같은 번 사람들과 그의 하숙을 찾아간 일이 있다. 오쿠보는 안에서 글을 쓰고 있었기 때문에 그 부인이 사이고를 기다리게 했다. 그것도 장시간 기다리게 했다. 사이고는 별로 화를 내지 않았지만, 아마 오쿠보를 안에서 불러내려는 수단이었을 것이다.

"도시미치씨는 저런 근엄한 얼굴을 하고 있는데, 밤에는 어떤 표정으로 부인과 한 이불 속에서 자는지 모르겠어."

이런 의미의 말을 킬킬 웃어 가며 같은 번 사람에게 말했다. 그 소리가 안에 있는 오쿠보에게 들렸다. 오쿠보는 참다못해 붓을 던지고 내닫듯이 사랑방으로 나왔다. 사이고는 소리 내어 웃었다. 사이고에게는 그런 재치가 있었고, 그것도 사람들이 좋아하는 일면이었다. 그러나 오쿠보의 감정은 후쿠치 오치(福地櫻痴)가 말하는 '북해의 빙산'과 같은 것이어서, 그를 대하는 사람들은 어떻게 그의 환심을 사야 할지 방법을 몰랐다. 도저히 대중을 움직일 수 있는 사람이 아니었다.

오쿠보에 대해 좀더 얘기하기로 하자.

결국 그의 취미는 국가를 개조하는 일밖에는 없었다고 해도 무방하다.

그의 모순성과 복잡성은, 메이지 유신의 대표적 혁명가이면서, 세상의 격식이라든가 사물을 뜯어고치는 것을 그처럼 두려워한 사람도 없었다.

예를 들면 메이지 2(1869)년에 판적봉환이 시행되었다.

'판적봉환(版籍奉還)'

이것은 통일국가 수립까지의 한 과정 혹은 일종의 속임수 정책이었다. 유신 후에도 여전히 막부시대의 300개 번이 각각 그곳에 번사단을 거느리고 백성을 지배하고 있었다. 그러나 새 정부로서는 우선 각 번에 그 땅을 나라에 바치는 형식을 취하고 그 대신 각 번주에게 그대로 지사라는 위치를 주었다. 그런데 이 영주님 지사를 어떻게 하느냐 하는 문제에 있어서 오쿠보는 이렇게 강경히 주장했다.

"지사(번주)는 세습제도로 해야 한다."

막부 말기에는 막부타도라는 혁명의 급선봉이었던 그가 갑자기 보수당이 된 느낌이었다.

이에 대해 조슈 인들은 모두 반대했다. 기도 다카요시도 이노우에 가오루도 이토 히로부미도 양보하지 않았다.

"지사를 세습제로 할거면 무엇 때문에 유신을 한 건가?"

조슈 번은 사쓰마 번과는 달랐다. 에도 초기 무렵부터 벌써 번주의 독재권은 없어졌고, 특히 에도 말기에는 유능한 관리를 뽑아 정무역으로 하고, 정무역 회의가 내각의 기능을 가지고 있었으므로 번 전체로서는 법인과 같은 것이 되어 있었다. 게다가 막부 말기에 있었던 쟁란을 이 번은 정면으로 뒤집어썼기 때문에 번주의 자리는 극히 상징적인 것이 되었다. 말하자면 근대적인 체질을 가지게 된 것이다. 이점 조슈 번은 명실상부한 혁명번이었다. 그러나 사쓰마 번의 내부는 극단적으로 말해 가마쿠라 막부 시절과 별로 달라진 것이 없었다.

번주와 번사의 관계는 어디까지나 주종의 분위기였다. 번사들은 번주라는 사람에 대한 충성심이 강했고, 번주의 직접 지휘권도 그나마 존중되고 있었다. 사쓰마 무사단이 일본 제일의 용강을 자랑한 것도 가마꾸라 시대와 전국시대 때의 무사기질이 남아 있었기 때문이었고, 한편 번의 체질로 치면 일본에서 가장 고루한 것이었다.

"지사라고는 하지만 사실은 영주다. 이것은 세습제로 해야만 한다."

이렇게 오쿠보가 역설한 것은, 구체적으로는 시마즈 히사미쓰와 그 측근들을 두려워했기 때문이다.

"오쿠보란 사람은 어쩌면 그다지도 모른단 말인가?"

기도가 이때도 나중에 불평을 했고, 그 뒤에도 가끔 오쿠보가 갑자기 드러내 보이는, 그 정체를 알 수 없는 보수성에 골치를 앓았다. 기도는 오쿠보의 뒷덜미를 잡고 있는 시마즈 히사미쓰라는 초보수주의자의 존재를 과소평가하고 있었던 것이다.

오쿠보도 비통했다.

그는 도쿠가와 이에야스를 존경하고 있었다. 이에야스를 '도쿠가와 도쇼공(德川東照公)'이라는 존칭으로 부르고 있었다. 자기가 넘어뜨린 막부의 개조를 존경하는 것처럼 혁명가로서 모순된 모습은 없을지도 모른다. 그러나 진심으로 그렇게 생각하고 있었던 것일까?

어쩌면 본심이기도 했을 것이다. 오쿠보는 이에야스와 기질적으로 비슷한 데가 많았다. 또 설사 본심이었다 하더라도 일부러 그것을 큰 소리로 말하는 것은 시마즈 히사미쓰와 그 당파를 안심시키려는 수단이었다고도 생각할 수 있다.

"……오쿠보는 역사상 인물 가운데 도쿠가와를 가장 존경하고 있습니다. 그는 개혁을 잘했다고 외치는 책상물림 같은 사람이 아니고, 모든 것은 이에야스 공 같은 생각으로 나가려 하고 있는 모양입니다."

히사미쓰의 측근이 히사미쓰에게 이렇게 말해줄 것을 오쿠보는 기대하고 있었는지도 알 수 없다. 히사미쓰는 이에야스가 창시한 막번체제와 사회제도와 풍속을 좋아했고, 지금도 상투를 틀고, 아무리 병이 들어도 서양식 처방을 하는 의사를 가까이하지 않았으며, 생활 전체에 걸쳐 구시대 그대로를 유지하고 있는 사람이었다.

전 사쓰마 번사였던 다카하시 신키치(高橋新吉)는 일본에서 최초로 인쇄된 영일사전을 만든 사람이었다. 그는 막부시대에 몰래 나가사키로 가서 영어를 공부했다. 그의 아버지는 시마즈 히사미쓰와 비슷한 사상을 가진 사람으로 아들이 서양 공부하는 것을 반대하여 의절했다.

다카하시는 고립무원으로 영어를 배우고, 다시 밀출국을 하려 했다. 그 비용을 마련하기 위해 영일사전을 손수 만들고, 그 원고를 상해로 몰래 보내어 거기서 인쇄, 제본한 다음 나가사키로 가지고 와 비싸게 팔았다.

《사쓰마 자서(摩字書)》

이렇게 통칭되며 막부 말기부터 메이지 초기에 걸쳐 일본에서 크게 유포된 사전이다. 그는 여기서 번 돈으로 메이지 3년 미국에 유학했다. 그는 번과 정부의 힘을 빌리지 않았다. 번이나 정부에 대한 의존심이 강했던 그 당시의 지식인으로서는 속이 시원할 정도로 경제적 독립심이 강한 사람이었다. 미국에 4년 있다가 귀국했는데 그 뒤 오쿠보가 그를 소중히 여겨 재무성으로 들어오게 된다. 다카하시도 오쿠보를 존경하여 오쿠보가 이따금 한 잡담을 잘 기억했다.

오쿠보는 이 다카하시에게도 도쿠가와 이에야스가 세키가하라 싸움 뒤에 국가와 사회를 무리 없이 정리한 보수성이 강한 처리 방법을 칭찬하여 말했다.

"다카하시씨, 공자는 중용을 좋아하여, 지나친 것은 모자라는 것과 같다고 했는데, 나는 공자보다도 겁쟁이야. 지나칠 바에는 모자라는 편이 낫다고 생각하고 있어."

오쿠보의 신념이었는지도 모르지만 한편으로는 시마즈 히사미쓰를 겨냥한 태도이기도 했다.

'오쿠보와 기도를 손잡게 하여 사이고와 같은 파의 참의들에게 맞서게 하는 수밖에 없다.'
이토 히로부미의 책략은 이런 것이었다.
오쿠보는 이 나라 정치체제에서는 최고 관리인 참의 벼슬에는 앉지 않았다. 그가 참의 이상의 정치적 존재이면서도 참의가 되지 않았던 것은, 시마즈 히사미쓰에 대한 고려에서였다. 히사미쓰가 이렇게 말하는 것을 그는 두려워하고 있었다.
"오쿠보란 녀석이 내 곁을 떠나 새 정부의 참의가 되었다."
외유 전의 그의 벼슬은 참의보다 한 계급 아래로, 재무성 장관이라고 할 수 있는 재무경이었다. '경'으로서는 조정의 평의에 출석할 수 없는 것이다. 조정의 평의에 참석하지 않으면서 사이고를 상대로 정한론을 부술 수는 없다.
오쿠보는 외유중, 참의인 오쿠마 시게노부에게 재무성을 맡기고 떠났다. 오쿠마는 이 기간 동안 임시관직인 '총재'로 불리고 있었다. 재무성 총재였다.
그러나 오쿠보가 귀국한 후에도 오쿠마에게 맡긴 채, 재무성에도 일체 나가지 않았다.
"역시 자네가 맡아주게."
얼른 보기에 벼슬에서 물러난 사람처럼 행세했다.
어찌됐거나 책사인 이토는, 오쿠보가 지금처럼 놀고 있어서는 일이 제대로 되지 않는다고 오쿠보에게 직접 말하기도 했지만, 동시에 그는 산조 태정대신과 이와쿠라 우대신에게 가서 부탁했다.
"꼭 오쿠보씨가 참의가 되어 주도록 두 분께서 간곡히 설득해 주시지 않겠습니까. 아시다시피 사이고 참의에게 대항할 수 있는 것은 오쿠보씨밖에 없습니다."
공경 출신의 산조와 이와쿠라는 이 사태로 난감해 있었다. 오쿠보의 힘을 믿는 도리밖에 없다는 것은 이토와 동감이었다.
그렇다면 이와쿠라가 오쿠보를 설득할 수 있느냐 없느냐에 달려 있다.

이와쿠라는 9월 28일 밤, 마차를 달려 몸소 오쿠보의 집을 찾았다.

이와쿠라는 예복 차림으로 오쿠보의 사랑으로 들어가자 사람을 물리칠 것을 청했다.

"공이 참의가 되어 주어야겠소."

그 이유와 당면한 절박한 정세에 대해 이와쿠라는 갖은 말을 하며 부탁을 거듭했다.

그러나 오쿠보는 완고했다.

"도저히……."

그는 계속 고개를 옆으로 내저을 뿐이었다. 오쿠보는 땅을 붙들고 늘어지더라도 참의 같은 것은 하지 않겠다는 배짱을 정하고 있었다. 참의가 되어 조정에 올라갈 경우, 사이고와 피나는 싸움을 해야 한다는 것을 알고 있었고, 시마즈 히사미쓰의 세력을 적으로 만들게 되는 것도 분명했다. 그리고 이길 가능성은 희박했다. 설사 이긴다 해도 사이고 휘하의 기리노들이 쿠데타를 단행하여 자기를 죽이고 끝까지 그 정책을 밀고 나갈 것으로 생각하고 있었다. 사쿠라다 문 밖에서의 이이 나오스케의 전철을 밟게 되지 않겠는가.

이와쿠라의 등 뒤에 있는 도코노마에 선(禪)의 글귀인 듯한 족자가 걸려 있었다.

'정정의 공부는 바쁜 가운데 시험하고(靜定工夫試忙裏) 화평한 기상은 성난 가운데서 본다(和平氣象看怒中).'

오쿠보가 평생을 두고 좋아하던 말이다.

"누구의 글씨입니까?"

이와쿠라는 이야기가 중단되었을 때 뒤돌아보고 물었다. 오쿠보는 약간 머리를 숙이고 대답했다.

"사쓰마의 스님입니다."

무삼(無參)이라는 이름의, 사쓰마 번 안에서는 이름이 높았던 선승이다.

"이건 선어(禪語)로군요."

이와쿠라가 무심코 말했다. 오쿠보는 그렇습니다, 하고 고개를 끄덕였지만 선어는 아니다. 무삼이 좋아했던 말이지만 이것은 구양수의 시다. 오쿠보는 그걸 무삼으로부터 들어서 잘 알고 있었다. 그러나 오쿠보로서는 아무래도 상관없는 일이었다. 오쿠보도 이와쿠라도 한학적인 지식인은 전혀 아니었으며, 그 점에 열등의식도 가지고 있지 않았다.

"과연……."

이와쿠라는 글씨를 쳐다보면서 뜻을 더듬고 있었다. 그 뜻은 아마도 사람은 사물의 본질을 깊이 생각해야 하지만, 그 정정의 공부는 오히려 바쁜 가운데 시험해 보는 것이 좋다. 또 사람은 항상 마음을 조용히 가져야만 하지만, 그것은 오히려 성난 가운데서 찾아보는 것이 좋다는 말인 것 같다.

"아하."

이와쿠라는 듣기에 따라서는 깔보는 듯한 감탄의 소리를 냈다.

감탄한 것은 아니었다. 이와쿠라는 사람은, 낡은 교훈을 장사밑천으로 살아가는 선비나 중을 몸서리칠 정도로 싫어했던 청년기를 지냈다. 이와쿠라는 고전적인 교양은 없었다. 그러나 타고난 독자적인 사상으로 스스로를 성립시키지 않을 수 없는 체질을 가진 사람이라 할 수 있었다.

"당신은 선 공부를 했습니까?"

이와쿠라가 그렇게 물은 것은, 이 무릎을 맞댄 담판에 잠시 휴식을 가져오게 하려는 것뿐으로, 이와쿠라 자신은 오쿠보가 선 공부를 하든 안하든 아무 상관없는 일이었고, 더 분명히 말하자면 오쿠보쯤 되는 사람이 그런 틀에 박힌 정신적인 유희를 했으리라고는 생각되지 않았다.

그러나 오쿠보는 선 공부를 한 일이 있었다.

오쿠보의 아버지 쓰기에몬이 선을 좋아했기 때문이기도 할 것이다. 그는 젊었을 때 아버지와 친교가 있는 선승 무삼에게 자주 다녔다. 무삼은 가고시마 성밑 서쪽 교외에 있는 세이코 사(淸興寺)라는 절을 지어 거기에 있었고, 사이고도 오쿠보와 함께 다녔다. 세이꼬 사 마당에 판판한 바위가 있었는데, 무삼은 두 사람을 흔히 이 바위에 앉게 했다. 무삼은 사이고와 오쿠보의 동지였던 요시이 도모사네(吉井友實)의 숙부다.

"선은 아무래도 좋소. 당신이 참의가 되어 주지 않으면 안 되겠소."

이와쿠라가 말했다.

이와쿠라는 다시 극단적인 말을 했다.

"당신이 참의가 되지 않으면 일본은 망한다고 나는 생각하는데, 망해도 좋다고 생각하는 거요?"

"기도 선생이 있지 않습니까?"

오쿠보는 얼굴빛도 바꾸지 않고, 그에게는 기분 나쁜 이 조슈 인을 극구

찬양했다.
"기도 선생은 아시다시피 보통 분이 아닙니다. 그분처럼 대세의 흐름을 아는 사람은 없습니다. 그분만큼 경국의 대본을 아는 사람은 없으며 그분만큼 생각과 계획이 심원하고 주도면밀한 인재는 없습니다."
'확실히 재주는 기도 쪽이 위다. 그러나 기도라는 사람은 필요하면 불속으로 뛰어들어 몸이 타서 재가 되는 그런 데가 없다.'
이와쿠라는 그렇게 생각하고 있었다. 이와쿠라만큼 기도와 오쿠보의 다른 점을 명확히 알고 있는 사람도 적었다. 그리고 기도에게는 약간 위험한 데가 있었다. 그는 완고한 국권주의자는 아니었으며, 때로는 국민을 너무 사랑한 나머지 국가를 잊는 수가 있었다. 이 두 극단이 기도의 사상을 늘 동요시키고 있는 기미가 있었다. 그런가 하면 오쿠보는 기도처럼 물불을 헤치고 나온 혁명가 출신은 아니다.
처음부터 재상이 되기 위해 태어난 듯한 사람으로 그의 경력도 번의 관료 출신이다. 번 안에서 올라가는 과정에서 권력이란 것이 얼마나 매력적인 것인가를 알고 있었다. 메이지 유신에서 사쓰마 번이 주도권을 잡은 것은 여론의 집약 때문이 아니라, 오쿠보 하나가 권력을 쥐었기 때문이었다. 배에 비유하면 시마즈 히사미쓰는 선장의 직책이었지만, 키를 잡을 자격을 얻은 키잡이 오쿠보를 신뢰했기 때문에, 사쓰마 번이라는 배가 히사미쓰가 생각하고 있는 방향과는 전혀 다른 방향을 달리고 말았던 것이다. 다른 선원들은 한때 동요했다. 그러나 그 선원을 누르고 그 마음을 가라앉힌 것은 선원들에게 신망이 있는 사이고였다. 막부시대에 겪은 정치체험의 차이로 볼 때 사이고는 대중을 알고 그들을 통솔하는 비결을 터득하고는 있었지만, 권력이 어떤 것인지 체험적으로 알지는 못했다. 반대로 오쿠보는 권력은 알고 있었지만 대중에 대한 감각이나 체험은 거의 없었다고 해도 무방하다.
"기도는 과연 훌륭하오."
이와쿠라가 말했다. 진심에서 하는 말은 아니었다. 기도란 사람은 마음이 복잡한 사나이라 다급해지거나 하면 도망을 칠지도 모른다는 것을 이와쿠라는 눈치 채고 있었다. 기도는 조슈 번이라는, 서생의 폭주가 정치였던 번의 출신으로, 오쿠보처럼 권력을 잡은 무서운 체험도 가지고 있지 않거니와 사이고처럼 번의 대중을 손아귀에 넣고 그들을 기꺼이 죽을 곳으로 향하게 만드는 체험도 가지고 있지 않았다.

이와쿠라는 지금 오쿠보에게 이런 부탁을 하고 있는 것이다.
"권력을 잡아 달라."
권력이란 이 지상에서 하느님 이상의 힘을 발휘하는 동시에, 그것은 언제든지 그대로 사형대(死刑台)로 바뀌고 만다는 것을 알고 있으면서도 이와쿠라는 오쿠보에게 그것을 부탁하고 있었다.
오쿠보의 본심은 그 자리에 올라가도 상관없었다. 그러나 올라앉은 순간, 이 땅에 아무것도 이뤄지기 전에 죽음에 이르게 되는 그런 어리석은 꼴을 당하고 싶지는 않았다.
"어찌됐건 받아들일 수 없습니다."
이런 내용의 말을 오쿠보는 되풀이해서 말하며, 이와쿠라와 권유를 거듭 거절했다.
한편 이와쿠라는 이와쿠라대로 얼굴에 진땀을 흘리며, 때로는 무릎을 내밀기도 하고, 때로는 빈 찻잔을 들기도 하며, 놀라울 만큼 집요하게 설득을 거듭했다. 오쿠보를 참의로 만든다는 것은 단순한 보통 참의로 만들겠다는 것이 아니었다. 오쿠보의 정치적 실력으로 보더라도 사실상 일본의 수상 자리를 차지하라는 말이었다. 수상이 되는 것을 이렇게 싫다고 한 예는 메이지 이후의 긴 정치사 속에서 아무도 없었다.
이와쿠라는 이따금 변소로 갔다. 상대에게 마음을 돌리게 하기 위해서였고, 자신의 피로를 그런 작은 행동으로 풀기 위해서였다. 그 몇 번째였던가 이와쿠라는 대야의 물로 손을 씻지 않고 느닷없이 얼굴을 씻었다.
그 동작이 방에서 바라다보였다. 오쿠보는 깜짝 놀라 "그건……." 얼굴을 씻는 물이 아니란 말을 하려고 했으나, 그의 과묵한 습관이 그 말을 못하게 했다.
이와쿠라는 방으로 돌아오자 천연스럽게 말했다.
"피곤할 때는 얼굴을 씻는 게 제일이지."
오쿠보는 속으로 이 막부 시대부터의 정치 친구에게 혼자 혀를 내두르고 있었다.
'역시 보통 공경이 아니다.'
오쿠보는 참의는커녕 은퇴하고 싶다는 말을 자주 했다. 그 이유는 자세하게 말하지 않고 '고향에 사정이 있습니다'라고만 했다.
이와쿠라는 그 사정을 어렴풋이 짐작하고 있었다. 오쿠보의 옛 주인인 시마즈 히사미쓰가, 오쿠보와 사이고를 가리켜 시마즈 가문에 대한 배신자라며 "그 두 사람처럼 불충한 놈은 없다"는 말을 계속 하고 있다는 것을, 사쓰마통인 이와쿠라 경은 알고 있었다. 하기는 그 히사미쓰의 탄핵을 오쿠보나 사이고가 얼마나 고통스러워하고 있는가는 봉건시대의 무사도덕 세계에서 자라지 않은 이와쿠라로서는 잘 알 수 없었다. 사이고 같은 사람은 한때 그 것 때문에 절망한 나머지, 홋카이도에 숨어 농사꾼이 될 결심마저 할 정도였다. 사이고의 정한론은 그를 이 절망에서 구해냈다고도 할 수 있으며, 유신의 훈공에서 제1공신인 그가 견한대사로 그곳에서 암살당하기를 바라는 것도, 시마즈 집안에 대한 불충의 억울한 죄에서 벗어나려는 마음이 동기였다고 볼 수도 있다.

"고향에 사정이 있다."

이렇게 말하는 오쿠보의 딱한 심정은 같은 정치적 친구인 이와쿠라보다도, 지금은 정적이 된 사이고만이 이해할 수 있었다.

사태는 분규만 거듭하고 있을 뿐 해결의 실마리는 보이지 않았다.

"무슨 일이 있어도 나는 나갈 수 없습니다."

오쿠보는 되풀이하여 참의 취임을 거부하고 있었다. 그리고 기도를 주축으로 새 진용을 만들라고 산조와 이와쿠라에게 권했으나 기도 본인이 움직이지 않았다. 기도는 귀국 후 휴양을 하고 싶다면서 조정으로 돌아오는 것을 계속 사양하고 있는 것이다.

이토 히로부미는 기도를 뻔질나게 찾아다니기만 한 것이 아니라, 거의 매일 기도에게 편지를 썼다.

기도의 사의는 변함이 없었으나, 이 신경질적인 사람은 후배인 이토가 자신을 일본에서 가장 중요한 인물이라면서 물샐틈없는 배려를 해주는 데 대해서는 만족하고 있었다.

'이토는 나쁜 사람은 아니다.'

기도는 기쁨을 느끼며 이렇게 생각했다. 기도의 성격은 다루기 힘들었다. 치켜세우지 않으면 불평을 하고, 치켜올려 책임 있는 자리로 추대해도 못마땅해 하는 것이다.

"기도씨처럼 힘든 사람은 없었다."

이토가 뒷날 그렇게 푸념했듯이, 이 시기의 이토는 그의 정치감각을 있는 대로 다 짜내어 기도를 조정에 세우려 했고, 또 기도의 신경을 풀솜으로 감싸듯 계속 배려하고 있었다.

기도는 만족했다.

그의 일기의 9월 24일자에도 이런 내용의 대목이 있다.

'히로부미가 근황을 보고해 왔다. 크고 작은 모든 사실을 다 알게 되었다. 그의 편지에 따르면 이와쿠라도 가끔 그의 집을 찾아오는 모양이다.'

어디까지나 만족감이 넘치는 문장이다. 그리고 이와쿠라가 히로부미를 부지런히 찾아온다는 사실은 기도의 정치감각을 기쁘게 했다. 기도는 막부시대 때 친조슈파 귀족이던 산조 태정대신과는 일심동체라고 할 수 있을 정도로 사이가 좋았다. 그러나 우대신 이와쿠라는 사쓰마파로서 오쿠보와 사이가 좋았다. 그 오쿠보파인 이와쿠라가 조슈의 서생 출신인 이토를 찾아오고 있다는 것은, 이와쿠라가 오쿠보에게 애를 먹고 있다는 증거이며, 동시에 그에 대한 구원을 조슈 사람에게 청하고 있는 증거이기도 했다.

이튿날인 25일에도 이토에게서 편지가 왔다. 기도는 긴 답장을 썼다. 그의 표현에 따르면 '나의 심사를 길게 말했다'고 한다.

"나는 조정 평의에는 참여하고 싶지 않다."

이것이 결론이었다.

"오쿠보를 내세워라."

그는 끝까지 주장했다. 오쿠보는 기도를 내세우라고 하고, 기도는 오쿠보를 내세우라고만 할뿐 사태는 조금도 진전이 없었다. 그러나 이토는 실망하지 않았다. 오히려 이들 둘을 설득할 수 있다는 자신감을 이 무렵에 확실히 갖기 시작한 것 같다.

오쿠보가 9월 30일에 이와쿠라에게 보낸 편지가 남아 있다.

이 편지는 오쿠보가 얼마나 조정에 서는 것을 싫어했는지 증명해주고 있다.

다음과 같이 쉬운 말로 고쳐 쓴다.

'어젯밤 당신과 이야기했을 때, 당신은 내가 참의를 받아들이지 않으면 기도씨가 나오는 것도 어렵다고 말씀하셨습니다. 그때 나도 약간 양보하여 그렇게까지 말씀한다면, 기도씨를 나오게 하기 위해 그가 나오는 것을 전제로 나도 수락하겠다고 그만 말하고 말았습니다.'

그러나 지금은 그렇게 말한 것을 후회하고 있다는 느낌이 글 가운데 풍기고 있다.

'그런데 오늘 아침 이토군이 찾아와서 여전히 내게 간절한 충고를 했습니다. 나는 이에 몹시 당황하고 있다고 종전과 같은 대답을 했습니다만, 이토군이 너무 친절하게 구는 바람에 좀더 깊이 생각해 보겠노라고 대답해 주었습니다. 이때, 어젯밤 당신에게 말씀드린 일──기도를 나오게 하기 위해서라면 나도 나가도 좋다고 한 말──은 이토군에게는 말하지 않았습니다. 아무튼 내 마음은 변함이 없으니 기도 선생을 주축으로 결정하는 수밖에 없다고 이토군에게 말해두었습니다.'

이와쿠라는 이 편지를 받은 이튿날 기도를 찾아갔다.

그날(10월 1일)은 아침부터 비가 왔는데 기도의 병세는 여전히 좋아지지 않고 있었다. 아침에 처음 찾아온 손님은 의사인 나가요 센자이였다.

"이 병에는 휴양이 첫째입니다."

나가요도, 독일인 의사 호프만도 그렇게 되풀이해 말했다.

나가요가 하직하고 나간 바로 뒤에 이와쿠라 도모미와 산조 사네토미가 나란히 찾아왔다. 기도는 황급히 현관으로 달려 나갔다. 이 두 공경 출신의 정치가가 일본국의 정무 책임자인 것은 말할 것도 없었다. 그 둘이 함께 찾아왔다는 것만으로도 일이 심상치가 않았다.

기도는 옛 막부 시절에, 산조가 이른바 '일곱 공경의 몰락'으로 조슈로 피신해 왔을 때, 미타지리(三田尻)에 있는 초현각과 야마구치 교외에 있는 유다(湯田) 등지에서 산조 사네토미 등에게 엎드려 절하고 문안을 드린 적이 있었다.

두 사람은 사랑채에 안내되었다.

기도는 아랫자리에서 일단 절을 했다. 그러나 유신 뒤로는 같은 조정 신하로 격이 서로 같았기 때문에 다음은 특별히 예를 갖추지 않고 서로 이야기를 나눴다. 산조는 말수가 적다. 이와쿠라가 주로 말했다.

기도는 거듭 말했다.

"조정평의에는 나갈 수 없습니다. 오쿠보씨야 말로 조정에 서야 할 분입니다."

주제에서 벗어나 현정부와 지금의 정국과 국정에 대한 평소의 불평불만을 길게 늘어놓기 시작했다. '가슴속의 이야기를 털어놓았다'라고 기도는 일기에 썼는데, 몇 시간 이야기한 다음 몹시 피로할 정도였다. 두 대신은 별 소득도 없이 하직하고 떠났다.

그 동안 이와쿠라는 연일 집을 비우고 나돌아 다녔다.
9월 30일에는 이른 아침부터 집을 나가, 저녁녘에는 니혼바시 고아미초에 있는 사이고 다카모리의 숙소를 뜻밖에도 방문한 것이다.
가기 전날 이토를 보고 밝혔다.
"사이고를 찾아보겠다."
이토는 속으로 놀랐다. 지금 사이고를 찾는 것은 무척 용기가 필요했던 것이다.
우선 사이고의 인격적인 압력에 굽힐지도 모른다는 점도 있었다. 다음으로 사이고의 주위에는 기리노 같은 지사 출신들이 있는데, 때로는 기리노가 그의 마음에 들지 않는 손님이 있으면 사이고 등 뒤에 버티고 서서 줄곧 차고 있는 칼자루를 만지작거리며, 경우에 따라서는 치고 들듯이 덤비는 일까지 있다는 소문이 들리고 있었다. 실제로 그런 꼴을 당한 사람도 있었다.
"공연한 소리, 설마 이 나라의 우대신을 죽이지야 않겠지."
이와쿠라는 입술을 일그러뜨리며 위엄 있는 표정으로 웃었다.
"그런 걱정은 하지 않습니다. 그러나 기리노는 암살을 암시하고 있는 겁니다. 그런 말을 하면 가만두지 않겠다고 칼로 위협을 하는 거지요. 이로 인해 우대신 각하께서 마음이 약해지시면 이 나라는 큰일입니다."
가지 말라고 이토는 말했다. 실제로 정한론에 비판적인 정부고관은 사이고를 한 사람도 찾고 있지 않았다. 지금 그의 동조자들만이 사이고를 둘러싸고 있는 것이다.
"내가 협박을 당할 사람인가."
사실 이와쿠라는 막부 말기에 양이지사들에게 쫓겨 절간으로 도망쳐서 간신히 목숨을 부지한 일이 있었다. 자객이 두려운 것은 너무 잘 알고 있으므로 위협을 당하지 않는다고 말할 수도 없었다.
실제로 이와쿠라는 정한론에 반대했기 때문에 도사 출신 근위장교인 다케치 구마키치(武市熊吉)들에게 습격을 당하게 된다. 이토의 염려는 공연한 걱정이 아니었던 것이다.
이날 저녁 이와쿠라는 마부에게

"니혼바시 고아미초로."
라고 이르고 난 뒤, 이윽고 사이고의 집 문 앞에서 마차를 내렸을 때, 그 대문이 기울어진 모습과 담이 몹시 헐어 있는 것에 놀랐다.
'사이고는 집 손질도 하지 않고 있다.'
이것이 이와쿠라의 등골에 식은땀을 흐르게 했다. 이 집은 일단 정부 소유로 되어 있었는데 정부가 사이고에게 거저나 마찬가지로 팔아 넘긴 것을 이와쿠라는 알고 있었다. 다른 정부 요인들은 수천 엔의 돈을 들여 새로 고치고 했는데, 사이고만이 낡아가는 그대로 버려둔다는 것은 사이고의 마음가짐이 맑고 깨끗함을 말해주고 있다. 이런 사람이 얼마나 무서운지 이와쿠라는 잘 알고 있었다.

'이 방은 하인들이 쓰는 방이 아닌가?'
이와쿠라의 기억으로는 이런 의심이 들 정도로 더러운 방으로 안내되었다.
사실 사이고가 살고 있는 방은 비가 많이 새기 때문에 이날 아침 내린 심한 비로 다다미가 젖고 말았다. 그래서 사이고는 급히 빈 방을 치우게 하고 이와쿠라를 그리로 청해 들였던 것이다. 봉당에서 올라가자마자 있는 방이었다.
방은 손으로 더듬어가며 걸어야 할 정도로 어두웠다. 서생이 촛불을 가지고 오자 겨우 천장이 보였다. 머리를 숙여야 할 정도로 낮은 천장이었다.
이윽고 사이고가 봉당에서 올라왔을 때, 촛불 탓인지 숨이 턱 막힐 정도로 엄청나게 커 보였다. 사이고는 시마즈 가문의 문장이 박혀 있는 하사품 예복을 입고 있었다.
"참, 귀국인사차 들렀습니다."
이와쿠라가 말했다.
"일부러 찾아주시니 영광입니다. 이쪽에서 찾아가뵈야 할 터인데, 병 때문에 그만 결례를 했습니다."
사이고는 말했다.
"서양은 어떻습니까?"
이렇게 사이고는 묻지 않았다. 인사가 끝난 뒤에는 잠자코 앉아 있었다. 이와쿠라도 잠자코 있었다. 이와쿠라의 속셈은 사이고를 직접 만나 그 마음을 떠보려는 탐색에 있었으므로, 사이고부터 먼저 이야기를 해야만 했던 것이다.

이윽고 사이고가 이야기를 꺼냈다.

"13일날 귀국하셨다더군요."

말한 대로 이와쿠라가 귀국하고 나서 17일이라는 날짜가 헛되이 흘러가고 있는 것이다. 사이고를 조선으로 보내는 일이 조정 회의에서 내정된 것은 지난 달 17일이었다. 그 동안 사이고는 계속 초조해 있었다. 산조 태정대신은 이와쿠라가 돌아오면 곧 결정하겠다고 사이고에게 말했는데 그것도 거짓말이 되었다. 이와쿠라는 귀국하자 즉시 양부의 상을 입었다고 하고 이달 23일부터 7일간의 휴가를 얻었다. 그 휴가도 오늘로 끝나는데 조정의 평의는 여전히 열리지 않고 있는 것이다.

"언제 평의를 다시 열게 됩니까?"

사이고는 마침내 캐묻는 투로 말했다.

사이고는 도량이 넓은 사람이라고 하지만 한 번 공분을 내면 감정의 양이 큰 만큼 몸을 부르르 떠는 것 같은, 이를테면 산문의 인왕상처럼 무서운 분노를 드러내고 만다.

이 경우가 그러했다.

사이고는 이와쿠라의 정치적 태업을 벌써 꿰뚫어보고 물었다.

"그래서 우대신 노릇을 할 수 있습니까?"

그는 단순한 태만으로 따지고 들며 덧붙여 말했다.

"당신 같은 우대신이나 참의가 있다는 것은 일본에겐 너무 불행한 일입니다."

마침내 이와쿠라는 자리에 버티고 있을 수가 없었다. 공포라고 해도 좋았다. 이와쿠라는 일찍 하직하고 대문을 나와 마차로 돌아왔을 때, 등골에 식은땀이 나 있는 것을 깨달았다.

이와쿠라가 사이고를 만나러 간 것은 어디까지나 정찰이었다.

'만나기를 잘했다.'

그는 마차에 흔들리며 몇 번이나 생각했다. 관자놀이의 핏줄이 무섭게 팔딱거리며 두통이 일어났다. 지치기는 했다. 그러나 범의 굴에 들어가 범을 대면하고 온 것 같은 흥분에 온 몸의 피가 들끓는 느낌이기도 했다.

그야말로 범과의 대면이었다. 이와쿠라는 자기 의견은 일체 말하지 않고, 사이고의 격정에 부딪쳐, 그의 의견을 듣고 그 호통에 겁을 먹은 듯한 자세를 취했다.

'……나의 조선 진출에 대해 어떻게 생각하십니까?'

사이고도 이런 너그러운 태도를 이 막부 말기 이후의 정치 친구에게 보이려 하지 않았다. 사이고는 이와쿠라를 처음부터 정적이라기보다 악의 근원인 것으로 결정짓고 덤벼드는 태도로 대했다. 이와쿠라의 느낌에 사이고는 마치 호랑이처럼 부르짖었다.

그 정도로 정신 못 차리게 몰아세웠던 것이다.

'사이고도 달라졌군.'

이와쿠라는 어이없다는 생각이 들었다.

막부 말기의 사이고는 이렇지 않았다. 이와쿠라는 사쓰마파의 공경이었던 만큼 당연히 사이고와 여러 차례 만났다. 그러나 어떤 경우에도 사이고는 무조건 자기 의견을 남에게 강요하는 태도를 보인 적은 없었다. 당시의 사이고는 뱃속에 움직이지 않는 것을 가지고 있으면서도 태도는 언제나 부드럽고 표정은 온화했으며, 남의 이야기를 온몸을 가지고 듣는 더할 나위 없는 군자의 풍모가 있었다.

'당시는 지금과 같은 그런 사이고가 아니었다.'

이와쿠라는 속으로 놀랐다. 이를테면 이와쿠라는 세계를 돌고 와서, 구미의 뛰어난 국가 운영이며, 사회의 진보된 현상을 보고 왔다. 과거에도 우물 안 개구리는 아닌 셈이었지만, 지금은 국제간의 힘의 관계와 그 임기응변의 술책 같은 것이며, 세계의 문명화된 풍경을 눈으로 직접 보고 몸으로 알게 되었다. 일본은 어떻게 할 것인가도 계속 생각해왔다. 사이고는 그 이와쿠라의 의견도 들어주어야 했던 것이 아닐까. 그것을 처음부터 가로막고, 정한책과 그에 잇따른 외국을 치는 정책만이 일본의 정의를 나타내고 일본에 행복을 가져온다는 것을 굳게 믿고 있는 것은 어찌된 일일까. 지난날의 사이고는 온몸이 귀같았는데, 지금의 사이고는 온몸이 귀머거리처럼 되어 있지 않은가.

'사이고가 만일 춘추전국 때 한나라의 임금이었다면, 이런 독단으로 나라를 망치고 말았을 것이 틀림없다.'

이와쿠라는 사이고가 저주스러웠다.

이번 정탐은 오랜 정치 친구였던 사이고를 가망이 없는 것으로 보는 의미에서 이와쿠라에게 그 결단을 위한 도약대가 되었다.

이와쿠라가 비로소 자신감을 얻은 것은 10월 1일 밤이었다.
'기도와 오쿠보도 부드러워졌다. 조정에 설 마음이 생긴 모양이다.'
이런 안도감이 이와쿠라를 힘이 나게 했다.
"그가 나오면 나도 나가겠다."
오쿠보와 기도도 서로가 상대방 이름을 들며 이 정도까지 태도를 누그러뜨린 것이다.
그리고 이와쿠라가 안심한 것은 사이고의 결심이 굳다는 것을 알았기 때문이다. 사이고는 한결같이 조선에 갈 것을 생각하며 물러나지 않을 태도였다. 가로막는 사람을 무찌르고서라도 현해탄을 건너려 하고 있는 모양이었다. 사이고의 결심이 그렇다는 걸 안 이상, 이와쿠라가 망설일 필요는 없었다.

이와쿠라는 사쓰마 세력에 의해 추대된 공경 정치가다. 공경인 만큼 그에게는 그 자신의 힘이 없으므로 사쓰마 세력의 비위를 건드리고 싶지는 않았다. 이것은 가정이지만, 만일 사쓰마 세력이 오쿠보를 포함해 온 세력이 모조리 정한책을 취한다면 이와쿠라 자신도 정한론자가 되는 수밖에 없었을 것이다. 다행히 사쓰마 세력 가운데 사이고파만이 정한파이다. 이와쿠라로서는 손잡을 상대로 오쿠보가 남아 있었다. 오쿠보가 강렬한 반대론자인 한, 이 사나이의 허리를 꼭 껴안고 가기만 하면 몰락하는 일은 없다. 그리고 오쿠보에게는 기도 등의 조슈 세력이 결탁되어 있고, 사람 수에서도 많은 것 같았다. 공경은 원래의 정치감각으로서 다수파를 좋아한다.

이와쿠라는 이 10월 1일 해가 진 다음, 그럴 만한 참의들에게 사람을 보냈다.
"내일 우리 집으로 와주시기 바랍니다."
그 목적은 이와쿠라가 각 참의를 한 사람씩 불러 설득하려는 것이었다. 그러나 정한파라도 강경파인 이타가키나 에토 같은 사람에게는 사람을 보내지 않았다. 그런 사람들이 아니고, 사가 출신의 오키 다카토(大木喬任)와 도사 출신의 고토 쇼지로 같은, 어떤 경우에도 의견을 분명히 하지 않는 사람들을 부르려 한 것이다.

오쿠마 시게노부에게도 사람을 보냈다.
'무슨 일일까?'
오쿠마가 10월 2일 오후 3시께 이와쿠라 저택으로 가자, 이와쿠라는 무척 한가로운 질문을 했다.
"정한론을 어떻게 생각하시오?"
오쿠마는 가소롭다는 생각이 들었다. 역시 공경이라고 생각했다. 정한론을 부수려고 이토와 모의하여 그 책략을 짜내며 보이게 안보이게 움직이고 있는 사람이었다. 이와쿠라는 그것도 모르고 오쿠마를 중립파인 줄 알고 있었다. 오쿠마는 한바탕 이론을 전개한 뒤 분명히 말했다.
"나는 나라를 위해 정한론을 쳐부수겠습니다."
그러나 이와쿠라는 이런 식으로는 도저히 사이고에 대항할 수 있을 것 같지 않다고 생각했다.
오쿠마가 이와쿠라 댁을 하직하려 할 때 이토가 찾아왔다.
"뭔가 오늘은?"
이토가 묻자 오쿠마는 어이없다는 듯이 말했다.
"실은 이와쿠라씨가 참의를 한 사람 한 사람 설득시키려 하고 있는 거야."
그러자 이토는 화난 기색으로 말했다.
"무슨 소리야. 새삼 그런 일을 한다고 해서 사태가 어떻게 되는 것은 아니야."

이토 히로부미는 막부 말기의 분주하던 시대에는 번 밖에 알려지지 않았다. 나이가 젊다는 점도 있지만 그보다 신분이 특히 낮기 때문에 번을 대표해서 대외교섭을 하는 일은 하지 못했기 때문이기도 하다.
번 안에서도 그다지 알려진 존재는 아니었다. 막부 말기에 있던 조슈의 세력은 다카스기 신사쿠와 기도 다카요시가 쌍기둥이라고 해도 좋았었는데, 이들 둘마저 같은 사상을 가졌던 스후 마사노스케(周布政之助) 같은 번의 관료들이 보면 서생(書生)이었다. 이토 히로부미는 그 형뻘 되는 서생들의 심부름꾼에 지나지 않았다. 번내에서 무슨 일을 하려면 신분상 그의 이름으로는 아무것도 할 수 없었다. 그런 경우는 뚜렷한 무사 신분인 이노우에를 표면에 내세우고 이토 자신은 뒤로 물러났다. 이노우에와 이토는 신분은 크게 달랐지만, 막부 말기나 유신 뒤나, 그리고 평생을 두고 사이가 좋았다.

봉건적인 신분이라는 담을 넘어 사상적인 친구 사이가 될 수 있다는 것은 조슈 번의 특징이다. 다른 번에는 이런 현상이 없었다. 있어도 특이한 예이다.

이토는 메이지 원년에 고베에 주재하면서 외국 사무관계의 판사를 지낸 것이 메이지 이후의 첫 벼슬이었다. 이상야릇한 영어를 쓰면서 각 외국 공사들과 이야기했다.

이토의 영어는 그의 평생을 통해 애교 가운데 하나였다. 만년에 도쿄와 오이소를 왕래하는 기차 안에서 영어책을 무릎 위에 놓고 바라보고 있는 것이 그의 인품의 익살미를 말해주는 재료가 되었다.

때로는 이런 말을 하며 펜으로 밑주을 긋기도 했다.

"여기에 좋은 말이 쓰여 있군."

이토는 이노우에와 함께 막부 말기에 국외로 뛰쳐나가, 분큐 3년(1863) 9월에 런던으로 들어가 겨우 반 년 머물러 있었는데, 타임스 신문을 통해서 조슈 번의 위기를 알고 급히 귀국했다. 영어공부는 겨우 반년밖에 안했다.

도바 후시미 싸움에서 사쓰마·조슈가 이긴 직후인 메이지 원년 정월 15일, 갓 성립된 새 정부는 고베 세관에서 6개국(英美佛獨伊蘭) 공사를 모아놓고 선언했다.

"방금 천황의 정부가 성립했습니다."

메이지 국가의 성립을 국제 사회에 공식으로 선언한 것은 이때가 처음이었을 것이다. 이 선언을 영어로 말한 것은 이토였다. 교토에서 공경인 히가시쿠제 미치토미(東久世通禧)가 정사(政使)로 와 있기는 했지만 물론 장식에 불과했다.

구 막부는 외국 담당처에 많은 양학자를 거느리고 있었지만, 메이지 정부가 수립된 초기에는 겨우 이토 정도의 어학 실력을 가진 사람이 국제통으로 인정되고 있었던 것을 생각하면, 두 정권에서의 어떤 종류의 기미를 엿볼 수 있을 것 같다. 관료진에 한정해서 볼 때 초기의 메이지 정권보다 막부의 외국 담당처가 더 국제통이었다고 말할 수 있다.

이토에게는 정치가로서의 철학성이 사이고나 기도만큼은 없었다. 그만큼 이토는 매력이라고 할 만한 것을, 같은 시대 사람에게는 물론이고 후세 사람들에게도 느끼게 하는 점이 희박하다.

그러나 철학성이 희박한 만큼, 정치라는 무서운 권력의 싸움터에서의 작

조정 189

전 능력이 사이고나 기도보다 높았다.
 그는 이 절박한 사태를 헤치고 나가는 방법은 하나밖에 없다고 생각했다.
 산조 태정대신과 이와쿠라 우대신의 책임 아래 정한파의 참의들을 한꺼번에 퇴직시켜 버리는 것이었다.
 대외적인 이유는 있다.
 '외유중인 사람들의 빈 자리를 메우기 위해 임명된 새 참의들은, 외유한 사람들이 돌아왔으므로 그 임기가 끝난 것으로 보고 일제히 퇴진하기 바란다.'
 새 참의란 에토 신페이, 고토 쇼지로, 오키 다카토들을 말한다. 그들을 퇴진시킴으로 해서 사이고를 고립시킨다. 그런 다음 사이고라는 존재와 비슷한 힘으로 맞설 수 있는 유일한 정치가인 오쿠보를 참의에 앉힌다는 것으로서, 무서울 정도로 거친 치료 방법이라 할 수 있다. 만일 그렇게 되면 사이고도 잠자코 있지 않을 것이며, 에토들은 선불 맞은 멧돼지처럼 설치게 될 것이므로 잘못하면 국내는 내란과 같은 상태가 될지도 모른다. 그러나 그것을 무서워하다가는, 자신이 느끼고 있는 위기를 피할 수 없다고 이 젊은 정치인은 생각하고 있었다.
 "이와쿠라씨가 하는 일은 까마득히 먼 방법이다."
 이토는 이와쿠라씨의 방에서 현관까지 물러나온 참의 오쿠보 시게노부에게 속삭였다.
 "그런 일을 해도 되는 건가?"
 처음에 오쿠마는 놀랐다.
 이토의 계책에는 모순이 있었다. 그만두게 한다면 에토, 오키, 고토만이 아니라, 사이고도 이타가키도 그만두어야 하며, 귀띔을 받은 오쿠마 자신도 그만두어야 한다. 그러나 거기까지는 이토의 '목을 베는 안'이 미치지 못하고 있다. 왜냐하면 사이고는, 사쓰마의 무력을 배경으로 한 일본 최대의 세력가이며, 이타가키는 도사 세력을 배경으로 한 명망 있는 사람이다. 이 둘을 그만 두게 하면 두 세력이 어떤 소동을 일으킬지 모른다. 이 때문에 에토들만을 한꺼번에 그만두게 하여 사이고의 팔다리를 잘라버린다는 것이다.
 "그건 이치에 맞지 않을걸."
 오쿠마는 역시 굳은 표정을 지었다. 이토는 말했다.
 "이 판국에 이치고 뭐고가 어디 있는가. 산조 공이 해임 사령을 내기만 하면 그들을 그만두게 하고 마는 것이야."

오쿠마와 헤어진 뒤 이토는 현관에서 안으로 들어가 이와쿠라에게 이 꾀를 말했다. 이와쿠라는 처음에는 놀랐으나 결국 찬성했다.

이토는 그길로 산조에게 가서 똑같은 안을 말했다. 산조도 얼굴빛이 달라지며 보기 드물게 큰 소리로 거절했다.

"이 사람아, 나로서는 도저히 그 같은 난폭한 짓은 할 수 없네."

이토가 이런 꾀를 생각해낼 정도로 반정한파는 궁지로 몰려 있었다.

한편 사이고는 고아미초의 그 저택에서 별로 하는 일 없이 지내고 있었다.

건강을 위해 두세 명의 서생을 데리고 사냥을 나가기도 했다. 옷자락이 짤막한 옷에 넓은 띠를 두른 거한을 보고, 근처 사람들도 설마 그가 수도의 치안을 맡은 최고사령관일 줄은 몰랐으며, 더구나 일본 군사상 오직 한 사람의 최고관인 육군대장이리라고는 생각지 못했다. 나아가서는 정부의 최고의원인 참의라고도 생각지 못했다. 누구나 이 낡아빠진 집에 그런 높은 벼슬아치가 살고 있으리라고는 짐작조차 못했다.

기리노가 이틀에 한 번은 찾아왔다. 이날 기리노는 아침 일찍 찾아왔었는데 사이고가 없었다.

어디에 계시냐고 물어보았으나 서생들은 알지 못했다.

"언제 돌아오시는가?"

기리노는 물었다. 그것도 알지 못했다.

'곤란한 분이군.'

기리노가 생각한 것은 사이고가 요즘 가끔 자취를 감추듯이 밖으로 나가는 일이었다. 사흘 전에 기리노가 왔을 때 사이고는 기리노에게도 사냥 간다는 이야기를 하지 않았다.

"갑자기 생각이 나신 모양입니다."

서생이 딱한 듯이 말했다.

"아마 그렇겠지."

기리노는 고개를 끄덕였으나 마음은 개운치 않았다. 기리노는 항상 사이고로부터 늘 있는 곳을 통고받고 있었고, 설사 알리지 않더라도 기리노가 짐작 가는 어딘가에 있었다.

'이런 중요한 때에……'

조정 191

기리노는 화가 났다.
　기리노는 반정한파의 움직임을 약간이나마 알 수가 있었다. 그 정보도 쥐고 있었다. 그것을 사이고에게 알리려고 찾아온 것인데 선생 자신이 총을 메고 행방도 알리지 않은 채 어디론가 가버렸다는 것은 말도 안 된다.
　'사이고 선생은 귀찮은 생각이 든 것은 아닐까.'
　이것이 기리노의 고민이었다. 사이고는 옛날부터 그런 데가 있었다. 열심히 하다가 커다란 방해물에 부딪히면 갑자기 싫어지는지 모든 것이 귀찮아서 내팽개치는 그런 버릇이 있었다. 그 버릇이 나오기 시작한 것은 아닐까 하고 기리노는 생각했다.
　엊그제 사이고를 찾아왔을 때 기리노는 그것을 느꼈다.
　"좀체로 조정평의가 열리지 않는군요."
　그런 말을 하며, 기리노는 사이고의 심경을 떠보았던 것이다.
　"뭔가 비밀리에 행해지고 있는 게 아닐까요?"
　기리노가 다시 묻자, 사이고는 큰 눈을 번쩍이며
　"그런 일은 없어. 있어서도 안돼. 조선에 가는 일에 대해서는 이미 칙허가 나 있는 거야."
　그렇게 매몰차게 말하고는 이야기를 끊고 말았던 것이다.

　'혹시 무코지마(向島)에 가신 게 아닐까?'
　기리노는 그리로 나가 보기로 했다.
　말을 탔다. 젠파치(善八)라는 말구종이 따르고 있었는데, 기리노는 도중에 빨리 달리고 싶어서 뒤돌아보면서 젠파치를 불렀다.
　"나는 먼저 간다. 나리히라 다리(業平橋) 앞에 있는 찻집에 말을 매어둘 테니 뒤에 따라오너라."
　그런 뒤 말을 달렸다.
　기리노는 사이고가 요즘 자주 고우메 마을(小梅村)로 간다는 것을 알고 있다.
　무코지마에는 아직 야취(野趣)가 남아 있어서 숲에는 들새도 많이 모여들었다. 새 잡기가 싫증나면 강에서 고기도 잡을 수 있다. 밤에는 고우메 마을에 있는 에치고야(越後屋) 별장에서 묵고 있었다.
　기리노가 사이고를 만나고 싶어 하는 것은 급한 볼일이 있어서 그런 건 아니다. 그러나 사이고의 심경을 상상하면 당장 얼굴이 보고 싶어졌다. 기리노가 느끼고 있는 사이고는 움직이지 않는 큰 바위 같은 인물이 아니고 몹시 위험한 인물이었다. 사물에 열중하나 때로는, 그것도 밖에서 보면 갑작스럽게 뜬세상에서 자신이 하고 있는 모든 것이 싫어져서 모든 것을 내던지고 싶어하는 그런 위험성도 가지고 있었다. 기리노는 그러한 사이고의 성격을 좋아하지 않았다. 그런 식으로 당하게 되면 그와 일을 같이하는 사람으로서는 견딜 수가 없었다.

'서서히 그런 바람이 불고 있다.'

기리노는 이렇게 보고 있었다.

이 중대한 시기에 사이고가 무코지마의 강가에서 새를 쫓거나 물고기를 잡는 것이 무엇보다 그것을 말해주고 있는 증거다.

이와쿠라가 귀국하여 그의 양아버지의 상도 벗었다는데 조정 회의가 다시 열리지 않는다는 것은 기괴한 일이었고, 사이고도 그것을 알고 있을 것이 틀림없었다. 만일 막부 말기의 사이고라면 이 사태를 타개하기 위해 부지런히 정보를 수집하고 정성들여 정략을 생각하며, 써야 할 방법을 기민하게 썼을 것으로 생각되었다.

그러나 지금의 사이고는 그런 일을 하지 않고, 얼핏 보기에 완전히 체념한 것처럼 총사냥과 고기잡이로 날을 보내고 있었다.

기리노는 나리히라 다리를 건넜다. 건너간 오른쪽에 찻집이 있었다. 기리노는 찻집 주인에게 돈을 주고 말을 맡겼다.

들길을 가는 동안 흙다리가 나왔다. 그 흙다리 밑에 작은 배가 떠 있는데 사이고와 수행원 단둘이 타고 있었다.

사이고가 투망을 던지려고 그것을 두 손으로 집어 들었을 때 둑 위에 있는 기리노를 보았다.

"자네 왔나?"

사이고는 삿갓 밑에서 웃었다.

아무리 보아도 시국의 정점에 있는 인물로는 보이지 않았다.

고우메 마을의 논밭 사이를 흐르고 있는 이 내는 스미타 강의 지류라고는 말하기 어렵다. 그 근처의 논밭을 적시는 봇물 같은 내로 고기도 붕어 정도밖에 없었다.

'그물을 던지려면 어째서 스미타 강까지 나가서 하지 않고 이런 작은 내에서 하는 것일까.'

둑 위에 있는 기리노는 이상하게 생각했다.

그러나 사이고는 묵묵히 그물을 당기고 있었다. 세 번에 한 번은 그물 속에 은빛으로 번쩍이는 것이 걸리곤 했으나 그것도 고작 한두 마리 정도였다. 기리노에게는 사이고가 하고 있는 일이 무척 공연한 짓으로 보였다.

그날 밤 기리노는 사이고가 빌려쓰고 있는 에치고야의 숙소에서 묵었다.

"정보입니다."

기리노가 생각하는 것을 사이고에게 전했다. 정보라기보다 오쿠보에 대한 소문이었다. 사이고의 정한론을 깨뜨리기 위해 오쿠보가 움직이기 시작했다는 것이었다. 산조와 이와쿠라가 조정회의를 소집하려 하지 않는 것은 모두 오쿠보의 공작 때문이며 그 증거도 있다고 했다. 기리노의 정치정보는 엉성한 것이었다. 그는 정한론을 부수려는 무서운 파괴공작을 하는 사람이 이토 히로부미라는 것은 꿈에도 생각지 못했다. 모두 오쿠보가 원흉일 거라고 지레짐작했기 때문에 정보도 그런 식으로 물감이 칠해져 있었다. 오쿠보에게는 너무 가혹한 일일 것이다. 오쿠보는 사실 반정한론자이기는 하지만, 그것을 부수는 일을 자기가 하는 것──즉 이 시기에 새로 참의가 되는 것──을 계속 마다하고 있었다. 그 이유는 시마즈 히사미쓰에 대한 염려도 있었지만, 그보다도 이 경우 만일 오쿠보가 조정에 서게 되면 사이고와 정면으로 충돌하게 되며, 소년 때부터의 친구요, 젊었을 때는 둘도 없는 동지로 일관해 온 사이고를 상대로 내가 넘어지느냐, 상대를 넘어뜨리느냐 하는 처참한 운명이 될 수밖에 없다는 것을 알고 있었기 때문이다.

그보다도 오쿠보는 정한론을 파괴하는 데는 기도를 대장으로 내세우려 하고 있었고, 권유하러 오는 이와쿠라에게는 줄곧 "나는 도저히 나갈 수 없으니, 나보다 기도 선생을……" 이렇게 계속 말하고 있었던 것은 이 시기였다. 결국 오쿠보가 사이고의 정책을 깨뜨리기 위해 남 모르게 활동하고 있는 것이 아니라, 이와쿠라·오쿠마·이토 그 밖의 동료들이 그러기 위해 뛰어다니고 있는 것이 실태였다. 그러나 기리노는 그 정보는 가지고 있지 않았다.

오쿠보가 착한 사이고에 대해 시키면 악당이라는 사쓰마 인들의 전설이 생기는 것은 이 시기부터였을 것이다. 어쩌면 그런 전설을 처음 만들어낸 사람은 기리노였을지도 모를 일이다. 다음에 그런 소문을 퍼뜨린 것은 평론신문이라는, 도쿄에서 사이고의 편을 드는 신문이었는데, 이 신문은 뒤에 이 이야기에 등장하게 된다.
"오쿠보는 겁쟁이 증세——외국을 두려워하는 대외관——에 걸려 있으니까."
이렇게 말할 뿐, 사이고는 그 밖의 감상은 말하지 않았다.

잠자리에 들 때까지, 한 시간쯤 두 사람은 흉허물 없는 이야기를 주고받았다. 그러나 양쪽 다 말이 적은 사람들이라 많은 말이 오가지는 않았다.
비밀 의논도 아니었다.
사이고와 기리노라는 이 한 쌍은 대체로 비밀회담은 못하는 편이었다.
'이 노인을 통해 내가 죽을 곳을 얻을 뿐이다.'
기리노는 사이고에 대해 이런 활달한 기상과 웅장한 기개와 함께 믿고 있는 사람으로, 그러한 기리노가 멀리 큰 산봉우리를 우러러보듯 하는 사이고에 대해 현 정국에 대처하기 위한 비밀 모의를 제기하는 그런 음습한 생각이 들 리 없었다. 기리노가 사이고를 대할 때 느끼는 기쁨은, 대하고 있으면 오장육부까지 시원해진다는 것뿐으로, 그것으로 충분하다고 생각했다. 기리노는 정치 비서로서는 정당치 못했다. 그러나 불행하게도 기리노는 자기가 사이고의 둘도 없는 정치 비서라고 생각하고 있었다.
사이고도 비밀 모의에는 적합지 않았다.
그는 막부 말기에는 막부 타도를 위한 기략을 마구 휘둘렀지만, 유신 후 '대업'이 성취된 것으로 보았을 때는 그러한 자신의 이른바 공적인 음모가의 소질을 통째로 꺼내 강물에 내던져버린 듯한 데가 있었다. 그가 중국의 철학적 정치가의 이름을 들며 말했다.
"도저히 나는 그 사람을 따를 수 없다. 그 사람은 남에게 숨겨야 할 일은 하나도 가지고 있지 않았다. 그에 비하면 나는 남에게 이야기할 수 없는 일이 너무도 많다."
사이고는 자기 마음속의 세속적인 욕망을 없애 가며 자신을 하나의 도인으로 승화시키려 하고 있었던 것은 확실하다. 이런 사람에게 비밀 모의와 같은 일이 성사될 리가 없었다.
한편 오쿠보도 이 시기에는 아무것도 하지 않았다. 그는 막부 말기에 있어서는 이와쿠라와 손잡고 심각한 조정공작을 한 인물이다. 나아가서는 권력의 생리란 것을 날 때부터 터득한 인물이었지만, 이 시기만은 꼼짝도 하지 않았으며 이토 히로부미라는 스스로 자원해 나온 정치 공작원을 거느리고——오쿠보의 생각과는 관계없이——있었을 뿐이었다.

사이고의 경우, 만일 이토와 같은, 하늘을 날고 땅으로 파고드는 그런 정치 수완가가 그의 아래 있었으면 사태가 어떻게 달라졌을지 모른다. 그러나 설사 있다 해도 사이고는 이미 그런 정치적 기략가를 가까이하지 않는 분위기를 가지고 있었고, 자기 덕망과 성실로 세상을 움직일 수 있다고 믿고 있었다.

사이고가 기리노를 얼마나 높이 평가하고 있었느냐에 대해서는 그가 자주 말한 것으로도 알 수 있다.

"만일 기리노가 학문을 했다면 나 같은 사람은 도저히 미칠 수 없다."

물론 이것은 기리노를 이토 히로부미와 같은 정치적 기략가의 차원에서 평가한 것은 아니었다.

통솔자로서 말한 것 같다.

"나 같은 사람은 도저히……."

이렇게 말한 사이고의 자기평가는, 그가 온 세상의 반막세력을 이끌며 막부라는 구질서를 파괴하고, 쓸데없는 피를 흘리지 않고 쉽게 새 정부를 출발시킨 그의 역사적 경력과 그것을 가능케 한 그의 기량이라는 의미이다. 기리노는 그만한 큰일을 할 수 있는 사람이라고 사이고는 말하는 것이다. 그러나 그러한 큰일의 대상인 막부는 지금은 없다.

있다면 구태의연하게 중세의 사회체제 속에서 잠들어 있는 조선이란 나라일 것이다. 조선으로 쳐들어가, 조선에서의 '막부 타도'를 성취시키고, 이윽고 한일동맹을 성립시키려는 것은, 상대가 외국인만큼 어떤 의미에서는 막부를 타도하는 것보다 어렵고 화려해서, 그 같은 꿈은 지사의 마음을 크게 뒤흔드는 무엇이 있다. 사이고의 계획은 우선 조선으로 건너가 자신이 죽는 것이었다. 그런 다음 기리노가 몇 개 대대를 이끌고 현해탄을 건너 조선의 서울로 쳐들어가서, 조선의 임금과 마주앉아 외교담판을 끝낸다는 것이었다. 사이고가 구상하고 있는 것은 그런 큰 연극이었다. 이런 일은 이토 히로부미 같은 교활한 애송이는 할 수 없는 일이었고, 옛날 영웅의 골격을 지닌 기리노 도시아키야만 할 수 있다.

사이고가 기리노를 높이 평가하는 것은 그 점이었다. 배운 것이 없는 기리노를 세상에 아마 하나밖에 없는 무식한 육군 소장으로 만든 것도 이런 그릇을 평가한 때문이었다.

"기리노 같은 녀석."

기리노를 이렇게 몹시 얕보고 있는 것은, 이를테면 도사계의 참의인 이타가키 다이스케가 있다. 사이고는 이타가키를 놓고 "도한군의 대장이 될 수 있는 사람은 이타가키나 기리노야"라고 말할 정도로 군대 통솔자로서의 이타가키의 기량을 높이 평가하고 있었지만, 당사자인 이타가키는 기리노를 사이고의 신변 호위 정도로밖에 평가하지 않았다.

일찍이 구로다 기요타카가 정한론을 딴 데로 돌리려고 "차라리 가라후토(樺太)에서의 대 러시아 문제를 먼저 해결해야 한다"고 기구(氣球)를 올렸을 때, 사이고는 이를 방해로 보고 조정에서의 동지인 이타가키에게 심중을 털어놓으며 부탁했다.

"구로다가 뭐라고 떠들어대건 우리는 조선을 선결문제로 해야겠으니 꼭 협력을 바란다."

이렇게 하여 이타가키의 시원한 승낙을 얻었다. 그런데 그 이타가키에게 기리노가 찾아와서 사이고와 같은 말을 흉내 내듯 되풀이했다.

"구로다가 뭐라고 떠들어대든 우리는 조선을 선결문제로 해야합니다."

이타가키는 놀라 이를 사이고의 경솔한 행동으로 보고 그를 나무란 일이 있었다.

"어째서 이런 큰일을 기리노 따위에게 말했는가?"

기리노에 대한 평가는, 사이고의 아우인 쓰구미치에게 하라고 하면 그다지 대단치는 않다.

"그 사람이 형을 그르쳤다."

이같이 직접적으로 말하지는 않았지만 그와 비슷한 이야기를 쓰구미치는 하고 있다.

쓰구미치는 지금 오쿠보와 같은 과에 속해 있어서, 이토나 야마가타의 동지라고 해도 좋은 새 정부의 옹호파였다. 적어도 쓰구미치는 새 정부의 옹호파를 놓고 잘못이 없다고 했고, 이 시기에 형인 다카모리와 의견을 교환하는 습관이 사라져서 단절된 상태나 다를 것이 없었다.

계산이 정확한 쓰구미치는 형과 같은 사상가는 아니었고, 적어도 사상가적 체질——인류 문명을 위해 아무리 중요한 것일지라도——과 같은 짐스러운 성격은 갖고 있지 않았다. 그러나 그릇이 큰 점에서는 형만은 못하더라도 같은 시대의 정치가 사이에서는 월등하게 규모가 컸으며, 게다가 사물에 대한 이해도 빨랐다.

육군의 장교 계급이 정해졌을 때, 사이고가 느닷없이 육군 대장이 된 것은 이미 말했다. 야마가타 아리토모는 육군 중장이었다. 야마가타는 군정을 담당하고 있었으므로, 그가 사무국장과 비슷한 자리에 앉아, 보신 전쟁을 헤치고 나온 사쓰마·조슈·도사·히젠 네 번을 중심으로 하는 여러 무사들의 계급을 정했던 것이다.

야마가타는 사쓰마 관계에 대해서는 사이고에게 상의했다

"쓰구미치군을 만일 육군 벼슬에 앉힌다면 어느 정도가 적당하겠습니까?"

야마가타가 그렇게 물었을 때 사이고는 대답했다.

"육군 중장 정도겠지."

이와 같이 서로 한 마디씩의 이야기로 사이고 쓰구미치의 신분이 결정되고 말았던 것이다. 야마가타와 동격이다. 사이고는 쓰구미치를 친동생이라고 해서 편들어 말한 것은 아니다. 쓰구미치에게는 중장이 될 만한 기량이 있다고 보고 있었던 모양이다. 그러나 기량만의 이야기다. 실력이 거기까지 차 있는지 어떤지는 별문제라고 사이고도 생각하고 있었다. 그런데 야마가타가 그렇게 결정하고 발표했다. 사이고는 놀랐다.

"야마가타씨는 묻는 방법이 좋지 않아. 쓰구미치에게 육군 중장이란 것은 그 그릇과 재주가 충실해진 다음의 일이고, 나는 지금 당장을 놓고 말한 것은 아니야."

그러나 어찌 됐든 사이고는 이 동생을 보통 인물이 아니라고 생각하고 있었다.

막부 말기에 사이고는 쓰구미치와 사촌 아우인 오야마 이와오를 정치 비서로 잘 썼다. 쓰구미치의 입장에서 보면 잘 써먹힌 셈이다.

이야기는 건너 뛰어 메이지 10(1877)년 사이고가 세이난(西南) 지방에서 들고일어났다는 소식이 정부에 들어왔을 때, 산조도 이와쿠라도 자기 얼굴빛이 아니었다. 쓰구미치가 마침 그 자리에 있었다. 그는 당황한 공기를 가라앉힐 생각으로 그런 말을 했는지 모르나, 큰소리로 대단할 것 없다고 단언한 것이었다.
"형은 허수아비에 지나지 않아 아무 것도 할 수 없습니다. 보신 전쟁의 실제계획은 나와 오야마가 보필한 것으로 형은 아무 것도 하지 않았습니다. 다만 뭇 사람들을 호령하여 죽을 곳으로 뛰어들게 하는 것만은 형의 기량으로, 웃으며 이야기하는 가운데 그런 일을 해냅니다. 지금 기리노의 무리가 형의 밑에서 획책하고 있습니다. 그 실력이 뻔합니다."

사이고는 아직 초저녁인데 잠자리에 들었다.
"나는 마루에서 마시겠다."
기리노는 술병을 오른손으로 집어 들고 사이고의 서생에서 이렇게 말하고 방을 나와 마루로 갔다.
마루에 나가니 눈앞 오른쪽에 변소의 차양이 쑥 나와 있고, 노송나무 껍질로 이은 지붕에 풀이 나 있었다.
그 위에 달이 높이 떠올라 있었다.
달은 한쪽이 이지러지기는 했으나 그 빛은 달로 생각되지 않을 만큼 희고 아름다웠고, 맞은편 저쪽의 황폐해진 정원을 연회색으로 비추고 있어, 보기에 따라서는 쓸쓸하고 처량해 보였다.
"자네들은 일찍 자지 않나?"
기리노는 방을 치우고 있는 서생들에게 말했다. 자기 혼자 여기서 멋대로 술을 마시고 있는 것은 그들에게 폐가 된다는 것을 기리노는 알고 있다.
기리노는 공연히 우울했다. 자신의 그 같은 우울에 대해 혼자 술을 마시면서 생각해 보려 하고 있었다.
술이 목적은 아니다. 술을 특별히 좋아하는 것은 아니었다.
서생 하나가 물었다.
"술을 더 가져올까요. 언제까지 그러고 계시겠습니까?"
"달이 구름 속으로 들어가면 나도 자겠다. 그러나 하룻밤 내내 이렇게 밝으면 일어나 있겠다."
기리노는 말하고 또 천역덕스럽게 덧붙였다.
"숙직이야."
막부 말기에 기리노는 사이고를 위해 그런 일을 해왔다. 만일 기리노가 사이고의 신변에 없었으면 사이고는 유신까지 살아 있었을지도 의문이다.

자객이 몰래 들어올지도 모르는 위험성은 지금 이 시기에 충분히 있었다. 반정한파 사람들은 사이고 하나만 쓰러뜨리면 정한책의 진행을 막을 수 있다고 생각하고 있을 것이다. 정한파의 다른 참의들은, 이용할 목적으로 그런 논의를 주장하거나──예를 들면 사쓰마·조슈의 파벌을 쓰러뜨리려는 히젠·사가 계통의 에토 신페이 참의와 같이──도사계의 참의 이타가키 다이스케처럼 혼자서는 일을 할 수 없고 남의 의견에 따라 움직이는 무리거나 둘 중 하나에 지나지 않는다. 반대파에 있어서는 사이고를 쓰러뜨리면 그만이었다. 이런 상황에서는 가끔 암살이라는 거친 일이 잘 일어난다. 기리노로서는 조심하는 것보다 더 좋은 것은 없었다.

그렇다고, 기리노는 가련한 피해망상자는 아니었다. 오히려 적극적으로 기리노 쪽에서 칼을 어루만지며 이렇게 생각하기도 했다.

'차라리 이와쿠라와 오쿠보를 죽여 화근을 없앨까.'

그러나 막부 말기처럼 옛날 방식의 암살 수단은 쓰지 않는다. 일찍이 한 검객에 지나지 않았던 기리노 자신이 지금은 육군 소장으로 근위군의 태반을 손에 쥐고 있는 것이다. 이와쿠라나 오쿠보는 문관에 불과했다. 설사 그들이 황급히 조슈계의 근위사관들에게 신변 보호를 부탁한다 해도, 사쓰마계에 비교하면 그들의 용기는 뻔한 것이다. 이와쿠라가 오쿠보를 제거할 필요가 있다면, 대낮에 당당히 깃발을 높이 들고 북을 울리며 치고 들어가면 된다고 기리노는 생각하고 있었다.

기리노에게 정치 사상이나 구상이 없었던 것은 아니다.

고향인 요시노의 화산재로 덮인 고지에서 향사 집안에 태어난 그는, 가난과 지리적 고립 때문에 공부를 한다거나 지식인 사회로 뛰어들어 두뇌와 감각을 닦을 기회를 가질 수 없었다.

기리노가 고원 지대에 있는 집에서 가고시마 성밑거리로 다니는 습관──검술을 배우기 위해──이 생긴 것은 청년기에 들어선 뒤부터다. 그때까지 거의 개간지나 다름없는 메마른 땅 외딴집에 살며, 고구마 농사 같은 밭일에 쫓기며 살았다.

사쓰마에서는 무사가 무사답게 되는 데는 두 가지 길만이 있었다.

죽을 때 죽어야 할 것과, 적에 대해서는 인간적인 동정이나 인정을 지니면서도, 싸우는 마당에서는 이를 끝까지 쓰러뜨려야 한다.

이 두 가지였다.

사쓰마의 무사 교육에서는 그 밖의 요구는 하지 않는다. 학문과 예술의 교양은 있으면 있을수록 좋지만 필요한 것으로 인정하지는 않았다. 오히려 그것을 몸에 지니고 있기 때문에 이론이 많은 사람이 되거나, 자신의 좋지 못한 행동을 변명하는 도구로 쓰는 일이 있으면 몹시 배척을 당한다. 아무리 배운 것이 없어도 사쓰마에서는 조금도 불명예가 되지 않는다. 시원스럽지 못한 인격이 사쓰마에서는 커다란 불명예이다.
　사쓰마 사족은 8백 년의 역사를 가지고 있다. 그 역사는 어느 번보다 길다. 그러나 그 가운데 전형적인 사쓰마 사람은 전국기를 제외하고는 막부 말기에 나타난 기리노 도시아키일지도 모른다.
　기리노는 혼자서 검술을 배웠다. 사쓰마의 검술은 서 있는 나무를 치는 것으로 칼의 수업을 하기 때문에 혼자서도 못할 것은 없다. 그러나 혼자 익혀서 일류 검객이 되는 데는 상당히 고된 단련이 필요했을 것이다. 기리노가 성밑거리의 검술 도장에 다니기 시작했을 무렵 그의 독습은 거의 완성되어 있었으므로, 사범은 그를 특별히 손님으로 대우했다고 한다.
　성밑거리에 다니고 있을 무렵 성하사의 자제들로부터 대부분의 향사들을 '시골뜨기'라고 놀림을 받았듯이, 기리노도 상당히 호된 꼴을 당하고 있었다. 다리 위에서 강으로 내던져진 일도 있었다. 그러나 그는 무슨 일을 당해도 소리치거나 성내는 일 없이 태연히 당하고만 있었으므로, 성하사의 자제들 쪽에서 그를 두려워하고 존경하여 적극적으로 교제를 청해오게 되었다. 향사는 성하사에 거역하지 않는다는 사쓰마의 전통을 배반하지 않는 점에도 기리노다운 데가 있다.
　배운 학문이 전혀 없었던 기리노가 만일 다른 번에 태어났더라면 무시당하든가, 설사 그럴 만한 지위에 앉더라도 스스로가 열등감에 고민했을 것이 틀림없다. 그러나 사쓰마 사람들 속에서는 오히려 그것이 애교로 보였고, 특히 진퇴와 생사에 있어서 시원스러운 경우, 그것이 미덕으로까지 될 수 있었기 때문에, 기리노는 오히려 이 풍토적인 문벌이 높은 집단으로부터 사랑과 존경을 받았던 것이다.

　그러면서도 기리노는 정론(政論)을 좋아했다.
　정론이라고 해도 내정문제가 아니고 국제문제에 관한 것이었다.
　"골치가 아플 때는 기리노의 이야기를 들어라. 두통이 금방 낫는다."

이렇게 말 할 정도로 그의 이야기는 재미가 있었다.

"청나라 사람들은 멍청해서 자고 있다. 조선 사람도 게름뱅이라서 자고 있고, 러시아 인만은 일어나 쉬지 않고 시베리아를 걷고 있다. 러시아 인의 본국은 서쪽이다. 서쪽에서 하루 한 마장씩 걷는다면 2백 년 동안 어디까지 올까? 마지막 닿는 곳은 캄차카다. 캄차카까지오면 거기서부터는 바다야. 그곳에 '여기는 황제의 영토다' 하는 굵은 말뚝을 박아놓고 되돌아간다. 돌아서면 넓은 초원이 있다. 거기가 연해주다. 청나라는 연해주를 청나라 영토라고 하지만 러시아는 말을 듣지 않아. 러시아는 군대를 보내 억지로 조약이란 것을 맺고 연해주를 러시아 영토로 만들고 말았어. 그게 바로 아이훈 조약이라는 거야."

기리노의 이론은 아이들의 땅따먹기 장난처럼 단순하고 통쾌한 영토 확장이었다.

영토 확장론이 죄악적인 사상이라는 평을 듣기 시작하는 것은 훨씬 뒷날의 일이다. 이 시대에 기리노의 생각은 그것이 국가적인 정의까지는 가지 않더라도, 다른 열강과의 마찰만 없으면 국가행동으로써 오히려 바람직한 것으로 인정되고 있었다.

기리노는 '아이훈 조약'이라는 말을 자주 입에 올렸다.

이 조약만큼 러시아의 팽창정책을 노골적으로 드러낸 것은 없다. 이 조약이 맺어지기 전, 러시아는 멋대로 자기 나라의 것으로 한 동부 시베리아의 영토권을 고정시킬 목적으로 흑룡강을 점령하려 하였고, 무라비 요프라는 사람을 총독으로 보내 청나라 관리들을 위협해서 목적을 이루었다. 아이훈 조약의 체결은 1858년으로 일본의 안세이 5년 때 일이다.

이해 막부는 미국의 압박에 못 이겨, 여론이 양이적인 과열상태에 있었는데도 최고집정관인 이이 나오스케(井伊直弼)가 여론을 물리치고 조인했다. 뒤이어 러시아, 네덜란드, 영국, 프랑스와도 조인했다. 그 직후 이이는 이에 반대한 세력을 크게 탄압하기 위해 안세이 대옥(安政大獄) 사건을 일으키게 되는데, 이른바 애국지사들은 이 조약 조인을 개국이라고 보지 않고, 성하의 맹약, 즉 항복으로 보았다. 사실 조약은 불평등하고 굴욕적인 것이었다. 이 안세이 조약의 조인과 아이훈 조약은 같은 해에 일어났던 일로, 질적으로 다를 것이 없다.

그 뒤로 막부 타도의 여론이 일어나 메이지 유신으로 발전되지만, 사이고도 기리노도 열강의 팽창 정책의 불길 속을 헤치고 나온 지사들로서, 그 팽창에 대항하기 위한 부국강병이 메이지 유신의 목적의 하나인 이상, 기리노의 이 '두통도 낫는다'는 팽창정책론은, 역사 환경이라는 입장에서 보면 지나칠 것도 이상할 것도 없었다.

그러나 기리노의 국제정치론은 모두가 귀동냥이었다.
"조선이 비어 있다. 만주는 어떤가, 역시 비어 있지 않은가."
이런 투의 이른바 해설 같은 것으로 그 해설의 근거가 되는 것은, 사이고와 이타가키의 비밀 명령으로 메이지 5년에 만주와 조선으로 정찰하러 나갔던 사람들이 선물로 가지고 온 이야기에 불과했다. 기리노는 조선 사정을 소령인 벳푸 신스케(別部晋介)에게서 들었고, 만주 사정은 사카키 주헤이(彭城中平)에게서 들었다.

국제정세란 것은 이해관계가 뒤얽혀 있을 뿐만 아니라, 국가간의 질투와 서로가 품고 있는 의심과 억측 등 헤아릴 수 없는 현상이 개인 사이의 그것보다 훨씬 심하여, 때로는 그것들이 참담한 결과를 가져오게 된다. 어느 나라가 독점적으로 한 지방에 진출할 경우, 열국의 그러한 요소들이 무서운 기세로 소용돌이치며, 이를테면 화약을 지고 불로 뛰어드는 결과도 될 수 있는 것이다.

만일 비어 있는 한 지방에 어느 나라가 자기 나라 세력을 집어넣으려고 하면 모든 사전공작이 필요하다. 목표하는 지방의 정부보다 오히려 그 지방에 관심을 가진 열국에 대해 충분한 공작을 해두지 않으면 반드시 실패하게 된다. 그런 지혜를 유럽 정치가들은 잘 알고 있었다. 그들이 간사한 지혜가 많다는 것이 아니라, 그러한 국제환경 속에서 각자가 국가를 이룩하고 있기 때문에 경험이 체질화되어 있다고 할 수 있다.

일본 역사에는 국제 환경이라고 하는, 국가 행동을 규정하는 역학을 매우 미미한 것으로 보았기 때문에 그런 고독한 사회를 만들어 왔다.

기리노가 해설조로 일본의 국력을 조선과 만주로 진출시킨다고 한 것은 그것을 듣는 사쓰마 무사들에게 피가 끓고 살이 뛰는 통쾌함이 있지만, 이 광경을 같은 시대의 서양 정치가들에게 보인다면 깜짝 놀랄 것이 틀림없다.

기리노는 단순한 처사가 아니었다.

앞서 외유한 패들이 없었던 시기에 있어서는, 사실상 일본 수상의 위치에 있던 사이고의 외교정략 보좌역이 기리노였다. 한 나라에서 가장 중요한 정치가의 보좌역이 고작 기리노 정도였다고 하는 것이, 외교감각이 결여된 일본의 상징적 현상이라고 할 수 있다.

동시에 기리노는 경호원이다.

그는 달빛에 하얗게 드러난 정원의 광경을 예민한 감각으로 순간순간 기억에 담고 그 변화를 머릿속에 넣어가며, 같은 것과 다른 것의 추이에 대해 주의를 게을리 하지 않는다.

그러면서도 기리노는 하나의 거인이었다.

다만 출신이 좋지 않았기 때문에 정치나 군사의 총수 자리에 앉은 적은 없지만, 만일 사쓰마 번의 총수로 일찍부터 있었다면 사이고의 말처럼 기략성은 사이고보다 뛰어났을지도 모른다. 기리노의 불행은 그가 총수로서의 기량을 시험해 볼 기회가 없었고, 경호원이란 단순한 무력이나, 정책 보좌역이라는 힘겨운 일로만 사이고를 섬길 수 밖에 없었던 일이다.

날이 밝았다.

기리노가 일어났을 때 사이고는 나가고 없었다. 서생에게 물으니 먼동이 트기 전 횃불을 들고 낚시를 떠났다고 한다.

"낚시?"

기리노가 의외로 생각한 것은, 사이고는 총사냥도 좋아하고 투망도 좋아하지만 낚시만은 좋아하지 않았다.

평소에 좋아하지 않는 낚시를 하러 나간다는 것은 하루하루가 무척 재미없고 답답해 견딜 수 없다는 뜻인지 모를 일이었다.

"내게 뭔가 전하는 말을 남기지 않으셨나?"

의미의 말을 기리노가 사쓰마 말로 물었다. 돌아온 대답은 기리노를 쓸쓸하게 만들었다. 아무 말도 남기지 않았다는 것이다. 사이고는 적어도 겉으로는 기리노를 무시했다. 그보다도 어젯밤부터의 태도로 미루어, 기리노가 가지고 온 정보에 별로 관심을 보이지 않았다. 다시 말해서 정보라고 하는 형태로서의 세상의 움직임을 사이고는 귀찮게 생각하고 있는지도 모른다.

기리노는 시종 말이 없이 아침밥을 퍼 넣었다. 그런 다음 곧 말을 끌어오게 하여 도심지로 향했다.

사이고의 뱃속은 기리노도 파악하기 어려웠다.

'모기의 날개소리 같은 것일까?'

기리노는 말 위에서 생각했다. 오쿠보 주위의 움직임이 사이고에게는 모기의 날개소리 같은 것일까 하고 생각한 것이다. 사이고는 천황과 산조를 어디까지나 믿고 있는 것 같았다. 한국으로 건너가는 일은 산조가 마지못해 한 형태라고는 하지만 승낙을 했고, 그것을 아뢰어 말로나마 천황의 내락을 얻은 것이다. 뼈대는 결정되어 있었다. 사이고로서는 그것을 믿을 수밖에 없다고 생각하고 있는 것 같았다. 기다리는 도리밖에 없었다. 기다리는 처지에 있는 사람이 자잘한 책동을 하게 되면 도리어 남의 의혹을 불러일으켜 될 일도 안 되게 만들 염려도 있다, 그렇게 생각하고 있는지도 모른다.

기리노가 육군 재판소로 등청하자, 방에 손님이 기다리고 있었다.

한 고향의 에비하라 보쿠(海老原穆)가 문장이 박힌 예복 차림에 상투를 튼, 구시대의 모습 그대로 의자에 앉아 있었다. 게다가 작은칼까지 차고 큰칼은 서생 차림의 남자에게 들리게 하였다. 서생처럼 생긴 남자는 방에는 들어오지 않고 복도에 서 있었다.

'에비하라라니 이상한 사람이 찾아왔군' 하고 기리노가 생각한 것은, 별로 교제가 없는 사쓰마의 상급무사였기 때문이다. 벼슬도 하지 않고 있었다. 엽관(獵官)운동이겠지, 하는 생각이 들었다.

기리노가 정중히 인사를 하자 에비하라는 거만하게 고개를 끄덕이며 말했다.

"미리 말해 두지만 엽관운동은 아닐세."

목소리가 큰 사람으로 복도 건너의 맞은편 방까지 울릴 것 같았다.

뛰어난 용모라고 할 수 있었다. 눈썹이 굵고 눈이 무척 빛났다. 그리고 입매가 소년처럼 시원스럽고, 웃으면 예쁜 이빨이 고르게 박혀 있었다.

"아, 예."

"이런 정부는 뒤집어엎어야 한다고 생각하고 고향에서 올라왔네. 한지로(기리노), 자네는 찬성이지?"

"찬성이지요."

기리노는 짐짓 말했으나, 아무튼 여기는 정부기관인 것이다.

가고시마 현의 사족 에비하라 보쿠는 설명하기 시작했다.
"왜 이런 옷차림을 하고 왔는지 아나?" 하고 설명하기 시작했다.
"종2품님은 이런 차림이 아니면 못마땅하게 여기시거든."

조정 205

이런 뜻의 이야기를 약간 익살스럽게 말했다. 종2품님이란 시마즈 히사미쓰를 가리킨다. 정부를 정복하려면 시마즈 히사미쓰의 힘을 빌리지 않으면 아무 소용이 없다는 것이 에비하라의 생각이었다. 전국의 불평을 품은 사족들의 태반이 그렇게 생각하고 있는 것과 같이 히사미쓰는 수구(守舊)를 무척 좋아한다.

서양화하는 정책은 그만두고, 모든 제도를 봉건시대로 되돌리라는 것이 히사미쓰의 주장이었다. 이에 대해서는 천황 이하가 히사미쓰의 환심을 사려고 하면서도 그의 의견을 존중하지 않는 것 때문에 그는 밤낮으로 속을 끓이고 있었다.

히사미쓰는 금년 봄부터 도쿄에 나와 있다. 에비하라는 그 히사미쓰를 배알하고 온갖 의견을 말했다. 히사미쓰는 에비하라의 과격한 점에 대해서는 다소 제지하는데가 있었지만, 그 뜻은 가상하게 여겨 몇 번이나 고개를 끄덕였다.

"옳은 말이야."

에비하라는 히사미쓰와 그 측근에 접촉하기 위해 상투를 틀고 앞이마를 사쓰마식으로 넓게 깎아 올렸다. 사실 에비하라는 본디 양복을 싫어했다. 그러나 칼을 차고, 하인에게 옷함을 들리는 일은 시대의 흐름에 너무 맞지 않는다는 정도는 알고 있었다. 그러나 히사미쓰의 인정을 받으려면 어중간한 말주변보다 이런 옷차림이 제일이었다.

"세 번 만나 뵈었네. 무척 반기시더군."

에비하라가 말했다.

히사미쓰가 고집쟁이라는 점에서는 일본 역사상 최대의 고집쟁이였을지 모른다. 그는 사쓰마 번의 사실상의 번주로서 막부 타도를 위한 최대 세력의 꼭대기에 있었다. 그러나 그 자신은 막부 타도에는 반대였으나, 객관적으로는 시류의 흐름에 발목을 잡혔고, 주관적으로는 사이고와 오쿠보의 속임수에 넘어가, 유신에 있어서의 형식상의 최고 공로자로 되었다. 그러나 유신 후의 서양화 정책이 마음에 들지 않아 그 뒤 가고시마에 들어앉은 채 나오지 않았던 것이다.

도쿄 정부는 이 히사미쓰의 고집이 골칫거리였다. 어떻게든지 그를 달래서 도쿄로 불러올리려고, 천황의 칙사가 자주 가고시마에 내려갔다. 자그마치 세 번이나 되었는데, 그 외에 한 번은 천황이 직접 가고시마를 순행했다.

첫 번째 칙사는 공경인 야나기하라 사키미쓰(柳原前光)로 메이지 원년(1868) 2월 바닷길로 가고시마로 왔다. '상경하여 나를 도와 달라'는 천황의 편지와 여러 해의 공로에 대한 위로의 친서를 가지고 있었다. 그러나 히사미쓰는 병을 핑계로 그 칙사를 만나지 않았다. 대리로서 아들 다다요시(忠義)가 그것을 받았다. '상경하라'는 칙명을 부드럽게 거절한 것이다.

두 번째 칙사는 메이지 3(1870)년 12월이다. 이때의 칙사는 거물로서 이와쿠라 도모미였다. 이때도 '상경하라'는 편지를 가지고 있었는데, 히사미쓰는 지난번과 마찬가지로 병을 핑계로 만나지 않고 아들 다다요시가 대리 행세를 했다. 그러나 이와쿠라가 머물러 있는 동안 히사미쓰는 이와쿠라의 여관에 찾아왔다. 비공식적으로 만난다는 것은 결국 천황의 어명을 따를 수 없다는 의미도 된다. 물론 그는 이때도 상경하지 않았다.

마침내는 천황이 직접 가고시마로 나가 그를 끌어내리려는 색다른 조치가 취해졌다.

천황은 군함 '류조(龍驤)'를 타고 메이지 5년 6월 가고시마 항구로 들어갔다. 이러는 데는 히사미쓰도 배알하지 않을 수가 없어 의관을 갖추고 행궁으로 문안을 갔다.

이때 히사미쓰는 14개 조항에 걸친 의견서와 부서를 제출하고, 부디 국수주의로 돌아갈 것을 주장했다. 히사미쓰는 일찍이 메이지 2년에 상경하여 같은 취지의 의견서를 낸 일이 있었는데, 그것이 묵살당한 것을 부서의 첫머리에서 원망하고 있다. 부서의 요점을 말하면 이런 것이었다.

'그 뒤 그 일에 대해 아무런 하문도 없다. 그러므로 헛되이 침묵을 지킬 수밖에 없었다. 그런데 이번에 뜻밖에도 순행 나오신 용안을 배알할 수가 있었다. 미약한 정성이 잠자코 있을 수 없어 의견을 말하는 바이다. 지금 세태는 위급한 상태로 절박하므로 이를 차마 방관할 수는 없다. 내 의견은 구태의연한 것 같으므로 채택될 것 같지 않으나 앞으로 이렇게 좋은 기회도 없을 것 같아서 의견서를 올리는 바이다. 지금의 정부가 하는 식으로는 나라의 운이 날로 쇠미해질 것이다. 만고에 변함없는 황실의 전통도 공화정치의 악폐에 물들어, 마침내 서양 오랑캐의 속국이 될 것을 생각하니 눈물을 주체할 수 없다.'

천황이 직접 가고시마로 찾아간 이때도 히사미쓰는 상경을 약속하지 않았다. 그가 얼마나 완고한 성격으로 타협을 모르는 사상가였는지 알 수 있을 것이다. 참고로 히사미쓰는 명군으로 불리운 형 나리아키보다 한문과 국학에 대한 고전적인 교양이 있었고, 그런 교양적인 분야라면 현재 조정에 서 있는 어느 고관보다 교양인이었던 것으로 생각된다.

천황이 가고시마를 떠나고 5개월 뒤에 정부는 종래의 음력을 폐지하고 양력을 채용했다. 이 일이 히사미쓰를 더욱 분개하게 했다.

"달을 기준으로 한 종래의 음력이 훨씬 실용적이다. 양력으로 하면 농민과 어민은 어떻게 하는가. 농민은 파종과 농사 시기를 그르치게 되고, 어민은 달이 뜨고 지는 것과 밀물 썰물의 기준을 잃게 된다. 양력은 도무지 쓸모가 없다. 이 새 달력으로 인해 일본인은 춘하추동의 순서를 잊게 될 것이다."

측근에게 이렇게 말했다. 측근은 이 말을 기록했다. 메이지 6(1873)년의 새해 첫날부터 처음으로 양력을 쓰게 되었다. 히사미쓰는 이런 기막힌 설날이 있느냐고 분개하며 몇 수의 시를 읊었다. 만일 그가 영주가 아니고 서민이었다면 후세 역사가는 이를 저항의 노래라고 찬양했을 것이다.

'신력의 새해 되니 겨울이 다시 깊어지는 세상이 되누나.'
'새로 열리는 양력은 어이한 일이런가, 봄바람은 불 생각도 않네.'

히사미쓰의 분노가 눈에 보이는 것만 같다.

그를 도쿄로 끌어내기 위한 세 번째 칙사가 내려간 것은 메이지 6년 3월이나, 칙사로는 사쓰마와 사이가 좋은 옛 막부 가신이며 새 정부의 해군 차관인 가쓰 가이슈가 선발되었다. 가쓰(勝)는 이런 일에 숙달된 정치가였다. 마침내 히사미쓰(久光)를 끌어냈다.

히사미쓰가 칙사의 기선을 타고 가고시마를 떠나 도쿄로 들어온 것은 4월이다. 새 정부는 히사미쓰를 위해 우치사이와이초(內幸町)에 저택을 준비해 두었다. 히사미쓰는 그리로 들어갔다. 그 뒤로는 도쿄에서 요양하고 있는 태도를 취하고 있었다. 에비하라가 히사미쓰를 찾아간 것은 이 저택에서다.

시마즈 히사미쓰(島津久光)가 이 시기에 세상으로부터 어떻게 어떤 인정을 받고 어떻게 기대를 받고 있었는지는, 도사의 오이시 마도카(大石圓)의 예를 들 수 있다.
 '시마즈 히사미쓰 나리가 계시는 한 우리의 희망도 포기할 수는 없다.'
 각 지의 국수주의적인 정열가들은 한결같이 생각하고 있었는데, 오이시 마도카도 그 유력한 사람 중 한 사람이다. 그들은 반정부 운동이란 것에 대해 사이고보다 오히려 히사미쓰에 그렇게 기대하고 있었다는 것을 오늘날 섣불리 보아서는 안될 것이다. 오이시에 대해서 이야기하는 것은 히사미쓰라는 존재에 대해 언급하는 데 무익하지 않을 것이다.
 오이시 마도카는 흔히 야타로(彌太郎)라고 불렀다. 막부 말기에 그가 반막부 운동의 소용돌이 속에 등장할 때는 야타로란 이름으로 행세하고 있었다. 도사의 향사로, 가미 군(香味郡) 노이치 마을(野市村) 사람이다. 그의 교양은 반드시 국학만이 아니라, 일찍부터 에도로 나와 서양 학문을 배우기 위해 가쓰 가이슈의 사숙에 들어가 있었다.
 막부 말기의 반막부 운동에 도사의 향사들이 떼를 지어 참가했는데, 도사 같은 구석진 먼 곳에서 대량으로 그런 운동가가 나오려면 그 첫길을 튼 유력한 사람이 없으면 안 된다. 오이시가 그러했다.
 '오이시가 선구자.'
 이것은 당시의 도사 지사들은 다 알고 있었다. 오이시는 아즈마(東)로 가는 도중 시나노(信濃)의 마쓰시로(松代)로 사쿠마 소산(佐久間象山)을 찾아 갔으나 집에 없어, 에도로 나온 뒤에 시모우사(下總)의 교토쿠(行德)로 후지모리 고안(藤森弘庵)을 찾아갔다. 후지모리는 그 당시 각 영주들이 다투어 초빙해 가려고 할 정도의 유학자로, 시국을 논하는 데는 그에 앞설 사람이 드물었다. 말은 과격했지만 성품과 행실은 담백하여, 당시 그를 찾아가 그의 사상을 들으려 하는 사람이 많았다.
 오이시는 이 후지모리의 저택에서 우연히 만나게 된 두 조슈 번의 무사와 친하게 되었다. 사사키 오토야(佐佐本男也), 기나시 헤이노신(木梨平之進)이다. 두 조슈 인도 오이시의 인물에 반했다.
 에도의 도사 번저로 돌아오자 사사키 오토야는 도키야마 나오하치(時山直八)라는 조슈 인을 데리고 오이시를 찾아왔다 도사의 번사가 다른 번 사람과 교제한 것은 이것이 최초의 예다.
 그 뒤 오이시가 가쓰 가이슈를 찾아왔을 때, 거기에 가쓰라 고고로(기도 다카하시), 스후 마사노스케, 그리고 사쓰마 인 가바야마 산엔(樺山三圓), 마치다 나오고로(町田直五郎)가 있었다. 오이시는 이들과 금방 의기투합했다.

그뒤, 뒷날 도사 근왕당의 영수가 된 다케치 한페이타가 에도로 내려왔다. 당시 다케치는 한낱 검객으로서 에도의 모모노이(桃井) 도장에 들어가 검술을 닦으려 하고 있었다. 오이시는 이를 보고 말했다.

"한페이타, 자네는 보아하니 대장부다. 만일 일본을 구하고 싶으면 검술 따위는 그만두게, 앞장서서 천하에 대의를 외치게나."

이때 그 후의 다케치의 운명이 시작되었다고 할 수 있다. 오이시에게는 통솔하는 능력이 부족했으나 다케치에게는 그것이 있었다. 뒷날 도사 번의 큰 야당이 되는 도사 근왕당을 거느리는 것은 오이시가 아니고 다케치다. 이 다케치 밑에 다분히 공화주의 사상 또는 그런 기질을 가진 사카모토 료마들이 가담했다.

막부 말기를 뒤흔든 반막부 운동가의 사상은 개별적으로는 저마다 각양각색이었다. 반막부라는 목적만은 일치해 있었고, 그것이 커다란 활력소가 되었다. 그러나 유신이 성립되는 것과 동시에, "이런 정권을 만들기 위해 일한 것은 아니다"라는 불만이 사상가마다 생겼다. 오이시의 경우는 일찍이 서양 학문을 뜻하던 사람에서 국수주의자로 변해 있었다.

도사 인 오이시 마도카에 대한 이야기다.

그는 메이지 시기에 있어서 고관이 될 자격을 모두 갖추고 있었다. 그러나 고관이 되지 않았다.

막부 말기에 가장 이른 시기의 활동가인 동시에 보신 전쟁에도 군대 간부로 종군했다.

유신 성립 후 새 정부는 그의 여러 해의 공로에 보답하기 위해 군무간사 같은 벼슬을 주었다. 그는 그러한 실무에도 참으로 유능했다.

그러나 얼마 뒤 벼슬을 버리고 시골로 돌아갔다.

"이런 기막힌 정부를 만들기 위해 나는 목숨을 바쳐 일해온 것이 아니다."

그는 이같이 말했다.

"좋은 기계는 얼마든지 서양 것을 써라. 그러나 제도와 풍속까지 그들을 따르는 것은 그들의 노예가 되는 것이다."

이런 의견을 가지고 있었다. 그는 도사로 돌아갔으나 이내 무서운 뜻을 불태우며 정부를 쓰러뜨릴 결심을 하였다.

"또 한 번 하는 거다."

그는 그 지방 사람들에게 계속 말하고 있었다. '또 한 번'이란 일찍이 막부를 쓰러뜨렸듯이 다시 한 번 하자는 것이다.

그의 교양에는 다소의 서양 학문도 들어 있다. 그러나 사상은 다분히 복고주의적인 몽상가라고 할 수 있는 사람으로 고대 천황의 독재정치를 꿈꾸고 있었다. 그런데 새 정부는 표면으로는 그것을 외치면서도, 사실상의 정권은 사쓰마·조슈의 출세주의자가 쥐고 있다고 그는 보았다.

"다이스케도 똑같다."

도사파의 우두머리인 이타가키 다이스케도 그 출세주의자 속에 넣고 있었다. 이타가키 외에 고토 쇼지로, 후쿠오카 다카치카(福岡孝弟), 사사키 다카유키(佐佐木高行)들이 정부 요직에 앉아 있는 것도 오이시로서는 못마땅했다. 그들은 옛 도사 번의 상급무사 출신으로 이타가키 외에는 막부 말기에 아무 일도 한 것이 없을 뿐만 아니라, 고토 쇼지로 같은 사람은 도사 근왕당의 우두머리인 다케치 한페이타를 단죄하여 할복하게 만든 사람이다. 막부 말기의 도사 지사들은 오이시나 다케치 한페이타, 사카모토 료마, 나카오카 신타로처럼 모두 향사 출신이었다. 도바 후시미 싸움의 첫 전투를 끝낸 뒤부터 도사 번이 번 전체로서 관군에 가담했기 때문에, 메이지 정부에서의 영달의 열매는 상급무사들이 가로채고 말았던 것이다.

"놈들의 머리에는 출세밖에 없다. 사쓰마·조슈에 알랑거리며 그들의 뒷꽁무니에 매달려 높은 벼슬의 찌꺼기라도 얻으려 하고 있다."

오이시로서는 그것 하나만으로도 참을 수가 없었다. 그는 사쓰마의 사이고 다카모리까지 못 믿겠다는 생각을 품고 있었다. 욕심이 없는 척하면서 육군 대장에 참의와 근위도독을 겸하고 있는 것은 무엇 때문이냐는 것이다.

오이시가 기대한 것은 시마즈 히사미쓰였다. 같은 복고주의자라도 히사미쓰는 에도 시대로 돌아가자는 것이었고 오이시는 고대로 돌아가자는 것이었다. 오이시가 더 공상적이지만 그러면서 문물은 서양 것을 도입해도 좋다는 것이 히사미쓰와 다른 점이었다.

오이시의 정치론이 옳고 그른 것은 별개로 하더라도, 그의 정치적인 진퇴가 선명했던 점과 정치 비판적인 태도는, 일본 야당 정신의 근원을 이루는 한 사람이라 할 수 있을지 모른다.

도사 인 오이시 마도카에 대해서보다도 시마즈 히사미쓰에 대해 언급하지 않으면 안 된다.

오이시가 정부를 전복하기 위해 히사미쓰를 이용하려고, 고치(高知)에서 상경한 것은 이 이야기의 이 시기(메이지 6(1873)년 가을)보다 몇 달 뒤였다. 오이시의 지조가 굳은 점은 존경이 가지만, 그는 꾸밈이 없는 사람이 아니라 막부 말기에서 메이지 초년의 도사 인에게 공통된 모략가이기도 했다. 그가 히사미쓰를 찾아간 것은 히사미쓰에게 반해서가 아니었다. 히사미쓰의 완고함과 그의 영향 아래 있다고 생각되는 사쓰마 세력의 힘을 반정부 운동에 이용하려 한 것이다. 이 시대의 일본에서는 옛 막부 가신이 의기를 상실하고 결속력을 잃어버린 점도 있어서, 일본 최대의 세력은 사쓰마였다. 오이시의 관측으로는 사이고는 그 세력에 대한 지휘 능력을 가지고 있지 않았고, 오히려 히사미쓰에게 능력이 있는 것으로 보았다.

"꼭 봉건세록의 시대를 다시 일으키고 싶습니다."

오이시는 이렇게 진언했다.

오이시는 히사미쓰와 사상과 의견을 히사미쓰의 측근들로부터 자세히 듣고 있었다.

히사미쓰는 천황이 앉은 자리를 서양식으로 한 것은 돼먹지 않았다고 했고, 또 각 성에 서양 사람을 고문으로 둔 것도 옳지 않다고 했다. 검술 사범을 폐업시키면 일본의 무사 정신을 살릴 수 없다는 의견도 가지고 있었다. 오이시는 히사미쓰의 환심을 사기 위해 그 이야기도 했다.

히사미쓰는 바보가 아니었고 뛰어난 한문의 교양인이었지만 결국은 귀족 영주였다. 오이시가 치켜올리는 대로 히사미쓰는 점점 신이 나서 먼저 말했다.

"선왕의 칙명을 등한히 할 수는 없다."

히사미쓰가 말하는 선왕은 고메이 천황(孝明天皇)을 말한다. 이 천황은 봉건제도를 인정하는 사람으로 막부편인 데다 극단적인 양이주의자였다. 이 점에서 히사미쓰와 꼭 닮았다고 해도 좋았다. 막부 말기의 어느 시기까지 고메이 천황은 조슈계 귀족들의 책동으로 반막부주의자 같은 인상을 세상에 주고 있었다. 그러나 분큐 3년 사쓰마 번과 아이즈 번이 손을 잡고 궁중에서 조슈 세력을 모조리 몰아냈을 때, 천황은 히사미쓰에게 감사했다. 그 뒤로 천황은 사쓰마계 대신들로부터 히사미쓰의 사상과 교양을 듣고 기뻐하여,

특히 히사미쓰에게 개인적인 친서를 내렸다.

직역하면

'중요한 시기이므로 그대와 손을 잡고 손에 감춘 것과 의심 같은 것이 없이 잘 해나가고 싶다. 어리석은 나인 만큼 서투른 글씨의 망령된 이 편지 얼굴이 뜨거울 뿐이다. 그러나 국가와 조정을 위해 그저 부끄러움을 돌아보지 않고 직접 털어놓는 바이다. 다른 사람에게는 비밀로 해둘 것을 부탁한다.'

천황의 편지로서는 이런 예가 드문 것이었다. 히사미쓰는 감격했을 뿐만 아니라, 이것이 그의 정치 자세의 기본이 되기도 했다. 그런데 게이오 2년 (1866) 연말에 이 천황이 죽고 나이어린 천황이 뒤를 이은 뒤로 세상이 잘못되기 시작했다고 히사미쓰는 생각하고 있다.

히사미쓰는 오이시의 진언을 반가워하며 되풀이해 말했다.

"근년에 유쾌한 이론을 들었군. 나도 노후의 추억을 위해 분골쇄신할 생각이야."

이것으로 보더라도 히사미쓰가 사이고보다 훨씬 반정부적인 생각이 강했다고 할 수도 있다.

이번에는 에비하라 보쿠에 대한 이야기다.

그는 메이지 6년(1873)에 만 43세가 되었다.

보신 전쟁에도 나왔고, 근위군이 편성되었을 때도 거기에 참가하여 가고시마에서 도쿄로 나온 일도 있다. 그 때 육군 대위로 임관되었다.

"에비하라군, 자네는 대위야."

그날 사이고가 이렇게 말했을 때, 에비하라는 온종일 기분이 좋았다.

대위를 에비하라는 태위라고 생각했던 것이다. 중국 고대의 진나라 한나라 때 관제에서 태위라면 군대를 총지휘하는 국방대신과 같은 벼슬이었다. 에비하라는 그렇게 생각했다. 그러면서도 스스로 이상하게 여기지 않았던 것은 어떤 의미에서는 그 인물의 크기를 말하는 것으로도 볼 수 있다. 그는 남다른 공로도 없고 재능도 없었지만 나이만은 먹고 있었다. 나이 덕분에 태위라는 벼슬을 주는 줄 알고, 그런 높은 벼슬에 앉으면 돈도 필요할 것이라는 생각에 즉시 고향으로 돈을 보내달라는 급사를 보냈다. 이런 점에서는 다소 호들갑스런 사람이기도 하다.

조정 213

그러나 곧 대위는 태위가 아니고 하급사관의 우두머리 정도라는 것을 알았다. 위관 위에 영관이 있고 다시 그 위에 장관이 있는데, 나이 어린 기리노 따위가 소장이라는 것을 알았다.
"사람을 무시해도 분수가 있지."
에비하라는 벼슬을 버리고 고향으로 돌아와버렸다. 하기는 육군을 그만두고 한 때 아이치 현의 출사(시보)라는 벼슬에 있었으나 이것도 곧 그만두었다.
고향으로 돌아가도 에비하라는 생활에 곤란은 없었다.
원래 사쓰마의 사족으로 부자 소리를 듣는 집은 별로 없었지만 에비하라의 집은 예외였다.
일찍이 사쓰마 번의 개혁으로 번 재정을 새로 뜯어고친 집정관 즈쇼 쇼자에몬(調所笑左衛門)의 유산을 에비하라 집안이 상속을 한 것이다. 개혁 당시 사쓰마 번의 재정은 극도로 궁핍해서 빚만도 5백 냥이나 되었다.
즈쇼는 다도선생에서 발탁되어 이 개혁을 하게 되었다. 그는 번이 돈을 꾸어 쓴 오사카의 부상(富商)을 찾아가 번의 재정 개혁에 협력해줄 것을 부탁했다. 한편으로 지방에서 생산되는 설탕을 독점하여 팔기로 하고, 다시 류큐를 중계지로 하는 대 중국 무역(밀무역)을 열심히 해서 약 10년 안에 재정을 바로잡았다. 그 뒤 문벌인 집정관에까지 오르게 되어 이 번에서는 전례 없는 영달을 이룩 했지만 가에이(嘉永) 원년(1848년)에 갑작스레 죽었다. 죽은 내막은 잘 알 수 없지만 독을 마시고 죽은 모양이었다. 에도 시대의 각 번의 재정을 다시 바로잡은 이재가들이 말하자면 봉건체제 밑에서 자본주의를 시인하는 이질적 존재였기 때문인지, 대부분 끝이 좋지 못했다. 즈쇼의 최후도 그런 종류의 것이었는지도 모른다.
즈쇼가 큰 개인 자산을 남긴 것은 별로 직책을 더럽힌 것은 아니고, 번의 재정을 바로잡을 때 공작비로서 이익 가운데 얼마간 수당을 주는 것이 관습이었으므로 그 이유는 상상이 간다.
아무튼 그 자산을 에비하라가 가지고 있었다.
"뭔가 이 돈으로 큰일을 할 수 없을까?"
그리하여 에비하라는, 이윽고 정부를 전복할 것을 결심했던 것이다.
동기가 된 사상은 아주 난폭하다. 조슈 인이 큰소리치고 있는 것도 마음에 들지 않았고, 서양화 주의도 마음에 들지 않았다. 또 지난날의 군졸 출신이 지금은 고관이 되어 첩을 거느리며, 자기 집에서는 옛날 영주처럼 나리로 부르게 하고 있는 것도 마음에 들지 않았다.

에비하라가 육군 재판소의 한 방에서 기리노에게 열변을 토했다.
"돼먹잖은 정부는 쓰러뜨리지 않으면 안 된다."
거의 울부짖는 듯한 그의 목소리가 조용한 청사에 울려 퍼졌다.
하기는 넘어뜨린 뒤 어떤 정권을 만드느냐 하는 문제에 이르면, 에비하라로서는 아무런 구상도 없었다. 그는 뒤에 그의 산하에 자유민권주의자까지 끌어들이기에 이르러 그의 구상에 윤곽이 생기게 되지만, 이때의 에비하라는 그저 쓰러뜨려야만 한다는 그것뿐이었다. 아무런 구상도 없었다는 점은 막부 말기의 많은 지사와 별로 다를 것이 없었다. 하기야 에비하라에게도 대충 구상 비슷한 것은 있었다. 천황의 복고주의적 독재라는 것이다. 그러나 천황이 독재를 하면 나라가 잘 되느냐 하는 문제에 대해서는 에비하라도 자신이 없었다. 에비하라에게 확실한 것은 이런 것이었다.
"종2품님이 태정대신이 되지 않으면 안 된다."
뒤에 자유민권 운동자까지 부하로 거느리는 에비하라로서는, 히사미쓰 같은 극단적이고 거의 신비적인 우익이라고 할 수 있는 사상가에게 국정 전체를 보게 하는 것은 모순된 것 같기도 했다. 그러나 실은 좌우 어느 쪽이 됐든, 반정부주의의 거물이면 그것으로 그만이었다. 나아가서는 이 시기의 에비하라의 생각은 히사미쓰의 생각과 어느 정도 일치했다. 한편 민권운동은 국회 개설운동을 포함해서 이 메이지 6년 가을 단계에서는 아직 사상으로서 일본에 들어왔다고 말할 수는 없었다. 이듬해인 메이지 7(1874)년 1월에 영국에서 받아들인 의회사상을 가지고 도사 인 후루자와 시게루(古澤滋)가 건의서를 썼고, 다시 같은 해 루소의 민약론을 나카에 조민(中江兆民)이 귀국해서 소개하기에 이르러, 일본의 반정부적 재야 활동이 비로소 이론적인 방향을 찾기에 이른 것이다.
그 전야라고도 할 수 있는 메이지 6(1873)년 가을 단계에서는 아직 재야의 정치운동은 긴 밤 속에 잠겨 어둠을 비추는 횃불이 없었다. 겨우 "에도의 봉건제를 부활시켜라" 하는 시마즈 히사미쓰, 반정부주의자에게는 희미한 빛이었을 뿐이다.
"종2품님, 종2품님."

에비하라가 이렇게 말한 것은 히사미쓰에 대한 충성심 같은 것이 아니라, 종2품님 이외에 정부에 대항할 수 있는 사람이 없었다. 말하자면 그가 현상 타파를 위한 힘인 동시에 상징적 존재였다고 하는 것에 불과하다.

"사이고 선생이 계시지 않는가. 사이고 선생이야말로 일본을 구석구석까지 싹 달라지게 해주실 존재다."

이런 말을 기리노는 하지 않았다. 기리노란 사람은 이런 경우는 신중했으며, 나아가서 이 시기에는 사이고가 현직 고관인 데다, 한국에 건너가는 일도 어두운 구름이 끼기 시작하기는 했지만 완전히 무너진 것은 아니었다. 아직 사이고를 그런 방향으로 떠메고 갈 단계는 아니었다.

"에비하라씨는 먼저 뭘 하겠습니까?"

기리노가 물었을 때, 에비하라는 뜻밖의 소리를 했다.

에비하라는 잠시 생각하더니 이윽고 대답했다.

"신문(新聞)을 시작하고 싶어."

"신문?"

기리노는 외국말이라도 들은것처럼 이상한 얼굴을 했다. 특히 에비하라와 신문은 얼른 연결을 짓기가 어려웠던 것이다.

신문이라는 새로운 사회적 기능은 막부 말기에 벌써 그 뿌리는 있었지만, 이 메이지 6년 무렵이 되자 약간은 세상의 주목을 끄는 존재가 되기 시작했다.

도쿄에서는 도쿄 일일신문, 우편보지신문, 신문잡지, 조야신문, 일신진사지 등이 벌써 간행되고 있었다.

신문열람소를 영업으로 하는 사람도 도쿄 안에 등장하기 시작했다. 예를 들어 니혼바시의 책방 '다이칸도(大觀堂)'에서는 각종 신문을 갖추어 놓고, 한 시간의 열람료로 1전(錢)을 받고 손님들에게 읽게 했으니까, 각 신문의 전체 발행부수보다 독자의 수가 많았다.

그 중에서도 한동안 정부를 가장 괴롭힌 것은 '일신진사지'로서, 에비하라는 그런 신문을 내고 싶다고 생각한 모양이다. 이 신문은 일본인이 주재한 것은 아니다. 영국인 존 R 블랙이란 사람이 주재한 것으로, 그는 외국인으로서 치외법권을 가지고 있었기 때문에 오히려 일본 정부에 대해 국외(局外)의 한 세력을 형성할 수 있었으므로, 일본의 정치나 사회에 대해 인정사정없는 보도와 비판을 했다. 창간은 메이지 5년 3월이었는데 다음달 일간이 되었다. 정부는 매호 나올 때마다 겁을 먹었다.

마침내 정부는 한 안을 생각해 냈다. 블랙이란 사람을 정부 관리로 고용하여 좌원(입법부) 직원으로 앉혔다. 신문은 그 뒤에도 나왔으나 신문 이름 옆에 '관허·좌원 어용(左院御用) 블랙 사중(社中)' 이런 글자가 들어가게 되어 인기가 떨어졌고, 마침내 정부가 폐간시키고 말았다.

그러나 이 메이지 6년 가을에는 아직 폐간 되기 전이었다. 그러나 '좌원 어용'이었기 때문에 지난해와 같은 날카로움은 없었다.

"지난해의 〈일신진사지(日新眞事誌)〉 같은 신문을 내겠어."

에비하라는 말했다. 정부로부터 탄압과 방해를 받지 않도록 시미즈 히사미쓰를 업고 나오고 싶다고 에비하라는 말하는 것이다. 과연 히사미쓰가 배경이 되어 준다면, 그에게 영국인과 같은 치외법권은 없지만 그와 비슷한 것은 가지고 있다. 이 시기에 가고시마 현만은 중앙정부의 행정권에 대해 성벽을 만들고, 일종의 치외법권 같은 인상을 세상에 주고 있었다. 현령인 오야마 쓰나요시의 강팍함 때문이었지만, 그의 공공연한 정부 무시 태도가 통할 수 있는 것은, 도쿄에 있는 시미즈 히사미쓰가 배경이 되어 있기 때문이었다. 한편 오야마는 히사미쓰의 측근이었던 사람이다.

"정부로 하여금 떨게 만들어 주겠다."

에비하라는 말했으나, 기리노는 그저 싱글싱글 웃기만 할 뿐 표정에 반응이 나타나지 않았다.

"미처 생각지 못한 일이어서."

이윽고 이렇게 말했으나 여전히 가부는 말하지 않고 가볍게 웃기만 했다. 가부를 말하지 않는 것은, 기리노도 혁명의 피바람을 헤치고 나와 그 나름대로 정치성을 몸에 지니고 있기 때문이었다.

에비하라(海老原)는 기리노(桐野)에게 물었다.

"의견이 있는가?"

그러자 기리노의 웃는 얼굴이 쓴웃음으로 변했다. 기리노로서는, 신문을 내고 안 내는 것에 대해 자기 같은 사람에게 의견이 있을 리가 없다는 것을 말 대신 표정으로 보였던 것이다. 그러한 사쓰마 인의 의사 표시 방법에 대해서는 에비하라는 같은 고향 사람인만큼 잘 안다.

"그러나 사쓰마(西南) 남자의 참모습은 문(文)보다도 무(武)가 아닐까요?"

기리노가 어깨를 흔들 듯이 하며 말한 것은, 여차하면 정부 따위는 단번에 쓰러뜨릴 수 있다고 하는 단호한 자신감을 동작으로 보인 것이며, 동시에 문으로 정부를 타도하려는 에비하라를 사쓰마 사람답지 않다고 경멸하고 싶은 기분도 나타내고 있었다. 에비하라는 그것도 잘 알았다.
"옳은 말이야."
에비하라는 고개를 끄덕였다.
"그러나 시마즈 공께서 신문 발간에 찬동하셨으니 결정된 일이야."
그러나 기리노는 반대하지 않았다. 반대할만큼 흥미도 없었다. 그런데 에비하라는 뜻밖의 소리를 했다.
"무력으로 정부를 쓰러뜨린다 해도."
큰 목소리였다. 청내가 이상하게 조용한 것은 이 시끄러운 대화에 겁을 먹고 있으면서도 엿듣고 있기 때문임이 틀림없다.
에비하라가 하는 말은, 설사 무력으로 정부를 타도한다 하더라도 사쓰마 인이 크게 들고 일어나려면, 일제히 도쿄를 떠나 사쓰마 지방을 차지하고 있어야 하므로, 그때 이 신문사는 도쿄에 남아 사쓰마의 올바른 주장을 대변하는 한편 전 사원이 정탐꾼이 되어 정부 정보를 알아낸 다음 가고시마(鹿兒島)로 보내는 것이라고 했다.
기리노는 놀랐다.
'에비하라는 바보가 아니군.'
그는 기가 막히는 느낌으로 에비하라의 얼굴을 바라보았다. 사실 기리노에게는 그렇게 내다보는 눈도 없었고 구상도 없었다. 사쓰마 쪽에 정부를 누를 만한 힘이 있는 이상, 되어 가는 것을 보고 그림을 그려 가면 정부를 압도할 수 있다고 생각하고 있었다. 그런데 에비하라는 사쓰마 인이 도쿄에서 전부 철수한다고 하는 미래의 광경을 뚜렷이 그려 주었다.
'그거 재미있군.'
기리노는 생각했다. 도쿄에서 사쓰마계 군인과 관리가 총철수하는 것만으로도 정부는 무너지지 않는가. 하기는 오쿠보 도시미치는 도쿄 정부 그 자체라고 할 수 있는 존재이니까, 오쿠보의 여당은 도쿄를 물러가지 않겠지. 그러나 여당이라고 해도 오쿠보의 입김이 미친 사람 중에는 사쓰마 인은 별로 없고, 오히려 조슈 인과 옛 막부 가신, 또는 다른 고장 사람이 많다.

기리노가 생각한 대로, 에비하라는 일을 시작할 경우에 필요한 핵심은 알고 있었다.

"돈과 사람이 필요해. 그걸 손에 넣는 것이 내가 할 일이야."

에비하라가 말했다.

옳은 말이었다. 돈은 에비하라가 마련한다 하더라도, 뛰어난 논객(論客)을 한두 사람 손에 넣지 않으면 안 된다. 신문의 성패는 거기에 달려 있다고 해도 무방하다.

"누가 없겠는가?"

"찾아보지요."

기리노는 쉽게 받아들였다. 기리노는 이런 인간관계의 일을 부탁받으면 전망이 서지 않더라도 무조건 승낙하고 만다. 다음은 영리한 사람을 기리노가 엄밀하게 가려내어, 그에게 사람을 고르는 일 전체를 맡기면 그만인 것이다. 이 시기의 사쓰마 인은 일종의 관상쟁이 기분이 있어서, 기리노말만 아니라 이런 방법을 틀에 박은 듯이 채용했다. 뒷날의 일이 되지만 사이고 쓰구미치가 일본 해군을 근대화시킬 때도 이 방법을 썼다.

"좋은 여자가 없을까?"

에비하라가 말했다.

에비하라로서는, 훌륭한 문장가는 주필 한 사람으로 충분하고 중간 정도의 문장가는 몇 사람 필요하지만, 다음은 소식이 빠른 사람이 몇 필요했다. 이것이 탐방기자 겸 스파이로 그 가운데 한 사람 미인으로서 재치 있는 여자가 있으면 정보 수집에 뜻하지 않은 도움을 가져다줄지도 모른다는 것이었다.

"기생이면 좋겠군요."

기리노는 일부러 졸리는 시늉을 해 보였다.

에비하라가 천장에서 먼지가 떨어질 정도로 웃은 것은, 온 도쿄의 기생들이 기리노에게 홀딱 반해 있다는 소문을 들었기 때문이었다. 온 도쿄라면 과장이 되지만, 도코노마의 기둥에 기대어 술을 마시는 기리노 소장의 풍채와 멋은 그 자리에 시원한 바람이 불고 있는 것 같았으므로, 그 멋진 사내다운 점은 술만 따르고 있어도 견딜 수 없게 만든다는 소문이었다.

"좋은 기생이 있나?"

에비하라는 아직도 웃고 있었다. 기생을 스파이로 쓰는 것은, 일찍이 교토에 있을 무렵, 막부 쪽이나 사쓰마·조슈 쪽이나 마찬가지였다.
"있기야 하지만 기생을 쓰는 것은 당신이 아닙니까?"
기리노가 이같이 말한 것은, 결국 기생과 깊은 사이가 아니면 그런 일은 할 수 없다는 뜻이다. 기리노의 마음에 드는 기생이 에비하라를 위해 스파이 노릇을 한다는 건 있을 수 없다는 말이었다.
에비하라도 그 점은 잘 알고 있었다. 기생이 우연히 화제에 올랐기 때문에 이야기가 빗나갔을 뿐, 에비하라로서는 교양이 있는 처녀를 사원으로 채용하고 싶다는 것이었으며 적당한 사람이 없느냐는 것이었다. 그러나 이것은 어려운 문제로서 교양이 있는 얌전한 양가집 처녀가 집을 떠나 밖으로 돌아다닐 수 있을 리가 없었다.
"아아, 있습니다."
기리노가 생각한 것은 지에였다. 그 저택에 있는 근위사관들의 이야기로는, 그 옛 막부 가신의 딸은 정부를 미워하기를 독사처럼 여기고, 요코하마나 쓰키지 근처의 서양인들을 잘 알고 있어서, 그 쪽에서 얻어 오는건지, 일본 정부의 소식에 놀랄만큼 정통하다는 것이었다.
"부탁하네."
에비하라는 기리노에게 가볍게 머리를 숙였다.
"그러나."
기리노는 말했다. 사원으로 여자를 채용하면 시마즈 나리께서 덜 좋아하시지 않겠느냐는 말을 약간 농담 비슷이 비쳤다. 기리노는 출신이 너무 낮아서 자연 히시마즈 히사미쓰같은 옛 번주도 아니요 다만 현재 시마즈 가문의 주인의 생부에 지나지 않는 옛 번의 귀족과 직접 접촉한 일이 없었으므로, 진심으로 히사미쓰를 두려워하는 기분과 태도는 없었다. 기리노에게는 사쓰마에서 말하는 선사는 사이고가 있을 뿐이었다.
히사미쓰는 도학자(道學者)다. 교양에 독창성이 부족하다고는 하지만, 한문 서적을 많이 보고 기억하고 있다는 점에서는, 이 시대의 일류 유학자와 어깨를 나란히 할 수 있을지도 모른다. 그는 유학 외에 일본의 에도 중기 이후에 완성된 무사도와 그 체제 및 관습을 존중하고 그것을 지키려는 마음은 거의 종교적인 정열과 비슷했다. 이런 점에서는 뒷날 조선에서 생기는 동학당의 생각과 흡사한 것일지도 모른다.
기리노는 술병을 오른손으로 집어 들고

'신분의 귀천을 분명히 하고, 사민(士·農·工·商)의 구별을 엄격히 해야 한다.'

이것은 그가 이 해에 천황에 올린 건의서이다. 이 내용을 쓴 가운데, 남자와 여자의 차별을 확실히 할 것을 말했다. 정부가 사농공상이 서로 계급의 차별 없이 혼인하는 것을 허락한 것은 옳지 못한 일로, 그것은 음란이라고 할 수 있는 것이며, '무릇 풍속을 어지럽히고 예절을 파괴하는 것은 음란보다 더 큰 것이 없다'고 논한 이상, 나이어린 처녀를 신문 편집하는 사원으로 채용하게 되면 히사미쓰는 졸도할 정도로 성을 낼 것이 틀림없다.

"괜찮네."

히사미쓰에게 충실할 터인 에비하라는 의외에도 웃고 넘겼다.

"잠자코 있으면 돼."

그러나 히사미쓰의 주위에는 가이에다 노부요시(海江田信義) 같은 측근이 있어서 정부의 일이며 세상일들을 듣고 있었다. 언젠가는 히사미쓰의 귀에 들어갈 것이 틀림없었다.

"그때는 내 소실이라고 하지."

에비하라는 껄껄거리며 웃었다. 첩을 두는 일은 중국에도 일본에도 있으므로 히사미쓰는 인정하고 있으며, 히사미쓰 자신이 첩(오유라)의 소생이다.

기리노는 덩달아 크게 웃었다. 그러나 지에를 에비하라 따위의 첩을 만들 수야, 하는 생각이 동시에 일어나 웃음이 갑자기 멎었다.

왜 그러느냐고 에비하라가 묻자 기리노는 얼버무렸다.

"괜찮을 겁니다."

이윽고 에비하라는 방을 나와 청사 현관을 나갔는데, 갑자기 생각난 듯이 짚신을 양손에 들고 되돌아와서 진지한 표정으로 다짐을 두었다.

"그 여자는 예쁜가?"

이런 점이 '사쓰마 인은 담박하지만 여자를 좋아한다'고 말한 가쓰 가이슈의 사쓰마 사람 평이 맞는 광경이라 하겠다.

조정 221

# 가을서리

이 시기에 이토 히로부미는 밤낮없이 뛰어다녔다.

정한과 반정한에 대해 이와쿠라 도모미에게 세계관을 심어주고, 사태에 대처하기 위한 방침과 방법을 가르쳐 주고, 나아가서는 각오까지 굳히게 했다. 또 조정에 나가기를 계속 완강하게 버티는 태도를 취하는 오쿠보 도시미치에게 그 태도를 버리게 하고, 나아가 오쿠보를 싫어하는 기도를 달래어 오쿠보와 손을 잡고 이 난국에 대처하게 하려 했다.

이 정치사적 단계에서 만일 이토 히로부미가 없었더라면 사이고의 도한이라는 메이지 일본이 쏘아 올리는 큰 꽃불은 당연히 불이 당겨져 발사되어 동부 아시아 하늘에서 크게 불꽃을 펼치게 되었을 것이다.

기리노 등 정한파는, 아침 일찍 혹은 밤늦게, 마차의 수레바퀴 소리를 요란하게 울리며 돌아다니는 이 이토에게 주목을 했어야 했다. 그러나 사쓰마 사람들은 설사 이토의 움직임을 주목했다 하더라도 중시하지 않았을지도 모른다. 이토는 뒷날 세계적인 정치가로 그 존재가 국제적으로도 평가받는 인물이지만, 이 시기의 사쓰마 군인들에게는 조슈의 애송이라는 정도의 인상밖에 느껴지지 않았다.

그 이토는 생각했다.

'무슨 일이 있어도 산조 공을 움직여야 한다.'

산조 사네토미가 태정대신이라는 일본의 수상인 이상, 이 인물을 반 사이고로 돌아서게 할 필요가 있었다.

하기는 산조도 그럴 각오가 되어 있었고, 그에 대해서 이와쿠라와의 사이에 충분한 의사소통도 있었다.

그러나 사실상 산조의 다리에는 무거운 쇠사슬이 채워져 있어 몸을 움직일 수가 없었다. 뭐니 뭐니 해도 산조는 이보다 앞서 사이고에게 눌려, 태정대신으로서 사이고를 조선으로 건너가게 하는 것을 마무리 짓고 그것을 천황에게까지 아뢰어 허락을 받고 말았던 것이다. 다만 '최종 결정은 이와쿠라 우대신이 귀국한 뒤에'라고 하는 조건을 달아 둔 것이 겨우 벗어날 수 있는 구멍이었지만, 그것은 산조의 정치적 책임까지 벗어나게 하는 것은 아니었다.

"조 공(條公)."

그 당시의 요인들은 산조를 그렇게 부르고 있었다. 조 공은 언제나 결단력이 없다고 사람들은 입버릇처럼 말했다. 조 공에게 결단력을 요구하는 것은, 여승에게 불알이 달려 있기를 바라는 것과 같은 거라고 사이고가 어느 자리에서 사람들을 웃긴 일이 있지만, 원래 천성이 고지식한 만큼, 태정대신으로서 도한하는 일을 결정해 놓고 나서, 부득이한 경우에는 사이고를 배신하고 반대 입장을 취하는 변절을 그로서는 쉽게 할 수 있을 것 같지가 않았다.

"조 공을 위해서 짐을 가볍게 덜어주어야 한다."

이토는 산조에 관해 그런 방향으로 지혜를 짜내야만 했다.

사실 이 시기의 산조는 '차라리 죽는 편이 낫겠다'고 문득 생각이 들 정도로 침울해 있었다.


이토 히로부미가 그 몽고족의 표본 같은 얼굴을 산조의 객실로 들이민 것은 9월 말부터 몇 차례에 이르고 있었는데, 10월 4일 밤에는 머리에서 얼굴로 빗물이 뚝뚝 떨어져, 그 때문인지 표정에는 약간 처참한 빛이 감돌았다.

이윽고 복도에 등불이 움직였다. 옷이 스치는 소리가 규칙적으로 다가더니 산조가 손수 촛불을 들고 방으로 들어왔다.

머리는 서양식으로 다듬어져 있었으나, 눈과 코가 작고 입술 언저리가 얌

전해 보이는 그의 용모는, 사이고가 말했듯이 여승처럼 보였다. 작은 몸이 도코노마 쪽으로 가더니 기둥 앞에 발길을 멈추고 빙글 오른쪽으로 돌았다. 아무 말이 없었다.

무릎을 나란히 하고 단정히 앉으니 매끄러운 등이 눈에 두드러져 보였다. 이토 쪽에서 깊숙이 머리를 숙였다.

산조가 답례했다. 아무리 보아도 옛 막부 시절의 공경과 지사가 마주앉은 풍경이다.

눈치가 빠른 이토는 산조의 두 눈 언저리에 비친 어두운 그림자를 볼 수 있었다. 몹시 여위어 보였다.

'오늘밤은 조 공의 마음을 북돋아 준 다음 의견을 말해야만 한다.'

이토는 이렇게 생각하고, 일찍이 막부 말기 끝판에, 도쿠가와 요시노부가 다시없는 정치적 수완을 발휘하여 반막부 세력을 압도했을 때, 누구나 요시노부를 무서워하였다.

"이에야스 공이 다시 나타난 것이 아닌가" 이렇게 기도 다카요시까지 말했다. 그런 시기에 이 산조 사네토미가 뜻밖에도 이렇게 말한 적이 있다.

"요시노부 따위가 대단하면 얼마나 대단하겠는가. 내가 머리를 눌러 보이겠다."

이토는 그때 지렛대로도 움직일 수 없던 산조의 그런 기력을 전해듣고 있었으므로 그 이야기를 꺼냈다.

"나리의 꺾일 줄 모르는 그 모습을 보고, 사쓰마와 조슈 사람들은 크게 안심을 했다더군요."

그러자, 그때까지 맥을 놓은 듯하던 두 눈이 약간 생기를 되찾은 것 같았다.

이번에는 사이고가 상대다.

그때 도쿠가와 요시노부는 아직 도쿠가와 가문의 영토와 백성과 군사력을 배경으로 하고, 재빨리 돌아가는 두뇌와 예리한 웅변을 무기로 가지고 있었다. 그러나 이토가 보기에 사이고도 요시노부와 똑같이 무력을 배경으로 하고는 있지만, 요시노부만큼 재치 빠른 지혜의 힘이 없는 것으로 여겨졌다. 다만 요시노부보다 사이고가 나은 점은 인격적인 압도라는 것이 있는데, 그 당시의 요시노부에게는 그에 대신하여 원래의 장군이라는, 영주나 무사에게 중대한 심리적 압박감을 갖지 않을 수 없는 위엄을 지니고 있었다.

"나리는 요시노부마저 무서워하지 않았던 분이 아닙니까? 사이고 따위가 다 뭐란 말입니까?"
이런 의미의 말을 이토가 했을 때, 이토가 예상한 대로 산조의 두 눈에 힘이 넘쳐 보였다.

다만 표정만은 입을 오므리고 웃었을 뿐이다.

"호호……."

이날 밤 이토 히로부미가 넣어준 지혜는 태정대신 산조 사네토미를 되살아나게 했다.

산조는 이튿날 아직 날이 새기 전에 일어나자 욕탕에 들어가 물로 몸을 깨끗이 했다. 그리고 이와쿠라에게 편지를 썼다. 설사 상대가 옆집에 살고 있을 경우라도, 편지로 의견을 말하는 것이 막부 말기의 교토 정계에서 시작한 관습이다. 아마 뒷날의 증거를 명확히 해두기 위해서였을 것이다.

'미국인 페리씨가 일본에 오자…….'

이 긴 편지는 이렇게 시작된다. 페리가 일본에 건너온 것을 산조가 냉엄한 과거로 인정하고, 그의 이름에 씨자를 붙이고 있는 것은 우습다면 우습다. 페리가 건너온 것은 일본 역사상 중대한 사건으로, 그는 함대의 무력을 배경으로 일본에 개국을 강요하여 성공했다. 이때 이에 반대해서 전국 방방곡곡에 양이 기세가 팽배했다. 지사들은 막부의 비겁함을 개탄하며 슬퍼했고, 무사들은 칼집을 두드리며 뛰어다녔는데, 그런 열기의 꼭대기에 산조 사네토미가 자리 잡고 앉아, 과격파 공경으로서 조정의 양이열(熱)을 대표했다. 그런 것이 지금에 와서 페리씨라고 높여 부를 뿐만 아니라, 페리가 일본에 개국을 강요했을 때의 방법을 지금이야말로 참고를 해야 한다는 것이다. 일본이 조선에 대해 개국을 강요하기 위해 사이고가 건너가는데, 사이고는 바로 페리 행세를 하려 하고 있는 것이다.

그런데 페리가 당시 막부에 제시한 이유서라는 것이 참으로 더할 나위 없이 상세했다. 돌이켜 생각하면 산조는 다음과 같이 썼다. 이토가 시킨 그대로였다.

'이번 사절 파견은 그 목적도 확실치 않다.'

목적이란 것은 세 가지로 생각할 수 있다.

이미 조선은 여러 차례에 걸친 일본의 개국 권유에 대해 참으로 무례한 언사로 모조리 일축해 버렸으며, 일본 사신을 서울에 들어가지도 못하게 했다. 일본으로서는 이에 대한 나라의 수치를 씻고, 또 조선의 완고함을 제거한 다음 국교를 다시 열어, 선린의 유대를 맺게 하기 위해서인가.

아니면 조선을 일본의 속국으로 만들어버리겠다는 것인가. 혹은

'우리의 내부 정치에 관한 일시적인 정략에서 나온 것인가.'

라고 산조는 썼다. 유신 후 사족들의 불평이 충만하고, 농민들의 불안은 각지에서 폭동을 일으킬 기세로 반정부적인 분위기에 차 있었다. 그런 정치적 불안을 대외 전쟁에 의해 다른 곳으로 돌려, 국내의 인심 통일의 결실을 거두려는 목적인가, 라는 것이다. 산조는 그것을, 정한론이 조정회의에 올랐을 때 사이고의 눈앞에서 당당히 물었어야 했다. 이 태정대신은 이토 히로부미라는 모사꾼이 달라붙은 다음에야 비로소 일본 수상다운 일을 체계를 세워 염려하기 시작했던 것이다.

'이상 말한 것은 사이고 참의로부터 문서 형식으로 의견을 제출토록 할 것이다' 라고 강한 말투로 표현한 대목에서는 그가 평소와는 딴 사람이 된 것 같았다. 이 공경은 벌써 이토라는 꼭두각시 조종자에게 몸을 맡기고, 지금까지와는 전혀 다른 무대로 조용히 올라간 듯이 보인다.

이 편지는 이날 오전 중에 이와쿠라 도모미에게 전달되었다.

이와쿠라 집에는 교토에서 손님이 찾아와, 벼슬에 오르고 싶다고 계속 조르고 있었다. 교토의 황실과 인연 있는 사찰의 승관으로, 황실과의 인연을 폐지시킨 뒤에 법천왕이 환속하여 황족이 되었기 때문에, 승관은 벼슬자리를 잃었던 것이다. 승관은 이와쿠라 집안과 혈연이 있는 남자였다.

"결국은 당신이 정부를 위해 무슨 일을 할 수 있느냐 하는 것이 문제지. 철도를 깔 수 있다든가, 전신 설비를 할 수 있다든가, 프랑스 법률에 능통하다든가……."

"저는 열성만은 가지고 있습니다. 이 열성을 가지고."

지난날의 승관이 말했다. 열성을 가지고 벼슬자리에 앉고 싶다는 것이다.

"그래, 열성은 소중한 거야. 그러나 그것만으로는 나라도 되지 않고 정부도 움직일 수가 없어. 계축년(1900년) 이후로 열성 있는 선비들이 60여 고을에서 구름처럼 일어나 존왕양이의 큰 깃발 아래에서 뛰어다녔는데, 그 덕택으로 세상 운수가 크게 바뀌어 도쿄에 새 정부가 생겼어. 그러나

너나없이 이 나라를 운영하는 경험을 가진 사람이 없어. 더구나 세계 속에서 일본이란 나라를 어떻게 만들면 좋으냐 하는 문제에 이르면, 공부한 선비의 이론은 시끄럽게 주장되고 있으나 막상 국가의 백년 대계를 세울 경세의 재주를 가진 사람이나, 문명을 일으킬 기술을 가진 사람이 너무 없어. 그대는 열성이라고 말했는데, 열성은 실은 정부 창고에도 마당에도 산더미처럼 쌓여 있을 정도야. 열성이 있다는 것은 불알이 있다고 하는 거나 마찬가지로, 그런 것은 몇 만 개를 쌓아올려도 아무 소용이 없어."

"원 이럴 수가. 우대신 각하는 참된 정성 따위는 필요치 않다는 말씀이군요."

"내 말뜻을 아직도 못 알아듣는 모양이군."

이와쿠라가 이렇게 말했을 때, 산조에게서 편지가 도착했다. 이와쿠라는 손님을 돌려보내고 안으로 들어가 편지를 뜯어보려고 복도로 나왔다. 벼슬을 낚으러 온 그 욕심이 기름처럼 떠오른 궁상맞은 얼굴을 생각하니 도무지 속이 뒤틀려 올라와

"산조 공도 참된 정성, 산조 공도 참된 정성."

하고 의미없이 중얼거렸다. 산조 사네토미는 막부 말기의 유지들 중에서는 가장 계급이 높고 나아가서는 정신이 고결했기 때문에 정부가 성립되자 사람들은 그를 태정대신으로 추대했다. 분명 열성적인 사람이었다.

한편 사이고도 열성적인 사람이었다. 열성이라고 하면 이들 두 사람만큼 그 말에 적합한 사람도 없었다. 그러나 이와쿠라가 보았을 때 열성만으로는 문제가 산적해 있는 이 새 국가의 방향이 정해질 수도 없고 그날그날의 일처리도 할 수가 없다.

이와쿠라는 안방에서 편지를 열었다.

읽어갈수록 표정이 밝아지며 심장이 뛰는 것을 깨달았다.

'산조 공이 큰일을 해냈군.'

하고 생각지 않을 수 없다. 산조는 사이고에 의해 그의 다리에 채워진 무거운 쇠사슬을 어떻게 잘라낼 궁리를 생각해낸 모양이었다.

'이토가 산조 공에게 잘 달라붙은 모양이군.'

산조의 지혜는 아닐 것이다. 이토가 산조의 등 뒤로 돌아가 그의 팔다리를 움직이게 한 모양이었다.

산조 사네토미는 이와쿠라에게 보낸 편지에서 '사절은'이라고 썼다. 도한 사절을 가리킨다. 구체적으로는 사이고 다카모리에 대해서였다. 사이고는 일본 최대의 요인으로서 도한한다. 그러나 그의 도한 목적의 내용은 애매하다.

'사절은 전쟁을 목적으로 할 생각인가. 또는 전쟁을 목적으로 삼지 않을 생각인가. 혹은 또 전쟁을 목적으로 삼지는 않지만 부득이할 때는 전쟁을 시작할 생각인가.'

산조도 그 점을 찌르고 있었다. 실상 이토 히로부미의 지혜일지라도 사이고의 정한론에 대해 정책적인 방안으로서의 약점을 이처럼 날카롭게 지적한 것은 없다. 다만 우스운 것은 산조는 조정의 책임자로서 이미 사이고의 안을 다 알고 내락까지 얻어 놓고 있다는 점이다. 요즈음에 와서 갑자기 거만을 부리며, 그것도 당시 외국에 나가 있어 조정 회의와는 아무 관계도 없었던 이와쿠라를 붙들고 길게 늘어놓고 있는 것이다. 정직한 '조 공'으로 불리는 이 산조에게마저 공경의 전통이라고 할 수 있는 '절조'에 둔감한 면이 있었다.

다시 산조는 말한다.

"다시 생각하건대 조선과 전쟁을 벌이는 데 대한 이해는 어떤 것인가?"

이익만 있고 해는 없다고 하는 의견도 있지만, 반대로 해만 있고 이익은 없다는 의견도 있다고 그는 말했다.

'양쪽을 참조하여 철저히 의논해야 할 것이다. 이해란 이기고 지는 것을 말하는 것이 아니다.'

당당한 문장이었다. 만일 산조가 일본 수상으로서 첫 번째 정한론이 조정 회의에 부쳐졌을 때 이런 것을 말하고 사이고의 청을 물리쳤더라면 사태가 이렇게 시끄러워지지는 않았을 것이다. 그 가장 중요한 때 산조는 그저 멍하니 있었을 뿐이었다. 하기는 상대가 산조에게는 너무 벅찼다. 사이고는 메이지 유신 그 자체라고 할 수 있는 존재였고, 그의 좌우에는 동조하는 참의로서 이타가키 다이스케, 에토 신페이가 버티고 있었다. 모두 역사적인 존재인 호걸들이라 할 수 있었다.

편지에서의 산조의 태도는 시달림을 받는 아이와도 같았다. 힘센 이와쿠라에게 매달리려 하며, 다시 그 이와쿠라의 등 뒤에 서 있는 오쿠보 도시미치는, 사이고와 맞먹는 역량을 가진 정치적 강자에게 어리광을 부리려 하고 있었다.

산조는 한 말을 다음에 쉬운 말로 번역한다.

'이상의 의논은 자세히 따져야 할 것이다. 이처럼 큰 안건을 지금 같은 애매한 방법으로 결정하는 것은 좋지 않다. 대신과 참의가 크게 의논하여 결의한 이상 다같이 도장을 찍고, 그런 다음 천황께 아뢰어 승낙을 받은 뒤, 나아가서는 천황의 도장까지 받아 움직일 수 없는 정책으로 해야 할 것이다.'

다시

'사절(사이고)은 일신을 죽이고 나라의 기세를 떨치려고 생각하고 있지만, 그로 인해 비로소 인심을 진작시킬 수 있다 한다면, 이는 사절 개인의 정략이지 정부의 정략은 될 수 없다.'

이와쿠라는 깊숙한 방안에서 세 번을 거듭 읽고, 읽기를 마쳤을 때 무릎을 살짝 치며 "이로서 진용은 갖추어졌다"고 말했다. 어쩌면 세끼가하라의 싸움이 벌어지기 전날 밤에 이에야스가 가슴속에 혼자 지니고 있었을지도 모르는 승리의 예감을 느꼈다.


"오쿠보를 참의에 앉힌다."

고 하는 안 외에, 반정한파가 사이고와 대항할 수 있는 방법은 없다. 이토는 그것을 위해 뛰어다녔고, 산조와 이와쿠라도 기도도 그것을 몹시 바라고 있었다.

오쿠보는 외유 전에 참의의 자리에 있었다. 하기는 재무성이 메이지 4(1871)년에 제정된 후부터 그는 재무성을 담당하기 위해 한 계급 아래인 대신이 되었다. 그 뒤 재무성을 오쿠마 시게노부에게 맡기고 외유했다. 귀국한 뒤에도 모든 일을 맡겨둔 채 등청하지 않았다.

"나는 절대로 참의는 되지 않겠다."

하고, 이번 일로 이토가 뛰어다니기 시작했을 당초에도 그는 움직이지 않았다. 그 이유의 7할은 옛 주군인 시마즈 히사미쓰의 강력한 감정적 견제에 있었다는 것은 이미 말했다. 나머지 3할은 참의가 되어 조정에 들어가면 사이고와 싸우는 것은 자기밖에 없고, 싸우게 되면 어느 쪽이 이기든 양쪽 다 쓰러질 수밖에 없는 비참한 결말을 너무도 잘 알고 있었던 것이다.

그러나 결국 오쿠보는 결단을 내렸다.

가을서리 229

"나가자."

고 결정한 것이다. 10월 5일부터 7일에 걸친 일로, 머리가 이토처럼 빨리 돌아가지 않는 오쿠보는 이 사흘 동안 천천히 온갖 생각들을 하며 거의 밤에도 잠을 자지 않았다.

'나는 죽게 되겠지……'

그 각오는 되어 있었다. 죽음은 몇 가지로 생각할 수 있다. 가장 공산이 큰 죽음은, 만일 조정의 책상 위에서 오쿠보가 승리했을 경우, 기리노들이 쿠데타를 일으켜 정부를 점령하고, 오쿠보를 죽인 다음 사이고로 하여금 메이지 천황을 받게 하리라는 것이었다. 만일 그렇게 되면 오쿠보는 '역적'이 된다. 유신 직후인 이 시대의 가치관에서 보면 '역적'이 되어 역사에 나쁜 이름을 남기고 죽는 것만은 절대로 안된다는 생각이 들었다.

'하지만 그것도 도리가 없겠지.'

오쿠보는 거기까지도 각오가 되어 있었다.

그러나 가능하면 피하고 싶었다.

피하는 방법은 두 가지가 있다. 하나는 가와지 도시나가가 이끄는 경시청 병력으로 대궐문을 굳게 지키고, 근위 사관의 손에 천황을 빼앗기는 것을 막는 방법이다. 병력에 있어서는 경시청은 군대보다 약하다. 그러나 어떻게든 수단은 강구될 수 있다. 오쿠보가 어릴 때부터 사이고의 친한 친구로서 사이고를 보아 온 바로는, 어느 면을 보아도 사이고 자신이 쿠데타를 지휘하지는 않는다는 점이었다. 기리노들이 일으킨다. 사이고는 당황한다. 그 당황하는 사이고를 시켜

"육군 대장의 명령이 아니다."

라는 포고를 내게 하는 것이다. 궁성을 둘러싸고 경시청의 경찰부대와 기리노들의 근위부대가 대치하고 있는 동안에, 지방을 지키고 있는 군대들이 달려와 경찰대를 응원한다. 지방을 지키는 부대를 움직이는 것도 육군 대장인 사이고의 권한이다. 그러나 사이고는 자기 말을 들어줄 것이라는 확신이 오쿠보에게는 있었다. 그것은 우정이란 말로 바꾸어도 좋았다.

지금 또 하나의 방법은 오쿠보에게는 공포 감정과 연결된다.

'공경은 무섭다'고 하는 독약 묻은 칼날을 바라보는 듯한 두려움이 있었다. 공경들에게는 일반 사회에서 통용되고 있는 지조와 의리 같은 것이 별로

없었다. 그들은 옛날부터 강한 쪽에 붙는 걸로 되어 있었고, 그럴 경우 사람을 배신하고도 태연한 예가 얼마든지 있었다.

옛날 사쓰마 번사였던 오쿠보는 막부 말기에 교토에 있으면서 조정을 구슬리는 일을 담당했다. 그때 공경들의 생태를 신물이 나도록 보아 왔다.

"공경들은 가마쿠라 이래의 무사의 도덕과도 상관없이 오늘날까지 내려온 사람들이니까 모든 일을 조심해라."

이것은 막부 말기에 교토에 주재한 각 번의 관계자들 사이에서 은밀히 속삭여지고 있던 말이었다.

그런 가운데에서는, 혁명의 불길을 헤치고 나온 산조 사네토미나 이와쿠라 도모미는 나은 편이었다. 그러나 방심할 수 없는 것은 산조가 벌써 사이고를 태연히 배신하고 있다는 한 가지만을 보아도 알 수가 있다.

'만일에 말이다.'

오쿠보가, 이토가 계획한 대로 산조와 이와쿠라의 요청에 응한다 해도, 막상 사이고 쪽이 강해지게 되면 그들은 눈사태처럼 사이고 쪽으로 붙어 오쿠보를 못 본 체할지도 모른다. '역적'으로 몰려 죽을 수밖에 없는 것은 오쿠보 혼자뿐이라는 비참한 결과가 된다.

반대로 산조와 이와쿠라가 배신하지 않고 최후까지 오쿠보 쪽에 붙어 있으면, 황실 숭배로 성립된 유신 정권인 만큼 설사 죽는다 해도 오쿠보는 '역적'이 되는 것을 면할 수가 있다.

'산조와 이와쿠라는 막상 조정회의가 열리게 되면 사이고의 위엄에 눌려 의견을 바꿀지도 모른다.'

고 오쿠보는 생각하고 있었다. 특히 산조 사네토미가 방금 주장을 바꾼 사람인만큼 오쿠보로서는 불안했다.

그래서 오쿠보는 증거문서를 받으며 생각했다.

"내가 참의에 나가는 데 있어서는, 두 분의 의견이 무슨 일이 있어도 변하지 않겠다는 편지를 써서 내게 보내 주기 바랍니다."

하고 오쿠보는 요구하려 했다.

무사 사회에서는 이런 편지를 쓰라고 하는 것만으로도 결투 소동이 벌어질 것이 틀림없지만, 상대가 공경인 이상 그 정도의 다짐은 해두어야 한다고 생각한 것이다.

10월 8일 아침, 오쿠보는 이와쿠라의 집을 찾아 떠났다.

산조가 먼저 와서 기다리고 있었다.

세 사람이 모인 자리에서 오쿠보는 그것을 요구했다.

이 요구에 대해 두 사람 모두 그다지 얼굴을 붉히는 일도 없이 '당연한 일'이라면서 승낙했다.

3인 회의가 끝난 뒤, 산조는 자기 집에서 초안을 만들어 이와쿠라에게 보내 수정을 청했다. 그것이 오간 뒤 둘이서 똑같은 내용의 글을 오쿠보에게 보냈다.

오쿠보는 거기까지 세밀하게 준비를 했다.

정치는 평형감각이라는 것을 이토 히로부미만큼 알고 있는 사람은 없다.

뒤에서 상만 차리는 역할을 하는 그는

"오쿠보만이 새로 참의가 된다는 것은 어디까지나 공작처럼 보여 좋지 않다."

싶어서 여기에 소에지마 다네오미(副島種臣)를 끼워넣기로 했다.

소에지마라면 아무도 이의가 없을 것이다.

이 히젠 사가 출신의 사나이는 벌써 외무성을 통할하는 외무대신이었다. 얼마 전에는 북경에 사신으로 건너가 청나라와의 국교를 조정하여 크게 국위를 높였다. 당연히 참의로 승격해도 이상할 것이 없는 데다 사이고는 이 소에지마를 존경하여

'소카이(蒼海)선생'

이라고 부르고 있었다.

소에지마는 이 시대의 일본에서 가장 훌륭한 한학적인 교양인이었고, 사이고는 소에지마의 그같은 교양과 품성의 아름다움에 정복당하고 있었다.

'사이고도 기뻐하겠지.'

하는 계산이 이토에게 있는 것만이 아니라, 소에지마는 사이고보다 일찍부터 정한론자였다. 그는 침략주의자는 아니었지만 국가의 체면을 지나칠 정도로 소중히 아는 인물로서 조선 같은 한 독립국이 다른 독립국에 대해 마치 마부가 욕설을 퍼붓는 듯한 태도를 취한 것을 그대로 버려두게 되면 도리어 오랜 이웃간의 정리를 상하게 한다는 생각이었다. 이 때문에 사이고의 도한이란 것에 대해 두 손 들어 찬성했던 것이다.

결국 소에지마는 정한론자였다.

소에지마를 참의에 가담시키는 것은 오히려 정한파 참의의 진용을 강화하는 것 같았지만 이토에게는
"소에지마 정도라면 별일 없다."
고 하는 정치적 계산이 있었다. 소에지마는 정의를 정치의 근본취지로 삼고, 문장과 변설과 태도로 정치적 표현법을 삼고 있었다. 소에지마의 정치라는 것은 그것뿐이었다. 이른바 이면 공작을 쓰거나 자기 계획을 꾸미고, 당파의 힘을 빌려오는 행동은, 적어도 조정에서는 교양 있는 사람이 할 짓이 아니라고 생각하고 있었다. 이토가
"소에지마는 대단할 것 없다."
고 말한 것은 그런 면을 가리키는 것이었다.
한편 오쿠보는, 소에지마의 승격을 이토로부터 듣고 오히려 기뻐했다. 오쿠보에게도 소에지마는 존경하는 친구로서, 그에 대한 존경심은 사이고에 못지않았다.
그리고 이 건에 대해서는 산조가 사이고에게 속마음을 떠보려는 편지를 보냈다.
"아무 이의도 없습니다."
사이고는 약간 퉁명스런 대답을 보내왔다.
사이고로서는 소에지마가 참의가 되든 안 되든 아무래도 상관없었다. 이제 만 32세가 되었을 뿐이다. 참의라는 것은 결과적으로는 사쓰마·조슈·도사·히젠 네 세력의 대표격인 인물이 한 자리에 모인 것이다. 그런데 조슈 세력인 이토는 아직 애송이 인상을 벗지 못했던 것이다. 그리고 그는 공무성의 차관이었다. 차관 위가 대신인 경이었고 경 위가 참의이다. 두 계급을 뛰어오르게 되므로 이미 틀이 잡히기 시작한 정부로서는 자연스럽지 못하다는 비난을 면하기 어렵다.
그러나 산조로서는 조정회의가 걱정이었다. 산조는 사쓰마파에 어두웠고 오쿠보의 날카로운 점을 알지 못했다. 오쿠보가 혼자서 사이고 등 정한파를 상대로 그들을 물리칠 수 있을지 몹시 불안했다. 그보다도 이토를 의지했다. 이토가 사이고를 억누르게끔 사전 공작을 한 훌륭한 솜씨를 산조는 똑똑히 보아서 알고 있었다. 이토가 참의가 되어 조정회의에 나오면 사이고를 꼼짝 못하게 하는 것은 어렵지 않을 거라고, 그는 정말 귀족다운 연약한 마음으로 생각했던 것이다.

가을서리 233

이에 대해서는 이와쿠라도 찬성했다.

그러나 오쿠보는 찬성하지 않았다. 오쿠보의 성격에는 커다란 모순이 있었다. 혁명가이면서 혁명적 지향과는 반대되는 질서주의에 대해서도 이상할 정도의 집착을 가지고 있었다. 그는 '한 가지 이익을 얻게 하는 것은 한 가지 해를 제거하는 것만 못하다'는 것을 정치상의 표어로 삼고 있었듯이, 비약을 좋아하지 않았고 전진이란 것에 대해서도 매우 겁이 많았는데, 정치란 그런 것이라는 굳은 신념을 가지고 있었다. 이토를 느닷없이 참의에 앉히는 비약에 호의를 가질 리가 없었다.

또 전략적으로 말하더라도, 이토를 참의로 하는 것은 적에게 이쪽을 경계하도록 만들 뿐으로, 야습을 할 때 일부러 소리를 내어 적에게 정보를 보내 주는 것과 같은 것이었다. 오쿠보는 싸우는 이상 잡음을 원치 않았다. 이토의 승격은 잡음에 불과하다. 오쿠보는 이미 죽음을 결심하고 있었고, 조정회의에서 단독으로 싸워 이기겠다는 연구도 거듭하고 있었다.

'이토를 참의로 하는 일은 뒷날로 미뤄 주시오.'

하는 뜻의 편지를 이와쿠라에게 보내 강경하게 반대했다. 산조와 이와쿠라도 오쿠보의 의견에 따를 수밖에 없었다.

그러나 이와쿠라는 아직도 이토를 의지하려는 마음을 버리지 못하고, 이토에게 발언권은 갖게 하지 못하더라도 아쉬운대로 조정회의의 말석에 앉게 하고 싶었다. 그리하여 조정회의를 담당하는 사무관이라는 벼슬을 주면 어떨까 하고 다시 오쿠보에게 편지를 보내 의향을 물었다. 오쿠보는 그것까지 반대할 것은 없다 싶어, '그 점은 좋을대로'하라고 답장을 보냈다. 그러나 오쿠보로서는 조슈의 애송이의 도움 같은 것은 달갑지 않은 일이어서 전혀 기대하지 않았다.

오쿠보는 10월 8일부터 10일 사이에 반정한론에 대한 자기 생각을 새삼 검토하며 굳혔다.

사이고가 말하는 이유도 오쿠보는 잘 알고 있었다. 사이고의 정한론은 거시적인 전망에서 조선 자체에 최종 목표가 있는 것이 아니었다. 최종 목표는 러시아에 있었다. 러시아의 강경한 남하 정책을 보고, 머지않아 그것이 일본의 독립을 위협하게 될 것이라고 사이고는 내다보고 있었다. 오쿠보도 이 공포에 있어서는 사이고에 못지않았다. 그러나 사이고가 그것을 순전히 전략적으로 관찰하고 러시아의 남하에 의한 피해를 미연에 막기 위해 조선에 재빨리 발판을 만들어 두려는 사이고의 전략적 구상에 대해, 오쿠보는 그것을 불가능하다고 보았다.

"그건 되지 않는다."

오쿠보는 평소에 자주 말했다. 가능성의 한계를 밝히는 것은 오쿠보의 정치 감각 중에서 가장 중요한 것이었다. 그는 일본의 정강(政綱)을 택하는 데 있어서, 얼른 보아 수없이 많은 것처럼 보이는 가능성 속에서 겨우 약간의 가능성만을 추려낸 다음, 그것을 향해 조직과 재력을 집중하는 정치가였는데, 동시에 불가능한 일에 대해서는, 설사 그것이 매력적인 과제로서 대중이 원하고 있더라도, 냉혹할 정도의 매도와 불퇴전의 의지를 가지고 거부했다. 생각할 것도 없었다.

"죽음으로 연결될 것이다."

이런 종류의 냉혹한 거부 태도와, 정책에 대한 단호한 집중력의 발휘는, 그 당사자의 정신적 밑바탕에 언제나 죽을 각오가 되어 있지 않으면 안 되는데, 오쿠보에게는 그 같은 각오가 항상 되어 있었다.

필경에 오쿠보는 그가 예감하고 있었듯이 죽게 될 인물이었다. 대중들은 정치에 대해 이같이 지나치게 명석한 사람을 좋아하지 않는 가공할 성격을 가지고 있다. 대중은 명석보다 따뜻한 정을 사랑하고, 거부보다도 쾌활하고 대범한 도량을 좋아하며, 정당한 이론보다 비장한 것을 동경한다. 더욱 대중이란 것이 골치 아픈 것은, 명석과 거부와 바른 이론을 결국은 악한 것으로 보는 것이다. 이 대중들 속에서 언젠가는 엉뚱한 녀석이 나타나 비수를 잡게 될지도 모른다.

오쿠보는 정치가인 이상, 그것을 예감하는 능력을 가지고 있었다.

다만 그 능력이 민감하지 못했던 것이 그를 용기 있는 사람으로 만들었다. 위험에 대한 약간 무딘 감각과, 그것과 다소 연결될지도 모르는 대중에 대한 감각의 결여가 용감한 인물로서의 오쿠보의 특징이었을지도 모른다.

'정한론은 어리석은 것이다. 일본은 생산성이 낮은 데다 정부 비용이 막대하고, 게다가 외국 빚이 5백만 엔이 넘는데 그것을 갚을 목표도 서 있지 않다. 이런 상태에서 전쟁이라는 엄청난 낭비를 하게 되면 마침내 나라를 망치게 된다. 나아가서 일본은 지난날의 불평등 조약에 의해 관세의 자주권이 없고, 국내에 치외법권이 있는 반독립국 상태에 있다. 그러면서 그것

을 해결하지 못하고 조선의 몽매함을 추궁한다는 것은 우스꽝스런 일이 아니고 무엇이겠는가?'

이것이, 오쿠보가 일찍이 직접 글로 쓴 논책의 요지다.

오쿠보는 참의에 취임할 것을 수락한 그날 밤, 손수 램프의 끈을 길게 늘여 책상을 밝게 한 다음 유언 비슷한 것을 썼다.

아들들에게 주는 글이다.

다음에 그것을 쉬운 말로 옮긴다.

'나는 게이오 3년, 유신에 즈음하여 다소 미력을 다했다는 이유로, 참으로 분에 넘치는 발탁을 받아 참의와 재무성 장관을 역임했다. 지금 거듭 참의의 명을 받게 되니 참으로 황공하기 그지없다. 모름지기 이번은 깊은 생각이 있는지라. 어디까지나 사퇴할 결심이었다. 그러나 지금의 형세는 안팎이 다 말할 수 없는 어려움에 처해 있어 이 나라의 위급과 흥망에 관계가 있는 때라고 생각되며 이 같은 난국을 혼자 벗어날 수 있다고 해도 그것은 내가 원하는 바가 아니다. 또 어리석은 이 몸 하나의 진퇴상의 이유를 가지고 국가의 큰일을 늦추는 것도 죄가 많다고 생각되어 단호히 참의의 자리를 수락했다.'

이상이 경위를 말한 대목이다. 이어서

'이번의 어려움에 죽음으로 망극한 성은에 보답하려고 결심하고 있다. 그러나 경솔한 짓을 할 생각은 없다. 국가의 먼 앞날을 놓고 보면 오늘의 난국도 또 눈앞의 사고에 불과하다. 뜻하는 바는 10년 20년을 기약하고, 큰일을 할 수 있기를 바라고 있다. 대개 나라의 일은 깊은 꾀와 먼 생각을 가지고, 자연의 기회를 틈타 도모하지 않으면 이뤄지지 않는 것이다. 그러므로 지금 나는 편안히 땅속에서 눈을 감을 수 있는 심정은 아니다.'

오쿠보는 막부 말기와 유신의 피바람 속을 해치고 나오기는 했지만, 그는 죽음을 비장한 것으로 기뻐하는 의사(義士)의 마음은 가지고 있지 않다는 것을 쓰고 있다.

죽고 싶지는 않았다.

그러나 죽을 수밖에 없는 심정을 계속 말했다.

'수락하기 전에 깊이 생각했다. 그 결과 내가 아니면 이 난국에 임할 사람이 없다는 생각이 들어 마지못해 결심한 것이다.'

다시 '그러나' 하고 계속한다.

'나는 참으로 좋은 시대를 만나, 죽은 뒤의 면목은 더이상 만족할 수 없을 정도이니. 나 한 사람으로서는 조금도 마음에 아쉬움이 없다.'

다음에, 자기가 바라는 것은 각자가 아비의 나라를 근심하는 작은 뜻을 이어 힘써 공부하고, 마음을 바르게 하며 지식과 견문을 넓혀 쓸모 있는 사람이 되어 달라고 하는, 틀에 박힌 아버지다움을 보이고, 특히 미국에 유학 간 노부아키(伸顯)에 대해서는 글 속에 일부러 이름을 지적하여

'외국에서 내 변고를 들으면 무척 놀라지만……'

이라고 쓰고 있다. 변고가 일어날 것을 오쿠보는 예기한 이상으로 확신하고 있었음을 이 한 가지로도 엿볼 수 있다.

니혼바시 고아미초의 사이고는 10월에 들어서고 나서 불쾌한 날이 계속되고 있었다.

"조정회의가 전혀 열리지 않는군요."

하고 묻는 사람이 있으면, 처음에는

"여러분들도 바쁠 테니까."

라고 대답했는데, 날이 지남에 따라 그런 질문이 있으면 얼굴을 돌리고 대답을 하지 않았다.

그러나 산조에 대해서는, 어째서 조정회의를 열지 않느냐는 독촉장을 냈다. 그때마다 산조는 난처했다. 오쿠보가 참의 취임을 마다하고 있었기 때문에, 산조로서는 열 자신이 없었다.

그런데 이젠 오쿠보도 응낙을 했고, 한편 사이고로부터 독촉이 너무도 심했기 때문에 마침내 산조는

'10월 11일에 열렸다'

고 대답을 보냈다.

그러나 오쿠보의 형편으로 말하면 이렇게 임박해서는 아무것도 준비할 수가 없었다. 오쿠보로서는 공작할 시간이 필요했다. 그런 뜻을 오쿠보가 산조에게 말하자 산조는 금방 변경했다. 결국 10월 14일이 되었다. 산조는 이런 점에서는 낯이 두꺼웠다. 날짜가 변경된 내용을 사이고에게 편지를 써서 보냈다.

그것이 10월 11일이었다.

사이고는 정말 화가 났다.

거의 격정이라고 할 수 있는 감정을 담아, 산조에 대해 다음과 같은 편지를 써 보냈다.

'참으로 송구한 일이오나, 나를 조선으로 보내는 일은 이미 허락이 난 일입니다. 만일 결정이 변경되거나 하는 일이 있으면 칙명이 가벼워지게 되므로 이 나라를 위해 큰일이 됩니다. 위에 말한 일에 대해서는 절대로 동요되지 않으실 줄로 짐작되오나, 그런 뜬소문도 있기 때문에 혹시 몰라 말씀드리는 겁니다. 또 다음과 같은 말씀을 사전에 드리는 것은 황송합니다만, 만일에 결정된 일을 변경하는 일이 있으면, 그때는 하는 수 없이 내가 죽음으로 국우(國友)들에게 사과를 하지 않으면 안 됩니다. 그 점 부디 굽어 살펴 주시기 거듭 부탁드립니다.'

하는 처절한 것이었다.

'국우'라는 것은 사쓰마의 동지들을 가리킨다. 사이고에게 있어서는 일본이란 나라와 전 사쓰마 번과 같은 것이었다. 국우에 대한 배신이 되기 때문에 자신은 그들에 대한 사죄를 위해 죽는다는 것이다. 사이고가 죽으면, 사이고를 흠모하여 목숨을 내맡기고 있는 국우들이 가만히 있을 리가 없다. 일제히 무장을 하고 들고 일어나, 기반이 약한 정부를 단번에 뒤집어엎을 것이 틀림없었다.

산조에게는 이보다 더한 협박은 없었다.

이날 이 편지를 받아든 산조는 하마터면 기절할 뻔했다. 그러나 곧 정신을 차리고 아무튼 조치를 강구하려 했다.

그러나 조처할 방법이 생각나지 않았다. 그저 이 무거운 짐을 한시라도 빨리 덜어내어 가볍게 하고 싶었다. 그는 사이고의 편지를 이와쿠라에게 보냈다. 편지를 본 이와쿠라도 크게 당황하여 둘은 급히 오쿠보에게 모였다. 오쿠보에게 어떻게든 해달라고 애원하는 당황한 모습이었다.


사실 산조는 미진하나마 방법을 발견했다.

"내가 이와쿠라와 함께 사이고를 찾아가 그와 직접 이야기해서, 그가 조선으로 떠나는 것을 단념하게 하는 것이 어떨까?"

산조 사네토미라는, 품위와 깨끗한 것만이 장점인 공경 정치가는 고작 이런 인물에 지나지 않았다는 것을, 이 일처럼 노골적으로 드러낸 적은 없었다. 이제 와서 사이고가 단념할 것 같으면 그가 죽음을 결심할 일도 없었을 것이며, 또 산조가 사이고를 단념하게 하고 싶다면 진작 그렇게 했어야 할 일이었다. 나아가서는 새삼 단념시킨다 해도, 사이고가 도한하는 데 형편이 좋지 못한 새로운 사태가 일어나 있지 않는 한, 말할 건더기가 없을 터였다. 그러나 공경으로서 산조쯤 되는 사람도 자기 신분의 높고 귀한 것에 맹목적인 자부심을 가지고 있었다. 자기와 이와쿠라 같은 두 공경이 몸소 사이고의 누추한 집으로 찾아가 머리를 숙이면 사이고도 마음이 수그러질 것으로 생각했던 것이다. 물론 사이고는 수그러질 것도 더해질 것도 없었으며, 처음부터 같은 내용의 말을 되풀이 한 것에 지나지 않는다. 다만 사이고는 자기 말에 죽고 사는 각오가 들어있다는, 무사라면 너무도 당연한 말을 산조에게 알린 것뿐이었다.

이 편지를 받은 이와쿠라는 물론 산조의 하찮은 꾀에 놀아나지는 않았다.
"새삼 둘이 찾아가서 사이고가 변절할 수 있다면 아무도 이런 고생은 하지 않아."
상대도 하지않고 답장도 보내지 않았다.
다만 이와쿠라는 산조가 동봉한 사이고의 편지라는 것을 오쿠보에게 보냈다. 그 말은 이미 했다. 오쿠보가 받은 것은 11일 해가 진 뒤였다. 공경들을 놀라 떨게 만든 사이고의 편지를, 오쿠보는 오히려 그리운 듯이 읽었다.
'만일에 변경될 때는 죽음으로 국우들에게 사죄하겠다.'
고 한 대목은, 오쿠보로서는 이상할 것도 아무 것도 없었으며, 사쓰마 사람이라면 당연히 그래야만 했다. 처지는 다르지만 오쿠보의 심정도 그와 다를 것이 없었다.

오쿠보는 냉엄하게 보일 정도의 필치로 이렇게 썼다.
'사이고 사절에 대해서는 내 어리석은 힘이나마 충분히 다할 생각으로 있습니다.'
사이고에 대해서는 내가 말 할 터이니 당신들은 우왕좌왕하지 않아도 된다는 뜻으로, 그것을 은연중에 내비친 대목은 그 목소리까지 들리는 느낌이었다.

오쿠보는 사이고의 편지를 그대로 동봉해서 이와쿠라에게 되돌려 보냈다.
"바보 같은 녀석들이다."
오쿠보는 투덜거리고 싶었을 것이다. 산조와 이와쿠라와 우연히 정건을 같이 하여 한패가 되어 있기는 했으나, 인간으로서 사이고에 대해 이때처럼 정다움과 우정을 느낀 적은 없었을 것이다.

그 동안, 이 폭풍권의 중심에서 약간 벗어난 곳에 있으면서도 노상 고민하고 있는 사람이 있었다.

야마가타 아리토모(山眞有朋)이다.

"도쿄를 잠시 피해야 하겠다."

위험에 대한 직감이 날카로운 그는, 이 상황에서 빠져나가기 위한 적당한 이유를 찾고 있었다.

이 조슈 인은 지난 해 육해군의 계급이 만들어졌을 때 만 34세로 육군 중장이 되었다.

지금은 육군 대신이다.

육군 대신은 육군성을 통할하고 군정을 담당한다. 참의는 아니므로 정한론을 다루는 조정회의에는 출석할 필요가 없다. 그러나 국운을 결정짓는 조정회의가 있는 날에 육군 대신이 도쿄에 없다는 것은 약간 이상하다는 비난을 면하기 어렵다.

그러나 야마가타는 있기가 거북했다. 거북하다기보다 도쿄에 있는 것만으로도 몸이 둘로 찢어질 것만 같은 두려움이 느껴졌다.

대부분의 조슈계 육군 장교가 그러하듯이, 야마가타도 정한론에 가담해 있지 않았다. 그는 유신후 가장 빠른 시기에 사이고 쓰구미치와 함께 유럽으로 가서, 문명을 견학하며 일본의 현실이 얼마나 형편없는 것인가를 뼈에 사무치게 느끼고 있었다. 그 이야기는 앞에서 이미 했다. 다시 그는 러시아의 남하에 큰 관심을 가졌다. 이 시대의 러시아란 것은 국경을 맞대고 있는 약소국들에게는 위협 이상의 것이었다. 일본의 메이지 유신이 성립된 것도 막부 말기 이전의 일본에 두려운 정보로 들어와 있던 러시아의 남하 행동이 강한 자극이 되었던 것을 부정할 수는 없다.

야마가타는 러시아를 두려워하는 사람이었다. 그의 국방에 대한 구성은 그것을 주축으로 서 있었다.

'지금 러시아는 상당히 교만방자하다. 앞서는 세바스토폴리 맹약을 깨고 흑해에 전함을 매어 두고, 남으로는 회교의 여러 나라를 약취하여 인도에 손을 대고, 서쪽으로는 만주 국경을 넘어 흑룡강을 오르내리려 하고 있다.

짐작에 동쪽으로는 아직 갑자기 행동할 수 없기 때문에 또 다시 군대를 홋카이도에 출동시켜 북풍을 타고 따뜻한 곳으로 내려오려 하고 있다.'

야마가타의 독특한 명문이 그 점을 잘 말해 주고 있다.

그의 관찰도 틀린 것은 아니었다. 러시아의 국가적 본능이라고 할 수 있는 그 남하 팽창 정책은, 근동으로 나오면 다음은 극동으로 나오는 그런 되풀이였으며, 극동에서는 연해주와 만주를 탐내고, 이어서 사할린(樺太)을 얻고, 홋카이도를 바라는 식이었다.

그러나 일본은 근대 국가를 모양만 성립시켰을 뿐, 이 메이지 6(1873)년에는 군비라고 할 만한 것을 가지고 있지 않았으며, 무력이라면 칼과 창을 잘 쓰는 사족들뿐이어서, 도저히 러시아의 남하를 무력의 위협으로 단념시킬만한 실력은 없었다. 이해 1월 10일, 죽은 병부 차관 오무라 마스지로의 방침이었던 징병령이 겨우 첫발을 내딛었다.

"농사꾼들을 불러 모아 인형을 만들려 하고 있다."

기리노 도시아키를 비롯한 사쓰마계 근위 장교들이 무섭게 반대한 이 새 제도의 장래에 야마가타는 큰 기대를 걸고 있었다. 정한론보다 더한 소동이었다.

야마가타는 이 시대에서는 유일한 군정가였다.

병부 차관 오무라 마스지로가 죽은 뒤, 전 조슈 번 지사단의 중진의 한 사람이었던 마에바라 잇세이(前原一誠)가 뒤를 이었으나, 그는 결국 뜻만 높은 사람으로 실무를 볼 수가 없었다. 구상력도 갖고 있지 않았다. 초창기의 이 새 국가는 마에바라 같은 지조만 높고 실무에는 무능에 가까운 사람보다, 구상력도 있고 실무 능력도 가진 사람이 더 필요했다. 이에 적임자로는 야마가타밖에 없었다. 사쓰마계는 조슈계보다 실전에 뛰어난 인재가 훨씬 많았지만, 군정을 담당할 수 있는 실무가는 한 사람도 없었다. 설사 그런 능력을 가진 사람이 있다 해도, 금방 징병령을 반대한 사쓰마계로서는 육군 대신을 내놓을 수는 없었다.

야마가타는 군정의 최고 책임자로서 발언을 해야 했을 것이다.

"정한론은 육군의 현실로 보아 환상에 불과하다."

현실주의자인 야마가타는 정한론을 망령된 주장으로 보고 있었다. 조선에서 국제적인 분쟁을 일으킬 만한 국력이 일본에는 전혀 없다는 것을 야마가타는 알고 있었고 군략적으로도 불가능하다는 것을 알고 있었다. 그런데도 이 정도의 의견밖에 그는 말하지 않았다.
"좀 어렵다……."
"지금은 도저히 안 되지만 앞으로 몇 해 기다리면."
이 의견은 야마가타의 본심에서 나온 것이 아니고, 사이고에 대한 염려에서 나왔다. 야마가타는 같은 조슈 인이라도 기도나 이토가 사이고가 지닌 우상적인 위엄을 느끼지 않았던 것과는 달리, 일찍부터 사이고에게 존경하는 마음을 가지고 있었던 것이 아니고, 사이고로부터 평생 갚을 수 없을 만큼 많은 은혜를 입고 있었다.
야마가타는 돈에 결백하지 못했다. 그는 육군 창설 초기인 지난 해, 메이지 최대의 독직사건을 불러일으켰다.
일찍이 조슈의 기병대에 노무라 미치조(野村三千三)라는 국학 교양이 있는 사람이 있었는데, 야마가타의 부하로서 호쿠에쓰 전투에서 싸워 무공도 있었다. 그런데 보신 전쟁이 끝나고 나서 요코하마로 나가 무역상이 되었다. 야마시로야 와스케(山城屋和助)이다.
뒤에 야마가타와의 인연으로 병부성의 납품업자가 되어 거의 독점으로 군수품을 납품하여 큰 이익을 얻었다. 독점 납품이라는 이 유리한 입장을 만들기 위해 야마시로야는 야마가타를 비롯하여 조슈계 군인에게 막대한 돈을 바치고, 마침내 공금에까지 손을 댔다. 공금을 일시 차용하여 생사 주식을 샀다가 그로 인해 큰 손해를 보고 유럽으로 도피했다. 그러는 사이에 병무성이 육군성으로 바뀌게 되었는데, 이윽고 풍문이 떠돌게 되어 법무상인 에토 신페이가 직접 법무성을 지휘하여 이 사건을 철저히 밝혀내고 규탄했다.
의혹은 야마가타에게도 미쳤다.
급히 귀국한 야마시로야는 육군성으로 가서 방 하나를 빌려 향을 사르고 할복하고 말았다. 그로 인해 사건은 흐지부지되고 말았지만 야마가타는 당연히 책임을 벗어날 수 없었다.

육군 내부는 떠들썩했다.
이 시기에 야마가타는 육군 차관으로 군정을 담당하는 한편 근위도독도 겸하고 있었다. 기리노들의 상관이었다. 그러나 기리노 등 사쓰마계 장교는 모조리 들고 일어났다.
"그런 녀석의 명령은 들을 수 없다."

그 중에는 야마가타를 죽이자는 의견도 나왔다.

야마가타는 자기는 관계가 없다고 계속 잡아뗐다. 그러나 법무성의 조사로 야마시로야 와스케가 축낸 공금이 65만 엔이라는 거액에 이르는 것이 밝혀졌을 때, 형사책임은 어찌됐든 행정상의 책임은 면할 수 없게 되었다. 그래도 야마가타는 지위에 매달려 있으려 했다. 그러나 사쓰마 계와 도사계 장교들의 추궁이 심해져서 마침내 메이지 6년 4월에 잡아 뜯기듯이 물러나게 되었다.

기리노들은 여전히 떠들어댔다. 야마가타만이 아니고 조슈계 장성인 미우라 고로(三浦梧樓)와 도리오 고야타(鳥尾小彌太)도 돈을 빌려 쓴다는 명목으로 할복한 야마시로야에게서 사실상의 뇌물을 받고 있었다. 이에 조슈계의 고급 장교는 모조리 사임하라고 기리노들은 윽박질렀다.

이 사건에 대해, 사이고는 처음에는 구경만 했다. 그보다도 그는 이런 사건을 유신 정부가 일으켰다는 점에서, 자신의 반생을 돌이켜보며, 혁명 사업은 벌써 헛된 것이 되었고, 한때는 절망에 가까운 심경이었다.

그러나 이 사건을 계기로 사쓰마와 조슈 사이에 격렬한 싸움이 벌어져서는 안 된다고 생각했다. 유신 정부는 사쓰마·조슈의 연합 세력으로 이루어졌고, 지금도 여전히 그 힘으로 유지되고 있었다. 국내에 아직도 옛 세력의 힘이 강했고, 태정관 정권이 무너지기를 기다리고 있는 듯한 정세 아래에서 양쪽 세력의 우두머리들은 서로 상대에 대해 불만이 있더라도, 이 연합이 무너지게 되면 서로 고집을 버리고 손을 잡는 그런 것이 있었다. 사이고도 마찬가지였다.

사이고는 야마가타를 구하려 했다. 사이고는 야마가타가 사임하던 날, 기리노 등 사쓰마계 고급 장교들을 모아 놓고 간단히 말했다.

"야마가타씨는 이미 직책에서 물러났다. 만일 제군들 중에 이를 추궁해야 한다는 사람이 있으면 내게로 오라."

이 한 마디로 기리노들은 조용해지고 야마가타는 살아났다.

사이고는 폐번치현의 준비를 위해 야마가타가 가고시마에 왔을 때 그 인물을 익히 알았다. 인물을 사랑하는 사이고는 이 조슈인말고는 군정을 담당할 사람이 없다고 보았고, 그 생각은 야마가타가 사직한 뒤에도 마찬가지였다.

야마가타는 사직했다. 그러나 두 달 뒤에 복직했다. 게다가 육군 대신으로 승격까지 했다. 이 보기 드문 인사처리는, 한편으로 능력 있는 관리인 야마가타가 그만둔 다음, 육군성의 사무가 공중에 떠 있어서 운영면에서 잘 움직이지 않게 되었다는 사정도 있었지만, 어찌됐든 사이고의 주선으로 이루어진 일이었다. 야마가타는 그토록 사이고로부터 은혜를 입은 것이다.

야마가타가 군정 담당자로서 사이고의 정한론에 강한 반대 의견을 말할 수 없었던 것은 그러한 사사로운 은혜 때문이었다.

은혜를 졌다고 해서 사이고에게 찬성 의견을 말할 수 없었던 것은, 육군의 현실면에서 도해작전 같은 것이 불가능할뿐만 아니라, 야마가타가 속해 있는 조슈 세력이 반정한파이기도 하고, 더욱이 오쿠보와 야마가타가 친했기 때문이기도 했다.

야마가타는 도쿄에 있는 것이 위험하다는 것을 느꼈다.

'지방 시찰을 나가자.'

그는 이런 생각을 했다.

이 해 1월에 징병령이 포고되어, 사족들의 반발과 서민들의 불안 속에서도 국민 개병에 의한 군대가 창설되었다. 전국에 6개의 진대(사단)를 두게 되었다. 평시 병력은 31,680명이었지만, 아직 첫 징집이 행해졌을 뿐이므로 그런 숫자는 병영에 있지 않았다. 설치해야 할 부대는 보병 14개 연대 외에 기병이 3개 대대, 포병이 18개 소대, 공병이 10개 소대였다. 모두 합쳐야 겨우 3만 남짓한 병력이 일본의 정규군이었다. 그것도 아직 훈련되지 않은 상태에 가까웠다.

야마가타는 이번 10월로 복직한 지 4개월이 된다. 이 동안에 병기지급 규정을 정하고, 육군의 경례식을 결정하고, 진대조례를 고쳐, 6개 진대 밑에 14개의 사관을 설치했다.

다시 육해군의 형률(刑律)을 개정하고, 육군 무관의 복제를 개정했다. 도야마 학교(戶山學校)를 만들고, 사관학교를 병학료 안에 두는 일들을 이 30대의 육군 대신은 정력적으로 해치웠다.

야마가타는 정말 바쁜 것 같았다.

이런 상황 아래, 야마가타는 사이고의 집을 찾아갔던 것이다.

야마가타는 키가 크고 군복이 잘 어울렸다. 얼굴이 긴 데다 윤곽이 뚜렷하며, 코와 볼이 두드러지고 양쪽 눈두덩은 기분 나쁠 정도로 움푹 들어가 있었다. 남과 마주 대할 때 비교적 웃는 얼굴을 보이는 일이 드물었고, 잡담 같은 것도 별로 하지 않았다.

사이고가 야마가타를 객실로 안내하고 마주 대하자, 출장 떠나는 인사차 왔다고 했다.

"그래요?"

사이고는 정중히 대답했다.

진대 밑에 사관을 둔다는 것은 이미 언급했지만, 야마가타는 그 현황을 설명한 뒤, 그 일을 위한 시찰이라고 말했다. 이 진대가 이윽고 야마가타의 지휘로 사이고를 치게 되리라고는 이때 양쪽다 꿈에도 생각지 못했다. 이때의 대면이 사이고에 대한 작별이 되고 말았는데, 야마가타는 만년에 이때의 일을 회상하며, 사이고에게 이런 말을 했다고 한다.

"한두 해 지나면 병제의 기초가 확립될 것입니다. 그러면 군대를 해외로 동원할 수도 있습니다. 그러나 지금으로서는 상당히 곤란합니다."

이야기를 산조와 이와쿠라에게로 돌리겠다.

조정회의의 날이 가까워 왔다. 그 전날인 13, 막바지 단계에 이르러 두 공경은 의논했다.

"역시 이타가키와 소에지마에게 부탁합시다. 탁 깨놓고 이야기하면 그들도 이해해 줄지 모릅니다."

도사파인 이타가키와 히젠파인 소에지마는 두 사람 모두 정한파였다.

사이고도 이 두 사람을 존경하여, 고향 사람 대하는 정도는 아니었지만, 어느 정도는 믿고 있었다. 사이고는 만일 조선에 군대를 동원한다면 지금의 일본에 이타가키처럼 통솔력 있는 사령관은 없다고 생각하고 있었고, 그때는 꼭 그에게 부탁하려고 생각하고 있었다. 사이고가, 꼭 자기를 정한대사로 임명하도록 운동을 했을 때도, 이타가키에게는 모든 상황을 보고하고, 그를 조정회의에서의 유일한 동지로 알고 있었다.

소에지마에 대해서도, 소에지마가 외무 대신에서 승격하여 참의가 된 것을 사이고는 반갑게 생각하고 있었다. 그 전에 소에지마가 외무경을 전임하고 있었을 시기, 외무경 자신이 조선으로 건너가겠다고 말했을 때, 사이고는 그에게 사정했다.

"실은 내가 그 임무를 원하고 있습니다. 나로서는 소에지마 선생이 북경에

가을서리 245

서 거둔 것 같은 일은 도저히 할 수 없겠지만 꼭 내게 양보해 주었으면 합니다."

사이고는 남에게 공손한 사람이었지만 특히 소에지마를 대하는 태도는 마치 스승을 대하는 것 같았다. 당대 제일의 동양적인 교양을 가진 소에지마에게는, 신선이 관복 차림을 하고 조정에 서 있는 것 같은 풍채가 좋았는데, 사이고는 그런 때 묻지 않은 모습이 말할 수 없이 마음에 들었을 것이다.

그런데 이타가키나 소에지마나, 사이고를 존경은 하면서도 다소나마 남을 보듯이 모른 체하려는 느낌을 갖고 있는 것은, 사이고가 사쓰마 세력이라는 일본 최대의 힘을 배경으로 하고 있었기 때문인 것 같다. 사이고 개인의 인격을 느끼기보다는 사이고가 가진 힘을 무서워하는 마음이 강했고, 그런 마음이 항상 사이고에 대해 작은 반발과 다소의 쌀쌀함, 그리고 약간의 경계심을 가지게 했다.

"사이고는 어리석으니까 나는 이를 이용한다."

이런 의미의 말을 한 것은, 소에지마와 같은 번 출신인 에토 신페이 참의였다. 소에지마는 에토처럼 마키아벨리즘은 가지고 있지 않았지만, 사이고와의 교제에 있어서 어디까지나 군자의 사귐에서 벗어나려 하지 않았다. 똑같이 정한론에 있어서 의견이 같다고는 하지만, 그렇다고 사이고가 그쪽에 크게 기울어져 있는데 그 일 때문에 함께 죽으려는 생각은 없었다. 그럴 의리도 없었다. 나아가서는 사이고가 정한론을 고집한 나머지, 그 고집에 의해 국내 질서를 파괴할 것 같으면 소에지마는 반사이고 쪽에 서게 될지도 몰랐다.

산조와 이와쿠라는 거기까지 위 두 사람을 보고 있었던 것은 아니었지만 아무튼 이 두 정한론자에게 머리 숙여 사정하려고, 궁한 나머지 행동을 일으켰다. 체면 같은 것은 상관하지 않았다. 이 일은 오쿠보에게도 양해를 구했다. 일일이 오쿠보의 의향을 물으려 하는 것에 산조와 이와쿠라의 정치적 자세가 뚜렷이 나타나 있었다. 오쿠보는 편지로 그 일에 찬성했다.

"내밀한 일이오니, 오늘 저녁 내 집에 와 주시기 바랍니다. 기다리고 있겠습니다."

태정대신 산조 사네토미가 이렇게 이타가키와 소에지마 두 참의에게 사람을 보낸 것은 10월 13일 오후였다.

말한 대로 두 사람은 산조의 집을 찾아왔다.

산조의 집은 막부가 항복한 뒤로 필요 없게 된 큰 영주의 저택을 정부가 일단 거둬들였다가 그에게 준 것으로, 터가 엄청나게 넓어서 산조 자신이 들어가 본 적도 없는 잡목 숲까지 있었다. 도쿄로 서울을 옮길 때 태정관의 고관들은 공짜로 옛 저택을 얻었다. 그것을 비웃은 에도 토막이들이 어느 날 산조의 집 대문 앞에 낙서를 지어 비웃었다.

'낡은 집이라고 사지도 않고 날아든 조선이여.'

서민들로서는 가소롭게 생각했을 것이다.

작은 서재에는 이와쿠라도 와 있었다. 산조는 예복 차림으로 상좌에 점잖게 앉아 있었다. 그 옆에서 이와쿠라는 공경으로서는 보기 드문 점잖지 못한 자세로, 허리를 꼬부리고 화로를 끌어안고 있었다. 아직 화로가 필요한 계절은 아니었다. 그러나 이와쿠라는 남보다 배나 추위를 타는 동시에, 원래 그가 깊은 생각을 할 때는 화로라는 작은 도구를 끌어안아야 하는 버릇이 있는지도 모른다.

이타가키와 소에지마가 자리에 앉았다. 두 사람 모두 여윈 편이어서 어딘가 골격이 비슷했다.

이와쿠라가 입을 열었다. 어드렇소이까, 하고 사투리를 쓰는 그는 생김새에 어울리지 않는 가벼운 말을 계속했다.

"나라를 위해, 두 분께 흉금을 털어놓고 서로 대해 주시기를 바랍니다. 먼저 사정부터 이야기하겠습니다."

그는 첫머리에 이같이 저자세로 말하고 나서, 길게 사정을 늘어놓기 시작했다.

설명하는 내용은 산조와 이와쿠라가 철저히 검토한 것이었다.

"사이고 참의를 조선에 보내는 일에 대해서는 이미 폐하의 사전 승인도 있었으므로 새삼 이의를 말할 것은 못됩니다."

이와쿠라는 정한파 같은 말을 했다.

"그러나 이것을 연기하고 싶습니다."

이와쿠라는 이야기를 이쪽으로 끌고 갔다.

"왜냐하면, 이번 사신은 천황의 대리라고 할 수 있는 대사입니다. 그런데 조선의 완고함은 놀라운 것이어서 열이면, 열 대사를 죽일 것이 틀림없습니다. 살해되면 국가의 체면상 싸우지 않을 수 없게 됩니다. 그런데 싸울 수 있겠습니까?"

이와쿠라는 해군이 갖춰지지 않았음을 말했다. 조선으로 대군을 보내려면 해군이 필요하다. 상대방의 연안 포대를 부수고 육군을 상륙시키는 것도 해군이다. 그런데 정부에는 큰 번에서 바친 상선 비슷한 작은 군함과 1358톤의 아즈마 함(東艦)이 한 척 있는 정도로, 도저히 해군이라 할 수 있는 것이 아니었다. 이 당시 가쓰 가이슈가 해군 차관으로 있었는데, 산조 사네토미가 이에 대해 물어 보았다. 그는 도저히 불가능하다면서, 만일 정부가 전쟁을 하라고 명령한다면 자신은 물러날 수밖에 없다고 대답했다.

"이 때문에 급히 군함 몇 척을 외국에 주문을 해야 하는데, 도저히 당장은 쓸 수가 없어요. 그러니 정한대사에 대한 일은 나라를 위해 연기를 했으면 합니다."

이와쿠라는 차분히 사정을 말했다.

배신했다는 표현이 성립될 수 있다면 이 경우의 이타가키와 소에지마는 아주 깨끗이 사이고를 배신하고 만것이다.

"해군의 준비가 갖춰지지 않으면 도리가 없지요."

이타가키가 말하고 소에지마가 이를 시인했다.

이타가키는 이 경우 순수한 군사적 판단에서 그렇게 말했다. 그는 문관으로서는 엉성했지만 군사적인 능력이 탁월한 점에서는 보신 전쟁으로 충분히 증명되어 있었다. 그는 사물마저 승부를 놓고 생각하는 사람으로 당연한 일이지만 전쟁을 하는 이상 이겨야 하고, 이길 바에는 보기 좋게 이겨야 한다고 생각하고 있었다. 지금 이와쿠라로부터 해군이 도저히 도한(渡韓) 작전의 능력을 갖고 있지 않다는 말을 듣자

"그렇다면 도리가 없군."

하고, 그 한 가지로 모든 주장을 마무리 지으려는 단순함을 가지고 있었다. 단순한 것은 이타가키의 성격에 중요한 색깔이 되고 있다.

"해군이 건설될 때까지 연기했으면 합니다."

이와쿠라가 말하자, 이타가키로서는 너무나 당연한 것으로 생각되었던 것이다.

한편 소에지마는 사이고보다 먼저 정한론을 외친 사람이었지만, 그가 이와쿠라의 연기론에 순종한 것은 억지를 써도 소용이 없다는 온후한 성격에

의한 것이었다. 또 소에지마는 철학적인 사색가로서의 체질이 강했다. 만년에는 그의 목표가 기를 분명히 나타내는 방향으로 기울어 마침내 현실 정치에서 떨어져 나가고 만다. 그러나 이 시기에는 아직도 그의 정신은 현실과의 접촉점을 가지고 있었다. 그 접촉점을 발판으로 외무 대신으로서 맡은 일을 했다. 그의 대 청국 외교는 현실을 헛디디는 일이 없이 웅혼하고 고상한 사절 외교를 해내어 후세의 모범을 만들기도 했었다.

소에지마는 외교 감각으로 이와쿠라의 의견을 들었다. 외교는 군사와 비슷해서 '안 되는 일은 어디까지나 안 된다'는 입장에 있었으므로 종래의 자기 주장을 거두고 말았다.

"가쓰 선생이 그렇게 말씀하셨다면 도리가 없지요."

이 당시 유신 때 살아남은 고관들은, 조슈계를 제외하고는 가쓰 가이슈에 대한 신뢰와 존경이 두터웠고, 가이슈를 당대의 선각자로 생각하고 있었으며, 그가 지닌 세계 감각과 해군 지식을 중시하는 면이 많았다. 가이슈가 "만일 정부가 굳이 전쟁을 시작한다면 나는 벼슬에서 물러나겠다"고 한다면, 소에지마의 경우 정한론을 고집하는 것이 우스꽝스러운 일이다.

이 두 참의의 태도가 누그러지는 것을 보고 속으로 기쁨을 누르기 어려웠던 것은 물론 산조와 이와쿠라였다.

"나는 사이고 참의의 도한은 대찬성이오. 하지만 지금은 시기가 아닙니다."

이와쿠라는 여전히 그들이 양해를 한 뒤에도 같은 말을 되풀이했다.

그 이유는 벌써 두 참의에 대한 설득이 아니고, 보이지 않는 적에 대한 것이었다. 사이고의 배후에 있는 근위군의 세력에 대한 배려로서 사이고의 비위를 섣불리 건드리면 근위군이 폭발하게 된다. 이와쿠라는 그것이 무서워 몇 번이고 같은 말을 되풀이한 것이다.

'이타가키와 소에지마는 다루기가 쉽다.'

이와쿠라는 이마가 번듯한 머릿속에서 생각하고 있었다. 사쓰마의 사이고나 오쿠보, 혹은 조슈의 기도에 비하면 두 사람은 훨씬 다루기가 쉬웠다.

결국은 두 사람 모두, 그의 지나온 과거가 혁명가가 아니고, 단순히 번의 세력을 대표하는 사람으로서, 정부에 들어와 있는 것에 불과하다는 이유를 들 수 있을 것이다. 혁명가란 것은 역시 특이한 정신과 체질을 가지고 있는 것인지도 모른다. 사이고, 오쿠보, 기도 등은, 전 막부가 얼른 보기에 반석 같은 무게를 지니고 있었을 때에 뜻을 일으켜, 바쁘게 뛰어다니며 법망과 밀정과 창칼 속을 뚫고 나간 피투성이의 과거를 가지고 있다.

같은 시대에 그들보다 훨씬 학식이 많은 사람과 뜻이 높았던 사람도 있었다. 혹은 덕망을 가진 사람도 있었다. 그러나 그런 사람들이 하루하루를 상식적인 세계의 편안함 속에서 보내고 있을 때, 이들만은 누구에게 부탁을 받은 것도 아닌데, 마치 천명을 받은 듯이 이상한 행동을 계속해 왔다. 이들이 상식적인 세계에서 나온 사람들과 사귀는 것은 메이지 이후이다. 사귀면서도 끝내는 사귈 수 없는 무엇이 있었던 것은, 이들의 과거를 움직여 온 뜻이, 혹은 정신적인 응어리 같은 것이 방해했는지도 모른다. 나아가서는 사이고처럼 그 응어리의 욱신거림으로 행동해 온 지난날의 온갖 과정에서, 결과적으로 옛 주군인 시마즈 히사미쓰를 배신하는 꼴이 되기도 하고, 혹은 생사를 함께 한 많은 부하들과의 사이에 사리를 넘어선 사랑의 정이 생겨나고 말았다.

이타가키와 소에지마에게는 그러한 과거에서 가지고 넘어온 귀찮은 짐이 없었다. 이로 인해 이 방안에서 자기 혼자의 판단으로 전환할 수 있는 홀가분함이 있었던 것이다.

이와쿠라는 마음속으로 이런 두 사람을 얕보는 생각을 가졌을 것이 틀림없다.

"그날 사이고군을 결석시키면 어떻겠습니까?"

이타카키는 이런 말까지 했던 것이다.

산조와 이와쿠라의 얼굴이 동시에 빛났다. 이와쿠라는 몸을 앞으로 내밀었다. 찬성이었다.

"좋은 생각이오."

이와쿠라는 이타가키를 지켜보면서 작은 목소리로 말했다. 사이고가 출석하면 누구나가 말하기를 꺼린다. 사이고는 한낱 같은 참의에 지나지 않으면서도, 다른 참의들은 그에 대해 산을 우러러보는 것 같은 인격적인 압력을 받기 때문에 그가 있으면 뱃속에 있는 정직한 말을 할 수 없게 된다. 이타가키 자신마저 사이고 앞에서는 반대 의견을 말하기가 어려웠고, 더구나 오끼 다카토나 오쿠마 시게노부같은 단순히 능숙한 관리로서 유신 후에 나타난 패들도 입을 다물고 있을 수밖에 없다. 산조도 이와쿠라도 사이고에게는 몸시 꿀리는 느낌을 지니고 있었으므로, 얼굴을 마주 대하고 반대하기는 어려웠다. 만일 사이고가 나오지 않는다면 그가 도한하는 일은 한 시간안에 부서지고 말 터였다.

'당사자인 사이고를 출석시키지 않는다' 하는 이타가키의 안(案)만큼, 이 문제에 있어서 날카로운 제안은 없었다. 사이고는 유신에 있어서 최대의 공로자다. 지금의 일본에 그보다 더한 거물은 없었으며, 나아가 일본 대중들에게 압도적인 지지를 받고 있는 정치가도 이 조정에서 사이고밖에 없었다.

어느 참의나 '정부'라는 새로 생긴 권력을 배경으로 성립되어 있었다.

어느 누구도 대중과의 연결은 없었다. 예를 들면 혁명가로서 오랜 경력을 지닌 조슈의 기도 다카요시마저 대중적인 인기는 없었다. 그의 사상은 공화 색채가 짙고, 막부 말기 후의 언동으로 보아 유신 공신의 그 누구보다도 민중을 구제하려는 뜻에서의 감각을 많이 가지고 있던 사람이었다.

그러나 대중적인 인기는 얻지 못했다. 한편 그 당시에 대중이란 것은, 여론 형성의 주체라는 의미에 있어서는 사족과 부농층을 중심으로 하는 지식층을 말하는 것으로, 뒷골목의 셋방살이나 행상꾼들은 아직 정치에 참여하려는 자세도 습관도 가지고 있지 않았다.

그런 시대에 있어서 사이고는 다른 사람에 비해 질이 다른 사람이었다. 그는 일찍이 친막부파였던 사족들로부터도 기대와 사랑을 받고 있었다. 막부 말기에 아이즈 번과 함께 막부를 편든 두 기둥이었던 데와(出羽) 및 쇼나이(庄內) 번의 사족들은, 구 번주에서 모든 병졸에 이르기까지 사이고를 존경하고 흠모했다.

사이고가 가진 힘의 배경은 옛 사쓰마 번의 세력이었다. 그러나 그것만이 아니고 세상 자체가 그를 말없이 지지하고 있다고 말 할 수 있었다.

내일 조정회의에서 그런 인물을 제외시키려는 것이다.

그리고 조선에 가는 이 일은 사이고 자신의 제안이었고, 그가 이 일에 목숨을 내걸고 있다는 것은 조정의 누구나 알고 있었다.

"그러니까 사이고씨를 조정회의의 자리에서 빼는 겁니다. 그것은 문제가 사이고씨 한 사람에 관계되는 일이므로 그가 있어서는 공정한 논의를 기대할 수 없기 때문입니다."

이타가키는 그 이유를 설명했고, 이와쿠라도 무릎을 치며 찬성했다. 그러나 이 일은 사이고 쪽에서 보면 참을 수 없는 일일 것이다. 자기가 제안자인

데 출석할 수 없다는 것은 전혀 이치에 맞지 않는다.

하기는 이 이타가키의 제안은 예상 외로 이 사이고 중심의 정한론이라는 열기의 본질을, 마치 쇠망치로 돌을 쪼개 보이듯 선명하게 떠오르게 하였다. 사이고의 지나치게 열띤 정한론은 그 동조자인 이타가키와 소에지마까지 따라 갈 수 없을 정도의 것이었던 동시에, 사이고의 정열적인 정책은 냉정한 청사진이라기보다 사이고 개인의 인격과 정열로 이루어진 이상한 것임을 알 수 있다. 즉, 사이고가 출석하면 냉정한 검토를 할 수 없는 성질의 정책이 과연 국가의 정책이라 할 수 있을 것인지. 사이고의 정한론은 다분히 사이고 개인의 인격적 표현이라는 점이 이 한 가지로 알 수 있으리라.

이 시기가 되자, 오쿠보 도시미치(大久保利通)는 사실상의 재상(宰相)이라는 인상이 짙어졌다.

오쿠보는 일찍이 참의였던 적이 있었으나 그 뒤 자진해서 한 등급 내려와 경(卿)이 되어, 재무성을 충실히 하는 일에 전념했다. 그 뒤에는 외국에 나가 여행을 했다.

귀국한 뒤에는 재무성 안에는 들어가지 않고, 그 실무를 오쿠마 시게노부에게 맡긴 다음 완전히 벼슬에서 물러난 사람처럼 한가한 세월을 보냈다.

그 뒤 이토 히로부미의 공작과 산조 및 이와쿠라의 간청으로 사양하던 끝에 참의가 되었다. 그런데 그 위치에 앉은 지 불과 며칠밖에 안 되었는데 윗자리에 있는 태정대신 산조와 우대신 이와쿠라가 일일이 그의 의향을 물었다. 얼른 보아 상식으로는 믿기 어려운 그런 태도를 취하기 시작했고, 그것이 조정에서 가장 신참인 그를 취임 초기에 사실상의 수상으로 만들었다. 아니, 그보다도 오쿠보의 실력에 의한 것이었으리라. 이 말이 없는 인물이 지닌 무서운 맛은, 그 자신은 조금도 스스로를 내세우는 일 없이, 사람들이 밀어 올려 권력의 자리에 소리 없이 앉혔다고 해도 무방하다.

이 13일 밤에, 산조 사네토미의 집에서, 산조와 이와쿠라가 이타가키와 소에지마를 만나고 있었다. 비밀 회의라고 해도 좋고, 나아가서는 회담 도중부터 모의가 되었다고도 말할 수 있다. 이타가키가 제안한 '사이고를 내일 조정회의에 결석하게 했으면' 하는 안이 나온 뒤 이와쿠라는 잠시 손을 좀 씻겠다며 변소로 갔다.

그러나 변소는 거짓말이었다. 곧 별실로 들어가 오쿠보에게 급한 편지를 써서 사람에게 들려 달려가게 한 것이다. 비밀 회의 내용과 특히 이타가키의 제안을 오쿠보에게 급히 알리고, 그래도 좋으냐고 오쿠보의 의향을 물었다.

사자는 밤 거리를 달렸다. 오쿠보는 자기 집에서 기다리고 있었다.

이와쿠라의 편지를 읽자 곧 답장을 써서 기다리고 있는 사람에게 주었다. 사자는 다시 달렸다.

이와쿠라는 마음이 놓였다. 오쿠보가 찬성의 뜻을 말해 주었던 것이다.

이날 밤, 오쿠보는 싸움터로 나가는 전날 밤 같은 기분이었다. 그로서는 사이고를 해치울 바에는, 사이고와 1대 1로 상대하고 싶었다. 오쿠보의 안중에는 원래 이타가키나 소에지마 따위는 없는 거나 마찬가지였다. 그러나 그래도 그들이 이와쿠라와 한 배를 타 준 것은 다행한 일이었고, 그렇게 된 이상은 오키 다카토와 고토 쇼지로에게도 이와쿠라가 귀띔을 해줌으로써 그들이 쓸데없는 말을 하는 일이 없도록 해두고 싶었다.

"내일 회의는 저마다 떠들어대서는 매우 곤란할 것이므로, 미리 일정한 논(論)으로 통일해 두었으면 합니다."

하고 오쿠보는 편지에서 이같이 말했다. 그는 편들 사람을 필요로 하지 않았다. 다만 잡음이 두려웠다. 사이고를 해치우는 것은 자기 혼자서 충분하다는 자신이 있었다.

내일이면 조정회의가 있는 그 전날 밤에 이르러서도 사이고는 공작을 하지 않았다.

"참된 정성이 있을 뿐이다."

그가 이런 생각만하고 있었던 것은 아니다. 막부 말기에 천하를 뒤흔든 이 대정략가가, 한 조각 참된 정성만으로 권력이 동요거나 세상이 달라질거라 생각하지 않았다. 하기는 사이고 스스로 성실한 사람이 되려 하고 있었고, 그것이 때로는 커다란 효과를 내는 것을 지적으로도 경험적으로도 알고 있었다. 그러나 그가 막부를 쓰러뜨릴 수 있었던 것은 그 성실에 의한 것이 아니고 정략이었다는 것도 그 자신의 일인 만큼 당연히 알고 있다.

그러나 이번에는 그것을 쓰지 않았다.

이론만으로 밀고 나갔다. 자신의 포부를 말하고, 부족한 점은 편지로 쓰며, 그것으로 모든 것을 밀고 나갔다.

"공명정대한 바른 이론이 당당하게 행해지는 정부일 것이다."

이것이, 사이고가 다분히 희망을 담은 정부관이었다. 그러한 정부를 만들기 위해 무수한 피를 흘린 끝에 성립된 정부였다. 그 정부를 만든 사이고로서는 태정관 정부를 막부처럼 보고 싶지 않았고, 더구나 막부를 쓰러뜨렸을 때의 방법을 이 정부에 시험할 생각은 없었다. 아무튼 지금 천황의 정부가 생긴 지 6년이 된다. 그 천황이 이번 조선에 가는 일을 사적으로나마 허락한 것이다. 그리고 태정대신 산조를 통해 허락한 이상 정치 체제상에서의 결함은 사이고에게는 없었다.

"더 이상 할 일이 무엇이겠는가?"

이것이 사이고의 심정이었다.

사이고는 이 단계에 이르러 산조가 동요하고 있다는 것도 알고 있었고, 이와쿠라가 오쿠보를 끌어들여 공작하고 있는 것 같다는 소식도 듣고 있었다. 또 자신이 상정(上程)한 안이 승산이 희미해졌다는 것까지 짐작하기 시작했다. 육군경인 야마가타가 지방 순시를 한다고 하직하러 온 것으로도 알 수 있었다. 야마가타는 한 달 이상 도쿄를 비우게 될 것이다. 사이고가 결사의 각오도 도한(渡韓)하려는 시기에 육군 책임자가 자리를 비운다는 것은 소홀한 일이었다. 야마가타 같은 빈틈없는 사람은 아마 사이고가 조정회의에서 패할 것이 틀림없다는 관측을 한 다음에 출장했을 거라는 견해도 성립되는 것이다. 사이고가 이 일을 고집하는 것은 죽고 싶기 때문이었다. 그는 히사미쓰로부터 불충한 놈이니 반역자이니, 시마즈 가문의 독물이니 하고 욕을 얻어먹는 일을 견딜 수가 없었다. 이로 인해 살아서 새 정부의 영광된 벼슬을 받는 것보다, 이미 역사적 역할을 끝낸 자기 몸을 조선의 서울에서 죽이고 말겠다는 염원에 사로잡혀 있었다. 그 염원이 그가 생각하는 국가의 대정책과 그의 논리로 훌륭하게 부합되는 이상, 조선에 건너가는 일에 대해서나 그에 따른 죽음에 대해서 열정적인 수밖에 없었다. 벌써 그는 죽음을 향해 내딛고 있었다. 죽음을 향해 내딛고 있는 사람이 정치 공작의 잔재주를 부릴 생각이 날 리가 없다. 사이고는 아마 정치가보다 수도자의 심정이 되어 있었을 것이다.

14일이 왔다.

사이고는 이날 아침, 평소처럼 날이 새기 전에 일어나 우물터로 갔다.

두레박으로 물을 퍼서 통에 옮겼다. 땅에 서리가 하얗게 앉아 있었다. 가을이 깊어지기 시작한 이날 아침에 서리를 본 것이다.

사이고는 큰 손바닥을 물에 담그더니, 큰 동작으로 세수를 했다. 물이 튀며 짧게 깎은 머리까지 적셨다. 그런 다음 허리에 찬 수건을 빼내 힘차게 머리를 닦았다.

방에 돌아오자 더운 물을 가져오라고 분부했다. 태정관에 등청하기 위해 얼굴을 단정히 해야 했다.

서생이 마루에 더운 물과 면도를 준비했다.

사이고가 마루로 나가자 먼동이 트기 시작했다. 그는 수염이 짙어서 하루만 지나도 입 주위가 거뭇거뭇해지고 만다. 그것을 하루걸러 깎는데 물론 손수 했다. 그는 꼼꼼한 성격이서 수염을 뿌리까지 파내듯 깎는다.

사이고는 수염을 기르지 않았다. 에도 시대에도 막부 말기에도 일본인은 수염이 없었다.

그런데 메이지로 들어오자 갑자기 서양 사람의 흉내를 내어 수염을 기르는 사람이 많아졌고, 특히 관원들 가운데 그런 사람이 많았다. 사이고는 수염만 기르지 않은 것이 아니고 머리도 서양식으로 하지 않고, 흡사 중처럼 빡빡 깎았다. 이로 인해 근처 사람들까지 이 덩치 큰 사나이가 참의라는 구름 위의 사람인 줄 아무도 눈치 채지 못했다.

사이고가 수염을 다 깎고 아침밥을 들려고 하는데 현관에서 소리가 들렸다.

"심부름 왔습니다."

서생이 나가 보니 태정대신 산조 사네토미가 보낸 사람이었다. 편지를 가지고 있었다. 곧 답장을 달라고 했다.

사이고는 방에서 편지를 열어 보았다. 나오지 말아 달라는 것이었다.

사이고의 두 눈이 번쩍 하고 빛나더니, 이윽고 편지를 정중히 접어 직접 현관으로 나갔다.

"내가 가서 말씀드리지. 그러니까 답장은 쓸 것 없고, 자네와 같이 가겠으니 여기서 차라도 마시며 기다려주게."

정중한 말로 그렇게 부탁했다. 사자는 교토에 있을 때부터 산조 댁에서 일하고 있던 늙은 집사로 물론 편지의 내용은 모른다. 뭔가 사이고에게 기쁜 일이라도 쓰여 있는 건가 하고 생각했을 정도로 사이고의 표정은 온화하고 부드러웠다.

사이고는 검은 예복으로 갈아입었다. 시마즈 집안으로부터 하사받은 예복이었다.

서생과 젊은이가 하나씩 따랐다.

산조의 집에 도착한 것은 아침 7시가 지나서였다. 산조는 사이고의 답장을 기다리느라 집에 있었다. 그런데 사이고가 직접 왔다. 밤길에 어둠 속에서 갑자기 까까머리의 도깨비라도 만난 것만큼이나 놀라고 두려웠다.

"나만을 제외하시는 것은 불공평한 처사가 아닙니까?"

사이고의 태도에 노여움이 담겨 있었다. 산조는 대답도 제대로 못하다가, 실은 이타가키가 그렇게 말했다고 간단히 이름을 대고 말았다. 사이고는 순간 숨결이 조용해졌다. 이타가키도 배신을 했는가 싶었다. 이 일은 사이고에게 비통한 생각을 갖게 했다.

# 격돌

조정 회의가 열린 곳은 태정관의 방이었다.

오전 10시부터 회의가 시작될 예정이었으나 그 시각에 태정대신인 산조의 의자는 비어 있었다. 사이고도 나와 있지 않았다. 이날 아침 7시에 사이고가 산조의 집에 찾아가서 사나운 개처럼 물고 늘어졌기 때문이었다.

산조는 곧 이와쿠라한테 사자를 보내 사정을 알리고 회의를 진행시켜 달라, 등청은 오후가 되겠다고 통고를 했다.

기도 다카요시는 병이라는 핑계로 결석계를 냈다. 기도로서는

'이 투쟁을 캐어보면 결국 사쓰마 사람끼리의 싸움이다. 조슈 인인 내가 나가면 회의에 공연한 혼란을 일으킬지도 모르고, 아니면 어느 한쪽에 가담하는 기미를 보이면 사쓰마의 조슈 사이에 분쟁의 씨를 뿌리는 결과가 될지도 모른다.'

생각해서 과연 기도답게 위험을 미리 짐작하는 후각을 움직여 결석한 것이다.

이윽고 산조의 마차에 사이고가 같이 타고 나타났다. 사이고가 산조의 목덜미를 잡은 인상이었다.

회의가 시작된 것은 오후 1시가 지나서였다.
일동은 테이블에 앉았다.
정면에 태정대신인 37세의 산조 사네토미가 앉고 그 옆에 우대신인 49세의 이와쿠라 도모미가 앉았다.
참의는 8명이다.
사이고 다카모리가 가장 연장자로서 47세가 된다. 소에지마 다네오미가 46세로 다음이고, 오쿠보 도시미치가 44세, 사가의 오키 다카토 42세, 역시 사가 인 에토 신페이 40세, 나머지는 모두 30대였다. 이타가키 다이스케, 오쿠마 시게노부, 고토 쇼지로들이다.
예복을 입고 있는 사람이 많았다.
양복 차림으로 출석한 사람은 오쿠마와 이타가키 그리고 오키.
의장격인 이와쿠라가 입맛을 다시며 입을 열었다.
이와쿠라는 말을 시작할 때 입맛을 다시는 버릇이 있었다.
"참의 여러분을 나오시게 한 것은 다름이 아니라, 외교상의 여러 가지 안건이 산적해 있기 때문입니다. 그 점에 대한 경중과 완급을 의논하여 국책상 실수가 없도록 하기 위해서입니다."
장중하게 말문을 열었다.
"사이고 참의를 한국에 사신으로 보내는 건에 대하여 의논하고자 합니다."
종전같으면 이같이 말할 것을 현재의 외교 일반 문제에 관해서 의논하고 싶다고 슬쩍 바꾸어버린 것은 이와쿠라의 능란한 점이었다.
사이고는 곧 반응을 나타냈다.
"조선 문제에 관한 것이 아니었소?"
그러나 이와쿠라는 당황하지 않고 천천히 말했다.
"조선 문제 한 가지만을 급선무로 할 수는 없습니다. 러시아 인이 사할린(樺太)에서 일본인을 살상하고 대만의 원주민이 류큐(琉球) 변의 표류민을 다수 살상했습니다. 어느 쪽이 시급한가를 생각할 때 사할린 문제가 훨씬 중대하다고 생각합니다."

그동안 오쿠보는 침묵을 지키고 있었다.
오쿠보는 과연 총대장 같은 모습이고 이와쿠라는 오쿠보를 위해 전초전을 벌이고 있는 듯했다. 그는 사할린 문제의 중요성을 장황하게 설명하고 있었다.
　러시아의 동점과 남하는 메이지 유신 전의 막부 시대부터 일본에 있어서는 머리 위를 짓누르는 어려운 문제였다. 아마도 러시아는 사할린을 합병할 작정이었을 것이다. 이와쿠라가 말하기를 지금 이 문제를 해결하지 않으면 일본은 북쪽 문을 강대한 러시아에게 강탈당하고 만다는 것이었다.
　"조선의 무례하고 포악함도 물론 중요합니다."
　이와쿠라는 이미 의장이 아니고 발언자였다. 이와쿠라는 조선이 청나라를 종주국으로 섬기면서 그 배후의 큰 힘만 믿고 일본에 대해 교만하기 짝이 없다. 만일 지금 조선의 서울에 일본 대사를 파견한다면 아마도 대사는 살해될 것이다. 결국은 전쟁이 일어날 것이라고 설명했다.
　"조선의 배후에는 청국뿐 아니고 러시아도 버티고 있습니다. 전쟁이 일어난다면 이 양 대국이 보고만 있을까요?"
　결코 보고만 있지 않을 것이오, 라고 이와쿠라는 말했다. 소에지마 외무경이 북경에서 청나라 정부에 다짐한 것은 사실이다. 즉 소에지마가, 일본은 조선의 무례함을 추궁하려 하는데 여기에 대한 청나라의 의향은 어떠냐고 물었더니 '조선은 자주국이며 그 외교상의 실책을 책임지지 않는다'라는 대답이었다. 또 러시아 주재의 외교기관에도 물었다. 그 기관 역시 '일본의 자유'라는 대답을 받았으나 양쪽이 모두 말뿐이고 문서로 받은 것은 아니었다. 가령 문서라 하더라도 그때가 되어서 가만히 보고만 있으리라고는 생각되지 않으며 결국은 견한대사를 파견한다는 것은 일본으로서는 전쟁 준비를 하고 난 뒤가 아니면 안 된다고 이와쿠라는 말했다.
　"하지만 지금의 일본으로서 외국과 전쟁이 가능하겠습니까? 국민은 아직 몽매합니다. 국력은 유사 이래 처음이라고 해도 좋을 정도로 몹시 피폐해 있습니다. 이 같은 상태에서 전쟁을 한다는 것은 국가의 백년대계를 그르치는 것이므로 이 같은 무모한 주장에 대해서 나는 찬동할 수 없습니다."
　그는 사이고 안에 정면으로 반대했다.
　이것을 듣고 사이고는 노기 충천했다.
　"사할린 문제라고 말하시는데……."
　이와쿠라를 정면으로 쏘아보았다.
　"그같이 시급하다면 나를 러시아의 수도에 보내주시오."
　사이고는 이와쿠라의 속셈을 알고 있었다. 이와쿠라에게는 외국과 전쟁을

격돌　259

할 생각이 추호도 없었다.

"즉시 러시아 수도에 가겠소."

그는 이와쿠라에게 육박했다.

이와쿠라는 그 대답을 피하면서 좌우간 조선에 대사를 파견하는 것은 반대라고 되풀이했다.

사이고는 양손으로 테이블을 짚고 커다란 몸을 일으켜 의자에서 일어섰다. 두 눈이 부리부리하게 컸다.

"대사 파견 문제는 지난 8월 17일 조정 회의에서 이미 결정된 문제입니다. 지금 이 자리에서 그 시비를 논할 필요가 없습니다."

소리를 치자 장내의 참의들에게는 큰 짐승의 울부짖음처럼 느껴졌다.

이와쿠라는 사이고에게 압도될 듯했으나 그래도 계속 버티면서 바보 같은 소리 하지 말라는 듯이 역습했다.

"논할 필요가 없다구요?"

오늘의 회의는 무엇을 위한 것인가, 그것을 위한 것이 아닌가, 하고 소리쳤다. 더욱이

"사이고 참의의 말씀은 모두가 이치에 맞지 않습니다. 가령 본인이 사할린 문제가 급선무라고 말하니까 그처럼 급한 일이라면 자기를 러시아의 수도로 보내달라고 말했습니다. 사할린 문제는 귀하의 책임이 아니고 외무경의 책임이오."

이와쿠라가 이렇게 말하자 사이고는 이와쿠라가 말하는 이치에 대해서 이치로 대항한다는 것에 공허함을 느꼈는지 몸을 의자에 묻어버렸다.

그리고 입을 다물고 있었다. 사이고는 입을 다물고 있을 때가 딴 사람에게 대적할 수 없는 무엇인가를 느끼게 한다.

자연히 이와쿠라도 할말을 잃었다. 아니면 준비한 말은 모두 말해버렸는지도 모른다. 다만 눈 가장자리를 검게 칠한 듯한 두 눈을 반짝거리고 있었다.

무거운 침묵이 좌중을 지배하고 있을 때 오쿠보가 약간 몸을 움직였다. 일동은 오쿠보를 쳐다보았다.

"말씀드리겠습니다."

낮으면서도 듣기 좋은 음성으로 이와쿠라에게 말하며 의자를 삐걱거리면

서 이와쿠라 쪽으로 몸의 방향을 바꾸었다. 오쿠보는 사이고 쪽을 보지 않았다. 사이고를 보지 않음으로써 사이고의 압력을 얼마라도 줄이려고 생각하는 듯했다.

오쿠보가 전개한 사이고 안에 대한 반대 의견은 그 당시의 어떤 반 정한론 논의보다도 가장 명석하고 확실한 논거를 가진 것이었다. 그 내용에 관해서 오쿠보는 이 조정 회의에 앞서 이와쿠라에게 장문의 각서를 제출한 바 있다.

이 오쿠보의 논문은 그 당시의 일본의 국력을 분석하고 일본 주변의 국제 정세를 정확하게 파악하고 있다는 점에서 일본의 근대 정치가의 논문 중에서 가장 훌륭한 것이었다.

그 일단을 살펴보면, 일본의 국가 재정이 과연 근대국가를 일으킬 수 있을 것인가 하는 심각한 국면에 처해 있을 정도로 허약하다는 것을 누가 보아도 이해할 수 있도록 잘 표현하고 있다.

또 일본이 전쟁을 할 수 없다는 것을 군사 및 경제면에서도 논하고 있다.
"전쟁에 의해서 평시에도 국비를 감당하기 힘들 만큼 생산물은 점점 줄어들고 또 군함이나 총포, 탄약 그리고 군복 등을 생산할 능력이 없기 때문에 평시에도 연간 백만 엔의 수입초과이다. 그러나 이것들을 모두 외국에서 수입하지 않으면 안 되고, 이미 일본의 외채는 5백만 엔이라는 막대한 액수로 그 대부분이 영국에서 빌려 온 것인데, 지금 전쟁으로 그 이상을 빌려 오게 되고 또 갚을 수도 없다면 국가의 독립은 어떻게 될 것인가? 과거 인도의 제후는 서로 싸워서 피폐하여 영국 상사에 원조를 청했고 끝내는 인도 자체가 영국의 소유가 된 것처럼, 일본과 조선도 이 싸움에 의해서 인도의 전철을 밟을 것은 명약관화하다. 어떤 사람은 조선의 물자를 빼앗아서 이것을 전쟁 비용으로 쓴다는 주장도 있으나 조선에는 그 같은 물자도 없을 뿐 아니라 그렇게 한다면 일본국의 불명예는 씻을 수 없게 된다."

정한론을 채택하면 국가는 멸망한다는 오쿠보의 논리에는 그 누구도 반박할 수 없었다.

그러나 사이고만은 불사신이었다. 그는 오쿠보의 분석과 전개에 대해서 정면으로 대항하지 않고 그 같은 논리를 전개하는 오쿠보의 발목을 잡고 대들었다.

"이치조(一藏)."

어릴 적부터 흔히 쓰던 호칭으로 부르지 않고 귀공이라고 불렀다. 말씨도 타인을 대하듯 했다.

"귀공은 그렇게 말씀하지만 본인의 도한 문제는 이미 지난 번 조정 회의에서 결정된 사실입니다."

사이고는 기정사실로 밀고 나가려 했다.

그러나 오쿠보는 그것을 인정하지 않고 그 조정 회의가 어떤 것인지는 자기가 부재중이었으므로 알 수 없다고 말했다.

사이고가 화가 나서 말했다.

"귀공, 그것은 본심에서 하는 말이오?"

이제부터 분노가 사이고를 충동질하여 이젠 논의가 아니고 싸움이 되었다. 지난번의 조정회의는 외유한 참의들의 부재중에 있었다. 그러니까 무효라고 오쿠보가 말한 것으로 사이고는 받아들였다.

"본인들——국내에 있던 참의들——도 참의들이오. 귀공들이 외국에 나가있는 중이라고 해서 국가 대사를 버려둘 수는 없소. 지난 번 조정 회의는 남아 있던 참의들이 결정했소. 결정한 것이 무엇이 나쁘다는 것이오? 산조 태정대신도 동의하셨고 폐하도 재가하셨소."

이 말에 대해 오쿠보는 차갑게 대꾸했다.

"본인들의 부재중에는 국가의 중대사는 결정하지 아니한다는 약속이었소."

"그 같은 약속은 모르겠소."

사이고는 그곳이 급소인 만큼 거세게 주장했다. 그러나 오쿠보는 태연하게 말했다.

"그런 말을 지금 하는 것은 비겁하지 않습니까?"

이 한 마디는 사이고라는 불붙기 쉬운 감정에 불씨를 던진 것과 같았다. 사쓰마 사람이 가장 싫어하는 악덕은 비겁이라는 것이고, 이런 말을 듣고도 칼을 빼지 않을 사쓰마 사람은 없다고 하겠다.

"닥치시오!"

사이고는 고함치며 주먹으로 테이블을 내리쳤다. 어느 쪽이 비겁한지 이치조, 자기 가슴에 물어보라, 고 말하면서 몸을 앞으로 내밀었다.

오쿠보는 잠자코 있었다.

'이렇게 감정적으로 나오면 어떻게도 할 수 없다.'

마음속으로 생각했다.

참의 이타가키 다이스케는 후일 이렇게 말했다.

"사이고와 오쿠보의 토의는 감정에 흘러서 자칫하면 논리를 벗어나기 때문에 모두가 어리둥절하여 토의에 참여할 수 없는 형편이었다."

이 같은 정세에서 이타가키는 두 사람을 무마하기 위해 처음으로 입을 열었다.

이타가키가 주장한 것은 오쿠보의 내치 정책이었다. 그것을 언제까지 시행하면 대한 정책이 나올 수 있느냐는 것이었는데, 이 같은 질문을 받고 오쿠보는 그것은 내무성이 설립되는 시기라고 생각하면서 그것에 대해 답변하려고 했다.

그러나 사이고는 그것조차 거절했다.

"안돼요. 그렇게 연기할 수 없어요. 도저히 안돼요."

결국 두 가지 주장은 접근점을 찾지 못하고 날이 저물었다.

회의 석상에서 사이고의 외모는 이상하다고밖에 말할 수 없었다.

후세의 사쓰마 사람 사이에 계속 경애되고 있는 이 인물은 그것에 상응하는 모든 것을 가지고 있었다. 그는 이처럼 살얼음판 같은 석상에서도 자기의 필사적인 의견을 통과시키려고 동석자에 대해서 누구나 쓰고 있는 기교상의 위압을 주려 하거나 또 쓸데없이 소리를 높여 협박하거나 혹은 메이지 유신의 가장 높은 공훈을 과시하면서 다른 사람의 의견을 억압하려는 정치 속에서 늙은 사람으로 보이는 야비한 태도는 전혀 없이 수도자 같은 고매함을 시종 지키고 있었다.

그는 보통 사람보다 훨씬 큰 체구였으나 이 대결의 자리에서, 이를테면 겉보기의 이점이라고도 할 수 있는 체구를 짐짓 사양하듯 억지로 움츠리고 있었다.

때로는 그 체구가 점점 팽창하는 듯한 인상으로 느껴질 때도 있었으나, 그것은 본시 감정의 양이 보통이 아니고 엄청나게 많기 때문에 쌓인 분노가 정직하게 그와 같은 인상을 남에게 주었으리라.

참고로 말하면 사이고는 그를 접한 모든 사람이 말하듯 사사로운 울분을 보인 적이 없었다. 본시 잘 노하는 성격인 듯했다. 확실히 젊었을 때부터 언제나 흥분하고 언제나 울분을 간직하고 있는 인물이었으나, 사사로운 분노는 버려둔 채 이 세상에 나왔는지 아니면 20대 초기에 그 같은 것을 압살해 버리는 훈련을 쌓았는지도 모른다.

사이고가 한 번 성을 내면 얼굴이 시뻘겋게 부푼 느낌이 드는데, 이 같은 성격이 좋은 성격이라는 것을 처음 발견한 사람은 선대 영주인 시마즈 나리아키라였다. 그러나 나리아키라는 말했다.

"그의 고삐는 내가 아니면 잡지 못한다."

영웅이라는 말을 여기에서 쓸 수 있다면 나리아키라는 젊은 사이고에게서 풍부한 영웅적 자질을 분명히 발견하고 있었다. 그러나 그 처리하기 어려운 사심이 없기 때문에, 그 거대한 에너지를 제어할 수 있는 사람은 영웅이라고 은근히 자인하고 있는 자기 말고는 없다고 나리아키라는 생각하고 있었음이 틀림없다.

사이고는 때로는 자기의 생각이 틀렸다는 것을 깨달을 때도 있었다. 이 정한론 소동이 일어나기 전에 태정관의 고관 중에 독직 사건이 노출되자, 사이고는 크게 실망하고 이것을 처리하려 하지 않고 자기는 시대에 뒤떨어진 낡은 인물에 불과하다면서 은퇴하려고 했다. 그것을 이타가키 다이스케가 말리면서 정부의 병폐는 살아남은 우리의 공동의 책임이다, 당신처럼 은퇴할 뜻을 가진다면 유신 전에 죽은 무수한 동지들과 지하에서 얼굴을 마주할 수 있느냐고 했다. 사이고는 곧 후회하고 큰 몸집을 부르르 떠는 것이 마치 미닫이가 울리는 듯했으며, 사이고는 어린아이같이 솔직하게 이타가키에게 머리를 숙이고 몇 번이나 잘못했다고 하며 사과했다.

그 같은 거대한 감정량이 그것도 투명도 높은 무아의 모습으로 이 회의실의 좁은 공간을 차지하고 있는 것이다. 나리아키라가 만일 살아 있다면 자기가 아니면 이 자리의 사이고의 고삐를 잡기 힘들겠다고 말할 것이고, 또한 사이고도 이 세상에서의 유일한 스승이었던 나리아키라의 유지가 어디까지나 정한론적 구상이었다고 그것을 생명과 똑같은 무게로 생각하고 있었던 것이다.

후세 사람들이 이 자리의 사이고를 보고 사이고의 정신의 밑바닥까지를 이해한다는 것은 거의 불가능한 일이다.

이 자리에서의 사이고의 의견은 외교 정치론으로서는 그저 성급한 제국주의로밖에 분류되지 않을 것이다.

그 의견에 포함되어 있는 내정 사상은 유신으로 특권신분을 상실한 무사 계급의 대변자로 밖에 볼 수 없고, 그 정치의 종합 감각 속에는 국가 재정의 요소가 없고 또한 실감적인 국제감각이 결여된 점이 있었다.

오쿠보가 그 하나하나를 조목조목 추궁한 것이다. 사이고는 그 같은 면에서 추궁당하는 한 궁지에 몰릴 수밖에 없다.

사이고와 오쿠보 사이에 기본적으로 국가론의 차이점이 있다는 것을, 적어도 오쿠보는 느끼지 못하고 있었다. 사이고는 오히려 그러한 면에서, 다시 말해 국가를 성립시키고 있는 기본적 문제에 관해서 논의를 진행시켰어야 했다. 그것이 사이고의 불찰이었다. 그에게 있어서 정한론은 지엽적인 문제에 불과할 뿐 아니라, 그 지엽적 문제는 추궁당하면 나약하기 짝이 없는 것인데 그 지엽적 문제에 그의 생애와 정치 생명을 걸어버린 결과가 되어버렸다.

사이고는 그의 사상이 쌓이고 쌓인 국가 성립의 기본적이고 원리적인 과제를 왜 이 자리에서 논하지 않았는가.

그 당시의 일본에는 그의 사상을 표현하는 방법이 없었기 때문이리라. 그 과제를 논리적으로 구성하는 사상적 습관이 없었기 때문에 술어조차 적었고, 겨우 중국의 정치론적인 어휘나 중국의 책속의 비유를 사용하여 요령부득이나마 표현할 수밖에 없었다.

사이고는 국가의 기반은 재정도 아니요 군사력도 아니고 민족이 가지고 있는 발랄한 무사혼에 있다고 생각했다. 이 같은 정신상이 유신에 의해 무너졌다. 무너졌다고 하기보다 그 같은 정신상을 도야해 온 사족의 사족다운 이상상으로 새 국가의 원리를 삼으려 했다. 그러나 유신으로 성립된 새 국가는 입신출세주의의 관리와 이권과 투기에만 눈을 번득이고 있는 신흥 자본가를 골격으로 하고 있었으며, 국민이란 것이 성립되기는 했으나 그 국민은 정신적인 면에서 보면 부끄러운 상태인 농부와 상인에 불과했으며, 새 국가는 이들에 대해 국가적인 도야를 하려 하지도 않았다. 이 같은 새 국가라는 것이 아무리 장래에 국고가 충만하고 군비가 정교하다고 해도 이 지구상에 존재할 가치가 있는 국가라고 말할 수는 없다고 사이고는 생각하고 있었다.

다음에 사이고의 좌담이나 편지 등에서 그 단편을 모아 그의 말을 간결하게 정리하면 이러하다.

"그러므로 외정을 함으로써 반대로 공격을 받아도 좋다. 국토가 초토화하는 것도 경우에 따라서는 무방하다. 조선과 전쟁을 함으로써 반대로 러시아나 청나라가 일본을 침공하는 일이 생겨도 그것은 오히려 환영할 일이다. 백전백패하더라도 진정한 일본인은 초토 속에서 탄생하게 될 것이다.

국가에 있어서 필요한 것은 천편일률적인 재정의 수지계산표나 얄팍한 국제 지식이 아니다."

이런 것이 그의 사상이었다.

그러나 그렇다고 해서 사이고가 초토화를 바라는 것은 아니고 태평에 익숙해진 일본 민족에 정기를 불어 넣어주고 될 수만 있다면 전국시대의 시마즈 일족의 무사들이 가지고 있던 의연한 윤리성을 전 일본인의 것으로 하겠다는 염원이 있었다. 사이고의 정한론이 그것과 연결이 되는지의 여부는 고사하고 그가 새 국가의 기반에 하나의 고귀한 원리성을 갖추려는 사상은 그 후 일본 국가가 끝내 갖지 못한 것이었다.

회의는 중반부터 사이고와 오쿠보의 격투로 진행되었다. 쌍방이 양보하지 않고 황소 싸움같이 서로 뿔을 맞대고 서로 다리에 힘을 주어 발톱이 땅에 묻혀서 움직이지 않게 되었다.

다른 참의들은 계속 침묵을 지키고 있었다. 오키 다카토는 거의 얼굴을 숙이고 있었고, 오쿠마 시게노부는 때로는 회중시계를 열었다 닫았다 하기도 하고 얼굴을 만지기도 하면서 시종 조마조마해 있었다. 고토 쇼지로 같은 사람은 두 눈을 감고 숨을 죽이고 있었으니 마치 잠들어 있는 모양이나 다름없었다.

"어차피 사쓰마 사람끼리의 싸움이다. 참견을 해도 소용없다."

어떤 면에서는 더없이 방자한 사람인 고토는 이렇게 생각하고 있었는지도 모른다. 참고로 막부 말기를 거쳐 메이지 유신의 국가 창업에 참가한 인물들의 세계 정책이 어떤 것인지에 관해 고토의 견해를 들어둘 필요가 있을지도 모르겠다.

고토는 막부 말기에 도사 번의 대표로 세태의 흐름 속에서 다소 과대하게 평가된 듯하다. 그는 호방하고 사소한 일에 구애되지 않았다. 메이지 유신 후 그의 호방한 성격은 더욱 거칠어져서 사소한 일에 구애되지 않는 것이 실무를 모른다는 것으로 평가가 바뀌었으나, 그는 훗날 청나라를 대표하는 정치가인 이홍장과 만났을 때 불쑥 말해서 이홍장을 놀라게 했다.

"귀국과 일본은 전쟁을 할 필요가 있습니다."

고토의 기이한 이론에 의하면 일본과 청나라가 서로 전쟁을 해서 체질을 강화함으로써, 서양의 침략을 방지하고 국가적 체력을 서로 배양해야 한다, 아시아는 그것에 의해 구할 수 있다는 것이었다. 제아무리 이홍장이라 해도 고토의 배짱이 너무 커서 아연실색하고 대답도 하지 않았다. 고토의 그 말은 기론에 불과하지만 이 시대의 일본인이 서양의 침략을 얼마나 겁냈으며, 메이지 유신도 그 민족적 공포심 위에 성립했다는 것을 알지 못하면 이 시대의 정치 정세나 인심도 이해하기 힘들다. 또 사이고가 오쿠보를 가리켜 "저자는 사쓰마 사람답지 않게 겁쟁이다"며 주위 사람에게 말한 것도 이 시대적 상황에서 이해할 필요가 있다. 겁쟁이란, 일본을 전쟁 속에 밀어 넣는 것에 오쿠보가 겁쟁이라는 뜻이다. 사이고가 보기에는 지금이라면 서양의 군사력도 극동까지 그 여력을 미치기는 곤란하며 사쓰마·영국 전쟁에서 사쓰마가 우세한 가운데 끝난 것처럼 어떻게 할 수가 있을 것이다. 돈이 없다, 서양에서 병기를 사지 않으면 안 된다, 하고 오쿠보가 말하는 것은 결국은 겁쟁이이기 때문이라고 사이고는 생각했다.

이 회의 진행에서 이타가키 다이스케와 소에지마 다네오미가 약간의 발언을 했다. 같은 말을 두 번 되풀이했다.

"조금 기다리면 어떨까요?"

그러나 그때마다 사이고는 기다릴 수 없다고 말했다. 이 같은 큰일에는 기회라는 것이 있다. 도저히 기다릴 수 없는 것이었다. 사이고의 실수는 정한론에 있었다기보다 오히려 기다릴 수 없다고 재촉한 데 있었으리라. 기다릴 수 있었던 것이다. 이 한 마디의 강경한 발언이 역사를 크게 뒤흔들게 된다.


"국가는 계산에 의해 성립되는 것은 아니다."

이런 뜻을 사이고는 여러 가지 표현으로 말했다. 눈에 보이지 않는 높은 것에 의해 성립된다. 이것을 잃으면 품위가 낮은 국가가 된다, 그 같은 국가를 만들기 위해 우리의 선인들이 시체를 강과 들에 버려왔지 않은가, 라고 사이고는 말하는 것이다.

사이고에게 곤란했던 것은 이 같은 종류의 사상을 표현하는 일본어가 성숙되어 있지 않았기 때문에, 결국은 나를 보아다오, 하고 스스로의 인간을 이해해 달라고 하는 방법밖에 없었다. 입에서 나오는 말이 설령 짤막한 말과 몇 마디뿐이었을지라도 사이고라는 인간에게서 나온 말이니까 믿어 달라고 호소하는 수밖에 없었다. 이 자리의 사이고에게는 일본에서 태어났다는 불행이 있었다. 만일 그가 서양의 작은 나라에 태어났더라면 한 권의 성경책이라도 꺼내놓고 국가의 기초란 이것이다, 하고 말할 수 있었을 것이다. 혹은 기성 논리와 술어를 구사해서 그가 말하려는 국가란 마땅히 고매하지 않으면 안 된다고 말하는 그 고매함의 내용을 충분히 설명할 수도 있었을 것이다. 그러나 그는 메이지 초년의 일본인이었으며 나라는 인간을 인정해 달라는 것 외에는 방법이 없었다.
"내가 이렇게 말한다."
그의 정한론은 혁명의 수출이었다. 혁명 그 자체의 수출이라기보다 그가 숭고한 것이라고 진심으로 평가하고자 하는 메이지 유신 정신의 조선에의 수출이었다. 이 수출이 조선에서 성공하면 청나라에도 파급될 것이고 그렇게 됨으로써 3국 동맹을 맺어 구미의 진출을 방지하자는 것이었다.
그러나 이것에 대한 오쿠보의 응답은 냉담했다.
"조선은 경제가 빈약합니다. 출병의 비용을 조선에서 얻으려 해도 그렇게는 되지 않을 겁니다."
이런 식으로 국가를 숫자 계산에서 보려는 실제적인 면에서 벗어나지 않아 사이고가 주장하는 것과 차원을 달리하고 있었다.
사이고의 논리는 국가의 장부를 들여다보고 있는 오쿠보에게는 도저히 이해할 수 없는 것이었다.
"무슨 잠꼬대를 하고 있나?"
이렇게밖에 생각되지 않았다.
확실히 사이고의 입장은 현실파악이 빈약하고 실제면에서 견고한 뒷받침은 없었으나 사이고의 철학적 논리에서 본다면 이것이야말로 실제적이라고 생각되었다. 왜냐하면 일본 민족은 이것에 의해서만 고난을 거쳐서 산천초목과 함께 새로이 바뀔 것이다. 유신의 의의는 거기에 있다. 극단적으로 말하면 일본 민족의 반이 전쟁의 불길에 쓰러져도 아시아의 쇄신에 도움이 된다면 그것으로 만족할 것이며, 그것은 마치 유신 전후의 사쓰마나 조슈와 비슷했다. 그때 사쓰마와 조슈는 우연히 승리했지만 번이 멸망해도 좋다는 각오는 조슈에도 사쓰마에도 있었다. 이것을 아시아의 규모로 확대하면 일본이 사쓰마나 조슈에 해당한다는 사고방식이었다.
극단적으로 말하면 사이고의 생애를 통해 이 국면에서의 사이고는 정책론자라기보다는 농후한 사상가가 되어버렸다. 그의 몰락은 메이지 국가가 국가로서의 가장 중요한 것을 없애버린 셈이 될지도 모른다.

토론에 있어서는 결국 오쿠보가 우위에 서게 됐다.

"돈이 없으니까 할 수 없습니다."

라는 재정론으로 밀어붙이면 제아무리 훌륭한 정책론이라도 무력화하기 마련이다.

오쿠보는 그것을 최후의 보루로 삼았다. 사실 일본에는 돈이 없었다. 그는 사이고처럼 사상을 운운하고 있을 수 없었다. 오쿠보도 그리고 병으로 결석한 기도도 새 국가의 재정이 파산 직전에 있다는 것을 알고 있었으며, 파산하면 일본은 외국의 식민지가 된다는 자명한 이치도 알고 있었다. 오쿠보가 느끼고 있었던 일본의 위기는 재정 파탄에 의한 멸망이었다. 국가가 파산하고 중요한 무역항이 채권국의 소유가 되고 만다면, 사쓰마의 건아가 제아무리 칼을 잘 쓰고 죽음을 겁내지 않고 용감하다고 해도 어떻게 해볼 도리가 없다. 그러니까 오쿠보는 목숨을 걸고 사이고를 막아야 했고 오쿠보가 보기에는 사이고를 막는 것이 곧 구국의 길이었다.

결국 결론을 내지 못한 채 날이 저물었다.

"오늘은 이만……"

산조 사네토미는 이와쿠라와 상의한 뒤에 회의를 내일 15일에 속개할 것을 제의했다. 모두 이의가 없었다. 사이고만이 어두운 표정으로 산조의 소리가 들리지 않는 듯이 잠자코 있었다. 산조는 그것에 신경이 쓰이는 듯 사이고에게만 다시 한번 의향을 물었다. 사이고라는 인물은 어떠한 때에도 뻔뻔스러움을 보이지 않는 사람이었으나 이때만은 교만하게 보였다. 사이고는 그 빛나는 두 눈으로 산조의 얼굴을 쏘아보았다.

"이미 8월에 칙허가 있었던 것을 당신은 지연시켰소. 그리고 지금도 회피하려하고 있소. 왜 오늘 이 자리에서 결정짓지 않는 거요?"

이렇게 말하는 것 같아서 산조는 그 8월 칙허의 문제로 자책하고 있는 만큼 사이고의 강한 시선을 감당하지 못했다.

그러나 이때의 사이고는 산조를 눈빛으로 힐책할 뜻은 없었다. 그저 산조의 얼굴을 본 것뿐이었다. 잠시 뒤 산조가 말하는 뜻을 알고 고개를 숙여 인사를 하고는 작은 소리로 말했다.

"좋습니다."

그 뒤 산조는 오늘의 회의를 천황에게 아뢰기 위해 자리를 떠났다. 그 사이에 다른 참의에게는 식사가 나왔다.

엽차가 나오자 모두 수저를 들었다. 잠시 뒤 여기저기서 잡담이 시작되었으나 사이고가 앉아 있는 자리만 큰 그늘이 진 듯 캄캄한 느낌이 들었다. 사이고는 수저를 들었으나 음식을 집으려 하지도 않고 생각에 잠겨 있었다.

이 사이에 에토가 무엇인가 농담을 했다. 산조의 우유부단에 대한 유머러스한 험구였는데 사이고도 그때만은 싱긋 웃었다. 사이고는 사쓰마식으로 농담을 즐기는 사람이었다.

사이고는 그 뒤 마음을 진정시킨 듯 수저를 움직였으나 절식중이기도 해서인지 조금만 먹고 수저를 놓았다.

거기에 이타가키와 소에지마가 사이고에게 개인적인 제안을 하려고 가까이 왔다.

이타가키와 소에지마는 이미 옆방에 준비를 해두고 있었다. 사이고를 그곳으로 청한 것은 내밀히 이야기하고 싶어서였다.

내밀한 용건이란 오늘 토의의 마지막 부분에서 사이고가 공언한 중대 발언에 관해서였다.

"본인의 의견이 받아지지 않으면 이제는 하는 수 없지요. 사직할 뿐입니다."

이 발언이 있자 순간적으로 좌석이 얼어붙은 듯 공기가 무거워졌다. 사이고가 그 제안에 목숨을 걸고 있는 듯한 것은 모든 참의가 알고 있는 사실이지만, 그러나 사이고 자신의 입에서 진퇴문제에 관한 결의가 공언된 것은 처음일 뿐 아니라 그것이 단순한 협박을 위한 말이 아니었기 때문이다.

이 회의에는 두 사람의 공경을 제외하면 모두 무사 출신이다. 무사에게는 일구이언이 없고 구두 약속 그것이 곧 증서라는 윤리관을 그들은 가지고 있었으며 적어도 사이고는 그런 사람이라는 것을 누구나 알고 있었다.

이 한 마디로 천하가 와해된다는 전율적인 예감을 느낀 것은 산조 사네토미와 이와쿠라 도모미였다. 사이고가 태정관을 그만둔다면 근위장교단이나 사쓰마의 무사들이 가만히 있지 않을 것이다. 그들이 봉기하면 사기충천하여 천하의 대란을 기다리고 있는 일본 국내의 불평 무사들이 일제히 일어설 것이 틀림없다. 이 한 마디의 중요성은 두 사람뿐 아니라 좌중의 모든 사람이 느끼고 있었다.

이타가키(板垣)와 소에지마(副島)가 사이고를 옆방에 부른 것은 그 일 때문이었다. 두 참의가 보기에는 조정 회의에서는 사이고의 패색이 짙었다. 그렇다면 사이고는 사직한다. 이타가키와 소에지마는 그때는 사이고와 함께 사직하기로 약속이 되어 있었다.

사이고는 의자에 앉았다.

이타가키와 소에지마도 각기 의자를 당겨서 사이고와 마주 앉았다.

두 사람은 그간의 경위를 설명했다.

"이상과 같으니까 그렇게 알고 계십시오."

이타가키가 말하자 사이고는

"두 선생답지 않은 일입니다. 그것은 잘못입니다. 사직하는 것은 내가 나의 뜻에 따라 그렇게 하는 일일 뿐 어디까지나 나에게 한한 일입니다. 만일 두 선생과 진퇴를 함께 한다면 마치 사당(私堂)인 듯한 느낌을 줍니다. 사당을 만들어 국가를 어지럽게 하는 인상을 주는 것은 본인이 원하는 바가 아닙니다."

사이고가 잘라 말하니, 이타가키나 소에지마도 그 이상 말을 해볼 도리가 없었다.

"그러나 아직 내일이 있습니다."

이타가키가 말한 것은 사이고의 사직만은 말리고 싶었던 것이다. 이 인물의 사직이 국가의 대란을 초래할 것이라는 사실은 평소에 도사 출신의 근위 장교단과 접촉하고 있는 이타가키도 잘 알고 있었다.

"내일은……."

사이고가 말했다.

"본인은 출석하지 않겠소."

이 한 마디는 사이고의 결의를 나타내고 있었다.

"말해야 할 것은 모두 말했소. 나머지는 조정회의에서의 채택 여부에 맡기고 싶소."

다음날 15일 새벽, 천둥이 심하게 쳤다. 그러나 비는 조금밖에 오지 않았으며 날이 밝으니 거짓말처럼 그치고 거리에 소음이 일어날 무렵에는 햇빛이 넘칠 것처럼 내리비쳤다.

조정 회의는 아침 10시에 다시 열렸다.

결석자는 두 사람이었다. 우선 어제도 병이라고 결석한 기도 다카요시가 오늘도 결석하고 나오지 않았다. 기도의 일기를 보면 14일과 15일 자에 이 회의에 대해서는 기분 나쁠 정도로 언급이 없다. 사쓰마를 싫어하는 그는 이번 회의는 사쓰마파의 사적인 투쟁의 요소가 강하다고 보고 사이고의 정한론에 관해서는 며칠 뒤인 18일자 일기에 "무모한 폭론"이라는 한마디로 부인하고 있듯이, 그 논쟁의 시비를 일부러 말할 기분이 나지 않는다는 듯이 표현했다. 또한 기도의 병으로 인한 결석에는 그렇게 하지 않으면 안 될 다른 이유도 있었다. 만일 그가 출석한다면 정한론에 반대하지 않을 수 없고 반대한다면 테이블 위에서만 끝낼 수 없으니 군사적 쟁란이 일어날 가능성이 있었다. 왜냐하면 조슈 계통의 군인은 거의 전부가 반정한론자이며, 조슈 파벌의 정점에 있는 기도가 사이고와 상대해서 대립한다면 사쓰마와 조슈, 육군 내부의 두 세력이 중세의 호겐·헤이지의 난(保元·平治亂)처럼 격돌할 염려가 있었다. 그것에 의해 득을 보는 것은 오쿠보 도시미치에 틀림없고 오쿠보는 자연히 기도의 등 뒤에 숨어버리는 상황이 되어, 기도가 정면에 나와 사이고와 맞선다면 그것으로 인해 사쓰마와 조슈의 싸움이 되어 곧 메이지 정권이 양분되는 사태가 되고 말 것이다. 기도의 결석은 메이지 정권의 유지를 위해서는 최대의 정치행동이라고 할 수 있으리라.

또 한 사람의 결석자는 사이고였다.

사이고는 이미 전날에 자기는 내일 결석하겠다고 표명했다. 사이고로서는 할말은 전부 말해버린 이상 채택 여부는 태정대신이나 우대신 그리고 나머지 참의들에게 맡긴다, 자기가 결석하는 편이 토의하기 쉬울 것이라는 것이 결석의 이유였다.

오전 10시에 시작한 조정 회의는 사이고가 없는 탓인지 전날보다 활발했다.

사이고에게 찬성하는 사람으로는 이타가키와 소에지마가 강경한 태도로 사이고의 주장을 지지했고, 특히 이상하리 만큼 예리한 논리를 가진 에토 신페이가 산조와 이와쿠라를 협박하듯이 말했다.

"사이고군은 이미 필사적입니다. 국가를 위해서 필사적 각오로 주장하는 사람을 조정에서 우대해 주지 않는다면 영웅을 대우하는 길이 아닙니다."

그들은 일부러 영웅이라는 말을 쓰면서, 사이고의 주장을 봉쇄함으로써 일어날 수 있는 군대의 폭발을 겁내는 것이라는 뜻을 암시했다.

한편 오쿠보는 이들을 상대로 한 번도 물러서지 않고 논박했는데 태도는 변함없이 차가웠으며 때로는 결사적 결의 같은 것이 얼굴에 명멸했다.

오쿠보 등의 반정한파에게는 믿어지지 않는 역전이 15일 오후의 조정 회의에서 일어났다.

회의는 갑자기 역전되었다. 정한론이 결정된 것이다. 구체적으로 말하면 사이고를 대사로 해서 한국의 수도 서울에 파견한다는 것이었다. 오쿠보는 패배했다.

사정은 다음과 같다.

이 시대에는 다수결의 원칙이 확립되어 있지 않았다. 또한 다수결의 원칙이 확립되어 있었다 하더라도 출석자 10명의 색채는 정한·반정한이 똑같이 반반이기 때문에 의결할 수 없었을 것이다.

일본의 예부터의 회의 관습으로서 하나의 의사 채택에 전단권이 행사되는 것은 극히 드문 일이고 압도적 다수를 바라는 경향이 있으며 나머지 소수 의견의 소유자도 어떠한 형태로든 무마되기 마련이다. 그러나 이 정한론의 조정 회의는 쌍방이 반반일 뿐만 아니라 쌍방의 총수인 사이고와 오쿠보가 자기 주장을 한 치도 양보하지 않고 있었으니, 무마고 무엇이고 개입할 여지가 전혀 없었다. 쌍방에 대한 무대 뒤의 이면공작이 이처럼 통하지 않은 예는 일본 역사상 드문 일일 뿐 아니라, 각자의 의견이 일국의 국운을 걸고 있고 또 거기에 조금도 사리사욕이 없었다는 점에서도 예가 없는 일인지도 모르겠다.

이렇게 된 이상 태정대신과 우대신 두 사람이 채택 여부를 결정하지 않으면 안 되었다.

"할 수 없습니다."

산조가 핏기 없는 얼굴을 이와쿠라 쪽으로 돌려 속삭인 것은 정오 바로 전이었다. 산조의 가냘픈 어깨가 떨리고 있는 듯이 보였다. 작은 두 눈이 콩같이 동그랗게 열렸고 목이 타는지 목소리가 갈라져 있었다.

이와쿠라는 고개를 끄덕였다. 이와쿠라는 산조가 왜 표정을 긴장시키며 모든 방책이 끝났다고 말하는지 진의를 알만 했다. 정한론은 이미 회피할 수가 없었다. 사이고의 배후 세력이 폭발하면 정부 자체가 망해 버리는 것이다.

'그보다는 오쿠보를 버리자.'

산조의 표정이 지금이라도 울음을 터뜨릴 듯한 긴장감으로 이와쿠라에게 말하고 있었다. 오쿠보의 노여움보다도 사이고의 노여움이 훨씬 무섭다는 것을 이 두 사람의 귀족은 알고 있었다. 이와쿠라의 기분도 이미 백척간두에 와 있어서 산조의 이런 표정으로 보아 오쿠보의 의견을 거부하는 수밖에 없다고 생각했다.

"잠시 산조 경과 단 둘이 있게 해 주시오."

이와쿠라가 이렇게 말한 것은 그 뒤였다.

참의들은 퇴석했다.

뒤에 남은 두 사람은 많은 말을 하지 않았다. 다만 계속해서 별 수 없다는 말만 되풀이했다.

약 한 시간 뒤에 또다시 참의들이 소집되었다.

"사이고 참의를 한국 수도에 파견하기로 결정했으니 그렇게 알도록."

이때 이와쿠라는 그토록 정부 요로를 떠들썩하게 한 정치문제의 해결치고는 너무나 냉담한 어조로 표명했다.

이 조정 회의는 메이지 이후의 일본의 정치기——혹은 정부——의 원형을 형성하고 있다. 그러나 원형의 시대인 만큼 맑고 깨끗한 느낌이 없지도 않다.

이날 회의를 마치고 태정관의 문을 나서는 태정대신 산조 사네토미는 아직 37세인데도 눈가가 시커멓게 물들어 나이보다 20세나 더 늙어 보일만큼 초췌해 있었다.

그는 오쿠보를 배신했다. 산조는 이와쿠라와 함께 지난번에 참의 취임을 싫어하는 오쿠보를 설득할 때 거의 몸을 굽혀 절을 하듯 간청했고 그래도 오쿠보는 그 간청을 받아들이지 않았다. 오쿠보는 무사의 윤리에서 공경이라는 것을 원래 신용하지 않았고 중요한 대목에서 배신당할 것을 염려하고 있었다. 그래서 겨우 참의 취임을 승낙할 때 산조와 이와쿠라로부터 이례적인 각서를 받았다.

"도중에 변절하는 짓은 일체 하지 않겠다."

각서를 요구받는 일 그 자체로도 무사 사회에서는 결투할 만한 치욕인데 공경의 경우에는, 오히려 변질이 천 년 전부터의 다반사라 할 수 있었으므로 두 사람 모두 군말 없이 오쿠보에게 각서를 써 주었던 것이다.

그렇게 하고서도 산조와 이와쿠라는 지금 그 각서조차 휴지로 만들면서 오쿠보가 겁내고 있던 변절을 하고 만 것이다. 이 일로 해서 공경 출신에 대한 신뢰감이 그 뒤의 일본 정계에서 결정적으로 소멸했다. 메이지 중기 이후 공경 출신의 정치가가 사이온지 긴모치(西園寺公望)와 고노에 후미마로(近衛文磨)를 제외하고는 일체 나오지 않게 된 이유의 하나도 거기에 있는 듯하다. 또 이 사이온지나 고노에까지 공경 계층이 갖는 공통의 윤리적 결함이 있었던 것은 우연한 일이 아닌 듯하다.

그렇다고 산조 사네토미가 간악한 성격의 소유자인 것은 아니다. 보통 이상으로 독실한 성격을 가지고 있었고 일견 무균 상태와 같은 정신의 청순함을 가지고 있었으나, 공경에게 공통적인 불행한 결함이지만 자기의 신념을 지키기 위한 용기와 끝까지 책임을 감당하는 힘이 결여되어 있었다.

산조는 자택에 돌아와서 오쿠보에 대한 자책의 마음으로 고민했다. 그러나 이미 사이고의 안을 채용한 이상 산조는 국가의 존망에 대한 책임을 지지 않으면 안 된다. 그는 책임을 지려는 소년 같은 깨끗함은 있었다. 그렇다고 책임을 지겠다는 불퇴전의 각오가 있었는지는 의문이지만 자기의 그날의 감상을 집에 온 즉시 편지 형식으로 토로하고 있다. 이와쿠라에게 보내는 편지다.

'조선의 일이 오늘같이 결정된 이상 나로서는 필사의 노력을 하고 싶습니다. 육해군의 군사력이 부족하니 그것을 충실히 하기 위해서 나는 육해군 총재가 되려고 합니다. 이것은 병권이 탐나는 것이 아니고 확충을 위한 일을 하고 싶기 때문입니다. 그것으로 국가를 해치는 일을 가급적 피하도록 필사의 노력을 하고 싶습니다.'

산조의 비통한 감정이 넘치고 있다.

한편 이와쿠라는 산조같지 않았다.

"좀 피곤하다."

이렇게 이 사람은 이날 집에 와서 말하고 집에 있는 사람에게 필요한 것을 지시했다. 그 태도는 평소와 별로 다를 바 없었다. 지시한 내용은 목욕과 술 준비였다. 이와쿠라는 피로를 풀려고 했다. 피로는 다분히 근육의 피로로 그 피로가 정신에까지 영향을 미치지는 않았다. 말하자면 이와쿠라란 그런 사람이다.

탕물에 목까지 잠겨서 그는 중얼거렸다.
"사이고와 오쿠보라……."
'어떻게 되겠지.'
일종의 자포자기 같은 기분이기도 했다. 사색보다도 우선 피로를 풀고 싶었다. 피곤한 몸으로 생각해봐야 별수가 없다는 것을 산전수전 다 겪은 이 사나이는 알고 있었다.
목욕을 마치고 작은 두 병의 술을 마신 것도 그것 때문이었다. 별실에 이부자리도 준비되어 있었다. 우선 한숨 자고 생각하는 것은 그 다음 일이라고 생각하고 있었다.
술안주는 소금에 절인 볶은 콩뿐이었다. 어금니로 씹고는 제 손으로 술을 따라 마신다. 검소한 음식은 원래 교토 생활에서 익숙해져 있었다. 이와쿠라는 미식이라는 것에는 별로 관심이 없었다.
거기에 산조로부터 문제의 편지가 왔다.
'나는 이렇게 된 이상 육해군 총재가 되어서 군비 확충을 위해 힘쓰겠다.'
의미의 것으로 이와쿠라는 산조의 순진함에 다소 감명을 받은 듯했으나 그렇다고 경멸의 기분도 씻을 수 없었다. 모든 것은 일부 참의들이 외유 중에 있었던 내각 부재 시기에 산조가 뿌린 씨앗이며, 그 당시 산조가 사이고에 밀려서 도한 문제에 칙허까지 받았다는 것은 되돌릴 수 없는 실책이 되었다. 그 결과가 이 15일의 조정 회의의 결과가 되었다. 이 때문에 이와쿠라도 산조와 함께 오쿠보의 의견을 부결하지 않을 수 없었다.
이와쿠라는 원래 막부 말기부터 오쿠보와 맹우였다. 그러한 오쿠보를 오늘의 조정 회의에서 버리지 않을 수 없었던 것은 산조 때문이라고 이와쿠라는 생각했다.
이와쿠라는 우선 산조의 이 편지를 오쿠보에게 회송해 두려고 생각했다. 술잔을 놓고 붓을 들어 오쿠보에게 편지를 썼다. 사과의 편지다.
'이번 회의에서 예측하지 못한 결과가 되어 참으로 면목이 없습니다. 모든 것이 나의 우매한 소치로……..'
등등으로 쓰고 산조의 편지도 동봉했다.
그 뒤 침실에 들어가서 곧 코를 골며 잠들어버렸다. 이 같은 점이 이와쿠라가 유들유들한 듯도 하고 막부 말기에 늘 들어오듯이 간물(奸物) 같기도 한 점이었다.

이와쿠라가 침실에 들어간 지 한 시간쯤 뒤에 이토 히로부미가 와 응접실에서 기다렸다. 이토는 이때도 아직 정한론 저지에 희망을 잃지 않고 있었으며 이렇게 된 이상에는 오히려 오쿠보보다 이와쿠라에게 구심점을 두고, 이 구심점에 의해 무엇인가 정세를 바꿔보는 작업을 할 수는 없을까, 하고 생각했다.

이토 히로부미는 응접실에서 기다리고 있었다.
아랫자리에 앉아 있었다. 방석은 깔지 않았다. 지난번 교토 이와쿠라의 집에 있었던 방석은 감색 무명 방석이었으나 이 도쿄의 것은 두터운 보라색 비단 방석이었다.
"마치 요시하라의 창녀방 방석 같다."
이토는 마음속으로 공경들 생활의 비약이 우습기도 했다. 이런 방석은 옛날 어떠한 고급무사의 집에서도 쓰지 않았다. 어쩌면 장군이나 영주의 내실에서 썼는지는 모르지만, 여느 사농공상들이 볼 수 있었던 것은 요시하라의 고급 유곽에서 뿐이었다. 이토는 풍류를 즐겼다. 이 방석을 보고 '귀족도 창녀만큼 출세했구나' 생각하며 웃었다. 동시에 자기 집 응접실에도 이런 비단 방석을 놓아두어도 괜찮을지 모르겠다고 생각했다.
그러나 진심으로 그런 것을 놓겠다는 생각은 없었다. 이토는 여자를 좋아했으나 신변의 일들에는 무관심한 사람이어서 지금 살고 있는 옛날 직속무사의 집도 막부 시대 그대로이며, 정원도 잡초가 무성한 그대로 내버려 두었고 장작으로 쓰는 것 외에는 쓸모가 없을 정도로 퇴락한 집도 두 채나 되었다.
그러나 그 정도인데도 조슈의 선배인 기도 같은 사람은 "이토도 사치스러워졌군." 하고 이맛살을 찌푸린다는 말을 이토는 전해 듣고 있었다. 그러나 이토는 신분에 어울려야 한다는 말이 있으니 괜찮지 않느냐, 하고 기도의 신경질적인 배려를 우습게 생각했다.
"이토와 야마가타 정도의 2류급 인간들이 메이지 국가를 만들었다. 슬픈 일이다."
거창하게 말하면 민족적 개탄이라고도 할 수 있는 것이, 사이고의 사망 이후부터 오늘날까지 면면히 일본인 속에 계속 흐르고 있다. 그럴듯한 이야기인지도 모르겠다.

필자는 어느 때 문화재 보호를 맡고 있는 중앙 관서에 있는 친구와 함께 하룻밤을 지낸 일이 있었는데, 그때 그 친구가 개탄하면서 말한 짧은 말이 그의 고통스러운 표정과 함께 잊혀지지 않는다.
"일본의 관청은 기본 조직이나 관료 의식이 태정관 시대와 조금도 변하지 않았습니다."
일본의 현실에 강한 불만이 일어날 때는, 어느 시대가 되어도 울분의 감정과 함께 생각나는 것은 사이고라는 존재일 것이다. 혹은 사이고와 막부 말기에 같은 시대의 공기를 마시고 유신 후 영예로운 자리에 올랐으면서도 불만과 불안감을 계속 품은 기도의 존재도 그럴지 모르겠다.
이 시기의 이토에게는 경쾌한 정치 처리 능력은 있었으나 사이고나 기도가 가지고 있으면서 오히려 그것 때문에 고민한 철학은 없었다. 뜻을 가진 사람의 시대는 지나가고 이미 행동의 사람의 시대가 와 있었다. 새 국가에 산적되어 있는 해결 곤란한 여러 문제나 제반 사무를 처리하는데 있어서는 우선 철학보다 실무자의 수완이 필요했다. 이토가 사이고 퇴치의 연출가로서 활약한 것은 실무자가 등장하려는 새 시대를 상징하고 있다고 해도 무방하다.

이와쿠라가 응접실에 나왔다.
"비상사태가 되었네."
그는 입을 열자마자 이토에게 이렇게 말했다. 조정 회의가 사이고 안을 채택한 것을 말한다. 비상 사태가 되었다 하며 흡사 남의 일처럼 말하는 것은 이와쿠라의 간교함이고, 사실은 산조와 이와쿠라 두 사람이 결정한 일이었다. 그러나 산조가 한 짓이라고 이와쿠라는 말하고 싶었고, 자기는 사실 책임자의 자리에서 좀 벗어나 있었다고 말하고 싶은 표정을 하고 있었다.
이토는 기민하게 그 표정을 보고 이와쿠라의 마음속을 알아차렸다. 이와쿠라가 아직도 반정한론을 버리지 않고 있다는 희망이 있었다.
'그렇다면 산조 경을 밀어내고 이와쿠라 경을 주축으로 정국을 한 바퀴 회전시키면 되지 않을까?'
이토는 이렇게 생각했다. 산조가 현직 태정대신인 이상 이것을 밀어내기는 어렵다. 그러나 산조가 지금 병으로 쓰러졌다면 어떻게 될까. 그 병도 단순한 병이라면 병상에는 집무할 수도 있으나 의식불명, 인사불성이라면 우대신인 이와쿠라 도모미가 태정대신 직을 대행하게 된다. 그렇게 된다면 이 절대절명의 사태에서 활로를 찾을 수 있을지도 모른다.

그러나 아무리 이와쿠라에 대해서라지만 지금 이 시기에 그 같은 안을 말할 수는 없다.

이와쿠라의 심경을 상상할 수는 있다고 해도 지금 이와쿠라는 이와쿠라 나름으로 다소 흥분하고 있었다. 그 증거로 산조가 보낸 편지의 취지를 이토에게 설명할 때 뜻이 분명치 않은 말을 다소 격한 투로 말했다.

"나도 산조 공 한 사람에게 국난을 밀어붙일 수는 없다."

산조가 육해군 확충을 위해서 총재가 되고 싶다고 하니까 이와쿠라도 그 부총재가 되고 싶다는 것일까?

이토는 말없이 고개만 끄덕이고 있었다. 그리고 마지막에 말했다.

"모든 것에는 되는 일과 되지 않는 일이 있습니다."

이토는 과거에 엄청난 고난 속에 스스로 몸을 던진 경험이 있었다. 막부 말기 조슈 번이 막부와 외국 함대의 압박을 받아 만신창이가 되고 번정 당국이 친막부파에게 휘둘리고 있었을 때, 다카스기 신사쿠(高杉晋作)가 소수의 병력을 이끌고 조슈의 고산 사(功山寺) 문 앞의 눈을 걷어차면서 쿠데타의 장도에 오를 때의 일이었다. 그 당초 기병대를 지휘하고 있었던 야마가타 아리토모도 다카스기의 그같은 행동을 경거망동이라 보고 자멸할 것으로 생각해서 병력을 장악한 채 움직이지 않았다. 그러나 이토는 자진해서 역사대를 이끌고 이것에 호응했다.

이토는 이와쿠라에게 이 일을 이야기하고 다카스기의 거사가 결과적으로 성공은 했으나, 지금 그 당시를 되돌아보면 등골에 식은땀이 흐르는 듯한 생각이 든다고 말했다. 이토는 다카스기에게 걸었다. 이토로서는 친막부화 되어가는 조슈 번에서 자기와 같은 자는 언젠가는 추방되거나 살해될 운명에 놓여있는 아슬아슬한 단계였다. 생명 이외의 것을 잃어버릴 것이 없는 까닭에 말하자면 이판사판으로 일어선 것이다.

"그러나 국가의 일이라면 그렇게는 안 됩니다. 국가는 사방팔방에서 적의 압박을 받을 때는 거국적인 용기를 내서라도 모험을 하지 않으면 안 될지 모르지만, 그 같은 사태가 아닌데도 되지도 않을 만용을 부려서는 안 됩니다."

이토가 말했다.

이날 이토는 그의 복안을 밝히지 않은 채 이와쿠라의 집을 떠났다. 다만
"내일은 병환으로 등청하실 수 없다고 하고 쉬시는 것이 좋을 듯합니다."

이와쿠라는 고개를 끄덕였다. 내일 등청한다면 사이고의 도한에 관한 준비를 하지 않으면 안 된다. 준비라는 것은 관계 제경을 모아서 지시하는 일이다.

지시란 이런 사항이 될 것이다.

"사이고 참의를 조선에 대사로 파견합니다. 따라서 뜻하지 않은 긴장 사태가 발생할지도 모릅니다. 육해군은 언제라도 해외에 파병할 수 있도록 준비하시오."

여기에 모이는 관계 제경이란 외무경, 육군경, 해군 차관, 그리고 대장성 총재 등이다.

외무경은 참의 소에지마 다네오미가 겸직하고 있었다. 소에지마는 정한파이기 때문에 문제는 없었다. 중요한 육군경(야마가타 아리토모)은 도쿄에 없었다. 이 보신술에 능한 사람은 사이고에게 은혜를 느끼면서도 조슈 인으로서 정한론에는 반대하는 입장에 있었으며 그러기에 정치 논쟁의 과열에 말려들 것을 겁내서 지방의 사단을 순찰한다는 명목으로 무기한 출장중이었다. 요컨대 도망쳤다고 해도 좋았다.

해군차관은 가쓰 가이슈였다.

가쓰는 사이고에 대한 최대의 이해자일 뿐 아니라 문명사적 사관에서 사이고를 크게 평가하고 있었으며 그 위에 사이고의 정신의 고매함을 유례가 없는 것으로 평가하고 있었지만, 정한론에 관한 한 침묵을 지키고 있었다. 다만 그가 산조 태정대신에게 한 말은 '만일 조선에 출병하도록 해군력을 동원하라는 명령이 있다면 나는 사직할 수밖에 없다'라는 것뿐이었고 이에 대해서 언급했다.

그러나 가쓰는 후일 다음과 같은 말을 좌담에서 한 바 있다.

"조선의 저러한 현상에서는 그 나라의 누구를 붙들고 이야기해야 좋을지 모르며, 따라서 이야기를 거는 것 자체가 허사입니다. 조선도 곧 일본의 막부 말기처럼 혼란해질 것입니다. 그러면 일본의 사이고 다카모리 같은 사람이 틀림없이 나타날 것이니, 비로소 그때 그 자와 손잡고 이야기하면 됩니다."

이 좌담에서 추측하건대 가쓰는 이때 침묵을 지키면서도 사이고의 도한을

시기 상조로 본 듯했다. 그러나 뒤집어 말하면 사이고가 조선에 감으로써 조선에 큰 혼란이 일어나는 계기가 되어, 가쓰가 말하는 '사이고 다카모리 같은 사람'의 출현을 촉진할지 모르지만 어떻든 간에 가쓰는 해군차관으로서는 사이고 다카모리의 도한에 부정적인 것 같았다.

또 대장경은 그 총재직을 반정한파인 참의 오쿠마 시게노부가 겸직하고 있었다. 어떻든 간에 관계 각 성의 제경은 산조와 이와쿠라가 사이고 도한이라는 명령을 내려도 간단히 움직여줄지 의문이었다.

# 분열

이 중대 결정이 내린 15일의 다음날 이토는 또다시 이와쿠라를 찾았다.
"병중이니 응접실이 아닌 거실로 모시게."

누운 채로 하인에게 이렇게 명령한 것이 이와쿠라 도모미의 우스운 점이다. 꾀병은 이토가 일러준 꾀인데, 그 장본인인 이토에 대해서도 이와쿠라라는 책략가는 진짜로 거짓을 연출하려고 했다. 곧 이토가 병실에 들어왔다.

병실에는 아직 그리 춥지도 않은데도 화로에 불이 피워져 있어서 방이 더웠다. 이와쿠라는 병상에서 반신을 일으켜 이토를 맞이했으나 꽤나 더운지 이마에 땀이 나 있었다.

"병중이라 실례하네."

이와쿠라는 웃지도 않고 말했다. 이토는 과연 진짜 책략가란 이런 것인가 하고 약간 탄복하는 기분으로, 소금물을 마신 듯한 이와쿠라의 얼굴을 바라보았다.

계속해서 오쿠마 시게노부가 왔다. 이 시기에 오쿠마와 이토가 결탁하여 정한론 타도를 연출하고 있다는 것은 이미 말했다.

"에토씨는 상당히 강경한 것 같습니다."

이토는 지나가는 말투로 오쿠마와 같은 번(사가 번) 출신의 참의이며 사법경인 에토 신페이에 대한 이야기를 했다. 강경하다는 것은 정한론자로서 말이다. 그러나 이토는 에토가 후일 사이고에 앞서서 사가(佐賀)의 난(亂)이라는 일대 반정부 내란을 일으킬 것을 이때는 예측하지 못했다.

"에토에게는 에토의 각본이 있네."

오쿠보는 반대파이면서도 두둔하듯 말했다. 각본이란 새 국가 구상이라고 생각해도 좋다. 에토의 외정론은 막부 말기에 안이 나왔는데, 오늘에 이르기까지 연구를 거듭해서 정밀한 세계 정책론으로까지 발전했다. 내국책에도 그는 사법경으로서 법률의 정비를 착착 진행하고 있었으며 국정 문제를 논하면 어느 참의도 그를 당할 수 없었다.

"에토에게는 에토의……"

오쿠마가 말한 그 에토는 원래가 주연배우로서의 역량이 있다고 자부하고 있으나, 사가 계통이기 때문에 방해가 되지 않을 수 없다는 고통이 있었다. 이 고통은 보통 사람이라면 참을 수 있는 정도의 것이지만, 다른 사람들은 모두 바보처럼 보이는 에토 같은 성격의 사나이로서는 참을 수 없는 것이었다.

에토의 적은 오쿠보다. 오쿠보 자신은 당초에 그렇게까지 생각하지는 않았으나 에토는 어금니를 가는 심정으로 오쿠보를 미워했고 자기에 비해서 그 재능과 그릇이 작은 것을 경멸했다.

그 오쿠보가 사쓰마 세력을 배경으로 은연중에 수상 같은 정치력을 가지고 있는 것이 에토에게는 속이 언짢았다. 지금 오쿠보는 그의 국가 구상을 실현하기 위해 내무성을 설립하려고 준비하고 있었다. 오쿠보의 내무성은 에토의 사법성이 관장하고 있는 분야, 가령 경찰의 태반을 빼앗아 가려는 것이었다.

"에토씨는 사이고씨와 결탁할 작정이 아닐까요?"

이토가 말했다.

오쿠마는 사가계로서 지장이 있기 때문에 그 화제에는 끼어들지 않았다. 그러나 결탁한다고 해도 사이고 자신은 에토 정도의 인간을 옆마을에서 놀고 있는 아이 정도로밖에 생각지 않는 눈치였고, 에토가 결탁하려고해도 그것은 짝사랑이 될 듯했다.

한편 회의 다음날인 16일, 오쿠보의 심경은 이미 복잡하지 않았다. 회의에서 사이고를 보낸다고 결정한 이상 그는 자기 할 일은 끝났다고 체념하고 이 정국을 또다시 반전시킬 기분은 사라지고 있었다.

여담이지만 사이고를 존경한 그 애정의 나머지양만큼의 증오를 오쿠보에게 보내는 전통적 정서가 일부 일본인에게 계속되어 왔으나, 오쿠보라는 인간에 대해서도 그 시기의 그의 비통한 심정에 대해서는 공교롭게 정적이 된 사이고만이 이해하고 있었을지도 모른다. 사이고와 오쿠보는 어릴 때부터의 친구일 뿐 아니라 막부 말기에 있어서 그토록 서로를 믿는 맹우는 단순히 우정이라는 측면에서만 보더라도 일본인의 역사 속에 그리 흔치 않을 것이다.

메이지 이후 두 사람 사이에 국가가 개입하게 되었다. 어떠한 국가를 창조할 것인가에 관해 극단으로 말하면 이 두 사람만이 창조자의 입장에 있었다. 다만 이 경우에 두 사람이 구상하는 국가상이 양극같이 달랐다는 것뿐이다.

또 두 사람이 짊어지고 있는 불씨 같은 것도 두 사람에게만 공통되고 두 사람에게만 그 실감이 통했다. 옛 주군 시마즈 히사미쓰에 대한 것이다. 이 히사미쓰라는, 그 당시 보수사상가 중에서는 사상이 극단적이기는 하지만 제일급의 교양인이었던 인물이 사이고와 오쿠보를 가리켜

'불충한 놈'이라고 계속 욕하고 있는 실정이었다. 사이고도 오쿠보도 이 옛 군주로부터 불충이라는 무사에 대한 결정적인 욕설을 계속 듣고 있는 것에 대해 소년처럼 마음 아파하고 있었으며, 때때로 죽음의 충동을 느끼기도 했다. 이 두 사람이 갖는 고충은 같은 번 사람들도 모르며 또 조슈 인에게는 상상도 할 수 없는 것이었다. 그 같은 고충을 공유한다는 것에 대해서 사이고와 오쿠보는 서로가 서로에 대해서 남몰래 눈물을 흘리고 있는 마음의 교류가 느껴졌다.

이 16일에 오쿠보는 외출해서 사쓰마 번의 중신인 이지치 마사하루(伊地知正治)의 집에서 바둑을 두고 있었다. 또 이날 비정한파인 사쓰마 계통 두 사람의 모사가 오쿠보의 집을 방문하였다. 한 사람은 구로다 기요타카(黑田淸隆)로 그는 이른 아침과 밤에 왔고, 또 사이고의 동생인 쓰구미치도 아침에 찾아왔다.

16일 밤에 오쿠보는 이와쿠라의 편지에 답장을 썼다.

'밤늦게 편지를 읽었습니다. 그러나 나로서는 마음을 정한 바 있어 지금에 와서는 득실론을 말할 기분이 아닙니다. (후략) 만일 앞으로 국가에 비상사태가 생긴다면 죽음으로 임할 생각입니다.'

죽음으로써 운운은 17일자 산조 사네토미에게 보낸 편지에도 있다. 만일 장차 전쟁이 일어나는 일이 생긴다면 "병졸이 되어 죽음으로써 천은의 만분의 일이라도 보답하고 싶습니다"라는 문장이었다. 이런 원문의 시원함을 볼 때 16일에서 17일에 걸친 오쿠보의 심경에는 이미 막후에서 정략을 획책하여 기울어진 대세를 만회하겠다는 기분은 없었다고 보아도 무방하다.

오쿠보는 이와쿠라에 보낸 앞서의 편지에서 중대한 의사 표시를 하고 있다. 그는 일체의 직을 사임한다는 사표를 냈던 것이다. 사표는 산조 태정대신에게 제출했다. 동시에 이와쿠라 우대신에게도 그 사본을 편지에 동봉했다. 따라서 두 사람 모두 17일에 그 일을 알았다.

깜짝 놀란 사람은 산조였다.

오쿠보는 산조에 대해서는 그 자신이 가서 직접 전달했다. 17일 아침 8시였다.

이날 아침 오쿠보는 예복을 입고 산조의 집 현관에 서 있었을 뿐 방에는 올라가지 않았다. 산조도 할 수 없이 현관에서 응접했다. 그러나 오쿠보의 봉투 속의 글을 읽었을 때 말이 막힌 채 울상이 되었다.

"이건······."

그리고 정신없이 왼손을 헤엄치듯 휘저었다. 올라오라, 이야기를 듣고 싶다, 라는 의미를 손짓으로 하는 것이었다.

"아니오, 여기서 실례하겠소."

오쿠보가 말했다. 이야기할 것은 14, 15일의 조정 회의에서 모두 말했으며, 지금의 심경에 대해서는 사표에 첨부한 이유서에 모두 씌어 있었다. 그리고 참의에 취임할 때 산조와 이와쿠라로부터 '변절하지 않겠다'라는 각서까지 받았다. 산조와 이와쿠라는 그것을 배신했다. 더 이상 산조에 대해서 무엇을 더 말할 것이 있겠는가 하는 것이 오쿠보의 태도였다.

"그럼 이만."

그는 등을 돌려서 돌아가 버렸다. 그 등 뒤에서 산조가 부르고 있는지 비명 같은 소리가 들렸다. 이 같은 산조의 모습에 대해 오쿠보는 그날의 일기에 '꽤 당황한 모양'이라고 쓰고 있다. 오쿠보는 한 번 미워하면 좀처럼 잊지 않는 집요한 성격의 소유자이며 이 일기의 짧은 문장 속에 꼴좋다 하는 노여움이 담겨 있다.

이 10월 17일은 막부 말기 이래 이 여성적인 공경 정치가의 파란만장한 생애에서 최악의 날이었다. 분큐 3년 8월 산조 등 7명의 급진파 공경이 조슈 병사들에 옹립되어 밤중에 교토를 떠났으나 그때만 해도 비교적 수동적이었다. 조슈 인들이 산조를 업었고 산조는 운명을 맡겨버리면 되었다. 지금의 경우처럼 모든 것을 자기 책임하에 처결하지 않으면 안 되는 경험을 과거에 이 공경은 가져보지 못했다.

액운이라는 것은 또 하나의 타격이 산조 집안에 날아 들었기 때문이다. 이와쿠라의 편지였다.

이와쿠라도 편지로 사의를 표명했다.

'이제는 결심하고 진퇴를 결정하는 것밖에 없다고 생각합니다.'

산조는 참을 수가 없어서 이와쿠라의 집으로 달려갔다. 이와쿠라는 병석에서 맞이했다.

사의는 확고했다.

산조는 자기편이라고 믿었던 사람들에게서 버림받고 오히려 반대로 사이고 등 정한파 쪽에 흡수될 듯한 형편이 되었다.


한편 사이고는 계속 우울한 심경에 있었다.

자신의 도한에 대해 지난 8월의 결정 때는 그렇게 즐거워했던 그가 이 10월 15일의 재확인격인 조정 회의 결정 통보를 접하고는 "아 그래" 이렇게 중얼거렸을 뿐이었다.

조정 회의가 그 정도로 분큐를 일으킨 것도 결국은 자기의 사상이나 심경이 타인에게 조금도 이해되지 못하고 있기 때문이라는 데 대해 이 세상에 자기가 존재하고 있다는 의미까지 포함해서 절망적인 생각이, 검고 나쁜 액체가 자기 혈액을 더럽히듯이 그의 모든 감정을 적시고 있었다.

이제는 가고 싶지 않았다. 그러나 일단 자기가 공언하고 또 조정 회의에서 결정된 이상 이같이 비뚤어진 사적인 감정을 부끄럽게 여기는 생각이 남들보다 훨씬 강한 사이고였다. 그러나 감정만은 어떻게 할 수가 없어서 이성으로 그것을 억누르고 있는 것 자체가 우울했을 것이다.

"한지로(半次郞)군, 세상일이란 자기가 좋다고 생각해도 생각대로 안 되는 것이군."

그날 밤 사이고는 기리노를 붙들고 10년이나 늙은 듯한 표정으로 말했다.

원래 사이고는 사상가의 일면을 가지고 있으면서도 '세상사는 뜻대로 안

된다'라는 현실 인식이 남보다 훨씬 강한 정치 감각의 소유자였다. 막부 말기에 있어서도 무리는 되도록 피하고 적군의 실정조차 그것을 사랑하는 마음으로 인식하는 일면이 있었다. 다만 시기가 성숙했다고 보면 모든 힘을 집결해서 눈앞에 보이는 모든 무리를 무리로 생각하지 않고 돌진했다. 도바 후시미(鳥羽伏見) 전쟁 때의 큰 도박이 그것이다. 도바 후시미 전쟁은 결과로서는 그것이 사쓰마·조슈의 승리였기 때문에 대범하게 보아 넘기기 쉬운데, 그 전쟁을 시작함에 있어서 만일 냉정한 제삼자에게 판단시켰다면 9할 9부까지 사쓰마·조슈의 패배라고 예측했을 것이다. 사이고는 야전공성의 실전 지휘에 있어서는 자기자신도 인정하듯이 천재적 재능은 없었으나 정략적 관점에서 정략적 묘기를 잡는 재능에 있어서는 당대 제일인자였다. 그리고 사이고는 그것을 자부하지 않았다. 사이고는 어릴 때부터 자기를 버린다는 자기 훈련을 쌓아 왔지만, 자기라는 자부심까지 버리고 이 세상에 존재하고 있는 듯한 면이 있었다.

17일 사이고는 아침 일찍부터 태정관에 등청해서 대기실에 혼자 있었다.

곧 에토, 고토, 소에지마, 이타가키 등의 참의들이 등청했다. 그러나 정작 중요한 산조는 등청하지 않고 이와쿠라는 병결계를 제출했다.

낮 가까이 되어서 겨우 태정대신 산조 사네토미가 등청했다.

"그럼, 회의를."

에토가 재촉했다.

산조는 고개를 끄덕였으나 병자같이 열에 뜬 표정을 짓고 있었다.

이 17일, 산조 사네토미는 조정 회의의 자리에 앉았을 때 한순간 마음이 텅빈 듯한 생각이 들었다.

거기에 앉아 있는 것은 사이고 이하 정한파 참의들뿐이었다.

메이지 초기 이래 모든 일을 의지해오던 우대신 이와쿠라 도모미의 자리도 물론 비어 있었다. 이와쿠라는 어제 산조에게 '그만둔다'고 전해왔으나 산조는 그 일만은 입 밖에 내지 않았다.

"이와쿠라 공은 병환이라서……."

그는 회의 벽두에 중얼거리듯 일동에게 전했다. 오쿠보는 이미 오늘 아침 사표를 제출했다. 이 일에 대해서만 산조는 슬픈 듯한 표정으로 일동에게 보고했다.

오쿠보의 사표 건을 듣고도 일동은 얼굴빛이 변하지 않았고 서로 속삭이지도 않았다. 우연인지 몰라도 정한파의 여러 참의는 남성적 기골이 강한 사람이 많아서 동요하는 빛도 보이지 않았다.

그런 특유한 묵직한 공기가 산조의 신경을 압박했다.

사이고는 15일의 조정 회의에서 결정된 사항에 대해 빨리 칙재를 받으라고 말했다. 원래는 15일 밤에라도 입궐해서 칙재를 받아야 하는데 빈들빈들 이틀 동안을 허비했으니 심히 태만하지 않느냐고도 했다.

산조는 양손을 무릎에 놓고 있었으나 자꾸 떨렸다. 뜻도 없이 안면이 실룩거렸고 때때로 입술 끝이 당겨 올라갔다. 사이고는 그 광경을 보고 꽤나 불쌍하게 생각한 듯했다. 발언할 때도 산조의 눈은 보지 않고 소에지마나 이타가키를 보고 있었다.

산조는 그것에 다소의 도움을 받았는지도 모른다. 아니면 수비에 강한 산조의 성격이 그렇게 시켰는지 되풀이해서 중얼거렸다.

"칙재라는 것은……"

칙재란 것은 태정대신, 우대신, 참의가 모두 모여 있을 때 입궐해서 아뢰어 청허를 얻어야 하는데, 오늘은 공교롭게 이와쿠라 우대신이 병으로 불참하였기 때문에 그렇게 할 수 없다고 산조는 되풀이해서 말했다.

그러나 사이고는 그것은 안 될 일이라고 말했다. 15일의 조정 회의 때는 3직이 전부 모여 있었다. 그 결정을 아뢰는 일이니까 오늘의 출석 상황과는 관계없는 일이라고 말했다.

산조는 할 수 없이 말했다.

"그럼 하루의 말미를 주십시오. 내일이 되어서도 이와쿠라 우대신이 등청하지 않으면 그때 틀림없이 칙허를 받도록 아뢰어 보겠습니다."

사이고는 그래도 더욱 강경하게 주장했다.

"왜 내일입니까? 지금 당장 해도 똑같은 일 아닙니까?"

그러나 산조도 양보하지 않아서 양자의 주장이 평팽하게 맞섰다.

회의가 단조로워지고 일동에게 피로의 빛이 보이게 되자 고토 쇼지로가 사이고에게 제안했다.

"겨우 하루입니다. 기다려도 별일이야 없겠지요."

사이고도 승낙하지 않을 수 없었다. 이 고토의 한 마디가 사이고의 도한 문제를 역사의 저쪽으로 흘려버리게 했다고도 할 수 있다. 산조가 다음날 새벽부터 인사불성에 빠져버린 것이다.

참고로 이 무렵, 역사는 마치 언덕 위에서 큰 바위를 굴린 듯 맹렬하게 움직이려 하고 있었다.

사이고의 정한론은 거시적으로 말하면 유신이라는 혁명을 조선에 수출하려는 것이라고 할 수 있다.

프랑스 혁명은 본디 프랑스 영국에서 끝나야 했다. 그러나 왕정의 질곡에서 해방된 프랑스 국민에게는 자기들이 획득한 권리를 이웃 나라에도 보급시키고 싶다는 염원이 잠재적으로 있었을 것이다. 적어도 국민적 영웅이 출현해서 그것을 보급시키자는 슬로건을 내걸었을 때, 그 슬로건을 진심으로 믿고 싶은 기분이 프랑스에서 움트고 있었음에 틀림없다. 초기의 나폴레옹은 그 같은 기분을 이용했다. 그의 초기의 정력적인 외정 활동은 그의 본심은 따로 논의할 과제로 치더라도 파리 정권을 납득시키고 있었던 명분에는 다분히 그런 것이 포함되어 있었다.

사이고뿐 아니라 막부 말기의 지사는 나폴레옹과 워싱턴을 좋아했다. 워싱턴에 관해서는 영국에서 아메리카를 독립시켜 국민에 의한 사회의 기반을 만든 인물로 이해했다. 사이고의 친구였던 사카모토 료마 등은 특히 워싱턴을 좋아하며 워싱턴이 만든 아메리카를 일본에서 실현하고 싶다는 마음을 가졌으며, 그 본심을 히고(肥後)의 사상가인 요코이 쇼난(橫井小楠)에게 말했는데, 요코이같이 진보적인 인물도 천황 문제를 걱정하며 "여보게, 부탁이네만 난신적자는 되지 말게" 하고 충고했다는 일화는 당시의 사카모토의 친구들에게 잘 알려져 있었다.

요시다 쇼인(吉田松陰)은 나폴레옹을 좋아했다. 다만 그는 나폴레옹이라는 고유명사가 프랑스 혁명 그 자체의 상징이라고 이해한 듯했으며, 이 점은 사이고도 같았다.

요시다 소인은 많은 문장을 후세에 남겼으나, 사이고는 언어보다 인격 자체의 행동 쪽을 중시하는 사쓰마 사람 일반의 습관으로서 문장을 별로 남기지 않았다. 따라서 이 소설은 특히 사이고에 관한 한, 많은 추측을 발동하지 않을 수 없다. 사이고는 같은 시대의 누구보다도 유신의 의의를 거대하게 파악하고 있었다. 사이고가 파악하고 있었던 나폴레옹이, 프랑스에서 일어난 새로운 문명을 타국에 수출한 것처럼 사이고도 유신을 크게 느끼면 느낄수록 그것을 이웃 나라에 수출하지 않으면 안 될 정의의 충동을 항상 느끼고 있었다.

그 사이고의 정의는 반드시 충실한 현실성을 가지고 있었던 것은 아니다. 나폴레옹의 군대가 강한 것은 징병에 의한 국민군이었기 때문이라는 것을 누구도 부인할 수 없으나, 사이고는 오히려 유신 이전의 사족군의 재편성에 집착하고 있었다. 사족이 밀집과 몰아(沒我)를 강요하는 근대적 군대의 병사로서는 적합하지 않다는 것을 일본에서는 조슈 인만이 막부 말기에 경험하고 있었다. 또 사족군이 가령 조선에 상륙해도 유신 사상의 선포자가 될 수 있느냐 없느냐 하는 것은 의문이었다.

여담이 지엽으로 흘렀다.
유신에 의해 일본에 성립된 국내 통일의 기운은 역사의 법칙이라고도 할 수 있는 기세로 그 에너지는 해외로 넘쳐흐른다. 사이고의 정한론의 사상적 내용은 어떻든 일반의 지지를 받은 정한론이란 것은 앞에서 말한 것처럼 언덕을 굴러가는 큰 바위 같은 기세의 하나의 표현이었다고 할 수 있겠다.
이것을 제지하려는 파의 힘 같은 것은 굴러가는 큰 바위 앞에서는 일반적으로 미약한 것이다.
일반적이라는 것은, 어떤 나라의 정치현상도 이와 비슷한 조건 밑에 놓이게 되면 그렇게 된다는 정도의 의미이다. 일본 역사는 결국 정한론을 놓치고 말았지만, 만일이라는 말을 쓸 수 있다면, 가령 정한론이 실현되었다면 오히려 그쪽이 메이지 유신의 의의와 성격과 에너지에 대해 더욱 충실하고 더욱 역학적 자연스러움을 가지고 있었다고 후세의 시점에서는 말할 수 있을지 모르겠다.
조정 회의는 이미 그 방향으로 정해져 있었다. 오쿠보 같은 국민적 인기를 얻지 못한 정치가가 아무리 반대해도 본디 무력하기 마련이다. 또 연출자처럼 요인 사이를 쫓아다니고 있는 이토 히로부미 같은 아직 서생의 입장에서 탈피하지 못한 소장 관료가 아무리 공작한다 하더라도 무력하다고 말할 수 있으리라.
정한론은 이미 국책(國策)이 되어 있었다. 그러나 칙재만은 아직 받고 있지 않았다. 칙재는 언제나 형식적인 것이기는 했으나, 그 형식을 거치지 않는 한 국책은 그 실시를 위해 출발할 수 없는 것이다.
"임금에게 아뢰는 일은 하루만 미루어 주시오."
태정대신 산조 사네토미가 조정 회의에서 울듯이 간청하고 사이고가 결국 양보해서 조정 회의는 천황에의 주상을 하루 동안 기다리기로 했다. 즉 이튿날인 18일에 주상하기로 결정했던 것이다.

그러나 그 운명적인 18일, 그것도 첫새벽에 산조는 자택에서 쓰러졌다. 산조는 태정대신으로서의 집무가 불가능했다.

우연인지 꾀병인지는 지금도 수수께끼이다.

다만 말할 수 있는 것은 그 전날 밤부터 산조는 거의 잠을 자지 못했다는 것이다.

산조는 17일 사이고 등과의 조정 회의를 마친 뒤 도망치듯 태정관에서 나왔다. 태정관은 이미 산조라는 일본국 수상에게는 정적의 요새가 되어 있었다.

그의 마차는 아직 에도 그대로의 한길을 달렸다. 거리의 사람들은 마차라는 이 이상한 서양식 탈것이 달린다는 것만으로 걸음을 멈추기도 하고 바라보기도 하고 아이들은 뒤를 쫓기도 했다.

산조의 마차는 자기편을 찾아서 달렸다. 이와쿠라의 집을 향해서였다. 이와쿠라도 이미 산조를 버렸으나 산조로서는 이와쿠라의 무릎에 기어 올라가서 자기의 딱한 사정을 호소할 수밖에 없었다.

# 우대신

　이 17일 오후의 이와쿠라 도모미는 폭풍이 부는 날의 산 속의 짐승과 흡사했다. 동굴 속에 숨어서 바깥의 나무들을 부러뜨리며 고함을 치고 있는 바람에 대한 것과 같은 무서움을 참고 있었다. 너무 겁나서 숨을 죽이고 있는 것일까, 아니면 공포가 생물의 자연 섭리로서 그를 반수 상태에 끌어넣었는지는 모르겠으나 아무튼 '여기서는 죽은 체하는 수밖에 없다'고 자기에게 타이르고 벌써 사고력까지도 둔해졌다. 이것저것 생각해도 별수 없고 생각한다는 것 자체가 무의미하다면 될 대로 되라는 고약한 배짱이 생기는 버릇이 이 사나이에게는 있었다.
　산조가 굴러들어오듯이 이와쿠라의 병실에 들어왔을 때, 이와쿠라의 눈은 충혈 되고 아랫입술은 처져서 마치 높은 열에 신음하는 사람이 무심히 장지문에 비치는 나무 그림자를 바라보고 있는 듯한 표정이었다. 하나는 그의 연기 의식이 그렇게 만들기도 했지만 다소는 술 탓도 있었다. 이와쿠라는 취하면 몸이 나른해지는 체질이었다.
　이와쿠라는 병상 위에서 바로 앉았다.
　"아직 열이 내리지 않아서요."

이와쿠라는 힘없이 말했다.

산조는 참지 못하고 당신은 이 국가적 위난에, 하고 고함치듯 말했으나 곧 입을 다물었다. 산조의 근엄함이 뒷말을 삼켜버린 것이다. 그 다음 그는 소녀처럼 어떻게 해야 할지 모르겠다고 작은 소리로 말했다.

이와쿠라는 기다려야지요, 지금은 너무 과열되어 있어요, 모든 일이 과열되었을 때는 어떠한 냉정한 의견도 통하지 않은 법입니다, 식을 때까지 기다려야 합니다, 라고 말했다.

이와쿠라는 그런 일에는 명인이었는지도 모르겠다. 막부 말기 교토에 조슈식의 과격한 여론이 성행하고 있었을 때 산조는 과격파의 우두머리로서 지사들에게 업혀 마치 아침 해가 솟는 듯한 기세였다. 그때 이와쿠라는 현실적인 정치 이론을 가진 반동분자로 지목되고 있었기 때문에 과격파 지사들에게 쫓겨, 한때는 절에 들어가 본당 구석에 몸을 숨기고 지사들의 수색을 벗어난 적도 있었다. 그 뒤 천황의 노여움을 사서 머리를 깎고 라쿠호쿠(洛北) 이와쿠라 촌(岩倉村)에 숨어서 교토 정계에서 잊혀진 존재가 되고 있었다. 막부 말기의 그야말로 마지막 판에 도사 계통의 지사에게 이와쿠라의 본심을 인정받아 그 소개로 오쿠보 도시미치와 알게 되었고 얼마 뒤 사쓰마파의 공경으로 재등장했다. 이와쿠라는 때로는 죽은 체하는 것이 얼마나 유리한지를 생명을 걸고 체험한 사람이다.

그러나 산조에서는 기다리라고 해도 그렇게 할 수가 없었다. 사이고들의 등쌀에 내일은 도한건을 천황께 아뢰지 않으면 안 되도록 궁지에 몰려 있었다. 이제 와서 이와쿠라로부터 정치상의 일반적 교훈을 듣는다고 무슨 도움이 되겠는가.

이와쿠라에게는 이미 비술이 있었다. 산조에게 말하는 것이었다.
"당신도 죽은 체하시오."

결과적으로 산조가 그렇게 되었다고는 하더라도 이때 이와쿠라가 그 '비술'을 가르쳐주지는 않았을 것이다. 이와쿠라는 막부 말기부터 간악한 인물이라는 평을 듣고 있었다. 그렇기 때문에 남보다 훨씬 조심스러웠다. 특히 자기가 간악한 인물이라는 평을 받을 만한 언동은 되도록 피했다. 그가 자기 자신에 관해서 겉으로 나타내는 표현은 언제나 충성스럽고 순량한 이와쿠라 도모미라고 자처했다. 이와쿠라는 자기가 속해 있는 민족이, 뱃속에 흉측한 괴물을 숨기고 있는 유들유들한 인물을 좋아하지 않는다는 것을 알고 있었다.

한편 산조는 막부 말기부터 순진하고 선량하다는 형용사로 종종 평판 받았고 그것 때문에 사람들에게 존경받고 있었다. 산조는 그 당시 이와쿠라를 싫어했으며 이와쿠라를 몹시 간악한 인물이라고 생각했고 그것은 고정관념이 되었다. 막부의 마지막 단계에서 이와쿠라가 등장했을 때 중간에 선 지사들이 "산조 경을 어떻게 설득하느냐" 하는 것에 고민했다. 두 사람을 한 조로 묶어서 일을 시켜야 하겠는데 산조가 싫어할 것이라고 고민했으나, 결국은 산조가 설득당해 이와쿠라와 협조하게 되었다.

이와쿠라는 그 경위를 알고 있었다. 산조라는 순진한 사람에게 이와쿠라 특유의 간계를 가르쳤다가는 뒤에 산조가 자기를 어떻게 생각할지 알 수가 없다는 것이 이와쿠라를 자제시켰음이 틀림없다.

이와쿠라는 사람을 보고 설득하는 법을 알고 있었다.

"당신도 괴롭겠지만 오늘밤 사이고를 다시 한번 만나서 목숨을 걸고 사이고를 설득하는게 어떻겠소? 사이고도 매정한 인물은 아니니까."

이 말을 신조에게 여러번 했다. 사이고만 마음을 돌리면 국면은 단번에 바뀌게 된다. 나머지 참의들은 사이고에게 업혀 있기 때문에 문제될 것이 없다는 것을 산조도 알고 있었다.

산조는 그럴까 하는 기분이 들었다.

집에 오자마자 곧바로 사이고에게 사자를 보냈다. 사자는 마차로 마중을 갔다.

사이고는 거절했어야 했다. 그는 자기가 해야 할 말은 이미 조정 회의 석상에서 다 말했다. 이제 새삼스럽게 야밤에 내밀히 말할 것이 없다고 생각했으나 동시에 산조의 마음의 동요도 알고 있었다. 사이고로서는 이 기회에 산조의 마음을 잡아두지 않으면 자기가 도한한 뒤에도 국책에 흔들림이 있어서 안 된다고도 생각했다.

원래 사이고는 밤 외출을 별로 좋아하지 않았다. 그럼에도 불구하고 산조의 집을 방문한 것은 그런 이유로 산조의 나약함이 걱정되었기 때문이다.

산조는 사이고를 몹시 기다리고 있었다. 그는 곧 객실로 안내되었다.

산조는 입장만 허락한다면 사이고에게 울면서 애원하고 싶었다. 단 한 사람의 사나이가 일본 정부보다 더 거대하다는 것이 이때처럼 실감된 적은 없었고 동시에 일본사에 있어서도 유례 없는 광경이었다.

산조는 거의 울듯이 일본국의 현상을 호소했다. 산조의 논거는 국가의 재정론이었다.

국가의 기초를 무력보다 재정론의 입장에서 보고 그것으로 국가를 세운다는 사상은 아시아에서는 이미 중국의 당나라 시대부터 나타나 있었다. 구체적으로는 소금의 전매제도가 국가를 지탱했다. 유럽에서도 아라비아 인이 그것을 가르쳤고 이미 그 전통은 오래였다.

일본은 단순한 미곡 중심의 농업국가로 계속해 왔다. 소금 등의 전매를 실시하면 반드시 암상인이 나타나 거대한 부를 쌓게 될 것이고, 한편 국가는 자체의 이익을 지키기 위해 그것을 방지하는 데 열중할 것이므로 이로 인하여 관과 민이 이익을 사이에 두고 처참한 싸움을 해야 하는데, 이를테면 그같은 교활한 국가 체험을 일본은 아직 한적이 없었다.

유신 후 근대국가의 형태만을 이루어 놓았을 때 비로소 국가라는 것이 상업적인 이익에 의해 성립되고 있다는 것을 다른 나라의 예를 보고 알게 되었다. 다른 나라들은 국가 자체가 상인단체 같은 것이며, 상업적 이익을 잃으면 나라 자체를 잃는다는 위기감을 가지고 상략적(商略的) 힘을 아시아에 뻗어오고 있었다. 일본도 그렇게 하지 않으면 망해버린다고 생각하고 황급히 국가 재정론을 공부하고, 그것에 의해서 앞으로의 방침을 생각하려 한 것이 개화파라고 불리는 반정한론파이며, 산조는 형식상으로 그 정점에 있게 된 것이다.

그러나 사이고는 그렇지 않았다.

"수지 결산의 장부 노름이 국가의 이상이며 국가 운영의 최종 목표일까?"

사이고는 이런 식으로 자기 이론을 내세우고 싶었을 것이다. 국가의 기틀에는 위대한 것이 필요하며 위대한 것은 형이상학적인 것이어야 한다고.

다만 그같은 사이고의 국가론에는 구체성이 없었다. 그가 자신의 국가론을 주장하기 위해 지금 당장 도한을 주장하는 것은 후세에 대한 설득력이 없다.

후세 사람들은 사이고의 국가론에 대해 거의 이해하지 못한다. 다만 그가 봉건적 사족의 신분을 남기려는 것과 사족의 경제적 기초를 보호해 주려고 주장했다는 작은 사실만 후세에 남아 있다. 이 사실은 뒷날 사이고가 가고시마로 돌아간 뒤 두드러지게 나타난 독립권적인 그 지방의 시정(施政)에 나타나고 있다. 예를 들면 새 정부는 사민평등을 국정의 근본 방침으로 하고 있었는데, 사이고의 국가라고도 할 수 있는 위에 말한 시기의 가고시마 현만은 신분제도를 오히려 강화했다.

이것을 가지고 사이고의 국가론이라고 말하는 것은 그에게 가혹한 일이다. 오히려 위의 가고시마 체제는 시마즈 히사미쓰의 사상이 반영된 것이며 사이고는 그 반동세력 위에 올라앉지 않을 수 없었다고 해야 한다. 어떻든 사이고의 국가론은 현실의 정국을 움직이기에는 너무 고매했다.

그는 산조에게 양보하지 않았다. 양보하지 않는다는 그의 비타협적 태도는 어디까지나 그가 사상적 입장을 취했다는 것을 나타내고 있다. 그는 단순한 사족의 이익 대표는 아니었다. 만일 이익 대표라는 뜻이 있었다면 거기에는 타협이 있었을 것이기 때문이다.

사이고가 돌아간 뒤에 산조의 고민은 더욱 깊어졌고 새벽에 인사불성이 되어버린 것이다.

필시 꾀병은 아닐 것이다.

산조가 당시의 말로 표현하면 대단히 독실하고 순량한 인격자라는 것은 그 증상을 보아도 알 수 있다. 꾀병이라면 설사라든가 고열이라든가 격렬한 신경통이라든가, 잘 써먹는 증세가 공표되었을 것인데 그의 경우는 우선 인사불성이었다. 그리고 의식 회복 후에 일어난 심한 경련이었다. 부인들의 히스테리 증상과 비슷했다. 절대적이라고 말할 수 있는 신변 사정의 밀실에 갇혔을 때 거기에서 탈출할 마음의 여유를 가지고 총명함과 용기를 발휘하기보다는, 오히려 작은 짐승이 미쳐 날뛰듯이 절규하고 전율하고, 그럼으로써 자기가 어떠한 궁지에 있는지를 무의식에 가까운 정신 혼란 속에서 온 몸으로 표현하게 된다.

산조의 경우 그런 증상이 일어났다.

이 히스테리 증세는 들판 한복판의 외딴집에 혼자 있을 때는 일어나지 않는다고 한다. 누군가 옆에 있음으로써 일어난다. 그 사람에게 이런 증세를 심하게 일으켜 보임으로써 자기에 대한 동정심을 유발하며 때로는 도와줄 것을 기대하고 때로는 자기를 그 지독한 증상에 몰아넣은 인간에 대한 저주의 말을 들으려고 한다. 이런 증세는 무의식하에서의 자기보호의 표현이라고 할 수 있다. 그런데 산조의 경우 자기를 이 같은 궁지에 몰아넣은 사람들은 사임하겠다고 하고 있다. 정계를 은퇴한 이와쿠라, 사표를 낸 오쿠보, 또 자기 주장을 양보하지 않는 사이고 등이며, 또한 산조 한 사람의 어깨에 지워져 있는 새 국가 그 자체다.

의사가 온 것은 18일 오전 9시였다. 뒷날 도쿄 대학 의학부의 기초를 만들게 되는 독일 의사 호프만이었다. 사이고의 주치의이기도 했다. 증상으로서는 그 밖에 설사, 발열, 발한, 맥박은 76이었다.

"신경을 너무 써서 그렇습니다."

호프만은 말했다.

오전 11시 사토 쇼추(佐藤尙中)가 왕진하러 왔다. 사토는 막부 말기에 양학계에 이름을 날린 인물이며 주로 외과가 특기였다. 그러나 그의 의학적 소양은 그 이전의 양의와 달리 유럽의 의학을 조직적으로 터득하고 있었다. 막부 말기에 나가사키에 유학해서 네덜란드 의사 폼페에게서 배운 뒤 메이지 이후에는 호프만과 함께 대학 의학부 창설에 참여하고 그 뒤 순천당 병원을 세웠다.

산조의 병실에는 이 사토가 호프만과 함께 하루종일 있었다.

산조의 의식은 계속 혼미상태에 있었다. 경련은 오후 3시경부터 시작되었다. 두 의사는 의논해서 환자에게 클로르포름을 알맞게 맞힘으로써 우선 진정시켰다.

산조의 의식이 조금 선명해진 것은 이날 오후 10시경이었다. 처음으로 죽을 한 공기 먹고 그 뒤 잠을 잤다. 자고 있는 동안 위독상태는 벗어났다.

산조가 사이고의 도한을 임금께 아뢸 날은 이 날이었다. 메이지 국가의 역사는 이 산조의 히스테리적 졸도에 의해 운명이 결정되었다고 하겠다.

산조가 졸도하여 병이 난 것은 그의 성격이나 사정으로 보아 꾀병이 아닌 것은 틀림없으나, 이런 상태를 결국 정국전환을 위한 정치적 목적에 백 퍼센트 이용한 것은 이토 히로부미였다. 그 이용이 너무나 교묘했기 때문에 그 결과에서 거꾸로 보면 꾀병으로 보일 정도였다.

이토는 빈틈이 없었다. 그는 산조가 졸도한 뒤에 산조의 측근을 통해 이렇게 귀띔했는지도 모른다.

"공께서는 충분히 정양하시는 것이 좋겠습니다. 그쪽이 당면한 국정 처리에 매우 도움이 될 것입니다."
하고 귀띔했는지도 모른다.

이토는 산조를 제외한 이와쿠라 체제를 생각하고 있었다. 무어라 해도 산조는 지난 8월의 회의에서 사이고 안에 찬동했다는 약점이 있어서 사이고에 대한 제반사에 강력하게 대처할 수 없는 것과는 달리, 그동안 외유 중이었던 이와쿠라는 사이고에 대해 백지 상태이며 강력하게 도한안을 파기할 것이 틀림없었다.

이토는 사방팔방으로 활동하기 시작했다. 분주히 쫓아다니면서도 "사이고 만한 큰 밥통도 없을 것이라고" 이 현실주의자는 화를 냈을 것이 틀림없다.

이토는 자기의 구상을 이와쿠라에게 귀띔했다. 이와쿠라도 승낙했다.

다음은 요인들에게 산조의 병세를 과장해서 선전하고 돌아다닐 차례였다. 이제는 재기 불능이라는 인상을 심어두는 것이 좋을 것 같았다.

기도 다카요시 등은 이토로부터 직접 통보를 받고 놀랐다. 그 놀라움이 그날 일기의 글을 통해 역력하게 나타나 있다. 마치 산조 사네토미가 죽은것처럼 추도문 같은 냄새마저 풍기고 있었다. 기도는 감정가였다. 특히 산조에 대해서 생각이 깊었다. 막부 말기 산조는 조슈 번과 운명을 함께 해 주었다. 조슈가 막부의 공격을 받고 사쓰마 번으로부터 버림받아 가장 비참한 경우에 처했을 때, 산조도 같은 운명 속에 떠돌아다니면서도 보호자인 조슈 번에 대해 한번도 배신한 일이 없었다.

기도의 일기문에 이렇게 썼다.

'산조 공은 독실하고 지성스러우며 11년 전부터 국가를 위해 어려움을 겪었으며 대정 일신 후에는 조정의 중임을 맡아 게을리 하지 않고 기쁘거나 노엽거나 그 빛을 나타내지 않았으며……'

더욱이 기도는 산조를 이렇게까지 몰아넣은 이유로서 정한론에 언급하면서 푸념을 담고 있다.

"무모한 폭론이 조정 안에 일어나……(산조의) 괴로운 우려가 마침내 이렇게까지 되었는가?"

기도는 이미 자기자신이 정국에서 떠난 것으로 생각하고 있었으며 이 문장은 일종의 비판가의 감상 같았다.

이토는 오쿠보를 중시했다. 오쿠보에게도 당연히 이 같은 통보를 했는데 그때 이토는 이와쿠라를 주축으로 한 정국 정환에 대한 구상을 설명하고 이

같이 말했다.

"이 같은 위기를 당하여 이와쿠라 공에게 크게 분발할 것을 촉구하지 않으면 유신의 대업은 와해되고 말 것입니다."

유신의 대업에 대한 해석에 있어서 분명히 사이고의 뜻과는 달랐다.

사이고 자신이 어디까지 눈치 채고 있었는지는 모르지만 차츰 봉쇄되고 있었다.

이토 히로부미는 18, 19 양일간 여기저기를 쫓아다니며 기민하게 손을 썼다. 이와쿠라가 나오는 이상 오쿠보도 출마시켜야 한다. 이토는 오쿠보에게 출마할 것을 간청했다. 그러나 신중한 오쿠보는 이 시기가 되어서도 정치 역학을 측량하는 것을 잊지 않았다.

"아니, 나는 곤란해. 이와쿠라 공이 일어서는 것은 기쁜 일이지만 내가 전면에 나갈지는 당분간 생각해 보겠네."

태도를 유보했으나 이토는 이 오쿠보의 역할을 잘 알고 있었다. 이토는 그가 출마하도록 기도로 하여금 설득케 하는 방법을 택했다. 그랬더니 오쿠보는 승낙하고 쉽게 일어섰다. 오쿠보서는 조슈파가 참가하는지의 여부를 보고 있었던 것이다.

그 뒤의 일은 오쿠보의 비책에서 나왔다. 우선 이와쿠라의 태정대신 대리라는 지위를 법적으로 확정하는 일이었다. 그러기 위해서는 천황을 끌어내야 한다.

궁중에는 사쓰마 사람이 많다. 특히 궁내 대승으로 요시이 도모자네(吉井友實)가 있다. 그는 막부 말기에 사이고와의 관계가 가장 깊었고 함께 동분서주했다. 또 메이지 4년 요시이를 궁중에 넣은 것도 사이고였다. 그때까지 왕조 이래 일본의 천황 가문의 습관으로 천황의 측근은 여관(女官)으로 둘러싸고 있었다. 그러나 사이고는 궁중의 유약함을 싫어해서 그와 반대로 가장 무사다운 무사로 측근단을 형성할 것을 제안했다. 이것에 의해 선택된 것이 옛 막부 가신 중에서 야마오카 데쓰타로(山岡鐵太郎), 사가에서 시마 단에몬(島團右衞門), 사쓰마에서 다카시마 도모노쓰케(高島鞆之助), 그리고 이 요시이 도모자네였다.

그러나 정한론이 일어나자 요시이는 그것을 위험하다고 생각했다. 요시이는 원래 사려가 신중한 사람으로 도박적 사고(思考)를 싫어했다.

'사이고는 어떻게 된 것 아닌가?'
그는 생각했다. 요시이와 오쿠보가 급속도로 접근한 것은 이때부터다.
오쿠보는 천황을 끌어내기 위해 이 궁내 대승 요시이 도모자네를 움직였다.
이에 따라 천황이 정국에 개입하는 형식은 다음과 같았다.
우선 10월 20일 연소한 천황은 마차를 타고 태정대신 산조 사네토미를 그 집으로 친히 문병했다. 이것에 의해 산조의 병이 공적인 것이 되었을 뿐 아니라 심상찮은 중태라는 인상을 세상에 주었다. 산조는 두 번 다시 조정회의에 설 필요가 없게 되었다.
또한 오쿠보의 정치 연출은 다음 막까지 미치고 있다. 천황이 방문한 것은 산조의 집뿐만 아니고 이와쿠라 도모미의 집도 방문했다.
수행한 요시이 도모자네는 이미 칙어(勅語) 준비까지 하고 있었다.
"그대 도모미는 태정대신을 대행하여……."
라는 글로, 그 문서를 요시이는 이와쿠라의 면전에서 낭독했다. 제법 연극의 효과가 있었다. 이것으로 산조의 퇴진과 이와쿠라의 등장이 한꺼번에 확정된 것이다. 정한파에게 이같이 아픈 공격은 없었다.
이런 점에서 사이고 등 정한파는 다분히 지사답다고 해도 좋다. 사이고 등은 한낮에 당당한 장소에서 토의와 성실만으로 그것이 정치에 반영되는 것이라고 믿고 있었던 모양이다. 또 한 가지는 사쓰마 사람 고유의 기풍이 오쿠보에게는 적었고 사이고에게는 짙었다고 말할 수도 있다.

그 동안 사이고는 니혼바시(日本橋) 고아미초(小綱町)의 집에 있었다.
이 정한론이라는 정치 논쟁의 고비라고 할 수 있는 천황의 산조와 이와쿠라 방문이 있었던 10월 20일에도 사이고는 아무 일도 하지 않았다.
"이와쿠라 경에게 태정대신 직을 대행하라는 칙명이 내렸다."
이 중대 정보도 다음날인 21일 아침 찾아온 소에지마 다네오미에게서 듣고 비로소 알았다.
소에지마가 돌아간 뒤에 사이고는 이 사태의 급변을 기리노 도시아키와 벳푸 신스케에게 편지로 알렸다. 사이고의 신변이 정보 수집이라는 점에서 얼마나 뒤떨어져 있었는지 알 수 있을 것이다. 사이고를 위해 정보 수집의 책임을 맡은 측근인 기리노나 벳푸 등이, 이 경우엔 반대로 사이고로부터 이 이야기를 들었을 정도였다.

더욱이 이 천황의 행차가 있었던 다음날인 21일에 오쿠보파는 최초의 작전 회의를 열었다.

장소는 시바니시쿠보에 있는 매차정(賣茶亭)이었다. 모인 사람은 오쿠보와 이토, 그 밖에 세 사람의 사쓰마 사람이었다. 첫째 사이고의 동생인 쓰구미치였다. 다음은 지난날 사이고의 동료였던 구로다 기요타카, 그리고 사이고의 동지 요시이 도모자네로 그들 모두가 막부 말기에는 당시 유수한 지사였다. 전에는 그들의 수령의 자리에 사이고가 있었다. 지금은 옛날의 수령의 정론을 저지하려고 비밀리에 모여 숙의를 하지 않으면 안 되는 것은 운명의 장난이라고밖에 할 수 없다.

이 비밀 회의에는 이토의 안이 채용되었다. 이토에 의하면 이제는 조정 회의를 개최할 필요가 없으며 이와쿠라 경의 책임하에 결정되어야 한다, 이와쿠라가 입궐해서 천황에게 양론의 득실을 아뢴 뒤에 이와쿠라가 의견을 말하고 그것에 따라 한꺼번에 일을 처리한다는 것이었다. 오쿠보는 말없이 몇 번이나 고개를 끄덕이다가

"좋습니다. 그러나……."

잠시 사이를 두었다가 다시 입을 열었다. 오쿠보는 정세가 이만큼 호전되어도 불안했다. 불안이란 이와쿠라 도모미의 일이다. 이와쿠라가 마지막 판에 또다시 변절하지 않을까 하는 것이었다.

산조와는 인품이 다르다고는 하더라도 공경임에는 틀림이 없다. 오쿠보는 이미 이와쿠라에 의해 끓는 물을 마신 바 있었다.

이토도 이 점이 불안했다. 이토는 이 비밀 회의에 오기에 앞서 이와쿠라와 간담했다. 이토는 이와쿠라에게 사태 수습 방법에 관해 간곡히 타일렀다.

그런데 이와쿠라는 하면 불쾌한 듯이 듣고 있었을 뿐 가타부타 말이 없었다. 이토는 그것이 불안해서 이 석상에서 오쿠보에게 말했다.

"혹시 손을 쓴 것이나 아닐까요?"

손을 쓴다는 것은 사이고가 이와쿠라에게 공작하지나 않았을까 하는 말이었다. 이같은 불안이 이 비밀 회의 석상의 사람들의 기분을 꽤 어둡게 한 것 같다.

이와쿠라라는 사람의 성격을 생각하지 않으면 안 된다.

그는 오쿠보와 이토에게 동요할 것이라는 불안을 가지게 하면서도 막부

말기와 메이지 초기에 있어서의 역사의 몇몇 고비에서 유들유들할 정도의 담략과 부동의 자세를 보였다.

지난 날의 대정봉환을 위한 유명한 교토 회의에서도 친막부파 영주들 앞에서 통렬한 연극을 해치운 것이 역사에 있어서의 그의 인간상을 결정적으로 각인시켰다.

그 뒤 메이지 16(1883)년 6월 이와쿠라가 자기의 죽음을 알았을 때도 그의 인간됨이 잘 나타나 있다고 할 수 있을 것이다. 병은 암이었다. 이와쿠라는 주치의인 벨츠에게 평소 그와 같은 병이라면, 자기에게는 마지막으로 해야 할 일이 있으니 사실 그대로를 알려달라고 말해왔다.

이와쿠라는 두 번 그것을 요구했다. 벨츠는 굴복했다. 이와쿠라의 요구에 따라 그 사실을 이야기하고 예정된 죽음의 날짜까지 말해 주었다. 이와쿠라는 안색도 변하지 않고 벨츠에게 감사하고 수명을 연장해 줄 것을 부탁했다.

이 무렵 이토 히로부미는 헌법 조사를 위해 유럽에 가 있었다. 이와쿠라로서는 이토에게 유언할 것이 있었고 그 때문에 즉시 전보를 칠 예정이었다. 이토가 다음 배편으로 귀국할 때까지 생명을 연장시켜 줄 수 없느냐는 것이었다.

결국 그렇게 되지 못해서 이토를 대신해 이노우에 가오루가 유언을 들었는데 이노우에는 이와쿠라의 입술에 귀를 바싹 대고 들었으나 알아듣지 못한 듯하다.

생각컨대 이와쿠라가 마지막으로 하고 싶었던 말은 이토가 초안을 만드는 헌법에서는 되도록 천황의 존엄성을 유지해달라는 것이었으리라.

메이지 10년대는 자유민권 운동의 전성기여서 천황제의 지지자였던 이와쿠라는 그것이 걱정인 듯했다. 뿐만 아니라 이토 히로부미 자신이 메이지 6(1873)년에 귀국했을 무렵 "이토, 열심히 ○○을 제창하다" 하고 당시 요인들 사이에서 귀엣말이 오갔는데 이토가 공화제를 제창한 흔적이 있다.

이와쿠라로서는 이토가 헌법을 만드는 데 있어서 의회제도를 채택하면서도 천황을 추대하는 입헌군주제를 취할 것으로 잘 알고 있으면서도 일말의 불안이 있었던 것 같다. 곁들여서 이토의 "○○○을 제창하다"는 문제는 메이지 6년 산조 사네토미가 이토를 설득하고 충고한 이후에는 이토는 그 말을 하지 않게 되었다고 한다.

이상의 에피소드는 이와쿠라의 사상과 인간을 잘 표현하고 있다. 이와쿠라는 공경의 전통적 성격으로 좌우 세력을 저울질하는 경향은 있었으나 여기서는 움직이지 않겠다고 마음속에 결정하면 이상하리만큼 배짱이 세지는 사람이었다.

21일 매차정에서 열린 비밀 회의에서 오쿠보와 이토는 이와쿠라가 또다시 동요되지 않을까, 하는 불안이 있었으나 이날 종일토록 자택에 있었던 이와쿠라는 이젠 움직이지 않겠다고 마음에 다짐하고 있었다.

당연히 암살의 위험이 신변에 충만할 것이다. 예부터 죽음을 겁내는 공경의 전통 속에서 이것은 예삿일이 아니었지만 이와쿠라는 죽는 것까지도 각오하고 있었다.


이 시기의 사이고의 동정을 하나하나 살펴보아도 사이고의 진짜 모습은 그 어디에서도 찾기 힘들다.

사이고가 한때 막부라도 세력의 일대 거물이었을 때, 믿기 어려울 정도로 열렬한 대중의 인망을 한 몸에 모으고 있었다. 사쓰마의 젊은 무사들은 주군보다도 사이고를 사쓰마의 상징으로 알고 그를 쳐다보았고 사쓰마와 인연이 없는 재야 지사들도 다분히 그랬다. 그 대중의 인망이 거대한 힘이 되어 시국을 움직인 것은 사실이다.

예를 들면 마지막 장군인 도쿠가와 요시노부는 사이고를 본 적은 없었으나 사이고라는 인물이 도쿠가와의 세상을 부정하려고 역사라는 거대한 도르래를 때로는 천천히 때로는 급하게 돌리고 있다는 것을 알고 있었다. 요시노부가 간사이(關西)에서 참패했을 때 중신인 이타쿠라 가쓰키요(板倉勝靜) 등이 간토(關東)에서 재기할 것을 권하자 탄식하듯 말했다고 한다.

"우리쪽——직속무사나 직속 영주——에 사이고나 오쿠보 같은 인물이 있느냐?"

도쿠가와 정권의 마지막 처리를 한 것은 잘 알려진 대로 가쓰 가이슈였다. 가쓰는 에도 성의 무혈 개성을 위해 사쓰마의 저택에서 사이고와 단독으로 회견했을 때, 사이고라는 한 인격에 역사가 달려 있다는 장쾌한 인간적 풍모를 보고 그 놀라움은 가쓰에게 한평생 잊혀지지 않았다. 일본 역사상 가쓰 가이슈만큼 인간을 비평하는 눈이 확실한 인물도 많지 않은데, 그 가쓰 자신이 알고 있는 한 일본 및 중국은 물론 동서고금의 인물 중에서 사이고를 최고의 자리에 두었다는 것은 가쓰 자신이 직접 사이고를 알 수 있었다는 그 자신감이 뒷받침한 것이라고 할 수 있다.

"시세의 흐름을 타고 나타나는 사람은 자칫 잘못하면 실제의 크기보다 크게 보이게 된다. 시간이 지나면 별 수 없는 인간이라는 것을 알게 될 때가 있다."

이런 의미의 말을 가쓰 가이슈는 하고 있으나 가쓰의 사이고 상의 크기는 불변인 듯했다.

사이고에 관한 평가가 곤란한 점은 그의 능력을 부분 부분 무게를 달아보는 것만으로는 사이고라는 인물이 떠오르지 않는다는 것이다.

사이고는 권모술수도 할 수 있었고 막후의 정략도 할 수 있었으나 그 방면에서의 수완가는 사이고 이상의 사람이 얼마든지 있었다.

또 사이고는 군인으로서는 반드시 군략가도 아니며 오히려 그 재능은 낮았다. 또 학자로서는 다분히 독학적인 교양인에 불과했고 다만 문장가로서는 동시대에서 뛰어났다고 할 수 있을지 모르겠으나 스스로가 말재주를 부리는 자가 될 생각이 없었을 뿐 아니라 문장으로서 세상을 움직이려는 일을 해본 적도 물론 없었다.

또한 정세가로서는 실무에 약간 어둡다는 것을 사이고 자신도 인정하고 있었지만, 이상과 같이 한 부분 부분에 치우쳐서는 사이고의 전체상을 볼 수 없다. 요컨대 하나하나의 능력론을 가지고서는 어떻게 해도 사이고라는 인간이 떠오르지 않는 것이다.

사이고는 어떤 사람인가.

이 작품을 통해 필자는 울타리 옆을 지나가는 사이고의 그림자를 조금이라도 보려고 생각하고 있으나, 이제 그의 그림자를 보고 헤아린다면 그에게는 어쩔 수 없는 신성한 것이 있었던 것 같다.

그는 진심으로 정의가 통한다고 생각하고 있었고, 진심으로 인간의 성실이라는 것이 인간 또는 세상을 움직일 수 있다고 믿고 있었다. 물론 사이고의 눈은 인간이란 너나할 것 없이 더러운 것임을 알고 있었고 또 세상이란 다분히 권력욕까지 포함한 욕망으로 움직인다는 것도 알고 있었다. 그러나 사이고는 알고 있으면서도 거의 인공적이라고 할 수밖에 없는 초연한 방법으로 정의와 성실을 믿으려 했으며 사실 그는 막부 말기에 자기의 그러한 부분을 번갯불처럼 빛냄으로써 사람과 집단과 또한 세상을 움직였다. 사이고가 내뿜는 구름 사이의 번쩍임 같은 것을, 사람들은 정치적 인간의 부류 속에서는 거의 있을 수 없는 것으로 느꼈다. 사이고에게서 사람들이 무엇인가 신성한 것을 느꼈다면 바로 그 같은 것이리라.

뒷날 사이고가 죽었을 때 공교롭게도 정한론에서는 적극적인 반대편에 섰던 사쓰마의 구로다 기요타카가 하늘을 쳐다보며 말했다.

"아까운 어진 사람을 죽였다."

이렇듯 탄식한 것은 사이고의 본질을 다소나마 파악한 말이다.

사이고는 단순한 어진 사람이 아니라 그 정신을 언제나 사심을 버린 패기로 긴장시키고 있는 사나이였으며, 그 사심을 버린 것이 사이고가 대중을 움직일 수 있었던 큰 비밀이었다. 인간은 본디 사심을 버릴 수 없고 또한 사심을 버릴 수 없게끔 만들어져 있으나, 사이고는 사심을 버리지 않고서는 사람을 움직일 수 없으며, 사람을 움직이지 못하면 국가나 사회를 정상 모습으로 바로잡을 수 없다고 믿었던 사나이다. 그의 재미있는 점은 어린 시절에 그 비밀을 깨달은 일이고 또 비지땀을 흘리는 것과 같은 해탈을 위한 정신작업을 되풀이함으로써 그와 같은 자기 자신을 만들고 장년기를 맞이하였다. 게다가 그의 행복은 그 자신이 갖춘 그의 개인적 교양이 현실에서 배신당하지 않았다는 것이다. 유신을 위한 많은 일을 그는 그의 개인적 교리에 의해서 해치웠던 것이다.

다만 유신 후에는 크게 성공한 그 실례가 그의 교리에 대한 자신감을 더욱 깊게 하였다.

"나는 이제 세상을 앞서가는 기운에 소용없는 퇴물."

언젠가 이타가키 다이스케에게 말한 적이 있으면서도 마지막 정열을 정한론에 쏟았을 때는 여전히 교리대로 해 나가려 했다.

그러나 메이지 정권은 옛 막부가 아니었다. 그는 옛 막부보다 메이지 정권을 작게 보고 있었다. 그러나 옛 막부는 이미 역사적 생명을 잃고 있었는데 반해 메이지 정권은 약소하기는 해도 이제 막 탄생한 젊음이 있었다.

젊기 때문에 막 탄생한 권력을 열심히 지키려는 정열이 권력 내부에 넘치고 있었다고밖에 생각할 수가 없다.

이 10월 27일 오쿠보와 이토가 열심히 밀모를 꾀하고 있을 때 사이고가 한 행동은 이와쿠라의 집에 쳐들어가서 엄중하게 요구한 것뿐이었다.

"이미 도한에 관한 문제는 조정회의에서 결정된 일이오. 빨리 폐하께 아뢰시오."

사이고는 일본식으로 무대 뒤에서의 밀모나 잔재를 부리지 않았고, 프랑스 혁명에 있어서의 로베스피에르처럼 하나에도 둘에도 언론이라는 식으로 어디까지나 언론을 믿었다는 점에서 서구적이었을지도 모르겠다.

"이와쿠라 경에게 갑시다."

이러면서 사이고를 청한 것은 소에지마였다. 소에지마 다네오미뿐 아니라 에토 신페이, 이타가키 다이스케도 함께 있었다. 이 세 사람의 참의에게 공통된 점은 막후에서 정략을 써본 경험이 한번도 없다는 것이다. 또 논리적으로 명석하다는 점에서도 일치했으며 그러니만큼 언론의 힘을 믿는다는 점에서는 그 이전에도 이후에도 이 세 사람만한 정치가가 일본에는 없었다. 일본적 현실에서는 이 세 사람의 논객형은 다분히 서생적인 논객 패로서 조소를 받기 십상이었다.

사이고는 이 세 사람과는 다분히 유형이 달랐다. 그는 어느 편이냐 하면 토론에 열중하기보다는 대중의 흐름을 몰아 세상을 움직이는 영웅적 사업 쪽이었는데 일의 진행 과정에서 이 세 사람과 행동을 같이 하게 되었다. 사이고는 그의 가장 말년에 있어서 사쓰마 사족에게 몸을 맡기듯이 이용당하게 되지만, 그의 비참함은 그것보다는 이 세 사람의 이론적 정치가와 함께 이와쿠라의 집에 쳐들어간 일이었을 것이다.

"나는 경들과 다르니까."

그러나 사이고로서는 이런 식으로 높은 곳에 앉아 있으면서 소에지마들만 보낼 수는 없었다. 사이고는 소에지마에 대해서도 진심으로 선생이라 부르고 있었으며 이타가키에 대해서는 백만의 군사를 지휘할 수 있는 장수 재목으로 존경하고 있었고, 에토의 너무 예리한 필설의 재주에는 약간의 위화감을 느끼고 있으면서도 적어도 에토를 경시하는 않았다.

소에지마가 가지고 온 이야기란 것은 이런 것이었다.

"조정 회의는 23일에 재개됩니다. 23일 당일을 기다리고 있어서는 이와쿠라에게 어떠한 변화가 일어날지 모릅니다. 그러니까 그 전날에 이와쿠라의 속셈을 굳혀두어야 되겠습니다. 우리가 함께 이와쿠라 경을 그의 집으로 찾아가서 충분히 설득한다면 그도 함부로 하지는 못하겠지요."

소에지마는 이와쿠라가 이미 오쿠보에게 잡혀 있는 듯하다는 것을 어렴풋이 알고 있었다.

사이고는 함께 가기로 했다. 다만 사이고는 단독으로 가지는 않았다.

소장 기리노 도시아키를 데리고 갔다. 기리노를 데리고 감으로써 사쓰마계 군인의 의지를 이와쿠라에게 말없이 알려 주려고 했다.

이 1막이 만일 희곡이라면 아무래도 무대 위에서는 사이고와 그와 뜻을 같이하는 무리들이 불리했고, 주역은 이와쿠라 도모미로 그 사나이의 개성이 무대 가득히 차 있었다고 해도 좋았다.

일행 중에서 주로 에토 신페이가 말했다. 사이고 도한 문제를 곧 폐하께 아뢰어 칙재를 받아야 한다고, 이제까지의 의사 진행으로 보아서 당연한 요구를 했고 또 일은 이미 결정되었는데 왜 시일을 미루느냐고 따졌다. 이 경우 에토는 군사면에서 말하면 선봉대장이라는 위치에 있어서 송곳같이 그 역할에 알맞게 적진을 꿰뚫을 수 있는 예리한 논리와 웅변을 갖추고 있었다.

그러나 이와쿠라는 일부러 표정을 부드럽게 하여 때로는 미소짓고 때로는 오랫동안 침묵하고, 때로는 담배를 집어당기면서 애매한 태도를 보인 채 에토의 논지에 깊이 고개를 끄덕이며 말했다.

"그렇지요. 내일이라도 상주하리다."

이와쿠라는 호주머니에서 휴지뭉치를 꺼내 한 장을 뜯어내더니 무슨 영문인지 그것으로 손가락 하나 하나를 열심히 닦으면서 말했다.

"그러나 그 점을 잘 생각해 보시오. 이 일은 국가를 위해서 중대한데 논의는 엇갈리고 주장은 불행하게도 둘로 갈라졌소. 더욱이 한쪽 주장은, 사실 나도 그 주장을 따르고 있지만, 도한(渡韓) 문제는 국가 멸망의 흉상을 예감하게 하고 있소. 이제 이렇게 된 이상 입궐해서 두 주장을 아뢰어 폐하의 결단을 바라는 수밖에 없소."

에토는 노기를 띠며 말했다.

"그것은 우대신으로서 할 일이 아닙니다."

에토가 말한 것은 메이지 22(1889)년 이후의 입헌군주제의 기초적인 사상과 상통하는 것으로 국사는 군주에게 판단을 맡길 수 있는 것이 아니라는 것이다. 다만 이 말을 할 때의 언사만은 매우 일본적이어서 에토가 말하기를 국사는 대소사를 막론하고 내각이 책임을 지고 내각에서 숙의하고 결론을 얻은 후에 칙재를 얻는 것이 신하의 도리이며, 지금 우대신이 말하듯 좌우 양설을 가지고 군주의 판단에 맡긴다는 것은 책임을 군주에게 지우는 것이 되어 대단히 불충하다는 것이었다. 그러니까 도한문제만 알리라고 말했다.
"그것은 보통 때의 경우입니다."
이와쿠라는 일소에 붙였다. 이 같은 큰일은 백 년에 한 번 있을까 말까 한 일이다. 주상에게 책임을 미루는 것은 아니지만 할 수 없는 일이라고 말했다.
"양설 중 어느 쪽을 주로 하겠습니까?"
소에지마 다네오미가 물었다.
"내 설이오."
이와쿠라가 대답했을 때 제아무리 유들유들한 이와쿠라도 표정에는 가식적인 너그러움이 사라지고 눈에 무서운 빛이 어렸다. 이 사나이도 이때만은 죽을 각오를 한 듯했다. 그는 이 한마디 때문에 뒷날 도사계의 근위장교의 습격을 받아 칼을 맞고 생명은 겨우 유지하는데, 요컨데 보통 각오로는 할 수 있는 말이 아니었다.

에토 참의는 사법경을 겸하고 있었다. 그가 사법경이 된 것은 다분히 우연에 의한 것이었지만 그처럼 사법적 논리 능력이 풍부한 머리는 드물 것이다. 그가 추궁한 것은 이와쿠라 우대신의 '대리 권한'에 대해서였다.
대리란 즉 산조 태정대신의 대리라는 것이며 대리인 이상 이 도한 문제에 관해 산조가 종래 결정한 사항이나 태도를 모두 계승하지 않으면 안 된다.
"그렇지 않으면 대리자라는 것은 성립되지 않으며 대리인이 제 마음대로 하겠다는 것은 본관(산조)에 대한 불충이자 나아가서는 조정 회의 전체에 대한 모욕이 됩니다."
에토는 날카롭게 추궁했다.
이것에 대해서 이와쿠라는 그 칼날을 받지도 피하지도 않고 오히려 에토의 가슴에 박치기를 하는 듯한 기세로 말했다.
"경(에토)은 무엇인가 착각하고 있는 것이 아니오? 나는 산조 경에게서 대리를 부탁받은 것이 아닙니다. 만일 산조 경이 나를 대리로 지명했다면 경의 말이 옳소. 그러나 나는 폐하로부터 대리의 명을 받았소."
에토가 무엇인가 말하려 하자 이와쿠라가 중지시켰다.
"기다리시오."
그리고 대리라는 명칭이 붙어 있기는 해도 법적으로는 산조로부터 독립된 직책이며 또한 책임을 지는 것은 조정 회의에 대해서가 아니고 군주에 대해서이다. 나는 내가 본 그대로의 조정 회의의 실상을 군주에게 개진한 연후에 나의 책임하에 나의 의견을 아뢸 뿐이다, 나의 직책에 대해 이의가 있는가, 하고 좌중을 쏘아보면서 천천히 말했다.

"경의 의견이란?"

에토도 물러 서지 않고 이와쿠라에게 물었다.

"그것은 지난번에 말해서 알고 있지 않습니까. 나의 의견은 경들의 그것과 약간 다릅니다."

"약간이라니?"

"말 그대로이지요."

"거듭 의견을 듣고 싶소이다."

에토가 말했다.

이와쿠라는 정한론을 어리석은 이론이라고 생각하고 있었으나 그렇게 노골적으로 말하지는 않고, 경들의 의견도 좋으나 그것을 실시하기에는 해군력이 전혀 없는 형편이고 육군력도 정비 도상에 있는 만큼 시기적으로 아주 좋지 않으므로 다소 늦추어야 한다고 말했다.

사이고는 잠자코 있었다.

그러나 그 침묵에 의미가 있다는 것은 미닫이가 열려있는 옆방에 앉아 있는 한 사람의 건장한 사나이의 존재가 그것을 상징하고 있었다. 그는 육군 소장 군복을 입고 금은으로 장식한 큰칼을 쥐고 팔꿈치를 올려 자꾸만 그 칼자루를 어루만지고 있었다.

기리노 도시아키(桐野利秋)였다.

옆방에서 기리노 도시아키로 하여금 칼자루를 만지게 함으로써 이와쿠라에 대해 계속 말없는 위협을 준 것은 사이고 평생의 실패였다.

이에 대해서 사이고를 두 가지 점에서 변호할 수 있다.

하나는 사이고는 어릴 때 팔의 관절을 다친 이래 검술을 배우지 않았고 젊을 때 그가 한 운동은 씨름뿐이었다. 뒷날 암살의 위험성이 널려 있는 교토 등지에서 혁명운동에 몸 바치고 있었을 때 검술에 자신이 없었던 그는 스스로는 자기의 신변을 지킬 수가 없어서 외출할 때는 결코 혼자 나가지 않았다. 그의 종제이며 뒤의 러일 전쟁 때의 육전 총사령관이 된 오야마 이와오 (大山巖)가 대개의 경우 사이고의 호위를 맡았다. 야스케(彌助)라고 불리던 이 무렵의 오야마는 주머니에 항상 6연발 피스톨을 감추고 있었다고 한다. 그러나 오야마는 그것을 한 번도 쓸 필요가 없었다.

교토 말기의 호위자는 오야마보다 오히려 나카무라 한지로(기리노 도시아키)가 맡는 경우가 많아졌다. 사람 백정 한지로로 불리던 이 인물은 생애에 헤아릴 수 없을 만큼 사람을 죽였으나, 호위자로는 위험의 예지 능력이 예민하고 그 행동이 민첩해서 이만한 적임자가 없었다. 사이고는 나카무라 이외에 개를 데리고 있을 때가 많았다. 사이고는 요정에서 다른 사람과 회식하는 기회를 되도록 피했으나 부득이한 경우에는 개를 좌석까지 데리고 갔다. 자객이 침입하면 우선 개가 덤벼들고 그 순간에 몸을 피하는 시간적 여유를 얻을 수 있기 때문이다.

이상과 같이 호위자를 데리고 외출하는 것은 사이고의 막부 말기 이래의 습관인데 이번 경우에 기리노를 데리고 이와쿠라의 집에 간 것은 단순히 습관에 따랐을 뿐이기도 하고 사실이 그랬다. 그러나 개는 보통 적극적으로 시위하지 않지만 기리노가 개와 다른 점은 그가 정치를 이해하고 사이고의 정견을 절대선이라고 믿고 있으며, 이와쿠라를 나쁜 놈으로 보고 그에게 생명의 위험을 느끼게 함으로써 그를 내리누르려 한 것이다. 이 점에 있어서는 이 같은 사나이를 데리고 온 사이고에게 책임이 있을 것이다. 하물며 기리노는 보통 육군 소장이 아니고 막부 말기에 수많은 사람을 죽인 사람이며 그의 존재 자체가 언제 폭발할지 모르는 흉기였다고 할 수 있다. 사이고에게 명백한 협박적 의도가 있었을 것이다.

그런데 이와쿠라는 잘 견디었다.

에토의 이론적 공격도 견디었고 기리노 도시아키의 칼을 만지작거리는 협박에도 견디었다. 기리노는 물론 그렇게 하지는 않았으나 그가 한 것은 대검을 뽑아들고 이와쿠라의 목덜미에 얼음 같은 칼날을 계속 겨누는 효과와 다름없었다.

또한 이타가키라는 유신의 전공으로 보아 제일급의 공로자나 소에지마라는 이 시대의 기재와 양심의 대표자 같은 사나이도 이와쿠라를 둘러싸고 있는 것이다. 이 같은 조건하에서는 보통이라면 어쩌면 타협할 수도 있었는데 이와쿠라는 끝까지 굽히지 않았으며 더욱이 이 압력에 대해 이와쿠라의 생애에 가장 날카로운 한마디를 하기에 이르렀다.

"나의 이 두 눈이 검은 동안에는 귀하들이 멋대로 하고 싶어도 그렇게는 되지 않을 거요."

비상한 한마디라고 할 수 있다. 제아무리 이와쿠라가 어딘가에 해적의 두목 같은 점이 있는 사나이라 하더라도 예의범절이 까다로운 공경 가문에서 자라난 이상 이 한마디는 보통 일이 아니었다. 하나는 자기를 포위하고 있는 공기가 너무 협박적이었다는 것과 이것에 대한 이 사나이의 큰 반발이 보통 같으면 야비하게 들리는 이 한마디를 하게 했는지도 모르겠다.

또 바꾸어 말하면 이와쿠라는 이처럼 포위되어서야 오히려 더욱 자신의 신념을 굳혔다고도 할 수 있겠다. 그는 에토의 논봉, 기리노의 칼의 협박, 또 사이고의 인격적 위압에 짓눌리면서도 '이 사나이들의 본질은 이것으로 알았다'고 생각했음이 틀림없다.

이와쿠라가 보기에는 사이고 등은 사적인 모험 감정에 이끌려서 국가를 그의 사적인 도박 장소로 삼으려는 것을 그들의 강경한 주장과 협박 속에서 알게 되었다고 생각한 것이 틀림없다. 사이고의 생각이 옳은 이론이라면 그것이 익을 때까지 기다려야 하는데, 그가 기다리지 못하고 즉시 시행해야 한다고 급하게 서두르는 것은 공인으로서의 이성이 아니고 사인으로서의 사정과 감정에 의한 것이라고 보았다.

이같은 분위기와 경과 속에서 이와쿠라의 뱃속에서 뭉게뭉게 끓어오른 것은 애국심이었으며 그 감정이 앙양되어 정점에 도달했을 때 사이고와 기리노 일당을 국가에 해독을 끼치는 존재로 단정하고 기어이 이 한마디를 하기에 이르렀다고 보는 것은 극히 자연스러운 심리적 관찰이라고 할 수 있다.

네 사람의 참의는 결국 분연히 자리에서 일어섰는데 일동이 현관을 나서자 사이고는 나머지 세 사람을 돌아보면서 한 번 웃고는

"우대신이 잘 버티는군."

이렇게 말한 것은 이타가키가 한평생 잊지못한 사이고의 강렬한 인간 풍경이 되었다. 사이고는 실은 이 현관을 나설 때 자기의 정치적 패배를 마음속으로 인정하고 모든 것을 버리고 고향에 돌아갈 것을 결의했던 것이다. 그 결의 속에서 이와쿠라가 버티는 것을 극중의 사람같이 감상하고 칭찬했다는 점은 정말 사이고다운 향기가 있다. 사이고는 그 향기를 가지고 그의 추종자를 매료해 왔던 사람이다.

## 적과 동지

 이것이 10월 22일 이와쿠라의 저택에서 일어났던 일들이다.
 정치논쟁이 싸움이라면 사이고파는 언제나 인원수에 있어서 우위를 차지하고 근위군의 압력도 있고 하여 언제나 이길 수 있는 세력을 가지고 있었음에도 불구하고 결국은 적의 책모에 넘어가 이 22일을 고비로 물러나게 된다.
 이 정치 논쟁이 마치 전쟁 비슷한 심리적 정경을 가지고 있었다는 것은 시종 오쿠보파에 속해 있던 사쓰마 사람 구로다 기요타카가
 '이긴 이상은 그가 한 발짝 물러나면 우리는 두 발짝 추격하여야 한다. 국가를 위해 이 추격의 좋은 기회를 잃어서는 안 된다.'
 이런 취지를 문서로 오쿠보에게 제출한 것으로도 알 수 있다. 전쟁의 경우 퇴각하는 적에 대해 맹렬한 추격전을 감행하여 전과를 확대하는 것은 당연한 전술이다.
 다음날인 23일 태정관은 조용했다. 예정된 조정 회의도 없었다. 수상대리인 이와쿠라는 전날 자기 집에서의 육박적인 이론 대립과 사이고 등 정한파 네 참의의 퇴각을 고비로 모든 토의의 단계가 끝났다고 보고 있었다. 따라서

이날 23일 이와쿠라는 조정 회의를 열지 않고 예정대로 입궐하여 경과를 천황께 아뢰었다. 이것으로 모든 것은 끝났다. 또는 정확히 말하면 이날부터 모든 것이 시작되었다 말해도 좋을지 모르겠다.

그런데 전날의 육박적인 이론 대립 뒤에 이와쿠라가 크게 안심한 것은 사이고가 사임하겠다는 말을 하지 않았다는 것이다. 원래 이와쿠라의 걱정은 그것 하나뿐이었다. 사이고가 사임하면 군과 관이 동요하고 메이지 정권은 흙먼지를 일으키며 붕괴할 것이라는 두려움이 산조나 이와쿠라로 하여금 지금까지 사이고 안에 대해 불투명한 태도를 취하게 한 이유였는데, 전일 사이고가 자리를 박차고 돌아갈 때 이 한 마디를 이와쿠라에게 내뱉고 간 것으로 해소되었다.

"이제 아무 말 않겠소. 마음대로 하시오."

사직한다고는 말하지 않은 것이다. 이와쿠라가 눈 가의 주름살을 펴고 기뻐한 증거로 곧 오쿠보에게 편지를 썼다.

"그(사이고)는 진퇴의 이야기도 없이 돌아갔습니다."

그러나 오쿠보는 그렇게 생각하지 않고 이와쿠라의 그 같은 점이 공경의 단순함이라고 생각했다. 사이고를 깊이 알고 있는 오쿠보는 사이고가 그렇게 되고도 태정관에 남아 있을 사람이 아니라는 것을 잘 알고 있었다.

오쿠보가 생각한대로 23일 사이고는 집을 비우고 퇴거하고 말았다. 어제는 결렬, 오늘은 퇴거, 말하자면 뛰어나게 깨끗한 진퇴였다.

오쿠보는 그것을 알자 곧 여러 곳에 편지를 썼다. 사쓰마 사람 구로다 기요타카에게도 썼다.

'사이고가 오늘 아침 떠났다는 말을 들었습니다.'

사이고가 도쿄를 떠나버렸다고 말했다. 그리고 오쿠보가 사이고의 심경에 대해 간결하게 분석한 내용이 이 편지에 나타나 있다. 사이고의 퇴거는 오쿠보에게는 '별일이 아니라'는 것이다. 다만 기질 탓이라고 했다.

"그의 기질 탓이며 폐하의 결단이 내린 이상 머무적거리고 있다가는 폐가 되지 않을까 여기고 떠난 것입니다."

이 22일 사이고는 이와쿠라의 집에서 니혼바시 고아미초에 돌아가 곧 가벼운 저녁을 먹고 아무 말 없이 침실에 들어가서 누워버렸다.

'내일은 도쿄를 떠나야지.'

이 결의는 돌아오는 길에 간단히 작정했으나 기리노에게도 말하지 않았다. 오히려 기리노에게 말하는 것을 꺼렸다. 기리노가 무슨 짓을 할지 모르기 때문이었다.

이때의 사이고의 심경은 정적으로 돌아서버린 옛날의 맹우 오쿠보 쪽이 정확하게 파악하고 있었다. 문제의 오쿠보의 편지에서 옮겨 보면

'사이고에게 예전의 기질이 나타났다'고 한 것은, 원래 곤란한 일에 처해 있을 때 일이 복잡해져서 자기의 일신상에 문제가 관련되면 사이고는 갑자기 이것저것 다 싫어져서 모든 것을 버리고 은퇴해버린 일이 과거에도 몇 번 있었기 때문에, 지난날 사이고와 함께 걸어온 오쿠보는 이것을 '예전의 기질'이라고밖에 표현할 수가 없었다. 사이고의 반생을 일관하고 있는 주제는 이와 같은 은퇴에 대한 염원이었으며 일이 사사롭게 귀찮아지면 이렇게 말하며 그때마다 협력자였던 오쿠보를 힘들게 했다.

"이젠 고향에 돌아간다."

이 은퇴의 염원은 생사의 과제와도 겹쳐져 있어서 사이고는 역사 속에서 자기가 할 수 있는 역할이라는 것의 한계를 너무도 잘 알고 있었기 때문에 '이제 이 정도면 됐다' 하는 것을, 어느 시기에 있어서나 그 시기의 일이 결정에 달했을 때 생각했다.

죽음에 대해서는 막부 말기에 자살 충동이 적어도 두 번 있었다. 막부 말엽 초기에 이이 나오쓰케가 안세이 대옥(安政大獄)을 단행했을 때, 이에 절망하고 그가 교토에서 보호해온 승려 겟쇼(月照)와 함께 사쓰마 해변에 몸을 던진 것은 널리 알려진 일이다. 막부 말엽 후반기에 사이고를 싫어하는 시마즈 히사미쓰가 사이고가 한 일을 잘못이라 하고 사이고의 활동을 집요하게 봉쇄했을 때, 오쿠보마저 이 사쓰마 번의 특수 사정에 절망하고 사이고와 서로 찌르고 함께 죽으려 했을 정도였다.

또 메이지 유신이 성립했을 때 사이고는 자기의 역사적 역할이 끝났다고 보았다. 성공한 연후에 관직에 남는다는 것은 영달을 위해 혁명한 것이 되며, 또한 히사미쓰가 그 점에 의심을 품고 격렬하게 비난했기 때문에 은퇴를 생각하고 홋카이도에 코자크를 모방한 둔전 군단을 두려고 그 착상의 실현을 구로다 기요다카와 기리노 도시아키 등에게 명하고, 자기도 "홋카이도에서 농군이 되겠다"고 말했다.

그러나 바로 그때 정한론이 일어났기 때문에 이것으로 자기 생애의 은퇴할 시기──이 경우는 죽음이지만──로 삼으려 했다. 오쿠보가 말하는 '예

전의 기질'이란 이러한 것들을 말한다. 오쿠보가 '도한 문제를 중지한다는 칙명이 내리고 나면 귀찮은 일이 생길까 해서 급히 퇴거했음이 틀림없다'라고 말한 것은, 결렬이 세상에 공표된 뒤에도 자기가 계속 도쿄에 있으면 자기를 업으려는 혈기왕성한 무리들이 소란을 피워 도쿄에 소요가 일어날 것으로 보고 급히 퇴거했다고 오쿠보는 보는 것이다. 오쿠보의 관찰은 참으로 정확했다.

23일 날이 밝아오자 사이고는 도쿄를 떠나려고 행동을 개시했다.
늙은 하인 구마키치가 자루가 긴 도끼를 휘두르며 장작을 패고 있었다. 구마키치는 아버지 때부터 사이고 집안의 하인인데 사이고는 말이 적은 이 노인을 좋아했다. 사이고는 구마키치가 장작 패는 것을 마루에서 보고 있다가 구마키치가 마지막 장작을 팼을 때 그를 불렀다.
"구마키치."
모두 이곳으로 불러오라고 명령했다.
모두라고 해보아야 구마키치를 포함해서 대여섯 명뿐이다. 서생인 고타마(兒玉), 고마키(小牧) 다나카(田中), 그리고 젊은 하인 다케우치 야타로(竹內矢太郎) 등이다.
"무코지마에 총쏘러 간다. 구마키치와 신지로(고마키), 따라가자."
사이고는 이것을 모두에 대한 작별이라고 생각했다. 도쿄 태생인 고타마 유지로 등은 사쓰마에 데리고 갈 수 없었기 때문이다.
그 뒤에 구마키치에게 금전의 정리를 시켰다. 내일이라도 모두에게 이만큼씩 나눠주라며 그 금액을 구마키치에게 지시했으나, 구마키치는 이 이상한 지시에 대해 별로 되묻지 않았다.
"누구에게도 내가 어디에 갔는지 말하지 마라."
사이고는 모두에게 말하고 검소한 사냥옷으로 바꾸어 입었다.
고아미초의 집을 나선 것은 오전 8시경인데 무코지마의 에치고야(越後屋)에 도착한 것은 오후의 햇살이 조금 기운 뒤였다.
그 동안 시간이 걸린 것은, 행동을 비밀히 하면서도 단 한 사람에게는 작별인사를 하기 위해서였다.
그 한사람은 기리노 소장도 아니고 시노하라 소장도 아니었다.
오쿠보 도시미치였다.

만일 기리노 등 사이고의 측근이 이것을 알았다 해도 믿지 않았을지 모른다. 사이고는 도쿄를 떠나는 것을 기리노에게도 알리지 않고 오쿠보에게만 알리고 그에게만 작별인사를 했다. 사이고는 결국 자기를 제일 잘 알고 있는 사람은 오쿠보라고 생각하고 있었고 또 이번처럼 정견이 서로 달라서 격렬하게 싸웠다 하더라도, 사이고가 존경할 수 있는 사람은 기리노 등 사이고파가 가장 미워하는 오쿠보뿐이었다는 것은 사이고의 인간관계의 풍경으로서 통렬한 그 무엇을 말하고 있다.

오쿠보는 사이고의 갑작스런 방문에 약간 놀란 듯했다.

사이고는 오쿠보의 집만은 사양하는 사이가 아니기 때문에 곧 방으로 올라갔다.

방에는 먼저 온 손님이 있었다. 작은 몸집의 사나이였다. 사이고가 들어오자 상당히 놀랐는지 바람에 날리듯 재빨리 아랫자리로 물러났다. 조슈 인 이토 히로부미였다. 이토는 이번 정쟁에서 오쿠보파의 가장 유능한 모사로서 동분서주했으며, 오쿠보파가 승리한 것은 거의가 이토의 공로라 해도 과언이 아닌 만큼 이토는 사이고에 대해 떳떳하지가 못했다.

"저는 물러갈까요?"

이토가 말했으나 사이고는 괜찮아, 하며 이토에게 눈인사하고 오쿠보와 마주 앉았다.

사이고는 잠시 동안 말없이 앉아 있었다. 이 같은 경우 침묵을 참아내는 것은 사쓰마 사람의 특징이지만 그 점에 있어서는 오쿠보 쪽이 오히려 인내심이 있다 하겠다. 오쿠보는 등을 똑바로 편 채 말없이 앉아 있었다.

잠시 뒤 다과가 나왔다.

과자는 카스텔라였다. 이 과자는 무로마치(室町) 말기에 포르투갈 인이 일본에 전했기 때문에 사이고도 물론 그것을 알고 있다. 손을 뻗어 한 조각을 집어 먹었다. 당분은 비대해진다고 의사가 금지했으나 사이고는 단 것을 좋아했다. 이보다 앞서 그가 외유에서 귀국한 오쿠보를 찾았을 때 서로 의견이 맞지 않아 그대로 일어나 돌아간 적이 있었으나 대문을 나서자마자 동행자에게 농담 삼아 말한 적이 있었다.

"그 카스텔라는 맛있게 보이더군. 돌아가서 그것을 가져오지 않겠니?"

사이고는 카스텔라를 두어 입에 먹어 치우고 차를 마신 뒤 불쑥 말했다.

"이치조(오쿠보), 나는 고향으로 돌아 가겠네. 사표는 보내 두었어."
이에 대해 오쿠보는 울컥화가 난 듯 창백한 얼굴에 이상하게 핏기가 번졌다.
'이치조가 화가 났군.'
사이고는 곧 알아차리고 그 뒤에는 두 사람만이 아는 무언의 대화가 계속되었다. "또 만사가 귀찮아져서 돌아가는가" 하는 항의가 오쿠보의 표정에 나타나고 그것에 대해 사이고 쪽은 약간의 미소로 대답했다.
"화내지 말게"
"뒷일은 잘 부탁함세."
사이고가 말하자 오쿠보는 누구에게도 보인 적이 없는 노골적인 노기를 띠고 말했다.
"기치노스케(다카모리), 그건 내가 알바 아니야. 언제나 이런식이군. 이런 중대한 시기에 자네는 도망치고, 뒤치다꺼리는 내가 해야 하니. 이젠 나도 모르겠네."
사이고도 이에는 할 말이 없는 듯 한동안 굵은 눈썹을 내리깔고 고개를 숙이고 있더니 이윽고 중얼거리면서 일어섰다.
"하는 수 없지."
오쿠보는 화가 몹시 난 듯 현관까지 나와보지도 않았다. 두 사람은 어릴 때부터 함께 자라오면서 타인은 알 수 없는 두 사람만의 호흡이 있었으나, 처음부터 끝까지 지켜보고 있던 이토는 참지 못하고 사이고가 돌아간 뒤에 말했다.
"앞서의 말씀 좀 과하신 듯합니다만."
오쿠보도 조금 전과는 딴 사람 같은 피로의 빛을 띠고 작은 소리로 말했다.
"나도 그렇게 생각하네."
두 사람은 이날 영원한 작별을 한 셈이다.


사이고라는 행동적 사상가를 이해하려면 언제나 어려움이 수반된다. 특히 이 시기의 그의 행동을 이해하기는 간단하지가 않다.
그 이해에 대한 순서로 우선 사이고의 정치관을 생각할 필요가 있다.
그 뒤 그가 고향에 돌아가자 보신 전쟁 때 그의 인덕을 사모한 쇼나이 번

사단(庄内藩士團)의 대표적인 사카이 겐파(酒井玄蕃)가 찾아왔다. 사이고는 사카이에게 세상 이야기를 했고 사카이는 그것을 기록했다. 그것을 통해 살펴보면 사이고의 정치관은 정치의 신성주의로 일관되어 있다.

'조정에 나가 나랏일을 하는 것은 천도를 행하는 것과 같다. 천도가 공평무사하듯 사람도 공평무사하지 않으면 안 된다. 옳은 길을 걷고 현인을 찾아 주어진 직책을 잘 감내할 사람을 써야 한다. 만일 진정한 현인이 나타나면 지체 없이 자신의 직책을 물려주어야 한다.'

이런 뜻의 극히 간결한 것인데, 간결하면서도 정치의 요체는 이것 이외에 없다고 사이고는 믿고 있는 듯했다.

이 요체에 어긋나는 인물로 생각되는 사람을 사이고는 싫어했다. 가령 재주나 수완이 뛰어난 사가의 오쿠마 시게노부에 대해서는 오쿠마 쪽에서도 사이고를 좋아하지 않았지만, 사이고도 오쿠마에 대해서는 무엇인가 빠진 것이 있는 듯이 느끼고 있었으나 다만 오쿠마가 재정가로서 일하고 있는 한에서는 사이고도 부족을 느끼지 않았다. 한편 오쿠마가 교육을 좋아한다는 점에 대해서는 이렇게 말했다고 한다.

"오쿠마에게 교육만은 맡길 수 없다."

오쿠마가 뒷날 와세다(早稻田) 대학의 전신인 사립 도쿄 전문 대학교를 창설해서 일본의 교육문화사 상의 거인이 된 것을 생각하면 오쿠마에 대해서는 혹평일지는 모르지만, 적어도 사이고는 오쿠마에게 메이지적 공리성을 느끼고 이 공리주의가 교육에 의해 국민에게 침투되는 것을 우려한 것뿐일 것이다. 그러나 뒷날 오쿠마는 관학의 공리주의에 대한 부정적 존재로서 와세다에 사학을 일으키게 된다. 이 같은 풍자적인 현상은 메이지 초기에 사이고의 눈에 '얄미운 공리주의자'로 비쳤던 오쿠마마저, 메이지 5년경이 되자 관료 전제하에서의 공리주 사상의 만연을 사학 설립의 형식으로 방지하지 않으면 안 되었던 것이라고 할 수 있다.

정치는 하늘의 뜻에 의한다는 사이고의 사상에서 보면, 가령 메이지 시대에 자본주의 육성에 공로가 큰 조슈 인 이노우에 가오루도, 이노우에가 미쓰이(三井)와 밀착되어 있었다는 점에서 사이고가 싫어하는 존재가 되어 역설적인 말을 했다.

"재정은 이노우에에게 맡겨서는 안 된다."

역설이란 이노우에가 메이지 초기의 최대의 재정가로 인정받았기 때문이다. 이상의 예에서 사이고의 기분이 다소는 풍기고 있는 느낌이 든다.

사이고란 인물의 범상치 않은 점은 쫓겨 가는 형태로 도쿄를 떠났다고는 하나, 그 쫓아낸 장본인인 오쿠보와 이와쿠라를 누구보다 높이 평가하고 있었다는 점이다.

이야기가 다소 뒷날로 건너뛰지만 사이고가 가고시마(鹿兒島)에 돌아가서 인사차 외가인 시이하라(椎原) 집안을 방문했을 때 시이하라의 늙은 외삼촌이 갑자기 물었다.

"너는 이치조(오쿠보)와 싸웠다면서?"

사이고는 잠시 당황하다가 싸움은 무슨 싸움, 정부에서 쫓겨난 겁니다. 하고는 말을 이었다.

"그러나 정부에는 이치조와 이와쿠라 경이 있는데 그 두 사람이 있는 한 걱정 없습니다."

만일 이 두 사람이 없으면 정부도 없어진다고까지 말했다. 사이고가 정부에 남은 그룹 중에서 기도도 좋게 보지 않았고 오키 다카도와 오쿠마 시게노부도 좋게 보지 않으며, 오직 오쿠보와 이와쿠라만 믿고 이 두 사람이 정부에 있는 한 이상한 국가는 되지 않을 것으로 생각했다는 것은 사이고와 오쿠보를 생각하는 데 있어서 중요한 점이라 할 수 있다.

그러나 사이고는 오쿠보를 '사쓰마 사람 중에서 첫째가는 겁쟁이'라고 말한 적이 있다. 사이고가 보기에 오쿠보가 정한론에 반대한 것은 전쟁을 겁내는 겁쟁이의 증거라는 것이다. 본디 전국시대 이래의 사쓰마 사람에게 공통된 마음가짐은, 약한 적에 대해서는 어디까지나 부드럽게 대하고 강한 적에 대해서는 어디까지나 용맹해야 한다는 것인데, 사이고도 이런 관점에서 전쟁을 겁내는 오쿠보를 사쓰마 사람이라고 할 수 없다고 비웃고 있었다.

그러나 이것은 오쿠보의 전인격에 대한 비판이 아니고 오쿠보의 반정한론적 태도를 그렇게 표현하고 있을 뿐 오쿠보에 대한 기본적인 존경의 감정에는 변함이 없었다.

이 오쿠보의 경우와는 달리 도사의 이타가키 다이스케에 대해서는 사이고의 겸손한 존경의 태도는 어디까지나 타인에 대한 표면적인 것이었다. 사이고는 참의직의 동료로서 이타가키에 대해서 언제나 '이타가키 선생'으로 불렀으나 사이고의 마음에는 이타가키 정도의 사람에게 위태위태한 마지막 일을 부탁할 기분은 전혀 없었으며, 어느 쪽이냐 하면 필경은 남이라는 기분이었다.

남이라는 점에서는 가령 조슈 인의 고관이 독직을 했어도 사이고는 우울함을 느꼈을 뿐이지 모진 말을 써가면서 욕한 적이 없었고 도사 인이 아무리 기회주의적 태도를 보여도 사이고는 잠자코 있었다. 사이고는 이타가키에 대해 불만이 있을 터인데도 오쿠보에 대해서처럼 입 밖에 낸 적이 없었으며 그만큼 그는 다른 번 사람에 대해 냉담했다고 할 수 있다.

사이고의 향토주의는 어떻게 할 수 없을 정도로 그의 정신 속에 깊게 뿌리 내린 것이었다.

이 향토주의는 보통의 그것처럼 이해 타산에 의한 것도 아니고 감상에 의한 것도 아니었다. 잘못을 각오하고 극단적인 표현을 한다면 사이고는 사쓰마 사람 외에는 일본인이라는 것은 존재할 수 없다고 해도 좋다는 미학을 가지고 있었던 모양이다.

다른 면에서 말한다면 그만큼 사쓰마에 있어서의 무사의 이상상은 강렬한 개성을 가지고 있었다.

"이같은 조건을 구비하지 않으면 무사가 아니다."

그리고 이런 불순한 타인을 거부하는 반응성까지 갖추고 있다. 이 같은 반응은 사쓰마 사람 집단을 그들이 이상으로 하는 무사상에 가깝게 하는 데는 필요했으나 동시에 다른 번 출신자에 대한 불만을 함께 느끼게 되었다. 그 후자의 경향이 메이지 유신 전후에 대량으로 사쓰마 사람이 중앙에 진출한 시기에 농후하게 나타났다. 그것을 가장 노골적으로 나타낸 것은 사쓰마 특유의 인간 미학을 비타협적인 것으로까지 끌고 간 시마즈 히사미쓰이며, 그의 경우 다른 번 출신자는 모두 겁쟁이로 보인 듯했다.

사이고의 경우는 히사미쓰만큼 비타협적이지는 않더라도 같은 미학적 기초에 서 있었으며, 아무튼 사이고의 향토주의적 경향이라는 것은 그같은 것이었다.

그것이 노골적으로 나타난 것은 22일 이와쿠라의 집에서 나온 뒤였다.

이타가키는 사이고의 말 속에서 귀국의 결의를 느끼자 감격가인 이타가키는 혼신의 감동을 담아 "나의 우정은 영원한 것입니다"라는 의미의 말을 장황하게 말했다.

이타가키가 말했다는 그 내용은 이런 뜻이었다.

'자네가 고향인 가고시마에 돌아가면 오랫동안 헤어지게 될걸세. 그 동안에 중상하는 헛소문이 난무해서 두 사람의 우정을 이간시키려 할지도 모르네. 내가 겁내고 있는 것은 바로 그 한 가지 일일세. 나는 지금 자네와 약속을 해 두고 싶네. 오랜 동안 자네와 나는 뜻을 같이했고 서로 믿고 변심함이 없었지. 그러니 앞으로도 서로 마음을 허락하고 좋은 일이거나 나쁜 일이거나 행동을 함께 하세.'

이타가키의 말에는 과연 이타가키답게 소년 같은 감상이 넘치고 있다. 사이고도 또 소년처럼 싱싱한 정감의 소유자라는 점에서는 이타가키보다 깊었지만, 사이고는 이타가키보다 막부 말기의 지사 활동이 훨씬 오래 되어 세상이 변함에 따라 인심도 변한다는 것의 냉혹함을 잘 알고 있었다. 어릴 때부터 막역한 벗으로 자타 공인하던 오쿠보까지 사이고에게는 통렬한 정적이 되었다는 것 자체가 좋은 예일 것이다.

사이고가 보통사람이 아니라는 것은 이타가키의 감상적인 말에 응해서 함께 손을 잡고 눈물을 흘리지 않았고 오히려 그 반대였다는 점이다.

사이고가 이타가키에게 한 말은 이타가키가 감상에 젖어서 내민 손을 미소와 함께 외면한 듯한 느낌이 있었다.

우선 사이고는 이타가키가 아연할 정도로 밝은 소리로 크게 웃으며 말했다.

"자네와 내가 손을 맞잡고 서로 협력한다면 천하에 대적할 만한 것이 없겠지."

이타가키는 도사파 총수이며 그 도사파라는 것이 그 풍토성 때문에 다분히 1인1당적인 비결속성이 있다 하더라도, 이타가키의 호령 하나에 도사 인의 1할이나 2할은 움직일지도 모른다. 사이고는 그것을 가리켰고 이타가키에게도 당연히 그 같은 자부심은 있었다.

그런데 사이고의 본뜻을 이타가키가 제대로 이해하지 못했던 것은 사이고가 이처럼 쫓겨나도 정부의 야당을 형성해서 정부를 전복하려는 의도는 전혀 없었다는 것이다. 이 일은 그 밖에도 여러 가지 증거가 있다.

사이고는 자기의 주장이 용납되지 않았다고 해도 정부가 이와쿠라와 오쿠보 두 사람에 의해 잘 운영되어 가기를 바라고 있었던 것 같다.

그래서 말을 돌렸다.

"그러나"

사이고와 이타가키의 동맹 체결은 정부에 대한 대책으로서는 좋지 않다고 말했던 것이다. 사이고는 이 시기에는 정부를 힘으로 전복하거나 위압하는 것은 옳지 않다고 생각한 듯 했다. 이 점이 사이고의 이 시기의 생각이 불투명하다면 불투명기도 한데, 그가 정한론을 주장함에 있어서 어디까지나 언론에 의한 관철력을 믿고 모략이나 인원수에 의한 압력도 쓰지 않고, 다소 위력을 보조적으로 썼다고 한다면 기리노를 이와쿠라의 집에 데리고 간 일과 자신의 주장이 관철되지 않으면 사직하겠다고 되풀이한 것 정도라는 것이 이제 새삼스럽게 사이고의 이 말을 뒷받침하고 있다고 하겠다. 그가 만일 그때 정부를 전복하려고 생각했다면 간단했다. 그는 도독으로서 근위군을 장악하고 있었고 이른 움직여 태정관을 점령하면 그만이었다. 사실 오쿠보와 산조, 이와쿠라도 사이고가 그렇게 나올지도 모른다고 겁내고 있었다.

그런데 사이고는 그렇게 하지 않았다.

그런데도 불구하고 이제 와서 이타가키의 감상적 제안을 받아들여 힘에 의한 동맹을 맺는것은 그럴 필요도 심산도 있을 턱이 없었다. 이타가키가 사이고에 비해 인간적 격차가 있다는 것은 그 정도도 이해하지 못했다는 것에서도 알 수 있다.

또한 사이고는 이타가키에 대해 가혹한 말을 했다.

"나는 자네에게 도움을 받고 싶은 생각이 없네. 다시 말해서 자네가 앞으로 나에게 반대해도 결코 원망하지 않겠어. 바라건대 자넨 앞으로 나의 일은 잊어버리고 자네가 하고 싶은 대로 행동하는게 좋아. 앞으로 어떻게 하겠다는 것은 내 가슴속에 있네."

이상과 같은 사이고의 생각을 여러 가지 기초적 성격에서 미루어보면 이 사람은 이 말을 당연히 하게끔 되어 있었는데, 자기의 정성을 피력한 이타가키는 그 진의를 모르고 오히려 면구스럽고 불쾌하게 생각했다.

"사이고의 교만한 마음이 마침내 그 지경에 이르렀는가, 하고 그때 나는 생각했지."

평생 이타가키는 그렇게 말했다.

사이고가 도쿄를 떠난 것에 대해 가장 큰 충격을 받은 사람이 적어도 두 사람 있었다.

한 사람은 동생인 사이고 쓰구미치이고 또 한 사람은 사이고에 의해 발탁된 사쓰마 사람 구로다 기요타카였다.

　두 사람 모두 이번의 정한론 항쟁에 있어서는 이미 전개되어온 두 파의 움직임으로도 알 수 있듯이 오쿠보 쪽에 서서 사이고를 내쫓는데 전력을 다했다.

　'신고(쓰구미치)는 의심하고 주저하는 성격'

　사이고가 말했듯이 쓰구미치는 이번 정한론에 있어서의 형의 언동을 솔직하게 받아들이지는 않았다. 의심하고 주저한다는 것은, 형이 한국 서울에 사신으로 가겠다는 것은 국책보다 오히려 자신의 죽을 자리를 찾으려는 개인적인 바람이 앞선 것은 아닐까, 형의 심경을 그런 방향으로 끌고 가는 배후에는 기리노 등의 사려 없는 압력이 있는 것이 아닐까, 형은 끝내 그들이 언제 폭발할지 모르는 열기──정부의 사족에 대한 처우법에 관한 불만──를 누를 수 없어서 우연히 발견한 정한이라는 방향에 그들의 에너지를 이끌고 가려는 것이 아닐까 하는 것이었다.

　'의심하고 주저한다'

　이런 말을 사이고가 쓰구미치에게 사용한 것은 다소 이상했다. 쓰구미치는 그런 성격이 아니고 한평생 그의 심사를 깨끗하게 청소된 집처럼 언제나 맑게 가지고 있었다는 그 매력 하나로 사람들의 신망과 경애를 받아온 이상한 인물이었다. 그렇다면 쓰구미치에게 '의심하고 주저한다'는 말처럼 부적당한 말이 없는데, 그의 형인 사이고가 굳이 그렇게 말했다는 것은 쓰구미치의 지적이 모두 정곡을 찌르고 있었기 때문이리라. 같은 말이라도 멍텅구리라느니, 영달을 바란다느니, 보신술이 능하다느니, 등의 말은 하지않고 '의심하고 주저한다'는 표현을 쓴 것은 오히려 사이고의 마음속에도 쓰구미치의 지적에 대해 도리어 짚이는 바가 있었기 때문이리라.

　사이고가 정한론을 내세우고 돌진하고 있을 때 오쿠보를 중심으로 한 세력은 그것을 막기 위해 동분서주했다. 사쓰마 사람으로서는 이 쓰구미치와 앞서 말한 구로다 기요타카가 가장 정력적으로 움직였으나, 사이고가 도쿄를 떠나는 갑작스런 변화를 접하고 가장 슬퍼한 것도 이들 두 사람이었다.

　쓰구미치는 표정이 변하지 않는 사람인만큼 그의 비탄을 가족들도 모르고 있었으나 구로다는 감정의 진폭이 심한 성격이라 거의 어쩔 줄 몰랐다.

# 퇴거

사이고(向島)는 무코지마(西鄕)로 향했다.

삿갓을 쓰고 짚신을 신은 차림으로 어깨에는 엽총을 메고 있었다. 며칠 무코지마에서 체류할 작정이지만 어떻든 이것이 이 세상을 뒤흔들던 인물이 도쿄를 떠나는 모습이었다. 이 광경에 대해서는 그 뒤에 서생과 하인들이 이야기했으나, 그의 이 같은 인간 풍경은 그를 사랑하는 후세 사람들에게는 다시 없는 정경이었을 것이다.

"오늘 이후, 고아미초의 집에는 돌아가지 않겠다."

사이고가 구로다 강(黑田川) 둑에 올라서서 이렇게 말하고 그 집에서 떠날 준비를 하라고 하인을 돌려보냈다.

그 뒤에 서생인 고마키(小牧)가 사공 집에 달려가서 나룻배를 부탁했다.

이윽고 사이고는 배를 탔다. 옆에 있는 사람은 고마키 신지로뿐이었다. 고마키는 하루 종일 말이 없을 정도로 과묵한 청년이었으나, 재치가 있는 사람으로 언제나 사이고 신변에서 눈을 떼지 않고 주의를 게을리하지 않았다.

배가 갈대 숲에서 나오자 사공은 상앗대를 노로 바꾸었다. 강을 올라가기 시작했다.

사이고는 삿갓을 벗어 옆에 놓고 위를 덮은 지붕 밑에서 강둑 쪽을 바라보고 있었다.

때때로 작은 물고기가 물 위로 뛰어올랐다.

'무엇을 하는 사람일까?'

사공은 손님의 정체를 파악하지 못했음이 분명했다. 머리는 중 같지만 얼굴은 괴이하다고 밖에는 표현할 수 없고 특히 눈이 컸다. 별로 움직이지 않는 검은 눈동자가 슬쩍 움직일 때는, 저런 눈으로 쏘아보면 굉장히 무서울 것이라고 생각했다. 배에 탈 때의 태도는 사공에 대해서도 자상했으나 그 뒤엔 말이 없다. 이 과묵함은 아무리 보아도 무사 같은데 직속무사라면 아무리 몰락했다 해도 이처럼 형편없는 차림은 아닐 것이다.

가난한가 하면, 그렇지 않다는 증거로 검게 칠해진 그의 총이 푸른 빛으로 빛나고 있었다. 그 광택으로 보아서는 요코하마를 통해 들어온 서양총 같았고, 대단히 사치스러운 총 모양을 보아서는 메이지 유신으로 몰락한 무사로 생각되지는 않았다.

사이고는 베개를 빌려서 누웠다.

'고향에 돌아가서 무엇을 한다?'

이런 것은 생각하고 있지도 않았다. 은퇴 생활이 무료하지 않도록 농사일이나 할까 하는 것이 지금의 구상이었다.

사이고는 은퇴만 생각했다.

사이고가 이때 이미 세이난(西南) 전쟁의 구상을 조금이라도 했다면 그것은 빗나간 생각이었다. 사이고는 반란도 모반도 생각한 바 없었다. 그러나 자기의 낙향이 전국에 어떠한 파란을 일으킬 것인지에 대해서는 남보다 더 많이 상상했을 것이다.


사쓰마 인 구로다 기요타카(黑田淸隆)를 어떻게 이해할 것인가.

관직의 경험으로 본다면 그의 생애는 화려하다고 표현할 수밖에 없다. 원래 군인이 되겠다고 생각한 그는 보신 전쟁에서는 여러 전국(戰局)에서 사실상 사령관 노릇을 했다. 그러나 유신 후 외무 계통으로 돌려졌다.

"익숙하지 못한 문관이 되라고 하니 내 뜻과 어긋난다."

그는 이렇게 말하면서도 메이지 3(1870)년에 홋카이도의 개척 차관이 되어 홋카이도 근대화 기초를 닦았던 것을 보면 제1급 정치가라고 할 수 있다.

이 개척 담당 시대를 에피소드식으로 말한다면, 그는 홋카이도 개척을 미국식으로 하겠다고 생각하고 메이지 4년 도미하여, 그랜트 대통령을 만나 담판을 짓고 합중국 농상무국장(農商務局長) 케플론을 고문으로 데리고 왔다. 케플론이 평판만큼 식견과 능력이 있는 사람은 아니라 하더라도, 당시의 일본 제도에서 본다면, 각 성(省)의 경(卿:長官)에 해당되는 인물을 현직에서 물러나게 하고 데리고 올 수 있었던 까닭은 그랜트 대통령이 구로다에게 반했기 때문이리라.

구로다는 막부 말기 사이고에게 발탁되어 그에게 심취했고, 사이고의 사상과 인격에는 따라갈 수 없었으나 사이고의 방식을 가장 잘 모방했다. 사이고와 약간 비슷하다는 점에서는 사이고 쓰구미치와 오야마 이와오, 그리고 구로다 정도를 들 수 있다.

구로다는 자기의 재간으로 하는 것이 아니라 적당한 인물을 찾아서 그에게 맡기고, 자기는 오히려 공적(功績)을 쌓을 자리에서 물러나 그 사람에게 일하기 쉽도록 조건과 환경을 만들어 주는 일에 전념하는 방식을 택했다. 그가 최후까지 막부를 지지하는 싸움을 벌인 에노모토 다케아키(榎本武揚)를 항복시켜 그의 구명 운동을 해서 목숨을 구해준 것 뿐만아니라, 그를 새 정부에서 일하게 한 것이나 앞서의 케플론의 일례가 그 좋은 예라고 하겠다.

메이지 9년 미국의 매사추세츠 주 애머스트 농과대학의 학장 클라크를 초빙한 것도 바로 그런것이었다. 구로다가 클라크를 홋카이도에 데리고 가려고 도쿄에서 출범했을 때, 그가 탄 겐부마루(玄武丸) 선상에서 클라크와 크게 논쟁을 벌인 것은 유명하다.

"성서에 의하지 않으면 인간 교육의 완성이란 있을 수 없다."

신설되는 삿포로 농학교에서는 종교에 의한 덕성교육이 중심이 되어야 한다는 클라크의 주장으로 구로다는 어려움을 겪었다. 관립학교에서 특정한 종교를 교육하는 것은 일본의 실정에 어긋날 뿐 아니라, 오랜 에도 시대의 그리스도교 금지제도로 인해 일본정계의 요인조차 그리스도교를 사교라고 생각하는 사람이 많았으므로 도저히 허가될 수 없는 일이었는데도 구로다는 토론에 지고 클라크의 이론이 옳다고 생각하게 되었다.

"나는 종교 교육을 묵인하겠다. 다만 공공연히 하지는 말라."

이렇게 말하고 그 뒤에 클라크가 하는 일에 대해 사람들이 아무리 비난해도 클라크의 교육을 지켜 주었다.

메이지 초기 정권에서 가장 실무를 많이 해낸 사람의 하나로 구로다가 꼽히고 있으나, 그 시대에서나 후세에 구로다를 그처럼 평가하지 않는 것은 이 인물에 중대한 결점이 있었기 때문이다.

사쓰마 인들에게는 술이 꼭 붙어 다니는 것처럼 말하고 있으나 그렇다고 모든 사람이 다구로다처럼 마시는 것은 아니며, 사이고나 기리노는 술을 마시지 못하는 체질이었다.

구로다 기요타카는 그 자신이 도무지 통제할 수 없을 정도의 호주가였다.

취하면 인격도 지능도 현저하게 저하하는 정신병의 범위에 들어가는 알콜성 치매증이었다.

정부 요인의 공식 연회장으로 자주 사용된 요정 홍엽관(紅葉館)에서도 '구로다 나리'로 통한 이 사람이 오면, 그가 일정량을 마신 뒤에는 몰래 물을 탄 술을 먹여서 발광하는 것을 겨우 막았을 정도였다.

이것과 달리 평상시에는 근직하고 겸손해서 남에게 화내는 일이 없었고 부랑자에게까지 그는 한없이 친절했다. 일정량의 알콜이 들어가면 인격이 일변하는 그와 같은 전형적 증상은 아마 드물 것이다. 제아무리 고관이라도, 이를테면 그의 상사인 산조 사네토미나 동료인 이토 히로부미, 이노우에 가오루까지 술이 취한 그에게서 욕설을 듣거나 피스톨로 협박당하기도 했다.

그가 얼마나 주사가 심했던가 예를 들면, 어느 날 취해 있는데 칼장수가 와서 '이것은 명검입니다' 하고 팔려고 했다. 구로다는 그 칼장수에게 시비를 걸며 '칼이 명검인가 아닌가는 시험해 보아야 알아' 하며 뜰에 나가서 뽑아들자마자 늙은 나무줄기를 쳤다. 칼은 두 동강이 나서 날라갔고 그 한쪽이 구로다의 어깨에 꽂혀 피가 낭자하게 흘렀다.

"어때, 알겠느냐!"

피투성이가 된 구로다가 쏘아보자 칼장수는 오금이 붙어 일어서지도 못하고 엉금엉금 기어서 도망쳤다고 한다.

이 사나이는 자기 아내를 베어 죽였다.

구로다는 28세 때 메이지 유신을 맞이하여 그 다음 해에 결혼했다. 상대는 옛 직속무사의 딸로서 시집올 때 겨우 14세였는데 구로다의 출신 신분으로서는 꿈 같은 일이 아닐 수 없었다.

그의 집은 사쓰마 번에서 겨우 4석의 녹을 받는 가난한 집이었으니, 시류를 타서 벼락 출세를 한 사람이 몰락한 옛 권세 가문의 규수를 얻는다는 극히 도식적인 이야기이다.

　부인은 병이 많았다. 그러나 평상시의 구로다는 이 부인을 위로하고 사랑했으며 딴 여자를 두지 않았다.

　세이난 전쟁이 끝난 메이지 11(1878)년의 3월, 만취해서 돌아온 구로다는 사소한 일로 아내를 베어 죽였다. 위협하려고 한 것은 아닐 것이다. 칼이 둘로 부러질 정도의 기운으로 나무 줄기를 친 사람인 만큼 치매상태에서 아내를 베었을 것인데, 발표는 병사로 했다.

　당시 구로다는 개척 장관을 겸한 참의이기도 했다. 현역 대신이 살인죄를 범한 예는 그 전에도 없었고 그 뒤에도 없었다.

　이 소설에서 구로다 기요타카의 기량과 인간에 대해 장황하게 설명한 것은 그의 정치력이 사이고를 실각시키는 한 요인이 되었고, 또 그의 성격이 당시의 수상격인 오쿠보를 불의에 죽게 하는 원인이 되었기 때문이다.

　구로다의 취중 행동은 메이지 9(1876)년에는 더욱 심해진 듯했다.

　이 해의 7월 31일 낮에, 홋카이도행 기선 겐부마루에 타고 있던 구로다는 배가 오타루(小樽) 앞 바다를 지나갈 때 눈앞에 보이는 절벽을 대포로 쏘려고 했다. 당시의 기선에는 대포를 설치한 것이 많았으며 이 겐부마루에도 소구경의 포가 설치되어 있었다. 구로다는 자신이 포를 조작해서 절벽을 쏘았는데 잘못되어서 포탄이 어촌인 이와쓰 마을(祝津村)에 떨어져 어부 사이토 세이노스케의 집을 부수고, 집안에 있던 세이노스케의 장녀 다쓰요를 부상시켰는데 얼마 후에 죽게 되는 불상사를 일으켰다.

　그러나 유족에게 많은 돈을 주어서 무마했다. 메이지 초년에 많은 정치적 선행(善行)을 한 이 사람은 그의 업적중의 하나인 삿포로 농학교 설립을 위해, 초대 교장 클라크 박사를 바로 이 겐부마루에 태우고 있었던 것이다.

　이 사건은 세상에 알려져서 도쿄의 신문에 나버렸다. 이미 재야 여론이 반번벌정부(反藩閥政府)로 들끓고 있을 때여서 구로다는 악덕 관원이나 정부악(政府惡)의 대표적 인물 같은 인상을 세상에 보여 주었다.

　그 2년 뒤에 자기 아내 세이코를 베어 죽였으니 제아무리 취중에 한 짓이라 하더라도 피할 수가 없었을 것이다. 사건은 비밀에 붙여졌으나 신문이 확인 곤란한 뉴스를 풍자 형식으로 보도했다.

　확실한 보도는 아니었지만 소문이 퍼지자 정부로서도 묵과할 수가 없어서 각의까지 열었다.

"정부의 신용이 악화 일로에 있다."

당시에 참의였던 이토 히로부미 등이 맹렬히 규탄하면서 당연한 일이지만 사법권을 발동해야 한다고 했다.

당시에는 오쿠보가 사실상의 수상이었다.

그때 오쿠보의 최대의 결점이 노출되었다. 오쿠보라는 사나이는 사이고와는 달리 여론의 힘을 평가할 줄 모르는 성격이다. 만일 여론을 겁냈다면 불평분자로부터 모든 악평을 받고 있던 정부는 구로다를 단호히 사직당국에 넘기는 것으로 수호했어야 했는데, 그는 오히려 이것을 은폐함으로써 당장 급한 불을 끄려 했다.

"구로다가 애처를 죽일 사람이 아닙니다. 나는 그를 잘 안다고 자부합니다. 이에 대한 조치는 나에게 맡겨 주십시오."

그는 각의에서 요청했다. 사물에 대한 오판(誤判)이 적었던 오쿠보가 그 생애에서 한 오판 가운데 하나가 이 일일 것이다. 원래 오쿠보를 깊이 존경하던 이토가 또다시 요구하기에 이르렀다.

"적어도 내무경(오쿠보)의 책임 아래 조사만은 하게 하는 것이 지당합니다."

내무경은 경찰을 쥐고 있고, 도쿄 치안은 대경시(大警視) 가와지 도시나가(川路利良)가 책임을 지고 있었다.

가와지가 등장한다.


오쿠보는 일본의 근대화는 관료들의 전제 지배와 지도에 의한 것이 아니면 안된다고 확신하고 있었다.

그가 서양에서 보고 온 모든 새로운 가치를 국가라는 기관에서 만들어 낸다. 산업과 학문, 교육뿐 아니라 철도와 전신, 기타 될 수만 있다면 부부문제 이외외 모든 것을 국가 자신이 국가의 지도 또는 개입에 의해 만드는 것 외에 방법이 없다고 보고 있었다.

그러기 위해서는 국가의 절대성을 대단히 중시하지 않으면 안되는데, 국가란 현실적으로는 기껏해야 관료의 집단에 지나지 않는다. 민중에 있어서는 관료의 본성은 알고도 남음이 있으니 기껏해야 육신을 가진 보통 인간에 불과한 이 관료들의 지위를 월등히 중하게 만드는 것은 마법을 쓰지 않는 한 불가능했다.

　그 마법으로서 천황을 이용했다. 천황을 국가적 종교로까지 높여 신성시함으로써 '천황의 관리'인 관료의 지위를 그것과 거의 같은 무게로 만들려한 것이다. 오쿠보의 이 사상을 제도상으로 완성한 것은 야마가타 아리토모(山縣有朋)였으나, 어떻든간에 오쿠보는 근대화의 요소가 전혀 없는 일본에서 유(有)를 창출하기 위해 서구적 국가에 가까운 국가를 만들려면 국가의 비중을 극도로 무겁게 하는 것 외에는 방법이 없다는 신념을 가지고 있었다.

　이 오쿠보 사상에서 정부관리 개개인은 종교인처럼 인간의 사표(師表)가 되어야 한다는 것을 오쿠보는 여러 번 말했고, 사실 후쿠지마 현의 어느 관리가 부녀자를 욕보였을 때 그 자리에서 목을 잘라버리기도 했었다.

　그러나 구로다 기요타카의 경우에 오쿠보가 그 같은 방식을 발동하지 않은 것은 무슨 까닭이었을까.

　이것도 오쿠보의 사상이라고 말할 수 있을지 모르겠다. 구로다는 하나의 대신이고 오쿠보의 관리는 사표가 되어야 한다는 염원에서 본다면 한 나라의 사표가 되어야 했다.

　그 인물이 자기의 아내를 참살했다면 후쿠오카의 일개 지방관리의 경우와는 달리 오쿠보가 그렇게도 염원하던 정부의 위신에 관한 중대문제이며, 메이지 초기 정권 자체가 붕괴하는 데까지 이를지도 모르는 일이다.

　오쿠보가 은폐하는 것이 제일 좋겠다고 결의한 것도 역시 오쿠보의 사상에서 나온 듯하다. '문명'을 창출하는 정부를 수호하기 위해서는 그것을 은폐하는 것이 오히려 선이라고 오쿠보는 생각했다.

　오쿠보의 사상에 민중은 없었다. 민중은 정부에 의해서 키워지는 존재 이외의 아무것도 아니라는, 용기라고 밖에 할 수 없는 오쿠보의 냉엄함은 그의 정치가상(政治家像)을 특징짓고 있는 것 중의 하나일 것이다.

　오쿠보는 내무경으로서 그의 부하인 대경시 가와지 도시나가를 불러 위와 같은 생각을 말했다.

　가와지는 문명이란 국가가 생산해야 한다는 점에서 철저한 오쿠보의 신봉자가 되어 있었다.

　"가와지씨, 구로다의 사건을 잘 부탁하네."

　오쿠보가 말했을 때 가와지도 결심을 굳혔다. 좌우간 사망한 구로다 부인의 묘는 파지 않으면 안되게 되었다.

대경시 가와지 도시나가가 구로다 부인의 묘소를 파서 관 속을 점검한 것은 사이고가 죽은 뒤의 일이다.

한편 오쿠보의 권력이 비할 데 없을 정도까지 위세를 확립했을 때이기도 했다. 사이고의 죽음은 민중의 패배를 결정지었다. 자유민권 세력을 포함한 모든 민간의 사상군(思想群)이 사이고의 승리에 희망을 걸고 있었으나, 결국은 관(官)이 이기고 관이 독주할 수 있는 궤도가 성립된 것이다.

그 시기에 가와지가 검시관에게 관뚜껑을 열게 했다. 가와지는 자신의 부하뿐 아니라 의사까지 대동했다.

"이제 됐다. 타살의 흔적은 없다."

일동이 관 속을 들여다 보는데 가와지는 이렇게 단언하여 일동을 놀라게 했다. 관 양쪽에 서 있던 모든 담당관은 한 마디도 발언하지 못했다.

오쿠보가 구상한 정부 권력은 가와지의 한 마디로써 온전했으나 일본의 근대사에서 이 검시(檢屍)처럼 기괴한 사건은 없었다. 이 일은 곧 세상에 알려졌다.

"국법이 대신(大臣)에게 영향을 주지 못한다면 이미 암흑 국가다."

비분(悲憤)의 소리가 민간 지사들 사이에 충만하고, 이제는 사이고라는 강대한 재야 세력이 소멸하고 신문도 탄압받는 이상 이 전제정부에 브레이크를 거는 방법은 자객에 의한 암살뿐이었다.

메이지 11(1878)년 5월 14일에 오쿠보가 기오이사카(紀尾井坂)에서 자객의 습격을 받고 죽은 직접적인 요인은 이 구로다 부인의 괴사 사건 때문이었다. 하수인 시마타 이치로(島田一郞)의 참간장(斬奸長)에도 그렇게 씌어 있다.

이리하여 구로다는 결과적으로 그가 스승으로 섬기던 사이고와 오쿠보를 모두 죽인 것이 된다. 구로다는 그것을 잘 알고 있었다. 그래서 구로다는 몹시 슬퍼 한탄했는데 그러면서도 관직을 버리지는 않았다.

관직을 버리지 않은 것에 대한 많은 변론이 구로다의 인덕론(人德論)이라는 측면에서 존재한다 하더라도, 그가 그것을 빙자해서 현직에 머물러 있었다는 것은 인간으로서 기본적 결함이 있었다 하겠다. 메이지 17(1884)년 백작이 되고 메이지 20년 농상무대신, 21년 수상, 25년 체신대신이라는 경력을 지낸 뒤 33년 59세로 병사했다.

퇴거 331

이야기는 메이지 6년(1873)의 사이고의 주위로 다시 돌아간다.

메이지 6년 10월 23일 사이고가 사표를 제출하고 자취를 감추었다는 것을 구로다가 알았을 때, 사실은 오쿠보의 유력한 동반자로서 정한론(조선침략론) 반대의 활약을 한 그로서는 승리의 축배를 들어야 했다. 그러나 그는 어머니를 잃어버린 어린 아이가 당황하여 울며 소리치듯 비탄에 젖어 그 슬픔을 긴 편지로 오쿠보에게 호소하기도 했다. 구로다는 사이고에게 큰 은혜를 입었고 또 더없이 경모했다.

이 알콜성 치매증에 의해 이중인격을 가진 사나이는 비탄할 때에도 거짓 시늉이 아닌 뱃속에서 우러나듯 슬피 한탄했다고 했으니, 이 어린아이 같은 순진함이 구로다가 사람들에게 호감을 산 점이기도 했다. 그도 역시 옛 사쓰마 인의 성질을 농후하게 가진 사람이었던 모양이다.

구로다 기요타카가 거의 날아온 듯한 형상으로 사이고의 니혼바시 고아미초의 집에 뛰어든 것은 24일 이른 아침이었다.

물론 사이고는 전날 이 집을 나가고 없었다.

"그분은 어디로 가셨나?"

남아서 그 근방을 청소하고 정리하는 하인과 서생들에게 물어보았으나 그들은 사이고의 함구령 때문에 모르는 척했다. 이 당시 가고시마 사람들의 무거운 입은 이상할 정도였다.

구로다는 절망하고 있다가 뒤꼍 변소를 청소하고 있던 다나카 요스케(田中與助)를 발견하고 변소 안까지 들어가서 이 청년에게 머리를 숙이고 부탁했다. 가고시마의 이주인(伊集院) 태생인 이 청년은 구로다가 주선해서 사이고 신변의 일을 돕고 있었다. 다나카는 구로다의 절망적인 소년 같은 얼굴을 보고 당황하면서 뒷걸음질치다가 끝내 말하고 말았다.

구로다는 한길로 달려나왔다. 그는 양복 차림에 승마구두를 신고 있었다. 구로다는 말을 타고 무코지마를 향해 급히 달렸다.

도중에 이 감정이 풍부한 사나이는 말 위에서 몇 번이나 눈물을 흘리며 말채찍을 잡은 오른손 등으로 눈물을 훔치고 있었다.

'사이고와는 일찍부터 죽음도 함께 하기로 했으며 더욱이 은혜도 많이 입었는데, 내 마음을 깊이 돌이켜보건대 그를 볼 면목이 없고……'

이것은 구로다가 자기의 마음을 오쿠보에게 써 보낸 편지의 한 귀절이다.

사이고에게 은혜도 입었고 죽음도 함께 하자고 맹세했으면서도 국가의 정책론에 대한 차이로 반 사이고파가 되어 사이고를 몰아내기 위해 동분서주한 자기는 얼마나 철면피한 인간이냐고 정직하게 구로다는 토로하고 있다. 구로다에게는 그런 일면이 있었다.

구로다의 반정한론은, 그를 위해서 변명한다면, 그의 출세의식에 의한 것은 아니라는 점이다. 오히려 공명(功名)과 출세를 원하는 마음은 정한론에 들떠 있는 군인 쪽이 더했을 것이다. 정치논쟁의 승패 예상은 오히려 사이고 쪽이 이긴다고 보는 사람이 많았고 군인들은 압도적으로 그렇게 생각하고 있었다.

게다가 정한론자 쪽이 장대한 기상도 좋았고 늠름하고 용기도 있어 보이는 데 반해, 그것을 반대하는 쪽에는 여간한 용기가 필요한 것이 아니었고 그 용기의 출처 또한 사심에서가 아닌 것을 구로다는 공명정대한 마음으로 말할 수 있었다.

구로다는 3년 전부터 홋카이도 경영에 열중했고 10개년 계획에 착수한 직후였으며, 전년의 제1기에는 195만 엔, 금년도는 231만 엔이라는 막대한 경비를 투입하고 있는 중인데, 쓸데없는 외정(外征) 사태를 일으킨다면 새 국가의 존립이 무너진다는 것을 그는 실무를 통해서 알고 있었다. 그것 때문에 그는 반대했다. 그러나 사이고를 잃는다는 감정은 그것과는 별개의 것으로 구로다의 몸과 마음을 앗아가는 듯한 상심이었다.

"이렇게 된 이상 훗날 지하에서 사과하는 수밖에 없다고 결심했습니다."

구로다는 울면서 말을 달렸다.

사이고는 한가한 시간을 즐기고 있었다.

그는 이 무코지마 고우메 마을(小梅村)의 전원이 도쿄 근방에서는 어느 곳보다 마음에 들었다. 땅은 습기가 있었지만 갈대와 억새가 우거져 있었고 갈대 뿌리 쪽에는 작은 물고기가 놀고 있었으며, 해가 질 무렵이면 이곳 저곳의 숲에서 새들이 떼를 지어 날아다녔다. 이같은 풍경 속에 있으면, 자기 뜻이 받아들여지지 않을 때는 전원에 숨는 동양의 군자의 이상을 마치 그림으로 그린듯한 감회가 일어났다.

에치고야(越後屋) 숙사는 이미 말했듯이 기노시타 강(木下川)에 있었다. 숙사의 하인들은 어쩐지 사이고의 얼굴을 보고 겁내는 것 같았으나 사이고는 그들에게 폐를 끼치지는 않았다. 세 끼를 먹여주고 잠 재워주면 그만이었다. 용건을 부탁할 때에는 사이고의 버릇으로 대개는 호주머니에서 잔돈을 꺼내주었다. 막부 말기에도 그랬다.

"사람을 공짜로 일을 시켜서는 안된다."

그는 곧잘 이같이 말했으며 일일이 돈을 주는, 당시엔 별로 없었던 개인적 습관을 가지고 있었다. 하인들은 그것을 그다지 반갑게 여기지 않았고 오히려 과분하다고 생각하면서 기분나빠했다.

사이고는 24일 아침 해뜨기 전에 일어나 우물가에서 세수를 했다. 잠시 뒤 주위가 훤하게 밝아오자 여기저기를 산책하면서 새소리를 들었다. 그동안 시상이 떠올라 방에 들어와서 종이를 폈다.

獨不適時情
豈聞歡笑聲
雪羞論戰略
忘義唱和平
秦檜多遺類
武公難再生
正邪今那定
後世必知淸

나 홀로 시세에 맞지 않으니
어찌 기뻐 웃는 소리를 듣겠는가.
수치를 씻을 전략을 논하는데
의리를 잊고 화평을 외치누나.
진회 같은 간신의 무리가 많으니
무공이 다시 나오기 어렵도다.
옳고 그른 것을 지금 어찌 정할소냐.
후세에 반드시 누가 맑은지를 알리라.

진회(秦檜)는 남송(南宋)의 재상이었다. 한민족(漢民族)의 국가인 남송이 북방의 기마 민족 국가인 금(金)나라에 압박받고 있는 시기에 나와 그저 금나라의 군사력이 두려워 굴욕적인 외교 방침만 취해왔다.

사이고가 이 시에서 진회를 말한 것은 당연히 오쿠보 등을 비유한 것이다.

북방의 금나라는 조선이 아니고 사이고가 평생 동안 남하 운동을 걱정했던 러시아 제국이다. 사이고의 외교 전략은 러시아의 남하에 대한 방비가 사상의 축이 되어 왔고 도한(渡韓)하여 러시아에 도읍을 세우는 전략 구상의 첫 포석에 불과했다.

"진회 같은 무리가 많다."

이것에 대해 '무공(武公)이 다시 나오기 어렵다'는 무공이란 남송의 민족주의자며 명장인 악비(岳飛)를 가리킨다. 악비는 군벌의 두목이었으나 청결한 정신과 무용과 높은 지성을 갖추었으며, 진회의 '의를 잊어버리고 화평을 제창하는' 주의에 반대해서 진회 때문에 누명을 쓰고 살해 되었다.

시호를 무목(武穆)이라 했기 때문에 존칭으로 무공이라고 한다. 사이고는 스스로를 무공에 비유하고 '옳고 그른 것을 지금에 어찌 정할소냐. 후세에 반드시 누가 맑은지를 알리라'며, 자기가 정쟁에 패했다 하더라도 자기의 사상이 옳다는 것과 심사의 깨끗함을 후세가 알아줄 것이라고 했다.

그뒤 사이고는 숙사 봉당에 내려왔다.

봉당 벽에는 큰 삿갓이 걸려 있었다. 그것을 쓰는데 하인인 구마키치가 들어왔다. 구마키치는 사이고에게 니혼바시 고아미초의 집을 처분하라는 명령을 받고 있었다.

"결말은 지었나?"

사이고가 물으니 구마키치는 물건은 결말 지었으나 집 처분에 관해서는 자기만의 의견으로는 곤란하다는 뜻의 말을 했다.

"팔라고 하지 않았나?"

사이고가 말했다.

구마키치도 그것은 알고 있었다. 사실 사겠다는 작자가 곧 나타나기도 했다. 문제는 값인데 구마키치 마음대로 정할 수는 없었다.

"어떻게 된 거야?"

사이고는 이 아버지 대(代)부터의 노복에게는 특별히 자상했다.

"250엔이면 된다고 치지 않았나."

"그 말씀인데요……"

구마키치는 사이고가 시킨대로 살 사람에게 그 값을 말했다. 그러나 살 사람은 놀라면서 그건 무슨 착오겠지 하고 구마키치를 교섭 상대로 신용하지 않게 되었다고 한다.

250엔이라면 니혼바시 근처의 땅값 시세로 말하면 10평 정도의 값이었다. 그러나 사이고의 고아미초의 집은 3천 평 정도의 집이다.

"사람을 놀리면 안된다고 그 사람이 말했습니다."

"그래도 그대로 밀어봐."

그 값으로 밀어보라고 사이고는 말했다.

태정관은 옛 영주 저택이나 옛 직속무사 저택을 고관들에게 거의 공짜로 불하해 주었다. 사이고는 2백 50엔에 니혼바시 고아미초의 집을 불하받았는데 자기는 장사꾼이 아니니까 그 값이 아니면 팔지 않겠다는 것이다.

구마키치는 떠났다.

사이고는 숙사 뒤쪽으로 돌아갔다. 거기에는 관개용(灌漑用)의 작은 시내가 흐르고 있었다. 그리고 거기에는 배도 한 척 있었다. 배에는 고마키 신지로가 벌써 타고 투망 준비를 하고 있었다.

"신지로 군 가자."

사이고는 그 큰 몸집에 비해서 아주 작아 보이는 배에 올라 탔다. 신지로가 상앗대를 잡고 출발했다.

구로다 기요타카가 이 에치고야 숙사에 도착했을 때는 사이고도 그의 서생들도 모두 나가고 아무도 없었다. 에치고야의 하인에게 말했다.

"나는 사이고 선생의 문하인이다."

그러나 정부의 고관이라는 것은 말하지 않았다. 선생이 가신 곳을 가르쳐 달라고 부탁하자 늙은 하녀가 말했다.

"아마 고기잡이를 가셨을 거예요."

뒤뜰로 돌아가니 침엽수 노목이 울창하게 그늘을 드리우고 있고 땅 위에 무수한 열매가 떨어져 있었다. 나무 밑에 흐르고 있는 작은 시내에는 사이고가 타고 간 작은 배 이외에 또 한 척의 배가 매어져 있었다.

구로다는 그 배에 타고 상앗대를 잡았다. 관리 제복을 입은 사공이란 보기에는 좋지 않았으나 상앗대 솜씨는 보통이 아니었다.

이 메이지 6년은 구로다의 생애에서 가장 바쁜 시기였으며 그의 존재가 일본 역사에 크게 작용하던 시기였다. 그는 이미 말한 것처럼 홋카이도 개척에 몰두하고 있었고 그의 개척 10개년 계획은 3년째를 맞이하여 그 자신 그의 본적을 가고시마 현(鹿兒島縣)에서 홋카이도로 옮겨 버렸다.

　어제도 개척국 관계의 서류를 검토하다가 거의 밤을 새웠다. 개척국의 예산으로 미국에 보낸 여자 유학생 5명의 근황 보고를 읽다가 이 눈물 많은 사나이는 촛불 밑에서 또 눈물을 떨구고 말았다. 여자 유학생은 재작년에 구로다의 결단으로 도미했는데 그 중 쓰다 우메코(津田梅子)의 경우는 불과 9세로, 구로다는 미국에 체류중인 그녀들의 동정에 언제나 신경을 쓰고 있었다. 쓰다 우메코는 일본의 공사 관원인 미국인 런맨의 집에 입양되었는데 그 런맨이 구로다에게 우메코의 근황을 알려온 것이다.

　주사가 심하다는, 인격상 치명적인 결함이 있는 구로다는 정치가로서의 평가가 어떤 면에서는 곤란할지도 모른다. 그러나 이 무렵 메이지 초기 국가에서 무슨 일인가를 했다는 점에서 구로다는 사쓰마인 중에서 몇 사람 안에 꼽힐 것이다. 훗날 구로다가 죽었을 때 우치무라 간소(內村鑑三)는 추도의 글을 썼다.

　'백작은 이승을 떠났다. 세상은 백작의 생전의 행위를 운운할 것이다. 백작이 완전한 인간이 아니라는 것은 나의 청년 시절에 종종 듣던 바다. 그러나 하늘의 섭리는 놀랍게도 백작을 통해 하늘의 복음을 수많은 사람에게 전하게 했다. 독자들은 백작을 위해 한 방울의 눈물을 아끼지 말라.'

　또 우치무라는 이렇게 썼다.

　'구로다가 없었다면 삿포로 농학교도 없었을 것이다. 삿포로 농학교가 없었으면 나는 삿포로에 가지 않았고 삿포로에 가지 않았다면 나는 성경과 그리스도교를 접하지 못했을 것이다.'

　이 논법으로 말하면 만일 구로다가 없었다면 쓰다 우메코는 도미하지 않았을 것이고 또 후년의 쓰다 영학숙(英學塾)도 없었을 것이라고 할 수 있다.

　그 구로다가 사이고를 만나기 위해 열심히 상앗대를 저어가고 있었다. 그러나 사이고를 쫓아내기 위한 모략가가 되었던 이 사람이 새삼스럽게 사이고를 만나려는 것은 어떠한 심경에서였을까.

　강둑의 풀이 이삭을 내밀고 있었다.

　구로다의 작은 배가 물을 가르고 간다. 사이고의 소재가 물과 풀에 가려진 때문인지 강물을 작은 배로 가기만 해서는 도저히 찾을 수가 없어서, 구로다는 때때로 강둑에 올라가서 사방을 둘러 보았다.

그 같은 동작을 되풀이하는 동안 풀숲 저편에 그물이 퍼지는 것이 보였다. 구로다는 힘차게 상앗대를 찔렀다. 찌를 때마다 둑의 개구리들이 우르르 물에 뛰어들었다.

그 전원 속에서 구로다의 기분은 차츰 어른스러운 분별을 떠나서 사쓰마에서의 개구장이 시절로 되돌아간 듯한 느낌이 들었다. 찾아헤매던 상대가 육군 대장이 아니고 어쩐지 소년 시절의 소꿉 친구를 들판에서 찾고 있는 듯한 기분이 되어버린 것이다.

이 근처는 관개용수로가 그물눈처럼 파여저 있었다. 잠시 뒤 구로다는 꽤 넓은 수면이 펼쳐진 시내에 나왔고 그 상류 쪽에 사이고가 있는 것을 보았다.

사이고는 등을 돌리고 있었다. 작은 배 위에 서서 그물을 잡고 막 그물을 치려는 참이었다.

"구로다입니다."

구로다가 자기도 모르게 큰소리를 지르며 둑 쪽의 말뚝을 상앗대로 힘차게 찔렀을 때 사이고가 돌아보았다.

사이고는 이 무렵 동향인을 피해 이 무코지마의 전원에 숨어 있었다. 더욱이 사이고의 정한론을 부수기 위해 오쿠보의 선봉대장처럼 활동해 온 구로다 같은 사람을 사이고가 만나고 싶을 까닭이 없었다.

구로다는 황급히 작은 배를 가까이 붙이려 했다.

사이고는 소리쳤다.

"물고기가 달아나네."

사이고가 이 시골에 내려와서 구로다에게 한 말은 이것뿐이다.

구로다는 자기 배를 20미터쯤 물리고 사이고의 천렵(川獵)을 보고 있었다.

첨벙 그물이 떨어졌다. 사이고는 그것을 쥐어짜듯 끌어당겼다. 구로다는 더 이상 아무 말도 하지 않고 보고만 있었다.

잠시 뒤 사이고가 그물을 올렸을 때 그물 속에 작은 고기가 세 마리쯤 반짝반짝 빛나고 있었다. 그것에 안심하면서 구로다는 작은 배로 가까이 다가갔으나 말을 걸지는 않았다. 사이고도 말을 하지 않고 상앗대 소리를 죽이면서 배를 이동시키고 있었다. 그리고 수면을 바라보았다.

"고향에 가십니까?"

구로다는 묻고 싶었으나 수면의 물고기를 유심히 보고 있는 사이고에게 물어보기에는 무엇인가 주저되는 기분이 들었다. 유신 제1등 공신이 관직을 버리고 영화의 서울을 뒤로 한 채 고향의 산림 속에 숨으려 하고 있었다. 구로다가 무엇을 묻고 뭐라고 충고해도 자기 자신이 쉬는 숨이 너무나 추잡한 기분이 들어 말할 기력을 잃어버렸다.

사이고는 그 뒤 몇 번인가 그물을 던졌다. 구로다는 그것을 갈대 속에서 보고만 있었을 뿐 결국은 모든 생각을 한 번의 목례에 담고 떠나지 않으면 안되었다.

사이고가 왜 사표를 내는 동시에 가고시마로 직행하지 않았는가에 대해 캐묻는다면 인간의 대개의 행동이 그렇듯이 수수께끼라고 할 수밖에 없다. 억지로 말하면 이 무코지마에서의 일시적 은퇴는 그의 생애를 통해 언제나 검은 빛을 띠고 따라다니던 은퇴에 대한 충동이라고 할 수 있을 것이다. 가고시마로 멀리 물러나기 전의 작은 발작이었을지도 모른다.

다시 말하면 아이들이 학당(學堂)에서 빠져나와 잠자리 잡기를 하고 싶어하는 것과 같은 충동일지도 모르며, 사이고에게는 다분히 그러한 어린아이 같은 기분이 남아 있기도 했다.

그러나 정략가인 그로서는 다소의 정략적 계산도 있지 않았을까. 유신 제1등 공신이 태정관에 사표를 던지고 떠난다는 것은 그것만으로도 새 정부에 있어서는 중대한 흉변이 아닐 수 없다. 그 소동을 남몰래 교외의 은거지에서 보아두자는 심산도 있었을 것이다.

그런데 이 인물에 대해 알기 힘든 점은, 그것을 관망하기 위한 귀와 눈을 정부 안에 두지 않았고 적이나 자기편의 누구에게도 거처를 말하지 않은 채 이 고우메초 기노시타 강가의 에치고야 숙소에 기거하고 있었다는 것이다.

"이와쿠라와 오쿠보는 이런 반응을 보이고 있고, 근위 장교단은 크게 동요하고 있습니다."

이런 정보를 그 누구도 가지고 오지 않았다. 그것은 사이고가 그런 수단을 쓰지도 않았고 그런 기대도 하지 않았기 때문이 아닐까. 또 사이고가 정략가 짓을 그만둔 것이라고 할 수도 있다. 사이고편의 사람들에게는 그만큼 사이고의 심사가 상쾌했고 그 기개와 도량이 무척 컸다는 얘기가 된다.

그러나 한편 '사이고의 교만함이 거기까지 이르렀단 말인가' 하는 식의, 이를테면 이 무렵 이타가키 다이시케의 감상(感想)을 사이고의 이 거동에도 적용할 수 있다. 사이고는 자기와 자기의 영향 아래 있는 사쓰마 세력의 무게가 새 정부의 무게보다 훨씬 무겁다는 것을 잘 알고 있었으며, 자기의 사표 제출과 은둔은 정부 내외에 어떠한 전률과 혼란을 일으킬지 너무나 잘 알고 있었다. 새삼스럽게 정보 제공자를 도쿄의 핵심부에 남겨둘 필요도 없었고 그것보다는 갑자기 자취를 감추고 전원 속에서 새나 물고기를 잡고 있는 자기를 발견하는 쪽이 보다 더 사이고다운 나르시시즘(사이고의 정치가로서의 결함인 동시에 인간적 풍격으로서는 그의 매력중 핵심의 하나가 된다)을 만족시킬 수 있을 것이다.

이렇게 이해해 볼 수도 있을 것이다.

료스케(了介)로 불렸던 구로다 기요타카도 사방을 찾아 헤매다가 이 고우메 마을에 왔고 그 뒤 사이고의 동생 쓰구미치도 허겁지겁 달려왔다.

사이고 쓰구미치가 형의 은둔처를 안 것은 구로다 기요타카를 통해서였다.

이와쿠라 댁에서 구로다와 만나 그 일을 알게 되었다.

"고우메 마을의 에치고야 숙사에 있네."

구로다는 작은 소리로 가르쳐 주었다.

이렇게 작은 소리로 가르쳐 주었다는 점에 사쓰마 인 집단이라는 향당결사(鄕黨結社) 의식이 짙게 작용하고 있다. 구로다는 이와쿠라와 같은 정견(政見) 그룹에 속하면서도, 정적(政敵)인 사이고의 소재에 관해서는 자기편인 이와쿠라에게 말하지 않았다. 말할 필요도 없다고 생각했다. 사이고가 고우메 마을에 숨어 있다는 것은 사이고의 사사로운 일이며 그것은 정한론과는 상관없는 일이다. 구로다는 사이고의 비밀과 심경을 지켜주고 싶었다.

구로다로부터 그것을 들은 사이고 쓰구미치도 이와쿠라에게는 이야기하지 않았다. 이런 점을 볼 때 사쓰마 인의 향당(鄕党)은 마치 중국의 비밀결사 같은 느낌이 든다.

쓰구미치는 구로다의 말구종과 말을 빌렸다.

무코지마에서 고우메 마을까지는 거의 논둑길 같은 길이다. 말에 익숙하지 못한 쓰구미치는 걸어갔다. 말구종이 말을 끌고 앞서고 쓰구미치는 뒤따랐다. 초롱불이 발밑의 검은 흙을 약간 밝혀 주었으나 쓰구미치는 몇 번인가 발을 헛디뎌 넘어졌다.
'형님은 어떻게 하려는 것일까······?'
이렇게 생각하니 눈물이 흘러내려 별빛이 흐려보였다. 훗날 세이난 전쟁이 시작되었을 때 쓰구미치는 어느날 사촌동생인 오야마 이와오와 함께 밤새 형인 다카모리의 걱정을 했는데, 관군의 별동 제1여단을 인솔하고 있던 오야마가 참지 못하여 '탄식하기는 나도 똑같으니까 제발 그만두게나' 하고 외쳤을 정도였다.
오야마도 그랬지만 쓰구미치에게는 더욱 더 사이고 다카모리의 사건은 평생 비탄의 씨앗이 되었다. 그런 일은 그날 밤부터 시작된 일이라고 말해도 좋을 것이다.
그렇다 하더라도 쓰구미치는 형인 사이고의 무장 궐기에 관해서는 너무 분명할 정도로 부정했다. 그러나 형의 정한론에 대해서는 '이론으로서는 성립된다'라고도 생각했고, 동시에 정한론을 성급하게 구체화시키려는 형의 태도에 대해서도 또한 너무 분명할 정도로 반대 의견에 서 있었다.
"조선은 적이 아니다. 다만 길을 얻고 싶을 뿐이다. 적은 러시아다. 러시아의 그칠 줄 모르는 동방 침략의 기운은 끝내 일본을 덮을 것이며 일본은 이에 병탄되고 말 것이다. 러시아가 지금 서방에서 분쟁을 일으키고 있어서 주력을 그쪽으로 쏟고 있을 때 일본은 조선과 청국의 양해를 얻어 만주와 조선에 기지를 세우고 장래 러시아로 인해 입게 될 화근의 씨앗을 없애야 한다."
쓰구미치도 이러한 사이고의 외정론(外征論)이 이론으로서는 타당하다고 생각하고 있었다.

지금 사이고 쓰구미치가 형이 있는 에치고야 숙사에까지 걸어가는 동안, 훗날 쓰구미치가 들은 에피소드를 살펴보자.
청나라의 무인이며 정치가이기도 한 좌종당(左宗棠)이 사이고 다카모리에 대해 말했다는 이야기다.
좌종당은 사이고와 같은 시대인 청나라 말기의 동란기에 나타난, 중국사에 있어서는 애국적 정치가다. 호남성 사람으로 학문에 재질이 있어서 과거를 세 번 보았으나 세 번 모두 낙방했다. 그러나 41세에 군인이 되어 훗날 중국번군(曾國藩軍)에 참가해서 태평군(太平軍)과 싸웠고 절강순무(浙江巡

撫)가 되었다. 그 군공에 의해 청나라 조정에 중용되었으며 훗날 해군 건설의 필요성에 대해 통감한 것을 보면 고루한 청나라 조정 관료나 지식인으로서는 퍽 개화적인 인물이라는 것을 알 수 있다. 그는 복주(福州)에서 선정국(船政局)을 개설하고 프랑스 인의 기술 원조를 받아 해군 건설의 기초를 닦았다.

그후 서북부의 동란을 가라앉히기 위해 흠차대신(欽差大臣)에 임명되어 신강성(新彊省)을 진압했다. 그때 러시아 제국은 신강성에 야심이 있어서 명분을 만들어 청나라에 군대를 철수할 것을 요구했고, 좌종당은 이것에 대해 무력 해결을 주장했다가 러시아에 대한 나약한 방침을 취하는 조정에 받아들여지지 않았던 일이 있는데, 메이지 초기 정부의 사이고와 비슷한 체험을 겪고 있었던 것이다.

그뒤 프랑스의 남방(南方) 침략에 의한 대불(對佛) 전쟁이 일어났을 때 북주에서 난전했고 얼마 후에 병사했다. 좌종당은 1812년생으로 사이고보다 16세 위였다.

후년에 어느 일본인이 좌종당과 담소할 때 청국의 아편 해독에 대해 말했다.

"국가에 대한 아편의 피해는 말할 수 없이 큰 것입니다."

그의 말에 좌종당은 웃으면서 긍정하고는 말했다.

"그러나 귀국(일본)의 손해는 우리 나라보다 훨씬 더 심합니다."

그 일본인이 놀라서 반문하자, 좌종당은 사이고 다카모리를 죽인 것은 우리 나라가 아편의 해독을 입는 것보다 훨씬 손실이 크다고 말했다는 것이다.

좌종당이 말한 내용은 놀라운 것이었다. 사이고가 정한론에 열중해 있을 때 청국에 밀사를 보냈다는 것이다. 밀사란 아마도 같은 사쓰마 인인 이케가미 시로(池上四郎)였을 것이다.

사이고가 정한론을 제기함에 있어서 이타가키와 의논하여 메이지 5(1872)년 8월 만주와 조선 지방에 정탐꾼을 파견한 것은 이미 말했다. 파견된 사람은 조선에는 가타무라 조베(北村長兵衞)와 벳푸 신스케(別府晋介), 그리고 만주에는 이케가미 시로와 다케치 구마키치(武市熊吉)로, 그뒤 이케가미는 혼자 남아 청국의 내지에 들어가고 싶다고 사이고에게 말해 왔다. 사이고는 이것을 허락하면서 이타가키에게 편지를 쓰고 친필 문장을 남기고 있다.

'이케가미 시로에게 전할 말은 서면으로 보냅니다.'

아마 좌종당을 만난 밀사란 이케가미가 틀림없을 것이다.

좌종당의 말은 계속된다.

"사이고는 밀사를 통해 말하기를 일본은 가까운 장래에 정한(征韓) 거사를 일으키려 합니다. 그러나 적은 조선이 아니고 다만 길을 빌려달라는 것뿐이라고 합니다."

이렇게 러시아에 대한 정책을 말했다고 한다.

청나라 정치가 좌종당의 얘기는 계속된다.

"러시아의 야심이 만주와 몽고에 독수(毒手)를 뻗으려고 한 것은 오래 전부터입니다."

사이고는 그의 밀사(이케가미 시로)를 통해서 말했다.

"만일 만주와 몽고가 러시아 손에 들어간다면 북경성(北京城)은 이미 안전하다고 할 수 없습니다. 다행히 러시아는 지금 서방 정략에 바빠서 당분간 동방에의 신장 계획을 보류하고 있는 실정입니다. 이 기회에 일본은 조선을 거쳐 만주와 몽고에 들어가고 싶습니다.

　일본에는 사족 50만이 있습니다. 그들은 국가의 간성(干城)으로서 수백 년에 이르고 있으나 시세(메이지 초년의 개혁) 때문에 쓸모 없는 존재가 되어 직책을 잃고 초야에 물러나 무술을 써먹을 땅이 없음을 장탄식하고 있습니다. 그 힘을 사용한다면 러시아의 오랜 야심을 좌절시키고 귀국(청국)의 안전을 공고히 하며, 동맹(同盟) 백 년의 대계를 세울 수 있을 것입니다. 장군(좌종당)님, 일대쾌사라고 생각하지 않습니까?"

좌종당의 말로 보아 그것은 정확하게 사이고의 포부를 전하고 있었으며 폐번치현(廢藩置縣)이나 징병제도의 공포 등으로 사족이 쓸데없는 존재가 된 사실이나, 그 수가 50만이었다는 점 등 일본의 실정을 정확하게 말하고 있는 것으로 보아서도 이 담화가 사이고의 의도였음은 의심할 여지가 없는 듯하다. 또한 사이고의 정한의 참뜻이 러시아에 대한 방위를 목적으로 하는 한·청·일(韓淸日)의 3국동맹의 체결에 있다는 것을 생각할 때, 좌종당의 얘기는 사이고의 말과 완전히 부합된다고 하겠다.

좌종당은 말한다.

"나는 사이고의 제의에 크게 찬동하고 적극적으로 협력할 것을 밀약했소."

좌종당이 러시아의 신강성에 대한 야심을 꺾기 위해 간난신고(艱難辛苦)를 겪은 일과 그가 러시아에 대한 강경파였다는 것을 생각하면 '적극적으로 이에 협력할 것을 밀약했다'는 말은 틀림없을 것이다.

"그러나 아까운 일이오. 일본은 사이고를 받아 주지 않았고 그의 장도를 헛되게 했을 뿐만 아니라 그를 죽이고 말았소. 그 손해는 청나라에서의 아편의 해독 정도가 아니오."

이것으로 좌종당은 얘기를 끝맺었다.

이 얘기는 훗날의 일이지만 사이고 쓰구미치의 귀에 들어왔던 것이다.

이상적 정론(政論)은 거의 정부가 현실화하기 힘든 것이라 할지라도 만일 사이고의 이 정론이 현실화되었다면 훗날의 청일전쟁(淸日戰爭)은 없었을 것이고 또 사이고가 예언한 러일전쟁(露日戰爭)도 형태가 달라졌을지 모른다.

그러나 뒤돌아보면 역사란 현실의 다른이름인 이상 역사에 있어서 가설은 성립되지 않는다. 사이고와 좌종당은 미지의 동지였다 해도 일본의 현실이나 청나라의 현실이 그들의 '밀약'이 실행될 수 있는 역사적 단계에 있지 않았다.

그때 이런 식으로 사이고 쓰구미치는 생각하고 있었다. 쓰구미치는 그 신념이 매우 뚜렷했기 때문에 그날 밤 형을 찾아갈 때도 '형의 정한론 쪽이 옳은 것이 아니었나?'라는 생각은 하지 않았다.

형의 이론이 결코 허술한 것이라고는 생각하지 않았지만 가장 중요한 일본의 현실이 그 실현을 용납하지 않고 있었으며 적어도 20년은 앞선 의견이라고 생각했다. 그것을 성급히 실현하려는 형의 강경함이 오히려 일본국 자체를 자멸시키는 것이라고 굳게 믿고 있었다.

쓰구미치는 에치고야 숙사에 도착했으나 문을 두드려 하인을 깨우지 않으면 안될 시각이었다.

잠시 뒤에 문이 열리자 쓰구미치는 초롱을 들고 침침한 봉당에 섰다. 안쪽에서 사이고의 서생인 고마키 신지로가 촛불을 들고 나왔다.

"계시느냐?"

쓰구미치가 말했다.

신지로는 마루끝에 부복했으나 어떻게 대답할 것인지 망설이고 있었다. 사이고로부터 누가 오더라도 없다고 말하라는 명령을 받고 있었으나 아무리 그렇다 해도 상대는 아우인 쓰구미치였다.

쓰구미치는 마음씨가 고운 사람이다. 원래는 서슴없이 올라서서 들어갈 것이지만 신지로의 입장을 생각해서 억지로 올라가지는 않았다.
"좌우간 전갈만은 해주지 않겠나?"
그것 또한 신지로에게는 두통꺼리였다. 상대는 병부권대승(兵部權大丞)이라는 태정관의 고관이며 봉건적 권위감각이 아직 농후한 시대에는 얼마 전의 영주와 동등했다.
그 같은 사람을 봉당에 세워둔 채 안으로 전갈하러 간다는 것은 거북하기 짝이 없는 일이며 그렇다고 올라오시라고도 할 수 없으니 당황할 뿐이었다. 그것을 쓰구미치가 구해주었다.
쓰구미치는 먼 길을 와서 마려운 오줌을 참고 있었다. 바깥에서 소변을 보고 있을 터이니 그 동안에 전갈하라고 말하고는 소리쳤다.
"아차."
아차란 무의식중에 소변을 찔끔 싸버렸다는 뜻이다.
그 익살이 하도 우스워서 신지로는 웃음을 참으면서 안쪽으로 달려갔다.
쓰구미치는 일단 문밖으로 나왔으나 급한 오줌을 눈 것은 아니다. 기지와 해학은 사이고 집안에 공통된 것인데, 특히 다카모리와 쓰구미치 그리고 사촌동생인 오야마 이와오에게는 그런 성격과 재능이 뚜렷했다.
잠깐 뒤 쓰구미치가 다시 봉당에 섰을 때 현관에 형인 다카모리가 서 있었다.
올라오라고는 말하지 않았다.
"나는 돌아간다."
이렇게 말했을 뿐 사이고는 잠깐 동안 말이 없었다.
쓰구미치도 할 말이 없었다. 쓰구미치가 사이고의 적 편에 서서 가장 전투적인 지장(智將)의 한 사람으로 활약하여 정한론을 꺾어버린 이상 패한 형에게 새삼스럽게 무슨 말을 할 것인가.
사이고는 별로 기분이 상하지 않은 표정이었으나 말은 없었고 그 침묵이 15분쯤 계속되었다.
그 뒤에 사이고가 아주 어려운 한문 투로 한 말을 의역하면 이러하다.
"나는 계략을 쓰지 않았다. 일체 쓰지 않았다."
계략이란 말을 여러 번 쓴 것은, 상대의 계략에 의해서 패한 것이지 의견에 의해서 패한 것이 아니라는 것을 동생인 쓰구미치에게는 풍겨주고 싶었기 때문이리라.

　작별 인사는 그것뿐이었다.

　쓰구미치는 봉당에서 머리를 숙였고 사이고는 안으로 들어갔다. 쓰구미치도 돌아서지 않을 수 없었다.

　사이고가 은신한 이 고우메 마을을 찾아온 사람이 또 한 사람 있었다.
　"내가 찾아갔다."
　이렇게 말한 인물은 앞에서 말한 구로다 기요타카나 사이고 쓰구미치도 아니다. 그는 종종 그 당시의 모습을 이야기했다.
　사쓰마 인 다카시마 도모노스케(高島鞆之助)였다.
　다카시마는 호방하고 담력이 크다는 점에서 사쓰마 인의 전형적 인물인데 보신 전쟁에 종군했을 때 사이고는 그의 성격을 사랑했다. 사이고는 이같은 종류의 사람을 굉장히 좋아해서 자기가 그같은 성격을 좋아한다는 것을 사쓰마 청년들에게 알리고 격려하여 사쓰마의 기질을 보존하려고 생각했다.
　다카시마는 메이지 24(1891)년에 육군 대신이 된 이래 여러 번 각 성의 대신을 역임하고 다이쇼(大正) 5(1916)년에 죽는다.
　이 시기의 이듬해에 육군 대령이 되고 세이난 전쟁 때는 육군 소장이 되어 사이고를 토벌하는 쪽에 서게 되는데, 이 시기에는 부대 근무를 하지 않고 궁정에서 일했다. 많은 사쓰마계 관료가 그렇듯이 다카시마도 사이고에 심취해 있었던 한편 오쿠보의 감화도 받고 있었다.
　그러나 그것이 양쪽에 붙어 있었다는 뜻은 아니다. 사이고와 오쿠보는 지금까지 일심동체로 보였고, 정치적으로 입장을 달리 한 것은 사이고가 정한론에 열중한 뒤부터의 일이었기 때문이다.
　다만 다카시마는 이 대논쟁에 있어서 시종 반정한론을 취했고 오쿠보의 생각에 찬성하고 있었다.
　공교롭게 오쿠보를 방문했을 때에 오쿠보가 사이고의 사직과 행방불명을 알려주었다.
　"사이고를 만나주지 않겠나?"
　오쿠보가 다카시마 한 사람에게만 이렇게 말한 것은 다카시마가 사이고의 총애를 받고 있다는 것을 알고 있었기 때문이리라.
　다카시마가 사방으로 수소문해서 고우메 마을의 에치고야 숙소를 방문한 것은 사이고 쓰구미치가 다녀간 다음 날 아침이었다.

사이고는 숙사를 지키고 있는 농가의 뒤뜰에 있었던 모양이다. 큰 삿갓을 쓰고 장작더미 위에 앉아서 어구(漁具) 손질을 하고 있었던 것 같다.

다카시마가 땅바닥에 앉아서 말없이 있으려니까 사이고는 오쿠보가 보내서 왔다, 나는 이제 오쿠보의 얼굴은 보고 싶지도 않다, 고 말했다. 다카시마가 조심스럽게 양어깨를 쪼그리고 계속 꿇어앉아 있으니 사이고는 자네를 위해 이야기해 주겠다, 하면서 그의 감회를 약간 말했다. 그것을 문자풍으로 고치면 이러하다.

"나의 임무는 삼군을 질타해서 무(武)를 숭상하고 화란(禍亂)을 진압함에 있었다. 천하는 이미 평정되고 몇 년이 지났다. 이제 세상에 무(武)를 쓸 땅이 없고 나는 쓸모없는 사람이 되었다. 쓸모없는 사람이 요직에 오래 있으면 현명한 사람의 길을 막게 된다."

그래서 그만두었다, 라고 사이고는 말했다. 또 너는 돌아가서 오쿠보에게 그렇게 전해라 하고 나서 말했다.

"나는 본디 유신 이후의 동향을 3기로 나누어 생각했다. 메이지 원년부터 10년까지는 난세일 것이다. 이후 메이지 20년까지는 휴식하고 기력을 배양하는 기간이다. 그 뒤 메이지 30년까지는 입법 치치(立法致治)의 시기일 것이다. 그때까지 오쿠보가 필요할 것이다."

이것은 사이고의 30년 3기설이라는 것인데 우연인지는 몰라도 모두가 적중하고 말았다.

사이고는 10월 28일 도쿄를 떠났다. 그는 그의 시에서 말한 '경화명리(京華名利)'의 도쿄에 두 번 다시 오지 않았다.

사이고가 같은 시대 사람에게나 후세 사람들에게 형용할 수 없을 정도의 시적 정감으로서 존경과 사랑을 받게 된 것은, 새 정부에서 최고의 벼슬에 있으면서도 그것을 버리고 홀로 도쿄를 떠났다는 이 무렵의 정경 때문이리라.

정한론은 이 시기의 일본 현실로 보면 단적으로 말해서 어리석은 이론일 뿐이다. 그는 이 시기의 전국 50만 사족의 불만과 동요를 집약해서 그 해결을 겸해 이미 사할린까지 와 있는 러시아의 동진(東進) 세력을 최후의 끝판에 미연에 방지하려 했었다.

그것이 그의 옛 주군이며 스승인 시마즈 나리아키라가 남긴 뜻이기도 하고 또한 막부 말기 길가에서 목숨을 던진 무수한 지사들의 원한이 담긴 뜻을 이루어 주는 길이라고도 생각했다. 이러한 마음의 뜻과 실행이 자기가 목숨을 보전하고 있는 유일한 존재 이유라고 그는 믿고 있었다. 그런데 믿고 있었던 것이 유신 후에 과열(過熱)되었다.
　사이고는 귀향한 뒤 이런 시를 지었다.


'잘못하여 경화명리의 나그네가 되었네.'


　그는 새 정부의 요인이나 관원들이 지난 날 에도(江戶) 시대의 영주나 직속 무사라 불리던 사람들과 비슷한, 어떤 점에서는 그 이상의 권세와 이권을 얻으려는 도당이 되어 버린 것에 말할 수 없는 실망과 분노를 느끼고 있었다.
　'무엇을 위해 나의 반생을 악전고투했나?'
　생각하면 몸도 마음도 찢어지는 듯한 느낌이었을 것이다.
　이런 점에서 사이고는 구제불능의 청렴한 사람이었으며 흐린 물을 보고 물의 더러움을 지나치게 탄식하는 시인 기질이 있었음이 분명하다.
　사이고의 스승인 시마즈 나리아키라가 오탁 역시 때로는 에너지가 될 수 있다는 넓은 이념을 가진 듯한 것은 몇 가지 증거로 추찰할 수 있고, 막부 말기의 사이고도 이상에만 치우치지 않고 현실에 적용하는데도 대담한 능력을 발휘한 면이 있었으나, 유신 후에는 그렇지 못하고 언제나 화려한 명예와 이권의 먼지를 피해서 초야에 돌아간다는 참을 수 없는 시적 충동을 받고 있었다.
　'문제의 성품'
　이런 식으로 사이고의 어릴 적부터의 동지인 오쿠보가 애증의 피를 토하며 욕한 것도 그런 심정을 말하는 것이리라. 시적 행동가는 대중의 갈채를 받고, 현실에 발을 딛고 서서 실무(實務)라는 흙탕물을 뒤집어써야 하는 직업적 현실주의자는 간물(奸物)이라는 오명을 쓰지 않을 수 없다는 것을 오쿠보처럼 인심의 표리에 밝은 사나이는 잘 알고 있었다.
　자신이 간물이라는 평가를 받을 후세를 의식하고 그 의식이 지나칠 정도로 농후하게 표현된 '오쿠보 일기'를 계속 써온 것이 그 증거의 하나다. 그런데도 오쿠보의 성가는 오늘의 가고시마 현에 있어서까지도 받아들여지지 않고 있다.

사이고는 골수까지 시적 행동가였다.

혹은 사이고 같은 행동률(行動律)을 갖춘 혁명가는 세계사에 없을지도 모르며 사이고가 자신의 생사를 노래한 시의 여운은 후세의 시심을 울리고 있다.

그 정경은 진정 어이가 없었다.

그가 무코지마의 고우메 마을에 있었던 것은 5일간이며 10월 27일 오후 그는 에치고야 숙사를 나왔다.

그 길로 일단 니혼바시 고아미초의 집으로 돌아갔다.

하인인 구마키치의 얼굴을 보더니 말했다.

"배고프다. 밥다오."

아직 저녁을 먹기 전이었다. 그 뒤 단지 이렇게 말했을 뿐이다.

"내일은 고향에 간다."

태정관에 사표를 제출한 것은 이미 말했으나 참고로 그 문면을 소개한다.

'가슴 아픈 병이 있어 도저히 봉직할 수 없으므로 본직 및 겸직을 해직시켜 주시기를 원하옵니다. 이와같은 사실을 잘 상주하셔서 칙재(勅裁)를 얻어 주시기 바랍니다.

아울러 작위(爵位)도 반상합니다.

사이고 다카모리<br>10월 23일'

여기에 대한 태정관의 문서는 24일자로 사표를 수리하였다. 그러나 육군 대장만은 그대로 두었다.

'육군 대장은 종전대로 하라.'

아무리 정부라 하더라도 이 정부를 만든 제1등 공신을 무위 무관으로 길거리에 쫓아낼 수는 없었으므로, 오쿠보가 그런 조치를 취한 것이다. 육군 대장에게는 봉급이 있기 때문에 길거리를 방황하지는 않을 것이다.

다음 28일 아침 사이고는 집을 나왔다. 그의 옷차림은 일본 옷에 하카마

퇴거 349

를 입고 있다. 종자는 하인인 다케우치 야타로뿐이었다.
 사이고는 시나가와에서 배를 탈 작정이었다.
 도중까지는 걸어서 갔다. 사이고의 걸음걸이는 언제나 그렇듯이 가슴을 떡 펴고 활발하게 걷는 것이 아니고 언제나 밑을 보고 더벅더벅 걷는 걸음이었다.
 이런 모습에 대해서 고아미초 시절에 가끔 출입하던 다네다 조이치(種子田定一)가 말하고 있다. 다네다에게 고아미초 근처에 살고 있는 노파가 물었다.
 "이 근처에 사이고 선생이 살고 계셨다는데, 나는 근처에 살고 있으면서도 모르고 있었어요. 대체 어떤 분이었는지요?"
 다네다는 용모와 체격을 말하고 곁들여서 걸음걸이 흉내를 내보였다. 그 걸음걸이를 보고 노파는 놀라면서 이같이 말했다는 일화가 있다.
 "그분이라면 언제나 보고 있었어요. 어쩐지 믿지 못할 느낌인데 그분이 도독(都督)이고 참의이며 육군 대장인 사이고 선생이었다고요?"
 사이고는 사진도 찍지 않았다. 그의 초상도 사후에 기요소내가 그린 초상화가 남아 있을 뿐이며 지금도 사이고의 초상에 관해서는 왈가왈부하고 있다. 근처 사람도 알지 못했다는 이 한 가지로도 사이고라는 인물의 불가해함의 일단을 알 수 있을 것이다.
 사이고는 이렇게 도쿄를 떠났다.
 이날 아무도 전송하지 않았다. 사실은 떠난다는 것을 알고 있는 사람도 없었고 떠나고 나서야 정부도 근위 장교단도 떠들썩해졌다.
 메이지 시대는 이날부터 새로운 단계를 맞이했다.
 사쓰마 인 아리마 도타(有馬藤太)에 관해서는 이미 말했다.
 기리노의 친구이며 막부 말기에는 함께 사납고 민첩한 것으로 유명했다. 교토의 시조나와떼(四條畷)에서 아리마에게 아이즈(會津) 무사 두 사람이 싸움을 걸어온 이야기는 당시의 사쓰마 인 사이에 널리 알려져 있었다.
 아리마는 재빨리 발을 들어 왜나막신을 날려버리면서 상대의 자세를 흐트러지게 하고 칼을 뽑아 나머지 한 사람을 베어버렸다. 죽일 생각은 없었으므로 목을 다시 찌르지는 않았다. 나머지 한 사람은 도망쳐버렸다. 연극의 활극을 보는 듯했다.
 연극 같았다고 말했지만 사실 그 길바닥의 활극이 보이는 가게에서 당시

나카무라 한지로라고 불렸던 기리노가 마침 보고 있었다는 것이다. 기리노는 일이 끝나고 난 뒤에 나타나서 사람들 속에서 칭찬하였다.
"과연 도타씨군."
처음부터 보고 있었는데 당신이니까 실수는 없을 줄 알았지만 나막신을 벗어날리는 것이나 칼을 뽑으면서 치는 것은 대단히 잘했다고 큰소리로 칭찬한 것이다. 보통 경우라면 왜 도와주지 않았느냐고 노했을 텐데, 막부 말기에 가장 기세가 높았던만큼 이 번의 사풍으로 기리노가 취한 태도야말로 아리마의 용기를 인정한다는 뜻에서 그들의 마음에 흡족한 우정의 표시였다. 그 증거로 아리마는 기리노가 많은 사람이 모인 곳에서 너무 큰소리로 칭찬하는 것이 면구스러워 슬쩍 도망쳐버렸다.
아리마는 보신 전쟁중 그가 관계한 부대가 곤도 이사미(近藤勇)를 체포한 사실로 인해 그 관계 자료에 가끔 나타난다. 관군의 부참모였던 아리마만이 곤도의 처형에 반대했다. 아리마는 곤도에 관한 그의 담화 속기록에서 '곤도라는 사람은 실로 일종의 영걸이며 같은 구막부군의 장성인 오토리 게이스케 이상의 인물이라고 생각한다'고 말했으나 이 평가는 오히려 아리마 자신을 말하는 것이리라.
아리마는 용감한 사람을 좋아했다. 그런 뜻에서 기리노 도시아키라는 사람에게 상당한 애정을 가지고 있었다.
'사이고 선생은 기리노와 나를 가장 신뢰하셔서 비밀을 곧잘 말해주셨다.'
아리마는 속기(速記)시키고 있는데, 아리마의 재미있는 점은 이 같은 편애가 자기가 상당한 인물이었기 때문이라는 자랑이 아니고 '나는 입이 무거웠기 때문에'라는 이유를 드는 것만으로 그쳤다는 것이다. 아리마는 사이고가 좋아할 재미있는 기개를 가진 사나이이며 게다가 일의 조정 능력이 탁월했다.
그는 유신 후 사법성에 출근해서 사이고가 사표를 낸 것을 알게 되었다.
"사이고 선생이 계심으로써 내가 있다."
평소 아리마는 사람들에게 말하고 있었으므로 사이고가 사표를 제출한 것을 알고는 그도 곧 사표를 냈다. 사법성의 친구들이 말렸으나 듣지 않았다.
사이고가 도쿄를 떠났다는 말을 듣고 아리마도 가고시마로 돌아가려 했다. 그런데 사이고의 뜻이라면서 그에게 전해진 전갈에 의하면 그는 도쿄에 남으라는 것이었다. 아리마 자신의 말을 빌리면 이랬다.

"즉 비밀탐정을 한 셈이지."

스파이로서 어느 정도의 활동을 했는지는 별문제로 치고, 그는 대언인(代言人 : 변호사의 전신)이 되었다. 그러나 법률은 거의 몰랐다.

육군 소장 기리노 도시아키는 유지마 기리도리사카(湯島切通坂)의 옛날 영주 저택에 살고 있었다. 저택 안에 숲과 연못이 있었고 옛 영주의 호화로운 건물이 있었으며 가면극 무대까지 있어서 불과 몇몇 서생과 생활하고 있는 기리노에게는 감당하기 힘든 넓은 집이었다.

이 집을 금년 봄에 정부가 기리노에게 알선했다. 기리노는 너무 넓다고 거절했으나 정부 쪽에서 떠맡기듯이 기리노에게 주었다.

"귀하는 육군 소장이니까."

메이지 정부는 혁명정권이라 해도 그 일면의 권위 의식은 다분히 지난 시대의 것이 계승되어 있었다. 육군 소장은 그 당시 몇 사람뿐이었고 에도 시대의 권위에 비하면 유력한 장군 직속 영주에 상당하는 신분으로 보고 있었다. 그 같은 감각은 당연하다. 이 기리노의 집은 에치고 다카다(越後高田)의 15만 석 사카키바라 가문의 번저(藩邸)였다.

기리노는 사쓰마 번에서는 향사(鄕土) 신분이었고 녹은 불과 5석이었다. 유신 전후의 격심한 신분 변화를 이 한 가지 예로도 알 수 있을 것이다.

그러나 기리노 자신은 자기의 이 뜻밖의 부귀에 관해 냉소하고 있었으며 평소에 시를 좋아했고 사실 그것을 믿고 있었다.

'사생유명(死生有命)이요 부귀재천(富貴在天)이라.'

그는 도쿄에서의 생활을 임시적인 것으로 생각하고 서생들에게도 나는 어차피 다다미 위에서 죽지는 않을 것이다, 처자가 있는 것도 아닌데 이같이 큰 집은 찬밥과 같은 것이라고 말하고 있었다.

기리노의 사치는 의복에 대한 것이었다. 군복은 요코하마에서 영국인 재단사를 불러서 만들었는데 가봉할때 잔소리가 심했고 향수까지 사용했다.

그가 사람의 눈길을 끄는 것은 군도(軍刀)의 화려함이었다. 서양식으로 만들기는 했으나 칼날은 야마시로의 도공인 아야노코지 사다토시(綾小路貞利)였으며, 칼집은 은이고 세로로 몇 줄의 금줄을 장식했다. 칼날과 자루 사이의 쇠테는 금으로 만들었는데 그 칼을 만드는데 천 엔 이상의 돈을 들였다고 한다. 천 엔이라면 당시 상당히 큰 집을 살 수 있는 돈이었다. 기리노는 멋장이였다.

기리노는 그 칼을 뽑아 어루만지면서 이와쿠라를 협박했고 그 전에는 오쿠보도 협박했다. 기리노는 정한론이 아시아 백년대계인 것을 오쿠보에게 말하고 이것을 반대하는 참의나 고관을 소인이라고 욕하면서 '나는 국가 백년을 위해서 이들을 베겠다'고 뜻을 오쿠보에게 말했더니 오쿠보는 차갑게 기리노를 쏘아보면서 조용히 말했다.
"내가 그 반대혼의 수괴다. 나를 먼저 베어라."
그러자 제아무리 거센 기리노도 할 말을 잃고 자리를 떴다고 한다. 기리노는 오쿠보를 싫어했다. 그는 오직 사이고에게만 충성을 다했다.
사이고는 사표를 내면서 기리노에게 의논하지 않았다. 기리노는 다음날인 24일에 그 사실을 알고 한순간 크게 놀랐으나 다음 순간에는 행동을 개시했다. 자기도 사임한 것이다. 그에게있어 썪어 빠진 정부의 육군 소장에는 아무런 미련도 없었다.

24일 아침 기리노는 말을 타고 길을 재촉했다. 말구종이 뒤에서 쫓아갔다. 기리노는 사표를 제출하는 데 동료나 향당의 누구에게도 의논할 생각이 없었다. 사이고가 그만둔다면 지체없이 자기도 그만둔다는 것이 그의 행동 법칙이며 그 법칙에 따르는 것뿐이다.
따라서 이날 아침 그가 장관으로 있는 육군 재판소에도 들르지 않고 또 동향의 근위사관이 주둔하고 있는 근위 사령부에도 들르지 않았다. 근위 사령부의 장관은 사이고가 기리노와 함께 가장 신뢰하고 있는 육군 소장 시노하라 구니모토(篠原國幹)였는데 그 시노하라에게도 의논하지 않았다.
사이고가 사임한 것을 알게 되면 근위사단의 사쓰마 인은 아마 대거 사직할 것이라는 것을 기리노도 알고 있었다. 기리노에게는 그들과 함께 떼를 지어 그만둔다는 것이 자기 자신의 절도에 대해 떳떳하지 못하고 불쾌한 일이었다. 사임한다면 사이고 다음으로 사임하고 싶었고, 그것을 싸움에 비교하면 단기(單騎)로 적진에 돌진해서 적에게 두 번째 창을 꽂고자 하는 초조함과 비슷했다.
기리노는 태정관 사무실에 가서 사무원으로부터 빼앗듯이 붓과 벼루를 빌려 사표를 썼다.
귀로에도 사무실에 들르지 않았다. 들르면 거기에는 향당의 사관들이 있을 터인데 기리노는 젊을 때부터 죽음의 순간까지 그랬듯이 사람들과 떼를 지어 있는 것이 싫었다. 그렇다고 고독을 좋아하는 것도 아니었고 막부 말기 이후 집단의 힘의 맛을 너무도 잘 알고 있는 사나이이기도 했다.

요컨대 기리노는 자기를 언제나 한 마리의 맹수로 인식하는 것에서 그의 행동과 윤리가 출발하고 있었다. 맹수라 하더라도 약한 무리들을 업신여기거나 자기의 사적인 목적에 이용하려는 것이 아니고 맹수이기 때문에 그에 따른 책임이나 의무 같은 것을 강렬하게 느끼고 있었으며 그것을 언제나 훌륭하게 견뎌내고 있었다. 사이고가 그의 인간 미학에 비추어 기리노를 한없이 사랑한 것은 그의 이 같은 성격 때문이었을 것이다.

막부 말기의 분큐(文久) 2년이라면 막부의 권위가 일시적으로 쇠퇴해서 조슈 인이나 조슈 계통의 낭인이 교토의 궁정과 거리를 설치고 다니며 테러리즘을 휘두를 때였다. 사이고를 지도자로 하는 교토 사쓰마 번의 향당은 막부와의 조화색이 강했고 사이고 자신은 이 시기의 조슈를 폭도들의 집단으로 보고 있었다.

'기리노라는 자가 있는데 그 자가 폭도의 무리에 끼어들었다.'

사이고는 오쿠보에게 그렇게 편지를 쓴 적이 있었다. 이 사나이에게 조슈의 정세를 탐지시키고 싶다, 어쩌면 그대로 폭도의 무리에 들어가서 돌아오지 않을지도 모르지만 시험삼아 보내보고 싶다, 고 맹수 조련사인 자기의 심경을 알렸다. 기리노는 지금 맹수 조련사인 사이고가 그만둔 이상 맹수인 자기도 서둘러서 그만두는 길밖에 없다고 생각했다.

사이고가 기리노를 보는 눈은 한 마디로 말할 수 없다.

"기리노에게 만일 학문이 있었다면 그 이상의 인물이다."

사이고가 그렇게 말한 것은 기리노를 평가하는 데 자주 인용되고 있다. 이 논법은 사이고의 버릇인데, 그는 남의 장점을 가끔 확대해서 말할 때가 있다. 가령 조슈 인을 만나면 '귀국의 구사카 겐즈이(久坂玄瑞) 선생이 살아 계셨더라면 나 같은 사람이 어찌 잘난 체하겠습니까' 하는 식이었다. 그러나 구사카는 그 정도의 인물은 아니었다.

다만 구사카나 기리노는 대체로 자기 자신을 아끼려 하지 않았다는 점에서 사이고가 좋아할 타입이었다.

"자기 자신을 아끼려 하는 것은 제일 좋지 않은 조건이다."

항상 사이고는 말했고 인간에 대한 최저의 평가기준을 거기에 두고 있었다. 기리노는 이 평가에 훌륭하게 합격하고 있었고 그런 의미에서 기리노는 폭도와 비슷했으나, 사이고의 용어에서 말하는 군자(君子)로 분류되는 인물인 듯도했다.

쇼나이(庄內) 번사가 기록했다는 사이고의 담화 속에는 이렇게 쓰여 있다.

"인재를 등용하는 데 있어서 저 사람은 군자, 이 사람은 소인, 하는 식으로 엄밀히 분류하면 오히려 해가 있다. 왜냐하면 일본 역사의 인물을 보면 십중 칠팔은 소인이다……."

소인이라는 사이고의 용어는 자기를 아끼는 자라는 뜻이다.

"그러니까 상대가 소인이라도 그의 장점을 발견해서 작은 직책에 쓰면 되고 또한 그 재능을 다하게 하면 된다. 미토(水戶)의 후지타 도코(藤田東湖) 선생도 그같은 말을 하셨다. 소인일수록 재능이 있는 법인데 그것을 쓰지 않으면 안된다. 그렇다고 그들을 장관에 앉히거나 중책을 맡기면 틀림없이 국가를 위태롭게 한다. 결코 높은 직책에 등용해서는 안된다."

사이고는 기리노를 이와 반대되는 인물로 생각했던 모양이다.

그의 동생인 사이고 쓰구미치는 기리노를 싫어했고 기리노가 형을 망쳐버릴지도 모른다고 걱정하고 있었다는 것을 이미 말했지만, 쓰구미치가 무코지마 고우메 마을의 에치고야 숙사에 찾아가서 결과적으로 형에 대해서 이 세상에서의 마지막 면담을 했을 때 거듭 기리노에 대해 충고했다고도 한다.

그러나 사이고는 듣지 않았다.

사이고는 앞서 기리노에게 정한론이 만일 잘못된다면 자기와 함께 고향으로 돌아가자고 말했던 모양이다.

"도쿄는 시노하라 구니모토에게 맡겨두면 된다."

그러나 시노하라도 결국은 사퇴하고 고향에 돌아가게 되는데 사이고가 말한 것은 기리노뿐이었다.

"자네도 함께 가지 않겠나?"

"기리노의 고삐를 잡을 수 있는 것은 나뿐이다. 그 사람을 도쿄에 남겨두면 무슨 짓을 할지 모르니까."

라고 농담을 했으나 요컨대 기리노가 좋았기 때문이리라.

낙향 후 사이고의 운명에서 몇 할은 기리노가 좌우하게 된다.

기리노를 잘 관찰해 보면 사이고가 과연 그를 좋아하는 것도 당연하다고 할 정도로 사이고의 사상적 일면을 성격으로서 지니고 있었다.

사이고는 국가나 민족이란, 대국으로부터의 이치도 닿지 않는 압박에 대해서는 어디까지나 옳은 도리를 내세워 저항해야 한다고 말했다.

사이고는 말했다.

"국가와 민족이란 정도(正道)를 걸어가며 나라와 함께 죽으려는 정신이 없으면 외국과의 교제에 만전을 기할 수 없다."

이 사상은 기리노가 마음을 설레며 따를 사상이었다. 위의 말들을 사이고 자신이 해석하기를

"외국의 강대함에 위축되어 국교(國交)를 원활하게 하는 데 전념해서 옳은 소리를 굽히고 외국의 뜻에 순종한다면 오히려 그들의 경멸을 받아 화친이 깨어지고 끝내는 그들의 통제를 받게 된다."

고 했다. 이것은 진리일 것이다. 그러나 이 사이고의 사상은 노련한 대정치가가 잘 소화해서 실행하여야 되는 것이고 지사들의 기염을 부채질하는 불씨가 된다면 오히려 독이 될지도 모른다.

사이고는 그의 사상을 계속 말한다. 이와 같은 자세 때문에 나라가 망한다 해도 좋다는 식이다.

"가령 나라가 통째로 넘어진다 해도 정도(正道)를 걸어가고 의(義)를 다함은 정부의 본분이다. 정부의 본분을 떨어뜨리면 그것은 상법 지배소(商法支配所)이지 정부가 아니다."

사이고는 국가와 민족의 기골(氣骨)을 주장하고 있다. 그 해설에서 말한다.

"나라일에 있어서 평소 정치가들이 금전이나 이재(理財)에 관해 토의하는 것을 보면 모두가 제법 영웅호걸로 보이지만 일단 유혈 사태가 벌어질 듯한 유사시에는 파랗게 질려서 머리를 맞대고 우선 눈앞의 안일만을 도모할 뿐이다. 전쟁이라는 것을 겁내서는 안된다."

사이고는 언제나 국가는 초토저항(焦土抵抗)의 각오가 없으면 국제사회에서 살아갈 수 없다는 사상을 가지고 있었다.

사이고가 볼 때 기리노는 천성이 이러한 사상에 적합한 사람이었을 것이다. 그러나 그것이 다분히 지사적이었다는 점에 대해서 사이고가 어떻게 생각했느냐는 잘 알 수가 없다.

기리노에게는 물론 저서가 없다. 그러나 이시카와 현(石川縣) 사족 이시카와 구로(石川九郞)와 나카무라 도시지로(中村俊次郞)가 필기한 기리노의 구술 기록이 남아 있다.
'정한론의 전말(顚末)'
이것은 가제(假題)이며 일문일답식으로 되어 있는데 기리노는 당시의 구체적 상황에 입각해서 강경하게 세계 전략을 말하고 있다. 그 서술은 정교했고 논지도 통쾌했으나, 당시 일본의 정치정세 설명조차도 사실 오인이 많았고 각국의 정세에 대해 논하고 판단하는 것도 엉성했으며 도저히 한 나라의 운명을 맡길 만한 논설은 아니었다.
그와 동시에 같은 시대의 이타가키 다이시케 등에 대한 평가가 소홀했고 사이고에 심취한 것 외에 거의 사람을 보는 눈을 갖추지 못한 것이 아닌가 하는 의문도 갖게 한다.
사이고도 기리노의 그같은 약점을 잘 알고 있었을 것이다. 다만 기리노의 기개를 사랑하여 그를 초야(草野)의 벗으로 삼고 싶었을 것이 틀림없다.

육군 소령 벳푸 신스케는 성격이 기리노와 비슷했다.
기리노와 같은 요시노 마을 고원지대에서 함께 자랐고 관계는 사촌간이었으나, 어릴 때부터 친근하여 그의 동생이라고 하는 편이 더 가깝다. 기리노의 영향에 의한 것인지 아니면 이 일족의 공통된 성격인지는 모르지만 그도 사쓰마 인의 미적 전형(典型) 같은 점이 있어서 사이고의 특별한 사랑을 받았다.
신스케의 천성은 욕심이 없고 평등 사상을 가지고 있었으며 부하에 대해서도 소령의 계급으로 위세를 뽐낸 일이 없었고 봉급까지 평등하게 했다. 그는 부하 사관이나 하사관의 봉급에 자기 것도 포함해서 골고루 평등하게 분배했다. 관료사회에서 이같은 생각은 하나의 독소이며 관료 기구에 대한 본의 아닌 파괴 행위라고 할 수 있는데, 신스케는 과시하기 위해 이런 일을 한 것은 아니었다. 그는 글은 쓰지 않았으나 기리노보다 오히려 사상성은 강한 듯했다.
기리노는 전국 시대 사람 같은 호쾌함으로 일본과 아시아를 뒤흔들어 보겠다는 통쾌한 구상을 즐겼으나, 신스케는 국민의 이익 옹호자라는 기분이 강했고 정부를 악으로 보고 이른바 관(官)의 횡포에 몸을 떨고 노하는 성격이었다. 또 세이난 전쟁 때 관군이 민가에 총격하는 것을 보고 자기 부하에게 연설했다.

"이것이 관이다. 그들은 학정을 일삼고 있다. 우리는 국가를 위해서 모든 정치를 개혁하고 국민을 물과 불 속에서 구하려고 싸우는 것이다."

세이난 전쟁에서 사이고 당(黨)의 성격은 외부로부터의 인상이 가령 이웃 형인 구마모토 현의 사족의 눈에까지도 '그들은 봉건제의 부활을 위해서 싸운다'고 보였던 모양이다. 사실 전쟁에 참가한 사람 중에는 우스운 일이지만 영주가 될 것을 꿈꾼 사람도 있었던 것은 확실하다. 그러나 다른 각도에서 보면 사이고의 사상에는 본질적인 부분에 민권 사상이 농후했고, 그 정도는 단순한 불평분자가 많았던 훗날의 자유민권 운동가들보다 더 짙었다.

예를들면 사이고는 오시오 헤이하치로(大塩平八郎)를 대단히 존경했다. 그는 말할 것도 없이 막부 관리이면서 굶주린 백성을 동정하여 굶주린 백성 편에 서서 승리의 보장이 없는 반란을 일으킨 인물이다. 오시오의 애민(愛民) 사상은 대단했다. 다스리는 관리의 입장에 있으면서 오시오처럼 자신을 희생하면서 국민 편에 선 인물은 메이지와 다이쇼의 민권주의자나 사회주의자에게는 없었다.

벳푸 신스케는 단지 민첩하고 사나운 사쓰마형의 인물일 뿐 아니라 사이고가 가진 오시오적인 면을 많이 가진 청년인 듯했다.

후배에 대한 사이고의 사랑은 특히 이 신스케에게 깊었고, 그도 구세주로서의 사이고를 발견한 셈이다.

사이고가 사직한 것을 신스케가 알게 된 것은 24일 낮이 지나서였다.


벳푸 신스케는 사이고의 사표 제출을 근위 사령부에서 들었다. 영내를 걷고 있는데 사관과 하사관들이 여기저기 떼지어 있었고 하사관 가운데에는 무엇인가 소리치며 달려가는 사람도 있어서 평소 정부에 대한 불평의 소굴이었던만큼 반란 전야처럼 보였다.

신스케의 부하 중 조슈계의 간부는 모두 복잡한 표정으로 잠자코 있었으나 사쓰마계 사람들은 지금이라도 고향으로 돌아가자고 그를 재촉했다.

"간이 탄다."

신스케는 쓰디쓴 얼굴로 우선 진정시켰다. 이렇게 시끄럽게 떠들면 나는 가슴이 탄다, 라는 뜻이다. 오늘밤에라도 모여서 의논하자, 지금부터 모든 것을 확인해 보겠다면서 병영을 나섰다.

기리노에게 갈 참이었다. 그가 집에 있을 것이라고 신스케는 생각했다. 총명한 사람이었다. 그 사촌 형의 성미라면 사이고의 진퇴를 듣고 곧 사표를 냈을 것이고 그렇다면 관청에는 없다고 본 것이다.

신스케는 걸어서 갔다. 그는 말을 갖고 있지 않았고 인력거를 탈 돈도 마침 수중에 없었다. 걸으면서 프랑스식 군모를 깊숙이 쓰고 표정을 감추었으나 눈물이 끝없이 흘렀다. 그것을 소매로 후려치듯이 훔쳤다.

'모든 것이 물거품으로 돌아갔다.'

그런 기분이 들었다.

그는 작년에 사이고의 명령을 받아 도사 출신의 가타무라 조베(北村長兵衞) 중령과 함께 조선의 실정을 실제로 살피기 위해 건너갔다. 한복을 입고 대마도(對馬島)에서 어선을 타고 부산에 상륙해서 삼남 지방을 시찰했다.

조선에는 일본 같은 봉건 제도가 없었기 때문에 물론 사족이라는 것은 없었고 병제(兵制)는 거의 중국식이었다. 일단 유사시에는 백성을 징모한다고 해도 몇백 년 동안 그런 예가 없었으며 병영(兵營)은 한양에 있다고 하는데 그 수가 극히 적었다.

조선은 몇 세기에 걸쳐서 철저한 문치주의(文治主義)를 취했으며 만일 나라에 환란이 생기면 중국에 방위를 의존한다는 생각이 전통적으로 강해, 상비 국방군은 전혀 없는 상태였다. 이 국가적 풍경은 메이지 초기의 일본 사족의 가치관으로 본다면 태만으로 밖에 보이지 않았다.

신스케는 올 들어 도쿄에 돌아와서 곧 기리노의 집을 찾아가 너무 기쁜 나머지 문밖에서 큰소리로 외쳤다.

"조선 팔도를 유린하는 것은 우리 2, 3개 중대로 충분하다."

이 말은 당시 사쓰마 인들 사이에서 화제가 되었다. 방에 들어갈 여유도 없이 문밖에서 소리쳤다는 점에 그 역사적 가치관은 별문제로 하고 이 시기의 사쓰마 사족의 기분을 알 수 있을 것이다.

러시아의 극동 침략을 만주와 조선 산야에서 저지하려는 정책은 사이고가 떠남과 함께 사라졌다.

신스케가 기리노의 집에 도착하자 하인인 고키치가 문앞을 쓸고 있었다. 고키치는 고향인 요시노 마을 농사꾼의 차남으로 신스케도 물론 잘 알고 있었다.

"계시냐?"

고키치는 비질하던 손을 멈추고 허리를 굽히면서 대답했다.

"계십니다."

신스케가 형에게 무엇인가 이상한 일은 없었느냐고 묻자 고키치는 머리를 저으면서 평소와 다름없다는 뜻의 말을 했다. 고키치는 머지않아 세이난 전쟁에서 기리노와 죽음을 함께 하지만, 자기 운명의 출발점이 되는 이 날의 사태에 대해서 아무 것도 모르고 있었다.

신스케가 기리노의 거실에 들어가자 기리노는 없었다. 기요키치라는 교토 출신의 하인에게 물으니 정원에 있는 다정(茶亭)에 있는 듯하다고 했다.

옛 영주 저택인만큼 정원은 넓었다. 그러나 정원사가 없으니까 황폐할 대로 황폐해져 있었다. 석가산 쪽에 다정이 있었으나 기둥도 다다미도 거의 썩어 있었다. 기리노는 이 다정이 좋아서 생각할 일이 있을 때 거기에 혼자 있곤 했는데, 그에게 풍류심이 있어서가 아니라 거의 판자집 같은 기리노의 생가와 이 다정의 협소함이 비슷해서 마음이 차분하게 가라앉는다고 했다.

기리노는 그곳에 있었다. 신스케는 사이고의 소식을 들으려고 물었다.

"사이고 선생님은 어떻게 되셨습니까?"

뜻밖에 기리노는 나는 모른다고 대답했다. 사이고를 만나지도 않았고 만나러 가지도 않겠다고 말했다. 기리노의 말뜻에 따르면 자기는 사이고의 마음속을 알고 있고, 일일이 야단스럽게 만나러 가지 않아도 되며, 사이고는 고향에 돌아갈 것이고, 자기도 곧바로 고향에 갈 것이라는 얘기였다.

"나도 가겠습니다."

신스케가 말하자 기리노는 말없이 가볍게 고개를 끄덕였다. 그들은 그것으로 자신들의 운명을 결정했다. 자신의 생사에 관한 중대한 운명의 결정을 극히 가벼운 마음으로 결정하는 것이 사쓰마 인의 전통적인 멋이었다.

기리노는 이 넓디넓은 큰 저택과 막부 말기 이래의 공로에 의해 얻은 관작(官爵)도 버리고 고향에 돌아가서 농사를 짓겠다는 것이다. 농사를 짓는다는 것은 기리노의 본심이었으며 사실 그는 자기가 노동해서 황무지인 고원지대를 개간해 논 4단보와 밭 5단보를 만들었지만 정치를 개혁하려는 의지가 사라진 것은 아니었다.

"신스케군, 묵묵히 힘을 길러 하늘이 도울 때를 기다려야 해. 그것뿐이야.

하늘이 우릴 도울 때가 오지 않으면 나는 한평생 농사를 지을 테다."
한 번 뒤집혀진 이상 쉽사리 이 정부를 전복할 수는 없어. 앞으로 10년은 걸리겠지, 하고 기리노는 말했다. 10년이 지나면 이 부패 정권은 썩고 썩어서 세상이 자연히 사이고 정부를 갈망하게 된다, 10년 뒤에 다시 도쿄의 꽃을 감상하면 된다고 기리노는 한 점의 의심도 없는 말투로 밝게 말했다.

기리노 도시아키의 도쿄 퇴거는 멋진 연극 같은 정경이었다.
그에게는 아내가 없었다. 애인은 있었다.
오키요라고 했다. 비슷한 음이지만 오치요라고도 했다. 기생 출신인 듯한데 이에 대해서는 다음에 쓰겠다.
기리노의 집에는 남자들뿐이었다. 서생, 하인, 그리고 젊은 사관이 식객으로 있었다. 이 애인을 위해서는 다른 곳에 옛 직속무사의 빈 집을 사서 살게 했다.
퇴거하는 날 기리노는 기요키치와 고키치 두 하인에게 집을 정리시키고 먼저 요코하마로 가게 했다.
자기는 말을 타고 금은으로 장식한 칼을 차고 애인의 집에 작별하러 갔다.
애인의 집 앞은 좁은 길이었던 모양이다. 기리노는 저쪽에서 말을 타고 나타나더니 문앞에서 말안장 위에 앉은 채로 큰소리로 불렀다.
"오키요, 오키요!"
문안에 들어가기는커녕 말에서 내리지도 않았다.
"오키요, 있나?"
소리치는 동안 여자는 무슨 일인가 하고 구르듯이 달려나왔다.
기리노는 말을 탄 채 말했다.
"나는 이번에 사정이 있어서 관직을 그만두고 귀향한다. 어쩌면 이승에서 두번 다시 못 만날지도 모르니 네 거취는 마음대로 해라. 이것은 기념품과 남은 돈이다."
그는 말을 마치자마자 한 자루의 비수와 지갑을 던져주고 곧바로 말머리를 돌려 경쾌하게 가버렸다. 여자는 기리노의 뜻밖의 말에 반문할 틈도 없었고 더우기 울지도 못했다. 따라나서려 했을 때는 기리노의 모습은 벌써 보이지 않았다.
기리노로서는 바로 그것이 바라던 효과였을 것이다. 여자와 마지막 하룻

밤을 지내거나 사정을 이야기하여 납득시키자면 자연히 가슴에 매달리고 한숨짓는 광경이 벌어질 것이고, 그렇다고 헤어지지 않을 수도 없으니 무엇보다도 눈물이 싫은 이 사나이는 마치 들판을 지나가는 바람처럼 이 같은 방법을 택했던 것이다.

기리노가 하는 일에는 일거수일투족마다 가슴이 시원한 그 무엇이 있었다.

퇴거할 때는 자기집 문앞에 이런 종이쪽지를 붙였다.

'이 집을 1,000엔에 매각함.'

또 여자에 대해서는 오이타 현(大分縣) 출신의 오쿠 나미쓰구(奧並繼)라는 서생에게 말했다.

"너에게는 집을 주겠다. 단 생물이 딸려 있다."

고 말했다. 생물이란 오키요이고 집이란 오키요가 살고 있는 집이다. 오쿠 나미쓰구는 그 말에 따른 모양이다. 나미쓰구의 아내는 기요코(淸子)라고 한다. 법학자 스에히로 이와타로(末弘嚴太郞) 씨의 일족이 오쿠 집안과 관계가 있은 듯한데, 이와타로씨의 누이 마쓰에(松枝)는 아직 살아서 이 일에 대해 말했다.

"나는 소학교 1, 2학년 때 기요코라는 아름다운 할머니 댁에 종종 놀러간 기억이 있어요."

"기리노는 그것으로 인심을 얻었다."

언젠가 사이고는 동생 쓰구미치에게 이렇게 말했으나, 육군부 안에서 인심을 얻고 있다는 점에서는 기리노 이상의 존재가 있었다.

육군 소장 시노하라 구니모토였다.

기리노와 시노하라는 어쩌면 비교하기 어려울지 모르나 표면적으로는 그야말로 대조적이었다.

기리노는 천성이 부지런하고 재빠르다고는 해도 그의 무식함은 오히려 통쾌할 정도였다. 가령 도쿄에 근위병이 창설되어 천황의 직속 부대가 되었을 때 기리노의 화제에 천황이라는 말이 자주 나왔다.

'천황계하(天皇階下)'

그는 이렇게 말했다. 사람들이 참지 못하여 그것은 폐하(陛下)라고 한다고 충고하자, 기리노는 '일일이 사소한 이야기를 하지 마라. 계(階)나 폐(陛)나 초서로 쓰면 비슷한 것 아닌가' 하고 껄껄 웃었다. 기리노의 그같은 상쾌함이 사쓰마 인에게는 한없는 매력이었다.

원래 사쓰마 번은 심각한 교양주의를 전통적으로 좋아하지 않았고, 무사는 기개가 높고 어디까지나 용감해야 하며 그 위에 약한 자를 괴롭히지 않는 자상한 마음이 있어야 한다. 이것만으로 족하며 다른 번처럼 학문이 많은 것을 자랑으로 생각하는 기풍은 없었다.

기리노는 그러한 점에 있어서 사쓰마의 이상상(理想像) 같은 사나이지만 뒤집어 말하자면 만일 다른 번에서 태어났더라면 기리노는 아마도 밑바닥 인생으로 생애를 마쳤을 것이다.

그런 점에서 볼 때 시노하라 구니모토는 번교 조사관(藩校造士館)에서 뛰어난 수재였다. 다만 그의 글재주는 조금밖에 남아 있지 않은 시를 가지고 상상할 뿐인데, 같은 시대 사람도 시노하라가 어느 정도의 학식을 가지고 있었는지는 알 수 없었다. 그 이유는 좀체 말이 없는 사람이었기 때문이다. 평소 그는 거의 벙어리 같았다. 그런 점에선 낭랑하게 세계 정책을 말해서 듣는 자들을 즐겁게 했던 기리노와는 좋은 대조를 이루고 있었다.

또 서로 다른 점은 기리노가 향사 신분의 출신인 데 비해 시노하라는 아버지가 기록관(記錄官)을 지냈을 정도의 높은 집안 출신이라는 점이다. 행동거지에 품위가 있었고 그가 좌석에 앉으면 일동이 자연히 조용해진다고 할 정도였다.

다만 공통점은 용감하다는 것이다. 시노하라가 우에노(上野)에 진을 친 창의대(彰義隊)를 공격할 때 가장 맹렬한 격전지였던 구로몬(黑門) 어귀의 공격을 지휘할 때의 침착함과 용감함은 병사들이 마치 신을 우러러보는 듯했다고 한다.

정한론에 관해서 기리노가 시노하라와 토론을 한 적이 있었다. 시노하라는 묵묵히 듣고 있기만 할 뿐, 아무런 의견도 말하지 않았다. 시노하라는 이 해 37세로 기리노보다 두 살 위였다. 기리노가 혼자 떠들고 나서 불찬성인가 하고 이 근위사령 장관에게 물었다.

"아니."

이렇게만 대답했다. 기리노도 안심했다. 시노하라의 이 한 마디는 어떠한 장광설(長廣舌)보다 믿을 수 있다는 것을 기리노는 알고 있었다.

그러나 시노하라는 스스로 정한론을 얘기한 적이 없기 때문에 반정한파의 거두인 오쿠보까지 시노하라는 기리노 같은 사람은 아니라고 생각하고 있었다.

사이고의 시노하라 구니모토에 대한 태도는 그의 침착함을 사랑하고 그의 시문(詩文)의 재능을 존경해서 후배이지만 때로는 연장자를 대하듯 했다.

다만 사이고는 군대 지휘관으로서의 기리노의 기량을 시노하라 위에 두었다. 만일 정한책이 받아들여졌을 경우 사이고는 이미 말했듯이 야전군 총사령관에 이타가키 다이스케를 최적임자로 생각했고 다음으로 기리노를 지목하고 있었으나 시노하라에 대해서는 그렇게 생각하지 않았다. 시노하라는 한 국면을 담당하는 장군감이기는 해도 장군 위의 장군은 기리노라고 사이고는 생각하고 있었다.

사이고는 시노하라의 수수함보다 기리노의 화려한 쪽을 통솔자의 기량으로 높이 사고 있었음에 틀림없다. 전쟁터에서 군대의 사기는 수수하고 견고한 통솔자보다는 떠들썩 하고 화려한 통솔자를 가지는 쪽이 훨씬 더 높아진다는 것을 알고 있었을 것이다.

또 보신 전쟁에서의 빗발치는 포탄 속에서 드러난 시노하라의 자질은 인품이 군자여서인지 어디까지나 정면공격만 했을 뿐 전술상의 재주를 부리지 않았다. 이것이 군대 지휘관으로서의 시노하라의 결점이라고 할 수 있을지 모르겠다.

또 이야기는 되돌아가지만 사이고는 정한론을 주장할 때 기리노 이외의 어느 군인과도 의논하지 않았고 정치적 포부도 말하지 않았다. 시노하라에 대해서도 그랬다.

정한론이 한때 산조의 변절(變節)로 무너졌을 때 어느 날 밤 사이고는 기리노에게 이렇게 말한 적이 있었다.

"기리노, 만일 조정에서 우리 의견을 받아주지 않는다면 함께 고향에 돌아가 농사나 짓자."

기리노에게만 말했다. 한평생 잊을 수 없는 감격이 아닐 수 없었다. 사이고는 다시 계속해서 말했다.

"근위 부대는 시노하라가 있으니까 잘할 거야."

시노하라는 근위군의 사령장관인 이상 통솔상의 일체 책임을 지고 있었다. 당연히 도쿄에 남아서 부하의 동요를 막지 않으면 안된다.

이 일도 사이고의 생각의 일면을 보여주고 있다. 사이고가 도쿄를 퇴거하면서 군대에 대한 선동 공작을 일체 하지 않았다는 증거로 중요한 일이다. 선동한다면 자기 직계의 시노하라가 근위군 사령장관으로 있는 이상 그를 움직이면 간단하다.

그러나 사이고는 그런 일을 하지 않았다. 되돌아 보면 이 일이 있었던 전후에 이 문제에 대해 시노하라와 아무런 접촉도 가지지 않았다.

시노하라는 떠날 필요가 없었다.

기리노가 사이고의 뒤를 쫓듯 도쿄를 떠난 것을 알았을 때 반정한파인 육군 소장 다네다 마사아키(種田政明)는 말했다.

"기리노 등은 오히려 떠나는 것이 좋다. 시노하라만 있으면 군대는 진정된다."

원래 정치적이지 않은 시노하라 구니모토가 정한론에 관해 논하는 것을 듣지 못했다는 것만으로 반정한파가 '시노하라는 꼭 도쿄에 남는다'고 낙관한 것은 시노하라를 깊이 알지 못했다고밖에 말할 수 없다.

시노하라는 이 시기를 조금 지나 자기의 소감을 한시로 적었다.

　　말에게 압록강 물 먹일 날은 언제일까
　　일은 뒤집히고 장도(壯圖)는 헛되었네
　　그 동안 어느 누가 영웅의 한을 풀까
　　팔을 소매에 찌르고 춘풍낙화를 읊는구나.

이것을 보아도 시노하라의 뜻이 압록강을 건너는 데 있었던 것은 확실하며 사이고의 구상에 있듯이 만주 연해주로 나아가 러시아와 대결할 진지를 그곳에 구축할 작정이었다.

또 시에 있는 '영웅'이란 사이고를 말하고 있다.

영웅이란 원래 후세가 받드는 칭호이지만 살아 있으면서 영웅으로 호칭된 것은 메이지 시대에는 사이고 외에 아무도 없었다. 히젠 사가 출신으로 사이고와 같은 참의원인 에토 신페이조차도 산조 사네토미에 대해 '태정관은 영웅의 마음을 모른다'고 하면서 사이고에 대해서 많은 칭찬을 아끼지 않았다. 사이고의 감화를 받아 친하게 지냈고 야전(野戰)에서 한 이불 속에 잠잔 적도 있었던 시노하라가 사이고에 대해 말할 수 없는 깊은 애정을 가진 것은 당연한 일이라 하겠다.

시노하라는 사려 깊은 사나이였으나 자기의 진퇴에 관해서는 가장 단순명쾌한 것을 존중하고 있었다. 그는 사이고의 전 인격을 존경했으며 사이고의 배려로 종5품 육군 소장이 된 것을 알고 있었다. 따라서 정부파의 논리는 통하지 않았다.

"나는 국가의 군인이며 사이고의 사병(私兵)이 아니다."

명쾌하게 그 사이고가 사임했으면 자기도 사임해야 하며 그것 이외의 일은 생각하지 않았다.

너무도 정의적(情義的)이 아니냐 하는 비판도 시노하라의 사고법(思考法)에서는 먹혀 들지 않았다. 원래 그가 근위군의 사령장관이라는 것은 그에게는 단순한 우연에 불과하다는 것이고, 자기 뒤에 조슈 인이든 도사 인이든 자기보다 유능한 사람이 그 자리에 앉으면 된다는 정도로밖에 생각하지 않았다.

시노하라는 무사의 윤리란 복잡해서는 안된다고 생각했다. 특히 진퇴에 있어서 그렇고 이 점은 변동이 있을 수 없었다.

그러나 시노하라는 오쿠보가 사쓰마의 모든 선배를 동원해서 자기를 설득할 것임을 알고 있었다. 자기가 이처럼 정치 정세가 불안한 가운데 오쿠보파에게 어떠한 가치를 가지고 있는 지는 잘 알고 있었다. 그 설득을 듣는 것이 귀찮아 차제에 자취를 감추는 수밖에 도리가 없다고 결심했다.

25일 다케바시(竹橋)에 있는 근위군 병영은 들끓고 있었다.

사이고와 기리노의 사직을 알게 된 어느 젊은 대위가 소리치며 영문(營門)을 향해 달려가더니 쓰고 있던 모자를 하늘 높이 던져올렸다.

"체스토!"

모자 테두리가 붉은 색이어서 붉은 선을 그리며 옛 번서 때부터 있는 연못에 떨어졌다. 그 대위는 위병소에서 종이와 붓을 빌려와 사령장관 시노하라 구니모토 앞으로 사표를 써서 "시노하라님에게 전해라" 하고는 나가버렸다.

그 화려한 행동이 도화선이 되어 병영 안팎에서 하얀 종이가 춤을 추고 있었다. 사표를 갈겨 써서 서기에게 주는 것이다. 서기는 어리둥절했다. 서기는 대개 조슈 인이었는데 그들은 그만둘 생각이 전혀 없었다. 오히려 군대 간부는 거의 사쓰마 인이 차지하고 있었기 때문에 조슈 인으로서는 '이제 빈 자리가 생긴다'고 기민하게 영달을 계산한 사람도 있었을 것이다. 사실 '조슈의 육군'으로 불리는 향당벌(鄕黨閥)이 성립되는 것은 이때부터이다.

병영 안의 사쓰마 인들은 거의 발광 상태에 가까웠다. 사족(士族)이라는 것으로 다른 번과는 비교가 되지 않을 정도로 강한 계급적 자부심을 가지고 있던 사쓰마 사족은, 새 정부가 계속해서 실시하는 사족 부정 정책(否定政策)에 격렬한 반감을 가지고 있었다.

정부나 세상에 퍼지기 시작한 사민평등(四民平等)이라는 새 사상이 언짢을 뿐 아니라 무사의 세습적 임무였던 군사면에서도 새 정부는 농사꾼의 아들들을 징집해서 사병을 만들고 있으니, 이토록 사쓰마 사족에게 있어 배신당했다고 느낀 충동은 없었다. 즉, 옛 사쓰마 번에 대한 부정이었다.

다른 옛 번도 다분히 그러했으나 옛 사쓰마 일에 있어서는 농민이란 번을 구성하는 요소가 아니었다. 사족만이 번의 구성원이었다. 그 사족의 명예와 의무와 특권을 정부가 부정한다는 것은 시마즈 가문의 사쓰마 번을 멸망시키는 것이며 그 같은 의식은 옛 번의 번주인 시마즈 히사미쓰가 더욱 강하게 느끼고 있었다. 히사미쓰의 사상을 신봉하는 측근들이 동향 출신의 근위사관을 자극하고 교사하고 선동한 것을 부인할 수는 없다. 이런 점에서 사이고가 선동했다는 사실은 전혀 없었다.

어떻든간에 유신 최대의 공을 세운 사쓰마 번이 유신 정부의 손에 멸망하고 만 것이다.

이것을 조슈의 책모라고 보는 사람이 많다. 조슈의 농군 출신인 오쿠보라 마스지로(大村益次郎)가 징병령의 기초를 만든 것은 모두가 알고 있으며, 오무라는 그것 때문에 메이지 2(1869)년에 암살되었다. 암살의 흑막은 히사미쓰 당(黨)의 가에다 노부요시(海江田信義)라는 것은 오쿠보도 암암리에 인정하고 있는 공공연한 사실이었다.

또 사쓰마 사족은 사쓰마 번의 해산에 따른 경제적 타격이 커서 요컨대 정부의 존재 자체가 이미 향당의 적이었다. 그 같은 불만을 사이고가 누르고 있었는데 지금은 그 사이고 자신이 사임했다. 근위사관과 하사관들이 둑이 터진 듯이 영문에서 달려나온 것은 그 같은 사정에 의해서였다.

근위장병의 사직 소동에 정부는 크게 낭패했다.

그만큼 사이고의 정한론을 말살하기 위해 동분서주한 구로다 기요타카까지도 편지에 쓰고 있다.

'정부 혁명의 때가 왔는가.'

현정부가 멸망하고 새 정부가 나타날 시기가 온 것이 아니냐는 뜻이다.

근위군 간부는 거의 전부가 사쓰마 인이니 그 사쓰마 군이 모두 고향에 가

버리면 도쿄 정권은 국내용의 군사력을 잃고 만다. 이 시기에는 아직 천황의 권위가 미약했고 도쿄 정권은 고대의 수많은 정권처럼 그의 권위에 의해 성립되고 있었던 것은 아니다. 무력에 의해 성립되고 있었다. 그 무력이 사쓰마의 거인을 향해 바람처럼 떠나가버리면, 구로다가 탄식한 것처럼 '정부 혁명의 때가 왔는가'가 되는 것이다.

구로다의 절망은 구체적인 것이었다. 그는 오쿠보로부터 명령을 받았다.

"시노하라만은 움직이지 않을 것이다. 그러나 만일을 생각해서 자네가 살펴주면 좋겠다."

구로다는 설득하러 갔으나 시노하라의 말없는 표정만을 보았을 뿐이다.

"시노하라군, 지금은 국가의 존망이 걸린 때다. 군만 움직이지 않으면 군대는 진정된다."

그는 누누이 설명했다.

시노하라는 국가의 존망이 걸린 때라는 말을 들었지만 그 국가 자체가 마음에 들지 않았다. 지금의 국가는 시노하라 등 사쓰마 군이 도바 후시미 전투에서 싸우고, 우에노에서 싸우고, 간토 지방에서 전전(轉戰)하고, 호코에쓰에서 난전하고, 도호쿠에서 산야를 달리고, 하코다테에 상륙하여 고료가쿠 성(五稜郭城)에서 쏘아대는 포탄의 장막을 뚫고, 피묻은 싸움 속에서 얻은 것이다. 그런데 그 국가로부터 배신당했다.

"나도 뒷전에 있었던 것은 아니야."

구로다가 말했다. 그는 그 같은 점에서 설득자로서는 적격이었다. 그는 지금 문관이지만 아직 '료스케(了介)'라고 불렸을 적에 싸움터에서 참모로서 전선을 지휘하며 시노하라와 함께 포연 속을 쏘다녔다. 그 포연 속에서 생겨난 이 국가를 끝까지 수호하려고 했다.

그러나 시노하라(篠原)는 완고했다.

"사람이 큰일을 당해서 할 수 있는 일은 하나뿐이네."

사퇴하겠다거나 그러지 않겠다고는 말하지 않고, 오직 취할 바는 하나뿐이라고만 말하면서 자기는 그 당연한 퇴진을 취할 뿐이라고 자기 의사를 분명히 밝혔다.

구로다는 시노하라를 잡아 흔들면서 설득에 설득을 거듭했으나 시노하라는 끝내 굴하지 않고 마지막으로 쓴웃음을 지었다.

"료스케군 귀찮다."

평상시의 구로다는 어른으로서는 드물게 순진한 면을 가지고 있다. 시노하라의 설득에 실패했을 때 이것으로 정부도 끝났다고 암담한 기분이 되고 말았다.

구로다 기요타카가 절망적인 생각으로 쓴 그 편지는 오쿠보에게 보낸 것이었다.

구로다가 사이고를 경애하는 점에서는 기리노에 뒤지지 않았지만, 정치가로서의 구로다는 오쿠보 외에 지금의 일본에서 새 국가를 건설할 능력을 가진 인물은 없다는 견해를 확신하고 있었다. 그러니까 정한론 소동에 있어서는 주저함이 없이 오쿠보 쪽에 섰다.

그러나 사이고의 존재가 거대해서 사이고의 사임에 의해 일어나는 산사태는 머지않아 정부까지 삼켜버릴 것이라는 예감적 풍경을 누구보다 민감하게 느낄 수 있었다.

구로다는 이것을 방지하는 비상한 역량에 있어서도 오쿠보 외에는 찾을 수 없었으므로 편지에 이렇게 썼다.

'이렇게 된 이상 천지에 부끄럽지 않은 큰 여론을 일으켜 천하의 면목이 일신되고 인심이 귀착하는 날이 하루라도 빨리 오기를 엎드려 기원할 뿐입니다.'

이 문장에는 그 당시 일본 글의 통례로서 주어가 애매하나 구로다는 오쿠보가 그 빛나는 날을 가져다 줄 것을 자기는 엎드려 기원한다는 말이다. 이것은 오쿠보에 대한 구로다의 아첨이 아니었다. 이런 때를 당해서 아첨을 할 만한 인물은 이 시대의 구로다 급에는 없었으며 오쿠보가 그것을 좋아할 사람도 아니었으므로 이 말은 구로다의 비명 같은 것이었다. 구로다는 장래의 지옥 풍경을 본 이상, 오쿠보의 역량에 기대하는 것 외에 이 공포에서 벗어날 방법이 없었던 것이다.

좌우간 시노하라 구니모토의 사의(辭意) 또는 그 비슷한 의사가 구로다를 절망시켰다. 근위군 안에서 시노하라의 덕망이 얼마나 큰지를 상상할 수 있을 것이다.

오쿠보는 쓸 수 있는 모든 수단을 썼다.

25일 저녁 때, 궁내성을 통해 근위 장교단에게 명령을 내렸다.

"칙명이 내렸으니, 곧 아카사카(赤坂)의 별궁(別宮)에 집합하라."

물론 오쿠보는 전면에 나서지 않았다. 오쿠보는 천황의 권위를 이용하려 했다. 정부가 반정부주의자에 대해 천황의 권위를 빌린 것은 유신 후 이것이 처음일 것이다. 다음부터 그것이 상투적인 수단이 된다.

사쓰마계만 모이라고 할 수가 없었으므로 사관 전부를 대상으로 했다.

따라서 영내에 있던 사람은 고향과 계급 여하를 불문하고 모두 모였다. 생각보다 집합한 인원수가 적었던 것은 천황의 권위가 훗날처럼 높지 않았기 때문이다.

천황이 별궁에 나가서 직접 칙유(勅諭)하는 형식을 밟고 실제로는 도쿠다이지 사네노리(德大寺實則)가 칙어를 낭독했다.

칙어를 직역하면 다음과 같다.

'사이고 정3품은 병으로 사표를 제출했다. 따라서 참의와 근위도독의 직은 면직했으나 육군 대장은 그대로 두었다. 또한 사이고를 국가의 초석으로 생각하고 있는 것에는 변함이 없다. 모두들 결코 의심을 품지 말고 종전처럼 직무에 충실하라.'


"시노하라는 있는가?"

이 25일 오후 아카사카 별궁에서의 장교 소집 뒤에 오쿠보 도시미치는 일부러 궁내성 사람을 보내 물어보았다.

천황 명의의, 그것도 천황이 직접 임석하는 소집을 오쿠보는 큰 투망(投網)이라고 생각했다. 근위군의 주인은 천황이다. 주인의 소집을 근위군 사령 장관인 시노하라 구니모토가 거부할 리 없다고 믿고 있었다.

그러나 그물에 걸린 물고기는 의외로 적었을 뿐 아니라 문제의 시노하라도 걸리지 않았다.

"짐은 그대들을 팔과 다리로 믿고."

이런 군인 칙유가 나온 것은 세이난 전쟁 뒤였다. 이 칙어에서 '병마의 대권은 짐이 통솔하는 것'이라든가 '짐은 그대들 군인의 대원수이다' 같은 의미의 말을 표현을 달리해서 설명하지 않으면 안된 것은, 이때의 일과 또 세이난 전쟁 직후에 다케바시 병영 안에서 일어난 군대 소란에 정부가 혼이 났기 때문이다. 특히 야마가타 아리모토가 발의해서 그러한 칙유를 공포하도록 시킨 것이므로, 그때까지는 천황을 자기들의 주인이라고 여기는 실감은 적었다.

"나는 이미 그만두기로 했다. 천황이 부르거나 말거나 상관없다."
이 시기에 사쓰마계 근위군 장교들이 이 소집을 묵살했고 때로는 웃고 말았다.
가령 사표를 던지고 근위군 병영의 문을 나가는 자가 관에서 지급한 모자를 땅에 던지고 밟아버림으로써 천황의 호위병이라는 것에 대한 결별로 생각한 것 같다. 훗날 주로 야마가타 아리토모가 만들어가는 강력한 천황제 국가의 입장에서 본다면 거짓말처럼 양파의 거리가 없다. 이 근위군이라는 사족 군대는 야마가타가 각지에서 농사꾼을 징집하여 육성하고 있었던 진대군(鎭臺軍)에 비해서 천황이나 국가의 병사라는 의식이 희박한 듯했다.
시노하라는 이 시기에 행방을 감추었다.
"근위군 사관은 전원 아카사카 별궁에 집합하라."
이런 칙명을 시노하라 자신이 받는다면 그도 육군 소장에 근위사령 장관이라는 관직에 있는 이상 가지 않을 수 없다. 그러므로 행방을 감출 수밖에 없었다.
오쿠보는 단념하지 않았다.
29일, 또다시 천황이 근위군의 영관급 이상을 소집한다는 형식을 취했다. 장소는 아카사카 별궁이었다. 참석한 자는 140명 정도였다. 그러나 문제의 사령장관 시노하라 구니모토의 모습은 보이지 않았다.
이때도 천황이 직접 임석하고 도쿠다이지가 25일보다 더 장황한 칙어를 읽었다. 칙어는 오쿠보 자신이 쓴 것이다. 오쿠보는 그 상황의 보고를 소집 직후에 받고 시노하라의 모습이 보이지 않는다는 것을 알자, 보고자 앞에서 약간 고개를 갸우뚱했다.

이처럼 당시 천황의 권위는 그 뒤에 비해서 훨씬 약했다.
시노하라의 이같은 태도는 그뒤에 만들어진 윤리관에서 말하는 '불충'은 되지 않았던 것이다.
오쿠보가 시노하라에게 불충자라고 말한 적이 없었고, 그 외에 썰물이 빠지듯 사임하고 돌아가는 근위대 사관이나 하사관의 행위도 '불충'은 아니었다. 만일 불충자'라고 말했다면 그들 모두가 고개를 갸우뚱했을 것이다. 막부 말기의 존왕양이(尊王攘夷)라는 슬로건이 걸렸으나, 이 말이 혁명적 자력(磁力)을 띠고 있었을 때이고 또 이 정도의 의미였다.

퇴거 371

"국가를 종래의 이원 구조에서 일원적 조직으로 만들어 외국의 침략을 방지할 수 있는 국방 국가를 만들고 싶다."

훗날같은 천황 절대제를 만들려는 것은 아니었다. 막부 말기의 지사로서 이런 체제를 지향할 사람은 아무도 없었을 것이다. 어디까지나 국방(양이)이 주(主)이지 존왕이 주는 아니었다. 막부 말기의 지사, 가령 존왕주의자인 요시다 쇼인(吉田松陰)조차도 이런 구상이었듯이 국가가 중심이었다.

"막부가 담당한다면 어디까지나 국방을 앞세워서 이외의 모멸을 방비하고 ……"

참고로 국가를 희생해서라도 천황제를 지켜야 한다는 이상한 논리가 성립되는 것은 태평양 전쟁이 끝날 무렵의 일이다.

그 이전에는 천황과 국가가 일체라는 논리였다. 자연 '충군(忠君)'과 '애국'은 떨어질 수 없는 것이 되었다. 그러나 이것이 야마가타 아리모토 등에 의해 성립되는 것도 메이지 중엽 이후의 일이었고, 정한론 결렬 전후의 메이지 초기에는 그것조차 없었다.

결국은 막부 말기부터 계속된 관념 그대로의 상태로서 '애국'은 강렬하게 존재해도, '충군'은 사람들의 마음가짐에 불과하고 국가학적으로는 아직 성숙되지 않았다.

자연 시노하라나 근위사관들의 행동도 불충으로 논의되지는 않았고 그것에 대한 그들 자신의 마음의 가책은 전혀 없었다.

"천황의 사병(근위)을 그만두었다."

이것뿐이며 자유 의사에 맡겨졌다.

이 일에 대해 반정한파의 구로다 기요타카도 충·불충의 논의는 일체 하지 않고 '진정한 의무의 차이에 따라 이론이 양립하여……'라며 정한파의 분열을 이렇게 보고 있었다. 즉, 자기들과 반대당을 대등하게 보고, '정부측이 천황을 옹립하고 있으므로 이것이 절대적 정의(正義)이다'라는 훗날 일본에 나타난 이치에 관해서는 당시 전혀 알지 못했고 그것을 쓰지도 않았다.

따라서 시노하라 등 근위사관들이 이 세 번에 걸친 천황의 위무(慰撫)에도 불구하고 그것을 무시하고 관직을 버리고 도쿄를 떠난다는 것은, 구로다 말처럼 '진정한 의무'의 대립일뿐이며 천황의 권위는 아직 이 일에 개입할 수 없었다.

# 육군경 (陸軍卿)

"나는 정한론이 일어났을 때 도쿄에 없었다."

36세의 야마가타 아리토모(山縣有明)는 이렇게 말했다.

야마가타는 보신책에 있어서는 교활할 정도로 예민한 감각을 가졌으나, 그가 만일 도쿄에 있었다면 심각한 고통을 맛보았을 것이다.

그는 막부 말기 이래 조슈 인이면서도 사이고를 존경하는 마음이 두터웠고 또 야마시로야(山城屋) 사건이라는, 그에게는 치명적인 독직 혐의로 관직에서 추방당하게 된 것을 사이고가 어렵게 구출해 주었다. 야마가타도 사이고에게 사사로운 은혜를 입고 있었던 것이다.

야마가타가 도쿄에 있었다면 정부를 떠나는 사이고를 남들처럼 보고만 있을 수는 없었을 것이다. 또한 야마가타의 생명도 위험했을지 모른다. 사이고를 뒤따라 계속 관직을 떠나가는 사쓰마계의 근위장교들은 야마시로야 사건 때 야마가타를 욕하며 소란을 피웠다.

"탐관오리 야마가타를 죽이자!"

그들이 흥분하는 것을 겨우 사이고가 진정시킨 바 있었다. 근위장교들은 도쿄를 떠남에 있어서 분풀이로 야마가타를 벨 위험도 충분히 예측할 수 있었다.

 야마가타는 도쿄를 비우고 전국의 진대(鎭臺)를 순시하고 있었다. 징병제를 기초로 한 진대 제도의 정비는 거의 야마가타 한 사람의 손으로 이뤄지고 있었다.

 야마가타의 다망함은 다른 성(省)의 경(卿 : 大臣)과 비교할 수 없을 정도였다. 이 일에 관한 법령의 정비와 그밖의 사무가 산적해 있는데도 불구하고 그는 장기 출장을 떠났다.

 "농사꾼이나 장사아치를 모아 사병을 만들어서 무엇에 쓰려는 거냐?"

 이런 징병제 반대의 여론이 높았다. 사쓰마계 군인은 거의가 이렇게 주장했고 도사계의 정치가나 군인 역시 그러했다. 예를 들면 참의 이타가키 다이시케도 끝까지 반대했다.

 "징병제가 필요한 것은 유럽 대륙의 국가이다. 이들 여러 나라들은 육지가 국경이 되어 있으니까 서로가 대군을 양성해서 서로를 경계할 필요가 있으나 사방이 바다인 일본에서는 그같은 대군을 양성할 필요가 없다. 영국과 미국 같은 의용병(義勇兵) 제도로 충분할 것이다."

 이타가키의 의용병 제도는 사족(士族)을 군대로 한다는 사이고의 의견과 비슷하다.

 다만 야마가타 등 조슈계 군인들은 막부 말기에 조슈 기병대가 막강했던 것을 체험했고 또 같은 번 출신의 오무라 마스지로가 징병제의 기초를 남긴 채 죽어버려서 이 제도 이외의 제도는 생각하고 있지 않았다.

 야마가타는 법제를 만들고 사무를 처리하는 데는 놀랄 만한 능력을 가지고 있었다. 사쓰마계 군인들은 누구도 야마가타의 이같은 능력을 가지지 못했고 반대하기 위한 엉성한 이론을 떠벌이고 있는 동안에 실무가인 야마가타는 묵묵히 진대 제도를 실현하고 육성시키고 있었다.

 명문장가(名文章家)인 야마가타는 군비(軍備) 목적의 외국 출정은 부정하고 이렇게 말했다.

 "안에서는 초적(草賊)을 진압하고 밖으로는 대치(對峙)의 세력을 편다."

 결과로 그 '초적'이 누구였냐를 생각할 때 야마가타의 실무는 극적이었다고 말할 수 있다.

 야마가타는 이 긴 출장 기간중에 하코네(箱根) 서쪽의 진대를 빠짐없이 시찰했다. 진대뿐 아니고 진대의 분영(分營)도 시찰했다. 그 동안의 교통은 주로 바닷길을 이용했다.

진대에 들어온 사병은 맹렬한 훈련을 받았으나, 에도 300년 동안의 농사꾼 근성이 없어지지 않아서 아직도 쓸만한 군인은 되지 못했다.

사족 출신의 사관 중에는 야마가타에게 호소하는 사람도 있었다.

"도저히 무리입니다."

특히 구마모토(熊本)처럼 옛날 호소가와(細川) 가문 같은 무사풍의 엄격함을 과시하던 큰 번의 소재지에서는 농사꾼까지 진대의 사병들을 우습게 여기고 있었다. 원래 사족과 농사꾼은 길을 걸어가는 모습 하나만 보아도 인종이 다른 느낌이 있는데, 농사꾼 출신의 진대 사병들의 절도 없는 동작을 보면 어느 누구도 그들을 존경할 생각이 사라져서 야마가타를 욕하던 사쓰마계 근위장교들의 말은 불행하게도 적중했다.

"그 무지렁이들을 모아서 인형을 만들고 있다. 도대체 무슨 소용이 있겠나."

확실히 총을 든 짚인형이었다.

'진대'

각지에서 이 말이 유행했는데 이것은 그들 사병의 동의어이면서 한편 통렬한 모멸감을 담고 있었다. 이같은 징병제 비판 속에서 야마가타는 이 징병제를 정부와 군부의 반대를 물리치고 실현시킨 사람인만큼 각지의 술자리에서는 언제나 고약하게 취해버렸다. 진대를 비판하는 진대 사관들의 서슴없는 비난을 들으면 얼굴이 새파래져서 말이 없었다.

"조슈 기병대를 보라."

때때로 이렇게 말하곤 했다. 다카스기 신사쿠가 만든 이 사민평등의 서민군(庶民軍)은 번 안의 무사 부대를 격파하고 다카스기의 쿠데타를 성공시켰다. 또 보신 전쟁에서는 조슈에서 나와 각지를 옮겨 가며 싸웠고 끝내는 오슈(奧州) 지방과 하코다테(函館)까지 가서 여러 번의 반관군(反官軍) 무사들과 싸워 때로는 패하기도 했으나 대개의 경우 그들을 압도했다.

조슈계 사관들은 이 같은 체험을 가지고 있었으므로 징병제에 의문을 가지는 사람이 적었지만 다른 번 출신자들은 그 일을 이해하지 못했다.

"조슈의 기병대는 농민과 상인이 주력이라고 하지만 의용병 제도였지 않습니까?"

반론하는 사람이 있었다. 기병대는 서민 중에서 뜻있는 사람들의 모임이었다. 그렇기 때문에 강했다는 것이고 징병제도의 예로 들 수 없다는 것이다. 또 야마가타를 야유하는 사람도 있었다.
"보신 전쟁 때 도호쿠(東北) 지방의 번사들은 기병대와의 싸움을 피했다고 하더군요."
"도호쿠 지방의 무사들은 농사꾼들에게 자기 머리를 주는 것은 치욕이다."
그러면서 이것을 도망치는 구실로 삼았다는 것이다.
야마가타는 나폴레옹까지 들추었다. 나폴레옹 군은 징병에 의한 서민군이었다. 프랑스 혁명의 크나큰 성과는 징병제였다고 야마가타는 파리에서 듣고 온 토막 지식을 확대해서 이야기하기도 했다.
야마가타는 규슈(九州)와 주고쿠(中國), 오사카 등지를 시찰하고 동해쪽의 진대 사령부가 있는 나고야(名古屋)까지 갔다.
야마가타는 나고야에서 거의 보름이나 체류했다.
"나는 나고야에서 학질에 걸렸다."
훗날 야마가타는 말했다. 학질이란 보통 말라리아 증상을 말하는데, 야마가타의 그 뒤의 건강은 듣는 바에 의하면 말라리아 같은 지병(持病)은 없었던 모양이다. 높은 열이 나고 오한으로 떨리는 증상의 감기도 학질이라고 보는 의사가 있을 수 있으니까 감기였는지도 모르겠다.
감기라면 보름이라는 체류 기간은 너무 길다. 어쩌면 지금 도쿄에 돌아가는 것은 적절하지 않다는 정치적인 병이었는지도 모른다. 이 같은 종류의 정치적 기략은 막부 말기 이래 조슈 인에게 공통되는 것이라고 할 수 있다.
겨우 엉덩이를 들고 시즈오카(靜岡)까지 오자 도쿄의 변고를 전하는 사람이 왔다. 그러나 야마가타와는 길이 어긋나고 말았다.
사자 쪽이 그것을 알고 야마가타의 뒤를 가마를 타고 쫓아왔다. 이 시기에 철도는 신바시와 요코하마 사이가 그 전래에 개통되었을 뿐, 하코네는 여전히 도보에 의존하고 있었다.
그 하코네에 도착하려 할 때 사자가 따라왔다. 사자는 사이고 쓰구미치가 보낸 사람이었다. 쓰구미치는 야마가타의 차관이라고 할 수 있는 육군 차관이었고 일본국의 근대화 구상에 있어서는 야마가타와 막역한 동지라고 할 수 있다.
하코네 산중에서 야마가타가 쓰구미치의 사자를 만난 것은 10월 25일이었다. 그러나 쓰구미치의 편지는 10월 19일자였다. 이미 구문(舊聞)이다.

야마가타가 도쿄에 돌아온 것은 사이고도 가고 근위장교의 대부분도 가고 난 뒤였다.

집에 도착한 것은 밤이었는데 제아무리 건강한 사람이라도 피곤했다. 그러나 어디서 듣고 왔는지 손님이 줄을 이었다. 대부분 조슈계 군인이었다.

"사태(沙汰)."

막부 말기부터의 유행어가 누구의 입에서나 나왔다. 정부도 산사태처럼 무너질지 모른다는 우려의 뜻이 담겨 있기는 했어도 거의 밝은 표정인 것은, 사쓰마계 군인들이 썰물이 빠지듯 육군을 떠난 뒤 무수하게 남아도는 빈 자리를 메우는 것은 조슈계라는 기대가 있었기 때문이리라.

'조슈의 육군'

이같이 불리는 조슈 파벌은 이때 비약적으로 확대되었다. 야마가타는 피곤하기도 하거니와 정치 정세를 냉정하게 검토하기 위해 다음 날은 손님을 사절하려고 했다.

"학질 뒤에 몸이 좋지 않아. 정양을 위해 하루 이틀 대문을 닫으려 하네."

보신 전쟁 때의 전우인 육군 소장 미우라 고로(三浦梧樓)에게 속삭이자 미우라는 이렇게 큰소리로 말하고는 약간 경박할 정도로 껄껄 웃었다.

"바보 소리 하지 말게, 고스케(狂介 : 야마가타의 아명). 육군경인 자네가 대문을 닫고 있다면 조슈 인까지 자네의 심사를 오해하고 동요하게 되네."

밤이 깊어서 객실에 들끓던 사람들도 물러갔다.

야마가타는 혼자였다. 피곤하기는 했으나 잠이 올 것 같지 않았다. 객실에 앉은 채 술을 가져오게 했다.

야마가타는 복잡한 성격의 소유자다. 영달을 위한 집착은 소년 시절부터 이 사나이의 골수에 맺혀 있었다.

그러나 그같은 사람에게 흔히 있는, 즉 자기를 상품같이 팔려는 권모가는 아니었다. 야마가타는 자기의 영달(榮達)의 기초를 실무에 두고 있어, 실무 능력에 있어서는 이 사람처럼 내용이 충실한 자는 없었다.

막부 말기에 그는 다카스기 신사쿠(高杉晋作)에 비유하면 군사면에서의 사무국장격이었다. 야마가타에게는 다카스기 같은 천재성도 없었고 인격의 격조에도 훨씬 뒤지지만, 기병대의 일상적 운영에 있어서는 야마가타가 아니면 아무도 할 수 없을 정도로 실무면을 장악하고 있어서 타인을 좀처럼 좋게 평가하지 않는 다카스기도, 이 졸개 출신의 실무가를 소홀히 대접하는 일이 없었다.

또 야마가타의 영달에는 강한 운이 따랐다. 언제나 그는 그의 윗사람으로 천재를 모시고 있었으나 이상하게도 그 천재들은 비명(非命)에 의해 사라지곤 했다. 막부 말기에 다카스기가 병사한 뒤에 야마가타는 보신 전쟁에서의 조슈 군 조직속에서 중요한 부분을 쥐고 있었다.

그러나 보신 전쟁 전에 혜성처럼 나타난 오무라 마스지로(大村益次郞)의 존재에 의해 야마가타는 변함없이 실무면에서 일하고는 있었으나 결코 각광을 받는 존재는 되지 못했다. 메이지 2년 오무라의 횡사(橫死)가 야마가타를 단숨에 조슈 육군의 대표자로 만들었다.

그러나 메이지 시대의 육군에 관한 한 어느 누구도 야마가타를 대표자로 생각하지 않았다. 대표는 사이고 다카모리이며 야마가타는 어디까지나 육군 차관으로서 군정면의 담당자, 즉 이렇게 말하면 듣기는 좋지만 사실은 군의 사무국장으로서만 존재했다. 야마가타는 군공(軍功)보다는 오히려 조직을 장악하는 사나이였을 것이다.

야마가타의 재미있는 점은 육군 차관 시절에 독직 혐의(야마시로야 사건)를 받고 직책에서 추방되지만 추방된 지 두 달만에 복귀했고, 그것도 한 단계 위인 육군경(육군 대신)이 된 것이다. 야마가타가 운동한 것이 아니고 정부가 오히려 야마가타에게 부탁한 흔적이 있다. 이유는 진행중인 복잡한 육군의 새로운 제도의 처리를 야마가타가 아닌 딴 사람은 할 수 없었기 때문이다.

이제 사이고는 떠났다.

이 머리 위의 빛나는 존재가 떠남으로써 야마가타는 자동적으로 도쿄의 육군을 장악하게 된다. 그러나 야마가타는 아직도 천재를 모시는 습관이 있어서 그 뒤 오쿠보를 모시게 되는데, 그 역시도 메이지 11년 비명에 감으로써 야마가타는 오쿠보가 남긴 관료 조직을 서서히 장악하여 메이지 중기 이후에는 문관과 군인의 두 세계에 있는 관료 조직의 정점에 서게 된다. 또 만년에는 메이지 권력의 교황같은 존재가 되어 누구의 경애도 받지 못하면서도 누구나 그 마력을 겁내는 사나이가 되는 것이다.

다음 날 아침 날이 밝으려 할 때 야마가타가 눈을 뜨자 놀랍게도 기도가 벌써 객실에 와 있다고 했다.

기도는 그런 사람이었다. 볼일이 있으면 부하 직원의 집에도 찾아온다. 사실 이 같은 풍습은 막부 말기 이래 지사들의 일반적인 것으로, 거만하게 앉아 자기 집으로 불러들이는 식으로 버티고 있는 사람은 이력이 오래 된 사람들에게 많았다.

또한 기도의 정신은 그의 지병(持病)이라고도 할 수 있는 우울증으로 괴로워하고 있었다. 그리고 이 시기에 기도는 밤에 세 시간도 못 자는 불면증으로 고생하고 있어서 무슨 생각이 나면 날이 밝을 때까지 기다리지 못했던 모양이다.

야마가타는 급히 양치질을 한 뒤 정장을 하고 객실로 나왔다. 여행의 피로와 수면 부족으로 혈액 속에 검은 액체가 섞인 듯이 무겁고 나른했다.

기도는 젊었을 때 입술을 꽉 다문 이목이 시원스런 용모였으나 지금은 그럴 나이도 아닌데, 이상하게 미간이 좁아지고 얼굴 전체에 신경 장애를 일으키고 있는 듯이 어딘가 초조해 보였다.

야마가타는 정중하게 인사하고 선배에 대한 예를 다했다. 기도가 그런 것을 좋아하는 줄 알고 있었기 때문이다.

그러나 기도를 위해서 변명해 두지 않으면 안될 것은, 그렇다고 해서 그가 거만한 사람은 아니라는 점이다. 기도는 메이지 정권의 가장 높은 벼슬 자리에 있으면서도 막부 말기부터 서생이었던 기분을 한시도 잊지 않았으며 그것은 기도의 작위적인 것이 아니라 기도의 본질 자체가 서생이었기 때문이다.

그의 수많은 편지의 내용과 문체를 보아도 그는 생애에 자기를 영웅호걸로 생각한 적이 없다는 것을 알 수 있다. 다만 메이지 정권의 고관들은 고관이 된 뒤 자기에 대해 후배로서의 겸허함을 잃는 사람을 싫어했다. 기도가 한때 이토 히로부미를 불쾌하게 생각한 것도 그것 때문이었다.

이토는 훗날 '그렇게 까다로운 사람은 없었다'고 불평했으나 이토 자신도 처세를 잘 하지는 않았을 것이다. 이토가 자기의 재기를 믿은 나머지 기도 특유의 신경이나 성격에 대한 배려를 하지 않았던 것이 아닐까.

이같은 점에서 야마가타는 이토와 달리 왕년의 졸개 신분 때의 겸손함이 어디엔가 남아 있어서 기도를 만족시켰고 또 천성인 근직(謹直)함을 가지고 대했다.

그러나 이토와 야마가타를 비교해 볼 때 기도는 이토를 때로는 불쾌하게 여기면서도 이토의 천성인 명랑함을 좋아하는 한편 야마가타의 근직함에 만족하면서도 그의 뱃속을 알 수 없는 어딘가 어두운 면을 좋아하지 않았다.
"사이고와 근위군 일로 왔네. 이래서는 나라가 망해. 어젯밤에는 자지도 못했네."
기도는 입을 열자마자 이렇게 말했다.

기도 다카요시는 지금의 정부에 대해서 상당히 신경질적인 불만을 가지고 있었다.
"그러나 유신은 그런대로 성공했다."
그는 메이지 원년에 성립된 혁명 형태에 대해서 시인하는 입장을 취하고 있었다. 막부 말기 조슈 번의 사정으로 그렇게 생각하지 않을 수 없었을 것이다. 막부 말기의 조슈 번은 만신창이가 되어 있어 만일 사이고와 오쿠보를 지도자로 하는 사쓰마 번이 내밀하게 사쓰마·조슈 연합을 맺어주지 않았더라면 멸망했을 것이 틀림없다.
기도처럼 언제나 냉정한 전망을 견지하는 사람으로서는 내심 유신이 제대로 성공했다고 스스로 생각하고 있었을 것이다. 이것 때문에 많은 조슈 인들은 이 유신에 대해 현실 이상의 많은 기대를 가지지 않고 성공의 과실을 먹는 것으로 만족한다.
그 점 사쓰마 인과는 다르다.
'그 친구들은 옆에서 끼어들어 힘들이지 않고 과실만 손에 넣었다.'
조슈 인은 마음속 어딘가에 사쓰마 인을 이렇게 생각하고 있었다. 혁명 전날 밤에 참담한 고생을 한 사쓰마 인은 사이고나 오쿠보뿐이고, 나머지 사쓰마 인은 극단적으로 말하면 도바 후시미의 전쟁 단계에서 대규모의 군사적 가담을 했을 뿐이라고 말할 수 있다.
그 위에 사쓰마의 서양식 군사력은 조슈보다 잘 정비되어 있었을 뿐 아니라 사쓰마 병사는 천하무적이라 할 수 있을 정도로 강했기 때문에 혁명전(革命戰)에서 주공격(主攻擊)을 담당했고, 조슈는 보조공격의 위치에 서게 되어 유신의 성공은 사쓰마 군대의 크나큰 힘에 의한 것같이 보이게 되었다.
이것 때문에 성공의 과시에 있어서도 사쓰마가 많은 것을 차지하게 되었고 조슈의 몫은 적었다. 그 증거로 문무(文武) 고관에는 압도적으로 사쓰마 인이 많았다. 조슈 인 쪽에서는 이보다 바보같은 일은 없다는 감정이 언제나 응어리져 있었다.

"사쓰마는 군대의 손실이 거의 없었기 때문에 또 무슨 일을 일으킬 듯하다."

기도는 이렇게 보았다. 사쓰마는 소모하지 못한 에너지가 태내(胎內)에 충만해 있고 그것을 배출할 출구를 찾아 헤매고 있으며, 그 에너지 위에 사이고가 올라앉아 있다고 기도는 보고 있었다.

같은 사쓰마라도 오쿠보는 유신을 기도 이상으로 시인하고 있었다. 다만 오쿠보는 유신을 종착점으로 보지 않고 출발점으로 보고 있다는 점이 다르다. 유신을 조잡한 기초 공사에 불과하다고 보고 그 위에 어떠한 건축물을 세울 것인가에 열중하고 있는 점에서 그 정신은 기도보다 젊었고, 유신을 종착점으로 생각하는 사이고보다 훨씬 순진했다.

요컨대 기도는 어떠한 일이 있더라도 유신을 지키려 하고 있었다.

"이번 일로 모처럼의 대사(大事)가 허물어질지도 모르겠다."

기도는 야마가타에게 말했다.

기도 자신이 이 사이고와 근위군 장교의 대량 사직에 관하여 쓴 문장에서 이런 극단적 표현을 할 정도로 울분하고 있었다.

'전면적인 대와해(大瓦解).'

기도와의 대화가 시작된 지 얼마 되지 않아 야마가타의 표정이 잠시 긴장되었다.

"무슨 일인가?"

기도가 묻자 야마가타는 기도의 마음을 반대로 떠보는 듯한 말을 했다. 군복을 벗어버리고 싶다고 말한 것이다.

"정원(正院) 쪽에 보내주셨으면 합니다."

문관이 되고 싶다는 것이다. 야마가타에게는 그같은 교활한 점이 있었다. 이제 막 징병 제도가 실시된 이 시기에 야마가타가 그만두면 아무 것도 안된다는 것은 누구나 알고 있다. 더욱 사쓰마계 군인이 일제히 정부를 저버린 지금 남아 있는 조슈계 군인을 모아 그 힘으로 정부의 방위력을 유지하지 않으면 안될 책임이 야마가타에게 있었다. 기도가 귀담아 들을 턱이 없었다.

"쓸데 없는 소리 작작하게."

기도가 말했다.

"아닙니다. 아시고 계실 테지만 야마시로야 사건도 있었고 해서 나는 사이고님에게 은의를 느끼지 않을 수 없습니다."
"사사로운 은혜말인가?"
기도는 불쾌한 듯 말했다.
"그렇지요, 사사로운 은혜입니다만……."
"야마가타군, 말해 두지만 나는 사이고군을 안 지 오래 되네. 그는 막부 말기 이후부터 언제나 주위에 사사로운 은혜를 베풀어 온 사람이지."
기도가 사이고를 싫어하는 것은 불치병과 같아서 이처럼 냉철하고 영리한 사람이 사이고를 간사한 모략가라고 보는 견해는 변치 않고 있었다. 기도가 볼 때 사이고는 사쓰마 번에서 사적인 세력을 양성했고, 메이지 이후에는 육군을 장악하여 특히 사쓰마계 군인을 사병처럼 쓰고 있었다.
"야마가타군, 자네까지 사이고의 사당(私黨)에 가담할 셈인가?"
그는 약간 노기를 띠었다. 그러나 기도도 야마가타의 속셈을 알고 있었다. 그러니까 액면 그대로 받아 들이지는 않았다.
'야마가타는 이토 히로부미를 시기하고 있다.'
기도는 이렇게 보고 있었다. 이토와 야마가타는 조슈 번에서 활약하던 시기에는 거의 동격이었는데 이토는 최근에 참의가 되었다. 야마가타는 육군경으로 참의 밑에 있다.
야마가타는 기도의 정치 사상을 알고 있다.
기도는 구번(舊藩) 당시부터 기병대 등 군사 담당자가 정치에 개입하는 것을 일제 허용하지 않는 태도를 취했고, 메이지 이후에도 정부가 군인의 주인이며 군인이 정부 요인이 된다는 형태는 망국(亡國)의 위험이 있다고 생각하고 있었다.
이같은 사상을 누구에게서도 배우지 않고 스스로 뚜렷하게 가지고 있었다는 점에서 기도는 메이지 초기의 정부 구성자 가운데 누구보다 훌륭하다고 할 수 있을 것이다.
그렇기 때문에 기도는 사이고가 육군 대장으로서 참의를 겸하는 것을 거의 저주하는 기분으로 싫어했고 또 사이고보다는 훨씬 작은 인물이지만 이 야마가타에게도 그것을 허락할 리가 없었다.
그러나 야마가타로서는 이 기회에 응석부리듯 요구했다.
"군인을 그만두고 정원에 나가고 싶습니다."
자기 장래의 염원을 기도에게 귀띔해 두고 싶었을 것이다.

야마가타의 본심은 딴 곳에 있었으므로 기도의 설득으로 곧 응석을 거두어 들였다.

이야기는 근위군 붕괴에 대한 대책으로 되돌아갔다.

기도와 야마가타라는 두 사람의 조슈 인 사이에는 마음과 마음으로 상통하는 하나의 예언이 머리 속에 있었을 것이다.

이미 말했지만 동향인 오무라 마스지로가 사이고의 앞날에 대해 은밀히 예언했고 또 유언까지 남겼다는 사실이다.

막부 말기부터 유신에 걸쳐 반막부 기운에 편승해서 막부 타도 정략을 주도한 것은 사이고였다. 그러나 작전 지도에 있어서 그것을 독단적으로 혼자 결단하여 행한 것은 조슈 농민 신분의 의사 출신인 오무라 마스지로였다.

기도가 오무라를 발견해서 다른 사람 보기에는 완전히 무명인 사나이를 혜성처럼 등장시켰다.

오무라는 혁명군의 총수인 사이고를 작전면에서는 거의 무시했다. 사이고는 그것을 관용으로 대했으나 시마즈 히사미쓰의 측근인 가에다 요시노부(海江田信義) 등은 오무라를 몹시 미워했다.

그 오무라가 유신 성립 직후 육군 차관이 되고 지금 야마가타가 실시하고 있는 징병제의 기초를 닦고 있었으나, 메이지 2(1869)년 국수적 경향이 강한 암살단의 습격을 받아 그로 인해 죽는다.

그 암살단의 배후에 가에다 노부요시의 사주(使嗾)가 있었다는 것은 공공연한 비밀이었고 당시 기도의 일기에도 적혀 있다.

'오무라 사건 등에 관해 말할 수 없는 실제의 사실이 숨어 있다. 정말 원통스러운 일이다.'

사쓰마와 조슈의 반목(反目)은 이미 이때에 심해졌으나 사쓰마와 조슈 쌍방의 지도자들이 만일 분열한다면 새 정부는 그날로 와해된다는 것을 알고 있기 때문에 내심은 별 문제로 치더라도 겉으로는 서로가 협력했다.

그 오무라가 유신 초에 그가 동생처럼 사랑하던 공경(公卿) 출신의 사이온지 긴모치(西園寺公望)에게 한 말이 이런 내용이었다.

"새정부를 멸망시키려는 자는 틀림없이 규슈에서 나온다. 아시카가 다카우지(足利尊氏) 같은 자가 대중의 선망에 편승해서 반란을 일으킬 것이다."

이 예언은 겐무 중흥(建武中興)이 와해되었던 역사적 사실이 그 전례이다. 겐무 중흥을 성공시킨 자는 그 당시 무사들에게 압도적 인기가 있었던 아시카가 다카우지였으며 얼마 뒤 그것을 붕괴시키고 무사 정치를 시작한 것도 아시카가 다카우지였다. 오무라는 무언 속에 사이고를 다카우지에 비유한 것이다.

이 예언은 당연히 오무라와 친밀한 기도와 야마가타도 들었을 것이다. 또한 오무라는 자신이 가정(假定)한 반란에 대처하기 위해 오사카를 군사 기지로 정했다. 우지(宇治)에 화약고를 설치하고 오사카 육해군 연병소(練兵所)를 두려고 했으며 그 현지 시찰차 서쪽으로 떠났을 때 피습된 것이다. 오사카는 세토 내해(瀨戶內海)를 끼고 있어서 규슈에 큰 반란이 일어나면 즉시 바닷길을 통해 병력과 군수물자를 수송할 수가 있다.

오무라가 구상한 일본 육군은 내국용으로 구체적으로 말하면 사쓰마를 대상으로 했고 더 노골적으로 말하면 사이고를 목표로 한 것이었다. 그가 죽기에 앞서 그의 문하인 육군 대승(大丞) 후나고시 마모루(船越衞)에게 유언한 것은 이러했다.

"4근산포(四斤山砲)를 많이 만들어서 비밀리에 오사카에 저장해 두라."

이 예언과 유언은 기도나 야마가타도 모두 들어서 알고 있었다. 지금 이같은 형세를 맞이하여 새삼스럽게 두 사람의 머리 속에 명멸하는 것은 그 유언과 같은 일이었을 것이다.

"사쓰마 인은 끝내 국가가 무엇인지 모르는 것이 아닐까?"

기도가 야마가타에게 말했다. 기도의 가슴 속에는 사쓰마에 대한 다년간의 원한의 감정이 울적되어 있는 만큼 통렬하기만 했다.

"사이고가 그 대표적인 인물이다."

기도는 이렇게까지 말하고 싶었던 모양이다.

막부 말기 이래 사쓰마는 변전자재(變轉自在)한 조슈에 대한 자세에 끌려다니기만 했다는 것이 기도가 실제로 겪은 느낌이며, 이 실감에서 본 기도의 사이고 상(像)은 보잘것없이 작아 보였고 거대한 몸을 가진 한낱 향당주의자(鄕黨主義者)에 불과 했다. 사이고가 거느린 근위군 장교도 비슷한 자들이었다. 기도의 일기문을 인용하면 이렇다.

'천황의 친위병이 무엇인지 모르고 정부와 국토와 국민을 보호함이 무엇인

지 모른다. 그들은 자신의 본직을 잊어버리고 자기 기분에 따라 함부로 그 직을 사임했다.'

이것은 다분히 기도의 편견에 따른 것이라 하더라도 무엇보다 이 감정량이 풍부한 혁명가가 생사의 갈림길을 넘어온 체험에 뒷받침되어 있는 만큼 씻어버릴 수 없는 것이 있다.

"자네는 어떻게 생각하나?"

기도는 야마가타에게 물었다. 그러나 야마가타는 그래서 영리하다고들 하는지 모르지만 대답하지 않았다. 야마가타는 그것이 그의 생애의 특징이었으나 타인을 비판하거나 다른 세력에 대해 비난하는 말을 한 적이 없었다.

그러면서도 야마가타는 기도 같은 조슈의 선배가 죽고 나자 확립된 자기의 권력 위에서 관료계와 육군에, 노골적인 조슈 파벌을 형성하여 일본 근대사의 한 측면을 병적인 것으로 만들어버렸다. 그것은 조슈 인인 야마가타의 단순한 향토주의는 아니었다.

그 향방에 의한 당벌주의(黨閥主義)는 관료 조직에서 상호보전이 목적이며 영달이라는 이익에 연관되어 있었다.

그것에 비하면 사쓰마 인의 향당주의는 그야말로 단순한 것이었다. 사쓰마 인 특유의 사족적 미의식(美意識)이 다른 번 출신자를 그런 면에서 가볍게 본다는 것에 그 의식의 근거를 두고 있으며, 상호 보전을 위한다는 공리성이 있다 하더라도 훗날 야마가타가 한 것에 비하면 미미한 것에 지나지 않았다.

예를 들면 이 시기의 사쓰마계 고관은 다른 출신인 영재(英才)를 등용하는 솔직함이 있었고 그 같은 일은 오쿠보 도시미치나 사이고 쓰구미치, 구로다 기요타카에게 뚜렷했으며 기리노 도시아키까지 도쿄에서 양성하고 있던 서생은 사쓰마 인뿐이 아니었다. 사이고에는 한때 기슈 인(紀州人)인 쓰다(津田)를 높이 평가하여 자기보다 상위에 앉히려 한 일까지 있을 정도였다.

그러나 기도는 그렇게 생각하지 않았다.

"사쓰마 인으로서 향당밖에 없다고 생각하지 않는 사람은 외유한 사람뿐이다."

그는 이같이 혹평했다.

사실 이같은 말은 실정의 일면을 꿰뚫어 보고 있었다. 오쿠보 등 외국에서 일본을 본 경험을 가진 사람들은 세계 속의 일본상을 겨자씨같이 작은 것으로 생각했으나 국내에 있던 자들은 아직까지 전국 시대의 호걸처럼 일본 60여 주야말로 천하라는 감각에서 벗어나지 못하고 있었다.

기도는 말했다.

"기도하는 심정으로 말하는데……"

그는 야마가타에게 언명하기를 근위군 장교 중에서 조슈계 군인만이라도 굳게 뭉치지 않으면 안된다는 것이었다. 군대는 근위군뿐만이 아니었다. 각지에 진대(사단)도 있다.

진대에는 근위군만큼 사쓰마·조슈계 장교들이 많지는 않았으나 각 진대가 한번 동요하면 그들이 지방에 할거해 있기 때문에 손 쓸 방법이 없게 된다. 특히 진대 사령부는 옛날 큰 번의 성안에 설치되어 있는 만큼 만일 그들이 반란을 일으키면 메이지 정부쯤은 그날로 무너지고 말 것이다.

조그만 일에도 마음을 많이 쓰는 성격인 기도는 이것 저것 걱정을 시작하면 원래 상상력이 풍부한 사람이어서 자기가 그려 낸 상황에 말려들어 짓눌리는 듯한 압박을 받게 된다. 그가 이 시기에 호프만 박사들의 왕진을 받고 있었던 병은 다분히 이러한 심인성(心因性)의 것이었다.

"조슈계 장교는 괜찮겠지?"

기도가 물었으나, 야마가타라는 인물은, 문제없습니다 하고 대답하는 일이 없는 사나이였으며 이때도 대답하지 않았다. 입안에 응담이라도 물고 있는 것처럼 쓴 것을 참고 있는 듯한 표정을 짓고 있다가 잠시 뒤에 말했다.

"노력해 보겠습니다."

사실 그들은 조슈계 장교라 하지만 옛번 시대의 신분으로는 야마가타보다 높은 가문의 출신자로서, 야마가타의 인사 능력을 겁내면서도 뒤에서는 은근히 얕잡아 보고 있었다.

야마가타는 앞으로 조슈계 장교들에 대해 영달이라는 실리를 비치면서 통제할 수밖에 없는데, 지금 당장 그들이 동요한다면 자신의 손으로 억제할 수 있을지 야마가타는 충분한 자신이 없었다.

"사쓰마 쪽에서 사이고 다음으로 인망이 있는 자가 기리노라는 인물인가?"

"시노하라 구니모토겠지요."

야마가타도 시노하라라는 육군 소장 근위 사령관은 인정하고 있었으며, 사쓰마계의 젊은 장교들이 시노하라를 진심으로 존경하고 있는 것도 무리가 아니라고 생각했다. 사이고와 기리노가 사임해도 남아 있는 자가 있을지 모르지만 만일 시노하라가 사임하면 모든 돌담이 무너져버리고 말 것이다.

"자네는……"

기도는 야마가타에게 말했다. 육군경으로서 또 육군 중장으로서 어디까지나 시노하라를 남아 있게 할 수 없느냐고 물었는데, 야마가타는 기도의 그같은 어려운 문제에 대해 약간 웃어 보일 뿐이었다.

불가능한 일이었다. 정부나 육군이나 결국은 사쓰마·조슈의 연합체제에 불과하며 육군경 야마가타 아리토모의 힘은 시노하라에게 도저히 미치지 못했고, 시노하라는 어디까지나 사이고에 속해 있었다.

"이것은 정부라고 할 수 없다."

기도는 비명 같은 소리를 질렀다. 서양에서 견문한 바로는 정부란 이런 것이 아니었고 모두 하나로 된 큰 바위처럼 기도에게는 보였다. 그러나 일본의 정부란 사쓰마와 조슈의 합숙소이지 도저히 정부라고 규정할 수 없다고 기도는 마치 제삼자처럼 말했다.

며칠이 지났다.

정치(政治)라는 일본어에 대해 기도 다카요시는 '폴리틱(Politics)'라는 말을 항상 썼다.

정치와 정사(政事)라는 말은 전부터 막부 말기나 유신 시기에 빈번이 쓰였으나 어딘가 옛 뜻을 내포하고 있었다.

옛 뜻의 정치란 하늘을 섬기며 백성을 다스린다는 뜻으로 황제나 왕의 직분에 속하며, 가령 정치 활동이라든가 정치적 인간 또는 정치 상황이라는 식으로 사용될 때는 어딘가 적합하지 않은 언어 감각으로 기도에게는 느껴졌기 때문에 일부러 외래어를 썼을 것이다.

"군인은 폴리틱에 관여해서는 안된다."

기도는 이런 식으로 이 말을 썼다.

기도의 말은 그만두고라도 도쿄에서의 정치 상황은 지방 순시에서 돌아온 직후에 야마가타가 생각했던 예상보다 훨씬 나쁜 상태로 되어 가고 있었다. 이것을 뒤집어 말한다면 사이고 한 사람의 사직 귀향이 이만큼 큰 영향을 미쳤을까 할 정도로 대낮에 요괴를 본 듯한 느낌이 들었다.
"원래 조슈에서는 그같은 인물이 난 적이 없다."
이렇게 말한 사람은 조슈 출신의 육군 소장 도리오 고야타(鳥尾小彌太)였다. 야마가타는 이 도리오와 매일 밀담을 계속하고 있었다.
도리오는 군인으로서는 용맹했으나 정략가로서는 너무 발상이 기발했고 그 위에 때로는 밑바닥에 구멍이 뚫린 듯 해탈한 것처럼 일종의 중 같은 데가 있어서 일을 처리하는 데 근기(根氣)가 없었다. 그런 점에선 근기만으로 주위의 상황을 살피고 있는 야마가타와는 대조적이었다.
"조슈는 그같은 역사적 배경을 가진 번이다. 전국 시대에는 고바야카와 다카가게(小早川隆景)같은 명장이 나타났으나 그것도 기도와 비슷한 정도의 사람이다. 사이고 같은 사람은 조슈에서는 나타나지 않았다. 나타나지 않았기 때문에 조슈 인으로서 사이고가 떠난 뒤의 영향 등을 잘 알 수가 없다. 근위군 중의 조슈 인들은 이번 사태로 모두가 어리둥절해 있을 뿐이다."
도리오는 그 같은 비평을 할라치면 무엇인가 재미있는 적수끼리의 씨름이라도 구경하는 것처럼 통쾌해 보였다. 그런데 막상 자기가 어떻게 해야 하느냐하는 문제에는 아무런 대책이 없었다.
"야마가타씨, 나는 육군을 떠나겠어요."
이같이 말하는 식이다.
도리오는 이때 만 26세였다. 육군 소장에는 24세에 임명되었다. 조슈의 선배들은 조슈 인 중에 장관급에 적합한 사람이 적었기 때문에 도리오에게 크게 주목하여 그를 천재적 군인이라고 생각하고 그같이 발탁했으나, 아무리 그렇다 해도 26세의 장관으로는 부하를 통솔할 수 없었다.
도리오도 그 점에 대해선 솔직하게 말했다. 전쟁터라면 나는 뒤지지 않는다, 그러나 이같은 사태를 당해 조슈의 사관을 진정시키는 것은 무리다. 그래서 도망치겠다고 한다.
여담이지만 도리오 고야타의 약력에 관해서 말해 두겠다.
도리오의 아버지는 나카무라 아쓰요시라고 하며 평범한 조슈 번사였다. 도리오가 자기의 용기와 재치만 믿고 그 언행이 심상치 않았기 때문에 아버지는 장차 이 아들 때문에 가록(家祿)을 몰수당할지도 모른다고 걱정해서 그와 의절하고 집안과는 관계없는 사람으로 만들어버렸다.

도리오의 이름은 그때까지 나카무라 호쓰케라고 했었다. 기병대에 입대해서 도리오 고야타로 개명했다. 기병대에서도 이 사람의 기이한 언동에는 애를 먹는 듯했으나 결국은 도바 후시미 전투에 나가 전쟁터를 뛰어다님으로써 사람들의 인식은 바뀌었다. 도리오는 칼날과 총탄 속에서만 진가를 발휘할 수 있는 종류의 사나이였다.

더우기 그가 전쟁하는 방식은 전국 난세의 방식 같았다. 그는 기병대 대원으로 참전한 것이 아니라 조슈 번에서 20명의 장정을 모아 자기가 만든 부대의 대장으로 참가한 것이다. 이것을 도리오 부대라 불렀는데, 불과 20명이지만 언제나 신출귀몰하게 적의 의표를 찔러 여러번 적을 쫓아버렸다.

"세상이 혼란해지면 그런 사람이 나타난다."

기도 등은 조슈에서 겐키 및 덴쇼 연대의 호걸이 출현한것처럼 기뻐했는데, 이런 점은 사쓰마의 기리노 도시아키가 당시의 무대에 등장한 방식과 어딘가 비슷한 점이 있다.

기리노와 다른 것은 도리오가 학문을 좋아했다는 점이며 한학뿐 아니라 국학에도 통달했고 훗날에는 불교 서적도 읽었다. 그러나 이것이 도리오를 위해 좋았는지 어떤지는 모르겠다. 왜냐하면 도리오의 독서 경향에는 강렬한 체취가 있어서 훗날 시대에 용납되지 못할 정도의 극단적인 보수 사상가가 되었기 때문이다.

기리노는 무학이었지만 사람과 사물을 포용하는 그릇으로서는 도리오보다 훨씬 컸으며 그의 가치 판단의 척도도 도리오처럼 무리가 없었다.

어쨌든간에 24세의 어린 나이에 육군 소장이 되는 것은 이례적인 일이었다. 장정을 모집해서 도바 후시미 전투에 참전한 지 불과 4년 뒤의 일이며, 도리오의 예만 보더라도 이 시대가 유신이니 혁명이니 하고 그 호칭은 화려했지만 얼마나 난세였나를 알 수 있다.

원래 조슈의 지사 출신들은 전국 시대 이래의 모리(毛利) 가문의 전통이 있어서인지 무사형보다는 문관에 적합한 사람이 많았으며, 이 번은 새 정부의 요직을 맡을 인원을 차출하는 데 부족을 느끼지 않았다. 군인이 되어도 야마가타처럼 군정가(軍政家) 형의 사람이 많았고 야전공성(野戰攻城)의 용장 같은 인재는 극히 적었다. 그러나 사쓰마와의 균형을 맞추기 위해서는 상당수의 장관급을 채워야 할 필요가 있었기 때문에 이같은 의논이 됐던 모양이다.

"그럼, 도리오를 보낼까?"

또 하나는 민첩하고 사납기로 세상에 알려진 기리노 도시아키가 소장이 되었기 때문에 조슈도 같은 형의 인물을 내기위해 도리오가 선택된 것이라고도 할 수 있겠다.

도리오는 그 뒤 29세에 중장이 된다. 이때부터 그는 조로(早老) 현상이 심해지고 사물에 마음을 빼앗겨 동양적인 취미를 즐기게 되었다. 특히 선(禪)을 좋아했다. 그것도 분에 넘치게 좋아했기 때문에 활동성이 둔한 정신 체질이 되어버려 그의 이론은 거의 현실성이 없는 서생 같은 국책론(國策論)이었고, 30대에 도쿄를 떠나 오사카에 살면서 세상에서 멀어지고 말았다.

야마가타나 도리오로서는 우선 근위군을 재건하지 않으면 안되었다. 우선 사관이나 하사관의 보충이 필요했다.

"어려운 일이다."

어떤 일이든 간단하게 생각하지 않으려는 야마가타는 이 일에도 결단을 내리지 못했다. 이 시대의 사관으로선 그런 일을 위한 특수교육을 받는 사람이 있었던 것도 아니라, 사관의 군복을 입혀 사령을 내면 사관이었다. 계급도 사사로운 관계나 정의에 의해서 적당히 결정되었다.

예를 들면 조슈의 노기 마레스케(乃木希典) 등도 그 좋은 예일 것이다. 그는 2년 전인 메이지 4(1871)년 별안간 소령이 되었으나 서양적 군대 교육을 2개월간 받았을 뿐이며 그것도 그의 교양은 양학파(洋學派)가 아니었고 한학파(漢學派)였다.

노기가 23세에 소령이 된 것은 그의 사촌형 미호리 고스케(御堀耕助)가 있었기 때문이다. 미호리는 막부 말기에 활약했는데 메이지 연대가 되어서 곧 병으로 죽고 말았다. 그러나 미호리가 죽기 전에 노기를 사쓰마의 구로다 기요타카와 조슈의 야마가타 아리토모에게 부탁했다. 사쓰마와 조슈쌍방의 양해 아래 노기의 신상 문제는 결정되었다. 노기는 지금 나고야 진대에 근무 중이며 현재 가네자와(金澤) 옛 성에 있는 병영에 출장가 있었다.

도리오 고야타는 심리적으로 늘 향당 의식이 강한 사람이지만 언제나 실천가의 의식으로 사물을 생각하는 사람이기 때문에 '사관은 반드시 조슈 인으로 한정할 필요는 없다. 지혜롭고 강한 자가 아니면 유사시에 쓸모가 없다'는 사상을 가지고 있었다.

도리오가 그같은 뜻의 말을 하자 야마가타는 분명한 태도를 보이지 않았다.

"어려운 일이야."

야마가타의 본심은 조슈 인 이외의 사람을 사관에 임명하는 것에는 반대였지만 도리오에게 그 말을 하면 도리오가 큰소리로 자기의 주장을 펼 것이 분명하므로 잠자코 있었다.

근위군의 전신(前身)은 친위병이다. 친위병은 유신을 이룩한 네 번의 사람만으로 구성되어 있었고 다른 번 출신자는 없었다. 사쓰마가 가장 인원이 많았고 다음이 조슈였다. 나머지 3할 정도를 도사(土佐)·사가(佐賀)가 차지하고 있었다.

"원래 사쓰마 출신이 너무 많았어."

야마가타가 말했다.

사쓰마는 번의 해군이 충실했기 때문에 해군 분야에 압도적으로 많은 인원이 진출했다. 해군에서는 사가가 막부 말기에 가장 뛰어났으나 실제의 내부 세력으로서는 미약했다. 도사의 해군은 사카모토 료마의 해원대(海援隊) 잔당이 메이지 해군에 약간 남아 있는 정도에 불과했다.

거기에 비하면 조슈는 육군 전문이었다. 야마가타는 해군에 사람을 보내지 않았으므로 육군에는 더 많이 보내도 좋다는 생각을 가지고 있었다.

"경시청(警視廳)까지 사쓰마가 쥐고 있다. 근위군 보충은 모두 조슈 인이라도 무방할 것이다."

야마가타는 혼잣말처럼 낮은 소리로 중얼거렸다.

도리오로서는 그런 것은 어떻게 되어도 좋았다. 사이고가 그만둔 뒤의 근위도독(近衛都督)을 빨리 정하지 못하면 재건을 하려 해도 명령자가 없을 것이기에 말이다.

"근위도독에는 기도씨가 좋겠지."

도리오 고야타가 말했다.

그 말을 들더니 야마가타가 갑자기 밝은 표정이 되었다. 이 안은 야마가타의 마음 속에 있었으나 도리오로 하여금 말하게 하려고 가만히 있었던 것이다. 정말 묘안이라고 하며 야마가타는 움푹 들어간 눈으로 도리오를 바라보면서 이 같은 큰 혼란을 수습하는 데는 기도씨가 도독이 되는 길뿐이라고 말징을 박았다.

　근위도독이란 군인의 최고직이라 할 수 있다. 그렇다 하더라도 이 시대의 야마가타 급의 정부 창설자들에게는 직분에 대한 상하의 감각이 애매해서 이 직책에는 메이지 5(1872)년의 한 시기에 야마가타가 취임한 바 있었다.

　그 뒤에 사이고가 취임했다. 노장인 사이고가 훨씬 후배인 야마가타의 뒤를 이어 그 직분에 취임한다는 것은 후세의 질서 확립기에는 생각할 수도 없는 일이었다. 이와 비슷한 일로는 오쿠보가 정부를 대표하는 인물이면서 한때 대장경(大藏卿)만 맡고 참의가 아닌 적이 있었다. 사이고나 오쿠보는 정정(政情)을 살펴서 자기가 그 직분에 취임하는 것이 필요하다고 생각되면 연공서열의 질서논리에 구애되지 않고 그 직분을 맡았다. 거인(巨人)시대라고 할 수 있을 것이다.

　사이고와 오쿠보 다음 가는 거인이라면 기도뿐이었다. 기도야말로 자진해서 근위군의 대혼란 수습에 나서야 하지 않겠는가.

　"기도씨가 도독에 취임한다면 우리도 여러 가지 개혁을 할 수 있다. 그렇지 않으면 사직하는 수밖에 없다."

　도리오가 말했다.

　야마가타는 즉시 육군성의 군정면에서 사쓰마의 대표인 사이고 쓰구미치에게 편지를 써서 사람을 보냈다.

　쓰구미치도 대찬성이었다. 원래 쓰구미치는 정치에 향당을 따지는 감각이 전혀 없었고 기도가 조슈 인이라는 것에 일체 구애되지 않았다.

　야마가타와 도리오가 기도의 집을 방문했다.

　"그건 사절하겠네."

　기도가 이렇게 말한 뒤, 설명한 것은 전과 같이 이 두 사람에게는 알아듣기 어려웠다. 기도와 이 두 사람이 다른 점은, 기도의 정치 사상에는 철학이 있었고 두 사람에게는 그것이 없거나 아니면 희박하다는 점이었다. 또 기도의 사고법에는 동서고금 어떠한 경우에 적용해도 통용되는 법칙성이 있었으나 두 사람에게는 없었다.

　"나를 찾아온 것이 잘못일세. 근위도독은 군인이 아닌가. 나는 원래 폴리틱에 관여하는 자가 무권(武權)을 쥐어서는 안된다고 생각하네. 그렇기 때문에 나는 사이고가 육군 대장 겸 근위도독으로 있으면서 참의직을 겸한 것이 몹시 불쾌했고, 내가 그 일로 불쾌해 한 것을 자네들도 알고 있었을걸세. 그런데 나를 찾아온 것은 내가 평소에 말하고 있는 취지를 자네들이 알아주지 않고 있다는 증거야. 한 번 생각해 보게. 정한론으로 일이 이처럼 혼란에 빠진 것도 사이고가 무관이면서도 폴리틱의 최고직을 겸했기 때문이 아닌가?"

이같은 이야기에 언급하게 되면 기도는 사근사근 호소하는 듯한 말투로 끝없이 이야기하게 되는데 듣는 사람은 지루해질 수밖에 없었다.

군인은 폴리틱에 관여해서는 안된다고 되풀이하는 기도의 장광설을 들으면서 야마가타는 복잡한 심경이 되었다.

"그러니까 나는 근위도독이 될 수 없다."

기도의 논리는 이런 것인데, 야마가타는 이 논리를 자기 자신에 견주어 보면서 듣고 있었다. 사실 이 시기에 있어서 기도는 이같은 논리로 야마가타의 희망을 짓밟고 있었던 것이다.

이 무렵 야마가타는 몸부림이 날 정도로 참의가 되고 싶었다. 그런 희망도 말하고 운동도 했다. 유신 초에 정부의 핵심에 참여한 창업지사 가운데 엽관운동을 한 것은 야마가타가 처음이며 그 외에는 없었을 것이다.

야마가타와 동격인 이토 히로부미는 이미 참의가 되어 있었다. 야마가타는 이것이 몹시 속상했다.

"왜 나를 참의로 승격시키지 않느냐?"

그는 고함칠 정도로 불쾌했다.

원래 태정관의 직제에서 실무 담당은 경(卿)이 최고이며 이것이 각 성의 장관이다. 참의는 그 위에 있다. 참의는 국가의 최고 정책을 결정하는 직분인데 그렇기 때문에 경(卿)과 참의는 겸직할 수 없는 것이 원칙이다. 그러나 외유파들이 구미 시찰을 위해 떠나버린 뒤의 이른바 부재 내각에서 에토 신페이가 사법경을 겸무하면서 참의가 되었고, 오쿠마 시게노부가 대장총재(大藏總裁: 대장경의 대행이라는 뜻에서의 직명)의 높은 직책에 있으면서 참의가 되어 원칙이 허물어졌다. 야마가타는 지금 육군경이다.

참의를 겸무해도 좋지 않은가?

더우기 지금은 사이고의 사직 소동으로 참의 의자가 네 개나 비어 있다. 사이고에 뒤이어 이타가키와 소에지마, 에토가 사표를 내고 하야(下野)했기 때문이다.

'그 뒤를 메우는데 왜 나를 넣지 않나?'

야마가타는 이렇게 생각했다. 이 메이지 유신이 붕괴될지도 모르는 혼란 속에서도 야마가타는 확실하게 자기의 영달을 계산하고 있었다는 자세를 하나의 조그만 그림으로 후세 사람들은 기억해 둘 필요가 있다.

야마가타의 참의 승격에 대해서는 오쿠보나 이와쿠라도 이의는 없었다. 다만 야마가타의 보호자이어야 할 기도 다카요시만이 완고하게 반대했고 그같은 사실은 야마가타도 알고 있었다. 기도가 야마가타에게 장애물이 되고 있었다. 기도의 반대 이유는 지극히 순수했다.

'군인은 폴리틱에 관여해서는 안된다.'

단지 이것뿐이었다.

이것 때문에 야마가타는 기도를 근위도독에 앉힌다는 용건 외에 또 하나의 용건을 가지고 있었다. 기도가 만일 도독 취임을 거절하면 곧 자기도 육군경을 그만두겠다고 말할 작정이었다.

육군경을 그만두면 기도의 반대 이유도 근거를 잃게 되고 야마가타를 참의로 승격시키는 데 동의할 것으로 야마가타는 보고 있었다.

야마가타가 이날 기도의 집을 방문한 것은 사욕도 곁들인 방문이었다.

얼마 뒤 근위도독 문제가 결렬되었을 때 도리오 고야타는 기도에게 덤빌 듯이 말했다.

"그럼 나는 육군을 그만두겠습니다."

이 20대의 육군 소장은 모가 나는 성격이고 나이도 젊어 감정이 앞섰다. 난국 타개를 회피하는 기도에게 화가 난 것이다.

도리오가 야마가타에 앞서서 사직 운운한 것은 야마가타가 바라는 바였다. 야마가타는 자기가 먼저 말을 끄집어내면 기도가 그 속을 너무도 환하게 알 것 같아 주저했던 것이다.

"사임하고 무엇을 하겠나?"

기도는 조용하게 물었다.

"조슈에 돌아가서 마을 아이들이나 가르치지요."

"아, 그래."

기도에게는 유머 감각이 별로 없었으나 갑자기 웃음을 터뜨리더니 이내 진지한 얼굴이 되었다. 조슈 인은 관을 버리고 낙향할 때의 구실이 정해져 있었다. 지난 날의 마에바라 잇세이(前原一誠)도 그랬고 지금도 가끔 그같은 말을 듣고 있었다. 고향에 돌아가서 사숙(私塾)을 낸다는 그 구실을 도리오 같은 난폭하기로 소문난 사람까지 입밖에 냈으니 기도는 그것이 우스웠다.

"조슈 인은 쇼인 선생을 본받고 싶어한다."

이런 말도 했다. 쇼카 촌숙(松下村塾)은 하나뿐이어서 좋았지만 도쿄의 관리가 모두 귀향해서 무수한 사숙을 연다면 시골 아이들이 곤란해질 것이라고 생각한 기도는 우스웠던 모양이다.

"나도 그만두겠습니다."

야마가타도 말했다.

기도는 이번엔 좀 놀랐다. 야마가타처럼 침착한 얼굴을 한 사람이 사임한다 안한다를 쉽게 말할 턱이 없었다.

"나는 자네들의 속을 모르겠네."

"육군의 동요를 진정시킬 자신이 없기 때문입니다."

"아무도 자신이 없을걸세."

기도는 불쾌한 듯 말했다. 자신이 있거나 없거나 육군경의 직책에 있는 자네가 성의껏 이것을 진정시키는 것이 당연하지 않나, 하고 말하는 것이었다.

"그리고 사이고씨와는 묵계(默契)가 있습니다."

"무슨 묵계인가?"

기도가 황급하게 말한 것은 자기 향당에서 이 같은 말을 하는 자가 나왔다는 점에 놀라서인 듯했다. 그러나 야마가타의 설명은, 지난 날 야마시로야(山城屋) 사건이라는 독직 혐의로 하마터면 사쓰마 장교들에게 죽을 뻔한 것을 사이고가 구출해 주었다. 이것은 은혜이고 은혜는 곧 묵계라고 야마가타는 말했다.

기도는 화를 냈다.

"사이고는 틀려먹었네. 자기 의견이 받아들여지지 않았다고 해서 사직하겠다는 태도는 불손하기 짝이 없어. 오쿠보의 말을 빌리면 금방 사직 운운하는 것이 사이고의 병이라고 하더군. 자네까지 그 병에 걸렸나?"

이렇게 말한 뒤 총명한 기도는 야마가타에게 딴 마음이 있는 것을 알았다. 사임하고 참의가 되겠다는 것인가. 기도는 이렇게 생각했으나 노골적으로 말할 수가 없어서 아무튼 이 소동은 죽음을 각오하고 진정시켜 달라는 부탁만 했다. 그러나 몹시 불쾌한 표정이었다.

# 대경시(大警視)

"나폴레옹의 시대는 폴리스의 시대라고 말했을 정도로……"

이것은 도쿄에서 3천여 명의 큰 세력을 장악하고 있는 대경시 가와지 도시나가(川路利良)의 입버릇이었다. 그의 건의서에도 가끔 그같은 의미의 문장을 볼 수 있었다.

어쩌면 입버릇이라기보다는 이제 그에게는 새 국가 구상을 위한 신앙 같은 것이라고 말해야 할 것이다. 그는 말했다.

"폴리스가 국가를 만든다."

또 이렇게도 말했다.

"국가에 폴리스 없이 국민의 행복이 있을 수 있을까."

그는 언제나 참의, 특히 오쿠보를 설득하고 또 청내(廳內)에서 훈시하여 모든 폴리스에게 이 신망을 가지게 하려고 노력했다.

가와지가 프랑스에 있었던 기간은 1년 미만이고 또 프랑스 어를 할 수 있었던 것도 아닌데 사물을 생각하는 명석함은 프랑스 그 자체에 홀린 듯한 점이 있었다.

그의 명석함에는 단점이 많다. 메이지 유신을 프랑스 혁명이라 하고 또 프랑스 혁명의 완성자를 나폴레옹 1세라고 했다. 그 나폴레옹 1세가 폴리스 제도를 완성시킨 이상 이 제도가 국가의 번영과 국민의 행복을 가져오는 데 있어 최고의 것이라고 그는 생각했다.

그렇게 말한다기보다 가와지는 그렇게 믿고 있었다.

프랑스가 나폴레옹 3세 말기인 1871년에 프로이센에 패한 주된 원인이, 프로이센이 나폴레옹 1세의 폴리스 제도를 도입 정비했기 때문이라고 가와지는 설명했다. 이것이 가와지의 신앙인 이상 그것의 옳고 그름은 논외로 해야 할 것이다.

가와지 자신이 글에서 말하기를 경찰이야말로 문명의 기초라고 했다.

'프로이센이 사방을 정복하고 무위(武威)를 세계에 떨치고 있는 것도 경찰로서 능히 내외를 다스리고 언제나 외국 사정을 정확하게 탐지한 때문이다. 따라서 프랑스 같은 강국도 끝내 패하고 말았다. 그렇다면 국가를 강하게 하고 해외와 접촉하려면 반드시 이 제도를 채택해야 할 것이다.'

왜 구미 각국이 세계를 굴복시킬 수 있는 대문명을 이룩했느냐에 관한 고찰은 막부 말기에 미국과 유럽에 다녀온 후쿠자와 유키치도 하고 있었다. 후쿠자와는 그 열쇠가 자유와 권리에 있다고 했고 가와지는 경찰에 있다고 했다.

가와지의 사상은 국권적(國權的)이기는 했지만 그가 경찰을 프랑스 혁명의 소산이라고 말하는 것을 보면 핵심적으로는 후쿠자와의 사상과 약간 일치하는 점이 있는지도 모르겠다.

가와지가 정한론 결렬 직후에 건의한 문장에도 '경찰의 직무는 온 나라 국민의 안녕을 수호하고 정부 고관의 독선을 용서치 않는 곳에 있다'는 의미의 글을 쓰고 있었으며, 그의 사상에는 국권의 관리 아래 국민의 자유와 권리를 지키겠다는 강렬한 의지가 있다고 보아야 할 것이다.


가와지의 귀국은 그 해(메이지 6년) 여름이었다.

그 뒤에 정한론이 결렬되어 사이고가 바람처럼 도쿄를 떠나고 또 근위군 장교가 들먹들먹하며 집단 사직하는 사태가 발생했다. 귀국 후 얼마 되지 않은 동안에 일상적인 시간 감각이 흔들릴 정도로 무수한 사건이 터지고 있었다. 유신 정부가 아직도 근대 국가로서의 형태를 갖추지 못하고 소리를 내면서 금이 가기 시작했다.

그 균열(龜裂)은 대지가 그냥 갈라져버릴 듯이 심각했으며 사쓰마 인 가와지 도시나가도 그 균열 속에 몸이 빨려들어갈 듯한 상황에 놓이게 되었다.

"가와지는 사임하겠지."

사임할 것이라는 관측이 사쓰마 인 사이에서는 상식으로 되어 있었다. 가와지가 향사 신분으로부터 기적처럼 출세해서 오늘의 지위를 얻은 것은 오로지 사이고 한 사람의 천거에 의한 것이고 그런 점에서 기리노와 다를 바 없었다.

"가와지군, 자네는 폴리스 쪽을 맡아보게."

메이지 4(1871)년 가을에 사이고가 이렇게 말하지 않았더라면 가와지의 존재는 있을 수 없었다. 사이고는 상급무사 출신의 사쓰마 사족을 근위군 장교와 하사관으로 만들고 향사 출신자를 폴리스로 만들었다. 이렇게 해서 사쓰마 향사 2천 명이 폴리스가 되어 도쿄에 주재하고 시중을 순찰했다.

이 밖에 근왕계인 각 부현(府縣)에서도 모집해서 합계 3천여 명이 프랑스식 관복을 입고 임무를 수행하고 있었다. 그들의 대장에 가와지가 취임한 것이 메이지 5년 5월이며 같은 해 8월에 대경시가 되고, 그해 9월에 도불(渡佛) 명령을 받았다.

"가와지군, 프랑스에 가보지 않겠나?"

이런 말을 한 것도 사이고였다. 사이고가 이렇게 권하지 않았더라면 가와지는 프랑스에 가지 못했을 것이고 그의 새 국가관도 형성되지 않았을 것이다.

가와지만큼 사이고의 은혜를 많이 받은 사람은 기리노 외에는 없을 것이다. 기리노 도시아키나 시노하라 구니모토의 진퇴 감각으로 볼 때 가와지는 맨 먼저 사표를 던지고 사이고의 뒤를 좇았어야 했다.

그러나 가와지는 움직이지 않았다.

"사이고 선생과의 일은 사적인 일이다."

이렇게 확실하게 말하고 명석함을 즐기는 가와지적 논리로 그후 그의 언동에 조금도 주저함이 없었던 것은 이 사나이의 개성 이외에 아마도 유럽에서 확립된 그의 새 국가관에 의한 것이리라.

그에 의하면 그의 폴리스 제도는 '국가의 번영과 국민의 행복을 가져온다'는 것으로서 마치 문명을 만드는 마법 상자 같은 것으로 생각하고 있었다. 그 마법 상자를 만들겠다고 의기충천해서 귀국한 그가 몇 달 후에 사직한다는 것은 근기가 남달리 강한 성격의 그에게는 있을 수 없는 일이었다.

10월 하순 사이고는 하야했다.

정확한 일자로 말하면 사이고가 사표를 제출한 것은 23일이었다. 이 사표 건이 가와지 도시나가의 귀에 들어온 것은 다음날 24일이었다.

그날 오후 가와지는 이 놀라운 보고를 청사에서 받았다.

가와지의 충격은 컸으나 마음속으로 자기에게 이같이 말했다.

'돌이켜 보려고 하지 말라.'

이 시기에 가와지가 구상하고 설립 준비를 서두르고 있던 경시청은 아직 발족하지 못하고 있었다. 그의 구상으로는 경시청을 만들기 위해 우선 그의 상부 기관인 내무성을 설립하지 않으면 안되었다. 내무성의 설립에 관해서는 이미 오쿠보가 승낙했을 뿐 아니라, 오쿠보는 자신의 역사적 사명인 것처럼 전력을 집중해서 그 준비를 진행하고 있었다.

'새 국가는 내무성에서 탄생한다.'

이것이 오쿠보의 신념이었고, 이 신념은 동시에 내무성 관할 아래 경시청을 만든다는 가와지의 신념이기도 했다.

이같은 가와지에게는 정한론이란 말도 안되는 어리석은 이론이며 그 결렬에 의해 사이고가 하야하는 것도 난감하기 짝이 없는 사태였다.

가와지는 그 당시의 사쓰마 사족으로서는 심상치 않은 인물이었다. 심상치 않다는 것중의 하나는 사이고의 하야에 따라 자기의 진퇴 문제를 어떻게 해야 하느냐에 관해 조금도 동요되지 않았다는 점이다. 자기는 사임하지 않는다고 결심하고 있었다.

이렇게 결심했을 뿐 아니라 그의 휘하에 있는 2천 명의 사쓰마계 폴리스에 대해서도 중요한 간부만 모아서 훈시하였다.

"향당의 일은 사사로운 일이다. 폴리스는 국가를 짊어지고 있다는 사실을 명심해서 진퇴를 그르치지 말라."

그들로 하여금 그들의 직속부하에게 자기의 말을 철저히 전달할 것을 요구했다.

'나는 이것 때문에 살해될지도 모른다.'

이런 각오도 되어 있었다. 그같은 말을 하는 데에는 그에게 죽음의 각오가 필요했다. 그의 휘하에 있는 사쓰마 인 간부 중에는 그렇게 훈시하는 자기를 명백한 증오와 경멸의 눈초리로 쏘아보는 사람도 있었다. 그같은 사람에 대해서 가와지는 한 사람 한 사람씩 따로 만나 자기의 생각을 숨김없이 말하며 집요하게 설득했다.

"그래도 이의가 있으면 마음대로 하라. 그러나 고향에 돌아가지는 말라."
가와지는 사이고의 하야에 동요하지 않았을 뿐 아니라 오히려 적극적으로 공사론(公私論)을 전개해서 사이고와 그를 따라 사직 소동을 일으킨 근위병 장교들의 행위를 '사(私)'라고 규정해버렸다.
"근위군 장교가 어떻게 하든 폴리스야말로 국가를 담당할 자라는 것을 명심하라."
청내에서 설교를 계속하는 가와지의 태도는 이미 종교적 정열이라고 말해도 좋았다.

다른 문제로 가보자.
가와지(川路)는 이 때, 사이고(西郷)와 근위장교 문제뿐 아니라 거물급 정치가의 범죄에도 탄핵을 펼치는 중이었다.
'오노조 동경이적사건(小野組東京移籍事件)'
이와 관련하여, 조슈(長州)의 관리가 오직(汚職)이라는 죄명 하에 유죄를 선고 받았는데 그 죄인을 야마구치 그룹의 총수인 기도 다카요시가 자신의 권력을 이용하여 석방시키는 불법행위를 저지른 사건이다.
가와지는 이에 크게 분개하였다.
'사적인 감정을 법에 개입시키다니 언어도단이다. 근위 장교가 빗나간 사론 끝에 군을 이탈하는 것과 같은 행위다.'
가와지가 그 분함을 건백서에 담기 시작한 것은 사이고가 사직서를 낸 다음날이었다. 이 일만 봐도 가와지가 자신의 신념을 다해 자신의 업무에 충실했음을 알 수 있다.
'오노조 동경이적사건'
그 자체는 대수롭지 않은 사건이었다.
오노조는 에도 중기부터 메이지 초기에 이르기까지 금융과 국내무역에 있어서 활발한 사업을 펼친 기업조직이다. 미쓰이조와 어깨를 나란히 할 만큼 규모가 큰 조직이었다.
오노조의 발상지는 아와우미(近江)이다. 이 조직은 겐로쿠시대에 에도와 남부번 항구 사이에 태평양으로 통하는 항로가 열리면서, 아와우미의 수많은 상인들과 마찬가지로 남부번의 모리오카로 진출하여 신분이 높은 사람들의 중고 옷을 팔아 거대한 이익을 남겼다. 그 후, 대를 거듭하여 방적실을 취급하게 되었고, 한편으로는 환전업까지 겸하여 각지에 지점을 설립하게 된다. 어용 금융기관으로 막부와도 깊은 관련을 맺고 있었다. 예를 들면, 오사카성이나 니조성에서 에도로 보내지는 연공대금을 보관하거나 그와 동일한 값어치의 어음을 에도지점에 보내는 등의 역할을 도맡아 했다. 대금은 일정 기간을 거쳐 막부에 보내는데, 그 기간 동안 무이자로 연공대금을 사업에 이용할 수가 있었다.

오노조는 많은 지점을 두고 있었으며 그 연합체를 조(組)라고 불렀다.

새 정부가 무일푼으로 교토황궁의 안에 자리잡자, 오노조는 미쓰이조나 시마다조와 함께 막대한 자금을 헌납 했다. 그에 따라 막부시대부터 이어오던 어용 금융기관으로서의 특권을 계속해서 손에 쥐게 되었다. 각 지방의 조세를 수수료 없이 거두는 대신, 그것을 일정 기간 무이자로 운용하는 특권을 얻었고, 그들에게 막대한 이익을 가져다 주었다.

이윽고 정부가 동경으로 이전하여 교토가 과거의 영광을 잃게 되자, 메이지 6년에 오노조도 동경으로 본거지를 옮기려고 하였다. 그 때, 교토참사직을 맡고 있던 마키무라 마사나오가 심상치 않은 열정으로 반대에 나선 것이다.

"오노조마저도 동경으로 이적하게 되면 교토는 점점 더 쇠퇴할 것이다. 이 적을 용납할 수 없다."

결국 참사의 직권을 발동하여 권력남용에 이르렀고, 오노조는 이에 크게 반발했다.

같은 시대의 정치가를 평가한다는 것은 그다지 쉬운 일은 아니다. 그것이 권력자이건 아니건 간에 말이다.

마키무라 마사나오(槇村正直)의 일화는 먼 과거의 일이다. 한 세기 가까이 지난 지금, 그가 어떤 인물이었는지 어느 정도는 알려져 있다. 그 '사건'이 과오를 저지른 정치인이라는 일면을 부각시키긴 하였으나, 그것은 어디까지나 마키무라 자신에 있어서는 선을 위한 고집이었다.

조슈 번에서의 마키무라는 중심축의 역할을 하고 있었는데, 번주를 보좌하며 기도 다카요시의 정치적 방향에서 벗어나지 않으려 노력했다.

메이지유신 이후, 마키무라는 교토로 부임하게 된다.

"나에겐 지방관리가 제격이야."

이같이 남들과는 달리 지방관직에 만족하였다.

그는 메이지 이후의 지방관리를 통틀어 가장 많은 업적을 세운 것으로도 유명하다. 그가 메이지 2년에 교토 시내에 일본 최초의 소학교를 창설한 것만으로도 알 수 있다. 그 외에도 그가 교토에서 이루어 낸 업적은 어느 지방과 비교해 봐도 앞서가고 있었다. 도서관, 매독을 박멸하기 위한 매독치료소, 가난을 구제하기 위한 궁민수산소(窮民授産所), 정신병자를 위한 전광원, 그리고 기상대를 세웠다. 이들 모두 일본 최초의 기관이었다.

일본 최초의 여학교인 여홍장(女紅場)을 개교한 것도 마키무라의 업적이다. 또한 박물관과, 화가양성을 위한 미술학교를 세웠으며, 외국어 학교 건립을 통해 서양을 이해하기 위한 거점으로 삼고자 했다. 그 시기의 문명개화는 교토가 동경을 선도하였다고 해도 과언이 아니다.

마키무라의 업적은 곧 교토의 자랑이었다.

교토인들은 천황의 천도에 크게 실망하였지만, 마키무라의 선구적 사업 덕에 불만이 가까스로 잠재워지고 있었다.

그러나 메이지 6년, 일본의 대표적 재벌인 오노 일가마저 동경으로 이전한다는 말이 퍼지자 마키무라는 경제의 중심지라는 지위마저 잃게 될까 두려웠다.

"오노일가마저 동경으로 가버리면 교토의 불씨 없는 등불이 될 것이다."

그런 이유로 오노 일가의 이전 계획을 저지하려 하였다.

사실 오노 일가가 동경이전을 계획한 것은 단순히 동경의 번화함에 마음이 이끌린 것일 뿐 특별한 이유는 없었다.

마키무라의 반대는 극에 달하여 참사의 직권을 행사하기에 이른다.

"이전을 허가할 수 없다."

봉건시대의 영주도 상상할 수 없는 폭력적 저지는 교토를 위하는 마음이 전제가 되었다 해도 과도한 개입임에는 틀림없었다.

당시의 오노 일가의 당주는 젠스케였는데 그다지 총명한 인물은 아니었고, 총 지배인을 맡고 있던 니시무라 간로쿠가 수완이 뛰어났다.

"오노조는 새 정부의 요구에 응하여 충분한 헌납을 했다. 동경이전의 뜻마저도 부(府)에 의해 저지당한다는 것은 어이없는 일이 아닐 수 없다."

이렇게 주장하며 교토부를 상대로 교토재판소에 소송을 걸었다.

이 때의 사법부 장관은 히젠(肥前) 사가(佐賀)출신의 에토 신페이였다.

에토는 민권옹호적인 법령을 지지하면서 만일 법이 인정한 인민의 권리를 지방관직자가 빼앗는 일이 발생하면, 주저 말고 재판소에 고소해야 한다는 취지의 사법령을 발표한 사람이었다. 오노 일가가 당당할 수 있었던 것은 그 법령이 있었기 때문이다.

이 사건은 에토에게도 중요한 의미를 지니고 있었다. 에토는 행정권에서 사법권을 독립시키려 노력하였는데, 각 부현의 지방관리가 이에 찬성할 리 없었다. 지방관리들은 여전히 봉건군주의 절대권력을 지니고 있다는 착각에서 벗어나지 못했으니 당연히 사법권도 부현의 소유라는 인식을 가지고 있었다. 마키무라 마사나오 또한 예외는 아니어서 서양물을 먹은 에토의 사법권 독립사상을 달갑게 생각하지 않았다. 따라서 에토는 이 참에 마키무라를 응징하여 사법권의 독립을 만천하에 주지시키는 계기로 삼고자 한 것이다.

작년 10월(메이지 5년)에 사법부 관할 재판소가 도쿄에 생겼는데, 도쿄청을 지휘하는 마키무라는 재판소와 일일이 대립하였고, 심기를 거스르는 행동을 서슴지 않았다.

에토는 오노 일가의 소송에 대해 보다 강력한 인물을 동경 재판소장으로 임명할 필요가 있다고 판단하여, 야마토 출신의 기타하타 하루후사를 임명하게 된다.

"기타하타 씨, 법으로써 교토부를 처단합시다."

에토가 기타하타에게 말했다.

기타하타는 과거 히라오카 규헤이라는 이름으로 야마토 법륭사에서 무사로 재직한 바 있다. 그는 덴추조(에도말기 결성된 막부 타도를 외치는 급진파로 1863년에 거병하였으나 변병에 의해 괴멸된다)에 참가하여 끝까지 살아남은 사내로, 평민출신이다. 메이지 유신이 사쓰마 번과 조슈 번을 중심으로 펼쳐진 탓에 평민출신의 혁명가가 많지 않았으나, 에토에 의해 발탁된 기타하타는 예외적 존재가 되었다. 에토는 기타하타라면 마키무라를 가차없이 처단할 수 있을 거라는 기대를 품고 있었고, 기타하라 또한 일단 불이 붙으면 전후 사정 안 가리고 돌진하는 광기를 지닌 사내였다.

재판은 오노조의 승소로 끝이 났다. 이미 호적법이 개정되어, 토족, 평민을 불문하고 국내 어느 곳이든 이적이 자유로웠으니, 오노조의 승소는 떼놓은 당상이었다. 재판소는 마키무라 참사에게 유죄를 선고하고 벌금 6엔을 부과했다.

그러나 마키무라는 이에 불응하였고, 이에 격노한 기타하라 재판장은 사법부 장관인 에토에게 '마키무라를 엄중히 처벌할 것'을 제기했다.

마키무라는 체포되었고, 동경으로 이송되어 구속처리 되었다. 조슈의 고급관리가 체포된다는 것은 당시로서는 상상할 수 없는 일이었다. 한편으로는 사법부 장관으로서 에토의 일면을 말해주는 사건이기도 하다.

이와 같은 에토의 처사에 대해 에토와 동향인 참의원 오키 사카토마저도 유감을 표시했다.

"에토다운 통쾌한 판단이긴 하나 과도한 처벌이다."

마키무라 마사나오의 죄목은 단지 '오노 일가의 동경이전 저지'에 불과했다. 거기에 법정모욕죄가 포함된다. 그렇다고는 하나, 교토부의 지방관리를 징역 20일(또는 벌금 6엔)에 처했다고 하는 것은 아무리 생각해도 과중한 형벌이라는 의견이 분분했다. 게다가 포승에 묶고 동경까지 이송하여 감금했다는 것은, 평소 서글서글한 성품의 오키로서는 그야말로 눈이 휘둥그래지는 사건이 아닐 수 없었다.

그러나 사쓰마 번과 조슈 번 출신자들을 탐탁지 않게 생각하는 사람들은 이러한 에토의 처사에 대해 크게 기뻐하며 박수를 보내는 사람도 있었다.

"오만한 조슈 인에 대한 정문일침이었다."

그런 점에서, 에토 신페이는 일본인답지 않은 독특한 정치가였다고 할 수 있다. 그에게는 신 국가야 말로 유일한 우상이었다. 따라서 지연이라는 사적인 감정이 정치에 개입되는 상황을 막고자 제2의 유신을 일으키는 것이라는 사명감이 있었다.

그의 법률 지식에는 프랑스식 사상이 다분했으며, 성격 자체에도 민권옹호에 정의감을 불태우는 성향이 다분하였다. 따라서, 관리가 권력을 악용하여 인민의 자유를 억압하는 행위를 목격하는 즉시, 상대가 누구건 맹견처럼 달려들어 물어뜯지 않고는 못 배기는 것이다.

나라를 다스리는 데 있어서 사적인 감정을 개입시키지 않는 정의구현이란 한 마디로 말해, 사쓰마 번과 조슈 번 출신자를 퇴치하는 것일터인데, 그 점에 있어서, 그는 입장을 달리했다. 에토의 출신지인 히젠의 사가현은 유신에 반쯤 뒤떨어져 있었는데, 그로 인해 번 사회에 대한 격렬한 반발심이 생겨난 것이라고 볼 수 있다. 그러나 그런 이유와는 별개로 에토는 법을 좋아했으며, 특히 법 앞에 만인이 평등하다는 근대사상의 신봉자였다.

에토는 자신의 사상을 사법부 간부들에게도 열광적으로 주입시켰다. 사법부의 특징 중 하나는 조슈 출신자 없다는 것이다. 반면 사쓰마 출신자와 번 이외의 사람들도 많았으나 주도세력은 도사 출신자와 사가(佐賀) 출신자였다.

이 시기에는 경찰이 사법부 소속이었는데, 그 후에 신설된 내무부로 전속된다. 당시, 가와지 도시요시는 에토의 부하였다. 가와지는 사쓰마 출신이었는데 그가 에토의 신국가주의를 추종했음을 증명하는 간접적 증거가 몇 가지 존재한다.

마키무라 마사나오가 동경에 감금되고 얼마 되지 않아, 정한론이 결렬되는 어처구니 없는 사태가 벌어졌다.

그 파장으로 사이고의 뒤를 이어 에토도 하야를 맞게 된다.

그리고, 에토가 관직에서 물러난 다음날 마키무라 마사나오는 포승에서 풀려나 자유의 몸이 되었다.

그 과정에서 조슈 파벌의 기도 다카요시가 힘을 발휘했고, 에토에 의해 잠시나마 호흡곤란 상태에 빠졌던 조슈 파벌이 심호흡을 하게 된 것이다.


"사이고도 잘못이지만 기도도 못지 않다."

가와지 도시요시가 격앙된 태도로 건백서를 내던진 것에서, 그가 사쓰마 번과 조슈 번 파벌이 지니고 있는 지연주의에서 탈피했다는 것을 알 수 있다. 그러기까지는 새로운 계기가 필요했는데, 에토가 이루어 놓은 사법부의 분위기가 크게 작용했다.

에토는 이듬해(메이지 7년)에, 사가의 난을 일으키다 실패하여 오쿠보의 손에 처형된다.

에토 신페이가 정치범이라는 오명으로 매장당했으니, 그가 메이지 초기에 이뤄낸 업적과 인간적 평가가 후세가 전해질 리 만무했다. 그가 사법부 장관을 역임한 기간은 짧았다. 메이지 5년 4월에 취임하여 이듬해 6년 10월에 자리에서 물러났으니, 재임기간은 고작 1년 반에 불과하다. 그러나, 짧은 기간에 에토가 이루어낸 업적은 강렬한 빛에 비유할만하다.

에토는 법률이 거의 존재하지 않았던 메이지 국가를 위해, 번 이외의 출신자를 사법부에 영입하여 밤낮을 가리지 않고 법률을 만들기에 힘썼다. 그는 외국 법률의 번역을 통해 새로운 형태의 정치적 이상을 창조하는 데는 타의 추종을 불허했다. 그러니, 가와지가 그의 영향을 받지 않고는 배길 수 없었을 것이다.

가와지가 경찰 장관이 된 것은 사이고의 도움이 있었다고는 하나, 실제로 그를 채용한 것은 에토였으며, 가와지를 해외로 발령을 낸 것도 사이고의 남다른 보살핌 때문이라고는 하나, 실제 명령을 내린 것은 다름아닌 에토 장관이었던 것이다.

게다가 가와지가 귀국하여 프랑스와 유럽의 사법과 행정경찰에 관해 꼼꼼히 보고한 사람도 에토였으며, 신국가 건설의 기반을 법에 두고 있다는 점에서도 가와지는 에토와 한배를 타고 있었다.

에토는 막부 말기에는 나라를 위해 거의 활동을 하지 않았는데, 그가 속한 사가번에서 활동금지명령을 내렸고, 명령에 불복한 대가로 경오말년부터 수감생활을 했기 때문이다. 그는 유신과 함께 번 대표자의 한 사람으로 급작스럽게 정계에 발을 들인 이후, 수년간의 불만을 한꺼번에 토해내듯 일에 몰두했다. 그는 유신을 혁명으로 받아들이는 어느 고급관리보다도 혁명가다웠으며 활기가 넘치는 사내였다.

덧붙여 말하면 사쓰마 번과 조슈 번 출신이 아닌 에토로서는 유신을 혁명으로 받아들일 수 밖에 없었을 것이다. 그 때문에 신국가 이념을 표방하고 사쓰마 번과 조슈 번을 적으로 삼을 수 밖에 없었다. 그러한 의식이 날로 강렬해짐에 따라, 사쓰마 번과 조슈 번의 이익을 꾀하는 세력과의 치명적 대립이 발생하게 되었다.

기도는 다른 번 출신자로서는 이해할 수 없을 만큼 우정에 각별한 사람이었다.

참고로, 에도시대와 그 이전을 통틀어 일본에서는 우애라는 윤리관념이 그다지 발전하지 못했다. 기껏해야 남성간의 동성애를 목적으로 한 '의형제'가 에도시대 초기에 나타나는 정도에 불과했다. 주군을 향한 충성심만이 강요되는 시대였던 터라, 우애 따위는 불필요한 윤리의식으로 치부되었던 것인지도 모른다. 메이지 시대 이후, 서양의 윤리의식이 수입되면서 비로소 우정이라는 감정이 윤리화되기 시작했으나, 조슈 번만은 예외였다.

막부 말기부터 조슈 번만은 예외적으로 우애 사상이 성행하였다. 막부말기 조슈 번은 수차례의 붕괴 위기를 겪었는데, 붕괴위기를 가까스로 막아낸 원동력이 된 것은 우정이란 이름의 상부상조 정신이었다.

기도는 교토부 참사 마키무라 마사나오를 보호해 주었다.
"마키무라의 죄가 무어란 말인가?"
기도는 그 사건의 발생초기부터 편집적으로 그 말을 반복하였으며, 에토가 괜한 고집을 부려 마키무라를 처벌하려는 것에 분노를 느끼고 있었다.
기도의 말대로 마키무라는 누구보다도 일에 열심이었으며, 그의 복리부흥 정책은 어느 지방과 비교해 봐도 단연 뛰어난 것이었다.
마키무라가 40세가 되자, 기도는 아쉬움을 금치 못했다.
'그가 좀 더 젊었더라면 중앙관직을 내어주는 건데.'
당시, 중앙 관청의 행정기술을 습득하기 위한 적정 연령을 20대에서 30대로 지정하였기 때문에, 40대는 지방으로 발령되는 것이 일반적이었다. 특히 교토부는 동경천도 이후에 발생할 혼란을 예상하여 행정관 적임자로 마키무라를 염두에 두고 있었다. 그 후 마키무라의 업적을 눈여겨본 기도는 마키무라의 처지를 동정했다.
'선견지명이 없었구나. 저 정도의 인재라면 장관이나 참의원도 무리 없이 해냈을 텐데.'
그러나 마키무라 스스로가 그러한 분에 넘치는 자리를 원하지 않았고, 지방 행정관이 자신의 천직이라며 만족하고 있었다.
그러던 차에 에토의 탄핵을 받게 된 것이다. 마키무라의 국가사상에는 행정권과 사법권의 분리라는 개념이 없었기 때문에 초래된 재난이기도 했다. 그렇다고는 하나 고작 일개 기업의 동경이적(東京移籍) 요구를 마키무라가 묵살했다고 하여, 그에게 독직죄를 씌워 감금한다는 것은 이치에 맞지 않는 일이었다.
기도는 마키무라를 살리기 위해 각계각층에 편지를 보냈다. 그 일로 한참 바쁘게 움직일 때가 마침 사이고가 사표를 내던지고 하야하던 때와 겹친다. 기도의 뜨거운 우정을 그렇다치면, 사이고와의 현격한 차이는 이 일을 통해서 여지없이 드러난다.
사이고가 하야하자, 에토도 관직을 내놓고 물러났다. 기도는 기회를 놓치지 않고 마키무라를 석방시켰다.
그 사건이 가와지에게 분노를 느끼게 했다.

사이고가 관직에서 물러날 때, 가와지 도시나가는 아무런 움직임을 보이지 않았다. 그 이유를 숙지한 후에 그가 사법부 관리로서 에토사상을 이어받은 인물이라는 점에 주목해야 할 것이다. 그러한 사상으로 마키무라 마사나오 석방사건에 분노가 솟구치는 것이다. 또한, '마사나오를 옹호하는 인물이 있는 것이 아닌가?'라는 문장으로, 사건의 배후 인물인 조슈 파벌의 총수인 기도 다카요시에 공격을 퍼붓게 된 배경이 된다.

가와지는 뛰어난 문장가였다. 특히 남을 공격하는 문장을 쓸 때는 격분을 감추고 칼날처럼 날카로운 논리로 적을 비난하며, 단어의 선택 또한 소름 끼칠 만큼 완벽하다. 가와지는 내각의 관리들과 육군이 사이고의 하야에 크게 동요하고 있는 틈을 타서 정부를 탄핵하는 고발문을 작성하고 있었다.

가와지의 입장에서는 기도의 고발수법을 그대로 이용한 것이며, 사이고의 하야에서 보여지는 사쓰마 번과 조슈 번 파벌 근위장교들의 오만함에 공격을 가한 것이다.

'듣건대 요즘 육군 장교와 하사관들이 직책을 떠나는 자가 많고 근위사졸들은 직책을 박탈당한 자가 수백 명에 이르러 세상 물의가 분분하고 사람들의 의심을 사고 있다.'

이렇게 써서 그것을 나쁜 일이라고 명백하게 논하고 있다.

이 시기에 사람은 법 앞에 평등하고 그 법의 원천은 국가이며 따라서 국가는 그 무엇보다도 가치가 높다는 사상은 에토 사법경을 정점으로 하는 사법성에서 세워진 바 있고 또 사상으로는 대단히 전위적인 것이었음을 알아야 한다.

가와지는 그 사상의 사도(使徒)였다. 그렇기 때문에 선악의 판단이 뚜렷했고, 기도가 꾸민 것으로 보이는 흑막(黑幕)이 마키무라를 석방시킨 일에 대해 야유하면서 사적(私的)이어서는 안될 국가를 내세우고 있다.

"대일본 정부의 체제에는 이 같은 일이 없을 것으로 믿는다."

또한 근위장교의 대량 사직에 관해서는 어디까지나 법을 기준으로 하고 있다.

"이것은 법이 확정되지 않은 탓이란 말인가."

법이란 자체로서 문명을 생산하는 가장 좋은 기능을 가진다는 데 대해 조금도 의심하지 않는 확신에 넘쳐 있었다. 가와지가 사이고와 진퇴를 함께 하지 않은 이유가 여기에서 분명해진다.

또 마키무라 사건에 있어서 법은 만인에게 평등하다는 법치주의를 정부는 모르고 있다는 점을 찔러 다음과 같은 격렬한 문장으로 공격하고 있다.
'정부는 어찌하여 마사나오 한 사람에게만 관대하며 국민에 대해서는 가혹한가? 국가는 어찌하여 마사나오 한 사람에게만 행복을 주고 국민에게는 불행을 주는가?'
이 대목은 훗날에 나타나는 자유민권 운동의 격문 같은 문장이다.
이 건의서는 이와쿠라 앞으로 제출되었다. 이와쿠라는 놀라서 오쿠보에게 돌렸다.
참의들은 근위군에 뒤이어 경관까지 불온한 움직임을 보이고 있다고 겁을 내고 있었다. 참의들 사이에 이런 말이 빈번이 사용되었다.
'폴리스'
폴리스란 이 경우에는 직종을 지칭하기보다는 새로운 국가의 사상 집단이라는 인상이 더 강했다. 가와지는 그 정점에 있었다.

가와지의 건의서가 오쿠보의 집에 배달되었을 때 오쿠보는 거실에 있었다.
"하카마를 가져와요."
그는 부인에게 명령했다.
사적인 서신이 아니고 건의서인 이상, 정장을 하고 읽지 않으면 안된다는 고지식함이 오쿠보에게는 있었다.
오쿠보뿐 아니라 이 시대에는 아직 에도 시대와 같은 예절이 남아 있었다. 그것이 허물어진 것은 이토 히로부미가 재상이 된 때부터이다.
읽고 난 후 오쿠보는 반응이 없었다. 오쿠보의 반응은 언제나 늦었다. 고개를 떨어뜨리고 얼굴에서 핏기가 사라질 때까지 생각에 잠겼다.
'가와지도 역시 소동에 가담하는 것일까?'
가와지는 하야하려고 생각하는 것일까. 또 하야함에 있어서 경찰관원들을 선동해서 대량 사직을 시키려 하는 것일까?
그렇지 않다는 것을 다시 읽어본 뒤에 알게 되었다. 가와지는 기도로 짐작되는 인물이 법보다 정치를 앞세우는 것에 대해 화를 내고 있을 뿐 아니라, 같은 논법으로 근위군 장교들의 대량 사직에도 화를 내고 있는 것이다. 또한 이 대량 사직에 대해서 정부가 취한 조치도 엄하게 따지고 있다. 정부가 단호한 처벌을 하지 않고 비위를 맞추는 듯 그들의 장교 신분을 그대로 두고 봉급도 지급하며 다만 '근위'라는 직책만 그만두게 한 것을 비난하고 있다.

오쿠보는 세 번 읽고 나서 이 건의서의 취지야말로 메이지 국가를 만드는 방향이 될 것이라고 생각하기 시작했다.

"과연 그렇군!"

오쿠보가 드물게 혼잣말로 외쳤다. 유럽 시찰중에 오쿠보가 느꼈던 근대 국가상이 지금처럼 명쾌해진 일은 없었기 때문이다. 이미 일본에서 새로운 국가가 출현한 이상 번벌(藩閥)은 사적인 일이어야 한다. 가와지의 건의서는 기도와 근위군 장교단 그리고 정부를 논박하면서도 그 논박을 통하여 이런 점이 과연 선명하게 나타나 있었다.

그 외에도, 이처럼 명쾌한 국가론을 다른 번 출신이 논한 것이 아니고 사쓰마 인이 논한 것을 오쿠보는 즐거워했다. 사쓰마 인은 일반적으로 번벌 의식이 강해서 그것 때문에 애를 먹고 있는 오쿠보로서는 가와지의 이 건의서가 이상하게도 용기를 돋우어주는 듯했다.

거기에 공교롭게도 육군 차관인 사이고 쓰구미치가 찾아왔다. 오쿠보는 객실로 옮긴 뒤 쓰구미치에게 이 건의서를 보였다.

쓰구미치는 한 번 읽고 나서 말했다.

"명문입니다."

그리고 오쿠보에게 돌려주었다.

"우리를 공격하고 있네."

"그렇군요."

오쿠보도 쓰구미치도 말이 적기 때문에 대화가 잘 진행되지 않았다. 다만 쓰구미치는 자기가 대경시였다 해도 가와지와 같은 글을 쓸 것이라고 말했다. 그 말이 오쿠보를 즐겁게 했다.

"다만 마키무라 건에 대해선 기도에게 맡겨두세. 지금 기도를 화나게 해서는 큰일 나네."

오쿠보가 말했다.

그 다음날 육군 차관 사이고 쓰구미치는 가와지의 사무실로 찾아갔다. 계급으로 보아서는 쓰구미치가 가와지보다는 조금 위였으나 이 혼돈된 시대에는 그같은 고려는 별로 없었다.

"가와지군, 변명하러 왔네."

쓰구미치가 말했다. 왜 대량 사직한 근위군 장교에 대해 육군성이 관대한 조치를 취했느냐에 대해서이다.

"정부는 약한 둑이야. 거기에 구멍이 뚫려 물이 점점 새나가고 있어."

이것을 무리하게 틀어막으면 물이 불어나서 둑 자체가 크게 붕괴되고 말 것이다, 그래서 관대하게 처분했다, 때문에 사직을 원하는 자에 대해서는 '병 때문에 휴직함'으로 처리했다, 고 사이고 쓰구미치는 말했다.

그러나 가와지는 고자세로 나와 이런 뜻의 말을 했다.

"단호한 조치를 취할 수 없는 정부라면 무너지는 편이 오히려 낫다."

이번의 정부 처사는 백 년 뒤까지 화근을 남길 것이라고 가와지는 말했다.

"알고 있겠지만 정부, 정부 해도 지금의 정부는 한낱 연극의 장치 같은 것이니까."

쓰구미치가 말하는 정부의 실정은 오히려 비참할 정도로 약한 것이었다.

쓰구미치가 말하기를, '근위군 장교가 된 대부분의 사쓰마 인은 메이지 유신이 근대국가를 만들기 위한 소동이라는 것을 인식하지 못하고 있다. 그들이 근위병으로서 도쿄에 올 때의 인식은 도쿠가와 막부의 직속무사 8만 기(騎)로서 대우받을 심산이었다'는 것이다. 그러나 직속무사 같은 대우는 받지도 못했을 뿐 아니라, 그들에게는 청천벽력 같은 징병령이 공포되어 농민과 상인이 군인이 되는 놀라운 조치가 태정관에 의해 취해졌다. 근위군의 사쓰마 사족들의 분개는 거기 있었으며, 그들의 동요는 형 사이고 다카모리의 정한론에 동조해서 일어난 것이 아니라는 것이었다.

그런데 근위군에서 사쓰마계 군대가 물러나면 정부를 지킬 병력은 조슈인뿐이다. 사임한 사쓰마계 사관을 엄벌에 처했는데 만일 그들이 반항한다면 다른 부현(府縣)의 불평 사족도 궐기할 것이다. 정부에는 그것을 방지할 힘이 없다. 그러니까 관대한 조치를 취할 수 밖에 없다고 말했다.

"그러니까 굽혔다는 것은 이상해. 국가라는 것은 그런 것이 아닐세."

가와지가 말했다.

"알고 있네."

사이고 쓰구미치는 대답했다.

지금의 일본은 아직 국가라고 할 수 없어, 국가가 형성되는 중에 있으며 장차는 자네처럼 어떠한 사적인 세력 앞에서도 법의 평등이 유지되는 국가가 성립될 거야, 서로가 그같은 목적을 위해서 진력하지 않겠나, 하고 말했다.

쓰구미치는 자칫하면 형인 다카모리의 진퇴를 좇을 가능성이 있는 이 가와지 도시나가에게 국가 확립을 위한 동지가 되어달라고 부탁함으로써 못박아 두었다.

가와지는 그 점에 대해서는 분명히 말했다.

"나는 향당 사람에게 피살될지라도 고향에는 돌아가지 않겠네."

가와지 도시나가는 집요한 성격을 가지고 있었다.

이 사람의 성격에 관해서는 오쿠보를 비롯하여 그들의 향당 사람들조차 모르고 있었다. 모르고 있었다기보다 지금까지 폴리스 일을 하고 있는 가와지 도시나가의 존재를 아무도 중요하게 보지 않았음이 틀림없다.

육군 차관 사이고 쓰구미치가 일부러 찾아가서 변명하자 가와지는 겨우 납득했다.

"정부는 약체이기 때문에 근위군 사관의 대량 사임에 대해서 어떻게 할 수가 없네. 바꾸어 말하면 정부보다 결속된 사쓰마계 군인 쪽이 더 강하다네."

그러나 가와지는 마키무라 마사나오(槇村正直)의 정치적 석방이라는 일건에 대한 기도 다카요시의 개입은 용납할 수 없다고 주장했다.

"이에 대한 일은 육군 차관인 내가 관장할 사항이 아니야. 오쿠보씨에게 말해보게."

그렇게 말하고 쓰구미치는 도망치듯 돌아왔다. 가와지는 곧 오쿠보에게 편지를 썼다.

'건의서에 대한 회답을 주시오.'

그는 재촉했다.

오쿠보는 난처했다.

이번 기회에 기도와 다투는 것은 메이지 정권을 파괴하는 것이 된다. 이미 사이고의 하야에 의해 큰 금이 생겼는데 지금 기도가 화를 내고 조슈에 가버리면 천하는 수습할 도리가 없다.

"가와지군은 조급하다."

오쿠보는 그날 밤 찾아온 사이고 쓰구미치에게 그렇게 말했다. 사쓰마 인끼리는 짧은 말로 의사가 소통된다. 쓰구미치는 오쿠보가 가와지에 대해, 곧 선처할 테니 잠시 시간을 달라는 말을 왜 했는지 알았다.

지금 오쿠보는 그럴 경황이 없었다.

사이고가 그만두고 이타가키와 고토, 에토, 소에지마 등의 참의가 사직한 내각을 어떻게 보충하느냐 하는 문제로 고민하고 있었다.

이미 파국에 가까운 비상사태가 되어 있었다. 이 난국을 구할 수 있는 내각은 강력한 것이어야 하는데 이제 그러한 인물은 기도와 오쿠보밖에 없었다. 오쿠보 자신은 내무성을 창립하기 위해 내무경으로서 실무에 전념하고 싶었고 이런 기회에 참의가 되고 싶지는 않았다. 그것은 하나의 이유에 지나지 않았고, 남에게 말할 수 없는 가장 중요한 이유는 시마즈 히사미쓰에 대한 조심스런 염려가 있어서 되도록 정치의 전면에 나서고 싶지 않았던 것이다.

오쿠보로서는 기도 다카요시를 중심으로 하는 내각을 수립시키고 싶어 모든 수단을 다해 기도를 설득하고 있는 참이었다. 기도는 그것이 싫어서 병을 핑계로 되도록 회피하려고 했다. 이같은 시기에 가와지의 건의서를 기도에게 돌릴 수는 없었다.

잠시 쉬어갈 겸, 잡담을 늘어 놓을까 한다.

지금 진행중인 소설에 관하여 생면부지의 남에게서 종종 편지를 받기도 하고, 의외의 인물이 방문하기도 한다. 그들의 목적은 자신들의 사이고론을 피력하기 위함이다.

"일본인이 사이고에 열광하게 되는 이유에 대해 말하고 싶다."

어느 날 나이가 지긋한 선배가 나를 찾아왔다. 그는 공산당원으로서는 역사적 존재라고 할 만한 인물로 지금도 꺼지지 않는 정열을 지니고는 있으나 현재 당적은 없다.

이하 Z씨라고 칭하기로 한다. 상상컨데, 아마도 그는 청년시절에는 마르크스·레닌주의의 보편성을 신봉하고 초로(初老)를 지나서는 보편성 안에 민족주의를——자칫 특수성을 지닌 요소로 보여지는——심각히 고려하게 되었을 것이다.

그의 논리는 이 관점에서 성립된다.

"사이고는 옳지 못하다."

즉 "사이고는 안정조약(安政條約 : 또는 안정5개국 조약이라고도 함. 안정 5년(1858), 미국, 네덜란드, 러시아, 영국, 프랑스의 5국과 순차적으로 체결한 통상조약의 총칭. 직허가 없었으므로 가조약이라고도 불린다. 5개 항구의 개항을 결정하였으나 관세 자유권도 확보하지 못했으며 치외법권을 인정한 조약)에 반대하지 않았다. 안정조약은 열강의 강요에 못 이긴 막부의 굴복이며, 민족의 독립성 일부를 팔아버림으로써 해결책으로 삼은 불평등조약이며, 메이지 정권은 막부의 조약을 그대로 계승한 반식민지적 정권이 된 것이다. 사이고는 이러한 메이지 정권에의 참가자로서 공동책임을 면할 수 없으므로 비난받아 마땅하다."

이것이 그의 주장이다.

Z씨의 주장에는 사실과 다른 점도 있어 나로서는 찬성할 수 없으나 여기서는 거론하지 않기로 한다. 단, 민족 독립을 중심축으로 삼은 Z씨의 의견은 그의 성격과도 관련이 있는 것으로 보여진다.

그 후, Z씨는 화제를 바꾸어 대화를 이어갔는데, 일본인의 민족적 특성 가운데 하나가, 난해한 성격의 정치가는 환영 받지 못한다는 것이다. 사이고와 오쿠보가 그런 경우라며 모토오리 노리나가의 시를 예로 들었다.

　　일본의 고유 정신이 무어냐고 묻는다면 아침햇살 받은 벚꽃이라 대답하리다.

Z씨가 말하기를, 자신은 노리나가의 노래를 좋아하기는커녕 노리나가의 시를 깎아 내린 마사오카 시키와 같은 의견이라고 했다. 그러나 이것을 시가 아닌 31자의 짧은 에세이라고 한다면 날카로운 시각으로 진실을 보고 있다고 평가할 수 있을 것이라고 했다.

"사이고는 교양을 지닌 지식인으로서도 높이 살만 했으며, 그 정치적 전략 또한 오쿠보에 뒤지지 않는다. 그러나 본질적인 차이는 인품에 있으며, 사이고는 아침 햇살을 받아 빛나는 벚꽃이다. 그 때문에 동시대의 사쓰마번과 조슈번 출신자와 후대의 일본인이 사이고를 존경하는 것이다.."
고 말했다.

Z씨는 시인이기도 하다. 앞서 말한 그의 의견은 시인의 관점에서 사이고를 바라본 것임에 틀림없다.

오쿠보는 난해한 인물이었다. 아침 햇살을 받아 풍기는 빛의 향기 따위는 풍기지 않았으며, 사이고와 대비되어 동시대의 사쓰마번과 조슈번 출신자들에게 부당하리만큼 미움을 받기도 했다.

잡담을 조금 더 하자면,

이 시대를 선과 악으로 나누어 생각하려는 사람들에게서도 편지를 받게 되는데, 그들은 오쿠보를 희대의 악당이라고 표현한다.

그러나 오쿠보의 소년시절부터 그가 사망에 이르기까지 그의 일생을 상세히 들여다 봐도 악당의 면모는 찾아볼 수가 없다.

단, 권력을 향한 욕심은 지니고 있었다.

오쿠보는 신국가 설계에 대해 자신만의 구상을 가지고 있었는데, 그것은 학생의 공상이나 방관자의 꿈과 같은 허무맹랑한 의견에 그치는 것이 아니라 30년의 기간을 기준으로 착실히 실행해 나갈 수 있는 견고하고 구체적인 구상이었다. 단, 여기서는 오쿠보의 신국가 설계에 대한 개인적 의견은 접어두기로 하겠다.

그는 그 구상을 실현시키고픈 욕심에 권력에 대한 강한 집착을 보이게 된 것이다. 강한 집착이라는 것은 그만큼 자신의 구상을 실현시키고 싶다는 욕구가 강렬했다는 것을 시사한다.

신국가 설계를 구상하는 사람들은 막부 말기에서 유신시절을 통틀어 찾아보아도 그다지 많지 않았다. 그 중 한 사람으로 막부 말기 도사 지방의 사카모토 류마를 들 수 있다.

유신시절부터 메이지 초기에 이르기까지 권좌에 앉아있던 사람은 사이고 다카모리와 에토 신페이, 오쿠보 도시미치뿐이었다. 사이고의 신국가 구상도에서는 아침 햇살을 받아 풍기는 빛의 향기가 느껴지지만, 시공자들은 그의 설계도를 읽어낼 수가 없었다. 에토의 경우 다른 두 사람과의 공통점이 부국강병이라고는 하나, 그 중심은, 인민의 권리에 있어 법치국가적 성격이 가장 선명하게 부각되었다.

오쿠보는 독일의 국가 사상을 모델로 하고 있어, 국가의 모든 가치를 내무부에서 만들어 내려고 했다. 그 가치 보호와 육성 또한 내무부가 전담해야 한다는 것이었다. 후에 민권주의자들에게 관료전제라며 비난을 받게 되는 기본 사상이다. 철저한 국가관리를 통해 급속한 문명의 발달을 꾀하고자 한 그의 사상은, 야마가타 아리토모에 의해 계승된다. 그러나 야마가타의 사상에서 되짚어 보았을 때, 오쿠보에 도달할 수 없을 만큼 그 세력이 약해진다.

요컨대, 신국가가 창조되는 시기에 국가 설계를 위한 구체안을 지니고 있던 사람은 반드시 비명의 최후를 맞게 된다. 에토는 사가의 난을 일으켰고, 사이고는 서남의 역을 일으킨다. 오쿠보는 자신이 마련한 구체안에 과도한 집착을 보여 자신의 권력을 끝까지 지켜내고, 에토를 멸망에 이르게 한다. 그 영향으로 사이고 마저 스스로 목숨을 끊고 만다.

오쿠보의 편지와 일기, 사생활을 모두 찾아보아도 앞서 거론한 이유 이외의 입신출세욕과 공명심은 전혀 발견할 수가 없다.

뒤집어 말하면, 사적인 감정이나 개인적인 공명심이 없이 순수하게 권력만을 쫓게 되면, 그 권력에 반대하는 세력에게는 그가 희대의 악당으로 비춰질 수 밖에 없다. 사쓰마 번과 조슈 번 출신자들이 오쿠보에 대해 갖고 있는 반감은 그로 인한 것이었다.

이같이 소란스러울 때에 가와지가 마치 폭탄을 던지듯 건의서를 보내왔다. 오쿠보는 그것에 대한 생각을 할 여유가 없었다.

"기도씨를 수반으로 하고 싶다."

이런 뜻만을 열심히 공작하고 있었다. 사이고가 떠난 뒤의 내각 주축에 기도 다카요시가 선다는 것은 도식적으로 보면 타당하다.

사이고가 산조 태정대신과 이와쿠라 우대신 밑에서 참의로 있었을 때 사실상의 수반(首班)은 사이고였다. 산조나 이와쿠라 등의 공경은 본질적으로는 장식품이며 그밖에 사가계의 참의(소에지마, 오쿠마／오키, 에토)나 도사계의 참의(이타가키／교토)가 있어도 자리를 채우고 있었을 뿐 그 개인의 힘으로 세상을 움직일만한 성망(聲望)은 없었다.

사이고가 그만둔 뒤에는 당연히 기도나 오쿠보가 수반이 될 수밖에 없다. 메이지 초년에 남아 있는 이 두 사람이 유신의 공신이며 이 두 사람 이외에 수반을 맡을 사람은 없었다.

이 시기의 오쿠보 만큼 자기가 권력의 맨 윗자리에 앉는 것을 겁낸 사람은 없었다.

그는 기도를 영광의 수좌(首座)에 앉히고 기도의 그늘에 숨어서 새로 만드는 내무성을 충실히 하는 데 전념하려고 생각했다. 일시적이지만 정략가가 아닌 실무자가 되려고 했다. 그것은 그가 새 국가 설계를 실현시키기 위해 시급한 큰 일이라고 그 자신이 생각했기 때문이며 이 같은 점으로 보더라도 오쿠보란 사나이는 보통나기가 아니라는 것을 알 수 있다. 그는 강렬한 권력욕의 소유자 이기는 하지만 자기의 영달을 위해 권력을 바란 적은 없었다.

"기도씨를……"

이렇게 말한 것은 오쿠보의 교활한 마음이기도 했다.

사쓰마로부터의 비난의 화살을 기도에게 돌려 기도에게 정략을 맡기고, 자기는 그 그늘에서 내무성을 육성하여 그곳을 핵심으로 하는 강력한 새 국권(國權)이 성립되었을 때 이 국권으로 불평분자를 소탕하고 정부를 지키겠다는 먼 장래를 위한 계책이기도 했다.

오쿠보는 또한 자기가 신설되는 내무성의 대신이 되어야 한다고 고집한다는 비난까지 피하려고, '신설되는 내무성 대신에 취임하지 말아야지' 하고 진심에서 생각하기도 했다.

다른 사람을 대신에 앉히고 자기는 뒤에 숨어 있는 쪽이 내무성 육성을 위해 좋을지 모르겠다고 생각했다. 이 '다른 사람'에 적당한 인재가 없었기 때문에, 구 막부 신하인 오쿠보 이치오(大久保一翁)를 내무경으로 발탁하려는 공작을 며칠 동안 시도한 적도 있었다.

요컨대 오쿠보와 권력의 관계는 이와 같았다.

그러나 기도는 계속 거절하고 있었다. 기도는 오쿠보의 의도를 꿰뚫어보고 있었다.

'나를 방패로 이용하려는 속셈이겠지.'

이 때문에 정한론 분열 후 달이 바뀌도록 내각은 정비되지 않은 채였다.

결국 기도는 도망쳐버렸다.

"꼭 기도씨를!"

고집하는 오쿠보의 의도를 받아 기도 설득에 나선 사람은 이토 히로부미였으나 이토의 능력으로도 기도를 함락시킬 수는 없었다.

기도의 본심은 이러했다.

'그런 바보짓을 할 수 있나!'

그가 정치 정세를 관찰하는 능력은 그와 동향 사람인 이토 히로부미나 야마가타 아리토모에 비할 바가 아니었다.

기도는 말은 하지 않았지만 이렇게 말하고 싶었을 것이다.

"오쿠보가 나를 수반으로 내세우려는 것은 교활하기 때문이다. 이번 내각은 사쓰마에 할거하고 있는 사이고나 그의 여당(與黨)과 대결하지 않을 수 없는데, 나로 하여금 그것을 하게 하려는 수작이다."

기도의 관찰로는 머지않아 도쿄와 사쓰마의 대결이, 가벼우면 빈발하는 암살 형식으로, 무거우면 전쟁 형식으로 나타난다고 보고 있었다. 또 기도는 관측하기를, 그 싸움의 본질은 어디까지나 관에 있는 사쓰마 인과 야에 있는 사쓰마 인 사이의 사사로운 향당 투쟁이며 메이지 국가와는 직접 관계가 없다. 하물며 조슈 인과는 더욱 무관한 일이다, 그런데 오쿠보는 꾀를 써서 자기를 정부에 끌어넣음으로써, 이 당쟁(黨爭)을 사쟁(私爭)이 아닌 공적인 투쟁인 듯이 보이게 하려는 준비를 하고 있다고 보았다.

예감의 반은 적중하고 있었다. 오쿠보에게 내무성 설립이라는 구상이 있다고는 해도 정치 정세는 더욱 복잡했다. 그의 옛 주군인 시마즈 히사미쓰가 그의 발목을 계속 잡고 있었고 사쓰마에 귀향한 근위군 장교들이 언제 불평 사족과 함께 봉기할지 모른다. 그 때 자기가 수반(首班)의 자리에 있으면 여러 가지로 재미가 없으므로 조슈 인의 총수인 기도를 설득해서 수반 자리에 앉히고 싶었다. 이 같은 오쿠보의 먼 장래의 계책을 간악하다고 본다면 그렇다고도 할 수 있지만 이만큼 장래를 내다 보고 자타의 인사(人事) 문제를 생각하는 능력을 가진 자는 이 시기에 오쿠보와 기도 외에는 없었던 것도 또한 사실이다. 이토 히로부미가 제아무리 명민하다 해도 오쿠보의 속셈을 끝까지 읽을 수 없었고 또 그것을 다 읽은 기도의 보는 힘도 눈치채지 못했다.

기도는 다만 이토에게 다음과 같은 편지를 써서 약간의 냄새를 풍겼다. 직역하면 이러하다.

'나는 병으로 어떻게 할 도리가 없다. 그리고 사쓰마 인이란 마음을 줄 수 없는 친구들이다. 분큐 2년과 3년에도 혹독한 배신을 당했고, 그뒤에도 계속 우롱당해 왔다. 용서하는 데도 한도가 있다고 하지 않는가. 좌우간 지금의 정세는 이가 갈리는 일이 많고 어느 한 구석 재미있는 곳이 없다. 최근에는 정세도 어느 정도 진정된 듯하니 내가 나설 필요는 전혀 없다. 제발 가만 있게 해달라.'

우여곡절을 거쳐서 오쿠보가 신설된 내무경에 취임한 것은 11월 29일이다. 정한론 분열에서 1개월여가 지났다.

'전국 국민의 안녕을 도모한다.'

그러나 이 성(省)이 곧 발족한 것은 아니다. 실무 개시는 다음해 1월 10일로 정해졌다. 실무 개시에 앞서서 오쿠보는 참의를 겸한 내무경이 된 것이다. 오쿠보가 일본국의 실권을 사실상 장악한 것은 이때부터이다.

경찰 조직도 내무성으로 이관된다. 가와지가 오쿠보의 부하가 되는 것이다.

그러나 다음해 1월 10일까지는 현행처럼 가와지 등 경찰 관계자는 모두 사법성에 속해 있었다. 사법경은 에토 신페이가 하야한 뒤에 오키 다카토(大木喬任)가 맡았다. 오키는 에토와 같은 사가 인이지만 온후한 성격으로 정치색은 일체 나타내지 않았다.

가와지는 건의서의 회답을 직속상관인 오키에게도 독촉했다. 오키는 오키답게 어정쩡한 대답을 거듭했다.

"참의들과 협의해서 대답하겠소."

그러나 가와지는 승복하지 않았다.

그는 오쿠보에게도 종종 찾아가서 극단적으로 말했다.

"국내에 정부의 의연한 태도를 보이기 위해 일대 선언을 발표할 때입니다. 그러지 않으면 국가가 존립할 수 없습니다."

이 극단적인 이론을 한 발짝 더 밀고 나가면, 사이고와 함께 하야한 근위군 장교들에게 단호한 태도를 취할 것과, 죄인인 마키무라 마사나오를 권력을 이용해서 석방시킨 기도 다카요시에 대한 조치를 명백하게 하라는 것이다. 그러나 미묘한 역학(力學) 관계를 조정하기에 진땀을 흘리고 있는 지금의 오쿠보로서는 도저히 할 수 없는 일이었다.

"국가가 중요하냐, 공신이 중요하냐?"

요컨대 가와지는 이런 물음으로 오쿠보에게 육박하고 있었다.

오쿠보는 가와지의 집요함에 손을 들고 결국 사법경 오키 다카토에게 뒷처리를 부탁했다.

오키는 외국의 법률과 법적인 관례를 조사시켜 서양에 '가석방'이라는 것이 있다는 것을 발견하고 기도가 손을 쓴 마키무라의 석방에 대해 이같이 말했다.

"그것은 사실 가석방이지 석방이 아니다."

그리고 다시 이런 말로 가와지를 납득시켰다.

"그러니까 마키무라에 대한 재판은 여전히 진행되고 있다."

가와지의 탄핵 활동은 결국 이 정도로 끝났으나 또 다른 효과가 있었다. 그가 법치 의식이 강한 것을 이번 행동으로 명쾌하게 보여 주었고, 나아가서 자기는 사이고 등에게 가담하지 않는다는 것을 이 같은 모양으로 사쓰마 인 사이에 선언한 것이 되었다.

# 들끓는 해

후지미바바(富士見馬場)에 있는 '애꾸눈 저택'은 지난 날 행랑채를 기숙사처럼 쓰고 있던 사쓰마계 근위군 장교들이 모두 돌아가버리자 전과 같이 황폐한 집으로 되돌아갔다.

"아시나 댁의 따님이 미쳐버렸다면서?"

근처의 옛 막부 신하의 집에 있는 사람들은 이 애꾸눈 저택의 주인인 아시나 지에(芦名千繪)를 그렇게 이야기하고 있었다.

메이지 초기 정권은 옛 막부 신하들의 반격전에 대해 상당히 신경을 썼으나 메이지 6, 7년쯤 되자 옛 막부 신하들은 반항할 만한 세력을 거의 가지고 있지 않다는 것이 확실해졌다.

옛 막부 신하들은 막부 말기의 조슈 정벌에 종군하는 것도 싫어했고 막부가 무너질 때도 대부분 하는 일 없이 그것을 보고만 있었다. 막부를 위해서도 쓸모 없던 그들이 메이지 정부를 전복시킬 만한 힘이 있을 리가 없다는 것이 이 시기의 다수 의견인 듯했다.

지에는 막부 신하 아시나 유키에(芦名靭負)의 딸이었으나 아버지는 일찍 죽고 오빠인 신타로(新太郎)는 창의대(彰義隊)로 우에노에서 농성했으나 우에노 전쟁에 앞서 관군 장교와 싸우다가 죽어버렸다. 지에는 한때 친척들과 시즈오카로 이주하려고 가던 도중 바다에 몸을 던져 죽으려다가 구조된 뒤 이즈(伊豆)와 요코하마 등지에서 살았다.

지금은 이 황폐한 집에 돌아와 있었다.

지에는 언제나 대문을 잠그고 집의 가장 구석진 안방에서 숨을 죽인 듯이 혼자 살고 있었다. 때로는 쪽문을 열고 들어와서 집안을 어정거리는 사람이 있기도 했으나, 그녀가 응대하러 나가지 않았기 때문에 빈집으로 알고 돌아가버렸다.

그런데 지에에게는 이상한 버릇이 있었다. 밤중에 한 번은 저택 안에 있는 정원과 객실, 다실 뒤꼍, 그리고 허물어진 담장 근처를 구석구석 돌아다녔다. 그런데 초롱불은 사용하지 않았고 횃불을 들고 다녔다.

도쿠가와 중엽 이후 횃불은 에도에서 보고 싶어도 볼 수 없을 정도로 원시적인 조명 도구였으므로 근처 사람들이 보면 이 같은 행동은 유령 같은 느낌을 주었다.

그러나 그녀에게도 이유는 있었다. 이 아시나 집안의 할아버지는 호조 류(北條流)의 병법(兵法)에 미쳐 송진이 잔뜩 묻은 횃불용 장작을 수백 개 만들어서 광에 저장해 두었다. 그녀는 초롱에 쓰이는 초값을 절약하기 위해 매일 밤 광에서 하나씩 가지고 나와 횃불을 들고 다녔을 뿐이었다.

그렇다 하더라도 허물어진 담장 밖의 이웃집에서 보기에는 밤마다 한 자루의 횃불이 꼬리를 끌며 나무 사이로 집 뒷곁으로 돌아다니는 것은 아무리 보아도 귀녀(鬼女)의 행동 같았다.

"지에 아가씨는 그 집을 성으로 생각하고 있는 것일까. 성밖은 모두가 적이고, 적으로부터 집을 지키기 위해 밤마다 순찰을 돌고 있는 건가. 머리가 돌았다고밖에는 생각할 수가 없어."

그러면서 애처로운듯이 말하는 옛 막부 신하인 노인도 있었다.

지에 자신은 자기의 이 같은 밤의 행동을 별로 괴이하다고 생각하지 않았다.

도쿠가와 이에야스가 에도로 옮겼을 때 이 집을 아시나 집안의 조상이 받은 뒤부터 300년을 계속 살아 왔다. 막부가 무너지고 아시나 일족의 대가 끊어진 뒤 그녀 혼자 남아 있는 지금, 그녀는 앞으로 어떻게 해야 할지를 몰랐다.

'새 정부에 복수하고 싶다.'

지에는 이렇게 생각할 때마다 온몸의 피가 은근히 들끓는 것을 느끼지만 상대가 태정관이므로 어떻게 복수할 것인지 방도가 막연했다.

문간 행랑채가 사쓰마게 근위군 사관들의 기숙사처럼 쓰이고 있었을 때 육군 소장 기리노 도시아키가 가끔 찾아왔다. 그는 그녀의 신상에 대해 알고 있었고 오빠인 신타로와 칼로 싸운 것은 바로 자기라고 말했다. 기리노의 그 같은 태도는 정말 깨끗했고 자기를 변명하려고 애쓰지도 않았다.

"다만 앞으로 3, 4년 목숨을 유예시켜 달라."

기리노가 그렇게 말한 뜻을 지에도 차차 알게 되었다. 그들은 메이지 정부에 말할 수 없는 많은 불만을 가지고 있었으며 그 같은 정부를 세우기 위해 막부 말기부터 보신 전쟁까지 목숨을 내던지고 싸운 것은 아니었다. 일본이라는 나라와 일본 국민을 구하기 위해 그것을 전복시켜야 한다고 말하기도 했다. 그것과 3, 4년의 유예란 것이 결부되어 있을 것이다.

지에는 오빠인 신타로가 창의대 대원으로 죽은 이상 전사이고, 전사한 원수는 갚을 수 없다고 생각하고 있었으므로 기리노에게 해를 끼칠 뜻은 없었다. 오히려 기리노 등이 정부를 만든 사쓰마 인이면서 자기의 정부를 무력에 호소해서라도 전복시켜야 한다는 것에 강한 관심을 가졌다.

기대해도 좋았다. 그러나 그 같은 기리노 패들이 메이지 6(1973)년 10월 하순, 사이고 다카모리가 하야하자 마치 썰물이 빠지듯 도쿄를 떠나 사쓰마로 돌아가버렸으니 지에의 마음속에 다시금 빈자리가 생겼다.

'이제부터 어떻게 살아야 하나?'

메이지 6년이 저물고 7년이 되었다.

그 동안 지에는 하는 일 없이 매일 밤 햇불을 들고 저택 안을 돌았다. 자기도 이 같은 행동을 약간은 우습다고 생각하기도 했으나 무엇인가 참을 수 없는 초조함이 들끓어 무슨 행동이든 하지 않고는 견딜 수가 없었다. 세상이 모두 적이라고 생각되어 이 황폐한 저택은 나 혼자의 성이라는 기분이 드는 것일까? 자기를 짓누르려는 세상에 대해 겨우 그것을 막으려는 작업이 햇불을 들고 밤중에 저택 안을 돌아다니는 것일까?

이 같은 시기에 언젠가 기리노에게서 소개 받은 사쓰마 인 에비하라 보쿠(海老原穆)가 찾아왔다.

에비하라는 여성에게도 태도가 정중한 사나이였고 지에에 대해서도 '아시나 댁 따님'이라 부르며 힘을 빌려 달라고 말했다.
에비하라 보쿠에게는 그 나름대로 큰 구상이 있었다.
사쓰마 사족은 철저하게 사이고를 지지했고, 사이고를 일본 정부의 대표자로 만들기 위해 목숨을 버리는 것은 물론 그가 상속받은 즈쇼 쇼자에몬의 유산 일체를 내놓을 작정이었다.
그러기 위해서 도쿄에 남았다.
에비하라는 도쿄를 '탐관오리의 소굴'이라 하기도 하고 '오쿠보의 성(城)'이라고도 했다.
거기에 남아서 정부를 공격하는 사상 결사대를 만들고 장차 신문을 발행하여 신랄하게 정부를 공격하며, 또 내정을 밀탐하여 가고시마에 있는 기리노에게 통지하는 기능을 다하려 하고 있었다.
그러기 위해서 에비하라는 지에의 집 문간 행랑채를 빌리고 싶다고 말했다. 거기에 집회실과 편집실, 인쇄소를 만들고 싶은데 집주인으로서 승낙하겠느냐는 것이었다.
"물론 집주인인 당신도 귀찮게 됩니다."
그는 말했다. 천하의 지사들을 모으기 위해서는 싸움이 벌어질지 모르고, 그보다도 정부가 이 결사대를 못마땅하게 생각하면 경찰을 시켜서 파괴할지도 모르며, 집주인인 당신은 체포될지 모른다고 말했다.
"기리노는 좋은 사람이지요."
집을 빌리려면 아시나 저택을 빌려쓰라고 기리노가 말한 듯했다. 기리노로서는 자기가 죽인 젊은이의 누이동생으로부터 도망치지 않고 이러한 형태로나마 연결을 하고 싶었을 것이라고 에비하라는 말했다.
에비하라는 서양에는 '오피니언'이라는 것이 있어서 그것으로 정부를 전복시킬 수도 있다고 말했다.
지에는 이상하게 생각했다.
기껏해야 문간채를 빌려달라고 부탁하면서 뱃속에 있는 중대한 구상을 털어 놓는 사람도 있을까.
"용건은 문간채를 빌려달라는 것뿐인가요?"
지에가 묻자, 에비하라는 소년처럼 순진하게 고개를 끄덕였다. 지에는 웃어버리고, 나는 일은 꾸미려는 사람은 그 기략을 깊이 감추어두고 부모 형제에게도 털어놓지 않는다고 들었는데, 지금 에비하라 선생의 말씀을 듣고 있으니까 나 같은 사람에게 뱃속을 통틀어 보여주듯한데 이 점은 어떻게 된 것인가요, 하고 말하자 에비하라는 약간 웃어보이고 말했다.

"나는 그렇게 할 수밖에 없습니다."

오쿠보가 나쁘다는 것을 세상에 계속 알려줄 뿐이다, 그 첫 상대로 집주인이 되어 줄 당신에게 말한 것이며 앞으로도 변하지 않을 것이다, 상대가 태정대신이든 인력거꾼이든 마부이든 상관없이 오쿠보가 얼마나 나쁜 놈이며 국가 백년대계를 그르칠 사나이라는 것을 계속 알려줄 것이다, 다시 말하면 신문이란 바로 그런 것이라고 말했다.

에비하라 보쿠가 지에의 집 대문에 조그만 간판을 건 것은 메이지 7(1873)년의 1월 중순이었다.

'집사사(集思社)'

글씨는 에비하라가 썼다. 에비하라가 간판을 걸 때 지에도 옆에 있었다. 탄복할 만큼 부드러운 필적이어서 에비하라답다고 생각했다.

에비하라는 투쟁적인 성격이면서도 크게 소탈한 점이 있어서 이 필적처럼 장자풍(長者風)이었다. 그 때문인지 차츰 사람들이 모여들었다.

늙은 막부 가신들도 있었다.

사쓰마·조슈에 원한을 품은 아이즈 번사도 있었고 양학숙(洋學塾)에 다니고 있는 규슈의 작은 번 출신자도 있었으나 사쓰마 인은 한 사람도 없었다. 에비하라가 애써 넣지 않는다는 점도 있었으나 지금 도쿄에 남아 있는 사쓰마 인은 거의가 관계에 나가 있기 때문에, 에비하라의 반정부적 정신을 겁내어 출입하려고 하지 않았다.

에비하라가 그들에 대해 장자풍을 발휘한 것은 남의 이야기를 겸손하게 열심히 듣는 데 있었다. 듣는 사람으로서의 느낌도 좋았고 상대로 하여금 성의껏 말하게 할 뿐 아니라 자기가 공감하는 의견이 있을 때에는 소리가 나도록 무릎을 치면서 감탄했다.

에비하라가 말하는 것은 언제나 두 가지뿐이었다.

"지금의 정부는 국민에게 도움이 되지 않을 뿐 아니라 국가를 이상한 방향으로 몰고 가고 있습니다. 나는 아침에 이것을 전복(轉覆)하면 저녁에 죽는다해도 후회하지 않겠습니다."

하는 것과

"나는 우둔한 사람이지만 뜻만은 변하지 않습니다."

이것인데, 사람들은 이 같은 에비하라의 크고 따뜻한 인격에 감동해서 자기들이 알 수 있는 한의 훌륭한 문장가나 논객을 이 '집사사'에 데리고 와서 에비하라에게 소개했다.

발족 당시의 집사사는 반정부적 논객의 집합소 같았다. 따로 간행물을 발간하지도 않았다. 사람이 모이면 다과만 내놓았다. 에비하라는 말하자면 그들의 살롱을 만들어 장차 신문사업에 쓸 수 있는 인재를 찾고 있는 듯했다.

지에도 집사사의 구성원처럼 되어버렸다. 그녀는 별로 말도 안했으며 손님을 위해 다과를 내놓는 일만 했다.

"이 댁의 주인입니다."

에비하라는 모두에게 그렇게 소개했다. 사람들은 에비하라가 사쓰마 인이라는 것에 처음에는 경계하는 듯했으나, 집주인 지에가 구 막부 신하인 아시나 집안의 딸이라는 것을 알고부터는 에비하라의 이 살롱에 번벌(藩閥)이 없다는 것을 새삼스럽게 납득하기도 했다. 오쿠보 대 사이고라는 사쓰마 인끼리의 파벌싸움에 이용당하기 싫다는 기분은 누구에게나 있었고, 에비하라의 반정부 활동은 그 같은 당쟁에서 독립해 있음을 알게 되었다. 에비하라에게는 지에와 이 집이 그러한 뜻에서 이용가치가 있었다.

이 같은 공기 속에서 지에의 마음도 차츰 밝아져서 밤중의 횃불 순찰같은 기묘한 행동도 어느 사이에 없어져버렸다.


에비하라 보쿠는 바쁜 듯했다.

무관무직(無官無職)이면서도 인력거(人力車)를 가지고 있었다. 무관무직으로 인력거를 가진 사람은 아마 도쿄에서도 에비하라 한 사람일 것이다. 무직인데도 바빠서 그 인력거를 하루종일 타고 다녔다. 하루 두 번이나 세 번은 이 후지미바바의 집사사에 얼굴을 내밀었다.

"그렇게 더우세요?"

때때로 지에가 놀란다. 아직 추위도 물러가지 않았는데 문에서 달려 들어오는 에비하라의 얼굴은 언제나 붉었고 땀을 흘리고 있었다. 에비하라는 언제나 사치스러운 비단으로 정장을 하고 있었다. 그러나 손수건만은 인력거꾼이 질겁할 정도로 헌것이며 더러웠다. 지에는 그 같은 에비하라의 들쭉날쭉

한 성격에도 장난기와 호의를 느끼고 있었다.
　처음에는 시골 무사라고 생각했다. 에도 사람들은 시골 무사를 우습게 여겼으나, 지에는 몇 번 접하는 사이에 에비하라 같은 사람은 지난 날의 막부 가신 중에도 많지 않다는 것을 알게 되었다.
　에비하라는 스스로 정치적 모험을 구상하고 사재를 투입하며 혼자 미친 듯이 쫓아다녔다. 지난 날 막부 가신 중에서 단 1할이라도 에비하라 같은 마음을 가진 사람이 있었다면, 막부가 설사 넘어진다 하더라도 다른 모습으로 넘어졌을 것이라고 생각하기도 했다.
　집사사에도 방문객이 없을 때가 있다. 에비하라 혼자 화로를 끼고 앉아 이제 마악 익기 시작한 꽈리 같은 얼굴을 숙이고 생각에 잠겨 있는 모습을 보면 지에는 어딘가 우스운 생각이 들어서 불쑥 놀리듯이 말해버린다.
　"에비하라 선생님, 왜 그러세요?"
　그때의 에비하라의 웃음은 말할 수 없이 좋았다. 뱃속까지 바람이 부는 듯한 웃는 얼굴을 하고 특징이 있는 에도 말로 대답한다.
　"인기없는 흥행장의 주인 같은 생각이 드는군."
　만담가도 오지 않고 손님도 없는 흥행장 한복판에 주인 혼자 앉아서 고개를 숙이고 생각에 잠겨 있는 심정이라고 솔직하게 말한다.
　이 집사사에 많은 사람들이 모였을 때의 에비하라는 온몸으로 즐거워했고 그 즐거움이 너무도 노골적이었다.
　'에비하라 선생은 역시 머리가 모자라는 것이 아닌가……?'
　지에는 이렇게 흐뭇한 호의를 가지고 생각하기도 했다. 집사사에 모이는 유지들은 거의가 무명 인사이지만 한시를 지으라면 당대 일류인 청년이 있었고 언제나 말이 없지만 네덜란드어 서적을 보면 즉석에서 번역하는 늙은 사람 등, 뜻밖에도 교양인이 많았다. 그 속에 섞이면 에비하라만이 조금 모자라는 듯한 인상을 주어서, 지에는 에비하라가 모두에게 어리석게 보이지나 않나 걱정되기도 했다. 그러나 어느 누구도 에비하라를 업신여기는 사람은 없고 네덜란드 어를 잘하는 늙은이는
　"에비하라 선생 같은 분은 본 적이 없다."
　진심으로 이같이 말하는 것을 지에는 들은 적이 있었다. 에비하라의 희생적 정열 같은 것이 모두를 끌고 간 것인지도 모른다.

에비하라 보쿠라는, 일본에서 최초의 반정부 신문을 발행하게 되는 사쓰마 인이 어느 정도의 인물인지 필자는 잘 모르고 있다.

다만 여기에 메이지 7년 1월 6일자로 참의 겸 내무경 오쿠보 도시미치가 우대신 이와쿠라 도모미에게 보낸 편지가 있다. 그 속에 굉장한 에비하라 평이 씌어져 있다.

'에비하라라고 하는 자는 정말 상대할 필요도 없는 바보이며 결코 겁낼만 한 위인이 아니오.'

이같이 혹평하고 있다. 원래 오쿠보는 문장가는 아니지만 표현이 엄격한 사람으로 야비한 말은 쓰지 않는 사람이지만 이 편지는 예외에 속한다. 그 문장은 계속해서 이렇게 이어졌다.

'어제 오늘의 정세로 보아 너무도 선동설이 많으므로 공감하는 자가 있을 지도 모릅니다.'

의역하면, 요즘의 정세는 꽤 선동적인 여론이 성행하고 있다, 그쪽에 공감하러 가는 자도 있을 것으로 본다는 뜻이다. 말의 흐름으로 보아 에비하라도 그런 종류의 한 인간이라는 식이다. 물론 공감 운운은 금품을 강요하는 것이 아니고 의견을 강요하는 행위이다.

에비하라는 철저한 사이고 숭배자이고 정한파이다. 따라서 오쿠보를 간악무도한 인물이라 믿고 있어서 그의 공격에 전념하고 있는 사람인 만큼, 오쿠보가 에비하라를 훌륭한 사람으로 평가할 턱은 없다. 그러나 그렇다고

그러나 그를 '상대할 필요도 없는 바보'라고 하는 것은 에비하라를 위해서는 불쌍한 느낌이 들기도 하지만 한편으로는 에비하라의 냄새를 전하고 있다고 하겠다.

성격에는 순수한 면이 있으나 한 가지 생각에 몰두하면 미친 듯이 설치고, 세상을 적과 자기편으로 나눠서 밖에 볼 수 없는, 사고 밀도가 거친 인물을 그 반대파에서 평한다면 '상대할 필요도 없는 바보'라고 말할 수밖에 없을 것이다.

그러나 바꾸어 생각하면 정치가 과열되었을 때 튀어나오는 사람들은 이런 종류의 사람이 많고 때로는 시세를 움직이기도 한다. 막부 말기에는 이 같은 기질의 인물이 대부분 자객이 되어 피의 선풍 시대를 만들었다.

에비하라에게는 자객의 속성에 있음직한 암울한 비밀스러움이 없고 언제나 명랑하게 큰 소리로 떠들곤 해서 사람들의 호감을 샀다. 밝은 성격으로

남의 호감을 산다는 면까지 포함해서 오쿠보는 에비하라에 대해 그 같은 표현을 쓸 수밖에 없었을 것이다.

실은 에비하라는 작년 말경부터 이상한 일을 하고 있었다. 집사사를 일으킨 것은 말하자면 그의 사업의 정통적인 활동이었으나 또 하나의 활동은 이런 요구 활동이었다.

"사이고 다카모리를 정부에 복직시켜라."

만일 사이고가 듣는다면 펄쩍 뛸 듯이 놀라겠지만 에비하라로서는 그것이 사이고를 위하는 일이라고 믿고 있었다.

그는 자기가 낭인이기 때문에 관직에 있는 자에게 작용할 필요성을 느끼고 이미 동지를 획득하고 있었다. 가와지 도시나가와, 사쓰마 인 동료 경찰 간부 사카모토 스미히로(坂本純熙), 고쿠부 도모아키(國分友諒)이다. 사카모토와 고쿠부는 사이고에 대한 동정파였지만, 사이고로부터 상당히 떨어져 있던 사람이기 때문에 사이고의 진의를 잘 알지 못했다. 에비하라의 선동으로 간단하게 그런 기분이 되어서 함께 태정대신 산조 사네토미에게 달려갔었다.

이것이 오쿠보의 말로는 '공갈'이 되는 것이다.

메이지 체제가 굳어진 뒷날에는 상상할 수도 없는 일이지만 경찰의 고급 간부 두 사람이 낭인인 에비하라와 함께 태정대신 산조 사네토미를 협박하러 간 것이다.

산조는 그 전 해 10월 18일 정한론 소동의 말기에 정치 정세의 긴장을 배겨내지 못하고 졸도해서 인사불성이 되어버렸다. 그뒤 얼마 동안 우대신인 이와쿠라 도모미가 태정대신 대리를 했고, 이것 때문에 사이고파는 불리하게 되어서 정한론이 결렬되고 사이고는 하야했다.

그 뒤 산조가 회복되었기 때문에 또다시 태정대신직을 맡고 있었다. 사실 산조는 자신의 병약함을 이유로 여러 번 사직하려 했으나, 기도 다카요시가 집요하게 산조의 유임 운동을 했기 때문에 산조도 도리 없이 복직하게 되었다. 산조는 막부 말기 이래 조슈파 귀족이라는 것뿐 아니라 기도가 산조를 고집한 것은, 산조가 만일 사직하고 이와쿠라와 오쿠보가 손을 잡으면 국정이 독재가 될 것을 겁내고 있었기 때문이었으리라.

그러나 오쿠보가 보기에는 가연물(可燃物)을 안고 있는 듯한 불안이 있는 것 같았다.
'그처럼 줏대가 굳지 못하고 귀가 얇은 인물이 일국의 재상이 된다면 어쩌자는 것인가?'
그런 산조에게 작년 12월 26일 두 사람의 고급 경찰관과 한 낭인이 면회를 왔던 것이다. 이 시기의 고급 관료는 단순한 행정 기술자가 아니고 막부 말기의 지사가 관복을 입고 있는 것뿐이라는 의식이 일반적이었기 때문에, 정치 이론을 내세우는 쪽이나 듣는 쪽도 이런 대면(對面)을 그다지 이상하게 생각하지는 않았다.
"사이고 전 참의를 복직시켜야 하지 않습니까?"
이렇게 말하는 논지를 산조는 지당하다고 생각했다. 그들은 사이고의 유신에 있어서의 큰 공을 말하고 오늘의 정부는 사이고의 공적에 의해 만들어진 것이다, 지금 울분으로 하야한 사이고를 정부가 그냥 버려두어도 좋은가, 오히려 산조 공 자신이 무릎을 꿇어서라도 사이고에게 변의를 촉구해야 하지 않는가, 라고 말하면서 가끔 협박하기도 했다.
"정부의 망은(亡恩)은 하늘도 용서하지 않겠지만 우리들 사쓰마 인도 용서하지 않겠습니다."
이같이 말한 것은, 공경에 대해서는 이런 수법이 유효하다는 것이 막부 말기 이래의 지혜로 되어 있었던 때문이다.
이 순량한 사나이 산조는 협박에 굴한 것이 아니고 마음속으로 정말 그렇게 생각했다. 나는 제군들의 의견에 찬성이라고 언명해버렸다.
이 일은 1월이 되어서 소동의 불씨가 되었다.

에비하라가 연출한, 사카모토와 고쿠부에 의한 사이고 복직 운동은 이 심각한 사태의 흐름에 있어 하나의 희극적 요소가 되었다.
희극배우로서는 에비하라들보다 산조 사네토미 쪽이 더 큰 존재였다.
"종이 풍선 같은 사람이다."
이런 소리가 있었다. 그것을 다루는 사람이 누구이든 종이 풍선은 올라간다. 처음에는 사이고가 일으킨 정한론 바람을 타고 올라갔다. 다음엔 오쿠보가 일으킨 반대의 반정한론 바람을 타고 올라갔다. 그러다가 그 모순 때문에 궁지에 몰려 졸도했으니 풍선이 짜부라졌다고 할 수 있다. 그런데 몸이 회복되어 태정대신의 자리에 복귀하고 그 풍선속에 권력이라는 공기가 들어가자 이번에는 아주 작은 작자가 나타나서 풍선을 띄웠다. 그것만으로도 산조는 높이높이 올라갔다.

'어떻든간에 그 고귀하신 분은 아시는 바와 같은 일 때문에 밤낮 걱정하고 계십니다.'

하고 오쿠보가 구로다 기요타카에게 낸 편지에 있듯이, 오쿠보는 이 사태에 무척 놀란 모양이었다. 풍선을 띄우기에는 작은 인물이지만 풍선 자체가 일본국의 수상인만큼 무시할 수도 없었다.

가고시마에 있는 사이고에게로 고쿠부 도모아키가 배를 타고 급히 갔다. 고쿠부의 자격은 일개 경찰 간부가 아니고 태정대신 산조 사네토미의 특사라는 것이었다.

고쿠부도 재미있는 사람이었다. 그는 아직 막부 말기의 지사처럼, 공경을 업고 그의 몇 마디 말을 듣고 팔방으로 쫓아다니는 행동 형식은 메이지 시대가 되어서도 유효하다고 믿고 있었다. 산조도 산조이지만, 나라 일에 관한 안건은 크고 작고를 막론하고 참의 회의(각의)에 상정시켜야 비로소 유효하게 정책화된다는 것을 얼핏 잊어버렸음이 틀림없다.

고쿠부 도모아키는 '산조 공의 특사'라는 명분으로 사이고를 만났다. 사이고는 이때 가고시마 성밑 거리 다케무라에 있는 자택에 있었다.

이때 그의 나이 48세였다. 작년 말에 4남인 도리소(酉三)가 출생했기 때문에 고쿠부 도모아키가 사이고의 집에 들어섰을 때 안에서 어린아이 우는 소리가 들렸다.

고쿠부 도모아키는 열광적인 사이고 숭배자다. 그는 향사 신분이기도 해서 방에 올라가는 것을 사양하고 뜰에 쪼그리고 앉아 있었다. 그런데 사이고도 뜰에 내려왔다. 들일을 하고 있었기 때문에 그런 형편이 되었다.

사이고가 뜰에 나타나자 고쿠부는 그만 흥분하여 입안에서 어물어물 용건을 중얼거렸다. 사이고도 잘 알아 듣지 못했다.

고쿠부는 흥분해 있었기 때문에 산조의 사신이라는 말을 칙사라고 말해버렸다. 사이고는 믿지 않았다. 이 사나이가 칙사로 선택될 턱이 없다고 생각하고 있었다.

사이고는 툇마루에 앉았다.

"물이라도 마시고 오라. 그러면 좀 가라앉을 것이다."

그는 우물 쪽을 가리켰다. 고쿠부는 우물물을 향해서 달려갔다. 머리통이 크고 머리카락이 많았기 때문에 마치 멧돼지 같았다.

툇마루에 앉은 사이고는 고쿠부 도모아키의 말이 산조 사네토미의 의향이라는 것을 듣고 웃어버렸다.
"산조라는 양반은 바보로군."
그 말뿐이다. 실소해버린 것이다.
고쿠부는 놀라서 산조의 뜻을 재삼 이야기했으나 사이고는 벌써 얼굴을 돌리고 있었다. 뜰에 누워 있는 개를 불렀다. 개는 얼굴을 든 채 누워서 꼬리로 땅을 치고 있었다. 사이고가 다시 부르자 개는 볼일이 있느냐는 듯이 일어서서 천천히 걸어왔다. 개는 사이고의 무릎에 앞발을 올렸다. 사이고는 그 목을 안아주었다.
고쿠부는 아직도 설명하고 있었다. 사이고는 누구에 대해서도 너그러운 사람이었으나 눈치 없는 사람은 질색이었다. 차라리 개와 장난치는 편이 좋았다.
고쿠부로서는 사이고의 이 같은 태도가 뜻밖이었다. 자기들이 일부러 산조에게 공작해서 사이고를 도쿄에 불러 복직시키게끔 주선했는데도 사이고는 조금도 반가와하지 않고 오히려 산조 공을 바보라고 하는 것은 도대체 어떻게 된 것일까.
사이고는 고쿠부의 우둔함도 우둔함이지만 산조 역시 마찬가지라고 생각했다. 그만큼 자기와 접촉했는데 자기를 이해하지 못한다. 또 이번 일에 대해서 그 만큼 논의했는데 조금도 사태를 모르고 있었다. 왜 자기가 하야했는지 산조는 전혀 모르고 있다는 것을 새삼 알 수 있었다.
사이고는 한숨이 나올 지경이었다. 사람이란 이렇게도 남에게 이해받기 힘든 것일까. 이 고쿠부 도모아키는 그저 자기를 좋아하기만 했지 무엇 하나 이해하고 있지 않았다. 고쿠부가 알고 있는 것은 이 정도이다.
"사이고 선생이 참의직을 헌신짝처럼 버리고 하야한 것은 몹시 아까운 일입니다."
다만 아깝다는 감정의 창을 통해서만 사태를 보고 있는 듯했다. 아깝다는 말은 자기의 관직을 버린다는 것까지도 아깝다는 뜻이 된다. 사이고가 사임하면 자기들도 사임해야 한다. 이 두 가지 아까운 것을 해결하자면 사이고가 다시 도쿄에 나가서 참의로 복직하는 길뿐이다. 그 같은 발상에서 고쿠부 도

모아키는 이번 일에 나선 것이다.
"바보로군."
사이고의 말을 고쿠부도 포함해서 하는 말일 것이다.
고쿠부는 아직도 알아 듣지 못했다. 얼굴 가득히 성실한 표정만 담고 이렇게 말했다.
"그 말씀만으로는 산조 공에게 보고드릴 수가 없습니다. 무엇인가 다른 말씀은 없으십니까?"
사이고는 소리를 높이며 말했다.
"자넨 연락이 임무가 아닌가? 사실대로 연락하면 돼."
그리고 일어서서 안으로 들어가버렸다.

이 소동은 세상에 새어나가지 않았다.
가고시마에서는 사이고를 웃게 만들고 도쿄에서는 산조와 이와쿠라, 오쿠보, 구로다 사이에 편지가 날아다니는 형식으로 진행되었다.
"오쿠보가 꽤 혼나고 있는 모양이군."
집사사에서 에비하라가 기분좋게 껄껄 웃는 것을 지에는 들었다.
낭인 에비하라가 관리로서의 지위에 미련이 있는 사카모토 스미히로나 고쿠부 도모아키보다는 구속받지 않기 때문에 사물을 정확하게 보는 듯했다.
에비하라는 사이고를 참의로 복직시키는 것이 오쿠보 도시미치를 곤란하게 하는 가장 효과적인 수단이라고 생각하고 있었다. 그런 점에서 사이고를 복직시킴으로써 자기들까지 사임하지 않아도 된다는 식으로 생각하는 사카모토 측근들보다는 에비하라의 눈이 더 밝았다.
에비하라가 말했듯이 겨우 이 정도의 사건이지만 오쿠보 정도의 사나이도 단단히 혼이 난 듯했다. 아니, 오쿠보로서는 어쩌면 무리가 아니었을지도 모른다. 이제까지 그의 당은 각의에서 언제나 소수파를 면치 못하고 다수파인 사이고의 잔당과 악전고투해 왔다.
적은 도사파를 거느린 이타가키와 고토, 그리고 사가파를 배경으로 가진 소에지마와 에토 등 모두가 유신 전후의 동란기를 뚫고 나온 영웅 호걸인데 오쿠보의 편이라고는 기도뿐이고 그것도 뱃속을 털어보이는 정우(政友)는 아니었다. 오쿠보는 오쿠마나 이토 같은 유신기의 2류 인물을 자기편으로 끌어들이고 공경(公卿)인 산조와 이와쿠라를 조종해서 겨우 사이고파 참의들의 일괄사임까지 몰고 왔다. 한 마디로 오쿠보의 집념과 권모술수의 힘이라 해도 좋았다.

돌이켜 보면 오쿠보의 승리는 기적 같은 것이었다. 오쿠보에게는 만천하의 사족 여론에 의한 배경이 없었다. 자기 향당인 사쓰마 사족들도 백안시하고 야(野)에 있는 각 부현의 사족 중에서 조금이나마 정치에 관심 있는 사람치고 오쿠보를 뱀 같은 사람이라고 생각하지 않는 사람이 없었다. 오쿠보와 그의 당은 고립 무원(孤立無援)이었다.

이 메이지 7(1873)년 정월 10일을 맞이해서 그가 거의 생애를 걸고 개설을 고집한 내무성이 문을 열어 내무경을 겸하게 된 그는 전국의 행정 기구와 경찰 기구를 장악했다. 훗날 연구가들이 말하는 절대주의 국가의 기초가 된 것이다.

여기까지 끌고 왔을 때 갑자기 그의 내무성 안에서 사이고를 도쿄에 다시 오게 하라는 운동이 일어나고 산조도 이에 찬성했다고 한다. 와해가 아닌가!

보기에 따라서는 사카모토와 고쿠부를 불러 놓고 야단치면 될 듯하지만 사카모토와 고쿠부는 단순하게 그의 부하라는 것뿐 아니라 사쓰마 사족으로서 같은 운동 입장이니, 이 두 사람이 어떻게 역작용을 해서 오쿠보의 토대를 뒤집어놓을지 모르는 일이었다.

그런데 당시에 '폴리스 조(組)'라고 불리던 것은 경찰관계의 사카모토와 고쿠부 등, 사이고 당(黨)을 말한다. 이 두 사람을 대표자로 하는 폴리스 조는 산조 사네토미의 언질을 받음으로써 사이고 다카모리의 소환 운동을 기세좋게 추진시켰다.

오쿠보는 갑자기 타오른 불을 끄기에 여념이 없었으나 동시에 이렇게 생각했다.

'이런 고약한 일이 어디 있단 말인가?'

2, 3명의 관리가 국가의 대사를 제멋대로 의논하고 그의 소속장을 무시한 채 태정대신을 움직여도 된다는 것인가! 있을 수 없는 일이다.

오쿠보의 이러한 생각은 다른 문제에 대한 그의 편지와 약간 모순된다. 그는 참의직에 관해서 '국가의 대권을 지키는 지사(志士)'라고 규정하고 있었던 모양이다. 지사라는 말을 감히 쓰고 있다면 참의뿐 아니라 태정관의 관리는 모두 '국가의 대권을 지키는 지사'이고 또 그것이 유신 정권 수립 당초의 명분이기도 했다.

그러나 이제 그 같은 명분으로는 국가를 운영하기 어렵다는 것을 사카모토와 고쿠부의 독주로 느끼게 된 것인지도 모른다. 그는 정책 결정기관과 행정기관을 분리시켜 생각해야 한다는, 근대 국가에서는 당연한 일을 새삼스럽게 생각하지 않을 수 없었다.

결국 오쿠보가 취한 방법은 관료 기구에 대해 강렬한 통제를 가하는 것과 사카모토와 고쿠부의 동정을 살피는 밀정을 그들 신변에 붙여 그 실정을 파악하는 일이었다. 관료 기구의 통제는 그렇다 하더라도 정부의 관리로서 자기와 동일한 동료에게 밀정을 붙인다는 것은 이례적인 조치라 할 수 있다.

오쿠보가 자기의 정치 목적을 위해 밀정을 쓰는 것은 이때가 처음이지만 그뒤 종종 쓴 듯했다. 정한파에 속해 있다가 하야한 전 참의들 중에는 밀정을 쓴 자가 하나도 없었으나 이것은 인간으로서의 한 과제이리라. 또 한편 오쿠보는 거기까지 권력의 힘을 크게 작용시키고 있었다고도 할 수 있다. 오쿠보라는 인물에 대한 인상이 언제나 음흉하게 느껴지는 것은 여기에도 하나의 원인이 있다고 하겠다.

어떻든간에 사카모토와 고쿠부, 그리고 에비하라의 운동은 완전히 실패로 끝났으나, 오쿠보가 평소 생각하고 있던 전제주의를 일찍 실현시켰음에는 틀림없다.

오쿠보가 밀정을 시켜 얻은 정보에 의하면 경찰관 중에 사이고 당이 백 명 이상 있었으며, 그들이 모두 사카모토와 고쿠부를 지지하고 있었다는 것이다. 오쿠보는 이 같은 사태에 대해 이점을 경시하지 않고 전력을 경주해서 이들을 치겠다고 생각한 것은 그 까닭 때문이었다.

이 '폴리스 조'의 사이고 복직 운동은 꽤 소란스러운 사태였는데, 부수상 격인 우대신 이와쿠라 도모미까지 산조에 동조해버린 것이 아닌가 의심케 하는 거동이 있어서 더욱 그러했다.

"실은 산조 공이 갑자기 사이고 복직 방향으로 기울어진 듯하다."

이런 뜻을 오쿠보에게 최초로 전한 것은 이와쿠라였다. 이와쿠라는 막부 말기 이래의 인연도 있고 이번 정한론 소동 때도 오쿠보와 밀착해 있었으나 이 편지에서는 반쯤 산조에 동조하는 듯한 기미를 보여 오쿠보를 놀라게 했다. 오쿠보는 자기의 고립을 느꼈으리라.

이와쿠라의 심사는 미묘했다.

'사이고를 버린 것은 역시 잘못된 것이 아닌가?'

이러한 반성이 이 시기 그의 심경을 동요시키고 있었던 것은 확실했다.

이와쿠라는 공경이기 때문에 독립된 의사를 가지지 못했다. 그의 기본 자세는 막부 말기 이래 사쓰마파로서 사쓰마 번의 금품으로 입고 먹었으며, 유신 뒤에는 사쓰마파에 옹립되어 우대신이 되었다. 그는 당연히 사이고와 오쿠보 두 사람과 유착되어 있었다.

그는 이 유착 이외에 자기의 정치 자세를 생각할 수 없는 인물이다. 사이고와 오쿠보가 결렬되는 일만큼 이와쿠라에게 가슴아픈 일은 없었다. 이와쿠라는 동요했으나 결국 오쿠보에게 밀착한 것은 오쿠보의 정견에 찬동한다는 뜻도 있었지만 또 하나, 오쿠보의 권력 정치가로서의 체질과 이와쿠라의 체질이 비슷하였고 또 막부 말기에 자기에게 밀착해서 물심 양면으로 도와준 오쿠보를 버릴 수 없었다는 것도 큰 이유였다.

이와쿠라는 어느때 말한 일이 있다.

"나와 오쿠보씨는 각별한 사이이다. 막부 말기에 오쿠보씨와 단 둘이서 이야기한 내용은 서로 죽을 때까지 말할 수 없는 것이 많다."

이 말은 특히 고메이 천황(孝明天皇)의 죽음을 전후한 대(對) 조정(朝廷) 정략에 관한 것을 가리키는 것이다. 예를들면 필자는 여러 가지 상황으로 보아 믿기 힘들다고는 생각하지만 고메이 천황은 이와쿠라에 의해 독살되었다는 풍문이 그 시대부터 지금에 이르기까지 끈질기게 나돌고 있다. 이와쿠라라면 능히 할 수 있다는 인격적 인상이 이와쿠라를 싫어하는 일부 사람들에게 이 풍문을 믿게 했다.

어쨌든 이와쿠라는 오쿠보와의 인연이 너무 길었기 때문에 오쿠보를 취하고 사이고를 버리는 쪽을 택하게 되었는데, 한편 그가 맡은 우대신이라는 직책을 생각해 본다면 사이고를 버린 것에 대한 후회도 있는 것 같았다.

이와쿠라는 평소 사이고의 하야를 겁내고 있었다.

'사이고가 하야하면 이 혼란한 세상은 당장 내란상태와 같이 어지러워지지 않을까?'

이런 공포였다.

그 공포는 기우가 아니고 이제 현실이 되어가고 있었다. 이와쿠라로서는 산조가 사이고를 복직시켜야 한다고 동요하는 것이 무리가 아니라고 보고 있었다.

그리고 이와쿠라의 후회는 사이고가 그처럼 강력하게 요구하던 파한 사절에 관해서였다.

이와쿠라는 메이지 16(1883)년 만 58세로 죽는다. 그는 자기의 병이 암이라는 것을 죽기 전에 알고 있었다. 죽음을 각오한 뒤에 유언이나 회고록 같은 것에 이것 저것 말하다가 어느 날 불쑥 말했다.

"그때 사이고씨를 말리지 말고 조선에 파견했으면 좋았을 것을."

이때에는 사이고도 오쿠보도 이미 이 세상에 없어서 이와쿠라로서는 솔직하게 내심을 토로할 수 있었을 것이다.

아니면 그뒤 이와쿠라의 의견이 변했는지도 모른다.

이와쿠라는 메이지 6(1873)년 가을의 정한론 소동 때 오쿠보가 주장하는 내치주의에 따랐으나 그것 때문에 얻은 것보다 잃은 것이 컸다고 생각하게 되었는지도 모르겠다. 오쿠보는 대의적으로는 이른바 유약한 외교 방침을 취했는데 예를들면 러시아의 강요에 굴복하여 사할린(樺太)의 영유권을 선뜻 버린 일 등이다. 그 메이지 6년에 사이고가

"나를 전권대사로 파견한다면 조선에서 문제를 해결하고 곧 러시아에 가서 일러협상(日露協商)을 체결해 동양 평화의 기초를 세우겠다."

고 말했는데 이와쿠라가 회고하니 그때 오쿠보 등의 반정한파는 그 말을 믿지 않고 사이고는 전쟁을 할 작정이라고 해석했다. 그렇게 해석한 것도 무리는 아니었다. 기리노 등 사쓰마계 근위군 장교들의 말투가 떠들썩하고 소란스러웠고 너무나 호전적이었기 때문에, 사이고의 진의는 기리노의 해석을 통해 세상에 선전된 느낌이 있었기 때문이다. 이와쿠라도 당연히 그 선전된 인상으로 사이고의 언동을 해석했는데 좀더 솔직하게 듣는 것이 옳았다는 후회가 생겼다. 이 후회를 뒤집어 말하면 이런 의미와 연결될 것이다.

"오쿠보에게 끌려다녔는지도 모른다."

더욱 깊이 생각하면 오쿠보가 사이고의 이미지를 만들었고 거기에 이와쿠라가 편승하고 이토 히로부미까지 합세해버렸다는 것이다. 이와쿠라나 이토의 입장에서는 오쿠보의 사이고에 대한 해석을 거치지 않고 사이고를 이해할 방법이 없었다. 이 메이지 7년 1월의 이와쿠라의 동요도 어쩌면 앞서의

경위와 같은 가벼운 것이었는지도 모른다.

오쿠보는 당연히 사이고의 복직에 반대했다.
그가 이와쿠라에게 보낸 편지에 '성지(聖旨 : <sup>임금의</sup><sub>뜻</sub>)'라는 말이 여러 번 나오는데 천황의 권위를 빌려오는 오쿠보의 의도가 짙게 풍기고 있었다.
'나는 봉직 이래 성지에 따라 일해 왔습니다. 두 공(<sup>산조와</sup><sub>이와쿠라</sub>)께서도 물론 천황이 확정하신 조정회의에 의해 직무를 집행하시고 계실 것입니다. 그러니까 이 문제의 판단에도 성지를 지키는 일이 중요합니다.'
이런 뜻의 문장이다. 성지란 요컨대 오쿠보 등이 결정한 반정한론 방침으로, 구체적으로 말하면 '성지가 사이고를 거부했다'는 것이며, 이제 새삼스럽게 사이고를 다시 부르는 것은 성지에 위배된다는 논법이다. 성지, 성지, 하는 것은 오쿠보가 대(對) 사이고 문제에 있어서 방편으로 개발한 정치 논리인데, 결국은 그 논리가 이 나라의 국가 체질이 되어간다. 그런 장래의 일을 오쿠보가 예견한 것일까.
오쿠보는 또 다른 논리도 펴고 있다.
"나는 태정대신의 생각을 결코 비난하고 있지는 않습니다. 다만 그 생각이 참의에 의한 공식 회의를 거치지 않았다는 것이 마음에 걸립니다. 그리고 전 참의를 부활시킨다면 전원(全員)을 부활시키는 것이 조리에 맞다고 생각합니다."
복직시키려면 사이고뿐 아니고 전원을 복직시키는 것이 도리가 아니냐 하는 것이다. 즉 상태를 결렬 이전으로 환원하라, 이전처럼 정한파 우세의 내각을 만들어라, 하는 것이다.
물론 오쿠보도 그것을 원하지 않는다. 그 대신 자기는 사직한다는 것이다.
이 같은 오쿠보의 요구는 산조와 이와쿠라를 동요시켰다.
"또 사태가 전과 같이 되겠군."
두 사람의 공경은 우선 놀라고 그 다음에 또다시 사이고를 취하느냐 오쿠보를 취하느냐의 양자택일 문제로 고민하게 되었다. 두 사람 모두 참의가 되면 그만이라는 제3자적 낙관론은 사이고와 오쿠보 두 사람에 한해서는 통용되지 않았다. 두 사람의 대립은 그들을 가장 잘 알고 있는 이와쿠라조차도 어떻게 할 수가 없었다.
이와쿠라는 산조에게 투덜댔다.

"그들은 원래 막역한 친구였는데……"

두 사람이 혁명이라는 큰 목표를 향해서 정진할 때에는 거의 일심동체라는 느낌이 있었는데, 정권이 수립되고 나니 두 사람만큼 성격과 국가관을 달리하는 사람이 없다는 것을 알게 되었다. 그리고 국가관이 다른데 관해서는 쌍방 모두 전혀 타협하지 않았다. 결국 산조도 이와쿠라도 오쿠보를 따를 수밖에 없었다.

가와지 도시나가가 그의 경찰조직에서 권력을 확립한 것도 바로 이때이다. 그것은 마치 오쿠보가 사이고의 하야에 의한 조야의 큰 동요 속에서 자기의 권력과 근대적 관료 체제를 확립한 것처럼, 규모는 적지만 경찰 부내에 있어 가와지의 경우도 닮은 꼴이라고 말해도 좋을 정도로 비슷했다. 그 같은 일은 육군 부내에서 야마가타 아리토모가 제도관리를 기호로 권력을 잡아가는 것과도 비슷하여 모두가 하나의 현상이 큰 테두리 안에서 일어났다.

가와지에게는 동료가 있었다. 메이지 5(1872)년 가와지가 나졸총장에 임명되었을 때 사카모토 스미히로도 나졸총장이었다. 그뒤 수도 경찰의 명칭이 한때 '경보료(警保寮)'가 되었을 때 가와지의 직명은 경보조(警保助)에서 대경시(大警視)가 되었고, 사카모토는 경보조에서 권대경시(權大警視)가 되었다.

요컨대 동료였다. 그래서 가와지가 마키무라 마사나오 사건에 격분해서 건의서를 제출할 때도 사카모토와 이름을 나란히 적었다.

그 사카모토가 고쿠부 도모아키와 함께 사이고 복직 운동을 시작할 때 가와지는 손을 끊었다.

"폴리스는 그 같은 개인적인 정치 활동을 해서는 안되네."

가와지는 그렇게 주장하며 사카모토와 고쿠부 입장과 크게 충돌했다. 가와지는 창업자에 있기 마련인 기질이 있어서 자기가 창시하고 있는 폴리스와 수도경찰 제도라는 업무를 마치 종교같이 생각하고 그 교의(敎義)를 신봉하여 교의에 어긋나는 행동을 아주 싫어했다.

"폴리스는 국가와 국민을 위해 있는 것이지, 사이고 다카모리 개인을 위해 있는 것이 아니야."

이렇게 말하니 사카모토는 분노하여 우리는 지사로서 가고시마에서 나왔다, 우리의 뜻을 대표하는 것이 가고시마의 사이고 선생이다, 우리는 폴리스로서만 존재하는 것이 아니라는 것을 생각하라고 반론을 펴니 가와지는 태연하게 극언했다.

"우리는 폴리스다. 그 이외의 아무 것도 아니야. 가고시마 현 사족이라는 것은 호적뿐이며 가고시마 사족으로 행동해서는 안돼."

"생각해 보게."

사카모토는 가와지에게 항변했다.

그의 말에 따르면 첫째 우리들의 오늘이 있는 것은 사이고 선생의 덕택이라는 것이고, 둘째는 지금의 정부가 고금에 그 유례를 볼 수 없는 악정부로서 그 악정부임을 알고 있으면서도 묵인하는 것은 지사의 길이 아니라는 것이었다. 가와지는 마치 열광적인 신학자가 이단(異端)의 마음을 가진 자를 통박하듯 주장해서 결국 결렬되었다.

"폴리스에는 정론(政論)이 없고 폴리스에는 지사가 없다. 폴리스가 믿어야하는 것은 다만 국가의 질서뿐이야."

국가적 규모로 말하면 오쿠보와 사이고의 결렬 같은 것이었고, 이것을 계기로 가와지는 오쿠보와 포옹하듯 한 몸이 되었다.

이 시기의 오쿠보는 누가 자기편이냐 하는 것에 특히 예민했다.

앞서 가와지의 국가론에 대해서 오쿠보는 경청하는 자세를 취하고 있었으므로 본래 가와지를 적이라고 생각하지는 않았으나 이 사카모토, 고쿠부 문제가 일어나자 가와지 쪽이 오히려 오쿠보를 설득하는 자세로 이런 뜻의 말을 했던 것이다.

"경찰은 강철 같은 조직이 아니면 안되는데 이 같은 사태가 일어난다는 것은 국가의 해독이며 우환이 됩니다."

이것이 오쿠보에게는 마치 백만의 자기편을 얻은 듯한 기분이었다. 사쓰마계의 근위군 장교의 거의 전부가 오쿠보를 배반했으나 경찰의 사쓰마계 중에서 적어도 가와지만은 오쿠보와 사상이 같았고 한편이라는 것이 명백해졌다. 노골적으로 말하면 오쿠보는 동향 출신 군인으로부터는 배반당하고 경찰관으로부터는 지지를 얻었다.

'전제 국가'

훗날의 이야기이지만 이 말을 가와지는 메이지 10년에 당당하게 사용했다.

가와지는 이 시대의 고급 관리치고는 이상하게 이론가이고 또 이론을 가지고 경찰을 지도하려 했다. 메이지 10년에 경찰 부내 경찰 간부급에 배포된 《경찰일반(警察一班)》이라는 교과서적 출판물이 있었다. 거기에 가와지가 프랑스의 정치 경찰을 참고해서 창설한 비밀 경찰의 한 항목이 있는데 다음과 같은 문장으로 되어 있다.

'비밀 경찰의 분야는 자유 정부의 나라에 있어서는 좁고 전제 정부의 나라에서는 넓다.'

가와지는 일본을 자유 정부의 나라가 아니고 전제 정부의 나라로 규정하고 있는 것 같다. 이 점 오쿠보의 사상과 같다. 다만 오쿠보의 언행으로 보아서 국가와 국민을 전제 관리(專制管理)하면서 나아가서는 헌법을 공포하여 가와지의 용어에서 말하는 '자유정부'의 나라로 만든다는 구상은 있었던 것 같으며, 그것은 일시적인 것이었으리라. 이 오쿠보의 전제 방침이 일시적이었다는 것에 대해서는 가쓰 가이슈가 '가이슈 좌담(海舟座談)'에서 증언하고 있다.

비밀 경찰에 관한 문장을 계속 소개하면, 그 이유는 무엇이냐에 대한 실로 노골적이며 명쾌한 글이다.

'무릇 자유 국가는 언론이 발달되어 법이 가혹하지 않다. 각자가 생각하는 바를 직필(直筆)하고 신문에 공개해서 비밀로 하지 않는다. 따라서 자유 국가에서는 비밀 경찰을 써서 탐지할 것이 없다. 그러나 전제 정치의 나라는 법이 가혹해서 사람들이 겁을 먹고 말을 하지 않고 생각을 공포하지 않는다. 일의 의논도 모두 비밀리에 행한다. 그러니 간첩을 써서 증거를 얻어야 한다.'

가와지는 일본은 전제 정치니까 간첩이 필요하다고 말하고 있는 것이다.

오쿠보는 이 경우에도 사카모토나 고쿠부에 관한 첩보 활동을 가와지에게 의뢰했다. 조제프 푸셰를 경찰의 성자(聖者)로 섬기고 있는 가와지는 의뢰받은 일에 충실하였다.

동시에 오쿠보는 가와지에게 권했다.

"사카모토와 고쿠부를 자네 손으로 일소하라."

명령한 것은 아니었다.

이 점은 미묘했다.

오쿠보 도시미치는 이미 내무경이며 경찰을 그의 지휘 하에 두고 있었고 가와지뿐 아니라 사카모토 스미히로와 고쿠부 도모아키도 그의 직속부하였다. 오쿠보의 명령 하에 그들의 목을 날릴 수도 있었다.

그러나 이 시기의 오쿠보 내무경에게는 그만한 권위가 없었다. 그가 내무경으로서 관리와 국내에 대한 통제력을 강화하는 것은 사가(佐賀)의 난부터 세이난 전쟁에 이르는 동안인데, 말하자면 내란이 나자 이것을 이유로 강력해진 것이다.

이 시기에 오쿠보는 아직도 정부의 사쓰마 사족단 중 한 사람의 간부에 불과했다. 그가 사카모토나 고쿠부 등, 같은 번 출신의 사족에 대해 '나는 너희들의 상관이니까' 하는 냉정한 이유로, 즉 내무경이라는 것으로 그들을 자를 수는 없었다.

"그 일은 자네에게 부탁한다."

오쿠보는 이러면서 가와지에게 그 일을 맡기는 것에서, 당시 정부 내부에서의 사쓰마 인의 외면과 내면의 어려움을 볼 수 있다.

그러나 오쿠보는 가와지가 활동하기 좋도록 해주었다.

"사카모토와 고쿠부에 대해서는 이와쿠라 우대신이 사직 권고 명령을 내리게 해두겠다."

그렇게 약속했다.

이 경우 이와쿠라 우대신을 끌어들이는 것은 경우가 아니었으나, 제도가 완전히 정비되지 않았던 시기이기도 했고 부수상의 명령이면 사카모토나 고쿠부도 송구스럽게 생각할 것이며, 더구나 사쓰마인 사이에 오쿠보가 상처받지 않아도 된다. 오쿠보는 지금 사쓰마계 경찰관의 원한을 사기가 싫었다.

가와지는 간단하게 승낙했다.

그러나 가와지도 단지 이와쿠라의 명령이라는 한 가지 이유로 향당 출신의 동료를 칠 수는 없어서 결국 이런 소문을 경찰 부내에 유포시켰다.

"산조, 이와쿠라 두 공께서 사카모토와 고쿠부 공의 제의를 채택하지 않았다."

또 단호하게 말했다.

"뿐만 아니라 그들의 행동은 국리(國利)에 어긋난다는 의향이 굳다. 여기에 대해 의심이 있으면 가와지가 대답하겠다."

그는 이런 요지를 부내에 철저하게 알렸고, 이것으로 사카모토와 고쿠부의 패배를 선언했다.

사카모토와 고쿠부도 정세의 일변을 알고 1월 10일 사표를 제출했다. 이와 관련해서 사표를 낸 사람은 100여 명이다. 당시 경찰 부내의 사쓰마 인은 대략 8, 9백 명이라는 것이, 오쿠보가 이와쿠라에게 그 결과를 통보하며 부친 편지에 나타나 있다.

이 편지에서 가와지에 관해 언급했는데
"그는 확고하게 담당하여 모든 일에 실수가 없었다."
라고 했다. 가와지는 이 사표를 취급함에 있어서 과감한 태도를 취했다. 가와지의 지휘권이 확립된 것은 1월 10일부터이다.

후지미바바(富士見馬場)의 집사사(集思社)에 갑자기 경찰의 밀정 같은 것이 출몰하기 시작한 것은 이해 1월 11일 부터다.

그 11일, 옛날 막부 시대에 건축 청부관을 지냈다는 옆집 노인이 와서 지에에게 가르쳐 주었다. 이날 아침 일찍 그 옆집에 정장을 한 훌륭한 신사가 선물 상자를 들고 찾아와서 세 시간이나 앉아 있으면서 집사사의 출입자와 지에에 대한 일을 상세히 묻고 갔다고 한다.

"세 시간이나?"

지에는 놀랐다. 세 시간이나 물을 일이 있을까? 하고 생각했으나 밀정이란 거의 무의미한 세상 이야기를 지껄인다는 것이다.

"조심하는 편이 좋겠어."

이렇게 말한 뒤 건축 청부관을 지냈던 노인은 돌아갔다. 그 뒤에 하인 주조(十藏)가 오늘 아침부터 길에 행상이 많아졌다고 말했다. 넝마장수와 헌옷장수, 엿장수들인데 평소에 보지 못한 얼굴들이라고 했다.

저녁때 에비하라 보쿠가 왔다.

지에가 그 얘기를 하자, 이 사쓰마 인은 놀라지도 않고 오히려 즐거운 듯이 잘 생긴 입가에 이상한 미소를 지었다.

"하하, 세상은 정직하군."

희노애락의 감정이 아마 에도 사람과는 다른 것 같다고 지에는 느꼈다.

"화가 나지 않으세요?"

"명장(名將)이란 이 같은 일에 화내지 않아요."

그는 자기를 명장이라고 생각하는 듯했다.

세상은 정직하다고 에비하라가 말한 것은 어제 10일에 경보료(警保寮 : 경시청)에서 사카모토와 고쿠부를 비롯한 백여 명의 사쓰마계 경찰관이 일제히 사표를 제출하고 관직에서 떠나갔다. 따라서 오늘 11일부터 가와지 도시나가가 수도 경찰의 지휘권을 한 손에 장악하게 되었고 그것이 밀정건으로 정직하게 나타났다는 뜻이었다. 사카모토와 고쿠부가 있을 때에는 가와지도 이 두 사람 때문에 주저하여 에비하라의 신변에 밀정을 보내지는 않았다고 에비하라는 생각했다.

"밀정은 가와지의 꾀야."

에비하라가 말했다.

"즉 가와지는 오쿠보와 손을 잡고 오쿠보를 위한 발톱이 되려는 것이지. 오늘부터 폴리스는 오쿠보를 위해 존재한다고 생각해도 좋아."

하기도 했다.

에비하라는 상당히 낙천적이고 전투적인 성격인 듯, 오쿠보나 가와지의 밀정이 집사사를 원수처럼 생각하고 모여 드는 것을 오히려 즐기고 있는 것 같았다.

"집사사는 미미하지만 이제 정부의 한 적국(敵國)으로서 대접을 받는 것 같군."

그 말을 듣자 지에도 무엇인가 몸이 근질근질한 듯한 두려움 또는 용기같은 것을 느꼈다.

에비하라가 후지미바바의 집사사에서 말했다.

"적은 오쿠보와 가와지."

이런 식으로 전투적 포부를 지에에게 말하고 있는 것과 같이 경찰을 장악한 가와지 도시나가도 그러했다.

"정부에 반항하는 자는 모두 잡도리한다."

이것이 이 시기에 가와지의 결의였다.

주된 적은 동향의 사쓰마 인이 될 것이다. 더 구체적으로 말하면 가고시마 현이 될 것이다. 가와지는 적의 수괴 이름을 일체 말하지 않고 기리노 이하의 이름만 말했다. 사쓰마인에게 있어 사이고 다카모리라는 이름은 가와지처럼 사이고의 반대편에 서 있는 사람에게도 신성불가침의 인상이 있기에 그랬다.

"기리노 일파가 책동하고 있다."

가고시마 정세를 말할 때는 그같이 표현했다.

사이고의 행동이 수상하다는 말은 하지 않았다.

"에비하라는 도쿄에서의 기리노 일파의 탐정이다. 경계를 요한다."
고 말하고 사이고의 이름은 내비치지도 않았다. 사쓰마 인에게 사이고는 다른 차원의 존재처럼 보였다.

사실 가와지의 구상은 도쿄 대 가고시마라는 식으로 도식화되어 있지는 않았다. 그 이유인즉, 후세에서는 감각으로서도 납득할 수 없는 일이지만, 이 시기에 도쿄 정부와 가고시마 현이 전쟁을 하면 무력으로는 도쿄에 승산이 없다는 것이 상식이었으며 가와지도 그렇게 생각하고 있었다. 그러한 면에서 도쿄 정부의 군사적 성장은 징병제를 실시하고 있는 육군성의 노력을 기다려야 한다고 생각하고 있었다.

앞으로 가와지가 하지 않으면 안될 일은 수도권에서의 정치 경찰 확보와 치안 유지였다. 이것을 완전한 것으로 하기 위해서는 밀정의 수를 열 배로 증원해도 모자란다고 생각했다.

이 시기의 가와지는 귀신이라고밖에 말할 수 없을 정도로 직무에 몰두했다. 낮에는 직무에 미숙한 간부를 교육하고 평상시엔 명령을 내리고, 밤에는 도내의 각 주둔소를 순회하고 밤중에 집에 오면 훗날 《경찰수첩》으로 성문화되는 초고의 집필에 몰두했다.

'경찰관은 잠을 자서는 안되고, 편안히 앉아 있어서도 안되며, 주야 불문하고 태만해서는 안된다.'

이것은 가와지의 글이다.

'행정 경찰은 예방을 그 본질로 삼는다. 즉 국민으로 하여금 과실이 없게 하고 죄를 짓지 않도록 하고, 손해를 보지 않게 하고 공공의 복리를 증진시켜야 한다.'

'우리 나라처럼 개화가 미흡한 국민은 어린아이로 보아야 한다. 어린 아이를 키우려면 보호자(즉 경찰관)의 보호에 의지해야 한다. 그런고로 오늘날 우리 나라에서는 이것이 가장 시급한 경찰의 임무라고 할 수 있다.'

가와지는 경찰을 문명의 첨병(尖兵)이라 믿고 있었다.

결국은 가와지가 일본의 경찰을 만들었다.

그의 《경찰수첩》의 초고는 메이지 초기의 훌륭한 문장 가운데 하나라 볼 수 있는데, 이 시기의 개화적 관료에 대한 사상을 알기 위해서 몇 가지를 들어 본다.

전체적으로는 한학적 소양과 프랑스적 사회 의식이 혼합된 것으로서, 이 시기의 국권주의(國權主義) 사상 중에서도 질적으로 좋은 것이라고 보지 않을 수 없었다.

'경찰관의 마음은 모두가 인애보조(人愛補助)여야 한다. 따라서 경찰권의 발동도 모두 인자(仁慈)의 영역을 벗어날 수 없다. 그러므로 나에게 아무리 무리하고 도리에 어긋나는 행동을 하더라도 이치로써 타이르고 그 일에 대하여 인내로 대처해야 한다.'

이것은 국권적 입장을 취하면서도 가와지가 '국민의 보호자'이자 '안녕의 보호관'이라는 사상에 있어서는 철저했다고 보아야 할 것이다.

'경찰관은 국민을 위해 용감한 보호자이기 때문에 위신을 지켜야 한다.'

그 위신에 대해 가와지는 해설한다.

위신이란 자의식으로 갖추는 것이 아니고 남이 보아서 그렇게 느끼게 하는 것이다. 그 위신이 생기는 원천은 사람이 참기 어려운 것을 참고, 견디기 어려운 것을 견디고, 하기 어려운 일을 하는 데 있다고 한다.

이 《경찰수첩》 초고에는 논문 같은 면도 있어서 워싱턴과 나폴레옹 1세를 비교하여 워싱턴이 위대하다고 설명하고 있다. 그 이유를 의역하면 '워싱턴은 사욕을 버리고 공중을 이롭게 했다. 그래서 큰 덕망을 얻었으며, 국가를 사적인 것으로 삼지 않고 국민으로 하여금 독립적·자주적인 사람이 되게 만들었다. 나폴레옹 1세는 중망(重望)은 얻었으나 그것에 편승하여 국가를 사유화하려고 했다'고 말했다.

이렇게 논하며 경찰관은 모름지기 워싱턴처럼 되어야 한다고 설명한 대목은 과연 메이지 초창기의 문장답게 웅대하다. 그러나 이 문장을 다른 관점에서 보면 가와지의 사이고 관(觀)이 암시되어 있는 듯하다. 가와지는 사이고를 워싱턴처럼 본 시기도 있었을 것이지만, 사이고가 여당과 대결하는 입장이 되고부터는 나폴레옹 1세로 보고자 한 기분이 이 문장에 풍기고 있는 것 같다.

다음 초고에서 가와지는 경찰관의 탐색업무에 대한 요령을 상세하게 설명했고 또 어떠한 성격이 범죄를 범하기 쉬운가에 대해 25개 항목을 열거하기도 했는데 예를들면 이런 식의 문장이다.

'용모가 여자 같고 대담한 자.'

'겉으로 웃으며 속으로 노하는 자. 또 겉으로 화내며 속으로 웃는 자.'

가와지가 수도 경찰의 지휘권을 한손에 장악한 날로부터 나흘째인 1월 14일 그의 직무상 중대한 사태가 발생했다.

'행정경찰은 예방을 본질로 한다.'

그는 자신이 부하들을 교육하는 한편으로 자객에게 피습될 가능성이 있는 요인에게는 충분한 경호를 붙이고 또 불온한 계획을 할 듯한 사람에게는 밀정을 붙여 두었다. 그러나 아직 제도는 정비되지 않았고 인원은 부족해서 그 수배가 충분치 못했다.

예를 들면 오쿠보에게는 경호를 붙였지만 산조와 이와쿠라에게는 붙이지 못했다. 그 이유인즉 산조와 이와쿠라는 다분히 장식물적인 존재여서 자객이 노릴 것으로 생각하지 않았던 것이다.

그 이와쿠라 도모미가 1월 14일 밤에 습격을 당했다.

오후 8시경이었다.

당시 황제의 거처는 아카사카(赤坂)의 별궁에 있었다. 이와쿠라 우대신은 거기서 나와 바바 사키몬(馬場先門)에 있는 집으로 가려고 쌍두마차로 아카사카 구이치가이 문(喰違門) 밖 둑에 이르렀을 때 어둠 속에서 열 여덟 명이 달려나와 이렇게 외치며 칼을 뽑아들고 마차에 뛰어들었다.

"이 국적(國賊)놈!"

그들은 이내 마부를 베었다. 이와쿠라는 포장 밖에서 찌른 칼에 경상을 입고 몸을 피하다가 또 칼을 한번 맞았다. 이와쿠라는 정장 차림에 작은칼을 차고 있었다. 작은 칼이 그를 구했다. 자객의 큰 칼이 이와쿠라의 작은 칼을 쳐서 큰 소리가 났다. 그것 때문에 상처는 얕았다. 이날 밤 달이 뜨지 않은 것도 이와쿠라에게는 다행이었다. 그러는 동안 이와쿠라는 발을 헛딛고 도랑에 굴러떨어졌다. 이것도 다행이어서 자객들은 이와쿠라를 놓쳐버렸고, 곧 누군가의 인기척이 나자 물러가버렸다.

인기척은 지나가던 궁내성 관리 후치가와 치카노리(淵川親則)였다. 그는 지나가다가 현장을 목격하고 이와쿠라를 궁내성으로 업고 갔다.

사건은 그뿐이다.

이와쿠라는 경상이었다. 그러나 정부의 소동은 이와쿠라가 방어 격투에서 100명이나 죽인 것처럼 요란했다.

아카사카의 궁내성에서 부상 당한 몸으로 누워 있는 이와쿠라를 걱정해서 그날 밤부터 다음날 아침에 걸쳐 거의 모든 고관들이 문병을 왔다.

궁내성은 각 부현에 범인 수색 명령을 내렸다. 궁내성이 할 일이 아니었지만 그 당시는 궁내성 관리도 국가의 제도를 잘 모르고 있었다.

오쿠보는 가와지에게 수사를 명령했다.

이와쿠라의 피습을 계기로 앞서부터 가와지가 준비하고 있었던 '경시청'이 황급히 발족했다. 이와쿠라 피습 다음 날인 15일에 이것이 발족한 것을 생각하면 이 사건에 의한 소동이 얼마나 컸는지 상상할 수 있으리라.

가와지는 바빠졌다.

이와쿠라를 습격한 범인의 수사 지휘를 하는 한편, 동시에 설립된 경시청의 발족 업무를 지휘해야 했기 때문이다. 이 경시청은 반정부파에 대한 최대의 공격 기관이 되어간다.

'육해군은 외부를 수호하는 군대이고 경찰은 내부를 다스리는 약이다.'

이런 가와지의 문장에서, '약'이라는 표현은 개화된 유연함이 있으나 실제로는 대단히 권력을 앞세운 활동 부대였다.

경시청의 장관은 대경시(大警視)라고 한다. 훗날의 호칭으로는 경시총감이다.

이하 경찰 간부의 계급 호칭으로 소경시(小警視), 대경부(大警部), 중경부, 소경부 등이 있다.

도쿄 시내를 6개의 구로 나누어 각기 경시 출장소(훗날의 경찰서)를 두었다. 경시 출장소는 빈집으로 있는 옛 영주의 번저(藩邸)를 사용했다. 경시 출장소의 장은 소경시였다.

이 6개 구는 각기 16소구로 나누어졌다. 소구의 명칭은 나졸둔소(邏卒屯所)라 했다. 나졸둔소는 절이나 큰 민가를 빌려 사용했다. 나졸이라는 폴리스의 번역어는 2월 2일에 순사(巡査)로 고쳤다.

그들을 총지휘하는 경시청은 가지바시(鍛冶橋)의 구 쓰야마(津山) 번저를 사용했다.

그들의 직무에 관해서 가와지의 문장을 빌리면 이렇다.

'경찰관은 관내의 인물에 주의해서 그 선악과 옳고 그릇됨을 정밀하게 구분하고 관찰하는 일을 게을리해서는 안된다.'

즉, 관내의 인물에 대해 경찰관은 늘 정밀하게 관찰해서 선인인지 악인인지 상세하게 구별해 두라는 것이다. 대단한 친절이다. 또 친절이라는 것에 대한 가와지의 문장은 '선인을 탐지하는 데 있어서 철저하기를 흉악도를 탐색할 때와 같이 하라'고 했다.

  가와지는 집요했다. 관내 인물의 선악도를 상·중·하로 분류하라고 했다. 그 분류법은 대단히 세밀했다.

  국민의 강력한 감시자인 경찰관에 관하여 일면에 공복(公僕)이라는 것을 강조하고 그 독성(毒性)을 중화(中和)하려 했다. 가와지의 표현으로는

  "관리는 원래 민중의 고혈(膏血)로 산 물건과 같은 것이다."

라고 했다. 천황의 관리, 천황의 경찰관이라는 사고는 아직 이 시기에 없었다는 점에서 주목할만 하다.

  가와지는 이와쿠라 피습 사건의 범인을 수사하는 한편, 경시청 설립에 따라 나졸(순사)을 급히 증원해야 하는 일까지 겹쳐 무척 다망했다.

  당초(메이지 4년)에 수도 경찰의 인원은 3천 명의 규모로 발족했다.

  "3천 명이나 필요할까?"

  그 당시 참의들까지 놀랐다. 에도 시대에 에도의 포도청 인원은 포도감 이하 포교, 포졸까지 합쳐서 불과 3백 66명이며 이 인원만으로도 50만 시민의 치안을 맡아서 질서 유지면에서는 세계 사상 유례 없는 좋은 실적을 올렸다.

  메이지 4년 발족 당시의 나졸 3천 명이란 인원수는 파리를 모방한 것이었다.

  그런데 실시해보니 도쿄는 파리보다 인구가 많을 뿐 아니라 초창기의 정권은 그 자체의 군대를 충분히 가지지 못했기 때문에 나졸을 정권 유지를 위한 준병력(準兵力)으로 보지 않을 수 없는 사정도 있었다. 또 전국에 300명으로 분할되어 있던 구 번의 각 사족단이 잠재적으로는 아직 할거하는 기분을 가지고 있었다. 사족에 불리한 정책을 취하는 메이지 정부는 그들의 호의를 받지 못했고, 언제 어디서 큰 내란이 일어날지 몰랐다. 프랑스와, 극동에서 갑자기 근대화된 이 국가는 여러 가지 사정이 다르다는 것도 명백해졌다.

  3천 명이라 해도 실제상의 숫자는 훨씬 적었다. 3천 명의 내역은 사이고 다카모리의 의향으로 가고시마 현 사족에서 2천 명, 다른 부현의 사족에서 천 명을 징모했다고 하였으나 실제로는 천 수백 명에 불과했다. 그 모집에 있어서 질(質)에 중점을 두고 엄선했기 때문이다.

  거기에 1월 10일, 백 수십 명의 사쓰마계 경찰관이 일거에 퇴직하니 그 미약한 진용으로 1월 14일의 이와쿠라의 피습 사건을 맞이한 결과가 되었다.

  "적어도 6천 명은 필요하다."

사건 다음날 갑자기 경시청이 창설되었을 때 가와지는 이렇게 상고했고 즉시 허가를 받았다.

이 대량 모집에 관해서는 만사에 잔소리가 심한 기도 다카요시까지 협력해서 옛 조슈 번인 야마가타 현에서 지원자를 얻으려고 노력했다. 옛 번 중에서 보신 전쟁 때 이른바 적군이 되었던 번에도 작용했다.

자연히 신규 모집한 나졸 중에는 거의 사쓰마 인이 없는 현상이 나타났고 오히려 출신 현의 감정적 색채로 말하면 사쓰마 인에게 원한을 품은 사람이 많았다. 사쓰마 인 가와지는 이를테면 반(反) 사쓰마적 경향이 짙은 집단을 거느리게 되었다.

이와쿠라 조난 사건의 범인 수사에 가와지 대경부 나카가와 스케요리를 책임자로 해서 전담케 했다.

수사에 동원된 인원수는 87명이었다. 당시 일본의 범죄 수사 사상 규모로서는 기록적인 것이었다.

현장 수사와 탐문 수사가 진행되는 한편 여러 가지 예측이 만발했다.

당연하지만 누구나 이렇게 생각했다.

'사쓰마 인이겠지.'

사이고와 함께 하야한 근위군 장교가 틀림없다는 추측이었다.

수사 초기에는 구름을 잡는 듯해서 가와지는 어떠한 보고도 할 수가 없었다. 그 부진한 상태가 의혹을 불러 일으켰다.

"경시청 간부의 거의 전부가 사쓰마 인이다. 사쓰마 인이 사쓰마 인을 체포하는 것을 주저하고 있는 것이 아닌가?"

참의 사이에서 각 성에서도 수군거렸고 아카사카의 궁내성에서도 그 같은 소문이 돌았다.

궁내성은 이 사건에 가장 관심이 있다고 해도 좋았다.

우대신 이와쿠라 도모미가 피투성이가 되어 업혀 온 곳도 궁내성이며, 그 뒤 그는 궁내성의 한 방에서 치료를 받고 있었고 천황도 몸소 그를 위문했다. 이 성의 관원들은 살기를 띠고 있었다.

사건 사흘째인 17일 오전 11시 태정대신 산조 사네토미 이하 모든 참의가 입궐했을 때 천황은 말했다.

"이와쿠라 공의 변고는 심상치 않은 대사이다. 수사는 어떻게 되었나?"

산조 사네토미는 얼굴이 새파랗게 되어 송구해했으며 신설된 내무성에 경찰을 흡수해 들인 오쿠보는 면목을 잃고 몸둘 바를 몰랐다.
　천황의 말은 참의들의 정치적 판단에 의해 때로는 공표되고 때로는 공개되지 않았다. 이날의 말은 '칙어(勅語)'로서 곧 가와지에게 전해졌다. 가와지를 편달하기 위해서였다.
　그러나 가와지 쪽은 이것에 대해 그다지 편달된 기색은 없었고 곧 오쿠보 앞으로 회답을 냈다.
　"오늘 밤 안으로 어쩌면 단서가 잡힐지도 모릅니다."
　이 신중한 사람치고는 퍽 자신감이 넘치는 말이었다. 떠들지 말라고 말하고 싶은 기분이 그 속에 담겨 있었다. 가와지로서는 메이지 4년 이래 그가 입안하고 프랑스 제도를 가미해서 충실하게 키워온 수도 경찰의 실력이 이제 시험받고 있는 것이다. 지는 것을 가장 싫어하는 그가 이 시기에 얼마나 흥분하고 있었는지는 상상할 수 있을 것이다.
　현장에 남아 있었던 물품은 수건 한 장과 나막신 한 짝이었다. 수건은 교토 서쪽 지방의 것이었고 나막신도 그랬다. 교토 서쪽 지방이라면 상황으로 보아서 사쓰마 인이나 도사 인이라는 말이 된다.
　'에비하라의 집사사 사람이 아닐까?'
　이런 생각도 들었다. 에비하라의 신변과 지에의 집에 자리잡은 집사사가 우선 주목을 받았다.
　그런데 수사가 진행됨에 따라 뜻밖에도 사쓰마 인이 아니라는 것이 판명되었다.

　이와쿠라를 습격한 것은 고치 현(高知縣) 사족 다케치 구마키치(武市熊吉) 이하 같은 현 사람 9명이었다.
　다케치는 근위군의 육군 소령으로 부대내에서 인망이 높았다.
　그는 보신 전쟁 때 이타가키 밑에서 야전 정보를 수집하는 정보 장교였다. 이 전투에서 이타가키의 인정을 받았고 그가 근위군의 육군 소령이 된 것도 이타가키의 천거에 의한 것이었다.
　사이고가 정한론을 한창 제창할 때 조선과 중국에 사람을 파견하여 정보를 수집한 것은 앞에서 말했지만 그때 다케치 구마키치가 사쓰마의 이케가미 시로(地上四郎)와 함께 중국에 갔다. 그는 미국 기선을 타고 상해에 가서 지부(芝罘)와 만주의 영구(營口) 등지를 전전하면서 정보를 수집했다. 중국의 무관 좌종당(左宗棠) 장군과 만난 것도 그였으리라. 러시아에 대해 강경파인 좌종당 장군이 부탁한 것도 바로 그에게였을 것이다.

"일본과 청나라가 서로 협력해서 러시아의 압력을 방지해야 하오. 이 뜻을 사이고 선생에게 잘 전해주시오."

다케치 일행은 용기를 얻고 귀국했으나 얼마 뒤에 정한론이 결렬되고 말았다. 정한론을 결렬시킨 요인(要人)이 바로 국적이라는 감정을 다케치에게 갖게 한 것은 그의 이력으로 보아 무리가 아니라고 하겠다.

그 반정한파의 괴수가 이와쿠라라고 지목한 것은 방향이 조금 빗나갔는지도 모르겠다. 진짜 괴수는 오쿠보라는 것을 다케치는 알고 있었을 것이다. 그러나 오쿠보는 사쓰마 인이기 때문에 다른 사쓰마 친구들의 감정을 생각했는지, 아니면 막부 말기부터 한덩어리의 바위처럼 단결해온 사쓰마 인 집단에 대한 나쁜 영향을 습관적으로 염려해온 탓이었는지, 결국 공경인 이와쿠라를 지목하게 된 것이다.

'오쿠보는 어차피 사쓰마 인이 처리한다.'

'타번 사람이 나설 일이 아니다'라고 다케치가 생각한 것 같은데, 이것은 사쓰마 인 집단이라는 특수성으로 보아 상상할 수 있는 일이다.

이와쿠라를 습격한 육군 소령 다케치 구마키치 등이 체포되기 전후에 정부는 이 충격과 자극으로 인해 치안 문제에 있어 그 이전에 비해 몰라볼 정도로 전투적 체제를 갖추게 되었다. 다케치 구마키치의 거사는 다른 반정부 운동자에게 치명적인 마이너스를 가져오는 결과가 되었다.

내무성과 그 산하의 경찰을 장악하고 마치 치안대신 같은 일면을 지닌 오쿠보의 권위는 이 사건을 계기로 무거워졌다.

우선 폴리스를 급격히 증원시킨 것은 이미 말했다.

폴리스 급모집이라는 것이 새 국가의 어떠한 정무보다 앞서는 중대사가 되었으며 참의인 기도 다카요시까지 협력하게 되었다는 것도 말했다.

'야마구치 현에서 200명쯤 보내고 싶소.'

기도는 이런 편지를 오쿠보에게 수사 진행중에 보냈다. 오쿠보에게 이의가 있을 리가 없었다.

오쿠보는 가와지와 상의해서 징모사(徵募使)를 전국의 옛 번에 파견했다.

"간토(關東)의 구번들은 빼놓자."

처음에는 이런 의견도 있었다.

간토 여러 번에는 도쿠가와의 직속 영주가 많았고 보신 전쟁 때 태도가 애매했다는 것이 이유였으나 지금 형편으로는 그런 소리를 하고 있을 수가 없었다. 관군에 저항하여 가장 용감하게 싸운 번의 하나인 에치고 나가오카(越後長岡)의 옛 번에서도 그 사족 대표인 미마 마사히로(三間正弘)가 가와지를 면회하고 이렇게 신청하는 형편이었다.

"우리도 50명쯤 내고 싶습니다."

가와지는 승낙했다. 나가오카의 사족까지 넣는 판국에 간토 지방의 구번들은 문제가 안되고 오히려 적극적인 징모사가 다테바야시(館林)나 구로바네(黑羽)에 급히 내려갔다.

더우기 구로다 기요타카는 지난 날 막부 편이었던 쇼나이 번(庄內藩)을 공격하여 그들을 항복시킨 사람이었지만 그 당시 뒷수습을 잘했기 때문에 쇼나이에서 인망을 얻고 있었다. 이 구로다가 손수 사자를 쇼나이에 보내 지원자를 모집하기도 했다. 동시에 옛 요네자와 번(米澤藩)에도 징모사를 보냈다.

이 새 정부의 변화는 미묘하다고 할 수밖에 없다.

오쿠보는 어떠한 경우에도 그의 진심을 남기지 않았으니 먼 장래를 내다보는 모사인으로서 그는 이미 사쓰마와의 전쟁 준비를 이때부터 하고 있었는지도 모른다. 치안 관계에 한해서 말하자면 장차 사쓰마 인과 싸우게 하는 정부의 물리적 힘은 유신 전후의 친막번(親幕藩) 사족으로써 그 대다수가 구성되게 된다.

오쿠보의 인사 내용은 처음부터 번벌(藩閥)을 초월하고 있었던 것은 사실이지만 다른 면에서 보면 그는 가고시마의 사이고 향당의 지지를 잃었기 때문에 새로운 오쿠보 권력의 손발을 모아들이지 않을 수 없게 되었다고도 할 수 있다.

요컨대 도쿄의 권력과 지방에서 광범위하게 일어나고 있는 반정부 기세의 대립이 이 같은 모양으로 급격히 험악해지고 있었다.

# 봄서리

지에(千繪)가 집주인인 '집사사(集思社)'에는 날마다 사람이 불어나고 있었다.

그 이유로는 에비하라 보쿠(海老原穆)의 바보스럽다고도 할 수 있는 두둑한 배짱에 의한 것이리라.

"학문이 있는 자, 지략이 있는 자, 무술이 있는 자, 모두들 나의 귀한 스승으로 모시겠다."

에비하라는 평소에 그렇게 말했다. 단, 국가와 국민을 구제할 뜻이 없는 사람은 이 문을 들어오지 말라고 하기도 했다.

"그같은 개방주의로는 정부의 간첩도 들어올 수 있다."

이렇게 걱정하는 사람도 있었으나 에비하라는 태연했다. 에비하라는 집사사가 이미 정부의 한 적국(敵國)이며, 당연히 간첩도 들어올 것이다, 간첩을 겁내면 큰 일을 할 수 있겠는가, 하며 큰소리쳤다.

그 젊은이가 집사사에 온 것은 이와쿠라가 습격을 받은 다음날이었으니, 1월 15일 오후였다.

일본 사람답지 않은 거한으로 문을 들어서자 사방을 천천히 둘러보았다.

때마침 그 근방을 쓸고 있던 지에가 이상하게 생각하면서 어떻게 왔느냐고 물었다.

"여기가 집사사지요?"

그 사람은 이렇게 묻고 나서는 대답도 들으려 하지 않고 지붕을 쳐다보기도 하고 정원도 둘러보는 모습이 점잖다면 점잖았으나 보기에 따라서는 뭔가 조사하러 온 듯도 했다.

"밀정인가?"

지에가 표정을 굳힌 것은 지에도 이 집사사라는 기묘한 결사를 사랑하는 한 사람이 되었다는 증거일 것이다. 그보다는 막부를 잃어버린 막부 가신의 유자녀인 지에에게는 의지할 수 있는 단체를 겨우 발견한 것이라고 하는 것이 옳을 것이다.

"누구신지요?"

이렇게 묻는 지에의 표정이 꽤 험악했는지 그 젊은이는 돌아다보고 놀란 빛을 띠었다.

젊은이는 깃에 때가 묻은 무늬가 있는 웃옷에 하카마를 입은 검소한 차림이었다. 머리카락은 약간 곱슬곱슬하고 이마가 넓었다. 눈썹은 굵고 두껍게 쌍꺼풀진 두 눈은 깜박일 때마다 소리가 날 듯이 컸다. 눈동자는 젖은 듯이 검게 빛나고 있었다. 이상의 신체적 특징은 이 젊은이의 고향에서는 거의 전설처럼 전해져 오고 있었다.

"나는 히고 시라카와 현(肥後白川縣) 사족(士族) 미야자키 하치로(宮崎八郞)입니다."

목소리는 컸으나 은근하게 허리를 굽히고 일부러 낮은 목소리로 대답했다. 숲속에 바람이 지나가는 듯한 목소리였다. 지에는 저도 모르게 발끝에 힘을 주었다. 그렇게 하지 않으면 압도될 것 같은 느낌을 받았기 때문이다.

히고 구마모토(肥後熊本)의 사람인 미야자키 하치로(宮崎八郞)라는 이 젊은이에 대해서 설명하겠다.

메이지(明治) 7년(1874) 1월에는 이미 만 22세가 되어 있었던 젊은 하치로의 조카가 그 뒤 100년쯤 경과되었는데도 구마모토 시에 건강하게 살고 있다는 말을 듣고 찾아가 보았다.

"성격이 까다로운 분입니다."

소개해 주는 사람이 이렇게 말하면서 필자를 긴장시켰다. 성격이 까다로운 것은 당연한 일인지도 모른다고 필자는 생각했다. 미야자키 집안에는 그런 기질적 유전이 있는 모양이다. 하치로의 동생들은 하치로와 비슷한 것을 나누어 갖고 있다. 가령 동생 중의 하나인 미야자키 민조(民藏)는 메이지 30년대에 '인류는 천부(天賦)의 조건으로 토지를 균등하게 소유할 권리를 가지고 있다'는 토지 균분론(均分論)을 제창했으며 러시아 혁명에 있어서는 레닌파보다는 사회혁명당에 관심을 가지고 있었다. 민조는 토지를 균등하게 소유하는 것은 인류의 천부적인 대권(大權)이라 주장했으며 온 세계의 인류를 위해 그 권리를 부활시키려고 평생 동안 꾸준한 운동을 계속했다고 하는 불가사의한 사회주의자였다.

미야자키 하치로의 막내동생은 도라조(寅藏)라 하는데, 도텐(滔天)이라는 호(號)로 알려져 있다. 그는 손문(孫文)에게 협력한 중국혁명의 지사(志士)이며, 순수한 의미에서는 일본 역사 상의 혁명가 중에서도 가장 순수한 인물이었다고 해도 좋다.

미야자키 도텐의 《고다츠(炬燵 : 일본식 실내 화로의 일종) 속에서》(大正 8년(1919) '상하이(上海) 일일신문'에 연재함)에 의하면 그의 최초의 출발점은 유신(維新) 지사(志士)와 같은 배외적(排外的) 민족주의 운동이 아니라, 국가를 초월한 세계의식(世界意識)에 입각한 인류주의와 같은 것이었다. 도텐은 일본이라는 나라가 아무리 국력이 커지고 이상국가가 되어도 이 나라는 세계를 움직일 수 없다고 결론을 내리고 그의 이상을 중국의 장래에 걸었다. 도텐은 일본과 일본인이 중국에 대하여 가해자밖에 되지 않는다는 것에 원망을 품고 일본의 이른바 애국적 정치가에 대해서 '그들은 충군애국(忠君愛國)이라는 이름을 빌려 국가를 농간(弄奸)하고 국민을 학대하는 서적(鼠賊)'이며 '국가와 인민을 멸망으로 이끄는 대역죄인(大逆罪人)'이라고 보았다. 도텐이 다이쇼(大匠) 8년(1919)에 한 이 말은 쇼와(昭和) 20년(1945)의 결말로 참작해 본다면 예언으로서의 빛을 내고 있다.

민조도 도텐도 만년에는 실의(失意)에 빠진 사람이었다. 그들은 체질적으로 강렬한 이상주의를 계속 지켰기 때문에 결국은 현실이라는 날카로운 날에 살을 베이지 않을 수 없었다.

그 혈통을 받은 사람이라면 현실과의 부조화 속에 있으면서 성미 까다롭게 나날을 보내고 있다는 것은 당연하다고 생각하고 나는 마음의 준비를 이미 하고 구마모토에 도착했다.

구마모토 시에서는 우에무라 기미오(上村布美雄) 씨와 동행하게 되었다.

우에무라 씨는 다채로운 아웃사이더들을 배출한 미야자키 형제 중에서도 민조에게 가장 관심을 가지고 《미야자키 민조의 사상과 생애》를 쓴 사람이다.

구마모토 출신인 우에무라 씨조차 미야자키 하치로, 미야자키 도텐의 조카가 구마모토 시내에 건재해 있다는 사실을 오랫동안 몰랐던 모양이다. 그의 저서에 의하면 쇼와 43년(1986) 11월 말에 처음으로 구마모토시 구혼지(九品寺) 산초메(三丁目)에 있는 미야자키 마사히데(宮崎眞英) 씨 댁을 방문한 것으로 되어 있다.

마사히데 씨는 무직자였다.

전쟁 전에는 중국에 오래 있었지만 지금은 사회적인 유대가 거의 끊겼다.

구혼지라는 동네는 전쟁 전 도쿄의 상업지구 분위기와 비슷하며 들어선 건물의 처마 밑에는 나팔꽃 따위를 심어놓는 것이 어울릴 것 같은 거리였다.

격자로 짠 문을 열면 곧 객실이 보였다. 일어선 마사히데 씨는 위족 문틀에 머리가 부딪힐 것만 같은 큰 체구였는데 굵은 눈썹, 물기가 있는 반짝이는 큰 눈, 게다가 튼튼한 턱을 지닌 그 용모는 사진으로 본 미야자키 하치로, 미야자키 도텐과 꼭 닮은꼴이었다.

서로 인사를 마치자 곧 말했다.

"하치로 백부님에 관한 것을 알아보려고 오셨다구요?"

메이지 7년 1월에 집사사(集思社)로 찾아온 미야자키 하치로를 가리켜 '하치로 백부님'이라고 당연한 표정으로 말할 수 있는 사람과 이 세상에서 만날 수 있었다는 사실이, 인사가 끝난 뒤에도 쉽게 실감되지 않았으며 같이 동행한 N기자도 내 옆에 멍청한 표정으로 서 있었다.

미야자키 하치로는 가에이(嘉永 : 1838~1854) 4년(1851) 태생이다. 메이지 10년(1877), 세이난 전쟁(西南戰爭)에서 구마모토의 협동대(協同隊)를 이끌고 사이고군(西鄕軍)에 가담했다가 야쓰시로(八代)에서 전사했다.

미야자키 민조는 게이오(慶雄 : 1865~1868) 1년(1865)의 태생으로 그의 막내동생인 마사히데 씨는 메이지 45년(1912) 태생이다. 아직 61, 2세라고 하면 위의 역사적 시간 규모에서 보면 아주 젊은 편이다.

"하치로 백부님은 그 전쟁에서."

마사히데 씨가 이렇게 말한 전쟁은 메이지 10년(1877)의 세이난 전쟁을 가리킨다. 야쓰시로에서 관군(官軍)의 상륙을 맞아 방어했고, 야쓰시로의 하기와라 둑(萩原堤)에서 그는 전사했다.

"전사한 것은 4월 6일입니다. 그것이 출생지인 미야자키 댁(구마모토 현 아라오 시(荒尾市))에 알려진 것은 10월 11일이었습니다."

미야자키 집안의 머슴 스케이치(助市)가 야쓰시로에 가서 사람들의 소문을 알아보다가 전사를 확인했다는 것이다. 태어난 집이 전쟁터와 같은 현 안에 있으면서 전사한 사실이 그 유족들 손으로 확인되는 데 반년이나 걸렸다는 것은, 그 당시의 정치 정세가 얼마나 복잡했는가를 상상할 수 있다.

"적군(賊軍)이 된 사람이었으니까요."

이렇게 말하는 마사히데 씨의 입가는 말라 있었지만 그의 눈가에는 하기하라 둑에서 죽은 하치로의 유해를 보고 있는 듯한 표정이 떠돌고 있었다.

미야자키 하치로가 태어난 마을은 그의 동생 도텐(도라조)의 글에 의하면 구마모토성(熊本城)에서 서북쪽 10여 리 되는 곳에 있으며 '가다 보면 치쿠고(筑後: 후쿠오카(福岡) 현)의 국경으로 들어서려는 곳에 한 조그마한 마을이 있는데 그곳을 아라오 마을이라 한다. 백성들은 가난하지만 순박하고, 땅은 메말랐지만 주변의 경치가 뛰어난다'고 했다.

지금은 아라오 시 가미쇼지(上小路)라는 지명으로 되어 있지만 시(市)라는 인상에서는 거리가 먼 전원 마을이다.

마을 입구에 지신을 모신 수호 사당이 있고 그 경내에 글이 새겨진 돌비석이 서 있다.

'사루다비코 대신(猿田彦大神)'

하치로가 20살 때 마을 사람들의 부탁을 받아 쓴 글이라고 한다. 그는 9살에 마을의 중으로부터 한문책을 배우고 12살에 구마모토 성안에 있는 쓰키다 모사이(月田蒙齋)의 서당에 들어갔고 그 뒤 향사(鄕士: 전쟁이 없을 때에는 농업에 종사한 무사) 신분으로는 입학이 허락되지 않았던 번교(藩校)인 시습관(時習館)에 쓰키다의 각별한 추천으로 입학했다. 이 일 하나로도 하치로가 그 당시의 기준으로 말하는 수재였음을 알 수 있다. 이 일이 마을에 전해지자 마을 수호 사당 신(神)의 이름을 꼭 써달라는 부탁이 이루어진 모양이다.

미야자키 댁의 집들은 지금 다른 사람 이름으로 되어 있다. 집터도 좁아졌고 건물도 본채만 남아 있을 뿐이며 정원의 모양도 변해 버렸다.

에도(江戶)시대의 미야자키 집안은 하급무사의 격식을 갖춘 중류 정도의 지주였다. 소작미(小作米)가 1년에 300섬 가량 들어왔고 산림이 50·60정보가 되었다.

하치로와 민조, 도텐 등의 아버지는 조베(長兵衛)라고 불렸다. 남의 슬픈 이야기를 들으면 흐르는 눈물을 억제하지 못할 정도로 감정이 풍부한 사람이었는데 그 체질이 아이들에게도 그대로 유전되었다.

아라오 마을은 당시에도 집들이 밀집해 있었던 모양이다. 어느 때 불이 나서 마을이 거의 타 버렸다. 조베는 슬픔에 못이겨 한 마을 전체의 집들을 자기 비용으로 모두 세워 주었는데 이로 인해 집 재산이 기울었다고 한다.

조베 같이 덕행(德行)을 좋아하는 사람은 에도시대의 쇼야(庄屋 : 지방의 하급관리) 계급에는 꽤 많았던 모양인데, 조베의 별다른 점은 평생에 두 번이나 일본 전국을 무사 수업(武士修業)을 위해 떠난 일이라 하겠다. 그는 구마모토에 전해져 오고 있는 미야모토 무사시(宮本武藏)의 니텐이치류(二天一流 : 일본 검술의 한 파벌)를 산토 한베에(山東半兵衛)라는 스승으로부터 전수받았을 정도의 솜씨였으며, 미야자키 마사히데의 집에 그 전기가 남아 있다. 전국을 무사수업을 위해 돌아다녔을 때의 비망록이 남아 있는데, 그것을 보면 에도의 치바 슈사쿠(千葉周作 : 막부 말엽의 3대 도장의 하나인 겐무칸(玄武館)을 연 검술 사범)의 도장이나 사이토 야쿠로(齋藤彌九郞 : 막부 말엽의 3대 도장의 하나인 렌베이칸(練兵館)을 연 검술 사범)의 도장에도 찾아가 시합을 했을 정도이다.

이 사람이 하치로 이하 자식들에게 늘 타이른 말은 이러하다.

"호걸이 되어라. 대장이 되어라. 돈에는 손을 대지 마라. 돈에 집착하는 것은 거지나 하는 짓이다."

도텐도 그 말을 받아들었다.

도텐이 11살 때 아버지 조베가 돌아가셨는데, 미망인 사키(左喜)도 조베를 닮은 부인이었으며 아이들에게 이렇게 거듭 말했다고 한다.

"다다미(疊 : 볏짚을 속에 넣은 일본식 방 돗자리) 위에서 죽는 것은 남자의 수치이니라."

이 집안에서 적어도 재물이나 세상의 영달과는 관계도 없는 실천적 이상주의자들이 몇 사람 나왔다는 것은 우연한 일이 아니다.


젊은 미야자키 하치로는 아직도 문 안쪽 뜰에 서 있었다.

문안 오른쪽에 가지가 멋대로 자라난 오래 된 매화나무가 있었는데 이미 봉오리가 부풀어 있었다.

"히고 시라카와 현의 사족(肥後白川縣士族)."

젊은이가 이렇게 말한 데 대해 지에의 지리 지식에는 약간 혼란이 생겼다. 폐번치현(廢藩置縣) 뒤에 듣지 못하던 지명을 붙인 현 이름이 많이 있기는 했으나, 시라카와 현은 들어 보지 못한 이름이었다.

젊은이는 지에의 표정을 알아차리고 말했다.

"구마모토(熊本)입니다."

구마모토 성을 거성(居城)으로 삼고 구마모토 성안에 관아(官衙)를 둔 호소카와씨(細川氏) 54만 석(石)이라고 하면 에도시대에는 대표적인 큰 번(藩)이었다. 그러나 그 판도(版圖)를 현으로 하는 데 있어서, 새 정부가 구마모토 현이라고 명명하지 않았던 것은 일종의 차별에 의한 것이다. 큰 번 중에서 보신(戊辰) 전쟁(1868~1870 : 유신 정부군과 구 막부군 사이에 16개월간 이루어졌던 내전)에 참가하여 새 정부 수립에 성공한 번은 그 성아래의 지명을 따서 현의 이름으로 삼았다.

가고시마 현(鹿兒島縣) 야마구치 현(山口縣)이나 고치 현(高知縣), 사가 현(佐賀縣), 후쿠이 현(福井縣)이 그런 것들이다. 보신전쟁에 늦기는 했지만 적극적으로 참가한 번인 옛 번지(藩地)도 그 대우를 받았다.

오카야마 현(岡山縣)이나 히로시마 현(廣島縣), 돗토리 현(鳥取縣), 후쿠오카 현(福岡縣), 아키다 현(秋田縣) 등이 그렇다.

이것에 대하여 와카마쓰 현(若松縣)과 센다이 현(仙台縣), 가나자와 현(金澤縣), 요네자와 현(米澤縣), 마쓰에 현(松江縣) 등은 짧은 기간밖에 성립되지 않았으며 각기 그 옛 번지의 작은 군(郡) 이름을 따서 현 이름으로 붙였다.

시라카와 현(白川縣)도 역시 그렇다. 새 정부는 이 옛 번이 현으로 될 때 관아를 구마모토에서 니혼기무라(二本木村)라는 곳으로 옮겨, 구마모토를 흐르고 있는 시라카와라는 강의 이름을 따서 현 이름으로 했다.

보신전쟁 때의 '관적(官賊)'이라는 색깔 구분을 이런 방법으로 낙인(烙印) 찍듯이 한 것이다. 그런데 메이지 9년(1876)에 이 현 사람들이 어떻게 운동했는지, 시라카와 현이라는 호칭은 폐기되고 관아도 구마모토 옛 성안으로 옮겨져 구마모토 현이라고 불리게 되었다.

가가(加賀) 100만 석(石)의 판도의 경우, 이시카와 현(石川縣)이라는 호칭이 그대로 남고 가나자와(金澤)는 현이 되지 않았다.

이런 작은 일 하나라도 비번벌족(非藩閥族)의 울회(鬱懷)를 짐작할 수 있다. 특히 에도시대에 번력(藩力)의 웅대함을 자랑했던 번지(藩地) 사족(士族)들의 울회는 그 무엇보다 컸으며, 그들은 사족 인구가 많았기 때문에 불평에 의한 단결력도 컸다.

더욱이 히고 구마모토 사족단의 경우는 에도시대부터 이미 몇 개의 벌족(閥族)이 있어 음으로 양으로 싸웠고, 그 파벌이 이미 사상적인 것으로 되어 있었으므로 히고 구마모토 사족이 한 무리가 되어 결속하는 일은 없다해도, 원래 혈기가 드세고 게다가 사상적 풍토라고 할 정도로 철학과 이론이 많은 고장인 만큼 작은 파벌이 결속하더라도 충분히 반란을 일으킬 가능성이 있는 곳이었다.

"호소카와(細川) 공의 가신이시군요?"
지에는 저도 모르게 전근대적인 말을 해버렸으나 하치로는 그것에 동조하지는 않고, 사족이라고는 해도 향사이며 반은 농민과 같다고 말했다.
지에는 그녀 나름대로 판단했다.
'설마 이 젊은이가 밀정은 아니겠지?'
젊은이는 에비하라 선생을 만나고 싶다고 했다. 지에는 만나게 해도 무방할 거라고 생각했다.
그러나 에비하라는 아침 일찍 얼굴을 내밀고는 어딘가 돌아다니고 있었다.
지에가 문간채에 들어가게 하려고 격자문을 열자, 마루턱에서 봉당으로 두 사람의 젊은이가 굴러 떨어졌다. 토론하다가 맞붙어 싸운 듯했다.
미야자키 하치로는 그것에는 눈길도 주지 않은 채 성큼 방으로 들어갔다. 지에는 그 같은 하치로의 등뒤에서 무엇인가 중후한 근육의 숲이 움직이고 있는 듯한 실감을 느꼈다. 집사사에서는 이 같은 싸움이 하루에도 한두 번은 있었다. 딴 사람은 별로 상관하지도 않고 잡담을 하거나 시 또는 글을 쓰고 있었는데 그날도 그러했다.
"도저히 후쿠자와 유키치(福澤諭吉) 군처럼 민첩한 행동은 나같이 둔한 사람에게는 무리지요."
옛날 막부에서 네덜란드어 번역에 종사했다는 초로의 막부 가신이 젊은 센다이 사투리의 서생을 붙잡고 이야기하고 있었다.

하치로는 그 옆에 슬쩍 앉았다. 전 막부 가신은 정중한 사람으로 자기가 먼저 가볍게 눈인사를 하고 화로의 위치를 하치로 쪽으로 약간 옮겼다. 하치로는 당황하여 무릎을 꿇고 정중하게 이름을 말했다. 도쿄에서는 때때로 연장자가 먼저 눈인사를 하기도 한다. 그러나 구마모토에서는 그런 일이 전혀 없다.

하치로가 듣는 듯 마는 듯 듣고 있으니까 젊은 센다이 출신 쪽이 질문을 했다.

"네덜란드어 하나면 충분히 세상 일을 알 수 있습니까?"

초로의 늙은이는 그것에 대해 그 사정을 면밀하게 대답해 주고 있었다.

막부 시대에는 모든 것을 알 수 있었다는 것이다. 물리와 화학, 병사학, 지리, 역사, 법제, 그리고 서양의학까지 모든 것을 네덜란드어 하나로 알았다고 한다. 영국이나 독일에서 좋은 책이 발간되면 즉시 네덜란드 어로 번역되었기 때문이다. 그것이 메이지 시대가 되고부터는 부자유스럽게 되었다고 한다. 왜냐하면 막부 말기까지는 막부와 여러 번이 경쟁하듯 네덜란드 어 책을 사와서 때로는 네덜란드 본국에서 간행된 책이 그 해 안에 일본에 들어오는 경우도 있었으나, 지금은 네덜란드의 신간을 아무도 사지 않기 때문에 네덜란드 어 하나로 모든 것을 알 수는 없다는 것이다.

그런 점에서 후쿠자와는 막부 시대에 오사카의 오가타 고안(緒方洪庵) 학숙에서 네덜란드어를 배웠으나 학숙을 나와서 곧 영어로 바꾸었다. 자신은 그처럼 할 수 없었기 때문에 시대에 뒤져서 퇴물이 되어버렸다고 초로의 신사는 후회하고 있었다.


'과연 집사사란 별별 사람들이 다 모인 결사로군.'

미야자키 하치로는 쓴 웃음을 참으며 옆자리의 잡담을 듣고 있었다. 하치로가 듣기로는 집사사가 만천하 불평객의 양산박이라했는데 개중에는 이 막부 가신처럼 자기 탄식만 하고 있는 불평객도 있는 듯했다.

미야자키 하치로는 잠시 에비하라가 돌아오는 것을 기다렸으나 기다리기에 지친 듯 집사사를 떠났다.

에비하라는 밤이 되어서 집사사에 돌아왔다. 이 시간이면 지에는 이미 안채에 돌아와 있다.

"지에 씨 돌아왔습니다."

에비하라라는 예의 바르게 안채 현관에 가서 지에가 들을 수 있도록 인사했다. 집주인에 대한 인사다. 지에가 안에서 듣고 있으니까 잠시 뒤 에비하라의 발소리는 문간채의 집사사 쪽으로 멀어져갔다. 에비하라뿐 아니고 이 시기의 사쓰마 사족에게는 이처럼 자상함이라고도 할 수 있고 예의라고도 할 수 있는 마음가짐이 있었다.

지에는 미야자키라는 젊은이가 내방한 것을 알리기 위해 문간채 쪽으로 갔다.

에비하라는 평소와는 달리 몹시 피곤한 듯한 얼굴로 혼자 등불을 쳐다보고 앉아 있었다.

'이분 혼자인가.'

지에는 마음속으로 난처했다. 여느 때면 네댓 사람은 자고 갔는데 오늘은 날이 저물자 모두 돌아가버린 모양이었다.

그래서 지에는 방에 올라가지 않고 봉당에서 말을 걸었다.

에비하라는 지에가 온 것을 알고 자세를 바로했다. 그것은 자연스러운 몸가짐에서 나온 듯했는데, 이처럼 예의 바른 모습을 보면 에비하라는 인물이 매일 타악기처럼 명랑하게 웃고만 있는 소탈한 사나이만은 아닌 것 같다.

"미야자키 하치로."

이 이름에 에비하라는 놀란 듯했다. 알고 계십니까, 했더니 아직 면식은 없다고 했다. 그러나 미야자키의 이름은 이미 반정부 운동가 사이에 널리 알려져 있었고 그의 재능과 혈기, 그리고 사람됨을 미야자키를 아는 사람은 모두 칭찬하고 있었으므로 에비하라는 꼭 집사사의 귀한 스승으로서 초빙하고 싶다고 벌써부터 생각하고 있었다.

"귀한 스승이라니요?"

지에가 놀라면서 아직 스무살 전후의 젊은이라고 말하자 에비하라는 나이가 무슨 상관이냐고 갑자기 함부로 말했다. 노숙함은 막부 시대의 인재에 대한 가치관의 하나였으니 당시의, 이른바 웅번(熊藩)이라는 큰 번에서는 스무살 전후의 젊은이에게 번의 키잡이를 맡기고 있었다. 에비하라는 그것을 말하는 것이다.

다만 에비하라가 먼저 표정이 달라진 것은 미야자키를 만나고 싶었다는 것보다, 미야자키가 이와쿠라 피습 사건의 하수인은 아니라 하더라도 선동자의 한 사람인 듯하다고 해서 경시청에서 그를 쫓고 있는 것 같다는 것을 알고 있었기 때문이다.
'숨겨달라고 온 것은 아닐까?'
에비하라로서는 이점이 후회스러웠던 것이다.

미야자키 하치로는 이와쿠라를 습격한 직접적인 하수인은 아니었다.
그러나 경시청에서는 이 구마모토 인에게 짙은 혐의를 두고 있었다. 경시 총감 가와지 도시나가의 손에는 하치로에 관한 보고가 몇 가지 들어와 있었다.
"상당한 거물입니다."
가와지에게 와서 이렇게 보고한 사람도 있었다.
가와지는 미야자키가 하수인이든 아니든 이 기회에 반정부주의자의 동태를 철저하게 조사하겠다고 생각했다.
프랑스에서 배운 개화주의자인 그는 에도 막부의 경찰 기관처럼 혐의자까지 구속하지는 않았다. 그러나 그는 개화적이라는 것에는 비밀 정치 경찰 활동도 포함된다고 생각한 사람이다.
"문명도 권력도 경찰에 의해 성립된다."
이런 그의 신념의 원천은 프랑스의 근대적 경찰제도를 만든 조제프 푸셰에 대한 거의 종교적인 종취에서 온 것이라고 이미 말한 바 있다. 훗날 전기 작가 스테판 츠바이크에 의해 희대의 악당으로 낙인 찍힌 푸셰를 교조처럼 모신 인물이 일본의 근대 경찰을 만들었다는 것이 일본으로서 다행인가 불행인가는 그만두고, 새 국가 성립의 여러 가지 신화(神話) 속에서도 가장 기이한 일의 하나라고 하겠다.
가와지는 푸셰를 프랑스 혁명 지사로 보았고 또 나폴레옹의 내치 행정에 좋은 협력자로 보고 있었다. 확실히 나폴레옹 정권이 유지되기 위해서는 강력한 정치 경찰이 필요했다. 푸셰는 나폴레옹의 경찰 대신이 되어서 반정부주의자의 동태를 면밀히 조사했고 필경은 다른 각료의 사생활까지 조사해서 어젯밤 누구는 어느 후작부인과 동침했다는 것까지 알고 있었다.
정치가는 모두 푸셰에게 약점이 잡혀 있었기 때문에 푸셰를 실각시킬 수 없었고 또 반정부주의자도 푸셰의 눈을 피할 수 없도록 밀정망에 포착되 있었기 때문에 나폴레옹은 이 편리한 사나이를 쓸 수밖에 없었다. 푸셰에게 있어 그의 마술적인 정치 경찰은 그의 보신책도 되었으나, 그가 이 조직을 창조하고 그 조직을 숨겨둔 정부를 사랑하듯 갈고 닦은 것은 수도승 출신이었던 그의 음습한 성격과 무관할 수 없어, 보신책을 넘어선 취미였다고 생각된다.

그러나 가와지에게는 그런 취미가 없었다.

가와지는 다만 그것이 문명을 성립시키는 수단으로 생각되었을 뿐이며 동시에 그것을 확립하는 일은 오쿠보를 중심으로 한 메이지 국가를 만드는데 불가결한 것이라고 믿고 있었음이 분명하다.

반정부 운동에 대한 밀정은 그 세계에서의 활동분자들을 포섭하여 그들로 하여금 그 속에서 자유롭게 행동하게 하는 경찰식 방법을 많이 쓰고 있다.

근대 일본 최초의 반정부 운동은 정한론인데 그들 활동분자에게 탐색의 눈을 쏟고 있었던 가와지의 경시청이 이미 그러한 방법을 쓰고 있었다는 것은 놀라운 일이다.

그 스파이가 데와 사카다(出羽酒田)의 사족인 고다테 도모카타(小楯知方)라는 사람이다. 그는 만천하에 가득찬 불평 사족 중의 하나였으며 불평 사족들이 입을 모아 제창하는 정한론에 한때 동조해서 그 운동가가 되었다.

"이와쿠라를 습격한 것은 미야자키 하치로일지도 모른다."

이 고다테 도모카타가 이렇게 경시청에 알리고 그 추측 아래 탐색을 계속할 것을 약속했다.

고다테는 오래 전부터 미야자키라는 과격파가 있다는 것을 알고 있었다. 미야자키도 고다테의 존재를 알고 있었다. 미야자키는 고다테를 믿을 만한 지사로 믿고 있었다. 이와쿠라 사건이 있기 며칠 전 미야자키는 고다테를 찾아가 격렬한 반정부론을 펴고 단언했다.

"이 정부를 쓰러 뜨려야 한다."

미야자키의 구상으로는 이와쿠라와 오쿠보를 죽이고 사이고를 옹립하여 진정한 지사 정권을 만든다, 그 뒤에 사이고를 쓰러뜨리고 사쓰마 번벌을 해체시킨다, 는 것이었다.

고다테 도모카타는 크게 찬성했다.

그리고 1월 14일 밤 이와쿠라 사건이 일어나자 고다테는 17일 아침 미야자키의 하숙을 찾아갔다. 이 하숙은 도쿄에 있는 구마모토의 불평 사족의 소굴 같은 곳이었다.

미야자키는 없었다. 하숙 주인에게 물어보니 사건 당일의 미야자키의 동태는 모르겠다, 그러나 어제 16일의 일은 알고 있다, 16일 미야자키는 큰 칼을 가지고 외출했는데 아직까지 돌아오지 않았다는 것이었다.

"이상하다."

고다테는 생각했다.

아침부터 저녁까지 하숙에서 기다렸다. 저녁 때 미야자키는 동향 출신 사족 한 사람과 같이 돌아왔다.

"자네는 누군가?"

동향 출신이 이렇게 묻자 고다테는 미야자키와 뜻을 같이하는 사람이라고 대답했다. 그래서 의기투합했다. 그것을 인연으로 그 다음날 구단(九段)에 있는 찻집에서 구마모토 사족 몇몇과 회합하고 그들로부터 정부를 전복하는 비밀 모의를 듣게 되었다.

그 회합에 미야자키 하치로는 나오지 않았다. 구마모토 인들이 말하는 바에 의하면 미야자키 하치로는 볼일이 있어서 도쿄를 떠났다는 것이다.

가와지 도시나가는 그 보고를 듣고 '미야자키 하치로'라는 이름을 책상 위의 종이에 썼다가 곧 지웠다. 결국은 이와쿠라를 습격한 것은 고치 현 사족들이고 미야자키가 아니라는 것을 알게 되었지만 가와지는 이 이름을 잊지 않았다.

다사다난했던 메이지 7(1874)년 1월도 하순으로 접어들었다.

집사사는 변함없이 찾아오는 손님과 그들의 토론으로 떠들썩했다.

단골 중에는 이렇게 말하는 사람까지 있었다.

"집사사가 천하를 얻는 시대가 오는 것이 아닐까?"

정부와 시세를 저주하며 힘을 주체하지 못하는 영웅호걸들이 바람을 찾아 집사사에 모여드는 광경은 수호지 이야기 속의 정경과 비슷했다.

그러나 개중에는 이미 영웅호걸의 시대는 지났다고 말하는 사람도 있었다. 막부 말기로 끝났다는 것이다. 이때만 하더라도 영웅호걸이라기보다는 지적이고 재치있는 형의 인물이, 영웅이 아니라 '인물'로 평가되며 각 번을 움직였다. 요시다 쇼인 등도 영웅을 꿈꾸며 '그러나 나는 자타를 속이지 못한다. 그러니까 영웅의 그릇이 아니다'라고 말했다. 영웅은 사람을 잘 속인다. 에도 시대라는 교양(教養) 시대는 막부 말기로 끝난 느낌이 있었고 소박한 간계와 모략은 통용되지 않았으며 성실한 교양인이 사람들의 신뢰를 얻었다.

사쓰마의 사이고 다카모리도 그러했다. 그는 이른바 아시아적 영웅호걸의 풍모를 간직하면서 내실(內實)은 자타를 속이지 않았고, 만년의 그처럼 자타에 성실함을 간직한 사람도 없다. 일본 전국 시대의 영웅호걸이나 당시같은 메이지 시대의 아시아 혁명정치가였다면 사이고는 벌써 쿠데타를 일으켜 도쿄에 자신의 정권을 수립했을 것이다. 그에게는 압도적인 인기가 있었고 무엇보다 그는 새 정부에 있어서 직접 무력을 장악한 단 한 사람의 인물이었다. 그러한 사이고가 그것을 하지 않았다는 점이 막부 말기와 유신 전후같은 시대의 아시아 여러 나라에서 볼 수 없었던 특수한 지적(知的) 상황이라고 할 수 있다.

"집사사에 영웅호걸이 모이고 있다."

그 영웅호걸이란 말에는 물론 야유가 섞여 있었다. 목숨을 아끼지 않는 불평 사족이라는 뜻이며 그 외에 아무런 뜻도 없었다.

'21일 낮에 방문하고 싶습니다.'

미야자키 하치로가 이런 편지를 에비하라에게 보냈기 때문에 기다리고 있던 그는 어딘지 들뜬듯한 즐거움을 보이고 있었다.

"미야자키야말로 진짜 영웅호걸이다."

에비하라는 아직 만난 적이 없는 미야자키라는, 스무 살이 지난 젊은이에게 벌써 그런 이미지를 품고 기다리고 있었다.

지에에게도 그렇게 말하고 안채의 방을 빌려달라고 부탁했다.

에비하라가 지에에게 그런 부탁을 한 것은 그가 미야자키 하치로라는 젊은 서생을 꽤 높이 평가하고 있었기 때문이다.

지나치게 평가하는 것은 사쓰마 인의 한 가지 특징이다.

사쓰마의 기풍은 타인의 장점을 사랑하고 조금 괜찮다고 생각되는 사람이면 지나치게 과대 평가하고 만다. 그것이 오히려 좋은 결과를 가져올 수도 있었다. 지나치게 평가받은 쪽에 재능이 있다면 곧 평가받은 만큼 성장하기 때문이다.

재능이 없는 사람이 지나치게 평가될 경우도 있으나 그렇다고 사실상 손해는 없다. 그 인물은 곧 오리발을 드러내고 자연히 사라지기 때문이다. 사쓰마 인의 이같은 기풍이 막부 말기에서 메이지 시기에 걸쳐 많은 인물을 재미있게 배출케 한 것이리라.

에비하라는 미야자키에 대해 남모르는 기대를 가지고 있었다. 그의 구상으로는, 장차 사이고가 가고시마 현 사족을 이끌고 정부를 토벌하기 위해 궐기할 때 이웃인 구마모토 현의 불평 사족과 합류시키고 싶었다. 그 불평 사족을 규합하고 통솔할 인물로서 에비하라는 미야자키 하치로에게 기대를 걸고 있었다.

'미야자키란 그만한 사나이임에 틀림없다.'

그는 생각하고 있었다. 사실 미야자키라는 젊은이는 구마모토의 불평 사족 사이에서 평판이 좋았다.

그런데 지에는 안채의 방을 빌려주는 것을 거절해버렸다. 그녀가 살고 있는 안채에는 객실이 있기는 했으나 마룻귀틀은 썩었고 천장에는 비가 샌 자국이 많아 도저히 손님을 들게 할 수가 없었다.

만일 들게 한다면 에비하라와 미야자키는 옛날 막부 직속가신 집안도 쇠퇴했구나 하고 불쌍하게 생각할 것인데, 지에로서는 그것이 견딜 수 없도록 싫었다. 그리고 또 하나의 감정이 에비하라의 제의를 거절한 이유였는데 더 큰 것일지도 모른다.

"아무리 세상이 변하고 쇠퇴했다고는 하지만 아시나 집안의 객실에 변사 차림의 사람들을 들여 놓을 수는 없다."

이런 감정은 옛 막부 가신으로서는 공통된 것이기도 했으나 지에는 아시나 집안의 마지막 사람으로 이 허물어져가는 집을 혼자 지키고 있었기 때문에 어떤 때는 불시에 그런 감정이 솟아오르곤 했다.

지에는 대답하지 않고 앉아 있었다.

직감력이 빠른 에비하라는 무슨 까닭이 있다고 생각하고 말했다.

"객실까지는 바라지 않겠습니다. 정원이라도 괜찮습니다."

결국 이 추운 계절에 정원을 쓰기로 했다. 지에는 갑자기 가엾다는 생각이 들어서 의자와 모닥불을 준비했다.

지에의 자존심은 복잡했다.

사쓰마 인과 구마모토 인을 객실에는 들이지 않고 정원에서 의자에 앉아 이야기하도록 했으나, 그들을 위해 모닥불을 피우려고 뒤뜰에서 마른 나무를 날라다가 불꽃을 크게 피웠다.

이런 노동은 그녀에게는 인연있는 두 사람에 대한 대접이었으므로 자존심에 저촉되는 것은 아니었다.

"지에씨, 좀 매운데요."

에비하라가 돌아보자 지에는 믿음직하게 손을 불 속에 넣어서 잘 타지 않는 생나무를 끄집어 냈다.

"이와쿠라를 습격한 것은 당신입니까?"

에비하라는 단도직입적으로 물었다. 모닥불 옆에 쭈그리고 있는 지에에 대해서도 전혀 비밀을 지키려는 뜻을 가지고 있지 않았다.

미야자키 하치로라는 청년도 그랬다. '하려 했으나' 하고 낭랑한 목소리로 말하는 것이었다.

"분하게도 도사 인에게 선수를 뺏겼습니다."

잠시 뒤에 에비하라는 말했다.

"암살로 시세를 움직이기는 힘들지요."

그리고 오히려 전국의 불평 사족들이 당당하게 진영을 펼쳐 정부를 타도해야 한다고 자신의 구상을 얘기하기 시작했다.

에비하라가 말하기를, 정한론을 마다한 것은 오쿠보 이하 정부 고관들의 극소수 의견에 불과하다. 60여 주(州)의 사족들은 정한론을 들고 팽팽하게 부풀어 있으며 또 그 시기에 이르러 한 영웅(사이고를 지칭함)만 일어선다면, 전국의 사족은 칼을 들고 그 기치 밑에 모여들 것이라고 말했다.

"영웅이란?"

미야자키는 일부러 물었다. 그는 사쓰마 인이 영웅이라고 열광적으로 떠받드는 사이고라는 인물에 대해 이웃 번 사람인 만큼 냉정했다.

'사이고는 봉건제를 부활하려는 단순한 수구파(守舊派)에 불과하지 않나?'

이런 의혹은 어쩔 수 없었다. 사이고에 대해 누구나 의문을 가지고 생각하는 것은 사이고와 시마즈 히사미쓰는 사상적으로 하나라는 인상을 씻을 수가 없다는 것이었다.

영웅이란 사이고 선생을 말한다고 에비하라가 말했다. 미야자키는 고개를 약간 끄덕였을 뿐이었다.

'사이고보다는 오히려 루소(프랑스의 사상가이며 작가) 쪽이 좋지 않을까?'

미야자키는 속으로 생각했으나, 루소(그 사상이 프랑스 혁명의 묘상이 됨)에 관해서는 일본에서 선구자적 존재인 미야자키도 이때는 그 이름만 들었을 정도에 지나지 않았다.

# 혼돈

미야자키 하치로가 사쓰마 인 에비하라 보쿠를 만난 목적 가운데의 하나는 대경시 가와지 도시나가를 만날 수 있는 소개장을 써줄 수 없느냐는 것이었다.

"가와지를?"

에비하라는 크게 놀랐다.

모닥불의 불티가 에비하라의 얼굴을 지나갔다. 에비하라는 그것을 떨치려는 몸짓으로 놀라움을 감추면서 미야자키군, 자네는 무엇 때문에 가와지 같은 사람을 만나려는 건가, 하고 물었다.

"아무래도 염려됩니다."

미야자키 하치로는 대답했다. 이와쿠라 사건 이후 미야자키는 쭉 가와지 쪽같은 사나이에게 미행당하고 있었다. 오늘도 그런 사나이가 따라왔다.

"지금도 문밖에 있을 겁니다."

죽여버릴까도 생각했지만 장차 큰 일을 해야 할 사람이 밀정 따위와 목숨을 바꾸는 것도 어리석은 일이고 그렇다고 귀찮은 것은 참기 힘들다고 말했다.

따라서 차라리 대경시를 만나, 그를 개심시켜 밀정 정치를 그만두게 하고 싶다는 것이었다.

"과연 그렇군, 그것 때문에 가와지를 만나겠다는 것인가?"

에비하라는 미야자키라는 젊은이의 기개가 큰 데에 감탄했다. 가와지라면 정부의 고관인데, 한낱 젊은 서생이 그를 만나 그의 정치 사상을 개조시키려 하고 있는 것이다.

그런데 왜 가와지에 대한 소개를 나에게 부탁하느냐고 물으니까 미야자키는 말했다.

"당신도 가와지 대경시도 사쓰마 인이기 때문입니다."

"그러나 사쓰마 인은 지금 둘로 갈라져 있네."

에비하라가 말했다, 국권을 잡고 있는 오쿠보파와 하야한 사이고파로 갈라져 있다, 가와지는 비겁한 사람으로 사이고의 은혜를 입었으면서도 오쿠보에게 가담했으며 그의 부하가 되어 있다, 그 사람과 나는 원수 사이다.

그러자 미야자키는 그 같을 일은 잘 알고 있다고 말했다.

"원수 사이이기 때문에 소개자가 되어 달라는 것입니다."

미야자키는 그 같은 발상의 성격인 듯했다. 이 청년의 안중에는 어쩌면 가와지나 에비하라 모두가 그다지 인물로 보이지도 않고, 다만 소개장을 받으려면 가와지의 적인 에비하라로부터 받는 것이 권세가를 만나는 데 있어서 뒤끝이 깨끗해서 좋다는 뜻인 것 같았다.

에비하라도 그 생각이 재미있었다. 다만 에비하라가 쓴다면 서로의 입장으로 보아 소개장이 아니다.

"결투장이 될지도 모른다."

그렇게 말하자, 미야자키는 이렇게 대꾸했다.

"그것도 좋습니다. 차라리 결투장을 가지고 가는 역할 쪽이 좋을지도 모르겠습니다. 좌우간 가와지라는 사람을 만나서 '3천만 동포는 당신을 적으로 생각하고 있다. 동포를 적으로 돌리는 정권은 영속할 수가 없다'고 말해주고 싶습니다. 대답 여부에 따라서는 그 자리에서 서로 찔러도 좋습니다."

미야자키는 가와지에 대한 소개장을 자기의 미행자인 밀정에게 주었다.

밀정은 깜짝 놀랐다. 암살 미수의 용의자가 대경시에게 보내는 편지를 미행자에게 부탁한다는 것이 있을 수 있는 일인가.

"회답을 부탁하네."

미야자키가 말했다.

에비하라가 쓴 소개장은 그날로 가와지의 책상 위에 놓여졌다. 이 수수께끼 같은 사태에 가와지도 고개를 갸우뚱하지 않을 수 없었다.

그러나 가와지는 이 사태를 복잡하게 생각하지 않기로 했다.

다음날 아침 사무실에서 만났다. 가와지는 만일을 위해 큰 칼을 책상 옆에 세워두기는 했으나 부하는 한 사람도 방에 들이지 않았고, 만일 미야자키가 덤벼들어도 가와지 혼자서 처치할 작정이었다.

미야자키가 들어왔을 때 과연 보고에서 듣던 바와 같이 큰 사나이라고 생각했다. 두 눈이 젖은 듯이 빛났고 수염은 적었지만 면도 자국이 검푸르며 얼굴 전체가 갈색 솜털로 덮힌 듯한 히고인(肥後人)다운 인상의 젊은이였다.

미야자키는 예의 바르게 인사했다.

그 뒤 말의 공손함은 잃지 않았으나 때로는 가와지를 무시하고 창밖을 보기도 하고, 묵례하고 화장실에 가기도 했다. 그런데도 예의에 벗어난다는 인상은 전혀 없고 이야기할 때나 화장실에 갈 때도 무엇인가 혼신의 성의로 하고 있다는 느낌이 들어서, 비슷한 체질의 가와지에게 결코 불쾌한 느낌을 주지는 않았다.

미야자키는 미행을 그만두라, 밀정 정치는 막부의 전철을 밟는 것이니까 당장 그만두어야 한다, 하면서 서로 불꽃 튀는 대화를 계속했다.

"쓰러진 막부조차 다 가지지 않았던 이 방대한 폴리스의 인원수에는 놀라지 않을 수 없습니다. 대체 누구를 위한 경찰입니까?"

"국민을 위한 것이네."

가와지가 프랑스식 경찰은 문명을 생산하는 기관이라는 자기 주장을 말하자, 미야자키는 우리들 국민이 보기에는 결코 그렇지 않으며 대신이나 참의의 사병일 뿐이고 더 확실하게 말하면 오쿠보 경의 사병에 불과하다고 말했다. 가와지는 별로 화내지도 않고 사병이라는 말은 온당하지 않다고 하면서 말했다.

"문명을 생산하는 것은 국권일세."

일본은 유럽과 비교해서 민도(民度)가 높지 않은 상태에 있기 때문에 국가가 국민의 권리를 생산하고 국민의 자유를 생산하고 모든 문명을 육성하지 않을 수 없다, 따라서 국권은 강해야 되고 국권을 강하게 하는 것은 폴리스이며, 폴리스야말로 국민의 어버이로서 문명을 생산한다, 고 말했다.
"이와쿠라 피습사건 같은 것이 있으면 더욱더 폴리스를 강화할 수밖에 없네. 그 용의자를 더욱 철저하게 감시하는 수밖에 없어. 밀정이나 미행도 일본 문명의 현 단계에서는 문명을 키워 주기 위한 필요 수단이라고 생각하지 않으면 안되네."
가와지의 이런 사상은 동시에 오쿠보를 축으로 하는 당시 정권의 사상이기도 했다.

이 장의 소제목으로 '혼돈(混沌)'이라는 말을 사용한 까닭은, 정한론의 결렬로 근대 일본의 표리(表裏)를 이루는 몇 개의 국가론이 마치 껍질이 터져 그 포자(胞子)가 공중에 뿌려지듯 쏟아져 나왔기 때문이다. 그것들이 어떻게 될지는 세이난 전쟁의 결과를 보지 않고는 모른다.
메이지 후의 사이고가 위대했느냐 아니냐에 대해서는 사이고를 관찰해 가는 수밖에 없으나, 어떻든 사이고가 도쿄를 떠났다는 충격은 그 한 가지 사실만으로 역사를 뒤흔들었다고 말할 수 있다. 사이고의 낙향과 때를 같이해서 반정부 사상과 여론이 분분하게 일어났기 때문이다.
미야자키 하치로가 가와지 대경시의 방을 나간 뒤에 가와지는 부하에게 중얼거렸다.
"저 서생은 이타가키씨 댁에 갈 것이다."
미야자키가 이타가키 다이스케를 만난다는 것은 미야자키 자신이 그렇게 말한 것이 아니고 가와지가 그렇게 추리한 것이다.
가와지는 미야자키가 항의했음에도 불구하고 미야자키의 미행을 그만두겠다고 생각하지는 않았다. 미야자키 같은 사람을 미행하는 것은 반정부적인 전직 고관의 동정을 파악하는 데 큰 도움이 된다고 생각했다.
'저 자는 꽤 과격파이군.'
가와지는 생각했다. 미야자키는 전직 고관에게 궐기의 기미가 보이기만 하면 불을 붙이려 하고 있었다. 그러나 이타가키 같은 사람이 과연 불을 붙여서 폭발시킬 만한 화약고일 수 있을까.
이타가키는 다른 세 사람의 참의(소에지마,에토, 고토)와 함께 사이고의 사임 후 똑같이 사직 했다.

"무엇을 할 것인가?"

그 뒤 이렇게 고민한 것은 이타가키 자신 하나의 포용력 있는 그릇이기는 했지만 그저 그릇일 뿐 그릇 자체에 별다른 사상도 주의도 없었고, 무엇을 담아야 하느냐 하는 지혜도 없었다. 이타가키는 자기에게 사이고와 기도 다음 가는 정치 세력이 있다는 것을 알고 있었다. 세력은 머물러 있으면 소멸한다. 세력은 운동하고 선회하지 않으면 안된다.

이타가키는 원래 막부 말기에 특별히 혁명운동을 했다고 할 정도의 경력을 가지고 있지 못했다. 그는 도사 번의 관료로서 번의 서양식 군대를 장악하고 있었는데 보신 전쟁에서 공적을 세워 유신의 공신이 되었다.

도사 번에서의 혁명운동은 향사나 사졸들이 담당했는데 대부분은 탈번하고 이름있는 인물이 거의 죽은 뒤에, 유신의 과실만 이타가키 다이스케와 고토 쇼지로라는 상급무사 출신자가 차지하는 결과가 되었다. 사람 좋은 이타가키는 이 같은 사실을 통감하고 있었고 유신 후에 새로운 혁명가가 되겠다는 충동을 가질 정도로 순진한 점이 있었다.

하야 후 그는 무엇을 할 것인가를 사람들에게 자주 묻고 있었다. 지혜있는 자들이 이타가키의 주위에 모였고 얼마 뒤에 갑자기 안(案)이 나왔다.

그 안이란 자유와 인권을 주창하고 의회를 개설한다는 운동안이었다.

이 시기에 이타가키 다이스케가 유리 기마마사(由利公正)와 접촉을 가졌던 일도 그가 민선의원(民選議院) 운동을 일으키는 자극이 되었을 것이다.

유리 기미마사는 에치젠 후쿠이(越前福井) 번사로서 본명은 미쓰오카 하치로(三岡八郞)라고 했었다.

막부 말기 도사의 사카모토 료마(坂本龍馬)와는 요코이 쇼난(橫井小楠)을 통해 동지가 되었고 서로가 새 국가론에서도 의견이 합치하는 사이가 되었다.

사카모토는 대정봉환(大政奉還)의 일을 마친 직후 교토에서 새 정부를 만들지 않으면 안되었고, 그것을 위한 요원 인선에 대해 사이고로부터 상담을 받은 적이 있다. 가장 인선이 곤란했던 것은 국가 재정을 담당할 사람이었다. 거의 모든 지사들이 그러한 능력이 없었기 때문이다. 사카모토가 결정했다.

"에치젠 후쿠이 출신의 미쓰오카 하치로가 좋겠다."

이 미쓰오카를 데리고 사카모토 자신이 후쿠이에 간 것은 미쓰오카가 번의 정치범으로서 칩거형에 처해 있었기 때문이다. 사카모토는 번의 요인을 설득해서 미쓰오카를 여관까지 불러내어 새 정부가 자네를 필요로 하고 있다, 곧 상경하라, 고 말했다.

사카모토는 그뒤 곧 교토에 돌아왔으나 암살되고 말았다. 미쓰오카는 사카모토의 암살 직후 교토에 왔다. 미쓰오카라는 무명의 인사가 세상에 등장하는 것은 이것이 계기가 되었다.

도바 후시미 전쟁 직후 새 정부에서는 앞으로 어떠한 국가를 만든다는 큰 방침이 없었다. 미쓰오카는 이것을 이와쿠라 도모미에게 제시하기 위해 당시 석필이라고 불리던 연필을 가지고 휴지에 쓴 것이 유명한 '5개조 서문(五個條誓文)'의 초고였다. 이 초고는 기도 다카요시가 가필하여 결정되었다.

"널리 회의를 열어 모든 일을 공론(公論)에서 정한다."

이런 '공론'이나 '회의'는 당시의 새 정부 사람들의 인식으로는 영주가 모여서 회의하는 정도로 생각했지만, 요코이 쇼난의 사상적 영향을 받은 유리 기미마사(미쓰오카 하치로)의 인식은 서양식의 민선의원에 가까운 것이었다.

이런 점은 막부 말기에 있어서 사카모토 료마와 일치한 새 국가 구상이며, 그 구상은 메이지 22년(1889)에 헌법이 공포되고 그 다음 해에 의회가 열릴 때까지 세상의 기억에서는 잊혀져 있었다.

유리 기미마사는 사카모토가 주목한 만큼의 재정 수완은 없었다. 보신 전쟁 당시에는 새 정부의 재정을 담당했으나 능력의 한계 때문에 오쿠마 시게노부, 이노우에 가오루 등이 재정을 담당하게 된다.

그뒤 도쿄부 지사가 되어 오늘날 긴자(銀座)거리의 기초만든다. 그는 지사 재임중에 외유했으나 도중에 폭풍우를 만나 침대에서 떨어지면서 머리를 몹시 부딪쳤다. 또 이 외유중에 지사직을 해임당한 것에 대한 불만도 있어서 그의 후반생은 가벼운 뇌병적 정신 상태가 계속된다.

그 유리가 이타가키에게 권했다.

"반드시 민선의원을."

정한론 결렬 후 국내가 점점 혼돈에 빠지기 시작한 메이지 7(1874)년 1월 상순이었다. 이타가키가 이 문제에 뛰어들었다.

이타가키 다이스케 등의 민선의원 운동에 자극을 준 것은 유리 기미마사뿐이 아니었다.

옛 아와(阿波)의 번사 고무로 노부오(小室信夫)와 옛 도사 번사 후루자와 시게루(古澤滋) 두 사람이다.

고무로 노부오처럼 막부 말기 유신이라는 변동기를 상징하는 사람도 흔하지 않다.

그는 원래 상인이었다.

그것도 아와 번과는 아무 관계도 없는 교토 부 출신으로 생가(生家)는 많은 배를 가지고 있는 국내 무역업자였다.

막부 말기 그는 교토에 와서 교토 지점의 지배인 같은 일을 하고 있었다.

그 전후에 그는 히라타 아쓰타네(平田篤胤)의 국학 그룹에 속하고 있었다. 히라타 신도(神道)라고도 불리는 이 사상단체는 다분히 종교성을 띤 교양단체로서 막부 말기에는 무사계급보다도 호농이나 호상 등의 계급에 그 신도가 많았다. 그들은 막부 말기에 혁명화했다. 히라타 국학(平田國學)이 지닌 신비적인 광기와 그들 호상이나 호농 계급이 품고 있던 막부와 번 사회에 대한 불만이 그같은 모습으로 나타났다.

그러나 결국 막부 말기의 도막(倒幕) 운동은 사쓰마·조슈·도사 등의 큰 번을 중심으로 이루어져 그들은 소위 초야의 지사에 불과했다.

"교토에서 뭔가 해보자."

이런 기분이 그들 사이에 높아져서 분큐 3년 도지인(等持院)에 안치된 아시카가(足利) 막부의 역대 장군의 목을 잘라버렸다. 물론 나무로 된 목상이었다. 도쿠가와 장군에 대한 빈정댐이었으나, 막부는 이것을 묵과하지 않고 용의자들을 체포했다.

고무로 노부오도 체포되었다.

막부는 고무로를 아와(阿波) 번에 맡겼다. 아와 번은 막부가 맡긴 이 정치범을 5년 동안 감옥에 넣어 두었는데 대정봉환으로 세상이 변했다.

아와 번은 큰 번이지만, 지금까지 정치적으로 무관심한 번이어서 막부 말기에 이른바 근왕 활동을 하지 않았다. 정세 일변으로 당황했으나 문득 수감자 중에 고무로 노부오가 있다는 것을 알게 되었다.

고무로를 벼락치기로 번사(藩士)로 만들어 새 정부와 교섭하게 했다. 원래 상인이던 고무로가 아와 번의 중신으로서 번의 운명을 짊어지고 사쓰마·조슈와 교섭을 했고, 메이지 2(1869)년에는 이와바나 현 지사가 되는 운명의 변천을 밝게 된다.

메이지 5(1872)년 옛 번주를 수행하여 영국을 시찰했다. 특히 영국의 입헌제도를 연구하여 옛날의 국학자가 의회주의자가 되어 돌아왔다. 런던에 있을 때 옛 도사 번사인 후루자와 시게루와 의견이 맞아서 동지가 되었다.

"고무로(小室)와 후루자와(古澤) 두 사람을 불러 서양의 의회제도 이야기를 듣자."

이렇게 이타가키가 말해서, 사직한 두 사람의 참의와 함께 소에지마 다네오미의 집에 모였다. 이것은 이와쿠라가 습격된 날로부터 사흘이 지난 1월 17일의 일로, 소위 민권운동사상 기념할만한 날이라 할 수 있다.

대경시 가와지 도시나가가 예측한 것은 앞서의 정세가 있었기 때문이다.

"미야자키 하치로는 아마 이타가키씨에게 접근할 것에 틀림없다."

가와지의 예측은 반드시 적중했다고는 할 수 없었다. 미야자키는 이타가키의 계획에 다소 흥미를 느끼고 잠시 접촉했으나 곧 실망하고 떨어져버렸던 것이다.

'역시 그들은 고관들이다.'

미야자키는 이같이 생각했을 것이다. 참의라는 최고 벼슬을 지냈던 사람들이 사이고에 대한 의리로 사직하기는 했으나 할만한 일이 없어서 민선의원 설립 운동을 생각한 것이 틀림없었다. 그것을 고관들의 심심풀이라고 본 것이 미야자키의 관찰이었다.

미야자키 하치로 같은 젊은이는 만일 막부 말기에 성인이 되었더라면 도막(倒幕) 운동에 참가해서 안세이 대옥(安政大獄) 때 죽었거나 자기 번의 번청에 의해 형살되었거나, 아니면 교토 길거리에서 죽었을 것이다.

그는 새 국가 비슷한 것이 만들어져가고 있던 메이지 7(1874)년에 겨우 청년이 되었다. 미야자키가 생각하고 있었던 미래에 대한 정열은, 불과 몇 개월 전까지 새 국가의 고관이었던 사람들이 생각하고 있는 미래에 대한 정열과는 그 온도에 큰 차이가 있었다.

이타가키 등이 이 같은 계획을 하고 있다는 것은 사방의 불평가에게 전해졌다. 곧 그들은 흥분하여 말이 오갔다.

"이타가키 등 네 사람의 참의를 선두로 민선의원이라는 북을 울려 정부를 타도하자."

또한 그 공기의 열도는 도무지 민중 참정론을 냉정히 검토 전개하면서 정부에 육박하려는 것이 아니었다. 그 격발하는 모습이 전국 시대의 민중봉기 같은 느낌이었다.

이타가키 등은 오히려 이것을 겁내고 있었다. 민선의원을 내자는 유리의 말에 이타가키는 말했다.

"상당히 심상치 않은 낌새가 보인다."

그러니 빨리 민선의원 설립 건의서를 내자고 했다. 빨리 건의서를 내려는 이타가키의 이유는 이런 것이었다.

"빨리 건의서를 내어 진정시키고 싶다."

만천하의 불평 사족의 폭발을 이타가키는 겁낸 것이다. 이러한 점에서 이타가키의 입장과 이타가키란 사람의 좋은 점, 그리고 그의 생애를 결정적인 것으로 만든 철저하지 못한 성격이 잘 나타나 있다.

이타가키 등의 건의서는 '민선의원 설립 취지'라는 제목으로 씌어졌다. 문안은 고무로 노부오와 후루자와 시게루가 작성했다.

취지는 어디까지나 정부에 대한 진정서로, 평의에 부쳐 달라고 오청하고 있다.

"이 점 잘 평의(評議)하여 주시기를 바랍니다."

그리고 자기들의 호칭에 대해서는 '신등(臣等)'이라 쓰며 결코 난신적자(亂臣賊子)가 아니라는 입장을 취하고 있다.

그러나 전 참의 에토 신페이는 처음에는 이 모임에 참가했으나 최종모임인 1월 17일의 나흘 전에 도쿄를 빠져나가 사가로 돌아가고 말았다.

# 남천

사이고는 세상에서 사라진 듯이 침묵을 지키고 있었다.

도쿄 정부에도 그의 소식이 거의 들려오지 않았다. 사이고의 뒤를 쫓아 잇따라 가고시마로 떠난 군인과 관리는 한 사람도 도쿄에 돌아오지 않았고, 도쿄에 있는 친척이나 아는 사람에게 편지를 보내는 일도 드물었다. 이 때문에 사이고의 소식이 더욱 전해지기 어렵게 되었다.

"사이고는 무슨 생각을 하며 뭘 하고 있는 걸까?"

이런 화제가 정부나 정계에서 물러난 정객들 사이에서 조용히 속삭여지고 있었지만, 결론은 추측을 벗어나지 못했다. 때로는 터무니 없는 소문이 들려와 사람들을 믿게 하기도 했다.

사정(事情)이 안개 속에 가려 아무것도 알 수 없게 되어 있는 것처럼 무서운 것은 없다. 사쓰마 사족은 메이지 정부를 만든 최대의 군사력이었는데, 그것이 갑자기 사라져 정부에서 떨어져 나간 것이다. 다시 말해 일본의 구속 밖으로 벗어나 사쓰마·오스미(大隅)의 산과 들에 숨어버린 것이다. 만일 정부의 정규군이 그들과 결전을 벌이면 정부군이 패한다는 것은 문관이나 무관, 서민도 다 알고 있었다. 그만한 군사 집단이 옛 번의 경계를 폐쇄하고 전국 시대처럼 할거(割據)하며 도사리고 있었다.

정부가 그 실정을 탐지하려 해도 옛 사쓰마 번이란 원래 막부 시대에 이중 쇄국(二重鎖國)의 번이었다. 에도 초기부터 막부의 밀정마저 이곳에 잠입했다가 무사히 돌아간 사람이 별로 없었다. 사쓰마에 잠입하면 두 번 다시 돌아올 수 없다고 해서 '사쓰마 파발'이란 말까지 생겨났을 정도였다. 그 무렵의 관습을 고향으로 돌아간 사쓰마 사족들은 의연히 지켜나가고 있었다.

"사이고는 결코 저대로 썩을 리가 없다. 한두 해 안에 반드시 반란을 일으킨다."

도쿄에서의 추측이나 소문은 이런 것이었다. 이 추측은 당연한 것인지도 모른다. 도쿄에서 수백 명이나 되는 근위사관과 하사관들이 귀향해서, 그들이 고향에 있는 젊은 사족들을 훈련시키면 상당한 대군을 편성할 수 있는 것이다.

나아가서는 한편으로 도쿄와 각 부현에서 시끄럽게 불평을 계속하고 있는 반정부적인 사족들이 사이고가 들고 일어나기를 목마른 사람이 물을 원하듯 기다리고 있었다.

"사이고는 반드시 일어난다."

그들은 이렇게 확신하고 수군거렸다. 사이고가 일어서지 않고는 세상이 바로 잡힐 수 없다는 생각이 팽배해지기 시작하며, 그런 바램이 단정적인 정보의 형태를 갖추고 떠돌았다.

사이고가 일어난다는 것이 도쿄에서 얼마나 믿어지고 있었느냐 하면, 사이고와 함께 참의를 지냈고, 사이고를 잘 알고 있었던 에토 신페이까지 그렇게 생각했을 정도였다.

에토는 이타가키와의 관계도 있어서 민선의원 설립운동에 이름을 나란히 하고 있었지만, 진심으로 이타가키의 방법대로 할 생각은 없었다. 그는 무장봉기 쪽이 더욱 효과적인 방법이라고 생각하고 있었다. 사가의 사족들과 반정부 봉기를 한다는 것이다.

사이고의 집은 가고시마 성밑에서 약간 떨어진 서북쪽에 있는 다케(武)라는 마을 안에 있다.

성 아래 서쪽 밖 해자처럼 둘러 싼 고쓰키 강(甲突川)이 흐르고 있었다. 그 강기슭의 가지야 거리(加治屋町)에서 사이고가 태어났는데, 다케는 거기서 1킬로 반쯤 서북쪽으로 가야 한다.

다케(武)란 곳은 전에는 다케(田毛)라고 쓰기도 했던 모양이다. 아마 다케(岳 : 높은산)라는 뜻이었으리라. 사쓰마는 옛부터 밀교적(密敎的)인 산악신앙(山岳信仰 : 佛敎의 密宗)의 강한 전통이 있었고, 전국 시대에는 그 산승(山僧)들이 전쟁터의 기도승으로 종군하기도 했다. 다케(武)란 마을은 뒤에 나직한 숲을 등지고 있다.

좁은 집이었다. 천정 널빤지에는 비가 샌 얼룩이 몇 군데 있고 전체적으로 그을어 있었다.

좁은 현관 옆 방은 서고(書庫)였는데 곰팡내가 풍겼다. 그 서고 아랫목 벽에 그림이 석 장 걸려 있었다.

화법은 일본화였는데, 그려진 그림은 서양 인물이었다. 한 장은 싸움터의 나폴레옹으로 말이 대포소리에 놀라 두 발을 쳐들고 있는 그림이었고, 다른 한 장은 워싱턴이 두세 명과 함께 보트를 타고 노로 커다란 얼음덩이를 깨고 있는 그림이었다. 나머지 한 장은 넬슨 제독이 배 위에서 부상을 입는 광경이었다.

사이고의 거실은 그곳이 아니다.

거실은 뜰을 면해 있다. 일찍이 정원석이 놓여 있던 뜰인데 메이지 2년에 돌아왔을 때, 그것을 파 헤쳐 남에게 주어버리고, 그 뒤에 좁은 대로 밭을 일구었다. 사이고는 거실에서 눈앞의 뜰을 바라보는 취미를 싫어했다. 그가 살아가는 풍경은 예와 지금이라는 시간이요, 지구라는 공간이었던 모양이다. 뜰의 밭 귀퉁이에 화단이라고 말할 수는 없어도, 화초가 심어진 한 구석이 있었다. 화초를 뜰에 심는 것은 일본인의 전통이 아니고 서양 사람의 것이었다. 그 꽃도 서양의 것이었다.

사이고의 방석은 남에게서 얻은 곰 가죽이다. 옆에 질화로가 있고 엄청나게 큰 쇠 주전자가 걸쳐져 있다.

장식간에는 족자도 걸려 있지 않았고 꽃병도 없었다. 장식이 일체 없이 광처럼 되어 있다. 놓여 있는 물건은 커다란 서양 가방이었다. 그리고 투망(投網)이 놓여 있다.

기둥에는 붓 여남은 자루가 풀어진 채 매달려 있었다.

중인방에 편액(扁額)이 걸려 있는데, 그 편액은 링컨이 여러 나라의 영웅들과 테이블을 둘러싸고 이야기하고 있는 그림이었다. 이것도 일본 그림이다. 사이고는 서고에 있는 나폴레옹을 프랑스의 혁명가로서 존경하고, 워싱턴을 영국 식민지였던 미국을 독립시킨 사람으로서 존경하고 있었는데, 링컨과 넬슨은 어떻게 생각했는지 잘 알 수 없다.

이 거실에 또 한 장 서양을 소재로 한 편액이 걸려 있다. 큰 삽살개가 얼어 죽기 직전의 사람을 살리려고 자기 체온으로 덥히고 있는 그림이었다. 모두 사이고가 일찍이 가고시마의 화가에게 주문하여 그리게 한 것이었는데, 어느 그림이나 비단 화폭이 햇빛에 바래어 몹시 낡아 있었다.

사이고의 나날은 사냥꾼과 다름 없었다. 한 달 중 대부분은 다케 마을의 집을 비우고 있었다. 산과 골짜기의 짐승들이 다니는 길목을 헤매고 있는 것이다.

혼자 갈 때도 있지만 하인을 데리고 갈 때도 있고, 토박이 사냥꾼들과 어울려 같이 다닐 때도 있다.

갑자기 아는 사냥꾼의 집을 찾아갈 때도 있는데, 그때 사냥꾼의 아내가 묻는다.

"댁은 어디 사는 뉘시오?"

그는 주인과 같은 직업이라고 대답한다. 그런 이야기가 사쓰마 군 유다(湯田)에 사는, 전에 사냥꾼이었던 하시구치(橋口)라는 사람의 집에서 전해졌다.

사이고는 기리노 등 전 근위장교들과 보통 때는 접촉이 없었다. 단 한 번도 사냥갈 때 전 근위장교와 동행한 일이 없었으며, 그의 나날은 세상에서 말하는 사이고 당(黨)으로부터 초연해 있었다.

사이고는 뒤에 사이고 당(私學校黨)이 폭발해서 들고 일어날 기세를 보였다는 급보를 사냥하는 도중에 받았다.

그때 사이고는 보기 드물게 안색이 달라지며, 큰일났구나 하고 중얼거렸다는 목격담이 있지만, 그 밖의 방증으로 보더라도 그는 그런 결과를 생각하고 있었던 것은 아닌 것 같다. 그리고 사이고는 궐기 후에, 그만한 정략가인데도 일체의 정략을 세우지 않고, 모든 것을 기리노를 비롯한 수하 사람들에게 맡기고, 마치 자신은 강물에 통나무가 떠내려 가듯 흘러간 격이었다.

대체 사이고는 이 옛 산에서 지내고 있는 동안 무엇을 생각하고 있었던 것일까. 이 산과 들에서 사냥으로 세월을 보내며 늙을 작정이었던 것일까.

어디에선가 사이고는 젊은 사람으로부터 질문을 받았다. 그 젊은이가, 자기는 뭔가 해볼 생각인데 마음을 어떻게 가져야 좋으냐고 물었다.
"이를테면, 하나만을 생각하면 당할 적이 없다는 말이 있는데 그렇게 하면 되는 걸세."

사이고는 그렇게 말했다. 그가 말하기를 '하나만 생각한다'는 것은 마치 암탉이 알을 품고 있는 심경이라고 했다. 암탉이 알을 품고 있을 때, 아무리 맛있는 모이를 가까이 갖다 주거나 위협을 해도 암탉은 거들떠보지도 않거니와 또 도망치지도 않는 그런 뜻이라고 했다.

혹은 고양이가 쥐를 노리고 있는 경지라고 해도 좋다. 원래 고양이란 놈은 사물에 민감한 동물이지만 쥐를 노릴 때는 무서워하지도 않고 다른 것을 돌아보지도 않는다. 바로 그 같은 경지라고 사이고는 말했다. 사이고는 도막(倒幕)운동 때 그것을 체험했다. 그 오직 한 가지 목적을 위해 생각을 짜내며 두려워하지도 않고 옆눈도 보지 않았다.

지금 막부는 이미 없다. 그러나 사이고가 젊었을 때 그의 주군인 시마즈 나리아키라와 주고 받은 세계의 구상은 조금도 이루어지지 않았다. 사이고는 그것을 위해 일해야 했던 것인데 그 '하나만 생각한다'는 것이 아직 사이고의 마음속에 지속되고 있다면, 그는 여전히 활화산(活火山)이었을 터였다.

사냥을 즐기는 것은 사이고에게는 도저히 억제할 수 없는 취미였다. 에도 시대나 이 시대나 사냥은 아직 취미로서 일반화되지 않았고, 무사가 사냥꾼 흉내를 내고 있다는 이상한 인상밖에 없었던 모양이다.

한편으로는, 도쿄에 살고 있을 무렵 주치의인 독일인으로부터 권고를 받은 것처럼, 더 이상 살이 찌지 않기 위해 운동을 많이 할 필요도 있었다. 건강을 위한다는 것은, 아직 이 세상에 할 일이 남아 있다고 하는 의식이 끊임없이 계속되고 있다는 증거이기도 할 것이다.

어깨에는 총을 메었다.

하인이 메고 있을 때도 있다.

사이고의 차림은 정해져 있었다. 머리에는 햇빛을 가리는 대나무 껍질로 엮은 삿갓을 쓰고 있었다.

옷은 나뭇가지나 바위 모서리에 찢어지지 않게 돛천과 같은 꺼칠꺼칠한, 얼른 보기에 아이누족들이 입는 나무 껍질로 짠 아쓰시(厚子) 같은 천으로 만들었다. 농부들이 입는 잠방이 같은 것을 걸치고, 발에는 매사냥 하는 버선에 등산용 짚신을 신은 모습이었다.

이사쿠(伊作) 고을 요쿠라(興倉)라는 마을의 농부 아들로 조시로(長四郎)라는 사람은 사이고의 하인이었다.

조시로는 오래 살아서 1926년 9월경, 가고시마 현 교육회에서 온 속기자에게 당시의 일을 이야기하였다.

"나리께선 정한론이 반대에 부딪쳐 고향으로 오셨어. 곧 해가 바뀌어 메이지 7(1874)년 1월 말경부터 나리의 총사냥이 시작되었지. 구마키치(熊吉)와 이치(市), 야타로(矢太郎)와 나, 네 사람을 거느리고 개 6마리를 데리고 나가셨어."

이 첫 사냥 때는 가고시마를 떠나 한 달 가까이 산과 들을 돌아다녔다.

처음에는 작은 배를 타고 사쿠라 섬(櫻島)의 구로가미(黑神)로 건너가서 거기서 3, 4일 머물렀다. 마음에 드는 사냥감이 없어서 다음은 배로 이부스키(指宿)로 건너가 후다쓰키다(二月田)란 곳에서 일주일이나 머무르며 그 일대를 돌아다녔다.

이어 걸어서 마쿠라자키(枕崎)까지 갔다.

"산과 고개를 잘 탔고 걸음이 빠른 분이었다."

조시로는 말했다.

이사쿠란 곳은 사쓰마 반도의 등뼈라고 할 수 있는 산맥 속에 있었는데, 옛부터 알려진 고을 이름이었지만, 지금은 그 고을이 없어지고 히오키 군(日置郡) 후키아게(吹上)라는 지명 속에 들어 있다.

가느다랗지만 계곡물이 몇 가닥 흐르고 있어, 옛날부터 벼농사를 짓고 있었는데 사이고가 갔을 당시에도 곡식이 잘 되는 땅이었다. 이 근처에 유노우라(湯之浦)라는 온천이 있어서, 사이고는 이 온천 오두막집에서 며칠이나 묵었다.

그 근처를 돌아다닐 때 조시로가 관찰한 바로는 '사냥보다 산과 골짜기의 도면을 그리는 것이 주된 일이었다'고 한다. 이런 점에서 사이고의 알기 힘든 어떤 뜻이 엿보이는 것 같다.

사이고는 산과 들을 걸으면서 따르는 사람들에게 지도를 그리게 했다는 것은 확실히 이상한 느낌이 든다.

조시로의 기억으로는 이러했다.

"높은 곳에 올라가 사방을 바라보면서, 하인인 구마키치와 이치에게 도면을 그리게 했다."

그 도면이란 것은 구마키치와 이치가 서양식의 지도를 그릴 수 있었을 리 없으므로, 산은 산 모양으로 그리고, 거기에 내와 길을 그려 넣는다. 용지는 족자로 쓰이는 것으로 2자 사방의 크기였다. 또 그림에 동서남북도 적혀 있었다.

"무엇에 쓰이는 것인지는 몰랐지만, 나리의 말로는, 이 도면만 있으면 길을 헤매는 일이 없이 어디든지 목표하는 곳으로 갈 수 있다는 것이었지."

그뒤 사이고는 가고시마 사람으로 도면을 잘 그리는 사람을 데리고 다니기도 했다. 그들의 이름은 모르고, 조시로의 기억으로는 '아무래도 나리보다 몇 살 위였다'고 한다.

새삼스럽게 캐고 든다면, 사이고는 가고시마 현의 현 경계를 폐쇄시킨 농성전 준비를 그런 형태로 하고 있었는지도 모른다.

사쓰마는 도요토미 히데요시(豊臣秀吉)가 조슈를 쳤을 때 그런 준비를 한 경험을 가지고 있었고 그 당시의 이야기는 어느 무사 집안이나 다 알고 있었다.

사쓰마·오스미에서 내륙전이 벌어지게 되면, 정부군이 비록 10만 명을 몰고 오더라도, 가고시마 현의 사족 1만 수천으로 충분히 맞서 싸울 수 있다. 막아 싸우는 쪽은 지리에 밝고, 산을 방패로 삼아 낮에는 숨으며, 밤에 달려가 적의 진영을 여기저기서 계속 습격하면, 적은 지칠 대로 지쳐 이윽고는 패할 것이 틀림없다. 그러는 가운데 호쿠리쿠(北陸) 지방의 사족들이 들고 일어나고, 도호쿠(東北) 지방의 사족이 간토(關東)로 쏟아져 들어와 도쿄를 점령하게 되면, 아직 그 기초가 아리송한 문관들만 버티고 있는 정부 따위는 금방 무너지고 만다.

사이고는 사쓰마 인들이 굳센 것에 대해서는 신앙이라 할 정도로 높이 평가하고 있었다. 이 때문에 설사 그가 무력으로 정부를 타도할 의사가 있었다 해도, 다른 지방의 사족들이 들고 일어나는 것을 기대하지는 않았다.

가고시마 현 하나로 충분히 해낼 수 있다고, 생각하고 있었을 것이다. 정부군을 이리로 끌어들여 무찌르고, 그 병참을 빼앗아 이쪽 군대를 그들의 총기와 탄약으로 강화시켜, 그들 정부군을 유유히 현 밖으로 밀어내면 연도

(沿道)의 사족들은 모조리 사이고 군으로 쏠리게 될 것이 아닌가.

사실, 사이고는 그것을 최선의 방법으로 생각하고 있었던 것은 아니다. 그러나 그런 사태로 내몰렸을 때의 준비를 해두지 않으면 안된다.

사쓰마 반도, 히오키 군의 이사쿠 고을이 그럴 경우의 본영으로서 가장 적합하다고 생각하고 있었던 것이 아닐까. 이사쿠는 전국 시대에 있었던 시마즈씨의 한 거점이었고, 그 시대의 성채도 나카하라(中原)에 남아 있었다. 가메마루 성(龜丸城)으로 불린 성터가 있고 그 밖에 사이고가 자주 온천 치료를 했던 유노우라에도 그전부터의 성터가 있었다.

높은 곳에 올라가서 도면을 그리게 했다는 조시로의 기억에 남아 있는 사이고의 가슴속에는, 도쿄에 남아서 요정의 술을 마시고 있는 태정관 패들과는 전혀 다른 쓰디 쓴 감회가 솟구치고 있었으리라.


사이고는 완전히 사냥꾼이 되어 있었다.

"어디를 가도 나리는 사냥 이야기밖에 하지 않았다."

그 하인인 다케우치 야타로가 전하고 있다. 보통 산 오두막집이나 사냥꾼의 집에서 묵게 되는데, 이야기 상대가 솜씨가 뛰어난 사냥꾼이면, 사이고는 천진스럽게 기뻐하며 밤이 깊어가는 것도 모르고 이야기를 했다.

그는 개에 대해서만은 사치스러웠다. 사냥을 할 때의 개 먹이는 자신이 직접 보살폈다. 농가에 들러 청했다.

"달걀을 팔게."

그리고 달걀을 사서, 그것을 깨어 밥에 비벼 주었다.

달걀밥은 좋지 못한 축에 들었다. 산을 한 번 돌아 사냥이 끝나고 숙소로 돌아왔을 때는 큰 남비에 토끼나 닭고기를 듬뿍 넣어서 개에게 먹였다. 이 때문에 어떤 개는 너무 살이 쪄서 사냥을 제대로 못하는 녀석도 있었다.


다케시의 집에서는 개를 돌보는 하인까지 고용하고 있었는데, 생선가게에서 방어 등의 큼직한 생선을 사와서는 그것을 현미와 함께 밥을 지어 먹이곤 했다.

어느 날, 사이고는 세 마리의 개를 데리고 장어 요리점에 들러 장어덮밥을 주문했다.

그는 마루 끝에 걸터앉아 있었고, 개는 바닥에 있었다. 사이고는 주인이 가져온 장어덮밥을 받아 들자마자 바닥에 던졌다.
"한 그릇 더."
사이고의 주문대로 주인은 장어덮밥을 또 대령하였고, 세 그릇을 연거푸 개들이 앉아있는 바닥에 던지는 것이었다. 개에게 먹이기 위해서였다.
사이고의 행동에 주인은 화가 치밀었다. 정성 들여 만든 장어덮밥이 아깝기도 하고, 자기의 음식 솜씨에 모욕을 가하는 것 같았다.
"한 그릇 더."
이번엔 사이고 자신이 먹으려고 주문하였으나, 이미 화가 머리끝까지 치밀어 오른 주인은 냉랭하게 거절했다.
"다 떨어졌소."
사이고는 쟁반 위에 5엔짜리 지폐를 놓고 가게를 나섰다.
세 그릇이라고 해 봤자 30전이면 충분했으니, 그에 비해 5엔은 터무니 없이 큰 돈이었다. 스스로가 가격을 정하여 수 십 배가 넘는 돈을 지불하고, 잔돈을 거슬러 받는 일도 없었다. 그것이 사이고의 계산 방법이다.
주인은 쟁반 위의 거금에 눈이 휘둥그래졌다. 그 후 수 년이 지난 후에야 그 때의 덩치 큰 사내가 사이고였음을 알게 된다. 그리고, 한참 후에 이런 말을 했다고 한다.
"그 사내라면 반역을 일으키고도 남지."
일언반구도 없이 개에게 장어덮밥을 던져주던 사이고의 행동에서 유모어와 애교를 느끼기는커녕, 왠지 모를 중압감과 사나운 인상을 받았다고 한다.
사이고가 밖을 돌아 다녀도 대부분의 사람들은 그를 알아보지 못했다.
표주박을 만드는 사내가 있었다.
사이고는 그 집의 처마 밑에 탐스러운 표주박이 달려 있는 것을 보고 표주박을 팔라고 했다.
"이건 파는 게 아니라오."
이렇게 다소 거친 말투로 거절하자, 사이고는 거구의 몸을 움츠리고는 산을 향해 사라졌다고 한다.
사이고의 사쓰마 생활을 잠시 소개할까 한다.
사이고는 색정과는 거리가 먼 사내였다.
그나마 그에 가까운 사건이, 고쿠부(가고시마현의 도시) 근처로 사냥을 갔을 때 일어난다. 그는 같은 집에서만 묵었는데, 그 곳은 해안가 마을 시키네(敷根)의 이에몽이라는 농사꾼의 집이었다.

이에몬은 기껏해야 17, 8세 밖에 되지 않은 젊은이였다. 그 젊은이에게는 15, 6세쯤 되는 정혼자가 있었는데 세키라는 이름이었다. 세키는 사이고가 이에몽 집을 방문할 때마다 일손을 돕기 위해 불려오곤 했다.

세키는 처녀라기 보다는 아직 어린애에 가까운 앳된 얼굴을 하고 있었다. 게다가 사이고가 농담이라도 건넬라치면 자지러지게 웃어댔다.

사이고는 사냥을 하고 지쳐서 돌아와 누워있다가도 세키가 찾아오면, 일어나 앉곤 했다.

"네 얼굴을 보니 피로가 풀리는구나."

사이고는 세키를 위해서 항상 선물을 사 들고 왔는데, 아직 어린애인지라 백설탕과 얼음사탕 같은 것들이었다.

"얼굴이 어쩜 그리도 예쁘냐."

이런 말로 세키를 칭찬하며, 착하고 예쁜 아가씨에게 뭐든 사다 줄 테니, 원하는 것이 있으면 뭐든 이야기하라는 말도 잊지 않았다.

어느 날 밤, 사이고와 세키가 길에서 마주쳤다.

사이고는 목욕을 하고 돌아오는 길이었고, 약간의 취기가 있었다. 사이고는 별안간 세키의 손을 잡더니 말했다.

"내가 데리고 가야겠다."

그 말은 '너는 미인이라 산 아래 사내놈들에게 인기가 많겠지. 그러니, 내가 손을 잡고 가야 사내놈들이 아무 짓도 못할 것이다'라는 뜻이었으며, 크게 한바탕 웃으며 손을 잡고 간 것이었다.

그 때, 세키의 옆에는 시어머니가 될 사람도 있었으므로, 흑심 따위는 전혀 없는 거리낌 없는 행동이었다.

그러나, 사이고에게는 일생을 통틀어 이것이 최대의 로맨스였다고 해도 과언이 아니다. 세키 또한 사이고에 대해 연정따윈 없었을 테지만, 그녀는 사이고 얘기만 나오면 이 얘기를 하면서 '친절한 사람'이라는 말을 몇 번이고 되뇌면서 눈물을 흘렸다.

다니야마의 히라카와 마을에 이치노 주라는 사냥의 고수가 있었다. 사이고는 그 노인을 좋아하여, 가끔 노인의 집에서 묵으며 함께 사냥을 하곤 했다. 노인의 가르침에 따라 토끼 올가미를 놓기도 했다. 올가미를 다 놓으면 다음은 개를 풀어놓는 일만 남는다.
 토끼를 발견한 개가 사납게 짖어대기 전까지는 나무 아래에서 편히 쉴 수가 있었는데, 사이고는 나뭇잎을 긁어 모으고 그것을 베개 삼아 벌렁 드러누웠다.
 "이치노 주, 이 맛에 사냥을 나온다니까."
 그 말은 사이고의 진심에서 우러나온 말이었다.
 나뭇잎을 베개 삼아 나무 그늘 아래에서 휴식을 취하는 것, 그것이 사이고의 유일한 낙이었다. 그의 평소 생활을 떠올려 보면 충분히 이해가 가고도 남는다.

 사이고가 야마카와의 우나기 온천에 머무르며 한창 사냥을 즐기고 있을 때, 사가의 무사들이 일심동체가 되어 난을 일으켰다는 소식을 접하게 되었다.
 그 소식은 가고시마에서 전해진 것인데, 사이고는 한 마디 말도 없이 그저 사냥을 계속할 뿐이었다.
 전후 사정을 따져볼 때, 사이고가 그 소식을 듣고 기뻐하는 것 같지는 않았다.
 오히려 언짢음이 극에 달한 것처럼 보이기도 하고, 조금 더 추측을 덧붙이자면 '아뿔사!'라며, 전략상 낭패를 보았다는 듯한 표정에 가까웠다.
 사이고가 고향에서 칩거 생활을 하는 것은, 끈기가 필요한 전략이었다.
 '10년 정도 지나면, 오쿠보의 전제정치는 막다른 골목에 이르게 돼. 그 때 동경에서 나를 부르러 오겠지. 그러나, 천하의 오쿠보라면 막다른 골목을 피해 그 나름대로의 방법을 모색하여 일본을 통치하게 될 수도 있어. 그 때는 그 때고, 일단 지금은 고향에서 쥐 죽은 듯 지내는 게 상책이야.'
 그것이 사이고의 심경을 그대로 말해주는 것이리라.
 사이고는 항상 두 가지 마음을 갖고 있었다. 수단과 방법을 가리지 않고 자신의 뜻을 이루고자 하는 집념이——사이고의 비유에 따르면——'고양이가 쥐를 노릴 때와 같은 끈질김'이, 사이고는 혁명가이니만큼 누구에게도 뒤지지 않았다. 그러나 그와 동시에——오쿠보 또한 사이고의 결점으로 지적한 바 있는——난관에 봉착하는 순간 자포자기가 되어 세상을 등지려는 충동에 휩싸인다. 지금 가고시마의 산과 들을 마주하고 있는 사이고의 심경에는 그 두 가지 마음이 존재한다.

"머지 않아, 세상은 나를 필요로 할 것이다. 그 때까지 느긋하게 때를 기다리자."

그러한 흔들림 없는 전략에 덧붙여, 자포자기의 일면이 종이 한 장 차이로 존재하는 것이다.

"그러나, 세상이 내가 아닌 오쿠보를 선택한다면 나는 이대로 썩어갈 뿐이다."

그 시기에 전 참의원 에토 신페이의 주도로 사가의 난이 일어난 것이다.

'에토는 어리석기 그지 없구나.'

분명 사이고는 그렇게 생각했을 것이다.

비록 정부가 종이 호랑이라고는 하지만, 사가현의 무사들에 무너질 리가 없다. 정부는 사가현의 무사들을 퇴치함으로써 군을 증강하고 천하통제의 압력을 한층 강화하게 될 것이다. 결국은 에토와 사가현의 무사들이 희생양이 되어 정부에 힘을 실어주는 결과를 부를 뿐이다.

에토 신페이의 행동은, 유신정부 최고의 두뇌라는 수식어를 무색하게 할 만큼 경솔한 행동이었다.

에토는 사이고의 뒤를 이어 관직에서 물러났다.

그는 진작부터 특유의 철을 끊는 듯한 강렬한 어조로 동향 사람들을 설득했다.

"사가는 유신시절부터 뒤떨어졌다. 지금 오쿠보의 정부는 이미 붕괴하기 시작하여, 제2의 유신을 일으켜야 할 시기에 이르렀다. 사가는 두 번 다시 낙오되는 일이 있어서는 안 된다."

애초부터 사가현의 무사들만으로 오쿠보를 무너뜨릴 수 있다는 생각은 없었다. 사쓰마가 봉기하지 않으면 아무 소용이 없다는 것쯤은 알고 있다.

에토가 주변 사람들에게 이런 말을 했었는데, 사쓰마인이라는 것은 오쿠보가 아니라, 사이고를 가리키는 말이다.

"조슈인은 영리해서 속임수가 통하지 않지만, 사쓰마인들은 우둔해서 얼마든지 뜻대로 할 수가 있다."

에토는 타고난 창조성을 지니고 있었다. 그와 동시에 그의 총명함을 의심할 정도로 둔한 감각의 소유자이기도 했다. 에토는 논리적인 면에 있어서는 그를 따라올 정치가가 없을 만큼 탁월한 재능이 있었다. 그러나, 사람을 보는 안목은 없었다.
 특히, 사이고라는 난해한 인물에 대해서는 전혀 이해하지 못했으며, 에토와 마찬가지로 사가 출신인 오쿠마 시게노부 또한 사이고를 단순한 바보 정도로만 생각했다. 두 사람 모두 사이고를 이해할 수 있는 감각을 지니지 못했던 것이다.
 사이고를 경계하지 않았던 것이 에토의 생애 중 최대 실수였을 것이다. 왜냐하면, 에토는, '자신이 사가에서 난을 일으키면 사이고는 가고시마현의 무사들을 동원하여 봉기할 수 밖에 없다'는 논리만을 지나치게 신뢰한 것뿐 아니라, '제2의 유신'을 사가현에서 시작하지 않으면 다시금 사쓰마현에 당하고 말 것이라는 논리로 성급한 행동에 나섰던 것이다.
 에토의 행동은 악령——스스로가 만들어 낸——에 빙의된 것이 아닌가 할 정도로 신속했다.
 옛 사가번의 무사들이 불만으로 들끓고 있다는 정보는 일찌감치 동경에도 전해졌다. 그들은 에토를 불러들여 부추기고 싶어 했다. 무사들이 그들의 뜻을 전했고, 에토는 그들의 제의를 받아들였다.
 같은 번 출신인 소에지마 타네오미 등은 극력 반대에 나섰으나, 에토는 귀담아 듣지 않았다.
 그는 1월 13일에 동경을 떠났고 다음날 도사의 옛 근위사관 다케치 쿠마키치 등이 우대신 이와쿠라 도모미를 습격하였던 것이다.
 2월 1일에는 사가현의 무사들이 사전에 아무런 전략도 세우지 않고, 대거 출동하여 성 아래에 있는 어용기업 오노조의 사무소를 습격하여 돈을 빼앗아 군사를 일으켰다. 그들의 전략이라고는 자신들이 들고 일어서면 사쓰마도 동참할 것이라는 그 추측뿐이었다.

 이 시기의 에토는 흡사 얼어 붙은 강물 위로 눈신을 신고 슬슬 미끄러져 나가듯이 모든 일이 순조롭게 진행되었다. 또한 미끄러져 가는 자신을 에토 스스로 억제할 수가 없었다.
 '에토 선생은 지혜가 깊은 분이다. 이 분이 일부러 도쿄에서 돌아와 지휘를 하는 이상 승산이 있어서일 것이다. 반드시 성공한다.'
 들끓고 있는 사가 사람들도 이렇게 생각하고 있었다.
 말하자면 에토 자신은 사가 사족들의 들끓는 기세에 편승하듯 돌아온 것인데, 승산이라면 그 정도일 뿐이었다.
"사가 사람이 이토록 들끓고 있다. 이 들끓고 있는 힘을 이용하면 뭔가 되겠지."
과연 사쓰마와 밀약이 되어 있었던 것이라면 이 거사도 성공할 가능성이 어느정도 있다고 할 수 있지만, 약속도 아무 것도 되어 있지 않았다.
사자는 이미 파견했다.
그것도 에토가 도쿄를 떠나기 전에 사가의 에토측 사자가 가고시마로 들어갔다.
나카지마 데이조(中島鼎藏)와 도쿠히사 고지로(德久幸次郞), 무라지 마사하루(村地政治), 세 사람이었다. 가고시마 읍내로 들어오니, 사이고도 기리노도 먼곳으로 가버려서 있는 곳을 알 수가 없었다. 무라지 마사하루는 뒷날 풀이하고 있다.
"가고시마의 옛 성밑 거리에서도 사가 사족들처럼 당장 들고 일어나 정부를 때려부수라고 하는 사람들이 있으므로, 사이고와 기리노는 이들 과격파와 맞서 싸우는 것이 어리석다는 것을 느끼고 멀리 몸을 피했다."
정도에 벗어난 사이고의 무리한 사냥은 무라지가 말한 것처럼 그런 이유도 있었다. 사이고가 가고시마 읍내에 있으면 사람들이 찾아와서 들고 일어날 것을 권한다. 그들을 상대하게 되면 '사이고 나리께서 이렇게 말씀하셨다'하고 자기들 형편에 좋게 사이고의 말을 퍼뜨리곤 한다. 그로 인한 인심의 혼란이 의외로 크다는 것을 사이고는 잘 알고 있었으므로, 성밑 거리 사람들로부터 행방을 감추고 있는 것이다. 사이고의 총명함은 그런 데서도 엿볼 수가 있을 것이다.
이 사가의 사자들은 기리노 도시아키를 만났다.
기리노는 첫마디부터
"지금 궐기하는 것은 터무니없는 짓이오. 시기가 아직 무르익지 않았소."
그 말만 되풀이할 뿐 다른 말은 하지 않았다. 이 점 기리노는 사이고의 뜻을 잘 알고 있었다고 할 수 있다.
에토는 이 보고를 사가에서 들었다. 그는 그만두었어야 했지만, 벌써 사가에서 떠받들리고 만 이상, 사쓰마가 호응하지 않는다고 해서 이제 와서 중단할 수는 없었다.

결과적으로 말하면, 에토는 오쿠보의 미끼가 되었다고 할 수 있다.

에토의 '사가의 난'을 계기로, 메이지 정부의 권력은 비약적으로 강화되고, 오쿠보 개인의 정치 통제력도 전보다는 놀랄 만큼 강해졌으며, 사족들로부터 농민군이라고 멸시당한 징병으로 조직된 지방군도 조금은 자신감을 갖기에 이르렀다.

에토는 물론 자신이 그런 뜻하지 않은 공적을 메이지 정부에 대해 갖게 되리라고는 생각지 않았다.

오쿠보가 이 기회를 재빨리 낚아챘던 것뿐이다. 만일 사가의 난이 없었다면, 메이지 정권은 뒷날 세이난 전쟁에서 더 당황하고 더 허약성을 드러냈을 것이 틀림없다.

"반란이 한 번 일어날 때마다 정부는 강해진다. 작은 규모라면 차라리 일어나는 것이 도움이 된다."

오쿠보가 그렇게 말한 것은 아니지만, 설사 그런 말을 했다 하더라도 조금도 이상할 것은 없다.

앞서 구이치가이 문밖에서 도사 사람 다케치와 구마키치 등이 이와쿠라 도모미를 습격했지만, 그 결과 이 사건을 재빨리 이용해서, 오쿠보와 가와지는 경찰을 크게 증원시켰다. 그로 인해 수도 경찰을 강화한 것만 아니고, 정치 경찰의 밀정 조직을 대대적으로 강화했다.

무계획적 반란이란 결국은 정부의 통제 장치를 강화시키는 것 외에 아무 것도 아니라는 것을 다케치 패들은 증명했다.

사이고의 경우는, 막부 말기에 그런 것들을 모두 겪어본 경험이 있어, 이런 시세에 대한 안목과 정략적 감각에 있어서는, 이 당시 오쿠보를 제외한 누구보다 성숙해 있었다. 그는 막부 말기에 오쿠보와 함께 사쓰마 번을 지도하며, 조슈 번이나 낭사들이 안타까워할 정도로 경거망동을 계속 피하고 있었다. 때로는 기략(機略)으로 아이즈 번과 같은 친막번과도 손을 잡고, 때가 무르익을 때까지 일어서지 않았다. 당시 교토에서 정국(政局) 수습을 담당하고 있던 도쿠가와 요시노부까지 뒷날 술회했을 정도로, 사이고와 오쿠보의 수법은 기다린다는 점에 있어서 철저했다.

"조슈 번은 처음부터 반막적인 행동을 해왔으므로 조금도 밉지 않다. 그러나 사쓰마 번에는 말하기 어려운 원한이 있다. 그 사쓰마 번이 도막(倒幕)에 일어서리라고는 생각지 않았다."

그들이 번사들을 잡아누르고 망동을 못하게 한 이유는, 예를 들어 두세 명의 번사들이 조슈 식의 폭력을 쓰면 사쓰마 번 자체의 위장전술을 부추겨 들통나게 하고 말기 때문이다. 번사들의 사적인 폭발을 기를 쓰고 계속 누르며 그 동안에 신식총을 사서 무장을 갖추면서 시기를 계속 기다렸던 것이다.

그 시기에 도쿠가와 요시노부가 도바 후시미에서 패배해 군함으로 오사카에서 도망친 때를 전후해서, 측근의 한 사람이 대반격을 청했던 바 있는데 한 마디로 측근을 침묵시켰다.

"우리 쪽에 사이고와 오쿠보 같은 사람이 있는가?"

그 무렵 요시노부는 사이고와 오쿠보의 얼굴을 본 일도 없었지만, 사쓰마 번의 그 정략적인 활동이 누구에 의한 것인지 알고 있었던 것이다.

사이고는 그 체험자인 만큼, 경솔한 지사적인 폭발은 반대로 정부의 힘을 강화시킬 뿐이라는 것을 너무나 잘 알고 있었다.

그가 구이치가이 문밖의 사건에 대해서나 사가의 난에 대해, 못마땅하게 생각하고 있는 것은 그 점이었을 것이다.


사가 사족이 소규모 봉기를 일으키고, 그것이 확대해 가고 있다는 것을 도쿄 정부가 안 것은 메이지 7(1874)년 2월 3일이었는데, 내무경 오쿠보는 동요하는 빛이 전혀 없었다.

이 보고가 새로 설치된 직후의 내무성에 들어왔을 때, 청내가 시끄러워지면서 분개하는 사람도 있었지만 대부분은 이 정권의 앞날에 불안을 느꼈다.

"바로 조금 전까지 참의라는 중직에 있던 사람이 반란을 일으키다니 그럴 수가 있단 말인가?"

사이고 전 참의가 고향에 숨고, 이어 에토 전 참의가 옛 번으로 돌아가 난을 일으킨다는 것은, 보통 시대에서는 생각할 수 없는 일이었다.

조슈도 반드시 조용하지만은 않았다. 여기에도 새정권에 불평을 품은 사족들이 많았다. 일찍이 병부차관(兵部次官)을 지낸 마에바라 잇세이가 정부 방침에 불만을 품고 메이지 3년에 사임한 뒤 하기(萩)의 옛 성으로 돌아가 버렸다. 불평을 품은 사족들이 마에바라를 떠받들고 일어날 가능성도 충분히 있었다.

나아가서는 여기에 사쓰마의 사이고가 언제 폭발할지도 모르는 화산이라고 한다면, 보신 전쟁에서 관군의 주력이 되었던 사쓰마·조슈·도사·히젠의 토박이 사족들이 모조리 들고 일어날 가능성이 충분히 있었다.
"그들은 도쿄를 저주하고 있다."
이런 단순한 견해도 정부 관원들 사이에 있었다. 정부 관원의 대다수는 앞에서 말한 지방의 옛날 관군의 주력을 구성했던 번의 출신들이었는데, 그들이 도쿄에서 옛 번주를 능가할 만큼 출세를 하고, 옛 고장에 남은 사족들은 공연히 흙먼지만 뒤집어 쓰고 사족의 영예권마저 빼앗긴 채, 다소 봉환금(奉還金)은 받았다 하더라도, 이제 와서 농사꾼도 장사꾼도 될 수 없어 저마다 앞날의 생활에 불안이 대단했다.

옛 관군의 주력이 아니었던 여러 번의 사족들도 같은 처지에 있었지만, 그들은 보신 전쟁 때의 패자이거나 뒷전에 처진 집단이었다는 점에서 다소의 체념도 했으므로 시세 앞에서는 무기력하기만 했다.

그러나 옛 관군이었던 각 번의 대다수는 보신 전쟁에 번의 비용을 쓰고 번사의 피를 흘렸는데, 그 은상이란 것은 일부 사람이 도쿄에 남아 벼슬아치가 된 것 외에는 아무런 조처도 없었다. 게다가 최후의 일격을 당하듯이 봉건제도가 폐지되고 사족들은 길거리로 내쫓기게 되었다.

"외정(外征)을 하라."
이렇게 그들이 부르짖는 것도 무리가 아니었다. 흔히 세계사를 보더라도 새 국가가 성립될 때 사용된 막대한 병력은, 국가 성립과 동시에 쓸모없는 귀찮은 존재가 되고 마는데, 그들은 대부분의 예로 보아 외정에 사용된다. 특히 중국의 경우에는 변경의 오랑캐를 치는 데 쓰였다.

마침 메이지 당시에 조선 문제가 일어났다. 조선을 치라고 하는 주장이 생기고 정한론이 일어나고, 사가에서는 불평 사족들이 '정한당(征韓黨)'을 결성했다.

사가에서는 별파(別派)로서 '우국당(憂國黨)'도 생겼다. 이들의 주장은 한 마디로 말해 봉건 제도로 되돌아가라고 하는 사쓰마의 시마즈 히사미쓰의 주장과 같은 것이었다. 정한당이나 우국당이나 정부를 타도한다는 데 일치해 있어서, 결국은 함께 싸우기에 이른다.

이 보고가 들어온 날 아침, 오쿠보는 평소보다 늦게 청사로 들어왔다. 오쿠보가 출근하자 온 청사가 숲속처럼 조용해지는 것도 평상시대로였다.

에토 신페이의 오쿠보에 대한 증오는 두 사람 사이에 어떤 까닭이 있어서 그런 것은 아니다. 일체 그 같은 것은 없었는데도 몹시 미워하고 있었다. 이 점은 에토 자신의 성격에서 찾지 않으면 이해할 수 없지만, 성격론은 별도로 하더라도 에토에게는 강렬한 권력 탈취 욕망이 있었다.

그렇다고 에토가 명리(名利)를 탐하는 사람은 아니었다. 그러므로 출세욕으로 권력을 빼앗으려 한 것은 아니다. 과격한 관념(觀念)만으로 흥분하는 체질의 이 사나이는 믿고 있었다.

"오쿠보가 있어서는 이 일본에 새 국가는 성립될 수 없다."

에토가 오쿠보를 미워한 이유는 그것뿐이었다. 바꾸어 말하면 미움이 믿음에 뿌리박고 있는 만큼, 한결 맹렬했다고도 할 수 있다.

에토는 새 국가의 구상자(構想者)였다.

오쿠보도 마찬가지였다. 이들 둘이 함께 그런 사람이었다는 것은, 에토에게는 특히 불행한 일이었다.

이 시기를 전후한 참의급의 정치가로서, 새 국가의 설계안을 가지고 거기에 정열을 불태운 사람은 많지 않았다. 유능하다고 한 오쿠마 시게노부도 오키 다카토도 결국은 기술 제공자에 불과했고, 그런 의미에서는 권력을 나눠 먹은 자였을 뿐이다.

이타가키 다이스케는 도사 계통 인물의 씨가 말랐기 때문에 내각에 참여한 것뿐으로, 그는 새 국가 구상도 행정 기술도 갖고 있지 않았다.

같은 도사파인 고토 쇼지로는 장식물에 지나지 않았다.

사가계의 소에지마 다네오미는 그 당시 손꼽히는 한학적 교양을 지닌 사람으로, 그러한 교양 인이 적은 내각에서는 이채를 띠고 있었는데, 그의 그런 면에서의 교양과 에토의 무사적 기질은 청나라와의 외교에서 도움이 되었을 뿐으로, 일본이란 나라를 어떻게 한다든가 하는 웅장한 구상에 대해서는 아무 것도 갖고 있지 않았다.

기도 다카요시의 경우는 좀 아득하고 막연했다. 그는 마음으로는 구상 같은 것이 있었고, 남의 구상을 날카롭게 비판하는 점에서는 능력도 정열도 있었다. 그러나 자신의 구상을 실현시키기 위해서는 권력을 자기 한 사람의 손아귀에 넣어야만 하는데, 그런 문제에는 전혀 마음이 내키지 않는 사람이었으므로 논의의 대상이 될 수 없다고 할 수 있다.

사이고의 경우도 기도와는 다른 의미에서 막연하다. 그러나 오쿠보의 국가 구상과는 달랐기 때문에 하야한 점을 보면, 자신의 국가 구상에 집착은 있었던 것 같다.
 결국 뚜렷이 이론화된 새국가 구상을 가지고, 그 실현을 위해 무서운 정열을 간직하고 있었던 것은, 오쿠보와 에토 뿐이었다고 할 수가 있겠다.
 그것을 실현하려면 권력을 잡지 않으면 안된다. 권력은 오쿠보가 잡고 있었으므로 에토의 생각과 정열로 볼 때 오쿠보를 넘어뜨리는 길밖에 없었다.
 "오쿠보는 어린아이다."
 에토는 도쿄를 떠나기 직전에 그렇게 말한 일이 있다. 오쿠보의 새 국가 구상 따위는 어린아이나 같은 것이라는 뜻일 것이다.
 그러나 정략가로서의 오쿠보는 어린아이가 아니었고, 오히려 에토가 어린아이였다.

 사가의 난에 대처한 오쿠보의 재빠른 행동을 보면 무서운 데가 있었다.
 "빨리 에토를 체포해서, 이 반란이 다른 지방으로 미치는 것을 막아야 한다."
 이것이 오쿠보의 방침이었고, 그는 이 방침에 따라 싸움터로 향하는 군인처럼 재빠르게 행동으로 옮겼다.
 날짜를 되풀이하는 것 같지만, 사가의 사족들이 사가의 옛 성밑 거리에 있는 오노조(組)의 돈을 빼앗아 거병한 형태를 취한 2월 1일, 에토가 사가에서 반란을 직접 지휘했던 것은 아니었다.
 에토도 규슈에 도착한 뒤부터 좀 조심스러워져서, 사가 반란의 정세를 엿보고 있었다. 그는 충분히 정찰한 끝에 일단 사가의 옛 성밑 거리에 들어가 반란군의 간부와 대면을 했지만, 그뒤 나가사키 교외에 있는 후카보리(深堀)로 떠나, 그곳에서 와타나베 하지메(渡邊元)라는 그 고장 호상(豪商)의 별장에 묵으면서, 다시 사가에서 불타오르는 반란의 정세를 관찰하는 조심스런 태도를 취했던 것이다.
 그 후카보리에는 2월 4일에 도착했다. 며칠 머물고 9일에는 나가사키로 갔다. 거기서 하루를 또 묵었다.
 그처럼 에토의 발길에는 망설이는 냄새가 풍기고 있었다.
 말하자면 에토는 아직 반란에 가담하지 않았던 것이다. 그러나 포리(捕吏)인 도쿄의 오쿠보는 에토가 범행을 저지르지 않았는데도 행동을 취했다.
 "내가 직접 진압을 위해 규슈로 가겠소."

오쿠보는 에토가 아직 후카보리에 있던 2월 7일에, 산조와 이와쿠라, 기도에게 양해를 얻으려고 공작을 하고 있었던 것이다.

동시에 오쿠보는 사가를 진압하기 위한 군사적 행정적 조치를 신속히 강구했다. 그것과 함께 그는 현지에서의 독재권도 얻었다.

"나에게 현지에서의 군대 통솔권을 주시오. 그리고 행정권과 사법권도 잠시 빌리고 싶소."

그는 산조 등의 승낙을 얻었다.

이처럼 완벽한 독재권은 없었다. 군대를 움직일 수 있을 뿐만 아니고, 전 참의인 에토 신페이를 잡을 경우 그를 즉결 처분하는 것도 그의 마음대로인 것이다. 비록 일정기간이고, 지역과 목적이 사가 현과 그 반란 진압에 국한되어 있었다고는 하지만, 오쿠보 개인이 얻은 이 권한은 전국 시대의 영주와 다를 것이 없었다.

더우기 오쿠보가 도쿄를 떠나는 것에 대하여, 귀족 출신의 대신들은 몹시 허전한 생각이 들었던지 망설였다.

"오히려 도쿄 쪽이 불안합니다."

그러나 오쿠보는 그대로 고집했다. 그 대신 오쿠보는 도쿄의 치안 유지에 대해서는 경시청장인 가와지 도시나가에게 단단히 일러 두었다.

오쿠보가 두려워하고 있었던 것은, 에토도 사가의 사족도 아니었다. 그는 규슈 사람인 만큼 사가 사족들의 군사적인 약점을 잘 알고 있었다. 그러나 그것을 치는 데 있어, 말하자면 토끼를 잡는 데 사자를 준비하는 정도의 대규모 장치로 임한 것은, 에토와 사가 사족들이 난을 일으킴으로써, 사이고와 사쓰마 사족들도 거기에 이끌려 들고 일어날 것이 무서워서였다. 오쿠보에게 이 두려움은 전율적인 것이었다고 할 수 있다.

에토가 직접 범행에 들어가기 전에 오쿠보가 덮치려고 서둘렀던 것은 그 때문이었다.


전 참의 에토 신페이가 정부군에 패해, 몇 명의 막료와 함께 사가의 싸움터를 탈출한 것은 2월 23일이었다.

꿈 같이 어이없는 일이었다. 에토가 나가사키에서 사가로 들어가 반란군을 지휘한 것이 2월 13일이었으니, 그 동안에 지나간 날은 겨우 열흘에 지나지 않았다.

사가 사족들 중에서 전투에 가담할 수 있는 사람은 만 명을 넘게 헤아릴 수 있었겠지만, 전부가 반란에 가담한 것은 아니었다. 아마 4천 명 안팎이었을 것이다.

사가 현은 에도 시대에도 손꼽힐 정도로 교양 수준이 높은 번이었다. 그러나 번의 기풍은 이론만 앞설 뿐, 실지 전투에 임하면 군대는 약한 것으로 알려져 있었다.

이에 대해, 재빨리 구마모토의 주둔병이 출동했다. 전투에 참가한 최초의 정부군이다. 그 군사는 겨우 648명에 불과했다. 그들 가운데 사가 성으로 입성할 수 있었던 것은 바닷길로 들어온 절반뿐이었다. 3백여 명이 지키는 성은 반란군에게 포위되어 단 하루만에 식량은 바닥이 났다. 사흘간 격전이 계속되었다. 성문을 굳게 닫고 지키는 정부군에 대포가 없었던 것도 그들이 고전한 이유였다. 사흘째에 성안에서 버티던 정부군은 결사적인 탈출을 했다.

야전으로 바뀌어 3백여 명의 정부군은, 그 반을 잃은 뒤 간신히 고을까지 와 있었던 3백여 명의 주둔병(정부군)과 합류했다. 사가의 사족군은 서전에서 한 번 이기고 사가 성으로 들어가 그곳을 본영으로 삼았다.

"정부군은 약한 건가, 강한 건가?"

이런 견해가 여러 가지로 엇갈렸다. 겨우 3백여 명의 병력으로 사가 성에 돌입해서 사흘이나 성에서 버티었다는 것은 농민군으로서는 놀라울 만큼 용감했다고 하는 견해도 있고, 후반에 성을 버리고 도망간 것은 잘한 일이라 하더라도, 그 퇴각을 위한 전투가 결국 큰 혼란을 불러와 겁을 먹었기 때문에 손해가 더 컸다고 점수를 박하게 주는 견해도 있었다.

"그러나 그 정도면 잘했다."

정략가로서의 오쿠보 등은 이렇게 보았을 것이다.

사가 사족을 전투적인 반란으로 내딛게 할 수 있었다는 뜻이다. 에토파들은 무장 봉기를 목표로 하면서도 전투는 상당히 지난 뒤일 것으로 예측하고 있었다. 그런 판국에 결과적으로는 결사대와 같은 3백 명의 주둔병이 쳐들어와 사가 성에 들어앉았다. 사가의 사족들은 이를 포위할 수밖에 없었고, 결국은 오쿠보가 친 정략의 그물에 걸려 도발하게 되었다.

에토파들이 전투로 빼앗은 사가 성을 본영으로 삼은 것은 19일이었다. 그 전날에 토벌의 전권을 쥔 오쿠보가 고베에서 바다를 통해 서쪽으로 향하고 있었다. 오쿠보는 하루밤 만에 같은날 19일 하카타에 상륙하여 후쿠오카 성에 본영을 두었으니 오쿠보의 행동이 얼마나 신속했는지 알 수 있을 것이다.

오쿠보는 충분한 병력을 가지고 있던 것은 아니었지만, 즉시 여러 길로 군대를 보냈다. 사가 사족군은 옛 번경의 몇몇 요지를 지키기 위한 방위선이 너무 길었으므로 병력이 부족했다.

사가 쪽은 연전연패의 상황에서 마침내 에토가 탈출하게 되었다.

에토는 고깃배를 빌려 바다에 띄웠다. 가고시마로 가서 사이고의 후원을 청할 작정이었다.

이보다 약간 앞서, 도쿄의 하마마치(濱町) 저택에 있는 시마즈 히사미쓰가 정국(政局) 속에서 움직이고 있었다. 이끌려서 움직인 것이 아니고, 침울한 신념가인 그는 자발적으로 움직이고 있었다.

"2품 나리."

사쓰마의 옛 번사들로부터 이런 존칭을 듣고 있는 히사미쓰는, 가고시마 사족들에게는 사실상의 옛 번주와 같은 존재였다.

히사미쓰에 대해서는 앞에서 언급했지만, 그가 번주였던 적은 없다. 막부 말기에 사쓰마 번의 영웅적인 번주였던 시마즈 나리아키라가 갑자기 죽었다. 그가 죽은 뒤 그의 서제(庶弟)인 히사미쓰의 아들이 어린 나이에 번주가 되었다. 여기서 시마즈 집안은 히사미쓰의 혈통이 차지한다. 새 번주의 후견인 위치에 생부인 히사미쓰가 앉았다. 자연히 히사미쓰가 사실상의 사쓰마 번 통솔자가 되었다.

사쓰마 번이 조슈 번과 손잡고 막부를 타도한 뒤, 유신 정부는 히사미쓰를 크게 우대하려 했다. 그러나 히사미쓰는 자주 내미는 그 손을 뿌리쳤다.

히사미쓰의 심경을 대화식으로 말하면 이러하다.

"나는 사이고와 오쿠보에게 속았다. 나는 막부를 타도할 생각은 아니었다. 더구나 번을 폐지하고 현을 두는 것은 내가 반대하는 것이었다. 사이고에게도 설마 그러지는 않겠지 하고 다짐을 해두기도 했다. 사이고는 하지 않는다고 하고는 나를 속였다. 그는 시마즈 집안에 불충했다. 주군 집에 불충을 한 사람이 나라에 대해 충성할 리가 없다."

이 말은 그가 기회만 있으면 내비치던 말이다.

또 서양을 싫어하는 히사미쓰는 새 정부가 서양화하는 것을 싫어하여, 사회제도와 풍속도 옛날로 돌아가야 한다고 시끄럽게 외쳐댔지만, 새 정부는 그것에 응하지 않았다. 새 정부란 사실상은 오쿠보의 것이었다. 오쿠보는 히사미쓰의 측근 신하였던 사람이다. 히사미쓰가 오쿠보에게 속았다는 분노는 해가 갈수록 더해 갔다.

사가의 난이 일어나자, 이 반란 사족단에는 두 파가 있었다. 하나는 에토를 떠받드는 정한파로 이들은 사이고와 손잡기를 기대하고 있었다. 또 한 파는 우국파라고 하여 옛 번을 부활시키려는 파로, 이들은 도쿄에 있는 히사미쓰와 연락을 취해, 가능하면 그를 정신적인 지주로 삼고자 했다.

이 반란 시기의 히사미쓰의 존재는, 막부 말기 이상으로 거대해졌다고 말할 수 있을 것이다. 만일 히사미쓰가 일어나, 사가나 가고시마만이 아니고, 전국의 보수적인 사족에게 호령을 하게 되면, 방방곡곡에 걷잡을 수 없는 큰 혼란이 일어날 것이 틀림없었다.

당연히 정부는 히사미쓰를 두려워했다.

히사미쓰에 대해, 온갖 방법으로 그의 마음을 달래는 수단을 강구한 모양이지만, 지금에 와서는 어떤 일이 이루어지고 있었는지 잘 알 수 없다.

다만 히사미쓰가 뜻밖에도 정부쪽에 섰던 것만은 확실하다.

그토록 정부 방침에 계속 불만을 품어온 히사미쓰가 왜 정부를 옹호하기 위해 일어섰느냐 하는 것은, 아주 간단한 이유였을지도 모른다.

사쓰마 번 영주의 아버지였기 때문일 것이다.

그가 만일 전국 시대의 영주라면 이를 좋은 기회로 귀향하여, 사이고와 에토를 이끌고 우선 규슈를 독립시키고, 각 지방과 외교 관계를 맺어, 동북 지방의 불평 사족단과 호응해서 도쿄를 협공했을지도 모른다.

그러나 히사미쓰는 성질이 뒤틍그러져 있으면서도 순수한 에도 시대적인 교양을 가진 사람이었다. 그의 한문 교양 정도는 사이고 등이 미칠 바가 아니었다. 그러나 사이고의 교양과 근본적으로 다른 점은, 히사미쓰의 경우는 다분히 취미적이었고, 취미라는 말이 온당치 못하다면 태평 시대 지도자로서의 유학적인 교양이었다.

사이고는 처음부터 난세의 사람으로 출발했다. 소년기의 사이고에게는 학문에서의 일화는 없다. 차라리 소년기에 많은 것을 배우지 않았다고 하는 것이 옳을 것이다. 그가 적극적으로 학문을 시작한 것은 귀양살이 때부터였다.

말하자면 독학이다. 배운 것은 자신의 생사관(生死觀)을 갈고 닦기 위한 것이었고, 어쩌면 자기 마음속에 있는 명리(名利)에 대한 욕망을 없애기 위한 것이었다고 말할 수 있다.

영주인 히사미쓰의 교양과 하급무사로서 일찍부터 나라에 몸 바칠 뜻을 세운 사이고의 교양이 서로 다른 것은 당연하다면 당연한 것이다.

히사미쓰는 옛 막부 시대에, 막부의 정치를 바로 잡으려고는 했지만, 막부 자체를 뒤엎으려 하지는 않았던 것처럼, 메이지 정부가 된 세상에서도 마찬가지였다. 히사미쓰에게 뒤엎는다는 것은 세습 귀족인 자신을 잃게 되는 것이며, 메이지 시대에도 그 대우를 받고 있는 이상, 세상을 뒤엎을 생각은 없었다. 사가의 정한당과 함께 구성하고 있는 보수파의 우국당이 사가의 난을 히사미쓰에게 기대한 것은 중대한 과오였다고 할 수 있을 것이다.

하기는, 우국당은 여론을 조작하는 데 효과가 있었다고는 할 수 있다.

"종2품(從二品) 시마즈 히사미쓰 나리와도 말없는 가운데 연락이 있다."

이렇게 천하에 퍼뜨리면, 세상의 불평분자는 사가의 난을 한 지방의 반란으로 보지 않고, 이것이 천하에 파급해서 정부가 뒤집힐 것이라 기대하고, 자기도 창을 들고 일어설지도 모른다.

히사미쓰는 그런 패들에게 이용당하는 것을 두려워하고 있다. 일찍이 막부 말기의 한 시기에, 그는 천하의 초야에 있는 지사들로부터 그런 기대를 받고, 그 기대가 헛소문을 퍼뜨려 각국 지사들이 그를 떠받들고 궐기하려고 서울로 모여드는 기현상을 일으킨 것을 경험한 적이 있다. 그때 히사미쓰는 그 지사들과 기맥을 통하고 있는 자기 번의 번사들을, 후시미의 여관에서 벌을 줌으로써 들끓는 현상을 가라앉혔는데, 그는 다시 그와 비슷한 일을 하려하고 있는 것이다.

"귀향해서 진정시키고 싶소."

히사미쓰는 태정대신 산조 사네토미에게까지 청을 하는 형식을 취했다.

"세상에 사이고 대장이 에토 전 참의와 기맥을 통하고 있다는 소문이 돌고 있는데, 그것이 사실이라면 사이고를 설득해야 합니다. 나를 귀향하게 해주시오."

이 신청을 받았을 때, 산조는 어떻게 해야 좋을지 몰라, 잠시 동안 벌벌 떨었다는 이야기도 있다. 산조는 히사미쓰를 사이고와는 별개의 화약고로 생각하고 있었다. 그가 귀국해서 옛 번사들에게 떠받들리면 어떻게 될지 모르는 일이었다.

이 시기에 정부는 옛 번주들을 자기 고장으로 돌아가지 못하게 하는 방침을 취하고 있었다. 어느 지방이고 위험하지 않은 곳이 없었다. 옛 번주가 돌아오면 사족들은 그를 수령으로 하여, 옛 번경을 폐쇄해 버릴 위험이 충분히 있었다.

옛 번주는 아니지만, 옛 사가 번사인 시마 요시타케(島義勇)의 경우가 좋은 예였다.

그는 옛 막부 시대부터 사할린과 홋카이도(北海道) 방위에 있어서의 권위자로서, 메이지 시대로 들어와 개척사(開拓使) 판관(判官)이 되어, 홋카이도에서 치적을 올렸다. 그뒤 옛날 무사다운 실력을 인정받아 시종(侍從)이 되기도 하고, 아키다 현의 현령(縣令)이 되기도 했는데, 이를테면 사가계 고관 중의 한 사람이다.

"시마 요시타케를 현으로 돌려보내 사족들을 설득시키면 효과가 있지 않을까."

사가에 폭동이 일어났을 초기 이런 안(案)이 나오자, 태정대신 산조는 오히려 시마에게 그것을 권했다.

시마는 귀향했다. 그가 '폐번치현'에 반대하는 보수 사상을 가지고 있는 것도 불행의 하나였지만, 아무튼 들끓는 기름 속에 불을 안고 뛰어든 격이어서, 당장 우국당에의해 떠받들려 그 수령이 되고 만 것이다. 반란은 시마의 본의가 아니었다. 그러나 폭발해버린 사족들 속에 들어온 이상, 달아나면 죽게 된다. 그런 죽음이 무사에게는 불명예라는 판단도 있어서, 시마는 몸을 맡기고 말았던 것이다.

"극도로 흥분해 있는 사기를 누를 수 있는 것은 사람의 기량(器量)이다. 그 같은 기량이 없는 사람은 귀향을 해도 수치만 당할 뿐이다."

고관들이 귀향해서 난리를 일으킨 백성들의 마음을 어루만지며 달래준다는 것은 그 정도로 어려운 일이었다.

히사미쓰의 옛 번사에 대한 입장이 시마 등의 생각과는 다르다 하더라도, 산조는 시마가 이미 반도들의 대장이 돼버린 것을 알고 있는 시기인 만큼, 위험하게 생각한 것도 무리는 아니었다. 첫째, 히사미쓰 자신이 옛 번사들을 선동하지 않는다고 장담할 수도 없다는 생각이 들었던 것이다.

아무튼 히사미쓰는 규슈로 내려가게 되었다. 시마의 경우와는 달리, 히사미쓰를 위해 칙명이 내려졌다.

'어명을 받들고 가고시마로 가게 된'것이니, 천황의 위엄을 빌리기를 좋아하는 오쿠보의 지혜에서 나온 것이리라. 칙명으로 히사미쓰의 발에 쇠사슬을 채우려 한 것인 모양이다.

히사미쓰는 요코하마에서 기선을 타고 내려갔다.

가고시마에 도착해서 이소(磯)에 있는 별저로 들어간 것은 2월 20일로, 에토 등이 사가 성을 점령한 그 이튿날이다. 규슈 전체의 사족들이 들끓고 있었다.

이소란 것은 지명이다.

배후에 풍화(風化)된 사화산(死火山) 같은 산이 있고, 그 기슭에 시마즈의 별저가 있다.

뜰에 소귀나무가 있다. 그 나무 저쪽은 바다였다. 바다는 사쿠라 섬에 의해 가로막혀 있다. 히사미쓰는 일찍이 폐번치현이라는 그의 뜻에 맞지 않는 소식을 듣던 날 밤, 이 바다에 석탄선(石炭船)을 띄우고, 거기서 밤새도록 불꽃을 올리게 하고는 별저에서 그것을 바라보았다. 불꽃으로 울분을 푸는 수밖에 없었다.

'그때는 사이고에게 속았다.'

이런 미움이 아직도 남아 있었다.

그 사이고가 지금 정부에 반대하여 이 사쓰마에 와서 살고 있다.

사이고는 타고난 모반인이란 것을 히사미쓰만큼 잘알고 있는 사람은 없었다.

히사미쓰 이전에는 그의 형인 나리아키라가 알고 있었다.

"사이고의 고삐를 잡을 수 있는 것은 나밖에 없다."

나리아키라가 이같이 말했다는 이야기도 히사미쓰는 들어서 알고 있다. 생각하면 히사미쓰가 번의 총수가 된 이래 사이고가 그의 의향에 순종한 일이 있었던가?

막부 시대에 한 차례 히사미쓰는 사이고를 오해한 끝에, 차라리 죄를 씌워 죽여 없애버릴까 생각한 순간이 있었다. 그러나 사이고가 번 안에서 성망(聲望)이 높은 것을 생각하여 두 번째 귀양을 보냈다. 그러나 이내 사이고가 필요하게 되어 그를 섬에서 불러오지 않으면 안되었다.

그 사이고가 사가의 에토 신페이와 호응해서 군대를 일으킨다고 한다. 도쿄에서 들은 소문이기는 하지만, 히사미쓰는 전혀 낭설은 아닐 것으로 믿었다. 지금 히사미쓰는 자기 마음에 맞지 않는 정부를 위해 사이고를 단념시키려고 돌아온 것이다. 히사미쓰의 정치적 신조로 보면 모순된 일이었다. 그러나 인간은 논리만으로 되어 있는 것이 아니다. 오히려 이 모순 속에 히사미쓰가 있었다.

"같은 번 무사들이 마주 싸우게 되겠지. 아저씨가 조카와 싸우고, 형이 아우와 싸운다. 두 번째의 호겐(保元)·헤이지(平治)의 난 같은 꼴이 된다."

히사미쓰는 가고시마로 오는 배안에서 그렇게 말했다.

도쿄에 있는 사쓰마 인과 고향에 있는 사쓰마 인이 서로 싸움터에서 마주치게 되는 것이다.

이 일은 히사미쓰의 감정으로서는 견디기 어려웠다. 그 감정은 옛 주군의 입장에 있는 사람이 아니면 이해할 수 없는 것이었다.

더우기 옛 영주의 입장에 있는 사람의 감정으로서 그는 이 사쓰마와 오스미, 휴가(日向)의 옛 영지였던 세 주(州)의 아름다운 산천이 싸움터가 됨으로써 파괴되는 것을 버려둘 수는 없었다. 한 치의 땅도 파괴되도록 버려둘 수 없다는 이 감정은, 자기 육신이 가시에 찔리는 것을 두려워하는 것과 같은 것으로, 이것도 옛 번주가 아니면 알 수 없는 감정이었다.

그런데 사이고가 없었다.

"성밑 거리에는 없습니다. 가족들도 간 곳을 모릅니다. 어쩌면 기리노 도시아키만은 알고 있을지도 모릅니다."

사자가 돌아와 보고했다.

이때 사이고는 가고시마 옛 성밑에서 상당히 먼 곳에 있었다.

사쓰마 군 다키 마을(高城村) 유다(湯田)라는 곳으로, 옛 성밑 거리에서 걸어서 이틀이 걸리는 곳이었다.

센다이 강(川內川) 어귀에서 북으로 10킬로쯤 되는 산속인데, 산속이면서 서쪽으로 조금만 가면 해안이 나온다.

그 산속의 유다라는 작은 부락에는, 온천이 다섯 군데쯤 솟고 있었다. 유황내가 나는 물로 온도가 높아서 산의 물을 홈통으로 끌어와 계속 섞어야 했는데, 노천 목욕이 아니고 오두막이나마 공동 건물이 있었다.

이 마을에 하치노스케(八之助)라는 유명한 사냥꾼이 있다. 사이고는 하치노스케와 전부터 친했고, 같이 사냥을 한 일도 있다. 성은 하시구치(橋口)라고 했다.

달이 밝은 밤, 사이고가 갑자기 찾아가서 그를 불렀다.

하치노스케는 사냥하러 나가 집에 없었고 그의 아내 기요가 집을 지키고 있었다.

기요는 이 달 밝은 밤에 놀랐던 일을 평생 잊지 못했다. 장승 같은 사람이 개를 데리고 우뚝 서 있었기 때문이었다.

기요는 겁에 질려서, 주인은 사냥하러 나가고 집에 없는데 누구시냐고 물었다. 덩치 큰 사나이가 대답했다.

"나는 가고시마 사람인데 하치노스케와 같은 직업을 가졌소."

기요는 그가 사이고였다는 것을 훨씬 뒷날에야 알았다.

사이고는 그렇게 해서, 이 다키 마을의 유다를 발판으로 그 근처 산들을 사냥하며 돌아다녔다. 주로 토끼였다.

묵고 있던 곳은 소노신(宗之進)이라는 사람의 집으로, 농가이면서 온천객도 재워주었다.

그러나 멀리 나가 해가 저물면 그 근처에서 묵었다.

유다에서 조금 남쪽으로 가면 무기노우라(麥之浦)라는 포구가 있다. 사이고는 산에서 포구로 나와 그 근처의 농사꾼 헛간에서 묵은 적도 있었다.

시마즈 히사미쓰의 사자가 온 것은 유다의 소노신의 집이다.

사자는 히사미쓰의 아들 다다쓰네(忠經)였다.

히사미쓰의 장남 다다요시는 죽은 나리아키라의 유언에 따라 히사미쓰 집안에서 나와 종가집 뒤를 이어 번주가 되었다.

그 다다요시(忠義)의 다음 동생이 다다쓰네이다. 히사미쓰도 뒤에 종가와는 별도로 공작의 작위를 받았으므로, 히사미쓰의 뒤를 이어 이 다다쓰네도 공작이 된다.

사실 둘째 아들이라고는 하나 히사미쓰가 자기 뒤를 이을 다다쓰네를 사자로 보낸 것은, 봉건 시대의 관습으로 보면 아주 대단한 일이다.

사이고라 하더라도 옛날 번사인 만큼 파발꾼에게 편지를 들려 '일이 있으니 나와 주기 바란다'라고 하면 그만인 것이다. 그러나 육군 대장이라는 신분을 히사미쓰는 존중한 것이리라.
 다시 말해 사이고에게 옛 주인 격인 다다쓰네쯤 되는 사람을 보내지 않으면 사이고는 뭔가 이유를 만들어 나오지 않을지도 모른다고 생각했을 것이다.

 다다쓰네 일행은 센다이를 경유해서 유다로 왔다.
 지리적으로 말하면 센다이 강 하류를 향해 산 속을 가로지르듯이 하며 북에서 남으로 흐르고 있는 시냇물을 거슬러 북상해 가는 것이다.
 길은 길이라고 할만한 것이 못됐다. 나무꾼이나 사냥꾼이 밟고 지나 다닌 길을 숨을 헐떡이며 걸어갈 때, 다다쓰네는 이렇게 생각했을 것이다.
 '사이고가 숨어 사는 것은 진짜일지도 모른다.'
 요쓰마타(四俣)라는 나무꾼 부락에서 오른쪽으로 꺽으면 갑자기 경사진 비탈이 나온다. 도중에 늘어진 나뭇가지를 붙잡고 올라가야만 하는 곳도 있다.
 "사이고는 매일 이런 곳을 돌아다니며 사냥을 하나?"
 그는 수행원에게 물었다.
 이런 생활과 도쿄에서 한창 소문이 나 있는 모반은 아귀가 잘 맞지 않았다.
 "사이고가 사냥을 무척 즐기는 모양이지요."
 수행원은 이렇게만 말했다. 히사미쓰의 측근들은 히사미쓰의 영향을 받아 사이고에게 호의를 갖고 있지 않았다.
 '사이고의 심정은 산길을 걸어 본 사람만이 알지도 모른다.'
 젊은 다다쓰네는 생각했다.
 다다쓰네는 일본옷 차림이었으나 머리는 서양식으로 가르고 있었다. 그러나 그 수행원들은 히사미쓰의 뜻을 따라 모두 유신 전과 마찬가지로 상투를 틀고 칼을 차고 있었다.
 도게(峠)라는 지명을 가진 곳에서부터 땅이름 그대로 내리막길이 된다. 다 내려간 곳이 유다였다.
 유다에 들어왔을 때는 벌써 주위가 어두워 일행은 초롱불을 들고 나아갔다.
 이 벽촌에 시마즈 집안의 가문이 찍힌 초롱불 행렬이 점점이 이어져 들어

온 것은 물론 처음 있는 일이었다.

　오늘밤은 이 유다에서 묵어야 한다. 먼저 일행의 도착을 알리기 위해 사람이 벌써 달리고 있었다. 모든 것이 에도 시대와 다를 것이 없었다.

　다다쓰네의 오늘밤 '본영'을 사이고가 묵고 있는 소노산의 집으로 하기로 했다. 임시이지만 본영이 된 이상 처마 밑에 가문이 찍힌 천막을 쳐야 한다. 몽둥이를 든 머슴이 마을 사람에게 명령해서 길 위를 쓸게 했다. 그 길로 다다쓰네 일행이 들어오는 것이 순서였다.

　안에 누워 있던 사이고는, 먼저 온 연락자로부터 다다쓰네가 들어온다는 말을 듣고 잠자코 봉당으로 내려섰다.

　사이고는 배알하기 위한 옷이 없었다. 이 사냥꾼차림으로 만나기 위해 봉당으로 내려서야겠다고 생각했다. 봉당에 내려서면 하인이라는 뜻이 되므로 옷차림은 아무래도 상관없다.

　사이고는 기분이 좋지 않았다.

　히사미쓰가 자기를 만나기 위해 일부러 가고시마로 왔다는 것도, 그 사자로서 다다쓰네가 왔다는 것도, 모든 것이 야단스러워서 지금의 자기 심경과는 어울리지 않는 느낌이 들어 견딜 수가 없었다.

　이윽고 다다쓰네가 방으로 들어갔다. 그리고는 사이고가 봉당에 서 있는 것이 오히려 송구스러워, 직접 마룻귀틀까지 나와 사이고의 손을 잡듯이 하며 위로 오르게 했다.


　이튿날 아침 사이고는 이 젊은 공자와 함께 유다를 떠났다.

　가고시마로 들어와 일단 다케 마을의 집으로 돌아가서 옷을 갈아입었다.

　비가 내리기 시작했다.

　사이고는 예복 위에 도롱이를 두르고, 삿갓을 쓴 뒤, 옷을 걷어올리고 맨발로 나섰다.

　사이고는 걸음이 빠른 사람이었다. 짚신과 버선을 하인이 들고 종종걸음으로 뒤를 따라갔다.

　이소의 별저에서 히사미쓰를 배알한 것은 오후 3시경이었다.

　마루 맞은 편의 사쿠라 섬이 비때문에 보이지 않았다.

　히사미쓰는 옛날부터 사이고와 대면할 때 결코 얼굴을 펴지 않는다. 담배를 즐기는 그였지만 거의 담배를 피우는 일이 없고, 은 담뱃대를 가만히 손바닥 속에서 따뜻하게 덥히는 시늉만 했다.

'사이고는 시마즈 집안에 있어서 안록산(安祿山) 같은 존재다.'

사이고를 미워하는 마음은 지금도 결코 사라지지는 않았다.

나아가서는, 사이고가 히사미쓰 자신을 영주측 사람으로서 존대는 하고 있지만, 히사미쓰 개인을 존경하지 않는다는 느낌이 히사미쓰에게 늘 있었다. 또한 히사미쓰는 사이고를 만나면 항상 기가 꺾이는 느낌이 들었다. 그것이 사이고에 대해 화가 나게 되는 원인의 하나였다.

"도쿄에서 풍문이 일고 있네. 나는 결코 믿지는 않지만, 세상이 어지러울 때는 또 무시할 수가 없어. 풍문이 힘을 갖는 경우도 있으니까."

사이고는 에토 신페이와 기맥을 통하고 있지 않나 하는 풍문을 이야기하며 물었다.

"어떤가?"

사이고는 얼굴을 들고 그런 일은 없다고 대답했다.

대답은 그뿐이었다. 그러나 사쓰마 인은 거짓말을 하지 않는다는 기풍의 전통을 수백 년이나 지녀왔기 때문에, 서로가 그것만으로 충분했다.

"알았네."

히사미쓰는 고개를 끄덕이고 잠깐 잠자코 있었다. 얼마쯤 지난 뒤 다시 말했다.

"다른 사람은 어떤가?"

기리노들은 어떤가, 에토와 기맥을 통하거나 하여 불온한 일을 꾸미고 있는 것은 아닌가, 하는 뜻이다.

"그런 일 없습니다."

"그런가?"

대화는 이렇게 진행되었다.

히사미쓰는 말을 이었다.

"그러나 풍문이란 것은 처치 곤란한 것이야. 사쓰마가 일어선다는 소문으로 일본 전체가 동요하고 있네. 이 풍문을 모조리 쓸어버리지 않으면 걷잡을 수 없게 돼. 일찍이 나는 각국의 떠돌이 무사들이 내가 일어서게 된다는 풍문을 듣고 서울로 자꾸 모여들 때, 이에 호응하는 사람들을 후시미에서 부하들을 시켜 내 명령으로 벌을 주었지. 그로 인해 풍문이 사라졌네. 그대도 그렇게 하는 것이 좋을 게야."

'군사를 거느리고 에토를 치라'는 것이었다.

이런 점에서는 히사미쓰의 정치 감각도 보통은 아니었다. 사이고가 에토를 치면, 천하의 불평 사족들이 사이고에 실망하여 동요가 가라앉게 된다는 것이다.

그러나 사이고는 그런 바보 짓은 할 수가 없었다. 자기에게는 사쓰마 사족을 이끌만한 힘이 없다고 거절했다.

봉건 시대의 주군과 신하 사이에는 관습상 충분한 대화가 이뤄질 수가 없다.

옛날, 전 번주였던 시마즈 나리아키라가 젊었을 무렵, 사이고와 격의없이 이야기를 주고받은 것이 예외 중의 예외라고 해야 할 것이다.

그 무렵 나리아키라는 사이고와 이야기가 하고 싶어서 그를 '저택 관리직'이라는 소임을 주었다.

뜰을 쓸기도하고 손질도 하는 것이다. 때로는 주군의 밀명을 받아 먼 곳으로 심부름을 간다. 경우에 따라서는 국가 기밀에 관한 일이기도 하고 특수한 임무를 띠기도 한다.

나리아키라가 사이고를 저택 관리로 둔 것은, 봉건 영주는 번사들과 자유롭게 말을 할 수 없는 구조로 되어 있었기 때문이었다. 알현을 하게 되면, 번주는 객실 맨 윗단에 앉아 있고, 윗단 아래쪽에 가로급 사람이 두 사람쯤 앉아 있다. 그 가로——가신의 우두머리——급이 중간에서 전달하는 통역의 구실을 하는 것이다.

몸을 엎드리고 알현하는 사람은 원칙적으로 말을 해서는 안되며, 얼굴을 들고 주군을 쳐다보아서도 안된다. 주군이 묻는다고 해서 당장 대답을 해서도 안된다. 가로급의 중개자가 통역하는 것을 기다리는 것이다.

"이러이러하게 말씀하신다. 대답을 올려라."

전하는 사람이 이렇게 말을 해야지 비로소 얼굴을 약간 쳐들고 눈길을 조금 앞쪽에 있는 다다미의 이음새에 고정시킨 채 대답을 해야 하는 것이다.

형식은 이것밖에 없었다. 이런 상황에서는 격의 없는 대화가 이뤄질 수가 없었다.

저택 관리라면 언제나 비를 들고 뜰앞에 있다.

"저 소나무 가지가 너무 뻗어 있는 것 같다."

주군이 마루까지 나와 말했을 때, 약간 허리를 굽히기만 해도 대답할 수가 있다.
 나리아키라는 나중에 젊은 사이고를 방에까지 올라오게 한 모양이다.
 이례적이라고 할 것은 못된다. 그러나 사이고 정도의 하급무사를 그렇게 대하는 것은, 주군으로서 해서는 안되는 일이었는데, 나리아키라는 그렇게 한 것이다.
 젊은 사이고의 감격은 한편으로는 그런 것 때문이었을 것이다. 주군으로부터 이 같은 남다른 대우를 받은 사람이 또 있었을까! 또 하나는 사이고가 의견을 말하는 것이 아니고, 나리아키라 같은 신분을 가진 사람이, 하급무사인 사이고를 붙들고 스승이 되어 가르쳐 준 것이다. 지구의를 돌려 가면서 세계 정세를 가르치고, 유럽의 강국을 이야기하며, 나아가서는 그가 가장 자신있어 한 중국 문제로 들어가, 아시아 안에서 일본이 어떻게 해야 할 것인가를 설명했다. 그가 가슴 속에 길러 온 세계관과 지식과 의견을, 물을 다른 그릇에 옮기듯 정열적으로 사이고의 그릇 속에 부어 넣는 일을 해준 것이다.
 사이고에게 나리아키라는, 조슈 지사에 있어서의 요시다 쇼인이었다. 나리아키라는 쇼인보다 세계관이 넓었고 세계 지식이 앞서 있었다.
 지금은 히사미쓰와 마주 앉아 있다.
 사이고는 벌써 3품 벼슬의 육군 대장이었기 때문에 마주앉는 것은 허락되지만, 쌍방의 자세는 어디까지나 봉건 시대의 주군과 신하였다. 격의 없는 이야기가 될 리 없었다.

 그러는 가운데 사가의 난은 정부군에 의해 여지없이 가라앉았다.
 그렇다고 해서 히사미쓰는 다행이라고 생각하지 않았다.
 '멍청한 놈들이다.'
 히사미쓰는 사가 인(佐賀人)들을 몹시 경멸했고 측근들에게도 그렇게 말했다.
 히사미쓰는 그런 인물이었다. 그는 무인의 가문은 아름다워야 한다는 주장의 마지막 신봉자였다. 사가의 사족단은 실컷 소란만 피우고 막상 정부군이 오자 힘없이 항복하고 말았다. 사쓰마 인(薩摩人)이라면 그렇지는 않았으리라고 생각하는 점에서 히사미쓰는 번의 귀족 출신이면서 그런 의미에서 극단적일 정도로 사쓰마 미학(美學)의 신봉자였다. 막부 시대 이후 히사미쓰의 언동이나 시문들을 더듬어 보면, 이 보수적인 우국지사는 정치가라기보다 정신미(精神美)의 애호자였다고 할 수 있다.

나아가서는 수괴인 에토 신페이와 그 막료들만이 싸움터를 벗어났다는 말을 들었을 때, 히사미쓰는 구역질이 날 것만 같았다.

사가 인이나 에토에게는 그 나름대로 생각이 있었다. 그러나 전부터 사쓰마 인에게는 사가인에 대한 편견이 있었다. 그 편견이란 것은, 사가 인은 무사도(武士道) 윤리에 대한 이론이 많고, 일을 하는 데 있어서도 가끔 이론만으로 끝나는 경우가 있으며 또한 유사시에는 용감하지 못하다, 보신 전쟁에서도 후방으로 돌려고만 했고 전방에서는 약했다는 것이다.

사이고도 보신 전쟁이 한창일 때 '믿을 것은 사쓰마 군대뿐이다'라고 남에게 보내는 편지에 썼고 은연중에 히젠(사가) 군대의 무력함을 빈정거렸다. 자연히 사가 인에 대한 사쓰마 인의 편견이 생겨났다.

에토 패들이 도망쳤을 때, 에토의 적인 오쿠보 도시미치까지 남에게 보내는 편지에서 욕하고 있다.

'참으로 사내다운 사람은 한 명도 없다. 사가의 기풍이라고는 하지만……'

오쿠보 내심에도 무사가 일을 일으킬 경우의 사쓰마식 방법이란 것이 분명히 있어, 그 윤리관에서 규탄하고 있는 것이다. 나아가서는 '사가의 기풍이라고는 하지만'이라고 한 것도, 전부터 사쓰마 인이 가지고 있는 사가관(佐賀觀)을 표시한 것이다.

이 경우, 어느 쪽이 옳다고 할 수는 없을 것이다. 사쓰마 인은 결백한 것을 사랑하고, 그것을 행동과 생사관의 기준으로 삼고 있지만, 에토는 그걸 가리켜 사쓰마 인의 멍청한 점이라고 지적했다. 나아가서 사쓰마에서는 '선배에게는 순종하고 의견을 내세우지 말라'는 것을 어릴 때부터 가르쳐 왔다.

이로 인해 선배에 대해 사쓰마 인들이 맹종하고 있는 것을 에토는 가장 어리석은 것으로 보고 있었으며, 의견을 내세우지 말라고 하며 사쓰마에서 싫어하는 그 '의견'이란 것을, 에토 자신은 가장 자기 자랑으로 알고 있었다는 점에서 볼 때 논리가이며 웅변가인 에토는 한때 '일본의 강베타(1838~1882, 프랑스의 정치가)'로 불릴 정도였다.

그러나 사쓰마를 무시하고 있었던 에토가 사쓰마의 궐기에 기대를 걸었으나 마침내 사쓰마가 움직이지 않자 그들을 탓한 것은, 에토로서는 무시하다가 당했다는 분함을 느꼈던 때문임이 틀림없다.

히사미쓰는 사이고를 믿지 않았다.
'그 녀석에게는 몇 번이나 발등을 찍혔다.'
이런 생각이 사이고가 떠나간 뒤에 점점 더 강해졌다. 에토에게는 결코 호응하지 않는다고 사이고가 말했고, 또 사가의 난(佐賀의 亂)이 진압되었는데도, 히사미쓰는 도쿄로 돌아가려고 하지 않았다.
한편으로 그것은 사이고에 대한 염려 때문만은 아니다.
히사미쓰는 단순히 제멋대로의 생각으로 사쓰마에 있고 싶었다. 대부분의 영주들은 에도 출신이었는데, 히사미쓰는 사쓰마에서 태어났다. 또 사쓰마에서의 생활이 길었으므로 도쿄라는 곳은 도무지 정이 붙지 않았다. 히사미쓰는 원래 확신있는 일 외에는 입밖에 내지 않는 성질이었는데, 사는 곳에 대해서는 특히 그러했다.
"일본에서 가고시마처럼 좋은 곳은 없다."
가끔 이렇게 말한 적이 있다. 도쿄의 겨울 바람은 말똥내가 나고 먼지가 많아서 히사미쓰에게는 가슴이 바싹 말라 붙는 느낌이 들었는데, 그것에 비하면 가고시마는 겨울에도 따뜻하고, 특히 개인 날의 푸른 하늘과, 활엽수 잎의 반짝임, 별저 맞은 편의 사쿠라 섬이 토해내는 높은 구름 같은 연기마저 아름답게 빛나는 것 같았다. 이곳이 히사미쓰에게는 둘도 없는 고향이건대, 그 사쓰마·조슈의 하급 사족들이 잘못 흉내 낸 영국 귀족처럼 마차를 달리고 있는 도쿄에 가서 무슨 낙이 있겠는가.
그런데 도쿄의 정부는 히사미쓰가 가고시마에 있는 것을 두려워하고 있었다. 히사미쓰 같은 사람이 가고시마에 있게 되면, 전(全) 일본 안의 반정부 사족들에게 좋은 미끼를 던지는 것과 같아서, 그들이 히사미쓰를 떠받들고 일어나게 되면 감당할 수 없게 된다.
원래 히사미쓰가 사이고를 달래기 위해 귀향하는 것에 대해서도 칙서가 내려졌고, 마침내 떠나는 마당에도 거듭 칙서가 내렸다. 이를 직역하면 이런 것이었다.
'경, 히사미쓰는 진서(鎭西)의 형세를 근심하여 직접 가고시마로 갈 것을 간곡히 말했다. 짐은 그 지성에 매우 감동했다. 지금 나라일이 많은 때 짐의 옆을 떠나는 것은 아쉬운 일이나, 사정이 부득이하므로 이를 허락한다. 부디 본 고을로 내려가 힘을 다하기 바란다. 그리고 급히 귀경하기를 기다리겠노라.'

그리고 급히 귀경할 것을 바란다고 하는 것은 정부의 강한 의사로서, 이 칙서는 오쿠보의 계책에서 나온 것이다. 그러나 히사미쓰는 귀경하지 않았다.

이 이야기가 있던 시기로부터 약 한 달 가량 뒤에, 도쿄의 정부는 참다 못해 궁내성에 부탁하여 히사미쓰를 데리고 오기 위한 칙사 두 사람을 내려보냈다. 히사미쓰의 존재가 얼마나 두렵게 여겨지고 있었는지를 엿볼 수 있다.

칙사로는 정사(正使)가 마데노코지 히로후사(萬里小路博房)였고, 부사(副使)는 궁내성 차관 야마오카 데쓰타로(山岡鐵太郎)였다. 그들은 4월 2일에 가고시마에 와서 히사미쓰를 설득시켜, 같은 달 15일 그와 동행해 가고시마를 떠났다.

정부는 히사미쓰가 도쿄에 도착하자, 그를 결원중인 좌대신에 임명했다. 좌대신으로 임명해버리면 도쿄를 떠날 수가 없겠지 하는 오쿠보의 계산이었다.

싸움터를 빠져나온 에토 신페이는 곧장 가고시마로 향했다.

"사이고를 내가 설득하면."

에토는 사이고가 들고 일어나 줄 것을 믿었다기보다는 그에게 한 가닥 희망을 걸었다.

에토가 왔을 때도 사이고는 다케 마을의 자기 집에 없었다.

"어디로 가셨는가?"

물었으나, 사이고의 집사람들은 모른다고 대답할 뿐이어서 상당히 끈질기게 캐물은 모양이었다.

"나는 에토 신페이요."

이렇게 친분을 밝혀도 아무도 놀라지 않았다. 전 참의이든 사법 대신이든 다른 번 사람에게 사이고가 있는 곳을 정직하게 밝힐 필요가 없다고 그들은 믿고 있었다. 사쓰마 인의 고집스런 성질이라고 할 수 있다.

에토는 하는 수 없이 요시노 마을에서 농사 일을 하고 있는 기리노에게 연락했다. 그래서 겨우 사이고가 우나기 온천에 머물고 있다는 것을 알았다. 그러나 그 기리노는 에토가 와 있다는데도 옛 성밑 거리까지 나오려고도 하지 않았다.

'사쓰마 인들은 냉정하다.'

에토는 설사 생각하지 않았더라도, 그 막료들은 그렇게 생각했을 것이다.

적어도 에토는 정4품의 조신(朝臣)이요 전 참의였다. 나아가서는 정한론의 동지가 아니었던가. 막료들은 기리노의 무례함을 느꼈을 것이 틀림없다.

그러나 기리노로서는 몹시 귀찮은 일이었다. 아무도 에토에게 거사(擧事)하라고 부탁한 적도 없었다. 또한 사가 쪽에서 의향을 알아보려는 사자가 왔을 때 기리노는 '시기가 무르익지 않았다'고 분명히 협조하기를 거절하지 않았던가!

기리노는 사이고의 생각을 끝까지 지킬 작정이었다. 앞으로 10년만 기다리면 정부는 원성의 표적이 되어 스스로 무너질 수밖에 없다. 그때 온 천하는 우리를 향해 목을 늘이고 기다릴 것이다. 시기라는 것은 그때를 말한다. 공연히 무장 봉기하면 거꾸로 정부를 강하게 만들 뿐이므로 될 것도 안된다고 생각했다.

기리노의 입장은 매우 난처했다.

많은 사쓰마 사족들이 혈기로 치닫고 있었고, 사가가 일어났는데 사쓰마는 어째서 일어나지 않느냐고 기리노에게 모여들고 있었던 것이다.

일찍이 기리노도 그런 혈기의 한 사람이었다. 그런데 귀향한 뒤 사이고로부터 젊은이들을 가라 앉히라는 부탁을 받았다. 사이고는 무릎을 꿇다시피 부탁했던 것이다.

"자네에게 이 일을 일임하겠네."

기리노는 농사 일을 하면서 혈기에 날뛰는 사람들을 누르는 데 열을 올리고 있었다.

기리노가 보았을 때, 에토는 그의 구상을 깨뜨린 사람이었다. 가고시마 읍내에 있는 여관으로 만나러 가지도 않았고, 만나러 간다 해도 어떤 밀담을 했을까 하는 것으로 엉뚱한 소문이 퍼지기 때문에 만나지 않았던 것이다.

오스미 반도와 사쓰마 반도가 긴코 만(錦江灣)을 안고 있는 가고시마 현. 그 사쓰마 반도 끝쪽 가까이에 우나기 못(鰻池)이 있다.

옛날 사화산의 화구호(火口湖)인 모양이다.

못에 뱀장어가 많이 살고 있었다. 그러나 무슨 이유인지 마을 사람들은 뱀장어를 잡지 않았다.

못 동쪽에 우나기 부락이 있고 그곳에 몇 군데 온천이 솟는다. 굉장히 뜨거워서 마을 사람들은 거기에 물을 끌어 들여 적당한 온도로 만든 다음 목욕을 한다.

사이고는 이 근처 산과 들에서 사냥을 즐기며, 온천장의 이치사에몬(市左衛門)의 집에 묵고 있었다.

이때는 수행원 두 사람과 개를 13마리나 데리고 갔다. 사냥을 나갈 때는 대여섯 마리씩 두 패로 나누어 번갈아 데리고 나간다.

이 해는 날씨가 추웠다. 밤에는 화롯가에 드러누워, 매일 밤 싫증도 내지 않고 마을 사냥꾼들과 사냥 이야기를 했다. 이야기에 신이 나면 마침내 누구의 불알이 더 크냐 하는 내기를 할 정도로 야인이 되어 있었다. 사이고의 불알이 누구보다 커서 사람들은 배를 잡고 웃었다.

"음력 정월 20일 오후 7시경, 다른 번 사람이 갑자기 찾아왔다."

마을 사람들은 기억하고 있다. 그 갑작스런 방문객이란 에토 신페이였다. 3월 1일의 일이다. 마음 사람들의 기억으로는, 키는 작지만 눈이 크고 날카로운 사람으로, 잘 차려입고 왜나막신을 신고 있었다. 에토는 부근의 집에서 여장을 풀고 평상복으로 갈아 입고 왔던 것이다. 하인은 한 사람을 데리고 있었다.

사이고로서는 예기치 못한 일이었다.

곧 에토를 맞아들인 다음 사람들을 물리치고 밀담 형식을 취했다.

에토는 사가에서의 일을 말하고 자기 뜻을 밝힌 다음, 사이고에게 거사해 줄 것을 부탁했다.

사이고는 듣기를 잘 하는 사람으로 에토가 말하는 동안은 자기 의견을 말하지 않았다. 에토가 이야기를 끝냈을 무렵에 사이고는 비로소 입을 열었다.

"지금 일어서는 것은 좋지 않소. 시기가 있어요. 그 시기는 아직도 먼 뒷날의 이야기요. 때를 얻지 못하면 이길 싸움도 지는 법이오."

"당신은 사냥이나 하면서 뜻을 감추고 있는 겁니까?"

에토가 물었으나, 사이고는 웃기만 하고 대답하지 않았다. 뜻을 감추거나 하는 그런 차원 높은 것은 아니었고, 사이고는 사냥꾼으로 태어나고 싶을 정도로 사냥을 좋아했을 뿐이었다.

에토는 도쿄의 정부가 당장이라도 무너진다는 식으로 적을 과소평가하고 있었다.

사이고는 끌려 들지 않았다.

"오쿠보란 사람은 뛰어난 인물이오."

이 말만 했을 뿐이다.

에토는 2시간 가량 이야기한 뒤 내일 아침 다시 한 번 오겠노라 하고, 밤 9시 경에 사이고가 마련해 준 근처 숙소로 돌아갔다.

사이고는 에토의 운명을 내다보고 있었다.
'이 사람과는 아무리 정치를 논해야 소용이 없다.'
그는 이렇게 생각했다.
사이고의 마음을 적시고 있는 것은 싸움에 패한 에토에 대한 연민뿐이었다. 아무리 지혜를 짜내도 그의 운명을 바꿀 수는 없다.
에토는 사이고가 두려워하고 있는 조기 폭발을 벌써 해버린 사람이다. 조기 폭발이 성공할 리가 없다. 사쓰마에서는 기리노처럼 혈기 왕성한 사람들 마저 폭발하고 싶은 마음을 누르고 또 누르며, 요시노에서 개간 사업을 하고 있었다.
"히젠(사가)의 논객들."
사쓰마에서는 이런 식으로 옛날부터 비웃어 왔지만, 이론을 좋아하는 사람은 성패의 근본을 잊기 쉬우며 사가(佐賀) 인들은 앞뒤도 살피지 않고 폭발하곤 했다. 우스운 일이지만, '의견을 주장하지 말라'며 이론을 나쁜 것으로 아는 사쓰마 쪽이 오히려 큰 정략의 기본을 그르치는 일 없이 조용히 있었다.
에토는 패했으면서도 여전히 사이고를 상대로 논의를 벌이고 있었다. 사이고가 생각할 때, 패하면 끝난 것이므로 남은 문제는 어떻게 죽느냐 하는 것이었다. 그러나 에토는 자결할 생각은 하고 있는 것 같지도 않았다.
에토는 이튿날 아침 일찍 왔다.
다시 이야기를 시작했다.
사이고는 물론 에토의 부추김으로 함께 일어서는 어리석음을 저지르고 싶지 않았다. 지금 사이고의 관심은 에토의 목숨을 어떻게 건지느냐 하는 것밖에 없었다. 오직 그 생각만 하고 있었다.
그러나 에토는 그런 것은 아무래도 좋은 모양이었다.
'사쓰마가 헛일이라면 도사로 가서 궐기를 부탁하리라.'
그는 아직 이런 식으로 재기의 희망을 버리지 않았다.
에토는 자기 스스로가 자부하고 있는 정도의 정략적인 재능은 전혀 없다고 할 수 있다. 그러나 목숨이 붙어 있는 한 가능성을 찾아내 싸우겠다는 끈질김에 있어서는 경탄할 만한 면이 있었다.
 그러나 사이고는 그 집요함을 알아 주지 않았다. 사이고의 생각으로는, 도사도 일어날 리가 없었다. 에토의 희망은 사이고가 보았을 때 망상에 지나지 않았다. 그는 시마즈 히사미쓰를 의지하라고 권했다. 정부에 대해 용서를 빌 만한 힘은 히사미쓰밖에 없었다.
 그러나 에토로서는 궐기를 재촉하러 온 것이지 목숨을 구하려는 운동을 하러 온 것은 아니었으므로 이 점은 그의 뜻 밖이었다.
 에토에게는 뜻 밖이었겠지만, 사이고에게는 그 것밖에 길이 없었다. 마침내 큰소리로 하는 말이 방 밖에까지 들렸다.
 "내가 시키는 대로 하지 않으면 기대가 어그러질 거요."
 이 말을 여인숙 사람들은 오랫동안 기억했다.

 에토와 사이고의 대담은 이날 오전중에 결렬한 셈이 된다.
 "나로서는 거사할 생각이 없소."
 사이고는 되풀이해 말했을 것이다.
 "그럼 이 못된 정부를 모른 체할 생각이오?"
 에토는 성급하게 그렇게 말했을 것이 틀림없다.
 "오쿠보가 있는 한, 일본은 어떻게든 되겠지요."
 사이고는 그때 어쩌면 에토의 의사와 거의 반대의 소리를, 또 사이고에 대한 에토의 기대를 배반하고 에토의 비위를 거슬르는 듯한 소리를, 일부러 대놓고 진지한 태도로 말했을지도 모른다. 그런 점이 정략가이면서도 이해할 수 없는 사이고의 말들이었다.
 사이고는 오쿠보에게 당했다고는 하지만 사실상 지금의 일본에서 그를 능가할 사람도 그와 맞먹을 사람도 없다는 것을 알고 있었다.
 사이고가 도쿄를 떠나 귀향했을 당시 한 고향 사람인 사카이 현 지사가 정국의 앞날에 대해 물었을 때였다.
 "오쿠보가 정부에 남아 있네. 그에게 묻게나."
 온화한 표정으로 이같이 말했다는 일화가 유명하지만, 사이고는 오쿠보에게 패하고도 역시 이 죽마고우이자 혁명기의 둘도 없는 동지였던 사람을 높이 평가하고 있다는 점에서는 변함이 없었다.
 메이지 이후의 사이고는 정론(政論)을 많이 말하지 않았다. 이에 대해 오쿠보는 행동으로 정견(政見)을 보여주었다. 쌍방의 정견 차이를 자세히 말하는 것은 참으로 곤란한 일이다. 대략 역사와 사회에 대한 이 두 사람의 인간으로서의 감각에는 차이가 있었다. 나아가서는 정한론이라는 외교 문제의 견해차로 서로 갈라섰는데, 이 점에 대해 사이고는 오쿠보를 겁장이라고 계속 빗대어 부르기는 했지만, 오쿠보에 대해 정치적 인간으로서 그 전부를 부정한 것은 아니다.

그러므로 에토에게 오쿠보가 있는 한 일본은 어떻게 되겠지요라고 말했더라도 하나도 이상할 것은 없다.

하기는 에토의 적인 오쿠보를 그렇게 말한 것은 동시에 사이고의 에토에 대한 견해이기도 했다.

"내게 매달리지 마라."

이런 것을 은연중에 말하여 에토가 자기에게 매달리려는 생각을 버리게 하려는 정략이었을 것으로도 생각된다.

사이고는 도쿄를 떠날 때 도사의 이타가키가 내미는 손마저 뿌리쳤다.

"당신이 다른 날 거사할 때 이 이타가키는 언제나 당신편이라고 생각해 주십시오."

이타가키가 이런 말을 했을 때 사이고는 대답했다.

"그런 것은 기대하지 않소, 당신은 당신이고 나는 나요."

이 말은 이타가키로 하여금 평생을 두고 그것을 생각할 때마다 불쾌하게 만들었다.

사이고가 거사할 것으로 사람들은 보고 있었다. 사이고는 세상 사람들의 그같은 인상을 잘 알고 있었다. 그러면서 일찍이 이타가키의 체면을 구겨 놓기도 했고, 지금은 에토의 기대에 찬물을 끼얹었다.

사이고 자신도 거사할 것인지 말 것인지 몰랐던 것이리라. 즉, 자연의 흐름 속에 자신을 놓고 시간의 흐름 속에 흘려보내며, 그런 자신을 스스로 바라보고 있었던 시기였음에 틀림없다.

우나기 온천의 이치사에몬(市左衞門) (성은 후쿠무라)여관에서 이루어진 에토와 사이고의 대면에 대해, 쇼와 초기에 온천 부근의 야마카와 소학교 직원들이 조사한 바 있다. 그 시기는 여관 주인의 아내 하츠가 살아있을 때였다. 가고시마 출신의 이시가미 곤타는 하츠에게 들은 이야기를《남주옹일화

(南洲翁逸話―쇼와 12년)》에 싣고 있다.

하츠는 에토의 이름조차 알지 못하여, '다른 지방에서 손님이 오셨다'는 표현을 썼다. 그럼에도 에토에 대해 오래도록 기억하고 있는 이유는, 그날따라 사이고의 방 분위기가 예사롭지 않았기 때문이다.

두 사람의 목소리는 주위 사람을 의식한 듯 매우 작았는데, 사이고가 언성을 높인 한마디가 밖으로 흘러나왔다. 앞에서도 말한 바와 같았다고 한다.

"제 말대로 하지 않으면, 후회하게 될 겁니다."

이것은 후에 사쓰마 출신의 해군대장 가바야마 스케노리가 이치사에몬 여관에 묵었을 때 하츠에게 들은 말이라고 한다. 이에 대해 야마카와 소학교 직원의 주장은 조금 다르다. 이 또한 하츠에게 들은 말이라고 하는데, 의미상으로는 변함이 없다.

"몇 번을 말해도 제 말대로 하지 않으면 후회하게 될 겁니다."

이윽고 에토가 돌아갔다.

'내가 너무 심했나?'

사이고는 그렇게 생각했을 것이다.

사이고는 이제껏 에토에게 우정을 느낀 적은 없다. 둘의 인연이라고 하면, 함께 내각의 참의원으로 일한 적이 있다는 것과 사이고의 정한론 주장에 에토가 동조한 것, 사이고가 관직에서 물러나자 뒤이어 에토도 그만두었다는 것뿐이다. 사이고에게 있어서 에토는 큰 의미를 지닌 인물은 아니다.

에토의 사법부 장관시절, 야마가타 아리토모나 이노우에 카오루 등의 조슈 출신 고위관리의 오직(汚職)사건을 에토가 엄중히 문책하고 있을 때, 사이고는 관리의 오직에 대해 무엇보다도 불명예스럽게 생각하는 터라 내심 후련해 하고 있었을 것이다. 그러나 에토에 대해서는 단 한마디도 하지 않았다.

에토가 '사이고는 어리석은 사람이다. 그를 이용하여 조슈 파벌을 소탕하겠다'고 했던 말도 어쩌면 사이고는 알고 있었는지도 모른다. 그러나 그에 대해서도 아무 말이 없었다.

단, 우나기 온천에서의 이틀간, 모처럼 자신을 찾아와 준 사가의 패장(敗將)의 요구를 거절하고 돌려보낼 수 밖에 없었던 사이고는 한숨을 내쉴 만큼 괴로웠다고 한다.

"요 앞까지만 바래다 드리죠."

사이고는 에토를 따라 나섰다. 요 앞은 꽤 긴 거리였는데 배웅할 때만은 그에게 인정을 베푼 것이 아니었을까?

사이고는 에토를 배웅했다.

'이 사가인도 뛰어난 사람이다.'

사이고는 조용한 감동으로 그런 생각을 했다.

"도적의 괴수는 목을 베어 효수한다."

에토가 사이고의 배웅을 받으며 걸어가고 있던 3월 2일, 벌써 사가의 옛 성밑 거리로 들어온 오쿠보는 그렇게 처분할 방침을 결정하고 있었다. 에토의 마지막 길은 목이 베이는 것이다. 실제로 그러했다. 그렇게 결정한 것만이 아니고, 그를 찾아내기 위해 에토의 뒤를 밟아 서부 일본의 경찰 조직이 움직이고 있었다.

이 경찰망은 에토가 사법 대신 때 만든 것으로, 에토 스스로 자신이 만든 그물에 자신이 걸리게 되었다.

사이고는 이부스키의 주니초(十二町) 마을까지 배웅했다.

이 주니초 마을의 곳 곳에서는 높은 온도의 온천이 내뿜어져, 여기저기서 김이 무럭무럭 오르고 있었다.

마을 촌장은 다카사키 쇼베(高崎庄兵衛)라고 했다. 에도 시대에는 촌장을 쇼야(庄屋)라고 했는데 이때는 구장(區長)으로 이름이 바뀌어 있었다.

이 마을에 미나토우라(湊浦)라는 고깃배를 붙들어 매어두는 포구가 있다. 구장인 다카사키가 어선의 대부분을 소유하고 있었다.

사이고는 다카사키에게 부탁했다.

"배를 내어 이분을 가고시마로 모셔다 드리게."

"내일 아침 첫배로 떠나도록 합시다."

다카사키는 승낙하고 대답했다.

사이고는 거기까지 편의를 보아준 다음 우나기 온천으로 돌아갈 줄 알았더니 다카사키에게 부탁했다.

"나도 묵게 해주지 않겠는가?"

그날 밤 에토와 함께 이 온천장에서 묵었다.

에토의 비참한 운명에 대한 사이고의 아픈 마음이 그런 모양으로 나온 모양이다. 여기서 중요한 것은, 사이고가 에토에게 이렇게까지 동정을 하면서도 에토의 요청에 조금도 끌려들지 않았다는 점이다.

에토의 요청에 끌려 사이고가 군대를 일으켜 성공하면 에토의 목숨은 비록 한때나마, 혹은 그대로 무사했으리라.

이날 밤에도 에토는 그 일을 얘기했다. 그러나 사이고는 움직이지 않았다. 움직이지 않는 사이고의 굳은 고집이란 마치 낡은 우물 속을 들여다보는 것처럼 짐작할 수 없는 면이 있었다.

사가의 난은 지사적인 기분에서 일어났기 때문에 아무런 전략성도 없었다.

무너질 것이 무너진 것이다.

그러나 정부로서 이처럼 유리했던 사건은 없었을 것이다. 이 난이 일어나기 전까지 도쿄의 태정관 정부는 취약했다.

그러나 이 난을 체험함으로써, 그 전보다 몰라볼 정도로 강인한 권력으로 변했다. 전체를 내려다보고 말하면 사가의 난에 이은 메이지 9년(1876)의 마에바라 잇세이(前原一誠)가 일으킨 '하기(荻)의 난', 그리고 다시 구마모토의 '진푸렌(神風連)의 난'이 일지 않았더라면, 오쿠보의 정권이 세이난 전쟁에서 사이고와 대결할 수 있었을지 의문이다. 상승세를 타고 있는 정권에 정부의 손으로 감당할 수 있는 규모의 난처럼 체질 강화에 도움을 주는 것은 없으리라. 사가가 시끄러웠기 때문에 도쿄도 흔들렸다. 유언비어가 떠돌며, 서민들에 이르기까지 과연 이 정부가 오래 갈 것인가 우려 하는 인상을 주었다.

그런데 경시총감인 가와지 도시나가는 그 동안 거의 잠도 자지 않았고 3천 명의 부하를 지휘하여 뜬소문을 막고, 나아가서는 의식적으로 유언비어를 퍼뜨리는 반정부 분자를 잡아들여 보호 감금시켰다. 구속하는 이유가 있었다.

"너는 구이치가이 문의 다케치와 같은 패지?"

이러면서 포승줄을 조였다. 구마모토의 사족인 미야자키 하치로(宮崎八郎)의 패들도 이로 인해 많이 검거되었다.

"경찰관은 수도 치안에 중대한 책임을 갖고 있다."

부하들에게 이렇게 훈시하는 그는, 밀정 조직망을 펴며 반정부 분자를 질식시킬 정도로 활동했다.

그러나 반정부 운동의 정객들은 변장과 변명으로 교묘히 경찰의 그물을 벗어나는 일도 있었으므로, 가와지는 사람이 이동할 때는 반드시 증명서가 필요하도록 할 것을 정부에 헌책(獻策)했다. 이윽고 그것이 채용되었다. 가와지의 말에 의하면 '여권'이란 것이었다.

각 구장이 발행하는 것으로 여행자는 반드시 이를 가지고 다녀야 하며 관헌이 누구냐고 물을 때는 반드시 그것을 내보여야 한다. 가와지는 전 국민에 대해, 이동할 때 여권을 가지고 다니게 함으로써 변장과 변명으로 정치 활동을 하는 사람을 색출하려고 했던 것이다.

가와지 자신의 글은 다음과 같이 말하고 있다.

'정치범은 도적의 무리와는 달라, 아리송하고 은밀해서 항상 드러나는 일이 없으므로, 먼저 그 사람을 증명하고, 몰래 살피는 길밖에 없다. 지금 그런 사람을 증명하는 방법이 없고, 자유로 이름을 속일 수 있으니까, 법망을 범하고 위험을 밟으면서도 거의 두려워하는 일이없다.'

가와지의 활동에 의해 도쿄가 많이 조용해진 모양으로, 우대신 이와쿠라가 후쿠오카의 진중에 있는 오쿠보에게 그 점을 보고했다. 이를 직역해 둔다.

'도쿄의 형세는, 뜬소문이 어지럽게 나돌고 있으나, 그것도 많이 줄어 들었소. 아주 조용하오. 화재도 거의 없는데, 가와지와 안토 등 경찰들의 한결같은 진력에 의한 것으로 생각하오.'

오쿠보가 문관의 몸으로 군권을 겸해 쥐고 몸소 규슈의 싸움터로 들어가 총지휘를 한 것이, 도쿄 정권의 권력을 강하게 만든 이유중의 하나였을지도 모른다.

전황이 진행됨에 따라 차츰 그 본영을 사가 성으로 향해 접근시켜 갔다.

오쿠보는 사형을 포함한 사법권까지 각의에서 위임받고 있었다. 고대의 임금과 같은 전권을 쥐고, 그 전권을 규슈 일각(一角)에 확립시켰다. 이 권력은 도쿄 정권의 권력보다 강했고, 이윽고 이 권력적인 생각이 메이지 국가의 전통이 되었다고도 할 수 있다.

예를 들면 주둔군의 병력 부족을 보충하기 위해, 각 지방 장관에게 명령하여 각 현의 사족을 징집했다. 후쿠오카와 고쿠라, 오이타(大分), 나가사키, 야마구치 등 각 현에서 사족대가 편성되어 오쿠보의 휘하에 들어왔다.

'간조쿠다이(貫族隊).'

이렇게 불렀다. 그들이 정부군으로서 싸우는 가운데 정부에 대한 충성심을 갖게 되리라는 정치적 순화(訓化)도 목표 속에 들어 있었다.
그러나 각 현의 사족들의 입장에서는 아무리 오쿠보라 하더라도 그에 대한 이런 생각이 있었다.
'그도 역시 가고시마 현의 한 사족에 불과하지 않은가?'
오쿠보도 그것을 잘 알고 있었다. 이로 인해 자주 천황이 계신 조정이란 존재를 오쿠보는 들고 나왔다.
사가의 반도들은 천황이 계시는 조정에 칼을 들이댄 사람들이고, 정부군은 천왕이 계시는 조정의 충성스럽고 용기 있는 군사라는 생각을 만들어내지 않는 한 오쿠보의 통솔은 불가능했다. 이 오쿠보의 통솔 방법을 뒷날 야마가타 아리토모가 계승했고, 이윽고 그 통솔의 정치 철학이 병적인 것이 되어 쇼와(昭和)의 군벌로 이어진다.
오쿠보는 2월 28일에, 사가 현 하스이케(蓮池)로 들어가고, 3월 1일 오후 2시에는 사가의 옛 성밑 거리에 있는 소류 사(宗龍寺)로 들어가서, 그곳을 규슈 진압의 본영으로 삼았다.
오쿠보가 사가에 입성하던 날, 도쿄에서 정토총독(征討總督)이 떠난 것을 보더라도, 오쿠보의 행군 속도가 얼마나 빨랐는지 알 수 있다.
도쿄를 떠난 정토총독은 황족(皇族)이었다. 히가시 후시미노미야 요시아키라 친왕(東伏見宮嘉彰親王)이었다. 오쿠보에게는 이러한 수단이 필요했다. 전후 처리에 있어서 추상리 같은 준엄한 사법권을 행사해야 하는데, 그것을 천황의 이름으로 해야 하기 때문에 황족이 내려오는 형식을 취했던 것이다.
오쿠보는 숙달된 경시청 순경까지 벌써 거느리고 있었다.
가와지 도시나가가 부하 중에서 엄선하여 진중으로 보낸 탐정 전문가들로, 에토 무리의 도망간 간부들을 뒤쫓기 위한 요원이었다.
그들은 반 쇄국 상태에 있는 가고시마 현에도 들어가, 목숨을 걸고 에토를 추적했다. 사이고가 사냥하고 다니는 우나기 온천 같은 벽촌에도 출몰하고 있었다는 것이 입에서 입으로 내려오고 있다. 전하는 말로는 사이고와 에토가 밀담하는 여관의 뜰앞까지 숨어 들었다고도 한다. 사실의 여부는 잘 알 수 없다.

# 반란의 불길

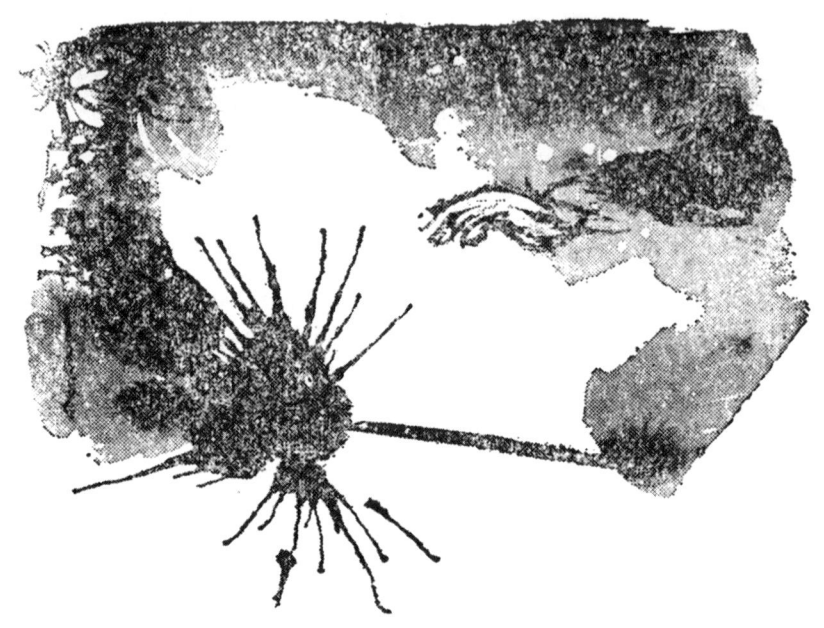

 사가에 반란이 일어났다고 들었을 때, 미야자키 하치로(宮崎八郞)는 즉시 도쿄를 떠났다.
 "급히 구마모토(熊本)로 돌아가서 동지를 모아 사가의 군대와 합세해서 정부를 쓰러뜨려야 한다."
 미야자키는 사가의 난이 일어났다는 말을 들은 날 아침, 거의 달리듯이 집사사(集思社)로 가서 에비하라 보쿠(海老原穆)를 만나려 했다. 에비하라는 없었다.
 "에비하라 선생은 어디 계십니까?"
 화로에 둘러앉아 있는 몇 사람에게 물었으나 아무도 몰랐다.
 "에비하라씨가 요즘 며칠 동안 보이지 않던데."
 옛 막부 신하 출신인 난학자(蘭學者)가 한가한 목소리로 말했다. 미야자키는 기가 막혀서 우뚝 선 채 큰소리를 지르고 말았을 정도였다.
 "당신은 사가에 반란이 일어난 것을 아십니까?"
 "그런 말은 들었소."
 "들어서 알고 있다면 그렇게 태평스럽게 화로를 끌어 안고 있을 입장이 아니잖습니까?"

미야자키의 흥분은 일찍이 그가 생각하고 있던 시국관이 이 사가의 사건으로 증명되었다는 데서 왔다. 그의 시국관으로는, 혁명은 사쓰마·조슈가 유신의 깃발을 내건 데 불과하며, 메이지 원년에 끝난 것이 아니라 그때부터 시작된 것이라고 보았다.

그에 따르면 지금 임시로 생긴 도쿄의 태정관 같은 것은, 두 번째 막부에 지나지 않았다. 그것도 첫 번째 막부가 무너진 뒤의 잔상(殘像)에 불과했다. 세상 사람들이 그 잔상을 실체라고 잘못 생각하고 있다. 사쓰마·조슈가 그렇게 생각하게 만들고 있다고 여겼다.

그의 사상은 뒤에 성장하게 되므로 여기서는 굳이 언급하지 않겠다. 지금은 사상 이전의 시적 격정(詩的激情)이 있을 뿐이었으며, 그 격정의 뒷받침이 되어 있는 것 중의 하나는 같은 고향의 신비적인 철학자 하야시 오엔(林櫻園)의 말이었는지도 모른다.

하야시 오엔은 일상 생활에서나 사상면에서나 색다른 사람이라고 할 수밖에 없다. 극단적인 양이론자이며 현상을 부정하는 사람이면서 정치마저도 거부하고 있었다. 자신은 하느님을 섬기는 일은 알고 있지만 사람의 일은 모른다고 초연한 태도를 취하고, 그의 문하에서 나온 히고(肥後) 근왕당 사람들이 도막(倒幕) 활동에 뛰어다니고 있을 때도 그 일에 무관심했다.

오엔이 한 말은 미야자키 하치로의 귀에도 들어가 있었다. 막부를 쓰러뜨려도 제2의 막부가 생긴다. 그것뿐이라고 했다.

미야자키는 오엔의 제자는 아니다. 그러나 오엔이 구 막부 시대에 말한 제2의 막부란 지금의 정부라는 미야자키의 견해는 분명 오엔의 말이 뒷받침되어 있다.

"사쓰마·조슈의 무리들이 유신의 참다운 정신을 알 리가 없다."

이렇게 말한 것은, 막부 말기에 한 번도 지사 활동을 하지 않았던 에토 신페이의 말이기도 했다. 미야자키도 당시 소년이었기 때문에 유신에는 참가할 수가 없었다. 참가할 수 없었기 때문에 그 혁명의 참다운 이상을 알 수 있는 것으로, 이제 사쓰마·조슈의 무리는 단순한 새 막부의 무리에 지나지 않는다고 생각했다.

미야자키 하치로는 요코하마(橫浜)에서 기선을 탔다. 이 배는 배안에서 이틀을 자고 고베(神戶)까지 간다. 고베에서 하카타로 가는 배를 갈아 타는 것이다.

"편리한 세상이다."

옆자리의 손님이 에도 사투리로 말했다.

3등실은 서쪽 지방으로 가는 손님으로 만원이었다. 밖은 차가운 파도가 출렁대고 있는데 배안의 큰방은 더운 훈김으로 단무지를 삶는 것 같은 냄새로 가득 차 있었다.

사족인 듯한 손님은 대개가 큰 칼이나 작은 칼을 가지고 있었다. 미야자키도 애용하는 큰칼을 안고 앉아 있었다.

장사일로 서쪽 지방으로 가는 사람도 많았지만 대부분은 괴팍한 사족들로서 정부측이거나 반정부의 지사거나간에 사가의 난에 뭔가 관련이 있는 사람인 것 같았다.

미야자키는 배멀미를 했다.

배는 한밤에 엔슈 해협(遠州灘)을 지났다. 파도가 높아서, 크게 올라가는가 하면 빨려 들어가듯 내려갔다. 미야자키는 이 때문에 잠을 자지 못하고 가끔 남의 발을 밟으며 선실 밖으로 나가 윗갑판으로 올라갔다.

새까만 바다를 향해 토했다.

몇 번째인가는 아래로 내려오는 것도 귀찮아서 보트 뒤에 쭈그리고 앉아 있었다.

거기에 칸델라 불빛이 가까이 다가왔다.

"괴로운 모양이군."

그렇게 말하고는 그 사람의 그림자가 등을 문질러 주었다. 옆에 있던 에도 사투리의 승객이었다. 이 사람은 장사꾼으로도 관리로도 보이지 않았으나, 양복을 입고 있는 것으로 보아, 요코하마 등지의 생사업자(生絲業者) 대리인 것도 같았다.

"젊은이는 어디로 가는 길인가?"

양복장이 사나이가 거만하게 물었다.

"구마모토요."

"사가가 아니고?"

상대는 고압적으로 말했다.

"당신은 어디로 가십니까?"

"자네가 가는 곳으로."
그러면서 얼굴을 들여다보듯이 다시 말했다.
"기분은 어떤가?"
그가 미야자키의 귓전에 대고 속삭였다.
"소금물을 가져다 줄까?"
"나중에 먹겠소."
미야자키는 배멀미가 옆구리로 빠져나가는 것 같은 느낌이 들었다. 상대가 누구인지 알았다.
"직무에 수고가 많군요."
"알았나?"
사나이는 담뱃대를 뽑아 담배를 담았다. 칸델라 불을 들고 촛불로 담배에 불을 붙였다. 사나이는 두세 모금 기분 좋은 듯이 빨았다. 미야자키가 갑자기 말했다.
"나는 가와지 경시총감을 알고 있습니다."
사나이는 분명 당황하는 눈치였다.
"가와지 각하와는 어떤 관계인가요?"
말투도 달라졌다.
미야자키가 그 이상 말하지 않았기 때문에 사나이는 무서운 생각이 든 모양이었다. 자신은 원래 시모다(下田)의 병졸로 이번에 경시청에 근무하게 되었으나 여러 모로 가르쳐 달라는 내용의 말을 했다.
가르쳐 달라는 것은 반정부 분자의 소식에 대해 알려 달라는 것이었다.
"붓과 종이를 가지고 있는가?"
미야자키가 말했다.
미야자키 하치로는 칸델라를 빌어와서, 그 불빛을 오른쪽 무릎으로 당겨 놓고 왼쪽 무릎을 세웠다.
그 위에 종이를 놓고 춤을 추는 것 같은 필치로 글씨를 썼다.
"이것을 도쿄의 가와지 나리에게 전해 주구려."
그러면서 그 밀정에게 주었다.
"어디 봅시다."
밀정은 글씨 위로 칸델라를 비추었다. 이윽고 못마땅한 표정을 지었다.
"당신은 관헌을 우롱할 생각은 아니겠지?"

"존경하는 뜻에서 쓴 거요."
미야자키가 밀정에게 써서 보인 것은 칠언절구(七言絕句)의 즉흥시였다.

발랄한 천기를 지탱하지 말구려
뭇 비늘(鱗)이 숨을 죽이는 것이 어찌 오래되리오.
계곡 남쪽에 벌써 봄바람 소식이 있어
먼저 싹튼 매화꽃 가지 하나.
潑刺天氣不可支
群鱗屛息豈多時
溪南已有春風信
先綻早梅花一枝

의역하면 '벌써 자연의 기운이 돌아오려 하고 있으니 그것은 하찮은 인간의 힘으로 되돌릴 수가 없다. 얼어 붙은 물 속에 고기가 숨을 죽이고 있지만, 그것도 그리 오래지는 않을 것이다. 계곡 저쪽 양지 바른 곳에서는 벌써 봄 소식이 있다고 한다. 그러기에 일찍 피는 매화 한 가지가 먼저 봉오리를 터뜨렸다'는 것이다.
미야자키는 사쓰마·조슈 정권을 얼어 붙은 겨울에 비유하고, 사가의 난을 일찍 싹튼 매화 한 송이에 비유한 것이다.
밀정은 거기까지 알았는지는 알 수 없다. 고베까지 가는 동안, 이 덩치 큰 젊은이를 어떻게 다루어야 할지 몰랐으나 적어도 태도만은 정중해지게 되었다.
미야자키가 하카타에서 나가사키로 가는 배를 갈아탈 때는 밀정도 더 이상 미행하지 않았다. 나가사키에서 구마모토까지는 걸어서 간다.
그 동안 구마모토 옛 성밑에서의 움직임은 혼돈상태에 있었다.
사가의 난이 일어나기 직전에 몇 명의 사가 현 사족인 야마다 헤이조(山田平藏) 등이 구마모토에 찾아와 선동하고 있었다.
그러나 히고(肥後) 지방의 기질은, 그들 자신마저 그것을 결점으로 인정하고 있을 정도로 이론만 많고 좀체로 실천에 이르지 못했다.
게다가 막부 말기 이후로 당파들이 서로 겨루며 싸워 온 고장이었다. 학교당(學校黨)이라는 번의 관료와 관료 지원자의 집단이 있었다. 주의 주장을 가진 당으로서는 막부 말기에 크게 탄압을 받은 히고 근왕당이 있고, 일찍이 그와 같은 계열이었지만 지금은 파가 갈린 신도주의(神道主義)의 진푸렌(神風連)이 있으며, 또 죽은 요코이 쇼난을 학조(學祖)로 하는 개혁주의의 실학당(實學黨)이 있었다.

미야자키 하치로가 친했던 사람은, 그들 기성 당파에 만족하지 못하고 신행동주의를 취하려는 사람들이었지만 그들의 수는 10여 명에 불과했다.

사가에서 온 선동자는 구마모토의 각 당파에게 외쳐댔는데, 이 신행동주의자들이 가장 예민한 반응을 보였다. 그런데 미야자키가 구마모토에 닿았을 무렵에는 사가의 난은 이미 진압된 뒤였다.

"에토 참의가 패했더라도 가고시마에는 아직 사이고 대장이 있다."

이런 말을 하며 서로 위로할 수밖에 없었다.

에토 신페이 일행이 포리의 손에 묶인 것은 3월 29일이었다.

그것도 도시에서가 아니었다. 고치 현과 도쿠시마 현의 경계에 있으며 산이 바다에 임박해 있고 거의 벽지라고 할 수 있는 간노우라(甲浦)에서였다. 에토 자신이 만든 것이긴 하지만, 이 메이지 초기의 전국적인 경찰망이 얼마나 잘 움직였는지 무서울 정도라고 말할 수 있다.

에토는 지방 감시원에게 걸려들었다.

중앙에서 벌써 간노우라 같은 곳까지 지령이 내려와 있었던 것이다. 그곳 구장들에게까지 지령이 와 있었다.

구장 밑에 감시원이 있다. 감시원은 옛 도사 번 이후로 간노우라에서 사람이 드나드는 것을 감시하고 있는 사람으로, 향사 신분을 가진 사람이었다. 그대로 새 제도의 구장 밑에서 일하고 있는 우라 마사다네(浦正胤)라는 사람이다.

우라는 벌써 에토가 고치의 옛 성밑 거리에 들어와, 그 뒤로 소식이 끊어졌다는 통첩까지 받고 있었다. 도쿠시마 현으로 탈출하는 것은 아닐까 하고, 육로라면 반드시 간노우라를 지나게 될 것이라고 생각했다. 우라는 길이 두 가닥으로 갈라진 근처에서 혼자 며칠을 두고 도쿠시마로 가는 나그네를 조사하고 있었다. 거기에 에토일행이 걸렸다.

한편 규슈에 있는 오쿠보 밑에 풀어놓은 포리들도 에토를 뒤쫓아 거의 그 발자취를 정확히 따라가고 있었다. 에토가 사이고와 헤어진 뒤로 포리들은

반란의 불길 529

미야자키 현의 오비(飫肥)와 에히메 현의 야하타하마(八幡濱), 우와지마(宇和島), 고치의 옛 성밑 거리, 그리고 간노우라로, 에토와 거의 서로 앞서거니 뒷서거니 하며 이동했다. 이것 역시 경찰력의 정묘함을 드러내고 있다고 할 수 있다. 이미 국내에서 정치적 망명이 가능한 나라가 아니었다.

일찍이 전 막부신하로 관군에 저항한 사람 가운데 상당히 많은 사람들이 유신 정부 수립과 함께 시골이나 도시에 숨었었는데, 유신 정부는 그들에 대해서 관대하기도 했지만, 또 그들을 찾아내려 해도 그럴 만한 경찰력을 가지지 못했다.

그런데 메이지 7(1873)년 초에는 벌써 그것이 놀랄 만큼 정비되어 있었다고 할 수 있다.

한편, 설사 묶이더라도 '정치범에 대해서는 사형은 있을 수 없다'는 것이 상식이었다. 보신 전쟁 때 관군에 끝까지 저항한 아이즈 번도, 또 하코다테(函館)의 고료카쿠(五稜郭)에 농성한 에노모토 다케아키(榎本武揚) 패들도 사형은 당하지 않았다.

그런 예를 가지고, 전 사법대신인 에토도 설마 사형은 당하지 않겠지 하고 생각했다.

그런데 오쿠보는 사가로 호송되어 온 에토 신페이와 난에 관련된 13명에 대해 간단한 재판을 열고 사형에 처하고 말았던 것이다. 그리고 에토와 시마 요시타케를 목을 베어 효수(梟首)했다. 일찍이 참의와 사법 대신을 지낸 정 4품인 고관에 대해 참혹한 형벌이었다고 할 수밖에 없었다.

오쿠보가 전 참의 에토 신페이를 참형에 처한 것은 천하에 대한 준엄한 정치적인 선전 의도가 있었다.

"난을 일으킨 사람은 모두 이렇게 된다. 세상 사람들은 깊이 깨달아라."

그것이 참형 이유의 전부였다. 일찍이 전 장군 도쿠가와 요시노부 및 당시 각로(閣老)들, 혹은 호쿠에쓰와 오슈에서 괴롭혔던 에치고 나가오카 번주와 아이즈 번주를 그토록 관대하게 대우한 메이지 정부가, 갑자기 탄압자의 모습을 띠게 된 것은 이 에토에 대한 참형이 그 최초라고 할 수 있다.

오쿠보가 직접 사가의 난을 진압하기 위해, 군사와 행정권만이 아니고 사법권까지 위임받아 이 진서(鎭西)의 땅으로 달려온 것은 '에토를 사형에 처하겠다'고 하는 처음부터의 의도가 있었기 때문임이 틀림없다.

또 형식만이라도 재판을 열었는데, 재판을 도쿄에서 열면 산조나 이와쿠라와 같은 공경 출신 정치가들이 에토를 동정할 것이 뻔하기 때문이었다. 오쿠보는 임시 재판소를 새 싸움터인 사가에 두고 아주 간단하게 에토를 재판했다. 사법 전문가인 에토 자신은, 도쿄에서 재판이 열릴 것으로 생각하고 있었고, 설마 사형이 될 줄은 생각지도 않았던 모양이다.

'효수'라고 하는 도쿠가와 형법의 이 극형을 오쿠보가 재판관에게 선고하게 한 것은 이상한 일이다. 당시 이미 시행하고 있었던 새 법전에는 효수란 것은 없었다. 오쿠보는 일부러 도쿠가와 형법을 채용했다.

나아가서 이 효수된 에토의 머리가 사진으로 찍혀 도쿄 근처에서 팔렸다. 오쿠보가 그렇게 시켰다는 이야기를 세상에선 믿고 있었는데, 어쩌면 그것이 사실일지도 모른다. 설사 민간의 사진사가 이를 찍어 장삿속으로 팔았던 것이 그때의 실정이라 하더라도, 정부가 이를 제지하지 않은 것으로 보아 오쿠보의 속마음을 알 수 있다. 오쿠보는 머리만 나온 에토의 사진을 나돌려, 그 죽은 시체를 그런 식으로 욕보임으로 해서 반정부 분자에게 전율과 공포를 안겨 주려고 한 것이리라.

그러나 오쿠보는 사가 사족들의 반란 같은 것은 조금도 두려워하고 있지 않았다.

"사가 인은 기질적으로 군사(軍事)에는 약하다."

오쿠보는 이런 말을 늘 하고 있었다. 사가의 난 그 자체는 오쿠보에게 대단한 것이 아니었다.

이 난이 사쓰마에 미치는 것만 두려워하고 있었다. 벌써 사쓰마는 독립해 있는 느낌이 들었다. 그리고 언제 일어날지 모른다. 사쓰마 사족이 들고 일어나면 얼마나 무서운 힘을 발휘할 것인지, 오쿠보는 사쓰마 인인 만큼 잘 알고 있었다. 나아가서는 사이고가 지휘하는 이상 전국의 사족이 동요할 것이 틀림없었다.

"보는 바와 같다."

오쿠보는 어디까지나 사쓰마 인에게 그 사진을 보여준 것이었다. 정부에 반란을 일으킨 자는, 비록 전 참의였거나 정4품의 조정 신하였거나, 도쿠가와 시대의 도적과 같이 효수한다는 가장 효과적인(오쿠보가 생각하는) 방법을 취했던 것이다. 사이고와 사쓰마 인이라는 소재가 없었더라면, 에토는 사형을 당하지 않았을 것이고, 효수는 더더욱 당하지 않았을 것이다.

패장인 에토 신페이가 자신의 고향인 사가에서 처참한 형을 받은 것은, 가고시마에 하야해 있는 사쓰마 인들에게 심각한 충격을 주었을 것이 틀림없었다.

하기는 사쓰마 인은 원래 말이 많은 논의를 싫어하기 때문에 말만 차례로 퍼져간 것에 불과했다.

"에토씨가 효수당했다더군."

"도시미치."

원래 이렇게 부르며, 사쓰마 인들이 업신여기고 있던 오쿠보가, 에토의 시체를 모욕하는 참형으로, 관권 국가의 강대함을 보여준 것이다.

"배반하는 놈은 고관이라 할지라도 이 꼴이 된다."

오쿠보는 말없는 가운데 방방곡곡에 두루 퍼지게 하려 한 것이다.

에도 시대의 방화나 강도, 살인과 같은 파렴치죄에 대한 형벌인 '효수'라는 방법으로 에토에게 보복한 일에 대해서는 정부의 고관들도 무척 뜻밖이었던 모양이다.

에토가 잡혔을 때, 각 부현에 뿌려진 에토의 사진이 탐색하는 데 도움이 되었다. 이 사진에 의한 수배는 가와지의 창안이 아니고, 에토 자신이 사법대신 시절에 생각한 것이었다. 에토는 자신이 생각해낸 수사 방법에 의해 붙잡힌 것이다.

사실 에토는 자기 사진을 찍는 것에 별로 흥미가 없어서 사진이 몇 장밖에 없었다.

"누군가가 갖고 있겠지. 빌려가지고 와."

경시총감인 가와지는 부하들에게 명했다. 부하들은 사방으로 뛰었다.

고토 쇼지로에게 온 수사관이 있었다. 고토는 에토와 같은 시기에 참의를 지낸 도사계 사람이다. 정한론에 의해 에토와 함께 하야했다.

"에토 전 참의의 사진을 가지고 계십니까?"

수사관이 말하자 고토는 가지고 있다고 대답했다. 수사관은 기뻐하며 말했다.

"그걸 빌어 주시지 않겠습니까? 쓸 데가 있습니다."

그러자 고토는 정색을 하고 화를 내며 그를 내쫓았다.

가와지는 그럴듯한 고급 경찰관들을 다시 고토에게 보내 오쿠보가 늘 쓰는 말투대로 관청보다 더 위에 '주상'이라는 권위가 있는 것 같은 말을 쓰도록 했다.

"꼭 쓸 데가 있습니다. 주상의 심부름으로 왔습니다."

"거절하겠다."

고토는 단호하게 말한 모양이다.

고토는 말했다.

"에토는 내 친구다. 친구를 체포하는 데 쓰려고 내가 보관하고 있는 친구의 기념 사진을 내놓으란 말인가. 어림도 없는 소리다. 내게 잘못이 있다면 어떤 처분이라도 해라."

끝내 내놓지 않았다.

고토의 예로 알 수 있듯이, 에토의 수배 사진은 아마 같은 계층이나 그 이상의 고관이 가지고 있었던 것이 틀림없다. 그러나 그것을 제출한 사람이 누구였는지는 수수께끼다.

어찌됐거나 에토의 최후가 세상에 준 충격은 심각했다.

"난은 진압되고 에토는 싸움터를 빠져나갔다."

이런 보고가 정부에 들어왔을 때, 아무도 에토가 효수되리라고는 생각지 않았었다.

일찍이 에토로부터 정한론을 강요받아 그토록 시달렸던 태정대신 산조까지 '살아 있어서 다행이다'라고 했다는 것이다.

산조는 살아만 있으면 변명할 수도 있고, 죄를 보상할 기회도 있다, 아무튼 살아 있어서 다행이다, 라고 했다는 것이다. 이런 점은 아무리 공경의 기풍이라고는 하지만 한편으로 산조가 지닌 장자풍(長者風)이 잘 나타나 있다. 이 한 가지만 보더라도 일본의 행정상 최고 책임자인 태정대신은 에토를 사형에 처할 생각이 없었음이 확실하다.

우대신 이와쿠라는 의견을 말한 흔적이 없지만, 보신 전쟁 당시 에토와 관계가 밀접했던 그가 사형론을 주장했을 리는 없을 것 같다.

에토와 같은 사가 인인 참의 오키 다카도는 원래 온후한 사람으로 전쟁에 관한 것은 일체 입밖에 내지 않는 인물이었지만, 에토의 처분 문제에 대해서는, 사형을 해서는 안된다고 각의에서 발언한 모양이다.

참의를 그만둔 이타가키 다이스케는 산조에게 내용을 편지로든가 아니면 구두로 이같이 말한 흔적이 있다

반란의 불길 533

"내 공로를 대신해서라도 관대한 처분을 바란다.".

결국 에토를 사형(덩구나 효수)에 처하려고 한 참의는 한 사람도 없었던 셈이다. 나아가서는 에토의 처분에 대해서는 어느 각료나 도쿄에서 재판이 열릴 것으로 생각하고 있었다.

그러나 오쿠보는 에토를 도쿄로 호송하지 않고 사가의 현지에서 재판을 했다.

애초에 오쿠보는 도쿄를 떠날 때 정부로부터 군사권뿐만 아니라 행정권도 위임받았다. 그런 그의 권한 속에는 사법권도 포함되어 있었다. 당시 대신과 참의는 사법이란 것이 어떤 것인지 잘 모르고 있었다. 에토마저 그가 사법대신일 무렵에 행정 기관인 경찰을 잡고 있었을 정도였으므로, 행정과 사법의 구별을 분명히 아는 사람은 아무도 없었다. 오쿠보가 사법권까지 가지고 떠났다는 것에 대해서는, 그것을 수사권으로 생각하고 당연한 일로 안 것에 불과했다.

'물론 재판은 도쿄에서 열린다.'

누구나 이렇게 생각했다.

잡힌 에토 자신도 그렇게 생각했으며, 그때는 현 정권을 뒤집어 엎을 정도의 논진(論陣)을 펴리라고 벼르고 있었다.

오쿠보가 사가에서 에토를 죽이고 만 것은, 에토가 도쿄에서 펼 논진을 두려워했기 때문이며 내각에서는 아무도 에토의 사형에 찬성하지 않을 것으로 생각했기 때문이다.

오쿠보의 무서운 점은, 위에 말한 것과 같은 대다수의 동향을 무시하고, 또 상식적인 관습마저 무시하며, 권력으로 에토의 목을 친 점이다.


사이고는 침묵을 지키고 있었다.

"그 사람은 에토가 참형에 처해진 것에 대해 어떻게 생각하고 있을까?"

세상에서는 몹시 신경을 쓰고 있었다.

정부군은 해군도 동원했는데 그 가운데 사쓰마 출신인 이노우에 요시카(井上良馨)도 있었다. 그는 보신 전쟁때 사쓰마 번의 군함 '가스가(春日)'의 승무원으로 중앙의 백근포(百斤砲) 담당 사관이었다. 막부 군함 '가이요(開陽)'와 이 '가스가'가 아와(阿波) 앞바다에서 싸웠을 때 최초로 포탄을 쓴 것은 이 이노우에 요시카였다.

이노우에는 해군에 대한 지식이 특별히 있었던 것도 아니고, 또 유능한 인물도 아니었지만 사쓰마 세력 덕분에 메이지 34(1911)년에 해군 대장까지 올라갔다. 그러나 작전상의 중요한 지위에는 앉지 못했다. 이노우에의 특징은 쇼와 4(1929)년 85세까지 살아 있었다는 것과, 도량이 커서 무슨 일에 부딪쳐도 흔들리지 않았다는 점일 것이다.

그는 사가의 난 때에는 작은 군함의 함장으로 있었다. 난이 진압되자 그대로 규슈에서 남으로 내려가 가고시마에 들렀다.

사이고의 안부를 묻기 위해서이지 그의 동정을 살필 생각은 없었던 모양이다.

마침 사이고는 다케 마을의 자기 집에 있었다. 찾아온 이노우에는 예복 차림이었다. 군복은 군함에 두고 왔다. 군복을 입고 있으면 사족들을 자극시킬지도 모른다고 생각한 것이다.

사이고는 기분좋게 만났다.

"나는 농사를 짓고 있네. 가끔 사냥도 나가지."

그런 내용의 말을 사이고는 했다.

이노우에는 해군에 있는 사쓰마의 젊은이들의 근황을 전했다. 그런 다음 사이고가 말했다.

"곤노효에(權兵衛)를 잘 봐 주게."

해군 병학교 생도인 야마모토 곤노효에를 말한 것이다. 야마모토는 메이지 3(1870)년, 사이고의 권고로 해군 병학교에 들어갔다.

그러나 이 시기가 되자 막연하게 해군에 있을 기분이 나지 않아 사이고의 뒤를 따라 가고시마로 돌아오려 했다. 한 고향인 사콘지 하야타(左近司隼太)와 의논하여 둘이서 가고시마로 돌아온 것은 이노우에가 찾아오기 며칠 전의 일이다.

기리노 도시아키와 시노하라 구니모토(篠原國幹)에게 의논하자 학교를 그만두라고 했다.

"재미있군."

다시 사이고에게 와서 결심을 말했다. 사이고는 반대했다.

해군을 일으키는 일은 중요하다고 사이고는 그의 지론을 말했다. 해군을 공부하는 사람이 정치에 관한 일을 생각해서 뭣이 되겠느냐고도 했다.

야마모토 곤노효에는 그 말에 굴복했는데, 사콘지만은 여전히 완강하게 귀향 결심을 바꾸지 않아서 사이고는 사콘지만은 허락했다.

그런 일이 있어서 '곤노효에를 잘 봐달라'고 말했던 것이다.

이때의 좌담에서 사이고는 에토에 형벌에 대해 언급하며, 참으로 잔혹하다고 할 수밖에 없다고 말한 뒤, '정치범은 사형에 처하지 않는 것이 서양의 통례다'라고 했다. 이노우에 요시카는 이 말을 죽는 날까지 되풀이해 사람들에게 말했다.

사가의 난이 있은 뒤, 패장 에토 신페이가 오쿠보에 의해 효수형에 처해진 것은, 가고시마 현에 사학교가 등장한 것과 무관하지 않았다.

"오쿠보란 놈은 그렇게까지 할 생각이었던가?"

놀라운 울분의 감정이 전류처럼 사쓰마와 오스미, 휴가의 산천을 달렸을 것이 틀림없다.

이 에토가 효수될 단계까지는 도쿄에서 돌아온 귀향자들의 마음은 다소 가벼웠다.

'우리가 여럿이 한꺼번에 사직했기 때문에 정부도 오쿠보도 무척 놀랐을 것'이라는 정도의 통쾌한 기분에 젖어 있었던 것에 불과했다.

앞날에 대한 관측도 단순했다.

"정부가 머리를 숙이게 된다."

이런 희미한 자기 과장의 자신감 위에서 관측하고 있었다.

이 시기의 사쓰마 사족들의 자기 과장은 보통 사람과는 달랐다. 대개가 자기 과장에 젖어 있었고, 또 그것은 당연한 것이었을지도 모른다. 그들이 막부 말기에 막부를 쓰러뜨리는 큰 공작을 하고 보신 전쟁에서 관군의 핵심이 되어, 간토와 호쿠에쓰, 도호쿠, 홋카이도의 산천을 밟고 넘으며 계속 싸워 온 것이다.

이 사쓰마 사족의 씩씩한 기상이 메이지 유신을 성립시켰다. 적어도 그들 자신은 그렇게 자부했다. 일찍이 그들이 도쿄에 있을 무렵, 근위군의 한 하사관까지 이렇게 말했다.

"대신과 참의가 다 뭐냐?"

다른 번 출신의 고관들을 차갑게 업신여겼고, 저들이 오늘날 쌍두마차를 달리고 있는 것도 근본을 따지면 사쓰마 번이 막부 말기에 경략(經略)에 고심하고, 보신 전쟁에 간토 무사의 무력을 능가한 때문이라고 생각하고 있었다.
 나아가서는 정부라고 하는, 실질적 기초가 애매한 권력을 무력으로 보장하고 있는 것은 사쓰마계 군인이라고 믿고 있었고, 사실상 그것은 반드시 그들만의 생각이 아니라 실제가 그러했다.
 그런데 대거 사직을 했다.
 '오쿠보는 사다리를 제거당해 지붕에 혼자 남게 된 거나 마찬가지.'
라고 기리노 패들도 생각했고, 젊은 장교와 하사관들도 그렇게 생각하고 있었다. 이윽고 오쿠보는 지난 잘못을 뉘우치고 머리를 숙여 동정을 바라게 될 것이다. 대거 사직한 그들은 그때야말로 새로운 정책을 들이대어 오쿠보로 하여금 그것을 실천하게 하고, 국정에 사쓰마 사족의 마음의 울분을 반영시키면 된다고 하는 정도로밖에, 자신들의 정치적 모험을 이해하지 않았다. 어디까지나 오쿠보와 정부의 권력을 마치 비에 맞아 방황하고 있는 강아지로밖에 평가하지 않았던 것이다.
 그 오쿠보가 전 참의인 정4품 조정신하 에토 신페이에 대해, 상식으로는 생각할 수 없을 정도의 참형으로 보복했을 때, 사쓰마 인들은 에토의 운명이 내일의 자기들의 운명일 것으로 생각했다. 동시에 오쿠보 혼자서 이끌고 있는 정부가 의외로 강한 것을 알았으며, 또 사쓰마 사족들로서는 단단히 결심을 하고 뭉치지 않으면 오쿠보에게 지게 될지도 모른다는 것도 느꼈다. 사학교는 다분히 그런 생각에서 성립된 것이다.

 사학교(私學校)란 것은 학교라고 이름을 붙이기는 했지만 실질적으로는 가고시마 군단(軍團)과 같은 것이었다. 어쩌면 사군벌(私軍閥)이라고 할 수 있을지도 모른다. 이 경우의 사(私)란 것은 어디까지나 공(公)을 정의라고 하는 정부의 사상과 대립하는 것으로, 이미 도쿄를 떠난 6백여 명의 사쓰마 인으로서는 오쿠보를 지축(支軸)으로 하는 공(公)이 곧 악(惡)이라고 보고 있었던 것이다.
 이것이 설립된 것은 사이고의 발의에서 나온 것이 아니다.
 어쩌면 기리노의 발의였을까. 이런 불분명함 속에 사쓰마 인 사회의 특이성이 감춰져 있다.
 보통 사쓰마에서는 사람들을 움직여야 하는 중대한 일을 결정할 경우, 위로부터 그것을 명령하는 일은 별로 없었던 것 같다. 설사 사이고가 그런 생각을 했더라도 절대 말하지 않는다.
"어때, 이렇게 해볼까?"
사이고뿐만 아니라 기리노나 시노하라 같은 간부들까지, 직접 명령을 내리는 경우는 적다. 어디까지나 아래에서 들고 일어난 형태로 해나가는 것이다.

사학교 설립 이야기를 사이고에게 가지고 온 것은 이름 없는 사람들이었다. 헨미 소스케(邊見宗助), 사이고 규에몬(西鄕休右衞門), 후치베 스케지(淵邊助二)라고 하는 세 사람이었다.

그들은 우나기 온천에서 다케 마을의 자택에 돌아와 있는 사이고를 찾았다.
"이 일에 대해서 전부터 매일같이 모임을 열고 있습니다."
세 사람은 또 말했다.
"우리는 귀향했으나 매일 하는 일 없이 막연히 지내고 있는 것은 좋지 않으므로, 꼭 조직을 만들어야만 하겠습니다. 그 조직을 통해 서로 갈고 닦으며 다른 날에 대비도 해야 되겠습니다."
결국 지금은 사쓰마 사족들이라고 해도 조직은 없는 상태였다.
지난 날에는 조직이 있었다.
사쓰마 번이라는 조직이었다.
설마 이것을 부활시킬 수는 없겠지만 그와 비슷하고 그 이상으로 엄연한 조직을 만들 필요가 있었다. 그렇지 않으면 정부 권력에 저항할 수 없다는 것이 세 사람의 의견이었다. 이들 세 사람이 사이고에게 어떤 표현으로 그것을 말했느냐는 것은 따로 두고라도, 이 가고시마 읍내의 각처, 각 모임에서 대두된 의견은 대체로 그런 것이었다.

짐작컨대, 기리노 같은 사람이 최초로 사학교 안(案)을 가졌을 것이다. 그러나 기리노는 자기의 생각이라고는 말하지 않고 총명한 젊은 사람을 골라내어 귀띔을 했을지도 모른다.
"자네 생각이라고 하고 사람들에게 상의해 보지 않겠나?"
이 안에 대한 논의는 금방 퍼지게 되어, 같은 패들끼리, 혹은 각각 사는 구역마다 모임이 열리기 시작한 것으로 생각된다.
의견이 거의 합치되었을 때, 이들 세 명이 의견을 말하는 대표로 뽑혔다. 이들 대표는 맨먼저 기리노에게 갔을 것이다. 기리노는 의견을 말하지 않고 사이고에게 가는 것이 좋을 거라고 말했을 것이 틀림없다.

이 후치베 스케지 등 세 사람이 사학교 안을 가지고 사이고를 찾은 것은 4월 초였다.

'사학교'라는 고유명사는 이 대화 속에 나오지 않았다. 다만 사족들이 막연히 날을 보내는 것은 좋지 못하니 이것을 하나로 묶는 것이 필요하다고만 말했다.

사이고는 끝내 말이 없었다.

그는 깊은 생각에 잠겼던 모양으로 시선도 움직이지 않고 목을 어깨에 묻듯이 하고 움직이지 않았다.

이때 사이고의 머릿속에 오간 것은 조직을 만듦으로써 일어나게 될 온갖 사태였을 것이 틀림없다.

우선 도쿄의 정부가 사족의 조직이 생긴 것에 대해 긴장할 것은 확실하였다. 예를 들어 정부의 긴장은 밀정을 파견하는 것과 같은 사태를 낳게 되고, 그것을 막으려는 사족 조직과의 사이에 뜻하지 않은 알력을 낳게 될 것이다. 알력은 다시 새로운 알력의 원인이 되어 그것이 끝도 없이 되풀이 되는 가운데 도쿄의 긴장이 극도로 과열되는 것도 생각할 수 있다.

'그러나 그것은 내가 있는 한 누를 수가 있다.'

사이고는 이렇게 생각했을 것이다.

그것보다도 이로운 점이 있었다.

예를 들면 사가의 난은 에토가 그 위에 편승하기는 했지만, 사실은 지사들의 객기가 앞서서 자연발생적으로 일어났다고도 말할 수 있다. 그런 사태가 지금 이대로라면 가고시마 현에서도 일어날지 모르지만, 반대로 조직만 탄탄하게 만들어 둔다면 사이고의 의도에 어긋나는 폭발은 일어나지 않을 것이다.

작은 문제로서 현청(縣廳)과의 관계가 있었다.

원칙대로라면 현청은 다스리는 사람의 처지에 있다. 지난 날의 사농공상(士農工商)은 말하자면 다스리는 체계이다. 그러나 가고시마 현의 경우는 특이했다.

가고시마 현의 권령(權令 : 뒷날의 縣知事)인 오야마 쓰나요시(大山綱良)는 일찍이 시마즈 히사미쓰의 측근이었고 보신 전쟁에 있어 영웅적인 존재였으며, 나아가서 그의 정치 사상은 히사미쓰와 같다고 할 수 있었다. 이로 인해 오야마 쓰나요시는 도쿄를 업신여기고 오쿠보에 대해서도 '도시미치'라고 함부로 부르고 있었다.

오쿠보가 내무경이 되어 전국의 행정을 내무성에 집권적(集權的)으로 통일시키려 하는 형세 속에서도, 오야마 한 사람만 그것을 따르지 않았다. 이로 인해 가고시마는 독립된 왕국의 느낌이 있다. 가고시마 현의 독립적 성격은 사이고에 의한 것이 아니고 히사미쓰와 오야마에 의한 것이었다.

'사족 조직이 생기게 되면 2품 나리(히사미쓰)의 생각과 타협하지 않을 수 없다.'

이런 것도 사이고는 생각했을 것이다. 타협만 하면 오야마를 이 사족 조직 속에 끌어 넣을 수가 있는 것이다. 그러나 그렇게 되면 상당히 보수적인 색채를 띤 조직이 될 수밖에 없었다.

사이고가 사학교라고 하는, 나중에는 가고시마 현의 반 행정 기관으로 발전하게 되는 것을 만든 것은 무슨 목적에서였는지 잘 모른다.

밖으로 향한 공격을 위한 조직이었을까. 아니면 내부에 대한, 즉 사족을 통제하기 위한 조직이었을까. 사이고 자신도 파악하기 어려웠기 때문에 후치베 스케지 등이 가지고 온 이 안에 대해 당장 대답할 수 없었던 것이다.

'지금 이대로 버려 두면, 무슨 일이 생길 때 사쓰마 사족은 폭발하게 된다. 군중은 한 번 폭발하면 아무리 내가 나선다 해도 통제가 불가능해진다.'

이것은 막부 말기의 그의 체험으로 너무나 잘 알고 있었다. 아리마 신시치(有馬新七)등 과격파가 다른 번의 마키 이즈미(眞木和泉) 등과 합세해서 폭주하려는 바람에 데라다야(寺田屋)의 참극이 벌어졌다. 그때는 히사미쓰가 토벌대를 놓아 그들을 죽이는 수밖에 방법이 없었다.

역사는 군중의 들끓음으로 인해 흔들린다. 군중이 들끓는 데는, 그것을 선동하는 경우도 있고, 거기에 얹혀 함께 폭주하는 경우도 있다. 사가의 에토 신페이는 얹히어 가는 방법을 택한 사람이었다.

이 시기에 전(前) 도사 번 계통의 사람들은 이타가키 다이스케도 그러했지만, 제3 세력의 위치에 서서 이를테면 비행동적으로, 힘의 세력이라기보다 비평 세력이 되어 있었다. 말하자면 중립을 지키며 대체로 정부를 비판하면서도, 사쓰마계 근위장교들이 대량으로 사직한 것도 잘못이라고 했고 나아가서는 그 대량사직을 묵과한 정부까지 나쁘다고 했다.
 그 도사계의 지사다운 활동의 대표자가 하야시 유조(林有造)였다. 하야시는 막부 말기에 지사 활동을 했고 유신 뒤에는 외무성의 벼슬을 했는데 정한론 결렬로 하야하여, 도사계의 나아갈 길은 자유민권 운동에 있다면서 자유당의 기초를 만들었다.
 하야시는 에토와도 친하고 사이고와도 친했다. 그는 에토가 도쿄를 떠나자 요코하마에서 같은 기선을 탔던 것이다.
 고베에서 하야시만이 사쓰마로 가는 배를 갈아탔다. 하야시는 가고시마에서 사이고와 기리노 패들을 만나 그들의 마음속을 더듬고, 설사 사가가 일어나도 사쓰마는 일어나지 않는다는 것을 확인했다. 그뒤 하야시는 나가사키에서 에토와 만나 사쓰마를 결코 기대해서는 안된다고 말했지만, 결국 에토는 사가의 소용돌이에 끌려들어 정부군에게 참패했다.
 "총수되는 사람은 들끓는 열기를 누르지 않으면 안된다. 누르고 누른 뒤에 시기를 보아 그것을 놓아 준다. 기세는 한꺼번에 내닫게 되어 아무도 당할 수 없게 된다. 결국 에토는 그것을 할 수 없었던 것이다."
이것이 하야시의 에토 평이었다. 그러고 보면 사이고의 사학교 설립은 들끓는 열기를 잡아 누르기 위한 장치였는지도 모른다.

 사이고는 후치베 스케지 등 세 제안자에게 안건을 아래로 내려보냈다.
 "갑작스런 일이라 생각이 잘 정리가 안되는군. 기리노와 한 번 상의해 보지 않겠는가?"
 사이고의 처사는 늘 이런 식이었다. 기다리고 기다리며, 모든 의논의 밑바닥 부분을 확인한 뒤가 아니면 움직이지 않았다. 사이고로서는 중의의 밑바닥이야말로 중요했던 것이다. 그들은 때가 오면 시체 더미와 피바다를 딛고 넘어설 사람들로, 사이고가 언제나 함께 나아가려고 하는 것은 에토의 경우처럼 몇 사람의 막료가 아니고 이러한 많은 사람들이었다.
 일찍이 도쿄 시절에 근위군 다섯 사관이라는 유명한 그룹이 있었다. 모두 팔팔한 사람들로 술을 잘 마시고 남의 일도 잘 돌보았다. 가와사키(川崎), 기하라(木原), 시부야(澁谷), 기모쓰키(肝付), 하야시(林)가 그들 다섯 사람의 성이었는데, 이 패들도 앞에 말한 세 사람이 다녀간 이튿날 사이고를 찾아왔다.
　이야기는 서로 비슷했다.
　"이대로는 아무 것도 되지 않습니다."
　사이고에게 항의하듯 말했다.
　사기를 날카롭게 유지하는 데는 일상 생활이 중요하다고 그들은 말했다.
　"지금 600여 명의 근위장교와 하사관이 돌아왔는데, 그들은 매일 하는 일 없이 집에서 놀며 술이나 마시고 정부를 욕하고 있는데 그것도 벌써 싫증이 나기 시작했습니다. 일단 이대로라면 유사시에는 아무 쓸모 없는 인간이 되고 맙니다. 그렇게 되면 일본이란 나라에 무엇 때문에 사쓰마 인이 있는 것인지, 정말 어리석은 일입니다."
　"학교를 일으키라는 말인가?"
　사이고가 반문했다.
　다섯 하사관은 일제히 고개를 끄덕였다.
　사이고는 크게 마음이 움직였다는 표정을 보이고 우선 그들을 돌려보냈다.
　며칠이 지나 기리노 패들이 찾아왔다.
　그들이 이미 아랫사람들과 익히 상의를 거듭한 뒤에 사이고를 찾아왔을 때는 거의 성안(成案)과 비슷한 것을 가지고 있었다.
　학교를 일으키고 싶다고 했다.
　사이고에게는 이의가 없었다. 학교 이름에 대해서는 여러 가지 설이 나왔으나 사이고가 '사학교가 좋겠지'라고 했기 때문에 그것으로 결정됐다.
　일본 안에 몇 백개의 번교(藩校)가 있었고, 이 시기에는 어떤 형태로든 계속되고 있었다.
　그들 번교의 이름은 모두 한문 서적에서 딴 것으로 어렵고 뜻이 깊은 것이 많았다. 규슈 지방의 여러 번들을 예로 들면 구루메(久留米)의 명선당(明善堂), 고쿠라의 사영관(思永館), 나카쓰(中津)의 진수관(進修館), 히지(日出)의 치도관(致道館), 가지마(鹿島)의 덕진관(德鎭館), 오무라(大村)의 오교관(五敎館), 구마모토의 시습관(時習館)과 같은 것이었는데 사이고가 그런 이름을 붙이지 않고 공(公)에 대한 사(私)라는 생각에서 단순히 사학교라고 붙인 것은 사이고의 사상과 사람됨을 잘 나타내고 있다.

# 사학교(私學校)

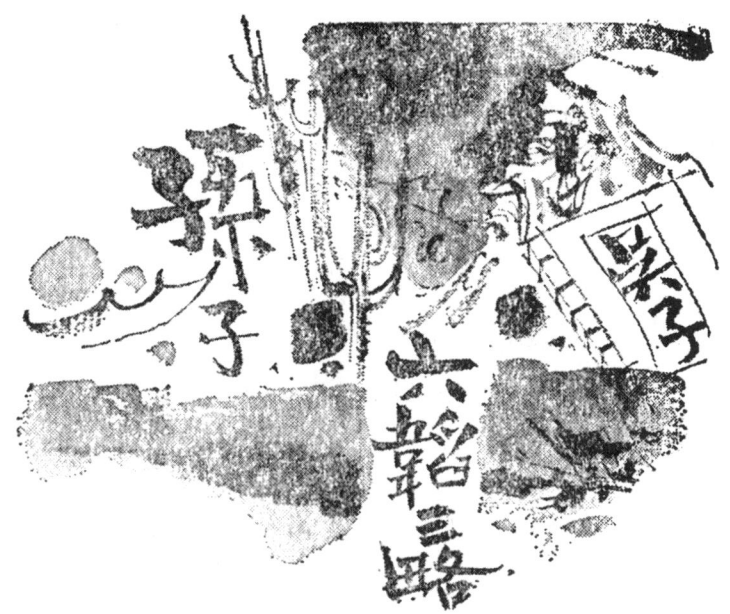

사학교의 성격은 보는 각도에 따라 아무래도 달라지는 것 같다. 학교인 것은 틀림 없지만 다른 면에서 보면 전혀 학교가 아닌 정당(政黨)이었다. 그것도 한 나라에 하나의 정당격인 독재 정당과 흡사했다. 만일 이것을 그런 독재 정당으로 본다면 세계 최초의 것임에 틀림없다.

장소는 옛 번의 마구간 자리에 두게 되었다.

이들 옛 번의 시설에 대해서는 그 소유권이 옛 번주로부터 나라나 부, 현으로 이관되어 있었다. 이를 사용하는 데는 보통 부나 현이라면 내무성이나 재무성의 허가를 얻어야 한다. 그러나 가고시마는 도쿄에 대해 실질적으로는 독립국이나 마찬가지였으므로 권령(權令)의 허가만으로 성사되었다.

이를 위해 사이고는 직접 현청으로 나가 권령인 오야마 쓰나요시(大山綱良)를 만났다.

쓰나요시는 기량이 큰 점에 있어서는 그 당시의 사쓰마 인 중에서는 월등히 뛰어났고 보신 전쟁에서의 무공도 컸으므로, 사이고도 이 인물에 대해서만은 깍듯이 대할 수밖에 없었다.

오야마 쓰나요시는 시마즈 집안의 차시중(茶侍)에서부터 출세한 사람이다. 이 번에서 차시중 출신으로 알려진 사람에는 일찍이 번의 재정을 다시 바로잡는 어려운 일을 해서 가로(家老)까지 오른 즈쇼 쇼자에몬(調所笑左衞門)이 있고, 또 사이고가 젊었을 때부터 동지였던 아리무라 슌사이(有村俊齋:海江田信義)가 있다. 시마즈 가문은 일본에서 가장 오랜 영주였으나, 에도 말기부터 인재 등용이 활발해지고 있었다. 이러한 점은, 영주 가문으로 오래된 센다이(仙臺)의 다테(伊達) 가문이 완고한 문벌주의로 막부 말기에 꿈틀하는 움직임밖에 보이지 않았던 것과는 대조적이라고 할 수 있다.

오야마 쓰나요시는, 일을 뒤로 미루는 것으로서 보다는 개인의 취미로서 다도(茶道)가 갖는 미적인 세계를 좋아했다. 다도도 옛 사람의 형식을 즐기는 다도였으며 그 형식에서 벗어나는 일을 하지 않았던 것을 보면 다른 면에서도 짐작되지만 보수적인 성격이었던 모양이다.

그의 장기(長技)는 검술이었다. 오야마는 젊었을 때부터 이렇게 자랑했다.

"우리 번에서 나를 앞설 사람은 없을 것이다."

그것이 비록 사실이었다 하더라도 새삼 그것을 자랑하고 싶어했다는 것은 그의 결점이었다. 자신을 항상 잘 보이려고 하는 것은 때로 과감한 일도 하게 하지만 때로는 기량을 작아 보이게 하기도 한다.

보신 전쟁 때 오야마는 참모로서 적은 군사를 이끌고 아키타(秋田)까지 갔다. 거기서 아키타 번에 향배(向背)를 결정짓도록 하려 했는데 마침 친막 번인 센다이 번에서 10여 명의 사자가 와서 아키타 번을 부추기며 '사쓰마・조슈의 군대를 내쫓아버리라'고 공작하는 것을 알고, 그들 10여 명을 끌어내어 목을 베고 말았다. 아키타 번은 여기에 놀라 사쓰마・조슈에 가담하게 되었던 것이다. 아무튼 오야마에게는 담력이 있었고, 또 사람을 놀라게 하는 과단성도 가지고 있었다.

그러한 오야마 쓰나요시가 한낱 가고시마 현의 권령이었던 것은 이 시대의 옛 사쓰마 번 내부의 복잡한 사정 때문이었다.

그의 자질은 군인에 적합했으므로 육군에 들어가야 했을지도 모른다.

그러나 육군은 사이고파에 의해 점령되어 있었다. 사이고가 막부 말기에 자기와 생사를 같이한 사람들 중에서 군인에 적합한 사람들을 장관(將官)으로 만든 것이다. 사쓰마계의 장관은 모든 사이고의 입김이 미친 사람들이었다.

 만일 오야마 쓰나요시가 육군에 들어간다면 중장이어야 했는데, 중장 자리는 조슈의 몫까지 합쳐서 얼마 안되었다.

 문관이라면 오쿠보와 마찰할 것이 틀림없었다.

 오쿠보는 사이고와 둘도 없는 동지로서 함께 막부 말기를 헤치고 나갔지만, 오야마와는 한 번도 고생을 함께 하지 않았다. 게다가 오야마는 오쿠보를 어린애 대하듯 하고 있었으므로, 그가 오쿠보에게 머리를 숙이지 않는 한 문관으로서 정부에 들어갈 수는 없었다.

 보신 전쟁에 오야마가 등장한 것은 도바 후시미 때는 아니었다. 그때는 고향에 있었다. 급히 대군을 보낼 필요가 있다고 하여 오야마는 번의 명령에 의해 새 부대를 이끌고 올라갔다. 그 전의 그에게는 교토에서의 분주했던 시대가 있었으나 특히 보신 전쟁 때 두드러지게 나타나게 된다. 보신 전쟁의 논공에서 그의 녹봉은 800석이었다. 조슈의 마에바라 잇세이가 500석이었고, 에토 신페이가 100석이었던 것으로 보아 그의 존재가 작지 않았음을 알 수 있다.

 오야마의 한평생을 결정짓게 된 것은 시마즈 히사미쓰의 마음에 든 그것이었다. 히사미쓰는 오야마의 옛 무사다운 풍모와 그의 보수적인 경향을 좋아했다. 보신 전쟁 이후로 사쓰마의 인재들이 모조리 도쿄의 정부로 들어갔을 때도 측근에게 말했다고 한다.

 "설마 쓰나요시는 가지 않겠지."

 이 한 마디가 그의 일생을 결정지었다.

 막부 말기의 마지막 단계에서 보신 전쟁에 걸쳐, 사쓰마는 사이고와 오쿠보에 의해 움직이고 있었다. 여기에 한 사람을 더한다면 오야마 쓰나요시이다. 그는 본국에서 사쓰마 군의 야전군을 조직하여, 그들을 직접 이끌고 친막군과 싸웠다.

 오야마의 오른 뺨에 오랜 흉터가 있다. 사람들은 싸움터에서 입은 상처로 생각하고 있었지만, 실은 아키타 진영에서 근처 장사꾼집 아이들이 가지고 놀던 뇌관이 터지는 바람에 입은 상처였다. 오야마는 그 아이들에게 자주 주의를 주었으나, 오야마의 태도가 지나치게 부드러운 탓으로 아이들은 말을 잘 듣지 않았다. 그래서 끝내 뇌관이 터지고 말았다. 아이들은 다치지 않았으나 오야마의 오른 뺨에서 피가 흘렀다. 그래도 오야마는 화를 내지 않고 이렇게 말하며 타일렀을 뿐이었다.
"그러니까 내가 그토록 주의를 주지 않았느냐?"
그의 담략과 과단성과 이 부드러움은 역시 야전군 사령관으로 꼭 적당한 사람이었다고 할 수 있다.
그러나 히사미쓰가 오야마를 도쿄로 보내고 싶지 않았기 때문에 그는 가고시마의 현정(縣政)에만 종사하게 되었다. 중앙의 오쿠보가 가고시마 현이 독립국처럼 되어 있음을 묵인할 수밖에 없었던 것은, 한편으로는 오야마가 있었기 때문이기도 했다.

권령인 오야마는 사이고보다 두 살이나 위로 벌써 50이 다 되었다.
보신 전쟁 무렵까지는 사이고에 대해 같은 위치의 말씨를 쓰며 이름을 부르곤 했는데 요즘은 약간 달리 하여 이렇게 불렀다.
"다케 옹(翁)!"
사이고의 사상에 대해서도 오야마는 별로 아는 바가 없었다. 오야마는 시마즈 히사미쓰의 의견을 신봉하는 사람으로 결국은 봉건제도를 유지하려는 생각이었는데, 이 점에 대해 사이고를 어떻게 생각하느냐고 물으면 솔직히 사람들에게도 말했다.
"실인즉 나는 다케 옹에 대해서는 잘 모른다."
다만 오야마는 사이고가 벼슬을 내던지고 고향에 돌아왔을 때만은 껑충 뜰 듯이 기뻐하며 곧 다케(武)마을에 있는 사이고의 집으로 가서 말했다.
"일본은 보신 전쟁 이후로 캄캄해진 걸로만 생각하고 있었는데 전혀 캄캄하지는 않은 것 같군."
이 말에는 뒷날 사이고가 들고 일어날 것을 예기하고 기대했다는 오야마의 뜻은 들어 있지 않다. 사이고가 도쿄에서의 영직(榮職)을 헌신짝처럼 버린 것이 오야마에게는 통쾌하게 여겨졌고 나아가 벼슬을 내던지는 것으로 정부의 방침을 통렬히 비판해 준 것이 고마웠던 것이다.
이날 사이고가 갑자기 권령의 방으로 들어왔을 때, 오야마는 순간적으로 웃고 말았다. 웃을 수밖에 없을 정도로 신기한 일이었다. 무슨 용건인지는 모르지만 사이고가 현청으로 찾아오리라는 것은 아무도 생각할 수 없는 일처럼 느껴졌던 것이다.
"모두들 학교를 만들고 싶다고 말하고 있소."

그렇게 사이고가 말하자, 오야마는 그 자리에서 찬성했다. 그에게도 울분이 있었다. 지금의 정부가 하는 방법으로는 사쓰마의 무사 기풍이 날로 쇠퇴해지기만 한다는 것이었다. 한번 크게 학교를 일으켜, 옛 번 당시 이상의 사풍(士風)을 진작시키려는 생각이 사이고의 이야기를 듣고 있는 가운데 오야마의 머리속에서 끓어올랐다. 오야마가 생각한 것은 이 가난한 일본은 서양과 대항할 아무 것도 가지고 있지 않지만 단 하나 사족의 정신만은 있다, 그런데 지금의 정부는 이를 달가워하지 않으며 오히려 사족을 몰락시켜 평민 이하로 내리려 하고 있는 것 같다, 아쉬운 대로 사쓰마만은 이 어리석은 정부에 대해 독특한 길을 걷고 싶었다, 그러는 데는 학교가 좋다, 가능하면 예전의 사족으로 학교를 꾸미고 싶다, 는 것이었다.

그러기 위해서는 건물이 필요하다.

옛 번의 마구간 자리가 당연히 그 터로 쓰여야 하며, 집을 짓는 비용도 염출할 수 있다고 오야마는 생각했다.

현은 96만 엔의 공금을 가지고 있었다. 옛 번 시대에 성 안 금고에 간직해 두었던 금화와 은화로, 그것을 지금은 현이 가지고 있었다. 다른 번은 재무성의 관리에 맡기고 있지만, 가고시마 현의 경우는 오야마가 현청에서 쓰도록 눌러놓고 있었다.

건물 정도는 그 일부를 쓰면 금방 세울 수 있었다.

오야마는 건물은 자기에게 맡기라 하고 짧은 회견을 끝냈다. 사이고는 히사미쓰 당인 오야마가 우물쭈물하면 재미없다고 생각했는데 의외로 일이 잘 진행되었다.

사학교의 교사는 곧 갖춰졌다. 건물은 그저 넓은 단층집으로 멍석 150장이 깔릴 정도의 규모였다. 벽은 송판 벽으로 아주 엉성했다.

이 본교 외에 분교도 설치되었다. 분교는 현 산하의 시 가운데 각 지구별로 나누어 12개 학교가 있었다. 그밖에 잇달아 각 고을에도 사학교가 설치되었다.

이 사학교의 감독으로 임명된 사람은 육군 소장 시노하라 구니모토(篠原國幹)였다. 교관은 유학자인 이마후지 이사미(今藤勇)였다.

교수 내용은 한학과 정신 교육이었다.

한학이라고 해도 병서(兵書)가 주였다. 《손자(孫子)》《오자(吳子)》《육도

삼략(六韜三略)》으로, 그 밖에 《춘추좌씨전(春秋左氏傳)》 등이었다. 양학(洋學)은 가르치지 않았고, 국학도 가르치지 않았다. 같은 한문 서적이라도 《맹자(孟子)》 같은 정치론은 가르치지 않았다.

"무사는 그것만으로 족하다."

누군가가 말하여, 간부들도 이에 찬성하였고 사이고도 승낙했던 것이다.

이 사풍 교육(私風敎育)의 사상은 사학교만의 것이 아니고 사쓰마 번 시대부터의 전통적인 것이었다. 그 덕목(德目)은 아주 단순명쾌했다. 무사는 의(義)를 위해 죽으면 된다, 적에 대해서는 뼈가 가루가 되도록 싸우고 약한 자는 어디까지나 도와주어야 하며, 나아가서 무사는 이러쿵 저러쿵 여러 말을 해서는 안된다는 것이었고, 인간상(人間像)으로는 용감하고 온화하며 진퇴가 분명하고 시원스러워야 한다는 것을 이상으로 삼고 있었다.

이로 인해 《맹자》와 같이 이론을 좋아하고 게다가 임금에 대해 이러니저러니 비판하는 것은 가르치지 않았고, 또 《대학(大學)》 《중용(中庸)》과 같이 영리한 관리가 되는 데 적당한 책도 사학교의 경우는 배우지 않았다.

사쓰마 무사는 가마쿠라(鎌倉) 무사의 옛 품격이 남아 있다는 점에서 에도 시대에도 특이한 존재로 알려져 있었는데, 사학교의 교육은 의식적으로 좋은 전통으로 되돌아가려고 했던 것이 틀림없다.

권령인 오야마는 히사미쓰 당이면서도 사학교가 성대해지는 데 크게 힘을 썼다. 그는 현 안에 있는 이마이즈미(今泉)를 순시했을 때 그곳 사족들을 한 곳에 모이게 하여 사학교에 들어갈 것을 권유한 뒤 훈시했다.

"한 마디 말해 두겠다. 제군들이 사쓰마 고유의 기개와 정신을 잃지 않고, 사학교의 취지를 잘 실천한다면, 천하에는 아직도 할 일이 많이 남아 있을 것이다."

이 오야마의 훈시로 사학교의 교육 내용이 어떤 것인지 엿볼 수 있을 것이다. 나아가 사학교의 교수인 이마후지 이사미(今藤勇)는 오야마의 부하로서 메이지 4(1871)년 이래로 현청에 나가 제1과장으로 근무하고 있었다. 제1과장의 직책에 있으면서 사학교의 교수를 겸하고 있었는데, 말하자면 부교장과 같았다.

결국 사학교의 방침은 오야마가 말하는 '사쓰마 고유의 기개'를 유지하는 것으로 새로운 문명을 지향하고 있는 새정부의 방침과는, 이 학교에 관한 한 전혀 배치되어 있었다.

사이고는 사학교와 관련하여, 처음에 경비문제를 오야마와 상의한 것 외에는 거의 간섭하는 일이 없었다.

다만 강령(綱領)을 썼다.

그것도 부탁을 받아 썼는데 앞에 말한 '다섯 하사관'들이 찾아와서 말했다.

"나무로 말하면 줄기가 될 수 있는 말씀을……"

"아아 그렇군."

사이고는 알았다는 듯이 대꾸하고는 큰 화선지를 가져오게 한 뒤 한참 생각하더니 이윽고 단숨에 써내려 갔다.

2개조 96자다.

제1은 이렇게 되어 있다.

'도(道)를 같이하고 의(義)를 서로 돕는 것으로 은연중에 모였다. 그러므로 이 이치를 더욱 갈고 닦아, 도와 의에서는 한 몸을 돌아보지 말고 반드시 실천해야 한다.'

사이고의 이 문장에 나오는 '은연중에 모였다'라는 말은, 게이오 3년 4월 날짜로 쓴 사카모토 료마의 '해원대(海援隊)' 규약과 비슷하다.

'탈번(脫藩)한 사람과 해외 개척에 뜻이 있는 사람은 다 이 부대에 들어온다. 나라에 속하지 않고, 은연중에 슛기칸(出崎官)에 속한다.'

해원대의 경우는 낭인으로서 뜻이 있는 사람의 모임이란 것을 우선 분명히 말하고 있다. 그 점에 있어서는 사사로운 것이며 자유로운 결사(結社)임을 첫머리에 일부러 자랑하며 외치고 있다. 나라에 속하지 않는다는 것은 어느 번에도 속하지 않고 어느 번으로부터도 구속을 받지 않겠다는 것으로, 이런 강령은 옛날에는 일찍이 들어보지 못한 것이다. 나아가서, 국가 체제와 관련이 없는 낭사의 결사가 탄생한 것으로는, 해원대와 비슷한 육원대(陸援隊) 이외에는 없다.

해원대는 당시 사쓰마·조슈·도사와 같은 여러 번에서 돈을 내고 있었으므로 사카모토는 당연히 친구였던 사이고에게 이 규약을 보였을 것이다. 그렇다면 사이고의 머리 속에 이 말이 남아 있어서, 사학교라고 하는, 일본 정부에서 사적으로 독립한 학교의 헌장을 만드는 데 문득 떠올랐을지도 모른다.

'은연중에 모였다'는 것은 이 모임이 국가나 현과는 관련이 없다는 뜻이다.

제2조는 이렇게 되어 있다.

'임금을 높이 받들고 백성을 사랑하는 것은 학문의 근본취지이다. 그러므로 이 천리(天理)를 다하고 백성의 의무를 다하려면 한결같이 어려움을 이겨내며 서로 도와 대의를 이룩해야 한다.'

이 속에, 사이고의 사족에 의한 국가통치 주장이 선명하게 드러나 있다. 백성을 사랑하라는 것은 다스리는 사람으로서의 의무이며 그러기 위해서는 한결같이 어려움을 이겨내야 한다는 것이다. 시마즈 히사미쓰의 경우는 영주에 의한 통치론이었지만, 사이고의 경우는 사족인 사람은 다같이 통치의 책임을 가지고 이것을 위해 생사를 돌아보지 말라는 주의였다. 사이고의 기본 사상은 이것이 전부였을지도 모른다.

사학교에서는 한문 교육 외에는 주로 행사였는데, 그것도 사쓰마 무사란 것에 대한 재교육이 목적이었다.

메이지 유신도 벌써 7(1874)년이 되었다. 무사의 시대가 지나가 버렸는데 새삼 무사가 되라고 하는 데는, 다소 연극 같은 행사로서라도 어쩔수 없이 필요했는지도 모른다.

일찍이 에도 시대에 사쓰마 번에서는 무사들의 주거 지역을 세분하여 그 한 구역을 향중(鄕中)이라 불렀는데 각 향중마다 자제에 대해 담력과 의기를 기르는 교육을 시켰다. 그 방법이 사학교 교육에 채택되었다.

"오늘은 도시히사 공(歲久公)에게 참배한다."

그 혼령을 모신 히라마쓰(平松)라는 신사(神社)까지 달리는 것이다. 성밑 거리에서 30리쯤 되었다.

달리면서, 그날은 시마즈 도시히사(島津歲久)에 대한 생각만 하기로 되어 있었다.

사쓰마에서는 억세고 굳세어 자기가 옳다고 생각하는 것을 그대로 밀고 나가는 사람을 '봇케몬'이라고 하는데, 도시히사는 도요토미(豊臣) 시대의 봇케몬이었다.

도요토미 히데요시의 천하가 성립되려 하고 있을 때, 시마즈씨의 규슈 정복의 사업도 진행되고 있었다. 그러나 이윽고 천하가 모두 히데요시의 대군 앞에 항복해야만 했고, 시마즈씨는 본래의 사쓰마·오스미·휴가의 세 고을에 갇혀 있게 되었다.

그 항복의 표적으로, 당시 시마즈 집안의 당주인 요시히사(義久)는 머리를 풀고 히데요시의 진영으로 가서 자기 딸을 인질로 바쳤다.

그러나 시마즈 당주의 아우인 도시히사(歲久)는 이 항복을 달가워하지 않았고, 화해 후에 히데요시의 군대가 시마즈 령에 들어왔을 때 자기만은 싸우겠다고 주장했다.

"지금 히데요시는 대군을 거느리고 우리 국경을 침범했다. 한 사람도 이를 맞아 싸우는 사람이 없다면, 사쓰마 천하에는 한 명의 남자도 없을 것이다."

그러나 형 요시히사(義久)가 허락하지 않았다.

히데요시가 이윽고 시마즈 영지에 들어와 게토인(祁答院)의 성관에 묵으려고 했다. 그러나 도시히사는 거절했다. 게토인은 도시히사의 영지로 그 성관은 자기의 저택이었다.

"내가 살아 있는 동안은 히데요시를 성관에 들여놓지 않겠다."

그 말이 히데요시의 귀에 들어간 모양이었으나 히데요시는 내버려두었다. 또 히데요시가 영내의 산길을 행군하고 있을 때 화살이 날아와 자기 가마 앞에 떨어졌다. 도시히사의 짓일 거라며 히데요시는 크게 화를 냈지만, 일을 시끄럽게 만들지는 않았다.

그러나 뒷날 히데요시는 도시히사의 죄를 꼽아가며, 요시히사를 불러 그의 목을 베어오라고 명령했다. 도시히사는 마침내 자신의 목을 형에게 바치게 되는데, 그 자살하는 모습이 참으로 담담하여 세상을 하직하는 노래와 함께 도시히사의 모든 면이 사쓰마 인들의 마음에 들었다. 도시히사는 호를 사이사(晴蓑)라고 했다.

'사이사(晴蓑) 놈의 영혼이 있는 곳을 누가 묻거든, 저 흰 구름 끝간 곳인지 모른다 하여라.'

사학교 학생들이 그 도시히사 공을 참배하는 일을 계속하고 있었다는 것에 그들이 뜻하는 방향이 말없는 가운데 벌써 정해져 있었다고 할 수 있으리라. 그 밖에 전국 시대의 주군이었던 시마즈 요시히로(島津義弘)의 혼령을 모신 이주인(伊集院) 고을의 사키에(德重)까지 50리를 달리고 사쓰마 인의 조상으로 불리는 고쿠부(國分)의 가고시마 신궁(神宮)까지 80리를 달리기도 하였다.

사학교를 살펴보면, 학교라기보다 역시 정당 같은 성격이 짙다.

분교가 12개교 생겼을 때 마구간 자리의 본교는 '사학교 본교'라고 불렸다. 분교의 이름에는 그 고장 지명을 붙였다. 고라이마치(高麗町) 사학교니, 아라다(荒田) 사학교니 하는 식이다.

사학교 사람들을 생도(生徒)라고는 별로 부르지 않았던 것 같다.

'교도(校徒)'라고 부르는 경우가 많았다. 당원이란 기분이 들어 그랬을 것이다.

가고시마 현청에서는 막부 말기의 동란부터 보신 전쟁에 걸쳐 비명에 죽거나 전사한 사쓰마 번사의 무덤에 꽃과 향을 바치기 위해 사람을 전국에 파견하고 있었는데 그 일도 사학교 설립 후에는 사학교에 맡기게 되었다.

권령 오야마가 그것을 부탁했다. 오야마는 내친 김에 현의 민정(民政)도 사학교에 맡기려고 결단을 내린 모양으로, 그는 먼저 기리노와 시노하라를 설득하고, 이어 사이고를 만나 그 일을 부탁했다.

사이고는 첫마디에 승낙했다. 오히려 사이고도 그래야 마땅하다고 생각한 것이 틀림없었다.

우선 지역 행정을 담당하는 구장(區長)에 대해서였다.

이 구장을 사학교 생도들에게 시키는 것이다.

먼저 근위 육군 소령 벳푸 신스케(別府晋介)를 가지키(加治木) 고을과 고쿠부(國分) 고을의 구장을 시켰다.

이어 근위 육군 대위 헨미 주로타(邊見十郎太)를 미야노조(官之城) 고을과 가모(蒲生) 고을의 구장으로 하고, 또 육군 소령 무라타 산스케(村田三介)를 우시야마(牛山) 고을의 구장으로 했다. 근위 육군 대위 시게히사 아쓰카네(重久敦周)를 다카야마(高山) 고을의 구장, 야마구치 다카에몬(山口孝右衞門)을 이즈미(出水) 고을의 구장으로 했다.

야마구치는 일찍이 육군 대위였으나 뒤에 시마네 현 참사로 있다가 사이고가 사직한 소식을 듣고 마쓰에(松江)에서 가고시마로 돌아왔다. 일찍이 현 참사였던 사람이 시골 구장을 한다는 것에 이 인사(人事)의 재미있는 데가 있다.

구장 밑에 둘이나 세 명의 부구장이 있었는데 그들도 역시 교도(校徒)들이었다.

구장이 된 교도들은 누구나 열성을 가진 행정자였는데, 동시에 당의 보급

선전자이기도 해서, 산간벽지에 사는 사족들에게 사학교의 정신을 열심히 철저하게 주지시키려 했다. 사학교의 정신은 요컨대 옛 사쓰마로의 복귀였다. 구체적으로는 사이고를 숭배하고 사이고와 행동을 같이 한다는 것이었다.

구장은 각 고을에서의 선배이다. '선배님의 말에 거역하지 말라'는 습관이 옛날부터 사쓰마 번에 있었는데, 그것을 구장이라는 형식으로 제도화한 것으로도 해석할 수 있다. 그 각 고을 선배들의 제일 꼭대기에 선 대선배가 사이고인 것이다.

사이고가 사쓰마에서 제도상으로도 큰 영웅의 위치에 앉은 것은 이때부터라고 할 수 있다.

정부로부터 독립한 듯한 가고시마 현을 뒷날 일당 독재국과 비교할 수 있는데, 사이고는 당(党)을 대표하는 사람에 해당되고, 현 권령(權令)인 오야마는 정부를 대표하는 수상에 해당한다고 할 수 있다. 어디까지나 당이 앞선다.

정부는 단순히 그 아래 있는 사무를 담당하는 기관에 불과하다. 오야마는 스스로 위치를 낮추어 사무를 취급하는 기관의 우두머리가 되었다.

다음은 약간 뒷날의 일이 되지만 오야마는 사이고에게 간청했다.

"현의 경찰관도 부디 사학교에서 내주기 바란다."

놀라운 일은 사이고가 이 간청을 선선히 받아들인 것이다. 그뿐 아니라 그가 직접 사람을 교도 중에서 골라, 각 계급의 경찰관으로 추천하고 오야마로 하여금 임명하게 했다. 이 점에서 보더라도 사학교는 단순한 학교가 아니라 바로 당(黨)이었다.

사이고는 우선 나카지마 다테히코(中島健彦)를 1등 경부(警部)로 했다.

나카지마는 보신 전쟁 때 감군(監軍)이 되고, 뒤에 근위 육군 대위가 되어 한때 사이고의 부관을 지냈다. 뒤에 문관이 되어 사카이 현의 전사(典事)에 임명되었으나, 사이고의 사직과 동시에 귀향했다. 나카지마 1등 경부는 현의 제4 과장을 겸하고, 현 안의 경찰행정을 한 손에 쥐고 있는 자리였다.

동시에 사이고는 노무라 닌스케(野村忍介)를 4등 경부(뒤에 3등 경부)의 신분으로 가고시마 경찰서장에 앉혔다. 노무라 닌스케는 보신 전쟁 때는 척후로 활약했고, 뒤에 근위 육군 대위가 되었으며 다시 이요(伊豫) 오스(大洲) 현의 판사로 옮겼다가, 사이고의 사직과 함께 귀향했다.

이 나카지마와 노무라가 다른 관계자들과 의논해서 1등 순사(巡査)에서 3등 순사에 이르기까지 인선(人選)을 하여 오야마로 하여금 발령하게 했다. 거의가 사학교 교도였다. 결국 사학교 당이 경찰권을 완전히 장악했다고 할 수 있다.

이 시기의 관리라는 것에는 뒷날의 이른바 '천황의 관리'라고 하는 사상은 없었다. 오쿠보는 이윽고 '관리는 천황의 뜻을 받들어야 하는 것'이라는 사상을 만들고 뒷날 메이지 헌법에 의해 이것이 법제화하지만, 사실상의 독립된 정권 밑에 통치되고 있는 가고시마 현에서는 그러한 사상이 없었다. 사학교의 강령을 최고 헌장으로 하는 그들의 사상으로는, 관리란 백성을 사랑하고 백성의 의무를 위해 몸을 받쳐야 한다는 것이고, 구체적으로 말해서 중앙 정부의 권력으로부터 현을 방위한다는 사족적인 기개의 중핵(中核)이 되는 것이었던 모양이다.

사학교 외에도 학교가 설립되었다.

사학교를 당이라고 한다면 다른 학교는 보통 말하는 뜻의 학교라고 할 수 있다.

포대학교(砲隊學校)라고 하는 것이 사학교 옆에 세워졌다.

옛 사쓰마 번은 시마즈 나리아키라의 전통이 있기 때문에 기계의 힘을 중시하고 있었다. 해군력에 있어서는 막부와 사가 번에 다음 갔고, 육전의 포병력에 있어서도 마찬가지였다. 막부 시대, 중앙정부인 막부를 제외하면 사가 번과 사쓰마 번만큼 기계력이 뛰어난 번은 없었다. 예를 들어 조슈 번은 여기에 비하면 한낱 시골 번에 불과했다. 조슈 번의 화력을 경시하는 전통이 전 육군에 유전되어 내려간 것처럼 생각된다.

사쓰마 번의 화력 중시 경향은 보신 전쟁 때 수백 명의 포병이 있었던 것으로도 알 수 있다. 이에 비해 막부 말기의 조슈 번은 정규 포병이 한 사람도 없었고, 보신 전쟁 때에야 황급히 사쓰마 번으로부터 대포를 빌려, 그 조작법을 야전 현장에서 오야마 이와오(大山巖)의 군으로부터 전해 받았을 정도였다.

옛 번 시대의 포대 출신자가 그 당시 200명이나 남아 있었던 것이다.

이들을 한데 합쳐 포병 기술을 가르치려고 포대학교를 만든 것인데, 다만 대포는 보신 전쟁 때 각지의 싸움터에서 활약한 4근산포(四斤山砲)가 주된 것이었다.

이어 상전학교(賞典學校)도 세워졌다.

이것도 일종의 서양학 학교였다. 일찍이 육군 유년학교에 적을 두고 있었던 사람들을 중심으로 만들어져, 거기에 영국인 교사 한 사람과 네덜란드 인 교사 몇 사람이 있었고, 그 밖에 일본인 교사는 유학자인 구키야마 다이조(久木山泰藏)와 프랑스어 학자인 후카미 아리쓰네(深見有常)였다. 감독에는 시노하라 구니모토가 사학교 본교와 겸임하게 되었다.

상전학교라는 이상한 이름은 그 경제적 바탕에 의해 붙여진 것이다.

유신과 보신 전쟁에 공로가 있었던 사람 중에서 보통 사람은 일률적으로 8섬이라는 상전록(賞典祿)이 붙었는데, 특히 공이 뛰어난 사람은 더 많은 녹이 붙었다.

예를들면 사이고 다카모리가 2천 섬이고, 오쿠보 도시미치가 천 800섬, 기도 다카요시가 천 800섬, 이타가키 다이스케(板垣退助)가 천 섬이었다.

사쓰마 번 관계에서는 오야마 쓰나요시가 800섬이고 기리노 도시아키가 300섬이었다.

상전학교는 이들 중 세 사람의 상전록을 가지고 만들어진 학교로서 교사는 데루구니 신사(照國神社) 경내에 두었다. 그들의 주된 학습은 외국어 습득으로 뒷날 세이난 전쟁 때 사쓰마 군의 전사자 옆에 영어와 불어 단어장이 흩어져 있었다고 하는 것은 아마 이 상전학교 학생이었기 때문일 것이다. 그들은 칼을 들고 적진으로 뛰어드는 전투 속에서도 틈틈이 한 마디라도 외국어를 암기하려 했던 모양이다. 그 밖에 전부터 있던 학교로서 영국인 윌리엄 윌리스를 교장으로 하는 가고시마 의학교(醫學校)가 있었고, 나아가 학교는 아니더라도 사족들의 자작농화(自作農化)를 추진하는 요시노 개간사(吉野開墾社)란 것도 생겼다.

사이고는 자본주의를 거부하는 일면이 있었고, 오히려 농본주의자 같은 면이 강했는데 이 개간사는 그의 이상 가운데 하나를 성취시키려는 뜻이었던 것 같다.

가고시마 현에 있는, 학교라는 이름으로 세워진 사족의 새 조직과 사이고의 사상을 아울러 생각해 볼까 한다.

이런 시국에 가장 중요한 것을 사이고가 손대지 않은 것을 깨닫게 된다. 공업을 일으키는 일이다.

사이고의 선생이라기보다 더욱 엄격하게 스승(師匠)이라고 해야 할 시마즈 나리아키라(島津齊彬)에게는 공업에 대한 사상과 포부와 정치적 실적이 있었다.

나리아키라는 영국에서 한창 일어난 산업혁명이 유럽과 미국을 세계의 강국으로 만들고, 그 결과 아시아가 압박 당하기 시작했다는 명쾌한 관점을 가지고, 막부 요로의 사람들에게도 그것을 설명하고, 나아가 사쓰마 번에 새로운 산업 방식을 도입하려 했다.

사이고에게는 그런 사상이 부족했다.

나리아키라라는 존재를 역사 속에서 빛나게 하고 있는 것은, 다른 무엇보다도 번의 산업주의를 택하려 했던 그의 선각성(先覺性)이었다.

나리아키라는 네델란드 서적을 통해 방적기계를 공부하고 일본 최초의 서양 방직공장을 다가미 마을(田上村)에 세우고 면포와 범포(帆布)를 만들었다. 동력은 물레방아였다. 이 방적기계가 뒷날 센슈(泉州) 방적회사에 팔려 넘어가 태평양 전쟁 전까지 돌아가고 있었다 하므로 그 기계의 정확함을 생각하더라도 나리아키라가 한 일이 한낱 영주의 도락이 아니었다는 것을 알 수 있다.

그는 전신기를 제작하여 본성(本城)과 외성(外城)에 전선을 통해 통신을 했고, 나아가 전기 장치의 지뢰와 수뢰를 많이 만들어 평시에는 광산용으로 사용했는데, 주석이 나오는 다니야마(谷山)의 광산과 금이 나오는 야마가노(山野) 광산에서 바위를 폭파하는 일에 썼다.

화약 제도에도 큰 성공을 거두었다. 서양식 초석 제조 방법을 문헌에서 조사하여 다니야마 고을에 큰 제초장(製硝場)을 만들어, 이에 의해 화약 수만 근을 제조하고 저장했다. 이 사쓰마 화약은 서양 화약보다 힘이 강했기 때문에 각 번에서 그 제조 방법을 물으러 오곤 했다.

또 반사로(反射爐)를 만들어 서양식 제철공업을 일으키고 그로써 많은 대포를 번에서 만들었다.

이들 공장의 건물을 집성관(集成館)이라 불렀는데, 거기서 일하는 직공이 하루 1,200명에 달했고 각종 공작 기계가 요란하게 돌고 있었다. 막부 말기의 한 시기에 사쓰마란 곳은 벌써 작은 규모의 산업국가를 형성할 만한 기초가 다져지고 있었던 것이다.

그러나 나리아키라가 죽은 뒤 이것들은 폐지되었다. 번 재정상으로 부담이 컸다고 하지만, 나리아키라 같은 지도자가 없는 한 운영이 불가능했던 것이리라.

나리아키라는 일찍이

"이것이 번 재정에 부담을 줄 염려가 있다고 하는 사람이 있는데 그렇지 않다. 집성관을 일으킨 목적은 이재(理財)를 위해서이다."

이 과중 투자를 내외 무역으로 소화시키려고 한 아슬아슬한 균형은 나리아키라 같은 인물이 아니면 해낼 수 없는 일이었다.

나리아키라의 좋은 제자였던 사이고에게는 그런 면이 부족했다.

사이고는 나리아키라가 목표하고 있었던 자본주의를 끝내 이해할 수 없었던 것이리라.

나리아키라의 공업은, 그의 생존중인 짧은 기간에 벌써 무역 형태로 이윤을 올리는 싹을 보여 주고 있었다.

특히 유리와 간장은 나가사키를 통해 해외로 팔려 나가고 있었고 나리아키라에게는 상당한 액수의 금화가 쌓여 있었다.

그리고 광산 개발에 열심이었던 나리아키라는, 자신이 살아 있는 동안 금광에서 1년에 1,270엔의 순이익을 올렸고 철광에서 230엔의 순이익을 올리고 있었다. 이들 새로운 산업에 의한 이익은 전대부터의 지속사업인 사탕 제조와 판매로 얻는 연이익 350만엔에 비하면 하찮은 것이었지만 아무튼 장래가 유망한 것이었다고 할 수 있을 것 같다.

사이고에게는 나리아키라가 가진 것과 같은 국가 구상이 없었다고 하는 점이, 시세의 흐름에서 그 자신 몸을 돌려 떠나야만 했던 중요한 뭔가를 암시하고 있다.

사이고는 그 점에서 나리아키라를 닮지 않았다기보다는 오히려 자본주의를 미워하고 있었다고 하는 편이 옳다.

메이지 초창기에 자본주의는 국가의 지도에 의해 육성되려 하고 있었다. 그 일에 힘을 쏟은 것은 조슈의 이노우에 가오루와 그의 부하였던 시부자와 에이이치였고, 오쿠마 시게노부도 다소 관여하고 있었다.

이들은 당연히 얼른 보기에 재벌과 유착되어 있는 것 같은 아슬아슬한 관계에서 생각하고 행동했으며, 때로는 이노우에 가오루가 에토 사법경에게 추궁당했듯이 중대한 독직의 의혹마저 받았다.

사이고가 참의였을 무렵, 이노우에를 속으로 업신여기며 '미쓰이(三井)의 지배인'이라고 한 것은, 사이고와 이노우에의 처지를 잘 나타내고 있다.

또 사이고가 참의였을 시기에 잇따라 일어난 정부와 정상(政商)의 유착을 드러내는 사건 (야마기 와스케(山城屋和助)의 자살 사건,) 직후, 이타가키 다이스케가 사이고를 (미타니 상루로(三谷三九郎)의 파산 사건) 찾아와 어떻게든 부패를 잘라버려야 한다고 말했을 때 사이고는 이런 사태에 절망하고 있던 때이기도 했으므로 이타가키의 청을 거부했다.

"나처럼 시대에 뒤떨어진 사람은 이런 세상을 이해할 수가 없다. 은퇴해서 홋카이도에라도 가 농사라도 짓고 싶다."

이윽고 이타가키가 눈물을 흘리며 설득했기 때문에 사이고도 이들을 몰아내기 위해 일어날 것을 약속하게 되었다. 그러나 사이고는 혁명이 성취된 후 세상에 절망하는 한편, 이 세상이 돈만 아는 세상인 것에 어이가 없었다.

그러나 그는 돈만 아는 세상의 필요성도 어렴풋이 이해하고 있었음을 '나는 시대에 뒤떨어졌다'는 말에서 짐작할 수 있다. 결국 사이고에게는 자본주의란 것이 잘 이해되지 않았고, 뿐만 아니라 세상에서 도망치고 싶을 정도로 그것이 불쾌감을 준 것만은 확실하다. 사이고는 혁명의 주도자 역할을 하였는데 막상 혁명을 이룩해 놓고 보니 나타난 것은 세계의 추세였고, 반면, 그것이 사이고에게는 도깨비같이 느껴진 자본주의였다는 점이, 사이고의 무지였고 비극이었다고 할 수 있다.

나리아키라는 이해할 수 있었는데 사이고가 이해할 수 없었다고 하는 이 중대한 결함에 대해서는, 사이고가 참의였을 당시 그와 반대 입장에 섰던 오쿠마 시게노부에게는 너무 노골적으로 드러나 보였던 모양이다.

'고지식하기만 하고 경륜의 재주가 부족한 사이고와 이타가키의 무리.'

이런 말을 오쿠마는 그의 회고록에서 쓰고 있다.

이노우에 가오루(井上馨)가 오직(汚職)으로 추궁받았을 때, 같은 재정 담당 고관인 오쿠마는 그를 변호하지 않았다. 그러한 오쿠마의 태도를 이노우에가 비난하는 대화 가운데 그런 표현이 나온다. 오쿠마의 회고록에서는 이노우에가 그렇게 말한 것으로 되어 있으나, 오쿠마와 이노우에는 이 시기에는 동지라고 할 수 있는 사이로, 그들은 자기들밖에 재정을 모른다고 서로 말을 주고받았고 또 그것이 사실이었다.
 이노우에(井上)의 오직은 재정상의 다른 각도에서 보면 오직이 아니었다고 할 수도 있는 것이다. 그 각도에서 이노우에를 변호할 사람은 오쿠마밖에 없었다. 그런 오쿠마가 그 일을 하지 않고, '사이고와 이타가키의 무리'가 오해한 채 버려두고 있다는 것은 돼먹지 않은 일이라고 이노우에는 원망한 것이다.
 노직하다는 말은 지나칠 정도로 업신여긴 말이다. 고지식하다면 다소 미덕 가까운 느낌이 들지만 노직한다는 '노(魯)'는 저능(低能)이란 말과 같다.
 "경륜의 재주가 부족하다."
 이것은 사이고와 이타가키에 대한 치명적인 비평이라 말할 수 있다.
 결국 산업혁명 이후의 국가 경영이 어떤 것인가를 모른다는 것이리라.
 메이지 유신이란 그것을 만든 사람들에게는 어둠 속을 손으로 더듬는 것과 같은 것이었다. 막부 말기에 대체 어떤 국가를 만들기 위해 막부를 넘어뜨리느냐 하는 것에 대해서는 막부를 완전히 넘어뜨린 당시에도 분명치 못했다.
 "그 사람들이 유신을 알 턱이 있는가."
 이것은, 사가의 난을 일으키고 사형된 에토 신페이가 도쿄를 떠나기 직전에 한 말이었다. 그 사람들이란 주로 조슈계 고관을 가리킨다.
 이 말을 사가의 번사였던 에토가 했다는 점이 재미있다. 막부 말기의 사가 번은 개인적인 지사 활동을 엄금하고 있었던 번으로, 이로 인해 에토는 막부 태도에 있어서는 기도 다카요시가 그의 일기에서 욕하고 있듯이 한치의 공로도 없었다. 혁명에 아무 공도 없었던 사람이 여러 해 동안 계속해서 뛰어다닌 기도 이하 조슈계 고관들을, 그들이 유신을 알 턱이 있느냐고 욕하고 있는 것이다.
 조슈 인들은 일본에 자본주의를 일으키려 하는 이노우에 가오루를 지지하고 있었다. 결과적으로 말해서 조슈계 사람들의 새 국가 구상은 기도 다카요시나 이 시기의 야마가타 아리토모보다 이노우에 가오루가 가장 단적으로 대표하고 있었다고 할 수 있을지 모른다.
 이에 대해 사이고가 '학교'라는 사족의 조직을 가지고 가고시마 현에서 일으키려 하고 있었던 것은 이노우에 가오루와 같은 것이 아니고 가마쿠라 이후의 농본주의적인 것이었다고 말할 수 있다.

사이고가 일본의 근대화에 대해 상공업을 지향하지 않고 어디까지나 농업을 지향하려 했다는 것은, 그의 일면이 지니고 있는 극단적인 보수성과 관련돼 있다.

무사를 보존한다는 것이었다.

그가 생각하는 무사라는 것은 사쓰마 사족단이 오랜 세월 동안 이상으로 삼아온 무사상(武士像)으로, 그 무사상에는 상업 사상이 들어 있지 않았다.

"무사는 농사꾼은 되어도 장사꾼은 되지 말라."

이것은 에도 시대의 무사 사회에서 일반적으로 말하던 것으로, 무사의 원류(源流)가 원래 헤이안(平安) 말기의 농민이었다. 전국 시대에도 일반적으로 군대와 농민은 분리되어 있지 않았던 관계로 보아, 부업으로 농사를 짓는다는 것은 근본으로 돌아온 것이므로 상관없다고 했다. 그러나 장사꾼은 되지 말라고 했다.

이로 인해서 에도 시대에 도시 생활을 하고 있던 무사는 농사를 지을 수 없었기 때문에 물건 만드는 것을 부업으로 했다. 집에서 물건을 만드는 거라면 무사의 정신을 손상시키거나 하지는 않지만 상업만은 무사의 정신을 해친다는 것이다.

사이고는 장사꾼이 싫었다. 약간 상인적인 발상(發想)을 하는 사람에 대해서도 후각이 예민해서, 예를들어 권령인 오야마의 인품에 대해서도 옛날부터 좋아하지 않았다.

"오야마씨는 장사꾼을 닮았어."

하기는 오야마의 어디가 장사꾼을 닮았는지 오야마 자신도 알지 못했고 다른 누구도 알지 못했는데, 사이고만이 그렇게 말했다. 생선을 싫어하는 사람이 바닷바람이 조금만 냄새를 풍겨도 기분이 나빠지는 것과 비슷하다.

사이고가 사학교 성립으로 더욱 독립국 냄새가 강해진 가고시마 현에서 철저하게 옛부터의 병농주의(兵農主義)를 취한 것은 그의 사상이 단적으로 나타난 것이라 할 수 있다.

그렇다고 해서 사이고가 서양을 싫어한 것은 아니었다. 그는 단순한 쇄국적 양이주의를 일찍부터 버렸고, 일본 무사가 서양 무기의 장점을 받아들이는 것에 오히려 적극적이었다. 그는 도바 후시미 싸움을 몰래 계획했을 때 그의 사촌동생 오야마 이와오를 병기 구입 담당으로 몇 번이나 요코하마와 교토를 오가게 했다. 도바 후시미 싸움에서, 이쪽의 병력이 적은 데도 이길 수 있었던 것은 최신식 총기에 의한 것임을 사이고는 잘 알고 있었다. 다시 말하면 그는 무사로서 상업에 등을 돌리고 있기는 했지만, 오야마 이와오가 담당한 병기 구입에 있어서는 반드시 그가 장부상의 검산(檢算)을 했다. 검산은 가지고 다니는 작은 주판으로 했다. 당시 무사로서는 보기 드물게 주판을 놓을 수 있었던 것은 사이고가 어렸을 때 군수의 서기 일을 한 적이 있었기 때문이다.

그러나 사이고가 가령 농업을 근본으로 나라를 세울 생각이었다면 병기 생산에 대해 어떤 생각을 하고 있었을까. 병기는 한 나라의 공업에서 생산되는 것이었는데, 그는 어디까지나 병기를 수입하는 것으로밖에 생각하지 않았던 것은 아닐까.

"공업과 무역은 정부에서 하는 일이다. 사쓰마는 군대와 농업만 생각한다."

이런 것이었을까? 이런 부분은 사이고의 애매한 점이었다고 할 수 있다.

사이고는 자신이 만든 여러 조직 가운데, 요시노 개간사에 가장 힘을 기울였다.

사족들의 개간단체였다. 농사를 지으면서 공부하는 것으로 이것도 학교의 하나라고 했다.

이 개간사는 요시노 고을에 있었다.

요시노 고을은 시라스 대지(白砂臺地)로 그 안에 옛 번 시대에 말을 놓아 먹이던 곳이 있고, 지금은 현유지(縣有地)로 되어 있다. 그 동남쪽 끝의 데라야마(寺山)라는 벌판을 현으로부터 불하를 받아 개간사로 하여금 개척하게 한 것이다.

요시노 개간사는 도쿄의 육군 교도단(敎導國)에 있었던 사쓰마 출신의 생도 150명에게 개간하게 했다.

개간할 땅은 50정보였다.

그들은 한 숙사에서 공동 생활을 하고 있었다.

사이고는 부탁한 즉시 그 숙사 벽에 그가 좋아하는 진용천(陳龍川)의 두 글귀를 썼다.

　　일세의 지용을 퇴도하고

만고의 심흉을 개척한다.
推倒一世智勇
開拓萬古心胸

　이 요시노 개간사의 감독은 나가야마 모리다케(永山盛武)와 히라노 쇼스케(平野正介), 고미 사네나오(兒實實直) 등이었는데, 기리노 도시아키도 가끔 그곳에 모습을 보였다. 기리노도 단독으로 개간을 하고 있었다.
　그는 이 요시노 고을 태생이었는데, 그의 생가가 있는 사네카다(實方)에서 40리 안쪽에 있는 우돈(宇都谷)이란 벌판을 불하받아, 손수 괭이를 휘둘러 논밭 한 정보 가량을 개간하고 있었다.
　사이고가 여기에 힘을 쏟은 증거로는 농업 교사의 알선에서부터 종자와 묘목을 구입하는 데까지 편의를 보아준 것만으로도 알 수 있다.
　사이고의 집에서 이 개간지까지는 약 15리쯤 되는데 가끔 마바리를 끌고 다니곤 했다.
　사이고는 가고시마 시내에서 거름을 퍼서 요시노 고을까지 운반할 때도 있었다. 거름통을 말등 양쪽에 달고 운반했다. 먼저 한 통을 매달면 다른 쪽이 쳐들려 올라간다. 사이고는 익숙지 못했기 때문에 지나가는 사람의 손을 빌려쓰는 일이 많았다.
　어느 때 혼자서 하노라니 잘 되지 않았다. 다급해서 길에서 일하는 농가집 처녀에게 소리쳤다.
　"이봐 이봐, 처녀."
　그는 큰 소리로 불렀다.
　"한쪽을 눌러 줘."
　그 처녀는 길에서 말똥을 줍고 있었다. 그녀도 자기 집 거름을 만들기 위해 그것을 줍고 있었던 것이다.
　처녀는 뛰어가서 한쪽을 눌러 주었다. 사이고는 무슨 부탁을 하면 반드시 물건이나 돈을 주는 것이 버릇이었는데 이때는 가지고 있는 것이 없었다.
　"오늘은 가진 돈이 없으니……"
　그는, 그러니까 기억해 두고 있으라고 말했다. 처녀는 훗날에야 그때의 그 영감이 사이고였다는 것을 알았다.

사이고는 산에 있을 때는 사냥꾼이었고, 들에 있을 때는 농사꾼이었다.

"지금은 완전히 농사꾼이 되어, 줄곧 공부를 하고 있다."

뒤에 사촌동생인 오야마 이와오에게 편지를 썼는데 과장은 아니었다.

사이고의 집에는 농부의 아들로 조시로(長四郎)라는 10대의 하인이 있었다. 그는 1920년대에도 시대의 사이고를 잘 기억하고 있었고, 사람들에게도 이야기했다.

"요시노로 거름을 운반하는 것은 대개 혼자서 하셨어요. 어쩌다가 내가 도와 드렸죠."

사이고와 조시로가 말에 거름 두 통을 싣고 끌고 갔을 때, 구루마마치(車町)라는 곳에서 조시로가 돌에 채여 엄지발가락에서 피가 나왔다.

마침 그 옆에 약방이 있었으므로 사이고는 거기서 고약을 사다가 조시로의 발가락에 붙여 주고 있었다.

말은 길에 버려둔 채였다.

그것을 순찰중인 순경이 보고 호되게 꾸짖었다.

"말을 이런 곳에 내버려 두어도 괜찮은가?"

사이고가 몇 번이나 사과를 했다.

"잘못했습니다."

그러나 순경은 용서하지 않고 사이고를 끌고 가고시마 경찰서로 데리고 가서 경찰서 안에 집어 넣었다. 그 당시 순경들도 사이고의 얼굴을 아는 사람이 적었다는 증거가 될 것이다.

조시로는 말과 함께 경찰서 앞에서 기다리고 있었다. 이윽고 사이고가 나와 잠자코 걷기 시작했다. 둘이 요시노로 향했다.

요시노의 개간지에서 돌아오는 길에 사이고는 말을 벼랑에서 구르게 한 적이 있다.

그때는 데리고 간 사람이 없었다. 그는 개간지에서 조금 떨어진 오비사코(帶迫)의 스케파치(助八)라는 농부 집에 들러 씨감자 두 섬을 샀다. 그것을 말에 싣고 비탈길을 끌고 오던 중 말의 발이 미끄러져 아래쪽 밭에 떨어진 것이다. 말은 넘어진 채 일어나지 못하고 씨감자 두 섬은 터져서 사방에 흩어졌다.

사이고는 말을 다루는 것이 서툴렀다. 원래 사쓰마는 말의 산지인데도 전국 시대 이래로 무사들은 대체로 걸어다녔다. 사이고만이 아니라 말에 익숙지 못한 사람이 많았다. 특히 사이고는 몸집이 크고 뚱뚱했기 때문에 육군 대장으로 있으면서도 관병식 때 말을 타지 않은 사람이다.

그는 말을 일으킬 수가 없었다.

서투른 것은 원래 할 생각이 없는 사람이므로.

'누가 오겠지.'

그러면서 그는 길 옆에 앉아 담배를 피웠다.

한 시간쯤 그러고 있자 스케파치의 아들 이치노스케라는 소년이 지나가다가 어른들을 불러와서 여럿이서 말을 일으켜주었다.

"말을 끄는 것이 서툴러서 그만."

사이고는 인사를 하고 빈 말을 끌고 돌아갔다.

이 시기의 사이고가 무슨 생각을 하고 있었는지에 대해서는 분명하게는 파악하기 어렵다.

책은 자주 읽고 있었다.

사냥하러 멀리 나갈 때는 산에서 읽을 책을 상자에 넣어 가져갔다.

그는 한문 서적 외에는 읽지 않았다. 일본글로 된 책을 읽지 않았고, 더구나 서양글자를 배우려고도 하지 않았다. 이에 대해서는 가고시마로 찾아온 쇼나이의 옛 번사들에게 한 말이 그들이 쓴 글에 남아 있다. 아마 질문한 사람이 물은 말에 대한 대답이었을 것이다.

"양학을 배워야만 할까요?"

질문한 사람은 한문에 소양이 깊은 인물이었을 것이다.

사이고는 대답하였다.

"한학을 한 사람은 더욱 한문 서적으로 도를 배우는 것이 좋을걸세. 도는 천지 자연의 것으로 동서의 구별이 없네. 만일 오늘날 각국이 대처하고 있는 형세를 알고 싶으면, 《춘추좌씨전》을 숙독하면 되고 여기에다 《손자 병법》을 읽으면 좋지. 당시와 오늘날의 대세는 거의 별 차이가 없을 걸세."

그 자신 자기의 교양을 한문으로 성립시켰기 때문에, 한층 그 위에 자리를 잡고 앉을 생각으로 그렇게 말했을 것이다. 그렇다고 젊은 사람들에게 새삼 한학을 강요하는 태도는 갖고 있지 않았다.

사이고는 서양의 역사와 나라 사정과 정세에 대해서는 모두 귀로 듣는 것으로 끝내고 있었다. 그는 유신 후 외국으로부터 새로 귀국한 사람들의 이야기를 마치 온 몸이 귀가 된 것처럼 들었다. 지식으로는 어쩌면 현지를 둘러보고 온 오쿠보 이상이었을지도 모른다.

이야기는 좀 전으로 돌아가지만 메이지 5(1872)년, 전 쇼나이 번주였던 사카이 다다아쓰(酒井忠篤)가 독일에 유학하게 되었는데 떠나기 전에 인사차 사이고를 찾아갔다. 사이고는 다다아쓰의 서양 유학을 기뻐하며 말했다.

"서양 사람이라 해도 조금도 다른 데가 있을 리 없습니다. 들은 바로는 독일의 비스마르크란 사람은 호걸이지만 아무 기능도 없는 사람이라고 합니다."

쇼나이의 옛 번사들은 사이고를 만나면 그가 한 말은 무엇이든 적어 두었다. 유신 때 사이고가 쇼나이 번을 관대하게 조처했기 때문에, 옛 번주 이하 이 고장 사람들의 사이고에 대한 존경과 사모하는 생각이 각별했다. 이때도 옛 번주를 따라온 사람이 적어 둔 것이다.

사이고는 '군자는 틀에 박히지 않는다(君子不器)'는 옛말에 대해 얘기했다. 그릇이란 도구를 말하는 것이지만, 이 경우는 기능이라고 풀이해도 좋을지 모른다. 군자는 아무 기능도 갖지 않는 편이 좋다.

위대한 덕이 있으면 되는 것이라고 사이고는 풀이하고, 비스마르크를 그런 류에 넣고 있다.

동시에 사이고는 자기 자신도 그런 류에 포함시키고, 그렇게 되려 하고 있는 것 같았다.

사이고는 아무 기능도 갖지 않았다. 그는 전쟁하는 방법마저 익히지 못했다. 보신 전쟁 때도 조슈의 오무라 마스지로가 그런 그릇인 것으로 보고 그의 작전에 따랐다.

이런 인물이 관작과 덕망을 가진 채 자기 고향에서 낮잠을 자고 있으면 어떤 결과를 가져오게 될 것인가.

군자는 틀에 박히지 않는다는 《논어》에 있는 말을 사이고는 아마 젊었을 때부터 좋아했을 것이다.

'그릇이란 것은 편리한 것이지만 한 가지 목적 외에는 쓸 수 없다. 밥그릇은 밥을 담기에는 좋지만 적을 무찌르는 칼로는 쓸 수 없다. 칼은 또 밥을 담을 수 없다. 군자는 그렇지 않다. 재주가 없어도 두루 다 통하게 되니 몸에 갖추지 않은 것이 없는 것이다.'

이러한 사이고의 해석은 청년기의 그에게는 구원이었을지도 모른다.

사이고는 어릴 때 뛰어난 데가 없는 소년이었다. 어느날 친구들과 말다툼을 하다가 상대가 칼로 찌르고 들어오는 것을 오른 팔로 받았다. 그 때문에 힘줄이 끊어졌다. 그 뒤로 팔을 마음대로 놀릴 수 없게 되어 무술을 배우지 않았다. 무술을 배우지 않는다는 것이 젊었을 때는 고통스러웠을 것이다. 그것이 아마 《논어》의 이 말을 알게 되자 구제받은 생각이 들기도 하였을 것이다.

사이고에게는 남다른 재주가 없었다.

그런 만큼 재주란 무엇이냐 하는 것을 깊이 생각하게 된 것 같다.

"비스마르크가 훌륭한 것은 그가 아무 재주도 없다는 데 있다."

이것은 지나치게 소박한 비스마르크 평이기는 하지만, 사이고의 경우는 어릴 때부터 품어온 깊은 곳의 상처로부터 나온 말이었음에 틀림없다.

사이고가 쇼나이 번사에게 한 말에 이런 것이 있다.

"재주가 있는 사람을 장관에 앉히면 반드시 나라를 뒤엎게 된다."

이것도 묵은 상처에서 나온 그의 정치 철학임에 틀림없다.

이 말은 사이고가 젊었을 때 미토의 후지타 도쿄에게서 들었다고 한다. 사이고가 기억하고 있는 도쿄의 말은 이런 것이었다.

"소인일수록 재주가 있어야 편리하다. 그 재주는 쓰지 않으면 안된다. 그러나 장관 자리에 앉히고 무거운 책임을 주게 되면 반드시 나라를 뒤엎는다. 그러므로 절대로 위에 앉혀 두어서는 안된다."

사이고는 이 후지타 도쿄의 말도 마음에 들었을 것이다.

이 사이고의 좌담은 그 앞에 소인론(小人論)이 붙어 있다.

"인재를 채용하는 데 군자와 소인의 구별을 지나치게 엄격히 하면 도리어 해를 가져오게 된다. 까닭인즉, 세상에는 대체로 열 사람 중 일여덟은 소인이기 때문이다. 그러므로 소인의 정을 잘 살펴, 그 잘하는 점을 취해 작은 벼슬에 앉히고 그 재주를 다하도록 해야 한다."

메이지 이후에 사이고가 한 말은 언제나 원칙론이었으므로 그릇이니 기능이니 재주니 하는 것이 구체적으로 어떤 것이었는지는 알 수 없다. 예를 들면 일찍이 차시중에서 입신하여 중신이 되어 사쓰마 번의 재정을 다시 세운, 제정가 즈쇼 쇼자에몬(調所笑左衞門)과 같은 예를 사이고는 머리속에 떠올리고 있었던 것일까? 즈쇼와 그와 비슷한 재정파들이 에도 말기에 번의 정치를 마음대로 휘둘렀고, 이를테면 오유라(於由良) 소동때 오유라파가 되기도 하여, 이른바 '세이추 조(精忠組)'를 탄압했다. 사이고 쪽에서 말하면 당시 암흑 시대를 만들었던 재주꾼들이다.

아마 그랬을 것이다.
사이고의 국가론과 정치론의 기본을 이룬 경험은 그가 젊었을 때의 어지러운 번정에 있었던 것이 틀림없다.
시마즈(島津) 시게히데(重豪)라는 사치스러운 점에서 천재라고 할 수밖에 없는 영주가 있어서 크게 낭비를 한 시기가 있었는데, 이로 인해 번의 재정이 기울었다. 이를 구제하기 위해 시게히데와 그의 아들 나리오키(齊商)에게 많은 빚의 동결(凍結)을 강요했다. 사탕수수를 재배하는 사람에게 가혹한 수탈을 했고, 나아가서는 오키나와를 중개하여 중국과의 밀무역을 시키는 등 기략(奇略)에 기략을 거듭하여, 번 창고에 돈을 쌓는 일에서는 보기 드문 성공을 거두었다.
즈쇼가 그 공로로 총관리 중신이 되어 번정을 한 손에 장악함으로써 그뒤 폐단이 생기게 되었다.
사이고가 공이 있는 사람에게 관직을 포상으로 주어서는 안 된다, 어디까지나 포상은 포상만으로 족한 것이라고 했는데, 아마 즈쇼의 일이 항상 머리 속에 남아 있었기 때문일 것이다.
즈쇼는 사이고가 보았을 때 소인이었다. 그는 한 거인으로서는 청렴하고 사심이 없었지만 재정상의 공로로 번의 정치를 잡았을 때, 경제(사이고가 말하는 재주)를 통해서밖에 정치를 보지 못했고 세계의 추세도 보지 못했으며 사쓰마 번이 나아갈 방향도 생각하지 않았다. '비스마르크는 재주가 없었기 때문에 훌륭하다'고 하는 사이고의 오해받기 쉬운 말은 이런 이야기들이 뒷받침하고 있었을 것이다.
시마즈 나리아키라가 43세까지 세자로 그대로 있었던 것은 아버지 나리오키가 번정을 물려주지 않았기 때문이지만, 그렇게 한 이유는 즈쇼에게 있었다. 즈쇼는 나리아키라가 서양을 좋아하는 것을 보고 이렇게 속삭이고 있었기 때문이었다.
"그 서양 버릇이 있는 젊은 나리의 대가 되면 번 재정이 또 기울게 될 것입니다."
차라리 나리아키라의 서제(庶弟)인 히사미쓰를 세자로 세울 것을 암시한 것도 즈쇼였던 모양이다.

그 뒤 즈쇼는 독살을 당하는데 이른바 오유라 소동이 일어나고 즈쇼계 사람들이 나리아키라 옹립파를 탄압하게 되는 씨앗은 모두 즈쇼가 뿌렸다. '재주만 부리는 소인을 나라의 무거운 벼슬에 앉히면 나라를 뒤엎는다'고 사이고가 말한 것은, 그가 젊었을 때 본 피비린내 나는 정치 정세가 교훈이 된 것이다.

이 교훈이 경제 사상으로 판을 친 메이지 정부에 대한 그의 절망이 되었고 비스마르크에 대한 평이 되기도 했으며, 나아가서는 사학교의 기능 경시 방침이 된 것 같다.

서양식 병학을 가르치는 상전학교에는 뛰어난 생도가 많았다.

"몇 명쯤 프랑스에서 공부하게 하면 어떨까?"

사이고는 상전학교를 감독하고 있는 후치베 다카데루에게 권했다.

후치베가 세 사람을 골랐다.

기오 미쓰쓰구(木尾滿次), 히다카 마사오(日高正雄), 구니고 데쓰지(救人鄕哲志)로, 모두 열 일여덟 살이었다. 보신 전쟁 때 그들은 아직 나이가 어려서 참전하지 못했기 때문에 사이고는 그들의 얼굴을 모른다.

이들 셋이 떠나는 인사를 하러 왔을 때, 사이고는 그들의 나이를 묻고 얼굴에 생기가 넘치고 천진스런 것에 감동하여 커다란 두 눈에 눈물을 글썽거리기도 했다.

이런 점이 사이고 본질의 일면이었던 것 같다.

곧 붓을 들어 한문으로 격려의 글을 썼는데 그 내용이 보통이 아니다.

이들 세 젊은이가 가는 길을 격려한다기보다는 이들 젊은이와 생이별하게 되는 쓰라림을 말한 내용이다. 지금까지 면식이 없던 남의 집 아들에 대해 갑자기 지금 떠나게 되는 것을 보자 그는 흐느끼는 감정의 떨림과 함께 글을 썼다.

'세 사람이 장차 떠나려 한다. 이별에 이르러 말이 있을 수 없다'로 시작되어 '이를 말하려 하니 눈물이 먼저 나온다'는 것이다.

어째서 사이고는 울어야만 했던 것일까. 그는 말한다. 세 젊은이를 보고 연상되는 것이 '옛날 싸움터에서 죽은 수많은 젊은이들'이었다. 사이고는 보신 전쟁에서 사쓰마의 많은 젊은이들을 전사시켰다. 그것을 생각하니 견딜 수 없이 슬퍼지는 모양이었다.

'슬프도다, 그들은 이미 죽었으나 이 사람들로서 그들을 대신한다.'
 그들은 이미 죽고 없지만 이들 세 사람이 그들 몫을 대신한다는 것이다.
'그들의 혼백이 반드시 보호함이 있으리라.'
 전사한 사람들은 바른 정신을 가지고 있었다고 사이고는 말한다. 그들은 왜 싸움터에서 죽었던가?
 "그들의 바른 정신이 분연히 발로되어 죽은 것뿐이다."
 그러니까 그 바른 정신을 이어받으라고 했다.
 "자네들은 그 바른 정신을 지키고 가라."
 서양으로 유학을 가는데, 전사한 사람들을 대신해 간다고 하는 말이 너무나 처절하다. 그러나 이 시기에 사이고는 그런 처절한 감정 속에 살고 있었을 것이다. 나아가서는 손자를 귀여워하는 할아버지와 비슷한 감정으로 사이고는 사쓰마의 젊은이를 한 사람도 떠나보내고 싶지 않다는 까닭없는 감정이 일었던 모양이다.
 사이고의 이 같은 폭넓은 감정은 그를 대하는 모든 사람들의 감수성에 충분히 느껴지고 있었다. 이들은 이러한 사이고를 생각할 때마다 눈물이 쏟아질 것만 같은 감정 속에서 생각했을 것이 틀림없다. 또 그것이 사학교라고 하는 원래 이론적이어야 하는 학교의 형태를 가졌을 때도 식는 일 없이, 오히려 한층 더 사이고에게 있어 거대한 감정 집단이 되어갔다고 보아야 할 것이다.


 사이고(西鄕)의 한문에는 과격한 표현이나 화려한 수식이 없고 아주 소박하고 쉬웠는데 그것은 이 인물이 평상시에 뜻을 두고 있는 바와 관계가 있다.
 이 시기에〈요코하마 야스다케(橫山安武) 비문(碑文)〉이라는 것을 썼다.
 요코하마 야스다케는 쇼타로(正太郎)라고 불렸다. 메이지 3년(1928)에 28살로 할복해 죽은 사쓰마 인(薩摩人)이다. 메이지 정부의 타락을 한탄하여 태정관(太政官) 슈기인(集議院 : 태정관에서 보내온 의안을 자문한다)의 문고리에 의견서를 꽂아넣은 뒤 물러가서 쓰루가(津輕) 번저(藩邸)의 문앞에서 배를 갈랐다.
 평소의 언동으로 보아서 요코하마 쇼타로는 그런 이상한 최후를 마칠 것 같은 기묘한 데가 없었으며, 그의 문장도 조사(措辭)나 논지(論旨) 모두 냉정한 편이었다.
 슈기인에는 투서가 많이 들어왔다.
 요코하마는 그런 투서가 펴 보지도 않은 채 버려진다는 말을 듣고, 차라리 사간(死諫 : 죽음으로써 간언하는 것)의 형식을 취한다면 요로의 사람들이 읽을 것이라 생각하고 할복한 모양이다.

사이고가 이 시기에 요코하마 쇼타로의 비문을 쓴 것은 자기의 심경이 요코하마의 마음과 상통하는 바가 있었기 때문이라고 여겨진다.

요코하마는 모리 아리노리(森有禮)의 형이 되는 사람이다.

일본의 학제(學制)를 확립시킨 모리 아리노리는 메이지 22년(1889)에 서구화주의자(西歐化主義者)라고 해서 자객에게 피살되었는데, 형인 요코하마 쇼타로하고는 사상이 다르다고는 하나, 두 사람 모두 옳은 도리라고 믿으면 남의 눈을 고려하지도 않고 돌진하는 성격은 흡사했다.

모리 아리노리는 게이오(慶應) 1년(1865)에 번(藩)의 비밀유학생으로서 영국의 런던대학에서 화학·수학·물리학을 공부했다.

메이지 1년(1868)에 새 정부에 들어가 메이지 2년 폐도령(廢刀令)을 건의했다가 요란한 반대에 부딪혀 관리직을 그만두고 가고시마(鹿兒島)에 돌아갔다. 얼마 지나지 않아서 미국 주재의 판무관(辨務官)이 되어 일본을 떠났는데 형인 요코하마 쇼타로의 할복 자살은 그 직전에 이루어졌다.

요코하마 쇼타로는 옛 번(藩)의 형제인 시마즈 다다쓰네(島津忠經)의 학문 담당자였다.

메이지 1년에 사쓰초(薩長 : 사쓰마 번과 초슈 번(長州蕃)을 가리킴)가 상호 이해의 필요에서 서로 유학생을 교환하기로 되었을 때 사쓰마에서는 다다쓰네(忠經)가 선발되어 야마구치(山口)에 갔다. 그 때 요모야마 쇼타로 등이 수행했으며 함께 야마구치에서 공부를 했다.

그 뒤 시마즈 히사미쓰는 시대의 흐름이 좋지 않다고 보고 다다요시를 불러들였다. 요코하마도 함께 돌아갔는데 히사미쓰는 무슨 까닭이었는지 그를 파면시켰다. 이 시기에 히사미쓰가 정부의 여러 제도 개혁에 대해 분개하고 있었던 것과 요코하마의 파면과는 뭔가 연관성이 있는 것이 틀림없지만 그 이유를 잘 알 수 없다.

사이고는 그 비문 속에서 그 이유에 대해선 언급하지 않고 파면된 뒤의 요코하마를 이렇게 표현했다.

'이 때에 그는 자신을 돌이켜 보고 더욱 뜻을 북돋우어 덕업(德業)을 이루려 했다.'

교토(京都)에 공부하러 갔다가 계속해서 도쿄(東京)에서 공부하려고 상경했다. 그가 도쿄에서 본 것은 혁명 정신이 정권 수립 후 3년 이래 자취도 없이 사라진 일이었다.

사쓰마 출신 요모야마 쇼타로의 투서를 직역해 보면 먼저 첫머리는 이렇다.

'지금은 모든 것을 일신(一新)할 때인 데도 불구하고 옛 막부(幕府)의 악폐가 새 정부에 옮겨 붙었다. 전에 막부에 대하여 그것은 안된다고 한 일이, 지금은 새 정부가 그것을 옳다고 하고 있다.'

또 아래에 10개 조항을 들고 있다.

'첫째로, 고관(高官) 이하 모두 교만하고 사치스러워졌으며, 위로는 조정까지도 사치 속에 휘말려 들었고, 하층계급은 굶주림으로 허덕이고 있는데 그것을 살피려고 하지 않는다.'

사실 그랬었다. 메이지 정부의 고관들은 옛 다이묘(大名) 이상의 사치와 그 봉건적 권위를 지녔으며, 조정도 그것을 모방하여 그런 식으로 백성을 대하고 있었다. 이런 식이라면 무엇 때문에 막부를 무너뜨리고 혁명을 했는지 그 까닭을 알 수 없다.

'둘째로, 크고 작은 관리들은 밖으로는 허식을 부리고 안으로는 명예와 이익만을 일삼는 경향이 적지 않다.'

이것 또한 사실이었다. 태정관(太政官) 관리들의 허식과 출세욕으로 볼 때 옛 막부의 하타모토(旗本)들 편이 도리어 그런 점에서는 먼 편이었다.

'셋째로는 정령(政令)의 일관성이 수시로 변했고, 이로 인해 백성들은 시대의 향방을 헤아리지 못했다. 그것은 요로에 앉은 관리들이 본격적으로 일을 하려는 마음이 없었기 때문이다.'

넷째로는 여행 비용을 정부가 부당하게 책정했음을 지적했으며, 다섯째로는 '사람을 등용하는 데 있어서 강직한 사람을 존중해 쓰지 않고 능한 사람——제반사를 잘 할 수 있는 사람——을 존중해, 썼다. 이로 인하여 경박한 기풍이 퍼졌다.'

이 말은 사이고의 능자소인론(能者小人論)과 일치하고 있다. 능한 사람에게 정치를 맡기면 나라가 망한다는 정치 철학은 사쓰마에 전부터 있었던 것일까.

'여섯째로는 정부가 하고 있는 인사 정책은 관(官)을 위해 사람을 채용하는 것이 아니라, 사람을 위해 관을 이용하는 식이었다.'

'일곱째로 관리 사이에 술·음식 대접의 교제가 많다.'

'여덟째로, 외국과 교섭 물건을 결정하는 방식이 신중하지 않고 대단히 경솔하다.'

'아홉째로는 사람을 천거하거나 물리치는 데에 인사상의 큰 기준이 없다. 대부분 애증으로 처리하고 있다.'

'열째로는 정부의 위·아래가 서로 사리사욕으로 거래하며 이 상태가 계속되면 나라는 망하는 수밖에 없다.'

또한 요코하마는 별도로 글을 써서 정한론(征韓論)에 대해서도 몹시 반대했다.

그 이유는 일본 자체가 본이 될 만한 정치를 하고 있지 않고 백성들은 굶주리고 궁핍한데 조선의 무례함을 탓한다는 것 자체가 어리석기 짝이 없는 일이다. 만일 일본의 세력이 충실하다면 조선이 일본에 무례한 짓을 할 까닭이 없다.

'정한론이란 조선을 작은 나라로 업신여기기 때문이며 만일 출병한다면 명분도 서지 않는 일이 된다. 조선을 손바닥에 놓고 멋대로 할 수 있다는 교만한 의견이 있으나 그런 논자는 자신을 속이고 사람들을 속이며 나랏일을 농락하려는 사람이다.'

이 메이지 3년(1870)에는 사이고가 아직 정한론의 주창자가 되어 있지 않았을 때였으니, 아마도 요코하마는 다른 사람을 꾸짖은 것일 것이다.

요코하마 쇼타로가 죽음으로써 간언한 일은 과연 태정관도 움직였다. 특히 요코하마가 사쓰마 사람이었으므로 정부도 버려둘 수 없었을 것이다.

이것이 다른 번 사람이었다면 '아마 미친 사람인가 보다'라고 처리했을 것이 틀림없다.

그 해는 폐번치현(廢藩置縣)의 전이었으므로 번주(藩主)를 지사(知事)로 삼은 '가고시마 번'이 존재하고 있었다. 정부는 도쿄에 주재하고 있는 가고시마 번권(藩權) 대참사(大參事) 이지치 마사하루(伊地知正治)에게 통첩하였다. 번에서는 정식으로 이 사건을 조사하고 이런 내용의 글을 정부에 보냈다.

'요코하마 쇼타로는 이상한 사람이 아니다.'

이 문서 중에는 요코하마가 어렸을 시절의 성격이나 언동에 관해 언급했다.

'부모를 잘 섬기고 순종하며 또한 그 타이름에 거역한 적이 없다. 성인이 된 후에도 인품이 순박하고 말이 적었다. 한 번도 분개하면서 격렬한 논의를 한 적이 없다.'

말하자면 요코하마에 관한 '가고시마 번'의 건의서를 보면 그의 냉철한 마음에서 온 것이다, 라고 말한다. 번은 공문서로서 요코하마의 정상적인 정신을 증명한 셈이다.

요코하마는 그 건의서를 대나무 사이에 끼워 넣어 슈기인(集議院) 문앞에 기대 세워놓고 쓰가루 번저(藩邸) 문앞을 빌어서 할복 자살했다.

문지기가 놀랐고 번저는 큰 소동이 벌어졌다. 그 일을 가고시마 번에 급히 알리자 사람이 뛰어왔다. 이 일을 슈기인에도 급히 알렸다.

또한 어떤 사람이 아직 숨이 붙어 있는 요코하마 쇼타로의 귓가에 입을 대고 말했다.

"건의서는 분명히 슈기인에서 받아들이게 되었습니다."

요코하마는 그제사 '안심한 듯이 눈을 감고, 그대로 목숨을 거두었습니다'라고 이지치 대참사가 태정관에게 보낸 문서 중에 말하고 있다.

이 요코하마의 비를 세우려는 일이 사이고가 고향으로 돌아간 뒤 계획된 모양이다.

그래서 사이고가 비문을 쓰게 된 것인데, 요코하마의 죽음을 묘사한 사이고의 문장은 간결하고도 명확했다.

"메이지 3년(경오년) 7월 26일 밤, 요코하마는 쓰가루 번의 성문 앞에서 할복을 하였다. 새벽녘, 문지기가 문을 열자마자, 사쓰마인으로 보이는 자가 쓰러지는 것이 아닌가? 깜짝 놀라 안아 일으키니 야스타케(쇼타로)였다. 성안으로 데리고 들어간 후에도 아직 숨이 붙어 있었는데, 그는 마지막으로 건백서를 집의원(集議院)에 제출하였다는 말을 남겼다……."

이 비문으로 보아 사이고가 어떤 문장을 쓰는 사람인지는 대략 짐작이 갈 것이다.

사쓰마인은 유신의 주도세력이긴 하였으나, 현실적으로는 대관들의 영화를 위해 봉사하는 것과 크게 다르지 않았다. 요코하마는 그러한 폐해를 죽음으로써 호소한 것이다. 그 일이 있고부터 3년 후, 사이고는 관직에서 물러났으며, 근위사관들이 대거 도쿄를 떠나게 되었다. 사학교당(私學敎堂) 내에 도쿄에 대항하는 목소리가 커져가는 것에서, 요코하마의 죽음이 다시금 세상에 영향을 미치고 있다는 것을 알 수 있다.

## 그 사람들

 사이고 주위에 있으면서 때때로 사이고의 대변자가 되어 주었던 사람은 이들이다.

    시노하라 구니모토
    무라타 신파치(村田新八)
    나가야마 야이치로(永山彌一郎)
    기리노 도시아키
    이케가미 시로(池上四郎)
    벳푸 신스케

 그들은 가고시마에 있는 사이고의 사적 내각(私的內閣)의 각료라고 할 수 있었다. 군대를 편성할 경우에는 각자 큰 전투 단위의 대장이 될 사람들이었다.
 이 가운데 무라타 신파치만이 유럽과 미국에 대해 잘 알고 있었다.
 "사이고와 그의 동조자들은 서양에 대해서 몰랐기 때문에 일본을 크게만 생각하여 사고(思考)의 객관성을 잃고, 정한론과 같은 이상한 주장을 외치며 현실주의적인 정부에 반대했다. 그리고 가고시마로 돌아가 옛날의 사족적인 생활로 되돌아갔다."

사이고와 그 동조자들의 언동에 대하여, 이 같은 반 사이고적 견해가 하나의 관점으로 채택되는 일이 많았다.

사이고와 인연이 깊었던 사쓰마 인이라도 친동생인 사이고 쓰구미치와 오야마 이와오 같은 사람은, 사이고의 반정부적인 심정에 대해 분명히 반대 입장을 취했다. 그들은 사이고의 마음을 돌리려고 애썼다. 이런 점에서 보면 앞에서 말한 반 사이고적 견해는 수많은 견해 중에서도 타당성이 있는 것이라고 말할 수 있다.

그러나 그 견해만 채택하고 말 경우 뛰어난 예외적인 존재를 처리할 수 없게 된다.

무라타 신파치에 대해서다.

"무라타 신파치가 예외적 존재가 되는 것은 그의 어리석음 때문이다. 뛰어나게 어리석은 사람과 뛰어나게 어진 사람은 예외로서 찾아보기 쉬운 일이다."

신파치를 어리석은 자로 돌리지 않을 수 없을 것이다.

그렇다고 무라타 신파치가 어리석은 사람이라고 하기도 곤란하다.

가쓰 가이슈는 인물 비평가로서 다시없는 눈을 가지고 있었는데, 그는 막부 말기 이후 자주 무라타와 만났으며 그 인물됨을 높이 평가하였다.

"그는 오쿠보 도시미치 다음가는 걸물이다. 아깝게도 큰 뜻을 가졌으면서도 비명에 죽고 말았다."

사이고도 무라타를 높이 평가하고 있었다. 신파치는 생각이 깊고 판단이 정확하여 누가 사이고에게 중대한 제안을 가지고 올 경우 이렇게 물을 정도였다.

"신파치와도 상의를 했는가?"

비록 유능한 재사는 아니었지만 가쓰 가이슈가 오쿠보와 비교했듯이 태도가 무겁고 침착하여 모든 일에 당황하는 법이 없었다. 이런 점에서 사이고가 즈쇼 쇼자에몬을 전형적인 소인이라고 말한 인물평에서 본다면 무라타는 전형적인 군자였을 것이다.

무라타 신파치는 이름을 쓰네미치(經滿)라고 했다.

그의 일생은 어릴 때 사이고와 친했다는 것으로 결정되고 만다.

나이는 사이고보다 9살 아래였지만, 어렸을 때는 서로 주먹다짐으로 싸우기도 했던 모양이다.

신파치가 10살 무렵, 사이고와 말다툼을 하다가 말이 딸리자 대들기 시작했다.

사이고는 20살 전후였다.

당시로는 당당한 어른이었지만, 사이고는 평생 소녀 같은 데가 있는 것으로 보아도 알 수 있듯이, 20 전후에도 어린애 같았다.

"건방진 녀석."

신파치가 대드는 것을 사이고는 정말로 혼을 내줄 생각으로 신파치를 잡아 눌렀다. 신파치는 일단 싸움을 건 이상 죽어도 져서는 안된다고 생각하였으므로 죽어라 하고 덤볐다.

"그 뒤부터 사이고씨와 한층 사이가 좋아지고 의견도 서로 잘 맞게 되었다."

무라타가 평소에 진지하게 말하는 것을 보아도, 그가 어릴 때부터 사이고를 친구로 알고 스승으로는 생각하지 않았다. 10살 정도의 아이가 20 전후의 사이고를 붙들고 '의견도 잘 맞게 되었다'고 생각한 점으로 보아서 신파치란 아이도 이상하지만 그렇게 생각하게 한 사이고란 젊은이도 꽤 이상했다.

사이고는 상대가 아이라도 진지하게 상대하는 데가 있었던 것이리라.

분큐 2년(1862년), 시마즈 히사미쓰는 상경했다. 당시 낭사들은 히사미쓰에게 기대를 걸고 그를 떠받들어 군사를 일으키려고 계속 교토로 올라왔다. 히사미쓰는 그런 세력들에 이용당하는 것을 좋아하지 않았다. 이 무렵 사이고는 히사미쓰의 명령으로 규슈의 형세를 정찰하면서 도중에 히사미쓰의 행차를 기다리게 되었다.

"사이고는 오히려 낭사들을 선동하고 있는 것 같습니다."

사이고는 무라타를 데리고 이 일에 종사했는데 히사미쓰의 측근이 히사미쓰에게 중상모략을 했기 때문에 사이고는 귀향 명령을 받고 두 번째로 섬에 유배를 당하게 되었다. 사이고는 도쿠노 섬(德之島)으로 가고 무라타는 다른 섬으로 갔다.

다음다음 해 2월, 사이고는 오쿠보측의 노력으로 사면이 되어 교토로 올라가 히사미쓰를 보좌하라는 명령을 받았다. 번의 증기선을 타고 도쿠노 섬으로 사이고를 맞으러 온 것은 동생인 쓰구미치와 요시이 도모자네(吉井友實)였다.

사이고는 배에 올랐다. 기카이가 섬(鬼界島)에 있는 무라타에 대해서는 사면한다는 공문서가 나와 있지 않았다. 사이고는 아랑곳하지 않고 배를 그 섬으로 돌려 무라타를 태우고 가고시마로 돌아갔다. 그 뒤 무라타와 함께 교토로 가게 된다.

이처럼 무라타는 사이고와 밀착된 관계로 지내왔다.

무라타가 사이고와 잠시 떨어진 것은 그가 서양으로 나가 있었던 기간뿐이었다.

무라타가 서양으로 갔을 때는 이미 군인이 아니고 문관의 신분이었다.

그는 이와쿠라(岩倉) 대사의 수많은 수행원 중의 한 사람이었다. 메이지 4(1871)년 11월 10일에 요코하마 항구를 떠나 그해 12월 6일에 샌프란시스코에 입항했다.

상륙 뒤, 비로소 구미 문명에 접한 그들은 놀라 감탄하고 만 모양이다.

무라타도 일행과 함께 시중에서 가장 큰 호텔에 묵었다. 홀에도 복도에도 대낮처럼 석유등이 켜져 있었고, 금전옥루(金殿玉樓)란 바로 이런 것인가 하고 생각했다.

무라타는 그 경탄을 억제하고 있었다. 그만은 그것을 표정에 나타내지 않고, 큰 식당에서 저녁을 먹을 때도 말없이 접시 위의 음식을 집어 입으로 가져가기만 했다.

막부 말기 때, 무라타의 노래에 이런 것이 있다.

"남에게 지지 마라, 나도 지지 않으리. 그 모든 일에서 천황을 섬기는 일본 정신만큼은."

지조라는 것은 남에게 지지 않는 일이라고 굳게 다짐한 그는 상당히 완고한 데가 있었던 모양이다.

그러나 돌이켜 볼 때 꿈같기도 했을 것이다.

그 날은 12월 6일 밤이었다. 겨우 4년 전인 게이오 3년 12월 11일 밤, 무라타는 사쓰마 인 3명과 교토 거리를 지나다가 3명의 신센 조(新選組:

(미국에 의한 개항시기에 결성된 검객집단으로, 당시 동경과 교토의 탈번무사들로 인한 혼란을 잡는 것이 그 목적이었다.) 무사들과 충돌했다. 서로 칼을 뽑았을 때 무라타는 총알처럼 상대편에게 뛰어들어 순식간에 한 사람을 넘어뜨렸다. 다른 둘은 그 기세에 놀라 도망치고 말았다.

그 4년 뒤에 바로 그 자신이 샌프란시스코의 호텔 식당에서 은으로 만든 나이프와 포크를 들고 서양 음식을 먹고 있었던 것이다. 무라타는 젊었을 때에는 양이론자였다. 사이고와 접촉한 뒤부터 사상의 폭이 넓어지기는 했지만 그 바탕을 이루는 정신은 양이(攘夷)였다. 감개가 복잡했을 것이 틀림없다.

그날 밤 9시, 호텔 주위에 시민 4만 명이 모였다고 한다. 일본 사절단을 환영하기 위해서였지만 다분히 호기심으로 모였던 것이다.

밤 10시에 그곳 포병 연대에 속해 있는 군악대가 호텔 앞에서 환영 연주를 했다.

대사인 이와쿠라 도모미는 시민들 환영에 답례하기 위해 발코니에 나와 연설을 했다. 그의 옷차림은 일본식 그대로였다.

그 이와쿠라의 연설은 일행을 따라온 미국 주일공사 데 롱이 통역했다.

일행의 복장은 요코하마에서 맞춘 양복인데, 이곳에 와보니 양복지가 나빠 너무도 볼품이 없어보였다. 모두 양복을 새로 맞추기도 하고 모자를 사기도 했다.

무라타만이 헌 양복 그대로 태연히 있었다. 사람들이 새로 맞출 것을 권하자 그 자리에서 거절했다.

"정신과 기백이 높으면 그만이다. 옷의 좋고 나쁜 것이 무슨 상관이 있겠는가."

'남에게 지지 말라'고 노래한 그의 심경이 이런 점에서 나타나고 있다.

무라타는 사쓰마 인으로서 보기 드물 정도로 키가 커서 6척이나 되었다. 그래서 헌 양복이지만 누구보다 양복이 잘 어울리고 당당해 보였다.

이야기가 갑자기 바뀌지만 무라타 신파치의 사상이 된 바탕의 하나는 양명학(陽明學)의 가스가 센안(春日潛庵)이었을지도 모른다.

사이고의 사상도 가스가 센안이었다.

보신 전쟁이 끝나고 사이고가 사쓰마의 번병과 함께 귀국한 뒤 잠시 세상에 나오지 않았던 시기에 유능한 젊은이를 골라 유학을 시키려 했다. 유학이란 교토의 가스가 센안에게 제자로 보내는 것이었다.

메이지 2(1869)년 봄의 일이다.

이 일에 대해 이세지 요시나리(伊瀨地好成)의 추억담이 남아 있다. 이세지는 뒷날 육군 중장이 되었는데, 사이고의 생가 근처에서 자라나 사이고의 막내동생인 고헤에(小兵衛)와 동갑 친구였다.

"메이지 2년, 번청의 선발로 서생을 도시로 보내게 되었다."

이세지는 이렇게 말한다. 서생이라고 해도 보신 전쟁에서 포화 속을 지나온 사람들을 다시금 학문을 시키려는 것이었다. 주로 교토에 있는 가스가 센안에게 보내려 했다.

"나는 첫번째 선발에서 빠졌다가 나중에 보결로 뽑혔다. 나와 사이고 고헤에와 그 밖에 두 사람이었다. 출발할 때쯤 사이고 선생은 나와 고헤에를 불러 타일렀다."

사이고의 타이름이란 이세지의 기억으로는 이런 것이었다.

"요즘 젊은이는 경박하다. 이론은 많이 알고 있으나 말과 행실이 일치하지 않는다. 실천하려는 정신이 부족하다. 지금부터 인심은 더욱 각박해질 것이다. 그러므로 너희들은 양명파(陽明派) 학문을 하도록 명령한다. 교토에서는 이 분에게 나아가 행실을 닦아라."

사이고는 가스가 센안에게 보내는 소개장을 써 주었다고 한다.

"그분은 사이고 선생이 무척 존경하고 있던 학자로서 의기와 절조가 있는 분이었다."

이 정도밖에 이세지도 센안에 대해 모르고 있었다. 이세지 일행은 교토로 갔었으나 센안은 주군인 고가(久我) 가문으로부터 근신하라는 명령을 받아 만날 수가 없었다. 결국 같은 학파인 가토유린(加藤有隣)의 사숙에 들어갔다.

가스가 센안의 집안은 대대로 고가 가문의 쇼다이부(諸大夫)였다. 쇼다이부란 것은 집사장(執事長) 비슷한 직책으로 이것이 센안의 운명을 결정지었다.

그토록 큰 유학자(儒學者)였는데도 10살 때 처음 공부를 시작했을 때는 보기드물게 머리가 둔했다고 한다. 그가 10살 때 처음 들어간 곳은 고노에(近衛) 가문의 가신인 사다케 시게카쓰(佐竹重勝)라는 사람의 사숙이었다. 여기서 학문 읽기를 배웠는데 《대학(大學)》 제1장을 사흘이 걸려도 읽지 못

그 사람들 579

하자 시게카쓰도 어이가 없어서 한탄을 금치 못했다.
"나는 오늘날까지 수백 명이나 되는 아이들을 가르쳐 왔지만, 너처럼 아둔한 아이는 본 일이 없다."
후년의 그는 재기가 넘치는 인상과는 거리가 멀었고, 오로지 사물의 본질을 캐고 밝히는 데 힘을 썼으며, 스스로 사물을 깊이 생각하는 자세를 잃지 않았다. 단순히 유학자라기보다는 철두철미한 사상가로서, 천성적으로 그런 체질을 가지고 있었음을 앞의 삽화에서 어렴풋이 짐작할 수 있을 것 같다.

가스가 센안에 대해 몇 마디 할까 한다.
그는 안정대옥(安政大獄 : 안정기에 일어난 존양파의 탄압사건) 때 검거된다. 그 일이 발생하기 전, 교토에는 막부에 저항하려는 분위기가 최고조에 이르고, 대로(大老 : 정무를 총괄하는 최고의 직책) 이이 나오스케(井伊直弼)의 대외정책을 비난하는 목소리가 커져 갔다. 마침 정세를 파악하기 위해 교토에 와 있던 이이 나오스케의 사설비서 나가노 슈젠(長野主膳)이 다음과 같은 보고서를 작성했다.
직역하면 다음과 같다.
"최근 교토의 주요관리들을 살펴본 결과, 주모자는 청련원궁(靑蓮院宮), 다카 쓰카사(왕실 귀족의 하나), 일조, 삼조, 근위, 덕대사(德大寺), 구가, 나카야마, 오하라 등입니다. 그 외에도 88명이 더 있습니다. 그러나, 기껏해야 영주에게 반발하는 농사꾼 정도의 수준이니 크게 걱정할 것은 못됩니다."
나가노 슈젠은 공경의 능력을 농사꾼 정도로만 평가하며 그들이 단결하여 일을 벌여봐야 반항하는 농사꾼과 별반 다르지 않을 것이라고 생각했고, 이렇게 덧붙였다.
"단, 구가가 거느리고 있는 가스가 센안이라는 자는, 왕양명과 같은 학자로 특히 고집이 센 인물입니다."
가스가 센안은 결코 사교적이지 못하다.
자신의 품은 뜻을 사람들에게 알리면서 세력을 쌓는 인물이 아니며, 또한 구가의 장관직을 이용하여 정치에 영향력을 행사하고자 하는 인물은 더욱 아니다.
교토에 있는 친구라고는 야나가와 세이간(梁川星巖) 한 사람뿐이다. 그 또한 스스로 나서서 친분을 맺은 것도 아니었다. 세이간이 사쿠마 조잔(佐久間象山)에게 보낸 편지에 다음과 같은 내용이 적혀있다.

"가스가는 교토에서 누구보다 뛰어난 인물입니다. 단, 지식인들 누구와도 친분을 맺으려 하지 않습니다. 단 저하고만 10여 년을 사귀며 허물없이 대화를 나누는 사이입니다."

따라서 논객이나 지사로서 이름을 떨치기 보다는 고결한 인품을 지닌 인물이었던 것이다.

센안의 학문은 주자학으로 시작된다. 그러나 그의 성격은 지식을 중요시하고 끊임없이 이론을 따지며 연구를 쌓아야 하는 주자학은 적성에 맞지 않았을 것이다.

약관의 나이에 《양명학 전집》을 구하여 읽게 된 것이 계기가 되어 다음과 같은 글을 남기게 되었다.

"27년, 왕씨 전집을 손에 넣어, 밤낮을 가리지 않고 수십 일에 걸쳐 통독하였다. 마음의 고민과 의문이 훤히 트인다는 말이 무의식 중에 절로 흘러 나온다. 이것을 읽음으로 해서 완전한 인간이 된다. 이것을 읽음으로 해서 학문이 완성된다."

센안은 양명의 유심주의에 적합한 정신세계를 지니고 있었을 것이다. 그가 양명학도가 된 27세에, 우연히도 오시오 주사이(大塩中齋)가 막부 정치에 대항하여 군병을 일으켰다가 멸망한다. 이후, 양명학은 위험사상으로 인식되는데, 센안은 그 시기에 양명학에 입문하게 된다. 세상 돌아가는 일에는 무지한 구도자의 모습 그 자체였던 것이다.

사이고는 가스가 센안을 스승으로 삼고 있었던 것은 아니다.

그의 스승은 죽은 주군인 시마즈 나리아키라였고, 또 한 사람은 후지타 도코(藤田東湖)였다. 사이고는 젊었을 때 나리아키라의 권고를 받아 미토 저택으로 가서 후지타 도코를 만나고, 그 뒤로 그는 같은 시대 사람들 가운데 도코를 최대의 인물로 생각하게 되었다. 도코는 안세이 대지진으로 죽었기 때문에 사이고도 오랜 세월을 접촉한 것은 아니다.

사이고가 센안을 알게 된 것은 안세이 대옥 사변 때였다.

나리아키라의 명을 받아 사방으로 뛰어다니고 있을 때였는데 주된 임무는 이이(井伊) 장군의 정치를 저지하는 것이었다. 특히 쇼군의 후계자 문제 때문이었다. 이이는 후계자를 기슈(紀州) 가문에서 맞이하려 했고 나리아키라는 히도쓰바시 요시노부를 세우려고 운동하고 있었다.

이 운동을 위해 사이고는 교토에서 대신들의 여론을 하나로 뭉치려고 분주히 뛰어다니고 있었다. 이 시기에 센안과 자주 만났던 것이다.

센안은 양명학자답게 사물의 본질을 직관으로 꿰뚫어보고 그런 다음에는 자신이 해야 할 일에 몰두하여 흔들림이 없었다.

사이고도 그와 비슷하여, 젊었을 때 사쓰마의 양명학자인 이토 센류(伊東潛龍)에게서 《전습록(傳習錄)》 강의를 들은 뒤 그 학파로 기울어지는 면이 깊었지만, 그 이상으로 사이고는 기질적으로 왕양명의 인물과 닮은 데가 있었다.

사이고가 메이지 5(1872)년에 쇼나이의 옛 번사들과 한 말을 들은 사람들이 적어서 남긴 것이 있는데 어디까지나 양명학적이었다.

"도(道)는 절대로 여러 길이 있는 것이 아니다. 참으로 간단한 것이다. 다만 희고 검은 구별이 있을 뿐이다. 마음으로 생각해서 희다고 알면 단호히 실행해야 한다. 잠시도 주저해서는 안된다. 또 마음으로 생각해서 검다고 알면 단연 이를 행하지 않아야 할 뿐이다."

사이고의 가스가 센안에 대한 평도 이런 점에 있었을 것이다. 메이지 2(1869)년, 앞에 나온 사이고 고헤에 외 여럿을 센안에게 입문시키려고 교토로 보낼 때도 짤막하게 평했다.

"가스가는 지극히 곧은 분이다. 따라서 평소에도 엄격하다."

사이고가 쇼군 후계자 문제로 교토에서 분주하게 뛰어다닐 때, 역시 교토에 와 있었던 에치젠의 하시모토 사나이(橋本左內)도 센안과 자주 접촉하고 있었다. 하시모토 사나이는 에치젠의 모신(謀臣)으로 뛰어난 네덜란드학자(和蘭學者)였던 것은 잘 알려져 있다. 하시모토는 반막파이면서 한편으론 교토의 공경들이 양이에 외곬인 것에 어이가 없어 그런 경향을 '우매함'이란 말로 평했다.

'우매함이란 이 고장의 고질병이다.'

또 이 말은 본국으로 보내는 편지에 썼으며 그가 존경하고 있던 가스가 센안에 대해서도 썼다.

'약간 그런 기풍을 띠고 있다.'

센안은 세계 정세에는 어두웠다.

하시모토 사나이의 보고서에 따르면, 센안은 외국과의 통상을 꺼리고 특히 외국인이 일본에 함께 섞여 사는 것을 가장 싫어했다.

사이고의 기본 사상에 대해서는 가스가 셴안을 예로 보아서 다소 그 그림자를 엿볼 수 있을 것 같다.

"기운이 왕성하면 곧 비추는 것이 밝고, 마음이 바르면 곧 사물이 바르게 된다."

평소에 말한 셴안의 이 유심주의는 사이고의 그것과 일치된다.

셴안은 원래가 쇄국주의자였다. 그가 안세이 연간에 쇄국양이를 외쳤을 때, 하시모토 사나이가 '셴안쯤 되는 사람까지'라며 어이없어 한 모양이었으나, 사이고가 보았을 때 쇄국양이라는 것은 오히려 국민의 원기(元氣)로 보고 이를 비난할 생각은 없었을 것이다.

사이고는 시마즈 나리아키라 같은 개화주의자에 훈도되었기 때문에 단순한 양이주의자였던 시기는 없었다. 그러나 바닥에 깔려 있는 느낌으로서는 셴안과 가까웠다고 할 수 있을지도 모른다.

'나라가 업신여김을 당했을 때는 비록 나라와 함께 쓰러지는 한이 있더라도, 바른 길을 밟고 의(義)를 다하는 것이 정부의 본분이다.'

쇼나이 번사가 기록한 사이고의 말에 이런 것이 있는데, 이 말은 셴안의 기개와 다른 것이 아니리라.

외국과의 통상을 싫어한 셴안에게는, 막부 말기에 벌써 일부 지사들이 주장한 무역입국(貿易立國)이란 생각은 없었다. 사이고에게도 그런 사상은 희박했다.

"정치란 문(文)을 일으키고 무(武)를 떨치며 농업을 장려하는 세 가지이다."

사이고는 말했다. 사이고는 또 통상과 계산에 편승해 있는 정부를 비난하고 있다.

"정부가 '싸움'이란 한 마디를 무서워하여 정부의 본분을 저버리는 일이 있으면, 그것은 정부가 아니라 상법지배소(商法支配所)라고 해야 옳을 것이다."

이것도 셴안과 상통하는 기분이라고 볼 수 있을 것이다.

이 말에 있어서 사이고의 주장을 더욱 자세하게 소개하면 이러하다.

"절의와 염치를 잃고 나라를 유지할 수는 없다. 서양 각국이 모두 그같이 하고 있다. 그런데 윗사람이 이익만을 다투고 의로운 것을 잊을 때는 아랫사람이 모두 이를 본받는다. 이로 인해 인심이 금방 재리(財利)로 치달아, 비열하고 인색한 마음이 날로 자라게 되므로, 절의와 염치의 지조를 잃을 뿐 아니라, 부자와 형제 사이에도 돈과 재물을 빼앗고 서로 원수를 보듯 하게 된다. 지금은 전국의 용사들보다 한층 더 용기를 불러 일으키지 않으면 만국(萬國)이 대치하는 가운데 살아갈 수가 없다. 보불 전쟁(普佛戰爭) 때 프랑스 군이 30만 군대를 거느리고 석 달 먹을 양식을 가지고 있으면서도 프로이센에 항복한 것은 자나치게 수지타산에만 밝았기 때문이다."

이런 대목은 가스가 센안의 마음과 상통한다고 할 수 있을지 모른다.

아무튼 사이고는 문명 개화의 세상으로 불린 메이지 시대가 되고 나서, 한학적 사상가인 가스가 센안을 가리켜 은근히 그야말로 나라의 스승이라고 생각했던 것이다.

그 센안은 이미 세상에 받아들여지지 않아 교토에서 객지 생활을 하고 있었다. 이런 점에서 볼 때 시대의 흐름 속에 낀 사이고의 비극적 씨앗이 엿보인다고 할 수 있으리라.

가스가 센안은 안세이 대옥에서는 사형을 면했다.

교토 감옥에 구금되어 에도로 압송되었으나 판결은 뜻밖에도 영구 외출금지였다. 그는 체포될 것을 각오하고 증거가 될 만한 서류를 태웠을 뿐 아니라 첫 취조를 담당했던 취조관 중에 그의 문하생이 많았던 것도 다행한 일이었다.

에도에서의 판결이 가벼웠던 것은 비추 마쓰야마 번의 야마다 호고쿠(山田方谷)가 적극적으로 운동했기 때문이라고도 한다. 야마다는 번주인 이타쿠라 가쓰키요(板倉勝靜)의 모신(謀臣)으로서 양명학자로 알려져 있었다. 안세이 대옥 때 이타쿠라가 마침 경리 담당관으로 막부의 요직에 있었던 것도 야마다의 운동 효과를 높였다.

센안은 기시와다(岸和田) 번에서 외출금지를 당하고 있었는데, 나중에 야마다가 감형 운동을 해준 것을 다른 사람으로부터 듣고 항상 스스로를 훈계했다고 한다.

"친구로서 은혜를 자랑하지 않는 것은 야마다와 같아야 한다."

이 안세이 대옥에서 센안의 주인인 고가 다케미치(久我建通)도 은거의 형을 받았다.

다케미치는 센안을 가신으로 거느리고 있음으로 해서 한때는 궁궐 안에서 첫손 꼽는 논객이 된 느낌이 있었는데, 안세이 대옥 이후로는 세상에서 잊혀졌다. 센안의 꼭두각시였다고 사람들은 평했다.

그러나 센안은 다케미치를 꼭두각시로 여겼던 일은 없었다. 그는 공경(公卿) 사회의 추잡하고 비열한 것에 싫증이 나 있었고, 첫째 성격이 궁궐 안 벼슬에는 맞지 않았다.

다케미치의 아들 미치쓰네(建久)가 고가 가문의 주인이 된 뒤로 이들 부자는 센안을 미워하게 된다.

도바 후시미 싸움 뒤에, 센안은 새 정부의 부름을 받아 나라 현(奈良縣) 지사가 되었다. 사이고를 비롯한 사쓰마 번 사람들이 모두 센안을 밀어주었기 때문이다.

그러나 고가 부자(父子)는 이를 시기했다. 현 지사가 된 지 두 달 뒤에 센안은 체포되어 교토 감옥에 들어가게 된다. 혐의 내용도 확실치 않았다.

고가 부자가 이와쿠라를 설득하여 이런 일을 한 모양이었다.

그러나 사쓰마 번이 운동해서 석 달 뒤에 출옥했다. 이때 사쓰마 번에서 나와 새 정부의 고문이 된 이와시타 마사히라(岩下方平)가 다시 새 정부에 나와 봉직해 달라고 부탁을 했던 바, 센안은 쓴웃음을 지으며 받아들이지 않았다.

"그냥 이대로가 좋겠소."

그때 센안의 나이 58세였다. 센안이 세상에 나오는 것을 고가 부자의 질투가 허락하지 않았다.

센안은 객지 생활을 하고 있었지만 새 정부의 고관들이 잇따라 그를 찾아왔다. 고가 부자는 이 일이 마음에 들지 않아 메이지 2년 3월, 갑자기 센안에게 근신을 명령했다. 폐번치현 전이었으므로 고가 가문은 센안의 신분을 구속할 수 있었던 것이다.

이윽고 고가 가문은 곧 이것을 해제했다. 세상의 평이 그들 부자의 포악하고 거만함을 몹시 비난했기 때문이다. 어쨌든 센안의 일생은 공경 사회의 질시 때문에 거의 햇빛을 볼 수가 없었다.

여기서 사쓰마 인 무라타 신파치가 등장한다.

신파치가 센안의 집으로 찾아간다. 메이지 2(1869)년 2월, 센안의 나이

59세 때였다.

메이지 2년은 센안에게 운이 나쁜 해라고 할 수 있었다. 그 해 3월에는 고가 다케미치 부자로 인해 이유 불명의 근신 처분을 받았고 얼마 후에 해제된다. 9월에는 부인을 잃었다.

그 전 해 3월에도 고가 부자 때문에 감옥에 들어 갔는데 10월 중순에 갑자기 석방되었다. 무라타 신파치가 찾아온 메이지 2년 2월이 센안에게는 보기 드물게 무사했던 시기였다.

시대가 바뀌었다. 그해 정월에 사쓰마·조슈·도사·히젠 네 번의 주장으로 판적봉환(版籍奉還 : 영주들이 영지와 백성을 조정에 반환한 일)이 행해졌으나, 새 정부에는 장차 어떤 나라를 만들 것인가 하는 방도가 없었다.

사이고도 갖고 있지 않았다.

이로 인해 사이고는 무라타를 특사로 센안에게 보내 그의 의견을 듣게 했던 것이다.

이 시기에 사이고는 도쿄에 없었고 가고시마에 있었다. 그는 그 전 해인 메이지 원년(1868) 11월, 혼슈(本州)에서 보신 전쟁이 끝난 뒤 도쿄를 떠나 가고시마로 돌아갔다. 그대로 가고시마에서 해를 넘겼던 것이다. 그 전 해 가을에 정부는 교토에서 도쿄로 옮겼었다.

"부디 도쿄로 나와 주시오."

도쿄에서 거듭 독촉이 왔다. 사이고가 없는 새 정부는 상식적으로 생각할 수도 없었다. 그러나 사이고는 굳이 사양했다. 정부는 일부러 사이고의 번주인 시마즈 다다요시에게 부탁하여 사이고를 설득시키려 했다. 다다요시는 몸소 사이고의 휴양지까지 가서 그를 회유했다.

사이고의 이같은 행동은 뒤의 정한론 결렬에 의한 사직 귀향이라는 비슷한 행동의 되풀이로 생각해 볼 때 거의 고질병이었던 것 같다.

이 시기에 고료카쿠(五稜郭)에는 에노모토 다케아키 등 옛 막부신하가 농성을 하고 있었으므로 혁명 전쟁이 끝난 것은 아니었다. 사이고는 동정총독(東征總督) 아리스가와노미야(有栖川宮)의 참모라는 입장에서 보면, 육·해군의 총지휘권을 쥐고 있다고 할 수도 있으므로, 홋카이도가 완전히 평정될 때까지는 도쿄에 남아 있어야 했을 것이다. 나아가 그는 정부의 고문직이기도 했다. 그런 직책들을 버리고 귀향한 뒤 정부에서 아무리 불러도 나오지 않는 자기 멋대로의 행동에 대해서는 그 이유를 몇 가지 추측할 수 있다.

그 한 가지는 막부를 쓰러뜨리기는 했으나, 막상 어떤 나라를 만들 것인지 사이고에게는 거기에 대한 구체안이 아무 것도 없었음이 틀림없다.

마음만은 있었다.

그러나 구체안이 없는 이상 어찌 해볼 수가 없었다.

안이 없이는 도쿄로 나가도 무능하고 우매하다는 것을 드러낼 뿐이었다. 오쿠보가 어떻게 하겠지 하는 기분이었으리라.

그 안을 얻기 위해 메이지 2(1869)년 2월 무라타 신파치를 가스가 센안에게 보냈던 것이다.

이 메이지 2년 2월의 단계에서 사이고는 시대의 따돌림을 당했다고 할 수밖에 없다.

얄궂은 일이었다. 막부를 쓰러뜨린 최대의 공로자는 확실히 사이고였다. 그러나 막부가 없어지는 순간 역사는 걷잡을 수 없이 돌아갔다. 이 걷잡을 수 없는 것에 사이고는 어리둥절했다.

"대체 어떻게 되는 세상이냐?"

사이고는 몇 번이나 스스로 물었을 것이다. 그러나 대답을 얻지 못했음이 분명하다.

여기서, 오쿠마 시게노부처럼 사이고를 우매하다고 하는 이야기가 나올 수밖에 없었을지도 모른다.

오쿠마는 사이고와 이타가키를 우매하다고 생각하고 있었다. 사이고가 참의였을 때, 그는 태정관에 점심밥을 먹으러 온 적이 있었다. 그때 볼일을 마친 사이고는 이타가키를 상대로 보신 전쟁에 대한 이야기를 하고 있었다고 한다. 오쿠마가 사이고를 감정적으로 싫어한 점이 있다고는 하지만, 사이고도 혁명가로서 중대한 일면이 결여되어 있었다고 할 수 있을지 모른다.

"막부를 타도하는 것은 좋지만 쓰러뜨린 뒤에 어떤 세상을 만들 것인가?"

그가 도막(倒幕)의 정략을 추진하고 있었을 때, 만일 누가 이렇게 물었다면 그는 구체적으로 대답할 수 없었을 것이다.

"요순(堯舜)의 시대와 같은 것을."

막연히 이런 소리를 할 수밖에 없었을 것으로 짐작된다.

사이고는 메이지 2년에 귀향하고 만 심경을 친구인 가쓰라 히사타케에게 편지로 말했다.

'나 자신에 대해 여러 번 말했었지만, 잠시 동안이기는 하지만 한 차례 역적의 이름으로 감옥에 들어간 일도 있었습니다. 이대로 썩어서는 선군(先君)(나라야 키야)에 대해 드릴 말씀이 없고……'

그래서 도막(倒幕)을 한 것이라고 했다.

'한 번 나라의 대절(大節)에 임하여……'

이렇게 사이고는 계속한다. 이 경우의 나라는 사이고가 버릇처럼 쓰는 말로서 사쓰마 번을 가리킨 말일 뿐 일본을 말한 것은 아닌 것 같다. 번의 큰 일에 임하여 자신은 몸을 던져 일을 했다는 뜻이다. 그래서 이렇게 말했다.

'적신(賊臣)이라는 의심을 풀게 되었으니 이제 지하에 계신 주군을 뵙더라도 입을 다물 필요가 없게 되었습니다. 그것만을 생각하며 오늘에 이르렀습니다.'

만일 이 편지가 사이고의 정직한 심경이라면 그의 생각은 사쓰마 번이라는 범위에 머무르고 일본이란 나라로 넓혀지지는 않았던 것이 된다.

그래서 결국 사이고는 사쓰마 번을 위해 행동한 것이 되었고, 곧 그것이 우연히 일본 역사를 움직였다는 것이 된다.

하기야 이 글은 달리 해석할 수 없는 것은 아니다. 그는 지금까지 번을 위해 일해 왔으므로 새 일본 국가에 대한 생각은 없었다. 갑작스런 일이긴 하지만 지금부터 생각하려 한다는 뜻으로도 볼 수 있을지 모른다.

위에 말한 것과 같은 사이고 자신의 사정으로 인해, 무라타 신파치는 그의 사자가 되어 메이지 2년 2월에 가스가 센안에게 가르침을 청하러 갔다.

"어떤 국가를 만들면 좋겠습니까?"

이런 질문이었는데, 이런 종류의 새 국가 구상을 가진 사람은 당시에 적어도 세 사람이 있었다.

요코이 쇼난(橫井小楠)

가쓰 가이슈(勝海舟)

후쿠자와 유키치(福澤諭吉)

등이었다.

일찍이 새 국가론을 가졌던 것으로 생각되는 사카모토 료마는 요코이와 가쓰에게서 배운 바가 많았다. 요코이는 사이고와도 친했었지만, 무라타가 센안을 찾기 한 달 전에 암살되어 이 세상에 없었다.

요코이 쇼난은 양학자가 아니고 한학만으로 교양을 이룩한 사람이었는데,

세계 추세에 대한 그의 이해력은 친구인 가쓰 가이슈를 놀라게 했을 정도였다. 예를 들면 요코이가 가쓰로부터 미국은 대통령을 선거를 통해 뽑는다고 들었을 때, 즉석에서 이렇게 말하여 가쓰를 놀라게 했다.

"그건 요순(堯舜)의 정치를 제도화시킨 것과 같군."

요코이 쇼난은 그 호를 보아도 알 수 있듯이 구스노기 마사시게(楠木正成)의 숭배자라는 점에서는 그런 시대의 생각을 가진 사람이었지만, 온 천하의 지사들이 양이를 정의라고 하며 뛰어다니고 있던 시기부터 열렬한 개국주의자였다. 개국주의에서는 막부의 방침과 일치하고 있었고 그 이상으로 철저했다. 그는 산업과 해운을 일으키고 크게 세계와 교역해야 한다고 주장하여 그런 주장 때문에 열광적인 양이주의자들로부터 위협을 받기도 했다.

유신 성립과 함께 그는 새 정부의 고문으로 불려 나갔지만, 막상 막부가 쓰러진 뒤에 전개된 새로운 시대에 따라가지 못했던 점이 있었다. 그토록 시대의 회전이 급격했다. 사이고가 어리둥절했던 것도 무리는 아니었을 것이다.

일본 지사 중에는 폐쇄적 감정에서 나온 격렬한 보수주의자가 많았다.

"새 정부는 서양 오랑캐의 흉내를 낸다."

교토의 뒷골목에는 그런 종류의 반정부 감정이 충만해 있었다. 요코이를 죽인 자객들도 그 속에서 나왔다. 신관직(神官職)을 가진 사람이 둘, 한방의가 몇 사람, 그리고 야마토 도쓰가와(大和十津川)라는 벽지에서 나온 사람이 둘쯤 되었다. 그들은 새 정부의 서양화 경향은 요코이의 교사에 의한 것으로 보았다. 이른바 참간장(斬奸狀)에는 '요코이는 예수교를 펴려고 한다'고 썼다. 사실이 아니었다.

어쨌든 요코이는 벌써 세상에 없었는데, 설사 있었다 하더라도 사이고는 요코이의 산업무역주의를 좋아하지 않았을 것이 분명하다.

후쿠자와 유키치의 저서를 읽고 나서 사이고가 감탄한 것은 이보다 몇 해 뒤의 일로, 이 시기에는 후쿠자와의 존재는 사이고의 염두에 없었다.

결국 사이고는 가스가 센안으로 하여금, 새 국가는 어떻게 만들어야 할 것인가 하는 의견을 묻는 스승으로 삼았던 것이다.

사이고가 센안의 의견을 묻는 데 무척 진지했던 것은 무라타에게 12개조의 질문서를 가져 가게 했던 것으로도 알 수 있다.

그러나 센안이 과연 어느 정도나 대답할 수 있었을까?

센안의 유고(遺稿)로 엿볼 수 있는 것처럼 그는 요코이 쇼난이나 후쿠자와 유키치와 같은 사회과학적인 감각을 가진 사람은 아니었다. 그의 정치론은 중국적인 옛날 사대부(士大夫)의 마음가짐을 논한 것일 뿐이었던 것으로 짐작된다. 센안의 시야에는 현대적인 과제가 없었다. 모두 중국 역사상의 정치가나 정치 철학자의 일화, 그들의 처신 등을 논하고 있다. 거기서 사대부의 마음가짐의 원칙은 충분히 찾아낼 수 있어도 새 국가상을 찾는 것은 무리였다.

나아가 그 문장은 세련되지가 못하고 도리를 분명히 밝히기보다 정념(情念)이 앞서 혼자 치닫고 있어서, 남이 이해하기 어려운 데가 있었다. 나라를 걱정할 경우 센안의 정념은 파란 불꽃처럼 아름답게 빛나지만, 새로이 나라를 만드는 마당에 정념만으로는 어찌 해볼 도리가 없었다.

사이고는 물어 보아야 할 사람을 잘못 택했는지도 모른다. 그러나 결국 사이고는 자신을 고르듯 센안을 고른 것이리라. 두 사람은 너무도 닮았던 것이다.

무라타는 질문을 한 다음 요점을 필기했다. 센안이 한 말은 추상적이었고 정신적이었는데, 무라타는 아침 8시부터 밤중까지 이 문답을 계속했다. 센안의 기백이 무라타를 일어날 수 없게 만든 것인지도 모른다.

무라타는 그 뒤에 기슈 와카야마로 가서 쓰다 이즈루(津田出)를 만났다.

쓰다 이즈루는 메이지 2년 기슈 번의 대참사(大參事)가 되었는데, 선각적 개혁자로서 우선 군대를 서양화시키고 아직 봉건 제도가 지속되고 있을 때 번 안에서 군현 제도를 편 것으로 세상을 놀라게 했다. 아무튼 그는 당시 유럽에서는 근대 국가의 필수조건이 된 징병제를 실시했던 것이다.

쓰다 이즈루는 막부 말기에는 이름이 없었던 것이나 다름없었다. 그러나 이 메이지 2년, 번의 개혁으로 일약 유명해졌다. 사이고는 그 소문을 듣고 무라타에게 그를 찾아가라고 시켰다.

사이고는 그 뒤 도쿄로 올라왔을 때 쓰다를 추천하여 말했다.

"쓰다씨를 정부 수반으로 앉히고 우리는 그 밑에서 일하는게 어떻겠소?"

다만 쓰다에게는 뇌물을 먹는 버릇이 있어서 사이고는 이에 실망하여 다시는 그런 말을 하지 않게 되지만, 아무튼 이 시기의 사이고는 센안과 쓰다라는 양극을 오가고 있었으므로 국가상에 대한 그의 생각은 진폭이 컸다.

그 진자(振子) 역할로서 무라타 신파치가 존재했다.

사쓰마 인은 감격을 잘한다. 무라타는 특히 그러했다. 그는 센안에 감복하고 쓰다에게 감복하고 메이지 4(1871)년에는 서양으로 갔다. 시대의 한 상징적인 존재라고 할 수 있을 것이다.

무라타 신파치에 대해 가스가 센안의 평이 있다. 무라타가, 사이고가 부탁한 12개 조의 자문을 끝내고 떠난 뒤 센안은 문하인들에게 말했다.
"무라타라는 사쓰마 사람은 사이고와 맞먹는 보물인지도 모른다."
앞에서도 언급했듯이, 가쓰 가이슈도 무라타를 보고 말했다.
"오쿠보 다음 가는 인물."
이렇게 말했지만, 센안과 가이슈는, 이 시대에 첫째 가는 인물 비평안을 가진 사람인 만큼 무라타는 어쩌면 그런 인물이었을지도 모른다.
한편으로 무라타는 6척 거구에 얼굴이 남달리 잘생겼고, 게다가 두 눈에 광채가 있었다. 그 보통 아닌 풍모에 힘입은 것일지도 모른다. 그리고 그는 한학적인 교양이 깊었으므로 그 점도 센안을 만족시켰을 수 있다. 나아가서 경박한 사람은 아니었다. 말이 없었고 동작이 느린 데가 있어, 무엇을 물어도 금방 대답하지 않고 잠시 생각한 뒤에 이야기하며, 결론을 서두르는 일이 없었다.
이 점에 있어서는 이야기를 너무 재미있게 하는 기리노 도시아키와는 달랐을 것이다.
사이고가 이 무라타를 육군에 두지 않고, 메이지 4년 궁내성 대승(大丞)에 임명한 것은 생각하는 바가 있어서였을 것이다.
궁내성 관리는 한직에 불과하다.
적어도 조슈계의 인사 감각에서는, 쓸모있는 인재는 재무성이나 육군에 두고 궁내성에는 그다지 대단한 인재가 아닌 사람들을 보냈다.
조슈 인은 에도 시대를 통해 번주를 단순한 기관(機關)으로 보고, 군림(君臨)은 해도 통치는 하지 않았으며 행정에 대해 간섭을 하지 않는다는 원칙을 세워 왔다. 이런 일종의 법적 습관이 천황을 수령으로 모신 국가에서도 그대로 살아 남아, 궁내성 관리는 단순히 궁정의 사무만을 보는 사람이라는 감각이 있었다. 오쿠보 등은 이 조슈의 법적 감각을 옳다고 본 모양이었다.
사쓰마 번은 달랐다.
이 번은 전국 시대부터 막부 말기에 이르기까지 번주가 지도력을 가지고 직접 지휘하는 경우가 많았다. 전국 시대부터 '시마즈에 못난 주군은 없다'고 전해 왔듯이, 기적적일 정도로 훌륭한 주군이 계속된 데도 원인이 있었다.

사이고는 천황 제도에 대해 깊이 생각한 일이 없었던 것 같다. 그는 자기 번의 번주를 놓고 생각했고 법적인 존재라기보다 자연인으로서 위대한 지휘력을 가진 주군을 생각했다.

이로 인해, 천황의 보좌역으로서 사이고는 자기가 어렸을 때부터 동지였고 막부 말기에는 고생을 함께 겪었던 요시이 도모자네를 보냈으며 다시 무라타 신파치를 불렀던 것이다. 사이고의 천황 제도에 대한 감각은, 말하자면 러시아나 청나라 황제와 같은 전제력을 가진 것이었으리라. 시종으로서는 강직한 사람으로 알려진 야마오카 뎃슈(山岡鐵舟)를 보낼 것도 바로 그 때문이었을 것이다.

무라타는 사이고의 그 같은 생각 때문에 궁내성 대승이 되었다. 결국 한직에 불과했다.

이 메이지 초기의 정한파(征韓派)와 비정한파의 싸움은 매우 간단한 도식(圖式)으로 생각할 수도 있다.

메이지 4년에 떠난 이와쿠라 대사 이하 서양에 간 패들이 비정한파였고, 일본에 남은 사이고 등의 사람들이 정한론을 주장했다는 것이다. 해외에 나가면 세계 속의 일본이란 것이 한눈에 뚜렷이 보였을 것이고, 지금 이 시기에 극동에서 무력 분쟁을 일으키는 것이 어떤 결과를 가져온다는 것도 알 수 있었을 것이다.

정한파에도 국제 정세에 밝은 사람들이 많이 있었다. 사이고나 기리노도 그런 지식은 풍부했다. 이들 둘이 만일 일본의 외무대신이 되었더라면 국제 상식 위에 서서 그 뒤의 다른 외무대신 이상의 정략적인 외교를 해냈을 것이다.

그러나 외유한 사람들은 감각이 달라졌다. 정한파가 알고 있는 세계는 지구의(地球儀)를 통한 것에 불과했고 나머지는 역사와 국제 관계에 대한 지식뿐이었으며, 그 지식은 무력 문제에 편중되어 있었다. 구미의 국가적 생태를 무력으로만 파악하면, 이야기가 《초한연의(楚漢演義)》나 《삼국지연의》처럼 재미있다.

"머리가 무거울 때는 기리노의 이야기를 들어라. 속이 시원할 정도로 재미있다."

사람들이 말한 것은 바로 그것이었을 것이다. 기리노의 이야기는 러시아는 극동에서 어떻게 나오고 있는가, 영국은 중국에서의 권익을 어떻게 생각하고 있는가였다. 거기에 등장하는 것이 프랑스인데, 그들은 그런 속셈을 가졌다. 일본의 경우 문제의 이권부분을 압박하면 상대는 급소를 눌린 자라처럼 꼼짝을 할 수 없게 된다는 식의 이야기였다.

그러나 세계를 한 번 둘러보면 장기 두듯 세계는 생각처럼 움직여 지지 않는다는 것을 알게 된다. 다녀온 사람이 집에 있었던 사람에게 그런 것을 설명한다는 것은 불가능에 가까우므로, 결국은 감각 문제라고 말할 수밖에 없다.

여기서 무라타 신파치(村田新八)란 인물에 대한 해석이 곤란해진다.

무라타는 서양을 다녀온 사람인데도 귀국 후 한 사람의 예외로 정한파 쪽에 붙게 되는데, 오쿠보로서는 그것이 무척 뜻밖이었던 모양이다.

무라타는 미국의 사회제도도 충분히 구경하고 영국의 웅대한 산업도 구경했다. 런던에서는 대표적인 공업 시설을 모조리 시찰했다.

'우리 나라도 이렇게 되어야 한다.'

이렇게 생각하지 않은 사람은 한 사람도 없었다. 막부 말기에 비교적 일찍부터 지사적인 활동을 시작 했던 무라타는 그 만큼 한층 더 심각하게 생각했을 것이다.

이 이와쿠라 대사 일행이 외유한 목적의 하나로, 안세이 조약(安政條約)이라는 불평등 조약을 개정하려는 외교 교섭도 포함되어 있었는데 영국과 미국은 상대해 주지 않았다. 이 한 가지만으로도 조선으로 쳐들어갈 그런 경우가 아니라는 것을 무라타는 알았을 터였다.

무라타 신파치가 2년이 넘는 해외 시찰에서 돌아온 것은 이와무라 일행보다 훨씬 늦은 메이지 7(1874)년 봄이었고, 오쿠보가 귀국한 것은 그 전해 5월이었다. 기도는 7월에 왔고, 이와쿠라는 9월이었다.

무라타가 요코하마에 도착했을 때 사이고가 도쿄에 없다는 것을 알았다. 사이고만 참의를 그만두고 가고시마로 돌아간 것이 아니고, 근위사단에 있던 시노하라 소장 이하 사쓰마게 장교와 하사관, 그리고 소장 기리노, 또는

그 사람들 593

경시청 간부 일부와 문관 일부도 썰물처럼 벼슬을 버리고 가고시마에 돌아가 있었다.

무라타로서는 뒤통수를 얻어 맞은 느낌이었을 것이다. 그는 외유중 종전부터의 사상을 그대로 지니고 있었다고는 하지만, 세계를 대하는 감각은 달라져 있었다. 귀국 후에 무엇을 할 것인가 하는 포부도 있었다. 그러나 무라타는 사이고가 없는 정부에서 그것을 어떻게 펼 수 있을지가 의문이었다.

이 점은 무라타뿐만이 아니었다. 그와 같은 입장에 있던 사람이 있었다. 종제인 다카하시 신키치(高橋新吉)였다.

원래 무라타는 다카하시 집안 출신이었다. 어릴 때 무라타 집안의 양자가 된 것이었다. 생부는 다카하시 하치로(八郎)였고, 하치로의 형을 시치로(七郎)라고 한다. 시치로의 아들이 다카하시다. 무라타는 이 종제인 다카하시 신키치와는 친형제처럼 가까이 지냈다.

그의 집안에는 총명한 사람이 많았는데 다카하시 신키치는 가장 뛰어났던 것이다.

신키치는 막부 말기에 나가사키로 나가 영어를 배웠는데, 아마 막부 말기에 영어를 배운 사람들 중에서는 가장 빠른 시기에 속한 사람이었다.

동시에 일본에서 최초의 영일사전을 간행한 사람이기도 하다. 그는 영어를 공부하면서 학비를 벌기 위해 사전을 만들고 그것을 상해로 보내 책으로 만들었다. 상해에는 영어 활자와 인쇄 기계가 있었기 때문인데, 당시 이 사전은 영어를 공부하는 사람들로부터 보물처럼 여겨졌고 《사쓰마 사전》이라고 불렸다.

그런 인연으로 메이지 3(1870)년 미국에 유학했다. 무라타가 외유하기 바로 전 해이다.

그는 4년간 유학한 뒤 무라타가 요코하마에 도착하기 며칠 전에 돌아왔다.

다카하시는 무라타를 맞이하려고 요코하마 항구로 갔다. 그 당시 다카하시는 재무성에 이름을 두고 세관을 자유로이 통과할 수 있었다.

금방 배에서 내려온 무라타에게 부두에서 최초로 사이고에 대해 이야기해 준 사람은 바로 다카하시였다.

"음."

무라타는 고개만 끄덕였던 모양이다. 속으로 놀랐지만 놀란 표정을 겉으로 나타내는 습관이 없었다. 다카하시는 착각을 하고 이렇게 물었을 정도였다.

"형은 알고 있었던가?"

무라타는 고개를 저으며 말했다.

"아무튼 오늘 밤 도쿄에서 이야기하자."

무라타의 귀국은 복잡하게 되었다.

무라타는 자세한 사정을 알고 싶었다.

그날 밤 그의 도쿄 자택에서 다카하시 신키치가 말했다.

"에비하라 보쿠에게 물으면 어떻겠는가?"

에비하라는 사이고의 사직과 함께 활동을 개시하여 집사사라는 단체를 만들어 불평분자들을 모으고 있다고 다카하시가 말하자, 무라타는 웃어넘겨버렸다.

"그런 인간에게 물은들 무슨 소용이 있겠나."

세상 일이란 사람의 마음에 따라 보는 것이 다르다. 에비하라 같은, 그릇이 작은 사람에게 물어서는 진상을 알 수 없다고 그는 말한 것이다.

무라타는

"사이고와 오쿠보에게 묻는 것이 가장 좋아. 사이고는 벌써 도쿄에 없으니 우선 오쿠보에게 물어보겠다."

이런 점은 과연 무라타다웠다.

오쿠보는 벌써 사가에서 돌아와 있었다. 그는 사가의 난이 있은 뒤 에토 신페이에게 판결이 내려지고 처형될 때까지 남아 있다가 4월 18일 배로 하카타를 떠났다.

이튿날은 고베였다. 고베에서 오사카까지 벌써 철도가 개통되어 있었다. 당시 오사카까지는 한 시간 걸렸다. 사쿠라노미야(櫻宮)에서는 벚꽃이 봉오리를 터뜨리고 있었던 모양이다. 21일 다시 고베로 돌아와, 군함 '류조(龍驤)'를 타고 24일 요코하마에 도착했다. 요코하마에서 도쿄까지는 기차로 갔다. 신바시(新橋) 역에 도착하자 역 앞에 많은 사람이 마중나와 있었다.

이토 히로부미와 가쓰 가이슈도 있었다.

그 뒤 오쿠보는 29일 다시 나가사키로 향한다. 무라타는 이런 시기에 귀국한 것이었다.

이 시기의 오쿠보는 몹시 바빴다. 도쿄에 있는 날은 며칠밖에 안되었다.

그 며칠 동안 오랫동안 밀린 결재들이 쌓여 있었다. 또 찾아오는 손님도 많았다.

무라타도 그런 찾아오는 손님 중의 한 사람이었다.

오쿠보는 무라타가 귀국한 것을 반가워하며 그쪽에서의 사정을 들으려고 했다.

무라타는 그럴 심정은 아니었지만 몇 가지를 말한 뒤 물었다.

"사이고씨가 가고시마로 돌아갔다고요?"

객실 밖에도 손님이 몇 사람 있었다. 내무성의 무라타 우지히사(村田氏壽)와 이바라기 현 참사인 세키 신페이(關新平), 그리고 대경시 가와지 도시나가(大警視川路利良)였다.

원래대로 한다면 곁의 사람들을 물리쳐야만 했을 것이다.

그러나 오쿠보도 무라타도 사쓰마 인으로서의 정신적인 전통이 농후한 탓인지, 그런 비밀스런 의논을 좋아하지 않았다. 자기가 옳은 의견이라고 믿기만 하면 누가 옆에 있든 상관없다고 이들은 생각하고 있었다.

그리고 무라타는 반드시 사이고만 존경하고 있었던 것이 아니고, 오쿠보에 대해서도 비슷한 감정을 가지고 있었다.

오쿠보는 자기 의견을 말하고, 사이고의 생각을 말한 다음 어쩔 도리가 없었음을 말했다.

"워낙 고집이 센 사람이어서……"

무라타 신파치는 집으로 돌아와 날이 밝을 때까지 생각했다.

'사실대로겠지.'

우선 그렇게 생각했다. 정한론의 분열에 대해 오쿠보가 무라타에게 말한 것에 거짓이 있으리라고는 생각지 않았다. 무라타는 여러 해 동안 사이고와 오쿠보를 보아 왔다. 이들 둘이 의견을 달리하여 갈라서게 된 것이지만, 이 분열에 정치적인 이면이나 모략이 있을 리는 없다고 보았다. 어디까지나 의견상 차이였음이 틀림없었다. 그것이 서로 강렬한 자기 주장을 내세워 굽히지 않았기 때문에 이런 결과가 되었다. 그것뿐이라고 보았다.

그러나 그뿐인 것이 일본을 둘로 갈라놓고 만 꼴이 되었다. 두 사람 모두 국론을 둘로 갈라놓고도 여전히 자기 주장만 옳다고 우기고 있고 앞으로도 변할 리가 없었다.

'정말 도리가 없다.'

무라타는 생각했다. 그 두 사람이 고집을 피우는 한, 그것을 조정하거나 타협하게 하는 것은 도저히 불가능하다는 것을, 무라타처럼 잘 알고 있었던 사람은 없을 것이다.

무라타가 만일 자유로운 입장이었다면 오쿠보의 의견이 옳다고 했을 것이다.

사이고에 대해서는 사이고에게 직접 물어보아야 알겠지만, 무라타로서는 사이고가 나라를 망하게 할 그런 주장을 했다는 것은 생각도 할 수 없는 일이었다.

이튿날 아침 종제인 다카하시 신키치가 왔다.

이때 무라타가 한 말을 다카하시는 평생 동안 기억했다.

"정한론의 충돌은 사이고와 오쿠보라는 양대 씨름패의 우두머리끼리의 충돌이다."

무라타는 분명히 단정적으로 말했다. 그 밖에 다른 이유는 없었다. 의견 충돌일 뿐이라고 했다. 두 사람이 사이좋게 같은 의견으로 나가면 우리에게는 다행이었을 터인데, 불행하게도 충돌한 이상 어찌해 볼 도리가 없다. 그 누구도 이를 조정할 수는 없다는 것이다.

사쓰마 인으로서 이 충돌을 제삼자적 입장에서 보고 있을 수는 없다고 그는 말했다. 사이고의 친동생인 쓰구미치까지 중간에 설 수가 없어서 형을 버리고 오쿠보 쪽에 붙은 것이다.

"오쿠보의 의견은 이미 들었다. 그러므로 나는 가고시마로 돌아가 사이고 씨의 의견을 들은 다음 태도를 결정하고 싶다."

이렇게 말했다.

그 말을 듣고 다카하시는 자기도 그러고 싶다고 말했다.

이튿날 아침 두 사람은 신바시(新橋)에서 기차를 탔다.

다카하시는 사실 오쿠보로부터 후한 대우를 받고 있었고, 미국에 유학중인 오쿠보의 아들을 보살폈을 정도로 그로서는 도쿄에 남아 오쿠보를 따르고 싶었다.

그러나 종형인 무라타가 사이고로부터 동생처럼 대우를 받아온 것을 알고 있었기 때문에 차마 그같은 말을 할 수가 없었다.

요코하마에 도착하자 배를 기다리기 위해 하룻밤 묵어야 했다. 그들은 외국에서의 생활이 길었기 때문에 일본 여관을 택하지 않고 아주 자연스럽게 큰 호텔에 들어가 묵었다.

두 사람은 한 방에서 잤다.
창 밖에 바다가 보였다. 일본에 어떤 볼 일이 있는지 프랑스 기선이 들어와 있었다.
두 사람은 작은 탁자를 끼고 서로 이야기를 나눴다. 이야기는 거의 외국에서 보고 듣고 느낀 것뿐이었다. 정한론에 대한 이야기는 일부러 피하고 있었다.
"틀렸다."
두 사람은 외치고 싶었을 것이다. 그러나 무라타는 멀리 사쓰마에 있는 사이고를 어려워했고, 다카하시는 그런 무라타를 어려워하고 있었다. 사실 무라타는 사이고를 무턱대고 따르는 것은 아니었다. 또한 존경한 나머지 말을 삼가고 있었던 것도 아닐 것이다. 무라타는 일찍부터 사이고란 사람은, 바다 같은 슬픔을 안고 있는 존재처럼 느끼고 있었으므로 지금 여기서 정한론 시비라는 시끄러운 논쟁의 찌꺼기를 놓고 사이고에 대한 평가를 좌우하기가 싫었던 것이다.
다카하시는 그런 사촌형이 마음에 들었다. 그러나 동시에 그는 국가의 운명은 오쿠보가 짊어져야만 한다고 혼자 생각하고 있었다.
그는 같은 번의 마쓰카다 마사요시(松方正義)에게 들은 이야기가 있었다.
아직 고료카쿠가 함락되지 않은 메이지 2(1869)년 초, 태정관에서 의견을 물은 일이 있었다.
"일본은 앞으로 어떻게 해야 할 것인가?"
3등관 이상의 사람들에게 물었다. 기탄없는 의견을 말하라는 것이었다.
이때 마쓰카다 마사요시는 내국사무 권판사(內國事務權判事)라는 벼슬에 있었다. 그를 스케사에몬(助左衛門)이라고 불렀다.
어렸을 때 시마즈 히사미쓰의 시동으로 있었고, 분큐 연간에 히사미쓰를 모시고 교토로 올라가서 오쿠보를 따라 교토와 오사카를 바쁘게 뛰어다녔으며, 겐지 원년(1864)에는 사이고의 호령 아래 하마구리 문의 변에서 용감히 싸웠다. 뒷날 재정가(財政家)가 되는 마쓰카다의 재간을 발견한 것은 오쿠보였다. 그가 만일 오쿠보를 만나지 못했더라면 후일의 마쓰카다는 존재하지 않았을지도 모른다.

마쓰카다는 메이지 2년 무렵에 '폐번치현'을 상신하려 했다. 봉건 영주를 부정하는 것이었다.

폐번치현론에 대해서는 마쓰카다가 선창자는 아니다. 메이지 원년 우에노 창의대 전쟁 때 사가의 에토 신페이가 이타가키 다이스케에게 말했다가 이타가키의 분노를 샀다는 이야기는 앞에서도 말했다.

그러나 조슈계 사람들은 벌써 이것을 생각하고 있었다. 이토 히로부미가 가장 일찍 주장했고 이어서 도리오 고야타와 노무라 야스시(野村靖)가 이를 지지했으며, 기도 다카요시가 정식으로 글을 써서 산조와 이와쿠라에게 건의했던 것은 도바 후시미 싸움이 끝난 뒤인 메이지 원년(1868) 2월이었다. 이것이 실현된 것은 사이고의 응낙을 얻은 메이지 4년의 일이었다.

메이지 2년 마쓰카다의 의견은 선창적인 것은 아니었지만, 번 의식이 강한 사쓰마 번으로서는 그가 가장 빨랐을 것이다.

오쿠보는 이 의견을 좋다고 했다. 그러나 이 점진주의자는 마쓰카다의 의견을 막았다.

"너는 죽고 만다."

오쿠보는 말했다. 만일 의견서를 제출했더라면 마쓰카다는 죽었을 것이 틀림없다.

다카하시 신키치는 이 메이지 4년의 폐번치현에 있어서 사이고와 오쿠보의 태도에 관심을 가지고 있었다. 다카하시는 뒤에 주로 재무 계통을 밟으며 메이지 31년 간교 은행(勸業銀行) 총재가 되는 사람인 만큼, 모든 일을 경제적 측면에서 보는 점이 있었다.

'오늘날 불평 사족들이 겉으로는 정한론을 외치며 정부를 흔들어대고 있지만 속으로는 폐번치현에 대한 원한이 있다. 모든 것은 거기에서 출발하고 있다. 무사 계급이 그 특권과 경제적 이익을 빼앗기게 된 원한은 심각하다. 그러나 한 계급의 원한을 외정(外征) 문제로 돌려 나라의 운명을 좌우하려 한다는 것은 옳지 않다.'

그의 생각은 이러했다.

다카하시는 폐번치현이라는 사회적 대 변동 때 일본에 있지 않고 미국에 있었다. 그 소식을 들었을 때 생각했다.

'큰 폭동이 일어나는 것이 아닐까.'

누구나가 무사의 세상이 사라진다는 것을 알면서도 도바 후시미에서 막부군의 총탄 속을 돌격한 것은 아니고, 호쿠에쓰(北越)에서 완강한 나가오카 번의 저항에 하마터면 패할 뻔할 때까지 싸웠던 것도 아니며, 도호쿠(東北)의 산과 들에서 시체가 된 것도 아니었다. 만일 그런 줄 알았더라면 총을 들지 않을 사람도 나왔을 것이 틀림없고, 첫째 사쓰마 번의 히사미쓰는 군대를 보내는 것을 거절했을 것이다. 그는 누구보다 봉건제도를 그대로 유지할 것을 고집해 온 사람이다.

"폐번이니 하는 것은 도저히 가능한 것이 아니다."

일본을 잘 아는 영국 공사 퍼크스까지 이렇게 생각하고 있었다. 참다운 혁명 전쟁이 일어난다고 한다면 바로 이때였을 것이며 보신 전쟁은 그 시초에 불과했다.

오쿠보는 사쓰마 번 출신이니만큼 이 점을 잘 알고 있었다. 그는 메이지 2년 마쓰카다 마사요시가 이 안을 가지고 왔을 때 말했다.

"바로 그대로다."

마쓰카다가 기억하고 있는 오쿠보의 말은 이랬다.

"자네 주장은 참으로 훌륭하네. 자네가 말한 대로 유신의 큰 사업으로 폐번치현을 실현하지 못하는 한 명실상부(名實相符)하지 않은가. 그러나 잘 생각해 보게. 만일 지금 이 시기에 자네가 이것을 건의하면 자네는 죽게 돼."

자네는 죽게 된다는 생각은, 동시에 오쿠보 자신에 대한 것이기도 했다. 오쿠보의 이런 대목이 정치가로서는 교활했다고도 할 수 있을 것이다. 그는 폐번치현에 대해 일체 말하지 않았다.

그는 기도 다카요시 등, 조슈파가 그것을 주장하며 뛰어다니게 내버려두고 있었다. 만일 오쿠보가 이런 말을 꺼냈다면 히사미쓰의 측근 사람들이 당장 그를 칼로 베어버렸을 것이다. 오쿠보는 그들 자객의 뒤에 있는 사람의 얼굴까지 생각해 냈을 것이 틀림없다. 나라하라 시게루(奈良原繁), 가에다 노부요시(海江信義) 등이다.

오쿠보는 말하지 않았다. 그리고 이 책임을 모두 사이고에게 떠넘기고 만 것이다. 사이고의 비통한 정치적 입장은 이때부터 시작되었다고 다카하시는 보았다.

아무튼 다카하시는 메이지 4년의 폐번치현이 이번 사이고와 오쿠보의 대립에 있어 출발점이라고 보고 있었다.

'그것이 아니었다면, 혹은 그것을 다른 형태로 두 사람이 처리했더라면 이 두 사람의 대립은 없었을지도 모른다.'

사이고와 오쿠보라는, 그토록 굳세게 뜻을 같이했고 서로가 서로의 결점과 장점을 잘 아는 두 사람이 서로 틀어지고 만다는 것은, 두 사람을 떼놓고만 역사의 물리력(物理力)이란 것이 크게 작용했다고도 볼 수 있다.

다카하시는 그것을 폐번치현이라고 보았다.

그 자신이 미국에서 그것을 들은 만큼 그런 변화를 과대하게 생각하는 경향은 있었다. 그러나 과대하게 생각해도 지나치다고는 할 수 없을 것이다.

이런 어려운 일에 오쿠보는 일체 표면에 서지 않았던 것이다.

주도적 역할을 한 조슈파도 극비리에 부치고 있었다. 기도를 중심으로 이토 히로부미와 야마가타, 이노우에 가오루, 도리오 고야타, 노무라 야스시 등, 그리고 사가파의 오쿠마 시게노부를 더한 몇몇 사람이 기초 공작을 하며 돌아다녔다. 극비로 할 필요가 있었다. 이것을 음모라고 한다면 역사적인 음모였다고 할 수 있을 것이다.

"충분한 기초 공작을 끝낸 다음 실시할 때는 번개치듯이 단번에 해치워야 한다."

그들은 똑같이 그런 말을 주고받고 있었다. 만일 이것이 세상에 새어나가면 걷잡을 수 없는 큰 혼란을 불러 일으킬 것이 틀림없다고 누구나 생각하고 있었다.

이 계획이 우대신 이와쿠라의 귀에 들어간 것은 아슬아슬한 마지막 단계에 이르러서였다. 그는 기뻐하면서도 당황하였다.

'뜻밖의 대변혁이 자주 일어난다.'

그가 이런 내용의 편지를 오쿠보에게 보낸 것으로 보더라도, 그가 오랫동안 따돌림을 당하고 있었음을 알 수 있다.

그러나 오쿠보는 그렇지 않았다. 그는 이토 히로부미라는 조슈파의 재간꾼에게 신용을 얻어 일찍부터 귀띔으로 듣고 있었다. 오쿠보라면 말을 옮기지 않을 것으로 이토는 보고 있었던 것이다.

문제는 사쓰마 번이었다.

조슈 인들은 초보수파라고 말할 수 있는 히사미쓰의 인상에서 사쓰마 번을 보고 있었고, 또 정부 안의 사쓰마 인 가운데에도 히사미쓰와 같은 사상을 가진 사람이 많았다.

우선 사이고 자신이 그런 생각을 하고 있었다. 사쓰마 사람의 눈에는 번이 있고 일본은 없다고 혹평을 듣는 일도 있었으므로, 이 폐번치현안이 그들에게 알려지면 그들은 천하를 뒤흔들 큰 난을 일으킬 것으로 두려워하고 있었다.

그러나 사쓰마 번을 움직이는 것외에는 다른 도리가 없었다.

사쓰마 번을 움직이는 데는 사이고를 설득시키는 길밖에 없었다.

당시 사이고는 니혼바시 고아미초에 살고 있었다. 그를 움직일 인물로서 야마가타 아리토모가 자청하고 나섰다. 이 경위에 대해서는 이미 언급했다.

결국 사이고는 승낙했다.

야마가타의 긴 설명에 대해 그의 대답은 너무도 간단했다.

"좋네."

그렇게 말했을 뿐이다. 야마가타가 맥이 풀려서 다시 여러 말을 늘어놓자, 사이고는 또 한 번 말했다.

"나는 좋아."

그러나 사이고의 속마음은 어떠했을까.

다카하시의 짐작으로 사이고는 이미 앞으로 자기 운명이 격변하게 된다는 것을 각오했던 것 같다.

폐번치현이라는 영주와 무사 계급을 없애는 것을 사이고는 약속했다.

이 안에 대해 사이고는 선창자가 아니었다. 일찍이 단 한 마디도 입밖에 낸 일이 없었다. 그에게 이런 생각이 있었는지 없었는지도 잘 모른다.

그러나 사이고가 승낙하지 않으면 폐번치현은 실현될 수 없었다. 하기는 사이고가 만일 이에 반대했다고 하면 그는 후세 역사가들로부터 혁명가라는 명예를 빼앗기게 되었을 것이다.

사이고는 오히려 적극적이었다. 그는 새 정부 수립 후, 내각에 있는 사람들이 우유부단해서 내란이 끝난 뒤에도 아무 일도 하지 않는 현상에 울분하고 있을 정도였다. 혹은 유신을 한 이상, 역사는 번을 부정하는 데까지 전진한다는 것을 자각하고, 자기가 뿌린 씨는 그렇게 해서 거둬들여야 한다고 생각했을지도 모른다.

그러나 그것이 번과 사족 계급에 대한 배반이 된다는 것은 알고 있었다.
'필시 모든 원한이 나 한 사람에게 머물게 될 것이라고 처음부터 분명히 밝혀 두었습니다.'
이 시기에 번의 아는 사람에게 그렇게 편지를 썼다. 번 사람들의 원한이 모조리 자기에게 돌아오게 되리라는 것을 사이고는 각오하고 있었다.
이것이 사이고의 빛이 된 것이 틀림없다고 다카하시는 생각했다.
폐번치현을 실현하기 위해 도쿄 정부는 군대를 갖지 않으면 안된다. 이보다 앞서서 정부는 사쓰마·조슈·도사의 세 번에서 근위병 약 1만 명을 도쿄에 모아 두었다. 이 병력을 가지고 대개혁을 하려 했다. 사쓰마 군은 사이고가 직접 이끌고 올라왔다. 보병 3개 대대와 포병 2개 부대였다. 이것이 뒷날 대거 사직하는 근위군들이다.
폐번치현의 호령이 나가게 된 것은 메이지 4(1871)년 7월 14일이었다.
이튿날 정부의 요인들이 궁중에 모여 어수선한 분위기 속에서 회의를 열었으나, 서로 옥신각신하며 결론이 내려지지 않자 사이고는 거의 호령하는 듯한 소리로 말했다.
"이 이상 각 번에서 이의가 일어난다면 내가 군대를 이끌고 가서 쳐부수겠소."
이 한 마디에 모든 논의가 가라앉았다고 한다.
그러나 사이고로서는 괴로웠을 것이다.
그는 번의 군대를 이끌고 유신을 수행함으로써 히사미쓰를 속였다. 또 이번에 사쓰마 사족들을 이끌고 이치가야(市谷)에 있는 오와리 번저로 들어가, 프랑스식의 군복을 입히고 계급을 주어 근위병을 만듦으로써 단번에 폐번치현을 해치웠다. 이로 인해 그들 사쓰마 사족들은 사족의 특권을 잃은 것이다. 사이고는 사족도 속였다.
"모든 사람의 원한은 나 한 사람에게 모이게 될 것이다."
사이고가 이렇게 말했는데, 근위군들은 사이고를 원망하지 않고 정부를 원망했다. 구체적으로는 같은 번 출신인 오쿠보를 원망했던 것이다.
다카하시가 본 바로는, 폐번치현에 의한 사족들의 불만에 대해, 한 손으로 뚜껑을 누르고 있었던 사람은 사이고였다.
"우리는 이용당하고 속았다."
근위군들은 말했다.

그들의 불만을 사이고는 타이르고 누르기도 하며 갖은 애를 다 썼다. 사이고는 이 분수에 맞지 않은 일 때문에 속으로는 상처투성이가 되었을 것이 틀림없다.

그런데 이와쿠라와 오쿠보는 무사히 폐번치현이 끝난 데 안심하고, 정부 전체라고 할 정도의 대진용(大陣容)으로 외유의 길을 떠나고 말았던 것이다. 사이고는 혼자 남아 있게 되었다. 남아 있는 동안의 가장 큰 문제는 불평 사족들의 반란을 막는 일이었는데, 사이고에게 이보다 괴로운 일은 없었다.

원래 폐번치현을 가능하게 한 것은 근위군이었는데, 사쓰마계의 근위군 자체가 불평의 소굴이 되었던 것이다. 사이고는 벌써 그들을 속인 꼴이 되었다. 사쓰마계 군인들은 다행히도 사이고를 그렇게 보지는 않았다. 그러나 그것은 사이고에 대한 정분과 의리로서 그렇게 본 것 뿐, 이론적으로는 분명히 사이고가 속였다. 근위군들로 보았을 때, 누가 조상 대대로 내려온 자기 권리를 버리기 위해 일삼아 도쿄로 나오겠는가.

사이고는 속였다는 생각으로 고민했을 것이 분명하다. 그러나 이윽고 외유에서 돌아온 사람들은 사이고의 그러한 고통을 이해해 주지 않았다.

오쿠보가 이해했어야 했다.

그러나 오쿠보에게는 그러한 사이고의 괴로움을 함께 괴로워할 정서와 감각이 천성적으로 부족했다. 만일 오쿠보더러 말하라고 한다면 사이고는 육군 대장이기 때문에 괴로워하는 것은 당연한 것으로 직책상 괴로워할 수밖에 없다, 나는 문관이므로 다른 일에만 전념한다. 해야 할 일이 너무도 많아 사이고의 고민 따위는 상관할 수가 없다고 말했으리라.

그러나 만일 여기서 사이고보고 원망하라고 한다면 이렇게 말했을 것이다.

"오쿠보처럼 냉혹한 사람은 없다."

중앙 집권제에 의한 도쿄 정권이 확립된 것은 폐번치현 덕분이었다. 폐번치현이 없었더라면 이와쿠라나 오쿠보가 버젓이 위정자인 척하고 있을 수는 없었을 것이다. 폐번치현을 가능케 한 것은 사쓰마계의 근위군이었다. 그들은 정부에 속았다고는 하지만 그 공로는 컸다. 그러나 그들은 똑같이 정부에 대해 격노하고 있었다.

오쿠보는 그것에 대해 냉정했다.

사이고는 오쿠보의 그런 태도에 부하 군인들과 마찬가지로 분노를 느꼈을 것이다.

사이고가 근위군과 사족들의 울분을 다른 곳으로 돌리기 위해 정한론을 들고 나왔다. 사이고로서는 이것 외에 더 이상 그들을 억누를 자신이 없었다.

그 정한론을 오쿠보는 발길로 찼다.

사이고로서는 벼슬을 버리고 귀향할 수밖에 없었을 것이다. 다카하시는 그런 사이고를 동정하면서도 역시 나라를 일으킬 사람은 그 차가운 오쿠보라고 생각할 수밖에 없었다.

그 해, 두 사람의 나이를 만으로 따지면 무라타가 38세였고 다카하시가 32세였다.

각각 성숙한 나이였다.

탁자 위에 물을 담은 컵이 두 개 나란히 있었다.

둘 다 술기운을 빌어 토론하는 것을 좋아하지 않았다.

창밖의 항구는 벌써 캄캄했다.

여기저기 배의 등불이 떠 있었다. 부두 근처에는 낮에 본 프랑스 기선의 등불이 어둠에 구멍을 뚫은 것처럼 눈부시게 빛나고 있었다.

무라타의 외유는 프랑스에 머문 기간이 가장 길었다. 그는 주로 프랑스의 정체(政體)를 조사하고 그 의회제도에 관심을 가졌다.

무라타는 무슨 이유에선지 미국을 좋아하지 않았다. 땅이 넓고 자원이 풍부해서 도저히 일본의 본보기가 될 수 없다고 생각한 것도 친해질 수 없었던 이유의 하나였을지도 모른다.

독일인도 좋아하지 않았고 독일에 방금 패한 프랑스와 프랑스 국민을 좋아했다는 것은, 그가 생김새와는 달리 쾌활한 재치와 멋이 있는 문화를 좋아하는 일면이 있었기 때문일 것이다.

그는 이상할 만큼 미술과 음악을 좋아했다. 사쓰마 인들은 그런 취미가 없는 것이 보통이었는데, 그는 귀양살이를 했을 때도 악기를 다루며 무료함을 달랬다.

사쓰마에는 변변한 그림이 없다. 막부 말기에 바쁘게 돌아다닐 때, 교토의 유명한 절간에 들러 문이나 벽에 있는 그림을 싫증도 내지 않고 바라보았다.

그는 미국에 있을 때 아코디언을 샀다. 유럽으로 가는 도중 배 안에서 선원들로부터 악보를 배워서 마르세유에 도착할 무렵에는 자기가 좋아하는 곡을 마음대로 연주할 수 있었다.

다른 번 사람들은 놀란 모양이었다. 무라타 신파치라면 전형적인 사쓰마 무사로만 알고 있었는데, 그가 밤마다 갑판 위에서 헌 양복을 입은 채 등을 구부리고 혼자 아코디언을 즐기고 있는 모습은 설명하기 힘든 이상한 점이 있었다.

파리에 묵고 있을 때는 틈이 생기면 오페라 극장에 다녔다. 마음에 드는 곡은 금방 기억했다. 호텔로 돌아와 옆방에 손님이 없을 때는 듣고 온 곡을 아코디언으로 생각해 내면서 기억을 새롭게 했다.

"색다른 사람이더군요."

무라타에 대한 이야기를 오쿠보에게 한 사람이 있었다. 오쿠보는 그런 무라타를 좋아했던 모양이었다. 그리고는 이렇게 말했다는 것이다.

"공자님도 그랬던 모양이더군."

공자도 음악을 좋아해서 손수 악기 타기를 즐겼으며 군자의 취미 중 하나로 삼았다.

"무라타 신파치는 지인용(智仁勇)의 세 가지 덕을 갖춘 사람이다. 제군들은 마땅히 이 사람을 본보기로 삼아라."

사이고는 일찍이 이렇게 말했다고 하니, 사이고도 오쿠보도 무라타를 군자의 전형으로 생각하고 있었던 것 같다.


그들은 마음속으로 사이고가 잘못 알고 있다고 생각했다. 서로의 생각은 알고 있었으나 입밖에 내는 것은 서로가 삼갔다.

"정한론이라는 한낱 외교 정책에 패했다고 해서 사이고 선생이 모든 것을 포기하고 낙향한다는 것은 생각해 볼 문제가 아닐까요?"

다카하시는 다만 이 말만 사촌형에게 했다. 사이고를 비난하는 것이 아니라, 한낱 정책에 패했을 뿐인데 그후의 행동이 너무 중대한 것을 보니 무엇인가 다른 이유가 있기 때문이 아닐까 하는 뜻이다.

다카하시는 이미 말한 바와 같이 마음속에 그 해답을 가지고 있었다. 다만 그렇게 물어봄으로써 무라타 신파치의 생각을 듣고 싶었던 것이다.

무라타 신파치도 사촌동생과 비슷한 생각을 가지고 있었다. 그러나 군소리를 않고 간결하게 말했다. 게다가 노골적으로 말했다.
"이것은 사이고와 오쿠보의 사투(私鬪)일세."
이만큼 명석한 정리 방법은 없다. 다만 사투라는 말은 무라타 신파치의 입에서 나왔기 때문에 악의는 없었으리라.
사이고나 오쿠보도 사투를 벌인다는 의식은 가지고 있지 않았다. 그들은 젊었을 때부터 오직 공(公)을 위해서만 뛰어다녔고 그 사상이나 사고 방식도 모두 공을 위해 비롯된 것이었다. 그러나 강가의 돌멩이를 쌓아 올리듯이 공이라는 것을 계속 쌓아 올려감으로써, 마침내 인간의 형태를 이룩하게 된 것이 사이고와 오쿠보라고 할 수는 없다. 사이고는 일면, 거대한 감정의 인간이었다. 그렇다고 그가 오쿠보에 대해 감정적으로 되어 있었던 것이 아니다. 다만 유신이라는 대변혁 속에서 버림받고 있는 사족 문제를 사이고가 이를테면 한 손으로 굳게 누르고 있었으나, 마침내 감정으로 누를 수 없게 되자 사족 쪽으로 돌아서버린 것이라고 말해도 좋으리라.
사이고는 사족 문제를, 단순히 사족이 불쌍하다는 것뿐 아니라 그들을 끝까지 속여 변혁을 여기까지 끌고 온 것은 자기 자신이라는 식으로 생각하고 있었다. 다분히 감정 문제로 삼고 있었다.
사이고의 이성적인 정치가로서의 반면은 반드시 그런 것만은 아니었다. 그는 국가의 무력이란 사족에게만 담당시켜야 된다는 주장을 가지고 있었던 것은 아니었다. 오히려 유신 초에는 징병령을 은근히 찬성하기도 했다.
그 당시 근대 국가의 필요 조건으로 간주된 징병령에 대해서 사족들은 농부를 무사로 만들고 무사를 농부로 끌어내린다는 정도로 밖에는 이해하지 못했다. 징병령은 오무라 마스지로와 거기에 이은 야마가타 아리토모 등 조슈 인들에 의해 추천되었으나 사이고는 그것도 묵인하고 있었다. 오히려 그는 메이지 초년에 기슈 번에서 쓰다 이즈루(津田出)가 징병령을 실시했을 때 적극적인 관심을 표명했을 정도였다. 다만 징병령에 격렬한 반대를 한 것은 기리노 도시아키들이었다. 사이고는 여기서 감정적인 사람이 되었다. 그들 사족에 대한 무한한 속죄 의식과 위로의 감정이 앞서있었던 한편 사이고는 징병령에 대한 이해있는 말을 공표하지 않았다. 모든 면에서 사이고에게 그런 데가 있었다.

무라타 신파치는 자리에서 일어섰다. 창가로 다가가 잠시 항구에 떠 있는 배의 불빛을 바라보았다.
　신파치의 머리속에 프랑스의 마르세이유 항이 색채를 띠며 떠올랐다. 그런가 하면 또 파리의 길 모퉁이에 사람들이 움직이고 있는 모습이 생생하게 보였다. 그런 풍경은 마치 피곤할 때 꾸는 꿈처럼 가로수 잎 하나하나까지 보일 정도로 선명했다.
　"일본인이란 결국 일본으로 되돌아오는 것이군."
　신파치는 저도 모르게 이상한 말을 중얼거렸다. 결국 인간은 자기가 태어난 옛둥지로 돌아오게 마련이다. 그 옛둥지 속의 현실에 파묻혀 발이 묶이게 되는 것이 인생인지도 모른다.
　신파치는 오랜 여행을 했다. 그것이 꿈이 아니었던가 하는 생각도 들었다.
　이 양명학자는 뛰어난 음감과 색채 감각을 타고난 것이 이렇게 되고보니 불행이었다. 그의 머리속에 환등처럼 잇따라 나타났다가 사라지는 풍경 속에는 파리에서 본 그림도 두셋 들어 있었다. 와자지껄한 금속 악기가 귓전에 울리고 그림에 미묘한 광선이 비쳤다. 그는 파리에서 그림을 보았을 때, 한 순간 그의 전반생이 허무하게 느껴질 정도로 충격을 받았다.
　이런 것이 세상에 있는 줄도 모르고 자기는 무엇을 하고 있었을까. 그리고 이것을 만들어낸 것이 유럽 인이라는 사실을 깨달았을 때, 어떤 건물이나 기계류를 보았을 때보다도 더 두려운 생각이 들었다.
　'그러나 나는 일본의 사쓰마 인에 지나지 않는다.'
　뻔히 아는 일을 새삼 자신에게 타이르지 않으면 안될 정도로 신파치는 마음이 착잡했다.
　"꿈만 같군."
　신파치는 중얼거렸다.
　사촌동생인 다카하시 신키치(高橋新吉)는 탁자 위에 팔을 올려놓고 있었다. 졸음이 왔다.
　신파치의 목소리를 듣고 얼굴을 들었다.
　"무엇이 꿈만 같은가?"
　그렇게 물었다.
　"젊었을 때의 일이지."
　신파치가 대답했다. 그는 지금도 그렇지만 떠돌이 우국지사 다카야마 히코쿠로(高山彦九郞)를 좋아했다.

히코쿠로는 유랑 끝에 기숙하는 집에서 신변을 정리하고 할복자살했다. 왜 죽었는지 그 까닭은 다른 사람도 모르고 신파치 역시 몰랐으나 기분은 알 것 같은 생각이 들었다. 신파치는 맨처음 영지 밖으로 나왔을 때 우선 구루메(久留米)에 들러 다카야마 히코쿠로의 무덤에 성묘한 다음 주머니를 털다시피 하여 석등을 하나 기증했다.

그 석등에 '무라타 신파치, 이것을 새기다'라는 글씨를 새겨 넣었다. 그것이 최초의 여행이었다. 2년 이상이나 구미를 여행하기도 하고 파리에 체류하기도 했으나 그런 기억보다 더 강렬하게 그것이 되살아나는 것이었다. 지금 요코하마의 호텔 꼭대기에서 항구를 내려다보고 있으니 모든 것이 꿈만 같이 생각되지 않을 수 없었다.

"신키치, 그만 잘까?"

신파치는 천천히 옷을 벗어 침대 위에 올려놓더니 그것을 뭉쳐 양복장 안에 던져 넣었다.

다카하시 신키치가 뒷날 말한 바에 의하면 무라타 신파치는 램프를 끄고 한 시간 정도 지난 뒤 다카하시를 흔들어 깨운 모양이다.

신파치는 어둠 속에서 생각에 골몰했다.

'일단 돌아가면 사이고의 의견이 아무리 잘못된 것이라 하더라도 다시 가고시마를 떠날 수는 없을 것이다.'

그는 생각했다.

사쓰마 인은 의견의 획일성을 바라는 기분이 다른 번보다 강하다.

사이고의 결함은 인망을 좋아하는 점이었다. 가령 기리노를 비롯한 여러 사람의 의견과 다른 의견을 가지고 있더라도, 그것이 흑과 백 정도로 다르지 않은 이상 말없이 거기에 따르는 버릇이 있었다. 사이고는 다분히 그렇게 되었을 것이다.

무라타 신파치는 그렇게 생각했다. 그런 상황 속에 뛰어들어 막상 오쿠보가 옳다는 결론을 내렸다고 하더라도 사쓰마에서는 다시 나오지 못할 것이다. 무라타 신파치의 마음속 의리가 그렇게 하지 못하게 하는 것이다.

한편 다카하시는 사이고를 사쓰마에서 말하는 스승으로 떠받들었던 시기가 없었다. 다카하시는 소년 시절 하시구치 소스케(橋口壯介)로부터 검술을 배우면서 인간적으로 깊이 존경한 일이 있었다.

하시구치는 지금의 현령인 오야마 쓰나요시한테서 약환 류(藥丸流)의 검법을 배워 정묘한 경지에 이르러 조사관(造士館) 교도로 발탁될 정도였다. 그러나 나중에 사이고와 오쿠보 등의 영향권 밖에서 지사적 정열을 불태우며 후시미 데라다야(伏見寺田屋)에서 낭인들과 모의를 하던 중 번의 통제를 중시하는 시마즈 히사미쓰의 노여움을 사서 주살되었다.

다카하시는 양학도(洋學徒)가 되어 나가사키에서 공부에 몰두했기 때문에 사이고와는 인연이 깊지 않았다.

무라타는 다카하시가 사이고에 대해 아무래도 비판적이라는 사실을 그의 말투에서 느꼈다. 그것으로 족하다고 생각했다.

그러나 지금 다카하시와 함께 가고시마에 귀향하여 다카하시가 사이고를 잘못이라고 말한다면 어떻게 될 것인가. 다카하시는 전체적인 분위기 때문에 그것을 입밖에 내기 어려울지도 모르지만, 만일 입 밖에 냈다가는 지사들에게 피살될지도 모른다. 반대로, 입밖에 내지 않는다면 다카하시는 본의 아니게 따라가는 가련한 꼴이 될 것이다.

무라타 신파치는 마음이 착한 사람이었다.

그는 어둠 속에서 생각을 거듭한 끝에 다카하시를 두고 가야겠다고 생각했다.

무라타는 사쓰마 전체가 한 덩어리가 되어 울분을 품고 있는 사태가 결국 어떻게 될 것인가에 대해서 충분히 상상할 수가 있었다. 드디어 정부에 대해 중대한 폭발을 일으킬 것이다.

거기에 다카하시 신키치를 끌어넣어 보아야 무슨 소용이 있겠는가 하고 생각했다. 다카하시는 미국에서 습득한 지식을 가지고 정부에 남아 있어야 마땅하다.

그렇게 마음을 고쳐 먹고 무라타 신파치는 다카하시를 흔들어 깨웠던 것이다.

다카하시는 얕은 잠에 빠져 있었다.

어느 사이에 램프가 켜지고 사촌형이 다시 탁자 건너편에 앉아 있었다.

이때 무라타 신파치가 다카하시 신키치에게 한 말은 마치 야전군 사령관이 부하에게 명령을 전달하는 것처럼 간결했다.

"사이고와 오쿠보와의 충돌에 대해서는 우리가 그것을 비판할 여지가 없네."

그 말 뒤에는 그들 두 사람이 개인적으로 지니고 있는 성격과 경력, 인생관, 세계관, 역사관, 나아가서는 시마즈 가문이나 사쓰마 사족에 대해서 품고 있는 정감의 깊고 얕음에서 생긴 충돌에 의한 판단을 숨기고 있었다. 따라서 양자의 결렬이나 충돌, 대립에 대해 그 시비를 논하거나 어느 쪽이 정의이고 어느쪽이 불의냐, 또는 어느 쪽이 일본을 위해 옳은 것이냐 하는 것을 비평할 여지가 없다고 무라타 신파치는 말하는 것이다.

신파치의 이 한 마디는 탁월하다고 할 수 있으리라. 오쿠보파에 동조하거나 사이고파를 추종하는 사람들 중에서 이 순간의 무라타 신파치만큼 사태의 본질을 정확하게 파악한 인물은 없었거나 매우 드물었다고 말하지 않을 수 없다.

"이미 그렇게 된 이상⋯⋯"

무라타 신파치는 말했다.

"자네는 도쿄에 남는 것이 어떻겠나?"

남는 것이 어떠냐는 것은 사쓰마 사투리에서는 거의 명령조가 되는 것이다. 오쿠보파에 붙으라는 말이다.

무라타 신파치가 사촌동생인 다카하시를 그렇게 한 것에는 여러 가지 이유가 있겠으나, 그 중의 중요한 이유를 하나 든다면 그는 오쿠보적인 국가 설계 방식을 옳다고 보았기 때문일 것이다.

덧붙여 말하자면 장차 사이고와 거기에 추종하는 도당이 역사의 저편에 떨어져 버린다는 사실까지 꿰뚫어보았는지도 모른다.

이미 무라타는 요코하마까지 온 단계에서 사태의 본질을 깨달았다. 사이고의 의견을 확인하기 위해 가고시마에 돌아가는 것이 목적이었으나, 본질을 깨달은 이상 확인할 필요도 없다고 판단했다. 돌아간다는 것은 사이고 당에 몸을 던지는 일이다. 무라타 신파치의 입장에서는 멸망해가는 집단이라 하더라도 자기는 의리상 돌아가지 않으면 안된다. 그러나 다카하시 신키치에게는 그럴 필요가 없다.

무라타 신파치가 다카하시에게 말한 이유는 매우 간결했다.

그것을 문장으로 고치면 이런 것이다.

'나는 사이고와 불가분의 관계가 있으므로 도쿄에 올라갈 수가 없다.'

훗날 그렇게 전해지고 있고 다카하시도 그렇게 말했다.

무라타 신파치는 다카하시에게 항변의 여지를 주지 않았다.

"잠이나 자세."

이윽고 다카하시를 침대에 밀어 넣은 뒤 자기도 옆의 침대에 누웠다.

아침 해가 떠올랐을 때 그들은 아래층으로 내려가 조반을 함께 들었다.

다카하시는 배가 떠날 때 전송하겠다고 했으나, 무라타 신파치는 그럴 필요 없다고 거절했다.

"아침 식사로 송별연을 하세."

이날 아침, 다카하시가 호텔을 나섰을 때 그것은 그들에게 생별(生別) 사별이었다.

무라타 신파치는 기선을 타고 서쪽으로 향했다.

5년 전에 가고시마를 나와서 교토의 가스가 센안(春日潛庵)을 찾아가 신국가론을 물었을 때는, 다년간의 노고가 결실을 맺어가던 시기로 신파치의 생애중 정신이 가장 날카롭게 고양된 시기였다고 할 수 있을지도 모른다.

신파치는 와카(和歌: 일본 고유의 시) 뿐만 아니라 한시에도 능했다.

    유한한 인생
    무한한 세상
    임에게 충성하고 나라에 보답함은
    바로 이때로다.

이 무렵에 이런 뜻의 칠언절구(七言絶句)를 지었다. 신파치의 기개가 얼마나 드높았던가를 짐작하고도 남음이 있다.

그러나 그 후 5년이 흘렀다. 지금 서쪽으로 항해하며 가고시마로 가고 있는 그는 별로 마음이 내키지 않았다. 자칫하면 소침해지려는 자기 마음에 대해 열심히 힘을 북돋우려 하고 있다.

무라타 신파치는 쾌활한 사람이라고는 할 수 없었으나 지사 출신들에게서 흔히 볼 수 있는 낙천가이기는 했다. 아무리 나쁜 상황에 처하더라도 전도에 가느다란 광명을 찾아내어 스스로의 뜻을 격려하는 성격의 소유자였다.

그는 뒷날, 세이난 전쟁에서 몇 사람 안되는 지휘관 중의 한 사람이 되었는데, 이윽고 패퇴하여 시로야마(城山)에서 최후의 방어전을 벌이는 절망적인 단계에 이르자 그의 성격이 잘 드러났다. 그는 병원을 찾아가 부상병들을 격려하면서 큰소리로 웃으며 말했다.

"나는 지금 조난(城南)의 여러 적진을 정찰하고 오는 길이다. 어느 적진이나 흙벽이 견고하여 참으로 대단하더군. 언젠가는 서양인과 전쟁할 때가 있을 텐데 그날을 위해서는 다시 없는 연습이 될 것이다."

그는 이런 사람이었다.

'나는 세이난(西南) 땅으로 돌아가 무엇을 할 것인가?'

이렇게 생각했을 것이 틀림없다. 목표를 찾아내지 못하면 살아갈 수 없는 성격의 사나이였다. 사이고가 고향에 있다. 지사들이 그 주위를 둘러싸고 있다. 가고시마 현은 이미 도쿄에 대해 하나의 독립국이 된 느낌이어서 언젠가는 격돌하지 않을 수 없다. 이런 험악한 상황을 호전시킬 수 있는 길은 단한 가지밖에 없었다.

사이고를 그대로 고향에 조용히 머물러 있지 않게 하는 일이었다. 사이고의 위엄과 덕망은 천하에 드높았으나 이름이 드높은 만큼 민중을 그르치기도 쉬웠다. 도쿄에서 떠난 수백명의 근위사관과 하사관들은 사이고를 옹립하고 있는 것만으로도 천하에 두려운 게 없는 것 같은 기묘한 기분에 젖어 있으리라. 그런 기분이 사이고까지 그르치게 될지도 모른다.

무라타 신파치는 이러한 가고시마의 상황을 수습하기 위해 구체적 목표를 정하려고 생각했다.

신파치가 생각한 목표란 사이고를 일본국의 수상으로 앉히는 것이었다.

사이고로 하여금 일본국의 수상으로 삼으려는 무라타 신파치의 구상은 어떤 의미에서는 서양적인 명쾌한 착상이라고 볼 수도 있을 것이다.

예를 들어 말하자면 막부 말기 일본의 지사적 활동가만큼 불명확한 감정으로 움직인 사람들은 없었다.

그들의 혁명적 기분이라는 것은 존왕양이(왕실을 존중하고 외세를 배척하는 사상)였다. 양이는 감정이지 논리가 아니었다. 실제로 서양군대를 상대해서 싸우면 어떤 결과가 될 것인가에 대해서는 생각하지 않았다. 그렇게 생각하는 자는 '막부의 개'이고 친막가이며, 당시의 유행어로 말하자면 인순가(因循家)가 되는 것이다.

양이를 내세워 실제로 이겼다고 가정하더라도 어떻게 된다는 것일까. 어떻게 된다든지 어떻게 한다든지 하는 것도 생각하지 않았다. 흥분 상태에 있는 여자와 비슷했다. 그것을 달래는 남성의 논리라는 것은 항상 감정에 흐르기 쉬운 이 나라의 정치 상황에서 통용되기가 어려웠다.

양이란 쇄국(鎖國)을 지키라는 것이었으나, 그 쇄국 정책이 도쿠가와 3대

그 사람들 613

장군 이에미쓰 시대에 시작된 이래 겨우 220여 년밖에 지나지 않았다는 초보적 지식마저, 과거나 분큐(文久) 연간의 교토 논단 계에 있던 지도자들에게는 없었다. 이것은 믿기 어려운 사실이지만 어느 공경이 누군가로부터 그 말을 듣고 놀랐다는 글이 남아 있다.

존왕양이를 부르짖는 것이 정치논리로써 어떤 의미를 갖는 것인지 처음에는 생각하지도 않았다. 막부 타도라는 목표가 정해진 것은 막부가 쓰러지기 직전의 끝고비였는데 주로 조슈 번에서 그런 목표 의식이 일어났던 것이다. 사쓰마 번에서는 사이고와 오쿠보 등 몇 명이 그런 목표를 간직하고 있었을 뿐 다른 사람들은 뚜렷한 목표를 가지고 있지 않았다. 그러므로 목표에 도달하기 위한 논리성은 물론 그것을 위한 냉정한 정략 감각 따위도 거의 갖지 못하고 있었다.

사이고의 사직으로 촉발되어 가고시마로 돌아간 많은 사족들도 그런 점에서는 다를 바가 없었다. 오쿠보 정부가 밉다는 것뿐이지 무엇을 해야 한다는 목표도 없었고 또 그것을 위한 계획안도 전혀 없었다.

막부 말기부터 계속되어온 망동적인 감정 행동이었고, 동지들과 함께 혈기가 내키는 대로 아무 분별없이 행동만 하고 있으면 어떻게 될 것이라는 기분이 다분히 있었다.

"사이고를 일본국의 수상자리에 앉힌다."

이런 무라타 신파치의 목표는 어처구니 없을 만큼 단순한 것이었다. 그러나 현실적 상황으로 볼 때는 기발할 정도로 명석한 판단이었다.

뒷날, 구마모토의 지사가 가고시마 사학교의 본의를 물으러 왔을 때 무라타 신파치가 응접을 했는데 그때 이렇게 말했다.

"사이고 선생을 일본국의 수상이 되게 하고, 그 포부를 실현시키는 것이 오늘날의 나의 책임이라고 생각합니다."

다른 사람들, 이를테면 기리노가 응접을 했다면 이렇게까지 간명하게 말하지는 않았을 것이다. 우선 사이고 본인이 자기가 수상이 된다는 것은 생각하지도 않았고 가령 하라고 해도 간단히 떠맡을 기분이 아니었다.

그러나 무라타는 문제를 정리하면 그렇게 될 것으로 생각하고 있었고 그것을 목표로 하는 것 외에는 자기가 가고시마에 돌아가는 의미가 없다고 생각하고 있었다.

고향으로 돌아간 무라타 신파치는 다카미바바(高見馬場)에 있는 형의 집 현관에 짐을 내려놓고 그 길로 다케 마을로 갔다.

다케 마을의 사이고 댁으로 가니 때마침 사이고는 사냥에서 막 돌아와 우물가에서 발을 씻는 중이었다.

"돌아왔구나."

이렇게 말하듯이 사이고는 말없이 미소를 지었다. 무라타와 만나지 못한 것도 2년 이상이나 되었는데 그 동안 무라타는 구미의 문명 세계를 돌아보고 있었다. 그런 무라타에게 무엇이든 말을 많이 하여 위로하거나 그의 느닷없는 귀향에 놀란 표정을 지어도 좋을 것 같았으나 사이고는 그렇게 할 수 없는 사람이었다.

그러나 무라타 신파치로서는 그 미소를 보기 위해 심신을 혹사하면서 세계를 뛰어다니고 온 것 같은 느낌도 들었고, 그런 모든 피로가 그 순간에 사라진 것 같은 생각이 들었다.

'역시 돌아오기를 잘 했어.'

무라타는 그런 생각이 들었다. 시비득실이야 어쨌든 도쿄에 머물러 있을 수 없다고 생각했던 것이다. 동시에 사촌동생인 다카하시 신키치를 요코하마에서 도쿄로 돌려보낸 것도 잘 한 일이라고 생각했다. 다카하시 신키치에게 이 미소를 보인다면 그도 역시 사이고에게 매혹되고 말았을지도 모른다.

사이고는 머슴을 불러 닭을 잡으라고 일러놓고 무라타와 함께 방으로 들어갔다.

사이고는 원래 서양에 대한 이야기를 듣는 것을 좋아했다. 막부 말기에 서양에 대한 이야기를 듣는 것을 좋아한 사상가로서는 요코이 쇼난이 있었는데, 쇼난이나 사이고는 귀로 들은 재료를 때로는 몇 달씩이나 생각한 뒤 거기에 따라 독자적인 서양을 만들어내고 있는 것 같았다.

다만 쇼난은 특히 서양의 정치나 행정제도 이야기를 좋아했고, 사이고는 인물에 대한 이야기를 즐겨 들었다.

예를 들어 무라타 신파치의 음감(音感)을 도취시킨 파리의 오페라는 사이고의 귀에는 적합하지 않았다.

무라타가 파리에 있었을 때 나폴레옹 3세가 망명지인 영국에서 죽었다.

사이고는 외교를 연극처럼 창작하고 연출한 그 벼락치기 황제를 잘 알고 있어서, 나폴레옹 3세가 자신의 인기 유지책으로 감행한 보불 전쟁이라는 정치적 모험을 비난하고 있었다. 국민들의 마음에 없으면 전쟁은 지게 마련이라고도 말했다.
 "보불 전쟁의 실패로 실각하여 그는 영국으로 망명했는데 그의 죽음을 들은 프랑스 국민들의 반응은 어떻던가?"
 사이고가 물었다.
 "냉담했습니다."
 무라타 신파치가 말하자 사이고는 크게 고개를 끄덕였다.
 "국가를 모험의 재료로 이용하여 명분없는 전쟁을 일으킨 자의 죽음은 항상 그렇게 대접받는 법이야."
 사이고가 그렇게 말했을 때, 무라타는 마음이 새로워지는 느낌이 들었다.
 '역시 이분은 녹슬지 않았구나.'
 사이고의 정한론이란 항간에 전해지고 있는 것과는 다른 것이 아닐까, 하는 생각이 들었다.
 이윽고 닭고기 전골이 준비되었다.
 사이고는 술을 삼가고 있다. 무라타 신파치 혼자서 소주를 담은 질그릇을 옆에 두고 자작으로 마셨다.
 사이고는 유쾌해 보였다. 그는 무라타를 상대하고 있을 때가 가장 기분이 좋았는지도 모른다. 이때도 보기 드물게 말이 많아졌다.
 "정한론은 러시아에 대비하기 위한 것이다."
 이런 뜻의 말을 자주 했다.
 "러시아의 동침(東侵)은 구 막부 시대보다 더 심해져서 그들의 함선이 북해에 출몰하여 홋카이도를 노린 일도 있었고, 또 홋카이도에 상륙하거나 군함에 육전대가 쓰시마에 상륙하여 점령하려고 한 일까지 있었단 말이야."
 사이고가 말했다. 일본을 위협하는 자는 러시아라는 사이고의 위기의식에는 이러한 구 막부 시대의 견문과 체험이 기초가 되고 있다. 메이지 이후, 사이고는 러시아에 대한 지식을 넓혀감에 따라 더욱 그 위기 의식이 깊어졌다.
 "러시아의 남하를 막기 위해서는 일본과 청국, 조선이 동맹하여 만주와 연해주에 군대를 둘 필요가 있어. 그러기 위해서는 조선을 국제 사회에 등장시키지 않으면 안되는데, 그 나라는 완강하게 구습을 고수하여 일본의 외교적 접근을 거부하고 있단 말일세. 따라서 내가 직접 가서 조선 왕과 담판하여 그의 몽매함을 깨우쳐주겠다는 것이 나의 주장일세. 물론 한 나라를 각성시키기 위해서는 때로 단호한 치료가 필요할지도 모르지. 오쿠보는 그것을 두려워 하고 있어."

무라타 신파치는 잠자코 듣고 있었다. 그는 이미 자신의 필생의 목표를 정해놓고 있었다. 사이고를 일본국의 수상으로 앉히기로 결정한 이상 여기에서 사이고의 주장에 대해 왈가왈부해 보아야 별 도리가 없다고 생각하고 있었다. 장차 사이고가 수상이 되었을 때 자기가 그를 보좌하여 그가 길을 잘못 들지 않도록 하는 것이 자기의 임무라고 생각했다.

무라타는 사이고의 외정(外政) 사상 중에서 청국과 조선, 그리고 일본이 3국 동맹을 결성하여 서양 세력에 대응하려는 것이 가쓰 가이슈의 사상이라는 것을 알고 있었다. 가쓰 가이슈의 사상에는 전쟁 요소가 희박하다.

사이고에게는 전쟁 요소가 농후하다는 것이 가쓰의 3국 동맹과 다른 점이다.

사이고는 이따금 자기는 호전가가 아니라고 말하고 있다는 것도 무라타는 알고 있었다. 그러나 사이고는 국가의 결의로써 항상 전쟁을 각오하고 있지 않으면 그 원기를 잃어버린다는 사상의 소유자임을 무라타는 동시에 알고 있었다.

또한 무라타는 문명 세계를 돌아보고 나서 일본의 미약함에 놀라고, 이 나라는 도저히 대외 전쟁 따위는 할 수 없다는 사실도 뼛속 깊이 깨달았던 것이다.

무라타는 이런 상반되는 생각을 가진 채 사이고의 이야기에 귀를 기울이고 있었다.


'전쟁'이라는 말을 사이고는 자주 사용했다. 서양 열강의 오늘이 있는 것은, 그들이 '전쟁'이라는 한 마디를 잊지 않고, '전쟁'이라는 한 마디를 국민적 사기의 중심에 두고 있었기 때문이라는 의미의 말을 자주 했다.

사이고의 좋은 사상적 동반자였던 무라타 신파치도 서양을 보기 전에는 그렇게 생각하고 있었다. 그러나 파리에서 오래 머물렀던 무라타는 서양 사상이 사이고가 파악하고 있는 윤곽처럼 단순한 것이 아니라는 사실을 깨닫고 있었다. 이를테면 그가 유럽에 있었을 때 러시아인 바쿠닌이 무정부당

(無政府黨)을 창립했고 엥겔스가 《자연과 변증법》을 출판하기도 했다. 그런 것들이 출현하는 사상적 상황은, 파리에 살다보면 숙소의 하녀들의 얘기에서도 느낄 수가 있었다.

화제가 5년 전인 1869년으로 거슬러 올라가는데, 그때 무라타가 사이고의 지시를 받고 교토의 가스가 센안과 기슈 번의 대참사 쓰다 이즈루에게 그들의 새 국가안을 물었을 때 쓰다(津田)의 의견은 확실했다.

그후 1871년, 사이고는 와카야마(和歌山)에서 나온 쓰다 이즈루를 만나 그의 의견을 들었다. 쓰다 이즈루는 이미 앞에서도 말한 바와 같이 1869년의 단계에서 믿기 어려운 일이지만 징병령을 번내에 선포했을 뿐만 아니라, 봉건제도를 폐지하고 일본국에 앞서 군현제도(郡縣制度)를 실시했다. 그 사상의 밑바닥은 사민평등(四民平等)이었는데, 쓰다 이즈루는 열심히 번내에서 이 사상을 고취했다.

사이고는 그러한 쓰다의 사상에 감격하여 쓰다를 일본국 수상으로 앉히자고 주장했을 정도였으므로, 사이고로서는 가스가 센안적인 요소를 가졌으면서도 쓰다적 봉건제도 타파의 사상도 가지고 있었던 셈이 될 것이다.

그러나 1871년에 사이고가 쓰다에게 더욱 감탄한 것은 쓰다의 '전쟁' 사상이었다. 쓰다는 이렇게 말했다.

"일본이 세계의 일본이 되게 하기 위해서는 유신에 의한 내정 개혁만으로 만족해서는 안됩니다. 세계의 대세에 적절히 대응하여 대외 정책의 대방침을 확립하고 거기에 기초하여 동방경략(東邦經略)을 실행하지 않으면 안됩니다."

이 경우의 동방 경략이란 아시아를 탈취해 버리라는 뜻일 것이다. 그리고 계속하여 말했다.

"유럽의 열강들은 호시탐탐 동방에 경쟁적으로 진출하고 있습니다. 그들이 이윽고 아시아 대륙에 할거하려는 것은 필연적인 대세입니다. 그러나 다행히도 동방에 있어서의 열강의 세력은 아직 크지 않습니다. 그러므로 일본으로 하여금 열강과 대치하여 그 용맹을 세계에 떨치게 하려면 바로 지금 동방경략에 나서야 할 것이며 이것은 실로 천 년에 한 번 있는 기회입니다. 결코 이 기회를 놓쳐서는 안됩니다."

사이고가 당시 무명에 가까운 쓰다를 수상으로 앉히고 자기는 그 밑에서 일을 하겠다고 떠들고 다녔던 것은 쓰다의 이 말에 감동했기 때문일 것이다. 그리고 나중에 사이고의 정한론에 이론적 뒷받침이 된 여러 자료 속에 쓰다의 주장도 들어 있었을 것이 틀림없다.

그러나 쓰다 이즈루라는, 사이고가 수상으로 앉히려다가 나중에 단념한 인물에게는 다른 사상이 있었다.

무전주의(無戰主義)라고 쓰다 자신이 이름붙인 사상이었다.

쓰다는 한학 소양이 깊었으나 동시에 막부 말기에는 난학(蘭學)도 배워 한때 기슈 번의 난학 교수로 지낸 적도 있었다. 그는 비록 서양에 갔다 오지는 않았으나 메이지 이후 번에 초청한 유럽인 고문 등을 통해 서양의 실정을 비교적 잘 알고 있었다.

쓰다는 그의 지론인 무전주의에 대해 다음과 같은 한문을 지었다.

文明之極至無神. 開化之極至無戰. 必當有日矣. 嗚呼我不及見焉耳.
'문명이 극도에 이르면 신이 없어지게 된다. 개화가 극도에 이르면 전쟁이 없어지게 된다. 틀림없이 그런 날이 올 것이다. 아아, 나는 그 날을 볼 수 없구나.'

볼 수 없다는 것은 먼 장래의 일이기 때문에 자기는 그때까지 살아 있을 수 없으니 유감이라는 뜻이다. 쓰다는 문명을 믿고 문명이 극도로 발달하면 전쟁이 없는 세상이 온다는 것을 믿고 있었다.

쓰다 이즈루는 인류가 무기를 들고 싸우는 것은 문명이 아니라고 분명히 보고 있었다. 쓰다는 나중에 그 인격의 비열한 측면을 드러내고 말기 때문에 사이고의 지지를 얻지 못하게 되었다. 그러나 정치가로서의 국가 설계 능력과 문명에 대한 철학은 사이고 자신도 인정했듯이, 사이고가 조금밖에 가지고 있지 못하는 것을 풍부하게 가지고 있었다.

아무튼 쓰다 정도의 사람마저 '전쟁' 사상과 '무전(無戰)' 사상의 사이를 시계추처럼 오락가락했다.

무라타 신파치가 사이고의 의견에 대해 기리노처럼 순진하게 따르지 못한 것은 그도 역시 시계추처럼 흔들리고 있었기 때문이었으리라.

"세상에서는 나를 호전가처럼 말하고 있으나 그렇지 않다."

그 사람들 619

사이고는 자주 말했지만, 사이고는 어디까지나 무인이었다.
그는 어릴 때부터 백만의 군대를 지휘하는 꿈을 줄곧 꾸어왔을 것이다. 하마구리 문의 변 때 그는 사쓰마 번의 군감(軍監)을 맡아 사쓰마 군을 질타하여, 결사적인 기세로 궁궐에 쳐들어오는 조슈 군을 저지하고 격퇴시켰다. 보신 전쟁 때는 모든 관군의 위에 선 대참모였다.
그러나 보신 전쟁 때의 실제 작전은 '조슈 번의 오쿠보'라고 할수있는 마스지로가 구상하여 도쿄에 있으면서도 멀리 떨어져 있는 관군을 교묘하게 지휘했다. 사이고는 자신의 군사적 재능이 통솔에 있고 작전에는 없다는 것을 절실히 느꼈을 것이다.
무라타 신파치 자신이 나중에 구마모토 사람들에게 말했다.
"사이고 선생을 가리켜 호담한 무인이라고 세상에서는 말하고 있다. 사쓰마 사람들까지 모두들 그렇게 보고 있다. 그러나 오직 나만은 그렇게 생각하지 않는다. 그분은 지모가 깊고 큰 군략을 수립할 인물이지 결코 야전에서 성이나 공략할 그런 무장은 아니다."
이렇듯이 무라타는 사이고가 자주 말하는 '전쟁'이라는 한 마디 속에 무장으로서의 사이고는 포함되어 있지 않다고 보았던 것이다. 무라타의 말을 빌리면 사이고는 큰 경략의 정치가이며 지모가 깊은 사상가라는 것이다.

# 정대론(征臺論)

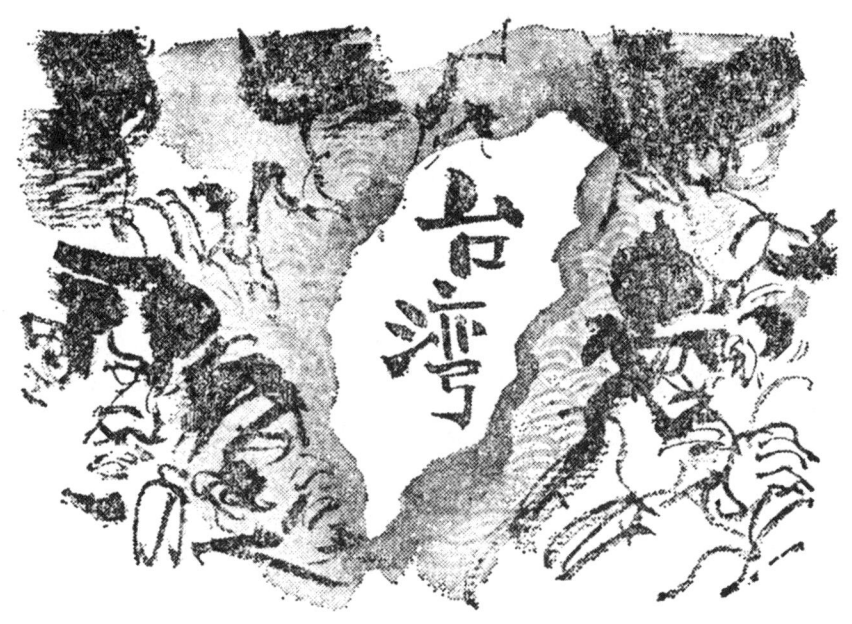

다음에 하는 이야기는 외견상 사이고와 그다지 관계가 없는 것처럼 보이지만, 사이고와 그 동조자의 영향이 없었더라면 절대로 생기지 않을 일이었다.

언젠가는 일본을 전복시킬지도 모를 것으로 보이는 사이고라는 사상적 존재가 도쿄 정부에 말없는 압박을 가하고 있던 이 시기에, 그들은 사이고의 존재에 너무 과민했을 것이다. 과민한 나머지 엄청난 국가적 사건을 일으킨 것이 대만 정벌이라는 것이었다.

대만에 출병한다는 것이다.

그것도 대만의 고사족(高砂族) 일부에 대해서 일본이 정식으로 군대를 동원한다는 것이었다.

실제로 도쿄 정부는 그것을 하고 말았다.

더우기 이런 외국 파병에 대해 국내적으로 공고마저 하지 않았다. 나아가 국제적으로도 각국의 외교 당국에 통첩도 하지 않았다.

이를테면 비밀리에 해버린 것이다. 그러나 사적인 군사활동이 아니라는 형식을 갖추기 위해 칙명만은 받아놓고 있었다. 칙명만 있으면 공적인 정의

(正義)가 성립된다고 하는, 정치적 논리를 초월한 기묘한 습관은 막부 말기 교토에 떼를 짓고 있던 지사들 사이에서 한동안 유행하여 에도 막부를 뒤흔들었다. 그런데 도쿄 정부는 그 칙명정의주의(勅命正義主義)라는 트릭을 대외 활동의 범위로까지 확대시키고 말았던 것이다.

"사이고와 그 동조 집단이 좋아할 것이다."

이런 어린애 장난 같은 동기에서 이 이상한 외국 파병이 기도되었던 것이다.

이 사태의 발단이 된 것은 메이지 4년(1871) 10월, 나하 항(那霸港)을 출항한 미야코 섬(宮古島)의 배와 야에야마 섬(八重山島)의 배 등, 두 척이 폭풍을 만나 표류한 데서 비롯되었다. 그 중 미야코 섬의 배가 대만 남단에 표착했는데 고사족의 습격을 받아 승무원 66명(익사자 3명 제외) 중 54명이 학살되고 12명이 탈출했다. 탈출한 12명은 당시 복주(福州)에 있던 류큐사관(琉球使館)을 찾아가 청국 관리에게 호소했다.

이 무렵 류큐(오키나와의 별칭)는 일본과 청국 양쪽에 속하는 관계에 있었다. 이 보고를 받은 복건순무(福建巡撫)는 그것을 북경에 보고했다. 동시에 당시 천진(天津)에 있던 일본공사관에도 보고했다.

그 상보(詳報)가 가고시마 현청에 들어온 것은 이듬해인 1872년 7월이었다.

"보복을 하기 위해 정벌해야 마땅하다."

이런 의견을 맨처음 제시한 것은 당시 가고시마 현 참사 오야마 쓰나요시(大山綱良)와 당시의 가고시마 분영장(分營長) 육군 소령 가바야마 스케노리(樺山資紀)였는데, 이런 경우 그들이 모두 구 사쓰마 번사였다는 사실을 고려하지 않으면 안된다. 사쓰마 번은 류큐 국을 오랫동안 보호국으로 삼아 왔던 것이다.

그 당시 육군 소장 기리노 도시아키는 구마모토 진대(鎭臺) 사령관이었다. 가바야마는 구마모토로 가서 기리노를 만나 의견 일치를 보았기 때문에 함께 상경하여 육군 대장 사이고 다카모리에게 상의했다.

"그렇다면 정벌을 해야지."

사이고의 의견은 흑백을 막론하고 항상 명백하다. 거기에 따르는 외교 문제는 생각하지 않았다.

류큐란 오키나와(沖繩)를 중국인이 그렇게 부른 데서 비롯된 것이다.

그 영토의 주민이 일본어의 한 방언을 쓰고 있었고 꼰무늬 후기 문화를 가지고 있었으며, 나아가서 본토에서는 먼 옛날에 변형되어 버린 옛 신도적(神道的) 신앙을 유지하고 있었던 점에서 본토의 일본인보다 오히려 순도가 높은 일본인이라고 할 수 있었다. 그러나, 너무 멀리 떨어진 해상에 있었기 때문에 역사를 같이 하는 점이 약했다.

예를 들어 겐페이(源平) 전국 시대에는 미나모토노 다메토모(源爲朝)의 유리전설(遊離傳說)이라는 형식으로 영향을 받았으나, 가마쿠라 막부의 성립에 참가하지 않았다. 또 세키가하라 전쟁에 참가하지 않았다는 점에서 본토인의 시야에서 먼 존재가 되었다.

이윽고 명나라의 조공국(朝貢國)이 되었으나, 세키가하라 전쟁 이후 사쓰마 시마즈 가문에서 도쿠가와 막부의 허가를 받아 군대를 동원하여 사쓰마 번을 통해 도쿠가와 막부에 귀속시켰다. 이렇게 하여 류큐는 양쪽에 속하게 된 것이다.

역사적으로 양쪽에 속하는 형식을 취해온 것은 류큐뿐만 아니라 서쪽의 변경인 쓰시마(對馬島) 국도 그러했다. 쓰시마의 소(宗) 가문도 무로마치(室町) 연대 이래 조선왕의 책봉을 받았으며 동시에 아시카가, 도요토미, 도쿠가와 시대의 영주이기도 했다. 류큐의 쇼(尙) 가문이 본토에 대해서는 미나모토씨(源氏)를 칭한 것과 같이 쓰시마의 소 가문은 다이라씨(平氏)를 칭하고 있었다.

메이지유신 성립과 동시에 쓰시마 번은 조선과의 책봉 관계를 단절하고 한동안 새 정부의 대한(對韓) 외교의 대리 기관이 되었다. 그것이 조선 정부의 감정을 악화시켜 새 정부(구체적으로는 쓰시마 번)가 제의한 수교 교섭을 일축해버리는 감정상의 한 요인이 되었을 것으로 생각되지만, 류큐의 경우에는 금방 그렇게 되지는 않았다.

이와 같이 메이지 4년(1871) 11월에 류큐의 표류민이 대만의 토착민에게 대량 학살되었다는 형식으로 새 정부의 외교면에 등장하고 말았던 것이다.

"대만을 토벌해버려라."

이런 논의가 오야마 쓰나요시, 가바야마 스케노리, 기리노 도시아키 등 사쓰마 인 사이에서 일어난 것은 류큐와의 종전의 관계로 미루어 당연한 일이었다. 또 그것을 받아 개별적으로 찬동한 것이 이와쿠라, 오쿠보 등 참의와 공경들이었다는 점에서 호흡이 잘 맞아들었다고 할 수 있으리라. 사이고, 이타가키, 소에지마 등이 전적으로 찬동했다.

그러나 좀 우습고 복잡한 것은 그때 그 미야코 섬의 배가 청나라에 조공을 바치기 위해 가던 배였을지도 모른다는 사실이다.

그런데 그들을 학살한 토착민이 있는 대만은 역사적으로 오랫동안 그 귀속이 명확하지 않았으나 청나라가 들어선 뒤에는 일단 복건성의 관할에 들어가게 되었다.

요컨대 학살당한 쪽과 학살한 쪽 모두가 구미식의 국가와 국민 관념으로 볼때는 그 공식관계가 애매했기 때문에, 이런 기회에 메이지 초기 정권으로서는 우선 류큐를 구미식으로 명확하게 일본국에 귀속시키지 않으면 안되었던 것이다.

사건의 이듬해인 1872년 9월, 류큐국을 류큐 번으로 만들고 쇼 가문을 정식 번주로 임명했다. 류큐 내부에서는 이론이 있었으나, 이런 조치에 대해 일본에 주재하는 각국의 외교단에서는 이론이 없었다.

이 무렵 정한론은 아직 본격적으로 등장하지 않았다.

정대론(征臺論)은 전적으로 태정관 사이에서 드높았다. 그러나 나중의 정한론처럼 크게 떠들썩하지는 않았다. 첫째로, 갑자기 대만이라고 말해봐야 그 나라가 어디에 붙어 있는지 대부분의 관원들에게는 막연했다. 오랜 쇄국이 일본인의 지리적 감각이나 상식을 그렇게까지 빈약하게 만들어 놓았던 것이다. 일본의 60여 주만을 천하라고 생각하고 있던 민족이 갑자기 세계에 나선 우스운 꼴이라고도 생각할 수 있을 것이다.

"대만이란 옛날에 다카사고(高砂)라고 말했던 그 섬을 말하는 것입니까?"

태정관 중에서 정색을 하고 그렇게 반문한 자가 있었다고 하는데, 그나마 그 정도의 지식을 가지고 있는 자는 나은 편이었다.

이 대만 사건에 대해서는 사이고도 특별히 관심을 기울인 편은 아니었다.

"국가가 능욕을 당한다면 설사 국가가 쓰러지는 한이 있더라도 정도(正道)에 입각하여 의(義)를 다하는 것이 정부의 본분이다."

이런 사이고의 외교적인 눈으로 보자면 적극적으로 나서야 옳았을 것이다. 그러나 상대는 청나라였다. 이것 때문에 사이고는 기세가 둔화되는 것 같았다. 그는 청국과 조선이라는 것에 혈연적인 친화감을 가지고 있었기 때문에 '능욕'이라는 사실로 흥분할 만한 상대는 아니라고 생각했다. 사이고로서는 상대가 막부 말기에 '붉은 오랑캐'니 '강한 오랑캐'니 하고 말하던 러시아였다.

"러시아의 야망이야말로 마땅히 꺾어놓아야 한다."

이렇게 말하는 사이고의 외정(外政) 사상은 부동의 것이라고 해도 좋을 것이다.

이 무렵, 사할린(樺太)에서는 일본 국민이 러시아 관민들에게 능욕당하는 사건이 만성적으로 계속되고 있었다. 사이고는 러시아에 대한 정략을 위해서라면 '국가가 쓰러지는 한이 있더라도' 떨치고 나설 생각이 있었는데, 그의 정한론은 그 러시아에 대한 정책의 일환에 지나지 않았다. 이것은 앞에서도 몇 번이나 말한 바가 있다.

그래서 정대론(征臺論)의 중심은 사이고라고 하기보다 외무경인 소에지마 다네오미(副島種臣)였다. 같은 번 출신인 오쿠보 시게노부가 나중의 정한론에는 반대하면서도 이 정대론에는 크게 뒷받침을 했다. 정대론은 사쓰마 인들이 제기하고 그것을 사무화한 것은 사가 인들이었다고 할 수 있다. 그러나 나중에 강행 실시하게 된 것은 다시 사쓰마 인(오쿠보 도시미치,)이었다.

외무경 소에지마 다네오미는 역사관을 가지고 그것을 다분히 신념으로 삼았다.

"대만은 과거에 일본 영토였다."

그리고 그러한 신념에서 출발하여 그것을 이번 기회에 부활시켜 버리자는 방침을 세웠다.

소에지마 외무경은 사람을 현지에 보내 조사까지 시켰다. 파견된 자 중에는 사쓰마계 군인들이 많았다. 가바야마 스케노리, 고타마 도시쿠니 등인데, 고타마는 메이지 4년 중국에 1년 동안 유학한 다음 귀국 후 해군에 근무했다.

그들이 돌아온 뒤 태정관에서 정식 회의가 열렸다. 메이지 5년(1872) 11월로 사건 발생 후 1년이 지난 뒤였다.

이때는 오히려 반대론이나 자중론이 많았다. 국가의 재정 궁핍과 청국과의 관계 악화를 우려한 것이 중요한 이유였다.

믿기 어려운 이야기지만 대만은 1680년 경(도쿠가와 4대 장군의 시대) 청나라에서 그곳을 지배할 때까지는 공식적으로 어느 나라의 영토도 아니었다.

무로마치(室町) 시대에 일본의 무역상인들이 크게 남해를 왕래하면서 각지에 일본인 거리를 만들었다. 현재의 국명으로 말하면 필리핀에서는 마닐라, 베트남에서는 페포, 태국에서는 아유차, 캄보디아에서는 프놈펜, 피냐르 등에는 무장(武裝) 상인의 거리를 만들어 놓고 네덜란드 인이나 스페인 인, 포르투갈 인, 영국인 등과 때로는 손을 잡고 때로는 항쟁을 하면서 활발한 무역 식민 활동을 벌이고 있었다. 이 무렵 남부 아시아의 상권 쟁탈전에는 이른바 화교는 아직 크게 등장하지 않았고, 화교가 등장한 것은 그후 도쿠가와 막부가 쇄국정책을 취하여 각지의 일본 거리들이 쇠퇴해 망한 다음이었다.

무로마치 시대에서 도쿠가와 초기까지의 200년간, 일본의 무장 상인들은 동지나해에서 남해에 이르는 수역을 거의 자기 집 앞마당처럼 왕래하고 있었는데, 당연히 본국과의 중간에 있는 대만을 상업상 중계지로 하거나 항해상 기항지로 하기도 했고 어떤 때는 대만 지역을 점령했던 시기도 있었다.

그 근거지는 대만 서해안의 남부였다.

그 무렵에 항로는 서해안을 취했다. 서해안의 남부 일대는 해안의 만곡이 적고 평탄한 백사장이 계속되고 있었다.

"저 근처에 섬이 보인다."

남방에서 오는 항해자들이 착각을 일으키는 것은 끝없이 펼쳐진 해안에 갑자기 솟아오르는 고립된 산을 가리켜서 하는 말이다. 그 산은 400미터가 채 못되는 높이지만 평탄한 해안에 솟아 있기 때문에 섬처럼 착각한 것이다.

그래서 그 산은 항해자의 좋은 표적이 되었다. 네덜란드 인은 그 산을 에이프 산(Ape Hill)이라고 이름지었는데, 일본인 항해자는 그곳 원주민들이 '우리는 타카우 사(社)의 사람들이다' 하고 말하는 것을 듣고는 타카우 산이라고 불렀다.

그 음을 따서 다카사고(高砂)라고 부르게 되었는데, 그것이 대만 자체의 호칭으로 퍼져나가게 되었다.

대만은 청나라가 들어설 때까지 일정한 호칭이 없었을뿐 아니라, 청 이전의 송나라나 원나라 시대에는 중국의 판도로 인식된 일이 없었다.

'대만은 동남의 큰바다 밖에 있어서 태고 이래 판도가 된 적이 없었던 것이다.'

청나라 사람인 남연진(藍延珍)의 글에 씌어진 것을 보더라도 거의 이해할 수 있다.
요컨대 16세기쯤에는 일본인과 네덜란드 인, 스페인 인들이 이곳을 근거지로 삼았는데 특히 네덜란드 인들은 이곳을 '포르모사'라고 이름붙여 안평(安平)과 대남(臺南)에 성채를 세우고 그들의 식민지로 삼았다. 이 16세기부터 한족(漢族)의 이민도 점차 증가되었다.

대만을 정성공(鄭成功)이 점령한 일도 있었다.
정성공은 일본의 히라토 번사(平戸藩士)의 딸이 낳은 혼혈아로 교양인이기는 했으나, 매우 용협(勇俠)한 기상이 풍부했다. 때마침 명나라가 만주에서 일어난 청이라는 이민족에 의해 붕괴되고 말았다. 그때 정성공은 명나라의 유신이라고 하면서 크게 항전을 하는데, 그 항전의 거점으로 삼기 위해 대만을 빼앗았다.
그러나 대만은 이미 네덜란드 동인도회사의 소유처럼 되어 있었다. 정성공은 네덜란드의 근거지인 제란디아(安平) 성을 포위하고 그들을 항복시켜 대만을 포기하게 만들었다. 정씨의 대만은 21년간 계속되었으나 정성공이 죽은 뒤 그 패거리들은 바다를 건너온 청나라 군대에 토벌되고 말았다. 청나라는 거기에 대만부(臺灣府)를 설치했다.
그러나 엄밀한 의미에서는 청나라의 국토라고 하기보다 식민지라고 해야 옳을 것이다. 지배 형태도 본토의 경우와는 달리 식민지적 착취를 일삼았기 때문에 반란이 끊이지 않았다. 한족의 이주는 정성공 시대부터 증가하여 특히 복건 사람과 광동 사람이 많았다. 청나라가 지배하던 시대에는 한족이 250만 정도로 늘어났으나 몇 겹으로 수탈하는 장치가 되어 있었기 때문에 그들의 청나라에 대한 충성심은 거의 없었다고 해도 좋을 정도였다.
"청나라의 대만 지배는 섬 전체의 절반에도 미치지 못하고 있으며 거의가 여러 나라 사람이 함께 모여 사는 지역으로 되어 있다."
막부 말기의 사쓰마 번주 시마즈 나리아키라는 이렇게 보고 있었다.
더우기 이 시대에도 류큐 인 표류자들이 이따금 원주민에게 살해되었다. 원주민의 입장으로서는 간혹 해변에 표착하는 항해자를 습격하여 그 옷과 소지품, 화물 등을 탈취하는 것을 뜻 밖의 수입으로 삼고 있었을 것이다.
시마즈 나리아키라는 안세이 4년(1857) 8월 19일, 가고시마 쓰루마루 성의 외성 다실에 여러 관리들을 불러놓고 대만에 대해 거의 명령적인 담화를 기록하게 했다. 그 담화는《석실비고(石室秘稿)》라는 이름으로 남아 있다.

"대만 원주민들의 포악함은 참으로 딱한 일이다. 그들에게 사람의 도의를 가르쳐 그 해를 없애지 않으면 안될 것이다."

그 방법으로서 류큐로 하여금 대만을 지배하도록 하라는 내용이었다.

사쓰마 번에서는 막부 몰래 류큐를 통해 청나라와 무역을 하고 있었다. 그 류큐 선의 정기적인 정박항을 대만에 만들라는 것이다. 나리아키라의 표현을 빌리면 이러했다.

"서양인은 쇠가죽 한 장 정도의 토지를 사들인 다음 차츰 넓혀가면서 점차 항만 시설을 만들어 자기 소유로 만들어버린다. 이러한 독점적인 항구를 만들면 원주민으로부터 해를 입을 염려는 없을 것이다."

그리고 나리아키라는 이렇게 말했다.

"대만은 청국의 지배가 섬 전체에 미치지 못하고 있기 때문에 언젠가는 서양인의 것이 될 것이다. 그렇기 때문에 청국의 지배자가 미치지 못하는 북단에서부터 착수하여 서양인에게 빼앗기지 않도록 해야 할 필요가 있다."

그러나 결국은 그 이듬해에 나리아키라가 급사했기 때문에 그 일은 중지되고 말았다.

메이지 4년에 발생한 이 류큐 인 살해사건을 이듬해가 되어도 수습하지 못한 채 세월을 허송하고 있었다.

왜냐하면 이것을 어떻게 처리해야 할 것인지, 국제관습에 생소한 메이지 정부로서는 행동의 원리나 그 방법마저 엄두가 나지 않았기 때문이라고 할 수 있다.

그런데 이 사건에 대해서 뜻밖의 인물이 관심을 가졌기 때문에 사태가 급선회하게 되었다.

아모이(厦門)의 미국 총영사로 리 젠들이라는 인물이다.

그는 프랑스 태생의 미국인으로 남북 전쟁에 참가한 군인 출신이었다. 군인으로서 특별한 정규 교육을 받은 것도 아닌 의용병 출신 장교였으나 천성적인 모험심과 풍부한 착상력을 가지고 있었기 때문에 유능한 전쟁 지휘관이 되었던 모양이다. 그는 부상당해 외교관으로 자리를 옮겼다.

그 무렵에는 아직 미국의 관료제도가 확립되지 않았기 때문에 엽관(獵官)

운동에 성공한 자가 외교관으로 앉는 경우가 많았다.

리 젠들은 남북 전쟁 당시 나중에 제18대 대통령이 되는 그랜트 장군의 부하였던 모양이다. 그랜트는 남북 전쟁이 일어나자 의용군을 이끌고 분전하다가 이윽고 육군의 최고 사령관이 되었고 이어 공화당의 추대로 1868년에 대통령이 되었다. 리 젠들은 그랜트가 대통령이 되기 전에 전 상관인 그랜트의 추천으로 아모이의 총영사직을 얻은 것 같다.

그랜트는 명장이었으나 정치가로서는 적합하지 않는 사람이어서 재직중에는 오직 사건이 빈번했다.

리 젠들은 아모이에서 그의 모험심을 만족시킬 만한 일이 없어 매우 따분했던 모양이다. 그는 열심히 본국 정부에 엽관 운동을 해보았으나 제대로 되지 않았다. 그랜트는 그에게 부에노스아이레스의 공사를 시켜주겠다는 구두 약속을 한 모양이었으나 그것도 상원에서 묵살하는 바람에 잘 되지 않았던 것 같다.

리 젠들은 그런 아모이 생활 속에서 마침 재미있는 사건을 알게 되었다. 대만의 목단사(牧丹社)에서 류큐 인이 많이 살해된 사건이었다.

그는 일부러 미국 기선을 타고 현지에 나가 살해 명령을 한 추장을 만나 사정을 청취하고, 한술 더 떠 크게 꾸짖기까지 했다. 아모이로 돌아온 그는 청국 정부와 미국 정부에 보고를 보냈을 뿐만 아니라 그 야만인들을 징벌해야 한다고 주장했다.

"미국의 관리가 무슨 자격으로 말참견을 하는가?"

북경이나 워싱턴에서는 당연히 냉담한 태도로 그를 미치광이나 선동자처럼 취급했다.

리 젠들이 특별히 일본이나 일본인에게 관심이 있었던 것은 아니고 선천적으로 사건을 좋아하는 성격 탓이었다고밖에 달리 그의 행동을 이해할 수 없으나 그의 이러한 개인적인 행동은 북경 주재 미국 공사를 불쾌하게 만들었다.

그런 일도 있고 하여 리 젠들은 본국으로 돌아가게 되었다. 당연히 귀국 경로로써 요코하마에 들르게 되었는데, 이런 우연이 정대론을 실현시키는 촉매가 되었다.

이 무렵, 일본에 주재하고 있는 외교단 중에서 미국 공사관 관계자들의 능력과 활동이 가장 저조했다고 할 수 있을지도 모른다.

워싱턴은 오직(汚職)과 엽관 운동의 소굴로 일컬어지고 있을 뿐 아니라, 여당인 공화당 급진파는 오직 자본가의 이익만을 대표하고 있었고, 역사상 가장 무능하다고 평가된 군인 대통령 그랜트는 그러한 상황에 대해 속수무책이었다. 미국의 대 아시아 정책마저 확립되지 못하고 있었는데 하물며 아시아에서 극히 작은 부분밖에 차지하지 못하고 있는 일본의 존재 따위가 미국 정치인들의 의식에 오르는 경우는 매우 드물었다. 본국의 이런 사정이 주일 외교관의 활동을 저조하게 만든 것은 당연한 결과였으나, 다시 뒤집어 말하자면 그런 실정이었기 때문에 외교관의 개인적인 모험이 허락될 여지가 많았다고도 말할 수 있다.

아모이 총영사 리 젠들은 '워싱턴에는 바보들만 모여 있다' 하면서 우울해했을 것이다. 류큐 인이 살해된 것을 핑계로 모처럼 청·일 관계를 휘저어보려고 했는데, 북경의 공사도 리 젠들의 이런 개인적인 모험을 불쾌하게 생각하고 워싱턴에서도 이것을 묵살해버렸다.

좀더 냉정하게 생각해보면 이런 사건을 핑계로 미국의 한 외교관이 일·청 관계를 휘저어본다고 해서 미국에 무슨 이익이 있겠는가. 리 젠들이라는 사람은 남북 전쟁의 생존자이며 또 개척 시대의 기분을 아직도 간직하고 있다는 점으로 볼때, 개인적 모험심의 돌파구를 그런 데서 찾았다고밖에 생각할 수 없다.

그런데 주일 공사인 데 롱도 비슷한 기질의 사나이였다. 그는 원래 캘리포니아와 네바다 주에서 활약한 지방 정치가였으나 외교관을 지망하였고, 그랜트 대통령에게 운동하여 주일 공사가 된 사람이다. 무엇인가 큰 사건이라도 일으켜 본국을 놀라게 하고 싶은 마음도 있었다. 데 롱은 공사관을 찾아온 리 젠들의 이야기를 열심히 듣고 있었다.

"재미있는데……"

이런 말을 하지 않았을까. 왜냐하면 데 롱은 즉시 외무성으로 찾아가 외무경 소에지마 다네오미를 부추겨 보았던 것이다.

"대만은 기후도 좋고 땅도 비옥합니다. 쌀과 설탕이 많이 생산될 뿐만 아니라 광산도 몇 군데나 있습니다. 청국에서 그것을 관할하고 있다고는 하지만 그들의 명령이 먹혀 들어가지 않고 있으니 이를테면 길에 버려져 있는 것과 마찬가지여서 외국인 중에도 거기에 눈독을 들이고 있는 자가 많습니다. 손에 넣은 자의 소유가 되는 것이기 때문이지요."

이렇게 언명한 기록이 남아 있다. 청국령으로서의 대만의 성격은 반드시 데 롱이 말한 것과 같은 것은 아니었으므로 한 나라의 공사의 발언으로는 꽤 경솔했다고 할 수 있다.

대만의 지리적 상식에 대해서는 주일 미국 공사 데 롱이 소에지마 외무경보다는 더 잘 알고 있었다.

"대만은 중국의 영토라고 중국인들은 말하고 있으나, 1620년 쯤에는 일본이 이 섬을 소유하려고 한 일이 있었습니다."

데 롱이 말했다. 이런 사실은 일본의 사료에는 없다. 도쿠가와 초기에, 대만 서해안에 일본인의 상업조직이 있어서 찾아온 네덜란드 인들은 일본인의 허가를 얻어 이곳에 식민을 했다는 기록이 기독교 문서에 있으나 사실 관계가 막연하여 확실하게 알 수는 없다. 그 뒤 네덜란드 인이 명나라와 결탁하여 대만 전체를 점령했을 때 나가사키 상인 하마다 야베(濱田彌兵衞)가 싸운 일이 있으나, 데 롱이 하마다 야베의 사건을 말하는 것은 아닐 것이다.

데 롱은 또 대만의 치안상태를 말했다.

"그 서해안은 이주해온 중국인들이 개척했지만 원주민인 말레이 인종(곱사족)은 거기에 대해 큰 증오감을 가지고 있어 싸움이 끊이지 않고 있습니다. 그러니 오히려 원주민과 조약을 맺는 것이 좋습니다."

하기야 원주민은 옛날 네덜란드 인에게 대량으로 살육된 경험이 있었기 때문에 외국인만 보면 무력으로 덤벼드는 판이었다. 그것을 진압하기 위해 우선 군대를 파견하고 그 다음에 협상을 하는 것이 좋다는 것이다.

그는 또 말했다.

"원래 원주민은 중국인을 미워하고 있기 때문에 이쪽에서 성의를 가지고 대하면 그들 역시 호의를 가지고 대할 것이 틀림없습니다. 우선 항구에 입항하는 일본 배의 보호를 위해 포대(砲臺)를 만들어야 합니다. 그 부지를 빌려 쓰겠다는 교섭은 청국에 하든 원주민에게 하든 쉽게 진행이 될 것입니다."

데 롱은 청국과 협상하는 방법까지 소에지마 외무경에게 가르쳐 주었다.

그런데 이야기가 이렇게 되자 소에지마도 의문이 생겼다. 일본에 유리한 문제를 들고 온 이 미국 공사의 터무니 없을 정도의 호의는 어떤 속셈 때문일까.

그래서 물어보았다.

"한 가지 물어보겠는데 귀국의 의도는 무엇입니까?"

데 롱은 참으로 낙천적인 미소와 함께 말했을 것이다.

"우리 합중국은 다른 나라의 영토를 탐내지 않습니다. 그러나 우리 나라와 외교 관계에 있는 나라가 다른 나라의 땅을 소유하거나 그 소유지를 늘려 가는 것을 우리 나라는 좋아합니다."

한 나라의 공사로서 이런 말을 한다는 것은 정상적인 행위가 아닐 것이다. 데 롱은 나중에 이 대만 사건으로 본국의 견책을 당하고 면직된다.

그러나 이 모험적 외교관의 과장된 감각 속에는 일본을 이용하여 대만에 돌입하게 해놓고 그 뒤에 미국의 제당업자를 진출시키려는 의도가 숨겨져 있었던 것이 아닐까.

아무튼 일본이 대만 문제로 청국과 교섭을 하거나 원정군을 파견하는 문제에 대해서

"꼭 리 젠들을 정부 고문으로 고용하십시오."

하고 권하기까지 했다. 소에지마도 귀가 솔깃했다.

소에지마 외무경은 그 문제에 열중했다. 아무튼 리 젠들을 만나보려고 했다.

회견 장소는 외무성의 요코하마 출장소였다.

그 밀실에서 리 젠들을 보았을 때 과연 외교관이라기보다는 군인이라는 느낌이 들었다. 소개한 데 롱은 그를 총영사라고 하지 않고 '제너럴'이라고 불렀다. 그러나 형식과 몸가짐을 너무 의식하는 것을 보니 별로 장군답지도 않았다. 쾌활하고 행동적이었으며 과묵한 소에지마의 관심을 흩뜨리지 않으면서 입에서 나오는 말들은 모두 기발하고 그럴 듯하게 들렸다. 그러나 사기꾼으로 본다면 전혀 그렇지 않은 것도 아니었다.

'상당한 사람인데.'

소에지마 정도의 사람이 내심 감탄하면서 고용하기로 결심한 것은, 소에지마뿐만 아니라 새 정부 요인들이 세상을 너무 몰랐기 때문일 것이다.

새 정부 요인들에게는 한결같이 국제상의 공적·사적 관습에 서투르다는 열등의식이 있었다. 동시에 서양인이라면 전부 그런 열등의식을 잘 알고 있을

뿐 아니라 그들의 사고와 발언은 그런 공적, 사적인 관습에 비추어 충분히 생각한 끝에 결론이 내려질 것이라는 선입견이 있었다.

'아무튼 미국 공사 데 롱이 말하는 것이니까.'

소에지마는 미국 공사라는 사실에 중대한 신뢰감을 두고 있었다. 리 젠들도 미국의 아모이 총영사인 것이다. 미국은 일류 국가라는 개념이 있기 때문에 그 일류 국가의 외교관이 사기꾼 같은 발상이나 행동을 할 리가 없다고 생각했다. 소에지마는 미국 사회 자체가 좋고 나쁘고 간에 유럽과는 다른 성숙한 사회가 아니라는 것을 몰랐던 것이다.

리 젠들은 이를테면 난세의 영웅과 같은 사나이였다. 프랑스에서 미국으로 건너가 남북 전쟁에서 북군의 장성까지 된다는 것은 흔히 있는 일이 아니었다. 그는 무엇인가 파란을 바라고 있었다. 파란을 일으킨 끝에 무엇인가 굉장히 큰 것을 잡아보려는 혈기왕성한 공상 속에 살고 있었다.

난세형의 남자인 만큼 그도 소에지마를 보고는 첫눈에 반해버리고 말았다. 소에지마의 한학적 교양은 그 당시 일본 제일이라고 할 만했고, 그 성실과 용기는 아무리 사가 인이라고는 하더라도 '막부 말기에 개인적인 고통이 사가 번에는 적었다는 의미에서' 유신의 풍운을 헤쳐 나온 처연한 분위기를 풍겼을 것이다. 그런 점에서 남북 전쟁의 지원병 출신의 사나이와 사가 근왕당 출신자의 대면은 이를테면 초록은 동색이라는 동질적인 기분이 있었을지도 모른다.

소에지마는 일본과 대만의 관계를 말하면서 수행자에게 기록을 시켰다.

"대만은 일본에선 다카사고라고 부르며 일본인 촌에는 촌장을 두고 있었지요. 촌장을 옹(翁)이라고 불렀습니다."

그 밖의 사례도 들어가면서, 명확하게 영토라고는 할 수 없으나 오히려 청국보다는 일본이 더 인연이 깊었던 것처럼 이야기를 했다. 리 젠들은 그가 하는 말마다 동감의 뜻을 표시했다.

미국의 아모이 총영사 리 젠들은 전년에 자기 나라 상선이 난파하여 대만에 표착했을 때의 상황을 소에지마 외무경에게 들려 주었다. 그때도 원주민 때문에 미국 선원 한 사람이 피살되었다.

리 젠들은 그때 처음으로 대만 원주민과 접촉했는데

"그들은 참으로 정직한 사람들이었습니다."

정대론 633

하고 말했다. 또

"싸울 때는 용감하고 일단 약속을 하고 나면 깨뜨리는 법이 없습니다. 이쪽에서 정도(正道)를 밟고 그들과 접촉하면 그들도 역시 정도로 대하면서 절대로 폭력을 쓰는 일이 없을 것입니다. 그들은 그런 민족입니다."

하고 말한다.

다만 그들은 중국인을 믿지 않고 매우 미워한다고 했다.

그것은 사실이었다. 중국 농민들은 지난 수 세기 동안 열심히 변경을 개간하고 있었다. 가령 몽고의 예를 들더라도, 그곳에 사는 유목민족의 유목지를 개간하기 때문에 유목민족은 차츰 북방으로 물러나지 않을 수가 없었으며 생산 형태의 차이에 의한 이해의 충돌이 만성적으로 일어났다. 더우기 개간한 곳은 중국 관리가 그곳을 중국의 영토로 간주하고 중국 농민들에게 가세하기 때문에 중국인에 대한 소수민족의 불신이나 증오감이 강했다.

대만에 있어서의 고사족의 경우도 그러했다. 고사족은 주로 어업과 사냥으로 생활하기 때문에 낮은 지대를 개간하고 있는 중국에서 온 이들과는 직접적인 이해의 충돌이 없을 것처럼 보이지만 본래 영역 의식이 강해서 대만에 다른 민족이 들어오는 것을 좋아하지 않았다. 더우기 중국 관리가 끝까지 중국인의 이해 관계만을 대표하여 걸핏하면 그들 원주민을 억압하려고 했다. 그래서 고사족은 중국인이나 중국 관리를 모두 믿지 않는 것이다.

그런 사정을 리 젠들은 설명했다.

"그렇다고 중국 정부나 현지 중국 관리와 교섭해도 잘되지 않습니다."

리 젠들은 자신의 경험을 들려주었다.

소에지마는 이미 데 롱 공사로부터 중국 관리가 얼마나 믿을 수 없는 지에 대해서 충분히 듣고 있었다.

"그들은 간단하게 약속을 합니다. 그러나 절대로 약속을 지키지 않습니다."

하고 데 롱은 말했는데, 이것은 한족(漢族) 자체의 민족성을 말하고 있는 것이 아니다. 한민족의 사회만큼 개인간의 신의에 두터운 전통을 가진 사회도 드물지만 정체(政體)는 또 달랐다. 정체의 성립이나 기능, 습관, 그리고 배외사상(排外思想) 등의 문제가 있기 때문에 다른 나라의 관리에 대한 관리로서의 약속은, 경우에 따라 상대방에게 굴복하여 일시적인 호도책으로 약속은 하지만 그것을 이행하기 어려운 경우가 많았다. 일본도 막부의 번 제도 아래에서는 그런 경우가 많았다.

"그러므로 대만의 경우에는 원주민의 우두머리와 약속을 하면 되는데, 그러려면 군대를 파견해야 합니다."

리 젠들이 말했다.

소에지마는 이튿날에도 리 젠들을 만났다.

왜 고사족이 난파한 류큐 사람 54명을 대량 학살했는가에 대해 리 젠들은 명확한 견해를 밝혔다. 죽인 것은 목단사에 사는 고사족이다. 목단사는 대만 남부에 있는 곳이다. 리 젠들은 현지에 가서 살육을 명령한 추장인 토키토쿠라는 60세 가까이 되는 노인도 만났다. 좋은 사람이었다고 했다.

"토키토쿠의 이야기를 들으니 류큐 인을 중국인과 혼동했기 때문이라고 합니다."

리 젠들은 말했다. 류큐 인들은 북경에 조공을 바치기 위해 항해하고 있었다. 그래서 중국옷이나 중국옷 비슷한 복장을 하고 있었기 때문에 습격을 한 것이지, 만약 그들이 일본옷이나 양복을 입고 있었더라면 그런 명령을 내리지 않았을 것이라고 토키토쿠가 말했다고 한다. 전년에 미국 선원 한 사람이 피살되었을 때 리 젠들은 현지에 가서 고사족 추장들과 타협을 한 끝에 앞으로 절대로 서양인은 죽이지 않겠다고 약속했다. 그러나 중국인이면 죽이겠다고 했다. 그러므로 리 젠들은 몇 번이나 류큐 인은 중국인으로 오인을 받았기 때문에 피살되었다고 말한 것이다.

"대만에 중국인이 얼마나 있나요?"

소에지마가 물어보니 리 젠들은

"공식적으로는 400만 명이라고 하지만 실제로는 200만 명 정도일 것입니다."

하고 대답했다.

"일본의 포대는 대만 남부의 만에 만드는 것이 좋을 것입니다. 그 만의 동쪽 산기슭에서 산지(山地)까지는 고사족의 영역이 되어 있습니다. 그러므로 추장 토키토쿠와 타협을 잘 하면 땅을 제공해 줄 것입니다."

"그 근처에도 중국인이 살고 있나요?"

"약간은 있습니다. 그러나 대다수는 하카스라는 인종인데 대략 4000명 정도 될 것입니다."

정대론 635

리 젠들이 말하는 하카스란 하카(客家)를 말한 것 같다.

"히카스라는 인종은 어떤 인종인가요?"

"중국인인 것 같습니다."

하카는 중국에서는 드물게 독특한 향당 의식(鄕黨意識)과 풍습, 방언을 가지고 있다. 광동인도 아니며 호남인도 아니고 하남인도 아니고 요컨대 하카인인 것이다. 하카의 전설에 의하면 하카인은 당나라 말기에 국가를 뿌리째 뒤흔든 '황소의 난'이라는 대농민 반란이 일어났을 때 화북(華北)에서 남하한 사람들의 후손으로 나중에 중국 각지에 분산되었다. 항상 반정부적인 마음을 가지고 있는 데, 대만에 있는 하카도 청나라 조정을 적대시하고 있다고 한다. 참고로 말하면 몇 년 전에 끝난 '태평천국의 난'에도 하카가 많이 참가했고 수령인 홍수전(洪秀全)이나 간부인 양수청(楊秀淸)도 하카였다.

"하카는 일본에 협력을 하거나, 협력까지는 안하더라도 거세게 반발하지는 않을 것입니다."

리 젠들의 정치, 지리적 지식은 참으로 풍부했다.

소에지마 외무경이 두려워한 것은 대만에 군대를 보냄으로써 청국과의 친교가 깨어지는 일이었다.

그런 염려를 그는 되풀이하여 말했다.

그러나 미국의 아모이 총영사 리 젠들은 그것은 염려할 것이 없다고 말했다.

"일본은 국제공법에 따라 행동하기만 하면 됩니다. 국제공법에 따라 우선 대만에 있는 일본인의 보호를 북경 정부에 요청하십시오. 그래서 만일 북경 정부에서 대만에 있는 외국인의 보호는 어렵다고 하면, 일본에서 보호 수단을 강구해도 되겠느냐고 하십시오."

실제로 나중에 소에지마는 전권대사로 북경에 가서 이와 같이 북경 정부와 협상하여 북경에 주재하는 각국 공사의 지지도 얻고 북경 정부의 언질도 얻어냈다.

리 젠들은 되풀이해서

"어차피 대만은 어느 나라에서 취하여 개척될 것입니다. 일본이 취하지 않으면 다른 나라에서 취하게 될 겁니다."

리 젠들은 그것을 영국이라고 보고 있었던 것이 틀림없다. 만약 영국이 대만을 취하게 되면 영국은 아시아에서의 권익과 보호령, 영토를 더욱 확대하게 될 것이고 그렇게되면 아시아에서 각국의 균형이 깨어져 미국의 이익에 나쁜 영향을 미친다고 생각했을 것이 틀림없다.

소에지마는 리 젠들이 군인이라는 것도 아울러 생각하고 군사적인 질문도 했다.

"대만은 병력 2000명만 투입하면 간단히 빼앗을 수가 있습니다."

리 젠들이 말했다. 다만 구미인의 군사 감각으로 일시적인 점령은 할 수 있겠으나 그 다음에 어떻게 유지하는가에 대해 중점을 두고 생각하게 된다.

"그러나 유지하기가 매우 어렵기 때문에 거기에 대한 좋은 방안은 아직 생각하지 못했습니다."

이런 뜻의 말을 덧붙였다.

소에지마는 일본인의 군사 감각으로써, 일시적인 제압만 하면 군사 행동이 완료된 것처럼 생각하고 유지에 대해서는 대단하게 생각하지 않았다. 이런 점에서 소에지마는 리 젠들이라는 엉뚱한 모험적 외교관보다 더 엉뚱하다고 할 수 있을 것이다. 물론 엉뚱하기는 소에지마뿐만 아니라 이타가키 다이스케나 기리노 도시아키도 엉뚱했고 나아가서는 일본의 적극적인 해외 신장론자 모두가 엉뚱한 데가 있었다고 해도 좋을 것이다.

"2000명······."

소에지마 다네오미는 미소를 지었다.

"일본은 지금 1만 명 정도의 병력은 간단하게 동원할 수가 있지요."

이 말에는 리 젠들도 놀란 것 같았다. 1만 명이라는 숫자에 놀란 것이 아니라 일본의 외무 장관이 1만 명의 병력을 동원하는 데 소요되는 경비는 고려하지 않고 숫자만 과시했기 때문이다. 당시의 기록을 보면 리 젠들은

'병력이야 몇 명이든지 간에 막대한 비용이 들 것입니다.'

하고 경고한 구절이 있다.

그러나 소에지마는 거기에 대답하지 않고, 이야기가 어긋나서 더욱 병력이 많다는 말만 늘어놓았다.

"1만 명의 파병이 쉽다는 것은, 일본에 지금 있는 40여 만의 무사들은 모두 용맹무쌍한 자들인데 그들은 일단 유사시에는 기꺼이 지원할 것입니다. 그런 사정이 있기 때문이지요."

하고 말했다. 나중의 정한론자들의 기분과 계산도 거의 소에지마와 비슷한

것이었다.

외무성 소에지마 다네오미는 1873년 3월부터 7월까지 전권대사로 청국에 파견되었다.

그가 파견된 목적은 조약의 비준 교환과 때마침 젊은 황제(목종)가 얼마 전 혼인을 한 데 대한 축하를 하기 위해서였다.

이것은 의례적인 목적이고, 외교 실무로서의 목적은 조선의 무례를 그 종주국인 청국에 항의하는 것과, 대만 문제에 대해 외교적인 양해를 얻는 것이었다. 소에지마는 대사이기 때문에 이러한 목적 중에서 외교 실무는 주로 수행원인 외무관 야나기하라 사키미쓰(柳原前光 : 낭중의 주청 공사)가 담당하기로 했다.

소에지마의 청국 방문은 의례적인 면에서도 거의 전례가 없을 정도의 성공을 거두었다.

당시 청국의 대관들 중에서도 소에지마만큼 한학적 교양을 지니고 있는 자는 드물었을 것이다. 이것이 북경 고관들의 소에지마에 대한 인상을 다른 나라 공사들에 대한 인상과는 다르게 만들었다.

소에지마는 북경의 총리아문의 여러 대신들과 만났을 때 이런 말을 했다.

"나는 외무경이 되자 국제간의 교제를 하지 않으면 안되기 때문에 구미의 공법(公法)에 관한 책과 국내 정치에 관한 책을 읽었지요. 그러나 일을 처리함에 있어 상대방의 사정을 헤아리고 문제의 이치를 따지는 데는 아직도 귀국의 경사(經史)만큼 명쾌한 것을 보지 못했소이다. 정치의 도리란 중국이나 서양이나 똑같은 이치겠지요. 나는 지금까지 1만 5000여 권의 한서를 읽었는데 그것을 근본으로 하여 외무를 펼치고 그것에 따라 외국인들이 따라 오고 있소이다. 이런 묘책이 없었다면 도저히 오늘날의 나는 존재할 수가 없었을 것이외다."

하고 중국의 정치적 교양과 문화를 칭송하고 그 덕을 입고 있는 데 대한 사의를 표했다. 동시에 청국의 배타적인 국시가 잘못되었다는 것을 설득하고 일본의 개국이 성공한 이야기를 들려 주었다.

소에지마는 말했다.

"지난 날의 귀국은 위대했소이다. 그러나 지금 유럽인들이 귀국을 보고 있는 태도나 인상은 터키나 이집트를 보는 것과 다를 것이 없소이다. 터키는 한때 3대주(大洲)에 걸칠 정도의 대국이었으나 옛 관습을 고집했기 때문에 오늘날 저런 형편이 되었지요. 일본도 이제 옛 관습으로는 도저히 국가를 유지할 수 없다는 것을 깨닫고 할 수 없이 유럽의 법을 본따 국가의 체제를 개혁했소이다."

청국도 이렇게 하라는 뜻을 소에지마는 은근히 풍기면서 말했다.

소에지마는 국서를 휴대하고 있었다. 그것을 직접 청국 황제에게 올리고 싶다고 요구했으나 청국 관리는 그런 전례가 없다고 하면서 거절했다. 북경에 있는 각국의 공사들도 오랫동안 국서 봉정을 요구해 왔으나 계속 거절만 당해왔다.

그러나 소에지마가 그 필요성을 역설하니 마침내 받아들여져서 황제를 배알할 뵐 수 있게 되었다. 다른 나라의 공사들도 그 덕분에 만나 뵐 수 있게 되어 소에지마는 각국 공사들로부터 감사를 받았다. 배알 순서에 대해서도 소에지마는 총리아문의 고관들을 끈질기게 설득하여 각국 공사의 선두에 서게 되었다.

북경과 천진에서의 소에지마 대사의 풍채는 참으로 당당했다.

그러나 그의 수석 수행원인 야나기하라 사키미쓰가 담당한 외교 실무는 다분히 미심쩍었다.

한국 문제와 대만 문제였다.

한국 문제에 대해서는 정한론을 이야기할 때 잠깐 언급한 일이 있었다. 대만 문제는 한국 문제보다도 더 모험적인 내용을 담고 있었다.

야나기하라는 공경 출신으로 아직 스물서너 살밖에 되지 않았기 때문에 노숙함을 좋아하는 청국인들이 볼 때 어린애 같은 인상이었다. 그가 청국과의 외교 담당자로 선택된 것은 중국인이 문벌의 귀공자를 좋아할 것이라고 착각했기 때문인 것 같았으나 실제로는 잔재주꾼 정도로밖에는 보이지 않았던 모양이다.

그를 보좌한 통역관은 정영녕(鄭永寧)이었다. 중국 이름을 가지고 있기는 했으나 나가사키 현의 사족이었다.

그는 명나라 말기의 내란으로 일본에 피난온 조상을 가지고 있었다. 조상의 출신은 복건성 천주부 진강현(晉江縣)인데 오씨(吳氏) 성의 큰 재산가였다. 도쿠가와 초기에 귀화하여 대대로 나가사키 통역으로 일했다.

1868년(메이지 원년) 새 정부에 들어간 이래 줄곧 청국과의 외교 실무를

정대론 639

담당하고 있었으나 독실한 학구파라는 것 외에 정치적 재능의 소유자는 아니었다.

그 밖에 정영녕과 마찬가지로 옛 막부의 나가사키 통역으로 있다가 새 정부에 들어가 외무관이 된 히라이 마레마사(平井希昌)가 있다. 히라이는 전문인 중국어 외에 영어와 불어도 능했으나 통역 이상의 능력은 기대하기 어려웠다.

그러한 사람들 속에서 리 젠들의 역할은 매우 컸다. 그는 미국으로 돌아갈 작정이었다. 그래서 남미 근처의 공사 자리를 얻으려 했으나 주일 공사인 데롱이

"남미 근처의 공사를 해서 무슨 재미가 있겠는가. 그보다도 귀관은 일본 정부에 들어가 그 재능을 유감없이 발휘하는 것이 좋지 않겠는가?"

하고 설득했기 때문에 생각을 돌려 소에지마의 외무성에 들어갔던 것이다. 소에지마는 그에게 2등관 대우를 했기 때문에 4등관인 야나기하라보다도 상위에 있었다. 월급은 1000엔이었다. 한달에 10엔만 있으면 영세한 서민 한 가구가 먹고 살 수 있는 시대였다.

'이 선득(李仙得 : 리 젠들)'이라고 그는 자기 이름을 쓸 수 있게 되었는데, 요컨대 일본의 외교관으로서 주로 대만 문제를 담당했다.

청국과 교섭을 한 끝에

"대만의 번인(藩人) 중에는 숙번(熟藩)과 생번(生藩)이 있다. 생번은 왕의 다스림을 받지 않는 자들이기 때문에 그들이 한 일에 대해서는 청국 정부의 책임이 미치기 어렵다."

는 언질을 받았다. 책임이 미치지 못하니 피해자를 낸 국가에서 직접 행동을 해도 좋다는 뜻인지도 모른다.

그러나 문서는 아니었다. 물론 청국의 최고 행정기구 의결에 의한 것도 아니었다. 리 젠들은 이 정도의 청국 정부 계통의 담화를 가지고, 일본 정부가 대만 정벌을 하는데 있어서 외교적 기초가 마련되었다고 생각한 것이다.

그런데 외무경 소에지마 다네오마가 귀국해 보니 태정관은 사이고를 중심으로 하는 정한론으로 들끓고 있었다. 소에지마는 거기에 말려 들었다.

소에지마가 귀국한 것은 메이지 6년(1873) 7월 14일이었다. 소에지마가 아직 북경에 머물러 있던 6월 12일에 사이고는 태정대신 산조 사네토미에게

자기를 조선 파견 대사로 임명해달라는 뜻을 정식으로 요청했다. 정한론 소동은 이때부터 시작되었다. 그보다 앞서 사이고는 그의 부하 중에서 사실상 군사 스파이인 만한시찰원(滿韓視察員)을 이미 파견해 놓고 있었다. 앞에서도 말한 바 있으나 육군 중령 기타무라 조베(도사)와 육군 소령 벳푸 신스케(사쓰마) 등 2명을 조선으로, 또 육군 소령 다케치 구마키치(도사), 이케가미 시로(사쓰마)를 청국에 각각 파견했다. 군사 배치와 지리, 정치와 민정을 조사하기 위한 것인데 훗날의 육군참모본부 첩보 활동의 선구를 이룬 것이었다. 외무성에는 양해를 구하지 않았다. 소에지마도 모르는 일이었다. 그들은 소에지마가 귀국하기 전에 돌아와 사이고에게 보고를 했기 때문에 사이고는 소에지마와는 별도로 독자적인 입장에서 정보를 입수하고 있는 셈이었다.

소에지마가 7월에 귀국했을 때는 외유 그룹 중에서 오쿠보 혼자 돌아와 있었으나, 그는 외국 파병의 분위기가 무르익은 내각과의 접촉을 피해 '휴양 중'이었다. 소에지마가 돌아온지 13일 후에 기도 다카요시가 단독으로 돌아왔다. 9월에 이와쿠라 도모미가 돌아오자 이윽고 시끌시끌한 대립이 시작되어 사이고의 주장이 꺾이고 협상은 결렬되었으며 10월 23일에 사이고가 사표를 냄으로써 사태는 결정적인 국면을 맞이하게 되었던 것이다. 이튿날인 24일에는 소에지마를 비롯한 4명의 참의(이타가키, 고토, 에토, 소에지마)가 사표를 제출했다. 그리고 그 이튿날인 25일에 근위사관들이 대거 병영을 떠나고 말았던 것이다.

소에지마의 대만정벌론은 이런 혼란 속에서 유산되고 말았다. 사이고의 존재가 너무 컸기 때문에, 그가 한 번 큰 진동을 일으키면 소에지마의 정치적 비중 따위는 보잘것없었다고 할 수 있을 것이고, 관점을 바꾸어 말하자면 육군의 존재 앞에서 외무성은 매우 비중이 낮았다고 말할 수도 있을 것이다.

"문관이 군인을 통어해야 한다."

라고 말한 것은 조슈의 기도 다카요시의 지론이었는데, 막부 말기의 조슈 번도 역시 그러했다. 조슈에서는 번청이 걸핏하면 폭발하려고 하는 기병대 등 모든 부대를 누르고 있었고, 그 모든 부대의 간부는 정무에 참여시키지 않았다. 기도는 그런 경험이 있었다. 만약 여러 부대에서 번청에 간여를 했더라면 조슈 번은 이미 옛날에 망해버렸을지도 모른다.

정한책도 역시 외교에 속하는 문제이기 때문에 사이고는 소에지마를 내세워야 할 것이었으나, 사이고의 사상에는 정치와 군사 관계에 대한 개념이 불

확실했기 때문에 그런 배려도 베풀지 않았다.
 소에지마는 북경에서 성공하고 도쿄에서는 사이고의 아래에 있었을 뿐 아무런 주도적인 역할도 하지 못한 채 흐지부지 사직하고 말았다. 대만 문제는 일단 백지화되어버렸다.

 그런데 이 대만 정벌안은 사이고가 떠난 뒤 오쿠보 도시미치의 계열에서 다시 재연되었던 것이다.
 그 발상은 사기 수법과 비슷했다. 오쿠보는 대만을 탐낸 것이 아니었다.
 그리고 고사족을 미워한 것도 아니었고 외국에 원정군을 보내고 싶지도 않았다. 요컨대
 '그렇다면 대만의 생번이라도 토벌하여 국내에 떠들썩하게 일어나는 정한론을 진정시켜 보면 어떨까?'
하는 발상에서 나온 것이었다. 그야말로 내정 문제 때문에 원정을 하자는 것이었다.
 '모두들 싸움이 하고 싶은 것이다.'
 이러한 인식이 이 발상의 대전제가 되어 있었다. 전국에 45만이니 50만이니 하는 사족들이 실직을 하여 그 불만과 열기가 방방곡곡에 검은 열기를 내뿜으며 과열하고 있었다. 더우기 유신에 공을 세운 사쓰마 사족들의 불만은 걷잡을 수가 없을 정도여서 그 에너지에는 세계고 일본이고 구별이 없었다. 세계 정략이니 국민 애호니 하는 것은 구호에 불과하고, 요컨대 에너지는 에너지 그 자체일 뿐 원래 사려 따위가 있을 리가 없었다. 그들은 적을 찾아내어 몽둥이를 휘두르고 싶은 욕망에 들떠 있을 뿐이었다. 그런 면에서 보면 놀랄만한 민족인 것도 같다.
 그러나 혁명을 일으킨 나라에서 혁명에 집중되었던 에너지가 혁명의 성공과 함께 쇠퇴하는 법은 거의 없으며, 종종 그 에너지를 원정으로 소모시켜버리는 경우가 많았다. 중국의 역사가 그러했다. 통일 제국을 성립시키기 위해 동원된 방대한 군대는 제국의 성립과 함께 불필요하게 되지만, 그렇다고 군대 그 자체를 없애 버릴 수는 없는 일이기 때문에 종종 그 세력을 이용하여 사방의 변경에서 소동을 벌이는 이민족을 토벌하게 했다. 또 나폴레옹의 원정 역시 프랑스 혁명에 의한 민중의 열기에 기인한 것이라고 보지 못할 것도 없다. 그런 의미에서는 사쓰마 사족을 대표하는 이 에너지 현상도 그런 분류

속에 넣지 못할 이유는 없을 것이다.

구체적으로 말하면 메이지 2년(1869) 쯤, 보신 전쟁에서 돌아온 사쓰마의 젊은이들은 전쟁의 혈기를 주체하지 못했는지 가고시마 성밑 거리를 휘젓고 다니면서 싸움질이나 칼부림을 벌여 번의 통제가 먹혀들지 않았던 시절이 있었다. 결국 사이고가 그런 청년들을 도쿄로 데리고 가서 천황 직속인 근위군으로 만들어 보았으나 그것도 별로 효과가 없었다. 사이고의 하야와 함께 그들은 병영의 울타리를 뚫고 고향으로 돌아가버리고 말았기 때문이다. 나중에 사이고는 그들을 사학교라는 질서의 우리 속에 넣어 진정시켜 보려고 했으나 사이고의 그런 통제도 효과를 얻지 못하고 결국은 세이난 전쟁(西南戰爭)으로 폭발하고 말았던 것이다.

"원정으로 에너지를 소비시켜버리는 것이 좋다."
라고 하는 사고방식은 사이고의 경우, 그것을 아시아 정략에 결부시켜 에너지를 '앙양'시키려는 입장을 취했으나, 오쿠보는 단순히 소비만 시키려는 입장을 취했다. 그런 차이는 있었으나 에너지의 존재에 대한 인식은 양쪽이 똑같았다고 해도 좋을 것이다.


이 정대론을 맨처음 생각해 낸 것은 사이고의 동생 쓰구미치였다.
'소에지마 전 외무경이 외무성에 두고 간 정대안을 지금이야말로 이용할 때다.'
쓰구미치가 그렇게 결심한 것은 형인 사이고가 도쿄를 떠난 메이지 6년(1873) 12월이었다.

육군 차관 사이고 쓰구미치는 야마가타 아리토모와 함께 메이지 2년(1869)의 외유 그룹이었는데 그 때문에 철저한 내치주의자라는 사실은 앞에서도 말한 바 있다. 그는 형인 사이고가 정한론에 생명을 걸 정도로 설치고 있어도 항상 냉정한 자세로 형에게 계속 반대했다. 메이지 6년의 어느 무렵 형이 쓰구미치의 집에서 동거하고 있을 때는 서로가 조금도 양보를 하지 않고 버티다가 끝내는 말도 나누지 않게 되었다. 그만큼 쓰구미치는 원정에 반대했던 것이다.

그런 쓰구미치가 형이 도쿄를 떠나는 것과 동시에 대만 정벌을 생각하게 되는 것이다.

물론 그의 대외 정책에서 나온 것도 아니었고 더우기 놀라운 것은 국내 대책으로 나온 것도 아니었다. 쓰구미치로서는 형인 사이고를 빈틈없이 둘러싸고 있는 사쓰마 사족들의 피를 진정시키기 위한 정책이었다.
'대만을 정벌할 희망자를 모집하는 것이다. 그러면 그 사람들의 마음도 풀어지겠지.'
하는 생각과
'대만 정벌을 함으로써 정부는 겁장이라는 그들의 인상을 조금이라도 씻을 수 있을 것이다.'
하는 생각이 반반씩 들어 있었다. 일본 국가로서 그것이 어떻게 국익과 연결되는가에 대해서는 일체 고려하지 않았다. 물론 쓰구미치는 대만을 일본 영토로 한다는 따위의 생각은 하지도 않았다. 그런 일이 얼마나 어려운지 쓰구미치는 잘 알고 있었다. 요컨대 쓰구미치는 기선에 장정들을 가득 태우고 대만의 고사족을 치러 가는 것만 생각하고 있었던 것이다.

쓰구미치는 후년에 일부 사람들로부터 그 능력이 형 이상이라는 평가를 받은 사람이지만, 그것이야 어쨌든 그가 뛰어난 상식인이며 조정 능력이 풍부한 사람이었던 것만은 틀림없다.

그런 상식인에게 이런 우스꽝스럽고 난폭한 계획을 생각하게 한 것은, 그 자신의 문제보다 그가 직면해 있던 사태, 즉 사이고와 사쓰마 사족의 문제가 얼마나 심상치 않았던가를 잘 나타내고 있다.

더우기 이 쓰구미치의 계획을 오쿠보가 채택했던 것이다.

오쿠보도 이런 비상식적인 계획에 선뜻 동조할 사람이 아니었으나 쓰구미치와 마찬가지로 같은 사쓰마 인으로서, 또는 고향과 인연이 끊긴 같은 동지로서 다같이 발등에 불이 떨어진 입장이었다. 그들만은 그 계획의 의미를 너무나 잘 알고 있었다.

"이렇게 하면 조금은 소동이 가라앉을지도 모르지."
하고 오쿠보는 말했다. 사이고가 사직하고 귀향한 것도 사적인 행동이었으나 그런 사태에서 발상된 이 계획도 당연히 오쿠보와 쓰구미치의 사적인 사정에서 발단된 것이라고 말하지 않으면 안될 것이다.


기도 다카요시는 그것을 불쾌하게 생각했다.
사이고가 정한론을 들고 나와 그렇게까지 시끄럽게 하다가 끝내는 사표를 내던지고 가고시마로 돌아가버렸는데, 그 직후에 사태를 변태적으로 수습하기 위해서인지 모르지만 내치론자였던 오쿠보와 사이고 쓰구미치가 갑자기 정대안을 들고 나오자 기도는 어처구니가 없었다.

기도는 그 시대의 혁명가 중 국민을 위한 정치를 생각하는 점에서 가장 두드러진 인물이었다. 사이고도 국민을 사랑한다는 점에서는 기도에 못지 않았다. 그러나 사이고의 경우에는 원래 주장하던 대규모의 방위를 먼저 실현하려다보니 국민 애호사상과 모순되거나 어긋나는 경우가 있었는데, 그 공백을 독특한 정감으로 메우는 경향을 보였다. 그러나 기도는 그런 점에서 명확했다. 정한이니 정대니 하지만 그것이 과연 국민을 위하는 것이냐 하는 논리를 시종 고수하고 있었다.

그러나 기도는 다분히 객관적인 면이 있어서 정치가로서 그 신념을 위해 손해를 보는 일이 적었다. 메이지 이후 기도가 일관해 온 거의 정신적인 체질이라고밖에 생각할 수 없는 이런 태도는 어쩌면 원래의 것인지도 모르지만 어쩌면 사쓰마파에 대한 배려 때문이었는지도 모른다. 배려가 변형되어 앵돌아지거나 비행동적이 되거나 뻔히 아는 일에 대해 책임을 회피하는 태도를 취했을지도 모른다. 바꾸어 말하면 너무나 기질이 다른 사쓰마 인과 같이 일을 하다 보니 자신의 원래 사고방식이 통하지 않기 때문에 강적을 만난 벌레처럼 위축되고 마는 경향이 있었을지도 모른다.

그래서 다분히 객관적이 되어버렸다고는 하더라도 일본 국민의 입장에서 문제를 생각하는 점에서 기도의 의견은 천 년의 역사에 빛날 만한 것이다.

그의 생각은 메이지 6년 6월의 원정 반대 의견서에 잘 표현되고 있다.

"유신을 맞이하여 백성들은 굳이 조정의 폭노(暴怒)를 원망하지 않았다."

폭노란 보신전쟁(戊辰戰爭)을 가리키는 말이다. 그 까닭은 여러 계층의 백성들이 의외로 원망하지 않았다, 그것은 기적이라고 보아도 좋은 것이다 라는 뜻이었다.

기도의 사상으로 볼 때 전쟁은 국민들에게 있어서 흉사이다, 하는 확고한 신념이 있었다. 막부가 정치를 잘못했기 때문에 조정은 군대를 동원하지 않을 수 없었다. 그런데 지금은 대정(大政)이 아주 새로워진 지 5, 6년이나 지났는데 새로운 정치라고 할 만한 것은 아무 것도 없고 국민들은 오히려 잃은 것이 더 많다는 것이다.

"그렇다면 폭정을 폭정으로 바꾼 것이 아닌가?"

하고 말한다. 옛 폭정은 막부를 가리키는 것이고 새로운 폭정은 새 정부라는 것이다. 이런 시기에 군대를 해외에 동원하면 국내의 국민들은 도탄의 고통을 더하게 될 것이라고 그는 의견서에 써 놓았다. 그는 국민의 힘이 피폐해진다는 이유를 들어 모든 해외 파병에 반대했다.

기도뿐 아니라 그를 정점으로 하는 조슈파 사람들은 모두 정대론에 반대했다.

육군 소장 도리오 고야타 같은 사람은

"나는 어릴 때부터 난폭하여 기병대에 들어갔을 때도 혼자 잘난 체하다 남한테 따돌림을 당하고 부모한테서는 의절을 당할 정도였으나, 그런데도 역시 사쓰마 인들의 난폭성은 이해할 수가 없다. 형이 한국을 정벌한다고 떠들어대더니 이번에는 동생이 대만을 정벌한다고 한다. 국가를 장난감처럼 생각하고 있는 모양이다."

하고 고향 사람들에게 말했다고 한다.

도리오가 정대론을 비웃은 것은, 오쿠보나 사이고 쓰구미치가 사이고의 정한론을 실행하게 되면 러시아가 나서게 될 것이고 그렇게 되면 결국 러시아와 전쟁을 하지 않으면 안되지만, 정대론이라면 상대가 고작 청국인 것이다. 더우기 생번(生藩)은 국민이 아니라고 청국이 말하는 것을 믿는다면 청국의 주권을 침해하는 것이 아닐지도 모른다. 그러므로 대만을 정벌하여 정한론자들의 열을 식히겠다는 것은 원래가 쓸데 없는 국민 발동일 뿐만 아니라 비겁하고 비열하며 참으로 속이 훤히 들여다보이는 짓이라는 것이다.

메이지 7년(1874) 2월에 육군경을 사임하고 근위도독(近衞都督)이 된 야마가타 아리토모 중장도 완강한 반대 태도를 표시했다.

"국력이 쇠하고 약해질 뿐만 아니라, 일본 육군은 이제 겨우 창군된 정도여서 도저히 해외에 파병할 수가 없다. 만일 청국과 국교 단절이 되면 어떻게 할 작정인가?"

하고 말했다.

참고로 말하면 야마가타는 '사족 45만'이라고 하는, 소에지마나 사이고가 흔히 말하는 것과 같은 군사력 계산을 해본 적이 없었다. 근대 군대라는 것은 충실한 훈련과 기계력의 정비로 만들어지는 것으로 믿고 있었다. 그가 메이지 7년 8월에 상주한 글에는 새로운 육군의 현황을 설명해 놓았는데, 결론적으로 도저히 육군이라고 할 수 없을 정도로 미숙하다고 지적했다. 이 글에는 야마가타의 육군관이 잘 나타나 있기 때문에 알기 쉽게 풀어본다.
 '장교들은 용기도 있고 지모도 있다. 그러나 학술에 있어서는 아직도 몇년 간의 교육을 받아야 한다.'
 장교에게 필요한 것은 학술이라고 야마가타는 말하는 것이다. 이런 사상이 훗날 야마가타로 하여금 사이고 군에 이기게 되는 원인이 된다. 그리고
 '병졸들은 기백도 있고 완력도 있다. 그러나 절제에 있어서는 아직도 수년 간의 교육을 받아야 한다.'
 분명히 병졸의 자질로써 기백이나 완력은 필요한 것이지만 그것만 가지고 있다면 장정에 지나지 않는다. 병졸에게 필요한 최대의 과제는 명령에 대한 복종이며 절제있는 행동을 몸에 익히는 일이다. 이것은 훈련에 의해서만 가능하다. 그러기 위해서는 몇 년이 걸린다는 것이다.
 세 번째로는
 "기계도 갖추어지지 않았다."
 기계란 정교한 총기와 대포를 가리키는 말이다. 그것이 갖추어지지 않았다는 말하는 것이다. 원정을 생각한다면 자기 나라의 군사력을 몰라서는 안 될 것이다. 그러므로 자기는 오쿠보나 사이고 쓰구미치의 정대론에는 반대한다고 말했다.
 요컨대 대만에 파병한다는 것은 오쿠보와 사이고 쓰구미치 사이에서 거의 귀엣말에 가까운 형식으로 정해진 것인데 그것도 전적으로 향당적(鄕黨的) 동기에서 나온 것이었다.
 그런 의미에서는 공적 요소가 적었다고 할 수 있을 것이다. 그렇다면 사쓰마 사족들의 일반적인 '공(公)'의 개념은 무엇일까.
 '공'이라는 관념이 사쓰마 사족 일반에게 어느 정도 이해되고 있을까. 그렇게 따진다면 문제가 좀 심각해진다.
 원래 일본에는 서양과 똑같은 '공'이란 관념이 발달하지 않았으나 도쿠가와 시대에 들어와 '사(私)'와의 대립 관념으로서의 '공' 사상이 무사 사회에서 발달했다.
 말의 표현만을 가지고 말하자면 무로마치 막부나 도요토미 정권, 에도 막부, 모두 자기들의 권력을 가리켜 '대공의(大公儀)'라고 불렀다. 에도 시대에 들어와 자기 번을 가리켜 번사들이 단순히 '공의(公儀)'라고 부르는 경우도 더러 있었다.

전국 시대에서 에도 초기까지의 무사 사회에서는 사적인 명예심이 왕성하여 오히려 그것이 무사다운 행동이라 하여 칭송된 윤리현상까지 있었다. 주군인 영주가 무도하게 자기를 취급하여 명예가 심하게 손상되면 집에서 농성하면서 주군의 가문에서 나온 토벌대에 맞서 당당히 싸우는 사건이 자주 일어났고 그럴 경우에는 절대로 범죄 행위로 간주되지 않았다.

에도 중기 이후에는 그러한 비정상적인 사태 아래에서의 사적인 명예심의 드높임은 자취를 감추었다. 다만 사쓰마 번에는 많이 남아 있었다. 사쓰마 번에서는 다른 번의 번사들이 단순한 봉록 생활자의 의식으로 떨어져 갔을 때, 오히려 가마쿠라 시대와 전국 시대의 무사들의 윤리적 구습을 지키면서, 그러한 정신을 가진 자들을 오히려 적극적으로 존중하고 그런 정신이 아니면 일단 유사시에 아무 쓸모도 없는 자들이 된다는 식으로 번의 정신을 길렀다.

이 번에서는 막부 말기에도 전국 시대의 무사들과 같은 윤리적인 사건이 일어난 일이 있었다.

분큐 2년(1862)의 데라다야(寺田屋) 사건이 그러했다. 번사인 아리마 신시치(有馬新七), 다나카 겐스케(田中謙助) 등이 공무합체주의(公武合體主義)인 시마즈 히사미쓰의 방침에 반대하여 낭인들과 함께 후시미의 데라다야에 모여 지사적인 봉기를 시도했다. 히사미쓰는 측근인 나라하라 시게루(奈良原繁) 등 8명을 토벌대로 보냈다. 아리마 신시치 등 봉기자들은 그 토벌대를 맞아 당당히 싸운 끝에 죽었다. 이런 아리마 등을 히사미쓰도 윤리적으로는 불충으로 보지 않았고 번사들도 모두 그 당당한 행동과 용기를 공공연하게 칭송했다. 그러한 번풍(藩風)이었다.

사이고와 그를 따르는 무리들이 새로운 '공(公)'인 메이지 초기 정권에서 대거 이탈하여 고향으로 돌아가버린 것도, 전통으로서의 사쓰마 번이 아니고는 일어날 수 없는 현상이었고 따라서 사쓰마 사족들 간에는 윤리적인 문제가 없었다. 다만 기도 다카요시와 같은 조슈 사족의 눈에는 매우 사적이며 방자하게 보이는 것이다.

사쓰마 사족의 공과 사의 관념이 다른 번 출신자들의 윤리와 다르다는 것은 그들을 이해하기 위해서 알아두지 않으면 안될 것이다.

조슈 인의 경우에는 에도 시대에 접어들 무렵부터 번이 어느 번보다도 뚜렷이 법인화(法人化)되었다는 사실을 알아두어야 할 것이다.

조슈 번은 전국 시대의 패자인 모리 모토나리(毛利元就)로부터 비롯되었다. 모토나리가 오다(織田)씨의 급속한 성장을 바라보면서 70여 세로 세상을 떠나지 않으면 안되었을 때 '보좌정치'라는 가헌(家憲)을 남겼다. 모토나리가 죽음으로써 남겨진 후계자는 데루모토(輝元)였으나 데루모토는 평범한 인물이었고, 자기가 평범한 인물이라는 것도 잘 알고 있었다. 그는 모토나리의 유언에 따라 (갓쓰카와 모토하루(吉川元春), 고바야카와 다카가게(小早川隆景) 등 숙부 두 사람의 보좌를 받았다. '모리의 두 가와(兩川)'라고 일컬어진 두 사람의 보좌관은 조카에 대하여 조금도 사사로운 생각 없이 보좌하면서 끝까지 본가를 옹립해 가는 주의로 일관했다. 이 전통이 에도 시대에 변함없이 이어져 왔던 것이다.

보좌관은 시대와 함께 바뀌었으나 번을 운영하는 정신은 전통으로 남았다. 이 전통에 의해 조슈 번은 관료조직이 일찍부터 발달했고, 그 조직의 완벽성은 도저히 다른 번이 따라 갈 수 없을 정도였다. 그 대신 번주는 기관(機關)이 되었다.

자연인이라고 하기보다 '군림은 하되 통치하지는 않는다'는 조슈적인 법 이론 아래 역대의 번주는 존재했다. 더우기 어떻게 된 일인지 조슈 번은 대대로 평범한 인물만 태어나 한번도 기상이 뛰어난 번주를 내지 못했고 또 자신에게 개인적인 충성심을 강요하는, 자아가 강한 번주도 나오지 않았다. 이러한 사정이 조슈 번을 독자적인 것으로 만들어 갔다.

막부 말기에 조슈 번은 모리 다카찌카(毛利敬親)를 형식적으로 추대하고 있었을 뿐, 번사들의 번에 대한 인식은 근대의 법인(法人) 관념과 놀랄 만큼 비슷했던 것이다.

그렇기 때문에 유신을 맞이한 조슈 인들은 폐번치현에도 그렇게 (사쓰마 번과 같은) 큰 저항은 하지 않았고, 태정관의 관원이 된 조슈 인들이 극히 자연스럽게 메이지 국가를 '공'으로 생각하는 기초적인 원인이 되기도 했던 것이다.

아무튼 가고시마에서 사이고와 그의 추종자들이 강렬할 정도로 사쓰마적 '사'를 내세웠을 때, 그 '사'의 윤리 세계에 스스로 몸을 내던지지 않았던 자 중 대부분은 외유 그룹이 많았는데, 그것은 이런 측면에서도 생각할 수 있을 것이다.

외유 그룹의 사쓰마 사족들은 외국에서 일본을 바라봄으로써 사쓰마 특유의 '사'의 윤리관이 후퇴해버렸다. 요코하마에서 배가 떠나는 것과 동시에 그러한 내면의 변화가 일어났을 것이기 때문에 극히 자연스럽게 일본국을 '공'으로 보게 되었던 것이다.

오쿠보나 사이고 쓰구미치가 어쩐지 사쓰마 인답지 않게 되어버린 것은 그런 까닭일 것이다.

그러나 가고시마에 틀어박혀 있는 사이고 등 '사'의 향당 집단에 대한 입장에 있어서, 대만을 정벌한다고 하는 국가적인 견지에서 본다면 속임수에 지나지 않는 정책을 '사적'으로 추진하지 않을 수 없었던 것은, 그들도 역시 가마쿠라 시대와 전국 시대 이래 사쓰마 사족들끼리만 이해할 수 있는 암호 통신의 소유자들이기 때문이었는지도 모른다.

그런데 여기에서 약간 우스운 일이 생긴 것은 오쿠보나 사이고 쓰구미치가 모두 사무적인 실무에 어두웠기 때문이다.

오쿠보는 평소
"나는 자질구레한 일을 하지 못한다."
고 주변 사람들에게도 말하고 있었다.

오쿠보는 사이고와 마찬가지로 자기는 어디까지나 판단자이며 선택자라고 규정하고 있었다. 오쿠보와 같은 사람에게 실무적 재능이 있으리라고는 생각할 수도 없지만, 그는 스스로 그런 일을 하지 않기로 작정하고 있었던 것이 틀림없다. 그런 일을 하면 실무적인 감각에 사로잡혀 판단력이 어느 한쪽으로 치우치거나 둔해진다고 생각하고 있었을지도 모른다.

사이고 쓰구미치도 그런 형의 사나이였다. 그는 평생을 판단자로서의 입장에서만 시종했다. 예를 들어 훗날 그가 해군 대신(그는 육군에서 해군으로 옮겼다)으로 있었을 때 아직 젊은 시절의 야마모토 곤노효에(山本權兵衞)를 발견한 다음 야마모토의 재능을 신뢰하고부터 일체를 일임해 놓고 야마모토가 진행시키고 있는 업무 중에서 정치적인 해결이 필요한 경우에만 쓰구미치가 직접 나섰던 것이다.

두 사람이 모두 그랬기 때문에 대만 정벌을 위해서는 사무국 장관이 필요했다.

오쿠보는 사가 계열의 오쿠마 시게노부를 사무국 장관으로 선택했다. 일당으로 끌어 넣었다는 것이 알맞은 표현일지도 모른다.

오쿠마는 이때 참의 겸 대장성 대신이었다. 그는 메이지 정권 초기에 조슈의 이노우에 가오루(井上馨)와 함께 재무에 능하다는 점에서 귀한 존재였다. 다만 재정가로서는 이노우에 가오루가 항상 비관론자였고 오쿠마는 낙관론자였다.

오쿠보가 오쿠마를 선택한 것은 실무 능력 외에 막대한 국비가 필요했기 때문일 것이다.

"대만 번지(蕃地) 사무국 장관이라는 임시직을 좀 맡아 주지 않겠는가?"
하고 오쿠보가 털어놓은 것은 오쿠마에게 앞에서 말한 것과 같은 조건이 있었던 것 외에 당사자인 오쿠마가 평소에 오쿠보의 부하처럼 되어 있었기 때문일 것이다. 오쿠보는 전에 장기 외유를 하게 되자 사이고를 비롯한 잔류 내각이 제멋대로 일을 하지 못하도록 오쿠마를 내각의 지배인처럼 남겨 두었을 정도로 믿고 있었다. 사가(佐賀)라고 하는 이를테면 방계 출신인 오쿠마로서는 오쿠보에게 붙어 있는 것이 충분히 유리한 일이었다. 오쿠마가 뒷날까지 오쿠보를 훌륭한 사람이라고 치켜세우고 사이고를 필요 이상으로 어리석은 자라고 욕한 것은 그런 당파의식이 있었기 때문임에 틀림없다.

정한론에 반대한 오쿠마가 정대론의 사무국 장관이 된다는 것은 이치에 맞지 않았다.

오쿠마에게 사상이나 철학이 없었다고 할 수는 없지만 그의 사상이나 철학에 향기가 없었다고 할 수는 있을 것이다. 그가 만년에 제2차 오쿠마 내각 (1914~1916)의 수반으로 있었을 때, 유명한 '21개 조항'을 중국에 들이대고 강도적인 외교를 벌여 중국인에게 씻을 수 없는 반일(反日)의 역사를 발단시킨 것도 과연 오쿠마다운 행동으로 생각된다.

원래부터 권력이라는 것은 권력의 유지를 위해 국가의 이름을 빙자하여 행하는 사적인 행위가 많다.

요컨대 이번 경우에도 그러했다.

청국의 영토인 대만에 군대를 보내 류큐 인을 살해한 '생번'을 정벌한다고 하는 이런 국가 행위는 중대한 국제적 분쟁을 일으킬 가능성이 많음에도 불구하고 추진자들은 그런 것을 염려할 여유가 없었다.

특히 추진자의 한 사람인 사이고 쓰구미치의 입장에서는
"형인 사이고 다카모리의 울분이 이번 거사로 풀어질지도 모른다."
이러한 생각을 중요한 추진 동기로 삼고 있었다. 사이고와 그의 도당에 대한 정신요법으로 군대를 파견하려 한 것이다.
　바꿔 말하자면 이런 시기, 이런 정세 아래에서, 사쓰마의 산하에서 유유히 사냥을 하고 있는 사이고 다카모리의 존재가 얼마나 컸던가 하는 것을 알 수 있을 것이다.
　그러나 아무리 그렇다고는 해도 그런 발상이나 행동은 너무나 엉뚱했다.
　"아니, 그런 시대였다."
　이것은 사무국을 떠맡은 오쿠마 시게노부의 견해였다. 예컨대 오쿠마는 메이지 초년에 각 번에서 열린 번정개혁(藩政改革)을 예로 들어
　"그것은 서생놈들이 한 짓이다. 서생놈들이 하는 짓이기 때문에 혈기와 용맹성으로 하는 짓마다 맹렬하고 엉뚱해서 왕왕 사람의 이목을 놀라게 한 것이다."
하고 말했다. 오쿠마가 말하는 서생이란 사이고와 오쿠보까지 포함한 소리였다.
　유신으로 와해가 되자 그때까지 번정을 담당하고 있던 문벌가와 관료는 물러가고 그 대신 구 막부 시대의 근왕가로 일컬어지던 혁명의식의 소유자들이 메이지 초기의 번정을 담당했다. 이른바 오쿠마가 말하는 서생이다. 오쿠마의 용어로는 '서생 정부'라는 것이다. 그는 '무인 정부(武人政府)'라고도 했다.
　"서생 정부, 무인 정부의 병폐로는 그 행정과 시설이 매우 조잡하고 크기만 하지 재정 문제 등에는 깊이 관심을 기울이지 않기 때문에 말하자면 비경제적인 면이 많다."
고 오쿠마는 말했다.
　모든 번이 서생 정부가 되어 있었기 때문에 당연히 중앙 정부도 그러했다. 기도도 조슈 서생들의 우두머리이고 사이고나 오쿠보도 사쓰마 서생들의 우두머리라고 할 수 있을 것이다.
　물론 기도나 오쿠보는 개인 성격으로서 서생 같은 면은 적었다. 그러나 기도는 별도로 치더라도 오쿠보는 그의 서생 시절의 맹우였던 사이고의 서생적인 행동에 말려들어 대만 정벌 정책이라는 거의 오쿠보답지 않은 일을 구상하여 그것을 가지고 사이고파의 울분을 달래려고 했다.
　사이고와 그의 도당은 이 무렵 정치적인 농성자들이었다. 그것을 달래어 폭발시키지 않으려면 그들의 기분과 거의 비슷한 일을 하지 않을 수 없었을

지도 모른다.

오쿠보 등이 대만 정벌의 요강을 결정한 것은 2월 6일이었으나 그 직전에 '사가의 난'이 일어나고 말았다.

계획이 일단 좌절되는가 싶었으나 오쿠보의 성격은 그런 것이 아니었다. 그는 직접 규슈로 가서 '사가의 난'을 진압하기 위해 총지휘를 하고, 한편으로는 사이고 쓰구미치와 오쿠마 시게노부를 시켜 대만 정벌 준비를 추진하도록 했다. 오쿠보는 이 무렵 반란 진압과 원정이라는 두 가지 큰 사업을 혼자 지휘하고 있었던 것이다.

오쿠보의 일기에 의하면 4월 15일 그는 사가에서 사이고 쓰구미치와 만난 것으로 되어 있다. 4월 15일이라면 에토 신페이 등을 처형한 이틀 뒤이다. 이 4월 15일 심야(엄밀하게는 16일 오전 1시경) 사이고 쓰구미치가 육군 중장(4월 4일에 소장에서 진급)의 군복을 입고 오쿠보의 숙소에 찾아갔던 것이다. 쓰구미치는 대만 정벌을 위한 항해 도중에 사가에 들렀다. 오쿠보의 일기에는 이렇게 적혀있다.

'밤을 새워 이야기를 나누면서 대만 사건, 도쿄 사정 등을 들었다.'

오쿠보는 4월 24일 도쿄로 돌아갔다. 그런데 귀경 후 5일만에 다시 요코하마에서 배를 타고 규슈로 가지 않으면 안되었다. 나가사키에 있는 사이고 쓰구미치와 오쿠마 시게노부를 만나기 위해서였다. 나가사키 항구가 대만 정벌의 준비 기지가 되어 있었다. 쓰구미치는 여기에서 수송선을 타고 곧 출발하려고 하는 중이었다. 그 쓰구미치를 붙들기 위해 수상 격인 오쿠보가 도쿄를 황급히 떠나지 않을 수 없었던 것은 물론 심상치 않은 사태 때문이었다.

요코하마에서 발행되고 있는 영자 신문 '재팬 헤럴드'가 떠들어대기 시작했던 것이다.

'일본 정부는 극비리에 대만을 원정하기 위해 준비를 추진하고 있다. 그것을 국민에게 알리지도 않았고 또 관계 국가들에게 통첩을 보내려고도 하지 않고 있다. 더우기 대만 영토로 되어 있는 청국의 승인도 얻지 않았다.'

하는 요지인데 논조가 통렬하기 짝이 없었다.

그 당시 일본에 주재하는 각국 외교단은 메이지 초기 정부를 정식 정부로 취급하지 않고 있었다. 항상 그 무지를 경멸하고 그들의 낭패를 비웃었다. 1868년에 정권이 수립된 이래 정국은 항상 불안정한 상태에 놓여 있었고 각 지방의 불평분자들의 대두에 전전긍긍하고 있는 정부의 실정에 비추어, 외교단이 조소와 경멸로 그들에 대해 온 것도 무리는 아니었는지도 모른다.

그리고 그들 외교단의 냉소적 태도를 직접 접하고 있는 태정관의 고관들이, 이런 상태 속에서 나라를 구하는 유일한 길은 내정을 정비하고 무사단(武士團)이라는 잡군에 지나지 않는 군대를 서양식의 질서있는 군대로 만드는 방법밖에 없다고 생각한 것도 당연한 일이었을지도 모른다.

당시 주일 외교단을 지배하고 있었던 것은 영국 공사인 헤리 스미드 퍼크스였다.

그는 영국의 스태포스셔에서 태어났으나 13세 때 중국으로 건너가 아편전쟁에 참가한 다음 아모이 영사관의 통역이 되는 등 이른바 현지 채용 경력을 가진 산전수전의 외교관이었다.

"아시아 사람 관리를 접할 때는 함부로 오만한 태도를 취하려고 하는 그들에게 고분고분하다가는 용건이 통하지 않는다. 호통을 치면서 을러대면 금방 굽실거리고 만다. 그러고 나서야 비로소 용건이 통한다."

그는 이런 지혜를 체험으로 터득했다.

일본의 옛 막부 시대에 그는 복주와 상해, 아모이, 광동 등의 임지를 거쳐 상해 영사로 있다가 게이오 원년(1865)에 주일 공사가 되었다. 일본에 처음 왔을 때는 중국에서 하던 버릇대로 일본인과 접촉하다가 통역관인 어네스트 사토로부터 자주

"일본에서는 중국식이 통하지 않습니다."

이런 충고를 들었으나 고쳐지지 않았다.

그가 일본에서 세운 공적은 어네스트 사토의 도움으로 사쓰마·도사·조슈 등 3개의 큰 번에 접근할 수 있었다는 사실이었다. 막부보다 이 3개의 반막적(反幕的)인 큰 번과의 대화가 더욱 수월했고 게다가 막부의 명맥은 거의 다 되어가는 판국이었다. 그는 오히려 막부를 배제하고 이들 3개 번의 주도에 의한 통일국가를 만들도록 하는 것이 무역에 의한 이익을 얻어내기가 쉽겠다고 판단하고 음양으로 3개의 번을 지원했다.

그 3개의 큰 번에 의한 메이지 유신이 성립되었을 때 그는 자신의 사업이 성공한 것과 같은 감회를 느꼈을 것이다.

오쿠마가 말하는 '서생 정부'의 요인들은 퍼크스가 막부 시대부터 잘 알고 있는 사람들이기 때문에 그의 입장에서는 그 서생 정치가들이 마치 자기의

학생처럼 생각되는 경우도 있었을 것이다.

그 '서생놈들'은 퍼크스를 뒤에서는 꽤나 욕을 하고 있었던 모양이지만, 반면 퍼크스의 조언으로 많은 도움을 받았던 것은 틀림없는 사실이었고, 서생의 한 사람인 이토 히로부미는 평생을 두고 퍼크스에게 감사하고 있었다.

일본 정부가 극비리에 진행하려 하는 대만 정벌 계획을 안 퍼크스가 격노하여 우선 '재팬 헤럴드'로 하여금 그것을 폭로하게 한 다음, 외무경 데라지마 무네노리에게 항의서를 수교하기 위해 이튿날 그와 만난 자리에서

"도대체 당신네 정부는 무슨 짓을 하려는 것입니까?"
하고 버릇이 나쁜 학생을 꾸짖는 교사처럼 논리 정연하게 몰아붙였다.

말할 것도 없이 영국은 중국에 큰 권익을 가지고 있었다. 평화를 유지하든 전쟁을 하든 일본이 중국에 접근하는 것은 영국으로서는 중대한 관심사였다. 퍼크스는 어디까지나 중국측의 입장에 서서 데라지마를 추궁했던 것이다.

퍼크스는 일을 좋아하는 사람이었다.

그는 영국의 동아시아 정책에서 중요한 일환을 담당하고 있었다. 본국에 대한 사명감 때문에 막부의 일본에 대해서는 외교관의 한계를 넘어 개입했고 다시 새 정부가 성립된 다음에는 그것을 꾸짖고 이끌어 주는 것이 자기의 임무라고 생각하고 있었다.

그의 시야는 동아시아였고 특히 중국이었다. 영국은 중국에서의 권익을 행여나 다칠세라 소중하게 키워나가고 있었고, 만약 거기에 해를 끼치는 자가 있으면 단호하게 공격한다는 것이 그들의 방침이었다.

퍼크스는 주일 공사였으나 일본 따위는 영국에 있어서 대단한 시장이 아니었다. 중국의 시장은 거대했다. 그런 중국에 대해, 퍼크스의 입장으로서는 자기가 키워준 것으로 생각하는 일본이 그 은혜를 잊고 해를 끼치려 하는 것을 그대로 용납할 수 없었던 것이다.

"일본인들은 자기들의 섬(일본 열도)이 너무나 작다고만 생각하고 있다. 그래서 어딘가를 빼앗으려고 궁리한다. 거기서 나타난 것이 이번의 대만에 대한 어처구니 없는 원정이다."

퍼크스는 그렇게 판단했다. 그런 뜻의 내용을 친구에게 편지로 써보내기도 하고 공관원들에게도 말했다.

퍼크스는 사태를 잘 판단하고 있었다.

정한론도 일본인들의 이러한 심정의 표현이라고 판단하고 있었다. 퍼크스는 정한론을 중지하게 만든 것은 이와쿠라라고 보고 있었으며, 이와쿠라가 그것을 중지시킨 유일한 이유는 '일본에 그럴만한 힘이 없다'는 것이라고 그는 판단했다. 사실 퍼크스가 보더라도 일본에는 그럴 만한 힘이 없었다.

그러나 이번에 대만 정벌 계획을 이와쿠라가 승인한 것은 이와쿠라의 굴복이라고 보았으며, 그 이유는 이와쿠라가 구이치가이 문(喰違門) 밖에서 과격파 자객의 습격을 당하기도 했고 그 밖에 '사가의 난' 이 일어나는 등 정신이 없었기 때문이라고 판단했던 것이다.

'그러나 그들(일본 정부)은 바보다.'
하고 퍼크스는 생각했다.

'중국이 일본의 폭거를 팔짱 끼고 바라보고만 있을 까닭이 있겠는가?'
하고 퍼크스는 생각했던 것이다.

설사 중국이 방관한다 하더라도 영국이 중국을 충동질하여, 그렇게 되도록 두지 않을 것이다.

이미 중국은 영국 등의 지도로 국내의 여러 조선소(주로 상해·복주)에서 함선을 건조하고 있었다. 퍼크스는 그것을 알고 있었기 때문에 일본의 원정군이 중국에게 당할 것으로 판단하고 있었다.

퍼크스는 일본이 원정에 필요한 함선을 거의 가지고 있지 않다는 것을 알고 있었다. 일본의 전함이란 옛 막부 시대의 고물배로써 항해마저 불가능한 것이며 사용할 수 있는 것은 6척이 있으나 그것도 중국에서 만든 함선과는 비교도 할 수 없을 정도로 성능이 나쁘다는 사실을 알고 있었다.

'믿기 어려울 정도의 폭거를 일본은 하려고 한다.'
고 퍼크스는 속히 뒤집히는 심정으로 이렇게 생각하고, 데라지마 외무경에게도 그런 뜻을 말했다.

대만 정벌에 대한 일본의 준비를 보면 약간 우스운 느낌이 들지 않는 것도 아니다.

육군 중장 사이고 쓰구미치가 대만 번지 사무도독인데, 그의 임무에 대해서는 4월 5일자 칙어에

'그대 쓰구미치에게 사무도독을 명하노라. 무릇 육해군무에서 상벌 등에 이르기까지 전권을 위임하노라.'

이와 같이 되어 있다.

육군의 참군(參軍 : 사령관)은 도사 출신의 육군 소장 다니 다데키(谷干城)였고 해군은 옛 막부 출신의 해군 소장 아카마쓰 노리요시(赤松則良)였다. 참모는 사쿠마 사마타(佐久間左馬太) 육군 중령과 후쿠시마 규세이(福島九成)였다. 그러나 사실상의 총참모장은 정부가 고용한 미국인 리 젠들이었다.

리 젠들은 앞에서 말한 바와 같이 남북 전쟁에서 살아 남은 장군이며 전 아모이 총영사를 지낸 현지통이기도 하다. 이 간부단은 모든 행동에서 리 젠들의 판단대로 움직이지 않을 수 없었다.

참고로 말하면 영국 공사 퍼크스가 이 사건에 대해서 데라지마 외무경을 붙들고 온갖 비난을 퍼붓고 조롱한 말 가운데

"귀국은 현지를 알고 있습니까? 도대체 귀국 정부는 현지에 조사원을 파견했습니까?"

하는 질문이 있다.

믿기 어려운 일이지만 일본 정부는 현지에 조사원을 파견하지 않았다. 류큐 인들을 살해한 것은 목단사라는 곳에 사는 고사족이며 목단사가 대략 어디쯤에 붙어 있다는 것만 지도를 보고 알고 있을 뿐, 어디를 정박지로 해야 할지도 몰랐으니 하물며 민정 따위는 알 까닭이 없었다.

모든 것을 리 젠들에게 맡겨두고 있었다.

리 젠들의 감언이설 한 마디로 칙어까지 나오고 육군 중장 사이고 쓰구미치가 군대를 이끌고 출전하게 된 것이다.

사용하는 군함은 '닛신(日進)', '모슌(孟春)' 등 2척인데 옛 막부 시대의 조그만 포함이었다. 물론 육군 부대의 수송용으로는 적합하지 않았다.

원정을 위해 육군을 수송할 수 있을 만한 대형 기선은 그 당시 일본에는 한 척도 없었다.

그래서 일본정부는 때마침 시나가와에 정박중이던 미국 기선 뉴욕 호를 승무원과 함께 빌렸다.

더우기 그 함선들은 생소한 정박지에 접근하기 위한 항해, 측량 기술이 시원치 않았다. 그래서 미국 공사의 주선으로 때마침 일본에 와 있던 카셀이라는 해군 소령을 고용하기로 했다. 카셀은 현역 군인이었기 때문에 미국 공사가 본국 정부의 양해를 얻었던 것이다.

그러한 미국측의 거동을 퍼크스는 이상하게 생각했다.

그 밖에도 모든 것을 조사하여 잘알고 있었던 사람은 퍼스크 자신이었으며, 더우기 놀라운 것은 사건이 발생한 목단사까지 자신이 과거에 직접 답사를 했기 때문에 그쪽 상황에 더 밝았던 것이다.
"귀 정부는 현지도 조사하지 않고 군대를 파견합니까?"
퍼크스는 데라지마 외무경을 이렇게 조롱하는 한편, 별도로 미국 공사에게 압력을 가했다.

미국 공사는 궁지에 몰렸다.
전에 적극적으로 일본 정부에 대만 정벌을 권하면서 현지를 잘 아는 모험가인 리 젠들을 고용하게 했고, 나아가서 군대 수송용 기선에 대한 전세까지 알선한 것은 미국 공사 데 롱이었다.
그런데 마침내 실행 단계에 들어선 다음에, 데 롱이 빈햄이라는 신임 공사와 교체되어 귀국해버렸다.
'사무'는 빈햄에게 인계되었다.
빈햄도 역시 이런 일이 주일 외교단을 자극하리라고는 생각하지 않고
"데 롱의 계획은 꽤 재미있군."
하는 정도의 감각을 가진 사람이었다. 그도 역시 엽관 운동으로 주일 공사직을 맡은 풋내기 외교관인데, 그랜트 대통령의 부패 정치의 소산으로 태어난 인물이라고 해도 좋았다.
그런데 빈햄은 이 문제에 대해 데 롱 정도의 신념을 가지고 있지 않았다. 그는 요코하마의 '재팬 헤럴드'지로부터 공격을 당하자 금방 손을 떼고 말았다. 손을 뗐을 뿐만 아니라 영국 공사 퍼크스와 같은 논법으로 일본 정부를 공격하기 시작했다. 빈햄이 뻔뻔스럽게 변절을 했다는 자체는 놀랄 만한 일이 아니다. 놀라운 것은 그렇게까지 그 당시의 일본 정부가 어린애 취급을 당하고 있었다는 사실이었다.
빈햄은 데라지마 외무경에게 먼저 서면으로 이렇게 따져 물었다.
'귀국은 대만에 군대를 파견하는 데 대하여 청국 정부에 통첩도 보내지 않았고, 더우기 그 승낙도 얻지 않았소.'
데라지마 외무경으로서는 미국 공사로부터 문책당할 이유가 없었다. 전임 공사가 이번 일을 권하고 미국의 전 아모이 총영사 리 젠들을 밀어주었기 때문에 일본 정부로서는 외교적 배려를 리 젠들에게 일임하고 있던 처지였다.

그런데 리 젠들의 일당과 마찬가지인 미국 공사로부터 남의 일처럼 공격을 받을 까닭이 없었다.

빈햄은 이렇게 말했다.

"우선 청국 정부로부터 승낙한다는 공식 문서를 받으시오. 그것이 없는 이상 미국으로서는 미국의 배나 군인이나 시민을 귀국의 육해군에 종사시킬 수가 없소."

빈햄은 편지뿐만 아니라 직접 외무성으로 가서 데라지마 외무경을 만났다. 두 사람이 이야기하는 탁자 위에는 4월 17일자 '재팬 헤럴드'가 놓여 있었다.

그 신문은 일본 정부뿐 아니라 미국도 공격하고 있었다.

'일본 정부가 청국의 승낙없이 대만에 군대를 파견하는 것은 약탈 행위이다. 그런 행동에 대해 미국이 배와 군인을 빌려주고 있는 것은 무슨 까닭인가?'

이런 취지의 기사인데 미국 공사로서는 그 기사에 한 마디의 항변도 할 수 없었다.

데라지마도 당혹했다.

이런 경우를 맞아 일본국으로서 가장 우습게 된 것은 미국 기선 뉴욕 호를 빌려쓰지 않으면 군대도 보낼 수가 없다는 사실이었다.

미국 공사가 불만을 터뜨리고 있던 그 무렵 오쿠보는 '사가의 난' 때문에 도쿄에 없었다.

그리고 대만 번지 사무도독인 사이고 쓰구미치도 도쿄를 떠나버리고 말았다. 쓰구미치는 준비 기지인 나가사키에 가 있었다.

"오쿠보 참의도 없고 사이고 도독도 군함을 끌고 나가사키에 가버렸다. 어떻게 해야 옳단 말인가?"

산조 태정대신과 이와쿠라 우대신은 어쩔 줄 모르고 있었다.

외교관을 대표하는 영국 공사의 공박을 받고 데라지마 외무경은 완전히 풀이 죽어버렸고 산조나 이와쿠라 역시 이러한 외교단의 격분을 무시하고 대만에 군대를 파견할 생각은 조금도 없었다.

'오쿠보는 도대체 어떻게 할 작정일까?'

두 공경 출신 정치가들이 이번만은 정말 사쓰마 인을 이해할 수 없었을 것이 틀림없다. 사이고의 정한론이 좌절된 데 대한 원한을 풀어주기 위해 그 대안으로써 오쿠보가 대만 정벌 계획을 실행에 옮겼다. 그것까지는 이해할 수 있으나 정한·정대 어느것이나 모두 국제관계상 지극히 위험한 일이라는 것은 틀림없는 사실인데 그 모두를 사쓰마 인이 주장하고 나섰던 것이다.

'사쓰마 인은 무서운 놈들이다.'

산조 사네토미는 생각했을 것이다. 가마쿠라 시대 이래 무(武)로 용맹을 떨친 사쓰마 인이 혁명 정부의 주력이 되었을 경우 정책의 발상이 직재적 (直截的)인 무, 즉 상대를 소박하게 때려 눕히는 것이 되지 않을까 하고 생각하고 있었다. 다만 사이고는 무를 철학으로 삼고, 오쿠보는 무를 수단으로만 삼았을까.

사쓰마 인의 대담성은 천하에 널리 알려져 있었다. 오쿠보는 문관이지만 대담성을 지닌 사쓰마 인의 전형적 인물이기 때문에 그는 외국 세력의 간섭 따위는 두렵지 않다는 것일까.

'만일 대만 정벌을 강행하면 외교단은 청국을 충동질하여 일본과 전쟁을 일으키게 하지나 않을까?'

이런 의구심을 산조는 가지고 있었다. 만일 전쟁을 한다면 일본에 승산은 없다. 왜냐하면 열강이 모두 청국에 가담할 것이기 때문이다.

아무튼 이 무렵 사쓰마를 싫어하는 눈으로 본다면 그들의 방자함이 극에 달했다고 생각했을 것이다.

조슈 사람인 기도도 그 중의 한 사람이었다. 그는 원래부터 정한이나 정대에 반대했고, 나아가 외교단의 압력에 어쩔 줄 모르고 있는 산조 태정대신 등에 대해서도 정나미가 떨어져 4월 18일 오쿠보의 귀경도 기다리지 않고 사표를 내고 말았다. 사표와 함께 의견서도 제출했다.

기도는 그의 긴 의견서에서

'국민의 복리를 먼저 꾀하고 국권 확립은 뒤로 돌리십시오. 정부가 하는 짓은 그 반대입니다.'

민권론의 선구적인 의견을 개진하여 그야말로 살아 남은 혁명가다운 사상을 피력했다.

'정부는 국민을 보호하기 위해 존재하는 것이오. 국민이 충분히 보호되고, 지능을 계발하여 부를 이룩하게 된 연후에 비로소 국가의 권리를 세워야 할 것이오.'

국가의 체면이 선행하는 정한·정대 따위는 어리석기 짝이 없는 짓이라는 것이다.

기도 다카요시의 의견서는 원정파(정한·정대)의 정치 자세에 대한 기본적인 비판으로 일관되고 있었다. 기도는 다분히 객관적인 인물이기는 했으나, 이렇듯 소연한 메이지 초기에 그와 같은 인물이 있었다는 것은 상쾌한 이야기가 아닐 수 없다.

의견서를 훑어보면

'교육 수준은 옛 막부 시대가 더 좋았다.'

이런 의미의 귀절이 있다. 기도는 어떤 계산법에 근거한 것인지는 모르지만 옛 막부 시대에는 사족 계급의 교육비만으로도 대략 3백만 엔을 넘어섰다고 한다. 그런데 지금은 겨우 30만 엔 밖에 안되니 완전히 거꾸로 된 것이 아니냐는 것이다. 기도는 국민의 보호와 교육이 가장 중요한 문제라는 정치 사상을 가졌기 때문에 현실에 대해서 그와 같이 우려하고 있는 것이다.

'정부는 국민을 보호하지 못하고 있다. 예를 들면 사할린이 그렇다.'

'정부는 북방개척을 위해 국민을 이주시켰으나 그 국민들은 러시아 인들의 폭력과 모멸 앞에 고통을 당하고 있다. 그러나 정부는 그것을 바라보고만 있을 뿐 속수무책이다. 사할린은 대만과는 달리 일본의 영토가 아닌가? 거기에 대해서는 아무 것도 하지 못하면서 일부러 대만에 병력을 파견한다는 것은 무슨 짓인가?'

기도가 볼 때 일본 정부의 내정을 다잡는 것은 발등에 불이 떨어진 것보다도 더 시급하다고 했다. 알기 쉽게 의역하면

'통치제도는 전혀 갖추어지지 않았고 국민 산업은 아직도 이루어지지 않고 있다. 국가 재정은 해마다 적자이며, 더우기 그 적자를 메우기 위해 안팎에서 돈을 빌려 그 적자가 더욱더 국력을 깎아 먹고 있다.'

사실이 그러했다.

'그래서 원정을 하여 영토를 넓히는 것이다.'

이것이 원정파의 사상이다. 퍼크스도 친구에게 편지를 이렇게 써 보냈다.

'아무래도 일본인들은 남의 나라땅을 빼앗을 궁리만 하는 것 같다.'

영국도 역시 지난 수 세기 동안 그것만 생각해 온 국민이지만 퍼크스의 입장에서는 어떤 경우라도 영국이 하는 짓은 별도의 문제였다.

기도는 의견서에서 말했다.

'땅을 넓힌다는 것은 바로 재산을 늘리는 길이다.'

영토를 탈취하는 것은 재정을 풍부하게 하는 방법이라는 얘기다. 이러한 기도의 사상은 서양의 열강이 그렇게 하여 국부(國富)를 쌓은 것을 선례로 삼은 것이다.

다만 기도는 이렇게 말한다.

'국가가 그렇게 하려면 무수한 조건이 필요하다.'

대만의 경우, 가장 중요한 조건은 탈취한 다음에 유지할 수 있느냐 없느냐 하는 것이라고 기도는 말하는 것이다.

기도는 사임을 결심했다.

오쿠보가 귀경한 것은 4월 24일이었다. 그는 이튿날 기도를 찾아갔다. 기도는 자기가 왜 참의를 사임했는가에 대해서 설명하고 의견서의 취지도 얘기했다.

오쿠보는 다만 침울한 표정으로 그 말을 듣고 있을 뿐이었다.

그 무렵 산조와 이와쿠라를 정점으로 하는 정부에서는 외교단의 압박에 견디다 못해 오쿠보에게는 의논도 하지 않고 나가사키의 준비 기지에 급히 사신 가나이 유키야스(金井之恭)를 파견하여 이렇게 명령했다.

"대만행을 중지하라."

이 급사가 나가사키에 도착한 것은 4월 25일이었는데, 그 전날에 요코하마에 도착한 오쿠보는 그것을 알 까닭이 없었다.

이와쿠라가 보기 드물게 단독으로 결단을 내렸던 것이다.

오쿠보는 이렇게 방침이 변경되었다는 사실을 요코하마에 상륙할 때 마중 나온 사람들(이토 히로부미, 구로다 기요다카)한테서 들었다.

오쿠보는 그날의 일기에

'대만 사건을 듣고 뜻밖이었다.'

놀라움을 숨긴 채 간단히 써 놓았다. 그날 오쿠보는 배에서 금방 내려 피곤했으나 도쿄에 돌아가자마자 산조와 이와쿠라 집으로 찾아가 대만 사건에 대한 정치적 조치의 개요를 들었다.

"뭐, 별 수 있어야지."

이와쿠라도 이렇게 말하지 않을 수가 없었다. 그는 여지껏 모든 일을 오쿠보의 의견대로 해 나왔다. 그러나 이번만은 오쿠보의 의견을 들어보지도 않고 단행했다. 거기에 대해 미안한 마음을 느끼면서 그렇게 말했던 것이다. 거기에 대해 오쿠보는 너무도 갑작스런 일이라 쓰다 달다는 말도 없이 잠자코 듣고만 있었다.

이틀 뒤인 26일이 되자 오쿠보는 자신의 의견을 말하기 위해 이와쿠라의 집을 방문했다. 미리 연락을 취해 두었기 때문에 산조 태정대신도 나왔다. 그 시대에는 중대한 정치적 문제를 집에서 의논하는 관습이 있었다.

오쿠보는 예정대로 대만에 군대를 파견하고 싶었다. 외교관의 간섭 때문에 그것을 중지한다는 것은 국가의 불명예이기도 하다고 오쿠보는 생각했다. 그리고 그는 대만 정벌을 함으로써 사이고를 비롯한 사쓰마 사족들의 불평을 달래고 싶었다.

"사이고라는 개인 집단의 불만을 공적인 정책으로 채택한다는 것은 그릇된 일이라고 생각하실지 모르지만 그렇지 않습니다."

오쿠보는 말했다. '사가의 난'을 진압하고 돌아온 직후인 오쿠보는 불평사족들의 집단적인 폭발이 얼마나 무서운 것인가를 잘 알고 있었다. 사가 정도의 조그만 지방에서도 그런 판이었는데 가마쿠라 시대 이래 일본 최대의 토착 군단인 사쓰마 사족단이 만약 폭발한다면 정부 따위는 어쩌면 하루 아침에 날아가버릴지도 모를 일이다.

오쿠보의 대만 정벌 계획은 그러한 폭발력을 조금이라도 줄이자는 데 있었다. 별것도 아닌 외교단의 참견 정도로 중지할 수는 없다.

"청국에서 불평을 하게 되면 내가 청국에 가서 수습을 하지요."

오쿠보는 이렇게까지 말했다. 실제로 오쿠보는 나중에, 실제로 그렇게 했다.

몇 번이나 말한 바와 같이 이런 소동이 벌어지기 전에 대만 번지 사무도독인 사이고 쓰구미치는 도쿄를 떠나고 없었다.

그는 군함 '닛신', '모순' 등을 이끌고 4월 6일 시나가와를 출발하여 나가사키로 향했다.

도중에 가고시마 항으로 들어갔다. 형 다카모리를 만나기 위해서였다.

군함이 항만 깊숙이 들어가자 쓰구미치는 군복을 벗고 일반 예복으로 갈아 입었다. 요란한 육군 중장의 제복을 입고 가고시마 거리를 지나가면 눈에 띄기 때문이었다.

정대론 663

다케무라에 있는 형의 집 현관에 서서 불렀다.

"신고(쓰구미치)가 왔습니다. 형님 계십니까?"

아무리 큰 소리로 불러도 나오는 사람이 없었다.

"아무도 없나?"

쓰구미치는 고개를 갸웃거렸다. 다시 큰 소리로 부르니 멀리서 화장실 문을 여닫는 소리가 나면서

"여기 있소. 이리로 들어 오시오."

다카모리의 굵은 목소리가 들렸다. 쓰구미치는 다시 말했다.

"신고올시다."

그러자 멀리서

"신고가 왔나?"

뜻밖이라는 듯이 목소리가 바뀌었다.

이윽고 방안에 마주 앉아 정부가 대만 정벌을 결심했다는 사실을 알리고 자기가 그 도독으로 선발되었다는 것과 지금 나가사키로 가는 도중이라는 등의 이야기를 했다.

형인 사이고는 큰 눈을 똑바로 뜨고 쓰구미치를 바라보았다. 사이고의 독특한 표정인데, 이런 침착한 눈길을 받으면 마주앉은 사람은 자신이 조그맣게 줄어드는 것 같은 생각이 들어 참으로 말을 하기가 어려울 뿐만 아니라 사람에 따라서는 고개를 떨군 채 한 마디도 못하고 마는 경우도 있었다.

"그 따위 짓이 어디에 있단 말인가?"

이렇게 사이고는 말을 했어야 했다. 오쿠보나 이 동생은 정한 문제로 그렇게까지 반대를 해놓고 대만 정벌을 한다니까 기가 나서 나서고 있는 것이다. 원정은 똑같은 원정이므로 그로 인하여 일본이 얼마나 곤란한 국제적 문제를 일으키게 될 것인지를 보면 다를 바가 없는 것이다. 전쟁 비용 역시 경우에 따라서는 사이고의 정한 계획보다 더 들게 될지도 모르는 것이고 요컨대 엇비슷한 이야기가 아닌가.

기도 다카요시는 사표와 함께 제출한 의견서에서

'정부는 정한론의 괴수인 에토를 반란죄로 처형했다. 바로 그 정부가 국력을 기울여 대만을 정벌한다고 한다. 참으로 이치에 닿지 않는 일이다. 그렇다면 에토를 처벌하지 말고 그를 선봉 대장으로서 대만으로 출정시켜야 했을 것이 아닌가?'

이렇게 정부의 모순을 따지고 들었다.
사이고도 그 모순을 문책해야 마땅했다.
그러나 사이고는 매우 유쾌하게 쓰구미치의 이야기를 듣고 나더니
"그거 잘 됐군."
칭찬을 했다. 사이고로서는, 간이 작은 오쿠보나 쓰구미치로서는 기껏 해 보아야 대만 정도가 아니겠느냐, 그러나 하지 않는 것보다는 낫다, 그래서 칭찬하는 것이다, 라는 생각이었을 것이다.

쓰구미치가 형 다카모리에게 부탁한 것은 신병모집에 대한 문제였다.
"사쓰마 사족을 빌려 주십시오."
쓰구미치는 이런 뜻의 부탁을 했다.
당초 정부에서는 대만 원정을 위해 8백 명의 병사를 모집하려고 했다. 가능하다면 그것을 불평 사족들의 불온한 움직임이 있는 규슈, 특히 사쓰마에서 불러 모으려고 했다.
형인 사이고는 이내 고개를 끄덕이면서 말했다.
"경시청 출신들이 좋을 거야."
지난 번 정한론이 결렬되자 주로 근위장교들이 대개 사직하여 사쓰마로 돌아왔으나, 거기에 따른 여파로 경시청에 근무하던 사쓰마 사족들도 그후에 많이 사직했던 것이다.
사카모토 스미히로(坂本純熙) 등이다.
사카모토는 가와지와 거의 같은 직위로 경시청에 근무했다. 그는 가와지와는 달리 봉당적 의식이 강하여 사이고를 스승으로 삼고 가능하면 사이고와 진퇴를 같이 하고 싶었다. 그러나 근위사관에게 선수를 빼앗겼다.
근위사관은 같은 가고시마 사족이라도 사이고의 방침에 따라 상급무사 출신자들로 채워져 있었다. 향사 출신자들이 사이고의 지시로 경시청에 들어갔다는 이야기는 앞에서 말한 바와 같다. 가고시마에서 상급무사 계급이 향사 계급을 경멸하는 정도는 이만저만이 아니었다. 사이고가 상급 무사를 군인으로 만들고 향사를 경관으로 만든 것은 그들을 섞어 놓았다가 마찰이 일어나는 것을 피하려고 했기 때문이다.
근위사관은 직제상으로도 육군 대장인 사이고와 직결되어 있었다. 향사 계급인 경관은 직제상으로는 내무경인 오쿠보의 지휘 아래 있었다. 그런데

도 상급무사들을 따라 많이 사직한 것은 전통적으로 내려오는 사쓰마 향사들의 의식 때문인지도 모른다.

"도사 향사는 밑(동)에 속하고, 사쓰마 향사는 위(변)에 속한다."

이러한 말이 있듯이, 근위사관인 가고시마 사족의 주류가 사이고와 함께 하야한 것은 자기들도 그렇게 하지 않으면 곤란할지도 모른다는 생각이 들었기 때문일 것이다.

정한론의 결렬로 사직 소동이 벌어졌을 때도 상급무사(근위사관)와 향사(경시청 경관) 사이에는 어떤 연락도 없었다. 경시청에서는 사카모토 스미히로가 주모자가 되어 독자적인 행동을 취했던 것이다. 그 독자적인 행동을 취하는 과정에서 사이고 쓰구미치와 연결이 되었다.

사카모토 스미히로가 쓰구미치를 만났을 때 쓰구미치는

"언젠가는 좋은 일이 있을 걸세."

말하면서 대만 정벌 이야기를 은근히 풍겼다. 대만에 간다, 그때는 부르겠다는 말을 쓰구미치는 해두었던 것이다.

형인 사이고가

"경시청 출신들이 좋을 거야."

이렇게 말한 것과 우연인지 모르지만 맞아 떨어졌다. 쓰구미치 역시 경시청 출신들을 부를 생각을 하고 있었던 것이다.

하기야 근위사관들을 불러보았자 그들은 오쿠보가 주동하는 대만 정벌은 거들떠보지도 않을 것이다. 그것은 쓰구미치가 잘 알고 있었다.

형인 사이고는 그 자리에 사카모토를 불렀다.

그 자리에서 이야기가 되어 경시청 출신들이 1백 명 이상 참가하기로 결정됐다. 나쁘게 말하면 경시청 출신들은 귀향 사족 중에서 차별받는 계급으로서 자연스럽게 거기에 투입되었다고 해도 좋을 것이다.

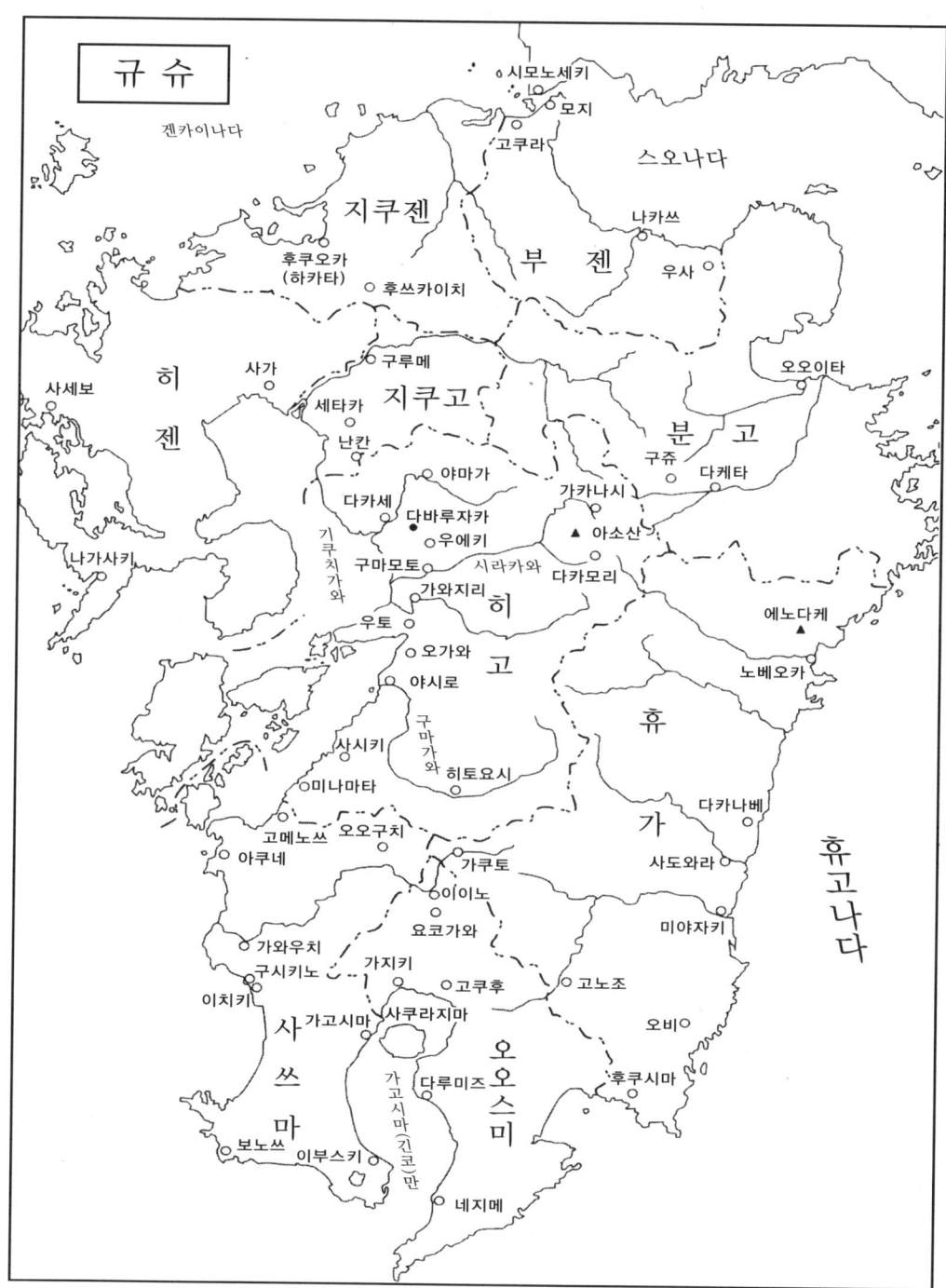

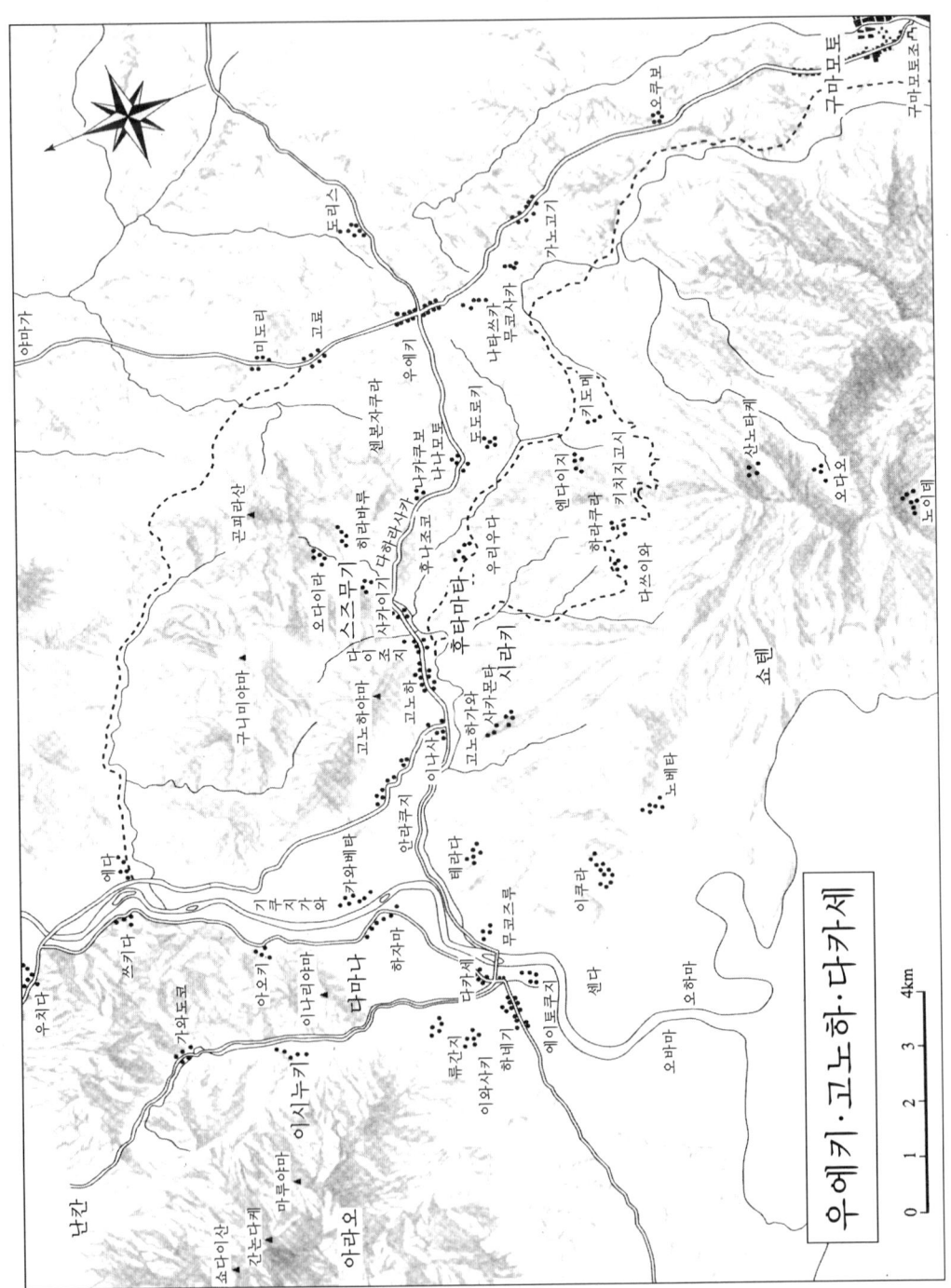

지은이
시바 료타로(司馬遼太郎)

그린이
전성보(全聖輔)

옮긴이
박재희 창춘사도대학일문학전공 김문운 니혼대학일문학전공
김영수 와세다대학일문학전공 문호 게이오대학일문학전공
유정 조지대학일문학전공 추영현 서울대학교사회학전공
허문순 경남대학불교학전공 김인영 숙명여대미술학전공

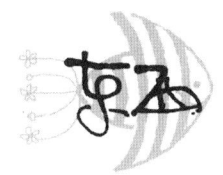

### 대망 31 나는 듯이 2
지은이 시바 료타로/책임편집 박재희 추영현 김인영
1판 1쇄/1979. 12. 1
2판 1쇄/2005. 8. 8
2판 9쇄/2019. 11. 1
발행인 고정일/발행처 동서문화사
창업 1956. 12. 12. 등록 16-3799
서울 중구 다산로 12길 6(신당동, 4층)
☎ 546-0331~6 (FAX) 545-0331
www.dongsuhbook.com

＊
이 책은 저작권법(5015호) 부칙 제4조 회복저작물 이용권에 의해 중판발행합니다.
이 책의 한국어 大망상표등록권 문장권 의장권 편집권은 저작권 법에 의해 보호받으므로
무단전재 무단복제 무단표절 할 수 없습니다.
이 책의 법적문제는 「하재홍법률사무소 jhha@naralaw.net」에서 전담합니다.
＊
사업자등록번호 211-87-75330
ISBN 978-89-497-0371-8 04830
ISBN 978-89-497-0364-0 (3세트)